MÉMOIRE INFIDÈLE

ELIZABETH GEORGE

MÉMOIRE INFIDÈLE

Traduit par Dominique Wattwiller
et Jacques Martinache

PRESSES DE LA CITÉ

Titre original :
A TRAITOR TO MEMORY

© Susan Elizabeth George, 2001.
© Presses de la Cité, 2001, pour la traduction française
ISBN : 2-266-12451-X

Pour l'autre petite Jones, où qu'elle se trouve.

« O mon fils Absalom,
Mon fils, mon fils, Absalom !
Que ne suis-je mort pour toi ! »

II Samuel, chapitre XIX, verset 4

MAIDA VALE, LONDRES

*Les grosses peuvent y arriver. Les grosses peuvent
y arriver. Les grosses peuvent y arriver y arriver y
arriver.*

Martelant le trottoir d'une démarche pesante, Katie
Waddington récitait son mantra préféré tout en rejoignant sa voiture. Si elle se répétait mentalement la formule au lieu de l'énoncer à pleine voix, ce n'était pas
parce qu'elle était seule et avait peur qu'on la prenne
pour une cinglée mais plutôt parce que le fait de la
prononcer tout haut aurait mis à rude épreuve ses poumons déjà trop sollicités. Or Dieu sait s'ils avaient du
mal à faire leur travail, ses poumons. Son cœur aussi,
d'ailleurs. Qui, selon son docte généraliste, n'était pas
conçu pour envoyer du sang dans des artères que les
graisses menaçaient d'engorger.

Lorsqu'il la regardait, il contemplait une montagne
de chair, de lourdes mamelles qui pendaient tels des
sacs de farine, un estomac qui retombait en vastes plis
masquant le pubis, une peau grêlée de cellulite. Elle
trimballait un tel surpoids qu'elle aurait pu tenir un an
sans s'alimenter du tout. Et le médecin l'avait prévenue : la graisse envahissait peu à peu tous ses organes
vitaux. C'était au point que si elle ne se restreignait
pas, comme il ne manquait pas de le lui répéter à chaque visite, elle était à peu près certaine d'y passer.

« Crise cardiaque ou attaque, voilà ce qui vous

11

attend, Kathleen, choisissez, lui disait-il avec un mouvement de tête sentencieux. Votre état exige que vous preniez des mesures immédiates et qui n'ont rien à voir avec l'absorption de nourritures susceptibles de se transformer en tissu adipeux. Vous me comprenez ? »

Comment pouvait-elle ne pas comprendre ? C'était de *son* corps qu'ils parlaient. Et il était bien difficile, quand on avait le gabarit d'un hippopotame boudiné dans un tailleur BCBG, de ne pas en prendre conscience chaque fois qu'on s'apercevait par hasard dans une glace.

Le fond du problème, c'est que son généraliste était la seule personne qui eût du mal à accepter l'énorme fille qu'elle avait toujours été. Et comme les gens qui comptaient dans sa vie l'acceptaient telle qu'elle était, elle ne voyait pas pourquoi il lui faudrait perdre quatre-vingts kilos ainsi que le préconisait son médecin.

Si Katie avait douté de pouvoir trouver un jour sa place dans un monde où l'on se souciait de plus en plus de son apparence et du galbe de ses muscles, ses doutes s'étaient dissipés ce soir-là encore comme tous les lundis, mercredis et vendredis de sept à dix, où se réunissaient sous sa direction les groupes d'Eros en Marche. C'était là en effet qu'une bonne partie des habitants de la grande banlieue londonienne souffrant de dysfonctionnements sexuels et en quête de réconfort et de solutions se retrouvait régulièrement. Sous la houlette de Katie Waddington – qui toute sa vie s'était passionnée pour l'étude de la sexualité humaine –, les libidos étaient passées au crible ; les érotomanies et les phobies disséquées ; la frigidité, la nymphomanie, le satyriasis, le travestisme, le fétichisme étaient abordés franchement ; les fantasmes encouragés ; l'imagination érotique stimulée.

« Vous avez sauvé notre couple, s'enthousiasmaient ses clients. Notre vie, notre santé mentale, notre carrière. »

Le sexe est un business. Telle était la devise de Katie – une devise qui ne manquait pas de justesse s'il fallait en croire près de vingt ans d'exercice, six mille clients reconnaissants et une liste d'attente de quelque deux cents amateurs de stage.

Aussi se dirigeait-elle vers sa voiture dans un état d'esprit qui oscillait entre l'autosatisfaction et le bonheur absolu. Elle-même était anorgasmique mais qu'est-ce que cela pouvait bien faire, du moment qu'elle réussissait à faire connaître l'orgasme aux autres ? Car c'était cela que le public réclamait : la gratification sexuelle à la demande et sans culpabilité.

Et qui la leur procurait ? Une obèse.

Qui les absolvait de la honte de leurs désirs ? Une obèse.

Qui faisait leur éducation, leur apprenait à stimuler les zones érogènes comme à simuler la passion en attendant le retour de cette dernière ? Une énorme, une ridiculement grosse fille de Canterbury. Elle et pas une autre.

C'était plus important que de s'amuser à compter des calories. Si Katie Waddington devait mourir obèse, elle mourrait obèse, voilà tout.

La nuit était fraîche. La température qu'elle aimait. L'automne avait fini par fondre sur la capitale après un été torride. Tout en progressant péniblement dans l'obscurité, Katie revivait comme à son habitude les temps forts de la soirée.

Larmes. Oui, il y avait toujours des larmes, des gens qui se tordaient les mains, rougissaient, bafouillaient, transpiraient à grosses gouttes. Mais il y avait aussi un moment particulier, un moment clé qui donnait finalement un sens aux heures passées à écouter les anecdotes personnelles sans cesse ressassées.

Ce soir-là, ce moment clé, elle l'avait vécu grâce à Felix et Dolores (on n'utilisait que les prénoms dans le groupe) qui avaient adhéré à Eros en Marche dans le but avoué de « retrouver la magie » de leur union après avoir passé deux ans – et déboursé quelque vingt mille livres – à explorer leurs problèmes sexuels chacun de leur côté. Felix avait depuis longtemps déjà admis qu'il cherchait la satisfaction de ses pulsions hors des liens du mariage, et Dolores confié qu'elle préférait son vibromasseur et la photo de Laurence Olivier en Heathcliff aux étreintes conjugales. Mais ce soir-là, les ratiocinations de Felix, qui se demandait pourquoi la vue du derrière dénudé de Dolores évoquait obstinément pour lui la figure maternelle sur le déclin, avaient mis en rage trois des quinquagénaires du groupe qui l'avaient agressé verbalement de façon si violente que Dolores avait bondi et pris sa défense, noyant l'aversion de son époux pour son arrière-train sous un flot de larmes. Mari et femme étaient ensuite tombés dans les bras l'un de l'autre et, après s'être embrassés à pleine bouche, ils s'étaient exclamés en chœur à la fin de la séance : « Vous avez sauvé notre couple ! »

Katie se disait qu'elle s'était en fait bornée à leur fournir un public. Mais c'était tout ce que certains de ses clients désiraient : l'occasion d'humilier leur partenaire en public puis de voler à son secours.

Il y avait une fortune à faire pour qui savait décortiquer les problèmes sexuels des Britanniques. Katie se félicitait d'avoir trouvé ce filon qu'elle avait formidablement exploité.

Elle bâilla, ouvrant une bouche comme un four, et sentit son estomac protester. Une bonne journée et une bonne soirée de travail ; après ça, elle allait pouvoir se taper la cloche et se vautrer devant une cassette. Ses films préférés, c'étaient les vieux films romantiques. Les fondus au noir au moment crucial la titillaient beaucoup plus efficacement que les gros plans d'organes génitaux et une bande-son pleine de halètements. Elle se promit de se passer *New York-Miami* : Clark et Claudette, et cette délicieuse tension entre eux.

La tension sexuelle. Voilà ce qui manquait à la plupart des relations de couple, songea Katie pour la énième fois ce mois-ci. Dans les rapports hommes-femmes, il n'y a plus aucune place pour l'imagination. Nous vivons dans un monde où l'on sait tout, où l'on se dit tout, où l'on photographie tout, où il ne reste plus rien à attendre et encore moins à découvrir.

Toutefois elle ne pouvait pas s'en plaindre. Car ce monde faisait sa fortune et elle avait beau être grosse, personne ne songeait à lui chercher des poux dans la tête en voyant la maison qu'elle habitait, les vêtements qu'elle portait, les bijoux qu'elle achetait ou le véhicule qu'elle conduisait.

Elle arrivait en vue de sa voiture qu'elle avait laissée garée de l'autre côté de la rue dans un parking privé à une cinquantaine de mètres de la clinique où elle passait ses journées. Elle avait encore plus de mal à respirer que d'habitude, constata-t-elle en s'arrêtant au bord du trottoir avant de traverser. S'appuyant d'une main à un réverbère, elle sentit que son cœur peinait.

Peut-être qu'elle devrait songer à suivre le régime que son médecin lui avait prescrit pour perdre du poids. Cependant, une seconde plus tard, elle rejetait cette idée. La vie, il fallait en profiter, bon sang !

Une brise se mit à souffler dans ses cheveux, lui dégageant les joues. Elle la sentit qui lui rafraîchissait la nuque. Tout ce qu'il lui fallait, c'était une minute de répit. Elle retrouverait la forme dès qu'elle aurait repris son souffle.

Elle resta ainsi plantée à écouter le silence du quartier. Un quartier mi-commercial, mi-résidentiel, avec des magasins qui à cette heure étaient fermés et des maisons depuis longtemps transformées en appartements avec des fenêtres dont les rideaux étaient hermétiquement tirés sur la nuit.

Bizarre. Elle n'avait jamais vraiment remarqué le calme ou le vide de ces rues dans l'obscurité. Jetant un regard alentour, elle se dit que tout pouvait arriver dans ce genre d'endroit – en bien comme en mal – et qu'à moins d'un coup de chance il ne risquait pas d'y avoir de témoin.

Un frisson glacé la parcourut. Mieux valait ne pas rester plantée là.

Elle descendit du trottoir, commença à traverser.

Elle ne vit la voiture au bout de la rue que lorsque ses phares s'allumèrent et l'aveuglèrent. Le véhicule fonça vers elle comme un taureau vers la muleta.

Elle essaya bien de se dépêcher d'atteindre l'autre trottoir mais le véhicule eut tôt fait d'arriver à sa hauteur. Elle était beaucoup trop grosse pour se mettre hors de sa portée.

GIDEON

16 août

Je voudrais dire pour commencer que je suis persuadé que cet exercice est une perte de temps. Or le temps, comme j'ai essayé de vous l'expliquer hier, je n'en ai guère. Si vous aviez voulu me convaincre de l'efficacité de ce genre d'activité, vous auriez mieux fait de m'indiquer les bases sur lesquelles repose ce que vous appelez dans votre livre le « traitement ». En quoi le papier que j'utilise est-il important ? Ou le cahier ? Quelle importance que je me serve d'un stylo ou d'un crayon ? Et quelle différence cela fait-il que je m'adonne à ce stupide travail d'écriture que vous m'imposez ici plutôt qu'ailleurs ? Ne vous suffit-il pas de savoir que j'ai accepté de tenter l'expérience ?

Mais peu importe. Inutile de répondre. Je sais déjà ce que vous me diriez : Pourquoi cette agressivité, Gideon ? Que cache-t-elle ? Que vous rappelez-vous ?

Rien. Vous ne voyez donc pas que je ne me souviens absolument de rien ? C'est pour cela que je suis venu vous voir.

Rien ? dites-vous. Rien du tout ? En êtes-vous bien sûr ? Après tout, vous vous rappelez votre nom. Et apparemment vous vous souvenez de votre père. Et de l'endroit où vous habitez. Et du métier que vous exercez. Et des membres de votre entourage proche. Aussi, quand vous dites « rien », vous devez sans doute vouloir dire que vous vous souvenez…

De rien d'*important* pour moi. Voilà. Je ne me souviens de rien d'important. C'est cela que vous vouliez m'entendre dire ? Et maintenant allons-nous nous appesantir sur le vilain petit détail de mon caractère que je vous révèle en vous faisant cette déclaration ?

Au lieu de répondre à ces deux questions, toutefois, vous me dites que nous allons commencer par écrire ce que nous nous rappelons – important ou non. *Nous*, c'est une façon de parler ; vous voulez dire *je,* bien sûr, c'est moi évidemment qui vais commencer par écrire ce dont je me souviens. Parce que, comme vous l'avez formulé de façon si concise avec votre voix objective, immatérielle de psychiatre : « Nos souvenirs sont souvent la clé de ce que nous avons choisi d'oublier. »

Choisi. Ce n'est pas par hasard que vous avez utilisé ce terme. Vous vouliez provoquer chez moi une réaction. Je vais lui montrer, moi. C'est ça, la réaction que vous vouliez susciter, n'est-ce pas ? Je vais lui montrer, à cette harpie, ce dont je me souviens.

Et puis d'abord, quel âge avez-vous, Dr Rose ? Vous me dites avoir trente ans mais je n'en crois rien. Je vous soupçonne de ne même pas avoir mon âge et, ce qui est pire, vous avez l'allure d'une gamine de douze ans. Comment voulez-vous que j'aie confiance en vous ? Vous pensez honnêtement que vous allez pouvoir remplacer efficacement votre père ? C'est lui que j'avais accepté de voir, à propos. Vous l'ai-je précisé lorsque nous nous sommes rencontrés pour la première fois ? Sans doute que non. Vous me faisiez tellement pitié… La seule chose qui m'a incité à rester, quand je suis entré dans le cabinet et que je vous ai vue, c'est votre air lamentable dans tout ce noir comme si cette tenue pouvait vous donner l'envergure d'une personne capable de prendre en main les problèmes psychiques d'autrui.

Psychiques ? dites-vous, sautant sur le mot comme

on saute dans un train en marche. Ainsi vous avez décidé d'accepter les conclusions du neurologue ? Elles vous satisfont ? Vous n'avez pas besoin de passer d'autres tests pour être convaincu ? C'est très bien, Gideon. C'est un sacré pas en avant. Cela nous facilitera le travail si, pour difficile à accepter que ce soit, vous êtes persuadé qu'il n'y a pas d'explication physiologique à l'épreuve que vous traversez. Comme vous parlez bien, Dr Rose. Une voix de velours. J'aurais dû faire demi-tour et rentrer chez moi lorsque vous avez ouvert la bouche. Mais je n'en ai rien fait, vous m'avez manipulé, forcé à rester : « Si je porte du noir, c'est parce que mon mari est mort. » Vous vouliez susciter ma sympathie, n'est-ce pas ? Nouer des liens avec le patient, tout est là. Gagner sa confiance. Le rendre réceptif aux suggestions.

Où est le Dr Rose ? dis-je en pénétrant dans le cabinet.

Je suis le Dr Rose, me répondez-vous. Alison Rose. Vous vous attendiez à être reçu par mon père ? Il a eu une attaque il y a huit mois. Il récupère mais cela va prendre du temps et il n'est pas en état de recevoir des patients pour le moment. J'ai repris sa clientèle.

Et vous voilà lancée. Vous m'expliquez dans quelles circonstances vous êtes revenue à Londres, vous me dites combien Boston vous manque, mais que vous allez vous faire une raison parce que là-bas vos souvenirs étaient trop pénibles. A cause de lui, de votre mari. Vous allez jusqu'à m'indiquer son nom : Tim Freeman. Et celui de la maladie qui l'a emporté : cancer du côlon. Sans parler de son âge quand il est décédé : trente-sept ans. Vous me racontez que vous aviez repoussé à plus tard la maternité parce que vous faisiez votre médecine quand vous vous êtes mariée et que lorsque vous avez finalement envisagé d'avoir des enfants lui se battait pour survivre, vous l'aidiez et il n'y avait pas de place pour un nouveau-né dans ce combat.

Et moi, Dr Rose, cette histoire m'a ému. Alors je

suis resté. Résultat, je me retrouve assis devant la fenêtre du premier, surplombant Chalcot Square. A écrire ces conneries au stylo bille pour ne pas être tenté d'effacer quoi que ce soit, comme vous me l'avez demandé. Je me sers d'un classeur, de façon à pouvoir ajouter des pages au cas où quelque chose me reviendrait miraculeusement plus tard. Et ce que je ne fais pas, en revanche, c'est ce que je suis censé faire et que tout le monde s'attend à me voir faire : éliminer ce rien infernal qui rôde entre les notes.

Raphael Robson ? dites-vous. Parlez-moi de Raphael Robson.

J'ai mis du lait dans mon café ce matin, et maintenant je m'en mords les doigts, Dr Rose. J'ai l'estomac en feu. Les flammes me descendent dans les entrailles. Le feu m'embrase, mais ce n'est pas un feu intérieur. Je souffre d'une distension de l'estomac et des intestins, m'explique mon généraliste. C'est banal. Flatulences, pontifie-t-il, comme s'il me donnait sa bénédiction. Charlatan, âne bâté. Quelque chose de malin me dévore les intestins et lui, il appelle ça des gaz.

Parlez-moi de Raphael Robson, insistez-vous.

Pourquoi ? Pourquoi vous parlerais-je de Raphael ?

Parce que c'est un point de départ. Votre esprit vous indique par où commencer, Gideon. C'est comme cela que ça marche.

Mais Raphael n'est pas le point de départ. Tout a commencé il y a vingt-cinq ans à Kensington Square, dans une maison Peabody.

17 août

C'est là que j'habitais. Pas dans l'une des maisons Peabody mais chez mes grands-parents au sud du square. Les maisons Peabody ont disparu depuis belle lurette maintenant, remplacées par deux restaurants et une boutique la dernière fois que je suis passé là-bas.

Mais je m'en souviens bien, de ces maisons, et de l'usage qu'en a fait mon père quand il a fabriqué la légende de Gideon.

Il est comme ça, mon père, prêt à faire flèche de tout bois pour peu que cela lui permette d'atteindre son but. A cette époque, il ne tenait pas en place, il était bouillonnant d'idées. Je me rends compte maintenant que ses idées étaient presque toutes des tentatives pour calmer les craintes de mon grand-père à son égard, étant donné qu'aux yeux de Grand-père l'échec de mon père dans la carrière militaire ne faisait qu'annoncer tous les autres. Et Papa savait que Grand-père le considérait comme un raté. Grand-père n'était pas homme à garder ses opinions pour lui.

Mon grand-père, il n'était pas bien, et cela depuis la guerre. C'est pour ça je crois qu'on vivait avec lui et Grand-mère. Il avait passé deux ans en Birmanie, prisonnier des Japonais, et il ne s'en était jamais remis complètement. J'imagine que son état de prisonnier avait déclenché chez lui quelque chose qui sans cela serait resté latent. Quoi qu'il en soit, la seule chose qu'on me dît, c'est que Grand-père traversait des « crises » qui nécessitaient qu'il prenne de temps à autre des « vacances à la campagne ». Je ne me souviens de rien de précis concernant ces crises épisodiques, je n'avais que dix ans quand mon grand-père est mort. Mais ce que je me rappelle, c'est qu'elles commençaient toujours par un vacarme épouvantable, suivi des pleurs de ma grand-mère, et de Grand-père hurlant : « Tu n'es pas mon fils » à mon père tandis qu'ils l'emmenaient.

Ils ? me demandez-vous. Qui ça, ils ?

Les farfadets, je les appelais. Ils avaient beau ressembler à tout le monde, leurs corps étaient occupés par des voleurs d'âme. Papa les laissait toujours entrer dans la maison. Grand-mère les attendait sur le palier, en larmes. Et ils passaient devant elle sans un mot parce que les mots avaient déjà été prononcés. Cela faisait des années qu'ils venaient chercher Grand-père, voyez-vous. Bien avant ma naissance. Bien avant que, recroquevillé comme un petit crapaud apeuré, je les observe de derrière la rampe de l'escalier.

Oui. Je devance votre question : je me souviens de cette peur. Et d'autre chose encore. Je me souviens de quelqu'un me tirant par le bras, retirant un à un de la rampe mes doigts crispés et m'éloignant.

Raphael Robson ? Vous me posez bien sûr la question. C'est là qu'apparaît Raphael Robson ?

Mais non. C'est des années avant Raphael Robson. Raphael, il est arrivé après la maison Peabody.

Autrement dit, nous revoilà à la maison Peabody, dites-vous.

Oui. A la maison et à la légende de Gideon.

19 août

Est-ce que je me souviens vraiment de la maison Peabody ? Ou ai-je fabriqué les détails pour compléter l'esquisse que m'en avait donnée mon père ? Si je ne me souvenais si bien de son odeur, je dirais que je joue à un jeu dont les règles ont été édictées par mon père. Mais comme l'odeur de l'eau de Javel réussit toujours à me transporter dans cette maison en un instant, je sais que l'histoire repose sur des bases réelles même si au fil des années mon père, mon chargé de relations publiques et les journalistes qui se sont entretenus avec eux ont brodé à qui mieux mieux. Franchement, je ne réponds plus aux questions qu'on me pose sur la maison Peabody. Quand la presse m'interroge, je dis : « Trêve de rabâchage. Essayons plutôt d'explorer de nouveaux territoires. »

Seulement les journalistes veulent toujours un truc, une accroche pour leurs articles. Et, sommés par mon père de s'en tenir strictement à ma carrière lorsqu'ils m'interviewent, ces messieurs sont bien obligés de se rabattre sur l'accroche que mon père a bâtie à partir d'une simple promenade dans le jardin de Kensington Square.

J'ai trois ans, je suis avec mon grand-père. J'ai un tricycle et je fais le tour du square pendant que Grand-père est assis dans le petit temple grec qui sert d'abri près de la clôture de fer forgé. Grand-père a apporté un journal mais il ne le lit pas. Il écoute de la musique qui s'échappe d'une des bâtisses derrière lui.

La voix basse, il me souffle : « C'est un concerto, Gideon. Le concerto de Paganini en *ré* majeur. Ecoute. » Il me fait signe d'approcher. Il est assis à l'extrémité du banc, et je suis debout près de lui, il passe son bras autour de mes épaules, j'écoute.

Et à cet instant, je sais que c'est ça que j'ai envie de faire. Je sais, moi qui n'ai que trois ans, qu'écouter, c'est être, mais que jouer, c'est vivre.

Je demande avec insistance à quitter le jardin. Grand-père, qui a des mains déformées par l'arthrite, n'en finit pas d'ouvrir la grille. Je le supplie de se hâter « avant qu'il ne soit trop tard ».

« Trop tard pour quoi ? » s'enquiert-il affectueusement.

Je l'attrape par la main.

Je l'emmène jusqu'à la maison Peabody, d'où s'échappe la musique. Et nous voilà à l'intérieur, le lino vient d'être lavé et l'eau de Javel nous pique les yeux.

Au premier, nous découvrons l'origine du concerto. Dans l'un des studios habite Miss Rosemary Orr, qui jouait jadis dans l'orchestre du London Philharmonic. Elle est plantée devant un grand miroir ; un violon sous le menton et un archet à la main. Toutefois, elle n'interprète pas le Paganini. Elle en écoute un enregistrement, les yeux fermés, et les larmes qui ruissellent le long de ses joues tombent sur le bois de l'instrument.

« Elle va l'abîmer », dis-je à mon grand-père.

A ces mots, Miss Orr sursaute et sans doute se demande-t-elle ce que fabriquent devant la porte de sa chambre ce vieil homme arthritique et ce garçonnet au nez qui coule.

Mais je ne lui laisse pas le temps de nous faire part de sa stupéfaction car je m'approche d'elle, je lui prends l'instrument des mains. Et je commence à jouer.

Pas bien, évidemment, car qui peut croire qu'un enfant de trois ans sans expérience pourrait, quel que soit son talent naturel, s'emparer d'un violon et jouer le concerto en *ré* majeur de Paganini après ne l'avoir entendu qu'une fois ? Mais j'ai des dons – l'oreille, le sens du rythme, la fougue – et Miss Orr, qui s'en aperçoit aussitôt, insiste pour qu'on la laisse donner des cours à l'enfant prodige.

C'est ainsi qu'elle devient mon premier professeur de violon. Je reste avec elle jusqu'à l'âge de quatre ans et demi. Epoque à laquelle on décrète que mon talent nécessite un apprentissage moins conventionnel.

Telle est la légende de Gideon, Dr Rose. Vous connaissez suffisamment bien le violon peut-être pour vous rendre compte que cela ne tient pas la route.

Si nous avons réussi à faire accepter la Légende, c'est parce que nous l'avons présentée comme telle, que nous en riions en la racontant. « Tout ça, c'est des bêtises. » Seulement nous accompagnions ce commentaire d'un sourire plein de sous-entendus. Il y a longtemps que Miss Orr est morte, elle ne peut donc plus réfuter notre version. Et Raphael Robson, qui a succédé à Miss Orr, n'a guère intérêt à ce que la vérité soit dévoilée.

Mais la vérité, la voilà, Dr Rose, car malgré ce que vous pouvez penser j'ai vraiment envie de vous la dire.

Je suis dans le jardin de Kensington Square ce jour-là avec un petit groupe de camarades. Ce groupe – qui fonctionne l'été – a été créé à l'initiative du couvent tout proche. Il est constitué de bambins du voisinage, placés sous la responsabilité de trois étudiantes qui logent au foyer situé derrière le couvent. Le matin, les étudiantes viennent nous chercher pour nous emmener au jardin où nous sommes censés, moyennant une somme modique, jouer à divers jeux de plein air, histoire d'apprendre à vivre en société. Chose qui ne pourra que nous servir lorsque nous intégrerons l'école primaire. Du moins c'est la théorie.

Les étudiantes nous font faire toutes sortes d'activités pour nous tenir occupés. Et une fois que nous nous sommes attelés à la tâche qu'elles nous ont choisie ce jour-là, elles se rendent – sans que nos parents le sachent – dans le petit temple grec, où elles papotent tout en fumant des cigarettes.

Ce jour-là, pour nous, c'est vélo. Ou plutôt tricycle. Tandis que j'effectue le tour du square derrière la petite troupe de mes congénères, un garçonnet de mon âge dont j'ai oublié le nom sort son zizi et urine devant tout le monde sur la pelouse. Evidemment, le coupable est aussitôt ramené chez lui manu militari et il écope d'un sérieux savon.

C'est alors que la musique se fait entendre, les deux étudiantes qui restent après le départ du fauteur de troubles n'ont bien sûr pas la moindre idée de ce que nous écoutons. Mais moi j'ai envie de me diriger vers ces sons, et je formule ma demande avec tant d'insistance que l'une d'elles – une Italienne, je crois, d'après son accent – me promet qu'elle va m'aider à en trouver la source. C'est ainsi que nous atteignons la maison Peabody, où nous rencontrons Miss Orr.

Elle n'est ni en train de jouer, ni en train de faire semblant ou de pleurer lorsque la jeune monitrice et moi la découvrons dans son séjour. Elle donne une leçon. Chaque cours – je l'apprendrai plus tard – se termine par un morceau de musique qu'elle fait écouter sur sa chaîne à son élève. Aujourd'hui, c'est un concerto de Brahms.

Est-ce que j'aime la musique ? me demande-t-elle.

Je n'ai pas de réponse. J'ignore si j'aime ça, si ce que je ressens est de l'amour ou autre chose. Je sais seulement que j'ai envie de produire des sons semblables à ceux-là. Mais comme je suis timide, je garde ça pour moi, et je me cache derrière les jambes de l'Italienne jusqu'à ce qu'elle me prenne par la main, s'excuse dans son mauvais anglais et me pousse vers le jardin.

Voilà la réalité.

Naturellement vous voulez savoir par quel mystère des débuts aussi peu prometteurs ont pu se métamorphoser pour devenir la légende de Gideon. En d'autres termes, comment l'arme abandonnée dans le limon d'une grotte a pu devenir Excalibur, l'épée prisonnière de la pierre. Je ne peux que me livrer à des suppositions car la Légende est une invention de mon père, et non la mienne.

En fin de journée, les membres de notre petite troupe furent ramenés chez eux par leurs monitrices – lesquelles commentèrent bien entendu les faits et gestes des bambins confiés à leurs soins. Les parents dépensaient leur argent, il fallait bien leur montrer que leur progéniture accomplissait des progrès dans le domaine de la sociabilité.

J'ignore ce que valut sa prestation de l'après-midi au brandisseur de zizi. Ce que je sais, en revanche, c'est que l'Italienne fit un rapport complet sur ma rencontre avec Miss Orr.

La scène avait dû se passer dans le salon où Grand-mère présidait sans doute la cérémonie du thé, qu'elle ne manquait jamais de préparer pour Grand-père, l'enveloppant d'une aura de normalité afin de tenir à distance les fameuses crises. Peut-être mon père était-il là, lui aussi. Peut-être James, le pensionnaire – qui nous aidait à joindre les deux bouts en louant l'une des chambres inoccupées du troisième –, était-il également présent.

L'étudiante italienne – mais elle aurait aussi bien pu être grecque, espagnole ou portugaise – avait dû être invitée à se joindre à la famille, ce qui lui avait sans doute donné l'occasion de raconter les circonstances de notre rencontre avec Rosemary Orr.

« Le petit, il a écouté la musique, et il a voulu aussitôt voir d'où ça venait, alors on a partis…

— Quand il a "entendu", alors on "est" partis »,
s'interpose le pensionnaire.

Il s'appelle James, comme je l'ai déjà dit, et j'ai
entendu Grand-père critiquer plus d'une fois son
anglais. « Si parfait qu'il sonne faux. » Ce doit être
un espion. Mais j'aime bien l'écouter parler. Les mots
s'échappent de la bouche de James le pensionnaire
comme des oranges, bien rondes, bien juteuses, bien
mûres. Il n'est rien de tout ça. Il n'y a que ses joues
qui soient rondes. Et rouges. Et il pique un fard quand
il s'aperçoit que tout le monde tend l'oreille.

« Continuez, dit-il à l'étudiante italo-hispano-gréco-
portugaise. Ne faites pas attention à moi. »

Elle, elle sourit parce qu'elle le trouve sympathique,
le pensionnaire. Sans doute qu'elle aimerait bien qu'il
lui donne un coup de main pour son anglais. Sans doute
qu'elle aimerait être copine avec lui.

Moi-même – bien qu'appartenant au groupe des
gamins du square – je n'ai pas d'amis mais cela ne me
manque pas, parce que j'ai ma famille, qui m'enveloppe de son amour. Contrairement à la plupart des
enfants de trois ans, mon existence n'est pas séparée
de celle des adultes qui forment mon univers restreint.
Je ne prends pas mes repas seul, je n'ai pas une gouvernante ou une quelconque jeune fille au pair qui
s'occupe de moi, je ne me contente pas de faire de
brèves apparitions au sein de ma famille en attendant
que vienne le moment de m'expédier à l'école. Bien
au contraire : je fais partie intégrante du monde des
adultes avec lesquels je vis. Je vois et j'entends donc
bien des choses qui se passent à la maison, et si je ne
me rappelle pas les événements, je me remémore
l'impression qu'ils ont laissée sur moi.

C'est ainsi que je me souviens de ceci : l'histoire du
violon racontée par l'Italienne, et Grand-père sautant à
pieds joints au milieu du récit avec une dissertation sur
Paganini. La musique, Grand-mère s'en sert depuis des
années pour le calmer lorsqu'il est au bord d'une crise
et qu'il reste une chance de l'endiguer. Il pérore, parle

trilles et archet, vibrato et glissando avec ce qui me paraît être l'autorité d'un expert mais n'est vraisemblablement qu'une apparence. Il a une voix forte, retentissante de grandiloquence, qui évoque un orchestre à soi toute seule. Et personne ne l'interrompt ni ne le contredit lorsqu'il clame à la cantonade mais en se référant à moi : « Cet enfant jouera », tel Dieu déclarant qu'il est Lui-même la lumière.

Papa donne à ces propos une signification qu'il garde pour lui, et s'empresse de prendre les dispositions nécessaires.

Et c'est ainsi que je prends mes premières leçons de violon avec Miss Rosemary Orr. Et que mon père, s'appuyant sur ces leçons et sur le rapport de l'étudiante, fabrique la Légende de Gideon, que j'ai traînée toute ma vie tel un boulet.

Mais pourquoi avoir construit cette histoire autour de votre grand-père ? La question vous démange, n'est-ce pas ? Pourquoi ne pas avoir conservé les personnages principaux et en avoir gommé les détails ici et là ? Ne craignait-il pas que quelqu'un proteste, réfute sa version, raconte l'histoire véritable ?

Je ne peux que vous répondre ceci, Dr Rose : il vous faut poser la question à mon père.

21 août

Je me souviens de ces premières leçons avec Rosemary Orr : mon impatience luttant avec son souci du détail. « Positionne-toi correctement, Gideon, positionne-toi correctement », me dit-elle. Et, mon un seizième coincé entre le menton et l'épaule – à l'époque il n'existait pas d'instrument plus petit –, je supporte les ajustements incessants que Miss Orr apporte à mon positionnement. Elle déplace mes doigts sur les touches ; elle me raidit le poignet gauche ; elle me tire par l'épaule pour que celle-ci ne gêne pas l'archet ; elle m'oblige à redresser le dos et à l'aide d'une longue baguette elle me tape sur l'intérieur des cuisses pour me faire rectifier la position. Pendant tout le temps où je joue – lorsqu'elle se décide enfin à me laisser jouer – sa voix résonne, dominant les gammes et les arpèges qu'elle m'impose pour commencer : « Redresse le corps, plus bas, l'épaule, Gideon. » « Pouce sous cette partie de l'archet, s'il te plaît, et pas sur le côté. » « Poussé, l'archet, avec tout le bras. » « Les coups sont francs, nettement détachés. » « Non, non ! Utilise la pulpe des doigts, mon petit. » Sans relâche elle me fait jouer une note et me fait mettre en position pour la suivante. Cent fois nous reprenons l'exercice jusqu'à ce qu'elle trouve que toutes les parties du corps qui sont des prolongements de la main droite – le poignet, le coude, le bras, l'omoplate – fonctionnent harmonieusement.

J'apprends que mes doigts doivent travailler indépendamment les uns des autres. J'apprends à trouver sur les touches le point d'équilibre qui permettra à mes doigts de passer en douceur d'une position à la suivante sur les cordes. J'apprends à écouter et à trouver la sonorité de mon instrument. J'apprends le poussé et le tiré, le juste milieu, le staccato et le legato, sul tasto et sul ponticello.

Bref, on m'enseigne la méthode, la théorie, les principes de base. Mais ce que je n'apprends pas, c'est ce que je rêve d'apprendre : comment faire éclater l'esprit pour faire éclore le son.

Je persévère avec Miss Orr pendant dix-huit mois mais je me lasse bientôt de ces exercices sans âme qu'elle m'inflige. Les exercices sans âme, ce n'est pas ce que j'ai entendu filtrer de sa fenêtre ce jour-là sur la place, et je peste de devoir m'en tenir là. J'entends Miss Orr expliquer à mon père : « Il est très jeune. Rien d'étonnant à un âge aussi tendre qu'il se décourage. » Mais mon père – qui a déjà deux emplois pour nous permettre de demeurer à Kensington Square – n'a pas assisté à mes trois leçons hebdomadaires et il ne peut se rendre compte qu'elles vident la musique de sa charge émotionnelle.

Mon grand-père en revanche a assisté à tous les cours car pendant ces dix-huit mois il n'a pas souffert d'une seule de ses crises. Aussi m'a-t-il accompagné à mes leçons et m'a-t-il écouté dans un coin de la pièce. C'est ainsi qu'avec sa perspicacité étonnante et son amour frustré pour Paganini il est parvenu à la conclusion que le prodigieux talent de son petit-fils est bridé au lieu d'être exalté par une Rosemary Orr, qu'animent pourtant les meilleures intentions du monde.

« Il veut faire de la musique, nom d'une pipe ! gronde Grand-père lorsqu'il discute de ça avec mon père. Ce gamin est un artiste, bon sang, Dick, et si tu n'es pas capable de t'en rendre compte, alors que c'est gravé sur son front, c'est que tu n'as rien dans le cigare et que tu n'es pas mon fils. Est-ce que tu irais nourrir un pur-sang avec le contenu d'une auge à cochons, Richard ? »

C'est peut-être la peur qui incite mon père à faire cause commune avec Grand-père, la peur qu'une autre crise n'éclate s'il n'épouse pas ses vues. Car Grand-père a un plan qu'il expose sans détour : nous habitons Kensington, à deux pas du Collège royal de musique, c'est là et pas ailleurs qu'on trouvera un professeur de violon qui convienne à son petit-fils Gideon.

C'est ainsi que mon grand-père devient mon sauveur et le curateur de mes rêves les plus fous. Et c'est ainsi que Raphael Robson fait son entrée dans ma vie.

22 août

J'ai quatre ans et demi, et même si je sais aujourd'hui que Raphael ne devait avoir à l'époque qu'une petite trentaine, je me le représente sous les traits d'un homme distant, imposant, qui me subjugue et obtient de moi la plus totale obéissance à la minute où nous faisons connaissance.

Ce n'est pas un personnage agréable à regarder. Il transpire d'abondance. Ses cheveux fins comme ceux d'un bébé laissent voir son crâne. Sa peau, qui a la blancheur de la chair d'un poisson d'eau douce, est tavelée de squames tant il a dû abuser du soleil. Mais lorsque Raphael prend son violon et joue, son physique cesse d'avoir la moindre importance, et je deviens de l'argile entre ses mains. Il opte pour le Mendelssohn en *mi* mineur, et il s'abandonne de tout son corps à la musique.

Ce n'est pas qu'il joue les notes : il « vit » les sons. Le feu d'artifice de l'allegro tel qu'il l'interprète sur son instrument me fascine. En l'espace d'un instant, il est devenu méconnaissable. Envolé l'individu transpirant et squameux, c'est Merlin, et je veux faire mienne sa magie.

Raphael n'enseigne pas la méthode. A mon grand-père qui l'interroge, il explique : « C'est au violoniste qu'il incombe de mettre au point sa propre méthode. » Lui, il improvise des exercices à mon intention. Il me guide et je le suis. « Efforce-toi de donner le meilleur de toi-même, me dit-il tout en jouant et en me surveillant. Enrichis ce vibrato. N'aie pas peur des portamenti, Gideon. Glisse. De la fluidité. »

C'est ainsi que débute ma vraie vie de violoniste, Dr Rose. Tout ce qui a précédé avec Miss Orr n'était qu'un prélude. Je commence par prendre trois leçons par semaine, puis quatre, et ensuite cinq. Une leçon dure trois heures. Je me rends d'abord dans le bureau de Raphael au Collège royal de musique. Avec Grand-père, on prend le bus depuis Kensington High Street. Mais toutes ces heures à attendre que j'aie fini les cours, ça finit par faire long pour Grand-père, et à la maison chacun vit dans la hantise que cela finisse par provoquer une de ses crises sans que ma grand-mère puisse intervenir. Alors nous finissons par demander à Raphael de venir chez nous.

Le coût, on s'en doute, est loin d'être mince. On ne demande pas à un violoniste de l'envergure de Raphael de consacrer une aussi grande part de son énergie à un unique élève sans le dédommager de ses transports, des heures qu'il ne peut dispenser à d'autres étudiants et du surcroît de temps qu'il passe en ma compagnie. L'amour de la musique ne suffit pas à nourrir son homme. Et si Raphael n'a pas de famille à entretenir, il lui faut bien manger, payer son loyer et tout ce qui est indispensable.

Mon père a déjà deux emplois. Grand-père touche une petite pension du gouvernement qui le dédommage chichement de la perte de sa santé mentale. C'est pour préserver ce qui peut l'être encore, de cette santé chancelante, qu'après la guerre mes grands-parents ont refusé de quitter leur quartier huppé pour un autre plus abordable mais aussi plus éprouvant pour les nerfs. Ils ont rogné sur tout, loué des chambres à des pensionnaires, partagé les frais d'entretien de leur grande maison avec mon père. Mais ils ne pouvaient se douter qu'ils auraient un enfant prodige dans la famille – c'est ainsi que mon grand-père persiste à me nommer –, et jamais bien sûr ils n'ont budgété les sommes dont ils auraient besoin pour développer au maximum le potentiel de ce prodige.

Et moi, je ne leur facilite pas la tâche. Lorsque Raphael suggère une leçon supplémentaire par-ci, par-là, une heure de pratique, voire deux ou trois de plus, je ne me gêne pas pour leur faire comprendre que j'en ai besoin. Ils voient bien que je m'épanouis sous la houlette de Raphael : à peine a-t-il mis le pied à la maison que je suis prêt à faire feu, mon instrument dans une main, l'archet dans l'autre.

Force nous est donc de trouver un moyen de payer mes leçons, et c'est ma mère qui s'en charge.

1

C'est cette caresse – qui lui était réservée mais qui avait été prodiguée à un autre – qui attira Ted Wiley dehors alors qu'il faisait nuit. Il avait surpris le geste depuis sa fenêtre, sans avoir l'intention d'épier mais à l'affût tout de même. L'heure : une heure du matin. Le lieu : Friday Street, Henley-on-Thames, à quelque soixante mètres du fleuve. Très exactement devant le cottage de la belle dont ils étaient sortis quelques instants plus tôt non sans avoir baissé tous deux la tête pour éviter le linteau de cette bâtisse vieille de plusieurs siècles, construite à une époque où hommes et femmes étaient plus petits, et où leur vie était plus clairement définie.

Ça lui plaisait, ça, à Ted Wiley, la définition des rôles. Mais pas à elle. Et s'il n'avait pas encore compris qu'Eugenie ne se laisserait pas facilement cataloguer comme sa femme et enfermer dans une boîte, Ted avait dû aboutir à cette conclusion lorsqu'il les avait surpris tous les deux – Eugenie et cet inconnu aux allures de grande asperge – sur le trottoir dans les bras l'un de l'autre.

C'est évident, s'était-il dit. Elle *veut* que je sois témoin de cette scène. Elle veut que je voie comment elle l'enlace, puis comment elle lui effleure la joue de sa main tandis que lentement il s'éloigne. Au diable cette femme. Elle *veut* que je voie cela.

Tout cela, bien sûr, c'étaient des sophismes. Si l'étreinte et la caresse s'étaient produites à une heure plus raisonnable, Ted aurait chassé de son esprit ces pensées inquiétantes. Il se serait dit : Si elle est dehors en plein jour en public au soleil d'automne devant Dieu devant tout le monde et surtout devant *moi*, cela ne veut *rien* dire. Cela ne prête absolument pas à conséquence, cette caresse sur la joue d'un étranger, parce qu'elle sait que je peux facilement la voir. Mais au lieu de ces réflexions, c'est ce qu'impliquait le départ d'un homme de chez une femme à une heure du matin qui emplissait la tête de Ted d'un gaz toxique dont le volume continua d'enfler au cours des sept jours suivants tandis qu'angoissé, décryptant chacun de ses gestes et les moindres nuances de sa voix, il attendait qu'elle lui dise : « Ted, au fait, je vous ai dit que mon frère – ou mon cousin, mon père, mon oncle, l'architecte homosexuel qui doit agrandir la maison – est passé chez moi bavarder quelques instants l'autre soir ? La conversation s'est poursuivie jusqu'aux petites heures, j'ai cru qu'il ne partirait jamais. Il se peut que vous nous ayez vus devant ma porte si vous étiez embusqué derrière vos carreaux comme vous semblez en avoir pris l'habitude ces temps-ci. » A ceci près qu'à la connaissance de Ted Wiley il n'y avait ni frère, ni cousin, ni oncle, ni père dans la vie d'Eugenie. Et que si elle avait dans ses relations un architecte homosexuel, elle n'en avait pas encore fait mention.

Ce qu'elle lui avait dit, en revanche, et il en tremblait encore, c'est qu'elle avait quelque chose d'important à lui dire. Et lorsqu'il avait voulu savoir de quoi il s'agissait, tout en songeant qu'il aimerait autant qu'elle lui en fasse part immédiatement si cela devait être le coup qui le tuait, elle lui avait dit : Bientôt. Je ne suis pas encore prête à confesser mes péchés. Et elle avait approché sa paume pour lui toucher la joue. Oui. *Oui. Exactement* la même caresse.

C'est pourquoi à vingt et une heures par une soirée pluvieuse de novembre, Ted Wiley mit son golden retriever en laisse et décida qu'une petite promenade s'imposait. Le trajet, dit-il à la chienne, dont l'arthrite et l'aversion marquée pour l'humidité ne faisaient pas une promeneuse très enthousiaste, les conduirait en haut de Friday Street puis quelques mètres plus loin jusqu'à Albert Road. Là, si par hasard ils rencontraient Eugenie à sa sortie du Club des Sexagénaires – où le comité des fêtes du Nouvel An essayait toujours d'aboutir à un compromis concernant le menu des festivités à venir –, la rencontre passerait pour une simple coïncidence et serait l'occasion d'échanger quelques mots. Car tous les chiens avaient besoin d'une petite promenade avant de se coucher. Personne ne pouvait aller contre, c'était une chose qui ne se discutait pas. La chienne, que la défunte femme de Ted avait affublée du nom grotesque de Precious Baby et que Ted lui-même s'était empressé de rebaptiser PB pour faire simple, hésita sur le pas de la porte, cilla en regardant la rue où la pluie d'automne tombait à verse, laissant présager un orage long et glacial. Elle allait s'accroupir sur ses pattes arrière et aurait certainement réussi à se mettre dans cette position si Ted ne l'avait tirée sur le trottoir avec le désespoir d'un homme qui ne veut surtout pas qu'on le contrarie.

— Allez, PB, viens, lui ordonna-t-il fermement.

Il tira sur la laisse tant et si bien que le collier réglable se resserra autour du cou de l'animal. Le retriever parut reconnaître l'intonation et le geste. Avec un soupir qui fit s'échapper un petit panache dans l'air nocturne, PB s'avança tristement sous l'averse. Le temps était catastrophique mais on ne pouvait rien y faire. En outre, la vieille chienne avait besoin de bouger. Elle était devenue beaucoup trop paresseuse depuis la mort de sa maîtresse, cinq ans plus tôt, et Ted n'avait pas fait grand-chose pour l'inciter à prendre de l'exercice. Eh bien ! ça allait changer désormais. Il avait promis à Connie de s'occuper de la chienne et c'est ce qu'il allait faire, il allait attaquer ce soir même ce nouveau régime. Finis les reniflages dans le jardin avant d'aller te coucher, ma petite, dit-il silencieusement à PB. A partir de maintenant, on marche. Et rien d'autre.

Il vérifia que la porte de la librairie était bien fermée et il ajusta le col de sa vieille veste de coton huilé genre Barbour pour se protéger au mieux de l'humidité et du froid. Il aurait dû prendre un parapluie, se dit-il en mettant le pied dehors, lorsque les premières gouttes d'eau lui coulèrent dans le cou. Sa casquette ne le protégeait pas suffisamment, même si elle lui allait à la perfection. Mais pourquoi diable se soucier de ces détails vestimentaires ? Feu et glace, si quelqu'un réussissait à se frayer un chemin à l'intérieur de sa tête, ce serait pour y trouver des toiles d'araignée et de la moisissure.

Ted se racla la gorge, cracha dans le caniveau, commença à se faire un petit discours d'encouragement tandis que le chien et lui passaient devant la Royal Marine Reserve où, d'une gouttière démantibulée, jaillissait un jet argenté d'eau de pluie. Il était un beau parti, se dit-il. Oui, retraité de l'armée, veuf après quarante-deux ans d'un mariage *sans nuages*, le major Ted Wiley représentait un sacré beau parti pour une femme. Les hommes disponibles n'étaient-ils pas aussi rares que des diamants bruts à Henley ? Si. Bien sûr que si. Les hommes disponibles non affligés d'horribles poils dans le nez, sourcils broussailleux et poils aux oreilles n'étaient-ils pas plus rares encore ? Si, si, si. Et les hommes qui étaient soignés de leur personne, en possession de toutes leurs facultés, en excellente santé, habiles à la cuisine et de tempérament soumis n'étaient-ils pas une denrée rare en ville au point de se retrouver victimes de toutes les convoitises lorsqu'ils décidaient de montrer le bout du nez à une petite soirée ? Et comment ! Et lui en faisait partie. Tout le monde à Henley savait cela.

Y compris Eugenie.

Ne lui avait-elle pas dit en maintes occasions : Vous êtes un homme bien, Ted Wiley ? Si, elle le lui avait dit.

36

N'avait-elle pas ces trois dernières années accepté sa compagnie avec plaisir ? Si. Effectivement.

N'avait-elle pas souri, rougi, détourné les yeux lorsqu'ils rendaient visite à la mère de Ted, à la maison de retraite des Pins tranquilles, et que la vieille dame lançait de cette voix impérieuse et irritante qui la caractérisait : J'aimerais bien que vous vous mariiez avant ma mort, vous deux ? Si, si. Elle avait souri. Bel et bien souri.

Alors qu'est-ce qu'une caresse prodiguée à un étranger pouvait bien signifier au regard de tout cela ? Et pourquoi ne pouvait-il chasser ce geste de son esprit ? Il n'y était pas gravé. Ce n'était après tout qu'un souvenir désagréable qu'il n'aurait même pas gardé s'il n'avait pas pris l'habitude de fureter, de rôder, de s'efforcer de savoir ce qui se passait.

La réponse à cette question, c'était Eugenie : Eugenie dont le corps mince comme un spectre demandait à être nourri ; dont les cheveux toujours impeccables – encore qu'abondamment striés de gris – auraient gagné à être débarrassés des barrettes qui les maintenaient en place ; dont les yeux moirés passaient du bleu au vert, puis du vert au gris avant de virer de nouveau au bleu mais étaient toujours circonspects ; dont la discrète et pourtant provocante féminité éveillait chez Ted au plus profond de son intimité un émoi qui le poussait à se lancer dans une entreprise qu'il n'avait jamais eu envie de tenter depuis la mort de Connie. Eugenie était la réponse.

Et lui, il était l'homme qu'il fallait à Eugenie, l'homme qui la protégerait, qui la ramènerait à la vie. S'il y avait un sujet qu'ils avaient évité d'aborder ces trois dernières années, c'était le refus d'Eugenie de fréquenter ses semblables. Et pourtant ce refus de la compagnie d'autrui s'était ouvertement manifesté lorsqu'il l'avait invitée pour la première fois à se joindre à lui, un soir, pour boire un verre de xérès au Catherine Wheel.

Pas possible, ça doit faire *des années* qu'un homme

ne lui a pas demandé de sortir avec lui, avait songé Ted Wiley en la voyant rougir. Et il s'était demandé pourquoi.

Peut-être tenait-il la réponse maintenant. Elle avait des secrets, Eugenie. Elle lui cachait des choses. *J'ai quelque chose d'important à vous dire, Ted.* Des péchés à confesser, avait-elle ajouté. Des péchés.

Eh bien, il n'attendrait pas plus longtemps, il voulait entendre maintenant ce qu'elle avait à lui dire.

Arrivé en haut de Friday Street, Ted attendit que le feu passe au rouge tandis que PB frissonnait à côté de lui. Duke Street était l'artère principale reliant Henley à Reading et à Marlow, et de ce fait il y circulait toutes sortes de véhicules qui traversaient l'agglomération. La pluie ne diminuait en rien le volume de la circulation dans une société déprimante qui dépendait de plus en plus de la voiture, et où chacun aspirait à mener une vie de banlieusard type, partagée entre travail à la ville et vie à la campagne. Tant et si bien que, même à neuf heures du soir, voitures et camions roulaient dans Duke Street en soulevant des trombes d'eau sur la chaussée détrempée, leurs phares formant des éventails ocre qui se reflétaient contre les fenêtres et dans les flaques.

Trop de gens qui se rendent dans trop d'endroits, songea Ted, morose. Trop de gens qui ne savent même pas pourquoi ils traversent la vie tête baissée.

Le feu passa au rouge, Ted traversa et se retrouva dans Greys Road en compagnie de PB qui se traînait à côté de lui. Ils n'avaient guère fait plus de quatre cents mètres, mais la vieille chienne avait déjà du mal à respirer, aussi Ted se glissa-t-il sous le porche de Mirabelle's Antiques pour lui permettre de souffler. Ils étaient presque arrivés en vue de leur destination, la rassura-t-il. Elle allait certainement réussir à parcourir les quelques mètres qui les séparaient d'Albert Road.

Là, un parking servait de cour au Club des Sexagénaires, une association destinée à accueillir les retraités, toujours plus nombreux à Henley. C'était là aussi qu'Eugenie travaillait en qualité de directrice. Et là que

Ted l'avait rencontrée quand, incapable de supporter plus longtemps à Maidstone le souvenir de la longue agonie de sa femme, il s'était installé dans cette petite ville bordant la Tamise.

« Major Wiley, mais c'est formidable, vous habitez Friday Street, je vois, lui avait dit Eugenie en examinant le formulaire d'adhésion qu'il avait rempli. Nous sommes voisins, alors. J'habite au 65, la maison rose. Doll Cottage. Depuis des années. Et vous...

— J'habite au-dessus de la librairie, avait-il répondu. De l'autre côté de la rue. J'ai mon appartement au-dessus de la boutique. Oui. Mais j'ignorais... je veux dire : je ne vous ai jamais vue.

— Je sors tôt, je rentre tard. Je connais bien votre magasin. J'y suis allée plus d'une fois. Du moins quand votre mère le tenait. Avant son attaque, je veux dire. Mais ça va maintenant. Sa santé s'améliore. »

Il avait pensé qu'Eugenie lui posait une question mais, lorsqu'il avait compris que ce n'était pas le cas, qu'elle se bornait à lui faire part d'une chose qu'elle savait déjà, il avait compris où il l'avait aperçue auparavant : à la maison de retraite des Pins tranquilles, où trois fois par semaine il allait rendre visite à sa mère. Eugenie travaillait là-bas le matin à titre bénévole, et pour parler d'elle les patients disaient « notre ange ». Du moins c'est ce que la mère de Ted lui avait dit une fois tandis qu'ils regardaient Eugenie entrer dans un box, une couche pour adulte pliée sur le poignet. « Elle n'a pas de parents ici, et la maison de retraite ne lui verse pas un centime, Ted. »

Alors *pourquoi* ? avait voulu savoir Ted à l'époque. Pourquoi ?

Des secrets, songea-t-il maintenant. Les eaux dormantes ont des secrets.

Il baissa les yeux vers la chienne, qui s'était affaissée contre lui, à l'abri de la pluie, et semblait bien décidée à faire un somme pendant que l'occasion se présentait. « Allons, PB. Ce n'est plus très loin maintenant », et, regardant de l'autre côté de la rue, il vit à travers les arbres dénudés qu'il ne lui restait plus beaucoup de temps non plus.

Car de là où la chienne et lui se tenaient à l'abri, il constata que le Club des Sexagénaires vomissait son comité des fêtes du Nouvel An. Levant leurs parapluies et se faufilant à travers les flaques tels des funambules débutants, les membres du comité se lançaient des bonsoirs avec suffisamment de bonhomie pour suggérer qu'un compromis sur le menu avait finalement été trouvé. Eugenie en serait ravie. Et, satisfaite, elle serait sans doute d'humeur expansive et disposée à lui parler.

Ted traversa, impatient de l'intercepter, remorquant le golden retriever récalcitrant. Il atteignit le muret séparant le trottoir du parking au moment où le dernier des membres du comité s'éloignait au volant de son véhicule. Les lumières du Club s'éteignirent et le porche fut baigné d'ombre. Quelques instants plus tard, Eugenie sortit dans la pénombre brumeuse, se bagarrant avec son parapluie noir. Ted ouvrit la bouche pour la héler, lui lancer un joyeux bonsoir, lui proposer de l'escorter jusqu'à son cottage. Ce n'est pas une heure pour être seule dans les rues quand on est une jolie femme comme vous, ma chère. Vous ne voulez pas prendre le bras d'un ardent soupirant ? Accompagné d'un chien : PB et moi faisions une dernière reconnaissance en ville.

Il aurait pu dire tout cela, et il inspirait un bon coup pour le lui dire, en effet, lorsque soudain il l'entendit. Une voix d'homme. Qui appelait Eugenie par son prénom. Elle pivota vers la gauche et Ted dirigea les yeux vers une silhouette qui s'extrayait d'une conduite intérieure sombre. Eclairée par-derrière par l'un des réverbères du parking, c'était avant tout une ombre. Toutefois la forme de son crâne et son nez en bec d'aigle suffirent à Ted pour reconnaître celui qui avait rendu visite à Eugenie à une heure du matin.

L'étranger s'approcha. Elle ne bougea pas. La lumière changeant, Ted constata que c'était un homme d'un âge certain – un de ses contemporains, peut-être –

avec une tignasse de cheveux blancs ramenés en arrière et effleurant le col relevé de son Burberry.

Ils se mirent à parler. Il lui prit son parapluie des mains, le souleva à bout de bras pour les protéger, lui parlant avec insistance. Il dépassait Eugenie de quelque vingt centimètres, aussi était-il obligé de se pencher. Elle levait le visage vers lui pour mieux saisir ses paroles. Ted tendit l'oreille de son côté mais réussit tout juste à capter « Il le faut » et « A genoux, Eugenie ? » et enfin, très fort, « Tu ne vois donc pas… », qu'Eugenie interrompit par un flot de mots à voix basse en lui posant la main sur le bras. « C'est toi qui me dis ça ? » Tels furent les derniers échanges que Ted saisit avant que l'homme s'arrache à l'étreinte d'Eugenie, lui fourre son parapluie dans les mains et regagne à grands pas son véhicule dans l'air glacial. A cette vue, Ted laissa échapper un soupir de soulagement.

Toutefois son soulagement fut de courte durée. Eugenie emboîta le pas à l'étranger et l'intercepta alors qu'il ouvrait sans ménagement la portière de sa voiture. La portière entre eux, elle continua de parler. Son interlocuteur détourna le visage et s'écria : « Non, non ! » ; là, elle tendit le bras et essaya de lui toucher la joue. Elle semblait vouloir l'attirer contre elle malgré la portière qui les séparait.

La portière constituait un rempart efficace car l'étranger réussit à se soustraire à la caresse d'Eugenie. Il prit place sur le siège du conducteur, claqua la porte et fit démarrer le moteur avec un rugissement qui alla frapper les façades des immeubles donnant sur le parking.

Eugenie s'écarta. La voiture fit marche arrière. Les vitesses hurlaient comme des animaux qu'on démembre. Les pneus frottèrent contre le trottoir trempé. Le caoutchouc entra en contact avec l'asphalte dans un bruit désespéré.

Un autre rugissement et la voiture filait vers la sortie. A six mètres à peine du liquidambar à l'ombre duquel Ted s'était réfugié, l'Audi – car la voiture était maintenant assez près pour que Ted distingue les quatre cercles sur le capot – s'engagea dans la rue sans que le conducteur prenne la peine de marquer une pause afin de s'assurer que la voie était libre. Ted eut juste le temps d'entrevoir un profil crispé avant que l'Audi ne tourne à gauche en direction de Duke Street puis à droite pour prendre la route de Reading. Ted plissa les yeux, essayant de déchiffrer le numéro de la plaque d'immatriculation, se demandant s'il n'avait pas mal choisi son moment pour surprendre Eugenie.

Allait-il détaler sans demander son reste ou faire semblant d'arriver ? Il n'avait guère de temps pour prendre un parti car Eugenie allait être là d'une minute à l'autre.

Il baissa les yeux sur la chienne, qui avait profité de ce moment de répit pour se laisser tomber au pied du liquidambar où, recroquevillée d'un air de martyre, elle s'apprêtait à piquer un petit roupillon. Etait-il raisonnable, songea Ted, d'imaginer qu'il réussirait à persuader PB de quitter les lieux au petit trot avant qu'Eugenie atteigne l'entrée du parking ? Pas vraiment. Il lui faudrait donc faire comme si la chienne et lui venaient d'arriver.

Rentrant la tête dans les épaules, il tira sur la laisse. Mais c'est alors qu'il vit qu'Eugenie ne se dirigeait pas du tout de son côté. Au contraire : elle s'éloignait dans la direction opposée et s'engageait dans une ruelle pour piétons qui permettait d'accéder à Market Place. Où diable allait-elle donc ?

Ted hâta le pas. Assez mécontente, PB fut néanmoins obligée de forcer l'allure sous peine de se voir étranglée par son collier. Eugenie avançait, silhouette sombre devant eux, imperméable noir, bottes noires, parapluie noir par une nuit pluvieuse.

Elle tourna à droite dans Market Place et Ted se demanda pour la seconde fois où elle se rendait. Les magasins étaient fermés à cette heure tardive et Eugenie n'était pas du genre à se risquer seule dans les pubs.

Ted souffrit mille morts tandis que PB se soulageait

près du trottoir. La vessie de la chienne battait des records de capacité et Ted se disait que, le temps que PB déverse sur l'asphalte des litres d'urine fumante, Eugenie allait disparaître dans Market Place Mews ou dans Market Lane, lorsqu'elle traversa à quelques dizaines de mètres de là. Toutefois, après avoir balayé la rue des yeux, de droite à gauche, elle poursuivit son chemin vers le fleuve. Passant devant Duke Street, elle traversa dans Hart Street, et Ted pensa que malgré le temps elle rentrait chez elle par le chemin des écoliers. C'est alors qu'elle se dirigea vers les portes de Sainte-Marie, dont la belle tour crénelée était l'un des plus beaux fleurons du paysage de Henley.

Mais Eugenie n'était pas venue admirer la vue : elle s'engouffra dans l'église.

« Zut », marmonna Ted. Que faire ? Il ne pouvait tout de même pas la suivre dans l'église avec la chienne. La perspective de faire le pied de grue sous la pluie ne le tentait guère. Et puis s'il pouvait attacher l'animal à un réverbère pour la rejoindre à l'intérieur, il lui était difficile de prétendre la rencontrer là par hasard à neuf heures du soir, alors qu'aucun service ne se déroulait dans l'église. D'ailleurs à supposer qu'il y eût un service, Eugenie savait qu'il ne fréquentait pas les lieux de culte. Que pouvait-il faire d'autre sinon rebrousser chemin et rentrer chez lui comme un amoureux transi ? Et pendant tout ce temps il ne cessait d'avoir présent à l'esprit le moment où, dans le parking, elle l'avait caressé, et ce geste tendre…

Ted secoua vigoureusement la tête. Cela ne pouvait pas continuer comme ça. Il lui fallait apprendre le pire. Et l'apprendre ce soir.

A gauche de l'église, le cimetière dessinait un triangle de végétation détrempée, traversé par un sentier conduisant à une rangée d'anciens hospices en brique dont les fenêtres clignotaient vivement sur fond d'obscurité. Ted entraîna PB dans cette direction, profitant de ce qu'Eugenie était dans l'église pour préparer la phrase qu'il lui lancerait lorsqu'il l'aborderait.

Regardez cette chienne, grosse comme une truie, lui dirait-il. J'ai entrepris de la faire maigrir. Le vétérinaire prétend que son cœur va flancher si ça continue, c'est pourquoi nous sommes dehors à cette heure ; désormais nous allons faire le tour de la ville tous les soirs. On peut faire un bout de chemin avec vous, Eugenie ? Vous rentrez ? Vous vous sentez prête à me faire vos confidences ? Vous me disiez que vous alliez bientôt le faire. Pourquoi pas maintenant ? Je ne sais pas si je vais pouvoir ronger mon frein encore longtemps à attendre comme ça.

Le problème, c'est qu'il avait décidé pour elle, et qu'il avait pris cette décision sans savoir si, de son côté, elle en avait pris une. Depuis la mort de Connie, cinq ans plus tôt, il ne s'était jamais trouvé en situation de poursuivre une femme de ses assiduités : c'étaient plutôt les femmes qui l'avaient poursuivi. Et même si cela lui avait permis de se rendre compte à quel point il avait horreur d'être harcelé – depuis quand ces maudites femmes étaient-elles devenues aussi agressives ? –, même si ce harcèlement s'accompagnait de pressions sur sa personne qu'il jugeait insupportables, il éprouvait cependant une intense satisfaction à se dire qu'à son âge le bonhomme avait encore du sex-appeal et qu'on se le disputait.

A ceci près qu'Eugenie ne lui demandait rien, elle. Ce qui amenait Ted à se demander si, alors que les autres l'estimaient suffisamment viril – en apparence, du moins –, elle ne le trouvait pas insuffisant sur ce plan.

Bon sang, à quoi rimaient ces angoisses ? Il n'était pas un adolescent qui n'a jamais baisé de sa vie. Tout ça à cause des échecs qu'il avait connus avec les autres, décida-t-il, des échecs qu'il n'avait jamais subis avec Connie.

« Vous devriez consulter un médecin pour votre petit problème, lui avait dit ce piranha de Georgia Ramsbottom, lui présentant son dos osseux avant de s'emparer de sa robe de chambre de flanelle. Ce n'est pas

normal, Ted. Un homme de votre âge. Vous avez quoi ?
Soixante ans ? Ce n'est pas normal. »

Soixante-huit, songea-t-il. Et, entre les jambes, un
bout de viande qui s'obstinait à demeurer inerte malgré
les soins pourtant ardents qu'on lui prodiguait.

Mais c'était parce qu'elles le poursuivaient. Si seulement elles l'avaient laissé jouer le rôle que la nature
lui avait destiné – celui de chasseur et non de gibier
–, tout aurait parfaitement fonctionné. N'est-ce pas que
cela aurait fonctionné ? Il lui fallait en être sûr.

Un mouvement soudain à la fenêtre d'une maison
attira son attention. Ted jeta les yeux de ce côté et vit
une silhouette entrer dans la pièce. Une silhouette de
femme. Ted fut étonné de la voir soulever son pull
rouge, le retirer par la tête et le jeter par terre.

Il balaya les lieux du regard. Il sentit ses joues le
brûler malgré la pluie battante. Les gens étaient bizarres, certains ignoraient qu'on pouvait les voir du dehors
lorsqu'ils se tenaient la nuit derrière une fenêtre éclairée. Ne distinguant pas ce qui se passait à l'extérieur,
ils s'imaginaient qu'eux-mêmes étaient invisibles. Les
enfants, en particulier. Ted avait dû apprendre à ses
trois filles à tirer les rideaux avant de se déshabiller.
Mais si personne n'habituait un enfant à faire ça…
C'était étrange, il y avait des gens qui ne songeaient
jamais à tirer les rideaux.

De nouveau il coula un regard en direction de
l'inconnue. La femme avait maintenant retiré son soutien-gorge. Ted déglutit. Au bout de sa laisse, PB reniflait l'herbe qui bordait le sentier du cimetière, et elle
se dirigeait innocemment vers les maisons.

Enlève-lui sa laisse, elle n'ira pas bien loin. Au lieu
de quoi Ted la suivit.

A la fenêtre, la femme commença à se brosser les
cheveux. A chaque coup de brosse ses seins se soulevaient et retombaient. Les bouts étaient raides, nichés
au centre d'aréoles d'un brun profond. A cette vue, les
yeux rivés sur sa poitrine comme s'il n'avait attendu
que cela au cours de toutes ces soirées, Ted sentit naî-

tre en lui un début de trouble, il sentit son sang courir plus vite, et son membre palpiter.

Il poussa un soupir. Il n'y avait rien d'anormal chez lui. Rien du tout. Le problème, c'est qu'il ne supportait pas qu'on lui donne la chasse. Lorsqu'il serait en position de chasseur – un chasseur qui n'hésiterait pas à réclamer sa proie –, le problème serait réglé.

Il tira sur la laisse de PB pour empêcher la chienne d'aller plus loin. Et il s'immobilisa pour regarder la femme à sa fenêtre et attendre son Eugenie.

Dans la chapelle de la Vierge à Sainte-Marie, loin de prier, Eugenie attendait. Elle n'avait pas franchi le seuil d'une église depuis des années et, si elle l'avait fait ce soir-là, c'était pour éviter d'avoir une conversation avec Ted ainsi qu'elle se l'était promis.

Elle savait qu'il la suivait. Ce n'était pas la première fois qu'elle sortait du Club des Sexagénaires et apercevait sa silhouette sous les arbres. Mais c'était la première fois qu'elle s'était interdit de lui parler. C'est pourquoi elle ne s'était pas dirigée vers lui comme elle aurait pu le faire pour lui expliquer la scène dont il avait été témoin sur le parking. Elle avait préféré prendre la direction de Market Place sans trop savoir où elle allait atterrir.

Lorsque son regard s'était posé sur l'église, elle avait décidé de se glisser à l'intérieur et d'adopter l'attitude d'une dévote. Les cinq premières minutes dans la chapelle, elle s'était même agenouillée sur les coussins poussiéreux et, tournée vers la statue de la Vierge, elle avait attendu que les mots familiers lui reviennent à la mémoire. Mais ces mots la fuyaient. Elle avait la tête trop encombrée pour prier : vieilles discussions et accusations, fidélités plus anciennes encore au nom desquelles elle avait commis des péchés, soucis présents et ce qui en découlait, conséquences pour l'avenir si elle faisait un faux pas maintenant.

Des faux pas, elle en avait tant fait… De quoi

détruire des dizaines d'existences. L'expérience lui avait enseigné qu'une action est comme un caillou qu'on laisse tomber dans une eau lisse : les cercles concentriques que provoque la chute de la pierre diminuent peu à peu mais ils existent bel et bien.

La prière ne venant pas, Eugenie se releva. Elle s'assit, les pieds bien à plat sur le sol, et étudia le visage de la statue. Vous n'avez pas choisi de Le perdre, n'est-ce pas ? dit-elle en silence à la Vierge. Comment puis-je vous demander de comprendre ? Et à supposer que vous compreniez, comment pourriez-vous intercéder en ma faveur ? Vous ne pouvez pas défaire ce qui s'est fait, n'est-ce pas ? Vous ne pouvez pas ramener à la vie ce qui est mort et envolé. Parce que, si vous en étiez capable, vous l'auriez fait pour vous épargner la torture de Son assassinat.

Mais ils ne disaient jamais qu'il s'agissait d'un assassinat, n'est-ce pas ? C'est un sacrifice pour une cause plus vaste. C'est un don de soi, de sa vie pour quelque chose de plus important que la vie. Comme si l'on pouvait vraiment...

Eugenie appuya les coudes sur ses cuisses et posa son front dans ses mains. Si elle devait croire ce que la religion lui avait jadis enseigné, la Vierge Marie savait exactement dès le début ce qu'on lui demanderait. Elle avait compris que l'Enfant qu'elle avait élevé lui serait arraché à la fleur de l'âge. Qu'il serait insulté, battu, sacrifié. Il mourrait d'une mort ignominieuse et elle assisterait à cette fin. Et la seule certitude qu'elle aurait jamais que Sa mort avait une signification plus vaste que ce qu'impliquait le fait de se voir cracher dessus et crucifier entre deux vulgaires criminels, c'était la foi qui la lui apporterait. Parce que, même si la tradition voulait que l'avenir lui ait été révélé par un ange, qui pouvait croire une chose pareille ?

Alors elle s'était abandonnée à une foi aveugle en l'existence d'un bien supérieur. Un bien que ni elle ni les petits-enfants qu'elle n'aurait pas ne connaîtraient jamais. Mais un bien réel. Qui existait. Quelque part.

Ce bien ne s'était pas encore manifesté. Deux mille lourdes années plus tard, l'humanité attendait toujours qu'il se manifeste. Alors que pensait-elle, la Vierge Mère, qui contemplait tout cela du haut de son trône dans les cieux ? Comment évaluait-elle les aspects positifs et les aspects négatifs ?

Des années durant, les journaux avaient dit à Eugenie que les aspects positifs – le bien – l'avaient emporté sur le prix qu'elle-même avait dû payer. Mais maintenant elle n'en était plus aussi sûre. Le Bien supérieur qu'elle avait cru servir menaçait de se désintégrer sous ses yeux, tel un tapis qui en s'effilochant réduit à néant le travail des artisans qui l'ont réalisé. Et elle était seule à pouvoir mettre un terme à cet effilochage. A condition de le décider.

Le problème, c'était Ted. Elle n'avait pas eu l'intention de se rapprocher de lui. Pendant des années elle s'était interdit toute intimité avec quiconque, ne voulant pas que cela pût la mettre sur la voie des confidences. Le fait de sentir qu'elle était maintenant capable – mieux, qu'elle méritait – de tisser des liens avec un autre être humain lui semblait une forme d'orgueil susceptible de la détruire. Pourtant elle voulait se rapprocher de lui malgré tout, car c'était peut-être lui qui guérirait la maladie que, par manque de courage, elle se refusait à nommer.

Elle resta assise dans l'église. D'une part, parce qu'elle ne voulait pas affronter Ted Wiley avant d'avoir préparé le terrain. De l'autre, parce qu'elle n'avait pas encore trouvé les mots pour le préparer.

Mon Dieu, dites-moi ce que je dois faire, pria-t-elle. Dites-moi quels mots employer.

Mais Dieu gardait le silence. Eugenie déposa une aumône dans le tronc et quitta l'église.

Dehors il pleuvait toujours aussi dru. Ayant ouvert son parapluie, elle prit la direction du fleuve. Le vent se levait tandis qu'elle atteignait le coin ; elle s'immobilisa un instant, luttant contre les rafales.

— Attendez, laissez-moi vous aider, Eugenie.

Elle pivota et se retrouva face à Ted qui, flanqué de sa vieille chienne à l'air lamentable, avait le nez et la mâchoire dégoulinants de pluie. Son Barbour luisait d'humidité, sa casquette lui collait au crâne.

— Ted ! fit-elle en feignant charitablement la stupeur. Mais vous êtes trempé comme une soupe ! Et votre pauvre PB ! Qu'est-ce que vous fabriquez dehors avec cet amour de chien ?

Il redressa tant bien que mal le parapluie et, le brandissant, les abrita tous deux. Elle lui prit le bras.

— On a décidé de faire de l'exercice. Balade jusqu'à Market Place, et retour à la maison en passant par l'église. Quatre fois par jour. Mais vous, que faites-vous dans ces parages ? Ne me dites pas que vous sortez de l'église ?

Vous savez bien que si, aurait-elle voulu lui dire. La seule chose que vous ignorez, c'est pourquoi j'y suis entrée. Au lieu de quoi, elle laissa tomber d'un ton léger :

— Je décompressais après la réunion de la commission. Vous vous en souvenez ? Le comité des fêtes du Nouvel An. Je leur avais donné un délai pour se mettre d'accord sur le menu. C'est qu'il y a des tas de choses à commander, vous comprenez. Le traiteur ne peut pas attendre indéfiniment.

— Vous rentrez maintenant ?

— Oui.

— Et je peux… ?

— Vous savez bien que vous pouvez.

C'était ridicule, cette conversation mondaine, quand on songeait à tout ce qu'ils avaient à se dire et qu'ils taisaient.

Vous n'avez pas confiance en moi, Ted, pas vrai ? Pourquoi n'avez-vous pas confiance en moi ? Comment l'amour peut-il naître entre deux êtres s'il n'y a pas de confiance à la base ? Je sais que vous vous faites du mauvais sang parce que je ne vous confie pas ce que je vous ai dit vouloir vous confier, mais pourquoi ne pas vous contenter du fait que j'ai envie *de vous parler ?*

Cependant elle ne pouvait se risquer sur ce terrain. Le temps des révélations n'était pas encore venu. Des liens beaucoup plus anciens que ceux qui l'attachaient à Ted l'en empêchaient. Il lui fallait d'abord mettre ses affaires en ordre. Ranger sa maison avant de la brûler.

Ils entamèrent donc une conversation anodine tout en marchant le long du fleuve. Parlèrent de leurs journées respectives. Des visites qu'il avait reçues à la librairie, de la santé de sa mère aux Pins tranquilles. Il se montrait enjoué, gai ; elle, réceptive quoique un peu éteinte.

— Fatiguée ? s'enquit-il une fois arrivé devant la porte de son cottage.

— Un peu, oui. La journée a été longue.

Il lui tendit son parapluie.

— Alors je ne vous retiens pas plus longtemps.

Mais il avait un tel air d'expectative sur son visage rougeaud qu'elle comprit qu'il n'attendait qu'une chose : qu'elle l'invite à prendre un cognac avant d'aller se coucher.

La tendresse qu'il lui inspirait la poussa à dire la vérité :

— Je dois me rendre à Londres, Ted.

— Vous allez vous lever de bonne heure, alors ?

— Non. Je dois y aller ce soir. J'ai un rendez-vous.

— Un rendez-vous ? Mais avec cette pluie il vous faudra au moins une heure… Vous avez dit un rendez-vous ?

— Oui.

— Quel genre de… ? Eugenie…

Il souffla. Elle l'entendit jurer à voix basse. PB aussi, apparemment, car elle leva la tête et adressa un coup d'œil surpris à son maître. Elle était trempée, pauvre bête. Heureusement qu'elle avait une fourrure épaisse. Une vraie fourrure de mammouth.

— Laissez-moi vous y emmener, dans ce cas, finit par dire Ted.

50

— Ce ne serait pas prudent.

— Mais…

Elle lui posa la main sur le bras pour l'interrompre. Elle levait le bras pour lui faire une caresse sur la joue, mais il se déroba, recula.

— Vous êtes libre pour dîner demain soir ? lui demanda-t-elle.

— Comme si vous ne le saviez pas.

— Alors dînons ensemble. Ici. Nous bavarderons.

Il la regarda, s'efforçant de deviner ce qu'elle lui cachait, et n'y parvenant pas. Inutile d'essayer, aurait-elle voulu lui dire. J'ai trop longtemps répété ce rôle dans une pièce que vous ne pouvez pas encore comprendre.

Elle le fixa, attendant sa réponse. La lumière de son séjour éclairait le visage de son compagnon marqué par l'âge et par des angoisses qu'il préférait garder pour lui. Elle lui savait gré de taire ses craintes. Le fait qu'il se tût lui donnait à elle le courage d'affronter ce qui la terrifiait.

Il retira sa casquette en un geste humble que pour rien au monde elle ne lui aurait imposé. Ses épais cheveux gris se trouvèrent ainsi exposés à la pluie ainsi que son nez rubicond. Il lui apparut tel qu'il était : un vieil homme. Et elle se fit l'effet d'être ce qu'elle était vraiment : une femme qui ne méritait pas l'amour d'un homme si bien.

— Eugenie, dit-il, si vous pensez que vous ne pouvez pas me dire que vous… que vous et moi… que nous ne sommes pas…

Il contempla la librairie, en face.

— Je ne pense à rien. Seulement à Londres et au trajet. Et à la pluie. Mais je serai prudente, Ted. Inutile de vous tracasser.

Il sembla momentanément soulagé à ces mots qu'il parut trouver rassurants.

— Vous êtes tout au monde pour moi, dit-il avec simplicité. Vous le savez, Eugenie ? Tout au monde.

Je sais qu'il m'arrive de me conduire comme un idiot, mais…

— Je sais. Je sais que je compte pour vous. Nous parlerons demain.

— Très bien.

Il l'embrassa gauchement, se cognant la tête contre le bord de son parapluie et le faisant osciller dans sa main.

La pluie lui fouetta le visage. Une voiture remonta Friday Street à toute allure. Des trombes d'eau jaillirent, trempant ses chaussures.

Ted pivota.

— Dites donc, vous ! s'écria-t-il. Faites attention, tout de même !

— Ce n'est rien. Ce n'est rien, Ted.

Il se retourna vers elle.

— Bon sang, est-ce que ce n'était pas… ?

Il s'interrompit.

— Quoi ? Qui ?

— Personne. Rien.

Il fit se relever la chienne pour franchir les derniers mètres qui les séparaient de la librairie.

— Alors, c'est d'accord ? Nous parlerons demain ? Après dîner ? ajouta-t-il.

— Oui. J'ai beaucoup de choses à vous dire.

Elle avait très peu de préparatifs à faire. Elle se lava le visage et se brossa les dents. Elle se peigna et se noua un foulard bleu marine sur la tête. Elle s'appliqua du baume incolore sur les lèvres et mit sa doublure d'hiver à son imperméable pour mieux se protéger contre le froid. Se garer à Londres était toujours un problème, et elle ne savait pas si elle aurait beaucoup à marcher par ce temps de chien une fois arrivée à destination.

Son imper sur le dos, sac au bras, elle descendit l'étroit escalier. Elle prit sur la table de la cuisine une photographie dans un cadre de bois ordinaire. Elle en possédait tout un lot qu'elle disposait ici et là dans le cottage. Avant d'en choisir une dans le tas, elle les avait alignées tels des soldats à la parade sur la table, et elles restèrent là.

Elle serra le cadre contre sa poitrine. Elle sortit dans la nuit.

Sa voiture était garée dans une cour fermée un peu plus bas dans la rue, où elle louait au mois une place de parking. L'entrée de la cour était défendue par des grilles électriques. C'était une mesure de sécurité appréciable, et Eugenie aimait la sécurité. Elle aimait l'illusion de sécurité que procuraient grilles et cadenas.

Une fois dans sa voiture – une Polo d'occasion dont le ventilateur hoquetait comme un asthmatique en phase terminale –, elle déposa avec soin la photo encadrée sur le siège du passager et mit le contact. Ce voyage à Londres, elle l'avait préparé, contrôlant l'huile et les pneus, faisant le plein dès qu'elle avait su la date et le lieu. L'heure, elle ne l'avait apprise que plus tard, et elle avait renâclé au début, lorsqu'elle avait compris que c'était dix heures quarante-cinq du soir. Et pas du matin. Mais elle n'avait pas le choix, elle le savait, aussi avait-elle accepté. Sa vision nocturne n'était plus aussi bonne que par le passé. Tant pis, elle s'en sortirait.

Toutefois, elle n'avait pas prévu qu'il pleuvrait. Et alors qu'elle quittait les abords de Henley et se frayait un chemin vers le nord-ouest et Marlow, elle s'aperçut qu'elle était obligée de se cramponner au volant et de se coucher dessus, à demi aveuglée par les phares des voitures qui arrivaient en sens inverse, gênée par la pluie battante qui diffractait la lumière en une myriade de fers de lance, lesquels criblaient le pare-brise de lacérations visuelles.

La situation n'était guère meilleure sur la M40, où voitures et camions soulevaient des gerbes d'eau que les essuie-glaces de la Polo avaient bien du mal à effacer. Le tracé matérialisant les files avait pratiquement disparu sous la nappe liquide, et les lignes encore visibles se tordaient tels des serpents quand elles ne se dérobaient pas au regard.

Ce n'est qu'en atteignant Wormwood Scrubs qu'elle sentit qu'elle pouvait relâcher un peu son étreinte sur le volant. Et même alors, elle ne respira librement qu'après avoir quitté le fleuve de béton détrempé de l'autoroute et pris la direction du nord aux abords de Maida Hill.

Dès qu'elle fut en mesure de le faire, elle s'arrêta au bord du trottoir devant un Sketchley non éclairé. Là, elle expulsa tout l'air qu'elle avait gardé bloqué dans ses poumons depuis qu'à Henley elle s'était engagée dans Duke Street.

Elle fouilla dans son sac pour y prendre les instructions qu'elle avait relevées dans son guide A à Z des rues de Londres. Elle avait effectué sans encombre le trajet sur l'autoroute, il lui restait encore un quart du trajet à parcourir à travers les rues londoniennes.

En temps normal, la ville était un labyrinthe. La nuit, elle devenait un labyrinthe mal éclairé disposant d'un nombre ridicule de panneaux de signalisation. Mais la nuit par temps de pluie, c'était carrément l'enfer. Trois fausses manœuvres et Eugenie ne réussit pas à dépasser Paddington Recreation Ground avant de se perdre. Heureusement, à chaque fois elle repartait par le chemin qu'elle avait emprunté à l'aller, comme un chauffeur de taxi qui est décidé à comprendre la bêtise qu'il a commise.

Aussi était-il près de onze heures vingt lorsqu'elle trouva la rue qu'elle cherchait au nord-ouest de Londres. Et elle passa encore sept infernales minutes à tourner avant de trouver une place pour se garer.

De nouveau, elle plaqua contre sa poitrine la photo encadrée, prit son parapluie sur le siège arrière et descendit de voiture. La pluie avait fini par se calmer mais le vent faisait toujours rage. Les rares feuilles d'automne qui restaient encore sur les arbres étaient emportées par la bise qui les plaquait sur le trottoir, la chaussée, les véhicules.

La maison qu'elle cherchait était au numéro 32. Ce devait être un peu plus haut, sur l'autre trottoir. Elle parcourut vingt-cinq mètres. A cette heure, les maisons qu'elle dépassait étaient pour la plupart plongées dans l'ombre. L'entretien qui se préparait lui avait déjà pas mal mis les nerfs en pelote, toutefois elle sentit son inquiétude grandir au voisinage de ces ténèbres et aux suggestions de son imagination fertile quant aux dangers que risquaient de recéler ces ténèbres. Aussi décida-t-elle d'être prudente. Comme il convient de l'être quand on est une femme seule dans une grande ville par une nuit d'automne pluvieuse. Elle quitta donc le trottoir et poursuivit son chemin au milieu de la chaussée. Ainsi ne serait-elle pas prise au dépourvu en cas d'agression.

Encore qu'une agression fût peu probable : le quartier était correct. Cela dit, la prudence restait quand même de mise. C'est pourquoi elle fut soulagée lorsque des lumières la balayèrent, lui annonçant qu'un véhicule s'était engagé dans la rue derrière elle. La voiture arrivait lentement, comme elle-même tout à l'heure ; et comme elle, elle cherchait une place de parking, denrée particulièrement rare à Londres. Eugenie pivota, se plaqua contre la carrosserie la plus proche, attendant que la voiture la dépasse. C'est alors que cette dernière obliqua vers le côté et lui adressa un appel de phares, lui indiquant que la voie était libre.

Ah, elle s'était trompée, se dit-elle en ramenant son parapluie contre son épaule et en poursuivant sa route. La voiture n'attendait pas qu'une place se libère, elle attendait que quelqu'un sorte de la maison devant laquelle elle stationnait. Elle jeta un rapide coup d'œil par-dessus son épaule en aboutissant à cette conclusion et, comme si le conducteur inconnu lisait dans ses pensées, il donna un coup de klaxon impérieux de parent qui vient chercher un enfant récalcitrant.

Eugenie continua de marcher. Elle comptait les numéros des maisons en passant. Elle apercevait le numéro 10 et le numéro 12 – elle n'était pas à plus de six maisons de sa Polo – lorsque derrière elle la lumière faiblit et s'éteignit tout à fait.

Bizarre, songea-t-elle. On ne peut pas rester garé n'importe où comme ça. Là-dessus, elle ébaucha un demi-tour. Ce qui ne fut pas la plus grave des erreurs qu'elle commit.

Des lumières crues s'allumèrent soudain. Elle fut aussitôt aveuglée. Et, aveuglée, elle se figea à la manière d'un animal traqué.

Un moteur rugit, des pneus hurlèrent sur la chaussée.

Sous le choc, son corps fut projeté vers le haut, les bras largement écartés, et la photo dans son cadre se retrouva propulsée telle une fusée dans les airs.

2

J. W. Pitchley, alias Langue de Velours, avait passé une excellente soirée. Il avait enfreint la règle numéro un – ne jamais suggérer une rencontre à quelqu'un avec qui on avait eu des relations cybersexuelles – mais ça avait marché comme sur des roulettes. Ce qui prouvait une fois de plus que son instinct, dès lors qu'il s'agissait de choisir des fruits mûrs mais d'autant plus appétissants qu'ils avaient séjourné longtemps sur l'arbre, était aussi aiguisé qu'un instrument de chirurgie.

L'humilité et l'honnêteté le forçaient toutefois à reconnaître qu'il n'avait pas pris un si gros risque que ça. Après tout, une femme qui s'est donné pour surnom Slip d'Amour annonce gaillardement la couleur. Et, s'il en avait douté, les cinq rencontres en ligne à la suite desquelles il avait juté dans son caleçon Calvin Klein sans que sa main y fût pour quelque chose l'auraient tranquillisé. Contrairement à ses quatre autres cyber-maîtresses – dont l'orthographe était hélas aussi limitée que l'imagination –, Slip d'Amour était dotée d'un potentiel fantasmatique qui avait le don de lui mettre le cerveau en ébullition et une facilité pour dévider ses fantasmes qui lui donnait la trique dès qu'elle se connectait sur le net.

Ici Slip d'Amour, écrivait-elle. Tu es prêt, Langue de Velours ?

Oh là là. Oh que oui. Il était toujours prêt.

C'est pourquoi cette fois-ci il avait plongé métaphoriquement au lieu d'attendre qu'elle-même se jette à l'eau. Cela ne lui ressemblait nullement. D'ordinaire, il jouait le jeu, toujours là quand l'une de ses maîtresses le sollicitait en ligne, mais ne cherchant jamais à obtenir un rendez-vous, laissant à sa partenaire le soin de prendre l'initiative. En s'en tenant à cette règle de conduite, il avait transformé vingt-sept rencontres sur le net en vingt-sept rendez-vous hautement gratifiants au Comfort Inn de Cromwell Road – hôtel situé à distance prudente de son quartier et dont le veilleur de nuit était un Asiatique à la mémoire des visages quasiment nulle tant il s'abrutissait devant des vidéos de vieux films en costumes de la BBC. Ainsi, il n'avait été victime qu'une seule fois d'une mauvaise cyberblague, le jour où il avait accepté de rencontrer une partenaire surnommée Nique-moi-fort et s'était aperçu qu'il s'agissait en réalité de deux ados boutonneux de douze ans fringués comme les frères Kray[1]. Il leur avait passé un copieux savon et il était sûr qu'ils ne remettraient pas ça de sitôt.

Mais Slip d'Amour lui avait sacrément fait de l'effet. *Est-ce que tu es prêt ?* Depuis le début il se demandait si elle réussirait à faire en personne ce qu'elle faisait en paroles.

Là était la question. Attendre, fantasmer, connaître la réponse, cela faisait partie du jeu.

Il s'était drôlement décarcassé pour inciter Slip d'Amour à lui proposer un rencard. Il avait atteint de nouveaux sommets dans les descriptions libidineuses avec cette femme. Afin de se « muscler » l'imagination, il avait même passé six heures échelonnées sur quinze jours à étudier les gadgets coquins des magasins aux façades aveugles de Brewer Street. Le jour où il s'était retrouvé passant tout son temps de transport pour rejoindre la City à se régaler de la vision de leurs deux

---

1. Célèbres gangsters anglais. *(N.d.T.)*

corps inextricablement emboîtés sur le couvre-pied aux couleurs hideuses d'un lit du Comfort Inn – au lieu de lire le *Financial Times* qui constituait normalement son brouet matinal –, il s'était dit qu'il était temps de prendre des mesures.

Vous voulez qu'on s'y mette pour de vrai ? avait-il fini par lui écrire. *Vous êtes prête ?*

Elle avait répondu que oui.

Il lui avait fait la même suggestion qu'à toutes les cybermaîtresses qui lui avaient réclamé un rendez-vous : un verre à la Vallée des Rois, facile à trouver, à quelques pas de Sainsbury dans Cromwell Road. Facile d'accès, que ce soit en voiture, en taxi, en bus ou en métro. Et si en se voyant ils s'apercevaient qu'ils ne se plaisaient pas… eh bien, ils avalaient un rapide cocktail au bar et se quittaient sans regret.

La Vallée des Rois avait le même précieux avantage que le Comfort Inn. Comme dans la vaste majorité des établissements de ce genre à Londres, les serveurs ne parlaient pratiquement pas l'anglais et à leurs yeux tous les Britanniques se ressemblaient. Il avait emmené ses vingt-sept cyber-rendez-vous à la Vallée des Rois sans que le maître d'hôtel, les serveurs ou le barman le reconnaissent ; aussi était-il certain de pouvoir y amener également Slip d'Amour sans que le personnel le trahisse.

Il avait su que c'était elle à l'instant où elle avait mis le pied dans le bar du restaurant où flottait un parfum de safran. Il fut satisfait de constater cette fois encore qu'il avait deviné à quoi elle ressemblerait. Cinquante-cinq ans bien sonnés, astiquée, parfumée mais pas trop, ce n'était pas une de ces marie-couche-toi-là partie à la chasse au mec. Ce n'était pas non plus une pute de Mile End essayant de frayer avec des types nettement mieux qu'elle, ni une nana de Liverpool descendue dans le Sud avec l'espoir de se dénicher un gars pour améliorer son standing. Elle était au contraire exactement telle qu'il se l'était imaginée : une divorcée solitaire dont les enfants avaient grandi et qui allait bientôt – beaucoup trop tôt à son goût – se faire appeler Mamie. Une femme désireuse de se prouver qu'elle avait encore du sex-appeal malgré ses rides et ses bajoues naissantes. Et peu importaient les raisons qu'il avait de la choisir malgré leurs douze ans d'écart. Il était trop heureux de la rassurer sur son pouvoir de séduction.

Ce réconfort, il le lui apporta dans la chambre 109, à dix mètres du grondement de la circulation. Donner sur la rue – il insistait toujours à voix basse sur ce point lorsqu'il demandait sa clé – lui fournissait une excuse pour ne pas passer la nuit à l'hôtel. Aucune personne dotée d'une ouïe normale n'aurait pu dormir dans une chambre faisant face à Cromwell Road. Et comme il n'avait pas envie de passer la nuit avec une cybermaîtresse, il lui suffisait de grommeler « Seigneur, quel boucan ! » à un moment ou un autre pour se ménager une retraite de gentleman.

Tout avait donc marché comme sur des roulettes. Les verres avaient été suivis de l'aveu d'une attirance physique réciproque, lui-même conduisant à une petite marche jusqu'au Comfort Inn où, à la grande satisfaction des deux parties, s'étaient déroulés des accouplements vigoureux. Dans la réalité, Slip d'Amour – qui avait modestement refusé de lui révéler son vrai nom – était juste un peu moins imaginative que sur le clavier. Une fois qu'ils eurent exploré toutes les permutations et figures sexuelles libres et imposées, ils se détachèrent l'un de l'autre, le corps luisant de sueur et de sécrétions corporelles, et écoutèrent les rugissements des camions qui sillonnaient l'A4.

— Seigneur, quel boucan ! gémit-il. J'aurais dû choisir un autre endroit. Jamais on ne fermera l'œil.

— Oh, fit-elle, saisissant l'allusion. Ne t'inquiète pas. De toute façon je ne peux pas rester.

— Ah bon ? (Ton peiné.)

Un sourire.

— Je n'étais pas sûre que ça se terminerait comme ça. Après tout on aurait très bien pu ne pas se plaire une fois en présence l'un de l'autre. Tu sais ce que c'est.

Et comment, qu'il le savait ! La seule question qu'il se posait maintenant tandis qu'il regagnait son domicile en voiture était : et après, qu'est-ce qu'on fait ? Ils avaient tringlé comme des malades pendant deux heures de rang et s'étaient rudement bien marrés. Ils s'étaient séparés en se promettant de « rester en contact » mais il avait senti dans le baiser d'adieu de Slip d'Amour comme une réticence qui lui avait indiqué qu'il serait sage de ne pas la recontacter avant un certain temps.

Après une longue promenade sans but en voiture sous la pluie, pour décompresser, c'est ce qu'il décida de faire.

Il bâilla en s'engageant dans sa rue. Il s'offrirait une excellente nuit de repos après ses efforts de la soirée. Rien de tel qu'une bonne partie de jambes en l'air avec une inconnue d'âge mûr pour vous mettre sur le chemin du sommeil.

Il loucha à travers le pare-brise tandis que le ballet rythmique des essuie-glaces le berçait. Il gravit la pente et mit son clignotant pour tourner dans son allée – plus par habitude que par nécessité –, et il se demandait combien de temps s'écoulerait avant que Dame de Feu et Broute-moi lui suggèrent un rendez-vous, lorsqu'il vit le tas de vêtements détrempés, par terre, près d'une Vauxhall Calibra de modèle récent.

Il poussa un soupir. La société s'en allait à vau-l'eau. Les gens se conduisaient comme des porcs. Pourquoi se donner la peine de déposer ses vieilles fringues à Oxfam[1] quand on pouvait les abandonner dans la rue ? C'était lamentable.

Il allait dépasser les chiffons mouillés lorsqu'un éclat blanc attira son attention. Il jeta un coup d'œil. Une chaussette gorgée de pluie, une écharpe déchirée,

1. Œuvre de charité. (N.d.T.)

une collection de slips de femme trempés ? Qu'était-ce donc ?

Mais c'est alors qu'il vit de quoi il s'agissait. Il appuya à fond sur la pédale du frein.

Le blanc appartenait à une main, un poignet, une portion de bras qui jaillissait du noir d'un manteau. Un mannequin, songea-t-il pour calmer les battements de son cœur. Une blague de mauvais goût, une blague de débile. De toute façon, vu la longueur, il ne peut pas s'agir d'un être humain. Et puis il n'y a ni jambes, ni tête. Juste ce bras.

Il baissa sa vitre malgré ces conclusions rassurantes. Le visage criblé de pluie, il scruta la forme allongée sur le sol. Et c'est alors qu'il distingua le reste.

Il y avait des jambes. Et une tête. Mais s'il ne les avait pas vues de prime abord à travers la vitre griffée de pluie, c'est parce que la tête était enfoncée dans le manteau comme pour prier, et que les jambes étaient ramassées sous la Calibra.

Crise cardiaque, songea-t-il malgré ce que ses yeux lui disaient. Anévrisme. Attaque.

Mais pourquoi les jambes étaient-elles sous cette voiture ? Sous le châssis, alors que la seule explication possible était...

Il empoigna son portable et composa le 999.

L'inspecteur principal Eric Leach tenait une grippe carabinée. Il avait mal partout. Il avait la tête, les joues et la poitrine en sueur ; il était glacé. Il aurait dû téléphoner pour prévenir qu'il était malade lorsqu'il avait commencé à se sentir patraque. Il aurait dû se fourrer au lit. Cela lui aurait permis de faire d'une pierre deux coups : récupérer le sommeil qu'il avait en retard depuis qu'il essayait de se réorganiser une vie après son divorce et avoir une excuse toute prête lorsque le téléphone avait sonné à minuit. Au lieu de quoi, il se retrouvait traînant sa misérable carcasse frissonnante depuis son appartement insuffisamment meublé jusque dans le froid, le vent et la pluie, où il risquait de choper une double pneumonie.

Rien de tel que l'expérience, songea Leach, abattu. La prochaine fois qu'il se marierait, il s'arrangerait pour le rester.

Il aperçut les gyrophares des véhicules de police lorsqu'il prit son dernier virage à gauche. Il n'était pas loin de minuit vingt mais la rue en pente devant lui était éclairée comme en plein jour. On avait mis en place des projecteurs et à cette lumière il fallait ajouter les éclairs du photographe de la police scientifique.

Toute cette agitation avait attiré une impressionnante troupe de badauds que le cordon de sécurité, tout le long de la rue, s'efforçait de maintenir à distance. Des barrières bloquaient également la rue aux deux extrémités. Derrière, des photographes de presse s'étaient déjà massés – vampires qui se branchaient sur les fréquences de la police dans l'espoir d'apprendre qu'il y avait du sang frais quelque part.

L'inspecteur principal Leach fit sortir une pastille Strepsil de son paquet. Il laissa sa voiture derrière une ambulance dont le personnel emmitouflé dans des imperméables et appuyé au pare-chocs avant buvait du café dans des gobelets de Thermos sans se presser. Leach adressa un signe de tête aux ambulanciers et rentra la tête dans les épaules pour affronter la pluie. Il montra sa carte au jeune constable dégingandé qui maintenait la presse à distance, franchit la barrière et s'approcha des hommes massés autour d'une berline un peu plus haut dans la rue.

Tout en gravissant poussivement la petite pente, il capta des bribes de conversation. Les voisins avaient ce ton révérencieux de qui connaissait l'impartialité de la faucheuse dès lors qu'elle se mettait en tête de faire sa sinistre besogne. Mais çà et là fusaient également des protestations de mauvais goût à propos de la gêne qu'occasionne la police lorsqu'elle est appelée en cas de décès brutal sur la voie publique. Surprenant le commentaire d'un grincheux – le genre de personne qui se bouche le nez parce qu'elle ne supporte pas l'odeur des flics –, Leach pivota. Il se dirigea vers le râleur, s'aperçut que c'était en fait une femme, laquelle concluait sa tirade par : « … inadmissible que notre sommeil soit perturbé sans autre raison que celle de satisfaire les bas instincts des fouille-merde de la presse de caniveau », et tomba bientôt nez à nez avec une harpie qui avait mis toutes ses économies dans une opération de chirurgie esthétique qui aurait eu bien besoin d'être refaite. La harpie maugréait : « Si le fait de payer des impôts locaux ne vous protège pas de ce genre d'inconvénients… » Leach lui coupa le sifflet en s'adressant au policier en tenue qui gardait les lieux.

— Faites-moi taire cette pétasse. Au besoin, tuez-la.

Puis il poursuivit son chemin.

Pour l'instant, le personnage principal sur la scène du crime était le médecin légiste, qui, sous un abri de fortune à base de bâches en plastique, était vêtu de tweed, de bottes de caoutchouc et de vêtements de pluie haut de gamme. Il finissait l'examen préliminaire. Leach en vit assez pour conclure qu'ils étaient en présence soit d'un travesti, soit d'une femme d'âge indéterminé, qui avait été très salement amochée. Les os du visage étaient en bouillie ; le sang coulait de l'endroit où naguère s'était trouvée une oreille ; sur le crâne, à l'endroit où les cheveux avaient été arrachés du cuir chevelu, on voyait la peau à vif ; la tête pendait, bizarrement tordue. Exactement le genre de spectacle qui convenait à quelqu'un qui avait une fièvre de cheval et ne se sentait pas dans son assiette.

Le légiste – le Dr Olav Grotsin – s'administra des claques sur les cuisses et se redressa. Il retira ses gants de latex avec un claquement sec, les jeta à son assistant, aperçut Leach, qui tentait d'oublier ses problèmes de santé en essayant de se faire une idée de ce qui s'était passé, de là où il se tenait.

— Vous avez vraiment une sale tête, dit Grotsin à Leach.

— Qu'est-ce qu'on a ?

— Une femme. Morte depuis une heure. Deux maximum.

— Vous en êtes sûr ?

— De quoi ? De l'heure de la mort ou du sexe ?

— Du sexe.

— Eh bien, elle a des seins. Plus tout jeunes mais des seins quand même. Pour ce qui est du reste, je n'aime pas découper les petites culottes en pleine rue. Vous attendrez bien jusqu'à demain matin.

— Que s'est-il passé ?

— Accident suivi d'un délit de fuite. Blessures internes. Je dirais que tout ce qui pouvait être écrasé chez elle l'a été.

— Merde, fit Leach, qui, dépassant Grotsin, s'accroupit près du corps.

Le cadavre gisait à quelques centimètres de la portière côté conducteur de la Calibra, allongé sur le côté, le dos tourné à la rue. Un bras était ramené en arrière, les jambes sous le châssis de la Vauxhall. La Vauxhall n'avait absolument pas souffert, ce qui n'étonna pas Leach. Il voyait mal un automobiliste en quête d'une place de parking écrasant quelqu'un d'étendu dans la rue pour s'en emparer. Il chercha des traces de pneu sur le corps et sur l'imperméable foncé de la victime.

— Elle a le bras disloqué, disait Grotsin derrière lui. Les deux jambes brisées. Et de l'écume au coin des lèvres. Faites pivoter la tête, vous vous rendrez compte par vous-même.

— La pluie ne l'a pas fait disparaître ?

— Sa tête était sous la voiture, donc protégée par elle.

Protégée, drôle de mot, songea Leach. La pauvre femme était morte. La présence d'écume rose venue des poumons indiquait qu'elle n'était peut-être pas morte sur le coup mais ce détail ne les aidait pas beaucoup et il n'aidait guère la malheureuse victime. A moins évidemment que quelqu'un n'ait eu le temps de s'approcher et de recueillir quelques mots tandis qu'elle agonisait sur la chaussée.

— Qui a signalé l'accident ? fit Leach en se remettant debout.

— Ce monsieur là-bas, répondit l'assistante de Grotsin en désignant du menton une Porsche Boxter garée en double file un peu plus loin, feux de détresse allumés.

Deux constables gardaient le véhicule et à deux pas de là se tenait un homme entre deux âges vêtu d'un trench-coat qui s'abritait sous un parapluie à rayures et regardait alternativement la Porsche et le corps démantibulé, quelques mètres derrière.

Leach s'approcha pour examiner la voiture de sport. Cela lui simplifierait bougrement le travail si le conducteur, le véhicule et la victime formaient une jolie petite triade. Mais l'inspecteur comprit que tel ne serait pas le cas. Grotsin n'aurait pas utilisé l'expression « accident avec délit de fuite » s'il s'était agi d'un simple accident.

Il n'en fit pas moins soigneusement le tour de la Boxter. Il s'accroupit devant le bolide, passa en revue l'avant et la carrosserie. De là, il inspecta les pneus, les examinant l'un après l'autre. Puis il se baissa sur la chaussée luisante de pluie et scruta le châssis de la Porsche. Lorsqu'il eut terminé, il demanda que la voiture soit embarquée à la fourrière pour y être passée au peigne fin par les techniciens de la police scientifique.

— Oh, mais ce n'est sûrement pas nécessaire, rouspéta Mr Trench-Coat. Je me suis arrêté, non ? Dès que j'ai vu... Et j'ai signalé l'accident. Vous voyez bien que...

— C'est la routine, fit Leach en rejoignant l'inconnu à qui un constable offrait du café. Vous la récupérerez très vite. Vous vous appelez ?

— Pitchley, dit l'homme. J. W. Pitchley. Mais, écoutez, cette bagnole vaut une fortune, et je ne vois pas pourquoi... Seigneur Dieu, si j'avais renversé cette femme, la carrosserie en porterait des traces, non ?

— Vous savez donc qu'il s'agit d'une femme ?

Pitchley parut décontenancé.

— Je me suis dit… Je me suis approché… Après avoir composé le 999. Je suis descendu de mon véhicule pour voir si je pouvais faire quelque chose. Elle aurait pu être en vie.

— Mais ce n'était pas le cas ?

— Pas réussi à savoir. Elle ne… J'ai bien vu qu'elle était inconsciente. Elle ne faisait pas un bruit. Elle aurait peut-être pu respirer. Mais je savais qu'il ne fallait pas que je la touche…

Il but une gorgée de café. De la buée monta du gobelet.

— Elle est dans un sale état. Notre médecin légiste n'a pu dire qu'il s'agissait d'une femme qu'après avoir constaté qu'elle avait des seins. Qu'est-ce que vous avez fait, vous ?

Pitchley devint blême. Il jeta un regard au trottoir par-dessus son épaule comme s'il craignait que les curieux surprennent cet échange avec l'inspecteur et en tirent des conclusions erronées.

— Rien, dit-il en baissant la voix. Mon Dieu, je n'ai rien fait. J'ai vu qu'elle portait une jupe sous son imper. Et qu'elle avait les cheveux plus longs que ceux d'un homme…

— Ceux de ses cheveux qui n'ont pas été arrachés, vous voulez dire.

Pitchley fit une grimace mais poursuivit.

— Quand j'ai vu la jupe, j'ai pensé que c'était une femme. C'est tout.

— Et c'est là qu'elle était allongée ? Près de la Vauxhall ?

— A cet endroit même. Je ne l'ai ni touchée ni déplacée.

— Vous n'avez vu personne dans la rue ? Sur le trottoir ? Sous un porche ? A la fenêtre ?

— Non, personne. Je passais en voiture. Il n'y avait personne dans le secteur à part elle. Et je ne l'aurais pas remarquée si sa main, son bras, un truc blanc n'avait pas attiré mon attention. C'est tout.

— Etiez-vous seul dans votre véhicule ?

— Oui, bien sûr que j'étais seul. Je vis seul. Juste là. En haut de la rue.

Leach se demanda pourquoi l'autre lui fournissait ces précisions qu'il ne lui avait pas demandées.

— D'où veniez-vous, Mr Pitchley ?

— De South Kensington. J'avais dîné avec une amie.

— Le nom de cette amie ?

— Dites donc, vous m'accusez ou quoi ? s'écria Pitchley, énervé plus qu'inquiet. S'il suffit d'appeler les services d'urgence quand on trouve un corps pour être suspect… J'aimerais faire venir mon avocat. Hé, dites donc, vous ! Reculez, ne touchez pas à ma voiture !

La remarque s'adressait à un constable qui relevait des empreintes. D'autres policiers passaient les lieux au peigne fin autour de Pitchley et de Leach. C'est de ce groupe qu'une constable émergea bientôt, brandissant dans sa main gantée de latex un sac de femme. Elle se dirigea vivement vers Leach et il enfila ses propres gants, s'éloignant de Pitchley après lui avoir demandé de donner son adresse et son numéro de téléphone au flic qui gardait sa voiture. Il rejoignit la constable au milieu de la chaussée et lui prit le sac des mains.

— Où était-il ?

— Dix mètres derrière. Sous une Montego. Il y avait des clés et un portefeuille dedans. Un permis de conduire également.

— C'est quelqu'un du quartier ?

— Non, de Henley-on-Thames, répondit la constable.

Leach ouvrit le sac, y pêcha les clés et les tendit à la policière.

— Tâchez de voir si ça correspond à l'une des voitures garées dans le secteur.

Tandis qu'elle s'acquittait de sa mission, il sortit le portefeuille et l'ouvrit pour y prendre le permis de conduire.

Le nom n'évoqua tout d'abord rien pour lui. Il se demanda plus tard comment il avait pu ne pas faire immédiatement le lien. Mais il se sentait si mal foutu que c'est seulement en lisant sa carte de donneur d'organes et le nom imprimé sur ses chèques qu'il comprit à qui il avait affaire.

Son regard naviqua entre le sac qu'il tenait et la forme ratatinée de sa propriétaire, qui gisait dans la rue comme un tas de détritus à l'abandon. Frissonnant de tous ses membres, il murmura :

— Seigneur. Eugenie. Seigneur Dieu. *Eugenie.*

A l'autre bout de la ville, la constable Barbara Havers se joignit aux autres invités qui chantaient en se demandant combien de fois encore elle allait devoir reprendre le refrain avant de pouvoir se sauver. Ce n'était pas tant l'heure tardive qui l'embêtait. Certes, il était une heure du matin et sa nuit était déjà sérieusement écourtée. Mais comme ce n'était pas une nuit de sommeil qui allait modifier sensiblement son apparence physique, elle pouvait s'estimer heureuse si elle réussissait à s'accorder un somme de quatre heures à la fin de cette soirée. Ce qui l'embêtait, c'était la raison d'être de la petite fête. Elle n'arrivait pas bien à comprendre ce que ses collègues du Yard et elle-même fabriquaient dans cette maison surchauffée de Stamford Brook depuis cinq heures.

Vingt-cinq ans de mariage, cela se fêtait. Elle aurait pu compter sur les doigts de sa main droite les couples de sa connaissance qui avaient atteint ce record de longévité conjugale, et elle n'aurait même pas eu à se servir de son pouce. Mais il y avait quelque chose dans ce couple qui clochait. Et depuis l'instant où elle avait mis le pied dans le séjour où des guirlandes en papier crépon jaune et des ballons verts tentaient de camoufler une atmosphère un peu sordide qui trahissait plus de l'indifférence que de la pauvreté, elle avait eu beau essayer de chasser cette pensée, elle n'avait pu s'empêcher de s'ôter de l'esprit que les hôtes d'honneur et l'assemblée réunie sous ce toit participaient tous à un drame domestique dont elle ne connaissait ni les tenants ni les aboutissants.

Au début, elle se dit que son sentiment de malaise venait de ce qu'elle festoyait en compagnie de ses supérieurs hiérarchiques, dont l'un lui avait sauvé la mise professionnellement parlant trois mois plus tôt, alors que l'autre avait essayé de la couler. Puis elle se dit que sa gêne provenait du fait qu'elle était venue non accompagnée alors que les autres invités s'étaient tous pointés avec quelqu'un, y compris son constable préféré, Winston Nkata, qui avait amené sa mère – une femme imposante d'un mètre quatre-vingts arborant les couleurs de sa Caraïbe natale. Finalement elle attribua son malaise au fait qu'elle était invitée à célébrer un mariage. T'es jalouse, ma pauvre fille, se dit-elle, écœurée.

Mais même cette explication ne tenait pas la route car en temps normal Barbara n'était pas du genre envieux ; elle ne gaspillait pas son énergie à ça. Certes, elle avait des tas de raisons d'éprouver cette émotion stérile. Elle était entourée d'une foule de couples qui papotaient – maris et femmes, parents et enfants, amants et compagnes – alors qu'elle-même était dépourvue de conjoint, de partenaire et d'enfant, et qu'elle n'avait pas la perspective de voir changer sa situation. Toutefois, après s'être repliée sur le buffet pour se consoler par l'ingestion de nourritures terrestres, elle s'était rapidement remonté le moral en songeant à toutes les libertés qu'autorisait son statut d'âme seule, et elle avait chassé de son esprit les émotions négatives qui menaçaient de troubler sa tranquillité intérieure.

Pourtant elle ne se sentait pas d'humeur aussi joviale qu'elle aurait dû l'être en pareille occasion. Et tandis que les hôtes d'honneur s'emparaient d'un gros couteau et commençaient à mettre en pièces un gâteau au glaçage décoré de roses, de lierre, de cœurs entrelacés et des mots *Joyeux vingt-cinquième anniversaire de mariage, Malcolm et Frances,* Barbara coula des regards furtifs vers l'assemblée pour voir si d'autres qu'elle jetaient des coups d'œil à leur montre plutôt que de s'intéresser au temps fort des festivités. Mais personne ne consultait sa montre. Tous les invités avaient les yeux braqués sur le commissaire Malcolm Webberly et son épouse depuis un quart de siècle, la redoutable Frances.

C'était la première fois ce soir que Barbara rencontrait la femme du commissaire et, tout en observant cette dernière qui donnait la becquée à son mari et acceptait en riant un morceau de gâteau en retour, elle s'aperçut qu'elle s'était interdit de penser à Frances Webberly pendant toute la soirée. C'était Miranda, la fille des Webberly, qui, jouant le rôle d'hôtesse, les avait présentées et elles avaient échangé les banalités polies de mise dans ces cas-là. Depuis combien d'années connaissez-vous Malcolm ? Est-ce difficile pour une femme de travailler dans un monde essentiellement masculin ? Qu'est-ce qui vous a donné envie de choisir la criminelle ? Pendant cette conversation, Barbara n'avait eu qu'une envie : échapper à Frances, même si cette dernière s'était adressée à elle le plus aimablement du monde et si ses yeux pervenche étaient braqués avec cordialité sur son visage.

Mais peut-être que cela venait de là, songea Barbara. Peut-être que l'origine de son malaise résidait dans le regard de Frances Webberly et ce qu'il dissimulait : une émotion, une inquiétude, quelque chose qui ne tournait pas rond.

Ce qu'était cette chose, Barbara aurait été bien en peine de le dire. Aussi s'abandonna-t-elle à ce qu'elle espéra être la fin de ce grand moment ; elle applaudit avec le reste de l'assemblée lorsque s'acheva le dernier couplet.

— Dites-nous comment vous avez fait ! s'écria quelqu'un dans la foule tandis que Miranda prenait la relève de ses parents pour couper le gâteau.

— Je me suis efforcée de ne rien espérer, rétorqua Frances Webberly en serrant le bras de son mari à deux mains. Il m'a fallu apprendre ça très tôt, n'est-ce pas, chéri ? C'est tant mieux. Parce que la seule chose que m'a vraiment apportée ce mariage – en dehors de Malcolm –, ce sont les kilos que j'ai été incapable de perdre après la naissance de Randie.

Les invités firent chorus lorsqu'elle éclata de rire. Miranda se contenta de baisser la tête et de continuer à couper le gâteau.

— Vous êtes loin d'être perdante, alors, dit Helen, la femme de l'inspecteur Lynley.

Elle venait d'accepter une assiette de gâteau que lui tendait Miranda et tapota affectueusement l'épaule de la jeune fille.

— C'est bien mon avis, enchérit le commissaire Webberly. On ne pouvait rêver mieux comme fille.

— Vous avez raison, dit Frances avec un sourire à Helen. Je ne sais pas où j'en serais sans Randie. Mais attendez, comtesse, que vienne le temps où votre corps si mince gonflera et où vos chevilles enfleront. Vous comprendrez alors de quoi je parle. Puis-je vous offrir un morceau de gâteau, Lady Hillier ?

Voilà ce qui clochait, songea Barbara. *Comtesse.* *Lady.* Frances Webberly détonnait en utilisant ces titres en public. Helen Lynley ne se servait jamais de son titre – son mari était comte mais il se serait fait hacher menu plutôt que d'en faire étalage, et sa femme montrait les mêmes réticences. Et si Lady Hillier était la femme de l'adjoint au préfet de police Sir David Hillier – qui, lui, se serait fait hacher menu plutôt que de passer sous silence son titre de chevalier qu'il claironnait à tout venant –, elle était également la sœur de Frances Webberly ; en utilisant son titre pendant toute la soirée, Frances s'était efforcée de mettre en relief leurs différences de statut qui sans cela seraient passées inaperçues.

Tout cela était bien étrange, songea Barbara. Très curieux. Très... troublant.

Barbara entreprit de se rapprocher de Helen Lynley. Car elle avait l'impression que ce *comtesse* avait creusé un subtil fossé entre la jeune femme et le reste de l'assemblée. En conséquence de quoi, Helen attaquait son gâteau seule dans son coin. Son mari ne semblait pas s'en être aperçu – réaction typiquement masculine – car il était en conversation avec deux de ses collègues inspecteurs, Angus MacPherson qui avait décidé de traiter son problème de surpoids par le mépris en s'octroyant un morceau de gâteau de la taille d'une boîte à chaussures, et John Stewart, qui avec un soin obsessionnel rassemblait les miettes de son morceau pour en faire une sorte de drapeau britannique. C'est pourquoi elle se porta au secours de Helen.

— Eh bien, madame la comtesse, appréciez-vous les festivités de la soirée ? fit-elle à Helen en la rejoignant. Ou trouvez-vous qu'on ne vous a pas traitée avec assez de respect ?

— Un peu de tenue, Barbara, fit observer Helen avec un sourire.

— Moi, me tenir correctement ? C'est impossible. J'ai une réputation à soutenir.

Barbara accepta une assiette de gâteau qu'elle attaqua avec entrain.

— Ecoutez, votre minceur, vous pourriez au moins faire un effort pour nous ressembler et avoir l'air boulotte. N'avez-vous pas pensé à porter des rayures horizontales ?

— J'ai bien un papier peint à rayures, dit pensivement Helen. Celui de la chambre d'amis. Elles sont verticales, mais je pourrais les porter dans l'autre sens.

— Vous devez bien cela à vos consœurs. Une femme qui réussit à garder la ligne fait paraître les autres éléphantesques.

— Je ne vais pas la garder longtemps, j'en ai peur.

— Je veux bien parier…

Barbara s'interrompit net en comprenant ce que disait Helen. Elle lui jeta un coup d'œil surpris et vit que Helen arborait un demi-sourire timide.

— Bon sang, murmura Barbara. Helen, vous êtes…
L'inspecteur et vous ? Merde. Mais c'est génial.

Elle jeta un regard à Lynley qui, à l'autre bout de
la pièce, la tête inclinée, écoutait Angus MacPherson.

— L'inspecteur ne nous en a pas soufflé mot.

— Nous ne l'avons appris que cette semaine. Personne ne le sait encore. On a préféré être discrets.

— Oh, bien sûr, acquiesça Barbara sans trop se
demander pourquoi Helen avait fait d'elle sa seule
confidente.

Elle éprouva comme une sensation de chaleur et son
cœur battit plus vite.

— Eh bien, ne craignez rien, Helen. Tant que vous
ne m'aurez pas donné le feu vert, je serai muette
comme une tombe.

C'est à cet instant que Barbara aperçut la jeune
femme de chez le traiteur qui arrivait de la cuisine sur
la pointe des pieds, un portable à la main.

— Un appel pour le commissaire, annonça-t-elle en
s'excusant comme si elle était pour quelque chose dans
ce coup de fil.

— Des ennuis en perspective, grommela Angus
MacPherson tandis que Frances Webberly lançait : « A
cette heure-ci ? » avant d'ajouter d'un ton anxieux :
« Bonté divine, Malcolm, tu ne peux pas… »

Un murmure de sympathie s'éleva dans l'assistance.
Les invités savaient tous ce que signifiait un appel téléphonique à une heure du matin. Webberly aussi.

— Je n'y peux rien, Fran, fit-il en lui tapotant
l'épaule avant d'aller prendre la communication.

L'inspecteur Thomas Lynley ne fut pas surpris de
voir le commissaire s'excuser et monter au premier, le
portable vissé contre l'oreille. Ce qui l'étonna, en
revanche, c'est le temps durant lequel son supérieur
s'absenta. Vingt minutes s'écoulèrent en effet pendant
lesquelles les invités finirent leur gâteau et leur café,
et commencèrent à dire qu'il leur fallait songer à rega-

gner leur domicile. Frances Webberly protesta, jetant des regards contrariés à l'escalier. Ils ne pouvaient pas prendre congé maintenant, avant que Malcolm ait eu l'occasion de les remercier d'être venus. Ne voulaient-ils pas attendre Malcolm ?

Elle n'ajouta pas ce qu'elle ne dirait jamais. Si les invités partaient avant que son mari en ait fini avec son coup de fil, la courtoisie la plus élémentaire exigerait de Frances qu'elle accompagne jusque dans le jardin les gens qui s'étaient déplacés pour fêter son anniversaire de mariage. Or Malcolm Webberly avait toujours caché à ses collègues que Frances n'avait pas mis le nez hors de chez elle depuis plus de dix ans.

— Des phobies, avait expliqué Webberly à Lynley la seule fois où il lui avait parlé de sa femme. Cela a commencé par des petites choses que je n'ai même pas remarquées. Le temps que je m'en aperçoive, elle en était à passer toute la journée dans sa chambre. Emmitouflée dans une couverture, vous vous rendez compte…

Les secrets avec lesquels les hommes doivent vivre, songea Lynley en observant Frances qui s'ébrouait au milieu de ses invités avec une gaieté forcée. Randie avait voulu faire une surprise à ses parents et organiser la petite fête dans un restaurant du quartier où il y aurait eu plus de place, et même une piste pour danser. Mais cela n'avait pas été possible, compte tenu de l'état de santé de Frances. C'est pourquoi on s'était rabattu sur la vieille maison déglinguée de Stamford Brook.

Webberly descendit finalement l'escalier alors que les invités, escortés jusqu'à la porte par Randie, faisaient leurs adieux à leur jeune hôtesse, qui avait passé un bras autour de la taille de sa mère. Ce geste affectueux avait pour double objectif de rassurer Frances et de l'empêcher de détaler.

— Vous ne partez pas, j'espère ? lança Webberly d'une voix forte depuis l'escalier, où il alluma un cigare dont s'échappa un nuage bleu vers le plafond. On a toute la nuit devant nous.

— La nuit… Il va bientôt être deux heures du matin, fit Lady Hillier en posant un baiser sur la joue de sa nièce. Une soirée très réussie, Randie. Tes parents peuvent être fiers de toi.

La main dans celle de son époux, elle sortit dans le jardin, où la pluie qui était tombée à verse pendant toute la soirée s'était enfin arrêtée.

Le départ de l'adjoint au préfet de police fit comprendre aux autres qu'ils pouvaient se retirer. Les invités commencèrent à quitter les lieux, et Lynley parmi eux. Il attendait qu'on récupère le manteau de Helen, resté à l'étage, lorsque Webberly le rejoignit devant la porte du séjour et à voix basse lui dit :

— Restez un moment, Tommy, s'il vous plaît.

— Mais certainement, répondit Lynley en voyant la tête que faisait le commissaire.

Près de lui, sa femme dit spontanément :

— Frances, vous n'auriez pas vos photos de mariage sous la main, par hasard ? Pas question que je laisse Tommy me ramener à la maison tant que je ne vous aurai pas admirée en jeune mariée.

Lynley lui jeta un regard de reconnaissance. Dix minutes plus tard, les autres invités étaient partis. Et tandis que Helen occupait Frances Webberly et que Miranda donnait un coup de main au traiteur qui débarrassait assiettes et plats, Lynley et Webberly se rendirent dans le bureau, une pièce exiguë dans laquelle tenaient tout juste une table, un fauteuil et des étagères.

Par égard sans doute pour Lynley qui ne fumait plus, Webberly ouvrit la fenêtre pour chasser la fumée de son cigare. L'air froid de l'automne se glissa, lourd d'humidité, dans la pièce.

— Asseyez-vous, Tommy.

Webberly resta debout près de la fenêtre, où la lumière faiblarde du plafonnier l'enveloppait d'ombre. Lynley attendit que Webberly prenne la parole. Le commissaire se mordillait la lèvre inférieure, comme si les mots qu'il voulait prononcer se trouvaient là et qu'il avait besoin de les goûter avant de les dire.

Dehors une voiture fit grincer atrocement ses vitesses tandis qu'à l'intérieur les portes des placards de la cuisine claquaient. Ces bruits parurent décider Webberly. Relevant la tête, il dit :

— C'est un certain Leach que je viens d'avoir au téléphone. Nous avons travaillé ensemble dans le temps. Il y avait des années que je ne lui avais parlé. C'est moche de se perdre de vue comme ça. Je ne sais pas pourquoi on perd le contact. Ça arrive, c'est tout.

Lynley savait que Webberly ne lui avait sans doute pas demandé de rester après le départ des autres pour lui faire part de ses sentiments sur la perte d'une amitié. Ce n'était pas à deux heures moins le quart du matin qu'on se mettait à évoquer ses anciens copains. Toutefois, afin de donner à son aîné l'occasion de se confier, Lynley le questionna.

— Leach fait encore partie de la police, monsieur ? Je ne crois pas le connaître.

— Oui, dans le nord-ouest de Londres. Nous travaillions ensemble il y a vingt ans.

— Ah, fit Lynley.

Webberly devait avoir trente-cinq ans à l'époque. A ce moment-là, il travaillait à Kensington.

— Il est dans la criminelle ?

— C'était mon sergent. Aujourd'hui il est en poste à Hampstead, à la tête de la brigade criminelle. Il est inspecteur principal. C'est un type bien. Très bien.

Lynley scruta pensivement Webberly : cheveux clairsemés couleur paille et ramenés en arrière, teint naturellement rouge virant au brique, et un cou incliné de telle sorte qu'on aurait pu penser qu'il portait un poids trop lourd pour ses épaules. Manifestement le coup de fil qu'il avait reçu était synonyme de mauvaises nouvelles.

Webberly s'ébroua mais sans sortir de l'ombre où il se tenait.

— Il travaille sur une affaire d'accident avec délit de fuite à West Hampstead, Tommy. C'est pour cela qu'il m'a téléphoné. Cela s'est passé ce soir vers dix, onze heures. La victime est une femme.

Webberly marqua une pause, paraissant attendre que Lynley réagisse d'une façon ou d'une autre. Lynley se borna à hocher la tête – les accidents causés par des chauffards étaient hélas monnaie courante dans une ville où les étrangers oubliaient souvent de quel côté de la route il leur fallait conduire et où les piétons ne regardaient pas forcément dans la bonne direction avant de traverser – et Webberly examina le bout de son cigare puis s'éclaircit la gorge.

— D'après les premières constatations, les hommes de Leach pensent qu'elle a été renversée, puis délibérément écrasée. Le chauffard est ensuite descendu de voiture, il a tiré le corps vers le trottoir, et il a poursuivi sa route.

— Seigneur, murmura Lynley, atterré.

— Son sac a été retrouvé non loin de là. Avec des clés de voiture et un permis de conduire. La voiture de la victime était garée à deux pas. Sur le siège du passager on a retrouvé un *Londres de A à Z* ainsi que des instructions pour gagner la rue où elle a été tuée. Ainsi qu'une adresse : 32, Crediton Hill.

— Qui réside à cette adresse ?

— Le type qui a découvert le corps. Il remontait la rue moins d'une heure après l'accident.

— Est-ce qu'il avait rendez-vous avec la victime ?

— Pas que nous sachions. Mais nous ne savons pas grand-chose. Leach m'a dit que le type a failli s'étrangler lorsqu'on lui a appris que cette femme avait son adresse dans sa voiture. « Non, c'est impossible », a-t-il dit. Et il a appelé son avocat aussi sec.

C'était son droit, bien sûr. Mais c'était un peu bizarre comme première réaction.

Toutefois ni l'« accident » ni la bizarrerie des circonstances dans lesquelles il avait été découvert n'expliquaient pourquoi l'inspecteur principal Leach avait téléphoné à Webberly à une heure du matin ni pourquoi Webberly lui rapportait cette conversation.

— Est-ce que Leach serait dépassé par les événements, monsieur ? questionna Lynley. La brigade de Hampstead ne ferait-elle pas le poids ?

— Vous voulez savoir pourquoi il m'a téléphoné et pourquoi je vous ai fait part de ce coup de fil ?

Webberly se laissa tomber dans son fauteuil.

— C'est à cause de la victime. Il s'agit d'Eugenie Davies. Je veux vous mettre sur le coup. Je suis prêt à remuer ciel et terre s'il le faut pour savoir exactement ce qui lui est arrivé. Leach savait que je réagirais ainsi lorsqu'il a appris l'identité de la victime.

— Eugenie Davies ? fit Lynley en fronçant les sourcils. Qui était-ce ?

— Quel âge avez-vous, Tommy ?

— Trente-sept ans, monsieur.

— Alors vous êtes trop jeune pour vous en souvenir, dit Webberly.

GIDEON

23 août

Je n'ai pas aimé la façon dont vous m'avez posé la question, Dr Rose. Votre ton et ce qu'il sous-entendait m'ont offusqué. N'essayez pas de me dire que vous n'aviez pas une idée derrière la tête : je ne suis pas bête à ce point-là. Et ne faites pas allusion à la « signification réelle » que cache le fait qu'un patient tire des conclusions de vos propos. Je sais ce que j'ai entendu, je sais ce qui s'est passé, et je peux vous le résumer en une phrase : vous avez lu ce que j'ai écrit, vous avez constaté une omission dans mon histoire et vous vous êtes jetée dessus tel un avocat d'assises, l'esprit fermé au point d'en être inutile.

Laissez-moi répéter ce que j'ai dit au cours de la précédente séance : si je n'ai fait mention de ma mère que dans cette dernière phrase, c'est parce que je tentais de vous obéir, c'est-à-dire de consigner ce dont je me souviens, et que j'écrivais les choses à mesure qu'elles me venaient à l'esprit. Or ma mère ne m'est pas venue à l'esprit auparavant. Avant que Raphael Robson devienne mon professeur et mon compagnon.

Pourtant vous vous êtes souvenu de l'étudiante italo-gréco-hispano-portugaise ? me faites-vous remarquer de votre ton insupportablement placide.

Oui, c'est vrai. Qu'est-ce que cela signifie ? Que j'ai

des affinités avec les jeunes filles hispano-italo-gréco-portugaises dont je n'avais pas fait état jusqu'à ce jour, des affinités qui viennent du fait que je dois une fière chandelle à une étudiante anonyme qui, sans le savoir, m'a mis sur le chemin du succès ? C'est ça, Dr Rose ?

Ah, je vois. Vous ne répondez pas. Vous gardez vos distances, assise dans le fauteuil de votre père, vous braquez sur moi vos yeux pensifs et je suis censé considérer que la distance qui nous sépare est le Bosphore attendant que je me décide à nager. Plongez dans les eaux de la vérité. Comme si je ne la disais pas, la vérité.

Elle était là, ma mère. Bien sûr qu'elle était là. Et si j'ai mentionné la jeune Italienne et non ma mère, c'est pour la raison bien simple que cette jeune fille – pourquoi ne puis-je me souvenir de son nom ? – figurait dans la Légende de Gideon alors que ma mère, elle, n'y figurait pas. Et moi qui croyais que vous m'aviez demandé d'écrire ce que je me remémorais en commençant par le plus ancien de mes souvenirs… Si ce n'était pas ce que vous m'avez ordonné de faire, si au lieu de cela vous vouliez que je fabrique les détails marquants d'une enfance pour l'essentiel fictive mais régurgités sous une forme aseptisée de façon à vous permettre d'identifier et d'étiqueter ce que vous voulez…

Oui, je suis en colère. Car je ne vois vraiment pas le rapport entre ma mère, une analyse de ma mère, voire une conversation même superficielle à propos de ma mère et ce qui s'est passé à Wigmore Hall. Or c'est pour ça que je suis venu vous voir, Dr Rose, ne l'oublions pas. Je vous ai dit que j'étais d'accord pour entreprendre ce travail d'analyse parce que, sur la scène du Wigmore Hall, devant un public qui avait payé une fortune pour aider le conservatoire d'East London – association qui me tient particulièrement à cœur, notez bien –, j'ai épaulé mon violon, pris mon archet, plié les doigts de ma main gauche comme d'habitude, adressé un signe de tête au pianiste et au violoncelliste, et… j'ai été incapable de jouer. Bon sang, vous vous rendez compte de ce que cela signifie ?

Ce n'était pas le trac, Dr Rose. Ce n'était pas une incapacité momentanée, l'impossibilité d'interpréter un morceau de musique que j'avais – je le dis en passant – répété pendant deux semaines. Ça a été une perte totale, complète, humiliante de la faculté de jouer. Non seulement la musique m'avait été arrachée du cerveau mais aussi la façon de l'interpréter et de la vivre. C'était comme si je n'avais jamais tenu un violon de ma vie, ni passé vingt et un ans de mon existence à jouer en public.

Sherrill avait attaqué l'allegro. Je l'ai entendu sans le reconnaître. Et à l'endroit où j'étais censé rejoindre le piano et le violoncelle : rien. Je ne savais ni quoi faire ni quand. J'avais l'impression d'être dans la peau du fils de Loth, ce dernier – et non sa femme – se fût-il retourné pour regarder la destruction de Sodome.

Sherrill est venu à ma rescousse, a improvisé. *Improviser* sur Beethoven, mon Dieu. Il s'est débrouillé pour revenir aux mesures où je devais faire mon entrée. Et de nouveau, rien. Excepté le silence – un silence qui rugissait tel un ouragan dans ma tête.

Alors j'ai quitté la scène. Frissonnant de tous mes membres, tel un aveugle, je suis parti. Papa m'a rejoint dans la Green Room en criant : « Que se passe-t-il, Gideon ? Pour l'amour du ciel, que se passe-t-il ? », Raphael sur les talons.

J'ai fourré mon instrument dans les mains de Raphael et je me suis effondré. Murmures affolés autour de moi, et mon père disant : « C'est cette garce de fille, n'est-ce pas ? C'est à cause d'elle. Nom de Dieu, Gideon, ressaisis-toi. Tu as des obligations. »

Et Sherrill, qui avait quitté la scène à ma suite : « Gid ? Qu'est-ce qui s'est passé ? Le trac ? Merde. C'est des trucs qui arrivent. » Tandis que Raphael posait mon violon sur la table, disant : « Mon Dieu. Je craignais que ça n'arrive un jour ou l'autre. » Parce que, comme la plupart des gens, il pensait à lui-même, à ses échecs répétés, à son impossibilité de jouer en public comme son père et son grand-père. Dans la famille ils étaient tous doués pour se produire en public sauf le pauvre Raphael qui transpirait à n'en plus finir. Sans doute avait-il attendu en secret que cette tuile m'arrive, à moi aussi, ce qui aurait fait de nous des frères d'infortune. Il nous avait déconseillé de passer à la vitesse supérieure après mon premier concert public à l'âge de sept ans. A l'évidence, il pense maintenant que la catastrophe provoquée par cette accélération m'est bel et bien tombée dessus.

Mais ce n'était pas du trac que j'éprouvais dans la Green Room, Dr Rose. Ce n'était pas du trac que j'éprouvais devant ce public dans la salle de concert. C'était l'impression d'un arrêt, d'une fermeture irrévocable. Et ce qui était bizarre, c'est que, bien que distinguant nettement toutes les voix – celle de mon père, celle de Raphael, celle de Sherrill –, tout ce que j'apercevais devant moi, c'était une lumière blanche qui éclairait le bleu d'une porte bleue.

Est-ce que je traverse une crise, Dr Rose ? Est-ce que, comme Grand-père, je traverse une crise qu'un petit séjour au calme de la campagne peut suffire à guérir ? Dites-le-moi si tel est le cas, car la musique n'est pas seulement un métier pour moi, elle est ce que je suis. Et sans elle – sans le son, sans les envolées – je ne suis qu'une coquille vide.

Alors quelle importance si en racontant comment j'avais découvert la musique je n'ai pas fait mention de ma mère ? C'était une omission du bruit et de la fureur, et vous feriez bien d'en évaluer la signification comme il convient.

Mais omettre de parler d'elle serait délibéré de votre part, me dites-vous. Alors vous insistez. Parlez-moi de votre mère, Gideon.

Elle travaillait. Pendant les quatre premières années de ma vie, elle avait été constamment présente à la maison. Toutefois, lorsqu'elle se rendit compte qu'elle avait un enfant doué d'un talent exceptionnel qu'il convenait de confier aux soins d'un professionnel – ce qui risquait non seulement d'être long mais de coûter les yeux de la tête –, elle prit un emploi pour participer aux frais. Ma grand-mère s'occupa alors de moi – quand je ne travaillais pas, quand je ne prenais pas de leçons avec Raphael, quand je n'écoutais pas les disques qu'il m'apportait ou quand je n'allais pas au concert en sa compagnie. Cependant ma vie avait tellement changé par rapport à ce qu'elle était le jour où j'avais entendu la musique pour la première fois à Kensington Square que c'est à peine si je m'aperçus de son absence. Avant cela, toutefois, je me rappelle l'avoir accompagnée – tous les jours me semble-t-il – à la messe du matin.

Elle s'était liée d'amitié avec une religieuse du couvent du square et les religieuses s'étaient arrangées pour que ma mère assiste à l'office quotidien qui était célébré pour elles. Ma mère s'était convertie au catholicisme. Comme son père était un pasteur anglican, je me demande maintenant si elle ne l'avait pas fait pour lui infliger un camouflet. Car d'après ce que j'ai cru comprendre, ce n'était pas quelqu'un de particulièrement sympathique, son père. C'est à peu près tout ce dont je me souviens le concernant.

Il n'en va pas de même pour ma mère. Cela dit, c'est pour moi une silhouette floue car elle devait finir par nous quitter. J'avais neuf ou dix ans – impossible de me rappeler au juste – et je rentrais d'une série de concerts en Autriche. C'est là que j'ai découvert que ma mère avait déserté Kensington Square, ne laissant derrière elle aucune trace de son passage. Elle avait emporté tous les vêtements qu'elle possédait, tous ses livres, ainsi que sa collection de photos de famille. Et elle avait disparu tel un voleur dans la nuit. A cette différence près qu'elle avait choisi le jour pour partir. Elle avait appelé un taxi. Elle n'avait laissé ni mot d'explication ni adresse ; je ne devais plus jamais entendre parler d'elle.

Mon père m'avait accompagné en Autriche – Papa voyageait toujours avec moi ainsi que Raphael. Aussi en savait-il aussi peu que moi sur l'endroit où ma mère était partie et sur les raisons de son départ. Tout ce que je sais, c'est qu'en rentrant nous sommes tombés sur Grand-père en pleine crise ; Grand-mère pleurait dans l'escalier et Calvin notre pensionnaire s'efforçait de trouver quel numéro de téléphone appeler.

Calvin le pensionnaire ? me demandez-vous. Le précédent – James, c'est bien ça ? – était donc parti ?

Oui. Il avait dû partir l'année d'avant. Ou l'année précédente. Impossible de me souvenir. Nous avons eu des tas de pensionnaires au fil des ans. Nous étions bien obligés, pour réussir à joindre les deux bouts.

Vous vous souvenez de tous ces jeunes gens ?

Non. Seulement de ceux qui se détachaient du lot, j'imagine. Et de Calvin parce qu'il était là, la nuit où j'ai appris que ma mère s'en était allée avec armes et bagages. De James, aussi. Parce qu'il était là quand tout a commencé.

Tout ? reprenez-vous.

Oui. Le violon. Les leçons. Miss Orr. Tout.

26 août

Les gens que je connais, je les associe à un musicien ou à un morceau de musique. Quand j'évoque Rosemary Orr, je pense à Brahms, au concerto qu'elle jouait lorsque j'ai fait sa connaissance. Quand je pense à Raphael, c'est Mendelssohn qui me vient à l'esprit. Papa, c'est Bach, la sonate en *sol* mineur. Quant à Grand-père, il reste à jamais associé à Paganini. Le vingt-quatrième caprice était son favori. « Toutes ces notes, s'émerveillait-il. Toutes ces notes, si parfaites. »

Et votre mère ? me demandez-vous. A quel morceau de musique l'associez-vous ?

Détail intéressant, je suis incapable d'associer ma mère à un quelconque morceau de musique. J'ignore pourquoi. Est-ce une forme de déni ? Le refoulement d'une émotion ? Je ne sais pas. Vous êtes psychiatre. A vous d'expliquer cela.

Je continue à le faire, à propos. Je continue d'associer les gens qui m'entourent à un morceau de musique. Sherrill, par exemple, c'est la rhapsodie de Bartok que lui et moi avons interprétée ensemble en public il y a des années à Saint Martin in the Fields. Nous ne l'avons jamais rejouée depuis et nous étions des adolescents alors – l'enfant prodige américain et l'enfant prodige anglais, l'impact médiatique n'était pas mince, je vous prie de le croire – mais pour moi il sera toujours Bartok. C'est comme ça que cela fonctionne dans ma tête.

Pareil pour ceux qui ne s'intéressent pas à la musique. Prenez Libby, par exemple. Je vous ai parlé de Libby ? C'est notre pensionnaire. Comme James et comme Calvin. A ceci près qu'elle appartient au présent et non au passé, et qu'elle occupe l'appartement en demi-sous-sol de ma maison de Chalcot Square.

Je n'avais jamais songé à le louer lorsqu'elle s'est pointée un beau jour à ma porte avec des contrats que je devais signer sur-le-champ. Elle est coursier. Je n'ai découvert que c'était une femme que lorsqu'elle a retiré son casque et m'a dit avec un mouvement de tête désignant les papiers : « Vous formalisez pas. Faut que je vous pose la question. Vous êtes un musicien rock ou quoi ? », avec l'espèce de désinvolture amicale qui semble être l'apanage de la Californienne de souche.

« Non, lui ai-je rétorqué. Je suis violoniste de concert.

— Sans blague !

— Eh oui. »

Là-dessus, elle m'a regardé avec des yeux si ronds que j'ai cru avoir affaire à une idiote congénitale.

Jamais je ne signe des contrats sans les avoir lus – même si mon agent s'offusque de ce qu'il prend pour un manque de confiance dans sa profonde sagesse – et plutôt que de faire attendre la petite devant ma porte pendant que je parcourais les documents, je l'ai invitée à entrer. Nous nous sommes rendus au premier, où se trouve la salle de musique donnant sur le square.

« Woouaoouh ! Vous êtes vraiment quelqu'un, s'est-elle écriée dans l'escalier tapissé de pochettes d'albums. Quelle gourde je fais !

— Inutile de vous excuser, ai-je dit en pénétrant dans la salle de musique avec elle sur les talons, la tête farcie de clauses.

— Oh, ça alors, c'est vraiment impressionnant, a-t-elle commenté tandis que je m'approchais de la fenêtre et de la banquette où j'écris en ce moment même, Dr Rose. C'est qui, le type sur la photo ? Le type avec les béquilles. Quel âge vous avez là-dessus ? Sept ans ? »

Seigneur. C'est sans doute le plus grand violoniste du monde… Cette fille est aussi ignorante qu'une buse. « C'est Itzhak Perlman. Et j'avais six ans, pas sept.

— Woouahou ! Vous avez joué avec lui alors que vous n'aviez que six ans, c'est ça ?

— Pas exactement. Mais il a eu l'extrême gentillesse de m'écouter un après-midi à Londres.

— La vache, c'est cool. »

Et tandis que je lisais, elle a continué son inspection, s'extasiant dans son vocabulaire plutôt limité. Elle a pris un plaisir tout particulier, m'a-t-il semblé, à examiner le un seizième qui trône sur un support conçu tout exprès dans la salle de musique. C'est là également que je range le Guarneri, le violon que j'utilise aujourd'hui. Il était dans son étui et l'étui était ouvert parce que, lorsque Libby était arrivée avec les papiers à signer, j'étais en pleine répétition comme tous les matins. Sans se rendre compte le moins du monde de la portée de son geste, elle a tendu la main et pincé une corde.

Ce fut comme si elle avait tiré un coup de pistolet. J'ai bondi, hurlant : « Ne touchez pas à ce violon ! » et elle a sursauté violemment comme un enfant qu'on vient de frapper. « Oh, mon Dieu », a-t-elle murmuré en reculant, les mains derrière le dos. Puis, gênée, elle s'est détournée.

J'ai reposé les papiers : « Désolé. Je ne voulais pas être désagréable mais cet instrument a deux cent cinquante ans. J'en prends le plus grand soin et généralement je ne laisse… »

Me tournant toujours le dos, elle m'a interrompu de la main. Elle a inspiré bien à fond plusieurs fois avant de secouer la tête, ce qui a fait voleter ses cheveux qu'elle a très bouclés et couleur de pain grillé, et elle s'est frotté les yeux. Puis elle a pivoté vers moi. « C'est moi qui suis désolée. J'aurais pas dû y toucher, j'ai agi machinalement. Vous avez eu raison de m'engueuler. Seulement l'espace d'un instant vous ressembliez tellement à Rock que j'ai flippé.

— Comment ça, Rock ?

— Oui, Rock Peters. De son vrai nom Rocco Petrocelli. C'est mon mari. Nous vivons séparés. Enfin aussi séparés qu'on peut l'être vu que c'est lui qui tient les cordons de la bourse et qu'il est pas près de les desserrer pour me permettre de m'installer chez moi. »

Je la trouvais trop jeune d'allure pour être mariée mais il apparut que malgré son look et ses charmantes rondeurs prépubères elle avait vingt-trois ans et était mariée depuis deux ans à l'irascible Rock. Sur le moment, toutefois, je me suis contenté de faire « Ah ».

« Il a un caractère de chien. Et il ignore toujours que la monogamie fait partie du mariage, par exemple. Je ne savais jamais quand il allait péter les plombs. Après deux ans passés à courber l'échine dans l'appartement, j'ai décidé que ça suffisait.

— Oh… »

Ces révélations me mettaient mal à l'aise, je l'avoue. Non que je n'aie l'habitude de ces débordements. Cette tendance aux déballages est monnaie courante ; je l'ai constatée chez tous les Américains que j'ai eu l'occasion de fréquenter. Comme s'ils avaient été habitués à se répandre en même temps qu'ils apprenaient à saluer le drapeau. Mais ce n'est pas parce qu'on a l'habitude d'une chose qu'on l'apprécie. Qu'est-on censé faire, après tout, des détails de la vie privée d'autrui ?

Elle n'en est pas restée là. Elle voulait divorcer ; pas lui. Ils continuaient à vivre ensemble parce qu'elle n'avait pas assez d'argent pour couper les ponts. « Quant à savoir pourquoi il veut que je vive près de lui, c'est un mystère. Le mystère de ma vie. L'instinct grégaire, il ne connaît que ça, alors à quoi bon ? »

C'était, m'a-t-elle expliqué, un coureur de jupons à nul autre pareil, sa philosophie étant que les femelles – le « troupeau » – devaient être dominées et montées par un seul et même mâle. « Le problème, c'est qu'aux yeux de Rock, le troupeau, c'est la totalité des représentantes du sexe féminin. Et il lui faut les tringler toutes pour qu'elles soient contentes. » Là-dessus, elle s'est plaqué la main sur la bouche. « Désolée. » Puis elle a souri. « C'est plus fort que moi, quand je suis lancée, impossible de m'arrêter. Vous avez signé, ça y est ? »

Je n'avais pas signé les papiers. Je n'avais pas pu les lire. Je les signerais, lui dis-je, si ça ne l'ennuyait pas d'attendre. Elle est allée se mettre dans un coin et s'est assise.

J'ai lu les documents. J'ai passé un coup de fil pour me faire préciser une clause. J'ai signé les contrats et les lui ai rendus. Elle les a fourrés dans sa sacoche, m'a remercié et, la tête inclinée, a demandé :

« Vous pourriez faire quelque chose pour moi ?
— Quoi ? »

Elle se dandinait d'un pied sur l'autre, l'air embarrassée. Mais elle s'est quand même lancée et je l'en ai admirée.

« Est-ce que vous… C'est que j'ai jamais entendu jouer du violon pour de vrai. Vous pourriez me jouer un air ? Une chanson ? »

Une chanson. C'était bien une béotienne. Mais même les béotiens sont éducables. Et puis elle me l'avait demandé si gentiment. Je travaillais de toute façon à son arrivée la sonate de Bartok. J'ai donc interprété une partie de la melodia, la jouant comme toujours : faisant passer la musique avant moi, avant elle, avant tout. Le temps que j'arrive à la fin du mouvement, j'avais oublié sa présence. Aussi ai-je continué et suis-je passé au presto, me remémorant cette phrase de Raphael : « Fais-en une invitation à la danse, Gideon. Sens la rapidité de ce mouvement. Fais en sorte qu'il glisse à la vitesse de la lumière. »

Quand j'ai fini, j'ai été ramené sur terre en l'entendant murmurer : « Oh… Oh… qu'est-ce que vous êtes doué ! »

J'ai regardé de son côté et constaté qu'elle avait pleuré pendant que je jouais : ses joues étaient humides et elle fouillait dans sa combinaison de cuir à la recherche, j'imagine, d'un bout de chiffon pour s'essuyer le nez. J'ai été content de voir que le Bartok l'avait émue et encore plus content de constater que j'avais vu juste en la considérant comme éducable. Je suppose que c'est pour cela que je lui ai demandé de prendre une tasse de café avec moi. Comme il faisait beau, nous l'avons prise dans le jardin sous la tonnelle où j'avais, la veille dans l'après-midi, construit un de mes cerfs-volants.

C'est la première fois que je mentionne mes cerfs-volants, n'est-ce pas, Dr Rose ? Ils n'ont rien de bien extraordinaire. C'est juste une façon de m'occuper les mains quand j'éprouve le besoin de m'accorder une pause. Je vais à Primrose Hill les tester.

Ah, oui. Vous êtes en train de vous demander quelle

est la signification cachée de ce passe-temps, pas vrai ? Qu'est-ce que la création de ces cerfs-volants peut bien symboliser dans l'histoire antérieure du patient et dans sa vie présente ? L'inconscient « parle » dans tous nos actes. Il ne reste à notre moi conscient qu'à appréhender la signification qui se cache derrière ces actes et à la traduire sous une forme compréhensible.

Cerfs-volants. Air. Liberté. Mais liberté par rapport à quoi ? Quel besoin ai-je d'être libre alors que ma vie est riche, bien remplie, aboutie ?

Je vais encore vous compliquer la tâche en vous précisant que je m'intéresse également aux planeurs. Pas à ceux qu'on lance du haut d'une colline puis qu'on suit du regard tandis que les courants les emportent ici et là. Mais les vrais planeurs, les planeurs grandeur nature, lesquels sont remorqués par un avion qui vous lâche, que vous devez piloter vous-même.

Mon père trouve ce hobby particulièrement effrayant. Le sujet est devenu tellement sensible que nous avons cessé de l'aborder. Lorsqu'il a compris que j'avais échappé à son emprise, qu'il ne pouvait plus me donner des directives quant à l'emploi de mes rares heures de loisir, il s'est écrié : « Fais ce que tu veux, Gideon. Je m'en lave les mains ! » C'est comme ça que le sujet est devenu tabou.

Cela a l'air dangereux, me dites-vous.

Pas plus que la vie.

Et vous me posez alors la question : Qu'est-ce qui vous plaît tant dans ce sport ? Le silence ? Le fait de maîtriser techniquement une chose qui est si différente de votre profession ? Ou bien est-ce l'évasion que vous cherchez, Gideon ? Ou encore les risques que vous courez vous excitent-ils ?

Moi je vous rétorque qu'il est dangereux de creuser trop profond à la recherche d'un sens quand les choses ont des explications simples. Enfant, une fois mon talent reconnu, j'avais eu l'interdiction de m'adonner à toute activité susceptible de m'abîmer les mains. Concevoir des cerfs-volants, piloter des planeurs…

c'étaient autant d'activités où je ne risquais pas de me blesser.

Mais vous voyez la signification profonde des activités associées au ciel, n'est-ce pas, Gideon ?

Tout ce que je vois, c'est que le ciel est bleu. Bleu comme la porte. Cette porte bleue, si bleue.

GIDEON

28 août

J'ai fait ce que vous m'aviez suggéré, Dr Rose, et je n'ai rien à vous rapporter si ce n'est que j'ai eu l'impression d'être un bel imbécile. Peut-être que l'expérience se serait conclue différemment si je l'avais tentée dans votre cabinet comme vous me le demandiez. Mais je n'ai pas réussi à me décider à faire ce dont vous me parliez, cela me semblait absurde. Plus absurde encore que de passer des heures à écrire dans ce carnet alors que je pourrais travailler mon violon comme avant. Comme j'ai envie de le faire.

Mais je n'y ai toujours pas touché.

Pourquoi ?

En voilà une question... Cela tombe sous le sens, Dr Rose. Envolée, vous ne voyez donc pas ce que cela signifie ? La musique s'est envolée.

Papa était chez moi, ce matin. Il vient de partir. Il était venu voir si j'allais mieux, entendez par là si j'avais essayé de rejouer – même s'il a été assez sympa pour ne pas me poser la question directement. Mais c'était inutile qu'il me la pose étant donné que le Guarneri était à l'endroit où il l'avait laissé le jour où il m'avait ramené de Wigmore Hall à la maison. Je n'ai même pas eu le courage de toucher à l'étui.

Pourquoi ? me demandez-vous.

Vous connaissez la réponse. Parce que en ce moment je manque de courage : si je ne peux pas jouer, si le don, l'oreille, le talent, le génie est moribond, ou m'a déserté complètement, comment puis-je exister ? Je ne vous demande pas comment je peux continuer, Dr Rose, mais comment je peux exister. Comment exister quand la somme de mon être et ce que j'ai été au cours de ces vingt-cinq dernières années est défini par ma musique ?

Dans ce cas, dites-vous, penchons-nous sur la musique. Si chacune des personnes qui vous entourent est associée d'une façon ou d'une autre à la musique, peut-être nous faut-il examiner plus soigneusement votre musique si nous voulons avoir la clé de ce qui vous perturbe.

Ce Bartok dont vous parliez, la sonate... c'est ce morceau que vous associez à Libby ?

Oui, j'associe la sonate à Libby. Mais Libby n'a rien à voir avec mon problème, je vous l'assure.

Au fait, mon père est tombé sur ce carnet. Lorsqu'il est passé me voir il l'a trouvé sur la banquette, devant la fenêtre. Et, avant que vous ne me posiez la question, il ne fouinait pas dans mes affaires, non. Mon père est peut-être un être impossible mais il n'est pas du genre à espionner. Il se trouve qu'il a consacré les vingt-cinq dernières années de sa vie à entretenir son fils unique et à s'occuper de sa carrière ; il aimerait bien que cette carrière ne lui file pas entre les doigts.

Son fils unique mais qui ne le restera pas longtemps, toutefois. Car, je l'avais oublié ces dernières semaines, il y a Jill. J'ai du mal à m'imaginer ayant un frère ou une sœur à mon âge, sans parler d'une belle-mère – qui n'a même pas dix ans de plus que moi. Mais à notre époque le concept de famille est élastique. Et la sagesse veut que l'on s'adapte aux nouvelles définitions données au terme « conjoint », pour ne pas parler des termes « père », « mère », « frère » ou « sœur ».

Mais oui, effectivement, je trouve que c'est bizarre, cette histoire ; mon père qui va fonder une nouvelle famille. Ce n'est pas que je m'attendais à ce qu'il demeure seul le restant de ses jours. C'est seulement qu'après vingt ans pendant lesquels, à ma connaissance, il n'est même pas sorti une seule fois avec une femme, tout cela me cause une espèce de choc.

J'avais rencontré Jill à la BBC lorsque je visionnais la première mouture du documentaire filmé au conservatoire d'East London. Ça, c'était il y a plusieurs années, juste avant qu'elle ne produise cette adaptation impressionnante des *Remèdes désespérés* – est-ce que vous l'avez vue, au fait ? Jill est une inconditionnelle de Thomas Hardy – et elle travaillait alors au département documentaires. C'est à cette époque-là également que Papa a dû la rencontrer mais je ne me souviens pas de les avoir vus ensemble et je ne saurais dire à quel moment ils sont devenus intimes. Je me rappelle avoir été invité à dîner un soir chez mon père et l'avoir découverte dans la cuisine, qui remuait quelque chose sur la cuisinière. Bien que surpris de la trouver là, j'avais conclu qu'elle était venue apporter la version définitive du documentaire pour nous la montrer en avant-première. Je suppose que c'est à ce moment-là que leur relation a commencé. Après Papa a été nettement moins disponible. Peut-être même que leur histoire a commencé ce soir-là. Mais comme Jill et Papa n'ont jamais vécu ensemble – encore que Papa dise que ça se fera, peu après la naissance du bébé –, je n'avais aucune raison de conclure qu'il y avait anguille sous roche.

Et maintenant que vous êtes au courant ? me demandez-vous. Qu'est-ce que vous ressentez ? Quand avez-vous appris qu'ils allaient avoir un bébé ? Et où ?

Je vois dans quelle direction vous cherchez à m'entraîner. Mais laissez-moi vous dire tout de suite que vous perdez votre temps.

J'ai appris, pour mon père et pour Jill, il y a quelques mois, et pas le jour du concert à Wigmore Hall. Pas même durant la semaine ou le mois du concert, en fait. Et il n'y avait aucune porte bleue en vue lorsque j'ai su que j'allais avoir un demi-frère ou une demi-sœur. Vous voyez que je savais où vous vouliez en venir.

Mais qu'est-ce que vous ressentiez ? insistez-vous. Une seconde famille pour votre père, après toutes ces années…

Pas une seconde famille, je m'empresse de rectifier. Une troisième.

Une troisième famille ? Vous consultez les notes que vous avez prises pendant nos séances et vous n'y voyez aucune allusion à une famille qui daterait d'avant ma propre naissance. Pourtant il y en avait une, et un enfant de cette famille, une fille, morte en bas âge.

Elle s'appelait Virginia et j'ignore comment elle est morte ou combien de temps après sa mort mon père s'est séparé de sa mère, j'ignore également qui était sa mère. La seule raison pour laquelle je connais leur existence et le précédent mariage de mon père, c'est que Grand-père, au cours d'une de ses crises, avait abordé le sujet. Ses crises s'accompagnaient toujours de malédictions. « Tu n'es pas mon fils ! » hurlait-il lorsqu'on l'emmenait de force à la campagne. Cette fois-là, Grand-père maudissait mon père, capable, disait-il, de n'engendrer que des monstres. Je suppose qu'on a dû me donner en hâte une explication. Cette explication m'a-t-elle été fournie par ma mère ou était-elle déjà partie ? Car j'ai supposé qu'en parlant de monstre c'était à moi que Grand-père se référait. Virginia a donc dû mourir d'une anomalie, d'une maladie congénitale peut-être. Mais j'ignore de quoi exactement parce que la personne qui m'en a parlé ne le savait pas, refusait de le dire, et parce que le sujet n'est jamais revenu sur le tapis.

Jamais revenu sur le tapis ?

Vous connaissez la chanson, docteur. Les enfants ne mentionnent jamais d'eux-mêmes les sujets qu'ils associent au tumulte, aux disputes. Ils apprennent très tôt qu'il vaut mieux ne pas réveiller le chat qui dort. Et je suppose que vous pouvez en tirer vous-même les conclusions : le violon étant mon seul et unique centre d'intérêt, une fois que j'ai été assuré d'avoir l'estime de mon grand-père, je n'ai plus pensé à cela.

La porte bleue, en revanche, c'est quelque chose de différent. Comme je vous l'ai dit en commençant, j'ai fait exactement ce que vous m'aviez demandé. J'ai recréé cette porte mentalement : bleu de Prusse, avec un anneau argenté au centre, en guise de poignée ; deux serrures, me semble-t-il, dont l'une couleur argent comme l'anneau ; et peut-être au-dessus de la poignée, un numéro.

J'ai fait l'obscurité dans ma chambre, je me suis allongé sur mon lit, j'ai fermé les yeux et j'ai visualisé cette porte. Je me suis vu m'en approchant. J'ai visualisé ma main qui s'emparait de l'anneau tenant lieu de poignée, mes doigts tournant des clés dans les serrures, la serrure du bas d'abord à l'aide de l'une de ces vieilles clés si faciles à dupliquer avec leurs dents larges, la serrure du haut ensuite qui, elle, est moderne et non forçable. Une fois les serrures ouvertes, je me suis appuyé de l'épaule contre la porte que j'ai poussée légèrement et… rien. Absolument rien.

Rien, Dr Rose. Dans mon esprit, c'est le vide intégral. Vous voudriez interpréter ce que je trouve derrière cette porte, vous cherchez à comprendre pourquoi elle est de cette couleur, pourquoi elle a deux serrures et non une, pourquoi elle a un anneau en guise de poignée, tandis que moi, tout ce que cet exercice m'inspire, c'est que dalle. Cela ne m'a rien révélé. Rien n'est tapi telle une goule derrière ce battant. La porte ne mène à aucune pièce que je puisse évoquer, elle est simplement en haut d'un escalier…

Un escalier, là, vous bondissez. Alors il y a aussi un escalier ?

Oui. Un escalier. Et un escalier, nous le savons tous les deux, c'est synonyme de monter, de s'élever, de s'arracher à un gouffre, et alors ?

Vous voyez que mon écriture tremble, n'est-ce pas ? Vous dites : « N'essayez pas d'échapper à la peur. Ça

ne vous tuera pas, Gideon. Les sentiments ne vous tue-
ront pas. Vous n'êtes pas seul. »

Je n'ai jamais dit que je l'étais. Ne me faites pas
dire ce que je n'ai pas dit, Dr Rose.

2 septembre

Libby était là, elle sait qu'il y a quelque chose qui
ne colle pas car il y a plusieurs jours qu'elle n'a pas
entendu le violon. Or, lorsque je travaille, elle l'entend
généralement des heures d'affilée. C'est pourquoi je
n'avais pas loué l'appartement en demi-sous-sol après
le départ de ceux qui l'occupaient. J'y avais songé lorsque j'avais acheté cette maison à Chalcot Square et
que j'y avais emménagé ; mais je ne voulais pas être
distrait par les allées et venues d'un locataire, même
s'il avait eu une entrée privée, et je ne voulais pas me
trouver dans l'obligation de chambouler mes horaires
de travail par peur de gêner les voisins. J'avais fait part
de tout cela à Libby lorsqu'elle était partie ce jour-là,
qu'elle avait remonté la fermeture Eclair de sa combinaison, remis son casque devant ma porte et aperçu
l'appartement vide par la grille de fer forgé. « Ouh là
là… C'est à louer ? »

Je lui avais expliqué que je le laissais vide, que
c'était exprès. Un jeune couple habitait là lorsque
j'avais acheté la maison, mais, comme ils n'avaient pas
réussi à se prendre de passion pour le violon et que
j'en jouais à toute heure du jour et de la nuit, ils avaient
rapidement décidé de transporter leurs pénates ailleurs.

Inclinant la tête, elle avait dit : « Hé, mais quel âge
vous avez ? Quand vous parlez comme ça on dirait que
vous avez une balayette dans le cul. Pourtant lorsque
vous m'avez montré vos cerfs-volants vous aviez l'air
normal, comme mec. Alors qu'est-ce qui vous prend
tout d'un coup ? C'est parce que vous êtes anglais ? A
peine le pied dehors, vous faites des phrases à la Henry
James ?

« — Il n'était pas anglais, lui avais-je fait remarquer.

— Ah, désolée. » Elle avait commencé à attacher la courroie de son casque mais sans doute était-elle nerveuse car elle avait du mal à y arriver. « J'ai fait toutes mes études secondaires dans un collège de seconde zone. Alors je risque pas de faire la différence entre Henry James et Sid Vicious. D'ailleurs je sais même pas pourquoi James m'est venu à l'esprit. Et Sid Vicious non plus.

— Qui est Sid Vicious ?

— Allez, vous plaisantez, avait-elle dit en me regardant.

— Oui. »

Elle avait éclaté de rire. Plus exactement elle avait poussé une sorte de rugissement et tout d'un coup elle m'avait attrapé par le bras en me disant : « Ah vous, vous alors… » avec une telle familiarité que j'en avais été à la fois stupéfait et charmé. Aussi lui avais-je proposé de lui faire visiter l'appartement.

Pourquoi ? me demandez-vous.

Tout simplement parce qu'elle me l'avait demandé, parce que je voulais le lui montrer et aussi parce que j'étais content de profiter de sa compagnie. Elle était tellement différente des Anglaises.

Non, ce que je voulais dire, ce n'est pas pourquoi vous lui avez montré l'appartement, Gideon. Ce que je voulais dire, c'est pourquoi vous me parlez de Libby.

Parce qu'elle était là, à l'instant.

Elle est importante ?

Je ne sais pas.

3 septembre

« Mon prénom, c'est Liberty, m'a-t-elle dit. N'est-ce pas que c'est débile ? Mes parents étaient des hippies avant de virer yuppies, c'était longtemps avant que mon père gagne des millions de dollars dans la Silicon Valley. La Silicon Valley, vous connaissez ? »

Nous grimpons la pente qui mène à Primrose Hill. J'ai emporté un cerf-volant. Libby m'avait persuadé d'en faire voler un en cette fin d'après-midi de l'an dernier. Normalement, je devrais travailler car je dois enregistrer du Paganini, le second concerto pour violon, avec le Philharmonique, dans moins de trois semaines, et l'allegro maestoso m'a donné du fil à retordre. Mais Libby est revenue me rendre visite, après une engueulade avec Rock au sujet de son pognon, qu'il lui a confisqué encore une fois. Elle est venue me rapporter sa réaction quand elle lui a demandé son argent : « Ce connard m'a dit d'aller me faire voir ailleurs ; alors je me suis dit que j'allais le prendre au mot. Venez, Gideon, de toute façon vous bossez trop. » Il y a six heures que je suis sur ce morceau, deux séances de trois heures, avec une pause d'une heure à midi pour faire une petite marche jusqu'à Regent's Park, alors je lui dis que je suis d'accord. Je la laisse choisir le cerf-volant et elle opte pour un truc un peu sophistiqué. Pas commode à lancer.

Nous voilà partis. Nous suivons Chalcot Crescent – très embourgeoisé, ce quartier, comme le fait remarquer Libby d'un ton acide, car elle semble préférer le Londres qui tombe en ruine au Londres briqué et rénové. Nous traversons Regent's Park Road, nous arrivons dans le parc et nous attaquons la montée.

« Trop de vent », lui dis-je. Je dois élever la voix parce que le vent fouette sauvagement le cerf-volant et que le Nylon claque. « Pour celui-là, il faut que les conditions météo soient parfaites. Ça m'étonnerait qu'on arrive à le faire décoller. » Effectivement, nous n'y arrivons pas – à la grande déception de Libby qui entendait bien faire enrager Rock en lui racontant tout. « Ce salaud, il menace de raconter partout (de la main, elle désigne vaguement Westminster, d'où je conclus qu'elle fait allusion au gouvernement) que nous n'avons jamais été vraiment mariés. Je veux dire physiquement. Que nous n'avons jamais consommé. Ça, alors, c'est vraiment des conneries.

« — Qu'est-ce qui se passerait s'il disait au gouvernement que vous n'êtes pas vraiment mariés ?

— Mais nous le sommes, bon Dieu, il me rend dingue. »

Elle a peur que son statut en Angleterre ne change si son mari met sa menace à exécution. Et, étant donné qu'elle a quitté le foyer conjugal insalubre – dans mon imagination, du moins – de Bermondsey pour l'appartement en demi-sous-sol de Chalcot Square, il a peur de la perdre pour de bon, ce qu'il ne souhaite pas malgré ses frasques à répétition. Ils se sont encore disputés ; à la suite de quoi, il lui a dit assez brutalement d'aller se faire voir ailleurs.

Navré de ne pouvoir satisfaire sa curiosité quant au cerf-volant, je l'invite à prendre un pot. Et c'est devant une tasse de café qu'elle m'explique que Libby est le diminutif de Liberty.

« Des hippies, me redit-elle en parlant de ses parents. Ils voulaient que leurs enfants aient des prénoms originaux. » Elle feint de tirer sur une cigarette de marijuana. « Ma sœur, c'est pire, vous ne le croirez pas, mais ils l'ont appelée Equality. Ali, en abrégé. Vous vous rendez compte, s'il y avait eu une troisième fille dans la famille…

— Elle aurait eu droit à Fraternity ?

— En plein dans le mille. Enfin, je devrais m'estimer heureuse qu'ils aient opté pour des noms abstraits. Ça aurait pu être pire. Je pourrais m'appeler Arbre. »

Je m'esclaffe.

« A moins qu'ils ne vous aient donné le nom d'une essence d'arbre : Pin, Chêne, Saule.

— Saule Neale. Oui. »

Elle fouille au milieu des paquets de sucre sur la table, à la recherche de l'édulcorant, c'est une fille qui est une passionnée de régimes. Sa recherche de la perfection physique a été la seule turbulence dans l'océan paisible de son existence, m'a-t-elle confié. Elle laisse tomber le faux sucre dans son café et me dit :

« Et vous, Gid ?

— Moi ?

— Vos parents. Comment sont-ils ? Ce ne sont pas des anciens hippies, j'imagine. »

Elle n'avait pas encore rencontré mon père, voyez-vous, bien qu'il l'ait aperçue de la fenêtre de la salle de musique un après-midi qu'elle rentrait du travail sur sa Suzuki et qu'elle la garait à sa place habituelle sur le trottoir près des marches qui mènent à l'appartement en demi-sous-sol. Elle avait fait ronfler le moteur deux ou trois fois comme à son habitude, causant un vacarme qui avait attiré l'attention de mon père. Il s'était approché de la vitre, l'avait vue et avait dit : « Je veux bien être pendu… il y a un motard qui est en train d'attacher sa moto à ta grille, Gideon. Dites donc, vous, faut pas vous gêner !… avait-il crié en ouvrant la fenêtre.

— C'est Libby Neale. Ne t'inquiète pas, Papa, elle habite ici. »

Il s'était lentement détourné de la vitre.

« Quoi, c'est une femme ? Elle habite ici ?

— Oui, au-dessous. J'ai décidé de louer finalement. Est-ce que j'aurais oublié de te le dire ? »

Effectivement, je ne lui en avais pas parlé. Mais, si je n'avais pas mentionné Libby ni l'appartement, ce n'était pas délibéré, c'était simplement que le sujet n'était pas venu sur le tapis. Papa et moi, nous nous parlons tous les jours ; mais nos conversations tournent toujours autour de sujets professionnels, un concert à venir, une tournée qu'il doit organiser, un enregistrement qui ne s'est pas bien passé, une demande d'interview ou une participation à une émission quelconque. Comme le prouve le fait que j'ignorais tout de sa relation avec Jill jusqu'au moment où il a trouvé plus gênant de ne pas en parler que d'en parler : après tout, la soudaine apparition d'une femme aussi évidemment enceinte nécessite des explications. Autrement, nous n'avions jamais eu de relations de copains. Ma musique nous a toujours absorbés – cela depuis mon enfance –, et cette obsession commune nous a empêchés de nous mettre à nu l'un devant l'autre, déballage qui constitue un passage obligé entre intimes par les temps qui courent. Notez que je ne regrette pas un instant les relations que nous avons, Papa et moi. Elles sont solides et authentiques, si ce genre de liens ne donnent pas envie d'escalader l'Himalaya ensemble ou de remonter le Nil en felouque. Ce sont des relations qui me donnent de la force et me soutiennent. A dire vrai, je ne serais pas là où j'en suis aujourd'hui, Dr Rose, si mon père n'avait pas été là.

4 septembre

Non, vous ne me prendrez pas au piège.

Où en êtes-vous aujourd'hui, Gideon ? me demandez-vous d'une voix suave.

Mais je refuse de participer. Mon père ne joue aucun rôle dans cette histoire. Si je suis incapable de toucher au Guarneri, ce n'est pas la faute de mon père. Je refuse d'aller grossir les rangs des couilles molles qui rejettent la responsabilité de leurs échecs sur leurs parents. Papa a eu une vie difficile. Il a fait de son mieux.

Difficile dans quel sens ? vous empressez-vous de questionner.

Eh bien, vous imaginez ce que ça peut être que d'avoir Grand-père pour père ? D'être expédié en pension à l'âge de six ans ? De côtoyer, une fois à la maison, quelqu'un qui fait des crises psychotiques ? Et de savoir que quoi que vous fassiez vous ne serez jamais à la hauteur parce que vous avez été adopté et que votre père ne cesse de vous le rappeler ? Non. Papa a fait du mieux qu'il pouvait comme père. Et comme fils, il a fait mieux que la plupart.

Il a fait mieux que vous, comme fils ?

Ça, il faudra que vous le demandiez à Papa.

Mais que pensez-vous de vous-même en tant que fils, Gideon ? Qu'est-ce qui vous vient tout de suite à l'esprit ?

La déception.

Vous avez déçu votre père ?

Non. Il ne faut pas que je le déçoive. Mais je crains de le faire.

Est-ce qu'il vous a laissé entendre à quel point c'était important pour lui que vous ne le déceviez pas ?

Pas une seule fois. Pas du tout. Mais…

Mais ?

Il n'aime pas Libby. Je savais qu'il ne l'aimerait pas ou du moins qu'il n'aimerait pas qu'elle soit là. Qu'il la considérerait comme une source de distraction potentielle ou, pire, comme un frein à mon travail.

Est-ce pour cela qu'il vous a dit « C'est cette garce de fille, n'est-ce pas ? » quand vous avez eu votre trou noir à Wigmore Hall ? Il lui a tout de suite mis ça sur le dos, n'est-ce pas ?

Oui.

Pourquoi ?

Ce n'est pas qu'il ne veuille pas que je sois avec quelqu'un. Pourquoi ne le voudrait-il pas ? La famille, c'est tout pour mon père. Mais la famille s'arrêtera si je ne me marie pas et si je n'ai pas d'enfants à moi.

A ceci près qu'il a mis un autre enfant en route, n'est-ce pas, Gideon ? Alors la famille continuera d'exister de toute façon, quoi que vous fassiez.

Oui, en effet.

Autrement dit, maintenant il est libre de ne pas approuver les femmes qui sont dans votre vie sans craindre que vous ne preniez ce désaccord à cœur et que vous ne renonciez à vous marier ?

Non ! Je refuse de jouer à ce jeu. Il ne s'agit pas de mon père. S'il n'aime pas Libby, c'est parce qu'il s'inquiète de l'influence qu'elle pourrait avoir sur ma musique. Et il a le droit d'être inquiet. Libby est incapable de distinguer un archet d'un couteau de cuisine.

Est-ce qu'elle interrompt votre travail ?

Non, elle ne l'interrompt pas.

Est-ce qu'elle se montre indifférente à votre musique ?

Non.

Est-ce qu'elle vous dérange ? Est-ce qu'elle ne tient pas compte de votre besoin de solitude ? Est-ce qu'elle a des exigences qui empiètent sur le temps que vous consacrez à l'étude ?

Jamais.

Est-ce qu'elle est inéducable, alors ? Vous m'avez dit que c'était une béotienne. Auriez-vous découvert qu'elle se cramponne à son ignorance comme s'il s'agissait d'un titre de gloire ?

Non.

Mais cependant votre père ne l'aime pas.

Ecoutez, c'est pour mon bien. Il n'a jamais rien fait qui n'ait été pour mon bien. Si je suis aujourd'hui là, avec vous, Dr Rose, c'est grâce à lui. Lorsqu'il a compris ce qui m'était arrivé à Wigmore Hall, il ne m'a pas dit : « Ressaisis-toi ! Ces gens ont payé pour t'entendre jouer, nom de Dieu ! », non. Tout ce qu'il s'est borné à dire, ça a été : « Il est malade, Raphael, présentez nos excuses au public. » Et il m'a fait sortir du théâtre à toute vitesse. Il m'a ramené à la maison, il m'a mis au lit, il est resté assis près de moi toute la nuit et il m'a dit : « On va s'occuper de ça, Gideon. Pour l'instant, dors. »

Il a demandé à Raphael de trouver de l'aide. Raphael connaissait le travail de votre père sur les artistes souffrant d'un blocage, Dr Rose. Alors je suis venu vous consulter. Mon père veut que je retrouve ma musique, c'est pour ça que je suis venu.

5 septembre

Personne d'autre n'est au courant. Juste nous trois : Papa, Raphael et moi. Même ma chargée de relations publiques n'est pas au courant de ce qui se passe exactement. Elle s'est bornée à dire à la presse que je suivais un traitement, que je souffrais d'une extrême fatigue.

J'imagine qu'on va mettre ce qui m'arrive sur le

compte de l'humeur – « l'artiste pique sa crise, l'artiste fait sa diva » – mais ça ne me dérange pas. Je préfère que les gens croient que, si j'ai quitté la scène, c'est parce que je n'aimais pas l'éclairage de Wigmore Hall plutôt que de les laisser découvrir la vérité.

Quelle vérité ? me demandez-vous.

Parce qu'il y en a plusieurs ?

Certainement, dites-vous. Il y a la vérité de ce qui vous est arrivé et la vérité des raisons pour lesquelles cela vous est arrivé. Ce qui vous est arrivé, Gideon, c'est ce qu'on appelle une amnésie psychogène. La raison pour laquelle ça vous est arrivé, c'est ce que nous essayons de découvrir au fil de ces séances.

Vous voulez dire : tant que nous ne saurons pas pourquoi j'ai cette… comment appelez-vous ça déjà… ?

Amnésie psychogène. C'est comme une paralysie ou une cécité hystérique : une partie de vous qui a toujours fonctionné, en l'occurrence votre mémoire musicale si tel est le nom que vous choisissez de lui donner, s'arrête tout bonnement de fonctionner. Tant que nous ne saurons pas pourquoi vous souffrez de ce trouble, nous ne pourrons rien y faire.

Je me demande si vous savez à quel point je freine des quatre fers à l'idée de partir à la découverte de tout ça, Dr Rose. Ces informations, vous me les communiquez avec toute votre sympathie ; mais il n'empêche que j'ai l'impression d'être un phénomène de foire. Eh oui, je sais que ce mot éveille un écho dans mon passé, alors inutile de le souligner. J'entends encore mon grand-père le hurler à mon père tandis que les infirmiers l'emmènent, et je m'applique ce mot à moi-même jour après jour. Je me traite de phénomène et de monstre. Je me dis qu'il faut faire disparaître ce monstre. En finir avec lui.

C'est ce que vous êtes ? me demandez-vous.

Que pourrais-je être d'autre ? Je n'ai jamais fait de vélo, joué au rugby ou au cricket, tapé dans une balle au tennis, je ne suis même jamais allé à l'école. J'avais un grand-père psychotique, une mère qui aurait été probablement plus heureuse cloîtrée dans un couvent, qui a peut-être d'ailleurs fini au couvent, un père qui se crevait au boulot pour que je sois quelqu'un et un professeur de violon qui me suivait de tournée en tournée et ne me lâchait jamais d'une semelle. J'étais chouchouté, bichonné, adulé, Dr Rose. Comment voulez-vous, dans ces conditions, que j'en sois sorti autrement que comme un monstre ?

Rien d'étonnant à ce que je sois plein d'ulcères. Que je dégueule tripes et boyaux avant un concert, que mon cerveau résonne comme un tambour dans mon crâne, que je n'aie pas réussi à *être* avec une femme ces six dernières années. Et que, même lorsque je réussissais à partager mon lit avec une femme, il n'y ait eu ni intimité, ni joie, ni passion dans l'acte mais simplement le besoin d'en finir, d'obtenir ma pauvre satisfaction et de la voir déguerpir.

Est-ce que tout cela, Dr Rose, ne fait pas de moi un authentique monstre, un véritable phénomène de foire ?

7 septembre

Ce matin, Libby m'a demandé s'il y avait quelque chose qui clochait. Elle est montée dans sa tenue de loisir habituelle : jean, tee-shirt, boots. Elle semblait sur le point d'aller faire une promenade parce qu'elle était équipée du baladeur qu'elle emporte généralement lorsqu'elle se lance dans une de ses marches hygiéniques. J'étais sur la banquette devant la fenêtre, j'écrivais mon journal. Lorsqu'elle s'est rendu compte d'en bas que je la regardais, elle est montée me voir.

Elle essaye un nouveau régime, m'a-t-elle dit. Le régime « tout sauf blanc », comme elle l'a baptisé. « J'ai testé le régime Mayo, le régime soupe aux choux, le régime Scarsdale, tous les régimes de la terre. Rien n'a marché. J'ai décidé d'entamer celui-là. » Celui-là, m'explique-t-elle, consiste à manger tout ce qu'elle veut pourvu que ce ne soit pas blanc. Les nourritures blanches colorées artificiellement sont considérées comme blanches.

Elle est obsédée par son poids, ce qui pour moi est un mystère. Elle n'est pas grosse, pour autant que je puisse en juger dans la mesure où elle porte toujours soit sa combinaison de coursier, soit une salopette. Elle ne semble pas avoir d'autres vêtements. Mais si elle paraît un peu potelée à certains – pas à moi –, c'est probablement parce qu'elle a le visage rond. Est-ce qu'avec un visage rond on ne paraît pas grassouillette ? lui dis-je, mais sans parvenir à la consoler. Car elle me répond : « Nous vivons une époque de gens squeletti-ques. Vous avez de la chance d'être naturellement mince. »

Je ne lui ai jamais raconté à quel prix j'avais acquis la minceur qu'elle semble admirer. Je me borne à lui dire : « Les femmes font une fixation sur leur poids. Je vous trouve très bien. »

Une fois, alors que je lui disais ça, elle m'a répondu : « Si vous me trouvez si bien, pourquoi est-ce que vous ne m'invitez pas à sortir ? »

Et voilà, c'est comme ça que nous avons commencé à nous voir. Quelle drôle d'expression, « se voir », comme si on était incapable de voir quelqu'un sans avoir tissé des liens avec lui. Je n'aime pas beaucoup cette expression *se voir*, ça sent l'euphémisme. Mais sortir ensemble, d'un autre côté, ça fait vraiment ado-lescent. Et sortir ensemble, ce n'est pas ce que nous faisons.

Alors qu'est-ce que vous faites avec Liberty Neale ? voulez-vous savoir.

Le sens de votre question, c'est : « Est-ce que vous couchez avec elle, Gideon ? A-t-elle réussi à faire fon-dre la glace qui était dans vos veines ? »

Cela dépend, je suppose, de ce que vous entendez par « coucher », Dr Rose.

Mais oui, nous couchons ensemble. De temps à

autre. Mais par « coucher », j'entends « dormir », pas « baiser ».

Ni elle ni moi ne sommes prêts pour autre chose.

Comment en êtes-vous arrivés là ? me demandez-vous.

Ça a été une progression naturelle. Un soir, elle m'avait préparé à dîner à la fin d'une journée particulièrement fatigante de répétitions pour un concert que je devais donner au Barbican. Je me suis endormi sur son lit où nous étions assis à écouter un disque. Elle m'a recouvert d'une couverture et s'est glissée dessous, et nous sommes restés là jusqu'au lendemain matin. Il nous arrive encore de dormir ensemble de temps en temps. Je pense que nous trouvons ça réconfortant.

Nourrissant, dites-vous.

Cela me fait du bien, sa présence me fait du bien, oui. Alors, effectivement, c'est reconstituant.

C'est une chose qui vous a manqué durant votre enfance, Gideon, me faites-vous remarquer aussitôt. Si tout le monde se préoccupait de vos prestations en tant qu'artiste, on ne peut pas s'étonner que d'autres besoins essentiels soient passés inaperçus et n'aient pas été satisfaits.

Dr Rose, j'insiste : il faut que vous acceptiez ce que je vous dis. J'ai eu de bons parents. Comme je vous l'ai dit, mon père a travaillé sans relâche pour joindre les deux bouts. Une fois qu'il est devenu évident que j'avais le potentiel, le talent et le désir d'être… disons celui que je suis aujourd'hui, ma mère a également trouvé du travail pour payer le surcroît de dépenses que ma formation artistique impliquait. Et si, en conséquence, je n'ai pas vu mes parents aussi souvent que je le souhaitais, j'avais Raphael auprès de moi chaque jour pendant des heures et, en son absence, j'avais Sarah-Jane.

Qui était-ce ? interrogez-vous.

Sarah-Jane Beckett. Je ne sais trop comment l'appeler en réalité. Gouvernante, le terme est vieillot, et Sarah-Jane vous aurait rapidement remise à votre place si vous l'aviez appelée ainsi. Je suppose qu'il faudrait dire qu'elle était mon précepteur. Ainsi que je vous l'ai déjà dit, j'ai cessé de fréquenter l'école le jour où l'on a découvert que le violon serait toute ma vie, parce que les horaires scolaires ne coïncidaient pas avec mes horaires de travail. C'est pourquoi nous avons engagé Sarah-Jane, qui a été chargée de me donner des leçons particulières à la maison. Lorsque je ne travaillais pas avec Raphael, c'est avec elle que je travaillais. Et comme nous casions les leçons au mieux dans mon emploi du temps surchargé, elle habitait chez nous. En fait elle a habité chez nous pendant des années. Elle a dû arriver lorsque j'avais cinq ou six ans, une fois que mes parents eurent constaté qu'il m'était impossible de fréquenter une école traditionnelle. Et elle est restée chez nous jusqu'à mes seize ans – époque où mon instruction secondaire prit fin, mon programme de concerts, d'enregistrements, de répétitions, de travail m'empêchant de poursuivre plus avant mes études.

Etait-elle pour vous une mère de substitution ? désirez-vous savoir.

Décidément, il faut toujours que vous en reveniez à ma mère. C'est l'œdipe qui vous obsède, docteur ? Et s'il y avait un complexe d'Œdipe non résolu ? Maman part au travail quand le fiston a cinq ans, le rendant incapable de se débarrasser du désir inconscient de la sauter. Puis Maman disparaît quand le petit a huit, neuf ou dix ans, ou onze, je ne m'en souviens pas, et d'ailleurs ça m'est égal, et on n'entend plus jamais parler d'elle.

Ce que je me rappelle, toutefois, c'est son silence. Etrange. Cela me revient seulement maintenant. Le silence de ma mère. Je me souviens de m'être réveillé une nuit alors qu'elle était encore avec nous, et de l'avoir trouvée couchée dans le lit près de moi. Elle me serre contre elle, j'ai du mal à respirer car elle m'agrippe. C'est difficile pour moi de respirer parce que ses bras sont autour de moi et que ma tête… mais peu importe.

Comment est-ce qu'elle vous tient, Gideon ?

Je ne m'en souviens plus. Je me souviens seulement que je ne peux pas bien respirer, que je la sens respirer, elle, que c'est chaud.

Qu'est-ce qui est chaud, son souffle ?

Non. C'est une impression. J'ai envie de m'échapper.

De lui échapper ?

Non. De m'échapper seulement. De courir, en fait. Bien sûr, tout ça pourrait n'être qu'un rêve. Cela remonte à si loin...

Est-ce que cela s'est produit plus d'une fois ?

Je vois où vous voulez en venir mais ce sera sans moi, parce que je refuse de feindre de me souvenir de ce que vous voulez que je me rappelle. Les faits, les voilà : ma mère est près de moi dans mon lit. Elle me tient dans ses bras, c'est chaud, je respire son parfum. Il y a un poids sur ma joue également. Je sens ce poids. C'est lourd mais c'est inerte et ça sent le parfum. C'est bizarre que je me souvienne de cette odeur. Je serais incapable de vous dire ce que c'est, son parfum, Dr Rose, mais je suis presque sûr que si je le respirais de nouveau je le reconnaîtrais tout de suite, et il me rappellerait Maman.

Elle devait vous tenir entre ses seins, me dites-vous. C'est pourquoi vous pouviez à la fois sentir un poids et son parfum. Il fait noir dans la chambre ou est-ce qu'il y a de la lumière, Gideon ?

Aucune idée. Je me souviens seulement de la chaleur, de ce poids, de ce parfum. Et du silence.

Vous est-il arrivé de rester allongé comme ça avec quelqu'un d'autre ? Avec Libby, peut-être ? Ou une femme que vous avez connue avant Libby ?

Seigneur, non ! Et il ne s'agit pas ici de ma mère ! Bon, d'accord. Evidemment, je sais que le fait qu'elle m'ait abandonné, qu'elle nous ait abandonnés joue un grand rôle dans mon histoire, je ne suis pas idiot, Dr Rose. Je rentre d'Autriche, ma mère est partie, je ne la revois jamais plus, je n'entends plus le son de sa voix, je ne lis plus une ligne écrite de sa main… Oh oui, je connais la chanson, voilà un incident capital. Et comme je n'ai plus jamais entendu parler d'elle, je vois bien le lien qu'enfant j'ai dû logiquement établir : si elle est partie, c'est ma faute. Peut-être que je fais ce lien quand j'ai huit, neuf ans ou je ne sais plus quel âge au moment de son départ, mais ce n'est pas un lien que je fais maintenant. Elle est partie. Point final. Fin de l'histoire.

Qu'est-ce que vous voulez dire par fin de l'histoire ?

Rien d'autre que cela. Nous n'avons jamais parlé d'elle à la maison. Moi, du moins. Et si mes grands-parents en parlaient avec mon père, si Raphael, Sarah-Jane ou James le pensionnaire…

Il était encore là lorsqu'elle est partie ?

Il était là… Mais était-il seulement là, au fait ? Non, impossible. C'était Calvin qui était là. Je ne vous ai pas dit que c'était Calvin ? Calvin qui essayait de téléphoner pour demander de l'aide au beau milieu d'une crise de Grand-père après que Maman nous eut quittés. James avait dû filer depuis longtemps, lui aussi.

Filer, dites-vous. Il y a du secret là-dedans. Quel secret pouvait bien cacher le départ de James le pensionnaire ?

Des secrets, il y en a partout. Du silence et des secrets. Du moins, c'est ce qu'il me semble. J'entre dans une pièce, le silence se fait, et je sais qu'ils parlaient de ma mère, et je n'ai pas le droit de parler d'elle.

Que se passe-t-il si vous le faites ?

Je n'en sais rien parce que je n'ai jamais essayé d'enfreindre la consigne.

Pourquoi ?

Ma musique est tout. J'ai ma musique. J'ai toujours ma musique. Mon père, mes grands-parents, Sarah-Jane, Raphael. Même Calvin, le pensionnaire. Nous avons tous ma musique.

Cette règle a été édictée par quelqu'un ? Claire-ment ? La règle qui veut que vous ne posiez pas de questions au sujet de votre mère ? Ou est-ce quelque chose d'implicite ?

Elle doit être implicite, je ne sais pas. Maman n'est pas là pour nous accueillir lorsque nous rentrons d'Autriche. Elle est partie mais personne n'en parle. La maison a été débarrassée de fond en comble de sa présence et c'est comme si elle n'avait jamais vécu parmi nous. Les adultes autour de moi ne font pas semblant de croire qu'elle est partie en voyage. Ils n'essaient pas de faire comme si elle était morte subitement. Ils ne font pas non plus comme si elle s'était enfuie avec un autre homme. Ils se conduisent comme si elle n'avait jamais existé. Et la vie continue.

Vous n'avez jamais posé de questions à son sujet ?

Je devais savoir que c'était un des sujets qu'il ne fallait pas aborder.

L'un des sujets... parce qu'il y en avait d'autres ?

Peut-être qu'elle ne me manquait pas. Je ne me rappelle pas qu'elle m'ait manqué. Je ne me souviens même pas très bien de l'allure qu'elle avait. La seule chose que je sais, c'est qu'elle était blonde et qu'elle portait des foulards, comme la reine. Mais sans doute était-ce pour aller à l'église. Et, oui, je me souviens d'être allé avec elle à l'église et je me souviens d'elle pleurant, pleurant à l'église à la messe du matin avec les religieuses sur les bancs de leur chapelle à Kensington Square. Elles sont de l'autre côté du jubé, les religieuses, sauf que ce n'est pas vraiment un jubé mais plutôt une petite grille de séparation entre elles et le reste de l'assistance, à ceci près qu'il n'y a pas d'assistance à la messe du matin. Juste Maman et moi. Les religieuses sont devant, sur leur banc. Il y en a une qui est habillée à l'ancienne mode, elle a un habit de religieuse, mais les autres sont vêtues normalement, de façon très laide. Elles ont des croix sur la poitrine. Pendant la messe, ma mère s'agenouille, elle s'agenouille toujours, elle met la tête dans ses mains et elle pleure, elle n'arrête pas de pleurer. Et je ne sais pas quoi faire.

Pourquoi est-ce qu'elle pleure ? Telle est la question que vous me posez évidemment.

Il me semble qu'elle n'arrête pas de pleurer. Cette religieuse, celle qui porte un habit, s'approche de Maman après la communion. Et elle nous emmène dans un parloir du couvent contigu, et là, Maman et elle parlent. Elles sont assises dans un coin de la pièce, moi je suis à l'autre bout, on m'a prêté un livre. J'ai hâte de rentrer à la maison parce que Raphael m'a donné des exercices en me disant que si je les faisais correctement nous irions au Festival Hall ensemble. A un concert. Où jouera Ilya Kaler. Il n'a pas encore vingt ans mais il a déjà remporté le grand prix au concours Paganini de Gênes et je veux absolument l'entendre parce que j'ai bien l'intention d'être plus célèbre que lui un jour.

Quel âge avez-vous, Gideon ?

Je dois avoir six ans. Sept, au maximum. J'ai hâte de rentrer à la maison. Je quitte mon fauteuil, je m'approche de ma mère, je la tire par la manche et je lui dis « Maman je m'ennuie », car c'est toujours ce que je lui dis dans ces cas-là. Je ne lui dis pas « Il faut que je répète ma leçon avec Raphael », mais : « Je m'ennuie, c'est ton devoir de mère de faire que cela cesse. » Alors sœur Cecilia, c'est son nom – ça alors, je me rappelle son nom ! –, retire ma main de la manche de ma mère, me ramène dans mon coin et me dit : « Tu ne bougeras de là que lorsqu'on t'appellera, Gideon, et tu vas me faire le plaisir de te tenir tranquille, mon garçon. » J'en suis comme deux ronds de flan parce qu'on ne me parle jamais sur ce ton. Je suis un prodige, après tout, et plus… unique que quiconque au sein de mon univers.

Je suis tellement surpris que cette femme me traite ainsi que ça me cloue dans mon coin le temps que sœur Cecilia et ma mère finissent leur conversation à l'autre bout de la salle. Mais ensuite je commence à donner des coups de pied dans une petite étagère pour me distraire. J'y vais un peu fort et je la renverse, les livres dégringolent par terre, ainsi qu'une statue de la Vierge qui tombe et se casse sur le lino. Ma mère et moi nous quittons le parloir peu de temps après.

Ce matin-là, j'excelle particulièrement dans ma leçon. Raphael m'emmène au concert comme promis. Il s'est arrangé pour que je rencontre Ilya Kaler. J'ai apporté mon violon, nous jouons ensemble. Kaler est brillant mais je sais que je ferai mieux que lui. Déjà à ce moment-là je le sais.

Qu'arrive-t-il à votre mère ?

Elle passe beaucoup de temps à l'étage.

Dans sa chambre ?

Non, non. Dans la nursery.

Dans la nursery ? Pourquoi ?

Et là, la réponse jaillit. Où se cachait-elle pendant toutes ces années ? Pourquoi faut-il que soudain je me souvienne ? Ma mère est avec Sonia.

8 septembre

Il y a des trous, Dr Rose. Des trous qui font comme une série de tableaux dans mon cerveau, des toiles peintes par un artiste mais inachevées et uniquement de couleur noire.

Sonia fait partie d'une de ces toiles. Je me souviens de son existence maintenant : Sonia, ma petite sœur. Elle est morte en bas âge. De ça aussi, je me souviens. C'est sans doute pourquoi ma mère pleurait tous les matins à la première messe. Et la mort de Sonia devait faire partie des sujets que nous n'abordions pas. Evoquer sa mort, c'était faire couler un nouveau torrent de larmes chez ma mère et nous voulions tous lui épargner cela.

J'ai essayé de reconstituer le visage de Sonia mais sans y parvenir. Tout ce que je vois, c'est une toile noire. Et lorsque j'essaie de l'évoquer pour l'inclure dans un souvenir spécifique, Noël, promenade annuelle en taxi avec Grand-mère chez Fortnum and Mason pour un déjeuner d'anniversaire à la Fontaine, rien ne me vient. Je ne me souviens même pas du jour où elle est morte. Je ne me souviens pas non plus de ses obsèques. Tout ce que je sais, c'est qu'elle est morte. Parce que tout à coup elle a cessé d'être parmi nous.

Exactement comme votre mère, Gideon ?

Non, c'est différent. Cela doit être différent parce que j'ai l'impression que c'est différent. Tout ce que je sais à coup sûr, c'est que c'était ma sœur et qu'elle est morte jeune, puis que Maman est partie. Nous a-t-elle laissés peu de temps après la mort de Sonia ou bien des mois ou des années plus tard ? Je suis incapable de le dire. Mais pourquoi, pourquoi est-ce que je ne peux pas me souvenir de ma sœur ? Que lui est-il arrivé ? De quoi les enfants meurent-ils : cancer, leucémie, scarlatine, grippe, pneumonie, et quoi d'autre encore ?

C'est le second enfant qui meurt dans votre histoire, me faites-vous remarquer.

Qu'est-ce que vous voulez dire, le second enfant ?

Le second enfant de votre père, Gideon. Ne m'avez-vous pas parlé de Virginia ?

Les enfants meurent, Dr Rose. Ce sont des choses qui arrivent. Cela arrive tous les jours de la semaine. Les enfants tombent malades. Les enfants meurent, voilà tout.

3

— Je me demande comment la fille de chez le traiteur a réussi à se débrouiller, pas toi ? dit Frances Webberly. Certes, cette cuisine nous suffit amplement. Je
nous vois mal utilisant un lave-vaisselle ou un micro-
ondes même si nous en avions un. Mais les traiteurs…
Ces gens-là sont habitués à avoir tout le confort. Ça a
dû être une sacrée surprise pour la pauvre petite quand
elle a découvert qu'on vivait pratiquement au Moyen
Age.

A table, Malcolm Webberly ne répondit pas. Il avait
entendu les propos volontairement enjoués de sa femme
mais son esprit était ailleurs. Afin d'empêcher toute
tentative de conversation, car il ne se sentait pas
d'humeur à bavarder, il s'était mis à cirer ses chaussures à la cuisine. Il se disait que Frances, qui le
connaissait depuis plus de trente ans et savait qu'il
détestait faire deux choses à la fois, le laisserait tranquille en le voyant ainsi occupé.

Il avait fort envie qu'on le laisse seul. Il en avait
envie depuis qu'au téléphone Eric Leach lui avait dit
« Malc, je sais qu'il est tard, désolé, mais j'ai une nouvelle à vous apprendre » et qu'il lui avait annoncé la
mort d'Eugenie Davies. Il avait besoin d'être seul pour
mettre de l'ordre dans ses sentiments. Et, même si une
nuit d'insomnie en compagnie de sa femme qui ronflait
doucement à son côté lui avait donné tout le temps de

réfléchir à ce que signifiaient pour lui les mots *accident avec délit de fuite*, il s'était rendu compte que tout ce dont il avait été capable, cela avait été de se représenter Eugenie Davies telle qu'il l'avait vue la dernière fois, le vent du fleuve ébouriffant ses cheveux d'un blond éclatant. Elle s'était noué un foulard sur la tête en sortant du cottage mais pendant la promenade le foulard s'était dénoué, et c'est pendant qu'elle le retirait, le repliait et le remettait que le vent avait fait voleter des mèches de cheveux sur ses épaules.

Très vite, il lui avait dit : « Pourquoi ne pas l'ôter carrément ? La lumière dans vos cheveux vous rend si... » Quoi ? Belle ? s'était-il demandé. Mais elle n'avait jamais été une beauté au cours de ces années. Jeune ? Ils frôlaient tous deux la cinquantaine. Le mot qu'il cherchait, c'était plutôt « sereine ». Le soleil dans ses cheveux lui faisait une auréole autour de la tête, ce qui lui rappelait les séraphins, et la paix. Mais tandis que ces pensées lui passaient par l'esprit, il avait pris conscience d'une chose : jamais il n'avait vu cette femme vraiment en paix, et en cet instant – en dépit du halo créé par la lumière et le vent – elle n'était pas non plus en paix avec elle-même.

Ressassant tout cela, Webberly appliqua soigneusement le cirage sur sa chaussure. Et, au même instant, il constata que sa femme continuait de parler.

— ... du joli travail. Mais heureusement il faisait noir lorsque la pauvre petite est arrivée. Parce que Dieu sait comment elle aurait réagi si elle avait vu notre jardin.

Frances rit avec tristesse.

— Je tiens absolument à mon bassin et à mes nénuphars, ai-je dit à Lady Hillier hier soir. Sir David et elle songent à faire installer un jacuzzi dans leur jardin d'hiver. Tu étais au courant ? Je lui ai dit qu'un jacuzzi dans une serre, c'était très bien pour ceux qui aimaient ça. Mais que moi, tout ce que je voulais, c'était un petit bassin. Et un jour, on l'aura, Malcolm m'a promis qu'on en aurait un, et on l'aura. Bien sûr il faudra que quelqu'un s'occupe de faucher les mauvaises herbes et débarrasse la pelouse de cette vieille tondeuse, mais je n'ai pas parlé de ça à lady Hillier…

Ta sœur Laura, songea Webberly.

— … et elle ne comprendrait d'ailleurs pas de quoi je parle. Elle a un jardinier depuis… je ne sais combien de temps. Mais n'empêche, quand le moment sera venu et qu'on aura l'argent, on fera aménager un petit bassin, n'est-ce pas ?

— Certainement, dit Webberly.

Frances se contorsionna pour passer derrière la table de la cuisine exiguë et, le nez à la vitre, contempla le jardin. Elle s'était tenue là si souvent au cours des dix dernières années qu'on distinguait la marque de ses pantoufles sur le lino, et les légers sillons de ses doigts crispés sur le rebord de la fenêtre. A quoi songeait-elle jour après jour, heure après heure ? se demandait son mari. Qu'essayait-elle de faire qu'elle ne parvenait pas à accomplir ? Il eut bientôt la réponse.

— Quelle belle journée ! reprit-elle. Radio One a pourtant annoncé encore de la pluie pour cet après-midi. J'ai l'impression qu'ils se sont trompés. Je crois que je vais sortir bricoler dans le jardin ce matin.

Webberly releva le nez. Sentant qu'il la regardait, Frances pivota, une main sur le rebord de la fenêtre, l'autre sur le revers de sa robe de chambre.

— Je crois que je vais y arriver, Malcolm. Je crois que je vais y arriver aujourd'hui.

Combien de fois l'avait-elle ainsi pris à témoin ? songea Webberly. Cent fois ? Mille fois ? Toujours avec le même espoir et se berçant des mêmes illusions. Elle allait jardiner, oui, Malcolm, parfaitement. Se rendre à pied dans les magasins cet après-midi. Elle allait, c'était sûr, s'asseoir sur un banc à Prebend Gardens, promener le chien Alfie, tester la nouvelle esthéticienne dont on lui avait dit monts et merveilles… Toutes ces bonnes intentions se trouvaient réduites à néant une fois que Frances arrivait devant la porte d'entrée et qu'elle se voyait dans l'incapacité de tendre la main droite vers la poignée.

— Frannie... commença Webberly.

Mais elle le coupa net.

— Cette soirée m'a métamorphosée. Le fait d'avoir tous nos amis à la maison... de me sentir entourée. Je me sens aussi... aussi bien que possible.

L'arrivée de Miranda évita à Webberly de répondre. Avec un « Ah, vous voilà », elle posa son étui à trompette par terre avec son sac à dos, et elle s'approcha de la cuisinière près de laquelle Alfie – un bâtard de berger allemand – s'accordait un long somme de lendemain de fête sur sa couverture. Elle gratta le chien entre les oreilles et il se coucha sur le dos, présentant son ventre à ses caresses. Elle s'exécuta, s'arrêtant pour lui piquer un baiser sur la tête et accepter un coup de langue en retour.

— Chérie, ce n'est pas hygiénique, protesta Frances.

— Pas hygiénique, l'amour canin ? riposta Miranda. C'est le plus pur qui soit, n'est-ce pas, Alf ?

Alfie bâilla.

Miranda lança à ses parents par-dessus son épaule :

— Je m'en vais. J'ai deux essais à remettre pour la semaine prochaine.

— Déjà ? s'étonna Webberly en posant ses chaussures. Il y a à peine quarante-huit heures que tu es là. Cambridge ne peut pas attendre encore une journée ?

— Le devoir m'appelle, Papa. Sans compter mes examens. Tu veux toujours que j'essaie d'obtenir une mention très bien, j'imagine ?

— Attends un peu, alors. Laisse-moi en terminer avec mes chaussures et je t'emmène en voiture jusqu'à la gare de King's Cross.

— Pas la peine. Je vais prendre le métro.

— Alors je t'accompagne au métro.

— Papa... fit-elle d'une voix qui était un modèle de patience. (Cette conversation, ils l'avaient eue des centaines de fois en vingt-deux ans, elle en connaissait donc tous les tours et détours.) J'ai besoin d'exercice. Explique-lui ça, Maman.

Webberly protesta.

— Et s'il se met à pleuvoir pendant que tu…

— Juste ciel, Malcolm, elle ne va pas fondre.

Et pourtant si, répliqua Webberly mentalement. Elles fondent, elles se cassent, elles disparaissent en l'espace d'un instant. Et toujours lorsqu'on s'y attend le moins. Pourtant il savait qu'il valait mieux consentir à un compromis : après tout, il avait deux femmes contre lui.

— Je vais t'accompagner à pied un bout de chemin, dans ce cas. (Et il ajouta :) Alf a besoin de sa balade matinale, Randie.

Il voyait que Miranda levait les yeux au ciel et allait protester à l'idée qu'un père songe à chaperonner sa fille adulte dans la rue, en plein jour, comme si elle était incapable de traverser seule sur les passages cloutés.

— Maman ?

Miranda chercha du regard le soutien de sa mère.

— Tu n'as pas encore sorti Alfie, ma chérie ? dit Frances avec un haussement d'épaules.

Miranda capitula avec bonne humeur.

— Bon, eh bien viens, alors. Pas question que j'attende que tu aies fini de cirer tes chaussures.

— Je m'en occupe, des chaussures, dit Frances.

Webberly alla chercher la laisse du chien et sortit de la maison sur les traces de sa fille. Dehors, Alfie s'employait à dénicher sa vieille balle de tennis dans les buissons. Il savait comment ça se passait quand c'était Webberly qui tenait sa laisse : promenade jusqu'à Prebend Gardens, où son maître le détacherait et lancerait la balle dans l'herbe pour qu'il puisse bondir à sa poursuite, ensuite il refuserait de la rendre et il se mettrait à courir comme un fou pendant au moins un quart d'heure.

— Je me demande lequel des deux a le moins d'imagination, dit Miranda en regardant le chien renifler au milieu des hortensias. Toi ou le chien ? Regarde-le, Papa. Il sait ce qui se prépare. Il ne va pas avoir la moindre surprise.

— Les chiens aiment la routine, observa Webberly tandis qu'Alfie émergeait triomphant de la verdure, sa vieille balle dans la gueule.

— Les chiens, oui. Mais toi ? Tu l'emmènes toujours au jardin ?

— C'est ma promenade méditative. Deux fois par jour. Matin et soir. Tu es satisfaite ?

— Ta promenade méditative, se moqua-t-elle. Papa, tu me racontes des bobards.

Une fois la grille du jardin franchie, ils prirent à droite, suivant le chien jusqu'à Palgrave Street – où il tourna comme de bien entendu à gauche pour se rendre à Stamford Brook Road et de là à Prebend Gardens, juste de l'autre côté.

— Elle était réussie, cette soirée, dit Miranda en passant son bras sous celui de son père. Maman a paru apprécier. Et personne ne s'est étonné, en tout cas personne ne m'a rien dit à moi...

— C'était très bien, enchérit Webberly en lui serrant le bras. Ta mère s'est tellement amusée qu'elle parlait d'aller bricoler dans le jardin aujourd'hui.

Il sentit que sa fille le dévisageait mais il garda les yeux résolument rivés devant lui.

— Elle ne le fera pas, dit Miranda. Tu sais bien qu'elle ne le fera pas. Papa, pourquoi n'insistes-tu pas pour qu'elle retourne chez le médecin ? On peut les aider, les gens comme Maman. Il y a des traitements.

— Je ne peux pas la forcer à en faire plus.

— Non, mais tu pourrais... dit Miranda avec un soupir. Oh, je ne sais pas... faire quelque chose. Je ne comprends pas pourquoi tu ne réagis pas, pourquoi tu n'as jamais essayé de prendre un parti quelconque.

— A quoi songes-tu ?

— Bon, si tu lui disais : « Cette fois ça suffit, Frances. J'ai atteint la cote d'alerte. Je veux que tu retournes voir ce psychiatre. Sinon... »

— Sinon quoi ?

Il sentit que sa fille se décourageait.

— Oui. C'est bien là le problème, n'est-ce pas ? Je sais que tu ne la quitterais jamais. Comment pourrais-tu la quitter et te supporter toi-même ensuite ? Mais il y a sûrement une chose à laquelle tu… nous n'avons pas encore pensé.

Et, apparemment pour lui éviter de répondre, elle jeta un coup d'œil à Alfie, qui fixait un chat avec un peu trop d'intérêt. Elle prit la laisse des mains de son père :

— Inutile d'y songer, Alfred, fit-elle en tirant sur la laisse.

Arrivés au coin, ils traversèrent, et là ils se séparèrent affectueusement ; Miranda se dirigea vers la gauche pour gagner la station de métro de Stamford Brook, et Webberly poursuivit le long de la grille verte qui enserrait Prebend Gardens.

Une fois la grille franchie, Webberly retira la laisse de son chien et lui ôta la balle de la mâchoire. Il la lança aussi loin que possible sur la pelouse et regarda Alfie cavaler derrière. Lorsque le chien eut rattrapé la balle, il se livra à son manège habituel : il bondit vers l'extrémité de la pelouse et commença à en faire le tour en courant. Webberly le suivit de banc en buisson, en arbre, en allée, mais sans bouger de là où il était, s'approchant simplement du banc noir à la peinture écaillée qui n'était pas loin du panneau d'affichage où se trouvaient annoncés les événements marquants qui devaient se dérouler dans le quartier.

Il lut machinalement : kermesse de Noël, foire à la brocante, vide-greniers. Il remarqua, et cela lui fit plaisir, que le numéro de téléphone du commissariat de police du coin figurait en bonne place et qu'un comité désireux d'organiser des rondes dans le voisinage devait se réunir dans le sous-sol d'une église. Il vit tout cela mais après coup il aurait été incapable de répéter les renseignements dont il avait pris connaissance. Parce que, même s'il voyait les six ou sept feuilles de papier punaisées derrière la vitre du panneau d'affichage, et même s'il lisait chacune des affichettes, ce qu'il voyait, c'était Frances debout devant la fenêtre de la cuisine tandis que sa fille lui disait avec une confiance absolue : « Bien sûr, tu ne la quitterais jamais, comment pourrais-tu ? » Cette phrase lui résonnait dans la tête comme un écho lourd d'ironie. Comment pourrais-tu la quitter, Malcolm Webberly ? Oui, vraiment, comment pourrais-tu la quitter ?

Quitter Frances, c'était bien la dernière des choses qu'il avait en tête le soir où il avait pris la communication lui demandant de se rendre à Kensington Square. L'appel lui était parvenu par l'intermédiaire du commissariat d'Earl's Court Road, où il avait été promu inspecteur avec pour sergent Eric Leach. Leach avait conduit la voiture jusqu'à Kensington High Street, qui, à cette époque, était quand même moins embouteillée qu'aujourd'hui. Leach était nouveau dans le quartier, aussi avaient-ils fini par errer dans Thackeray Street, dont le côté village contrastait si fort avec la capitale, pour arriver par le sud-est du square. Du coup, ils s'étaient retrouvés juste devant la maison qu'ils cherchaient : une bâtisse victorienne en brique rouge plutôt cossue avec un médaillon blanc indiquant la date de construction : 1879. Une date relativement récente dans ce quartier où certaines maisons dataient de deux cents ans.

Une voiture de police était encore garée devant le trottoir, mais lumières éteintes. Les ambulanciers eux-mêmes étaient repartis depuis longtemps et les gens du voisinage aussi, qui avaient dû se masser alentour comme on le fait quand on entend hurler des sirènes dans un quartier résidentiel. Webberly ouvrit la portière, se dirigea vers la maison. Un mur de brique bas, surmonté d'une grille en fer forgé noir, enserrait une petite cour dallée au milieu de laquelle trônait une plante en pot. Un cerisier d'ornement poussait dans ce pot ; à cette époque de l'année il donnait à profusion, et ses fleurs s'étaient répandues sur le sol, formant une petite flaque rose.

La porte d'entrée était fermée mais à l'intérieur on devait les attendre car à peine Webberly eut-il posé le pied sur la première marche du perron que cette porte s'ouvrit et que le constable qui avait passé le coup de fil au commissariat les fit entrer. Il avait l'air perturbé. C'était la première fois qu'il était appelé pour le décès d'un enfant, leur dit-il. Il était arrivé peu de temps après l'ambulance.

« Deux ans, leur apprit-il d'une voix creuse. Son père lui a fait du bouche-à-bouche et les infirmiers ont tout essayé. (Il secoua la tête, il semblait abattu.) Aucune chance. Elle était partie. Désolé, monsieur, je suis dans un drôle d'état. J'ai un bébé. Ça donne à réfléchir, forcément.

— Et comment ! dit Webberly. Je sais ce que c'est, mon petit. Moi-même j'ai un enfant en bas âge. »

Il était inutile de lui rappeler combien la vie était fugace et combien les parents devaient être vigilants. Sa petite Miranda venait d'avoir deux ans.

— Où cela s'est-il passé ? demanda Webberly.

— Dans la baignoire. En haut. Mais vous ne voulez pas parler à… ? La famille est réunie dans le salon. »

Webberly n'avait pas besoin qu'un constable lui indique la marche à suivre. Mais comme visiblement le jeune homme était dans tous ses états, il n'y avait pas lieu de le réprimander. Il jeta un coup d'œil à Leach.

« Dites-leur que nous allons les voir dans peu de temps. Puis… (De la tête, il désigna l'escalier, puis dit au constable :) Montrez-moi le chemin. »

Il le suivit dans l'escalier qui s'enroulait autour d'une sellette en chêne sculpté supportant une énorme fougère dont les frondaisons retombaient vers le sol.

La salle de bains était au second avec la nursery, des toilettes et une chambre qui était occupée par l'autre enfant de la famille. Les parents et les grands-parents avaient des chambres au premier. L'étage du haut était occupé par la gouvernante, un pensionnaire et une femme qui… le constable supposait qu'on devait la considérer comme une préceptrice bien que la famille ne l'appelât pas ainsi.

« Elle donne des cours aux enfants, dit le constable. Enfin, à l'aîné. »

Webberly haussa les sourcils. A cette époque, une préceptrice n'était pas chose courante. Il pénétra dans la salle de bains où s'était produite la tragédie. Leach l'y rejoignit une fois sa mission accomplie au salon. Le constable regagna son poste près de la porte d'entrée.

Les deux enquêteurs examinèrent la salle de bains d'un œil sombre ; drôle d'endroit pour une mort soudaine. Et pourtant ce genre d'accident se produisait si souvent que Webberly se demandait quand les gens se décideraient à comprendre qu'il ne fallait pas laisser un enfant sans surveillance, fût-ce une seconde, lorsqu'il était à portée de deux ou trois centimètres d'eau.

De l'eau, il y en avait nettement plus de trois centimètres dans la baignoire : au moins trente. Elle était froide maintenant et un bateau en plastique et cinq canetons jaunes flottaient immobiles à la surface. Un savon était resté au fond de la baignoire près du trou d'écoulement et, sur un plateau en inox qui faisait toute la largeur de la baignoire, étaient posés un gant flasque, un peigne et une éponge. Tout avait l'air parfaitement normal. Mais il y avait également des éléments indiquant que la panique et la tragédie avaient visité les lieux.

Un porte-serviette gisait sur le sol. Un tapis de bain trempé était en bouchon sous un lavabo. Une corbeille en osier était renversée. Et sur le carrelage blanc, on distinguait les traces de pas des ambulanciers dont le principal souci n'avait pas dû être de ne pas salir la pièce tandis qu'ils tentaient de ramener un enfant à la vie.

Webberly, pour avoir déjà assisté à des drames semblables, se représentait la scène comme s'il avait été là : absence de panique chez les infirmiers, calme impersonnel et presque inhumain ; prise du pouls, vérification de la respiration, réaction des pupilles, démarrage du massage cardiaque. Il ne leur avait pas fallu longtemps pour se rendre compte qu'elle était morte mais ils n'avaient pas prononcé ce mot-là parce que leur travail, c'était la vie, la vie à tout prix ; et ils avaient dû s'affairer autour de la fillette, la faire sortir de la maison sur un brancard, continuer à tenter de la ranimer pendant le trajet jusqu'à l'hôpital parce qu'il y avait toujours une possibilité d'arracher des miettes de vie au petit tas mou qui restait une fois que l'esprit avait déserté le corps.

Webberly s'accroupit près de la corbeille et à l'aide d'un crayon la remit debout ; puis il jeta un coup d'œil au contenu. Six mouchoirs en papier froissés, du fil dentaire, un tube de dentifrice aplati.

« Jetez un coup d'œil dans la pharmacie, Eric, dit-il tandis que lui-même revenait vers la baignoire, examinait attentivement les bords, les robinets, l'eau.

Sans rien trouver.

— Aspirine pour bébé, sirop contre la toux, ordonnances, il y en a cinq, dit Leach.

— Concernant qui ?

— Rédigées à l'intention de Sonia Davies.

— Recopiez-les. Condamnez la pièce. Je vais m'entretenir avec la famille. »

Mais ce ne fut pas seulement la famille qu'il rencontra dans le salon, parce qu'il n'y avait pas que la famille qui habitait là. Le salon semblait grouiller de monde bien qu'il n'y eût que neuf personnes : huit adultes et un petit garçon aux jolis cheveux blonds qui lui tombaient sur le front. Le teint crayeux, il se tenait près d'un vieil homme qui devait être son grand-père et dont il serrait convulsivement la cravate, souvenir d'un collège ou d'un club. Personne ne disait mot. Ils avaient tous l'air sous le choc. Et ils semblaient s'être regroupés pour se soutenir mutuellement. Ce soutien visait surtout la mère, assise dans un coin de la pièce. C'était une femme qui devait avoir une trentaine d'années – à l'instar de Webberly –, avec le teint pâle, de grands yeux comme hantés qui semblaient voir et revoir sans cesse ce qu'aucune mère ne devrait jamais voir : le corps inerte de son enfant entre les mains d'étrangers se battant pour la sauver.

Lorsque Webberly se présenta, l'un des hommes qui étaient près de la mère se leva et dit qu'il était Richard Davies, père de la fillette qu'on avait conduite à l'hôpital. S'il avait utilisé cet euphémisme, c'était manifestement à cause de son fils, le petit garçon. Fort sagement, il ne voulait pas parler de la mort de la petite devant son frère.

« Nous sommes allés à l'hôpital, ma femme et moi. Ils nous ont dit… »

A ces mots, une jeune femme assise sur un canapé, près d'un homme de son âge qui lui avait passé un bras autour des épaules, se mit à pleurer. C'était un son horrible et guttural, celui des sanglots qui précèdent l'hystérie.

« Je la quitte pas, fit-elle avec un très fort accent allemand. Je jure devant Dieu tout-puissant que je la quitte pas. Pas même une minute. »

Dès lors, on ne pouvait évidemment que se demander comment la fillette était morte.

Il allait falloir les interroger tous, mais pas ensemble.

Webberly s'adressa à l'Allemande :

« L'enfant était sous votre responsabilité ? »

A ces mots, la mère intervint :

« C'est à cause de moi que tout cela est arrivé.

— Eugenie ! » s'écria Richard Davies.

Et l'homme qui se tenait près d'elle, le visage luisant de transpiration, dit :

« Ne parlez pas comme ça, Eugenie.

— Nous savons très bien qui est responsable, dit le grand-père.

— Non non, non ! gémit l'Allemande, je la quitte

128

pas ! » tandis que son compagnon l'étreignait et lui disait « Ça va, ça va », tentant de la rassurer.

Deux personnes ne soufflaient mot : une dame d'un certain âge dont les yeux étaient rivés sur le grand-père et une jeune femme aux cheveux couleur tomate en jupe plissée impeccable qui examinait l'Allemande d'un air hostile. Trop de gens, trop d'émotion, le tohu-bohu. Webberly leur demanda de se disperser. Il voulait n'avoir en face de lui que les parents. Restez dans la maison, leur enjoignit-il. Que quelqu'un tienne compagnie au petit garçon.

« Je m'en occupe, dit Cheveux Tomate, qui devait être la préceptrice dont le jeune constable avait parlé. Viens, Gideon. On va faire des maths.

— Mais il faut que je travaille mon violon, protesta le petit garçon, dont le regard navigua d'un adulte à l'autre. Raphael m'a dit…

— Gideon, ne t'inquiète pas. Va avec Sarah-Jane. »

L'homme au visage ruisselant de transpiration quitta la mère et alla s'accroupir devant le petit garçon.

« Ne t'occupe pas de la musique pour l'instant. Accompagne Sarah-Jane, d'accord ?

— Allez, viens, mon grand. »

Le grand-père se mit debout, portant le petit garçon dans ses bras ; le reste du groupe le suivit et seuls les parents de la fillette restèrent dans la pièce.

Même aujourd'hui dans le jardin de Stamford Brook, avec Alfie qui courait après les oiseaux et les écureuils en aboyant et attendait que son maître le rappelle, même maintenant dans ce parc, Webberly voyait Eugenie Davies telle qu'elle lui était apparue ce soir-là.

Vêtue simplement d'un pantalon gris et d'un chemisier bleu pâle, elle était aussi immobile qu'une statue. Elle ne le regarda pas, elle ne regarda pas non plus son mari, elle se borna à dire : « Oh mon Dieu. Que va-t-il nous arriver ? » et c'était à elle-même qu'elle parlait et non aux deux hommes.

Son mari dit, s'adressant plutôt à Webberly :

« Nous sommes allés à l'hôpital. Ils n'ont rien pu

faire. Ils ne nous ont rien dit, ici. Chez nous. Pas un mot. Les ambulanciers ne nous ont rien dit.

— Non, dit Webberly. Cela ne fait pas partie de leurs attributions. Ils laissent ce soin aux médecins.

— Pourtant, ils savaient. Ils savaient qu'elle était morte, n'est-ce pas ?

— J'imagine, oui. »

Aucun d'eux ne pleurait. Ils pleureraient plus tard quand ils comprendraient que le cauchemar qu'ils vivaient n'était pas un mauvais rêve mais une réalité qui colorerait à jamais le restant de leurs jours. Mais pour le moment ils étaient amorphes, traumatisés : la panique, l'intervention frénétique des étrangers qui avaient envahi leur maison, l'attente abominable au service des urgences, l'arrivée d'un médecin dont l'expression avait dû être parlante.

« Ils ont dit qu'ils allaient nous la rendre plus tard. Le... son corps, bégaya Richard Davies. Le médecin a dit que nous ne pouvions pas l'emmener, que nous ne pouvions pas prendre de dispositions... Pourquoi ? »

Eugenie baissa la tête, une larme tomba sur ses mains jointes.

Webberly approcha une chaise et s'assit de façon à pouvoir être à la hauteur d'Eugenie ; il fit signe à Richard Davies de s'asseoir également. Ce dernier obtempéra et prit place près de sa femme, dont il saisit la main. Webberly leur expliqua la chose de son mieux : quand une mort accidentelle survenait, que quelqu'un mourait qui n'était pas soigné par un médecin susceptible de signer le certificat de décès, lorsque quelqu'un mourait dans un accident, une noyade, par exemple, la loi voulait qu'une autopsie fût pratiquée.

« Vous voulez dire qu'ils vont la... découper ? fit Eugenie en levant la tête. L'ouvrir ? »

Webberly éluda la question en disant :

« Ils détermineront ainsi la cause exacte de sa mort.

— Mais nous la connaissons, la cause, protesta Richard Davies. Elle était dans la baignoire, j'ai entendu des cris, j'ai entendu les femmes crier, j'ai couru et James est descendu.

— James ?

— Il loge chez nous. Il était dans sa chambre tout en haut, et il est descendu en courant.

— Où étaient les autres ? »

Richard consulta sa femme du regard, attendant qu'elle réponde. Elle secoua la tête.

« Ma belle-mère et moi étions à la cuisine où nous mettions le dîner en route. C'était l'heure du bain de Sonia et... »

Elle hésita comme si le fait de prononcer le nom de sa fille donnait davantage de réalité à ce qu'elle ne parvenait pas à se représenter.

« Vous ne savez pas où se trouvaient les autres ?

— Papa et moi, nous étions dans le séjour, dit Richard Davies. Nous regardions... bon sang, c'est un comble... nous regardions un match de foot imbécile. Nous regardions du football pendant que Sosy se noyait. »

Le diminutif fut la goutte d'eau qui fit déborder le vase pour Eugenie, qui se mit à pleurer pour de bon.

Empêtré dans son propre chagrin et son désespoir, Richard Davies ne prit pas sa femme dans ses bras comme Webberly l'aurait souhaité. Il se contenta de prononcer son nom, lui répétant bien inutilement que ça allait, que le bébé était avec Dieu, qui l'aimait autant qu'eux. Eugenie était bien placée pour le savoir, elle dont la foi en Dieu et en la bonté de Dieu était absolue.

Piètre réconfort, songea Webberly.

« Il va falloir que je m'entretienne avec chacun d'entre vous. » Puis, s'adressant à Richard Davies : « Elle risque d'avoir besoin d'un médecin, dit-il, faisant allusion à sa femme. Vous devriez en appeler un. »

La porte du salon s'ouvrit sur ces entrefaites et le sergent Leach entra. D'un hochement de tête, il indiqua qu'il avait terminé sa liste et qu'il avait condamné la salle de bains. Webberly lui enjoignit de s'installer dans le salon pour interroger les habitants de la maison.

« Merci pour votre aide, inspecteur », fit Eugenie.

Merci pour votre aide. Webberly songea à ces paroles en se remettant péniblement debout. Comme c'était étrange... Ces quelques mots prononcés d'une voix brisée avaient transformé sa vie : en l'espace d'une seconde, l'inspecteur s'était métamorphosé en preux chevalier.

C'était sans doute à cause du genre de mère qu'elle était, se dit-il en rappelant Alfie. Le genre de mère que Frances, Dieu lui pardonne, n'aurait jamais pu espérer être. Comment ne pas admirer cela ? Comment ne pas vouloir rendre service à une mère pareille ?

— Alfie, amène-toi ! s'écria-t-il tandis que le chien de berger s'élançait derrière un terrier qui avait un Frisbee dans la gueule. On rentre. Allez, viens. Je ne te remets pas ta laisse.

Comme si le chien avait compris, il se précipita vers Webberly. Il avait bien couru ce matin, à en juger par ses flancs haletants et sa langue qui pendait. D'un mouvement de tête, Webberly désigna la grille, le chien le rejoignit, s'assit, obéissant, les yeux fixés sur les poches de Webberly, guettant la récompense.

— Tu devras attendre qu'on soit rentrés, lui dit Webberly.

Il réfléchit aux mots qu'il venait de prononcer. Effectivement, il en avait été ainsi pendant toute sa vie. A la fin de la journée, et pendant de trop nombreuses années, tout ce qui avait quelque importance dans le triste petit univers de Webberly avait dû être mis entre parenthèses en attendant qu'il rentre.

Lynley remarqua que Helen avait tout juste bu une petite gorgée de thé. Elle avait changé de position dans le lit, cependant, et elle le regardait se bagarrer avec son nœud de cravate. En même temps, il examinait sa femme dans la glace.

— Ainsi cette femme, Malcolm Webberly la

connaissait ? fit Helen. Mais c'est horrible, Tommy, et en plus le soir où il fête son anniversaire de mariage…

— Je n'irai pas jusqu'à dire qu'il la connaissait, répondit Lynley. C'était l'une des protagonistes de la première enquête sur laquelle il s'est fait les dents quand il était à Kensington en qualité d'inspecteur.

— Mais alors, ça remonte à des années, c'est une affaire qui a dû faire une très, très grosse impression sur lui.

— Effectivement.

Lynley ne voulait pas lui dire pourquoi, il ne voulait rien lui dire d'autre concernant ce décès sur lequel Webberly avait planché. La mort par noyade d'un enfant était une chose horrible dans des circonstances ordinaires. Mais ordinaires, les circonstances ne l'étaient plus, car Helen attendait maintenant un enfant, et Lynley songeait qu'il lui fallait avancer avec délicatesse et discrétion.

Pas un enfant, *notre* enfant, corrigea-t-il, un enfant à qui il n'arriverait aucun mal. C'est pourquoi le fait d'évoquer la catastrophe qui avait frappé un autre petit être lui semblait une façon de tenter le diable. Du moins c'est ce qu'il se disait tout en s'habillant.

Dans le lit, Helen se mit sur le côté, lui tournant le dos, les genoux remontés, un oreiller contre l'estomac.

— Oh, Seigneur, gémit-elle.

Lynley s'approcha, s'assit au bord du lit, lui caressa les cheveux.

— Tu as à peine touché à ton thé, tu aimerais boire autre chose ?

— J'aimerais surtout que ça s'arrête… Je me sens tellement mal fichue, si tu savais…

— Que dit le médecin ?

— Oh, cette femme est le bon sens même. « J'ai passé les quatre premiers mois de chacune de mes grossesses cramponnée à la cuvette des W.-C. Ça passera, Mrs Lynley, ça passe toujours. »

— Mais en attendant, tu fais quoi ?

— En attendant ? Je n'ai guère le choix. Il ne me

reste qu'à penser de manière positive. Mieux vaut donc que j'évite d'évoquer tout ce qui ressemble à de la nourriture.

Lynley l'examina avec tendresse : la courbe de sa joue, son oreille, coquillage parfait, délicatement plaquée contre sa tête. Elle avait le teint un peu verdâtre et, à sa façon de se cramponner à son oreiller, on sentait qu'elle allait de nouveau être prise de nausées.

— J'aimerais pouvoir être à ta place, Helen.

— Oh, fit-elle avec un petit rire, c'est exactement le genre de choses que les hommes disent parce qu'ils se sentent coupables. Même s'ils savent que la dernière chose sur terre qu'ils souhaitent, c'est de mettre un bébé au monde. (Elle lui prit la main.) Je te remercie de cette gentille pensée, ça me va droit au cœur. Tu t'en vas, alors ? Tu me promets de ne pas sauter ton petit déjeuner ?

Il lui assura qu'il mangerait avant de partir. Il n'y avait pas moyen d'y couper. Quand ce n'était pas Helen qui le rappelait à l'ordre, c'était Charlie Denton – son domestique, sa gouvernante, son cuisinier, son valet, acteur amateur et don Juan impénitent à ses heures – qui lui barrait la porte tant qu'il n'avait pas consenti à avaler un morceau.

— Et toi ? demanda-t-il à sa femme. Qu'as-tu de prévu aujourd'hui ? Tu travailles ?

— Franchement, j'aimerais mieux pas, je préférerais rester immobile pendant les trente-deux prochaines semaines.

— Veux-tu que je téléphone à Simon pour le prévenir que tu es souffrante ?

— Non. Il a un compte rendu d'expertise à terminer et ils en ont besoin dans deux jours.

— Je vois. Il a besoin de toi ?

Simon Allcourt-Saint James était un expert en police technique et scientifique dont le témoignage, compte tenu de ses connaissances étendues, était particulièrement apprécié au tribunal.

— J'aime à penser que oui, répondit-elle. Et de

toute façon… j'aimerais lui apprendre la nouvelle. Au fait, je l'ai dit à Barbara, hier soir.

— Ah.

— *Ah ?* Qu'est-ce que ça veut dire, Tommy ?

Lynley se leva du lit. Il s'approcha de la penderie dont la porte ornée d'un miroir lui permit de constater qu'il avait complètement raté son nœud de cravate. Il le défit et recommença.

— Tu as bien précisé à Barbara que personne d'autre n'est au courant, au moins, Helen ?

Helen se redressa en se contorsionnant quelque peu. Le mouvement fut si pénible que très vite elle s'affaissa.

— Je le lui ai précisé, en effet. Mais maintenant qu'elle sait, je crois que nous pourrions…

— Pas encore, pas tout de suite.

Le nœud de cravate était encore pire que la première fois. Lynley renonça en pestant contre le tissu et alla en chercher une autre. Il sentait que Helen l'observait, il savait qu'elle attendait qu'il lui donne ses raisons.

— C'est de la superstition, chérie. Si on garde ça pour nous, il y aura moins de chances que les choses tournent mal. C'est idiot, je sais, mais bon, voilà. Je n'avais pas envisagé de le dire à quiconque tant qu'on n'était pas sûrs.

— Tant qu'on n'était pas sûrs, reprit-elle pensivement. Tu es inquiet ?

— Oui, inquiet, nerveux, préoccupé et incohérent.

— Je t'aime, chéri, fit-elle avec un sourire.

Ce sourire demandait d'autres explications, et il lui devait bien ça.

— Et puis, il y a Deborah, ajouta Lynley. Simon accueillera sûrement très bien la nouvelle mais Deborah va drôlement accuser le coup lorsque tu lui apprendras que tu es enceinte.

Deborah était l'épouse de Simon, une jeune femme qui avait fait tant de fausses couches qu'il semblait cruel de parler de grossesse en sa présence. Certes, elle feindrait la joie pour le couple en apprenant la nouvelle. Peut-être même l'éprouverait-elle, cette joie. Mais elle ressentirait aussi cruellement son échec – un échec qui l'avait meurtrie dans sa chair et dans ses rêves, et bien souvent.

— Tommy, dit Helen, Deborah finira bien par s'en rendre compte. Tu ne crois pas que ce serait encore plus pénible pour elle de me voir débarquer en vêtements de grossesse sans que je lui aie annoncé que nous allions avoir un bébé ? Elle comprendrait tout de suite pourquoi nous ne lui avons rien dit. Tu ne crois pas que cela lui ferait encore plus de peine ?

— Je ne pensais pas attendre si longtemps, dit Lynley. Juste un peu, Helen. Pour nous porter chance, en fait, plus que pour épargner Deborah. Tu veux bien faire ça pour moi ?

Helen l'étudia comme il l'avait étudiée. Il se sentit gêné sous ce regard mais il ne se détourna pas, attendant qu'elle lui réponde.

— Ce bébé, ça te rend heureux, chéri ? Tu es vraiment heureux ?

— Helen, je suis ravi.

Cependant, alors même qu'il prononçait ces mots, Lynley se demanda pourquoi il ne se sentait pas si ravi que cela. Il se demanda pourquoi ce qu'il ressentait, plutôt, c'était une impression de devoir accompli. Un devoir trop longtemps négligé.

4

Jill Foster effectuait en grognant la dernière série de bascules du bassin pendant que son prof de gym prénatale comptait les mouvements. Richard débarqua dans l'appartement avec l'air plus égaré, plus perturbé qu'elle ne s'y attendait, et cela ne lui plut pas. Après tout, il y avait seize ans qu'il avait divorcé d'Eugenie. Et de son point de vue à elle, l'identification du corps de son ex-femme n'aurait dû être qu'une de ces corvées qu'on entreprend quand on est un membre de la société conscient et organisé, qui fait son devoir et prête main-forte à la police.

Gladys, la monitrice que Jill considérait comme un croisement entre une athlète olympique et un nazi de la remise en forme, lui dit :

— Encore dix, Jill. Allez, allez. Vous me remercierez quand vous serez en salle de travail, mon petit.

— Je ne peux pas, grommela Jill.

— Ne dites pas de bêtises. Ne pensez plus à la fatigue, pensez plutôt à votre robe. Vous me remercierez à la fin de la journée. Allez, encore dix.

La robe en question était une robe de mariée, un modèle créé à Knightsbridge, qui avait coûté les yeux de la tête et était pour l'instant suspendu à la porte du séjour, de façon à inspirer Jill quand elle avait un creux et quand la nazie de la remise en forme lui faisait faire ses exercices à un rythme qui la laissait en sueur et hors d'haleine. « Je t'envoie Gladys Smiley, ma chérie, avait annoncé la mère de Jill lorsqu'elle avait appris qu'elle allait être grand-mère. C'est la meilleure monitrice de gym prénatale de Londres. Elle est généralement surbookée mais elle te trouvera une place dans son planning pour me faire plaisir. L'exercice est fondamental dans ton état. L'exercice et le régime, évidemment. »

Jill s'était inclinée non parce que Dora Foster était sa mère mais parce qu'elle avait déjà mis au monde cinq cents bébés dans cinq cents foyers heureux. Aussi savait-elle de quoi elle parlait.

Gladys se mit à compter à partir de dix. Jill suait comme un cheval de course tout en se faisant l'effet d'être une truie. Toutefois elle réussit à adresser un sourire étincelant à Richard. Il n'avait pas approuvé l'absurdité incommensurable que constituait le recours aux services de Gladys Smiley, et il refusait toujours que Dora Foster mette au monde sa première petite-fille dans la maison de famille du Wiltshire. Mais comme Jill avait consenti à un compromis concernant le mariage – acceptant l'approche moderne qui voulait que la vie conjugale suive la naissance – alors qu'elle-même aurait préféré qu'il y ait fiançailles, mariage et naissance dans l'ordre habituel, elle savait que Richard finirait par accéder à ses désirs. C'était elle qui accouchait, après tout, et si elle voulait que sa mère lui serve de sage-femme, sa mère qui avait trente ans d'expérience en la matière, eh bien c'est ainsi que les choses se passeraient. « Tu n'es pas encore mon mari, chéri, lui disait Jill en plaisantant chaque fois qu'il protestait. Je n'ai encore prononcé les paroles fatidiques devant personne, je n'ai pas promis de t'aimer, de t'honorer et encore moins de t'obéir. »

Là, elle le tenait, et elle le savait. Lui aussi le savait. Et c'était pour cela qu'en fin de compte elle finirait par obtenir gain de cause.

— Quatre, trois, deux, un, oui ! s'exclama Gladys. Excellent travail. Continuez comme ça et le bébé passera comme une lettre à la poste. Vous verrez ce que je vous dis. (Elle tendit à Jill une serviette et adressa un signe de tête à Richard, qui se tenait dans l'encadrement de la porte, la bouche un peu crispée.) Vous avez choisi un prénom, alors ?

— Catherine Ann, lança Jill d'un ton ferme tandis que Richard énonçait d'un ton tout aussi ferme :

— Cara Ann.

Gladys les regarda à tour de rôle :

— Oui, bien, continuez comme ça, Jilly, vous faites du bon travail. On se voit après-demain, d'accord ? Même heure ?

— Moui, fit Jill, restant allongée sur le sol tandis que Richard raccompagnait Gladys à la porte.

Elle était encore allongée avec l'impression d'être une baleine échouée lorsqu'il revint dans le séjour.

— Chéri, pour rien au monde je ne baptiserai ma fille Cara. Je ne veux pas être la risée de mes amis. Cara, voyons, franchement, Richard ! C'est une fillette, ce n'est pas un personnage de roman à l'eau de rose.

En temps normal, il aurait discuté, il lui aurait dit : « Catherine, c'est beaucoup trop ordinaire et si tu ne veux pas de Cara, eh bien, ce ne sera pas Catherine non plus. Il nous faudra trouver autre chose. »

Trouver un compromis.

C'est exactement ce qu'ils faisaient depuis le jour où ils s'étaient rencontrés, depuis ce jour où elle s'était retrouvée tenant tête à Richard à l'occasion du tournage d'un documentaire que la BBC avait réalisé sur son fils.

« Vous pouvez parler à Gideon de sa musique, lui avait dit Richard Davies durant les négociations. Vous pouvez lui poser des questions sur le violon. Mais sachez que mon fils ne parle jamais aux médias ni de sa vie privée ni de son passé. Je tiens à vous le préciser. »

Parce qu'il n'a pas de vie privée, songeait Jill à présent. Et ce qui lui tenait lieu de passé aurait pu être résumé en un mot : le violon. Gideon était la musique, la musique était Gideon. Cela avait toujours été comme cela et il n'y avait pas de raison que ça change.

Richard était une vraie pile électrique. Cela lui avait plu, à Jill, de faire assaut de raisonnements avec lui, d'essayer de lui imposer sa volonté. Elle avait trouvé cela séduisant et sexy malgré l'énorme différence d'âge qui les séparait. Discuter avec un homme était un aphrodisiaque. Et dans la vie de Jill il y en avait bien peu qui étaient disposés à discuter. Les Anglais surtout se décomposaient et se retranchaient derrière une agressivité rentrée au moindre signe de conflit.

Les discussions, toutefois, ce n'était pas ce que Richard avait en tête en ce moment : il n'avait aucune envie d'ergoter. Pas plus à propos du prénom de leur fille, de l'emplacement de la maison qu'ils n'avaient pas encore achetée, du choix des papiers peints une fois qu'ils auraient cette maison que du style et de la date de leur futur mariage. Tous ces sujets avaient déjà suscité des querelles sans nombre mais Jill voyait bien qu'il n'avait pas le cœur à s'échauffer maintenant. Son visage – blême à souhait – donnait une petite idée de ce qu'il avait enduré ces dernières heures et, même si le fait qu'il se cramponne à « Cara » l'énervait beaucoup plus aujourd'hui que lorsqu'il lui avait suggéré ce prénom cinq mois plus tôt, Jill ne demandait qu'à lui témoigner de la sympathie étant donné les épreuves qu'il venait de traverser. Certes, ce qu'elle aurait voulu dire, c'était un truc du genre : « Qu'est-ce qui se passe, Richard ? Cette maudite femme t'a plaqué il y a vingt ans. » Mais elle savait qu'il était nettement plus intelligent de compatir : « C'était vraiment moche, chéri. Tu es sûr que tu te sens bien ? », et de lui parler sur le ton le plus compréhensif possible.

Richard s'approcha du canapé et s'assit ; sa scoliose avait l'air plus accentuée que d'habitude en raison de son état d'abattement.

— Je n'ai pas été fichu de le leur dire.

— Quoi, chéri ? fit Jill avec un froncement de sourcils.

— Je n'ai pas pu leur dire si cette femme était bien Eugenie.

— Oh… (Petite voix puis :) elle avait changé à ce point ? J'imagine que ce n'est pas si extraordinaire, Richard. Il y a si longtemps que tu ne l'as pas vue. Et peut-être que la vie n'a pas été tendre avec elle…

Il fit non de la tête. Il se frotta les sourcils.

— Ce n'est pas ça.

— Alors quoi ?

— Elle a été salement amochée. Ils n'ont pas voulu me dire exactement ce qui s'est passé. Je ne sais même pas s'ils le savaient. Mais on aurait dit qu'elle avait été écrasée par un camion. Elle était mutilée, Jill.

— Mon Dieu.

Jill se remit en position assise tant bien que mal. Elle lui posa une main secourable sur le genou. C'était impensable, il y avait de quoi effectivement avoir le teint gris.

— Richard, je suis désolée, quelle épreuve ça a dû être pour toi !…

— Ils ont commencé par me montrer un Polaroïd, ce qui était sympa de leur part. Mais, comme je ne pouvais l'identifier à partir de la photo, ils m'ont montré le corps. Ils m'ont demandé si elle avait des marques qui pourraient nous permettre de l'identifier. Mais j'étais incapable de me rappeler. (Sa voix était atone, plate comme une vieille pièce de cuivre terni.) Tout ce que j'ai été capable de leur dire, ça a été le nom de son dentiste d'il y a vingt ans. Oui, tiens-toi bien, Jill, j'ai réussi à me souvenir du nom de son dentiste, mais j'ai été infoutu de me rappeler si elle avait une quelconque tache de naissance susceptible d'indiquer à la police qu'elle est… je veux dire qu'elle était Eugenie, ma femme.

Ton ex-femme, aurait voulu préciser Jill. Ta femme qui t'a abandonné. Ta femme qui égoïstement a abandonné un enfant que tu as dû par la suite élever seul. Seul, Richard. N'oublions pas ce détail.

— Je suis parvenu à me souvenir du nom de son

foutu dentiste. Et tout ça parce que c'est également le mien.

— Qu'est-ce qu'ils vont faire, alors ?

— La passer aux rayons X pour s'assurer que c'est bien Eugenie.

— Qu'est-ce que tu en penses, toi ?

Il releva la tête, il avait l'air terriblement fatigué. Se sentant coupable, ce qui n'était pas dans son tempérament, Jill pensa qu'il dormait bien peu sur son canapé et que c'était vraiment très gentil à lui de passer les nuits chez elle maintenant que la date de l'accouchement approchait. Comme Richard avait déjà eu deux enfants – même s'il ne lui en restait qu'un seul de vivant –, Jill ne s'était pas attendue qu'il se montre très soucieux de son bien-être pendant sa grossesse. Toutefois, dès l'instant où son ventre avait commencé à s'arrondir et ses seins à s'alourdir, il l'avait traitée avec une tendresse qu'elle avait trouvée profondément émouvante. Du coup, elle lui avait ouvert encore davantage son cœur et l'expérience les avait rapprochés. Cette entité qu'ils formaient lui faisait chaud au cœur. C'est ce qu'elle avait toujours désiré, et désespéré de trouver, chez les hommes de son âge.

— Ce que je pense, dit Richard en réponse à sa question, c'est que la possibilité qu'Eugenie ait conservé le même dentiste après la fin de notre mariage (après t'avoir abandonné, tu veux dire, corrigea Jill en silence) est vraiment mince.

— Je ne comprends toujours pas comment ils ont fait le lien entre elle et toi. Ni comment ils sont remontés jusqu'à toi.

Richard changea de place sur le canapé. Devant lui, sur le tabouret qui servait de table basse, se trouvait le dernier numéro du *Radio Times,* qu'il se mit à feuilleter. Sur la couverture, une actrice américaine souriait toutes dents dehors. Sans doute avait-elle accepté de simuler ce qui serait très probablement un accent anglais hautement fantaisiste, de façon à pouvoir jouer Jane Eyre dans une énième mouture du mélodrame victorien – une œuvre complètement inepte. Jane Eyre, ricana Jill, celle qui avait fourré dans la tête de générations de lectrices l'idée imbécile qu'un homme doté d'un passé noir comme le charbon pouvait s'élever grâce à l'amour d'une femme bien. Quelle connerie !

Richard ne répondait pas.

— Richard, je ne comprends pas. Comment ont-ils fait le lien entre toi et Eugenie ? Elle a dû garder ton nom, mais Davies, c'est un nom courant, et je ne vois pas comment les gens pouvaient savoir que toi et elle aviez jadis été mari et femme.

— C'est à cause de l'un des policiers qui ont été appelés sur les lieux du crime, dit Richard. Il savait qui elle était. A cause de l'affaire…

Il tripotait machinalement l'exemplaire de *Radio Times*, si bien qu'un autre exemplaire qui était dessous apparut. Sur celui-ci on voyait Jill au milieu de la troupe de sa production triomphale des *Remèdes désespérés*, filmée quelques semaines après la rupture de Jill avec Jonathon Stewart, dont les serments passionnés – oui, je quitte ma femme dès que notre petite Steph a fini ses études à Oxford, darling – s'étaient avérés aussi solides que ses performances au lit avaient été fiables. Deux semaines après que Steph eut son diplôme en poche, Jonathon avait déjà trouvé une autre excuse pour faire lanterner Jill. Cette fois il s'agissait d'installer la pauvre petite Steph dans ses murs à Lancaster. Trois jours plus tard, Jill avait décidé de jeter l'éponge, tiré un trait sur leur histoire et s'était lancée à fond dans *Les Remèdes désespérés,* dont le titre n'aurait pu être mieux choisi, compte tenu de son état d'esprit à l'époque.

— L'affaire ? dit Jill avant de se rendre compte de quoi il parlait.

L'*affaire*, évidemment, la seule qui importait. L'affaire qui lui avait brisé le cœur, qui avait détruit son mariage, empoisonné les deux dernières décennies de sa vie.

— Oui, je suppose que la police ne pouvait que s'en souvenir.

— Il était impliqué, vois-tu. C'était l'un des inspecteurs. Aussi, lorsqu'il a vu son nom sur son permis de conduire, il a cherché à me joindre.

— Oui, je vois. (Elle se mit tant bien que mal à genoux, lui toucha l'épaule.) Laisse-moi te préparer quelque chose à boire. Thé, café ?

— Un cognac serait le bienvenu.

Elle haussa les sourcils. Mais comme son regard était braqué sur la couverture du magazine, il ne s'en aperçut pas. Elle aurait voulu lui dire : à cette heure ? Sûrement pas, chéri, tu plaisantes. Au lieu de cela elle se mit debout, se dirigea vers la cuisine, prit une bouteille de Courvoisier dans l'un des placards, lui en versa deux doigts, ce qui lui parut une dose adéquate pour le requinquer.

Il la rejoignit dans la cuisine, s'empara du verre sans souffler mot. Il but une gorgée, fit tourner ce qui restait de cognac dans le verre.

— Je n'arrive pas à chasser ce spectacle de mon esprit.

Là, Jill trouva que c'était un peu beaucoup. D'accord, cette femme était morte. Et, oui, elle était morte dans des conditions horribles qui inspiraient la pitié. Oui, c'était une histoire épouvantable, c'était moche de devoir examiner son corps abîmé, son visage méconnaissable. Mais Richard n'avait pas eu de nouvelles de son ex-femme en vingt ans, alors pourquoi sa mort le mettait-elle dans un tel état ? A moins qu'il n'ait encore un petit faible pour elle, à moins qu'il ne lui ait pas dit toute la vérité sur la fin de leur mariage. Posant une main tendre sur son avant-bras, Jill lui dit en pesant ses mots :

— Je sais que ce doit être un moment terrible pour toi. Mais tu ne l'avais jamais rencontrée au cours de ces années, je crois ?

Une lueur s'alluma dans ses yeux... Jill sentit ses doigts se crisper. Surtout ne me fais pas un coup à la

Jonathon, l'implora-t-elle silencieusement. Si tu me mens maintenant, je mets un terme à notre histoire, Richard. Je refuse de revivre dans le mensonge et les illusions.

— Non, je ne l'ai pas revue. Mais je lui ai parlé tout récemment. Un certain nombre de fois le mois dernier.

Il parut sentir qu'elle élevait un bouclier devant son cœur pour le protéger car il poursuivit en hâte :

— Elle m'avait téléphoné à propos de Gideon. Elle avait lu dans les journaux ce qui était arrivé à Wigmore Hall. Et, comme il ne récupérait pas rapidement, elle m'a téléphoné pour me demander de ses nouvelles. Je ne t'en ai pas parlé parce que... oh, je ne sais pas pourquoi. Sur le moment, ça ne m'a pas paru important. Et puis je ne voulais pas te perturber au cours de ces dernières semaines... le bébé. Ce n'était pas juste, pour toi.

— Mais c'est insensé, ce que tu me racontes, fit Jill, sentant la colère la gagner.

— Je suis désolé. Nous sommes restés à peine cinq minutes, dix minutes en ligne à chaque coup de fil. Je n'ai pas jugé...

— Ce n'est pas de ça que je parle, l'interrompit Jill. Ce qui me gêne, ce qui me met en boule, ce n'est pas que tu ne m'en aies pas parlé mais qu'elle t'ait téléphoné, qu'elle ait eu l'audace de t'appeler. Elle sort de ta vie, de la vie de Gideon, et quand elle apprend par les journaux ce qui lui arrive, elle te téléphone pour assouvir sa... curiosité. Quel culot !

Richard ne broncha pas, il se contenta de faire tournoyer le cognac dans son verre, observant les larmes qui se formaient sur les parois. Il ne lui avait sûrement pas encore tout dit, conclut Jill.

— Richard, qu'y a-t-il ? Il y a quelque chose que tu ne me dis pas, n'est-ce pas ?

Et de nouveau, elle sentit un pincement au cœur à l'idée qu'un homme avec qui elle était si intime puisse ne pas être aussi franc qu'elle l'aurait souhaité. C'est vraiment bizarre, songea-t-elle, il suffit d'une liaison humiliante et désastreuse pour vous gâcher les autres.

— Richard, il y a autre chose ?

— Gideon, reprit Richard. Je ne lui ai pas dit qu'elle m'avait téléphoné à son propos. Je ne savais pas comment lui annoncer ça. Ce n'est pas comme si elle demandait à le voir, non, non, elle ne demandait rien de tel. Alors pourquoi lui aurais-je dit que sa mère avait appelé ? Et maintenant elle est morte, il faut que je lui apprenne la nouvelle et j'ai peur que cette nouvelle empire encore son état.

— Oui, je vois ce que tu veux dire.

— Elle voulait savoir s'il allait bien, Jill. « Pourquoi ne joue-t-il plus, Richard ? me demandait-elle. Combien de concerts a-t-il manqués ? Et pourquoi ? Pourquoi ? »

— Qu'est-ce qu'elle voulait ?

— Elle a dû me téléphoner au moins dix fois ces deux dernières semaines. Et j'entendais cette voix venue du passé, cette voix que je croyais avoir oubliée…

Il s'arrêta.

Jill sentit un petit frisson glacé la traverser. Il venait des chevilles et remonta jusqu'au cœur. Elle dit, pesant toujours ses mots :

— Tu croyais t'en être remis ?

Elle essaya de s'empêcher d'y penser mais les mots lui résonnaient dans la tête : il l'aime encore. Elle l'a plaqué. Elle a disparu de sa vie. Mais il n'en a pas pour autant cessé de l'aimer. Il est entré dans mon lit. Il m'a fait l'amour. Mais pendant tout ce temps, c'est Eugenie qu'il aimait.

Pas étonnant qu'il ne se soit jamais remarié. La seule question, c'était : pourquoi se remariait-il maintenant ?

C'est à croire qu'il lisait dans ses pensées. Ou peut-être sur son visage. Ou peut-être avait-il lui aussi senti le froid qui avait envahi Jill car il murmura :

— Parce qu'il m'a fallu tout ce temps-là pour te trouver, Jill, parce que je t'aime. Parce que, à mon âge, je ne m'attendais pas à aimer de nouveau. Et que tous les matins quand je me réveille, et même sur ce pauvre canapé, je remercie Dieu qui a voulu que tu m'aimes. Je remercie Dieu de ce miracle. Eugenie appartient au passé. Ne la laissons pas habiter notre avenir.

La vérité, comme Jill le savait pertinemment, c'est que l'un et l'autre ils avaient un passé. Ils n'étaient plus des adolescents ; aucun d'eux ne pouvait s'attendre que l'autre entame une nouvelle vie, déchargé de tout fardeau. L'avenir, c'est ce qui était important. Leur avenir et l'avenir du bébé. Catherine Ann.

Il était facile d'atteindre Henley-on-Thames depuis Londres, surtout quand la circulation du matin, qui amenait les banlieusards en masse dans la capitale le long de la N40, engendrait des bouchons dans le sens opposé. Aussi l'inspecteur Thomas Lynley et la constable Barbara Havers se trouvèrent-ils sur la route de Henley moins d'une heure après avoir quitté la salle des opérations d'Eric Leach à Hampstead. L'inspecteur principal Leach, qui semblait en proie à un rhume carabiné à moins qu'il ne couvât la grippe, les avait présentés à une escouade d'inspecteurs qui, ricanant légèrement de la présence de New Scotland Yard parmi eux, avaient semblé tout disposés à accepter leur collaboration compte tenu de leur charge de travail. Une charge plutôt lourde qui comportait une série de viols à Hampstead Hill et un incendie criminel allumé dans le cottage d'une actrice vieillissante, laquelle jouissait au demeurant de la considération générale.

Leach passa en revue les conclusions préliminaires de l'autopsie, précisant à ses troupes qu'il leur faudrait attendre les résultats des analyses de sang, de tissus et d'organes. Ces conclusions, quelles étaient-elles ? Blessures multiples. Le corps, identifié grâce à son dossier dentaire, était celui d'Eugenie Davies, soixante-deux ans. Il commença par énumérer les fractures qu'elle avait subies : quatrième et cinquième cervicale, fémur gauche, cubitus, radius, clavicule droite, cinquième et sixième côte. Puis les ruptures internes : foie, rate, reins. La cause de la mort ? Hémorragie interne massive, plus le choc. L'heure du décès ? Entre vingt-deux heures et minuit. Une analyse des traces retrouvées sur le corps leur serait fournie ultérieurement.

— Elle a été projetée à quinze mètres, dit Leach aux inspecteurs rassemblés dans la salle des opérations au milieu des ordinateurs, tableaux d'affichage, classeurs métalliques, photocopieuses et photos. Selon nos collègues de la police scientifique, on lui est passé sur le corps à deux, voire trois reprises. Comme semblent l'indiquer les traces relevées sur le corps et sur son imperméable.

Brouhaha pour accueillir cette remarque.

— Charmant quartier, fit un enquêteur avec une lourde ironie.

Leach rectifia aussitôt :

— Nous pensons que les dégâts ont été causés par une seule et même voiture, McKnight. Et non par trois voitures différentes. Nous nous en tiendrons à cette version tant que Lambeth ne nous en aura pas dit davantage. Le véhicule la renverse, elle est par terre, le véhicule lui roule dessus une première fois, puis une deuxième fois en marche arrière et enfin il lui repasse dessus une troisième fois.

Leach désigna plusieurs photos accrochées au tableau avant de poursuivre. Elles représentaient la rue telle qu'elle était à l'issue de l'accident avec délit de fuite. Il en désigna une en particulier, qui montrait une portion de chaussée photographiée entre deux cônes orange et à l'arrière-plan de laquelle on apercevait une file de voitures rangées le long du trottoir.

— Le point d'impact semble être ici. Et le corps a atterri là, au beau milieu de la chaussée. La pluie a effacé une partie du sang qui aurait dû maculer l'endroit où le corps a atterri. Mais il ne pleuvait pas assez fort pour effacer tout le sang, les tissus ou les fragments d'os. Toutefois le corps n'est pas là où se trouvent les tissus et les fragments d'os. Il est près de cette Vauxhall, à côté du trottoir. Remarquez la position : coincé dessous. On pense que le conducteur, après l'avoir renversée et écrasée consciencieusement, est descendu de son véhicule, a tiré la femme sur le côté et a pris le large.

— Elle n'aurait pas pu être happée par des pneus ? De camion, peut-être ? (La question venait d'un constable qui mangeait bruyamment des nouilles dans un bol chinois.) Pourquoi éliminer cette hypothèse ?

— A cause de la nature des traces de pneus que nous avons relevées, lui dit Leach en s'emparant de son gobelet de café, posé sur un bureau encombré de dossiers et de listings d'ordinateur.

Il avait l'air moins tendu que Lynley n'avait cru le trouver lorsqu'ils avaient été présentés l'un à l'autre quarante minutes plus tôt dans son bureau. Lynley se dit que c'était de bon augure pour leur collaboration et qu'il allait pouvoir travailler correctement avec l'inspecteur principal.

— Pourquoi pas trois voitures, monsieur ? questionna l'un des autres enquêteurs. La première la heurte, s'enfuit sous l'effet de la panique. Elle est vêtue de noir, aussi les deux suivantes ne la voient même pas étant donné qu'elle est allongée au milieu de la chaussée, et elles lui passent dessus sans même le savoir.

Leach avala une gorgée de café et secoua la tête.

— Il est peu vraisemblable de penser que trois citoyens dénués de conscience morale puissent avoir écrasé la même personne le même soir et dans le même quartier sans signaler la chose à quiconque. Et le scénario que vous venez d'esquisser n'explique pas comment elle a pu se retrouver à moitié sous la Vauxhall. Il n'y a à cela qu'une seule explication, Potashnik, et c'est pourquoi nous sommes tous réunis dans cette salle.

Murmures d'acquiescement

— Je suis prêt à parier que le gars qui a signalé le

corps est notre chauffard, dit quelqu'un du fond de la pièce.

— Pitchley s'est empressé de réclamer son avocat et il l'a bouclée immédiatement après, reconnut Leach. Vous avez raison, tout ça pue, c'est louche. Mais je crois que nous n'avons pas fini d'en apprendre de la bouche de ce monsieur. Nous avons embarqué sa voiture et ça va lui délier la langue, vous pouvez être tranquilles.

— Suffit de piquer la Boxter d'un mec pour lui faire chanter *God Save the Queen* sur tous les tons, remarqua un constable.

— Je compte bien là-dessus, convint Leach. Je ne dis pas que c'est lui qui lui a réglé son compte. Je ne dis pas non plus que ce n'est pas lui. Mais quel que soit l'endroit d'où souffle le vent, ce type ne récupérera sa Porsche que lorsqu'il nous aura dit pourquoi la victime avait son adresse dans ses affaires. Et s'il faut pour cela garder la Porsche en fourrière, eh bien, on la gardera en fourrière et on la passera au peigne fin, cela prendra le temps qu'il faudra et basta. Maintenant, messieurs...

Leach s'employa à répartir les tâches. Les membres de son équipe se virent obligés de regagner l'artère où avait eu lieu l'accident avec délit de fuite. La rue était bordée de maisons, certaines divisées en appartements, d'autres individuelles, et les constables étaient chargés de recueillir la déposition de tous les voisins à propos de ce qu'ils avaient vu, entendu, reniflé, rêvé la nuit d'avant. A d'autres constables, il confia le soin d'activer le mouvement au sein du laboratoire de la police scientifique. Certains devraient surveiller les progrès réalisés concernant l'examen de la voiture d'Eugenie Davies, d'autres extraire le maximum de données concernant les traces relevées sur le corps de la défunte, d'autres encore essayer de faire correspondre ces traces avec celles relevées sur la Boxter que la police avait embarquée. Ces derniers policiers étudieraient toutes les empreintes de pneus laissées, à West Hampstead, sur le corps d'Eugenie Davies et sur ses vêtements. Enfin, un dernier groupe de constables se vit confier la tâche de rechercher une voiture dont l'avant avait été endommagé.

— Ateliers, parkings, sociétés de location de voitures, rues, ruelles, aires de repos sur l'autoroute, précisa Leach. On n'écrase pas une femme sans que ça laisse des traces sur la carrosserie.

— Cela met la Boxter en dehors du coup, fit observer une constable.

— Le fait qu'il soit propriétaire de la Boxter nous permet d'extorquer des informations à notre homme, répondit Leach, mais il n'y a pas moyen de dire si ce Pitchley n'a pas une autre voiture planquée quelque part. Et on ferait bien de ne pas oublier ce détail.

La réunion terminée, Leach invita Lynley et Havers à le suivre dans son bureau. Etant leur supérieur hiérarchique, il donna ses instructions à Lynley et à Havers d'une façon laissant entendre que cette affaire était plus qu'un simple homicide. Sans préciser ce que ce *plus* pouvait signifier. Il se contenta de leur communiquer l'adresse d'Eugenie Davies à Henley-on-Thames, en leur enjoignant de commencer par passer sa maison en revue. Il leur supposait suffisamment d'expérience, dit-il en martelant ses mots, pour savoir quoi faire des éléments qu'ils découvriraient sur place.

— Qu'est-ce que ça signifie ? questionna Barbara tandis qu'ils s'engageaient dans Bell Street, à Henley-on-Thames, où les enfants d'une école jouaient dans la cour de récréation. Pourquoi nous avoir laissé le soin d'examiner la maison alors que pendant ce temps-là les collègues vont battre le pavé de West Hampstead jusqu'au fleuve ? Y a un truc que je pige pas.

— Webberly tient à ce que nous travaillions sur cette affaire. Hillier a donné sa bénédiction.

— Raison de plus pour faire sacrément gaffe où on met les pieds.

Lynley ne chercha pas à; la contredire. Hillier ne les avait ni l'un ni l'autre à la bonne. Et l'état d'esprit de

Webberly dans son bureau, la veille, s'il lui avait suggéré un certain nombre de choses, ne l'avait guère mis sur la voie.

— Nous allons tirer l'affaire au clair, Havers. Redites-moi l'adresse ?

— 65, Friday Street, fit-elle en jetant un coup d'œil au plan. Tournez à gauche ici.

Le 65 se révéla être une bâtisse située non loin de la Tamise, dans une rue agréable où se côtoyaient résidences, clinique vétérinaire, librairie, dentiste et la Royal Marine Reserve. C'était la plus petite maison que Lynley eût jamais vue si l'on exceptait le minuscule logement de Havers, qui semblait idéal pour des nains de jardin. Cette maison était peinte en rose, elle avait deux étages et vraisemblablement un grenier, à en juger par la microscopique fenêtre à tabatière qui perçait le toit. Elle portait une plaque d'émail sur laquelle on pouvait lire un nom prédestiné : Doll Cottage, la maison de poupée.

Lynley se gara non loin de là, de l'autre côté de la librairie. Il prit le trousseau de clés de la défunte tandis que Havers allumait une cigarette, histoire de se doper un peu à la nicotine.

— Quand est-ce que vous allez renoncer à cette fâcheuse manie ? lui demanda-t-il tandis qu'il s'assurait qu'il n'y avait pas de système d'alarme avant d'introduire la clé dans la serrure.

Havers inhala profondément et le gratifia d'un sourire épanoui.

— Si c'est pas malheureux d'entendre ça, dit-elle en levant les yeux au ciel. Il y a sûrement sur terre des choses plus horripilantes qu'un fumeur qui a cessé de fumer mais je me demande lesquelles. Un tory avec une conscience sociale, peut-être ?

Lynley éclata de rire.

— Eteignez-moi ça, constable.

— C'est bien mon intention, dit-elle en expédiant la cigarette d'une pichenette par-dessus son épaule après en avoir tiré trois bouffées.

Lynley ouvrit la porte qui donnait dans le séjour. Aussi grand qu'un chariot de supermarché, meublé avec une simplicité presque monastique avec des rebuts rescapés d'Oxfam.

— Et moi qui croyais que c'était moche chez moi, remarqua Havers.

Effectivement, songea Lynley. Le mobilier datait d'après la guerre, il avait été conçu à une époque où il était plus important de reconstruire une capitale dévastée par les bombardements que de peaufiner la décoration intérieure. Un canapé gris usé jusqu'à la corde ainsi qu'un fauteuil assorti, d'une couleur innommable lui aussi, occupaient un pan de mur. Ils formaient un petit coin salon autour d'une table basse en bois blond encombrée de magazines, et de deux bouts de canapé que l'on avait sans succès tenté de revernir. Trois lampes toutes équipées d'abat-jour à pompons ; deux avaient un air penché, la troisième portait une trace de brûlure. Rien ne décorait les murs, si ce n'est une reproduction d'une fillette de l'époque victorienne, fort laide, qui tenait dans ses bras un lapin. De part et d'autre de la cheminée large comme un trou de souris, des étagères renfermaient des livres entre lesquels on apercevait des espaces mis à nu comme si on en avait récemment retiré des objets.

— Eh ben, c'est pas riche, résuma Havers.

Elle examinait les magazines sur la table basse, comme Lynley put s'en rendre compte, feuilletant de ses mains gantées de latex les revues, si bien que, de l'endroit où Lynley se tenait près des étagères, il pouvait voir que les couvertures étaient celles d'anciens numéros.

Havers passa dans la cuisine qui était juste après le séjour tandis que Lynley se détournait pour jeter un coup d'œil aux étagères.

— Tiens, un appareil moderne ici. Un répondeur, inspecteur. Le voyant clignote.

— Ecoutez donc le message.

Une voix désincarnée flotta en provenance de la cuisine tandis que Lynley prenait ses lunettes de lecture dans la poche de sa veste afin d'examiner de plus près les quelques volumes demeurés sur les étagères. Voix profonde et sonore d'homme : « Eugenie, c'est Ian. » Lynley prit un livre qui s'appelait *La Petite Fleur* et, l'ouvrant, constata qu'il s'agissait de la biographie d'une sainte prénommée Thérèse : une Française venant d'une famille où il n'y avait que des filles, une religieuse cloîtrée qui était morte de ce que l'on attrapait à vivre dans une cellule sans chauffage, en France, au cœur de l'hiver. « Désolé pour l'accrochage, poursuivit la voix dans la cuisine. Téléphone-moi, veux-tu ? J'ai mon portable. » Et d'indiquer un numéro au préfixe aisément reconnaissable.

— C'est noté, monsieur, fit Havers.

— Un numéro Cellnet, dit Lynley en prenant un autre livre.

Une voix de femme, cette fois, annonçait : « Eugenie, c'est Lynn. Merci mille fois de votre coup de fil, ma chère. J'étais sortie prendre un peu l'air quand vous avez appelé. C'est tellement gentil à vous. Je ne m'y attendais… Bon, voilà. J'ai bien du mal à faire face. Merci de vous préoccuper de mon sort. Si vous me rappelez, je vous ferai un petit compte rendu. Mais j'imagine que vous savez ce par quoi je passe. »

Lynley constata qu'il tenait une autre biographie, celle d'une sainte prénommée Claire, qui avait suivi la voie de saint François d'Assise : après avoir abandonné tous ses biens, elle avait fondé un ordre religieux, vécu dans la chasteté et était morte dans le dénuement. Il s'empara d'un troisième ouvrage.

« Eugenie, fit dans la cuisine une nouvelle voix masculine. (L'homme, apparemment affolé, devait être connu d'Eugenie car il n'avait pas jugé bon de s'annoncer.) Il faut absolument que je te parle. Il fallait que je te rappelle. Je sais que tu es là, alors décroche, tu veux ? Eugenie, décroche cette saleté de téléphone. (Un soupir.) Ecoute, tu croyais que j'allais apprécier la tournure que prennent les événements ? Comment pourrais-je… Décroche, Eugenie. (Silence suivi d'un nouveau soupir.) Bon, très bien. Si c'est comme ça que tu veux jouer le coup. Balancer le passé aux chiottes et tourner la page. J'en ferai autant. » On raccrocha avec bruit.

— Voilà une piste qui mérite d'être explorée, fit Barbara, haussant la voix.

— Composez le 1-4-7-1 à la fin des messages, et bonne chance.

Le troisième livre dont Lynley venait de s'emparer était une vie détaillée de sainte Thérèse d'Avila. Un rapide examen de la jaquette suffit à lui prouver que les ouvrages traitaient tous plus ou moins du même thème : couvent, pauvreté, mort peu enviable. Lynley fronça les sourcils.

Une autre voix d'homme – un homme qui ne se présenta pas, lui non plus – jaillit du répondeur. « Bonjour, ma chérie. Encore endormie ou déjà sortie ? Je vous appelle à propos de ce soir. A quelle heure me voulez-vous ? J'ai une bouteille de bordeaux, je peux l'apporter si cela vous tente. J'ai… j'ai hâte de vous voir, Eugenie. »

— Vous avez les doigts croisés, inspecteur ? s'enquit Havers depuis la cuisine.

— Métaphoriquement, oui, répondit-il tandis que Havers composait le 1471 afin de retrouver la trace de celui qui avait passé le dernier appel à Eugenie Davies.

Alors qu'elle était ainsi occupée, Lynley remarqua que les autres livres étaient également des biographies de saints, ou plutôt de saintes. Aucun de ces ouvrages n'était récent. Ils avaient tous au moins trente ans, certains dataient même d'avant la Seconde Guerre mondiale. Sur la page de garde de onze d'entre eux on pouvait lire d'une écriture adolescente *Eugenie Victoria Staines*. Quatre portaient un tampon *Couvent de l'Immaculée Conception*. Cinq autres, l'inscription *A Eugenie avec le meilleur souvenir de Cecilia*. De l'un de ces cinq derniers tomes – la vie de sainte Rita – une petite enveloppe s'échappa. Elle ne comportait ni cachet de la poste ni suscription mais la feuille de papier qu'elle contenait indiquait une date remontant à dix-neuf ans en arrière et l'écriture était superbe.

Très chère Eugenie,
Essayez de ne pas vous laisser aller au désespoir. Aucun d'entre nous ne peut espérer comprendre les voies du Seigneur. Nous ne pouvons que vivre les épreuves qu'Il choisit de nous faire endurer, sachant que ces épreuves ont un sens même si nous sommes incapables de le comprendre sur le moment. Mais nous le comprendrons un jour, chère amie. Vous devez en être persuadée.
Vous nous manquez terriblement à la messe du matin et nous espérons toutes que vous reviendrez bientôt vous joindre à nous.
Avec l'amour du Christ et le mien, Eugenie,

Cecilia.

Lynley remit la feuille dans son enveloppe et referma le livre d'un geste décidé. Elevant la voix, il dit :

— Le couvent de l'Immaculée Conception, Havers.

— Vous me conseillez de changer de style de vie ?

— Uniquement si le cœur vous en dit. En attendant, tâchez de vous mettre en contact avec cet établissement. La personne qui m'intéresse s'appelle Cecilia. Elle est peut-être encore en vie, et j'ai l'impression que c'est entre ces murs que nous risquons de la trouver.

— Très bien.

Lynley la rejoignit dans la cuisine. Même simplicité que dans le séjour. La cuisine n'avait pas été refaite depuis des générations et le seul appareil un peu moderne, même s'il avait l'air de dater d'au moins quinze ans, était le réfrigérateur.

Le répondeur était posé sur un étroit plan de travail en bois. A côté se trouvait un support en papier mâché, une sorte de petit classeur à courrier, abritant plusieurs enveloppes. Lynley s'en empara tandis que Havers s'approchait d'une petite table et de deux chaises placées contre un mur. Lynley jeta un coup d'œil dans cette direction. Sur la table, pas de couvert. Mais une véritable exposition. Trois rangées bien nettes comportant chacune quatre photos encadrées qui trônaient là comme pour qu'on les passe en revue. Les enveloppes à la main, Lynley rejoignit Havers qui disait :

— Ses enfants, vous croyez, inspecteur ?

Sur chacun des clichés, en effet, figuraient les mêmes sujets : deux enfants avançant en âge de photo en photo. Cela commençait par un petit garçon – de cinq ou six ans – tenant un nouveau-né, lequel, sur les derniers clichés, se révélait être une petite fille. Du début à la fin, le garçonnet faisait le maximum pour plaire au photographe, ouvrant grand les yeux, souriant si abondamment qu'on distinguait presque ses dents du fond. La petite fille, en revanche, ne semblait pas se rendre compte que l'objectif était braqué sur elle. Elle regardait à droite, à gauche, en haut, en bas. Une fois seulement – son frère lui avait posé la main sur la joue – on avait réussi à obtenir d'elle qu'elle fixe l'objectif.

Toujours abrupte, Havers remarqua :

— Vous ne trouvez pas qu'il y a quelque chose qui cloche chez cette petite, monsieur ? C'est elle qui est morte, n'est-ce pas ? L'enfant dont le commissaire vous a parlé. C'est elle, non ?

— Il va falloir qu'on nous le confirme. Ce pourrait être quelqu'un d'autre. Une nièce. Une petite-fille.

— Mais vous, quel est votre sentiment ?

— Je pense que c'est elle, en effet, dit Lynley. Je crois que c'est la fillette qui est morte.

Noyée, songea-t-il, noyée dans ce qui aurait pu passer pour un accident mais s'était révélé être autre chose.

La photo avait dû être prise peu de temps avant sa mort. Webberly lui avait confié que la petite était morte à l'âge de deux ans, et Lynley se dit qu'elle ne devait pas être tellement plus jeune sur le cliché. Mais Webberly ne lui avait pas tout dit, loin de là, conclut-il en examinant la photo.

Il sentit redoubler ses soupçons et se dit qu'il lui fallait se tenir sur ses gardes.

Et ça, c'étaient des réactions qu'il n'aimait pas beaucoup.

5

Le major Ted Wiley ne fit pas le rapprochement avec la police lorsqu'il vit la Bentley gris métallisé se ranger en face de sa librairie, le long du trottoir opposé. Il enregistrait un achat effectué par une maman accompagnée d'un enfant en bas âge sommeillant dans sa poussette et, au lieu de se préoccuper de savoir ce que fabriquait ce luxueux véhicule dans Friday Street alors que ce n'était pas la saison des régates à Henley, il se mit à faire la conversation à la jeune femme. Elle avait acheté quatre livres de Dahl. Comme ce n'était manifestement pas pour elle, cela signifiait qu'elle appartenait à la catégorie peu fournie des jeunes parents qui connaissaient l'importance pour les enfants de l'initiation à la chose lue. Ce sujet, comme les dangers insidieux de la cigarette, était l'un des préférés de Ted. Sa femme et lui avaient fait la lecture à leurs trois filles – il faut dire qu'à l'époque les distractions étaient rares pour les petits, le soir, en Rhodésie –, et il se plaisait à penser que c'étaient ces débuts précoces qui leur avaient donné, avec le respect de la chose écrite, le désir de fréquenter les meilleures universités.

C'est pourquoi Ted se réjouissait de voir une jeune maman en possession d'une pile de livres destinés à sa progéniture. Il voulut savoir si on lui avait fait la lecture quand elle était petite. Et quels étaient les livres préférés de ce bout de chou ? N'était-ce pas ahurissant de voir avec quelle facilité les enfants s'attachaient à une histoire qu'on leur avait lue, la réclamant sans se lasser ?

C'est pour cela que Ted ne vit la Bentley que du coin de l'œil. Il ne s'appesantit pas dessus et se contenta de songer que c'était une très belle voiture. C'est seulement lorsque ses occupants en descendirent et s'approchèrent de la maison d'Eugenie qu'il dit au revoir à sa cliente et s'approcha de la vitrine pour les observer.

Ils formaient un couple étrange. L'homme était grand, blond, de carrure athlétique, et vêtu d'un de ces costumes vraisemblablement coupés sur mesure qui, tel le bon vin, se patinent et vieillissent avec élégance. Sa compagne portait des baskets rouges, un pantalon noir et un caban marine trop grand qui lui arrivait au genou. Elle alluma une cigarette avant même d'avoir refermé sa portière et Ted en grimaça de dégoût – les fabricants de cigarettes brûleraient dans un coin de l'enfer conçu à leur intention, aucun doute là-dessus – mais l'homme se dirigea droit vers la porte d'Eugenie.

Ted attendit qu'il frappe, ce qu'il ne fit pas. Pendant que la femme tirait sur sa clope avec l'énergie d'une candidate au suicide, l'homme examina un objet qu'il tenait à la main et qui s'avéra être une clé, car il l'inséra dans la serrure et, après qu'il eut lancé une remarque à sa compagne, ils pénétrèrent tous deux à l'intérieur.

A cette vue, Ted se pétrifia. D'abord cet homme inconnu à une heure du matin, puis la rencontre de la veille au soir entre Eugenie et ce même homme sur le parking, et voilà maintenant que ces deux étrangers se trouvaient en possession de la clé du cottage… Il fallait absolument qu'il aille voir de quoi il retournait.

Il balaya le magasin des yeux pour voir si d'autres clients n'allaient pas effectuer des achats. Il y en avait deux dans le magasin. Mr Horsham – que Ted appelait le vieux Mr Horsham tant il était content d'avoir trouvé à Henley quelqu'un de nettement plus âgé que lui – avait pris sur une étagère un livre sur l'Egypte et semblait le soupeser plutôt que l'examiner. Mrs Dilday, comme à son habitude, lisait un autre chapitre d'un livre qu'elle n'avait aucune intention d'acheter. Chaque jour, rituellement, elle choisissait un best-seller et elle l'emportait mine de rien au fond de la boutique près des fauteuils ; elle en lisait un chapitre ou deux, marquait sa page avec un ticket d'épicerie quelconque, puis le glissait au milieu des Salman Rushdie d'occasion où – compte tenu des goûts des citoyens de Henley – nul ne risquait de le dénicher.

Ted attendit près de vingt minutes que ces deux clients s'en aillent, ce qui lui laissa le temps d'inventer une raison de traverser la rue. Quand le vieux Horsham se décida enfin, et pour une coquette somme, à faire l'acquisition de l'ouvrage sur l'Egypte, marmonnant « J'étais là-bas pendant la guerre », et qu'il lui tendit deux billets de vingt livres extraits d'un portefeuille écorné qui avait dû lui aussi voir de près les champs de bataille du Proche-Orient, Ted se tourna, plein d'espoir, vers Mrs Dilday. Mais il comprit que cela n'allait pas être du tout cuit. Elle était solidement enfoncée dans son douillet fauteuil favori, sa Thermos de thé à portée de la main. Elle se servait à boire, sirotait et lisait tranquillement, comme si elle avait été chez elle.

Les bibliothèques publiques ne sont pas faites pour les chiens, aurait voulu lui dire Ted. Mais, au lieu de cela, il l'observa tout en lui intimant mentalement l'ordre de déguerpir et essaya de deviner en les regardant par la vitrine qui pouvaient bien être les gens qui étaient entrés chez Eugenie.

Alors qu'il imaginait Mrs Dilday achetant son roman et s'en allant le lire chez elle, le téléphone sonna. Les yeux toujours sur le cottage d'en face, Ted tâtonna à la recherche du récepteur et décrocha à la cinquième double sonnerie.

— Wiley's Books, dit-il.

— Qui est à l'appareil ? fit une voix de femme.

— Le major Ted Wiley. Retraité. Qui êtes-vous ?

— Etes-vous la seule personne à utiliser cette ligne, monsieur ?

— Qu'est-ce… Vous êtes les télécommunications ? Il y a un problème ?

— Nous avons appelé le 1471 et il semble que votre numéro soit le dernier à avoir appelé le numéro où je me trouve, monsieur. Lequel est celui d'une certaine Eugenie Davies.

— C'est exact. Je l'ai appelée ce matin, dit Ted à sa correspondante en essayant de ne pas trembler. Nous avons rendez-vous pour dîner. (Puis, incapable de s'en empêcher, il posa la question dont il connaissait déjà la réponse :) Il y a quelque chose qui… ? Il est arrivé… Qui êtes-vous ?

A l'autre bout de la ligne, une main fut plaquée contre le récepteur tandis que la femme parlait à quelqu'un dans la pièce.

— La Metropolitan Police, monsieur.

La Metropolitan… c'est-à-dire la police de Londres. Et Ted revit soudain la scène : Eugenie se rendant à Londres la veille alors que la pluie crépitait sur le toit de la Polo et que les pneus soulevaient des gerbes d'eau sur la route.

— La police de Londres ? reprit-il néanmoins.

— C'est cela même, lui dit son interlocutrice. Où êtes-vous exactement, monsieur ?

— En face de chez Eugenie. Je tiens la librairie…

Nouveau conciliabule. Puis :

— Vous voulez bien passer nous voir, monsieur ? Nous aurions une ou deux questions à vous poser.

— Est-ce que quelque chose… (C'est à peine si Ted arrivait à prononcer les mots et pourtant il lui fallait les dire. La police s'attendait qu'il les dise.) Est-ce que quelque chose est arrivé à Eugenie ?

— Nous pouvons venir chez vous si vous préférez.

— Non. Non. J'arrive. Je ferme le magasin et…

— Très bien, major Wiley. Nous en avons pour un certain temps ici.

Ted gagna le fond de la boutique, où il dit à Mrs

Dilday qu'une urgence le contraignait à fermer un moment.

— Mon Dieu, fit-elle. J'espère que ce n'est pas votre maman ?

C'était en effet l'urgence qui venait immédiatement à l'esprit : la mort de sa mère. Même si à quatre-vingt-neuf ans seule son attaque cérébrale empêchait cette femme indomptable de se mettre à la boxe thaïlandaise.

— Non, non, c'est juste… un problème dont je dois m'occuper.

Elle le regarda fixement mais accepta cette vague excuse. Les nerfs à vif, Ted attendit qu'elle avale son thé, enfile son manteau de laine, mette ses gants et – sans chercher le moins du monde à se cacher – range le roman qu'elle lisait derrière un exemplaire des *Versets sataniques*.

Une fois qu'elle fut partie, Ted se précipita au premier, où il avait son appartement. Son cœur battait à se rompre, il lui semblait qu'il allait avoir un malaise. La sensation de vertige s'accompagna d'un bruit de voix, si réelles, si concrètes qu'il pivota, s'attendant à se trouver en présence de quelqu'un.

D'abord la voix de la femme, de nouveau : « Metropolitan Police. Nous avons une ou deux questions que nous aimerions vous poser. »

Puis celle d'Eugenie : « Nous bavarderons. Nous avons beaucoup de choses à nous dire. »

Puis, bizarrement, celle de Connie lui parvenant de la tombe, Connie qui l'avait connu mieux que personne au monde : « Tu peux soutenir la comparaison avec n'importe quel homme, Ted. »

Pourquoi maintenant ? se demanda-t-il. Pourquoi Connie maintenant ?

Mais cette question resta sans réponse.

Tandis que Lynley se mettait à passer en revue les lettres qu'il avait retirées du support en papier mâché, Barbara Havers gravit le minuscule escalier conduisant au premier étage de la microscopique maison. Deux chambres étriquées et une salle de bains vieillotte ouvraient sur un palier grand comme une tête d'épingle. Dans les deux chambres on retrouvait la simplicité monacale, tirant sur le miteux, du séjour au rez-de-chaussée. La première pièce renfermait trois meubles : un lit à une place recouvert d'un couvre-pied plutôt laid, une commode et une table de chevet arborant une autre lampe à pompons. La seconde chambre servait de lingerie et elle contenait le seul accessoire à peu près moderne de la bâtisse en dehors du répondeur : une machine à coudre près de laquelle s'entassait une pile considérable de petits vêtements. Barbara fouilla dedans et constata que c'étaient des habits de poupée, fort bien conçus et réalisés en utilisant tous les matériaux possibles, des perles à la fausse fourrure. Il n'y avait pas la moindre poupée en vue dans la lingerie. Et il n'y en avait pas non plus dans la chambre contiguë.

Une fois là, Barbara s'approcha tout d'abord de la commode qui contenait des vêtements et sous-vêtements que même elle trouva bien quelconques : culottes à travers lesquelles on voyait le jour, soutiens-gorge élimés, quelques pulls, des collants flasques. Il n'y avait ni placard ni armoire dans la pièce, aussi les quelques jupes, pantalons et robes qui composaient le vestiaire de la propriétaire des lieux avaient-ils été rangés et pliés dans la commode.

Parmi les pantalons et les jupes au fond du tiroir, Barbara aperçut un paquet de lettres. Elle les sortit, ôta l'élastique qui les maintenait ensemble, les étala sur le lit et constata qu'elles portaient toutes la même écriture. Elle cilla à la vue de cette écriture. Il lui fallut un moment pour s'avouer qu'elle reconnaissait ce tracé ferme à l'encre noire.

Certains cachets de la poste dataient de dix-sept ans. La plus récente des missives avait été expédiée dix ans plus tôt. Elle s'empara de l'enveloppe et en extirpa le contenu.

Il l'appelait « Eugenie, ma chérie ». Il lui disait qu'il ne savait par où commencer. Il lui disait ce que les hommes disent toujours lorsqu'ils prétendent avoir pris la décision qu'ils ont sans doute prise depuis le début : elle ne devait pas douter qu'il l'aimait plus que la vie ; il fallait qu'elle sache, qu'elle se souvienne bien que les heures qu'ils avaient passées ensemble lui avaient donné – pour la première fois depuis des années, ma chérie – l'impression de vivre pleinement et intensément ; oui, qu'elle sache que lorsqu'il sentait sa peau sous ses doigts il avait l'impression d'entrer en contact avec de la soie liquide que traversait un éclair…

Barbara roula des yeux en lisant cette prose lyrique. Elle abaissa la lettre, s'accorda un peu de temps pour réagir et comprendre ce qu'elle impliquait. Qu'est-ce que tu fais, Barb ? Tu continues ta lecture ou tu arrêtes ? En poursuivant, elle avait l'impression de faire quelque chose de sale. En ne poursuivant pas, celle de ne pas faire œuvre de professionnelle.

Elle reprit sa lecture. Il était rentré chez lui décidé à tout dire à son épouse. Il avait rassemblé tout son courage, évoqué l'image d'Eugenie pour trouver la force d'asséner un coup mortel à une femme à qui il n'avait rien à reprocher. Mais il l'avait trouvée patraque, Eugenie chérie, d'une façon qu'il ne pouvait expliquer dans une simple lettre mais qu'il lui expliquerait dans les moindres et désolants détails quand ils se verraient. Cela ne voulait pas dire qu'ils ne seraient pas ensemble à la fin de la journée, Eugenie chérie. Cela ne voulait pas dire qu'ils n'avaient pas d'avenir. Et surtout cela ne voulait pas dire que ce qui s'était passé entre eux comptait pour rien, parce que tel n'était pas le cas.

Il avait conclu par : « Attends-moi, je t'en supplie. Je vais venir, chérie. » Et il avait signé du gribouillis que Barbara avait vu maintes et maintes fois sur des petits mots, des cartes de Noël, des notes de service, de la paperasse officielle.

En tout cas, elle savait maintenant ce qui clochait à

la petite fête de Webberly, songea-t-elle en fourrant la missive dans son enveloppe. Tous ces chants pour célébrer une comédie de vingt-cinq ans.

— Havers ?

Lynley se tenait dans l'encadrement de la porte, les lunettes sur le bout du nez, une carte de vœux à la main.

— Voilà un truc qui colle avec l'un des messages de son répondeur. Qu'avez-vous déniché ?

— On échange, fit-elle en lui tendant son enveloppe et en prenant la carte.

Celle-ci émanait d'une certaine Lynn. Elle portait le cachet de Londres mais pas d'adresse de l'expéditeur. Le message était simple :

Merci pour les fleurs, chère Eugenie, merci de votre présence qui m'a fait chaud au cœur. La vie va continuer. Je le sais. Mais elle ne sera plus jamais la même.
Affectueusement,

Lynn

Barbara examina la date : expédiée une semaine plus tôt. Elle ne pouvait qu'être d'accord avec Lynley. La teneur du message était identique à celle du message laissé sur le répondeur par une voix de femme.

— Bon sang, fit Lynley en réaction à la missive que Barbara lui avait passée. (Il désigna les lettres étalées sur le lit d'Eugenie Davies :) Et celles-là ?

— Toutes de lui, inspecteur, si l'on se fie à l'écriture sur les enveloppes.

Barbara vit les réactions se succéder sur le visage de Lynley. Son supérieur hiérarchique et elle-même étaient sûrement en phase : Webberly savait-il que ces lettres – si gênantes, si compromettantes pour lui – étaient en la possession d'Eugenie Davies ? L'avait-il soupçonné, redouté ? Et s'était-il arrangé pour que Lynley – et Havers par voie de conséquence – travaille sur l'affaire ?

166

— Croyez-vous que Leach connaisse leur existence ? demanda Barbara.

— Il a téléphoné à Webberly dès qu'il a eu une idée de l'identité de la morte. A une heure du matin, Havers. Qu'en concluez-vous ?

— Et devinez à qui il a demandé d'aller à Henley ce matin. (Barbara prit la lettre que Lynley lui rendait.) Qu'est-ce qu'on fait, monsieur ?

Lynley s'approcha de la fenêtre. Elle l'observa pendant qu'il regardait la rue. Elle s'attendait qu'il lui fasse la réponse réglementaire. Elle n'avait posé la question que pour la forme.

— On va les embarquer, dit-il.

Elle se mit debout.

— Vous avez des sacs à scellés dans le coffre, non ? Je vais les chercher…

— Non, pas comme ça.

— Mais vous venez de me dire de…

— Oui. Nous allons les emporter, dit-il en se tournant vers elle.

Barbara le fixa, les yeux ronds. Elle ne voulait pas penser à ce que cela signifiait. « Nous allons les emporter. » Et pas : « On va les mettre dans des sacs, les conserver à titre d'indices, Havers. » Il ne lui avait pas dit : « Prenez-en soin, Havers. » Pas dit non plus que la police scientifique relèverait les empreintes éventuelles, les empreintes de quelqu'un d'autre que le destinataire, qui aurait pu tomber dessus par hasard, les lire, se sentir envahi par la jalousie malgré leur ancienneté, quelqu'un qui à cause de ces missives aurait pu chercher à se venger…

— Un instant, inspecteur. Vous ne voulez pas dire… ?

Mais elle fut incapable d'aller au bout de sa phrase. En bas, on frappa à la porte.

Lynley alla ouvrir et tomba nez à nez avec un gentleman d'un âge certain en veste de coton huilé et casquette, planté sur le trottoir, les mains au fond des poches. Sur son visage rougeaud des capillaires avaient éclaté ; son nez arborait ce ton de rose qui virerait au violet avec les années. Mais ce furent ses yeux que Lynley remarqua surtout. D'un bleu intense, des yeux méfiants.

Il se présenta. Major Ted Wiley. A la retraite.

— Quelqu'un de la police... Vous devez en faire partie. J'ai reçu un appel...

Lynley lui demanda d'entrer et se présenta, puis il présenta Havers, qui était descendue pendant que Wiley se glissait dans la pièce. Le vieux gentleman jeta un regard autour de lui, regarda l'escalier, puis il leva les yeux vers le plafond comme s'il essayait de deviner ce que Barbara avait bien pu trouver au premier étage.

— Que s'est-il passé ? fit Wiley, gardant obstinément veste et casquette.

— Vous êtes un ami de Mrs Davies ? lui demanda Lynley.

L'homme ne répondit pas immédiatement. Comme s'il tentait de voir quel sens le mot *ami* pouvait avoir une fois accolé au nom d'Eugenie Davies. Finalement, son regard naviqua de Lynley à Havers :

— Il lui est sûrement arrivé quelque chose. Vous ne seriez pas ici autrement.

— C'était vous au téléphone, le dernier message sur son répondeur ? Les projets pour la soirée ? demanda Havers, qui était restée au pied de l'escalier.

— Nous devions... (Wiley corrigea le temps.) Nous devons dîner ensemble ce soir. Elle m'avait dit... Vous êtes de la Metropolitan, m'avez-vous dit. Il se trouve qu'elle s'est rendue à Londres hier soir. C'est donc qu'il lui est arrivé quelque chose. Dites-moi ce qui s'est passé, je vous en prie.

— Asseyez-vous, major Wiley, dit Lynley.

Le vieil homme semblait en bonne santé mais un simple coup d'œil ne suffisait pas à deviner l'état de son cœur ou de sa tension et Lynley n'aimait pas prendre des risques quand il devait annoncer de mauvaises nouvelles à quelqu'un.

Havers franchit les quelques mètres qui la séparaient de Wiley et le prit par le bras.

— Asseyez-vous, major.

— C'est grave, ce que vous avez à m'apprendre ?

— Je le crains, répondit Lynley.

— L'autoroute ? Elle m'avait promis d'être prudente. Elle m'avait dit de ne pas m'inquiéter. Que nous parlerions ce soir. Elle voulait me parler.

Ce n'était pas à eux qu'il s'adressait mais à la table basse devant le canapé sur lequel Havers l'avait fait s'asseoir. Elle se percha sur l'accoudoir, près de lui.

Lynley prit place dans le fauteuil et dit avec douceur :

— Eugenie Davies a été tuée la nuit dernière.

Wiley tourna la tête vers Lynley au ralenti.

— L'autoroute, dit-il. La pluie. Je ne voulais pas qu'elle y aille.

Pour l'instant, Lynley ne chercha pas à le détromper, le laissant croire qu'il y avait eu une collision sur l'autoroute. Aux infos du matin, la BBC avait parlé d'un accident avec délit de fuite mais sans mentionner le nom de la victime dont le corps n'avait pas encore été identifié ni la famille retrouvée.

— Il faisait nuit quand elle a pris la route ? questionna Lynley. Quelle heure était-il ?

— Neuf heures et demie, dix heures, fit Wiley d'une voix atone. Nous rentrions de Sainte-Marie…

— Les vêpres ? fit Havers en griffonnant dans son carnet.

— Non, non. Il n'y avait pas d'office du soir. Elle était entrée pour… prier ? Je ne sais pas au juste parce que… (Il retira sa casquette comme s'il se trouvait à l'église. Il la tint entre ses mains.) Je ne suis pas entré avec elle. J'étais avec mon chien. Mon golden retriever. PB. C'est son nom. Precious Baby. On a attendu dehors.

— Sous la pluie ? s'enquit Lynley.

Wiley tripota sa casquette.

— Les chiens se moquent pas mal de la pluie. Et c'était l'heure de sa dernière sortie de la soirée. La dernière sortie de PB.

— Pouvez-vous nous dire pourquoi elle se rendait à Londres ? fit Lynley.

Wiley tritura sa casquette de plus belle.

— Elle m'a dit qu'elle avait un rendez-vous.

— Avec qui ? Où ?

— Je l'ignore. Elle m'a dit que nous parlerions ce soir.

— De ce rendez-vous ?

— Je ne sais pas. Seigneur, je ne sais pas.

La voix de Ted Wiley se brisa mais ce n'était pas un ancien militaire pour rien. Il se ressaisit en une seconde.

— Comment cela s'est-il passé ? Où ? Elle a glissé ? Heurté un camion ?

Lynley lui exposa les faits, lui donnant juste assez de détails pour qu'il sache où et comment elle était morte. Il n'employa pas le mot « meurtre ». Et Wiley ne l'interrompit pas pour lui demander pourquoi la Metropolitan Police fouillait dans les affaires d'une femme qui selon toute vraisemblance était la victime d'un chauffard.

Cependant, une fois que Lynley eut terminé ses explications, Wiley parut se forger sa propre opinion en remarquant que Havers portait des gants de latex. Il rapprocha cela du fait que la police avait composé le 1471 sur l'appareil d'Eugenie.

— Ça ne peut pas être un accident. Parce que... pourquoi seriez-vous venus de Londres... ? (Ses yeux semblèrent fixer quelque chose ou quelqu'un, une vision qui lui fit ajouter :) Ce type dans le parking hier. Ce n'est pas un accident, n'est-ce pas ?

Il se leva. Havers l'imita et l'invita fermement à se rasseoir. Il obtempéra mais il avait changé, comme si quelque chose le rongeait de l'intérieur. Cessant de malaxer sa casquette, il se mit à s'en administrer des coups au creux de la paume. Et, comme pour donner un ordre à un subordonné :

— Dites-moi ce qui est arrivé à Eugenie.

Il semblait peu probable qu'il fît une crise cardiaque ou une attaque cérébrale. Lynley lui expliqua donc que Havers et lui faisaient partie d'une brigade criminelle, lui laissant le soin de boucher les trous. Il ajouta : « Parlez-nous de l'homme du parking », ce que Wiley fit sans hésitation.

Il s'était rendu à pied jusqu'au Club des Sexagénaires, où Eugenie travaillait. Il était sorti avec PB dans l'intention de raccompagner Eugenie chez elle sous la pluie. Une fois là-bas, il l'avait vue qui s'engueulait avec un homme. Pas quelqu'un de la région, dit Wiley. Quelqu'un de Brighton.

— C'est elle qui vous á dit cela ? voulut savoir Lynley.

Wiley fit non de la tête. Il avait aperçu la plaque alors que la voiture prenait le large. Il n'avait pas tout lu, seulement les lettres ADY.

— Je me faisais du mauvais sang pour elle. Depuis plusieurs jours elle était bizarre. J'ai consulté le guide des numéros d'immatriculation et j'ai vu que ADY correspondait à Brighton. La voiture était une Audi. Bleue ou noire. Difficile à dire dans l'obscurité.

— Vous en avez un exemplaire à portée de main ? s'enquit Havers. Du guide des numéros d'immatriculation ? C'est une de vos marottes ?

— Non, je l'ai à la librairie au rayon voyages. Il m'arrive d'en vendre un ou deux exemplaires. A des gens qui sont à l'affût de distractions pour leurs enfants quand ils font des trajets en voiture.

— Ah.

Lynley connaissait bien ces *ah* de Havers. Elle examinait Wiley avec une franche curiosité.

— Vous n'êtes pas intervenu dans l'altercation entre Mrs Davies et cet homme, major Wiley ?

— Je ne suis arrivé qu'à la fin. J'ai juste entendu quelques mots qu'il criait. Il est monté dans sa voiture.

Il a démarré avant que je sois assez près pour lui parler. Ça a été tout.

— Mrs Davies vous a-t-elle dit qui était cet homme ?

— Je ne lui ai pas posé la question.

Lynley et Havers échangèrent un regard.

— Pourquoi ? interrogea Havers.

— J'ai pensé que c'était personnel. Je me suis dit qu'elle me le dirait lorsqu'elle serait prête. S'il comptait pour elle.

— Et elle vous a dit qu'il y avait quelque chose dont elle voulait vous parler, reprit Havers.

Wiley hocha la tête et expira lentement.

— C'est exact. Elle a parlé de confesser ses péchés.

— Ses péchés, répéta Havers.

Lynley se pencha en avant en évitant le regard que Havers lui jetait.

— Pouvons-nous conclure de ce que vous venez de nous dire que Mrs Davies et vous étiez intimes, major Wiley ? Etiez-vous amis ? Amants ? Fiancés ?

La question parut gêner Wiley, qui changea de place sur le canapé.

— Cela fait trois ans que nous nous connaissons. Je voulais me montrer respectueux, je ne voulais pas me conduire comme un de ces types d'aujourd'hui qui ne pensent qu'à ça. J'étais disposé à attendre. Elle a fini par me dire qu'elle était prête mais qu'elle voulait que nous ayons d'abord une conversation.

— Et cette conversation, vous deviez l'avoir ce soir, fit Havers, c'est pourquoi vous lui avez téléphoné.

— Effectivement, admit Wiley.

Lynley demanda au vieux gentleman de les accompagner dans la cuisine. Il lui dit qu'il y avait d'autres voix sur le répondeur d'Eugenie Davies et que, puisqu'il était en relation depuis trois ans avec la défunte, quel que fût leur type de relation, il pouvait peut-être les identifier.

Dans la cuisine, Wiley resta debout près de la table, regardant les photos des deux enfants. Il fit mine d'en prendre une mais s'interrompit en constatant que Lynley et Havers portaient des gants. Comme Havers s'activait autour du répondeur, Lynley dit :

— Ces enfants sont bien les enfants de Mrs Davies ?

— Son fils et sa fille, acquiesça Wiley. Oui, ce sont bien ses enfants. Sonia est morte il y a un bon bout de temps maintenant. Et son fils... ils ne se voyaient plus, Eugenie et lui. Depuis bon nombre d'années. Ils se sont disputés et séparés il y a longtemps. Elle ne parlait jamais de lui sauf pour dire qu'ils avaient coupé les ponts.

— Et Sonia ? Est-ce que Mrs Davies vous parlait de Sonia ?

— Seulement pour me dire qu'elle était morte jeune. Mais... (Wiley s'éclaircit la gorge et recula comme s'il voulait prendre ses distances par rapport à ce qu'il allait énoncer...) Regardez-la, il n'y a rien d'étonnant à ce qu'elle soit morte jeune, c'est souvent le cas.

Lynley fronça les sourcils, se demandant s'il était possible que Wiley ne fût pas au courant d'une affaire qui avait dû faire la une des journaux à l'époque.

— Vous étiez en Angleterre il y a vingt ans, major Wiley ?

— Non.

Wiley parut effectuer des calculs dans sa tête, évoquant ses années passées dans l'armée. Il était dans les Falkland, ou peut-être en Rhodésie ou dans ce qui restait de la Rhodésie. Pourquoi ?

— Mrs Davies ne vous a jamais dit que Sonia avait été assassinée ?

Wiley reporta un regard vide sur les photos.

— Elle ne me l'a pas dit, non, pas une seule fois. Mon Dieu.

Plongeant la main dans sa poche, il en sortit un mouchoir. Au lieu de s'en servir, il dit, faisant référence aux photos :

— Ce n'est pas leur place habituelle, sur la table. C'est vous qui les avez posées là ?

— C'est là que nous les avons trouvées, lui apprit Lynley.

— Normalement elles devraient être éparpillées un peu partout dans la maison. Dans le séjour. A l'étage. Ici. C'est ainsi qu'elle les arrangeait.

Il tira l'une des deux chaises et se laissa tomber dessus lourdement. Il avait l'air secoué mais adressa un signe de tête à Havers qui se tenait près du répondeur.

Lynley observa le major tandis qu'il écoutait les messages. Il essaya de déchiffrer les réactions de Wiley lorsque celui-ci entendit les voix des deux autres hommes. Le contenu de leur message, leur intonation indiquaient qu'ils connaissaient Eugenie Davies. Mais si Wiley tira cette conclusion et si cette conclusion le chagrina, il n'en montra rien ; simplement il rougit encore plus.

A la fin des messages, Lynley lui dit :

— Vous reconnaissez quelqu'un ?

— Lynn, dit-il. Eugenie m'en avait parlé. La fille d'une vieille amie à elle qui s'appelle Lynn était morte subitement, et Eugenie avait assisté aux obsèques. C'est ce qu'elle m'a dit lorsqu'elle a appris que cette fillette était morte, elle m'a dit qu'elle savait ce que Lynn ressentait, qu'elle voulait partager son chagrin.

— Par qui avait-elle appris que cette petite était morte ? demanda Havers.

Wiley l'ignorait, il n'avait pas songé à poser la question.

— J'ai supposé que la maman avait dû lui téléphoner. Lynn.

— Savez-vous où se sont déroulées les obsèques ?

— Eugenie s'était absentée pour la journée.

— Quand ça ?

— Mardi dernier. Je lui ai demandé si elle voulait que je l'accompagne. Les funérailles étant ce qu'elles sont, je pensais qu'elle serait contente d'avoir de la compagnie. Mais elle m'a dit que Lynn et elle avaient à parler. Il faut que je la voie, m'a-t-elle dit. J'ai besoin de la voir. C'est tout.

— Il *faut* que je la voie, reprit Lynley. J'ai *besoin* de la voir. C'est ce qu'elle vous a dit ?

— Il faut. Oui. Besoin. C'est bien cela.

Besoin, songea Lynley. Ce n'était pas qu'elle avait envie mais besoin de la voir. Il réfléchit à ce mot et à ce qu'il impliquait : ce genre de pulsion est généralement suivi d'un passage à l'acte ; nous avons tous à un moment ou à un autre besoin de quelque chose, c'est la condition même de l'humanité. Confrontés à cette condition, nous *désirons,* donc nous faisons quelque chose pour obtenir satisfaction. Parfois il s'agit de quelque chose de légal, de rationnel, de sage, et parfois il s'agit d'autre chose.

Mais était-ce le cas, dans cette cuisine de Henley, où, semblait-il, des besoins antagonistes entraient en conflit ? Le besoin d'Eugenie Davies de confesser ses fautes au major Wiley. Le besoin d'un inconnu de parler à Eugenie, ainsi que l'indiquait le répondeur. Et le besoin de Ted Wiley, mais de quoi ?

Lynley demanda à Havers de repasser les messages une fois de plus. Il garda les yeux braqués sur le major tandis qu'à nouveau, sur le répondeur, les deux hommes faisaient état de leur besoin de parler à Eugenie.

Il fallait que je rappelle, déclara une voix. Eugenie, j'ai besoin de te parler. Et de nouveau ce mot : besoin. A quoi un homme qui éprouvait un besoin désespéré était-il prêt ?

Comment tu t'y prendrais pour me le faire si tu pouvais ? Langue de Velours lut la question de Dame de Feu sans éprouver les frémissements habituels du côté du bas-ventre. Il y avait des semaines qu'ils tournaient autour du pot car les choses ne s'étaient pas passées tout à fait comme prévu. Langue de Velours s'était en effet planté en beauté en comptant qu'elle serait prête à concrétiser plus vite que Slip d'Amour. Ce qui prouvait bien qu'en ce bas monde on ne pouvait être sûr de rien et qu'on ne pouvait prévoir l'issue d'une rencontre en se fondant sur la seule qualité du cyberbaratin de sa correspondante. Pourtant celle-ci était douée pour les suggestions lestes. Dame de Feu avait effectivement fait une grosse impression sur lui au début car, pour les descriptions, elle ne craignait personne. Cependant ses propos avaient rapidement perdu de leur puissance évocatrice lorsqu'ils étaient passés du récit inspiré de baisages imaginaires entre célébrités – elle avait été d'une efficacité démoniaque pour raconter une séance de baise particulièrement « hot » entre une rock star à cheveux violets et leur souveraine – à ceux dans lesquels elle se voyait jouant elle-même un rôle. Langue de Velours était allé jusqu'à se demander s'il ne l'avait pas effarouchée en abattant ses cartes trop tôt. Il avait même envisagé de passer à une autre partenaire – en l'occurrence Broute-moi – et il s'apprêtait d'ailleurs à le faire lorsque Dame de Feu avait fait sa réapparition sur la cyberscène. A l'évidence, elle s'était donné le temps de la réflexion. Et maintenant elle savait ce qu'elle voulait, d'où le message « *Comment tu t'y prendrais pour me le faire si tu pouvais ?* ».

Ayant examiné la question, Langue de Velours aboutit à un constat : il ne sautait pas de joie au plafond à la perspective d'une rencontre même torride avec une nouvelle cybermaîtresse si peu de temps après la précédente. Celle-là, il faisait le maximum pour l'oublier ainsi que pour oublier ce qui avait suivi leurs ébats : les gyrophares, les barrières bloquant les deux extrémités de sa rue, les regards soupçonneux portés sur lui, la Boxter qu'on emmenait à la fourrière pour y être examinée par les techniciens de la police – qu'ils aillent tous se faire foutre, bordel ! Mais il se dit que dans l'ensemble il avait très bien manœuvré. Oui. Il s'était débrouillé comme un chef.

La Metropolitan Police ne s'attendait certainement pas à tomber sur un gars qui connaissait la musique, songea Langue de Velours. Les flics croyaient que les gens se couchaient à l'instant où ils se mettaient à poser des questions. Ils pensaient que le citoyen lambda – impatient de prouver qu'il n'avait rien à cacher – s'empressait de collaborer et les accompagnerait là où ils espéraient l'emmener. Aussi, lorsque la police leur disait « Nous avons quelques questions, si ça ne vous ennuie pas de nous suivre au commissariat on y sera mieux pour bavarder », la plupart des gens suivaient sans réfléchir, se disant qu'ils n'avaient pas de raison de se méfier d'un système judiciaire que le moindre citoyen doté d'un grain de bon sens savait capable de ratatiner un non-initié en moins de cinq minutes.

Or Langue de Velours était tout sauf un non-initié. Il savait ce qui arrivait quand on coopérait en croyant que faire son devoir civique était synonyme de prouver sa non-culpabilité. Mon cul, oui. Aussi lorsque les flics lui avaient dit avoir retrouvé son adresse dans les affaires de cette femme et lui avaient demandé s'ils pouvaient lui poser quelques questions, Langue de Velours avait-il tout de suite vu dans quelle direction ils voulaient l'entraîner, et il s'était empressé d'appeler son avocat.

Non que Jake Azoff ait apprécié qu'on l'arrache à son lit à minuit. Non qu'il n'eût bougonné une allusion aux « avocats commis d'office que le gouvernement payait pour ça, bon sang ». Seulement il était hors de question pour Langue de Velours de mettre son avenir – sans parler de son présent – entre les mains d'un commis d'office. Certes, se faire représenter par ce type de juriste ne lui aurait pas coûté un centime. Mais celui-ci n'aurait aucun intérêt à se soucier de l'avenir de Langue de Velours. Tandis qu'Azoff, avec lequel il entretenait des liens assez compliqués, fondés sur les fluctuations des actions, obligations et autres choses de la même eau, avait, lui, tout intérêt à veiller sur l'avenir de Langue de Velours. Et, en outre, pourquoi payait-il Azoff si ce n'était pour pouvoir bénéficier de ses conseils éclairés lorsque le besoin s'en faisait sentir ?

Mais Langue de Velours était inquiet. Manifestement. Il pouvait toujours se mentir à soi-même. Il pouvait tenter de se changer les idées en se faisant porter malade à son bureau et en se connectant sur le Net pour quelques heures d'échanges pornographiques avec de parfaites étrangères. Seulement son corps ne pouvait mentir. Et le fait que le *Comment tu t'y prendrais pour me le faire si tu pouvais ?* de Dame de Feu ne déclenchait chez lui aucune réaction physique était révélateur.

Il tapa sur son clavier *Tu serais pas près de l'oublier.*

En réponse, elle lui dit *On fait son timide aujourd'hui ? Allez, raconte comment tu t'y prendrais.*

Comment ? se demanda-t-il. Telle était la question. Comment. Il s'efforça de se montrer leste. Laisse ton esprit vagabonder. Lâche-toi. Il était bon à ce jeu. C'était un maître. Et elle était certainement comme les autres : plus âgée que lui et avide de savoir si elle avait encore du sex-appeal.

Il tapa sur son clavier *Ma langue, où tu veux que je la mette ?* en essayant de l'inciter à faire le travail.

A son tour elle répondit *Non, je marche pas. Ne serais-tu qu'un beau parleur ?*

Un beau parleur ? Il n'était même pas capable de baratiner aujourd'hui. Et Langue de Velours se dit qu'elle n'allait pas tarder à s'en rendre compte s'il continuait dans cette veine. Il était temps de montrer les dents à Dame de Feu. De la remettre en place. Il allait faire une pause, le temps de se remettre d'aplomb. *Si c'est ce que tu penses, bye bye*, lui répliqua-t-il. Puis il se déconnecta. Il allait la laisser mariner dans son jus un jour ou deux. Il consulta les cours de la Bourse avant de faire pivoter son fauteuil. Il sortit de son bureau, descendit à la cuisine. La cafetière n'était pas encore vide. Il remplit sa tasse, savourant l'arôme du café qu'il aimait : fort, noir, amer. Comme la vie, songea-t-il.

Il eut un petit rire sans joie. La situation ne manquait pas de piquant et il se disait qu'en y réfléchissant bien il trouverait ce que ces douze dernières heures avaient d'ironique. Mais réfléchir à tout cela, c'était bien la dernière des choses qu'il avait envie de faire pour l'instant. La brigade criminelle de Hampstead le tenait à l'œil, et il savait qu'il lui fallait garder son sang-froid. Le sang-froid, c'était le secret de la vie : face à l'adversité, face au triomphe, face à…

Il aperçut un mouvement par la fenêtre de la cuisine. Langue de Velours jeta un coup d'œil et vit deux hommes mal fringués, pas rasés, plantés au milieu de son jardin. Ils étaient à l'évidence passés par le parc qui longeait Crediton Hill, sur le côté est de la rue. Comme il n'y avait pas de clôture entre sa villa et le parc, les visiteurs n'avaient pas eu grand mal à faire irruption chez lui. Il allait falloir qu'il prenne des mesures, cela devenait inquiétant.

En le voyant, les deux hommes s'administrèrent des coups de coude. L'un d'eux s'écria :

— Ouvre, Jay. Ça fait un bout de temps qu'on s'est pas vus.

Et l'autre ajouta avec un sourire écœurant :

— On est passés par-derrière, c'est plus discret.

Langue de Velours jura. D'abord un cadavre dans la rue, ensuite on lui embarquait sa Boxter, il se retrouvait dans le collimateur des flics. Et maintenant, ça. Tu as eu tort de croire que la journée ne pouvait pas être pire, se dit-il en se dirigeant vers la salle à manger pour ouvrir les portes-fenêtres.

— Robbie, Brent, dit-il aux deux hommes comme s'il les avait vus quelques jours plus tôt.

Il faisait froid dehors et ils avaient la tête rentrée dans les épaules, tapant des pieds pour se réchauffer, soufflant comme deux taureaux qui attendent le matador.

— Qu'est-ce que vous fabriquez là ?

— Tu nous demandes pas de rentrer ? fit Robbie. C'est pas un temps à rester dehors.

Langue de Velours soupira. Chaque fois qu'il faisait

un pas en avant, il avait l'impression que quelque chose le ramenait deux pas en arrière.

— Qu'est-ce que vous voulez ?

Mais ce qu'il voulait dire, c'était : Comment m'avez-vous retrouvé cette fois ?

Brent grimaça un sourire.

— Comme d'habitude, Jay.

Mais au moins il eut la décence d'avoir l'air mal à l'aise et de danser d'un pied sur l'autre.

Robbie, en revanche, c'était celui qu'il fallait tenir à l'œil. Ça avait toujours été comme ça et ce serait toujours comme ça. Lui, c'était le genre de mec capable de pousser sa grand-mère sous le métro pour peu que ça lui rapporte, et Langue de Velours savait qu'il ne lui fallait attendre ni considération ni respect ni sympathie de ce mec-là.

— La rue est interdite à la circulation, dit Robbie en inclinant la tête vers le bas de la rue. Qu'est-ce qui se passe ?

— Une femme a été renversée par une voiture la nuit dernière.

— Ah. (L'intonation indiquait clairement que Robbie était déjà au courant.) Et c'est pour ça que t'es pas allé bosser aujourd'hui ?

— Il m'arrive de travailler chez moi, je te l'ai déjà dit.

— C'est possible, ouais. Mais ça fait un bout de temps qu'on s'est pas vus, hein ?

Il ne crut pas nécessaire de s'étendre sur le laps de temps qui s'était écoulé depuis leur dernière rencontre. Au lieu de cela, il poursuivit :

— A ton bureau, on m'a dit que t'avais annulé une réunion, aujourd'hui, que t'avais la grippe. Ou un rhume. Pas vrai, Brent ?

— Tu as téléphoné à mon...

Langue de Velours s'interrompit. C'était exactement la réaction que Robbie cherchait à provoquer.

— Je croyais avoir été clair, je t'avais demandé de

ne parler à personne d'autre que moi si tu téléphonais au bureau. Tu as mon numéro personnel. Tu n'as pas besoin d'embêter ma secrétaire.

— Oui, tu m'en as demandé, des choses, fit Robbie. Pas vrai, Brent ?

Cela pour rappeler à son compagnon, manifestement moins intelligent que lui, de quel côté il était censé être.

— C'est vrai, acquiesça Brent. Merde, tu nous fais rentrer ou quoi, Jay ? On se les gèle ici.

— Y a trois mecs des tabloïds au bout de la rue. T'es au courant, Jay ? Qu'est-ce qui se passe ?

Langue de Velours jura en silence et recula. Les deux hommes éclatèrent de rire, se frappèrent dans la main et montèrent les marches.

La pluie de la veille avait transformé le sol en bourbier sous les arbres qui formaient écran avec le parc. Robbie et Brent avaient allègrement pataugé dans les flaques comme des fermiers pataugent dans la boue de leurs cochons.

— Y a un grattoir, servez-vous-en, leur dit Langue de Velours. J'ai un tapis d'Orient.

— Enlève tes grolles, Brent, fit Robbie, se montrant compréhensif. Qu'en dis-tu, Jay ? On laisse nos boots crottées sur le perron. Tu vois qu'on sait se conduire en gens bien élevés, Brent et moi.

— Les gens bien élevés attendent qu'on les invite.

— On fait pas de chichis entre nous.

Une fois à l'intérieur, les deux hommes parurent remplir la pièce. Ils étaient énormes. S'ils n'avaient jamais fait appel à leur physique pour l'intimider, Langue de Velours savait qu'ils n'hésiteraient pas à se servir de tous les atouts dont ils disposaient pour le plier à leurs volontés.

— Pourquoi ils sont là, les mecs de la presse ? fit Robbie. Pour autant que je sache, la seule façon pour eux d'obtenir des tuyaux quand il y a quelque chose de chaud, c'est de faire appel à un informateur.

— Ouais, ajouta Brent en se penchant pour scruter l'intérieur de la vitrine où était exposée une collection de porcelaines et en se servant de la vitre comme d'un miroir pour s'examiner les cheveux. Quelque chose de chaud, Jay.

Il secoua la porte de la vitrine.

— C'est un meuble ancien, fais attention, tu veux ?

— Ça avait l'air bizarre, tous ces mecs groupés autour des barrières au bout de la rue, dit Robbie. Alors on a échangé quelques mots avec eux, Brent et moi, pas vrai ?

— Ouais, ouais.

Brent ouvrit la porte et sortit de la vitrine une tasse en porcelaine.

— Ah, elle est bath, celle-là. Elle est vraiment vieille, Jay ?

— Voyons, Brent.

— Il t'a posé une question, Jay.

— Elle est ancienne. Début XIXe. Si vous voulez la casser, allez-y. Epargnez-moi le suspense, d'accord ?

Brent grimaça un sourire, reposa la tasse et ferma la vitrine avec la précision d'un neurochirurgien remettant en place un lobe du cerveau.

— L'un des journalistes nous a raconté que les flics s'intéressaient à quelqu'un qui habite dans la rue, fit Robbie. Y a un indic, au commissariat, qui leur a dit que la fille qui était clamsée avait une adresse dans ses affaires. Il a pas voulu nous la donner, l'adresse. Il a dû penser qu'on était des concurrents.

C'était peu probable, songea Langue de Velours. Mais, s'attendant à la suite, il fit de son mieux pour se préparer à supporter le cours que menaçait de prendre la conversation.

— Ah, les fouille-merde des tabloïds, dit Robbie, c'est fou ce qu'ils arrivent à dégoter quand on les met pas sur une fausse piste.

— Ouais, c'est étonnant, acquiesça Brent en bon faire-valoir. Mettre ces salauds sur une fausse piste, ça mérite récompense.

— Je n'ai pas déjà craché au bassinet il y a six mois ?

— Exact, mais c'était au printemps. La saison est calme en ce moment et faut pas oublier que…

Brent jeta un coup d'œil à Robbie. C'est alors que les pièces du puzzle se mirent en place.

— Vous avez encore emprunté ? fit Langue de Velours. Et pour quoi, cette fois ? Les chevaux, les chiens, les cartes ? Ne comptez pas sur moi pour…

— Eh dis donc, écoute… (Robbie avança d'un pas comme pour bien souligner leur différence de poids.) T'as une dette envers nous, mon vieux. Qui est-ce qui t'a soutenu ? Qui est-ce qui a claqué le beignet des mecs qui chuchotaient dans ton dos ? Brent s'est fait péter le bras à cause de toi. Et moi…

— Je connais l'histoire, Rob.

— Bon, alors écoute la fin, tu veux. On a besoin de blé, on en a besoin vite fait, et si ça te pose un problème autant le dire tout de suite.

Langue de Velours regarda les deux hommes à tour de rôle. Il vit l'avenir se dérouler devant lui tel un tapis dont le motif n'en finissait pas de se répéter. Il vendrait de nouveau sa maison, déménagerait, s'installerait ailleurs, changerait de job si nécessaire ; mais malgré tout ils le retrouveraient. Et lorsqu'ils le retrouveraient, ils recommenceraient la chanson qu'ils lui chantaient depuis des années avec tant de succès. C'est comme ça que ça allait se dérouler. Ils étaient persuadés qu'il avait une dette envers eux. Et ils ne passeraient jamais l'éponge.

— Combien ? leur demanda-t-il d'un ton las.

Robbie fixa son prix. Brent cligna de l'œil, grimaça un sourire. Langue de Velours alla chercher son carnet de chèques et griffonna le montant. Puis il les raccompagna jusqu'à la sortie, leur faisant traverser la salle à manger, leur indiquant la direction du jardin. Il les regarda se glisser sous les branches nues des platanes le long du parc. Puis il s'approcha du téléphone.

Lorsqu'il eut Jake Azoff en ligne, il prit une profonde inspiration et ce fut comme s'il recevait un coup de poignard dans le cœur.

— Rob et Brent m'ont retrouvé, dit-il à son avocat. Dites aux flics que je vais parler.

GIDEON

10 septembre

Je ne comprends pas pourquoi vous ne me prescrivez rien. Vous êtes médecin, non ? Ou craindriez-vous de me rédiger une ordonnance pour mes migraines, de peur de passer pour un charlatan ? Et de grâce ne me ressortez pas votre baratin assommant sur les psychotropes. Il n'est pas question ici d'antidépresseurs, Dr Rose. Pas plus que d'antipsychotiques, de tranquillisants, de sédatifs ou d'amphétamines. Mais d'un simple analgésique. Parce que, ce que j'ai dans la tête, c'est tout simplement de la douleur.

Libby essaie de m'aider. Elle est montée me voir tout à l'heure et elle m'a trouvé là où j'ai passé toute la matinée : dans ma chambre, rideaux tirés, une bouteille de Harveys Bristol Cream coincée tel un nounours au creux du bras. Elle s'est assise au bord du lit et m'a fait lâcher prise :

« Si tu te cuites avec ce truc-là, dans une heure tu te mets à vomir tripes et boyaux. »

Je pousse un grognement. Ce langage si bizarre, si imagé est bien la dernière chose que j'ai envie d'entendre.

« Ma tête.

— Quelle merde ! Mais si tu picoles ça va être pire. Laisse-moi essayer de faire quelque chose. »

Elle a posé la main sur ma tête. Du bout des doigts, elle trace des cercles sur mes tempes, des cercles de fraîcheur qui atténuent le battement de mes veines. Je sens mon corps se détendre à son contact, et j'ai l'impression que je pourrais sombrer doucement dans le sommeil tandis qu'elle est assise à mon côté.

Elle s'est déplacée, s'est allongée près de moi, m'a posé la main sur la joue. Contact agréable de sa peau fraîche.

« Tu es brûlant.

— C'est la migraine. »

Elle tourne la main de façon que le dos de ses doigts m'effleure la joue. Sensation de fraîcheur. Merveilleuse fraîcheur.

« Ça fait du bien. Merci, Libby. »

Je lui prends la main, lui embrasse les doigts et les repose contre ma joue.

« Gideon ?

— Oui ?

— Oh, non, rien, c'est sans importance. » Comme je reste sans broncher, elle soupire et poursuit : « Est-ce qu'il t'arrive de penser à… nous ? A notre avenir, tout ça ? »

Je ne souffle mot. Avec les femmes, on en revient toujours là. Le pronom personnel de la première personne du pluriel, la recherche d'une confirmation : penser à nous, c'est une façon de se prouver qu'il existe un *nous* pour commencer.

« Sais-tu combien de temps nous avons passé ensemble ?

— Un bon bout de temps.

— Bon Dieu, on a même presque couché ensemble. »

Les femmes, je l'ai constaté, possèdent l'art de maîtriser l'évidence.

« Tu crois qu'on devrait continuer ? Tu crois qu'on est prêts à passer à l'étape suivante ? Moi, en tout cas, je suis prête. Tout à fait prête pour la suite. Et toi ? »

Et en parlant, elle pose sa jambe sur ma cuisse, me

passa un bras autour de la poitrine, bouge les hanches – mouvement imperceptible mais mouvement tout de même – pour presser son bas-ventre contre mon dos.

Et soudain je me retrouve avec Beth, à ce stade d'une relation où quelque chose est censé se produire entre un homme et une femme et où rien ne se produit. Du moins pour moi. Avec Beth, l'étape suivante, c'était l'engagement perpétuel. Nous étions amants, après tout, et depuis onze mois.

Son job consiste à mettre en contact le conservatoire d'East London et les écoles où le conservatoire recrute ses étudiants. Ancien professeur de musique, elle est également violoncelliste. Elle est parfaite à ce poste car elle parle le langage des instruments, le langage de la musique et, ce qui est plus important, celui des enfants.

Au début, je ne la remarque pas. Je ne prends conscience de sa présence que le jour où nous avons un problème avec un parent dont l'enfant, après avoir pris la poudre d'escampette, a tenté de trouver au conservatoire un refuge que celui-ci ne peut lui offrir. Cette enfant, apprenons-nous, a été punie par le petit ami de sa mère – lequel l'a empêchée de faire ses exercices car il a d'autres projets la concernant. La fillette est, en effet, devenue à peine plus qu'une domestique dans l'intérieur sordide où elle évolue. Une domestique contrainte de dispenser à ces deux êtres dénaturés des faveurs d'ordre sexuel.

Face à ce couple crapuleux, Beth s'érige en Némésis. Elle se transforme en Furie. Elle n'attend pas que la police ou les services sociaux interviennent car elle n'a confiance ni dans l'une ni dans les autres. Elle prend le taureau par les cornes. Après enquête d'un détective privé, elle convoque le couple et, au cours de l'entretien, lui explique ce qui lui pend au nez si jamais il arrive malheur à la petite fille. Et afin d'être sûre que le message est bien passé, elle précise dans les termes les plus crus et les plus explicites – seul langage que ces gens-là comprennent – ce qu'elle entend par *malheur*.

Je n'assiste pas à la scène mais j'en entends parler par les professeurs. La violence de son attachement à cette élève touche en moi une corde sensible. Un vague désir, peut-être. Ou l'écho de quelque chose de connu.

Quoi qu'il en soit, je m'arrange pour la rencontrer. Et nous nous retrouvons *ensemble* de la façon la plus naturelle qui soit. Pendant un an tout se passe bien.

Mais c'est alors qu'elle me fait part de son désir d'en avoir plus. C'est logique, je le sais. Réfléchir à la suite, c'est normal, pour un homme et une femme. Plus encore peut-être pour une femme, qui a des considérations biologiques à prendre en compte.

Lorsque la *suite* vient sur le tapis, je sais que je devrais souhaiter ce qui découle des déclarations d'amour que nous avons échangées. Je me rends bien compte que rien ne reste immuable, et qu'attendre qu'elle et moi nous contentions d'être éternellement collègues et amants est une illusion. Pourtant lorsqu'elle aborde l'idée du mariage et des enfants, ça me refroidit sérieusement. Dans un premier temps j'évite le sujet et, quand il n'est plus possible de l'écarter sous prétexte de répétitions urgentes, de séances d'enregistrement et d'apparitions en public, je m'aperçois que, non content d'être refroidi, je suis carrément glacé. Non seulement à la perspective d'un avenir avec Beth, mais aussi à l'idée d'un présent avec elle. Impossible de me retrouver avec elle comme avant. Je n'éprouve ni passion ni désir. J'essaie de faire semblant au début, mais je ne ressens plus rien. Ni ferveur, ni attachement, ni dévotion.

Nous nous querellons sauvagement ; c'est sans doute ce qui se passe lorsqu'un homme et une femme essaient de préserver des liens qui ont été rompus. Au cours de ces disputes, nous nous épuisons au point que ce que nous partagions auparavant devient un souvenir si lointain que nous ne parvenons plus, au milieu de la mésentente de notre présent, à repêcher l'harmonie qui caractérisait notre passé. Et notre histoire prend fin. Nous cessons d'exister en tant que couple. Elle finit par trouver un autre homme et l'épouse vingt-sept mois et une semaine plus tard. Tandis que je reste seul.

C'est pourquoi, quand Libby a commencé à parler d'étapes suivantes, j'ai frissonné de tout mon être. Et pourtant je savais que tôt ou tard je finirais par avoir cette conversation, que c'était inévitable quand on laissait une femme entrer dans sa vie.

Les *je n'aurais pas dû* se mirent à résonner dans ma tête. Je n'aurais pas dû lui montrer l'appartement en demi-sous-sol. Je n'aurais pas dû accepter de le lui louer. Je n'aurais pas dû l'inviter à prendre un café. Je n'aurais pas dû l'inviter à partager mon repas, mettre ce premier concerto sur sa chaîne, l'emmener faire voler des cerfs-volants à Primrose Hill, l'emmener faire un tour en planeur, pas dû manger à sa table, dormir lové contre elle en cuiller et sentir, alors que sa chemise de nuit était remontée, son derrière nu, tiède et doux contre mon pénis flasque.

Cette flaccidité aurait dû l'alerter. Cette éternelle, cette tiède, cette indifférente flaccidité. Mais non. Ou alors si elle avait compris, elle n'avait pas voulu tirer de ce morceau de chair inerte les conclusions qui s'imposaient.

« C'est bon de t'avoir comme ça.

— Ça pourrait être encore mieux, Gideon. On pourrait en avoir plus. »

Et de remuer les hanches trois fois comme les femmes savent si bien le faire lorsqu'elles veulent mimer inconsciemment le mouvement de rotation qui donne à tout homme normal envie de plonger en elles.

Mais moi, comme nous le savons, je ne suis pas un homme normal.

Je savais que j'étais censé désirer l'acte sinon la femme. Mais je ne désirais rien. En moi, c'était le calme plat. Et ce qui m'a envahi, c'était l'immobilité, l'ombre, le sentiment désincarné d'être hors de mon corps, de planer au-dessus de moi-même, de contempler cette pâle imitation d'homme, et je me demandais

189

ce qu'il faudrait au juste, nom de Dieu de bon Dieu, pour décider ce salopard à frétiller.

Posant de nouveau sa main fraîche contre ma joue, Libby m'a dit :

« Qu'est-ce qui ne va pas, Gideon ? »

Et elle s'est immobilisée sur le lit près de moi. Elle ne s'est pas éloignée cependant, et la crainte qu'un mouvement précipité de ma part ne lui donne des idées m'a poussé moi aussi à rester immobile.

« J'ai consulté un médecin, lui dis-je. J'ai passé tous les tests possibles. Je n'ai rien d'organique, Libby. Ça arrive, c'est tout.

— Je ne te parle pas de tes migraines, Gid.

— De quoi, alors ?

— Pourquoi ne joues-tu pas ? Tu joues, d'habitude. Avec la régularité d'une horloge. Trois heures le matin, trois heures l'après-midi. J'ai aperçu la voiture de Rafe garée sur la place tous ces jours-ci, je sais qu'il est passé te voir. Mais je ne vous ai pas entendus jouer tous les deux. »

Rafe. Elle a cette manie bien américaine qui consiste à donner des surnoms à tout le monde. Raphael est ainsi devenu Rafe le jour où elle a fait sa connaissance. Cela ne lui va absolument pas mais il ne semble pas s'offusquer du diminutif.

Et il est venu tous les jours, comme elle l'a souligné. Parfois une heure, parfois deux ou trois. Il fait les cent pas tandis qu'assis sur la banquette devant la fenêtre j'écris. Il transpire à grosses gouttes, s'essuie le front et le cou avec un mouchoir, jette des regards pleins d'appréhension dans ma direction, nous imagine sans doute dans un avenir où mon angoisse met un terme à une carrière prometteuse et où sa réputation de Raspoutine de la musique se voit détruite. Il s'imagine sous la forme d'une note en bas de page dans mon histoire, une note rédigée en caractères si petits qu'il faut une loupe pour les lire.

J'ai été son espoir d'atteindre l'immortalité par procuration. Lui, pendant quelque cinquante ans, a été un homme incapable de s'élever au rang de concertiste en dépit de son talent et de ses efforts, condamné par un trac si intense qu'il était submergé par la panique chaque fois qu'il passait une audition. C'est un musicien brillant, issu d'une famille de musiciens tout aussi brillants. Mais contrairement à eux – qui jouent tous dans un orchestre ou un autre, y compris sa sœur qui depuis vingt ans environ joue de la guitare électrique dans un groupe hippie baptisé les *Plated Starfire* – Raphael n'excelle que dans un domaine : la transmission de son savoir et de son art. Jamais il n'a réussi à se produire en public.

Et je suis celui qui doit lui permettre d'atteindre la gloire. Celui qui lui a permis d'attirer à soi, tel le joueur de flûte de Hamelin, une ribambelle de prodiges gonflés d'espoir pendant plus de deux décennies. Mais tout cela va s'évanouir en fumée si je ne me ressaisis pas, si je ne viens pas à bout de ce qui me perturbe l'esprit. Peu importe que Raphael n'ait jamais essayé de surmonter le trac qui le paralysait – ne me dites pas que c'est normal de tremper trois chemises et une veste par jour que Dieu fait. Moi, je dois consacrer mes moindres instants d'éveil à la résolution de mon problème.

C'est Raphael, comme je vous l'ai dit, qui vous a dénichée, Dr Rose. Du moins, c'est lui qui a trouvé l'adresse de votre père quand les neurologues lui ont signifié que je n'avais rien d'organique. Il a doublement intérêt à ce que je guérisse. Non seulement il a joué un rôle décisif dans notre rencontre – ce qui risque de faire de moi son débiteur, et quel débiteur, pour peu qu'à nous deux nous parvenions à régler mon problème. Mais, si ma carrière de violoniste se poursuit, cela signifie que la sienne se poursuivra aussi et qu'il continuera d'être ma muse. Raphael a donc fortement envie que je me rétablisse.

Vous prenez ça pour du cynisme, Dr Rose ? Un nouveau faux pli dans le tapis de mon caractère. Souvenez-vous que je pratique Raphael Robson depuis des années. Je sais donc ce qu'il pense et comment il fonctionne mieux qu'il ne le sait lui-même.

Par exemple, je sais qu'il n'aime pas mon père. Et je sais que Papa l'aurait flanqué à la porte cent fois si sa pédagogie – qui consiste à laisser l'étudiant se forger sa propre méthode de travail au lieu de lui en imposer une toute faite – n'avait pas été adaptée à mes besoins.

Pourquoi Raphael n'aime-t-il pas votre père ? me demandez-vous avec curiosité, pensant que cette animosité entre eux est peut-être à la source de mes difficultés actuelles.

Je n'ai pas de réponse à cette question, Dr Rose, du moins pas de réponse qui soit claire et complète. Mais je crois que cela a un rapport avec ma mère.

Raphael Robson et votre mère ? dites-vous. Et vous me fixez si intensément que je me demande quelle pépite j'ai bien pu vous offrir.

Je me creuse la cervelle. J'essaie de voir ce qu'il y a là-dessous. Et j'établis un lien logique à la suite de ce petit travail d'introspection parce que ces mots que vous venez de mettre bout à bout – *Raphael Robson et votre mère* – ont réveillé quelque chose en moi, Dr Rose. Je sens une gêne monter du plus profond de moi-même. J'ai mastiqué et avalé quelque chose de pourri, et j'en subis les conséquences.

Qu'ai-je découvert par inadvertance ? Cela fait vingt ans que Raphael éprouve de l'antipathie pour mon père à cause de ma mère. Oui. Il y a du vrai dans ce constat. Mais pourquoi ?

Vous me suggérez de revenir en arrière, à un moment où ils sont ensemble. Raphael et ma mère. Mais la toile est là, cette saloperie de toile noire, et s'ils sont dessus, la peinture a disparu depuis longtemps.

Et malgré cela vous avez associé leurs deux noms, celui de Raphael et celui de votre mère, me faites-vous remarquer. Si leurs noms sont liés, d'autres liens doivent exister, ne serait-ce que dans votre subconscient.

Vous pensez à eux comme à une entité, me dites-vous. Les voyez-vous ensemble également ?

Les voir ? Ensemble ? Cette idée est grotesque.

Qu'est-ce qui est grotesque, Gideon ? Le fait de les voir ? Ou le fait qu'ils soient ensemble ?

Je sais où vous voulez en venir. Il ne faut pas me prendre pour un idiot. J'ai le choix entre les conflits œdipiens et la scène primitive. C'est dans cette voie que vous voulez m'entraîner, n'est-ce pas, Dr Rose ? Le petit Gideon ne peut pas supporter l'idée que son professeur de musique *a le béguin pour sa mère*[1]. Ou, ce qui est pire, le petit Gideon a surpris *sa mère et l'amoureux de sa mère*[2] en flagrant délit – *l'amoureux de sa mère* n'étant autre que Raphael Robson.

Pourquoi ce passage au français tout à coup ? me demandez-vous. En quoi le recours au français change-t-il les choses ? Qu'est-ce que cela vous fait d'utiliser l'anglais, Gideon ?

Absurde. Ridicule. Scandaleux. Raphael Robson et ma mère, amants ? Quelle idée grotesque ! Comment pourrait-elle supporter son infernale transpiration ? Il y a vingt ans déjà, il transpirait tellement qu'il aurait pu arroser de sa sueur les fleurs du jardin.

12 septembre

Les fleurs. Seigneur, voilà que je me rappelle ces fleurs, Dr Rose. Raphael Robson arrivant chez nous avec un énorme bouquet de fleurs. Elles sont pour ma mère et elle est à la maison. C'est donc qu'il fait nuit ou qu'elle n'est pas allée travailler ce jour-là.

Est-elle malade ? me demandez-vous.

Je l'ignore. Mais je vois les fleurs. Des dizaines de fleurs. Toutes différentes, si bien que je ne peux même pas les nommer. C'est le plus gros bouquet que j'aie

1. En français dans le texte. *(N.d.T.)*
2. *Idem. (N.d.T.)*

jamais vu et oui, oui, elle doit être malade parce que Raphael emporte les fleurs à la cuisine et les dispose dans les vases que Grand-mère lui passe. Mais Grand-mère ne peut pas lui prêter main-forte pour les fleurs parce que, pour une raison ou une autre, il lui faut surveiller Grand-père. Des jours durant il nous a fallu tenir Grand-père à l'œil et je ne sais pas pourquoi.

Une crise ? me demandez-vous. Une crise psychotique, Gideon ?

Je ne sais pas. Je sais seulement que tout le monde est patraque. Maman est malade. Grand-père est confiné dans sa chambre et on lui passe de la musique sans interruption pour tenter de le calmer. Sarah-Jane Beckett semble comploter dans les coins avec James le pensionnaire et, quand je me risque près d'elle, elle m'ordonne de retourner faire mes devoirs alors qu'elle a oublié de m'en donner. J'ai surpris Grand-mère qui pleurait dans l'escalier. J'ai entendu Papa crier quelque part : derrière une porte fermée, je crois bien. Sœur Cecilia est passée nous voir, et je l'ai vue qui parlait à Raphael dans le couloir du premier. Et puis toutes ces fleurs. Raphael et ces fleurs. Des dizaines de fleurs dont je ne connais même pas le nom.

Il les emporte à la cuisine et je suis prié de l'attendre au salon, où il m'a donné un exercice à faire. Je me rappelle cet exercice encore aujourd'hui. Ce sont des gammes. Des *gammes*, j'ai horreur de ça, c'est indigne de moi. Je refuse de les faire. Je renverse mon pupitre. Je hurle que j'en ai marre, marre, *marre* de cette musique *à la noix*, que je ne jouerai pas une minute de plus. J'exige une récré, la télé. J'exige des biscuits et du lait. *J'exige.*

Sarah-Jane rapplique en coup de vent. Elle me dit – et je me souviens exactement de ses mots car c'est bien la première fois qu'ils résonnent à mon oreille : « Tu n'es *plus* le centre du monde. Conduis-toi correctement. »

Tu n'es *plus* le centre du monde ? reprenez-vous

pensivement. Ce doit être après la naissance de Sonia, alors.

C'est possible, Dr Rose.

Vous pouvez faire un lien entre tous ces événements ?

Quel genre de lien ?

Raphael Robson, les fleurs, les larmes de votre grand-mère, les ragots que chuchotent Sarah-Jane et le pensionnaire…

Je n'ai pas dit qu'ils « ragotaient ». Ils parlent, tête contre tête. Sans doute partagent-ils un secret ? Sont-ils amants ?

Oui, mais oui, Dr Rose, je vois bien que je reviens à ce thème des amants. Inutile de le souligner. Et je sais où vous voulez en venir, vous voulez m'entraîner vers ma mère et Raphael. Je vois où ce processus va aboutir si l'on examine les indices avec le calme de la raison. Les indices, les voici : Raphael avec ces fleurs, Grand-mère en pleurs, Papa hurlant, sœur Cecilia en visite chez nous, Sarah-Jane et le pensionnaire gloussant dans un coin… Je vois où tout cela nous entraîne, Dr Rose.

Dans ce cas, qu'est-ce qui vous empêche de le dire ? me demandez-vous, vos yeux tristes et sincères rivés aux miens.

Rien ne m'en empêche, si ce n'est le manque de certitude.

Si vous le dites, ce sera pour vous une façon de tester la viabilité de cette hypothèse, de voir si elle tient la route.

Très bien, alors. Très bien. Raphael Robson a mis ma mère enceinte, à eux deux ils ont fabriqué cette enfant, Sonia. Mon père se rend compte qu'il est cocu – Seigneur, d'où ce mot est-il sorti ? J'ai l'impression d'être dans un mélodrame –, d'où ses cris derrière la porte fermée. Grand-père les entend, rassemble les pièces du puzzle, perd les pédales, et c'est une nouvelle crise qui se prépare. Grand-mère réagit au scandale qui a éclaté entre Maman et Papa et à la crise qui se dessine à l'horizon. Sarah-Jane et le pensionnaire sont surexcités. Sœur Cecilia arrive en renfort pour tenter de jouer les médiateurs dans ce conflit. Seulement Papa ne peut supporter de devoir vivre sous le même toit que le petit être qui lui rappelle constamment l'infidélité de Maman, et il exige qu'on se débarrasse du bébé, qu'on le confie à des parents adoptifs, un truc dans ce goût-là. Maman, à qui cette idée répugne, pleure dans sa chambre.

Et Raphael ? me demandez-vous.

C'est lui, le papa, n'est-ce pas ? Il apporte des fleurs en bon père rayonnant de fierté.

Qu'est-ce que vous ressentez ? voulez-vous savoir.

J'ai envie de prendre une douche. Pas à la pensée de ma mère vautrée dans l'« âcre odeur de sueur d'une couche en désordre ». Mais à cause de lui. A cause de Raphael Robson. Certes, je me rends compte qu'il n'y a rien d'impossible à ce qu'il ait aimé ma mère et, partant de là, détesté mon père qui possédait ce que lui-même convoitait. Mais que ma mère lui ait rendu son amour... qu'elle ait songé à mettre ce corps transpirant et perpétuellement brûlé par le soleil dans son lit… c'est trop ahurissant pour que je puisse y croire.

Mais les enfants, soulignez-vous, trouvent toujours répugnante la sexualité de leurs parents, Gideon. C'est pourquoi la vue des rapports sexuels…

Je n'ai pas été témoin de rapports sexuels, Dr Rose. Pas plus entre ma mère et Raphael qu'entre Sarah-Jane Beckett et le pensionnaire, qu'entre mes grands-parents, qu'entre mon père et qui que ce soit. Qui que ce soit.

Votre père et qui que ce soit ? reprenez-vous aussitôt. Qui est ce *qui que ce soit* ? D'où sort cette mystérieuse personne ?

Oh, Seigneur. Je n'en sais rien. Je n'en sais rien.

15 septembre

Je suis allé le voir cet après-midi, Dr Rose. Depuis que j'ai déterré le souvenir de Sonia, de Raphael et de ces fleurs obscènes et du chaos qui régnait dans la demeure de Kensington Square, j'ai éprouvé le besoin de parler à mon père. Je me suis donc rendu à South Kensington et là, je l'ai trouvé dans le jardin près de Braemar Mansions, où il vit depuis quelques années. Il était dans la petite serre qu'il s'est adjugée et dont il a interdit l'accès aux autres résidents de l'immeuble, occupant ses loisirs comme à l'accoutumée. Il tournait autour de ses camélias hybrides, examinant leurs feuilles à l'aide d'une loupe. A la recherche d'insectes envahisseurs ou de bourgeons naissants ? Difficile à dire. Il rêve de créer une fleur digne du Chelsea Flower Show. Digne de remporter un prix à cette exposition horticole, devrais-je dire. Toute autre récompense lui semblerait indigne de lui.

De la rue, je l'ai aperçu à l'intérieur de la serre. Comme je n'ai pas la clé de la grille du jardin, je suis passé par la maison. Papa en occupe le premier étage, en haut des marches, et comme je voyais que la porte était entrebâillée, là-haut, j'ai monté l'escalier dans l'intention de la fermer. Mais j'ai trouvé Jill à l'intérieur, à la table de Papa, où elle travaillait sur son portable, les pieds posés sur un coussin qu'elle était allée prendre dans le séjour.

Nous avons échangé des banalités – qu'est-on censé dire à la jeune maîtresse enceinte de son père ? – et elle m'a appris ce que je savais déjà, à savoir que Papa était dans le jardin. « Il s'occupe de ses autres enfants », a-t-elle dit en roulant les yeux d'un air indulgent de fausse martyre. Ces mots me semblent lourdement chargés de sens aujourd'hui. Impossible de les chasser de mon esprit tandis que je la quittais.

J'ai compris que quelque chose m'avait échappé auparavant, une chose qui m'a sauté aux yeux tandis que je traversais l'appartement. Murs, dessus de commodes, tables, étagères proclamaient un fait patent qui ne m'avait pas effleuré par le passé, et c'est de ce fait que j'ai décidé de m'entretenir avec mon père quand je le rejoindrais dans la serre. Il me semblait en effet que si je réussissais à lui arracher une réponse franche je serais plus près de la compréhension.

Arracher ? Vous sautez sur ce mot, n'est-ce pas, Dr Rose ? Vous sautez dessus et sur ce qu'il implique. Votre père n'est-il pas franc avec vous d'habitude ? me demandez-vous.

Je n'ai jamais pensé qu'il pouvait me mentir. Mais à présent je me pose la question.

Et qu'espérez-vous comprendre ? poursuivez-vous. *Arracher* la vérité à votre père, cela vous permettra de comprendre quoi, au juste ?

De comprendre ce qui m'est arrivé.

Parce que cela a un rapport avec votre père ?

J'espère que non.

Quand je suis entré dans la serre, il n'a pas levé le nez, et j'ai songé que son corps était décidément bien adapté à l'activité à laquelle il s'adonnait, étant donné qu'il était penché au-dessus de ces petites plantes. Sa scoliose semble avoir empiré ces dernières années, et, même s'il a tout juste soixante-deux ans, il me paraît plus vieux du fait de sa courbure qui s'accentue. En le regardant, je me suis demandé comment Jill Foster – de trente ans sa cadette – avait pu voir en lui un objet sexuel. Ce qui unit les êtres est un véritable mystère pour moi.

« Pourquoi n'y a-t-il pas de photos de Sonia dans ton appartement, Papa ? » L'assaut frontal me paraissait la meilleure tactique pour aboutir à un résultat. « Des photos de Grand-père, tu en as à la pelle, on dirait un musée. De moi aussi, sur toutes les coutures, avec et sans mon violon. Mais aucune de Sonia. Pourquoi ? »

Il a levé la tête mais je crois qu'il essayait de gagner du temps parce qu'il a pris un mouchoir dans la poche arrière de son jean et s'en est servi pour nettoyer la loupe. Il a replié le mouchoir, a remis la loupe dans un étui qu'il a posé au fond de la serre, où il range ses outils de jardinage.

« Bonjour, mon fils, dit-il. J'espère que tu as été plus poli avec Jill. Elle est toujours sur son ordinateur ?

— Dans la cuisine.

— Ah. Le scénario avance à pas de géant. Elle adapte *Les Heureux et les Damnés*, je ne te l'ai pas dit ? C'est ambitieux de proposer un autre Fitzgerald à la BBC mais elle est décidée à leur prouver qu'un roman américain sur des Américains d'Amérique peut faire de l'audience chez les téléspectateurs anglais. On verra bien. Au fait, ton Américaine, comment va-t-elle ? »

C'est ainsi qu'il appelle Libby. Pour lui, elle n'est jamais que « ton Américaine », même si parfois elle devient « ta petite Américaine » ou « ta charmante Américaine ». C'est ma charmante Américaine surtout lorsqu'elle fait une gaffe en société – et Dieu sait qu'elle en fait, presque avec ferveur. Libby n'est pas du genre à faire des chichis et Papa ne lui a toujours pas pardonné de l'avoir appelé par son prénom quand je les ai présentés l'un à l'autre. Il n'a pas oublié non plus sa réaction immédiate lorsqu'elle a vu que Jill était enceinte. « Merde, alors ! Vous avez mis en cloque une nana de trente ans ? Beau travail, Richard. » Jill a plus de trente ans, c'est vrai, mais tout de même, quel culot de la part de Libby de faire mention de leur différence d'âge !

« Elle va bien.

— Toujours à sillonner Londres sur sa moto ?

— Elle est toujours coursier, si c'est ce que tu veux dire.

— Et ses *tartinis*, elle les aime comment en ce moment ? Avec ou sans gin ? » Il retira ses lunettes, croisa les bras et me fixa avec l'air de me dire : « Du calme, ou je me charge de te faire ta fête. »

Ce regard m'a fait perdre mes moyens en maintes occasions par le passé et, joint à ses commentaires sur

Libby, il aurait dû me pétrifier. Seulement le fait de m'être « découvert » une sœur alors que je ne m'en connaissais pas a suffi à me donner le courage d'affronter ses tentatives pour me faire perdre contenance.

« J'avais oublié Sonia. Pas seulement comment elle est morte, mais son existence. J'avais complètement oublié ma petite sœur. C'est comme si on l'avait effacée de mon esprit avec une gomme, Papa.

— Et c'est pour ça que tu es venu ? Pour me poser des questions à propos de ces photos ?

— Pour te questionner à son sujet. Pourquoi n'as-tu pas de photos d'elle ?

— Tu crois qu'il y a quelque chose de sinistre dans cette omission ?

— Tu as des photos de moi. Une véritable galerie de portraits de Grand-père. Tu en as de Jill. Tu en as même de Raphael.

— Posant avec Szeryng. Raphael n'a qu'une importance secondaire.

— Oui, bon. Mais pourquoi rien de Sonia ? »

Il m'a observé quelques secondes avant de bouger. Il a pivoté et s'est mis à nettoyer le banc à rempoter où il travaillait. Il a pris une brosse et a fait tomber feuilles et fragments de terreau dans un seau qu'il a soulevé du sol. Cela fait, il a fermé le sac de terreau, rebouché la bouteille d'engrais et rangé ses outils dans leurs casiers respectifs, les nettoyant au fur et à mesure. Enfin il a ôté le lourd tablier vert qu'il portait pour s'occuper de ses camélias, et il est sorti de la serre afin de gagner le jardin.

Il y a un banc dans un coin, et c'est là qu'il s'est dirigé. Le banc est sous un marronnier qui fait son désespoir. « Trop d'ombre, rouspète-t-il régulièrement. Qu'est-ce qui peut bien pousser dans une ombre aussi épaisse, nom de Dieu ? »

Aujourd'hui, toutefois, il a paru l'apprécier, cette ombre. Il s'est assis et a grimacé quelque peu comme si son dos lui faisait mal – ce qui devait être le cas.

Mais je n'avais pas envie de lui parler de sa santé. Il y avait assez longtemps qu'il éludait ma question.

« Papa, pourquoi…

— C'est à cause de ce médecin, pas vrai ? Cette femme… Quel est son nom, déjà ?

— Tu le sais. Le Dr Rose.

— Merde », a-t-il lâché soudain en se redressant péniblement. J'ai cru qu'il allait rentrer chez lui, furieux, au lieu d'aborder un sujet qui manifestement l'agaçait, mais il s'est agenouillé en douceur et s'est mis à arracher des mauvaises herbes dans le massif près de nous. « S'il ne tenait qu'à moi, les résidants qui n'entretiennent pas soigneusement leur parcelle se la verraient confisquer. Regarde-moi un peu ce foutoir. »

Le mot était un peu fort. Certes, un excès d'arrosage avait fait pousser de la mousse sur les dalles et des herbes folles étreignaient un énorme fuchsia qui aurait eu besoin d'une taille sévère. Mais, tel quel, le terrain ne manquait pas de charme avec son air naturel, sa vasque pour les oiseaux tapissée de lierre, et ses dalles enfoncées dans la verdure.

« Ça ne me deplaît pas, à moi, ce fouillis. »

Papa a eu un grognement moqueur. Il a continué d'arracher les herbes, les lançant par-dessus son épaule et sur l'allée de gravillons.

« Alors, as-tu touché au guarnerius ? »

C'est ainsi qu'il l'appelle, contrairement à moi qui préfère employer le nom du luthier qui l'a réalisé. Papa, lui, a englobé dans un même vocable l'instrument et son créateur, comme si Guarneri n'avait pas de vie propre.

« Non. »

Il s'est assis sur ses talons.

« Génial. Vraiment génial. C'est à ça qu'a abouti cette grande expérience ? Dis-moi, qu'est-ce que ça nous rapporte ? Quel avantage tires-tu de ta plongée dans le passé en compagnie du bon docteur ? Parce que le problème, il est dans le présent, Gideon. Inutile que je te le rappelle.

— Elle appelle cela de l'amnésie psychogène. Elle dit que…

— C'est de la connerie ! Tes nerfs t'ont trahi. C'est un problème de nerfs. Ce sont des choses qui arrivent. Demande à tes confrères. Seigneur Dieu. Pendant combien d'années Rubinstein a-t-il été dans l'incapacité de jouer ? Dix, douze ans ? Et tu crois qu'il a passé tout ce temps à griffonner des âneries dans un cahier ? Ça m'étonnerait.

— Il n'avait pas perdu la faculté de jouer, ai-je expliqué à mon père. Il avait peur de jouer.

— Comment peux-tu savoir si tu l'as perdue, cette faculté ? Tu n'as même pas essayé de prendre le guarnerius. Comment peux-tu savoir quoi que ce soit ? N'importe quel individu doté d'une once de bon sens te dirait que ce que tu vis, c'est de la couardise pure et simple. Et le fait que ce médecin n'ait pas prononcé le mot… »

Il s'est remis à son désherbage.

« Tu étais d'accord pour que j'entreprenne une thérapie avec elle, lui ai-je rappelé. Quand Raphael l'a suggéré, tu as abondé dans son sens.

— Je croyais que tu apprendrais à gérer ta peur, à la dépasser. Je pensais que c'était à ce résultat que le traitement aboutirait. Si j'avais su que ce médecin de malheur allait être une femme, j'y aurais regardé à deux fois avant de te traîner là-bas pour que tu ailles pleurnicher sur son épaule.

— Je ne…

— Tout ça à cause de cette fille, de cette garce de *fille*. » Et à ce mot, il a arraché une mauvaise herbe particulièrement tenace, enlevant du même coup un lis qui se trouvait là. Avec un juron, il s'est mis à piétiner la terre autour de la plante pour tenter de réparer sa maladresse. « C'est comme ça que les Américains fonctionnent, Gideon, j'espère que tu t'en rends compte. Voilà ce qui arrive quand on chouchoute une généra-

202

tion de fainéants à qui on a tout donné, tout cuit, sur un plateau. Ils ne connaissent que les loisirs, et ces loisirs, ils les emploient à rendre leurs parents responsables de leurs états d'âme. Elle t'a encouragé à t'étendre sur toi-même, mon garçon. Bientôt, elle te conseillera de participer à des talk shows pour t'épancher.

— Tu n'es pas juste avec Libby. Elle n'a rien à voir avec ça.

— Tu étais parfaitement bien avant qu'elle ne se pointe.

— Il ne s'est rien passé entre nous qui ait pu causer ce problème.

— Tu couches avec elle, n'est-ce pas ?

— Papa…

— Tu la baises bien au moins ? » Il m'a jeté un regard par-dessus son épaule et sans doute a-t-il compris ce que j'aurais préféré lui cacher. « Ah, oui. Mais elle n'est pas au cœur de ton problème. Je vois. Alors dis-moi, à quel moment selon le Dr Rose es-tu censé reprendre le violon ?

— Nous n'avons pas parlé de ça. »

Il s'est remis debout.

« C'est la meilleure. Tu la vois quoi… ? trois fois par semaine depuis maintenant… trois ? quatre semaines ? Mais vous n'avez pas encore abordé ce problème ? Et tu ne trouves pas ça bizarre ?

— Le violon… la faculté de jouer…

— L'impossibilité de jouer, tu veux dire.

— Très bien. L'incapacité où je suis de jouer, c'est un symptôme, Papa. Ce n'est pas la maladie.

— Va raconter ça à Paris, à Munich et à Rome.

— Je donnerai ces concerts.

— Pas si tu t'y prends de cette façon.

— Je croyais que tu voulais que je la voie. Tu as demandé à Raphael…

— J'ai demandé à Raphael de m'aider. De m'aider à te remettre sur pied. A te remettre le violon entre les mains. A te ramener dans les salles de concert. Dis-moi, jure-moi, histoire de me rassurer, que c'est ce que ce docteur est en train de faire. Parce que je suis de ton côté, mon fils. Je suis de ton côté.

— Je ne peux pas te jurer ça, ai-je dit, conscient que ma voix reflétait mon échec. Je ne sais pas quelle influence elle a sur moi, Papa. »

Il s'est essuyé les mains sur son jean. Je l'ai entendu jurer à voix basse.

« Viens avec moi. »

Je l'ai suivi. Nous avons gagné la maison, monté l'escalier, pénétré dans l'appartement. Jill, qui s'était préparé du thé, a levé sa tasse :

« Vous en voulez ? Gideon ? Chéri ? »

Je l'ai remerciée et j'ai décliné. Mais Papa n'a pas bronché. Le visage de Jill s'est rembruni comme chaque fois qu'il l'ignore. Ce n'est pas tant qu'elle est blessée. On dirait plutôt qu'elle compare la réaction de Papa avec un catalogue de réactions qu'elle aurait établi dans sa tête.

Papa n'a guère paru s'en soucier et a poursuivi jusque dans la Salle de Grand-père. C'est là qu'il a disposé toute une collection hétéroclite et révélatrice de souvenirs. Mèches de Grand-père petit garçon dans un cadre en argent, lettres du supérieur hiérarchique du « grand homme » le félicitant de son comportement quand il était prisonnier en Birmanie. Il me semble parfois que Papa a consacré la meilleure partie de sa vie à essayer de se persuader que son père était soit un homme normal, soit un être supranormal – au lieu de le prendre pour ce qu'il était : un esprit dérangé qui avait passé plus de quarante ans à osciller au bord de la démence pour des raisons que nul ne mentionnait jamais.

Il a fermé la porte derrière nous. J'ai d'abord cru qu'il m'avait conduit dans cette pièce pour se lancer dans un panégyrique de Grand-père. Je me suis irrité de ce que j'ai pris pour une nouvelle tentative afin de détourner une conversation digne de ce nom.

204

Cela lui est déjà arrivé de faire ça ? me demandez-vous. La question est logique.

Et il me faudrait répondre que oui, il a déjà fait ça auparavant. Je n'y avais guère accordé d'attention jusqu'à maintenant. Je n'avais pas eu à me pencher sur la question parce que la musique était au centre de nos relations et que c'est toujours de cela que nous parlions. Séances de travail avec Raphael, travail au conservatoire d'East London, enregistrements, apparitions en public, concerts, tournées… Ma musique était toujours là pour nous occuper. Et, comme j'étais si fortement motivé par ma musique, toutes les questions que je posais, tous les sujets que j'avais envie d'aborder se trouvaient évités ; il lui suffisait de me brancher sur le violon. Comment se présente le Stravinsky ? Et le Bach ? Est-ce que *L'Archiduc* te donne du fil à retordre ? Seigneur. *L'Archiduc*. C'est un morceau qui m'a toujours donné du fil à retordre. C'est ma Némésis. C'est ce que je devais jouer à Wigmore Hall. Pour la première fois, je devais essayer de maîtriser ce truc-là en public, et je me suis planté.

Ah, vous voyez comme il m'est facile de me laisser distraire de mes pensées quand je songe à la musique, Dr Rose. Si j'ai du mal à me concentrer sur un autre sujet, vous imaginez sans peine que Papa, lui, n'avait aucune difficulté à faire dévier les conversations gênantes. Mais cet après-midi-là je n'avais pas envie qu'on détourne la conversation et Papa a dû s'en rendre compte car il n'a pas essayé de me régaler des exploits de Grand-père, de sa bravoure pendant qu'il avait été prisonnier, il n'a pas essayé non plus de m'émouvoir en me racontant avec quel courage il se battait contre une maladie mentale épouvantable qui était profondément enracinée dans son cerveau. Au lieu de cela, il a fermé la porte, et j'ai compris que c'était pour que nous soyons tranquilles.

« Tu cherches quelque chose de louche, n'est-ce pas ? m'a-t-il dit. C'est bien ça que les psychiatres cherchent tout le temps, du louche, du moche ?

— J'essaye de me souvenir, voilà tout.

— Et en quoi le fait de te souvenir de Sonia va-t-il t'aider pour le violon ? Elle te l'a expliqué, ça, ton Dr Rose ? »

Non, vous ne m'avez rien expliqué, Dr Rose. Tout ce que vous m'avez dit, c'est que nous commencerions par ce dont je me souviens. Je dois écrire tout ce que j'ai en mémoire mais vous ne me dites pas en quoi cet exercice parviendra à me rendre ma faculté de jouer.

Et quel rapport entre Sonia et ma faculté de jouer ? Ce devait être un bébé quand elle est morte. Parce que je me souviendrais d'elle si elle avait été plus âgée que moi, si elle avait marché, parlé, joué dans le salon, fait des pâtés dans le jardin avec moi. Je m'en souviendrais.

« Le Dr Rose appelle ça une amnésie psychogène.

— Psycho quoi ? »

Je lui ai expliqué la chose comme vous me l'aviez expliquée. J'ai terminé en disant : « La perte de mémoire n'est pas due à une cause physique ; mais ça, les neurologues l'avaient déjà mis en évidence. La raison pour laquelle j'ai perdu la mémoire est donc à chercher ailleurs. Dans le psychisme, Papa, et non dans le cerveau.

— Tout ça, c'est de la connerie », a-t-il dit, mais j'ai bien vu que ces mots, il les disait par bravade. Il s'est assis dans un fauteuil en regardant dans le vide.

« Très bien. » Je me suis assis également devant le vieux bureau à cylindre qui appartenait à Grand-mère. Et j'ai fait ce que je n'avais jamais songé à faire auparavant pour la raison bien simple que je n'en avais jamais éprouvé le besoin. J'ai décidé de le mettre au pied du mur. « Très bien, Papa, c'est des conneries. Alors qu'est-ce que je dois faire ? Parce que, si mon problème est une question de trac, je devrais être capable de jouer quand je suis seul, n'est-ce pas ? Sans personne près de moi ? En l'absence de Libby, par exemple. Normalement je devrais pouvoir jouer, n'est-ce pas ? Comme ça, si je n'avais pas réussi à jouer – ne serait-ce qu'un simple arpège –, personne n'aurait été témoin de mon échec ? »

Il m'a regardé.

« As-tu essayé, Gideon ?

— Mais tu ne comprends donc pas ? Je n'ai même pas eu à essayer, je n'ai pas besoin d'essayer : je sais déjà ce qui va se passer. »

Il a détourné la tête. Il a paru se retirer en lui-même et du coup je me suis rendu compte du silence qui pesait sur l'appartement et du calme qui régnait dehors. Il n'y avait pas un souffle de brise pour faire frissonner les feuilles. Lorsqu'il s'est décidé à prendre la parole, ça a été pour dire :

« Nul ne sait combien c'est douloureux d'avoir un enfant avant la venue au monde de cet enfant. On croit que tout va être simple, mais ça ne l'est jamais. » Je n'ai pas répondu. Parlait-il de moi ? De Sonia ? Ou de l'autre, cette enfant d'un mariage lointain qui s'appelait Virginia et dont on n'avait jamais parlé ? « Tu leur donnes la vie, a-t-il poursuivi, et tu sais que tu ferais tout pour les protéger, Gideon. »

J'ai hoché la tête mais il ne me regardait toujours pas.

« Oui », ai-je fait, incapable de savoir à quoi rimait ce *oui*. Mais il fallait bien que je dise quelque chose et c'est tout ce que j'ai trouvé à dire.

Cela a paru suffisant à Papa.

« Parfois tu échoues. Tu ne le fais pas exprès. Tu n'envisages même pas un échec. Pourtant ça se produit. Ça vient de nulle part, ça te prend par surprise et, avant même que tu aies une chance de stopper le truc, ça te tombe dessus. L'échec. » Il a croisé mon regard alors et ce regard était si douloureux que j'ai voulu faire machine arrière, lui épargner ce qui lui causait tant de peine. Ça avait été assez moche comme ça, son enfance, son adolescence, son âge adulte, moche d'avoir un père dont les infirmités mettaient sa patience à rude épreuve et épuisaient ses réserves de dévouement. Est-ce que maintenant il était censé se retrouver affligé d'un fils qui semblait marcher dans la même direction ? Je voulais revenir en arrière. L'épargner. Mais je voulais ma musique plus encore. Je suis un néant sans ma musique. Alors je n'ai rien dit. J'ai laissé le silence s'installer entre nous. Et lorsque mon père a été incapable de le supporter, il s'est ébroué.

Il s'est levé, s'est approché, et l'espace d'un instant j'ai cru qu'il allait me toucher. Mais au lieu de cela, il a relevé le cylindre du bureau de ma grand-mère. De son trousseau il a détaché une petite clé qu'il a glissée dans le tiroir du milieu. Et de ce tiroir, il a sorti une pile de papiers. Avec lesquels il est revenu jusqu'à son fauteuil.

Nous étions arrivés quelque part, et j'étais bien conscient de l'importance de cet instant. C'était comme si nous avions franchi une frontière dont ni l'un ni l'autre n'avions perçu l'existence auparavant. J'ai senti mes intestins se crisper tandis qu'il feuilletait les papiers. J'ai aperçu le croissant lumineux dans mon champ de vision, celui qui annonce toujours le martèlement qui me brise la tête.

« Si je n'ai pas de photos de Sonia, c'est pour la plus simple des raisons, a-t-il dit. Si tu y avais réfléchi – et si tu avais été moins perturbé, tu aurais fait marcher ta cervelle –, tu l'aurais deviné. Ta mère les a emportées quand elle nous a quittés, Gideon. Elle les a toutes emportées à l'exception de celle-ci. »

Il a sorti un instantané d'une enveloppé tachée, il me l'a tendu et l'espace d'un moment je me suis aperçu que je n'avais pas envie de m'en saisir tant Sonia était soudain devenue lourde de sens. Il s'est rendu compte de mon hésitation.

« Prends-la, Gideon, c'est tout ce qui me reste d'elle. »

Alors je l'ai prise, osant à peine me demander ce que j'allais voir mais craignant malgré tout ce sur quoi mes yeux allaient se porter. J'ai dégluti, je me suis raidi et j'ai regardé la photo.

Et sur la photo j'ai vu ceci : un bébé dans les bras

d'une femme que je ne reconnaissais pas. Elles étaient assises dans le jardin de la maison de Kensington Square sur une chaise longue à rayures, au soleil. Si l'ombre de la femme recouvrait le visage de Sonia, le sien était exposé de plein fouet à la lumière. Elle était jeune et blonde, très blonde. Elle avait les traits fins. Elle était très jolie.

« Je ne… qui est-ce ? ai-je demandé à mon père.

— C'est Katja, a-t-il dit. Gideon, c'est Katja Wolff. »

GIDEON

20 septembre

La question que je me pose depuis que Papa m'a montré cette photo est la suivante : si Maman a emporté toutes les photos de Sonia qui se trouvaient à la maison, pourquoi a-t-elle laissé celle-ci ? Etait-ce parce que, Sonia étant dans l'ombre, elle pouvait ressembler à n'importe quel bébé anonyme et en conséquence ne rien rappeler à ma mère, en tout cas rien à quoi elle pût se raccrocher dans son chagrin... à condition bien sûr que ce soit le chagrin qui l'ait poussée à nous quitter ? Ou était-ce parce que Katja Wolff figurait dessus ? Ou parce que Maman ignorait l'existence de cette photo ? Parce que, voyez-vous, il y a une chose que je suis incapable de dire à la vue de cet instantané – que j'ai chez moi et que je vous montrerai d'ailleurs lors de notre prochaine séance –, c'est qui a bien pu les photographier.

Et pourquoi Papa avait-il conservé cette photo – cette photo dont le personnage central n'est pas sa fille, sa propre fille qui est morte, mais une jeune femme blonde souriante et dorée qui n'est pas sa femme, n'a jamais été sa femme, n'est jamais devenue sa femme et n'était certainement pas la mère de cette enfant ?

J'ai questionné Papa au sujet de Katja Wolff parce

que c'était naturel. Il m'a dit que c'était la nurse de Sonia. Une Allemande dont l'anglais était très limité. Elle avait fui Berlin-Est dans des conditions rocambolesques, passant à l'Ouest dans un ballon que son petit ami et elle avaient fabriqué en secret, ce qui lui avait valu une certaine notoriété.

Ce fait divers vous dit quelque chose, Dr Rose ? Peut-être que non. A l'époque vous ne deviez même pas avoir dix ans, j'imagine. Et où viviez-vous ? En Amérique ?

Moi qui habitais ici, en Angleterre, beaucoup plus près de l'endroit où les événements se sont déroulés, je ne m'en souviens absolument pas. Quoi qu'il en soit, ainsi que Papa me l'a raconté, l'histoire avait fait grand bruit parce que Katja et son petit ami, pour rallier l'Ouest, avaient décidé, au lieu de décoller d'un coin de campagne quelconque – ce qui aurait été tout de même moins risqué –, de s'envoler de Berlin-Est. Le jeune homme n'avait pas réussi dans son entreprise. Les gardes à la frontière l'avaient eu. Mais Katja s'en était tirée. Cela lui avait valu un quart d'heure de célébrité et le titre de porte-parole de la liberté. Infos télévisées, manchettes dans les journaux, articles dans les revues, interviews à la radio : partout elle fit la une. Et pour finir, elle fut invitée en Angleterre.

J'écoutais attentivement Papa me raconter tout cela et je l'observais tandis qu'il parlait. Je cherchais des signes, des significations cachées, j'essayais de faire des déductions, de tirer des conclusions. Parce que même maintenant, dans la situation où je me trouve – assis dans la salle de musique de Chalcot Square avec le Guarneri à cinq mètres, sorti de son *étui*, ce qui est déjà ça, et dites-moi que c'est un progrès, Dr Rose, bien que je sois toujours incapable d'épauler mon violon –, il y a des questions que j'ai peur de poser à mon père.

Quel genre de questions ? voulez-vous savoir.

Des questions comme celles-ci, des questions qui me

viennent tout naturellement à l'esprit : qui a pris cette photo de Sonia et de Katja ? Pourquoi ma mère n'at-elle laissé que cette photo en partant ? Connaissait-elle son existence ? Avait-elle emporté les autres photos ou les avait-il détruites ? Et surtout, pourquoi mon père n'en avait-il jamais parlé auparavant : pourquoi ne m'avait-il jamais parlé de Sonia, de Katja ou de ma mère ?

Manifestement, il n'avait pas oublié leur existence. Après tout, une fois que j'ai mentionné Sonia, il m'a montré sa photo et, à en juger par l'état de celle-ci, je jure devant Dieu qu'il avait eu ce document entre les mains et l'avait contemplé des centaines de fois. Alors pourquoi ce silence ?

Les gens évitent parfois certains sujets, me dites-vous. Ils évitent les sujets trop douloureux.

Qu'est-ce qui est trop douloureux pour mon père là-dedans ? Sonia ? Sa mort ? Ma mère ? Son départ ? Les photos ?

Katja Wolff peut-être ?

Mais pourquoi Katja Wolff serait-elle un sujet pénible pour Papa ? Si ce n'est pour la raison la plus évidente qui soit.

Et quelle est-elle, cette raison, Gideon ?

Vous voulez que je vous le dise, n'est-ce pas, Dr Rose ? Vous voulez que je l'écrive, même. Vous voulez que je la voie écrite noir sur blanc pour essayer de démêler si elle est vraie ou fausse. Mais où cela va-t-il me mener, nom de Dieu ? Elle tient ma sœur dans ses bras, serrée contre sa poitrine, son regard est doux, son visage serein. Une de ses épaules est dénudée car elle porte une robe ou un haut avec des bretelles trop lâches, un haut bigarré aux couleurs claquantes, du jaune, de l'orange, du vert, du bleu. Et cette épaule nue est lisse et ronde et oui elle contient une invite et il faudrait que je sois aveugle pour ne pas m'en rendre compte. Si c'est un homme qui prend la photo et si cet homme se trouve être mon père – mais cela pourrait être

212

Raphael, James le pensionnaire, Grand-père, le jardinier, le facteur, n'importe quel homme parce qu'elle est radieuse, éclatante de beauté, et que même moi qui ne suis pourtant qu'un sous-mâle, une risible parodie d'homme, l'antithèse d'un mâle dans la plénitude de sa virilité, je vois bien ce qu'elle représente, ce qu'elle offre et sa façon de l'offrir –, cet homme et elle sont de connivence, cela est clair.

Alors allez-y, écrivez. Ecrivez sur Katja. Couvrez toute une page de son prénom s'il le faut et voyez où ça vous mène, Gideon. Demandez à votre père s'il n'a pas d'autres photos à vous montrer : photos de famille posées, instantanés à la bonne franquette, clichés de vacances, de sorties, de dîners, n'importe quoi. Examinez-les attentivement. Regardez qui est dessus. Déchiffrez l'expression des gens.

Il faut que je cherche Katja ?

Cherchez tout ce qu'il peut y avoir à trouver.

21 septembre

Papa me dit que j'avais six ans quand Sonia est née. J'en avais à peine huit quand elle est morte. Je lui ai téléphoné et je lui ai posé ces deux questions à brûle-pourpoint. N'êtes-vous pas fière de moi, Dr Rose ? J'ai pris le taureau par les cornes.

Lorsque je lui ai demandé comment Sonia était morte, Papa m'a répondu : « Elle s'est noyée, mon grand. » La réponse a paru lui coûter et sa voix semblait lointaine. Je me suis senti gêné de lui avoir posé la question et pourtant cela ne m'a pas empêché de continuer à le cuisiner. Je lui ai demandé quel âge elle avait quand elle est morte. Deux ans. Et sa voix altérée m'apprit que c'était un âge suffisant non seulement pour qu'elle occupe une place en permanence dans son cœur mais aussi pour que son décès produise une marque indélébile sur son esprit.

Cette voix et ce qu'elle trahissait expliquaient beaucoup de choses : le fait que j'aie été le point de mire de mon père pendant toute mon enfance, sa volonté farouche de me voir obtenir ce qu'il y avait de mieux, son désir de me protéger à tout prix lorsque j'ai commencé ma carrière en public, sa méfiance à l'égard de tous ceux qui s'approchaient trop de moi et risquaient de me faire du mal. Ayant perdu un enfant – ah mais non, mon Dieu, c'est vrai, il en avait perdu *deux,* car Virginia, sa fille d'un premier mariage, était morte toute jeune elle aussi –, il n'avait pas envie d'en perdre un autre.

Je comprends finalement pourquoi il est resté si proche de moi, pourquoi il s'est tellement immiscé dans ma vie et ma carrière. Très tôt j'ai formulé à voix haute mes exigences – le violon, la musique –, et il a fait ce qu'il fallait pour que son unique enfant encore en vie ait ce qu'il désirait, comme si, en me procurant les moyens de réaliser mon rêve, il assurait d'une certaine façon ma longévité. Il avait deux emplois ; il avait envoyé Maman travailler également ; il avait engagé Raphael et pris ses dispositions pour que j'étudie à la maison.

Oui, mais tout ceci, c'était *avant* Sonia, n'est-ce pas ? Ce ne pouvait être le résultat de la mort de Sonia. Parce que, si j'avais six ans à sa naissance, Raphael Robson et Sarah-Jane Beckett étaient déjà installés à la maison. Et James le pensionnaire devait être là lui aussi. Et au sein de ce noyau solidement constitué avait dû venir se glisser Katja Wolff, la nurse de Sonia. C'est comme cela que les choses ont dû se passer : le petit groupe constitué s'est trouvé forcé d'intégrer une pièce rapportée dans son sein. Une pièce rapportée *doublée* d'une étrangère. Et pas n'importe laquelle, encore : une Allemande. Qui avait connu un bref moment de notoriété, certes. Mais une Allemande néanmoins, une représentante du pays qui avait été notre ennemi pendant la guerre – guerre dont Grand-père était resté prisonnier à jamais.

Alors Sarah-Jane Beckett et James le pensionnaire chuchotent dans ce coin de la cuisine ; c'est d'*elle* qu'ils parlent, et pas de ma mère, de Raphael ni des fleurs. Et s'ils chuchotent, c'est parce que c'est son truc, à Sarah-Jane, les chuchotements : elle parle à voix basse parce qu'elle est jalouse de Katja qui est fine et jolie et appétissante et que Sarah-Jane Beckett – avec ses cheveux roux, courts et coupés au bol et son corps asexué à peine différent du mien – voit bien comment les hommes de la maison dévisagent Katja, particulièrement James le pensionnaire qui donne un coup de main à Katja pour son anglais et qui éclate de rire lorsqu'elle dit en frissonnant « *Mein Gott*, mon cadavre n'est pas encore habitué à cette pluie » au lieu de *mon corps*. Quand on lui demande si elle veut une tasse de thé, elle répond « Oh oui, bien volontairement et avec beaucoup de gratitude » et ils rient, tous ces hommes, mais d'un rire charmé. Ils sont sous le charme. Mon père, Raphael, James le pensionnaire et même Grand-père.

Et je m'en souviens, Dr Rose. Je me souviens de ça.

22 septembre

Alors, où est-elle passée pendant toutes ces années, Katja Wolff ? Enterrée avec Sonia ? Enterrée à cause de Sonia, peut-être ?

A cause de Sonia ? Vous vous jetez sur ce mot comme de bien entendu.

Pourquoi, *à cause de* Sonia, Gideon ?

A cause de sa mort. Si Katja était la nurse de Sonia et que Sonia est morte à l'âge de deux ans, Katja aurait logiquement dû nous quitter après son décès, n'est-ce pas ? Je n'aurais pas eu besoin d'une gouvernante étant donné que j'avais déjà Raphael et Sarah-Jane pour s'occuper de moi. Katja nous aurait quittés au bout de deux ans, peut-être même avant, et c'est peut-être pour cela que je l'ai oubliée. Je n'avais que huit ans à l'époque et elle n'était pas ma nurse mais celle de Sonia. Je ne devais donc guère avoir affaire à elle. La musique m'absorbait, et quand le violon ne dévorait pas mon temps, c'étaient mes leçons qui m'occupaient. Je m'étais déjà produit en public, à la suite de quoi on m'avait offert d'étudier pendant un an à la Juilliard School. Vous vous rendez compte. Juilliard. Quel âge pouvais-je avoir : sept ans, huit ans ?

« Un virtuose en herbe », ainsi m'appelait-on.

En herbe, ça ne me plaisait pas. J'avais hâte d'être un virtuose tout court.

23 septembre

En fin de compte, je ne vais pas à Juilliard malgré l'honneur que cela représente et ce que cela peut signifier pour mon avenir de musicien sur la scène internationale. Compte tenu de la réputation de cette académie de musique, des dizaines de personnes trois fois plus âgées que moi auraient fait des pieds et des mains pour y être admises, pour bénéficier des avantages innombrables que cette expérience extraordinaire, transcendante, pouvait leur apporter. Seulement l'argent manque à la maison, et même s'il y en avait, je suis trop jeune pour effectuer ce long voyage et vivre seul en Amérique. Et comme ma famille ne peut se transporter massivement là-bas, ma foi, la proposition tombe à plat.

Massivement. Oui. Je sais que, argent ou pas, la seule façon pour moi d'entrer à la Juilliard School, c'est d'y aller avec toute ma famille. Alors je supplie mon père de me laisser partir : « Papa, s'il te plaît, *je t'en prie,* il faut que j'y aille. » Je veux aller à New York parce que, bien que tout jeune, je sais ce que cette opportunité représente et ce qu'elle peut signifier pour mon avenir.

Papa me dit : « Gideon, tu sais qu'on ne peut pas y aller. Tu ne peux pas vivre là-bas seul, et nous ne pouvons pas y aller ensemble. » Naturellement, je lui demande pourquoi. Pourquoi, pourquoi, pourquoi ne puis-je obtenir ce que je veux alors que jusqu'à maintenant j'ai toujours eu satisfaction ? Il me dit, eh oui, je m'en souviens très bien : « Gideon, le monde viendra à toi. Je te le promets, je te le jure, mon fils. »

Mais il est clair qu'il nous est impossible de nous rendre à New York.

Pour une raison qui m'échappe, je *sais* que nous n'irons pas, même quand je pose la question et la repose, quand je supplie et j'implore, quand je me déchaîne et me conduis en garnement, quand je renverse mon pupitre à coups de pied, me jette contre la précieuse table demi-lune de ma grand-mère dont je casse deux pieds... même à ce moment-là je *sais* que quoi que je fasse je n'irai pas à Juilliard. Que ce soit seul, avec ma famille, avec un de mes parents, chaperonné par Raphael ou par Sarah-Jane, je n'irai pas dans cette Mecque de la musique.

Je sais, soulignez-vous. Vous savez avant même d'avoir posé la question, vous savez au moment même où vous posez la question, vous savez malgré tout ce que vous faites pour changer... quoi, au fait, Gideon ? Qu'est-ce que vous essayez de changer ?

La réalité, évidemment. Eh oui, Dr Rose, je sais que c'est une réponse qui ne nous mène nulle part. Car qu'est-ce que la réalité pour un enfant de sept, huit ans ?

Il semble que ce soit ceci : nous ne roulons pas sur l'or. Certes, nous habitons un quartier huppé, mais c'est parce que la famille possède cette maison depuis des générations. Et, si elle a réussi à la conserver, c'est parce que nous prenons des pensionnaires, que Papa a deux boulots, que Maman travaille et que Grand-père touche une pension du gouvernement. Mais l'argent ne fait pas partie de nos sujets de conversation. Parler d'argent, c'est comme parler de ses fonctions naturelles à table. Quoi qu'il en soit, je sais que je n'irai pas à la Juilliard School, et ma déception est vive. Je me sens oppressé. Cela se manifeste d'abord au niveau des bras. Cela atteint l'estomac. Cela me serre la gorge jusqu'à ce que je crie, oh je crie, je crie, et je me souviens bien de ce que je crie : « C'est parce qu'elle est là ! », et c'est à ce moment-là que je donne des coups de pied dans mon pupitre, que je renverse la table de Grand-mère. A ce moment-là, Dr Rose.

Elle est là ?

Elle. Bien sûr. Katja, certainement.

26 septembre – 17 heures

Papa est repassé. Il est resté deux heures, et Raphael l'a remplacé. Ils essaient de faire comme s'ils ne se relayaient pas au chevet d'un mourant et c'est pourquoi j'ai eu cinq minutes de battement, tranquille, tout seul, entre le moment où Papa est parti et celui où Raphael s'est pointé. Toutefois, ce qu'ils ignorent, c'est que je les ai vus de ma fenêtre. Raphael est arrivé venant de Chalcot Road et Papa l'a intercepté au milieu du square. Plantés de part et d'autre d'un banc, ils ont taillé une bavette. C'est Papa qui parlait. Raphael qui écoutait. Il hochait la tête et se passait les doigts dans les cheveux pour remettre de l'ordre dans sa coiffure. Papa semblait très remonté. Il gesticulait, une main à hauteur de la poitrine, poing fermé. Inutile pour moi de chercher à deviner de quoi il parlait : je ne le savais que trop.

Il était venu animé des meilleures intentions. Pas un mot sur ma musique. « Il fallait que je m'éloigne un moment, a-t-il soupiré. Je finis par croire que les femmes sont toutes pareilles pendant les derniers mois de leur grossesse.

— Jill a emménagé, alors ? lui ai-je demandé.

— Pourquoi tenter le diable ? »

C'était sa façon à lui de me dire qu'ils s'en tenaient

à leur programme initial : le bébé, la cohabitation et enfin le mariage une fois que les deux premiers événements se seraient un peu tassés. C'est la mode, de nos jours, pour les couples, de procéder de cette façon, et Jill, la mode, c'est important pour elle. Mais je me demande parfois ce que Papa pense de cet arrangement, si différent de ses autres mariages. Car lui au fond est un traditionaliste. Pour lui, le plus important, c'est la famille, et il ne conçoit qu'une seule façon de fonder une famille. Une fois qu'il a appris que Jill était enceinte, je suis à peu près sûr qu'il a mis en hâte un genou à terre pour lui demander sa main. C'est ce qu'il avait fait avec sa première femme – même s'il ignore que Grand-père me l'a raconté. Il l'avait rencontrée pendant qu'il était en permission – il était dans l'armée à l'époque, la carrière qu'il devait embrasser –, il l'avait mise enceinte et il l'avait épousée. Qu'il n'ait pas adopté la même démarche avec Jill prouve bien qu'il fait les quatre volontés de la jeune femme.

« Elle dort dès qu'elle peut, m'a-t-il dit. C'est toujours comme ça, les six dernières semaines. C'est bougrement inconfortable, et si le bébé décide de se réveiller entre minuit et cinq heures du matin… eh bien, ça te donne enfin la possibilité de passer la nuit à lire *Guerre et Paix,* ce que tu n'avais pas réussi à faire depuis des années.

— Tu habites chez elle maintenant ?

— Je dors sur le canapé.

— Pas terrible pour ton dos, Papa.

— Inutile de me le rappeler.

— Vous vous êtes mis d'accord sur le prénom, finalement ?

— Je suis toujours partant pour Cara.

— Et elle, elle est toujours décidée pour… » La portée de mes propos m'est apparue si soudainement que je me suis forcé à poursuivre ! « Elle est toujours pour Catherine ? »

Nos regards se sont croisés et aussitôt elle a été là entre nous, tel un être de chair et d'os, la fille appétissante de la photo. Alors que mes paumes étaient moites, que le feu commençait à me brûler les entrailles, j'ai dit :

« Ça te rappellerait Katja, si tu appelais le bébé Catherine, non ? »

Pour toute réponse, il s'est levé et s'est mis à préparer du café sans se presser. Il a laissé tomber une remarque sur le café que j'achetais – du café déjà moulu, ce qui enlevait de sa fraîcheur à l'arôme. De là, il m'a fait tout un développement sur le Starbucks[1] qui venait de s'implanter dans Gloucester Road, non loin de Braemar Mansions, et dont la présence modifiait sensiblement l'atmosphère de son quartier.

Pendant qu'il discourait, la douleur qui m'étreignait l'estomac descendait lentement pour aller faire des siennes dans mes intestins. Je l'ai écouté passer de Starbucks à l'américanisation de la culture mondiale et je me suis plaqué un bras contre le bas-ventre, ordonnant à la douleur de cesser, à la crise de passer. Car si cela ne passait pas, Papa aurait gagné.

Je l'ai laissé épuiser le sujet de l'Amérique : conglomérats internationaux dominant le monde des affaires, mégalomanes de Hollywood fixant les règles de l'art cinématographique, salaires astronomiques et obscènes, share options devenant le critère de réussite d'un capitaliste. Lorsqu'il a atteint la péroraison de son discours – j'ai compris que ce moment approchait en le voyant avaler nerveusement gorgée de café sur gorgée de café –, j'ai réitéré ma question, la formulant cette fois sous la forme d'une affirmation.

« Katja, lui ai-je dit, Catherine te rappellerait Katja. »

Il a versé ce qui restait de son café dans l'évier. Il s'est dirigé vers la salle de musique, marchant d'un bon pas. Puis tout d'un coup :

1. Chaîne de *coffee shops*. (*N.d.T.*)

« Bon sang, Gideon. Montre-moi un peu... Ah, voilà ce que tu appelles des progrès ? »

Il venait de voir le Guarneri de retour dans son étui et, bien que l'étui fût ouvert, il savait – j'ignore comment, mais il le savait – que je n'avais pas encore essayé de m'en servir. Il a sorti l'instrument de l'étui et le manque de respect avec lequel il s'est emparé du violon m'a montré à quel point il était furieux, irrité, effrayé, inquiet. Il m'a tendu l'instrument :

« Tiens, prends-le. Montre-moi où tu en es. Montre-moi exactement où des semaines de fouilles dans le passé t'ont conduit, Gideon. Une note suffira. Une gamme. Un arpège. Ou un mouvement du concerto de ton choix. N'importe lequel. C'est trop dur ? Alors pourquoi pas un malheureux petit bis ? »

Le feu était en moi mais ce n'était plus qu'un unique morceau de charbon. Brûlant, argenté, incandescent, il se répandait comme de l'acide dans mon corps et sa voix me soufflait : Accepte-moi, Gideon, ou meurs.

Et oui, oui, je vois ce que mon père a fait, Dr Rose. Inutile de le souligner. Je le vois. Mais à cet instant tout ce que je pouvais dire, c'était : « Je ne peux pas. Ne me force pas. Je ne peux pas », comme un gamin de neuf ans à qui l'on demande de jouer un morceau qu'il ne peut maîtriser.

Papa, ne voulant pas s'avouer vaincu, a poursuivi : « Peut-être qu'un bis c'est trop facile pour toi, Gideon. C'est une insulte à ton talent. Si nous commencions par *L'Archiduc*, alors ? »

Si nous commencions par L'Archiduc. L'acide me rongeait. Ce qui reste lorsque la douleur m'empoigne les viscères et m'ôte tous mes moyens, c'est la culpabilité. Je suis coupable. Je suis responsable. C'est moi qui me suis fourré dans cette situation. C'est Beth qui avait fixé le programme du concert de Wigmore Hall, elle qui avait dit en toute innocence : « Que penserais-tu de *L'Archiduc*, Gideon ? » Et parce que c'était Beth qui avait fait cette suggestion, Beth qui connaissait mes faiblesses dans d'autres domaines plus intimes ceux-là, je n'ai pu me résoudre à lui rétorquer : « Pas question. Ce morceau me porte la poisse ».

Les artistes y croient, à la poisse. Le mot « Macbeth » qui porte malheur au théâtre a son équivalent dans tous les domaines artistiques. Si j'avais dit la vérité à Beth, à savoir que *L'Archiduc* me portait la poisse, elle aurait compris et n'aurait pas insisté malgré la façon dont elle et moi avions rompu. Et Sherrill se serait bien moqué de ce que nous aurions joué. Ça ou un autre morceau, pour lui c'était pareil. Il se serait borné à nous dire qu'il n'en avait strictement rien à foutre, et les choses n'auraient pas été plus loin. Autrement dit, c'était à moi d'exprimer clairement mes desiderata. Et je ne l'ai pas fait. Je suis donc fautif.

Papa m'a retrouvé là où je m'étais réfugié en voyant que je ne pouvais relever le défi qu'il m'avait lancé : dans l'abri de jardin où je conçois mes cerfs-volants. J'étais justement en train de dessiner et il m'a rejoint après avoir reposé le Guarneri dans son étui.

« Tu es la musique, Gideon. Je veux te ramener à la musique. C'est tout ce que je veux.

— C'est à ça qu'on essaie d'aboutir.

— C'est de la connerie, de s'y prendre de cette façon. Griffonner dans des carnets, te vautrer tous les trois jours sur le divan d'un psy.

— Je ne suis pas allongé sur un divan.

— Ne fais pas le malin. Tu sais très bien ce que je veux dire. » De la main, il a caché le dessin auquel je travaillais pour me forcer à lui prêter attention. « Je sais pas combien de temps on va pouvoir tenir les gens à distance, Gideon. Joanne s'en sort à merveille, mais il viendra fatalement un moment où même une fille comme Joanne, loyale et tout, va vouloir savoir exactement ce que l'expression *extrême fatigue* recouvre, étant donné que cette fatigue ne semble pas près de disparaître. Quand cela arrivera, il faudra soit que je lui dise la vérité, soit que j'invente une fable quelconque pour qu'elle la répercute à la presse, ce qui risque de rendre la situation encore plus délicate.

— Papa, il faudrait être fou pour croire que le public qui dévore la presse de caniveau se soucie de…

— Je ne te parle pas des tabloïds. Certes, quand une vedette rock disparaît de la circulation, les journalistes fouillent dans ses poubelles à la recherche d'un indice qui leur indiquera les raisons de cette disparition. Tu n'es pas une star du rock et ce n'est donc pas ce qui me préoccupe. Ce qui me préoccupe, vois-tu, c'est le monde dans lequel *nous* évoluons, la série de concerts prévus pour les vingt-cinq prochains mois comme tu le sais pertinemment, les coups de téléphone quotidiens de directeurs artistiques qui prennent des nouvelles de ta santé. Quand je dis "ta santé", c'est un euphémisme. Car ce qu'ils veulent, c'est savoir si tu vas pouvoir rejouer un jour. Quand ils me disent "Est-ce qu'il récupère un peu de son extrême fatigue ?", ce qu'ils veulent dire en fait, c'est : "Est-ce qu'on déchire le contrat ou est-ce qu'on maintient le concert ?" » Papa a fait glisser lentement mon dessin vers lui et, alors que ses doigts salissaient les traits que j'avais tracés, je me suis bien gardé de le lui dire et je l'ai laissé faire. Aussi a-t-il poursuivi :

« Ce que je te demande est simple. Entre dans cette maison, va dans la salle de musique et prends ton violon. Ne fais pas ça pour moi parce que ce n'est pas moi que ça concerne. Fais-le pour toi.

— Je ne peux pas.

— Je serai là. Je serai près de toi, je t'aiderai. Mais il faut que tu le fasses. »

Nous nous sommes regardés, Dr Rose. Je le sentais qui *de toute sa volonté* m'ordonnait de sortir de cet abri où je fabrique mes cerfs-volants et d'entrer dans la maison.

« Tu ne sauras si tu as fait des progrès avec elle, Gideon, que lorsque tu prendras ton violon et que tu essaieras d'en jouer. »

« Elle », il voulait dire vous, Dr Rose. Les progrès, c'étaient les progrès que j'avais faits avec vous. Ces heures passées à écrire. Ces plongées dans le passé pour lesquelles il semblait disposé à me donner un coup de main *si seulement* je lui montrais que j'arrivais à me saisir de mon violon et à passer l'archet sur les cordes.

Alors je n'ai pas soufflé mot, j'ai quitté l'abri, je suis retourné à la maison. Dans la salle de musique, au lieu d'aller m'asseoir sur la banquette devant la fenêtre où j'écris pratiquement toutes ces lignes, je me suis dirigé vers l'étui. Le Guarneri y était couché, ses filets étincelants, sanctuaire de deux cent cinquante années de musique.

Je peux y arriver. Vingt-cinq ans ne disparaissent pas en un instant. Tout ce que j'ai appris, tout ce que je sais, tous les talents que je possède peuvent être cachés, enfouis sous un glissement de terrain que je ne puis encore identifier mais ils sont là, sous-jacents.

Papa se tenait près de moi. Il m'a posé la main sur le coude alors que je tendais le bras vers le Guarneri. Il a murmuré :

« Je ne t'abandonnerai pas, mon grand. Ne t'inquiète pas. Je suis là. »

Et, juste à cet instant, le téléphone s'est mis à sonner.

En un mouvement réflexe, les doigts de Papa se sont crispés sur mon coude.

« Inutile de répondre », m'a-t-il dit, faisant allusion au téléphone. Et comme c'était exactement ce que je faisais depuis plusieurs semaines, je n'ai eu aucun mal à lui obéir.

Mais c'est la voix de Jill qui a retenti dans le répondeur. Lorsqu'elle a lancé « Gideon, est-ce que Richard est encore là ? Il faut que je parle à Richard. Est-ce qu'il est parti ? Je vous en prie, décrochez », Papa et moi avons eu une réaction identique : « Le bébé », et il s'est précipité vers le téléphone.

« Je suis encore là. Tout va bien, chérie ? »

Tandis qu'elle parlait, Papa s'est détourné et a dit :
« Quelle sorte de coup de fil ? » Il y a eu une longue

réponse et finalement il a dit : « Jill… Jill… Ça suffit. Pourquoi as-tu répondu ? »

Elle a parlé longuement de nouveau. A la fin, Papa a dit :

« Attends. Ne raccroche pas. Ne sois pas idiote. Tu te mets vraiment dans tous tes états… Comment veux-tu que je sois responsable d'un appel importun quand… » Son visage s'est soudain assombri alors que manifestement elle l'interrompait. « Nom d'un chien, Jill. Ecoute-toi, tu es complètement hystérique. » Le ton sur lequel il avait parlé était celui qu'il utilisait lorsqu'il voulait mettre un terme à une conversation qui l'agaçait. Un ton glacial. Supérieur. Le ton de quelqu'un qui contrôle la situation.

Mais Jill n'était pas du genre à lâcher le morceau aussi facilement. Elle a continué à parler, il a écouté de nouveau, il me tournait le dos et je l'ai vu se raidir. Une minute s'est écoulée avant qu'il ne reprenne la parole.

« Je rentre à la maison, a-t-il dit d'un ton brusque. Pas question d'avoir ce genre de discussion au téléphone. »

Il a raccroché et j'ai eu l'impression qu'il l'avait coupée au beau milieu d'une phrase. Il a pivoté vers moi et a eu un regard vers le Guarneri :

« On dirait que tu as un répit.

— Tout va bien à la maison ?

— Rien ne va bien nulle part », m'a-t-il répondu sèchement.

26 septembre – 23 h 30

Le fait que je n'aie pas réussi à jouer pour lui, c'était certainement de cela que Papa avait parlé avec Raphael dans le square après m'avoir quitté. Parce que, lorsque Raphael m'a rejoint trois minutes après s'être séparé de Papa, j'ai vu que la chose était en quelque sorte gravée sur son visage. Il a jeté un coup d'œil au Guarneri dans son étui.

« Je ne peux pas, ai-je dit.

— Il dit que tu ne veux pas. »

Raphael a effleuré l'instrument, c'était une caresse qu'il aurait pu prodiguer à une femme à condition qu'une femme ait vu en lui un objet sexuel. Mais tel n'était pas le cas. J'ai eu l'impression en le regardant que seuls mon violon et moi avions empêché Raphael de mener une vie de solitaire.

Comme pour confirmer mes pensées, Raphael a dit :

« Ça ne peut pas continuer comme ça éternellement, Gideon.

— Suppose que ça continue ?

— Non, c'est impossible.

— Tu te ranges de son côté, alors ? Est-ce qu'il t'a demandé – j'ai désigné la fenêtre d'un mouvement de menton – d'exiger de moi que je joue pour toi ? »

Raphael a contemplé le square, les arbres dont les feuilles commençaient à jaunir, revêtant les couleurs de l'automne.

« Non. Il ne m'a pas demandé de te forcer à jouer. Pas aujourd'hui. Je crois qu'il avait l'esprit ailleurs. »

Je n'étais pas sûr de le croire, étant donné la passion que j'avais remarquée dans les gestes de mon père tandis qu'il discutait avec Raphael dehors. Toutefois, sautant sur cet « ailleurs », j'ai détourné la conversation.

« Pourquoi ma mère nous a-t-elle quittés ? Etait-ce à cause de Katja Wolff ?

— Ce n'est pas un sujet de conversation que nous pouvons aborder, toi et moi.

— Je me suis souvenu de Sonia. »

Il a tendu la main vers la poignée de la fenêtre, j'ai cru qu'il voulait l'ouvrir pour faire entrer l'air frais ou pour passer sur le balcon étroit mais il n'a fait ni l'un ni l'autre. Il s'est contenté de tripoter la poignée.

« Je me suis *souvenu* d'elle, Raphael. Je me suis souvenu de Sonia. Et de Katja Wolff aussi. Pourquoi est-ce que personne n'a jamais parlé d'elles ? »

Il a eu l'air peiné. J'ai cru qu'il avait l'intention de finasser, d'éviter de me répondre. Mais alors que je m'apprêtais à le titiller pour qu'il sorte de son silence, il a dit :

« A cause de ce qui est arrivé à Sonia.

— Quoi ? Qu'est-il arrivé à Sonia ? »

Sa voix était lourde d'étonnement lorsqu'il a répondu.

« Tu ne t'en souviens vraiment pas ? J'ai toujours cru que, si tu n'en parlais pas, c'était parce nous nous abstenions nous-mêmes d'en parler. Mais tu ne te souviens de rien, vraiment ? »

J'ai fait non de la tête, et j'ai eu honte. C'était ma *sœur* et je n'arrivais pas à me rappeler un seul détail la concernant, Dr Rose. Avant que vous et moi n'entamions cette analyse, j'avais oublié jusqu'à son existence. Vous vous rendez compte de ce que je pouvais ressentir ?

Raphael a poursuivi, excusant avec beaucoup de gentillesse l'égocentrisme obsessionnel qui m'avait fait effacer ma sœur cadette de mon esprit.

« Il est vrai que tu n'avais même pas huit ans. Et nous n'en avons plus jamais parlé une fois le procès terminé. C'est à peine si nous en avons discuté pendant le procès. Et nous nous étions mis d'accord pour ne pas aborder le sujet après. Même ta mère, bien que brisée par les événements, était d'accord. Oui. Je comprends comment tu as pu effacer tout ça de ton esprit.

— Papa m'a dit qu'elle s'était noyée, que Sonia s'était *noyée*, dis-je, la bouche sèche. Pourquoi y a-t-il eu un procès dans ce cas ? Qui a été jugé ? Pourquoi ?

— Ton père ne t'en a pas dit plus ?

— Il m'a juste dit que Sonia s'était noyée. Ça avait l'air tellement horrible pour lui de m'apprendre *comment* elle était morte que je n'ai pas eu le courage de le questionner davantage. Mais maintenant voilà que tu me parles d'un procès ? Un procès, cela veut dire que... Un *procès* ? »

Raphael a hoché la tête et toutes les possibilités qu'impliquaient les quelques souvenirs qui m'étaient revenus à l'esprit ont afflué dans ma mémoire avant qu'il ne poursuive : Virginia était morte jeune, Grand-père avait des crises, Maman pleure, sanglote dans sa chambre, quelqu'un a pris une photo dans le jardin, sœur Cecilia est dans le hall, Papa crie, et je suis dans le salon, je donne des coups de pied dans le canapé, je renverse mon pupitre, et je déclare avec violence que je ne jouerai pas ces gammes puériles.

« Katja Wolff a tué ta sœur, Gideon. Elle l'a noyée dans son bain. »

28 septembre

Il a refusé d'en dire plus. Il s'est fermé comme une huître, comme quelqu'un qui a atteint les limites qu'il s'est fixées. Lorsque je me suis écrié « Noyée ? *Délibérément ?* Mais quand, pourquoi ? » et que j'ai senti un frisson d'appréhension me passer dans le dos, il a dit : « Impossible de t'en dire davantage. Questionne ton père. »

Mon père. Il est assis au bord de mon lit, et il me regarde et j'ai peur.

De quoi ? me demandez-vous. Quel âge avez-vous, Gideon ?

Je dois être tout petit parce qu'il a l'air grand, on dirait un géant, alors qu'en fait il doit faire la taille que je fais aujourd'hui. Il pose la main sur mon front.

Ce geste vous réconforte ?

Non, non, j'ai un mouvement de recul.

Est-ce qu'il parle ?

Au début, non, il est assis près de moi. Mais au bout d'un moment, il s'approche, pose les mains sur mes épaules comme s'il s'attendait à ce que je me lève alors qu'il souhaite que je reste allongé à l'écouter. Alors c'est ce que je fais. Je reste allongé sans bouger, on se regarde et finalement il se met à parler. « Tu es en sécurité, Gideon. *Tu* es en sécurité », me dit-il.

A quoi fait-il allusion ? voulez-vous savoir. Est-ce que vous venez de faire un cauchemar ? Est-ce pour ça qu'il est près de vous ? Ou y a-t-il autre chose ? Katja Wolff, peut-être ? Est-ce que vous êtes en sécurité par rapport à elle ? Ou est-ce que cela renvoie à un événement antérieur, Gideon, à un événement datant de l'époque où Katja n'était pas encore chez vous ?

Il y a des gens chez nous, un vrai défilé. Je m'en souviens. On m'a expédié dans ma chambre en compagnie de Sarah-Jane Beckett et elle parle, parle, parle, je ne suis pas censé entendre.

Elle fait les cent pas et elle parle. Elle tripote furieusement ses ongles comme si elle voulait les arracher. Elle dit : « Je le *savais*, ça devait arriver. » Elle dit : « Sale petite garce. » Je sais que ce sont des mots grossiers, je suis étonné, j'ai peur, parce que Sarah-Jane Beckett ne dit jamais de grossièretés. « Elle croyait qu'on ne saurait rien, dit-elle. Elle croyait qu'on ne *remarquerait* rien. »

Remarquer quoi ?

Je ne sais pas.

A l'extérieur de ma chambre, ce sont des pas, des allées et venues, quelqu'un crie : « Ici, par ici ! » C'est à peine si je reconnais la voix de mon père tant elle sue la panique. Par-dessus ces cris j'entends ma mère qui dit : « Richard ! Oh mon Dieu, Richard ! Richard ! » Grand-père bat la campagne, Grand-mère pousse des gémissements et quelqu'un demande à tout le monde de « sortir de la pièce, sortir de la pièce ». Cette dernière voix, je ne la reconnais pas. Quand Sarah-Jane l'entend, elle s'arrête de faire les cent pas et de chuchoter et elle s'immobilise, la tête penchée, près de la porte.

Et puis d'autres voix, des voix d'étrangers. Quelqu'un pose une série brutale de questions commençant par *comment*.

Il y a d'autres pas, d'autres allées et venues, des

objets lourds en métal qui heurtent le plancher, des ordres qui sont aboyés par un homme, d'autres voix masculines répondent et au milieu de tout ça quelqu'un crie : « Non ! Je laisse pas elle seule ! »

Ce doit être Katja, étant donné la syntaxe approximative. Et quand elle prononce cette phrase en pleurant, Sarah-Jane Beckett pose la main sur la poignée de la porte et dit : « Petite garce. »

Je me dis qu'elle a l'intention de rejoindre le couloir où règne ce vacarme, mais non. Elle jette un regard vers le lit d'où je l'observe et elle me confie : « Pas question que je m'en aille maintenant. »

Comment ça, qu'elle s'en aille, Gideon ? Elle devait s'absenter ? Prendre des vacances ?

Non, je ne crois pas que ce soit ce dont elle parle. Je crois plutôt qu'elle fait allusion à un départ sans retour.

Vous croyez que votre préceptrice a été virée ?

Ça ne semble guère raisonnable. Si elle a été virée pour incompétence, malhonnêteté ou je ne sais quelle faute encore, quel rapport y a-t-il entre la mort de Sonia et le fait qu'elle va rester chez nous ? Car c'est ce qui se passe, Dr Rose : Sarah-Jane Beckett continue de me donner des cours jusqu'à mes seize ans, époque à laquelle elle se marie et s'installe à Cheltenham. C'est donc qu'elle comptait partir pour une autre raison mais que cette raison se trouve annulée du fait de la mort de Sonia.

C'est à cause de Sonia, alors, que Sarah-Jane Beckett devait partir ?

J'en ai bien l'impression, pas vous ? Mais je me demande pourquoi.

6

Doll Cottage possédant un grenier, c'est là que la constable Barbara Havers et son supérieur hiérarchique se rendirent en dernier lieu. Il était minuscule, sous l'avancée du toit. On y accédait par une trappe pratiquée dans le plafond juste à côté de la salle de bains. Une fois dans le grenier, ils furent quasiment obligés de ramper. Comme le parquet était vierge de poussière, ils en conclurent que l'endroit était fréquenté régulièrement par quelqu'un qui y faisait le ménage ou qui venait passer en revue le contenu de la pièce microscopique.

— Qu'est-ce que vous en pensez ? demanda Barbara tandis que Lynley tirait sur un cordon relié à une ampoule qui pendait du plafond. (Un cône de lumière jaune l'éclaira, jetant des ombres sur son front, cachant ses yeux.) Wiley *dit* qu'elle voulait lui parler mais il aurait pu tricher sur son emploi du temps. Ce n'est pas plus difficile que ça.

— Ah, c'est votre façon de sous-entendre que le major Wiley a un mobile ? lui demanda Lynley. Pas de toiles d'araignée ici, Havers.

— Mouais. Pas de poussière non plus.

Lynley passa la main sur une cantine posée près de plusieurs gros cartons. La malle avait un fermoir mais pas de serrure. Il souleva le couvercle, jeta un coup d'œil à l'intérieur tandis que Barbara crapahutait vers le premier carton.

— Trois années de patients efforts pour nouer une relation dont il espérait qu'elle évoluerait favorablement avec le temps, reprit Lynley. Là-dessus elle lui apprend qu'il ne pourra jamais y avoir entre eux davantage que ce qui les lie…

— A cause d'un type qui conduit une Audi bleue – ou noire – avec qui elle a eu une engueulade sur le parking ?

— Possible. Ulcéré, il la file jusqu'à Londres, je parle de Wiley, bien sûr, et il l'écrase. Oui. Ça aurait pu se passer de cette façon.

— Mais vous n'en êtes pas persuadé ?

— Je crois qu'il est encore trop tôt. Qu'est-ce que vous avez trouvé ?

— Des vêtements, dit Barbara.

— Des vêtements à elle ?

Barbara tendit à bout de bras sa première trouvaille : une salopette d'enfant en velours côtelé rose, brodée de fleurs jaunes. « Celle de sa fille, je suppose. » Elle fouilla encore dans le carton et en extirpa toute une pile d'habits : des robes, des pyjamas, des Babygros, des chaussures, des chaussettes, tous du même style. Les couleurs, les motifs indiquaient que ces vêtements avaient servi à habiller l'enfant assassinée. Barbara remit le tout en place et se tourna vers le carton suivant tandis que Lynley extrayait le contenu de la cantine.

Le deuxième carton abritait du linge et les objets qu'on utilise dans un berceau de bébé. Des draps parsemés de lapins et soigneusement pliés voisinaient avec un mobile musical, une Jemima Puddleduck en piteux état, six autres animaux en peluche qui avaient manifestement moins servi que Jemima la Cane, et le rembourrage utilisé pour garnir le tour du berceau de façon à empêcher le bébé de se cogner la tête. Dans le troisième carton, tout pour le bain : canards en caoutchouc et jusqu'à une robe de chambre miniature. Barbara s'apprêtait à faire une réflexion sur la psychologie de la mère et les penchants morbides qui l'avaient poussée à conserver ces différentes reliques, compte tenu des conditions entourant la mort du bébé, lorsque Lynley murmura :

— Voila qui est intéressant, Havers.

Relevant le nez, elle vit qu'il avait chaussé ses lunettes et tenait une pile de coupures de presse dont il avait commencé à prendre connaissance. Près de lui, par terre, s'entassait le reste du contenu de la cantine : une collection de revues et de journaux, et cinq albums reliés en cuir, destinés à classer photos, coupures et souvenirs divers.

— Quoi donc ? demanda-t-elle.

— Elle a là une véritable bibliothèque consacrée à Gideon.

— Elle a découpé tout ça dans les journaux ? Mais pourquoi donc ?

— Le violon. (Lynley abaissa l'article qu'il parcourait et ajouta :) Il s'agit de Gideon Davies, Havers.

Barbara s'assit sur ses talons, un gant de toilette en forme de chat à la main.

— Je suis censée m'évanouir à cette nouvelle ?

— Vous ne savez pas qui est… ? Excusez-moi. La musique classique n'est pas votre fort, c'est vrai. Si ç'avait été le guitariste des Rotting Teeth…

— Dites tout de suite que vous méprisez mes goûts musicaux.

— … ou quelque autre groupe de cette nature, vous auriez tout de suite fait le rapprochement.

— Exact, admit Barbara. Qui c'est ce mec, Davies ? Qu'est-ce qu'il fait dans le civil ?

Et Lynley d'expliquer : un violoniste virtuose, un ancien enfant prodige, le détenteur d'une réputation internationale, un musicien qui avait fait ses débuts avant l'âge de dix ans.

— Sa mère semble avoir conservé tout ce qui avait trait à sa carrière.

— Bien qu'étant brouillée avec lui ? dit Havers. Dans ce cas cela laisserait supposer que c'est lui qui était à l'origine de cette séparation. Ou peut-être le père.

— Possible. En tout cas, c'est une mine de renseignements qu'elle a dans cette malle, fit Lynley en passant en revue les articles. Et elle a rassemblé absolument tout ce qui a été publié depuis sa dernière apparition publique, y compris les papiers de la presse à sensation.

— S'il est célèbre… c'est pas étonnant.

Barbara sortit un petit carton enfoui au milieu des accessoires de bain. L'ayant ouvert, elle tomba sur une liasse d'ordonnances rédigées à l'intention de Sonia Davies.

— Justement si. Car sa dernière apparition a été un fiasco. Il devait interpréter la partie violon d'un trio. A Wigmore Hall. Il a refusé de jouer. Il a quitté la scène et il n'a pas rejoué une seule note en public depuis.

— Il avait un problème ?

— Sans doute.

— Le trac ?

— Peut-être. (Lynley tendit les journaux, tabloïds et autres.) Elle a collectionné tous les papiers qui mentionnent l'incident, jusqu'au moindre d'entre eux.

— Ben, c'était sa mère. Qu'est-ce qu'ils contiennent, les albums ?

Lynley en ouvrit un tandis que Barbara s'approchait pour regarder par-dessus son épaule. Ils découvrirent de nouveaux articles de journaux. Accompagnés de programmes de concerts, de photos et de brochures d'une organisation : le conservatoire d'East London.

— Je me demande pourquoi ils étaient fâchés, dit Barbara en voyant tout cela.

— C'est une bonne question, approuva Lynley.

Ils fouillèrent dans les autres cartons et dans la cantine, et constatèrent que tout ce qui s'y trouvait concernait soit Gideon soit Sonia Davies. Barbara se dit que c'était comme si Eugenie n'avait pas eu d'existence propre avant la naissance de ses enfants. Comme si elle avait cessé d'exister lorsqu'elle les avait perdus. A ceci près, bien sûr, qu'elle n'en avait perdu véritablement qu'un seul.

— Il va falloir que nous retrouvions ce Gideon.

— Il est sur la liste des personnes à interroger, opina Lynley.

Ils remirent tout en place et redescendirent. Lynley rabattit la trappe.

— Allez chercher les lettres qui sont dans la chambre, Havers. Nous ferons ensuite un saut jusqu'au Club des Sexagénaires. Nous devrions pouvoir y glaner de quoi boucher quelques trous.

Une fois dehors, ils remontèrent Friday Street, longèrent Wiley's Books – où le major Ted Wiley, posté derrière une rangée d'albums illustrés, ne fit aucun effort pour leur cacher qu'il les observait par la vitrine. Il porta un mouchoir à son visage tandis qu'ils passaient. Pleurait-il, faisait-il semblant, se mouchait-il ? Barbara ne put s'empêcher de se poser la question. Trois ans, ça faisait long pour attendre qu'une femme se décide à vous dire oui et pour vous apercevoir finalement que vos espoirs étaient déçus.

Friday Street était un mélange hétéroclite de commerces et de résidences. Elle donnait sur Duke Street, où les Henley Piano Galleries avaient installé dans leur vitrine des violons et des violes ainsi qu'une guitare, une mandoline et un banjo.

— Attendez un moment, Barbara, dit Lynley, qui alla examiner la devanture de plus près.

Barbara en profita pour allumer une cigarette, et elle regarda les instruments, se demandant ce que Lynley et elle étaient censés voir là.

— Quoi ? quoi ? dit-elle finalement à Lynley, qui continuait à les détailler en se tripotant pensivement le menton.

— Il est comme Menuhin. Il y a toutes sortes de similitudes dans leurs carrières. Je me demande si, question famille, il y en avait aussi. Menuhin dès le début de sa carrière a pu compter sur le dévouement total de ses parents. Si Gideon n'a pas...

— Menu... quoi ?

— Un autre prodige, Havers. (Il croisa les bras, fit porter le poids de son corps d'un pied sur l'autre comme s'il se préparait à un long développement.) Il faut réfléchir à cette question : que se passe-t-il dans la vie de parents qui découvrent qu'ils ont fabriqué un génie ? Des responsabilités leur tombent dessus, bien différentes de celles qu'ont à assumer les parents d'enfants ordinaires. Maintenant, ajoutez à ces responsabilités-là les responsabilités qui incombent aux parents d'un enfant différent.

— Un enfant comme Sonia, compléta Havers.

— Elles sont aussi lourdes, aussi difficiles mais d'une autre façon.

— Mais sont-elles aussi gratifiantes pour les parents ? Et si tel n'est pas le cas, comment les parents font-ils pour les assumer ? Et quelles sont les répercussions sur leur couple des efforts constants qu'ils doivent déployer pour faire bonne figure ?

Lynley hocha la tête, reportant les yeux sur les violons. Songeant à ses propos, Barbara se demanda si tout en regardant les instruments, ce n'était pas à son avenir qu'il réfléchissait. Elle ne lui avait pas encore fait part de la conversation qu'elle avait eue avec sa femme la veille. Le moment semblait mal choisi. Pourtant, d'un autre côté, il lui avait fourni une entrée en matière qu'il était difficile d'ignorer. Et cela ne lui ferait-il pas du bien d'avoir une oreille compatissante à qui confier ses soucis pendant la grossesse de Helen ?

— Vous êtes inquiet, monsieur ? dit-elle en tirant sur sa Player avec une certaine appréhension car, bien que travaillant ensemble depuis maintenant trois ans, les deux policiers n'avaient pas pour habitude de parler de leur vie privée.

— Inquiet, Havers ?

Elle soufflait la fumée en prenant garde à ne pas la lui envoyer dans la figure lorsqu'il se tourna vers elle.

— Helen m'a mise au courant hier soir pour... Je suppose qu'il y a de quoi être inquiet. Tous les parents doivent à un moment ou un autre se faire du souci. Je veux dire...

Elle s'ébouriffa les cheveux et ferma le dernier bouton de son caban, qu'elle s'empressa de défaire car le col la serrait décidément trop.

— Ah, le bébé. Oui, fit Lynley.

— Il y a toujours des moments où on a peur, j'imagine.

— Oui, en effet, répliqua-t-il d'un ton uni. Continuons.

Et il tourna le coin du magasin de pianos, abandonnant la conversation.

Drôle de réponse, songea Barbara. Drôle de réaction. Et elle se rendit alors compte qu'elle s'était attendue de la part de Lynley à une réaction stéréotypée face à cette paternité qui lui tendait les bras. Cet homme avait un arbre généalogique prestigieux. Il avait un titre – même si c'était terriblement anachronique d'en posséder un –, un domaine familial dont il avait hérité lorsqu'il avait une vingtaine d'années. N'était-il pas censé mettre un héritier au monde peu de temps après son mariage ? Ne devait-il pas être ravi d'avoir accompli son devoir quelques mois après son plongeon dans la vie conjugale ?

Elle fronça les sourcils, jeta son mégot, qui atterrit dans une flaque. C'était fou ce qu'on pouvait ignorer sur les hommes, songea-t-elle.

Le Club des Sexagénaires était un modeste bâtiment situé sur Albert Road en bordure d'un parking. Lorsqu'ils entrèrent, Barbara et Lynley furent immédiatement accueillis par une femme à fortes dents et tignasse rousse, vêtue d'une sorte de tunique à fleurs diaphane qui aurait mieux convenu à une garden-party ensoleillée qu'au temps gris de novembre. Elle exhiba sans retenue ses impressionnantes quenottes et se présenta : Georgia Ramsbottom, « secrétaire du club à l'unanimité pour la cinquième année consécutive ». En quoi pouvait-elle les aider ? Peut-être pouvait-elle leur donner un coup de main pour un parent qui n'osait se renseigner sur les prestations offertes par le club ? Pour une maman, veuve de fraîche date ? Un père anéanti par le décès d'une épouse bien-aimée ?

— Parfois nos retraités (manifestement elle n'avait pas l'air de se compter parmi le nombre, malgré sa peau tendue à craquer qui trahissait de vains efforts pour retarder le processus du vieillissement) se font tirer l'oreille lorsqu'il leur faut changer de mode de vie.

— Il n'y a pas que les retraités, dit Lynley sur le ton de la conversation tandis qu'il sortait sa carte, se présentait et présentait Barbara.

— Oh, désolée. Je supposais que… (Georgia Ramsbottom baissa la voix.) La police ? Je ne sais pas si je peux vous être d'un grand secours. J'ai été *élue*, c'est tout.

— Pour la cinquième année consécutive, fit Barbara d'un ton encourageant. Félicitations.

— Est-ce qu'il y a quelque chose… ? Oh, mais c'est à notre directrice que vous voulez parler, j'imagine. Elle n'est pas là aujourd'hui, je me demande bien pourquoi, même si elle a souvent à faire à l'extérieur, mais je peux lui téléphoner chez elle si ça ne vous ennuie pas d'attendre dans la salle de jeux ?

Elle leur indiqua la porte par laquelle elle était entrée pour les accueillir. Ils aperçurent des petites tables et des quatuors qui tapaient le carton, des duos qui jouaient aux échecs ou aux dames, et une personne qui faisait une patience mais semblait n'en avoir aucune, compte tenu de ses « Et merde ! » à répétition. Georgia Ramsbottom fit un pas vers un bureau fermé sur la porte duquel le mot « directrice » était écrit au stencil.

— Je fais un saut dans son bureau et je lui passe un coup de fil.

— Vous parlez de Mrs Davies, je suppose, fit Lynley.

— Eugenie Davies, oui, bien sûr. Elle est généralement là quand elle ne visite pas les maisons de retraite. C'est quelqu'un de très bien, notre Eugenie. Très généreuse. Un parfait exemple de… (Incapable de terminer la métaphore, elle changea de sujet.) Mais si vous la cherchez, c'est que vous connaissez déjà… vous la connaissez de réputation pour ses bonnes actions…

— Je crains fort qu'elle ne soit morte, dit Lynley.

— Morte, répéta Georgia Ramsbottom en les dévisageant d'un air ahuri. Eugenie ? Eugenie Davies ? Morte ?

— Oui. La nuit dernière à Londres.

— A Londres. Est-ce qu'elle… ? Que s'est-il passé ? Oh, mon Dieu, est-ce que Teddy est au courant ?

Les yeux de Georgia se braquèrent vers la porte que Lynley et Barbara venaient de franchir. Manifestement elle grillait d'envie de se précipiter chez le major Wiley pour lui annoncer la nouvelle.

— Eugenie et lui, dit-elle dans un souffle comme si les joueurs de cartes risquaient de surprendre ses propos, ils étaient… Enfin, ni l'un ni l'autre n'est venu s'en vanter, mais ça, c'était Eugenie. C'était une femme très discrète. Elle n'était pas du genre à révéler les détails de sa vie privée au premier venu. Mais on voyait bien, quand ils étaient ensemble, que Ted en était gaga. Et moi j'étais ravie pour eux, vous pensez. On avait eu une petite liaison, Ted et moi, à son arrivée à Henley. Mais j'avais rapidement conclu qu'il n'était pas l'homme qu'il me fallait. Et quand je l'ai refilé à Eugenie, j'ai eu la joie de voir que ça faisait aussitôt tilt entre eux. Les atomes crochus. Il y en avait entre eux. Alors qu'entre Ted et moi, ça n'avait jamais vraiment collé. Vous savez ce que c'est. (De nouveau, elle exhiba ses redoutables dents.) Pauvre cher Teddy. Pauvre cher homme. Il est si gentil. Tout le monde l'adore au club.

— Il est au courant pour Mrs Davies. Nous lui avons parlé.

— Pauvre homme. D'abord sa femme. Et maintenant ça. Mon Dieu... (Elle soupira.) Seigneur, il faut que je prévienne tout notre petit monde.

Barbara se dit que Georgia devait bicher à cette perspective.

— Si nous pouvions avoir accès à son cabinet de travail, dit Lynley en désignant la pièce d'un mouvement de menton.

— Oh, mais oui, bien sûr, fit Georgia Ramsbottom. Il ne devrait pas être fermé, il ne l'est pas d'habitude. Le téléphone s'y trouve, et quand Eugenie n'est pas là et que ça sonne, il faut bien que quelqu'un puisse répondre. Certains de nos membres ont des conjoints dans des maisons de retraite et un téléphone qui sonne, ça peut facilement signifier... (Elle laissa sa phrase en suspens et prit un air entendu. Elle tourna la poignée, la porte s'ouvrit et elle fit signe à Barbara et Lynley d'entrer.) Si ça ne vous ennuie pas que je vous pose la question...

Lynley hésita au moment de franchir le seuil. Il se tourna vers la secrétaire tandis que Barbara le dépassait, s'approchait de l'unique bureau qui meublait la pièce et prenait place dans le fauteuil. Sur le bureau se trouvait un agenda qu'elle fit glisser vers elle tandis que Lynley disait :

— Oui ?

— Est-ce que Ted... est-ce qu'il est... ? (Elle se forçait à prendre un ton funèbre.) Est-ce que Ted est très secoué, inspecteur ? Nous sommes de si bons amis. Je me demande si je dois lui téléphoner. Peut-être ferais-je mieux de passer le voir pour lui dire un mot de réconfort ?

Bon sang ! songea Barbara. Le cadavre n'était même pas encore froid et... Mais quand un homme devenait libre, il ne fallait pas perdre de temps. Tandis que Lynley produisait tous les marmonnements qu'on attend d'un homme bien élevé pour lui signifier que seule une amie pouvait décider de l'opportunité d'un coup de téléphone ou d'une visite et tandis que Georgia Rams-bottom se retirait pour ruminer tout cela, Barbara se pencha sur l'agenda d'Eugenie Davies. La directrice du club avait un emploi du temps chargé : réunions de commissions et comités divers liés à des événements socioculturels se déroulant au club, visites dans des endroits comme les Pins tranquilles, la Vue sur la Rivière ou les Saules, qui semblaient être des maisons de retraite, rendez-vous avec le major Wiley qui étaient indiqués par le prénom Ted, et une série de rendez-vous en regard desquels figuraient des noms de pubs et d'hôtels. Ces derniers revenaient régulièrement tout au fil de l'année. Il y en avait au moins un par mois. Ces rendez-vous avaient eu lieu non seulement au cours des mois précédents et pendant le mois en cours, mais ils étaient notés jusqu'à la fin de l'agenda – lequel comportait les six premiers mois de l'année à venir. Barbara les désigna du doigt à Lynley pendant que ce dernier feuilletait un carnet d'adresses qu'il avait sorti d'un tiroir du bureau.

— Des rendez-vous réguliers, dit-il.

— Elle fréquentait les pubs ? Elle était inspecteur d'hôtels ? Je ne pense pas. Ecoutez : Catherine Wheel, King's Head, Fox and Glove, le Claridge... Ça vous fait penser à quoi ? Moi, ça me fait penser à des rendez-vous galants.

— Il n'y a qu'un seul nom d'hôtel ?

— Non, il y en a d'autres. Là, l'Astoria, le Lords of the Manor, le Méridien également. Il y en a en ville, il y en a à l'extérieur. Elle voyait quelqu'un, inspecteur, et à mon avis ce n'était pas Wiley.

— Téléphonez aux hôtels. Voyez si elle réservait une chambre.

— Ah... vous n'avez pas un boulot plus marrant ?

— Ce n'est peut-être pas drôle mais c'est utile.

Tandis qu'elle donnait des coups de téléphone, Barbara passa en revue le reste du bureau d'Eugenie Davies. Les autres tiroirs contenaient des fournitures :

cartes de visite, enveloppes, papier à lettres, adhésif, agrafes, élastiques, ciseaux, crayons, stylos. Des classeurs renfermaient les contrats passés avec divers fournisseurs du club – denrées alimentaires, mobilier, matériel informatique, photocopieuses. Le temps d'apprendre du premier des hôtels qu'il n'y avait aucune trace d'une Eugenie Davies qui serait descendue chez eux, Barbara conclut qu'il n'y avait rien de personnel dans son bureau.

Elle examina le plateau du bureau tandis que Lynley se penchait sur l'ordinateur. Elle fouilla dans la corbeille de la défunte. Et Lynley, lui, se plongea dans son cybermonde.

La corbeille ne se révéla pas une source de renseignements passionnants, comme Barbara ne tarda pas à le constater. Elle contenait trois demandes d'admission au club, provenant toutes de septuagénaires veuves de fraîche date, ainsi que des brouillons d'affichettes et de prospectus pour les activités du club. Barbara siffla doucement en voyant ce que le club offrait à ses membres. La saison des fêtes approchant, un programme nourri avait été concocté spécialement pour les retraités. Il y avait de tout, depuis un voyage en car à Bath, où un dîner était prévu, jusqu'à une pantomime de Nouvel An. Il y avait des cocktails, des dîners, des soirées dansantes, des sorties pour Boxing Day [1], des messes de minuit pour les plus de soixante ans qui n'étaient pas décidés à passer au fond de leur lit les dernières années de leur existence. Derrière elle, Barbara entendit le bourdonnement de l'ordinateur qui prenait vie. Elle se leva, s'approcha du classeur métallique tandis que Lynley lui succédait au bureau et faisait pivoter le fauteuil directorial afin de se trouver face à l'ordinateur. Le classeur était doté d'une serrure mais il n'était pas fermé à clé. Barbara ouvrit le premier tiroir et commença à examiner le contenu des dossiers.

---

1. Le lendemain de Noël, férié en Grande-Bretagne. *(N.d.T.)*

Ceux-ci renfermaient essentiellement de la correspondance échangée avec d'autres organismes s'occupant de retraités en Grande-Bretagne. Il y avait également des documents administratifs concernant la protection sociale, une brochure de voyage, des articles traitant de différents sujets de gériatrie allant de l'Alzheimer à l'ostéoporose, ou de problèmes juridiques afférents aux testaments, aux fidéicommis et aux investissements. Un dossier était consacré à la correspondance envoyée par les enfants des membres du club. La plupart de ces missives disaient la gratitude des enfants pour les efforts que déployait le club afin de faire sortir Maman ou Papa de sa coquille. Certaines lettres se plaignaient de la reconnaissance que Maman ou Papa témoignait à un organisme qui n'avait aucun rapport avec la famille immédiate. Barbara sortit ce paquet de lettres de mécontents et les étala sur le bureau. Peut-être que le parent d'un retraité avait pris ombrage de l'affection qu'éprouvait sa mère ou son père pour la directrice… Elle les passa en revue afin de s'assurer qu'aucune des lettres n'était signée Wiley. Aucune ne l'était ; mais cela ne signifiait pas pour autant que le major n'avait pas une fille mariée qui aurait pu écrire à Eugenie une lettre de récriminations.

L'un des dossiers se révéla particulièrement intéressant. Il contenait un grand nombre de photos. Barbara les examina et constata que Ted Wiley y figurait souvent, généralement en compagnie d'une femme – pendue à son bras, un bras autour des épaules ou assise sur ses genoux. Georgia Ramsbottom. *Cher Teddy*. Ah oui, songea Barbara. Elle dit « Inspecteur » au moment où Lynley remarquait :

— Tiens, voilà qui est intéressant, Havers.

Photographies en main, elle s'approcha de l'ordinateur. Elle vit qu'il était sur Internet et qu'il avait affiché sur l'écran le courrier électronique d'Eugenie Davies.

— Elle n'avait pas de mot de passe ? questionna Barbara en lui tendant les clichés.

— Si. Mais je n'ai pas eu de mal à le trouver.

— Le prénom d'un de ses enfants ?

— Sonia, dit-il. (Puis, un instant plus tard :) Zut.

— Quoi ?

— Il n'y a rien.

— Pas de message menaçant ? Pas de projet d'aller-retour à Hampstead ? Pas d'invitation à se rendre au Méridien ? Pourtant ça nous arrangerait bien.

— Rien du tout, fit Lynley, l'œil rivé sur l'écran. Comment s'y prend-on pour récupérer le courrier électronique de quelqu'un ? Est-il possible qu'elle ait reçu des messages qui soient planqués quelque part ?

— C'est à moi que vous posez cette question, monsieur ? Moi qui maîtrise à peine le téléphone portable.

— Il faut que nous les trouvions, ces messages, s'ils sont là.

— Il va nous falloir emporter l'ordinateur, alors. Sûrement qu'à Londres, quelqu'un pourra faire la manip.

— Sûrement, répondit Lynley.

Il passa en revue les photos qu'elle lui avait remises mais ne sembla guère leur accorder d'attention.

— Georgia Ramsbottom, souffla Barbara. Le cher Teddy et elle semblent avoir été inséparables.

— Des sexagénaires s'écrasant en pleine rue ?

— C'est une idée, convint Barbara. A nous de voir si la voiture de Miss Ramsbottom n'aurait pas pris un choc.

— J'en doute, dit Lynley.

— Il faudrait quand même jeter un coup d'œil. Je ne crois pas qu'on puisse...

— Oui oui, on jettera un œil. Elle est sûrement sur le parking.

Mais il n'avait pas l'air convaincu et Barbara n'apprécia pas de le voir reposer les photos et se remettre sur l'ordinateur. Il quitta le courrier électronique d'Eugenie Davies, éteignit la machine, commença à la débrancher.

— Nous allons essayer de savoir où Mrs Davies est

allée se promener sur le Net, dit-il. On laisse forcément des traces de son passage quand on va sur la Toile.

— Slip d'Amour.

L'inspecteur principal Eric Leach resta impassible. Il y avait vingt-six ans qu'il était flic et il savait que, dans sa branche, seul un crétin pouvait se vanter d'avoir tout vu et tout entendu. Mais là, ça battait des records.

— Vous avez bien dit Slip d'Amour, Mr Pitchley ?

Ils se trouvaient dans une salle d'interrogatoire au commissariat de police : J. W. Pitchley, son avocat – un petit gabarit répondant au nom de Jacob Azoff avec les poils du nez en forme de balai-brosse et une grosse tache de café sur sa cravate –, un constable en uniforme du nom de Stanwood, et Leach lui-même qui conduisait l'interrogatoire tout en avalant du Lemsip comme si c'était du cidre et en se demandant avec amertume combien de temps il faudrait à son système immunitaire pour s'habituer à la vie de célibataire qu'il lui faisait mener de nouveau. Une nuit de tournée de pubs, et il attrapait tous les virus de la planète.

L'avocat de Pitchley avait téléphoné deux heures avant la rencontre. Son client, avait dit Azoff, voulait faire une déposition. Et il tenait à avoir l'assurance que cette déposition resterait confidentielle. Un truc juste entre hommes, il fallait que la police fasse gaffe, marche sur des œufs. En d'autres termes, Pitchley ne voulait pas que la presse apprenne son nom. S'il y avait la moindre chance que ces fouille-merde *aient vent de* son identité, il se verrait… etc., etc., etc.

« Il connaît la chanson, avait dit Azoff d'un ton emphatique. C'est pourquoi si, comme je l'espère, nous parvenons à nous mettre d'accord sur cette histoire de confidentialité, vous pouvez considérer que vous avez en face de vous, inspecteur principal Leach, un homme qui souhaite sincèrement coopérer. »

Pitchley et son homme de loi s'étaient donc pointés.

245

On les avait fait entrer par la porte de derrière comme des voleurs, on leur avait donné à boire – jus d'orange frais pour l'un, eau minérale pétillante avec une rondelle de citron pour l'autre –, et ils s'étaient assis à la table de la salle d'interrogatoire. Après quoi, Leach avait appuyé sur la touche d'enregistrement du magnétophone et indiqué le jour, l'heure et le nom des personnes présentes.

L'histoire de Pitchley n'était pas sensiblement différente de celle qu'il avait racontée la veille, même s'il avait cette fois fourni un peu plus de détails concernant les modalités des rencontres, les lieux et les noms de ses partenaires de galipettes. Malheureusement, sorti des sobriquets de ces dernières, il avait été incapable d'en dire plus concernant l'identité des dames qui auraient pu confirmer sa version des faits.

C'est pourquoi Leach lui demanda d'un ton calme :

— Comment voulez-vous que nous retrouvions la trace de votre Slip d'Amour ? Si elle n'a même pas été fichue de donner son vrai nom au type qui la tringlait…

— Nous n'utilisons pas ce genre de vocabulaire, s'offusqua Pitchley.

— … comment voulez-vous qu'elle accepte de coopérer avec les flics ? Le fait qu'elle vous ait dissimulé son vrai nom ne vous met pas la puce à l'oreille ?

— C'est toujours comme ça…

— Vous ne pensez pas que si elle ne vous l'a pas communiqué, c'est qu'elle ne souhaite pas qu'on la retrouve ? Autrement que par Internet, je veux dire.

— Ça fait partie du jeu, le fait que nous…

— … Et si elle ne veut pas qu'on la retrouve, vous ne pensez pas que ça signifie qu'elle a quelqu'un – un mari, par exemple – qui pourrait trouver plutôt saumâtre qu'un gus qui a niqué sa femme se pointe chez lui avec des fleurs et des chocolats dans l'espoir qu'elle acceptera de confirmer son alibi ?

Plus le teint de Pitchley devenait brique, plus l'incrédulité de Leach augmentait. Après avoir toussé, s'être abondamment raclé la gorge, leur homme avait avoué être un Casanova qui séduisait via le Net des femmes d'âge mûr dont aucune ne donnait son nom ni ne connaissait le sien. Pitchley prétendit qu'il ne pouvait se souvenir du nombre de femmes avec lesquelles il avait eu rendez-vous depuis la naissance du courrier électronique et des forums de discussion, et qu'il ne pouvait certainement pas se rappeler tous leurs cyber-noms mais qu'il était prêt à jurer sur une pile de bibles qu'il suivait le même protocole avec toutes ses correspondantes une fois qu'ils s'étaient mis d'accord pour se rencontrer : cocktails et dîner à la Vallée des Rois, à South Kensington, suivis de plusieurs heures de gymnastique copulatoire au Comfort Inn de Cromwell Road.

— On se souvient de vous, au restaurant ou à l'hôtel ? s'enquit alors Leach.

C'est que, fut forcé d'admettre Pitchley, ça posait un petit problème. Les serveurs de la Vallée des Rois étaient des étrangers. Le réceptionniste de nuit au Comfort Inn également. Or les étrangers avaient souvent du mal à se rappeler un visage anglais. Parce que les étrangers...

— Les deux tiers des gens qui habitent cette putain de ville sont des étrangers, coupa Leach. Si vous n'avez rien de plus consistant à nous proposer que les salades que vous nous avez servies jusqu'à présent, Mr Pitchley, nous perdons notre temps.

— Puis-je me permettre de vous rappeler, inspecteur principal Leach, que c'est de son plein gré que mon client s'est rendu dans vos locaux ? souligna Jake Azoff à ce moment-là. (C'était lui qui avait réclamé l'orange pressée et Leach constata qu'il avait encore de la pulpe accrochée à sa moustache, ce qui lui faisait comme une crotte d'oiseau punk.) Peut-être que si vous étiez plus courtois, cela l'encouragerait à battre plus efficacement le rappel de ses souvenirs.

— Je suppose que si Mr Pitchley est venu au commissariat, c'est qu'il avait quelque chose de plus à me dire que la nuit dernière, répliqua Leach. Jusqu'à présent il s'est borné à broder des variations autour d'un même thème, qui ne servent qu'à l'enferrer davantage.

— Je ne vois pas comment vous pouvez être arrivé à cette conclusion, fit Azoff.

— Vraiment ? Laissez-moi vous faire un dessin. A moins que je n'aie rêvé, Mr Pitchley vient de nous apprendre que son passe-temps favori consiste à draguer des femmes de plus de cinquante ans sur Internet et à les persuader de finir au lit avec lui. Il vient de nous préciser qu'il avait eu un succès certain dans ce domaine. Au point qu'il ne peut même pas se souvenir du nombre de dames qui ont eu la chance de bénéficier de ses talents. Est-ce que j'ai bien compris, Mr Pitchley ?

Pitchley changea de place sur sa chaise, but une gorgée d'eau. Il avait toujours le visage en feu, et ses cheveux couleur de poussière, séparés par une raie au milieu qui lui faisait comme des petites ailes, retombèrent vers l'avant lorsqu'il fit oui de la tête. Il garda la tête baissée : gêne, regret, bien malin qui pouvait le dire…

— Parfait, continuons. Or voilà que nous avons sur les bras une dame d'un certain âge qui est écrasée par une voiture dans la rue de Mr Pitchley, à quelques maisons de chez lui. Cette femme se trouve en possession de l'adresse de Mr Pitchley. Qu'est-ce que cela vous suggère ?

— Pour ma part, je ne tirerais pas de conclusions, fit Azoff.

— Naturellement. Mais il se trouve que tirer des conclusions, c'est mon boulot. Et la conclusion que je tire, c'est que cette femme s'apprêtait à aller voir Mr Pitchley.

— Nous n'avons absolument pas reconnu que Mr Pitchley attendait cette femme ou qu'il la connaissait.

— Et à supposer qu'elle se soit apprêtée à aller chez lui, Mr Pitchley, de son propre aveu, nous a fourni une excellente raison à sa visite. (Leach se pencha en avant pour mieux voir sous le rideau de cheveux de Pitchley.) Elle avait l'âge auquel vous les aimez, Pitchley. Soixante-deux ans. Un corps tout à fait acceptable, du moins avant que la voiture ait fait son œuvre. Elle était divorcée. Pas remariée. Pas d'enfant à la maison. Je me demande si elle avait un ordinateur… Pour se distraire lorsqu'elle se sentait seule, à Henley.

— Ce n'est pas possible, dit Pitchley. Elles ne savent pas où j'habite. Elles ne savent pas comment me retrouver une fois que… une fois que nous avons quitté Cromwell Road.

— Vous les baisez et vous vous taillez, résuma Leach. Génial. Mais imaginez que l'une d'entre elles ait soudain décidé que cet arrangement n'était plus à son goût. Imaginez que l'une d'entre elles vous ait suivi chez vous. Pas la nuit dernière, bien sûr, mais une autre nuit. Qu'elle vous ait filé le train, qu'elle ait repéré où vous habitiez, qu'elle ait attendu le moment de passer à l'action en voyant que vous ne la recontactiez pas.

— Elle n'a pas fait ça. Ce n'est pas possible.

— Et pourquoi ?

— Parce que je ne rentre jamais directement chez moi. Je me promène en voiture pendant au moins trente minutes, parfois plus en sortant de l'hôtel pour être certain… (Il marqua une pause et eut l'air gêné de reconnaître cela.) Je fais un tour en voiture afin d'être certain qu'elles ne me filent pas.

— Sage précaution, ironisa Leach.

— Oh, je sais ce que vous pensez. Vous vous dites qu'il faut être une belle ordure pour se conduire de cette façon. Et si c'est ce que je suis, eh bien, il faut me prendre comme je suis. Mais je ne suis pas homme à écraser une femme, et vous devez le savoir si vous avez examiné ma voiture. Maintenant, si vous pouviez me rendre ma Boxter, inspecteur Leach…

— Vraiment ?

— Oui. Vous vouliez des précisions, je vous les ai

fournies. Je vous ai dit où j'étais la nuit dernière. Je vous ai dit pourquoi, et je vous ai dit avec qui.

— Avec Slip d'Amour.

— C'est exact. Je vais me rebrancher sur Internet. Je vais la persuader de me dévoiler son identité si c'est ce que vous voulez.

— Faites donc ça, répliqua Leach. Mais d'après ce que vous nous avez raconté, je ne vois pas en quoi cela va vous aider.

— Comment cela ? Je ne peux pas m'être trouvé en deux endroits à la fois.

— Ça, c'est vrai. Mais à supposer que Miss Slip d'Amour, à moins que ce ne soit Mrs Slip d'Amour, dit Leach sans se donner la peine de dissimuler un sourire sarcastique, confirme votre version des faits, il y a un point sur lequel elle ne peut pas vous aider, vous en conviendrez avec moi. Elle ne peut absolument pas nous dire dans quel coin de Londres vous vous êtes baladé pendant une heure ou une demi-heure après en avoir fini avec elle. Et si vous essayez de me faire croire qu'elle vous a suivi, vous êtes mal barré. Parce que si elle vous a filé, il y a de grandes chances pour qu'Eugenie Davies – après une petite séance de galipettes identique dans Cromwell Road – en ait quelque temps plus tôt fait autant.

Pitchley recula si violemment sur sa chaise que celle-ci grinça sur le sol.

— Qui ? fit-il d'une voix râpeuse comme du papier de verre. Qui avez-vous dit ?

— Eugenie Davies. La victime. (Tout en parlant, l'inspecteur principal Leach examina le visage de son interlocuteur.) Vous la connaissez. Et sous ce nom. Vous la *connaissez* ?

— Oh, mon Dieu, oh, Seigneur, gémit Pitchley.

— Cinq minutes de pause ? proposa Azoff à son client.

Quelques coups furent frappés à la porte de la salle d'interrogatoire et une policière en uniforme passa la tête à l'intérieur.

— L'inspecteur Lynley au téléphone, monsieur. Je vous le passe maintenant ou un peu plus tard ?

— Cinq minutes, dit Leach d'un ton sec à Pitchley et Azoff.

Il prit ses papiers et les laissa seuls.

La vie n'était pas, même si elle en donnait l'impression, une succession étale et continue d'événements. C'était plutôt un tourbillon, un manège. Dans l'enfance on chevauchait un poney au galop et on s'embarquait pour un voyage au cours duquel on se disait que les circonstances changeraient à mesure que l'expédition avancerait. Mais la vérité, c'est que la vie était une répétition interminable de ce que l'on avait déjà vécu... que l'on tournait et tournait, que l'on montait et descendait sur ce poney. Et si on ne relevait pas au fur et à mesure les défis qui se présentaient sur le chemin, ces défis refaisaient surface sous une forme ou sous une autre, un jour ou l'autre. S'il n'en avait déjà été convaincu, Pitchley aurait souscrit à cet instant même à cette théorie.

Il se tenait sur les marches du commissariat de police de Hampstead avec son avocat, et il écoutait la péroraison de la harangue de Jake Azoff. C'était un monologue bâti autour du thème de la confiance et de la sincérité entre client et avocat. Il termina par :

— Vous croyez que j'aurais mis le pied dans ce putain de commissariat si j'avais su ce que vous me cachiez, espèce d'abruti ? Vous me faites passer pour une andouille avec vos cachotteries. Comment voulez-vous que mon image de marque auprès des flics ne s'en ressente pas ?

Pitchley aurait bien aimé dire que l'image de marque d'Azoff n'était pas son problème mais il ne s'en donna pas la peine. Comme il ne soufflait mot, l'avocat poursuivit :

— Comment voulez-vous que je vous appelle dorénavant, monsieur ? (Le *monsieur* était teinté d'un furieux mépris.) Pitchley ou Pitchford ?

— Pitchley est parfaitement légal, répondit Pitchley. Il n'y a rien de louche dans la façon dont j'ai changé de nom, Jake.

— En ce qui concerne le changement de nom peut-être, rétorqua Azoff. Mais je veux les pourquoi et les comment par écrit sur mon bureau, par fax, par coursier, par pigeon voyageur, par courrier électronique avant six heures. Et ensuite nous verrons quel tour donner à nos relations professionnelles.

J. W. Pitchley, alias James Pitchford, alias Langue de Velours pour ses cybermaîtresses, eut un docile hochement de tête tout en se disant que Jake Azoff fumait vainement des naseaux. Azoff gérait si mal son argent qu'il avait absolument besoin d'un expert pour veiller au grain. C'était Pitchley-Pitchford-Langue de Velours qui s'en occupait depuis de nombreuses années et avec tant d'adresse qu'Azoff, s'il ne voulait pas avoir affaire aux fonctionnaires du fisc, n'avait pas intérêt à changer de gourou financier. Cela étant, il fallait qu'Azoff lâche la vapeur, et J. W. Pitchley – ex-James Pitchford, alias Langue de Velours – le comprenait fort bien. Aussi dit-il : « Désolé, Jake, navré de vous avoir causé cette surprise » tout en suivant des yeux Azoff qui relevait le col de son pardessus et s'éloignait dans la rue.

Pour sa part, Pitchley, dont la voiture était immobilisée par la police et à qui Azoff n'avait pas cru bon de proposer de le raccompagner à Crediton Hill, se mit tristement en route vers la gare de Hampstead Heath dont il se prépara à subir l'étreinte insalubre. Du moins, ça n'était pas le métro, se dit-il pour se consoler. Et il n'y avait pas eu récemment de carambolage entre lignes de chemin de fer rivales se battant pour le prix d'excellence de l'incompétence.

Il remonta Downshire Hill, tourna à droite dans Keats's Grove. Devant la maison du poète qui faisait aussi fonction de bibliothèque, une femme entre deux âges quittait le jardin détrempé, tenant de la main droite un grand sac sous le poids duquel son épaule pliait. Pitchley-Pitchford ralentit en la voyant tourner à droite et prendre la même direction que lui. En d'autres temps, il se serait précipité pour l'aider à porter son fardeau. C'était après tout naturel pour un gentleman.

Ses chevilles, constata Pitchley-Pitchford, étaient trop épaisses ; quant au reste, elle était à son goût. Un peu usée, un peu échevelée, avec une allure de femme instruite fatiguée qui suggérait non seulement un agréable niveau d'intelligence mais aussi le manque de confiance sexuelle qu'il trouvait si stimulant. Les femmes des forums de discussion, lorsqu'il finissait par faire leur connaissance, ressemblaient toutes presque invariablement à celle-ci. C'était pour ça qu'il passait tant de temps sur Internet, même s'il savait que c'était dangereux et que pesait sur lui la menace des maladies sexuellement transmissibles. Pourtant en songeant à ce qu'il venait de vivre au commissariat de Hampstead, bien que la part la plus sage de son cerveau lui fît un sermon sur la folie que représentaient de futures rencontres avec des femmes dont les noms l'avaient jusque-là laissé parfaitement indifférent, une autre aire de ce cerveau – son cerveau reptilien – refusait les leçons de l'expérience et les craintes pour l'avenir. Il y a des choses plus importantes que des ennuis passagers avec la police, James, lui soufflait le cerveau du reptile. Songe, par exemple, à tous les plaisirs qu'offrent les divers orifices de l'anatomie féminine.

Mais c'était de la folie, ces rêvasseries et ces fantasmes d'adolescent. Ce qui n'était pas de l'ordre du fantasme, en revanche, c'était la mort d'Eugenie Davies à Crediton Hill, une Eugenie Davies qui se trouvait en possession de *son* adresse.

Lorsqu'il avait fait la connaissance d'Eugenie, Pitchley s'appelait encore James Pitchford. Âgé de vingt-cinq ans, il était sorti de l'université depuis trois ans et venait de passer un an à Hammersmith dans un studio grand comme une tête d'épingle. Un an dans ce logement étriqué lui avait permis d'avoir accès aux cours d'anglais dont il avait besoin. Des cours qui lui avaient coûté les yeux de la tête et qu'il avait mis des années à rembourser. Là, il s'était « offert » une formation solide dans sa langue maternelle, de quoi maîtriser la langue des affaires et celle des réunions mondaines, et impressionner les portiers des grands hôtels.

Après quoi, il avait décroché un premier poste à la City – poste pour lequel posséder une adresse centrale à Londres était quasiment un « must ». Comme il n'invitait jamais ses collègues chez lui, que ce soit à prendre l'apéritif ou à dîner, ces derniers ne pouvaient se douter qu'à cette adresse hyperchic de Kensington où lui parvenait son courrier il n'occupait qu'une chambre au dernier étage de la maison – plus petite encore que le studio où il avait campé à Hammersmith.

L'exiguïté du logement lui avait semblé un prix dérisoire à payer pour bénéficier non seulement de cette adresse prestigieuse mais de la compagnie des gens qui y résidaient. Depuis qu'il avait quitté Kensington Square, J. W. Pitchley s'était interdit de penser à ces gens-là. Mais James Pitchford, qui y avait pris un plaisir fou et qui savait ce qu'il devait à cette compagnie qui l'avait aidé à se construire un nouveau personnage, n'avait pratiquement pas cessé de songer à l'un ou à l'autre des membres de la maisonnée. Et particulièrement à Katja.

« Tu peux m'aider avec mon anglais, s'il te plaît ? lui avait-elle demandé. Je suis là un an. J'apprends pas aussi bien comme je veux. Je serai reconnaissante. »

Elle avait une façon de parler, une syntaxe absolument charmantes. Il avait accepté de lui donner un coup de main parce qu'elle était sincère en le suppliant. Il avait été d'accord pour l'aider car, bien qu'elle ne pût le savoir – et il serait mort plutôt que de le lui avouer –, ils étaient de la même race. Son évasion d'Allemagne de l'Est en montgolfière, rocambolesque, pleine de péripéties, lui rappelait irrésistiblement sa fuite à lui. Leurs motivations profondes étaient identiques.

Ils parlaient déjà le même langage, Katja et lui. Et s'il pouvait l'aider à améliorer sa grammaire et sa prononciation, il serait heureux de le faire.

Ils se retrouvaient quand elle avait du temps libre, quand Sonia dormait ou était avec sa famille. Ils allaient tantôt dans la chambre de Pitchford, tantôt dans celle de Katja – où ils avaient une table juste assez grande pour les livres que Katja utilisait pour ses exercices de grammaire et pour le magnétophone. Elle était courageuse, elle manifestait une volonté farouche de se débrouiller dans une langue qui lui était aussi étrangère que le Yorkshire pudding. En fait, c'est son courage que James Pitchford avait d'abord admiré chez Katja Wolff. L'audace qui lui avait fait franchir le Mur de Berlin trahissait chez la jeune femme un fond d'héroïsme qu'il ne pouvait qu'espérer égaler.

Je me rendrai digne de toi, lui disait-il silencieusement, tandis qu'assis l'un près de l'autre ils se penchaient sur les mystères des verbes irréguliers. Et tandis que la lampe faisait briller ses cheveux blonds, il s'imaginait les touchant, passant ses doigts dans les boucles soyeuses, il sentait cette chevelure caresser sa poitrine nue alors qu'elle se séparait de lui après l'amour.

Sur sa commode, à l'autre bout de la chambre, le grésillement de l'interphone interrompait les rêveries de James Pitchford. Deux étages plus bas, le bébé gémissait. Katja levait la tête de sa leçon du soir.

« Ce n'est rien, disait-il, de peur que ne soit écourté le temps si précieux qu'ils passaient ensemble.

— La petite, je dois aller voir.

— Attends un moment. »

Et il profitait de l'occasion pour poser sa main sur la sienne.

« Je ne peux pas, James, si elle pleure… si Mrs Davies l'entend… ne me trouve pas auprès d'elle… tu sais comment elle est. C'est mon travail, de m'occuper de Sonia. »

Mon travail, songeait-il. Cela ressemblait davantage à une servitude. Les horaires étaient lourds et les tâches qu'elle devait assumer innombrables. Veiller sur un enfant tout le temps malade demandait des efforts qui auraient nécessité l'emploi de plusieurs personnes.

Bien qu'âgé seulement de vingt-cinq ans, James Pitchford voyait clairement les choses : Sonia Davies avait besoin d'une nurse diplômée. La raison pour laquelle elle n'en avait pas était l'un des mystères de Kensington Square. Toutefois il n'était pas en mesure de l'approfondir. Il lui fallait garder un profil bas.

Mais lorsque Katja se précipitait en pleine leçon d'anglais ou qu'il l'entendait bondir de son lit au milieu de la nuit, descendre les escaliers quatre à quatre pour venir en aide à la fillette, lorsqu'il rentrait de son travail et trouvait Katja occupée à la faire manger, à lui donner son bain, à la distraire d'une façon ou d'une autre, il songeait : « Cette pauvre petite a des parents, des grands-parents, non ? Que font-ils pour elle ? »

Il lui semblait que la réponse était : « Rien. » Sonia était confiée aux soins de Katja tandis que le reste de la tribu s'affairait autour de Gideon.

Pouvait-on leur en vouloir ? se demandait Pitchford. Et avaient-ils le choix ? Les Davies s'étaient occupés de Gideon bien avant la naissance de Sonia. Ils avaient pris des dispositions en vue de sa formation, comme le prouvait la présence de Raphael Robson et de Sarah-Jane Beckett dans leur univers.

Songeant à Robson et Beckett, Pitchley-Pitchford pénétra dans la gare et glissa les pièces nécessaires dans le distributeur pour acheter un ticket. Tout en se dirigeant vers le quai, il réfléchit à ce fait étonnant : il n'avait songé ni à Robson ni à Beckett depuis des années. Robson, il aurait très bien pu l'avoir oublié, étant donné que le professeur de violon ne vivait pas à Kensington Square. Mais il était étrange qu'il n'ait pas accordé une pensée à Sarah-Jane Beckett. Car elle, après to ut, habitait la grande maison.

« Je trouve ma position dans cette maison plus que

satisfaisante, lui avait-elle dit au début avec la manière victorienne de s'exprimer à laquelle elle recourait lorsqu'elle voulait se poser en préceptrice. S'il lui arrive d'être difficile, Gideon est par ailleurs un élève remarquable, et j'ai beaucoup de chance d'avoir été choisie parmi dix-neuf candidates pour lui donner des leçons. » Elle venait de rejoindre la maisonnée et elle occupait une chambre en haut sous l'avancée du toit. Pitchford et elle devaient partager une salle de bains de la taille d'un mouchoir de poche. Pas de baignoire, juste une douche dans laquelle un homme de taille moyenne pouvait à peine se tourner. Elle avait tout de suite compris les désagréments qui résulteraient de l'exiguïté des sanitaires. Mais finalement elle avait fait contre mauvaise fortune bon cœur, non sans pousser un soupir de martyre.

« Je n'ai pas pour habitude de laver mon linge dans la salle de bains, lui disait-elle. J'aimerais autant que vous m'imitiez. Si nous prenons certaines précautions, je suis sûre que nous nous entendrons très bien. D'où êtes-vous originaire, James ? Je n'arrive pas à vous situer. Et pourtant j'ai de l'oreille, je suis très bonne pour les accents. Je peux vous dire que Mrs Davies, par exemple, a grandi dans le Hampshire. Vous vous en étiez rendu compte ? Je l'aime beaucoup. Mr Davies aussi. Mais le grand-père ? Il me semble un peu... enfin... on n'aime pas dire du mal des gens. »

Mais elle s'était tapoté la tempe avec le doigt et avait levé les yeux au plafond. *Maboul*, tel était le terme que James aurait choisi à une autre époque de sa vie, mais au lieu de cela il dit : « Oui, c'est un drôle d'oiseau. Mais si vous vous tenez à distance respectueuse, vous verrez qu'il est inoffensif. »

Ainsi, pendant un an, ils avaient vécu en bonne intelligence et dans un esprit de collaboration. James partait tous les matins travailler à la City tandis que Richard et Eugenie Davies gagnaient leur lieu de travail. Le grand-père et la grand-mère restaient à la maison. Grand-père s'occupait dans le jardin et Grand-mère tenait la maison. Raphael Robson donnait ses leçons de violon à Gideon. Sarah-Jane Beckett donnait des cours au jeune homme dans toutes les matières, de la littérature à la géologie.

« C'est incroyable de travailler avec un génie, lui avait-elle dit. Cet enfant est une éponge, James. On aurait pu penser qu'il serait nul dans les matières autres que la musique, mais ce n'est pas le cas. Quand je le compare avec les élèves que j'avais dans le nord de Londres… » De nouveau, comme à son habitude, elle se servit de ses yeux pour terminer sa phrase. Le nord de Londres, c'était là qu'habitaient les déchets de la société. Une bonne moitié de ses étudiants étaient noirs. Et le reste irlandais. « Je ne veux pas critiquer les minorités mais il y a des limites à ce que l'on doit supporter dans la carrière qu'on a choisie, ce n'est pas votre avis ? »

Elle passait du temps avec lui quand elle n'était pas avec Gideon. Elle l'invitait à l'accompagner au cinéma ou à prendre un verre au Greyhound en copains. Mais souvent, lors de ces soirées en camarades, sa jambe se pressait contre la sienne tandis que les images scintillaient sur l'écran, ou bien elle lui prenait le bras quand ils entraient dans le pub. Sa main glissait du biceps au coude et de là au poignet, si bien que, lorsque leurs doigts se touchaient, il était naturel qu'ils restent enlacés une fois qu'ils étaient attablés.

« Parlez-moi de votre famille, James, lui demandait-elle. Racontez-moi. Tous les détails. »

Alors il inventait des fables de circonstance parce que raconter des histoires était devenu sa spécialité. Il était flatté par l'attention que lui témoignait cette fille instruite en provenance des Home Counties. Il avait gardé un profil bas pendant si longtemps que l'intérêt que lui manifestait Sarah-Jane Beckett réveilla en lui un désir de compagnie qu'il avait étouffé pendant presque toute sa vie. Pour autant elle n'était pas la compagne qu'il cherchait. Bien qu'incapable de préciser ce qu'il souhaitait dans ce domaine, il n'avait, au cours de ces soirées avec Sarah-Jane, absolument pas l'impression que la terre allait trembler quand sa jambe effleurait la sienne, et il ne souhaitait rien de plus bouleversant que le contact de leurs deux paumes lorsqu'elle lui prenait la main.

Sur ces entrefaites, Katja Wolff était arrivée, et avec elle la situation avait changé du tout au tout. Mais il faut dire que Katja était aussi différente de Sarah-Jane Beckett qu'il était humainement possible de l'être.

7

— Peut-être qu'elle avait rendez-vous avec son ex, suggéra l'inspecteur principal Leach, faisant référence à l'homme que Ted Wiley avait aperçu sur le parking du Club des Sexagénaires. Ce n'est pas parce qu'on a divorcé qu'on ne se voit plus. Croyez-moi, je parle en connaissance de cause. Il s'appelle Richard Davies. Retrouvez-le.

— Cela pourrait être également lui, la troisième voix d'homme sur le répondeur, fit Lynley.

— Que disait cette voix déjà ?

Barbara Havers lut à haute voix le message qu'elle avait consigné dans ses notes.

— Il avait l'air en colère, ajouta-t-elle en donnant de petits coups de stylo bille sur son papier. Je me demande si notre Eugenie ne se serait pas amusée à monter ces messieurs les uns contre les autres.

— Vous songez à cet autre type… Wiley ? dit Leach.

— Il pourrait effectivement y avoir quelque chose de ce côté-là, remarqua Havers. Nous avons trois voix masculines distinctes sur son répondeur. Si l'on en croit Wiley, elle s'est disputée avec un mec sur le parking. Par ailleurs, elle voulait parler à Wiley, elle avait quelque chose – d'important, d'après lui – à lui confier…

Havers hésita, jeta un coup d'œil à Lynley.

Il savait fort bien à quoi elle pensait et ce qu'elle

avait envie de préciser : *Nous sommes également en possession de lettres d'amour d'un homme marié, et d'un ordinateur avec accès au Net.* Manifestement elle attendait qu'il lui donne le feu vert pour poursuivre. Mais comme il tenait sa langue, elle finit sa phrase sur ces mots peu convaincus :

— Si vous voulez mon avis, nous avons des raisons de nous pencher sur le cas de tous les types qui la connaissaient.

— Occupez-vous de Richard Davies, alors, fit Leach en hochant la tête. Tirez-en le maximum.

Ils étaient dans la salle des opérations où les inspecteurs venaient rendre compte des diverses missions qui leur avaient été confiées. A la suite du coup de téléphone que Lynley lui avait passé, Leach avait mis du personnel supplémentaire sur la base de données centrale afin de localiser toutes les Audi bleues et noires dont les plaques d'immatriculation se terminaient par ADY. Il avait également chargé un constable de se mettre en relation avec les British Telecommunications pour obtenir une liste des appels de l'extérieur et des coups de fil émanant de Doll Cottage, et un autre constable de contacter Cellnet pour essayer de remonter jusqu'au portable dont le propriétaire avait laissé un message sur le répondeur d'Eugenie Davies.

Seul l'inspecteur qui avait été chargé de recueillir des éléments d'information auprès de la police technique et scientifique avait jusque-là rendu compte d'un détail intéressant : un certain nombre de microparticules de peinture avaient été relevées sur les vêtements de la défunte. D'autres sur son corps, particulièrement sur ses jambes mutilées.

— Ils vont soumettre ces écailles de carrosserie automobile à l'analyse, dit Leach. Avec un peu de chance, ça pourra peut-être nous donner la marque de la voiture qui l'a renversée. Mais ça prendra du temps. Vous connaissez la chanson.

— Cette peinture, elle a une couleur ? demanda Lynley.

— Noire.

— De quelle couleur est la carrosserie de la Boxter que vous avez embarquée à la fourrière ?

— Pour ce qui est de cette voiture… (Leach dit à ses gars de se remuer et il se dirigea vers son bureau, suivi de Lynley et Havers, ajoutant :) … elle est gris métallisé. Et elle est nickel. Pas la moindre éraflure. Notez que je ne m'attendais pas à ce qu'un type, même croulant sous les millions, écrase une femme dans une bagnole qui coûte à elle seule plus cher qu'un pavillon. Mais nous gardons quand même la Boxter. C'est utile.

Il s'arrêta devant une machine à café, y fourra quelques pièces. Un liquide d'aspect visqueux coula à petites gouttes pathétiques dans un gobelet en plastique.

— Ça vous tente ? dit Leach.

Il tendit le gobelet à Havers qui accepta. Elle parut regretter sa décision une fois qu'elle eut goûté le breuvage. Lynley, plus prudent, refusa. Leach prit un autre gobelet pour lui et les conduisit dans son bureau, dont il referma la porte avec le coude. Son téléphone sonnait, il s'en saisit, aboyant « Leach, à l'appareil ! » tandis qu'il reposait son café et se laissait tomber dans son fauteuil tout en faisant signe à Lynley et à Havers de prendre place.

— Oh bonjour, mon petit cœur, dit-il, son visage s'éclairant d'un sourire. Non… non… Elle est quoi ? (Puis avec un regard à ses collègues :) Esmé, je ne peux pas discuter de ça pour l'instant. Mais laisse-moi te dire une bonne chose : *personne* n'a parlé de se remarier. Oui, très bien. On verra ça plus tard, ma puce. (Il remit le récepteur en place en disant :) Les enfants. Le divorce. C'est un cauchemar.

Lynley et Havers firent des bruits pour manifester leur sympathie. Leach avala une gorgée de café.

— Au fait, Pitchley s'est présenté au commissariat ce matin, histoire de tailler une petite bavette avec nous. Il était dûment escorté de son avocat.

Il les mit au courant de ce que l'homme de Crediton Hill lui avait révélé : à savoir que non seulement il avait reconnu le nom de la victime du chauffard, non seulement il avait connu la victime, mais il avait également habité la même maison qu'elle à l'époque où la fille de ladite victime avait été assassinée.

— Il a changé de nom, de Pitchford il est devenu Pitchley. Pour des raisons qu'il s'est bien gardé de nous communiquer, conclut Leach. J'aurais peut-être fini par découvrir son identité mais vingt ans se sont écoulés depuis la dernière fois que je l'ai vu et l'eau a coulé sous les ponts.

— Pas étonnant, commenta Lynley.

— Maintenant que je sais qui c'est, laissez-moi vous dire que je ne le sens pas, ce gars-là. Il aurait un truc de la taille d'un dinosaure sur la conscience que ça ne m'étonnerait pas.

— Etait-il parmi les suspects dans l'affaire du meurtre de la fillette ? questionna Lynley.

Havers avait tourné une page de son carnet et griffonnait sur un feuillet qui semblait taché de sauce.

— Personne n'a été considéré comme suspect au début. Tant qu'on n'a pas eu les rapports du légiste, ça a été considéré comme un cas de négligence. Vous voyez le topo : quelqu'un va bêtement répondre au téléphone pendant que le bébé est dans le bain, la petite essaie d'attraper un canard en caoutchouc, elle glisse, se cogne la tête, le reste vous le devinez. C'est malheureux, c'est tragique ; mais ça fait partie des choses qui arrivent. (Leach avala bruyamment une autre gorgée de café et prit sur son bureau un document dont il se servit pour ponctuer ses propos.) Mais lorsque les rapports nous sont parvenus, on s'est aperçus qu'il y avait sur le corps de la fillette des ecchymoses et des fractures que personne ne pouvait expliquer. A partir de ce moment tout le monde est devenu suspect, et particulièrement la nurse. Un drôle de numéro, celle-là. J'ai peut-être oublié la tronche de Pitchford mais cette Allemande… Y a pas de danger que je l'oublie. Froide comme un glaçon, cette bonne femme. Une fois seulement elle a accepté d'ouvrir le bec. Une fois. Vous

vous rendez compte ? Alors que la petite dont elle avait la charge était morte dans l'histoire. Et après ça, muette comme une carpe, pas moyen de lui faire desserrer les dents : elle n'a plus dit un seul mot. Ni à la criminelle ni à son avocat. A personne. Et son silence l'a conduite tout droit à Holloway. Jamais elle n'a versé une larme non plus. Mais qu'est-ce qu'on peut attendre d'autre d'une Boche ? Les Davies n'auraient jamais dû l'engager, c'est une boulette monumentale qu'ils ont faite là.

Lynley vit Havers tapoter avec son stylo bille la feuille sur laquelle elle écrivait. Il lui jeta un regard de biais, constata qu'elle fronçait les sourcils. Elle n'était pas femme à supporter le racisme sous quelque forme que ce soit, qu'il s'agisse de xénophobie ou de misogynie. Et il comprit qu'elle s'apprêtait à proférer une remarque qui ne la rendrait pas particulièrement sympathique. Aussi s'empressa-t-il de s'interposer :

— Ses origines ont joué contre elle, si je comprends bien.

— Sa putain de personnalité boche surtout.

— « Nous les combattrons sur les plages », murmura Havers.

Lynley lui jeta un regard, elle le lui rendit.

Leach n'entendit pas ou alors il fit celui qui n'avait pas entendu. Lynley s'en félicita. Il n'était pas question qu'un conflit éclate entre eux à propos d'un problème de langage politiquement correct.

L'inspecteur principal se carra dans son fauteuil et dit :

— L'agenda et les messages téléphoniques, c'est tout ce que vous avez trouvé ?

— Jusqu'à présent, oui, fit Lynley. Il y avait également une carte d'une dénommée Lynn – mais qui ne semble guère avoir de rapports avec notre affaire pour l'instant. Sa fille est morte et Mrs Davies s'était rendue aux obsèques.

— Pas d'autre correspondance ? demanda Leach. Des lettres, des factures.

— Non, dit Lynley, pas d'autre correspondance. (Et

il se garda bien de regarder dans la direction de Havers.) Elle avait une cantine pleine d'articles de journaux sur son fils : journaux, revues, programmes de concerts. Le major Wiley nous a dit que Gideon et Mrs Davies étaient brouillés mais si j'en crois la collection de documents qu'elle a sur lui, je serais tenté de dire que ce n'est pas Mrs Davies qui est à l'origine de la brouille.

— Le fils, alors ? questionna Leach.

— Ou le père.

— Nous voilà revenus à l'engueulade sur le parking.

— C'est possible, oui.

Leach termina son café et écrasa le gobelet.

— Vous ne trouvez pas bizarre qu'on ait trouvé chez elle si peu d'éléments la concernant ?

— C'est monacal chez elle, monsieur.

Leach examina Lynley qui examina Leach. Barbara Havers se mit à griffonner fébrilement dans son carnet. Quelques instants s'écoulèrent en silence. Lynley attendait que l'inspecteur principal lui fournisse les informations dont il avait besoin. Leach n'en fit rien. Il se contenta de dire :

— Essayez de contacter Davies, alors. Il ne devrait pas être trop difficile de le retrouver.

Les dispositions étant prises pour le reste des opérations, Lynley et Havers se retrouvèrent rapidement dans la rue, regagnant leurs voitures respectives. Havers alluma une cigarette.

— Qu'est-ce que vous allez faire de ces lettres, inspecteur ?

Lynley ne fit pas semblant de ne pas comprendre et rétorqua aussitôt :

— Je vais les rendre à Webberly.

— Vous allez les *rendre*. (Havers tira sur sa cigarette, souffla la fumée avec violence.) Si jamais le bruit court que vous les avez subtilisées… Je veux dire que *nous les avons* subtilisées… Nom de Dieu de bon Dieu… Vous voyez dans quoi on s'embarque, inspecteur ? Sans compter qu'il y a l'ordinateur. Pourquoi est-ce que vous n'avez pas parlé à Leach de l'ordinateur ?

— Je vais lui en parler, Havers, dit Lynley. Une fois que je saurai ce qu'il y a dedans.

— Nom d'un petit bonhomme ! s'écria Havers. Mais ça s'appelle supprimer des...

— Ecoutez, Barbara. Il n'y a qu'un moyen pour Leach d'apprendre que nous détenons l'ordinateur et ces lettres.

Il la regarda fixement, attendant qu'elle comprenne. Barbara changea de physionomie.

— Dites donc, je suis pas une balance, moi, inspecteur.

— C'est bien pour ça que je travaille avec vous, Barbara, fit-il en désactivant l'alarme de la Bentley. (Il ouvrit la portière avant de reprendre la parole.) Si on m'a mis sur cette affaire pour protéger Webberly, j'aimerais autant qu'on me le dise en face, pas vous ?

— Moi, ce que j'aimerais, c'est ne pas être mouillée dans un coup tordu. C'est ça que j'aimerais. L'un de nous deux a été rétrogradé il y a moins de deux mois, inspecteur. Et si ma mémoire est bonne, ce n'est pas vous.

Elle était blême, et son expression n'avait strictement rien à voir avec celle du policier belliqueux avec qui il avait travaillé ces trois dernières années. Elle avait pris une claque professionnelle et psychologique au cours des cinq derniers mois, et Lynley comprit qu'il se devait de lui en éviter une autre.

— Havers, est-ce que vous préféreriez que je vous mette en dehors du coup ? Ce n'est pas un problème, vous savez. Un simple coup de fil et...

— Je ne veux pas que vous me retiriez de l'enquête.

— Mais ça pourrait devenir délicat. Ça l'est déjà, délicat. Et je comprends parfaitement que vous...

— Ne dites pas de conneries, je suis dans le coup, inspecteur, je reste dans le coup. J'aimerais juste qu'on prenne quelques petites précautions.

266

— J'en prends, des précautions, lui assura Lynley. Et les lettres de Webberly ne sont pas un problème.

— J'espère que c'est vrai, répliqua Havers en s'éloignant de la Bentley. Alors continuons notre boulot. Qu'est-ce qu'on fait maintenant ?

Lynley réfléchit un instant à la meilleure façon d'aborder la phase suivante de leur travail.

— Vous avez la tête d'une femme qui a besoin de conseils spirituels. Retrouvez-moi donc le couvent de l'Immaculée Conception.

— Et vous ?

— Je vais suivre les suggestions de notre ami Leach et m'occuper de Richard Davies. S'il a rencontré son ex ou s'il lui a parlé récemment, il sait peut-être ce qu'elle voulait confesser à Wiley.

— Il *est* peut-être ce qu'elle voulait confesser à Wiley, souligna Havers.

— Effectivement, il ne faut pas oublier cette éventualité, dit Lynley.

Jill Foster n'avait jamais rencontré de difficulté sérieuse pour atteindre les objectifs qu'elle s'était fixés sur la liste qu'elle avait établie lorsqu'elle n'était encore qu'une lycéenne de quinze ans. Lire tout Shakespeare (à vingt ans, c'était fait), parcourir l'Irlande en stop (à vingt et un ans, c'était fait), obtenir deux mentions très bien à Cambridge (mission accomplie à l'âge de vingt-deux ans), voyager seule à travers l'Inde (vingt-trois ans), explorer l'Amazone (vingt-six ans), faire du kayak sur le Nil (vingt-sept ans), écrire une étude définitive sur Proust (toujours en cours), adapter les romans de F. Scott Fitzgerald pour la télévision (c'était également en train). Bref, que ce soit sur le plan sportif ou sur le plan intellectuel, Jill Foster n'avait pas connu un seul couac dans son parcours.

Dans le domaine personnel, toutefois, elle avait eu davantage de problèmes. Elle s'était en effet donné pour objectif le mariage et la maternité avant son trente-cinquième anniversaire ; mais elle s'était aperçue qu'il était plus difficile qu'elle ne le croyait d'atteindre un objectif impliquant la participation enthousiaste d'un partenaire. Or c'était le mariage et la maternité qu'elle voulait – et dans cet ordre. Certes, cohabiter avec quelqu'un, *en concubinage*, ça faisait branché. Les chanteurs pop, les vedettes de cinéma, les athlètes professionnels en étaient la preuve vivante, qui étaient quotidiennement félicités dans les tabloïds pour leur faculté de se reproduire, comme si la reproduction demandait une sorte de talent qu'ils étaient seuls à posséder. Mais Jill n'était pas femme à laisser la mode la détourner de ses objectifs – encore moins lorsqu'il s'agissait d'une chose figurant sur sa liste d'exploits à accomplir. On n'atteignait pas ses objectifs en prenant des raccourcis.

Les retombées de sa liaison avec Jonathon avaient pendant un temps sapé sa confiance dans sa capacité à atteindre son objectif conjugal et maternel. C'est alors que Richard était entré dans sa vie et qu'elle avait rapidement compris que l'exploit qu'elle n'avait pas encore réussi à mettre à son actif se trouvait finalement à sa portée. Dans le monde de ses grands-parents – voire de ses parents –, le fait d'être devenue la maîtresse de Richard avant qu'un engagement formel n'ait été conclu entre eux aurait été chose risquée.

Aujourd'hui encore, des dizaines de spécialistes du courrier du cœur auraient conseillé à Jill, compte tenu de ses objectifs, d'attendre la bague, les cloches de l'église et la pluie de confettis avant de s'embarquer dans une affaire intime avec son futur époux, ou du moins de prendre ce que l'on appelait par euphémisme des « précautions » avant que le contrat ne soit dûment signé et scellé. Seulement, le fait que Richard l'ait poursuivie de ses assiduités juste après que Jonathon l'eut atrocement déçue en refusant de se décider à plaquer sa femme pour elle constituait dans la vie de Jill une phase tout à la fois flatteuse et fondamentale. Son désir à lui avait suscité chez elle une faim équivalente dont elle était très heureuse car, après son échec avec Jonathon, elle avait commencé à se demander s'il lui arriverait jamais de brûler encore de désir pour un homme.

Cette faim était fermement liée à l'imprégnation. Peut-être parce qu'elle se rendait compte qu'il lui restait peu d'années pour procréer. Toujours est-il que, les premiers temps, chaque fois qu'elle faisait l'amour avec Richard, elle s'était efforcée de l'engloutir en elle le plus profondément possible comme si cet acte à lui seul pouvait garantir la venue d'un enfant.

Elle avait donc abordé la question du mariage à contre-courant, mais quelle importance ? Ils étaient heureux ensemble et Richard était un véritable amour, et tellement dévoué.

Pourtant il arrivait parfois à Jill de douter – cette incertitude était la conséquence des promesses non tenues et des mensonges de Jonathon – et tandis que, lorsque ces doutes refaisaient surface, elle se disait que les deux hommes n'avaient absolument rien de commun, il y avait des moments où une ombre passant sur le visage de Richard, un silence s'établissant au beau milieu d'une discussion faisaient naître chez elle des craintes dont elle essayait de se persuader qu'elles étaient irrationnelles et sans fondement.

« Même si Richard et moi ne nous marions pas, se sermonnait-elle au plus fort de ces moments pénibles, pour Catherine et moi, tout se passera bien. J'ai une carrière, bon sang ! Et nous ne sommes plus à l'époque où la société considérait les mères célibataires comme des parias. »

Mais ce n'était vraiment pas la question, protestait au fond d'elle-même le moi qui échafaudait des projets à long terme. La question, c'était le mariage et un mari. Et au-delà du mariage, la famille – qui pour elle était une cellule composée d'un père, d'une mère et d'un enfant.

Aussi, songeant à cet ultime objectif, elle dit gentiment à Richard :

— Chéri, tu serais d'accord avec moi, si tu le voyais.

Ils se trouvaient dans la voiture de Richard et se rendaient de Shepherd's Bush à South Kensington afin d'aller à un rendez-vous avec un agent immobilier qui devait fixer un prix de vente pour l'appartement de Richard. Pour Jill c'était un pas dans la bonne direction car ils ne pourraient manifestement pas vivre en famille à Braemar Mansions après la naissance du bébé. L'appartement était beaucoup trop exigu.

En son for intérieur, elle était ravie, car cette décision de vendre son appartement reflétait les intentions conjugales positives de Richard, même si elle n'arrivait pas à comprendre ce qui l'empêchait de passer à l'étape suivante et de visiter une maison individuelle – complètement rénovée – qu'elle avait réussi à dénicher à Harrow. Ce n'était pas parce qu'ils visiteraient la maison qu'ils allaient l'acheter. Et, étant donné qu'elle n'avait pas encore mis son propre appartement en vente – « Inutile qu'on se retrouve à la rue en même temps », lui avait dit Richard lorsqu'elle lui avait fait part de son envie de mettre son appartement sur le marché –, il y avait peu de chances qu'un coup d'œil à une villa se solde par l'acquisition de cette même villa séance tenante.

— Cela te donnerait une idée de ce que j'aimerais nous voir acquérir, lui dit-elle. Et si ça ne te plaît pas, au moins on sera fixés. Ainsi je pourrai changer mon fusil d'épaule.

Elle ne le ferait pas, évidemment. Simplement elle s'y prendrait d'une façon plus subtile pour l'amener à se ranger à ses vues.

— Je n'ai pas besoin de la voir pour savoir ce que tu as en tête, chérie, répondit Richard alors qu'ils avançaient tant bien que mal au milieu de la circulation. Electroménager dernier cri, doubles vitrages, moquette partout, grand jardin devant et derrière. (Il lui jeta un regard de biais et lui sourit affectueusement.) Dis-moi que je me trompe et je t'invite à dîner.

— De toute façon tu vas m'inviter à dîner. Si je dois rester debout à préparer un repas, c'est sûr, j'enfle comme un jambon.

— Dis-moi que je me suis trompé pour la maison.

— Oh, tu sais très bien que tu as vu juste, fit-elle en riant et en lui effleurant la tempe du bout des doigts, là où ses cheveux grisonnaient. Et pas de sermon, s'il te plaît. Je n'ai pas conduit. C'est l'agent immobilier qui m'a emmenée à Harrow dans sa voiture.

— Tu m'en vois ravi, dit Richard. (Il posa la main sur son estomac impressionnant dont la peau était tendue comme un tambour.) Tu es réveillée, Cara Ann ? demanda-t-il à leur fille.

Catherine Ann, rectifia Jill in petto. Il semblait avoir quelque peu récupéré depuis son arrivée à Shepherd's Bush. Inutile de le perturber de nouveau. Une dispute à propos du prénom de leur enfant, ce n'était certes pas ça qui allait le bouleverser. Mais Richard sortait d'une épreuve et elle tenait à lui témoigner de la compréhension.

Il n'aimait plus cette femme, se dit-elle. Après tout, il y avait des années qu'ils avaient divorcé. C'était le choc qui l'avait déstabilisé, le fait de se retrouver devant le cadavre ensanglanté de quelqu'un dont il avait jadis partagé la vie. Il y avait de quoi rendre malade n'importe qui. Si on lui avait demandé d'examiner le corps mutilé de Jonathon Stewart, n'aurait-elle pas réagi de la même façon ?

Songeant à cela, elle décida qu'elle pouvait négocier un compromis concernant la maison de Harrow. Elle était persuadée que sa promptitude à céder du terrain inciterait Richard à faire un important compromis de son côté. Elle le mit doucement sur la voie :

— Très bien, nous n'irons pas à Harrow aujourd'hui. Mais pour le confort moderne, Richard, tu es d'accord ?

— Plomberie dernier cri, doubles vitrages ? Moquette partout, lave-vaisselle et tout le bazar ? Oh, je me ferai une raison. Du moment que tu es là. Que vous êtes là.

Il lui sourit mais elle sentit quand même quelque chose dans ses yeux, du regret peut-être.

Mais il n'est plus amoureux d'Eugenie, songea-t-elle. Il n'est plus amoureux d'elle, il ne peut pas l'être. D'ailleurs même s'il l'est, elle est morte. Elle est morte.

— Richard, dit-elle, j'ai réfléchi au sujet des appartements. Le mien et le tien. Pour savoir lequel des deux nous devrions vendre en premier.

Il freina à un feu près de la station Notting Hill. Une foule peu appétissante, vêtue de noir, encombrait les trottoirs, semant dans la rue déchets et détritus.

— Je croyais qu'on avait pris une décision à ce sujet, objecta Richard.

— On en avait pris une, c'est exact. Mais j'ai réfléchi...

— Et alors ?

Il avait l'air circonspect.

— Il me semble que mon appartement se vendrait plus vite. Vu qu'il a été refait. Qu'il est complètement moderne. L'immeuble est correct. Le quartier sympathique. Et il est en toute propriété. Je me suis dit qu'il partirait à un bon prix. Un prix suffisant pour nous permettre d'investir dans une maison sans attendre que les deux appartements aient été vendus.

— Mais on a déjà pris une décision, répéta Richard. On a convoqué un agent immobilier qui...

— On peut toujours le décommander. Dire qu'on a changé d'avis. Chéri, regardons les choses en face : ton appartement est antédiluvien. L'immeuble n'est pas mal – évidemment, il faudrait que les propriétaires consentent à faire des travaux, ça ne serait pas du luxe. Dans l'état où il est, il nous faudra attendre des *mois* avant qu'il trouve un acquéreur. Tandis que le mien...

Le feu passa au vert et ils continuèrent leur chemin au milieu des embouteillages. Richard ne reprit la parole que lorsqu'il eut tourné dans Kensington Church Street, paradis des antiquaires.

— Des mois, oui, ça pourrait prendre des mois pour vendre mon appartement. Mais est-ce que c'est vraiment un problème ? Ne me dis pas que tu veux déménager avant au moins six mois.

— Mais…

— Ce serait impossible dans ton état, Jill. Pire, ce serait de la folie, ça pourrait même être dangereux.

Il longea l'église des Carmélites, poursuivit vers Palace Gate et South Kensington, louvoyant au milieu des bus et des taxis. Un peu plus loin, il tourna dans Cornwall Gardens et poursuivit :

— Qu'est-ce qui se passe, chérie, tu es nerveuse ? Tu n'as pas dit grand-chose concernant l'arrivée de ce bébé. Et moi, j'avais tellement de soucis en tête… D'abord Gideon, maintenant cette affaire de… Je crains de ne pas avoir été tout à fait à la hauteur avec toi. Et j'en ai bien conscience.

— Richard, je comprends que l'état de Gideon t'inquiète. Je ne veux pas que tu penses…

— Je ne pense rien, si ce n'est que je t'adore, que tu vas avoir notre bébé, et que nous allons vivre ensemble. Si tu veux que je passe davantage de temps à Shepherd's Bush maintenant que tu es à deux doigts d'accoucher, eh bien je serai heureux de le faire.

— Mais tu y passes déjà toutes les nuits. Que veux-tu que je te demande de plus ?

Avisant une place, il fit marche arrière pour se garer à une trentaine de mètres de Braemar Mansions ; après quoi il coupa le contact et se tourna vers elle.

— Tu peux me demander tout ce que tu veux, Jill, et si tu veux mettre ton appartement en vente avant le mien, eh bien je suis d'accord. Mais je ne veux pas que tu déménages avant d'avoir eu le bébé et avant d'avoir récupéré. Je suis sûr que ta mère ne pourra qu'être de cet avis.

Jill elle-même était d'accord avec Richard. Elle savait que sa mère aurait une attaque si elle pliait bagage et se lançait dans un déménagement moins de trois mois après avoir accouché. « Un accouchement, c'est un traumatisme pour un corps féminin, ma chérie, disait Dora Foster. Chouchoute-toi, Jill, c'est peut-être ta seule chance d'en profiter. »

— Eh bien ? dit Richard avec un sourire tendre. Qu'est-ce que tu réponds à ça ?

— Tu es d'une logique effrayante. Comment veux-tu que je discute ? Ce que tu dis est le bon sens même.

Il se pencha vers elle pour l'embrasser.

— Tu reconnais ta défaite avec grâce. Et si je ne me trompe... (il désigna de la tête le vieux bâtiment édouardien tandis qu'il s'approchait de la portière et l'aidait à descendre)... notre agent immobilier est pile à l'heure. C'est de bon augure.

Un grand type blond montait en effet les marches du perron de Braemar Mansions. Après avoir examiné les sonnettes, il appuya sur « Davies » tandis que Richard et Jill approchaient.

— C'est nous que vous cherchez, je crois ! cria Richard.

— Mr Davies ? fit l'homme en pivotant.

— Oui.

— Thomas Lynley. New Scotland Yard.

Lynley mettait toujours un point d'honneur à jauger les réactions lorsqu'il déclinait son identité à des gens qui ne s'attendaient pas à sa visite. Fidèle à son habitude, il détailla l'homme et la femme qui marquaient une pause sur le trottoir avant de gravir les marches conduisant à cet immeuble décrépit situé à l'extrémité ouest de Cornwall Gardens.

La femme, qui en temps normal devait être menue, était plus qu'enceinte : carrément soufflée. Ses chevilles étaient grosses comme des troncs d'arbre, ce qui faisait ressortir ses pieds – qu'elle avait grands et disproportionnés. Elle avançait en se dandinant comme quelqu'un qui a du mal à garder l'équilibre.

Son compagnon marchait voûté, et cette voussure promettait de s'accentuer avec les années. Ses cheveux à l'origine roux ou blonds s'étaient décolorés au fil du temps ; il les portait rejetés en arrière, sans faire aucun effort particulier pour camoufler une calvitie diffuse.

Davies et sa compagne eurent l'air déconcertés lorsque Lynley se présenta. La femme peut-être davantage parce qu'elle regarda Davies et dit :

— Richard ? Scotland Yard ?

Comme si elle avait besoin de sa protection ou se demandait pourquoi la police venait les voir.

— Est-ce que c'est au sujet… ? fit Davies, qui se ravisa soudain en se rendant compte que le lieu était peut-être mal choisi pour s'entretenir avec un policier. Entrez. Nous attendions un agent immobilier. Vous nous avez pris de court. Au fait, voici ma fiancée.

Il poursuivit, disant qu'elle s'appelait Jill Foster. Elle semblait avoir la trentaine – quelconque mais avec une peau magnifique, des cheveux de la couleur des raisins secs, coupés sous les oreilles. En la voyant, Lynley l'avait prise pour une fille de Richard Davies ou peut-être une nièce. Il lui adressa un signe de tête, remarquant avec quelle énergie elle se cramponnait au bras de Davies.

Davies les fit entrer et les précéda dans l'escalier pour gagner son appartement du premier. Le séjour donnait sur la rue, un rectangle assez sombre, coupé d'une fenêtre dont les volets étaient pour l'instant clos. Davies ouvrit les persiennes en disant à sa fiancée :

— Assieds-toi, chérie, pose tes pieds sur le tabouret. (Et à Lynley :) Puis-je vous offrir quelque chose, du thé, du café ? Nous attendons un agent immobilier, comme je viens de vous le dire, et nous n'avons pas beaucoup de temps.

Lynley leur assura qu'il n'en avait pas pour longtemps et accepta une tasse de thé, histoire de se donner le temps de parcourir des yeux la pièce et tout son bazar. Le bazar, c'étaient des photos amateur de paysages, des portraits innombrables du fils virtuose de Davies, une collection de cannes sculptées à la main qui décorait le dessus de la cheminée à la manière des armes dans les châteaux écossais. Il y avait également une abondance de mobilier datant d'avant la guerre, des piles de journaux et de revues, et d'innombrables souvenirs de la carrière musicale de son fils.

— Richard entasse, il ne peut rien jeter, expliqua Jill Foster en s'installant péniblement dans un fauteuil qui aurait nettement eu besoin d'être retapissé. Vous devriez voir dans quel état sont les autres pièces.

Lynley prit une photo du violoniste enfant. Il était debout, son instrument à la main, regardant Lord Menuhin qui le regardait, instrument à la main lui aussi, avec un sourire protecteur.

— Gideon, fit Lynley.

— Le seul, l'unique, répondit Jill Foster.

Lynley la regarda. Elle sourit, peut-être pour adoucir la pointe de sarcasme que contenait sa remarque.

— La joie de Richard, le centre de sa vie, dit-elle. C'est compréhensible, même si c'est parfois lourd à supporter pour l'entourage.

— Je l'imagine volontiers. Il y a longtemps que vous connaissez Mr Davies ?

Poussant un grognement et un soupir, elle dit :

— Zut, ça ne va pas ! (Et elle se transporta du fauteuil sur le canapé, se mit un coussin sous les pieds pour les surélever.) Ah, Seigneur, encore deux semaines de ce régime. Je commence à comprendre pourquoi on appelle ça la délivrance. (Elle s'appuya du dos contre un second coussin. Les coussins étaient aussi usés que le mobilier.) Ça fait trois ans.

— Il a hâte d'être père de nouveau ?

— Alors que la plupart des hommes de son âge se font une joie d'être grands-pères ? répliqua Jill. Effectivement, il n'est pas mécontent d'avoir un autre enfant.

Lynley sourit.

— Ma femme est enceinte.

Le visage de Jill s'éclaira : ils s'étaient trouvé un point commun.

— Ah, vraiment ? C'est votre premier, inspecteur ?

Lynley hocha la tête en signe d'assentiment.

— Je ferais bien de prendre exemple sur Mr Davies. Il a l'air d'être aux petits soins pour vous.

Elle sourit, roula les yeux.

— C'est une vraie mère poule. Ne descends pas l'escalier trop vite, Jill. Ne prends pas les transports en commun. Ne conduis pas au milieu de la circulation. Plus exactement ne conduis pas du tout. Ne sors pas sans être accompagnée. Ne bois surtout pas de café. Emporte ton portable partout où tu vas. Evite la foule, la fumée de cigarette et les conserves. La liste est interminable.

— Il se fait du mauvais sang.

— Je trouve ça touchant quand ça ne m'exaspère pas.

— Avez-vous eu l'occasion de rencontrer son ex-femme et de lui parler de ses grossesses pour voir s'il se comportait de la même façon avec elle ?

— Eugenie ? Non, nous ne nous sommes jamais rencontrées. Les ex-femmes et les femmes du moment. Il est parfois sage de ne pas mélanger les genres.

Richard Davies revint, portant un plateau en plastique avec une tasse et une soucoupe, un petit pot de lait et du sucre en morceaux.

— Chérie, tu ne voulais pas de thé, si ?

Jill répondit que non. Richard s'assit près d'elle, prit ses pieds enflés, les posa sur ses genoux après avoir mis le thé de Lynley sur la petite table près du fauteuil que Jill avait occupé en arrivant.

— En quoi pouvons-nous vous être utiles, inspecteur ?

Lynley prit un carnet dans la poche de sa veste. Question intéressante. D'ailleurs tout le comportement de Davies était intéressant. Il n'arrivait pas à se rappeler quand, étant arrivé à l'improviste chez quelqu'un et ayant décliné son identité, il s'était vu offrir une tasse de thé en guise de bienvenue. Les réactions des gens à une visite inattendue de la police étaient plutôt de l'ordre du soupçon, de l'inquiétude, même si la personne qui recevait la visite s'efforçait de dissimuler ses sentiments.

Comme s'il s'attendait à cet étonnement de la part de Lynley, Davies fit :

— J'imagine que vous êtes venu au sujet d'Eugenie. Je n'ai pas été d'une grande aide à vos collègues de Hampstead lorsqu'on m'a demandé de... de la regarder. Il y avait des années que je n'avais vu Eugenie, et les blessures...

Il lâcha les pieds de sa fiancée avec un geste d'impuissance.

— C'est effectivement au sujet de Mrs Davies que je suis venu, confirma Lynley.

Arrivé à ce stade de l'entretien, Richard Davies regarda sa fiancée :

— Tu ne préfères pas aller t'étendre un peu, Jill ? Je te préviendrai quand l'agent immobilier arrivera.

— Ça va, merci. Je partage ta vie, Richard.

Il lui serra la jambe, disant à Lynley :

— Si vous êtes là, c'est sûrement à cause d'Eugenie. Je ne pense pas que quelqu'un d'autre se soit promené avec ses papiers.

— C'était bien Mrs Davies, en effet. Désolé.

Davies hocha la tête, sans avoir l'air triste pour autant.

— La dernière fois que je l'ai vue, c'était il y a vingt ans. Je suis navré qu'elle ait eu cet accident. Mais le fait que je l'aie perdue... notre divorce... remonte si loin. J'ai eu des années pour récupérer de sa mort, si vous voyez ce que je veux dire.

Lynley voyait parfaitement. Davies eût-il continué de porter le deuil, on en aurait déduit qu'il était aussi inconsolable que la reine Victoria quand elle avait perdu Albert, ou qu'il souffrait d'une obsession pathologique, ce qui revenait presque au même. Toutefois, voyant que Davies semblait avoir mal compris, Lynley se vit obligé de préciser :

— Vous parlez d'un accident… J'ai peur que ça n'ait pas été un accident. Votre ex-femme a été assassinée, Mr Davies.

Jill Foster se souleva.

— Comment ? Elle n'a pas été… Richard, tu ne m'avais pas dit que…

Richard Davies fixa Lynley, ses pupilles se dilatant.

— On m'avait dit qu'il s'agissait d'un accident avec délit de fuite, dit-il.

Lynley entreprit de lui fournir des explications. Ils donnaient en général peu de détails avant d'avoir eu les premiers résultats de la médecine légale. A la suite de l'examen préliminaire du corps, sans parler de l'endroit où elle avait été retrouvée, on était parvenu à la conclusion qu'elle avait été renversée par un chauffard qui avait ensuite pris la fuite. Mais un examen plus approfondi avait révélé qu'elle avait été heurtée à plusieurs reprises, que le corps avait été déplacé, et que les traces de pneus relevées sur les vêtements et le cadavre indiquaient que les dégâts avaient été causés par un seul et même véhicule. Autrement dit, le chauffard était un meurtrier, et la mort n'était pas un accident mais un homicide.

— Seigneur, fit Jill en tendant la main à Richard qui ne la prit pas et parut se recroqueviller comme sous l'effet d'un choc.

— Mais ils ne m'ont absolument pas dit… fit Davies.

Il regarda dans le vague en murmurant :

— Seigneur, est-il possible que les choses soient encore plus moches ?

Puis il regarda Lynley :

— Il va falloir que je le dise à Gideon. Vous m'autorisez à apprendre moi-même la nouvelle à mon fils ? Il y a plusieurs mois qu'il est souffrant. Dans l'incapacité de jouer. Cela pourrait lui être… Vous voulez bien me laisser le prévenir ? Je ne voudrais pas qu'il l'apprenne par l'*Evening Standard* ou quelque autre journal.

— Ces éléments sont entre les mains de notre bureau de presse, dit Lynley. Mais les responsables ne laisseront filtrer l'information que lorsque la famille aura été avertie. D'ailleurs vous pouvez nous aider. En dehors de Gideon, vous pouvez me dire s'il y a d'autres parents à prévenir ?

— Ses frères, mais Dieu seul sait où ils se trouvent. Ses parents étaient encore en vie il y a vingt ans. Mais si cela se trouve, ils sont morts aujourd'hui. Frank et Lesley Staines. Frank était pasteur, vous pouvez passer par le biais de l'Eglise anglicane pour le retrouver.

— Et ses frères ?

— Elle en avait deux, l'un plus jeune, l'autre plus âgé. Douglas et Ian. Là encore, impossible de vous dire s'ils sont vivants ou morts. Quand j'ai rencontré Eugenie, il y avait un moment qu'elle n'avait pas vu sa famille et tout le temps que nous sommes restés mariés elle ne les a jamais fréquentés.

— Nous essaierons de les retrouver.

Lynley prit sa tasse dans laquelle trempait un sachet de thé Typhoo. Il retira le sachet, ajouta un nuage de lait avant de poursuivre :

— Et vous, Mr Davies ? Quand exactement avez-vous vu votre ex-femme pour la dernière fois ?

— Quand nous avons divorcé. Il y a bien seize ans de cela. Il y avait des papiers à signer et c'est à ce moment-là que je l'ai vue.

— Et depuis ?

— Rien. Mais je lui ai parlé il n'y a pas longtemps.

Lynley reposa sa tasse.

— Quand ça ?

— Elle me téléphonait régulièrement pour prendre des nouvelles de Gideon depuis qu'elle avait appris qu'il n'était pas bien. Ce devait être…

Il se tourna vers sa fiancée.

— C'était quand, ce concert catastrophique, chérie ?

Jill Foster soutint son regard sans broncher, lui montrant ainsi qu'elle n'était pas dupe : il savait exactement quand le concert avait eu lieu.

— Le 30 juillet, non ?

— Je crois bien que oui.

Et à Lynley :

— Eugenie m'a téléphoné peu de temps après. Je ne me souviens pas exactement quand. Vers le 15 août, peut-être. Elle est restée en contact avec moi depuis.

— La dernière fois que vous lui avez parlé au téléphone, c'était quand ?

— La semaine dernière... Je ne sais plus exactement. Je n'ai pas noté. Elle m'a appelé ici et a laissé un message. Je l'ai rappelée. Je n'avais pas grand-chose à lui dire. La conversation a été brève. Gideon, et j'aimerais autant que ça reste confidentiel, inspecteur, souffre de trac aigu. Nous avons fait courir le bruit qu'il était sous le coup d'une extrême fatigue mais c'est un euphémisme. Eugenie ne s'y est pas laissé prendre, et je doute que le public accepte cette version plus longtemps.

— Elle n'est pas allée rendre visite à votre fils ? Elle ne l'a pas contacté ?

— Si elle l'a fait, Gideon ne m'en a pas parlé. Et ça, ça m'étonnerait. Mon fils et moi sommes très proches, inspecteur.

La fiancée de Davies baissa les yeux. La mimique n'échappa pas à Lynley qui se demanda si cette affection n'était pas à sens unique.

— Votre femme se rendait chez un homme qui habite Hampstead. Elle avait son adresse dans ses affaires. C'est un certain J. W. Pitchley, mais il se peut que vous le connaissiez sous un autre nom : James Pitchford.

Davies cessa de caresser les pieds de Jill Foster. Il devint aussi immobile qu'un Rodin grandeur nature.

— Vous vous souvenez de lui ? fit Lynley.

— Oui. Mais...

Il s'adressa de nouveau à sa fiancée :

— Chérie, tu es certaine que tu n'as pas envie de t'allonger un peu ?

Le visage de la jeune femme était on ne peut plus expressif : il était hors de question qu'elle se retire dans la chambre.

— Il y a peu de chances que j'oublie quelqu'un que j'aurais connu à cette époque, inspecteur, dit Davies. Et vous ne l'auriez pas oublié non plus si vous aviez traversé cette période. James habitait chez nous depuis déjà quelques années lorsque Sonia, notre fille…

Il laissa sa phrase en suspens.

— Savez-vous si votre ex-femme était restée en relation avec cet homme ? Nous l'avons interrogé, et il prétend que non. Est-ce que dans vos conversations téléphoniques votre femme l'aurait mentionné ?

— Nous ne parlions que d'une chose : de Gideon et de sa santé, fit Davies en secouant la tête.

— Elle n'a pas fait allusion à sa famille, à sa vie à Henley-on-Thames, à des amis qu'elle pouvait avoir là-bas ? A des amants ?

— Rien de ce genre, inspecteur. Vous savez, Eugenie et moi, nous ne nous sommes pas quittés dans les meilleures circonstances. Elle a plié bagage un beau jour sans crier gare et point final. Pas un mot d'explication, pas de dispute, pas d'excuses, rien. Un jour elle était là, le lendemain elle était partie. Et quatre ans plus tard, j'ai eu de ses nouvelles par ses avocats. Entre nous, les relations n'étaient pas vraiment tendres. Et j'avoue n'avoir pas été particulièrement ravi d'avoir de ses nouvelles quand j'ai fini par en avoir.

— Croyez-vous qu'il y ait eu un autre homme dans sa vie quand elle vous a quitté ? Quelqu'un qui aurait récemment refait son apparition dans sa vie.

— Pytches ?

— Pitchley, corrigea Lynley. Croyez-vous qu'elle aurait pu avoir une liaison avec Pitchley à l'époque où celui-ci s'appelait encore James Pitchford ?

— Il était nettement plus jeune qu'Eugenie, fit Davies après réflexion. De quinze ans, de dix ans ?

Mais Eugenie était une femme séduisante, il n'est pas impossible qu'il y ait eu quelque chose entre eux. Laissez-moi vous refaire du thé, inspecteur.

Lynley acquiesça. Davies se leva, se dirigea vers la cuisine, fit couler de l'eau : il faudrait une minute ou deux pour qu'elle se mette à bouillir. Lynley se demanda pourquoi il cherchait à gagner du temps. Certes, la surprise s'ajoutait au choc et Davies appartenait à une génération d'hommes pour qui manifester ses émotions était aussi incongru qu'exhiber son derrière à Piccadilly Circus. Sa fiancée s'intéressant de très près à la moindre de ses réactions, il avait de bonnes raisons de vouloir se ressaisir. Pourtant...

Richard Davies revint, portant un verre de jus d'orange qu'il donna à sa fiancée en disant :

— Tu as besoin de vitamines, Jill.

— Votre femme fréquentait quelqu'un à Henley, un certain Wiley, dit Lynley en prenant sa tasse de thé. Elle vous en a parlé au cours de l'une de vos conversations ?

— Non, dit Davies. Vous savez, inspecteur, nous nous en sommes tenus à Gideon.

— Le major Wiley nous a dit qu'ils ne se voyaient plus, Gideon et sa mère. Qu'ils étaient brouillés.

— Ah oui ? fit Richard. Ce n'est pas le terme que j'utiliserais. Eugenie est partie un beau jour sans tambour ni trompette. Je dirais plutôt qu'elle l'a abandonné.

— C'était ça, son péché ? voulut savoir Lynley.

— Quoi ?

— Elle a dit au major Wiley qu'elle avait quelque chose à lui confesser. Peut-être le fait qu'elle avait abandonné enfant et mari. A propos, elle n'a jamais réussi à se confesser. C'est du moins ce que Wiley nous a affirmé.

— Vous pensez que Wiley... ?

— Nous nous bornons à recueillir des renseignements, Mr Davies. Y a-t-il quoi que ce soit que vous souhaitiez ajouter à ce que vous nous avez déjà dit ?

Y a-t-il quelque chose dans les propos de votre ex-femme qui ne vous ait pas frappé sur le moment mais qui maintenant vous semble...

— Cresswell-White, fit Davies d'un ton presque méditatif puis une seconde fois avec plus de conviction. Oui, Cresswell-White. J'ai reçu une lettre de lui. Eugenie avait donc dû en recevoir une également.

— Et Cresswell-White c'est...

— Elle a sûrement dû recevoir une lettre de lui parce que quand les meurtriers sont relâchés, les familles en sont informées, c'est la procédure normale. Du moins c'est ce que disait ma lettre.

— Les meurtriers ? fit Lynley. Vous avez eu des nouvelles de la meurtrière de votre fille ?

Pour toute réponse, Richard Davies sortit, s'engagea dans un petit couloir, pénétra dans une autre pièce. Il y eut un bruit de tiroir ouvert et fermé. Lorsqu'il revint, il tenait à la main une enveloppe qu'il tendit à Lynley. Elle contenait une lettre émanant d'un certain Bertram Cresswell-White, Esquire, avocat de la Couronne, – et portant l'adresse du 5, Paper Buildings, le Temple, Londres. La missive informait Mr Richard Davies que la prison pour femmes de Holloway allait mettre Miss Katja Wolff en liberté conditionnelle à la date indiquée. Au cas où Miss Katja Wolff harcèlerait, menacerait, contacterait Mr Davies d'une façon ou d'une autre, Mr Davies devrait en informer maître Cresswell-White sur-le-champ.

Lynley relut le message, expédié douze semaines exactement avant la mort d'Eugenie Davies.

— Vous a-t-elle contacté ? demanda-t-il à Richard.

— Non, fit Davies. Si elle l'avait fait, je vous prie de croire que j'aurais...

Ses airs bravaches l'abandonnèrent soudain.

— Croyez-vous qu'elle aurait pu retrouver la trace d'Eugenie ? reprit Davies.

— Mrs Davies ne vous a pas parlé d'elle ?

— Non.

— L'aurait-elle fait si elle l'avait vue ?

Davies secoua la tête moins en signe de dénégation que pour indiquer sa perplexité.

— Je ne sais pas. Dans le temps, oui. Elle m'en aurait touché un mot. Mais après toutes ces années… Je ne sais pas, inspecteur.

— Puis-je conserver cette lettre ?

— Evidemment. Vous allez tâcher de la retrouver, inspecteur ?

— Je vais lancer un de mes hommes sur ses traces, oui.

Lynley continua à poser les questions qu'il avait préparées, ce qui lui permit d'apprendre l'identité de la Cecilia qui avait écrit un mot à Eugenie Davies. Il s'agissait de sœur Cecilia Mahoney, amie d'Eugenie Davies, résidant au couvent de l'Immaculée Conception. Le couvent était situé à Kensington Square, où la famille Davies avait vécu jadis.

— Eugenie s'était convertie au catholicisme, dit Richard Davies. Elle haïssait son père, un fou furieux quand il ne prêchait pas du haut de sa chaire. Et elle avait trouvé là le moyen de lui faire payer l'enfance atroce qu'il lui avait fait vivre. C'est du moins ce qu'elle m'a dit.

— Vos enfants ont-ils été baptisés ? Est-ce qu'ils sont catholiques ?

— Seulement si Cecilia et elle ont fait ça en secret. Mon père aurait eu une attaque autrement. (Davies sourit avec indulgence.) C'était un tyran dans son genre.

Et vous tenez peut-être de lui, se demanda Lynley. Mais ça, c'était une question qu'il lui faudrait poser à Gideon.

GIDEON

1ᵉʳ octobre

Où tout cela va-t-il nous mener, Dr Rose ? Voilà maintenant qu'après mes souvenirs vous voulez que j'examine mes rêves et je me demande si vous savez ce que vous faites. Vous exigez de moi que je note mes pensées à mesure qu'elles me viennent, sans me soucier de savoir comment elles s'enchaînent, où elles me conduisent ni comment elles peuvent fournir la clé qui permettra de débloquer mon esprit, et ma patience commence à s'émousser sérieusement.

Papa me dit qu'à New York vous travailliez essentiellement sur des patients souffrant de troubles du comportement alimentaire. Il a pris des renseignements vous concernant – il lui a suffi de passer quelques coups de fil aux Etats-Unis – parce que, ne voyant aucune amélioration à mon état, il a commencé à se demander combien de temps j'allais encore fouiller dans le passé au lieu de me colleter avec le présent.

« Pour l'amour du ciel, Gideon, elle ne travaille pas avec des musiciens ! m'a-t-il dit lorsque je lui ai parlé ce matin. Ni même avec d'autres artistes. Alors tu peux continuer à la payer et à ne rien recevoir en échange – comme c'est le cas jusqu'à présent – ou tu peux essayer autre chose.

— Quoi ?

« — Si tu tiens absolument à consulter un psychiatre, essaie au moins d'aller voir quelqu'un qui va s'attaquer au problème. Et laisse-moi te dire une bonne chose : le problème, c'est le violon, Gideon. Pas ce dont tu te souviens ou non concernant le passé.

— Raphael me l'a dit.

— Quoi ?

— Que Katja Wolff avait noyé Sonia. »

Un silence est tombé. Comme nous étions au téléphone, je ne pouvais que deviner quelle tête faisait mon père. Son visage avait dû se durcir, ses yeux devenir opaques. Même en m'en disant si peu, Raphael avait brisé un contrat qui les liait depuis vingt ans. Cela ne devait guère plaire à Papa.

« Que s'est-il passé ? lui ai-je demandé.

— Je refuse d'en parler.

— Est-ce pour cela que Maman nous a quittés ?

— Je t'ai dit…

— Rien, justement, tu ne m'as *rien* dit. Si tu es tellement désireux de m'aider, pourquoi refuses-tu d'éclairer ma lanterne ?

— Parce que cela n'a absolument rien à voir avec ton problème. Et que ces plongées dans le passé, ces coupages de cheveux en quatre, cette façon de s'attarder indéfiniment sur ton histoire sont autant de moyens d'éviter les véritables questions, Gideon.

— C'est la seule façon pour moi de m'y prendre.

— Des conneries, oui. Tu sautes comme un toutou dans le cerceau qu'elle te tend.

— Ce n'est pas juste de dire ça.

— Ce qui n'est pas juste, c'est de regarder son fils foutre sa vie en l'air sans pouvoir lever le petit doigt. C'est d'avoir vécu un quart de siècle uniquement pour ce fils, pour qu'il devienne le musicien qu'il souhaitait être, et de le voir s'effondrer à la première contrariété. Ce qui est injuste, c'est d'avoir noué avec ce fils des liens que je n'ai jamais pu nouer avec mon propre père et de l'entendre me demander de me tenir à l'écart pendant qu'il reporte l'amour et la confiance qu'il éprouvait pour moi sur une quelconque psychiatre dont le seul titre de gloire est d'avoir réussi en solo l'ascension du Machu Picchu.

— Eh bien, tu as drôlement fouiné dans ses affaires.

— Suffisamment pour savoir que tu perds ton temps. Bon sang de bonsoir, Gideon… » Sa voix a perdu de sa dureté lorsqu'il a terminé sa phrase. « As-tu seulement essayé ? »

De jouer, bien sûr. C'était ça qui l'intéressait. Pour lui, c'était comme si j'avais cessé d'être autre chose qu'une machine à moudre de la musique.

Voyant que je ne répondais pas, il a poursuivi non sans manifester un certain bon sens :

« Tu ne vois donc pas qu'il pourrait ne s'agir que d'une panne ponctuelle, d'une coupure de courant momentanée ? Un mauvais contact dans ton cerveau. Mais comme tu n'avais jamais eu le moindre pépin dans ta carrière jusque-là, tu as paniqué. Prends ton violon, pour l'amour du ciel. Fais-le pour toi. Avant qu'il ne soit trop tard.

— Trop tard pour quoi ?

— Pour surmonter ta peur. Ne la laisse pas t'abattre. Ne t'appesantis pas dessus. »

Ces mots ne paraissaient pas dénués de logique. Ils semblaient me conseiller un acte raisonnable, sensé. Peut-être étais-je en train de faire une montagne d'une taupinière, me servant d'une maladie de l'esprit pour camoufler une blessure d'amour-propre professionnel.

Alors j'ai attrapé le Guarneri, Dr Rose. Décidé à donner sa chance à l'optimisme. J'ai pris une partition et adopté la bonne position, comme Miss Orr me l'avait enseigné. Il me semblait l'entendre encore : « Redresse-toi, baisse les épaules. L'archet, avec tout le bras. Seul le bout des doigts bouge. »

Je l'entendais, oui, mais j'étais incapable de mettre ses conseils en pratique. L'archet a dérapé, mes doigts ont raclé les cordes avec la délicatesse d'un boucher sciant un quartier de bœuf.

288

Les nerfs, me suis-je dis. Ce n'est qu'une question de nerfs.

J'ai donc essayé une deuxième fois, et le son que j'ai produit a été pire. D'ailleurs c'est tout ce que j'ai produit, Dr Rose : un son. Absolument pas de la musique, ça, non. Alors de là à jouer du Mendelssohn… j'aurais aussi bien pu tenter un alunissage depuis la salle de musique tant la tâche à laquelle je m'étais attelé me semblait insurmontable.

Qu'avez-vous ressenti en échouant dans votre tentative ? me demandez-vous.

Qu'avez-vous éprouvé lorsque vous avez refermé le cercueil de Tim Freeman ? Voilà ce que je vous rétorque. Freeman, votre mari, votre compagnon, victime du cancer, Dr Rose. Quel effet cela vous a-t-il fait lorsque votre mari est décédé ? Parce que pour moi, c'est une mort. Et si résurrection il doit y avoir, ce que je veux savoir, c'est si elle va survenir au terme de ces plongées dans le passé et de ces travaux d'écriture de mes bon Dieu de rêves ! Dites-le-moi, je vous en prie. Pour l'amour du ciel, dites-le-moi.

2 octobre

Je n'en ai pas parlé à Papa.

Pourquoi ?

Je me sentais incapable de la regarder en face.

Regarder quoi… en face ?

Sa déception, j'imagine. Qu'éprouverait-il s'il savait que je ne peux pas faire ce qu'il me demande ? Sa vie, il l'a façonnée tout entière en fonction de la mienne, comme moi j'ai organisé la mienne autour de ma faculté de jouer. Tous deux nous fonçons vers l'oubli maintenant, et si seulement l'un de nous le sait, c'est tant mieux.

Lorsque j'ai remis le Guarneri dans son étui, j'avais pris une décision. J'ai quitté la maison.

Sur le perron, j'ai rencontré Libby. Elle était assise,

le dos appuyé contre la grille, un sac de marshmallows sur les genoux. Elle n'en mangeait pas encore mais ça n'allait pas tarder.

Je me suis demandé depuis combien de temps elle était là et lorsqu'elle m'a adressé la parole j'ai eu la réponse à ma question.

« J'ai tout entendu. » Elle s'est mise debout, a jeté un coup d'œil au sac de friandises, l'a fourré dans la poche ventrale de sa salopette. « C'est donc ça qui cloche, Gid ? C'est pour ça que tu ne jouais pas ? Pourquoi ne pas me l'avoir dit ? Je croyais qu'on était amis.

— On l'est.

— Tu ne parles pas sérieusement.

— Mais si. »

Elle n'a pas souri.

« Les amis, ça s'entraide.

— Tu ne peux pas m'aider dans ce cas de figure. Je ne sais même pas ce qui déconne chez moi, Libby. »

Elle a jeté un regard morne au square.

« Merde, alors, Gid. Pourquoi est-ce qu'on fait voler les cerfs-volants ? Qu'on se balade en planeur ? Qu'on dort ensemble ? Sans blague, si tu peux même pas me confier ce qui te tracasse… »

Cette conversation me rappelait furieusement des centaines de discussions que j'avais eues avec Beth. A un détail près, cependant. Car avec Beth, ç'avait été : « Ecoute, Gideon, si on ne peut même plus faire l'amour… »

Avec Libby les choses n'étaient pas allées assez loin pour que ce sujet vienne sur le tapis, et je lui en étais reconnaissant. Je l'ai écoutée mais je n'avais rien à dire. Lorsqu'elle a terminé et qu'elle a compris que je ne répondrais pas, elle m'a suivi jusqu'à ma voiture.

« Hé ! Je te parle. Attends une minute. Attends ! » Et elle m'a empoigné par le bras.

« Il faut que j'y aille.

— Où ?

— A Victoria.

— Pourquoi ?

« — Libby…

— Très bien. » Et à peine avais-je ouvert la portière qu'elle montait dans la voiture. « Je t'accompagne. »

Pour me débarrasser d'elle, il aurait fallu que je l'attrape à bras-le-corps pour l'extraire du véhicule. Or elle serrait la mâchoire et il y avait un éclat dans ses yeux qui me disait qu'elle ne se laisserait pas faire sans se débattre comme une malade. Je n'avais ni la force ni le cœur de lui cogner dessus, aussi j'ai mis le contact et nous avons pris la direction de Victoria.

L'Association de la Presse a ses bureaux à deux pas de la gare de Victoria, dans Vauxhall Bridge Road. C'est là que je me rendais. Pendant le trajet, Libby a extirpé de sa poche de salopette les marshmallows, qu'elle s'est mise à engloutir.

« Tu n'es pas au régime tout-sauf-blanc ?

— Ces friandises sont colorées en rose et en vert au cas où tu ne l'aurais pas remarqué.

— Et je croyais t'avoir entendue dire que ce qui était coloré artificiellement comptait comme du blanc, lui ai-je rappelé.

— Je dis beaucoup de choses. »

Elle s'est plaqué le sac en plastique sur les genoux et, ayant apparemment pris une décision, elle m'a lancé :

« Je veux savoir depuis combien de temps. Et t'as pas intérêt à me raconter de bobards.

— Depuis combien de temps quoi ?

— Depuis combien de temps tu as cessé de jouer. Ça fait combien de temps ? » Puis changeant brusquement de sujet, ce qui était une manie chez elle : « J'aurais dû m'en apercevoir plus tôt. C'est à cause de ce salopard de Rock.

— Je ne vois pas en quoi ton mari…

— Mon ex, s'il te plaît.

— Pas encore.

— Mais presque.

— Bon. On ne peut tout de même pas lui mettre sur le dos… le fait que j'en bave en ce moment, Libby.

— Ce n'est absolument pas la question, a-t-elle fait, irritée. Tu n'es pas seul au monde, Gideon. Je parlais de moi, je te signale. J'aurais remarqué ce qui t'arrivait si j'avais été moins obnubilée par Rock. »

C'est à peine si j'ai entendu les propos qu'elle a tenus sur son mari. Ses derniers mots m'avaient piqué au vif : *tu n'es pas seul au monde, Gideon,* tant ils me rappelaient les sentiments exprimés par Sarah-Jane Beckett des années auparavant. *Tu n'es plus le centre de l'univers.* Impossible de voir Libby près de moi dans la voiture, car c'était Sarah-Jane qu'il me semblait avoir à mes côtés. Je la vois encore, je vois ses yeux qui me fixent, son visage penché vers moi. Crispé, ce visage ; plissés, ces yeux, jusqu'à n'être plus qu'une rangée de cils courtauds.

A quoi fait-elle allusion quand elle dit ça ? me demandez-vous.

Oui. C'est là toute la question.

J'ai fait des bêtises pendant que j'étais sous sa responsabilité. Et c'est elle qui a décidé de la punition à m'infliger, en l'occurrence un sacré savon, un savon à la Sarah-Jane. Il y a une boîte en bois dans l'armoire de Grand-père, j'ai fouillé dedans. Elle contient du noir pour les bottes, du cirage et des chiffons, et je m'en suis servi pour peindre. J'ai couvert les murs du couloir du premier étage de traînées de cirage. Je m'ennuie, je m'ennuie, je m'ennuie. Voilà ce que je me disais en salissant le papier peint et en m'essuyant les mains avec les rideaux. Mais je ne m'ennuie pas, en fait, et Sarah-Jane le sait. Ce n'est pas ce qui m'a poussé à faire ça.

Savez-vous pourquoi vous l'avez fait ? me demandez-vous.

Je n'en suis plus aussi sûr maintenant. Mais je crois que je suis en colère et que j'ai peur. Oui, j'ai très peur.

Je vois une lueur s'allumer dans vos yeux à ces mots, Dr Rose. Cette fois, nous tenons le bon bout. Il a peur, et il est en colère. Enfin une réaction à vous mettre sous la dent.

Mais je n'ai pas grand-chose à ajouter à cela. Si ce n'est ceci : quand Libby a dit *tu n'es pas seul au monde, Gideon,* ce que j'ai éprouvé, c'est de la peur. Une peur toute différente de celle de ne jamais pouvoir rejouer. Une peur qui ne semblait pas avoir de rapport avec la conversation que nous avions. Une peur si vive pourtant que je n'ai pu me retenir de crier « Non ! » à Libby, alors que pendant tout ce temps ce n'était pas à Libby que je m'adressais. Pas du tout.

De quoi aviez-vous donc si peur ? me demandez-vous.

Ça, je pensais que c'était évident.

3 octobre – 15 h 30

On nous a envoyés à la bibliothèque, une grande pièce où sont stockées des coupures de presse par milliers, classées dans des chemises, répertoriées par sujets et rangées sur des étagères mobiles. Connaissez-vous cet endroit ? Des lecteurs y passent leurs journées, plongés dans la lecture des principaux organes de presse du pays, à découper des articles qui entrent ensuite dans la collection de la bibliothèque. Non loin de là, une table et une photocopieuse sont à la disposition des membres du public qui ont une recherche à effectuer.

J'ai indiqué à un jeune homme mal habillé, à cheveux longs, ce que je cherchais.

« Vous auriez dû téléphoner avant de passer. Ça risque de prendre un bon quart d'heure. Ces documents ne sont pas stockés sur place. »

Je lui ai dit que nous attendrions. Mais je me suis aperçu bientôt que j'avais les nerfs en pelote et qu'il m'était impossible de tenir en place une fois le type parti. J'avais du mal à respirer, et j'ai constaté bien vite que je transpirais aussi abondamment que Raphael.

J'ai dit à Libby que j'avais besoin d'air. Elle est sortie avec moi dans Vauxhall Bridge Road. Mais, là encore, impossible de respirer.

« C'est la circulation, ai-je dit à Libby, les gaz d'échappement. »

Je haletais comme un coureur à bout de souffle. C'est alors que mes viscères se sont mis de la partie, mon estomac s'est crispé, mes intestins se sont relâchés, menaçant d'exploser, ce qui, on l'imagine, aurait été plutôt humiliant en plein trottoir.

« Tu as vraiment une sale tête, Gid, a fait Libby.

— Non non, ça va.

— Tu parles que je te crois. Si tu es bien portant, moi je suis la Vierge Marie. Viens ici, ne reste pas au milieu du trottoir. »

Elle m'a entraîné dans un café et m'a fait asseoir à une table.

« Surtout ne bouge pas, à moins que tu ne te sentes sur le point de tomber dans les pommes, d'accord ? Auquel cas mets ta tête… voyons… où est-ce qu'on est censé mettre sa tête dans ce cas-là ? Entre ses genoux ? » Puis elle s'est approchée du comptoir, est revenue avec un jus d'orange. « Ça remonte à quand, la dernière fois que tu as mangé ? »

Et moi – pauvre pécheur, pauvre poltron – je n'ai pas essayé de la détromper.

« Je ne m'en souviens plus. »

Et je me suis envoyé le jus d'orange comme si c'était un élixir capable de me rendre ce que j'avais perdu.

Perdu ? répétez-vous après moi car vous êtes toujours à l'affût dès qu'il s'agit de détecter un déclencheur.

Oui. Ce que j'ai perdu : ma musique, Beth, ma mère, une enfance, des souvenirs que les autres tiennent pour acquis.

Sonia ? me demandez-vous. Sonia aussi ? Est-ce que vous aimeriez la retrouver si c'était possible, Gideon ?

Oui, bien sûr. Mais une Sonia différente.

Cette réponse me stoppe net : j'ai du remords d'avoir oublié tant de choses concernant ma sœur.

3 octobre – 18 heures

Lorsque j'ai réussi à reprendre le contrôle de mes boyaux et à respirer normalement, nous avons regagné la bibliothèque. Cinq grosses enveloppes bourrées à craquer nous attendaient, pleines de coupures de presse datant de vingt ans. Elles avaient été arrachées sans trop de précaution aux pages des journaux et elles étaient froissées, cornées. Elles sentaient le moisi et elles avaient jauni avec l'âge.

Tandis que Libby allait se chercher une chaise, j'ai attrapé la première enveloppe qui m'est tombée sous la main et l'ai ouverte.

LA NURSE MEURTRIÈRE A ÉTÉ CONDAMNÉE. Le gros titre m'a littéralement sauté à la figure : peu de choses avaient changé au cours des deux dernières décennies en matière de manchettes. Ces mots s'accompagnaient d'une photo et je l'ai vue devant moi, la meurtrière de ma sœur. La photographie semblait avoir été prise au tout début de l'affaire. Katja Wolff avait été saisie par l'objectif non pas à l'Old Bailey ou en prison mais dans Earl's Court Road tandis qu'elle sortait du commissariat de police de Kensington en compagnie d'un petit homme courtaud au costume en tire-bouchon. Juste derrière lui, cachée en partie par le chambranle, une silhouette masculine dont je n'aurais pas réussi à identifier le propriétaire si je n'en avais si bien connu la taille et l'allure générale pour l'avoir fréquenté quotidiennement pendant vingt-cinq ans : Raphael Robson. J'ai noté mentalement la présence de ces deux hommes – le petit râblé devait être l'avocat de Katja Wolff – mais c'est sur Katja elle-même que je me suis concentré.

Bien des choses avaient changé pour elle depuis le cliché ensoleillé du jardin. Bien sûr cette photo-là avait été posée tandis que celle-ci avait été prise au débotté et dans la précipitation, entre le moment où une personne qui fait la une sort d'un immeuble et le moment où elle monte dans un véhicule qui l'emmène à toute allure. Ce qui transparaissait clairement d'après cet instantané, c'est que la notoriété publique – ce genre de notoriété, en tout cas – n'avait pas réussi à Katja Wolff. Elle était maigre et avait l'air malade. Alors que la photo du jardin la montrait souriant en toute confiance et de toutes ses dents à l'appareil, cet instantané l'avait saisie essayant de camoufler son visage. Le photographe avait dû se tenir très près parce que la photo n'était pas granuleuse comme c'est le cas des photos prises au téléobjectif. Tous les détails du visage de Katja semblaient crûment mis en relief par la proximité de l'appareil.

Elle avait la bouche fermée, ses lèvres dessinant presque un trait rectiligne, des poches sombres sous les yeux. Ses traits étaient tirés à l'extrême à la suite d'une perte de poids. Ses bras étaient gros comme des allumettes et à l'endroit où son chemisier formait un V la clavicule saillait.

J'ai lu l'article et appris que le juge Saint John Wilkes avait prononcé une peine de prison à vie pour meurtre, assortie d'une recommandation au Home Office pour que Katja Wolff ne purge pas moins de vingt ans. Selon le correspondant du journal qui avait assisté aux débats, l'inculpée avait bondi sur ses pieds à l'énoncé de la sentence et demandé la parole. « Laissez-moi vous raconter ce qui s'est passé. » Mais son envie soudaine de parler – après avoir gardé le silence pendant toute la durée du procès et pendant toute l'enquête – trahissait de la panique, le désir de marchander, et surtout elle venait trop tard.

« Nous savons ce qui s'est passé, a déclaré plus tard à la presse Bertram Cresswell-White. La police nous l'a expliqué, la famille, le laboratoire de médecine légale, les amis de Miss Wolff nous l'ont dit également. Placée dans des circonstances difficiles qui ne faisaient qu'empirer, cherchant à donner libre cours à sa colère née de l'impression qu'on la traitait injustement, se voyant offrir l'occasion de débarrasser le monde d'un enfant qui de toute façon était imparfait, elle a volontairement, et dans le but de nuire à la famille Davies, plongé Sonia Davies sous l'eau dans sa baignoire, et l'y a maintenue malgré la lutte pathétique de la fillette jusqu'à ce qu'elle se noie. Après quoi Miss Wolff a donné l'alarme. Voilà ce qui s'est passé. Voilà ce qui a été prouvé. Et c'est pour cela que le juge Wilkes a prononcé cette sentence. »

« Elle va en prendre pour vingt ans, Papa. » Oui. Oui. C'est ce que mon père dit à Grand-père quand il entre dans la pièce où nous attendons des nouvelles : il y a là Grand-père, Grand-mère et moi. Ça me revient. Nous sommes dans le salon, assis sur le canapé, moi au milieu. Et, oui, ma mère est là, elle aussi, et elle pleure. Comme elle le fait tout le temps, me semble-t-il, non seulement après la mort de Sonia mais juste après la naissance de Sonia, déjà.

Pourtant la naissance est censée être un moment heureux. Mais la naissance de Sonia ne pouvait l'avoir été. Je m'en suis rendu compte finalement quand, reposant la première coupure de presse, j'ai examiné la seconde où se poursuivait l'article de la première page. Car là j'ai découvert une photo de la victime et, à ma grande honte, j'ai vu ce que j'avais oublié ou délibérément effacé de ma mémoire pendant plus de deux décennies.

Ce que moi j'avais oublié, c'est la première chose que Libby a remarquée et sur laquelle elle a attiré mon attention lorsqu'elle m'a rejoint avec une chaise. Bien sûr, elle ignorait que c'était la photo de ma sœur : je ne lui avais pas dit pourquoi nous étions venus jusque-là. Elle m'avait juste entendu demander de la documentation sur le procès de Katja Wolff.

Libby s'est approchée de la table. Tournée à demi vers moi, elle a tendu la main vers la photo.

« Qu'est-ce que tu as là ? » Et quand elle a vu le

cliché, elle a dit : « Oh, mais elle est trisomique, n'est-ce pas ? Qui est-ce ?

— Ma sœur.

— Vraiment ? Mais tu ne m'avais jamais dit... » Son regard a abandonné la photo pour se braquer sur moi. Elle a poursuivi précautionneusement en choisissant ses mots : « Est-ce que tu avais honte d'elle ou quoi ? Je veux dire... oh merde, c'est pas honteux d'être trisomique.

— Oui, il faut croire que j'étais gêné. La preuve.

— Comment ça ?

— Je n'arrivais pas à me souvenir d'elle. Ni de rien de tout cela », ai-je dit en désignant les chemises cartonnées. « Impossible de me souvenir de ça. J'avais huit ans, quelqu'un a noyé ma sœur...

— *Noyé* ta... ? »

Je l'ai agrippée par le bras pour la faire taire. Je n'avais aucune envie que le personnel de la bibliothèque sache qui j'étais. Croyez-moi, j'avais suffisamment honte sans qu'en plus on me reconnaisse.

« Regarde, ai-je dit sèchement à Libby. Regarde. Et je n'arrivais pas à me souvenir d'elle, Libby. Impossible de me souvenir du moindre détail la concernant.

— Pourquoi ? » m'a-t-elle demandé.

Parce que je ne voulais pas.

3 octobre – 22 h 30

Je m'attendais à ce que vous bondissiez avec un cri de sauvage en entendant cet aveu, Dr Rose, mais vous ne soufflez mot. Vous vous contentez de me regarder. Et si vous avez appris à dissimuler vos émotions, vous ne pouvez masquer la petite lueur qui s'allume dans vos yeux. Je la vois briller un instant, cette lueur, et elle me dit que vous voulez que j'entende ce que je viens de dire.

Je ne pouvais me souvenir de ma sœur parce que je ne *voulais* pas m'en souvenir.

Pourtant j'ai du mal à comprendre. Les crises de mon grand-père étaient un sujet tabou à Kensington Square et cependant je m'en souviens très nettement. J'ai des souvenirs très précis de ce qui les provoquait, de la musique à laquelle ma grand-mère faisait appel pour tenter de les enrayer, de leur survenue et du chaos qui les accompagnait, des suites de ces crises au cours desquelles les larmes coulaient tandis que les ambulanciers l'emmenaient faire un séjour à la campagne, le temps de retrouver ses esprits. Pourtant nous ne parlions jamais de ces crises. Pourquoi je m'en souviens, pourquoi je me souviens de lui et pas de ma sœur ?

Si votre grand-père tient une plus grande place dans votre vie que votre sœur, me dites-vous, c'est à cause de la musique. Il joue un rôle prépondérant dans votre histoire musicale, même si ce rôle, il le tient dans la fiction qui plus tard servira de support à la Légende de Gideon Davies. Pour le refouler comme apparemment vous avez refoulé le souvenir de Sonia...

Refoulé ? Pourquoi *refoulé* ? J'aurais délibérément *refusé* d'avoir des souvenirs de ma sœur, Dr Rose ?

Le refoulement n'est pas un choix conscient, me dites-vous de votre voix calme et pleine de compassion. Il est associé à un état émotionnel, psychologique ou physique trop perturbant pour qu'on puisse espérer le gérer, Gideon. Je vous donne un exemple. Si, étant enfant, nous assistons à une scène terrifiante ou incompréhensible pour nous – les relations sexuelles entre nos parents si vous voulez –, nous la chassons du champ de notre conscience parce que à cet âge nous ne disposons pas des outils qui nous permettraient de gérer la scène dont nous avons été témoins, de l'assimiler et de lui donner du sens. Même adultes, les gens qui connaissent des accidents horribles n'en ont généralement aucun souvenir tout simplement parce que c'est atroce. Nous ne choisissons pas de chasser une image de notre esprit. Nous le faisons, tout simplement. Le refoulement, c'est une façon de se protéger. C'est ainsi que notre esprit se protège d'un événement ou d'un phénomène qu'il n'est pas préparé à affronter.

Alors qu'est-ce que je n'arrive pas à affronter concernant ma sœur, Dr Rose ? Je me suis quand même souvenu de Sonia, n'est-ce pas ? Il n'y avait qu'un détail que j'avais chassé de mon esprit. Avant de voir sa photo, j'ignorais qu'elle était trisomique.

Ainsi le fait qu'elle était trisomique joue un rôle dans tout cela, n'est-ce pas ? Sûrement, parce que c'est le détail qui m'a été révélé. Je n'ai pas réussi tout seul à le faire remonter à la surface.

Vous n'avez pas non plus réussi à exhumer Katja Wolff de votre passé, me faites-vous remarquer.

Ainsi la trisomie et Katja Wolff sont liées, n'est-ce pas, Dr Rose ? Elles doivent l'être.

5 octobre

Impossible de rester dans la bibliothèque après avoir pris connaissance de cette photo de ma sœur et entendu Libby me faire part tout haut de ce que j'étais moi-même incapable de dire. Je voulais rester là. J'avais devant moi cinq enveloppes bourrées de coupures de presse et de photos expliquant en détail ce qui était arrivé à ma famille vingt ans plus tôt. Sans aucun doute j'y aurais également découvert les noms de toutes les personnes qui avaient été impliquées dans l'enquête et le procès qui avait suivi. Mais je me suis aperçu que j'étais incapable de continuer ma lecture après avoir contemplé cette photo de Sonia. Car cette photo me permettait de visualiser ma sœur sous l'eau, sa tête si ronde se tournant de droite et de gauche, ses yeux – qui même sur cette photo de mauvaise qualité trahissent son handicap – fixés, braqués, rivés sur sa meur- trière. C'est quelqu'un en qui elle a confiance, qu'elle aime, dont son sort dépend, dont elle a besoin qui la maintient sous l'eau, et elle ne comprend pas. Elle n'a que deux ans et, même normale, elle n'aurait pas compris ce qui lui arrivait. Or normale, elle ne l'est pas. Elle est née anormale. Et rien de ce qu'elle a vécu au cours de ces deux ans n'a jamais été normal.

L'anormalité. L'anormalité conduisant à une crise. C'est ça, Dr Rose. Avec ma sœur nous sommes allés de crise en crise. Maman pleure à la messe du matin, et sœur Cecilia sait qu'elle a besoin d'aide. Non seulement elle a besoin d'un soutien psychologique pour surmonter le fait qu'elle a engendré un enfant différent, imparfait, hors norme, mais elle a également besoin d'un soutien logistique pour l'aider à prendre cette fillette en charge. Car malgré la présence au foyer d'un enfant prodige et l'arrivée d'un enfant handicapé, la vie doit continuer. Ce qui veut dire que Grand-mère doit continuer de veiller sur Grand-père, que Papa doit avoir deux emplois si nous voulons nous en sortir financièrement et que, si je veux poursuivre mes études de violon, il faut également que Maman travaille à l'extérieur.

S'il y a des dépenses sur lesquelles on pourrait logiquement faire l'impasse, c'est le violon et tout ce qui s'y rapporte : les leçons de Raphael Robson, les cours de Sarah-Jane Beckett. Il suffirait de m'expédier à l'école. Grâce aux énormes sommes ainsi économisées, Maman pourrait rester à la maison avec Sonia, veiller sur elle, la soigner car elle tombe sans arrêt malade.

Mais ce changement, tout le monde ici le considère comme impensable parce que à six ans et demi j'ai déjà fait mes débuts en public et que refuser de faire profiter le monde du talent dont je suis porteur semble relever de la plus affreuse mesquinerie. Cependant mes parents et mes grands-parents ont dû envisager cette solution. Oui, ça me revient maintenant. Maman et Papa sont en grande discussion dans le salon et Grand-père intervient, il pousse les hauts cris. « Ce garçon est un génie, un véritable génie ! » hurle-t-il. Grand-mère est là aussi parce que je l'entends répéter anxieusement « Jack, Jack » et je l'imagine se précipitant vers la chaîne stéréo, mettant un disque de Paganini pour calmer les féroces battements du cœur de Grand-père. « Il donne déjà des concerts, crénom de nom ! fulmine Grand-père. Pas question que vous interrompiez sa carrière. Il vous faudra me passer sur le corps. Pour une fois dans ta vie, Dick, nom de Dieu, tu vas me faire le plaisir de prendre la bonne décision. »

Ni Raphael ni Sarah-Jane ne participent au débat. Leur avenir est dans la balance avec le mien mais ils ont autant voix au chapitre que moi : on ne leur demande absolument pas leur avis. La discussion se poursuit pendant des heures et des jours tout au long de la convalescence de ma mère à la suite de son accouchement, convalescence que les multiples problèmes de santé de Sonia ne font que prolonger.

On a emmené le bébé chez le médecin... à l'hôpital... aux urgences. Autour de nous rôdent la tension, l'urgence, la peur comme jamais elles n'ont régné auparavant à la maison. Les nerfs de tous sont tendus à craquer. Toujours en suspens dans l'air, cette question : que va-t-il lui arriver la prochaine fois ?

Des crises. Les gens sont souvent absents. Il y a même des plages de temps pendant lesquelles on a l'impression que personne n'est à la maison. Seulement Raphael et moi. Ou Sarah-Jane et moi. Tous les autres sont avec Sonia.

Pourquoi ? me demandez-vous. Quelle sorte de crises avait donc Sonia ?

Tout ce dont je me souviens, c'est de cette phrase : *Il dit qu'il nous rejoindra à l'hôpital. Gideon, va dans ta chambre.* Et j'entends Sonia qui pleure faiblement, j'entends ses pleurs qui s'estompent pendant qu'ils la descendent au rez-de-chaussée et l'emportent dans la nuit.

Je vais dans sa chambre, qui est près de la mienne. C'est la nursery. La lumière est restée allumée, et il y a une sorte de machine près de son berceau et des sangles qui la maintiennent reliée à cette machine pendant qu'elle dort. Il y a une commode et aussi une lampe en forme de manège, identique à celle que je me rappelle avoir regardée tourner, tourner lorsque j'étais dans mon berceau, qui est maintenant celui de ma sœur. Je vois les marques là où j'ai mordu les barreaux, je vois les décalcomanies de l'Arche de Noé que je regardais. Je grimpe dans le berceau bien que j'aie six ans et demi. Je m'y recroqueville, j'attends.

Et que se passe-t-il ?

Au bout d'un certain temps, ils reviennent, comme ils reviennent toujours, avec des médicaments, le nom d'un médecin qu'ils doivent aller consulter dans la matinée, une ordonnance, un régime à suivre. Parfois Sonia est avec eux, parfois on la garde à l'hôpital.

C'est pour cela que ma mère pleure à la messe. Et, oui, c'est certainement de cela que sœur Cecilia et elle s'entretiennent après l'office le fameux jour où je renverse l'étagère et où je casse la statue de la Vierge. Cette religieuse, si elle murmure, c'est sans doute pour réconforter ma mère qui éprouve… mais quoi ? De la culpabilité parce qu'elle a donné naissance à un enfant qui va de maladie en maladie, de l'angoisse parce que le *que va-t-il encore lui arriver* rôde toujours dans son esprit, de la colère devant l'injustice de la vie, de l'épuisement consécutif à la nécessité de faire face ?

C'est sur ce sol turbulent que doit, j'imagine, germer l'idée d'engager une nurse. Ce serait la solution idéale. Papa pourrait continuer à exercer ses deux métiers, Maman retournerait travailler, Raphael et Sarah resteraient avec moi, la gouvernante s'occuperait de Sonia. James le pensionnaire serait là pour nous apporter un complément de revenus et on réussirait peut-être même à caser un pensionnaire supplémentaire. C'est ainsi que Katja Wolff débarque chez nous. Mais ce n'est pas une nurse diplômée. Elle n'a pas fréquenté une école ni suivi des cours pour se spécialiser dans les soins à dispenser aux enfants fragiles. Cependant elle a fait des études, elle est affectueuse, elle est reconnaissante et, il faut bien l'avouer, ses tarifs ne sont pas prohibitifs. Elle aime les enfants et elle a besoin de ce poste. Quant à la famille Davies, elle a besoin d'aide.

6 octobre

Je suis allé voir Papa ce soir. Car si quelqu'un détient la clé qui doit faire sauter le verrou de mon amnésie, c'est sûrement mon père.

Je l'ai trouvé chez Jill, sur le perron. Ils étaient plongés dans l'une de ces discussions polies mais néanmoins tendues qu'ont parfois les couples qui s'aiment lorsque leurs volontés entrent en conflit. Le sujet de la dispute ? Savoir si Jill qui était à deux doigts d'accoucher devait encore sillonner Londres en voiture.

« C'est dangereux, tu te comportes en irresponsable, disait Papa. Cette voiture est une poubelle, une épave. Bon sang, déplace-toi en taxi. Ou alors demande-moi de te servir de chauffeur.

— Quand vas-tu cesser de me traiter comme un vase de Lalique ? Je ne peux même pas respirer quand tu es comme ça. »

Elle s'apprêtait à entrer dans l'immeuble mais il l'a prise par le bras.

« Chérie, je t'en prie. »

J'ai vu combien il avait peur pour elle.

Je comprenais cette réaction. Mon père n'avait pas eu de chance en matière d'enfants. Virginia était morte. Sonia était morte. Il avait perdu deux enfants sur trois, il n'y avait pas de quoi vous procurer la paix de l'esprit.

Jill a paru le reconnaître car, baissant d'un ton, elle a dit : « Ne sois pas bête. » Mais je crois qu'elle appréciait la sollicitude de Papa. C'est alors qu'elle m'a vu planté sur le trottoir, hésitant, ne sachant si je devais faire demi-tour ou m'avancer vers eux avec un joyeux bonjour pour leur démontrer que j'étais de bonne humeur alors qu'il n'en était rien. « Tiens, mais c'est Gideon, chéri », a-t-elle dit. Papa a pivoté, lui a lâché le bras, ce qui a permis à Jill d'ouvrir la porte d'entrée et de nous inviter à lui emboîter le pas.

L'appartement de Jill est ultramoderne dans un bâtiment qui, lui, est ancien. Cette construction a été dépecée il y a plusieurs années par un promoteur astucieux qui a complètement rénové l'intérieur. Il y a de la moquette partout, des casseroles en cuivre accrochées au mur de la cuisine, de l'électroménager flambant neuf et en parfait état de marche, des toiles qui semblent prêtes à quitter leur cadre pour commettre des actes répréhensibles sur le sol. Bref, les lieux reflètent exactement la personnalité de Jill. Je me demande comment mon père va pouvoir s'accommoder de ses goûts lorsqu'ils se décideront à habiter ensemble. Notez qu'il cohabite déjà pas mal avec elle. La surveillance qu'il exerce sur Jill devient même quelque peu excessive.

Compte tenu de sa paranoïa galopante concernant le bébé qui s'annonçait, je me demandais s'il était bien raisonnable d'aborder avec lui le sujet de Sonia. Mon corps, en tout cas, me disait que non : ma tête avait commencé à être douloureuse, mon estomac brûlait, et de telle façon que je ne pouvais attribuer ce malaise qu'à mon système nerveux.

« J'ai du travail, a annoncé Jill, je vais vous abandonner. Ce n'est pas à moi que vous êtes venu rendre visite, Gideon, si ? »

Je me suis dit que j'aurais peut-être dû penser à passer la voir de temps en temps, surtout qu'elle allait bientôt être ma belle-mère. Mais à sa façon de poser la question, j'ai compris qu'elle ne nourrissait pas d'arrière-pensées, elle cherchait simplement à se renseigner.

« Il y a une ou deux choses…

— Je m'en doute, Gideon. Je suis dans le bureau, chéri. »

Elle s'est éloignée. Lorsque nous avons été seuls, Papa et moi, nous nous sommes rendus à la cuisine. Papa s'est approché de l'impressionnante cafetière de Jill. Il y a versé du café. La cafetière, comme l'appartement, est typique de Jill. C'est un appareil époustouflant qui vous concocte une tasse de n'importe quoi en moins d'une minute : café, cappuccino, expresso, café au lait. Cet engin fait bouillir le lait comme l'eau, et je suis sûr qu'il serait capable de faire la vaisselle et la lessive et même de passer l'aspirateur si on le programmait en conséquence. Papa s'en était abondamment moqué. N'empêche qu'il le manœuvrait avec une aisance de pro. Il a pris deux tasses, des soucoupes. D'un petit bol près de l'évier, il a extirpé un citron. Il cherchait un couteau pour le couper lorsque j'ai pris la parole :

« Papa, j'ai vu une photo de Sonia. Je veux dire meilleure que celle que tu m'as montrée. Une photo extraite d'un journal de l'époque du procès. »

Il a tourné un cadran, a remplacé le bec verseur unique par un double qu'il a sorti d'un tiroir et a mis les deux petites tasses en position. Il a appuyé sur une touche, un doux bourdonnement s'est déclenché. Puis il s'est occupé de nouveau de son citron, l'épluchant en une spirale qui aurait fait honneur à un chef du Savoy.

« Je vois, s'est-il borné à dire tout en s'attaquant à une seconde spirale.

— Pourquoi personne ne m'en a parlé ?

— De quoi ?

— Tu sais bien. Le procès, la mort de Sonia, tout. Pourquoi n'en parlions-nous pas ? »

Il a fait non de la tête. Il avait fini de peler le deuxième zeste, aussi réussi que le premier, et une fois les expressos servis, il a laissé tomber une spirale dans chaque tasse et m'a tendu la mienne.

« On s'installe par là ? »

De la tête, il a désigné le séjour qui se prolongeait par une terrasse donnant sur les immeubles du voisinage. Par une journée grise comme celle-ci, la terrasse promettait peu de confort. Mais nous y serions parfaitement à l'aise pour parler. C'était ce que je voulais, j'ai donc suivi Papa. Comme je m'y attendais, nous nous sommes retrouvés complètement seuls. Les autres terrasses étaient désertes. Le mobilier de jardin de Jill était déjà recouvert de housses mais Papa a retiré celles de deux des fauteuils et nous avons pris place. Il a posé son expresso sur son genou et a remonté la fermeture Eclair de sa parka.

« Je n'ai pas conservé les journaux. Je ne les ai même pas parcourus. Ce que je voulais avant tout, c'était oublier. Je me rends bien compte qu'aux yeux des spécialistes de la santé mentale, c'est la dernière des choses à faire. Ne sommes-nous pas censés nous vautrer dans les souvenirs jusqu'à ce que nous empestions ? Mais je n'appartiens pas à une époque où ce genre de comportement était à la mode, Gideon. Cette affaire a duré des jours, des semaines, des mois, et quand ça a été terminé, je ne voulais qu'une chose : oublier que tout cela avait jamais eu lieu.

— C'est comme ça aussi que Maman a réagi ? »

Il a soulevé sa tasse. Il a bu, m'observant tout en parlant.

« Je ne sais pas comment ta mère a ressenti les choses. Nous ne pouvions pas en parler. Aucun de nous ne pouvait en parler. En parler, c'était le revivre ; et le vivre avait été suffisamment horrible comme ça.

— Il faut que j'en parle maintenant.

— Encore une des recommandations du Dr Rose ? A propos, Sonia adorait le violon, figure-toi. Elle *vous* adorait, le violon et toi. Elle parlait très peu. Les trisomiques parlent très tard. Mais elle arrivait à prononcer ton prénom. »

J'ai eu l'impression qu'il venait de m'administrer un coup, qu'il venait de pratiquer avec délicatesse et précision une incision dans mon cœur.

« Papa… »

Il m'a interrompu.

« Excuse-moi, je n'aurais pas dû. C'était un coup bas.

— Pourquoi est-ce que personne n'a parlé d'elle après ? Après… après le procès ? »

J'avais posé la question mais la réponse me sautait maintenant aux yeux : nous ne parlions jamais de quoi que ce soit qui pût faire peur. Grand-père entrait périodiquement dans des rages insensées ; on l'emmenait, on le traînait, on l'emportait dans la nuit, la matinée, la chaleur de l'après-midi, il ne rentrait pas avant des semaines et jamais nous ne faisions allusion à ces départs. Maman avait disparu un beau jour, emportant non seulement tout ce qu'elle possédait mais tout ce qui pouvait prouver qu'elle avait fait partie de la famille et jamais nous n'avions parlé des raisons de son départ ni de l'endroit où elle avait pu aller. Et j'étais là, assis sur la terrasse de la maîtresse de mon père, à me demander pourquoi nous n'avions jamais parlé de la vie ou de la mort de Sonia alors que nous avions toujours été des gens qui ne parlaient de rien : de rien de pénible, de rien qui pût vous briser le cœur, de rien d'horrible, de rien qui pût vous causer du chagrin.

« Nous voulions oublier.

— Oublier l'existence de Maman ? Celle de Sonia ? »

Il m'a observé et j'ai vu cette lueur opaque dans ses yeux, cette expression qui évoquait la glace, un vent cinglant, un ciel gris interminable.

« Ce n'est pas digne de toi, m'a-t-il dit. Je crois que tu sais à quoi je fais allusion.

— Mais de là à ne jamais prononcer son nom… Pendant toutes ces années. Ne jamais me dire *ta sœur*…

— Et ça aurait servi à quoi ? Qu'est-ce que ça t'aurait apporté que le meurtre de Sonia fasse partie intégrante de la trame de nos vies ?

— Je ne comprends pas… »

Il a terminé son expresso, a posé la tasse sur la terrasse près du pied de son fauteuil. Son visage était aussi gris que ses cheveux, ramenés en arrière, dégageant au milieu du front une pointe de part et d'autre de laquelle se découpaient des indentations semblables à des golfes.

« Ta sœur a été noyée dans son bain. Noyée par une Allemande que nous avions prise chez nous.

— Je sais…

— Rien, a-t-il coupé. Tu ne sais rien. Tu sais uni-

308

quement ce que les journaux ont raconté mais pas ce que c'était que d'être là. Tu ignores que Sonia a été assassinée parce qu'il devenait de plus en plus lourd de s'occuper d'elle et parce que l'Allemande... » Katja Wolff, ai-je songé. Pourquoi refuse-t-il de prononcer son nom ? « ... était enceinte. »

Enceinte. Le mot m'a fait l'effet d'un claquement de doigts au visage. Le mot m'a ramené dans l'univers de mon père, dans ce qu'il avait vécu, dans ce que les circonstances actuelles l'obligeaient à revivre. J'ai pensé à la photo de Katja Wolff tenant Sonia dans ses bras et souriant rêveusement à l'appareil dans le jardin de Kensington Square. J'ai pensé à l'instantané qui l'avait fixée quittant le commissariat, décharnée, les traits amaigris par une perte de poids excessive. Enceinte.

« Elle n'avait pas l'air enceinte sur cette photo », ai-je lâché dans un murmure. Et mon regard s'est porté sur les terrasses alentour où j'ai constaté qu'un chien de berger nous regardait d'un œil curieux. Lorsqu'il m'a vu l'observer, il s'est hissé sur ses pattes de derrière, a appuyé ses pattes de devant sur la rambarde de la terrasse et s'est mis à aboyer. J'ai frissonné de tout mon corps en l'entendant : on lui avait retiré les cordes vocales. Il ne restait de lui qu'un cri pathétique et cruel. J'en étais malade.

« Quelle photo ? » a dit Papa. Puis il a dû conclure que je parlais d'une photo vue dans le journal parce qu'il a ajouté : « Ça ne se voyait pas. Elle était très mal en point au début de sa grossesse, aussi n'a-t-elle guère pris de poids, bien au contraire. D'abord nous avons remarqué qu'elle ne mangeait plus, puis qu'elle avait l'air mal en point. Nous avons pensé qu'ils avaient eu une querelle d'amoureux, elle et le pensionnaire...

— James ?

— Oui, James. Ils étaient très proches. Manifestement plus proches que nous ne le supposions. Il aimait lui donner un coup de main pour son anglais quand

309

elle avait du temps libre. Nous n'y voyions aucune objection. Jusqu'au moment où elle est tombée enceinte.

— Et alors ?

— Nous lui avons dit qu'il faudrait qu'elle s'en aille. Que nous ne tenions pas une maison pour mères célibataires, que nous avions besoin de quelqu'un qui accorde toute son attention à Sonia, et pas à ses malaises, à ses problèmes, à son état. Nous ne l'avons pas jetée dehors, nous ne lui avons pas mis le couteau sous la gorge. Nous lui avons seulement dit que dès qu'elle serait capable de trouver une autre situation, il lui faudrait nous quitter. Cela, évidemment, l'aurait éloignée de James. Et elle a craqué.

— Craqué ?

— Larmes, colère, hystérie. Elle a dit qu'elle n'arrivait plus à faire face. Que c'était trop : sa grossesse, et une grossesse difficile, le fait qu'elle allait se retrouver à la rue, et ta sœur. Sonia venait de sortir de l'hôpital à l'époque, elle avait besoin de soins constants. L'Allemande s'est effondrée nerveusement.

— Je m'en souviens.

— De quoi ? » J'ai senti une certaine répugnance dans sa question, un conflit entre le désir de Papa de mettre fin à des réminiscences qui lui étaient pénibles et son désir de libérer de sa prison le fils qu'il aimait.

« Des crises. Il fallait toujours emmener Sonia chez le médecin, à l'hôpital, je ne sais où encore. »

Il s'est carré dans son fauteuil, a jeté un coup d'œil au chien qui cherchait tellement à attirer notre attention.

« Pas de place sur terre pour des créatures aux besoins aussi compliqués. » Impossible de dire s'il faisait référence à l'animal, à lui-même, à moi ou à ma sœur. « Au début, c'était le cœur. Une anomalie atrioseptale. Il n'a pas fallu longtemps – le diagnostic a été posé juste après sa naissance – pour découvrir qu'elle avait des problèmes de ce côté-là. C'est son teint et son pouls qui ont mis les médecins sur la voie. Ils l'ont

donc opérée. Ta mère et moi nous nous sommes dit :
"Très bien, le problème est réglé." Mais après, ça a été
l'estomac. Sténose du pylore. Banal chez les trisomiques, paraît-il. De nouveau il a fallu qu'elle passe sur
le billard. Après ça, l'anus. Sonia était née avec un
anus imperforé. Pauvre chou, elle n'est vraiment pas
gâtée. Voyons si on ne peut pas intervenir. Et quand
ça n'était pas ça, c'était autre chose. Puis il a fallu
l'appareiller car elle entendait mal. Lui faire avaler toutes sortes de médicaments. Et évidemment on en était
réduits à espérer qu'elle serait ravie de voir son corps
envahi, exploré, réparé, recousu à tout bout de champ
jusqu'à ce qu'on arrive à la mettre un peu d'aplomb.

— Papa... » Je voulais l'arrêter, l'empêcher de
poursuivre, il en avait dit suffisamment. Il en avait vu
suffisamment. Non seulement il avait vécu les souffrances innombrables que Sonia avait connues mais il
lui avait fallu aussi connaître sa mort. Et avant cette
mort, supporter le chagrin de ma mère, et sans aucun
doute celui de ses parents.

Avant d'avoir pu terminer ce que je voulais lui dire,
j'ai entendu de nouveau la voix de mon grand-père.
J'ai senti que le souffle me manquait, c'était comme
si j'avais reçu un coup de poing dans l'estomac, mais
il fallait que je pose la question.

« Papa, comment Grand-père a-t-il pris tout cela ?

— Comment il a réagi ? Il a refusé d'assister au
procès.

— Je ne parle pas du procès. Je parle de Sonia, de
son état. »

Et là, je l'entends, Dr Rose. Je l'entends hurler
comme il hurlait toujours, à la manière du roi Lear,
même si l'orage qui grondait autour de lui n'était pas
sur la lande mais dans son cerveau. Des monstres !
hurle-t-il. Tu n'engendres que des monstres ! Il y a de
la salive au coin de ses lèvres et, bien que ma grand-
mère le prenne par le bras et chuchote son nom, il
n'entend que le vent, la pluie et le tonnerre qui font
rage dans sa tête.

« Ton grand-père avait l'esprit troublé, Gideon. Mais c'était un homme formidable, un type bien. Ses démons étaient impitoyables mais il s'est battu farouchement contre eux.

— Est-ce qu'il l'aimait ? Est-ce qu'il la prenait dans ses bras ? Est-ce qu'il jouait avec elle ? Est-ce qu'il la considérait comme sa petite-fille ?

— Sonia a été malade pendant la plupart du temps qu'elle a passé avec nous. Elle était fragile. Elle allait de traumatisme en traumatisme.

— Alors il ne l'a pas… ? ai-je demandé à mon père. Il ne l'a pas… »

Papa n'a rien répondu. Il s'est levé, s'est approché de la grille. Le vieux chien de berger aboyait sans presque proférer un son, grattant de ses pattes la rambarde avec une frénésie pathétique.

« Pourquoi est-ce qu'ils font ça à des animaux ? a dit Papa. Nom de Dieu, ça n'est pas naturel. Quand on veut avoir un animal de compagnie, il faut s'en occuper. Si l'on ne veut pas s'en occuper, il faut s'en débarrasser.

— Tu ne veux pas me répondre ? Au sujet de Grand-père et de Sonia ? Tu refuses de me répondre.

— Ton grand-père était comme il était », a rétorqué mon père. Et il s'en est tenu là.

8

Si seulement elle avait eu la chance de rencontrer Rock Peters au Mexique et de l'y épouser, Liberty Neale ne se serait pas retrouvée dans la situation qu'elle connaissait actuellement car là-bas elle aurait pu divorcer de ce fumier en trente secondes, et ç'aurait été la fin de ses ennuis. Malheureusement, elle ne l'avait pas rencontré au Mexique, pays où elle n'avait même jamais mis les pieds. Elle était venue en Angleterre parce qu'au lycée elle était nulle en langues et que l'Angleterre était ce qui, pour une Californienne, ressemblait le plus à un pays étranger – un pays où les gens parlaient une langue que Libby comprenait. Le Canada comptant pratiquement pour du beurre.

Elle aurait préféré la France car elle avait une véritable passion pour les croissants, même s'il valait mieux qu'elle ne s'en vante pas. Cela dit, quelques jours à Londres lui ayant donné la possibilité de faire plus ample connaissance avec les cuisines locales, elle s'était décidée à se fixer dans cette ville où elle était hors de portée de ses parents et surtout à des milliers de kilomètres de ce vivant modèle de perfection qu'était sa sœur aînée. Non contente d'être grande, mince et intelligente, Equality Neale, qui s'exprimait à merveille, réussissait dans toutes ses entreprises au point que c'en était écœurant. En plus, elle avait été élue reine de la fête annuelle de Los Altos High School, ce qui vous donnait carrément envie de gerber. S'éloigner d'Ali avait été sa priorité numéro un et grâce à Londres elle avait réussi à l'atteindre.

Seulement, à Londres, Libby avait fait la connaissance de Rock Peters. A Londres, elle avait épousé cette ordure. Et à Londres – où elle n'avait toujours pas réussi à se procurer un permis de travail ou une carte de résident permanent malgré son mariage –, elle était à la merci de Rock. Alors qu'au Mexique elle lui aurait dit « Va te faire mettre, Jack » et, argent ou pas, elle l'aurait planté là. Certes elle n'aurait pas eu non plus les moyens de se barrer mais cela n'aurait pas été un problème car certains gestes avaient une signification universelle et agiter le pouce au bord de la route ne lui faisait pas peur. Chose qu'elle pouvait difficilement faire en Angleterre, vu que traverser l'Atlantique en stop pour échapper à Rock n'était pas vraiment possible.

Rock la tenait… oui, il la tenait par les couilles, métaphoriquement parlant. Toutes les lettres qu'elle recevait de Californie ne parlant que des succès d'Ali, elle voulait absolument rester en Angleterre, refusant de regagner les Etats-Unis et de s'avouer vaincue. Seulement pour rester en Angleterre, elle avait besoin d'argent. Et pour avoir de l'argent, elle avait besoin de Rock. Certes, elle aurait pu gagner du fric par d'autres moyens – et nettement plus douteux. Mais si elle s'était fait pincer, elle aurait risqué de se faire expulser et de se retrouver vite fait bien fait à Los Altos Hills, chez Papa et Maman, lesquels lui auraient martelé des : « Pourquoi est-ce que tu ne travailles pas quelque temps pour Ali, Lib ? Dans les relations publiques, tu pourrais… » Or pour Libby, il était hors de question de se rapprocher de sa sœur.

Aussi, lorsque Rock voulait quelque chose, elle était son esclave. C'est pourquoi elle était obligée de coucher avec ce connard deux ou trois fois par semaine. Elle essayait bien d'y couper, prétextant une course urgente dont elle seule pouvait se charger vu qu'elle était le plus fiable de ses coursiers. Mais le stratagème ne marchait pas, parce que quand Rock voulait baiser, il lui fallait de la baise.

C'est ce qui s'était encore passé aujourd'hui dans le logement crapoteux de Bermondsey au-dessus de l'épicerie où, en se concentrant sur le bruit de la circulation, elle avait toujours réussi à chasser de ses oreilles les grognements de Rock – ceux d'un porc constipé. Comme d'habitude elle avait été prise d'une telle rage après avoir baisé avec lui qu'elle lui aurait volontiers tranché le zizi avec une scie. Seulement, comme c'était impossible, elle était allée à sa leçon de claquettes.

Elle s'en était donné au maximum. Elle s'était retrouvée en eau, transpirante et suante à force de s'agiter, sautiller, se trémousser, se déhancher. Le prof avait eu beau, alors que les accords de *On the Sunny Side of the Street* emplissaient la salle, s'époumoner, crier : « Libby, qu'est-ce que tu fabriques là-bas ? », Libby l'avait ignorée. Elle se fichait pas mal de savoir si elle était en mesure ou pas, en ligne ou pas, voire dans le même hémisphère que ses congénères. L'important, c'était de se dépenser physiquement le plus possible afin de chasser Rock Peters de son esprit. Faute de quoi, elle se ruerait sur le réfrigérateur le plus proche pour tenter d'oublier le chantage de ce mec.

« Essaye de voir les choses sous cet angle, Lib, lui avait-il dit une fois que, l'affaire terminée, elle s'était retrouvée coincée sous son poids, en proie à l'humiliation la plus totale. Dis-toi que c'est un échange de bons procédés. » Et il lui avait décoché son fameux sourire – celui qu'elle avait trouvé si chouette au début, et qui n'exprimait finalement que le plus profond mépris. « Tu me rends service, je te rends service. Parce que je suis sûr que ton violoneux doit pas te grimper beaucoup. Je suis pas fou, tu sais, je vois bien quand une nana s'éclate. Et toi, t'as la tête d'une fille qui n'a pas pris son pied depuis plus d'un an.

— Tu crois pas si bien dire, pauvre connard, lui

rétorqua-t-elle d'un ton sec. Et c'est pas un violoneux. Il est violoniste.

— Ooooh, pardon, je m'excuse. » Apparemment ça n'avait pas beaucoup ému l'ex-Rocco Petrocelli qu'elle pense si peu de bien de lui en tant qu'amant. Pour lui, être performant au lit, c'était avant tout se vider les burnes. Pour le reste, la partenaire n'avait qu'à s'en remettre au hasard ou se débrouiller seule.

Libby quitta le studio de danse de meilleure humeur, son collant et ses chaussures dans son sac à dos. Elle avait enfilé la combinaison de cuir qu'elle portait pour faire le coursier. Casque sous le bras, elle se dirigea à grands pas vers la Suzuki. Au lieu de tourner la clé de contact, elle la fit rageusement démarrer au kick, s'imaginant qu'elle écrabouillait le visage de Rock.

Les rues étaient embouteillées – mais ça, c'était pas nouveau, elles l'étaient en permanence. Toutefois elle avait passé suffisamment de temps à sillonner Londres sur son engin pour savoir quelles petites rues prendre et comment se faufiler entre les voitures et les camions lorsque la circulation était au point mort. Elle avait un baladeur dont elle se servait pendant le boulot, dont elle mettait le boîtier dans une poche intérieure de sa combinaison et dont elle coinçait les écouteurs sous son casque. Elle aimait écouter du rock'n roll à fond la caisse et chanter en même temps, car les pulsations de la musique contre ses tympans et le son de sa voix poussée au maximum finissaient par lui faire oublier ce à quoi elle n'avait pas envie de penser.

Mais elle ne fit pas appel à son baladeur ce jour-là. La séance de claquettes avait effacé l'image du corps velu de Rock vautré sur elle, et celle de sa bite couleur de salami qui allait et venait entre ses jambes. Quant à ses autres sujets de préoccupation, elle n'avait pas envie de les chasser. Au contraire, elle avait besoin d'y réfléchir.

Rock avait raison : elle n'avait toujours pas réussi à se faire Gideon Davies, et elle se demandait pourquoi. Il avait l'air d'apprécier sa compagnie et, si on faisait exception de ce qui se passait – ou plutôt ne se passait pas – au pieu, il semblait en tout point normal. Pourtant, depuis qu'elle habitait l'appartement en demi-sous-sol et qu'elle le fréquentait, ils ne s'étaient jamais aventurés au-delà du stade qu'ils avaient atteint le premier soir lorsqu'ils s'étaient endormis sur le lit de Libby en écoutant un CD. Pour ce qui était du sexe, ils s'en étaient tenus là.

Elle avait d'abord pensé que le mec était homo, que la longue fréquentation de Rock lui avait fait perdre tous ses repères. Mais il ne se comportait pas comme un gay : il ne fréquentait pas le milieu gay à Londres, il ne faisait pas non plus venir chez lui en catimini des garçons plus jeunes ou plus vieux ou des tordus. Les seules personnes qui lui rendaient visite étaient son père – qui ne pouvait pas la blairer et se donnait des airs supérieurs chaque fois qu'elle et lui se trouvaient dans la même pièce plus de cinq secondes –, et Rafe Robson qui se cramponnait nuit et jour à Gideon telle une ventouse géante. Libby en avait conclu qu'il n'y avait rien de détraqué chez Gideon qu'une relation décente ne pût arranger si seulement elle réussissait à l'arracher quelque temps à ses gardiens.

Après avoir quitté la rive sud où se trouvait le studio de danse, s'être frayé un chemin au milieu d'une circulation épouvantable tout du long de la City et jusqu'à Pentonville Road, elle décida d'emprunter les petites rues de Camden Town plutôt que d'affronter les voitures, taxis, bus et camions qui bouchonnaient autour de la gare de King's Cross. Cet itinéraire n'était pas exactement le plus direct pour rejoindre Chalcot Square, mais c'était sans importance : Libby était plutôt contente d'avoir du temps pour mettre au point une stratégie qui lui permettrait de progresser dans ses relations avec Gideon. A ses yeux, Gideon Davies était plus qu'un homme qui jouait du violon depuis qu'il était sorti de ses langes. Ouais, bien sûr, c'était super cool qu'il soit une vedette, mais c'était également un être humain. Et cet être humain était plus que la musique qu'il interprétait. Cette personne pouvait exister qu'elle joue ou non du violon.

Lorsque Libby finit par déboucher sur Chalcot Square, la première chose qu'elle vit fut que Gideon n'était pas seul. La vieille Renault de Raphael Robson était garée au sud du square, une roue sur le trottoir, comme s'il avait exécuté sa manœuvre en catastrophe. Par la fenêtre éclairée de la salle de musique, Libby constata que la silhouette reconnaissable entre toutes de Rafe s'épongeant le visage à grand renfort de coups de mouchoir allait et venait, et qu'il parlait. Ou plus vraisemblablement qu'il prêchait. Et Libby se doutait de la teneur du prêche.

Merde, marmonna-t-elle en emballant le moteur à plusieurs reprises, histoire de lâcher un peu la vapeur avant de mettre la Suzuki sur sa béquille. Rafe Robson ne se pointait généralement pas à Chalcot Square à cette heure de la journée. Et le fait de le trouver là, pérorant à n'en plus finir sur ce que Gideon devait faire et ne faisait pas et que Raphael *voulait* qu'il fasse, était un coup du sort qui, ajouté au fait qu'il lui avait fallu baiser avec Rock, la mit vraiment en rogne.

Elle poussa le portail de la grille sans chercher à l'empêcher de claquer. Elle descendit comme une flèche, fit bruyamment irruption dans l'appartement en demi-sous-sol et, sans même réfléchir, fonça vers le frigo.

Elle avait essayé de s'en tenir à son régime tout-sauf-blanc mais pour l'heure – au diable le cours de claquettes – il lui fallait absolument se mettre quelque chose d'incolore sous la dent. Glace à la vanille, popcorn, riz, pommes de terre, fromage. N'importe quoi. Sinon elle piquait sa crise.

Des mois plus tôt, elle avait décoré la porte du réfrigérateur en prévision de ce genre d'éventualité. C'est ainsi qu'avant de l'ouvrir, il lui fallait contempler une photo d'elle à seize ans, véritable tonneau en maillot une pièce près de sa sœur filiforme en bikini et bronzage parfait. Libby avait dissimulé le visage d'Ali sous un autocollant : une araignée coiffée d'un chapeau de cow-boy. Là, elle retira l'autocollant, fixa l'image de sa sœur et, comme si cela ne suffisait pas, relut le message qu'elle avait gribouillé sur la porte : *Tout ce que tu manges file direct sur les hanches !!!*

Avec un soupir, elle recula, et c'est alors qu'elle l'entendit : la musique, le violon. L'espace d'un instant, elle songea : « Oh Seigneur ! Mais il joue », et elle eut un frisson de contentement à l'idée que les problèmes de Gideon étaient peut-être terminés.

Ça, alors, c'était drôlement cool. Il serait d'excellente humeur. Et c'était forcément lui qui jouait. Ça ne pouvait pas être Rafe Robson, il ne serait quand même pas salaud au point de torturer Gid en jouant devant lui alors que Gid avait de telles difficultés à épauler son instrument.

Mais alors qu'elle fêtait déjà le retour de Gideon Davies à la musique, l'orchestre enchaîna. Un CD, songea Libby, sentant le désespoir l'étreindre. Un petit laïus d'encouragement de Rafe pour les oreilles de Gideon : tu vois comment tu jouais avant, Gideon ? De quoi tu étais capable ? Tu en es toujours capable.

Pourquoi, se demandait Libby, pourquoi ne lui foutaient-ils pas la paix ? Est-ce qu'ils s'imaginaient qu'il allait se remettre à jouer s'ils le faisaient suffisamment chier ? Parce qu'une chose était sûre, ils commençaient sérieusement à la gonfler. « Vous ne voyez donc pas qu'il est beaucoup plus que cette musique imbécile », grogna-t-elle, les yeux au plafond.

Sortant de la cuisine, elle se dirigea vers son petit lecteur de CD, choisit un disque dont elle était sûre qu'il allait faire piquer une crise de nerfs à Raphael Robson. Du rock'n roll, qu'elle mit très fort. Et pour faire bonne mesure, elle ouvrit en grand ses fenêtres. Bientôt on frappa du pied au-dessus de sa tête. Alors elle monta le son à fond. Le moment était venu de prendre un long bain, songea-t-elle. Le rock'n roll, y avait rien de mieux pour tremper, se savonner et chanter.

Une demi-heure plus tard, baignée, habillée, persua-dée que le message était passé, Libby arrêta le lecteur et tendit l'oreille. Silence. Elle avait atteint son but.

Elle sortit de l'appartement, jeta un coup d'œil en se haussant sur la pointe des pieds pour voir si la voi-ture de Rafe était toujours sur la place. La Renault était partie. Gideon était sans doute disposé à recevoir la visite de quelqu'un qui s'intéressait davantage à sa per-sonne qu'à sa musique. Elle gravit l'escalier menant de l'appartement à la porte de Gideon, où elle tambourina. N'obtenant pas de réponse, elle pivota vers la place, cherchant du regard la Mitsubishi de Gideon, la décou-vrant quelques voitures plus loin. Libby fronça les sour-cils, frappa de nouveau et appela :

— Gideon ? Tu es là ? C'est moi.

A ces mots, il sortit de sa torpeur. Le verrou fut tiré. La porte ouverte.

— Désolée pour la musique. Je me suis énervée et…

Elle s'interrompit, il avait une tête épouvantable. Certes, depuis plusieurs semaines il n'avait pas bonne mine mais là, franchement, son teint avait la couleur d'une merde d'oiseau sur un coin de toast. La première pensée de Libby fut que Rafe Robson avait complète-ment fini de le démoraliser en lui faisant écouter ses propres enregistrements. Quel salopard, ce gars-là !

— Où est passé ce bon vieux Rafe ? dit-elle. Parti faire son rapport à ton père ?

Gideon s'effaça pour la laisser entrer. Il gravit l'escalier et elle le suivit. Il regagnait la pièce où il se trouvait lorsqu'elle avait frappé à sa porte : la chambre, car il avait encore la marque de l'oreiller sur la joue, et l'empreinte de son corps sur le lit était nettement visible.

Une lumière sourde brûlait sur la table de chevet, les ombres que cette lueur ne dissipait pas frappaient le visage de Gideon, lui donnant un air cadavérique. Depuis la débâcle de Wigmore Hall, il évoluait dans une atmosphère d'angoisse et d'échec, mais ce soir-là

Libby se dit qu'il y avait quelque chose d'autre... quelque chose qui semblait... lui causer une douleur atroce.

— Gideon, qu'est-ce qui se passe ?

— Ma mère a été assassinée, dit-il simplement.

Elle cligna des paupières, ouvrit la bouche, la referma aussitôt.

— Ta mère ? Oh *non*. Quand ? Comment ? Oh merde. Assieds-toi.

Elle lui fit signe de s'approcher du lit, où il se laissa tomber, les mains pendant entre les genoux.

— Que s'est-il passé ?

Gideon lui apprit le peu qu'il savait, terminant par :

— On a demandé à Papa d'identifier le corps. La police est allée chez lui. Un inspecteur. Il a téléphoné il y a un moment.

Les bras autour de la taille, Gideon se pencha, se balançant comme un enfant.

— Voilà, c'est fini.

— Quoi donc ? questionna Libby.

— Il n'y a plus d'espoir après ça.

— Dis pas ça, Gideon.

— Je ferais aussi bien d'être mort moi aussi.

— Oh là là, ne dis pas ça.

— C'est la vérité.

Il frissonna, parcourut la pièce des yeux comme s'il cherchait quelque chose, tout en continuant à se balancer.

Libby songea à ce que signifiait pour lui la mort de sa mère : à ce que cela signifiait pour son passé, son présent et son avenir. Elle dit :

— Gideon, tu vas t'en sortir. Tu vas surmonter tout ça.

Elle essayait d'avoir l'air convaincue comme si le fait qu'il jouât ou non du violon comptait autant pour elle que pour lui.

Elle constata qu'il ne frissonnait plus mais qu'il tremblait carrément. Au pied du lit, il y avait une couverture en tricot, elle s'en empara, la drapa autour de ses épaules étroites.

— Tu veux qu'on parle ? lui demanda-t-elle. De ta mère ? D'autre chose ?

Elle s'assit près de lui, lui passa un bras autour des épaules. De son autre main, elle resserra la couverture autour de son cou.

— Elle allait rendre visite à James le pensionnaire.

— Qui ça ?

— James Pitchford. Il logeait chez nous quand ma sœur a… quand elle est morte. C'est bizarre, j'ai justement pensé à lui ces jours-ci, ça ne m'était pas arrivé depuis une éternité. (Gideon fit une grimace et Libby remarqua que la main qui n'agrippait pas la couverture était plaquée contre son estomac comme si ses entrailles le brûlaient.) Elle a été renversée par une voiture dans la rue où habite James Pitchford. On lui a roulé dessus à plusieurs reprises, Libby. Et comme elle se rendait chez James, Papa pense que la police va vouloir retrouver la trace de tous ceux qui ont été impliqués… dans l'affaire à l'époque.

— Pourquoi ?

— A cause du genre de questions qu'ils lui ont posées, je suppose.

— Ce que je veux savoir, ce n'est pas pourquoi il pense que les flics veulent retrouver la trace de tout le monde. Mais pourquoi ils *voudraient* le faire. Y a-t-il un lien entre hier et aujourd'hui ? Sûrement, si ta mère se rendait chez James Pitchford. Mais si c'est quelqu'un qui la connaissait il y a vingt ans qui l'a tuée, pourquoi cette personne a-t-elle attendu tout ce temps pour passer à l'acte ?

Gideon se pencha davantage en avant. Son visage était crispé sous l'effet de la douleur.

— Mon Dieu. J'ai l'impression d'avoir des braises dans le corps.

— Tiens, fit Libby, allonge-toi.

Il se coucha sur le côté, en chien de fusil. Elle lui retira ses chaussures. Ses pieds nus étaient d'un blanc laiteux. Et il les frottait nerveusement l'un contre l'autre, comme si cela pouvait lui faire oublier la douleur.

Libby s'allongea contre lui, en cuiller, sous la couverture. Elle glissa la main sous son bras et plaqua sa paume contre son ventre. Elle sentait sa colonne vertébrale contre elle, chaque vertèbre semblable à une bille. Il était tellement maigre qu'elle se demandait par quel mystère ses os ne perçaient pas sa peau mince comme du papier.

— Je suis sûre que tu t'es méchamment pris la tête avec tout ça, pas vrai ? Chasse donc cette histoire de tes pensées. Pour le moment du moins. Reste immobile, fais le vide dans ta tête.

— Impossible, dit-il avec un rire amer. Tu oublies qu'on m'a demandé de me souvenir de tout. (Il se recroquevilla de plus belle. Libby le serra plus fort. Finalement, il dit :) Elle est sortie de prison, Libby. Papa le savait mais il ne me l'a pas dit. C'est pour ça que la police s'intéresse à ce qui s'est passé il y a vingt ans. Elle est sortie de prison.

— Qui ça ? Tu veux dire…

— Katja Wolff.

— Les flics croient que c'est elle qui a écrasé ta mère ?

— Je n'en sais rien.

— Pourquoi l'aurait-elle fait ? C'est plutôt ta mère qui aurait dû avoir envie de l'écraser.

— Normalement, oui, fit Gideon. Seulement dans ma vie rien n'a jamais été normal. Alors il n'y a pas de raison que la mort de ma mère fasse exception.

— Ta mère a dû témoigner contre elle. Et Katja a peut-être passé son temps, une fois bouclée, à songer à faire la peau à tous ceux qui l'avaient envoyée au ballon. Mais si tel est le cas, comment s'est-elle débrouillée pour retrouver ta mère ? Toi-même tu ignorais où elle était, alors comment cette nana l'aurait-elle localisée ? Et si elle a retrouvé sa trace et qu'elle l'a tuée, pourquoi l'avoir liquidée dans la rue où habite ce mec, Pitchford ? (Ayant réfléchi à toutes ses questions,

Libby y répondit d'elle-même :) Pour faire passer un message à Pitchford, tu crois ?

— Ou à quelqu'un d'autre.

Barbara Havers apprit par un coup de fil ce que Lynley avait lui-même appris de la bouche de Richard Davies, ainsi que le nom de la personne qu'elle devait contacter au couvent de l'Immaculée Conception. Il lui dit qu'il lui faudrait trouver quelqu'un qui pourrait lui fournir les coordonnées d'une certaine sœur Cecilia Mahoney.

Le couvent, sis sur un lopin de terre que la rançon d'un roi n'eût probablement pas suffi à payer, était coincé au milieu de bâtiments classés datant des années 1690. C'était là que les puissants de l'époque avaient dû se faire construire des retraites champêtres tandis que le roi Guillaume et la reine Marie faisaient édifier leur humble cottage de Kensington Gardens. Les gens influents qui habitaient là aujourd'hui étaient les employés des différentes entreprises qui avaient réussi – un vrai miracle – à prendre possession des bâtiments historiques, les occupantes d'un second couvent – où diable des religieuses trouvaient-elles le pognon pour crécher dans ce quartier ? se demanda Barbara – et les habitants d'un certain nombre de maisons que l'on s'était transmises de génération en génération pendant plus de trois cents ans. Contrairement à certaines des places qui avaient été bombardées pendant la guerre ou défigurées par l'appétit insatiable des gouvernements tories privilégiant le gros fric, et par une politique de privatisation à outrance, Kensington Square avait dans l'ensemble conservé son aspect originel et ses quatre côtés étaient bordés de constructions distinguées donnant sur un jardin central où les feuilles mortes de l'automne, sous les arbres, tapissaient la pelouse d'une jupe couleur terre de Sienne.

Impossible de se garer. Alors Barbara monta sur le trottoir avec sa Mini au coin nord-ouest du square. Elle glissa sa carte professionnelle sous ce qui tenait lieu de pare-brise à sa voiture. Elle descendit de son véhicule et ne tarda pas à se retrouver en compagnie de sœur Cecilia Mahoney, qui habitait toujours le couvent et travaillait dans la chapelle contiguë lorsque Barbara se présenta.

La première pensée qui vint à l'esprit de Barbara lorsqu'elle se trouva en présence de la sœur fut qu'elle ne ressemblait guère à une religieuse. Ces dernières étaient censées être des quinquagénaires vêtues de robes noires, de rosaires cliquetants, de voiles et de guimpes médiévales.

Cecilia Mahoney ne correspondait pas du tout à ça. En fait, lorsque Barbara l'aperçut dans la chapelle, elle crut, en la voyant perchée sur un escabeau avec sa jupe écossaise et munie d'une boîte de cire pour le marbre, avoir affaire à une femme de ménage en train d'astiquer une statue de Jésus pointant l'index sur son cœur anatomiquement incorrect et partiellement doré. Comme Barbara s'excusait et lui disait qu'elle cherchait sœur Cecilia Mahoney, l'inconnue se tourna vers elle et dit avec un sourire et un accent irlandais à couper au couteau qui sentait son Connemara : « Ne cherchez plus, vous l'avez trouvée. »

Barbara se présenta, et la religieuse descendit avec précaution de son perchoir.

— La police ? Ah bon, c'est que vous n'avez pas du tout une tête de policier. Que se passe-t-il, constable ?

La chapelle était chichement éclairée mais, une fois descendue de son escabeau, sœur Cecilia se plaça dans une flaque de lumière rose dispensée par un cierge votif qui brûlait sur l'autel qu'elle s'employait à nettoyer. Cet éclairage flatteur estompait ses rides de quinquagénaire et jetait des reflets dans ses cheveux courts – aux boucles aussi noires et luisantes que de l'obsidienne – que même les barrettes n'avaient pas réussi à discipliner. Ses yeux violets bordés de cils sombres considéraient Barbara avec beaucoup de gentillesse.

— Y a-t-il un endroit où nous puissions nous entretenir ? fit Barbara.

— C'est triste à dire, constable, mais il y a peu de chances que nous soyons dérangées ici, si c'est de la tranquillité que vous souhaitez. A une certaine époque, cela aurait été impensable. Mais de nos jours… même les étudiantes qui logent chez nous ne fréquentent la chapelle qu'à la veille d'un examen, lorsqu'elles espèrent que Dieu va leur donner un coup de pouce. Venez, allons nous mettre par là, vous pourrez me dire ce qui vous amène.

Elle sourit, exhibant des dents blanches et parfaites, et poursuivit comme pour expliquer son sourire :

— Vous n'allez pas me dire que vous songez à entrer dans la congrégation, constable Havers ?

— Cela me permettrait de changer de look, et ça ne serait pas du luxe, convint Barbara.

— Venez, dit sœur Cecilia en riant. Il fera un peu moins froid près du maître-autel. J'y ai fait installer un radiateur électrique pour l'évêque lorsqu'il vient dire la messe le matin. Il est devenu arthritique au fil des années, le pauvre.

Prenant chiffon et produit, elle conduisit Barbara dans la travée centrale sous un plafond d'un bleu profond parsemé d'étoiles dorées. Barbara constata que les femmes étaient à l'honneur en ce lieu de culte. La statue de Jésus et un vitrail consacré à saint Michel exceptés, tous les autres vitraux et statues représentaient des figures féminines : sainte Thérèse de Lisieux, sainte Claire, sainte Catherine, sainte Marguerite. Surmontant les colonnes qui flanquaient les vitraux, d'autres sculptures de femmes.

— Nous y voilà, fit sœur Cecilia, qui s'approcha de l'autel et alluma un grand radiateur électrique.

Tandis qu'il commençait à chauffer, la religieuse déclara qu'elle continuerait à s'activer si cela ne dérangeait pas la constable. Il fallait qu'elle s'occupe également de cet autel : les bougeoirs et le marbre devaient être briqués, astiqués, le retable épousseté et les nappes remplacées.

— Mais vous voulez peut-être vous asseoir près du feu, ma chère ? Le froid est pénétrant.

Tandis que sœur Cecilia reprenait son travail de nettoyage, Barbara lui dit qu'elle lui apportait vraisemblablement de mauvaises nouvelles. On avait retrouvé son nom sur la page de garde de plusieurs biographies de saintes…

— Ça ne vous a pas surprise, j'espère, étant donné ma profession, murmura sœur Cecilia en retirant les bougeoirs de cuivre de l'autel et en les déposant avec soin par terre près de Barbara.

Elle s'approcha des nappes, les plia et les posa sur la grille d'autel ouvragée. Puis elle plongea la main dans son seau, en sortit des chiffons et une boîte, et emporta le tout près de l'autel.

Barbara lui dit alors que les livres en question faisaient partie de la bibliothèque d'une femme qui était morte la nuit précédente. Que dans ces livres, elle avait également trouvé un petit mot écrit par sœur Cecilia.

— Cette femme s'appelait Eugenie Davies, précisa Barbara.

Sœur Cecilia hésita. Elle venait de prendre de la cire pour le marbre et elle resta immobile tout en disant :

— Eugenie ? Oh, je suis vraiment navrée d'apprendre ça. Il y a des années que je ne l'ai pas vue. Elle est morte soudainement ?

— Assassinée, dit Barbara, à West Hampstead, alors qu'elle se rendait chez un nommé J. W. Pitchley qui s'appelait jadis James Pitchford.

Sœur Cecilia s'approcha de l'autel avec la lenteur d'un plongeur dans un courant violent et glacé. Elle passa du produit sur le marbre, décrivant des cercles avec son chiffon, tandis que ses lèvres remuaient car elle récitait sans doute une prière.

— Nous avons appris, poursuivit Barbara, que la meurtrière de sa fille, une certaine Katja Wolff, était récemment sortie de prison.

A ces mots, la religieuse se retourna :

— Vous ne croyez tout de même pas que la pauvre Katja y est pour quelque chose ?

La pauvre Katja.

— Vous la connaissiez ?

— Bien sûr. Elle logeait au couvent avant de travailler chez les Davies. A l'époque, ils habitaient en bordure du square.

Katja était une réfugiée de l'ex-Allemagne de l'Est, expliqua sœur Cecilia, qui se mit à relater les circonstances dans lesquelles la jeune femme avait émigré en Angleterre.

Katja Wolff avait rêvé comme rêvent toutes les jeunes filles – même celles vivant dans des pays où la liberté est une denrée si rare que les rêves eux-mêmes sont dangereux. Elle était née à Dresde, de parents qui croyaient dur comme fer au système économique et politique sous lequel ils avaient vécu. Adolescent pendant la Seconde Guerre mondiale, son père avait vu ce qui peut se produire de pire quand des nations entrent en conflit, et il avait adopté le principe de l'égalité pour les masses, persuadé que seuls le communisme et le socialisme empêcheraient la destruction globale. Comme tous les bons travailleurs du Parti qui ne comptaient pas dans leur sein des membres de l'intelligentsia dont il leur aurait fallu expier les fautes, la famille avait prospéré sous ce régime. Ils avaient quitté Dresde pour s'installer à Berlin-Est.

— Mais Katja n'était pas comme eux, dit sœur Cecilia. Katja, constable, était la preuve vivante que les enfants naissent avec une personnalité intacte.

Contrairement à ses parents et à ses quatre frères et sœurs, Katja détestait l'atmosphère du socialisme et l'omniprésence de l'Etat. Elle ne supportait pas le fait que leur vie fût conditionnée depuis la naissance. Et à Berlin-Est, si près de l'Ouest, elle avait eu un avant-goût de ce qu'elle pourrait vivre si seulement elle réussissait à fuir sa terre natale. Car à Berlin-Est, et pour la première fois de son existence, elle pouvait regarder la télévision occidentale, et elle avait appris d'Occidentaux qui se rendaient à l'Est pour affaires de quoi la vie était faite dans ce qu'elle en était venue à appeler le Monde des Couleurs éclatantes.

— Elle était censée aller à l'université, étudier les sciences, se marier, avoir des enfants que l'Etat aurait pris sous sa coupe, poursuivit sœur Cecilia. Telle était la voie qu'avaient empruntée ses sœurs et c'est cette voie que ses parents souhaitaient la voir suivre. Mais elle, elle voulait être styliste.

Sœur Cecilia se détourna de l'autel avec un sourire.

— Je vous laisse imaginer, constable Havers, comment cette idée fut accueillie par les membres du Parti.

Alors elle s'était échappée, et en s'échappant dans les conditions qu'elle avait choisies, elle avait atteint un certain degré de notoriété qui avait attiré sur elle l'attention de la congrégation – laquelle s'était dotée d'un programme destiné aux réfugiées politiques : une année au couvent où on leur fournissait le gîte et le couvert, où elles apprenaient la langue et où elles apprenaient également à s'intégrer autant que possible dans leur pays d'accueil.

— Quand elle est arrivée, elle ne parlait pas un traître mot d'anglais. Et elle n'avait que ses vêtements sur le dos, constable. Elle a passé toute une année avec nous avant d'aller chez les Davies s'occuper du bébé.

— C'est à ce moment-là que vous avez fait leur connaissance ?

Sœur Cecilia fit non de la tête.

— Il y avait des années déjà que je connaissais Eugenie. Elle assistait à la messe chez nous ; son visage nous était familier. Nous bavardions de temps en temps, elle et moi ; je lui prêtais des livres. Sans doute ceux que vous avez trouvés dans ses affaires. Mais c'est seulement après la naissance de Sonia que j'ai été amenée à la connaître un peu mieux.

— J'ai vu une photo de la petite fille.

— Ah oui.

Sœur Cecilia appliqua du produit sur le devant de l'autel, frottant le marbre sculpté avec son chiffon.

— Eugenie était anéantie quand le bébé est né. Je suppose qu'à sa place n'importe quelle mère l'aurait été. Il y a toujours une période d'ajustement après la naissance d'un enfant. Surtout quand cet enfant n'est pas conforme à ce que l'on souhaitait. Et puis, ça a dû être d'autant plus difficile pour Eugenie et son mari d'accepter cette petite que leur aîné était un génie.

— Le violoniste. Effectivement.

— Oui, Gideon. Un garçon étonnant.

Sœur Cecilia se mit à genoux pour astiquer une colonne en forme de sucre d'orge.

— Au début, Eugenie ne parlait pas de la petite Sonia. Nous savions toutes qu'elle était enceinte, bien sûr, et nous savions qu'elle avait eu son bébé. Mais la première fois que nous avons appris qu'il y avait quelque chose qui clochait, c'est lorsqu'elle est retournée à la messe une ou deux semaines plus tard.

— Elle vous l'a dit à ce moment-là ?

— Oh non, la pauvre... Elle pleurait sans discontinuer. Elle a pleuré trois ou quatre jours d'affilée au fond de la chapelle, avec ce petit bonhomme terrifié à côté d'elle, qui lui caressait le bras et posait sur elle de grands yeux, qui essayait de la réconforter sans savoir pourquoi il lui fallait la réconforter. Aucune d'entre nous n'avait vu le nouveau-né. Je m'étais rendue chez les Davies. Mais Eugenie n'y était « pour personne ».

Sœur Cecilia fit *tsss tsss tsss* et retourna vers son seau où elle pêcha un autre chiffon et commença à lustrer le marbre.

— Lorsque j'ai réussi enfin à parler à Eugenie et que j'ai appris la vérité, j'ai compris les raisons de son chagrin. Mais pas son étendue, constable. Je ne l'ai jamais comprise. Peut-être parce que je ne suis pas mère, que j'ignore ce que c'est que de donner naissance à un enfant qui n'est pas dans la norme. Pourtant il me semblait, et il me semble encore aujourd'hui, que

Dieu nous donne ce que nous sommes destinés à avoir. Il se peut que nous ne comprenions pas les raisons pour lesquelles Il nous donne ce qu'Il nous donne au moment où Il nous le donne mais je suis persuadée qu'il existe un plan que seul le temps nous permet de discerner.

Elle s'assit sur ses talons et par-dessus son épaule regarda Barbara, ajoutant :

— Mais c'est facile à dire, n'est-ce pas, constable ? Je vis au milieu de l'amour de Dieu qui se manifeste chaque jour de milliers de façons différentes. Qui suis-je pour juger de la faculté d'un autre à accepter la volonté de Dieu alors que j'ai été si gâtée ? Ça ne vous ennuie pas de vous occuper des bougeoirs, ma chère ? Il y a une boîte de cire dans le seau.

— Oh, mais volontiers, fit Barbara, fouillant dans le seau pour y prendre la boîte en question et un chiffon maculé de noir qui devait servir à faire les cuivres.

Les travaux ménagers n'étaient pas exactement son fort, mais elle se dit que les cuivres devaient être dans ses cordes.

— C'était quand, la dernière fois que vous avez parlé à Mrs Davies ?

— Peu de temps après la mort de Sonia, dit sœur Cecilia en jetant un coup d'œil à son chiffon. Eugenie n'avait pas voulu d'obsèques religieuses car elle avait cessé d'assister à la messe. Elle avait perdu la foi. Le fait que Dieu lui ait donné cette enfant handicapée puis qu'Il la lui ait reprise de cette façon... Eugenie et moi ne nous sommes plus adressé la parole. J'ai essayé de la voir. Je lui ai écrit également. Mais sans succès. Elle ne voulait plus entendre parler ni de moi, ni de la foi, ni de l'Eglise. J'ai fini par la laisser entre les mains de Dieu. Tout ce que je souhaite, c'est qu'elle ait enfin trouvé la paix de l'esprit.

Barbara fronça les sourcils, un bougeoir dans une main, la boîte de cire dans l'autre. Une partie fondamentale de l'histoire manquait : celle qui avait nom Katja Wolff.

— Comment la jeune Allemande a-t-elle atterri chez les Davies ?

— Ça a été mon œuvre.

Sœur Cecilia se releva avec un petit grognement. Elle fit une génuflexion en passant devant le tabernacle et s'attaqua aux flancs de marbre de l'autel.

— Katja avait besoin de travailler à la fin de son année au couvent. Une situation chez les Davies – où elle serait nourrie et logée – lui donnait la possibilité de faire des économies pour payer ses études de styliste. Sur le moment, je me suis dit que c'était vraiment le ciel qui l'envoyait étant donné qu'Eugenie elle aussi avait besoin d'aide.

— Et le bébé a été tué.

Sœur Cecilia jeta un coup d'œil à Barbara sans souffler mot.

— Etes-vous restée en contact avec d'autres personnes que vous avez connues à cette période-là, sœur Cecilia ?

— Vous voulez parler de Katja, constable ?

Barbara ôta le couvercle de la cire et dit :

— Si vous voulez.

— Cinq ans durant je suis allée la voir à raison d'une fois par mois. D'abord quand elle était en détention préventive à Holloway. Ensuite quand elle a été envoyée en prison. Elle m'a parlé une fois quand elle a été arrêtée. Et après, plus rien.

— Que vous a-t-elle dit ?

— Qu'elle n'avait pas tué Sonia.

— Vous l'avez crue ?

— Oui.

Bien sûr qu'elle l'avait crue, songea Barbara. Car croire que Katja Wolff avait assassiné un bébé aurait été un fardeau monstrueux à garder sur le cœur le reste de sa vie, particulièrement pour la femme qui avait permis à la jeune Allemande de trouver un emploi dans cette famille.

— Avez-vous eu des nouvelles de Katja Wolff depuis sa sortie de prison, sœur Cecilia ?

— Absolument pas.

— Y aurait-il une raison, autre que le besoin de proclamer son innocence, qui aurait pu l'inciter à contacter Eugenie Davies à sa sortie de prison ?

— Aucune, énonça fermement sœur Cecilia.

— Vous en êtes certaine ?

— Oui. Si Katja devait contacter quelqu'un de cette époque terrible, ce ne serait pas un membre de la famille Davies : ce serait moi. Mais elle ne m'a pas donné signe de vie.

Elle avait l'air bien affirmative, songea Barbara. Très ferme. Si ferme que Barbara voulut savoir pourquoi.

— A cause du bébé, répondit sœur Cecilia.

— Sonia ?

— Non. Le fils de Katja, l'enfant qu'elle a mis au monde en prison. A sa naissance, Katja m'a demandé de lui trouver une famille d'adoption. C'est pourquoi, si elle est sortie de prison et si elle pense au passé, je crois pouvoir dire sans me tromper que ce qu'elle veut, c'est savoir ce qui est arrivé à son fils.

9

Yasmin Edwards ferma la boutique comme elle la fermait tous les soirs : avec le maximum de précautions. La plupart des commerces de Manor Place étaient condamnés par des planches depuis des années et ils se trouvaient soumis au traitement réservé à tous les immeubles et bâtiments abandonnés du sud de la Tamise. Ils s'étaient métamorphosés en véritables toiles où graffiteurs et autres artistes de plein air s'en donnaient à cœur joie. Leurs devantures, lorsqu'elles n'étaient pas protégées par des rideaux de fer ou des panneaux de contreplaqué, étaient brisées. L'échoppe de Yasmin Edwards était, avec deux pubs, l'une des rares rescapées du quartier de Kennington à avoir survécu à la dégringolade de la rue. Mais comment s'étonner que les pubs survivent ? Ils survivraient toujours tant qu'il y aurait de quoi boire et des types comme Roger Edwards pour lever le coude.

Elle testa le cadenas, histoire de vérifier qu'il était correctement fixé, s'assura que la grille était bien en place. Cela fait, elle attrapa les quatre sacs plastique qu'elle avait remplis dans la boutique et s'éloigna en direction de son domicile.

Son domicile était situé dans Doddington Drove Estate, à deux pas de là. Elle habitait Arnold House – cela faisait cinq ans qu'elle y habitait. Depuis sa sortie de Holloway. Elle avait la chance d'occuper un appartement qui donnait sur un centre d'horticulture. Certes, ce n'était ni un parc ni un pré communal ni un square ni même un jardinet. Mais c'était vert et c'était un peu de nature, et c'était bien pour Daniel. Il n'avait que onze ans et la plupart du temps qu'elle avait passé à purger sa peine, il l'avait passé dans une famille d'accueil – à cause de son frère cadet qui ne pouvait pas s'occuper d'un lardon : « Tu me connais, Yas, les mômes, moi, sans déc, c'est vraiment pas mon truc », et elle était bien décidée à faire le maximum pour qu'il oublie ces années difficiles. Il l'attendait devant l'ascenseur, de l'autre côté du carré de bitume qui tenait lieu de parking à Arnold House. Mais il n'était pas seul. Et quand Yasmin vit avec qui il bavardait, elle hâta le pas. Le quartier n'était pas malfamé – ç'aurait pu être nettement pire. Seulement les dealers et les homos qui poursuivaient les petits garçons, il y en avait partout, et si l'un d'entre eux s'avisait de suggérer à son fils qu'il y avait autre chose dans la vie que l'école, les leçons, les devoirs, l'étude, elle allait lui arracher les yeux, à ce fumier.

Or ce mec avait justement l'allure d'un revendeur de drogue avec ses fringues coûteuses et sa montre en or qu'on voyait briller à la lumière du parking. Il en avait également le ramage car, lorsque Yasmin s'approcha en criant : « Dan, qu'est-ce que tu fabriques dehors à cette heure ? », elle vit que la conversation de l'inconnu fascinait littéralement son gamin. Tous deux se tournèrent vers elle. Daniel cria en retour :

— Salut, M'man. Désolé. J'ai oublié ma clé.

L'homme ne broncha pas.

— Pourquoi t'es pas passé au magasin, alors ? fit Yasmin, sentant croître ses soupçons.

Daniel baissa la tête, comme toujours lorsqu'il était embarrassé. Examinant ses pieds chaussés de baskets – des Nike qui avaient coûté une fortune –, il dit :

— J'suis allé au centre de l'Armée, M'man. Y avait un mec qui passait l'inspection. Ils étaient tous en rangs dehors, ils m'ont laissé regarder et après ils m'ont donné du thé.

La charité, songea Yasmin. Putain de *charité*.

— Ils se sont pas dit que t'avais une maison où aller ?

— Y me connaissent, M'man. Y te connaissent, toi aussi. Y en a un qui m'a dit : "Ta maman, c'est pas la dame qui a des perles dans les cheveux ? Elle est rudement chouette."

Yasmin fit un petit bruit en signe de désapprobation. Elle s'était efforcée d'ignorer l'inconnu qui parlait à son fils. Elle tendit deux de ses sacs à Daniel en lui disant :

— Fais gaffe. T'as des trucs à laver.

Et elle composa le code pour appeler l'ascenseur.

C'est alors que l'homme prit la parole. Il avait une voix qui sentait le sud de la Tamise mais avec des intonations jamaïcaines marquées :

— Mrs Edwards, c'est bien ça ?

— Votre camelote, vous pouvez vous la mettre où je pense, répondit-elle en s'adressant à la porte de l'ascenseur.

Puis elle ajouta : « Daniel ? » Le gamin vint se planter devant elle pour attendre l'ascenseur. Elle lui posa une main protectrice sur l'épaule. Daniel pivota. Elle le força à se retourner vers l'ascenseur.

— Winston Nkata, énonça alors l'inconnu. New Scotland Yard.

Il tendit ses papiers, qu'elle examina avant de le regarder. Un flic, songea-t-elle. Un frère de couleur doublé d'un keuf. S'il y avait quelque chose de pire qu'un frère qui était un voyou, c'était un frère qui avait rejoint les rangs de la police.

Elle secoua la tête, et les perles qui ornaient ses nattes firent entendre la musique du mépris. Il la fixait comme les hommes la fixaient toujours et elle savait bien ce qu'il voyait et à quoi il pensait. Ce qu'il voyait : le corps, son mètre quatre-vingts ; son visage couleur noisette qui aurait pu être celui d'un mannequin – elle

336

avait l'ossature et le teint d'un modèle – si sa lèvre supérieure n'avait pas été esquintée lorsque ce salopard de Roger Edwards lui avait balancé un vase en pleine poire parce qu'elle refusait de lui filer sa paye ou de tapiner pour qu'il puisse s'approvisionner en dope ; les yeux couleur café exprimaient de la colère mais de la circonspection également ; si elle enlevait son manteau dans l'air froid du soir il verrait le reste, surtout le petit haut d'été qu'elle portait ce jour-là, et elle pouvait se le permettre car elle avait l'estomac plat et sa peau était lisse à cet endroit-là et si elle avait envie d'exhiber un ventre ultraplat elle le ferait quel que soit le temps. Voilà ce qu'il voyait. Et à quoi pensait-il ? Eh bien, à la même chose que les autres : Je me la ferais bien si seulement elle se fourrait la tête dans un sac.

— Je peux vous dire un mot, Mrs Edwards ? dit-il de cette voix innocente qu'ils savaient tous si bien prendre.

L'ascenseur arriva, la porte coulissa lentement.

Elle administra une petite tape sur l'épaule de Daniel pour l'inciter à monter dans la cabine.

— Mrs Edwards ? reprit le flic. Est-ce que je peux vous dire un mot ?

— Comme si j'avais le choix, fit-elle en appuyant sur le bouton marqué 3.

— Merci, dit le keuf, montant à son tour.

C'était un grand gabarit. C'est ce qu'elle remarqua tout d'abord à la lumière crue du plafonnier. Il faisait bien dix centimètres de plus qu'elle. Et il avait une cicatrice sur le visage, lui aussi. Une balafre qui allait du coin de son œil droit à sa joue. Yasmin savait très bien ce que c'était, un coup de rasoir. La seule chose qu'elle ignorait, c'est comment il l'avait récolté.

— Qu'est-ce que c'est que ça ? fit-elle avec un mouvement de menton vers la cicatrice.

Il jeta un coup d'œil à Daniel qui le dévorait des yeux comme il dévorait toujours des yeux les adultes noirs : avec un visage si brillant, si ouvert, un air de quémander ce qui lui avait manqué depuis que sa mère avait réglé son compte à Roger Edwards une fois pour toutes.

— Un petit souvenir.

— De quoi ?

— Ce truc me rappelle qu'on peut être drôlement stupide quand on se croit malin.

L'ascenseur s'arrêta avec un cahot. Elle ne fit pas de commentaires. Le flic étant le plus près de la porte, il descendit le premier. Mais il mit un point d'honneur à lui tenir la porte comme s'il craignait qu'elle ne se referme sur Yasmin ou sur son fils… Tu parles, comme s'il le connaissait, ce putain d'ascenseur. Il s'écarta, elle le dépassa en disant :

— Attention aux sacs, Dan. Surtout laisse pas tomber les perruques. C'est drôlement crade par terre. Si tu les laisses tomber, jamais tu réussiras à les ravoir.

Elle les fit entrer dans l'appartement, alluma une des lampes dans le séjour.

— Remplis la baignoire à ras bord. Et vas-y mollo avec le shampooing, ce coup-ci.

— OK, M'man, fit Daniel.

Il jeta un coup d'œil timide au flic, un regard qui disait si clairement : *Voilà, c'est ici qu'on crèche, comment vous le trouvez, notre appart ?* que Yasmin en fut malade pour lui, physiquement malade, ce qui la mit de mauvais poil.

— Au travail, Dan, dit-elle à son fils.

Et au flic :

— Qu'est-ce que vous voulez ? Vous êtes qui, déjà ?

— Winston Nkata, M'man, fit Daniel.

— Je t'avais pas donné de quoi t'occuper, Dan ?

Il sourit, ses grandes dents blanches luisant dans un visage au teint plus clair que celui de sa mère, mélange du teint maternel et du teint de Roger. Il disparut dans la salle de bains où il tourna à fond les robinets de la baignoire. L'eau rugit : il exécutait les ordres de Maman.

Winston Nkata resta près de la porte et Yasmin en

fut encore plus agacée que s'il avait parcouru l'appartement – celui-ci ne comportant que quatre pièces, cela ne lui aurait guère pris plus d'une minute même s'il avait examiné chaque pièce pour inspecter ses petites affaires.

— Qu'est-ce qui vous amène ?

— Ça vous ennuie si je jette un œil ?

— Pourquoi ? J'ai rien à cacher. Vous avez un mandat ? Et je vous signale que je suis passée voir ma responsable de conditionnelle la semaine dernière. Si elle vous a dit le contraire, si cette salope a dit le contraire à l'administration pénitentiaire…

Yasmin sentit la terreur la gagner en se rendant compte du pouvoir quasi discrétionnaire qu'avait Sharon Todd sur sa liberté.

— Miss Todd était allée chez le médecin. Du moins, c'est ce qu'on m'a dit. Elle avait eu une espèce d'attaque au bureau. Et ils lui ont conseillé d'aller consulter immédiatement. Aussi quand je suis arrivée là-bas…

Elle inspira un bon coup. Elle était en colère de constater qu'elle avait peur et aussi parce que cet homme au visage balafré avait fait entrer la peur dans sa maison. Le flic avait toutes les cartes en main, et ils le savaient tous les deux. Avec un haussement d'épaules, elle ajouta :

— Allez-y, jetez un coup d'œil. Je sais pas ce que vous cherchez. Mais c'est pas ici que vous le trouverez.

Il croisa son regard un long moment, et elle refusa de détourner les yeux parce que, ce faisant, elle lui aurait signifié qu'il l'avait écrasée comme un vulgaire moucheron. Elle resta près du couloir menant à la cuisine tandis que l'eau grondait dans la salle de bains et que Daniel s'occupait des perruques.

— Merci, fit le flic avec un mouvement de tête dont elle était censée croire qu'il venait d'un type timide et bien poli.

Il commença par sa chambre où il alluma la lumière. Elle le vit s'approcher de la penderie à la peinture écaillée et l'ouvrir. Toutefois il ne vida pas les poches des vêtements qui s'y trouvaient suspendus même s'il tâta plusieurs pantalons. Il n'ouvrit pas non plus les tiroirs de la commode. Mais il en étudia le dessus, et en particulier une brosse à cheveux et les cheveux blonds restés pris dans les poils, et la coupelle pleine de perles qu'elle utilisait quand elle voulait changer les perles de ses nattes. C'est sur la photo de Roger qu'il s'attarda surtout, réplique de celle qui était dans le séjour, elle-même réplique de celle qui était posée dans l'autre chambre sur la table près du lit du petit Daniel et de celle qui était accrochée au mur de la cuisine au-dessus de la table. Roger Edwards, vingt-sept ans quand le cliché avait été pris, fraîchement débarqué de Nouvelle-Galles du Sud et tout droit sorti du lit de Yasmin.

Le keuf sortit de sa chambre, lui adressa un signe de tête poli, entra dans celle de Daniel, où il procéda sensiblement de la même façon : penderie, commode, photo de Roger. De là, il se rendit dans la salle de bains où Daniel se mit aussitôt à expliquer :

— C'est mon boulot, de laver les perruques. C'est pour des dames qui ont un cancer. Quand elles prennent leurs médicaments, elles perdent leurs tifs. Alors M'man leur en redonne. Elle leur arrange la figure aussi.

— Elle leur met des barbes ?

Daniel éclata de rire :

— Non, du maquillage. Elle est vachement douée, M'man. J'peux vous montrer...

— Dan ! aboya Yasmin. Fais ce que t'as à faire.

Elle vit son fils se tourner vers la baignoire. Le flic sortit de la salle de bains, lui adressa un autre signe de tête et s'engouffra dans la cuisine. Une porte donnait sur un minuscule balcon où elle faisait sécher le linge ; il l'ouvrit, jeta un coup d'œil dehors puis la referma soigneusement et passa sa main en forme de battoir le long du chambranle comme s'il cherchait des échardes. Il n'ouvrit ni placard ni tiroir. Il se borna à rester planté près de la table et à regarder la photo qui se trouvait là et qui était la même que dans les autres pièces.

— C'est qui, ce monsieur ?

— Le père de Dan. Mon mari. Il est mort.

— Désolé.

— Pas la peine de vous fatiguer. Je l'ai tué. Mais je parie que je vous apprends rien. Je parie que c'est pour ça que vous êtes là. Vous avez retrouvé un Australien accro à l'héro mort avec un couteau dans la gorge et vous avez interrogé vos fichiers informatiques qui vous ont recraché aussi sec le nom de Yasmin Edwards.

— Je ne savais pas, dit Winston Nkata. Navré tout de même.

Il avait l'air… quoi donc ? Elle n'arrivait pas à mettre un nom dessus. Elle n'arrivait pas non plus à qualifier la lueur qui passait dans ses yeux. Elle sentit la rage monter en elle – une rage qui ne datait pas d'hier ; elle avait appris à la ressentir toute jeune, cette rage, et toujours en présence d'un homme. Les mecs qu'elle rencontrait, dont elle pensait du bien pendant un jour, une semaine, un mois, et puis dont la véritable personnalité remontait à la surface.

— Qu'est-ce que vous voulez ? jappa-t-elle. Qu'est-ce que vous me voulez ? Qu'est-ce que vous avez à tchatcher avec mon fils comme si vous le cuisiniez ? Si vous pensez que j'ai fait quelque chose, dites-le ou barrez-vous. Vous entendez ? Parce que si vous…

— Katja Wolff, dit-il.

Elle s'arrêta net. Que diable voulait-il à Katja ?

— Le bureau des conditionnelles m'a indiqué que c'était son adresse. Est-ce exact ?

— On a eu l'autorisation, dit Yasmin. Ça fait cinq ans que je suis sortie. On a eu l'autorisation.

— Ils lui ont trouvé un travail dans une blanchisserie de Kennington High Street, dit Winston Nkata. J'y suis passé mais on m'a dit qu'elle n'y avait pas mis les pieds de la journée. Qu'elle avait téléphoné

341

pour prévenir qu'elle était malade. La grippe. Voilà pourquoi j'ai poussé jusqu'ici.

Une sonnette d'alarme retentit dans la tête de Yasmin mais elle s'efforça de n'en rien laisser paraître.

— Bon, ben… elle a dû aller chez le médecin.

— Et ça lui a pris toute la journée ?

— Vous savez comment ça fonctionne, la sécu, répliqua-t-elle avec un haussement d'épaules.

Toujours aussi poliment, il poursuivit :

— C'est la quatrième fois qu'elle se fait porter pâle, à ce qu'on m'a dit à la blanchisserie, Mrs Edwards. La quatrième fois en douze semaines. Inutile de dire qu'ils ne sont pas jouasses à Kennington High Street. Ils ont contacté sa responsable de conditionnelle aujourd'hui.

La sonnette d'alarme se transforma en sirène. Cette fois Yasmin sentit un frisson de terreur lui parcourir l'échine. Mais elle connaissait les manières des flics, cette façon qu'ils avaient de mentir quand ils voulaient vous déstabiliser pour vous faire parler et elle se rappela intérieurement à l'ordre sans douceur : Ma pauvre fille, c'est pas le moment de perdre les pédales.

— Je suis vraiment pas au courant, dit-elle. Katja habite ici, c'est vrai. Mais elle fait ce qu'elle veut. J'ai suffisamment de quoi faire avec Daniel.

Il jeta un regard en direction de sa chambre où le lit à deux places, la brosse à cheveux sur la commode et les vêtements dans la penderie racontaient une tout autre histoire. Et elle eut envie de hurler : Ouais ! Et alors, qu'est-ce que ça peut te foutre, mec ? T'as déjà été au trou ? Tu sais ce que c'est de se dire que pendant des mois – autant dire une éternité – y aura personne dans ta vie ? Pas un ami, pas un amant, pas un copain, rien ? Tu sais ce que c'est ?

Mais elle ne souffla mot. Elle se contenta de croiser son regard d'un air de défi. Et pendant cinq longues secondes qui lui parurent durer un siècle, le seul bruit que l'on perçut dans l'appartement fut celui qui s'échappait de la salle de bains où Daniel s'était mis à chanter tout en lavant les perruques.

Puis ce bruit fut interrompu par un autre : le bruit d'une clé dans la serrure. La porte s'ouvrit.

Et c'est alors que Katja fit son apparition.

La dernière étape de Lynley fut Chelsea. Après avoir laissé sa carte à Richard Davies et lui avoir demandé de lui téléphoner s'il entendait parler de Katja Wolff ou s'il avait d'autres détails à lui transmettre, il manœuvra dans la circulation chargée aux alentours de South Kensington et s'engagea dans Sloane Street, où les réverbères éclairaient un quartier huppé de restaurants, de magasins et d'élégantes résidences, et où les feuilles mortes tapissaient les trottoirs d'une végétation couleur vieux bronze. Tout en conduisant, il songeait aux coïncidences. Les gens étaient souvent au mauvais endroit au mauvais moment, mais rarement au mauvais endroit au mauvais moment *et* avec l'intention de rendre visite à quelqu'un qui avait joué un rôle dans une affaire d'homicide surgie du passé. Ce genre de coïncidences méritait qu'on se penche dessus avec soin. Il prit la première place de parking qu'il trouva aux environs de la maison des Saint James – un grand bâtiment de brique terre de Sienne au coin de Lordship Place et de Cheyne Row. Du coffre de la Bentley, il sortit l'ordinateur d'Eugenie Davies.

A peine eut-il appuyé sur la sonnette qu'il entendit des aboiements. Cela venait de la gauche, vraisemblablement du bureau-bibliothèque de Saint James. Par la fenêtre, on voyait en effet qu'il y avait de la lumière dans cette pièce. Les aboiements se rapprochèrent de la porte, trahissant l'enthousiasme d'un chien qui faisait correctement son boulot. Une voix de femme s'écria « Ah, mais ça suffit, Peach » à la chienne qui, en bon teckel, l'ignora. Il y eut un bruit de verrou, la lumière extérieure s'alluma et la porte s'ouvrit.

— Tommy, toi ici ! Quel plaisir !

C'était Deborah Saint James qui avait ouvert et elle tenait la petite teckel dans les bras, paquet gigotant de poils couleur cognac qui mourait d'envie de renifler la jambe, les mains, le visage de Lynley, histoire de voir s'il lui plaisait.

— Peach ! la rabroua Deborah. Tu sais qui c'est, voyons. Arrête ! Entre, Tommy. Helen est déjà partie, hélas, elle était fatiguée. Simon l'a accusée de veiller jusqu'à une heure avancée de la nuit pour couper aux recherches fastidieuses qu'ils sont en train d'effectuer mais elle nous a dit que tu l'avais obligée à rester debout jusqu'à l'aube pour écouter la *Tétralogie*. Qu'est-ce que tu nous apportes d'intéressant ?

Une fois la porte refermée, elle posa la chienne par terre. Peach renifla un bon coup le pantalon de Lynley, s'imprégna les narines de son odeur, recula et agita la queue en signe de bienvenue.

— Merci, dit-il d'un air solennel au petit teckel.

La chienne pénétra en trottinant dans le bureau où un radiateur à gaz brûlait et où une lampe brillait sur le bureau de Saint James. Sur le bureau étaient éparpillés des feuillets imprimés dont certains comportaient des photos en noir et blanc, et d'autres seulement du texte.

Deborah fit entrer Lynley dans la pièce en disant :

— Pose ça quelque part, Tommy. Ça a l'air lourd.

Lynley choisit une table basse devant un canapé faisant face à la cheminée. Peach vint renifler l'ordinateur avant de retourner dans son panier orienté de façon à lui permettre de bénéficier au mieux de la chaleur du feu. Elle se roula en boule, poussa un soupir de bien-être et observa ce qui se passait, très digne, la tête sur ses pattes, clignant paresseusement des paupières de temps en temps.

— C'est à Simon que tu veux parler, j'imagine, dit Deborah. Il est en haut. Je vais aller le chercher.

— Attends un moment.

Lynley prononça ces mots sans réfléchir et si vite que Deborah lui adressa un sourire intrigué, ramenant une mèche de son épaisse chevelure derrière une oreille.

— Comme tu voudras, fit-elle en s'approchant du bar qui jouxtait la fenêtre.

Elle était plutôt grande, avec des taches de rousseur sur le nez.

Elle n'était ni mince, ni forte, mais bien proportionnée et très féminine. Elle portait un jean noir, et un pull dont le vert olive contrastait joliment avec ses cheveux cuivrés.

La pièce était pleine de photos encadrées. Il y en avait contre les murs et les étagères au niveau du sol. Certaines étaient enveloppées dans du papier à bulles. Lynley se rappela que l'exposition de Deborah allait avoir lieu sous peu dans une galerie de Great Newport Street.

— Xérès ? Whisky ? proposa Deborah. Nous avons une bouteille de Lagavulin. D'après Simon, c'est le petit Jésus qui vous descend en culotte de velours dans l'estomac.

— Simon manie l'hyperbole, maintenant ?

— Effectivement, l'exagération n'est pas le propre des hommes de science.

— Il faut que ce whisky soit fameux. Je vais le goûter. Tu prépares ton exposition ?

— Elle est presque prête. J'en suis au catalogue. (Lui tendant le whisky, elle désigna d'un mouvement de tête le bureau de son mari :) Je relisais les épreuves. Les photos qu'ils ont sélectionnées sont bien. Mais, hélas, ils ont charcuté ma prose immortelle... (Elle sourit, fronçant le nez, ce qui la fit paraître encore plus jeune que ses vingt-six ans.)... et ça m'agace. Non mais tu entends ça ? Mon quart d'heure de gloire est arrivé et voilà que je me mets à jouer les divas.

— C'est peu probable.

— Qu'est-ce qui est peu probable ?

— Le quart d'heure de gloire.

— Oh, mais tu as l'esprit vif, ce soir.

— Je me borne à dire la vérité. Ta notoriété durera plus longtemps que ça.

Elle lui sourit affectueusement puis, se tournant, se versa un verre de xérès. Elle le prit, le leva, disant :

— Je bois à... Voyons, à quoi allons-nous boire ?

C'est ainsi que Lynley comprit que, fidèle à sa parole, Helen n'avait pas parlé à Deborah du bébé qui s'annonçait. Il en fut soulagé. Et dans le même temps, il se sentit mal à l'aise. Un jour ou l'autre il faudrait que Deborah sache, et c'était à lui de lui apprendre la nouvelle. Il aurait voulu le faire maintenant mais ne savait comment s'y prendre. Tout ce qu'il songeait à dire, c'était : « Buvons à Helen, au bébé que ma femme et moi allons avoir. » Ce qui évidemment était impossible.

— Buvons à la vente de toutes tes photos le mois prochain, dit-il. Et le soir du vernissage, aux membres de la famille royale qui nous démontreront qu'ils s'intéressent à autre chose qu'aux chevaux et aux sports sanglants.

— Tu n'as jamais récupéré de ta première chasse au renard, n'est-ce pas ?

— Une abomination, Oscar Wilde avait raison.

— Cela s'appelle trahir sa classe, Tommy.

— Peut-être, mais c'est aussi ce qui fait de moi un personnage intéressant.

— A ta santé, dit Deborah en riant et en avalant une gorgée de xérès.

De son côté, Lynley but une rasade de Lagavulin tout en songeant à ce qu'il lui taisait. C'était gênant de se trouver face à sa lâcheté, à son impossibilité à se décider.

— Qu'est-ce que tu feras une fois que l'exposition sera lancée ? Tu as des projets en tête ?

Deborah jeta un regard aux photos serrées les unes contre les autres et réfléchit, la tête inclinée.

— Ça me fait un peu peur, avoua-t-elle franchement. Je travaille sur cette expo depuis janvier. Depuis onze mois maintenant. Ce que j'aimerais faire si les dieux le permettent... (Elle inclina la tête vers le plafond, faisant référence au ciel mais aussi à son mari

– qui aurait certainement son mot à dire dans l'histoire.) J'aimerais m'attaquer à quelque chose de différent. Des portraits. J'adore les portraits, comme tu le sais. Mais des gros plans de visages authentiquement… étrangers. Pas des visages d'étrangers fixés à Londres. Ça, je peux en trouver des centaines de milliers. Seulement ils ne m'intéressent pas parce qu'ils ont subi l'influence de leur pays d'accueil qui les a anglicisés même s'ils n'en sont pas conscients. Ce que j'aimerais, c'est quelque chose de complètement différent. Afrique, Inde, Turquie, Russie. Je ne sais pas bien encore.

— Mais des portraits ?

— Les gens ne se cachent pas de l'appareil quand on les prend et que la photo ne leur est pas destinée. C'est ça qui me plaît, justement. La franchise avec laquelle ils fixent l'objectif. Regarder tous ces visages qui sont bien réels, c'est comme une drogue pour moi. (Elle prit une autre petite gorgée :) Mais tu n'es pas venu jusqu'ici pour me parler de mon travail.

L'occasion de se dérober était belle, et il sauta dessus tout en se traitant de lâche.

— Simon est au labo ?

— Je vais le chercher ?

— Ne prends pas cette peine. Je vais monter le rejoindre, si ça ne te dérange pas.

Elle dit que non, que pas du tout, qu'il connaissait le chemin. Et elle retourna près du bureau où elle travaillait, posa son verre puis revint vers lui. Il vida son verre, pensant qu'elle voulait l'en débarrasser, mais elle lui serra le bras et l'embrassa sur la joue.

— Je suis ravie de te voir. Veux-tu un coup de main pour transporter l'ordinateur ?

— Non, je vais me débrouiller.

Ce qu'il fit, ne se sentant pas particulièrement fier d'accepter cette échappatoire mais se disant qu'il avait du pain sur la planche, que le travail passait en premier et que, ça, Deborah Saint James le comprenait parfaitement.

Son mari était au troisième étage de la maison, où

il avait un grand bureau qu'il avait depuis longtemps baptisé laboratoire, et où Deborah avait sa chambre noire. Lynley grimpa là-haut et, s'arrêtant en haut de l'escalier, dit : « Simon, tu es occupé ? » avant de traverser le palier jusqu'à la porte restée ouverte.

Simon Saint James se tenait devant son ordinateur où il étudiait un graphique en trois dimensions qu'il fit pivoter en enfonçant une touche du clavier.

— Ça alors, c'est curieux, marmonna-t-il. (Et, se tournant vers la porte :) Tommy, je me disais bien que j'avais entendu quelqu'un entrer.

— Deb m'a offert un verre de ton Lagavulin. Elle voulait savoir si je le trouvais aussi bon que toi.

— Et alors ?

— Il est fameux. Est-ce que je peux ?

Il désigna l'ordinateur qu'il transportait.

— Excuse-moi, dit Saint James. Attends, je vais pousser un peu tout ça pour te faire de la place.

Il recula sur son fauteuil à roulettes et, en se levant, se donna un coup de règle métallique sur le genou car sa prothèse le gênait.

— J'ai des problèmes avec ce machin-là. C'est pire que l'arthrite. Dès que la pluie se met à tomber, le genou se bloque. Il est temps que j'en change.

Il parlait avec une indifférence que Lynley était loin de partager. Chaque fois qu'au cours de ces treize dernières années Saint James avait fait un pas dans la ligne de vision de Lynley, il avait fallu à ce dernier tout son sang-froid pour ne pas détourner les yeux de honte en songeant qu'il avait détruit la vie de son ami.

Saint James fit de la place sur le plan de travail près de la porte, empilant des papiers et des dossiers et repoussant plusieurs revues scientifiques.

— Helen va bien ? dit-il d'un ton détaché. Je l'ai trouvée pâlotte quand elle est partie cet après-midi. Ce matin aussi, elle m'a semblé patraque, maintenant que j'y pense.

— Non, elle était bien ce matin, dit Lynley. (Elle était bien. Les nausées matinales n'étaient pas une maladie au sens strict du terme.) Un peu fatiguée, je crois. Nous sommes restés assez tard chez Webb…

Mais telle n'était pas l'histoire que sa femme avait racontée à Deborah et Simon un peu plus tôt. La peste soit de Helen, songea-t-il, toujours si inventive quand il s'agissait de raconter des bobards.

— Ah non, excuse-moi, c'est l'autre soir. Je mélange tout. Quoi qu'il en soit, elle va bien. C'est le contrecoup, sans doute, elle a dû se coucher trop tard.

— Bien, bien, dit Saint James en examinant Lynley un long moment.

Dans le silence qui suivit, la pluie se mit à tomber, tambourinant sur les vitres. L'averse s'accompagnait d'une soudaine rafale de vent qui fit trembler l'encadrement de la fenêtre.

— Qu'est-ce que tu m'as apporté ? s'enquit Saint James avec un mouvement de menton en direction de l'ordinateur.

— Du travail de détective.

— Mais la détection, c'est ton rayon, non ?

— L'affaire qui m'amène demande du doigté.

Saint James, qui connaissait Lynley depuis plus de vingt ans, savait lire entre les lignes.

— Est-ce que tu envisagerais de nous entraîner sur un terrain glissant, Tommy ?

— « Nous » ? Non, c'est moi seul que ça concerne. Toi, tu es blanc comme neige.

— Voilà qui est rassurant, répondit Saint James un peu sèchement. Et comment expliques-tu que je m'imagine déjà embarqué dans un scénario catastrophe, convoqué au tribunal en qualité d'expert, transpirant et suant comme un damné ?

— C'est ton sens de la solidarité, qualité que j'apprécie infiniment chez toi, si je ne te l'ai pas déjà dit.

— Cet ordinateur a un rapport avec une de tes enquêtes ?

— Je ne t'ai rien dit.

Saint James se tripota pensivement la lèvre supérieure tout en examinant l'appareil. Il savait bien sûr ce que Lynley aurait dû en faire. Mais de là à savoir pourquoi il ne le faisait pas... Mieux valait ne pas lui poser la question. Il inspira, souffla, secoua la tête puis, tout en sachant qu'il commettait une erreur :

— Qu'est-ce que tu veux savoir au juste ?

— Tout ce qu'elle a fait sur Internet. Son courrier électronique plus particulièrement.

— Parce qu'il s'agit d'une femme ?

— Oui. Il n'est pas impossible qu'elle ait reçu du courrier d'un Casanova de la Toile dénommé Langue de Velours.

— Ça alors !

— Seulement on n'a pas trouvé le moindre message émanant de ce type-là quand on s'est connectés sur sa bécane.

Lynley poursuivit en indiquant à Saint James le mot de passe d'Eugenie Davies, que son ami griffonna sur une feuille de papier jaune qu'il arracha à un bloc.

— Je cherche autre chose en dehors de Langue de Velours ?

— Tout ce qu'elle a fait sur Internet une fois connectée, Simon. Les messages qu'elle a reçus, ceux qu'elle a envoyés ces deux derniers mois. C'est possible de récupérer ces éléments, non ?

— En principe, oui. Mais inutile de te dire qu'un expert du Yard pourrait te faire ça beaucoup plus rapidement.

— En effet, je sais.

— D'où je conclus que tu soupçonnes qu'il y a quelque chose là-dedans... (Il posa la main sur la machine)... qui est de nature à causer des ennuis à quelqu'un. Des ennuis que tu préférerais lui éviter. C'est ça ?

— Oui, c'est ça, confirma Lynley.

— Il ne s'agit pas de toi, j'espère.

— Grands dieux, non.

— Tu m'en vois ravi, fit Saint James.

Il avait l'air mal à l'aise et s'efforça de dissimuler cette gêne en baissant la tête et en se frottant la nuque.

— Tout va bien pour Helen et toi, alors ? finit-il par dire.

Lynley n'eut aucun mal à suivre son raisonnement. Une femme mystérieuse, un ordinateur en possession de Lynley, un inconnu qui risquait d'avoir des ennuis au cas où son adresse e-mail figurerait dans l'ordinateur d'Eugenie Davies... Evidemment tout cela tendait à démontrer qu'il y avait quelque chose de louche dans cette histoire d'ordinateur et nul doute que Saint James – qui connaissait Helen depuis ses dix-huit ans et était donc pour elle plus qu'un simple employeur – aurait cherché à la protéger.

Aussi Lynley s'empressa-t-il de le rassurer :

— Ça n'a rien à voir ni avec Helen ni avec moi, Simon. Je t'en donne ma parole. Tu veux bien faire ça pour moi ?

— Cela va faire de toi mon débiteur, Tommy.

— Ça, je sais. Et compte tenu de ce que je te dois déjà, autant te faire cadeau de mes terres de Cornouailles et qu'on n'en parle plus.

— C'est tentant, répliqua Saint James avec un sourire. Jouer les hobereaux de campagne ne me déplairait pas.

— Alors je compte sur toi ?

— Tu peux. Mais garde tes terres. Je ne voudrais pas que tes ancêtres se retournent dans leur tombe.

Le constable Winston Nkata eut la certitude que la femme était Katja Wolff avant même qu'elle ouvre la bouche, encore que, sur le chevalet de torture, il n'eût su dire à quoi il l'avait reconnue. Certes, elle détenait une clé de l'appartement – ce qui était une façon de l'identifier, étant donné que cet appartement de Doddington Drove Estate était l'adresse que sa responsable de liberté conditionnelle avait communiquée à Lynley, qui la lui avait transmise. Toutefois ce n'était pas le seul élément qui lui avait indiqué en présence de qui il se trouvait. C'était son attitude, cet air circonspect à la vue d'un visage inconnu, et son expression parfaitement vide, l'expression qu'une détenue arborait en prison de façon à ne pas attirer l'attention sur elle.

Elle s'immobilisa sur le seuil et son regard naviguua de Yasmin Edwards à Nkata puis de nouveau vers Yasmin.

— Je te dérange peut-être, Yas ? fit-elle d'une voix rauque avec un accent allemand que Nkata trouva très peu prononcé.

Mais il est vrai qu'elle avait passé plus de vingt ans en Grande-Bretagne. Et pas en compagnie de compatriotes.

— C'est la police, dit Yasmin. Le constable Nkata.

Katja Wolff se raidit presque imperceptiblement. Sa réaction aurait échappé à toute personne n'étant pas née dans un quartier où sévissaient des gangs. Mais elle ne put échapper à Winston, qui, lui, avait croisé dans ces parages.

Katja ôta son manteau – d'un rouge cerise – et son chapeau gris orné d'un ruban du même rouge que le manteau. Elle portait un pull bleu ciel qui semblait être du cachemire mais râpé aux coudes, et un pantalon gris clair d'un tissu dont Nkata, lorsqu'elle bougea, vit qu'il avait des reflets argentés.

— Où est Dan ?

— Il s'occupe des perruques, précisa Yasmin, désignant la salle de bains d'un mouvement de tête.

— Et ce type ? fit-elle en désignant Nkata.

— Vous êtes Katja Wolff ? intervint ce dernier en se disant que c'était le moment de prendre les rênes.

Elle ne répondit pas. Elle se dirigea vers la salle de bains, dit bonjour au fils de Yasmin Edwards, qui était dans les bulles jusqu'aux coudes. Le gamin la regarda par-dessus son épaule puis jeta un coup d'œil dans le séjour où il réussit à croiser quelques instants le regard de Nkata. Mais sans un mot. Katja referma la porte de la salle de bains et s'approcha du canapé et des deux fauteuils qui composaient l'essentiel du mobilier du séjour. Elle s'assit sur le canapé, ouvrit un paquet de Dunhill posé sur la table, prit une cigarette, l'alluma. Elle s'empara de la télécommande et allait appuyer sur le bouton lorsque Yasmin prononça son prénom : elle ne la suppliait pas, elle lui lançait un avertissement, sembla-t-il à Nkata.

Devant cette réaction, Winston se dit qu'il lui fallait étudier Yasmin Edwards parce qu'il avait besoin de comprendre : comprendre Yasmin, comprendre ce qui se passait à Kennington, comprendre son fils, comprendre la nature des relations des deux femmes. Il savait qu'elle était belle, ça c'était une chose. Mais il ne voyait pas pourquoi elle semblait en colère ni de quoi elle avait peur même si elle faisait de son mieux pour le cacher. Il aurait voulu lui dire : « Vous n'avez rien à craindre », mais il se rendit compte que ç'aurait été stupide de sa part.

— Je suis passé à la blanchisserie, à Kennington High Street. On m'a dit que vous n'étiez pas allée travailler aujourd'hui, dit-il à Katja Wolff.

— J'étais souffrante ce matin. Toute la journée, en fait. Je suis allée chez le pharmacien. Ce n'est pas interdit par la loi, que je sache ?

Et tirant sur sa cigarette, elle le fixa. Nkata vit le regard de Yasmin naviguer de l'un à l'autre. Elle avait les mains croisées à la hauteur de son sexe comme pour le cacher.

— Vous vous êtes rendue chez le pharmacien en voiture ?

— Oui. Et alors ?

— Vous avez une voiture ?

— Pourquoi ? Vous voulez que je vous conduise quelque part ? fit Katja.

Son anglais était parfait, remarquable, aussi impressionnant qu'elle-même.

— Vous avez une voiture, Miss Wolff ? répéta-t-il patiemment.

— Non. Les gens qui sont en libération conditionnelle, on ne leur fournit pas de moyen de transport à leur sortie de prison. C'est bien dommage. Surtout pour ceux qui purgent une peine pour vol à main armée. Un véhicule, c'est quand même plus pratique pour prendre la fuite une fois le coup fait. Tandis que pour quelqu'un comme moi… (Elle tapota sa cigarette contre un cendrier en céramique en forme de potiron.) Une voiture, ça n'est absolument pas nécessaire pour travailler dans une blanchisserie. Ce qu'il faut, dans ce boulot, c'est une grande résistance à l'ennui et à la chaleur.

— Alors ce n'est pas votre voiture ?

Yasmin traversa la pièce tandis que Nkata finissait de poser la question. Elle alla s'asseoir près de Katja sur le canapé et remit de l'ordre dans les revues et journaux qui encombraient la table basse. Après quoi, elle lui posa une main sur le genou. Puis elle fixa Nkata par-delà la ligne qu'elle venait de tracer aussi nettement que si elle avait dessiné un trait à la craie sur la moquette.

— Qu'est-ce que vous nous voulez ? dit-elle. Accouchez ou barrez-vous.

— Vous avez une voiture, vous ? lui demanda Nkata.

— Et à supposer que j'en aie une ?

— J'aimerais la voir, si possible.

— Pourquoi ? A qui êtes-vous venu parler, constable ? dit Katja.

— Vous allez savoir ce qui m'amène dans un instant, répondit Nkata. Où est-elle, la voiture ?

Les deux femmes restèrent immobiles. On entendit l'eau gronder de nouveau dans la baignoire : Daniel rinçait abondamment les perruques à la main. Ce fut Katja qui rompit le silence avec l'assurance de qui a eu tout le temps d'apprendre à connaître ses droits face à la police.

— Vous avez un mandat ?

— Je ne pensais pas avoir besoin d'un mandat, je voulais juste vous parler.

— De la voiture de Yasmin ?

— De la voiture de Mrs Edwards, oui, c'est ça. Où est-elle ? fit Nkata, prenant un petit air modeste.

L'Allemande piqua un fard en se rendant compte que son antipathie et sa méfiance à l'égard du policier lui avaient fait commettre une gaffe.

— Qu'est-ce que c'est, cette histoire ? jappa Yasmin d'une voix plus aiguë en crispant la main sur le genou de Katja. Il vous faut un mandat si vous voulez fouiller ma bagnole.

— Je n'ai pas besoin de la fouiller, Mrs Edwards, mais je vais y jeter un œil, dit Nkata.

Les deux femmes échangèrent un regard, après quoi Katja se leva et gagna la cuisine. Des placards furent ouverts et fermés, une bouilloire heurta la cuisinière, un brûleur siffla. Yasmin patienta un instant comme si elle attendait un signal de la cuisine. N'en recevant pas, elle se mit debout, prit une clé suspendue à un crochet à droite de la porte d'entrée.

— Bon, venez, dit-elle à Nkata.

Sans manteau malgré le temps, elle l'entraîna hors de l'appartement. Katja Wolff resta derrière.

Yasmin se dirigea à grandes enjambées vers l'ascenseur avec l'air de quelqu'un qui se fiche pas mal de savoir si on le suit ou non. Lorsqu'elle bougeait, ses nattes qui lui arrivaient à l'omoplate produisaient une petite musique hypnotisante et apaisante. Nkata s'aperçut qu'il ne pouvait s'expliquer l'effet que cette musique produisait sur lui. Toujours est-il qu'elle lui résonnait jusque dans la poitrine. Il s'ébroua et jeta un regard au parking, puis aux lotissements d'en face, puis en direction de Manor Place – où il aperçut la première d'une rangée d'immeubles abandonnés qui montraient le sort que des années d'indifférence gouvernementale et de décrépitude urbaine avaient fait subir au quartier.

— Vous avez grandi dans le coin ? lui demanda-t-il dans l'ascenseur.

Comme Yasmin le dévisageait en silence d'un air peu amène, il finit par porter les yeux sur le graffiti *bouffe-moi la chatte* tracé au vernis à ongles sur la paroi de la cabine juste à la hauteur de l'épaule droite de Yasmin. Aussitôt, par contraste, il pensa à sa mère. Voilà une femme qui n'aurait jamais laissé un tag défigurer son environnement, pas plus qu'elle n'aurait permis à quiconque de dire des obscénités en sa présence. Alice Nkata aurait foncé si vite jusqu'à l'ascenseur avec son dissolvant que la phrase obscène n'aurait même pas eu le temps de sécher avant qu'elle l'efface. En songeant à cela, à sa mère, à la façon dont elle avait réussi à garder sa dignité au sein d'une société qui s'intéressait davantage à la couleur de la peau d'une femme qu'à la femme elle-même, Nkata sourit.

— Ça vous plaît, je parie, de mener des femmes à la baguette ? ironisa Yasmin. C'est pour ça que vous êtes entré dans la police, hein ?

Il aurait voulu lui dire de ne pas ricaner. Non parce que cela lui faisait faire une vilaine grimace et accentuait sa cicatrice. Mais parce que, lorsqu'elle ricanait, elle avait l'air effrayée. Et que la peur était l'ennemie d'une femme dans la rue.

— Désolé. Je pensais à ma mère.

— Votre mère. (Elle roula les yeux.) Vous allez bientôt me dire que je lui ressemble.

Nkata ne put s'empêcher d'éclater de rire.

— Pas le moins du monde, fit-il en gloussant de plus belle.

Yasmin plissa les yeux. La porte de l'ascenseur s'ouvrit en grinçant. Elle sortit vivement de la cabine.

De l'autre côté d'une étroite pelouse moribonde, le parking abritait un petit nombre de voitures qui en disaient long sur le standing des habitants de Doddington Drove Estate. Yasmin Edwards conduisit Nkata jusqu'à une Fiesta dont le pare-chocs arrière se cramponnait à la carrosserie comme un homme ivre à un lampadaire. La voiture avait dû être rouge mais la peinture s'était oxydée ct elle était couleur de rouille. Nkata en fit le tour avec soin. Le phare avant droit était esquinté mais là s'arrêtaient les dégâts.

Il s'accroupit devant le capot du véhicule et, s'aidant d'une torche, il examina le châssis. Il passa derrière et poursuivit son inspection en prenant tout son temps. Yasmin Edwards restait plantée là en silence, les bras autour de la taille dans l'air glacial, son petit haut d'été la protégeant mal du vent et de la pluie qui s'était mise à tomber.

Son examen terminé, Nkata se redressa.

— Quand est-ce qu'il a été amoché, ce feu ?

— Quel feu ? (Elle s'approcha de l'avant de la Fiesta pour se rendre compte par elle-même.) Je sais pas.

Et pour la première fois depuis qu'elle était en présence de Nkata, elle n'eut pas l'air belliqueuse lorsqu'elle passa les doigts sur le verre cassé.

— Les phares fonctionnent normalement. Je me suis aperçue de rien.

Elle frissonnait à présent, mais plus de froid que d'inquiétude. Nkata retira son manteau et le lui tendit.

— Tenez.

Elle le prit.

Il attendit qu'elle se soit confortablement enveloppée dedans, histoire de voir de quoi elle avait l'air avec le col relevé contre sa peau sombre.

— Vous la conduisez toutes les deux, cette voiture, Mrs Edwards ? Pas vrai ? Katja Wolff et vous ?

Elle lui jeta le manteau à la figure presque avant qu'il eût terminé sa question. Il y avait peut-être eu un moment où elle avait éprouvé autre chose que de l'hostilité à son égard mais ce moment, le policier venait d'y mettre un terme. Yasmin leva les yeux vers l'appartement où Katja Wolff préparait le thé. Elle ramena ses regards vers Nkata et d'une voix unie, les bras de nouveau autour de la taille :

— C'est tout ce que vous voulez savoir ?

— Non, fit Winston. Où étiez-vous la nuit dernière, Mrs Edwards ?

— Ici. Où est-ce que j'aurais pu être ? J'ai un gamin, je vous signale. Il a besoin de sa mère.

— Miss Wolff était là aussi ?

— Ouais. C'est exact. Katja était là aussi.

Mais quelque chose dans sa voix donnait à penser le contraire. Une personne qui ment se trahit forcément d'une façon ou d'une autre. Nkata ne l'ignorait pas : on le lui avait dit et répété, seriné sur tous les tons. Soyez attentif au timbre de la voix. Surveillez les pupilles. Soyez à l'affût du moindre mouvement de tête, de la moindre crispation des épaules ou du cou. Cherchez ce qui n'était pas là l'instant d'avant – un petit quelque chose, n'importe quoi –, et ce quelque chose vous indiquera la situation du locuteur par rapport à la vérité.

— Je vais encore avoir besoin de lui dire un mot, reprit-il en désignant l'immeuble.

— Vous n'arrêtez pas de parler.

— Ouais. Je sais.

Il repartit vers l'ascenseur et ils refirent le trajet en sens inverse. Le silence qui s'était établi entre eux parut à Nkata lourd d'une tension qui dépassait celle qui peut naître entre un homme et une femme, un flic et un suspect, un ex-détenu et un éventuel maton.

— Elle était là, dit Yasmin Edwards. Seulement vous me croyez pas. Parce que vous n'avez pas confiance en moi. Si vous avez déniché l'adresse de Katja, vous êtes au courant du reste. Vous savez donc que j'ai fait de la taule. Et pour vous, les taulards et les menteurs, c'est bonnet blanc et blanc bonnet. Pas vrai ?

Il était devant la porte de l'appartement. Elle le dépassa, lui barrant la route.

— Demandez-lui ce qu'elle a fait hier. Demandez-lui où elle était. Elle vous dira qu'elle était là. Allez-y. Moi je reste dehors. Comme ça vous serez tranquille.

— Comme vous voudrez, fit Nkata. Mais si vous voulez rester dehors, enfilez ça, ajouta-t-il en drapant le manteau sur ses épaules et en remontant le col pour la protéger du froid.

Elle se raidit. Il aurait voulu lui dire : Comment en êtes-vous arrivée là ? Au lieu de quoi, il s'engouffra dans l'appartement pour questionner Katja Wolff.

10

— Il y avait des lettres, Helen.

Lynley était campé devant la psyché dans la chambre, essayant d'un air lamentable de choisir parmi les trois cravates qu'il tenait mollement au bout des doigts.

— Barbara les a trouvées dans une commode. Avec leurs enveloppes. Il ne manquait que le traditionnel ruban bleu pour les attacher.

— Il y a peut-être une explication innocente.

— Qu'est-ce qu'il avait donc dans la tête ? poursuivit Lynley comme si sa femme n'était pas intervenue. La mère d'une petite fille assassinée. La victime d'un crime. Il n'y a pas plus vulnérable. Quand on est en présence d'une personne de ce genre, on s'arrange pour mettre de la distance entre elle et soi. On ne s'amuse pas à la séduire.

— A supposer que ce soit ce qui s'est passé, Tommy, dit Helen en le regardant depuis le lit.

— Qu'est-ce que ça aurait pu être d'autre ? « Attends-moi, Eugenie, je viens te chercher. » Ce n'était certainement pas une lettre de remerciements.

Helen roula sur le côté, prit l'oreiller de Lynley et le plaqua contre son ventre.

— Mon Dieu, murmura-t-elle d'une voix blanche à laquelle il ne put demeurer insensible.

— Ça ne va pas très fort ce matin, Helen ?

— C'est affreux. Jamais je ne me suis sentie aussi

mal de toute ma vie. Quand est-ce que j'aurai le teint rose d'une femme épanouie ? Et pourquoi, dans les romans, les femmes enceintes sont-elles toujours radieuses ? Alors qu'en réalité elles ont le visage blanc comme de la craie et que leurs estomacs ne cessent de se révolter.

— Hum, fit Lynley en considérant la question. Je ne sais pas. Serait-ce une conspiration ? Une manœuvre pour inciter l'espèce à se reproduire ? J'aimerais pouvoir porter ce fardeau à ta place, chérie.

— Tu as toujours été un très mauvais menteur, dit-elle avec un petit rire.

Il y avait de la vérité là-dedans. Il tendit les trois cravates dans sa direction :

— Laquelle préfères-tu ? Je pensais opter pour la bleu marine avec les canards.

— Excellent choix. Surtout si tu veux faire croire aux suspects que tu vas être gentil avec eux.

— Exactement ce que je pensais.

Il se retourna vers la glace, posant au passage les deux autres cravates sur l'un des montants du lit.

— Tu en as parlé à Leach, de ces lettres ?

— Non.

— Qu'en as-tu fait ?

Leurs regards se croisèrent dans la glace. Elle lut la réponse sur son visage :

— Tu les as… emportées ? Tommy…

— Je sais. Mais est-ce que j'avais vraiment le choix ? Ou je les lui remettais, ou je les laissais sur place. Et c'est quelqu'un d'autre qui aurait remonté la piste de Webberly au plus mauvais moment possible et les lui aurait fait parvenir. A son domicile, par exemple. Où Frances attend que quelqu'un lui porte un coup fatal. Ou bien on les aurait expédiées au Yard. Et c'est sa carrière qui en aurait pris un coup. Parce que tout le monde aurait fini par savoir qu'il avait eu une liaison avec la victime d'un crime. Peut-être même que ces lettres auraient été envoyées à des tabloïds. Tu sais l'amour qu'ils portent à la Metropolitan Police.

— Est-ce la seule raison pour laquelle tu les as subtilisées ? Pour protéger Frances et Malcolm ?

— Pour quelle autre raison ?

— A cause du crime peut-être ? Ces lettres pourraient constituer des indices.

— Serais-tu en train de suggérer que Webberly est
impliqué d'une façon ou d'une autre ? Il a passé toute
la soirée avec nous. Et Frances également, qui aurait
certainement davantage de raisons de se débarrasser
d'Eugenie Davies que son mari, si on va par là. En
outre, la dernière de ces lettres a été rédigée il y a plus
d'une décennie. Il y avait des années qu'Eugenie
Davies ne donnait plus signe de vie à Webberly. Il a
fait la folie de nouer des relations avec elle mais leur
histoire a pris fin avant que des vies ne soient brisées.

— Mais tu n'es pas sûr de cela, n'est-ce pas ? dit
Helen, qui lisait en lui comme en un livre.

— Suffisamment sûr. C'est pourquoi je ne vois pas
quelle incidence ces lettres ont sur le présent.

— A moins qu'ils n'aient été récemment en contact.

Ce qui était en partie la raison pour laquelle il avait
emporté l'ordinateur d'Eugenie Davies. Lynley s'était
fié à son instinct dans cette affaire, un instinct qui lui
soufflait que son supérieur hiérarchique était un type
bien, qui avait connu une vie difficile, un type qui
n'avait jamais cherché à faire du mal à autrui mais qui
avait succombé à la tentation dans un moment de faiblesse qu'il devait encore regretter aujourd'hui.

— C'est un type bien, dit Lynley au miroir.

— Et toi aussi, répondit-elle. C'est sans doute pourquoi il a demandé à l'inspecteur principal Leach de te
mettre sur cette affaire. Comme tu es persuadé qu'il
s'est correctement conduit, tu le protégeras sans qu'il
ait à te demander de le faire.

C'était exactement comme cela que les choses se
passaient, songea Lynley, morose. Peut-être que Barbara avait raison. Peut-être qu'il lui fallait remettre les
lettres à qui de droit et abandonner Malcolm Webberly
à son sort.

De l'autre côté de la pièce, Helen rejeta soudain les couvertures et se précipita dans la salle de bains. Les vomissements commencèrent de l'autre côté de la porte qui était restée ouverte. Lynley se regarda dans la glace, essayant de se boucher mentalement les oreilles.

C'était drôle, on pouvait arriver à croire n'importe quoi quand on était aux abois. En l'espace d'un éclair, les malaises matinaux de Helen pouvaient devenir le résultat de l'ingestion d'un morceau de poulet pas frais avalé la veille dans une salade à l'heure du déjeuner. Ou alors elle avait la grippe, car il y avait en ce moment une épidémie de grippe à Londres. Ou peut-être étaient-ce ses nerfs qui lui jouaient un tour. Elle avait une épreuve à surmonter, une corvée à accomplir un peu plus tard dans la journée et c'était ainsi que son corps réagissait à l'angoisse. Ou alors, continuant de rationaliser, il se dit que tout simplement elle avait peur. Il n'y avait pas longtemps qu'ils vivaient ensemble et elle était moins à l'aise avec lui que lui avec elle. Ce n'étaient pas les différences qui manquaient entre eux : expérience, éducation, âge, et tout cela avait de l'importance, même s'ils essayaient de se persuader du contraire.

Les vomissements continuaient. Il se força à sortir de son immobilité, à faire quelque chose. Tournant le dos au miroir, il se dirigea à grands pas vers la salle de bains. Il alluma la lumière, ce que dans sa hâte Helen n'avait pas pensé à faire. Il la trouva cramponnée à la cuvette, inspirant à grands coups.

— Helen ?

Mais il s'aperçut qu'il était comme pétrifié sur le seuil. Espèce de sale égoïste, se dit-il pour se forcer à agir. C'est la femme que tu aimes. Approche-toi. Caresse-lui les cheveux. Passe-lui un gant humide sur le visage. *Fais quelque chose, bon sang.*

Mais il en était incapable. Il demeurait figé sur place comme s'il avait par inadvertance posé les yeux sur la Méduse, dévisageant sa si jolie femme qui vomissait dans la cuvette des toilettes selon un rituel désormais quotidien.

— Helen ?

Il attendit qu'elle lui dise que ça allait, qu'elle n'avait besoin de rien. Il attendit dans l'espoir qu'elle lui dirait de vaquer à ses occupations sans se soucier d'elle.

Elle tourna vers lui son visage trempé de sueur. Et il comprit qu'elle attendait qu'il fasse un geste dans sa direction, un geste qui lui prouverait son amour et l'inquiétude que son état lui inspirait.

Il s'en tira par une question :

— Je peux t'apporter quelque chose ?

Leurs regards se croisèrent. Il surprit dans les yeux de Helen un changement subtil : elle venait de comprendre qu'il ne ferait pas un pas et elle en était blessée. Elle secoua la tête et se détourna. Ses doigts se crispèrent autour de la cuvette.

— Ça va, murmura-t-elle. Ce n'est rien.

Et il accepta ce mensonge avec soulagement.

A Stamford Brook ce fut un bruit de tasse heurtant une soucoupe qui réveilla Malcolm Webberly. Il entrouvrit les yeux et vit sa femme qui posait une tasse de thé sur le plateau taché de la table de chevet.

Il régnait dans la pièce une chaleur à vous rendre claustrophobe. Cette fournaise résultait d'un chauffage central mal conçu et du refus de Frances d'ouvrir les fenêtres la nuit. Elle ne supportait pas le contact de l'air sur son visage. Elle vivait également dans la hantise que quelqu'un puisse pénétrer par effraction dans la maison.

Webberly souleva sa tête de l'oreiller puis la laissa retomber avec un grognement. La nuit avait été pénible. Il avait mal dans toutes les articulations. Mais ça, ce n'était rien à côté de la douleur qui lui taraudait le cœur.

— Je t'ai apporté une bonne tasse d'Earl Grey, dit Frances. Du lait et du sucre. C'est brûlant.

Elle s'approcha de la fenêtre, tira les rideaux. La lumière faiblarde de l'automne finissant s'insinua dans la pièce.

— Il fait gris, quel triste temps ! poursuivit-elle. On dirait qu'il va pleuvoir. Il va y avoir un vent d'ouest un peu plus tard dans la journée. Enfin, on est en novembre. Que peut-on espérer d'autre ?

Webberly se souleva, se rendant compte qu'il avait encore trempé son pyjama de sueur. Il prit la tasse et la soucoupe, jeta un œil au liquide fumant dont la couleur incertaine indiquait que Frances ne l'avait pas laissé infuser assez longtemps et que le breuvage allait avoir un goût de flotte. Cela faisait des années qu'il avait arrêté de boire du thé au réveil. Lui, ce qu'il préférait, c'était le café. Mais le thé, c'était ce que Frances buvait et il lui était plus facile de brancher la bouilloire, de verser l'eau bouillante sur des sachets que de préparer un café digne de ce nom.

Ce qu'il te faut pour tenir toute une journée, mon petit vieux, c'est de la caféine. Alors avale et attaque la matinée.

— J'ai fait la liste des courses, annonça Frances. Elle est près de la porte.

Il grommela, histoire d'accuser réception du message.

Elle parut prendre cela pour une protestation car aussitôt elle dit d'un ton anxieux :

— Il n'y a pas beaucoup de choses à acheter. Juste quelques bricoles. Des mouchoirs en papier, de l'essuie-tout. Ce genre de choses. Il y a encore plein de restes de notre petite fête. Ça ne devrait pas te prendre longtemps.

— Très bien, Fran. Pas de problème. Je m'arrêterai dans une grande surface en rentrant.

— Si jamais tu avais un truc important, pas besoin de…

— Je m'arrêterai au magasin.

— Bon, seulement si ça ne t'embête pas trop, chéri…

Si ça ne m'embête pas trop, songea Webberly en se reprochant son mouvement d'humeur à l'encontre de sa femme. Pas trop embêtant de m'occuper de tout ce qui demande une excursion dans le monde extérieur, Fran ? Pas trop embêtant de faire les courses, d'aller chez le pharmacien, de courir chercher les vêtements au pressing, de donner la voiture à réviser, de tailler les arbustes, de promener le chien, de… Webberly se força à s'arrêter. Il se rappela que sa femme n'avait pas choisi cette maladie, qu'elle n'essayait pas délibérément de lui rendre la vie intolérable, qu'elle faisait de son mieux pour s'en sortir, et que faire avec ce que l'on avait était la définition même de l'existence.

— Ce n'est pas un problème, Fran, dit-il en buvant une gorgée du breuvage insipide. Et merci pour le thé.

— J'espère qu'il est à ton goût. J'ai voulu t'apporter quelque chose d'un peu spécial ce matin, d'un peu différent.

— C'est gentil.

Il savait pourquoi elle avait fait ça. Si elle le lui avait apporté au lit, c'était pour la raison qui la pousserait à se précipiter au rez-de-chaussée dès qu'il aurait posé le pied par terre et à lui préparer un somptueux petit déjeuner. C'était sa seule façon de s'excuser de ne pas avoir réussi à faire ce qu'elle avait pourtant déclaré vingt-quatre heures auparavant. Son envie de jardiner avait disparu. Même à l'abri des murs qui enserraient la maison, elle ne se sentait pas en sécurité, c'est pourquoi elle n'avait pas mis le nez dehors. Peut-être qu'elle avait fait une tentative : une main sur la poignée – *je vais y arriver —*, entrebâillant la porte – *oui, ça aussi, c'est dans mes cordes —*, sentant l'air frais lui frôler les joues – *je n'ai rien à craindre —* et crispant les doigts d'une main autour du chambranle avant que la panique ne la submerge. Mais elle n'était pas allée plus loin et il le savait pertinemment parce que – Dieu lui pardonne sa folie – il avait inspecté ses bottes en caoutchouc, les dents du râteau, les gants de jardinage et même les sacs-poubelle pour voir si elle était sortie, si elle avait ramassé des feuilles, si elle avait essayé de surmonter ses peurs irrationnelles.

Il sortit du lit, avala le reste du thé. Il avait dans les narines l'odeur de la sueur de son pyjama qui lui collait à la peau. Il se sentait faible, il avait l'impression d'avoir du mal à garder l'équilibre. Comme s'il avait traversé une longue période de fièvre et commençait tout juste à récupérer.

— Je vais te préparer un petit déjeuner digne de ce nom, Malcolm, lui annonça Frances. Pas de corn-flakes tout bêtes aujourd'hui.

— J'ai besoin de prendre une douche.

— Génial. Ça me laisse juste le temps.

Elle se dirigea vers la porte.

— Fran, dit-il pour l'arrêter. Ce n'est pas la peine de te donner tout ce mal.

— Pas la peine ? fit-elle, la tête inclinée de côté.

Elle avait peigné ses cheveux roux qu'elle teignait une fois par mois avec un produit qu'il lui achetait chez Boots afin que sa couleur ressemble à celle de leur fille, ce qui n'était jamais le cas, et elle avait noué la ceinture de sa robe de chambre rose en un joli nœud.

— Ça va, dit-il, ce n'est pas la peine de…

De quoi ? Prononcer ces mots ne les entraînerait nulle part. Alors Webberly se rabattit sur :

— Ce n'est pas la peine de me chouchouter comme ça. Les corn-flakes, ça ira très bien.

— Evidemment que ça irait, chéri. Mais une fois de temps en temps, c'est agréable de manger un petit déjeuner consistant. Tu as le temps, n'est-ce pas ?

— Il faut que j'aille promener le chien.

Je vais aller le promener, Malcolm. Mais ça, impossible pour elle de le dire. Pas après ses déclarations de la veille sur le jardinage. Deux défaites consécutives, ce serait beaucoup, et elle ne voudrait pas risquer d'en connaître une nouvelle. Webberly le comprenait parfaitement. Le plus terrible, c'est qu'il comprenait toujours. Aussi ne fut-il pas étonné lorsqu'elle dit :

— Si tu n'as pas assez de temps, tu n'auras qu'à raccourcir la promenade d'Alfie. Aller jusqu'au coin et revenir. Il n'en mourra pas.

Elle traversa la pièce, l'embrassa affectueusement sur le sommet du crâne et s'éclipsa. Moins d'une minute plus tard, il l'entendit ouvrir et claquer des portes dans la cuisine. Elle se mit à chanter.

Il avança alors dans le couloir jusqu'à la salle de bains. Ça sentait le moisi car il fallait nettoyer le trou d'écoulement d'eau, et puis il y avait un rideau de douche qu'il fallait remplacer. Aussi Webberly ouvrit-il en grand la fenêtre et se planta-t-il devant, respirant à pleins poumons l'air matinal. C'était l'air lourd d'un hiver qui promettait d'être long, froid, humide et gris. Il songea à l'Espagne, à l'Italie, à la Grèce, aux innombrables endroits gorgés de soleil qu'il ne verrait jamais.

Il chassa brusquement ces images de son esprit, tournant le dos à la fenêtre, se débarrassant de son pyjama. Il tourna le robinet d'eau chaude de la baignoire jusqu'à ce que la vapeur monte, et lorsqu'il eut ajouté suffisamment d'eau froide pour que le mélange soit supportable, il monta dans la baignoire et commença à se savonner vigoureusement.

Il songea à la question que lui avait posée sa fille, qui insistait pour que Frances retourne chez le psychiatre. Il se demanda quel mal il pouvait y avoir à formuler cette suggestion devant sa femme. Il n'avait pas mentionné son problème depuis deux ans. A l'occasion du vingt-cinquième anniversaire de leur mariage, avec la retraite qui se profilait, serait-il vraiment impensable de lui suggérer qu'ils pourraient mener une vie différente, que Frances pourrait essayer d'attaquer son problème de front afin qu'ils mènent une autre vie ? Nous aurons sûrement envie de voyager, Franny. Ça ne te dirait rien de revoir l'Espagne ? Pense à l'Italie. Pense à la Crète. On pourrait vendre la maison, s'installer à la campagne comme on en avait jadis fait le projet.

Un sourire naîtrait sur les lèvres de Frances mais dans ses yeux il verrait poindre la panique. « Pourquoi pas, Malcolm », dirait-elle, et ses doigts se crisperaient sur son tablier, sur la ceinture de sa robe de chambre, sur la manche de son chemisier. « Pourquoi pas, Malcolm. »

Peut-être qu'elle ferait une tentative à ce moment-là en voyant qu'il parlait sérieusement. Mais ce serait la même que deux ans plus tôt, qui se solderait par un échec similaire : panique, larmes, coup de fil de quelques passants au 999, ambulance et police dépêchées en hâte chez Tesco où elle s'était rendue seule en taxi pour se prouver qu'elle *pouvait* y arriver, et après, l'hôpital, les calmants, et la recrudescence de toutes ses angoisses. Elle s'était forcée à sortir de la maison pour lui faire plaisir. Ça n'avait pas marché alors. Il n'y avait pas de raison que ça marche maintenant.

« Il faut qu'elle souhaite aller mieux, lui avait dit le psychiatre. Sans désir d'amélioration, on ne peut rien faire. Et ce désir de récupération ne peut être induit : il faut que cela vienne d'elle. »

Et c'est ainsi que les choses s'étaient passées année après année. Le monde continuait de tourner tandis que son univers à elle rétrécissait. Le monde de Webberly était inextricablement lié au sien et parfois Webberly se disait qu'il allait étouffer dans son exiguïté.

Il se rinça longuement. Il shampouina ses cheveux clairsemés. Lorsqu'il eut fini, il sortit de la baignoire dans le froid glacial de la salle de bains car la fenêtre était restée ouverte, laissant entrer l'air du matin.

Une fois au rez-de-chaussée, il constata que Frances avait tenu parole. Un copieux petit déjeuner était disposé sur la table lorsqu'il la rejoignit dans la cuisine où l'air sentait le bacon et où Alfie, posté près de la cuisinière, fixait d'un œil plein d'espoir la poêle d'où Frances retirait des morceaux de bacon. La table n'avait été mise cependant que pour une personne.

— Tu ne manges pas ? demanda Webberly à sa femme.

— Je vis pour te servir. (Elle fit un geste avec la poêle.) Un mot de toi et je mets les œufs à cuire. Dis-moi quand tu seras prêt. Dis-moi comment tu les veux. Dis-moi ce que tu veux, et je le ferai.

— Tu le penses vraiment, Fran ?

— Brouillés, sur le plat, pochés, déclara-t-elle. Et si tu as envie de les manger au curry, je te les fais au curry.

— Si j'en ai envie, dit-il.

Il n'avait pas faim ; pourtant il se fourra la nourriture dans la bouche. Il mastiqua et avala sans trouver de goût aux aliments. Seul l'arôme acide du jus d'orange effectua le trajet de sa langue à son cerveau.

Frances lui faisait la conversation. Que pensait-il du poids de Randie ? Elle n'avait pas envie d'en parler à leur fille, mais ne pensait-il pas qu'elle était un peu trop enveloppée pour une fille de son âge ? Et que penser de son projet d'aller passer un an en Turquie ? La Turquie, on n'a pas idée. Les projets, Randie en avait tant et plus, alors bien sûr inutile de se mettre dans tous ses états pour une chose qu'elle ne pourrait peut-être pas mener à bien, mais une fille de son âge... toute seule... en Turquie ?... Cela n'était pas sage, c'était risqué, ce n'était pas raisonnable, Malcolm. Le mois dernier elle parlait de passer un an en Australie, c'était déjà suffisamment moche comme ça... l'Australie, ce n'était pas la porte à côté. Mais ça ? Non. Il fallait absolument qu'ils l'en dissuadent. Est-ce que Helen Lynley n'était pas ravissante l'autre soir ? Elle fait partie de ces femmes qui peuvent se permettre de porter *n'importe quoi*. Evidemment, l'argent qu'on dépense en vêtements, ça se voit. Si on achète français, c'est facile d'avoir l'air... d'une comtesse, Malcolm. Et elle *peut* acheter français, n'est-ce pas ? Personne ne la surveille pour voir chez qui elle se fournit. Ce n'est pas comme cette pauvre ringarde de reine qui a toujours l'air d'être habillée par un tapissier. Les vêtements, c'est important pour l'allure d'une femme, n'est-ce pas ?

Et patati et patata. Tout cela meublait un silence qui aurait peut-être débouché sur une conversation trop pénible à supporter. Et puis ce papotage avec ce qu'il évoquait de chaleur et d'intimité offrait le portrait d'un couple marié depuis longtemps prenant son petit déjeuner.

Webberly repoussa abruptement sa chaise. Il s'essuya la bouche avec sa serviette en papier.

— Alfie, ordonna-t-il. Viens, allons-y.

Il attrapa la laisse fixée à son crochet près de la porte, et le chien le suivit à travers le salon et franchit le seuil.

A peine ses pattes étaient-elles entrées en contact avec le trottoir qu'Alfie sembla prendre vie. Il commença à agiter la queue, ses oreilles se dressèrent. Il s'était tout d'un coup mis sur le qui-vive, guettant ses ennemis jurés, les chats. Tout en descendant la rue avec son maître jusqu'à Emlyn Road, le chien de berger ouvrait l'œil en quête de tout ce qui de près ou de loin pouvait ressembler à un félin et lui donner l'occasion d'aboyer. Il s'assit docilement comme chaque fois qu'ils arrivaient à la hauteur de Stamford Brook Road. Là, la circulation pouvait être dense, et même le passage protégé ne garantissait pas qu'un conducteur verrait un piéton. Ils traversèrent et se dirigèrent vers le parc.

Les pluies de la nuit avaient détrempé le jardin. L'herbe était lourde d'humidité, les branches des arbres gouttaient et les bancs luisaient d'eau. Mais Webberly ne s'en souciait guère. Il n'avait pas envie de s'asseoir sous les arbres et il ne s'intéressait pas à la pelouse, sur laquelle Alfie se mit à gambader dès que son maître eut détaché sa laisse. Il se dirigea vers l'allée. Il marchait d'un pas décidé, les gravillons crissaient sous ses semelles ; mais tandis que son corps était à Stamford Brook où il avait passé plus de vingt ans, son esprit était à Henley-on-Thames.

Depuis son réveil, il n'avait pas encore pensé une seule fois à Eugenie. Cela lui semblait tenir du miracle.

Car elle n'avait pas quitté un instant son esprit au cours des vingt-quatre dernières heures. Eric Leach ne lui avait pas encore donné signe de vie et il n'avait pas vu Tommy Lynley au Yard. Il avait considéré que le fait que Lynley lui ait demandé de mettre le constable Winston Nkata sur l'affaire était un signe de progrès, mais il aurait bien aimé savoir de quel progrès il s'agissait, parce que savoir quelque chose, n'importe quoi à ce stade, c'était mieux que de rester avec des images du passé qu'il aurait mieux fait de chasser de sa mémoire.

Privé de contact avec ses collègues, Webberly s'aperçut que les images affluaient à son esprit. Non protégé par sa maison, par le papotage de Frances, par les tâches qui le distrayaient quand il était au travail, il fut assailli par des images – des images si anciennes qu'elles étaient devenues des fragments, des pièces d'un puzzle qu'il n'avait pas été capable de terminer.

C'était l'été, peu de temps après les régates. Eugenie et lui canotaient sur la rivière paresseuse.

Le mariage d'Eugenie n'avait pas été le premier qu'une mort violente avait fait capoter. Il ne serait pas non plus le dernier qui se fissurerait irréparablement sous le poids combiné d'une enquête et d'un procès, et sous le fardeau de la culpabilité résultant de la perte d'un enfant que l'on avait eu le tort de confier à quelqu'un qui s'était montré indigne de cette confiance. Mais Webberly avait ressenti plus vivement que d'autres l'échec de ce mariage-là. Il lui fallut plusieurs mois pour s'en rendre compte.

Après le procès, les tabloïds s'étaient jetés sur elle avec la violence qui les avait conduits à rédiger des papiers vengeurs sur Katja Wolff. Tandis que Wolff devenait la réincarnation de tous ceux qui, de Mengele à Himmler, avaient été des monstres, que la presse la rendait responsable de tout – de l'Holocauste jusqu'au Blitz –, Eugenie, elle, avait été la mère indifférente : celle qui travaillait à l'extérieur, celle qui avait engagé une jeune fille inexpérimentée et ne connaissant pas l'anglais pour prendre soin d'une enfant sérieusement handicapée. Si Katja Wolff avait été traitée de tous les noms dans la presse – et à juste titre compte tenu de la nature de son crime –, Eugenie, elle, avait été clouée au pilori.

Elle avait accepté ce traitement avec résignation. « Je suis fautive, disait-elle. Je le mérite. » Elle parlait avec dignité, sans espoir ni désir d'être contredite. Elle refusait d'être contredite. « Je veux seulement que tout ça finisse. »

Deux ans après le procès, il la revit tout à fait par hasard à la gare de Paddington. Il se rendait à une conférence à Exeter. Elle-même faisait un saut en ville, où elle avait un rendez-vous avec quelqu'un dont elle ne lui donna pas le nom.

« Un saut à Londres ? avait-il dit. Vous avez déménagé, alors ? Vous vous êtes installés à la campagne ? C'est sûrement très bien pour votre fils. »

Mais non, ils n'avaient pas emménagé à la campagne. Elle avait déménagé. Seule.

« Oh, je suis désolé, avait-il dit.

— Merci, inspecteur Webberly.

— Malcolm, appelez-moi Malcolm tout court, je vous en prie.

— Malcolm », avait-elle rectifié avec un sourire infiniment triste.

Se laissant aller à une impulsion, et très vite, parce qu'il n'avait que quelques minutes avant que son train ne démarre, il avait dit : « Vous voulez bien me donner votre numéro, Eugenie ? J'aimerais vous appeler de temps en temps. Histoire de voir comment vous allez. A titre amical. Si vous n'y voyez pas d'inconvénient. »

Elle l'avait noté sur le journal qu'il tenait à la main.

« Merci de votre gentillesse, inspecteur.

— Malcolm », lui avait-il rappelé.

L'été sur la rivière, ç'avait été douze mois plus tard, et ce n'était pas la première fois qu'il avait trouvé un prétexte pour filer à Henley d'un coup de voiture et rendre visite à Eugenie. Elle était ravissante ce jour-là, calme comme d'habitude, mais avec un air paisible qu'il ne lui avait pas connu auparavant. Dans le bateau, c'était lui qui ramait. Elle était allongée, appuyée sur le côté, elle ne laissait pas traîner sa main dans l'eau comme auraient pu le faire certaines coquettes désireuses de prendre une pose avantageuse : elle se contentait de scruter la surface de l'eau comme si ses profondeurs dissimulaient un mystère dont elle guettait l'apparition. Son visage reflétait tantôt la lumière, tantôt l'ombre tandis qu'ils glissaient sous les arbres.

Il se rendit brusquement compte qu'il était tombé amoureux d'elle. Après douze mois de chaste amitié, ponctués de promenades en ville, de balades en voiture dans la campagne environnante, de déjeuners dans les pubs, de dîners même, à l'occasion, de conversations – des vraies conversations à propos d'Eugenie, de ce qu'elle avait été et de ce qu'elle était devenue.

« Je croyais en Dieu quand j'étais jeune, lui dit-elle. Mais en devenant adulte, je L'ai perdu. Il y a longtemps que je L'ai perdu et j'aimerais Le retrouver si c'était possible.

— Même après ce qui est arrivé ?

— A cause de ce qui est arrivé. Mais j'ai peur qu'Il ne veuille plus de moi, Malcolm. Mes péchés sont trop grands.

— Vous n'avez pas péché. Vous ne pourriez pas pécher.

— Comment un homme qui exerce votre profession… Vous ne croyez sûrement pas ce que vous dites. Tout le monde commet des péchés. »

Mais Webberly ne voyait en elle nulle trace de péché, quoi qu'elle en dise. Il ne voyait que la perfection et ce que lui-même voulait voir. Seulement, parler de ses sentiments, cela équivalait à trahir. Il était marié, père d'un enfant. Eugenie était fragile, vulnérable. Et, bien que du temps se fût écoulé depuis la mort de sa fille, il ne pouvait se résoudre à profiter de son chagrin.

Aussi se contenta-t-il de dire :

« Eugenie, vous savez que je suis marié ? »

Elle quitta l'eau des yeux et le fixa.

« Je m'en doutais.

— Pourquoi ?

— A cause de votre gentillesse. Aucune femme saine d'esprit ne commettrait la sottise de laisser un homme tel que vous lui échapper s'il passait à sa portée. Vous avez envie de me parler de votre femme et de votre famille ?

— Non.

— Ah. Pourquoi cela ?

— Les mariages ne durent pas toujours.

— Parfois ils capotent, effectivement.

— C'est ce qui est arrivé au vôtre, Eugenie.

— Oui, mon mariage a tourné court. »

Elle reporta les yeux sur la nappe liquide. Il continua de ramer, fixant son visage comme pour en mémoriser les moindres lignes, se rappeler ses moindres courbes cent ans plus tard.

Ils avaient apporté un pique-nique. Lorsqu'il eut repéré un coin qui lui plut, Webberly s'approcha de la berge jusqu'à ce que le flanc de la barque entre en contact avec la rive. « Attendez, ne bougez pas. Le temps de l'attacher. » Il gravit tant bien que mal la petite pente raide, se tordit le pied, glissa et se retrouva dans l'eau, humilié, la Tamise clapotant autour de ses cuisses. Il tenait l'amarre à la main, la boue de la rivière remplissait ses chaussures.

Eugenie se redressa, criant :

« Mon Dieu, Malcolm ! Ça va ?

— Ah, c'est malin. Cela ne se passe jamais comme ça au cinéma.

— Peut-être, mais je préfère votre façon de faire », dit Eugenie. Et, sans lui laisser le temps de reprendre la parole, elle sauta hors de la barque et le rejoignit dans l'eau.

« La boue… commença-t-il à protester.

— Hum, c'est délicieusement doux. » Et elle se mit à rire. « Vous avez rougi jusqu'à la racine des cheveux. Pourquoi ?

— Parce que je veux que tout soit parfait, avoua-t-il.

— Mais, Malcolm, tout est parfait. »

Il était troublé, désirant et ne désirant pas, sûr et indécis. Il n'ajouta pas un mot. Ils gravirent tant bien que mal la pente. Il approcha le bateau de la berge et en sortit le pique-nique. Ils trouvèrent un coin à leur convenance sous un saule. C'est lorsqu'ils se laissèrent tomber sur le sol qu'elle prit la parole.

« Je suis prête, Malcolm. Si tu l'es. »

C'est ainsi que tout commença entre eux.

— Alors l'enfant a été confié à des parents adoptifs, conclut Barbara Havers.

Elle referma son carnet crasseux et fouilla dans son volumineux sac à bandoulière pour y prendre un paquet de Juicy Fruit qu'elle offrit généreusement à la ronde, dans le bureau d'Eric Leach à Hampstead. L'inspecteur principal se servit. Lynley et Nkata refusèrent. Havers se fourra une tablette dans la bouche et commença à mâcher vigoureusement. C'était ça ou la cigarette. Lynley se demanda rêveusement quand elle se déciderait à arrêter de fumer pour de bon.

Leach tripotait le papier d'emballage du chewing-gum. Il en fit un éventail miniature qu'il posa devant une photo de sa fille. Il était en conversation téléphonique avec elle lorsque ses collègues de Scotland Yard étaient arrivés et ils l'avaient surpris disant d'un ton las : « Bon sang, Esmé, il faut absolument que tu en parles avec ta mère... Evidemment qu'elle t'écoutera. Elle t'aime... Personne n'a l'intention de... Esmé, écoute-moi... Oui. D'accord. Un jour, elle... Moi aussi. Mais ça ne voudra pas dire pour autant qu'on ne t'aime pas... » La fillette lui avait manifestement raccroché au nez, le laissant bouche bée. Il avait reposé le téléphone sur son support et lâché un gros soupir.

— L'enfant adopté. C'est peut-être ce qui pousse notre tueur à agir, poursuivit-il. Ou nos tueurs. Wolff ne s'est pas retrouvée enceinte par l'opération du Saint-Esprit. N'oublions pas ça.

Ils continuèrent à se mettre au courant les uns les autres des derniers éléments. Leach prenait des notes car un bouchon épouvantable qui bloquait la circulation à la hauteur de Westminster avait empêché les policiers du Yard d'assister au briefing du matin qui réunissait tous les membres du groupe de l'inspecteur principal dans la salle des opérations. A la fin du rapport de Havers sur sa visite au couvent de l'Immaculée Conception, Nkata, qui, comme d'habitude, avait préféré rester debout, prit la parole :

— Si ça se trouve, le voilà, notre mobile. Wolff veut récupérer cet enfant que personne ne l'aide à retrouver... Au fait, Barb, vous ne nous avez pas dit s'il s'agissait d'une fille ou d'un garçon.

— C'est un garçon, Winnie, répondit Havers. Mais je ne crois pas que ce soit le cas.

— Pourquoi ?

— Parce que, d'après sœur Cecilia, elle l'a confié à des parents adoptifs immédiatement après sa naissance. Elle aurait pu le garder neuf mois, plus longtemps même si elle avait purgé sa peine ailleurs qu'à Holloway, mais pas question. Elle s'en est débarrassée alors qu'elle était encore dans la salle d'accouchement, elle ne l'a seulement jamais regardé.

— Elle ne voulait sans doute pas s'y attacher, Havers, dit Lynley. A quoi bon étant donné qu'elle en avait pris pour vingt ans ? Cela pourrait démontrer la force de ses sentiments maternels pour le bébé. Si elle ne l'avait pas fait adopter, il aurait passé sa vie dans un établissement spécialisé.

— Mais si elle était à la recherche de l'enfant, pourquoi ne pas avoir commencé par se rendre au couvent ? objecta Havers. C'est sœur Cecilia qui s'est occupée de l'adoption.

— Peut-être qu'elle n'est pas du tout à sa recherche, suggéra Nkata. Vingt ans plus tard, elle se dit que l'enfant n'a peut-être pas envie de rencontrer sa vraie mère et d'apprendre que c'est du gibier de potence. Et c'est peut-être pour ça qu'elle a éliminé Mrs Davies pour commencer. Peut-être qu'elle se dit que jamais elle n'aurait tourné comme ça si Mrs Davies n'avait pas existé. Quand on vit avec des idées pareilles dans le crâne pendant vingt ans, qui sait ce qui peut se passer quand on sort de taule ? Elle devait vouloir se venger, vous ne croyez pas, Barb ?

— Non, ça ne me plaît pas, cette explication, rétorqua Havers. Pas avec ce type, Wiley, planqué dans sa librairie à épier les moindres faits et gestes d'Eugenie Davies. Vous ne trouvez pas ça un peu commode, Winnie, qu'il soit tombé comme qui dirait nez à nez avec la victime et un homme mystérieux alors qu'ils s'engueulaient sur un parking la nuit où elle a été tuée ? Et qui nous dit qu'il s'agissait d'une engueulade, d'abord ? Ça n'en était peut-être pas une, si ça se trouve. Et le major aura voulu se venger.

— Il faut absolument retrouver cet enfant d'une façon ou d'une autre, dit Leach. Le fils de Katja Wolff. Elle est peut-être à ses trousses et il faut le prévenir. Je ne vois pas comment on peut s'en dispenser. Occupez-vous de ça, constable.

— Bien, monsieur, dit Havers sans avoir l'air autrement convaincue du bien-fondé de sa mission.

— Pour moi, c'est en direction de Katja Wolff qu'il faut creuser, dit Winston Nkata. Y a quelque chose qui me plaît pas chez cette nana.

Il rapporta aux autres sa rencontre avec l'Allemande lorsqu'il était retourné chez Yasmin Edwards la veille au soir. Lorsque Winston lui avait demandé où elle se trouvait la nuit en question, Katja Wolff avait prétendu être chez elle avec Yasmin et Daniel. A regarder la télévision, avait-elle dit, bien qu'elle fût incapable de donner le nom de l'émission. Quand Winston l'avait interrogée au sujet de ce trou de mémoire, elle avait rétorqué qu'ils avaient zappé toute la soirée et qu'elle n'avait pas fait attention à ce qu'ils avaient regardé en fin de compte. Après tout, à quoi bon avoir une antenne parabolique et une télécommande si on ne faisait pas joujou avec les deux ?

Elle avait allumé une cigarette tandis qu'ils parlaient et à la voir on aurait dit qu'elle n'avait pas l'ombre d'un souci en tête. « C'est à quel sujet, constable ? » s'était-elle enquise d'un air innocent. Mais son regard s'était coulé vers la porte avant qu'elle ne réponde aux questions les plus importantes, et Nkata avait compris la signification de ce regard : elle lui cachait quelque chose et elle se demandait si Yasmin Edwards lui avait servi la même histoire qu'elle.

— Qu'est-ce qu'elle vous a raconté exactement, cette Yasmin Edwards ? questionna Lynley.

— Que Wolff était bien à la maison le fameux soir. Mais elle n'a pas jugé bon de s'étendre.

— Elles connaissent la musique, ce sont d'anciennes détenues, souligna Eric Leach. Vous pensez bien qu'elles ne vont pas se trahir. Il vous faut refaire une tentative, constable. Et à part ça, quoi d'autre ?

Nkata leur parla du phare cassé de la Fiesta de Yasmin.

— Elle a prétendu ne pas savoir comment c'était arrivé ni quand, fit-il. Mais Wolff se sert de sa voiture. Elle la conduisait hier.

— Quelle couleur ? voulut savoir Lynley.

— Rouge tirant sur le rouille.

— Ce n'est pas ça qui va nous aider, souligna Havers.

— Est-ce que les voisins les auraient vues, l'une ou l'autre, quittant l'appartement la nuit en question ? demanda Leach alors qu'une policière en tenue entrait dans son bureau, tenant à la main une liasse de papiers qu'elle lui remit.

Il y jeta un coup d'œil, grommela un « Merci » et ajouta :

— Et les Audi, où en est-on ?

— Ça suit son cours, dit-elle. Il y en a près de deux mille à Brighton.

— Qui l'eût cru ? marmonna Leach comme la policière sortait. Je croyais qu'on était censés acheter anglais.

Et, revenant à son sujet de conversation précédent, il dit à Nkata sans lâcher les papiers qu'on lui avait apportés :

— Au fait, les voisins, qu'est-ce que ça donne ?

— On est au sud de la Tamise, répondit Nkata avec un haussement d'épaules. Les gens ne sont pas chauds pour l'ouvrir devant un keuf. J'ai juste trouvé une interlocutrice, une brandisseuse de Bible, qui avait envie de déblatérer sur les femmes qui vivent ensemble dans le péché. Elle m'a dit que les résidants avaient essayé de chasser cette tueuse d'enfants – ce sont les mots qu'elle a utilisés – mais sans succès.

— Il va falloir creuser davantage, observa Leach. Occupez-vous-en. Edwards peut craquer si vous vous y prenez astucieusement. Vous m'avez dit qu'elle avait un fils, n'est-ce pas ? Servez-vous-en si nécessaire. Dites-lui que si elle est complice d'un meurtre, elle va avoir de graves ennuis. (Il fouilla parmi une pile de papiers et en sortit une photographie.) Holloway m'a fait parvenir ceci la nuit dernière. Il va falloir que vous la montriez à Henley.

Il la tendit à Lynley, qui constata que c'était une photo de Wolff. Le cliché n'avait rien de flatteur. L'éclairage était mauvais, Katja Wolff avait l'air hagarde, échevelée. Exactement l'idée qu'on se faisait d'une meurtrière qui vient d'être condamnée.

— Si c'est elle qui a réglé son compte à Eugenie Davies, poursuivit Leach, il lui a fallu retrouver sa trace à Henley. Et forcément quelqu'un l'aura aperçue faisant ses repérages. Vérifiez.

En attendant, conclut Leach, ils avaient une liste de tous les coups de téléphone qui avaient été passés du cottage d'Eugenie Davies et de tous les appels qu'elle avait reçus ces trois derniers mois. On était en train de confronter cette liste avec les noms retrouvés dans son répertoire. Les noms et les numéros inscrits dans le répertoire étaient comparés à ceux des appels enregistrés sur son répondeur. Dans quelques heures, ils auraient plus de détails sur la personne qui avait été la dernière à la contacter.

— Et nous avons un nom correspondant au numéro Cellnet, leur apprit Leach. Un certain Ian Staines.

— C'est sans doute son frère, dit Lynley. Richard Davies m'a dit qu'elle avait deux frères, dont un qui se prénommait Ian.

Leach nota ce renseignement sur une feuille. Puis, pour leur signifier que la réunion touchait à son terme, il dit :

— Bon, alors chacun d'entre vous sait ce qu'il a à faire ?

Havers et Lynley se levèrent. Nkata se décolla du mur. Leach les arrêta au moment où ils allaient sortir.

— Est-ce que l'un d'entre vous a parlé à Webberly ?

La question était assez anodine, songea Lynley, et pourtant la nonchalance du ton sonnait faux.

— Il n'était pas là ce matin quand nous avons quitté le Yard, répondit Lynley.

— Faites-lui mes amitiés quand vous le verrez, dit Leach. Dites-lui que je lui passerai un coup de fil très bientôt.

— Nous n'y manquerons pas. Quand nous le verrons.

Une fois dans la rue, lorsque Nkata fut parti de son côté, Havers dit à Lynley :

— A quel sujet veut-il le contacter ? J'aimerais le savoir.

— Ce sont de vieux amis.

— Hum. Qu'avez-vous fait de ces lettres ?

— Rien encore.

— Est-ce que vous comptez toujours... (Havers coula un regard vers lui.) On dirait que oui. Ah, zut, inspecteur, si seulement vous vouliez m'écouter une minute...

— Je vous écoute, Barbara.

— Très bien. Alors voilà : je vous connais, je sais comment vous fonctionnez. C'est un type bien, Webberly. Certes, il a commis une petite erreur. Mais ce n'est pas la peine de laisser cette petite erreur se transformer en catastrophe. Seulement, c'est ce qui s'est produit, inspecteur. Elle est morte, et ces lettres pourraient bien expliquer pourquoi.

— Vous êtes en train de me dire que des lettres écrites il y a plus de dix ans pourraient inciter quelqu'un à commettre un meurtre ?

— Je ne parle pas seulement des lettres. Si l'on en croit Wiley, elle était sur le point de lui faire des révélations importantes, des révélations de nature à modifier leurs relations. Imaginez qu'elle lui en ait déjà fait part ? Imaginez qu'il ait déjà été au courant pour être tombé par hasard sur ces lettres ? Après tout, lorsqu'il affirme ignorer ce qu'elle avait à lui dire, nous sommes obligés de le croire sur parole.

— En effet. Mais ne me dites pas qu'elle avait envie de lui parler de Webberly. C'est de l'histoire ancienne.

— Pas s'ils avaient renoué. Pas s'ils n'avaient jamais perdu le contact. Pas s'ils s'étaient retrouvés dans des pubs et des hôtels.

— Je ne vois pas les choses comme ça. Je ne vois pas Eugenie Davies se faisant tuer si vite après la sortie de prison de Katja Wolff. La coïncidence serait vraiment trop forte.

— Parce que cette piste-là vous intéresse ? fit Havers, moqueuse. Elle ne débouche sur rien. Je vous en fiche mon billet.

— Je ne saute sur aucune piste, rétorqua Lynley. Il est beaucoup trop tôt pour s'amuser à ça. Et vous devriez, en ce qui concerne le major Wiley, ne pas prendre le taureau par les cornes. Ça ne nous mène nulle part de nous focaliser sur un suspect possible, ça nous aveugle quant aux autres.

— Parce que ce n'est pas ce que vous faites ? Inspecteur, vous n'avez pas décrété que les lettres de Webberly étaient sans importance ?

— Ce que j'ai décrété, c'est de me faire une opinion basée sur les faits, Barbara. Et les faits jusqu'à présent sont maigres. En attendant, nous ne pouvons que servir la cause de la justice en ouvrant l'œil et en suspendant notre jugement. Vous n'êtes pas d'accord ?

Havers se mit à pester.

— Ecoutez-moi ça, bon sang. Je déteste quand vous prenez ce ton moralisateur avec moi.

— Vraiment ? Je prenais un ton moralisateur ? fit Lynley avec un sourire. J'espère que ça ne va pas vous donner envie de devenir violente.

— Juste de fumer, dit Havers.

— Eh bien, c'est pire, soupira Lynley.

GIDEON

8 octobre

La nuit dernière j'ai rêvé d'elle, ou de quelqu'un qui lui ressemblait. Mais le lieu et l'heure ne collaient pas parce que j'étais dans l'Eurostar et que nous descendions sous la Manche. J'avais l'impression de descendre au fond d'une mine.

Tout le monde était là : Papa, Raphael, mes grands-parents et une silhouette sans visage que j'ai reconnue pour être celle de ma mère. Et elle était là aussi : l'Allemande, et elle ressemblait beaucoup à la photo que reproduisait le journal. Et oui, Sarah-Jane Beckett était là aussi, avec un panier de pique-nique dont elle a retiré non un repas mais un bébé. Elle a passé le bébé à la ronde comme une assiette de sandwiches, tout le monde a refusé. On ne peut pas manger un bébé, lui a dit Grand-père.

Puis derrière les vitres ce fut l'obscurité. Quelqu'un a dit : « Oh oui, nous sommes sous l'eau maintenant. »

Et c'est alors que cela s'est produit.

Les murs du tunnel ont cédé. L'eau s'y est engouffrée. Elle n'était pas noire comme l'intérieur du tunnel mais elle ressemblait au fond du lit d'une rivière où l'on aurait pu nager et regarder le soleil à travers l'eau.

Et soudain, changement radical de décor comme dans les rêves, nous n'étions plus dans le train. Le compartiment a disparu, et nous étions sur la rive d'un lac, tous ensemble. Un panier de pique-nique était posé sur une couverture, je voulais l'ouvrir parce que je mourais de faim. Mais je n'arrivais pas à défaire les lanières, et bien que j'aie demandé à quelqu'un de le faire pour moi, personne ne m'obéissait parce qu'ils ne m'entendaient pas.

Ils ne pouvaient m'entendre parce qu'ils étaient tous debout, doigt tendu, poussant des cris, désignant un bateau qui flottait à quelque distance de la berge. Et soudain j'ai compris ce qu'ils criaient : le prénom de ma sœur. Quelqu'un disait : « On l'a laissée sur le bateau ! Il faut aller la chercher ! » Mais personne ne bougeait.

Tout à coup les lanières de cuir du panier ont disparu comme par enchantement. Soulagé, content, j'ai soulevé le couvercle pour atteindre la nourriture, mais il n'y avait pas de nourriture à l'intérieur. Il n'y avait que le bébé. Et, même si je ne pouvais voir son visage, j'ai compris que ce bébé était ma sœur. Un voile comme ceux qu'on voit aux statues de la Vierge lui recouvrait la tête et les épaules.

Et dans mon rêve, j'ai dit : « Sosy est là. Elle est là sous votre nez. » Mais sur le rivage personne n'écoutait. Ils ont commencé à nager vers le bateau, impossible de les arrêter et pourtant je m'époumonais. J'ai pris le bébé dans le panier pour leur montrer que je disais la vérité, je hurlais : « Elle est là ! Regardez, Sosy est là ! Revenez ! Il n'y a personne sur le bateau ! » Mais ils continuaient de nager, entrant dans l'eau l'un après l'autre, et l'un après l'autre disparaissant sous la surface du lac.

J'essayais désespérément de les arrêter. Je me disais que s'ils pouvaient voir son visage, si je pouvais la soulever suffisamment haut, ils me croiraient et feraient demi-tour. J'ai arraché le voile qui lui recouvrait le visage. Mais dessous il y avait un autre voile, Dr Rose. Et un autre encore sous celui-là. Et encore un autre. Je les ai arrachés en pleurant, seul sur la rive. Même Sonia avait disparu. Je me suis tourné de nouveau vers le panier de pique-nique et je me suis aperçu qu'il était plein non de nourriture mais de dizaines de cerfs-volants que j'ai sortis du panier et jetés par terre. Et tandis que je les sortais du panier j'avais au cœur un sentiment de désespoir tel que je n'en ai jamais connu de semblable. Désespoir et peur intenses parce que tout le monde était parti et que j'étais seul.

Alors qu'est-ce que vous avez fait ? me demandez-vous doucement.

Rien. Libby m'a réveillé. J'étais trempé de sueur, mon cœur battait à se rompre et je sanglotais.

Je *sanglotais*, Dr Rose. Mon Dieu, je sanglotais à propos d'un rêve.

J'ai dit à Libby : « Il n'y avait rien dans le panier. Je n'ai pas pu les arrêter. Je la tenais mais ils n'ont pas vu que je la tenais, alors ils ont plongé dans le lac et ils n'en sont pas ressortis. »

Elle m'a dit : « Ce n'était qu'un rêve. Allons, viens là, je vais te serrer contre moi, d'accord ? »

Eh oui, Dr Rose, elle avait passé la nuit chez moi comme cela arrive souvent. Elle fait la cuisine, ou c'est moi qui la fais, puis on fait la vaisselle, on regarde la télévision. Voilà où j'en suis réduit : la télévision. Si Libby remarque que nous n'écoutons plus Perlman, Rubinstein et Menuhin – surtout Yehudi, le magnifique Yehudi –, elle n'en souffle mot. Si ça se trouve, elle est contente de regarder la télé. Elle est américaine dans l'âme.

Lorsque nous sommes à court d'émissions, nous plongeons doucement dans le sommeil. Nous dormons dans le même lit, dans des draps qui n'ont pas été changés depuis des semaines. Mais ils ne sont pas souillés, non. Nous n'avons pas réussi à les souiller de nos sécrétions mêlées.

Mon cœur cognait, Libby me serrait contre elle. De la main droite elle me caressait la tête, et de la gauche la colonne vertébrale. De ma colonne vertébrale elle est descendue vers mes fesses jusqu'à ce que nous nous trouvions pelvis contre pelvis séparés par la flanelle de mon pyjama et le coton de sa petite culotte. Elle chuchotait : « Ce n'est rien, tout va bien, ça va », et malgré ces mots qui m'auraient réconforté dans d'autres circonstances, j'ai compris ce qui était censé arriver ensuite. Le sang aurait dû affluer à mon sexe, j'aurais dû le sentir pulser. Sentir mon organe se préparer. J'aurais dû soulever la tête pour trouver sa bouche, ou bien poser ma bouche sur ses seins et me frotter contre elle. Lentement j'aurais dû me frotter contre elle. La clouer au lit et la prendre dans un silence que viendraient seuls briser nos cris de plaisir lorsque nous atteindrions l'orgasme. Car nous l'atteindrions ensemble, évidemment. Seul un orgasme simultané peut être digne de mes prouesses de mâle.

Seulement ce n'est pas du tout ce qui est arrivé. Et comment cela aurait-il pu se passer ainsi étant donné qui je suis et ce que je suis ?

Et qu'est-ce que vous êtes ? me demandez-vous.

Une carapace plaquée sur du néant, Dr Rose. Non, moins que ça même. Privé de ma musique, je suis le néant personnifié.

Libby ne comprend pas cela parce qu'elle ignore qui j'étais avant le désastre de Wigmore Hall. Je n'étais qu'un prolongement de mon instrument, et l'instrument était la manière dont mon être prenait forme.

Tout d'abord vous ne dites rien en entendant ça, Dr Rose. Vous me fixez – parfois je me demande quel degré de discipline il vous faut pour garder les yeux rivés sur quelqu'un qui est si manifestement absent – et vous avez l'air pensive. Mais il y a dans vos yeux autre chose que de l'intérêt. De la pitié ? Du désarroi ? Du doute ? De la frustration ?

Vous êtes assise immobile dans votre noir de veuve. Vous m'observez en silence par-dessus le bord de votre tasse.

Qu'est-ce que vous criez dans votre rêve ? dites-vous. Lorsque Libby vous réveille, qu'est-ce que vous criez, Gideon ?

Maman.

Mais vous le saviez, j'imagine, avant de me poser la question.

10 octobre

Je vois ma mère maintenant grâce aux journaux de l'Association de la Presse. Je l'ai aperçue – à côté de la photo de Sonia – avant de repousser ce torchon. J'ai su que c'était ma mère parce qu'elle donnait le bras à mon père, qu'ils étaient devant l'Old Bailey et qu'au-dessus d'eux une manchette proclamait sur cinq colonnes : « Justice pour Sonia ! »

Maintenant je la vois enfin, alors qu'avant elle était floue. Je vois ses cheveux blonds, je vois les angles de son visage, je vois son menton pointu, sa mâchoire inférieure en pointe, qui dessinent un cœur. Elle porte un pantalon noir et un pull gris et elle vient me chercher dans ma chambre où Sarah-Jane me donne une leçon de géographie. Nous étudions l'Amazone. L'Amazone, ce fleuve qui déroule ses méandres, tel un serpent, sur des milliers de kilomètres des Andes au Pérou et au Brésil pour se jeter dans le vaste océan Atlantique.

Maman dit à Sarah-Jane qu'il lui faut interrompre la leçon, je vois bien que Sarah-Jane n'apprécie guère car elle pince très fort les lèvres en une grimace rectiligne tout en disant docilement : « Très bien, Mrs Davies », et en refermant les manuels.

Je suis Maman. Nous descendons l'escalier. Elle m'emmène au salon où un homme attend. Il est fort, il a d'abondants cheveux roux.

Maman m'explique que c'est un policier, qu'il veut me poser des questions, qu'il ne faut pas que j'aie peur parce qu'elle ne me laissera pas seul avec lui. Elle s'assied sur le canapé, tapote le coussin près de sa cuisse. Et quand je m'assieds elle me passe un bras autour des épaules, et je la sens qui tremble quand elle dit : « Allez-y, inspecteur. »

Elle m'a peut-être dit son nom mais impossible de m'en souvenir. Ce dont je me souviens, en revanche, c'est qu'il approche une chaise, se penche en avant, les coudes sur les genoux, le menton dans les mains. A cette distance, je sens son cigare. Ses vêtements, ses cheveux sont imprégnés de cette odeur. Ce n'est pas désagréable mais comme je n'en ai pas l'habitude, je recule, je me colle contre ma mère.

« Ta maman a raison, mon garçon, me dit-il. Il ne faut pas que tu aies peur. Personne ne va te manger. »

Quand il parle, je me tourne pour regarder ma mère et je constate qu'elle a les yeux fixés sur ses genoux. Sur ses genoux reposent nos mains enlacées. Elle me presse les doigts mais n'ajoute rien à ce que dit le policier roux.

Il me demande si je sais ce qui est arrivé à ma sœur. Je lui dis que je sais qu'il lui est arrivé quelque chose de mal, à Sosy. Des gens sont venus à la maison, et ils l'ont emmenée à l'hôpital.

« Ta maman t'a dit qu'elle était avec Dieu maintenant ? »

Et je dis oui. Sosy est avec Dieu.

Il me demande si je sais ce que ça veut dire, être avec Dieu.

Je lui dis que ça signifie que Sosy est morte.

« Tu sais comment elle est morte ? »

Je baisse la tête. Du pied, je frappe le bas du canapé. Je dis que je suis censé m'exercer pendant trois heures, que Raphael m'a demandé de travailler un morceau – un allegro, peut-être ? – si je veux pouvoir rencontrer Mr Stern le mois prochain. Maman baisse le bras et m'empêche de donner des coups de pied. Me dit qu'il me faut essayer de répondre.

Je connais la réponse. J'ai entendu la cavalcade dans l'escalier et dans la salle de bains. J'ai entendu les cris au milieu de la nuit. J'ai écouté les conversations chuchotées. Alors que j'entrais, j'ai surpris des questions, des accusations. Alors oui, je sais ce qui est arrivé à ma petite sœur.

Dans le bain, lui dis-je. Sosy est morte dans le bain.

« Où étais-tu quand Sosy est morte ? » me demande-t-il.

J'écoutais le violon.

Maman prend alors la parole. Elle lui explique que Raphael m'a donné de la musique à écouter deux fois par jour pour m'aider à faire des progrès.

« Ainsi tu apprends à gratter les cordes ? me demande gentiment le policier.

— Je suis un violoniste, pas un gratteur de cordes.

— Ah, fait le policier avec un sourire. Un violoniste, très bien. » Il s'installe plus confortablement dans son fauteuil, les mains à plat sur les cuisses. « Ecoute, mon garçon, ta maman me dit que ton père et elle ne t'ont pas raconté exactement comment ta petite sœur était morte.

— Dans le bain, je répète. Elle est morte dans le bain.

— C'est vrai. Seulement, mon petit, ce n'était pas un accident. Quelqu'un lui a fait du mal. Quelqu'un a fait exprès de lui faire du mal. Sais-tu ce que ça signifie ? »

J'imagine aussitôt des bâtons et des pierres. Faire mal, je lui dis, ça veut dire jeter des cailloux, ça veut dire faire un croc-en-jambe à quelqu'un, ça veut dire frapper, pincer, mordre. Je pense à toutes ces choses qui auraient pu arriver à Sosy.

Le policier me dit : « Il y a d'autres façons de faire du mal. Des sévices qu'un adulte peut infliger à un enfant. Vois-tu ce que je veux dire ? »

Je lui demande s'il pourrait s'agir d'une fessée.

De plus que cela.

C'est sur ces entrefaites que Papa entre dans la pièce. Est-ce qu'il rentre du travail ? Est-ce qu'il est allé travailler seulement ? Cette scène, combien de temps après la mort de Sonia se passe-t-elle ? J'essaie de la situer. Si la police interroge la famille, elle doit avoir lieu avant que Katja n'ait été condamnée.

Papa comprend aussitôt ce qui se passe et il intervient. Il est en colère après Maman et après le policier. Il dit « Qu'est-ce qui se passe ici, Eugenie ? » tandis que le policier se met debout.

« L'inspecteur voulait poser des questions à Gideon, dit-elle.

— Pourquoi ?

— Tout le monde doit être interrogé, Mr Davies, fait le policier.

— Vous ne prétendez tout de même pas que Gideon… » commence Papa.

Maman prononce son prénom. Sur le même ton que Grand-mère disant *Jack* lorsqu'elle espère éviter une crise.

Papa m'expédie dans ma chambre, le policier lui dit que c'est reculer pour mieux sauter. Je ne comprends pas ce que cela signifie mais j'obéis, comme toujours quand c'est Papa qui donne les ordres. Et je quitte la pièce. J'entends l'inspecteur dire : « Ça rend les choses encore plus traumatisantes pour le petit », et j'entends Papa qui répond : « Maintenant, écoutez-moi… » tandis que Maman, d'une voix qui se brise, ajoute : « Richard, je t'en prie. »

Les larmes de Maman, je devrais y être habitué. Vêtue de gris ou de noir, le visage gris également, il me semble que ça fait plus de deux ans qu'elle pleure. Mais qu'elle pleure ou non, elle ne peut rien faire.

De la mezzanine, je vois le policier partir. Maman le raccompagne jusqu'à la porte. Je le vois lui parler, tête penchée, la regarder intensément, tendre la main vers elle puis la retirer. Puis Papa appelle Maman par son prénom et elle fait demi-tour. Elle ne me voit pas au moment où elle le rejoint. Papa se met à hurler une fois la porte fermée.

Puis des mains se posent sur mes épaules, on m'oblige à lâcher la rambarde. Je lève les yeux, j'aperçois Sarah-Jane Beckett au-dessus de moi. Elle s'accroupit. Elle me passe le bras autour des épaules comme ma mère tout à l'heure, mais ni son bras ni son corps ne tremblent. Nous restons dans cette position plusieurs minutes. Pendant tout ce temps la voix de Papa est sèche, celle de Maman hésitante. « Eugenie, dit Papa, je ne le tolérerai pas. Tu m'entends ? »

Il y a plus que de la colère dans ses paroles. De la violence. La violence que je perçois chez Grand-père, la violence qui accompagne l'esprit en train de sombrer. J'ai peur.

Je lève les yeux vers Sarah-Jane à la recherche… de quoi ? D'une protection ? D'une confirmation de ce que j'entends ? D'une distraction ? De tout cela en même temps. Mais elle est comme hypnotisée par la porte du salon, le regard rivé sur le battant. Elle fixe cette porte sans ciller, ses doigts se crispent sur mon épaule au point qu'elle me fait mal. Je gémis, je regarde sa main, je constate qu'elle se ronge les ongles jusqu'au sang. Mais son visage est luisant, sa respiration profonde, elle ne bouge pas d'un centimètre avant que la conversation ne cesse et que des pas crépitent sur le parquet. Alors elle me prend par la main, m'entraîne dans son sillage, me fait monter jusqu'au second, nous dépassons la porte de la nursery désormais fermée et nous réintégrons ma chambre où les manuels ont été rouverts à la page où l'Amazone tel un serpent venimeux rampe à travers tout un continent.

Que se passe-t-il entre vos parents ? me demandez-vous.

La réponse me semble évidente maintenant. Griefs. Reproches.

11 octobre

Sonia est morte, et il faut que quelqu'un paie. Mais cela doit s'accomplir non seulement dans une salle du tribunal de l'Old Bailey, non seulement devant le tribunal de l'opinion publique mais aussi devant le tribunal familial. Car quelqu'un doit endosser la responsabilité de Sonia : d'abord pour sa naissance, car elle était imparfaite, puis pour les dizaines de problèmes médicaux qui ont empoisonné sa courte vie et enfin pour sa mort violente et prématurée. Je le sais maintenant, même si je ne le savais pas à l'époque : impossible de survivre à ce qui s'est passé dans la salle de bains de Kensington Square si la responsabilité n'est pas attribuée à quelqu'un.

Papa vient me trouver. Sarah-Jane et moi avons fini notre leçon, et elle reste avec James le pensionnaire. Je les ai regardés de ma fenêtre traverser les dalles devant la maison, franchir la grille du jardin. Sarah-Jane a fait un pas en arrière pour laisser James ouvrir la grille et de l'autre côté elle a attendu qu'il la rejoigne et lui a pris le bras. Elle s'est serrée contre lui afin qu'il puisse sentir contre son bras ses seins quasi inexistants. S'il les a sentis, en tout cas il n'en montre rien. Ils se dirigent vers le pub et elle règle son pas sur le sien.

Comme Raphael me l'a demandé, j'ai mis un morceau de musique. Je suis en train de l'écouter quand mon père me rejoint. J'essaie de m'imprégner des notes au fur et à mesure que je les entends parce que c'est seulement si je sens les notes dans mon corps que je suis capable de les reproduire avec mon instrument.

Je suis assis dans un coin de la pièce. Papa vient s'accroupir devant moi et la musique nous enveloppe. Nous nous laissons aller jusqu'à ce que le mouvement soit terminé. Papa éteint la chaîne. Il me dit :

« Viens ici, mon grand. » Il s'assied sur le lit. Je m'approche et reste debout devant lui. Il m'examine, j'ai envie de m'échapper mais je n'en fais rien.

« Tu vis pour la musique, n'est-ce pas ? me demande-t-il en me passant la main dans les cheveux. Alors concentre-toi sur la musique, Gideon, sur la musique et rien d'autre. »

Je sens son odeur : citron et amidon, à mille lieues de l'arôme du cigare.

« Il m'a demandé comment Sosy était morte. »

Papa m'attire près de lui et me serre dans ses bras.

« Elle est partie maintenant. Personne ne peut plus te faire de mal. »

Il parle de Katja. Je l'ai entendue partir. Je l'ai vue en compagnie de la religieuse. Peut-être est-elle retournée au couvent. On ne mentionne plus son nom dans notre petit cercle. Et pas non plus celui de Sonia. Sauf lorsque le policier s'en charge.

« Il m'a dit que quelqu'un avait fait du mal à Sosy, dis-je.

— Pense à la musique, Gideon, me dit Papa. Ecoute la musique, maîtrise-la, mon fils. C'est tout ce que tu as à faire pour l'instant. »

Mais il se trouve que tel n'est pas le cas, car le policier demande à mon père de m'amener au commissariat d'Earl's Court Road où nous nous asseyons dans une petite pièce brillamment éclairée en compagnie d'une femme qui porte un costume d'homme et écoute attentivement les questions qu'on me pose comme si elle était là pour me protéger. De quoi ? C'est Cheveux Roux qui pose les questions. Ce qu'il veut savoir est simple, me dit-il.

« Tu sais qui est Katja Wolff, n'est-ce pas, mon garçon ? » Mon regard navigue de mon père à la femme. Elle porte des lunettes et lorsque la lumière tombe dessus, les verres la reflètent, dissimulant ainsi ses yeux.

« Evidemment qu'il sait qui est Katja Wolff, dit mon père. Il n'est pas idiot. Venez-en donc au fait. »

Mais le policier ne se laisse pas bousculer. Il me parle comme si Papa n'était pas là. Il m'interroge et nous voilà repartis à la naissance de Sosy, à l'arrivée de Katja, aux soins que Sosy a reçus de Katja. Papa proteste.

« Comment voulez-vous qu'un enfant de huit ans réponde à ce genre de questions ? »

Le policier lui fait remarquer que les enfants sont observateurs et que je devrais être capable de lui en dire beaucoup plus que ce que Papa imagine.

On m'a donné une canette de Coca et un biscuit avec des noix et des raisins. Ils sont posés devant moi sur la table comme un point d'exclamation en trois dimensions. Je vois des traces d'humidité se former sur les parois de la canette. Je rate ma leçon du matin pour être au commissariat. Ça me met les nerfs en pelote, je suis de mauvaise humeur, j'ai peur.

De quoi ? me demandez-vous. Des questions, de donner les mauvaises réponses, de la tension que je sens chez mon père qui, maintenant que j'y songe, contraste étrangement avec le chagrin de ma mère. Ne devrait-il pas être anéanti de douleur, Dr Rose ? Ou du moins désireux d'aller au fond des choses et de savoir ce qui est arrivé à Sonia ? Mais chez lui ce n'est pas du chagrin, de la hâte ou du désespoir que je ressens, c'est un sentiment issu d'une urgence qu'aucun d'entre nous ne parvient à s'expliquer.

Est-ce que vous répondez aux questions malgré votre peur ? voulez-vous savoir.

Je réponds de mon mieux. De question en question, nous couvrons les deux années que Katja Wolff a passées chez nous. Pour une raison ou une autre, les policiers semblent se focaliser sur ses relations avec James et Sarah-Jane Beckett. Mais finalement les questions portent sur les soins que Katja prodiguait à Sosy. Sur la façon dont elle s'occupait du bébé.

« Avez-vous déjà entendu Katja crier en présence de votre petite sœur ? » me demande le policier.

Non.

« L'avez-vous vue corriger Sonia quand celle-ci faisait une bêtise ? »

Non.

« L'avez-vous vue bousculer Sonia ? La secouer peut-être quand elle ne voulait pas s'arrêter de pleurer ? Lui taper sur les fesses quand elle désobéissait ? La tirer par le bras pour attirer son attention ? L'empoigner par la jambe pour la retourner quand elle lui changeait ses couches ? »

Je lui dis que Sosy pleurait beaucoup. Katja se levait

de son lit la nuit pour s'occuper de Sosy. Elle lui parlait allemand…

« Etait-elle en colère ? »

… et parfois elle pleurait, elle aussi. Je l'entendais de ma chambre et une fois je me suis levé, j'ai regardé dans le couloir et je l'ai vue qui faisait les cent pas, Sosy dans les bras. Comme Sosy n'arrêtait pas de sangloter, Katja l'a remise dans son berceau. Elle a pris des clés en plastique, elle les a agitées au-dessus de la tête de Sosy et je l'entendais lui dire : « *Bitte, bitte, bitte.* » *S'il te plaît* en allemand. Et comme le bruit des clés n'arrêtait pas les pleurs de Sosy, elle attrapait le berceau et le secouait.

« Tu as été témoin de cette scène ? » Le policier se penche par-dessus la table. « Tu as vu Katja faire ça ? Tu en es certain, mon garçon ? »

Quelque chose dans sa voix m'indique que je lui ai donné une réponse satisfaisante. Je dis que j'en suis certain : Sosy pleurait et Katja a secoué le berceau.

« Je crois que nous allons peut-être arriver quelque part », dit le policier.

12 octobre

Dans les souvenirs d'un enfant, quelle part joue sa mémoire, Dr Rose ? Quelle part jouent ses rêves ? Quelle part de ce que je dis à l'inspecteur au cours des heures que je passe au commissariat vient de ce dont j'ai réellement été témoin ? Quelle part vient de sources aussi diverses que la tension que je sens entre mon père et le policier, et mon désir de leur plaire à tous les deux ?

Il n'y a pas loin entre le moment où on secoue un berceau et celui où on secoue un enfant. Et il suffit d'un peu d'imagination pour croire avoir vu tordre un petit bras, tirer un petit corps violemment pour lui mettre son manteau, pincer une bouille ronde lorsque la petite crache sa nourriture par terre, tirer une mèche de

396

cheveux avec le peigne, forcer des petites jambes à entrer dans une salopette rose.

Ah, dites-vous d'une voix soigneusement neutre, Dr Rose. Mais vos mains ne restent pas immobiles. Elles sont jointes dans une attitude de prière et vous les mettez sous votre menton. Vous ne détournez pas les yeux, c'est moi qui détourne les miens.

Je vois à quoi vous pensez, et j'y pense moi aussi. Ce sont les réponses que j'ai fournies à ce policier qui ont envoyé Katja Wolff en prison.

Mais je n'ai *pas témoigné* à son procès, Dr Rose. Alors si ce que j'ai dit était si important, pourquoi ne m'a-t-on pas demandé de témoigner ?

Si j'avais dit que Katja Wolff avait maltraité ma sœur, la justice se serait penchée sur ces allégations. S'il y avait eu de quoi corroborer mes dires, les professionnels seraient tombés dessus.

C'est sûrement ce qui a dû se passer, Dr Rose.

15 octobre

J'aurais pu les voir. J'aurais pu être témoin des choses dont j'ai déclaré qu'elles s'étaient produites entre ma petite sœur et sa nurse. Si autant de pans de mon esprit sont vides dès lors qu'il s'agit du passé, est-ce si illogique de supposer que quelque part sur cette vaste toile figurent des images trop pénibles pour que je m'en souvienne avec précision ?

La salopette rose, c'est très précis, me dites-vous. Elle vient soit de votre mémoire, soit de fioritures sur le souvenir, Gideon.

Comment ai-je pu rajouter des fioritures comme la couleur de la salopette si elle ne portait pas de salopette ?

C'était une petite fille, me dites-vous avec un haussement d'épaules. Les petites filles portent souvent du rose.

Vous voulez dire que j'étais un menteur, Dr Rose ? Un prodige et un menteur ?

Ce n'est pas incompatible, me faites-vous remarquer.

J'ai un mouvement de recul et vous voyez de l'angoisse, de l'horreur, de la culpabilité sur mon visage.

Je ne vous traite pas de menteur maintenant, Gideon, me dites-vous. Mais peut-être l'étiez-vous alors. Peut-être que les circonstances vous ont obligé à mentir.

Quel genre de circonstances, Dr Rose ?

La seule réponse que vous ayez à me donner est celle-ci : notez ce dont vous vous souvenez.

17 octobre

Libby m'a retrouvé en haut de Primrose Hill. J'étais campé devant la plaque qui permet aux promeneurs d'identifier les bâtiments et les monuments alentour, et mon regard naviguait de cette espèce de table d'orientation au paysage urbain afin de repérer l'emplacement des édifices marquants. Du coin de l'œil, je l'ai vue gravir le sentier vêtue de cuir noir. Elle avait laissé son casque quelque part et le vent agitait ses boucles autour de son visage.

« J'ai vu ta voiture dans le square, a-t-elle dit. Je me disais bien que je te trouverais là. Tu n'as pas apporté de cerf-volant ?

— Non. »

J'ai effleuré la surface métallique de la plaque, mes doigts s'arrêtant sur la cathédrale Saint-Paul.

« Qu'est-ce que tu fabriques ? Tu n'as pas l'air en grande forme. Tu n'as pas froid ? Sans pull ? »

Je cherche des réponses, ai-je pensé.

« Eh, tu m'écoutes, Gideon ? Je te parle.

— J'avais besoin de prendre l'air.

— T'as vu ton psy aujourd'hui ? »

J'avais envie de répondre que je vous voyais même

quand je ne vous voyais pas, Dr Rose. Mais je me suis dit qu'elle ne comprendrait pas et qu'elle prendrait cela pour de l'obsession : l'obsession d'un patient qui songe sans cesse à son médecin.

Elle a fait le tour de la plaque pour me regarder, me bouchant la vue. Elle a tendu le bras et m'a touché la poitrine de sa paume :

« Qu'est-ce qui ne va pas, Gid ? Qu'est-ce que je peux faire pour toi ? »

Le contact de sa paume m'a rappelé tout ce qui ne se passait pas entre nous – tout ce qui aurait dû se passer entre une femme et un homme normal –, et, accablé soudain par cette idée, je lui ai dit :

« Il se peut que j'aie envoyé une femme en prison.

— *Quoi ?* »

Je lui ai raconté l'histoire.

Quand j'ai fini, elle m'a dit :

« Tu avais huit ans. Un flic te posait des questions. Tu as fait de ton mieux dans une situation difficile. Il n'est pas impossible que tu aies vu ces choses-là. Il y a eu des études là-dessus, Gid. Il semble que les enfants ne fabulent pas dès lors qu'il s'agit de sévices. Il n'y a pas de fumée sans feu. Et puis, sûrement que quelqu'un a dû tenir les mêmes propos que toi si on ne t'a pas demandé de témoigner au tribunal.

— C'est bien le problème. Je ne suis pas sûr de ne pas avoir témoigné, Libby.

— Mais tu m'as dit…

— Je t'ai dit que j'avais réussi à me souvenir du policier, des questions, du commissariat : choses que j'avais rayées de mon esprit jusque-là. Mais qui me dit que je n'ai pas également gommé mon témoignage au procès de Katja Wolff ?

— Ah ouais, je vois. » Elle a regardé le paysage, essayé de dompter ses cheveux, se mordillant la lèvre inférieure tout en réfléchissant. Finalement, elle a déclaré : « OK. Essayons de découvrir ce qui s'est véritablement passé, alors.

— Comment ?

— Ça doit pas être si difficile que ça de retrouver ce qui s'est passé. Ce procès a dû être couvert par tous les journaux du pays, non ? »

19 octobre

Nous avons commencé par Bertram Cresswell-White, l'avocat de la partie civile. Retrouver sa trace, ainsi que Libby me l'avait fait remarquer, ne présentait aucune difficulté. Il avait un cabinet au Temple, au n° 5 de Paper Buildings. Il a accepté de me rencontrer lorsque je l'ai eu au bout du fil.

« Je me souviens très bien de cette affaire. Je serai heureux d'en parler avec vous, Mr Davies. »

Libby a insisté pour m'accompagner.

« Deux têtes valent mieux qu'une. Ce que tu ne penseras pas à lui demander, moi j'y penserai. »

Nous nous sommes dirigés vers la Tamise et avons pénétré dans le Temple par Victoria Embankment, où un sentier de pavés passe sous une arcade alambiquée, laquelle donne accès aux bâtiments abritant les meilleurs juristes du pays. Paper Buildings se tient à l'est d'un jardin feuillu à l'intérieur du Temple, les avocats qui ont leur cabinet à cet endroit-là bénéficient de la vue sur les arbres ou sur la Tamise.

Bertram Cresswell-White, quant à lui, jouissait des deux. Lorsque Libby et moi avons été introduits chez lui par une jeune femme chargée de dossiers reliés par des rubans roses, nous l'avons trouvé à son bureau dans une encoignure d'où il admirait une péniche qui naviguait paresseusement vers Waterloo Bridge. Quand il s'est détourné de la fenêtre, j'ai eu la certitude de ne l'avoir jamais vu auparavant. J'ai été certain de n'avoir rien effacé délibérément ou inconsciemment de mon esprit le concernant. Car s'il m'avait interrogé dans l'enceinte d'un tribunal je me serais rappelé une silhouette aussi imposante.

Il fait bien un mètre quatre-vingt-dix, Dr Rose, il a

des épaules de rameur et des sourcils touffus de sexagénaire. Lorsqu'il m'a fixé, j'ai tressailli, comme transpercé par ce regard si manifestement habitué à faire perdre contenance aux témoins.

« Je ne m'attendais pas à vous rencontrer un jour, a-t-il dit. Je vous ai entendu jouer il y a quelques années au Barbican. » A la jeune femme qui déposait les dossiers sur son bureau où il s'en trouvait déjà une pile, il a dit : « Apportez-nous du café, Mandy, s'il vous plaît. » A Libby et moi : « Vous en prendrez ? »

J'ai dit que oui. Libby a dit : « Oui, merci », et elle a balayé la pièce du regard, ses lèvres formant un petit O d'étonnement. Je la connais suffisamment pour savoir ce qu'elle pensait : « Sacré bureau, que vous avez là. » Elle n'avait pas tort. Le cabinet de Cresswell-White avait été conçu de façon à impressionner les visiteurs : lustres de cuivre, étagères sur tous les murs abritant des ouvrages de droit magnifiquement reliés, le tout chauffé par une cheminée dans laquelle brûlait un feu de charbon factice. Il nous a fait signe de nous approcher des fauteuils de cuir rassemblés autour d'une table basse qui reposait sur un tapis persan. Une photographie encadrée ornait cette table. Sur la photo, un homme encore jeune, portant la perruque des avocats et la robe, posait aux côtés de Cresswell-White, bras croisés, grand sourire aux lèvres.

« C'est votre fils ? a voulu savoir Libby. La ressemblance est frappante.

— C'est mon fils Geoffrey, oui, a rétorqué l'avocat. C'était à l'issue de sa première plaidoirie.

— On dirait qu'il a gagné, a remarqué Libby.

— Effectivement. Il a juste votre âge, au fait. » Il m'a adressé cette dernière remarque tout en posant les dossiers sur la table basse. Sur les couvertures on pouvait lire : « La Couronne contre Wolff. » « Vous êtes nés à une semaine d'intervalle dans le même hôpital, d'après ce que j'ai pu comprendre. Je l'ignorais à l'époque du procès. Mais plus tard, alors que je lisais un article sur vous, quand vous n'étiez qu'un adolescent, l'article faisait mention des circonstances de votre naissance. Et tout y était : la date, l'heure, l'endroit. C'est fou quand même, le monde est petit. »

Sur ces entrefaites, Mandy est revenue avec le café et a déposé le plateau sur la table : trois tasses et trois soucoupes, du lait, du sucre. Les tasses étaient pleines. Il n'y avait pas de cafetière : nous n'aurions pas droit à une deuxième tournée. Façon subtile de nous faire comprendre que nous n'étions pas censés nous éterniser. Chacun a ajouté sucre et lait à son goût.

« Je suis venu vous poser des questions sur le procès de Katja Wolff, ai-je dit.

— Vous n'avez pas eu de ses nouvelles, si ? a fait Cresswell-White d'un ton sec.

— De ses nouvelles ? Non. Une fois partie de chez nous à la mort de ma sœur, elle ne nous en a jamais donné. Du moins je ne crois pas l'avoir revue.

— Vous ne croyez pas… ? » Cresswell-White a pris sa tasse et l'a posée sur son genou. Il portait un sublime costume de laine grise, magnifiquement coupé, et le pli de son pantalon semblait avoir été placé là par décret royal.

« Je n'ai aucun souvenir du procès, lui ai-je dit. Je n'ai aucun souvenir précis de cette période. De larges pans de mon enfance sont flous, et j'essaie de les clarifier. » Je ne lui ai pas dit pourquoi je tentais de reconstituer le passé. Je n'ai pas utilisé le mot *refoulement,* et je n'ai pu me résoudre à m'étendre davantage.

« Je vois. » Cresswell-White a eu un bref sourire qui a disparu aussi vite qu'il était apparu. Un sourire ironique qui m'a semblé s'adresser à lui-même. « Quel dommage que nous ne puissions tous boire les eaux du Léthé, Gideon ! En ce qui me concerne, je dormirais mieux la nuit. Vous ne voyez pas d'objection à ce que je vous appelle Gideon ? Je vous appelais toujours par votre prénom quand je pensais à vous. Bien que nous ne nous soyons jamais rencontrés. »

C'était une réponse nette à la question que je me

posais de façon aiguë en venant le voir. Le soulagement que j'ai éprouvé en l'entendant m'a fait comprendre à quel point mes craintes avaient été grandes.

« Ainsi je n'ai pas témoigné, n'est-ce pas ? Je n'ai pas témoigné contre elle ?

— Seigneur Dieu, non ! Jamais je ne soumettrais un enfant de huit ans à une épreuve pareille. Pourquoi cette question ?

— Gideon a parlé aux flics quand sa sœur est morte, est intervenue Libby. Il ne se rappelait pas grand-chose concernant le procès mais il craignait que son témoignage n'ait joué un rôle prépondérant dans l'incarcération de Katja Wolff.

— Ah, je vois. Et maintenant qu'elle a été remise en liberté vous voulez vous préparer à…

— Elle a été libérée ?

— Vous ne le saviez pas ? Vos parents ne vous ont pas averti ? Pourtant ils ont reçu des lettres dans ce sens. Elle est sortie depuis… » Il a jeté un coup d'œil à ses papiers. « Depuis un mois maintenant.

— Non non, je ne le savais pas. » J'ai senti une sorte de pulsation dans mon crâne et distingué les taches brillantes qui précèdent généralement vingt-quatre heures de martèlement. J'ai songé : Oh non, pas maintenant, pas ici.

« Ils n'ont peut-être pas jugé que c'était nécessaire, a dit Cresswell-White. Si elle doit entrer en contact avec quelqu'un, c'est vraisemblablement avec l'un d'entre eux. Ou avec moi. Ou avec quelqu'un qui a fourni un témoignage contre elle. » Il a poursuivi mais je n'ai pu l'entendre car les pulsations croissaient et les taches brillantes se transformaient en véritables rais de lumière. Mon corps était devenu une armée d'envahisseurs et moi, qui aurais dû en être le général, j'en étais la cible.

Je me suis mis à taper nerveusement du pied. J'ai inspiré à fond, et avec l'air qui est entré dans mes poumons m'est venue l'image de cette porte : cette porte bleue, si bleue, en haut des marches, avec les deux verrous, le heurtoir au centre. Je la voyais comme si j'étais planté devant, je voulais l'ouvrir mais je ne pouvais tendre la main.

Libby a prononcé mon nom. Ça, je l'ai entendu malgré les battements de mes tempes. J'ai levé la main pour lui faire signe que j'avais besoin de récupérer. De quoi ? aimeriez-vous savoir, et vous vous penchez vers moi. Récupérer de quoi ? Repartez en arrière, Gideon.

Vers quoi ?

Vers ce moment dans le cabinet de Bertram Cresswell-White, vers les pulsations de votre crâne, vers ce qui a entraîné ces pulsations.

Cette conversation au sujet du procès, c'est ça qui a déclenché les pulsations.

On en a déjà parlé, du procès. Il y a autre chose. Qu'est-ce que vous essayez d'éviter ?

Je n'évite *rien*... Mais bien sûr vous n'êtes pas convaincue, Dr Rose ? Je suis censé écrire ce dont je me souviens et vous avez commencé à vous demander en quoi le fait de passer en revue le procès de Katja Wolff peut me ramener à la musique. Vous me mettez en garde. Vous me faites remarquer que l'esprit humain est retors, qu'il se cramponne sauvagement à ses névroses, qu'il possède la faculté de nier les faits et que cette expédition à Paper Buildings pourrait bien être un effort monumental de mon esprit pour faire ce que vous appelez dans votre vocabulaire du déplacement.

Eh bien, il faudra que vous l'acceptiez, Dr Rose. Je ne vois pas comment aborder autrement la chose.

Très bien, dites-vous. Est-ce que cette visite à Cresswell-White a déclenché autre chose ? En dehors de cette crise, de ce mal de tête ?

Crise. Ce n'est pas par hasard que vous avez choisi ce mot et je le sais très bien. Mais je refuse de mordre à l'hameçon que vous me tendez. Je vais plutôt vous parler de Sarah-Jane. Car c'est ça que j'apprends de Bertram Cresswell-White : le rôle que je n'ai pas joué dans le procès de Katja Wolff, le rôle qu'a joué Sarah-Jane Beckett.

« Elle habitait la maison avec votre famille et Wolff », a dit Bertram Cresswell-White. Il s'était emparé du premier des dossiers de la pile et avait commencé à le feuilleter, lisant de temps en temps lorsqu'il avait besoin de se rafraîchir la mémoire. « Elle était bien placée pour observer ce qui se passait.

— Alors elle a vu quelque chose ? » a questionné Libby. Elle avait rapproché son fauteuil du mien et posé sa main sur ma nuque comme si elle savait sans que je le lui dise dans quel état était ma pauvre tête. Elle me massait doucement la nuque et j'aurais voulu lui en être reconnaissant. Mais je sentais l'agacement de l'avocat devant cette manifestation d'affection, et du coup, j'étais crispé, tendu. Je suis toujours tendu quand un homme plus âgé pose sur moi un regard critique.

« Elle a vu Wolff en proie à des malaises le matin, tous les matins pendant un mois avant que la fillette ne soit tuée, a-t-il dit. Vous savez qu'elle était enceinte, n'est-ce pas ?

— Mon père me l'a dit, en effet.

— Oui, bien. Beckett a vu que l'Allemande perdait peu à peu patience. Le bébé l'obligeait à se lever trois ou quatre fois par nuit, aussi manquait-elle de sommeil, et si vous ajoutez à cela les nausées matinales, vous comprendrez aisément qu'elle était épuisée. Elle s'est mise à laisser Sonia trop souvent seule, Miss Beckett s'en est rendu compte étant donné qu'elle vous donnait vos leçons dans une pièce située à l'étage où se trouvait la nursery. Finalement elle s'est dit qu'il était de son devoir d'avertir vos parents que Wolff négligeait son travail. Il y a eu une confrontation au terme de laquelle Wolff a été virée.

— Sur-le-champ ? » a questionné Libby.

Cresswell-White a consulté un document.

« Non. Vos parents lui avaient donné un mois de préavis. Ils se sont montrés très généreux, compte tenu de la situation.

405

— Mais elle n'a jamais dit au tribunal qu'elle avait vu Katja Wolff maltraiter ma sœur ?

— Miss Beckett a déclaré qu'ils s'étaient disputés – l'Allemande et vos parents, a répondu l'avocat en refermant son dossier. Elle a dit que Sonia pouvait parfois pleurer une heure d'affilée dans son berceau sans que Wolff lève le petit doigt. Elle a dit que le soir du drame elle a entendu l'Allemande donner son bain à Sonia. Mais elle n'a pas réussi à préciser où ni quand elle avait été témoin de mauvais traitements.

— Qui en a été témoin ? a voulu savoir Libby.

— Personne, a répondu l'avocat.

— Seigneur », ai-je murmuré.

Cresswell-White a paru comprendre à quoi je pensais car, ayant reposé le dossier sur la table basse, il m'a expliqué d'un ton pressant :

« Un procès, c'est comme une mosaïque, Gideon. Si le crime n'a pas de témoin oculaire – ce qui était le cas dans cette affaire –, chacune des pièces du procès versée au dossier par la Couronne contribue à l'élaboration d'une ébauche de schéma d'où doit se dégager une image d'ensemble. C'est cette image d'ensemble qui convainc le jury de la culpabilité de l'accusé. C'est ce qui s'est produit dans le cas de Katja Wolff.

— Parce qu'il y a eu d'autres témoignages contre elle ? a demandé Libby.

— Oui.

— Emanant de qui ? ai-je dit d'une voix faible.

— De la police qui a recueilli sa première et sa seule déposition, du médecin légiste qui a pratiqué l'autopsie de votre sœur, de l'amie avec qui Wolff avait prétendu être au téléphone pendant qu'elle laissait votre sœur seule une minute. De votre mère, de votre père, de vos grands-parents. Chacun a apporté sa pierre à l'édifice. Et une fois les divers témoignages recueillis et mis bout à bout, voici avec quoi on s'est retrouvés : une Allemande de vingt et un ans qui s'était régalée de la publicité que lui avait value son évasion rocambolesque, qui avait réussi à se fixer en Angleterre grâce à des religieuses compréhensives, dont la célébrité qui avait flatté son ego avait rapidement fondu à son arrivée dans notre pays, qui avait déniché un emploi grâce auquel elle était nourrie et logée, qui s'était retrouvée enceinte, malade, qui n'avait pas réussi à faire face, qui avait perdu son boulot et qui avait craqué.

— Ce qu'elle a commis, c'est plus un homicide par imprudence qu'un meurtre, alors, a dit Libby.

— Et c'est probablement comme ça que les choses auraient été perçues si elle avait accepté de témoigner. Mais non. Quelle arrogance !… Cela allait avec sa personnalité, ce refus de témoigner. Mais, ce qui est pire, elle a refusé de parler à la police, à laquelle elle n'a adressé la parole qu'une fois, et elle a refusé également de parler à son avocat.

— Pourquoi s'être refermée comme ça ? a questionné Libby.

— Je l'ignore. Quoi qu'il en soit, l'autopsie a mis en évidence, sur le corps de votre sœur, des traces de fractures dont aucun médecin n'a pu expliquer la présence, Gideon. Alors le silence obstiné de l'Allemande a laissé à penser qu'elle savait des choses concernant ces anciennes fractures. Et nous avons eu beau faire savoir au jury que le silence de Wolff ne pouvait pas être retenu contre elle, les jurés sont humains. Ce silence n'a pu qu'influer sur leur façon de penser.

— Ainsi ce que j'ai dit à la police… »

Cresswell-White a balayé d'un geste mes paroles.

« J'ai lu votre déposition. Et je l'ai relue quand vous m'avez téléphoné. Je l'aurais prise en considération il y a vingt ans, croyez-moi, mais je ne me serais pas appuyé dessus pour poursuivre Katja Wolff. (Il sourit.) Après tout, vous n'aviez que huit ans, Gideon. J'avais un fils du même âge. Je savais donc de quoi les enfants sont capables à cet âge-là. Vous aviez peut-être fait une bêtise quelques jours avant le drame, et Miss Wolff vous avait passé un savon. Vous avez peut-être voulu vous venger et vous avez laissé la bride sur le cou à votre imagination. Sans savoir à quoi pourrait aboutir votre déposition à la police.

— Et voilà l'histoire, Gideon, a conclu Libby.

— Si vous vous sentez coupable, tranquillisez-vous, a dit Cresswell-White d'un ton chaleureux. Katja Wolff s'est fait plus de mal que vous ne lui en avez causé. »

20 octobre

Alors, Dr Rose, était-ce une vengeance ou était-ce ma mémoire ? Et s'il s'agissait d'une vengeance, de quoi voulais-je donc me venger ? Impossible de me souvenir d'une incartade qui m'aurait valu une semonce. Si quelqu'un m'avait passé un savon, ç'aurait sûrement été Raphael. Et la seule fois où il m'a puni, il m'a obligé à écouter un morceau que je n'exécutais pas correctement. Autant dire que la punition était plutôt légère.

Etait-ce *L'Archiduc* qu'il vous a fait écouter ? me demandez-vous.

Je ne m'en souviens pas. Il y avait tant d'autres morceaux. Lalo, Saint-Saëns, Bruch.

Et ces morceaux-là, les maîtrisiez-vous ? Après les avoir écoutés, Gideon, étiez-vous capable de les interpréter ?

Bien sûr. Je les jouais tous.

Mais pas *L'Archiduc* ?

Ce morceau, c'était ma bête noire.

Voulez-vous que nous en parlions ?

Il n'y a rien à dire. Je n'ai jamais été capable de jouer correctement *L'Archiduc*. Et maintenant je ne peux plus jouer du tout. Alors est-ce à dire que mon père a raison ? Perdons-nous notre temps ? Est-ce que je souffre tout bonnement de trac aigu, un trac qui m'a incité à chercher ailleurs une solution à mes difficultés ? Vous savez ce que je veux dire : on fait porter la responsabilité d'un problème à quelqu'un d'autre pour ne pas avoir à l'assumer soi-même. On le colle sur le dos du psy, histoire de voir comment il va s'en dépatouiller.

Le croyez-vous vraiment, Gideon ?

Je ne sais que croire.

Nous sommes rentrés à la maison en voiture au sortir de chez Bertram Cresswell-White. Libby semblait penser que nous avions trouvé la solution à mes problèmes puisque l'avocat m'avait donné l'absolution. Elle bavardait allègrement et, quand elle ne changeait pas les vitesses, elle laissait sa main posée sur mon genou. C'est elle qui avait proposé de prendre le volant et j'avais acquiescé sans me faire prier. L'absolution donnée par Cresswell-White n'avait pas fait disparaître mon lancinant mal de tête. Il valait mieux que je ne conduise pas.

De retour à Chalcot Square, Libby a garé la voiture et s'est tournée vers moi.

« Eh bien, a-t-elle dit. Tu as les réponses à tes questions, Gideon. Il faut fêter ça. »

Se penchant vers moi, elle m'a posé un baiser sur les lèvres. J'ai senti sa langue contre ma bouche, que j'ai entrouverte pour lui permettre de m'embrasser vraiment.

Pourquoi ?

Parce que je voulais croire qu'elle avait raison, que j'avais les réponses à mes questions.

Est-ce la seule raison ?

Non, bien sûr. Je voulais me conduire normalement.

Et ?

Eh bien, j'ai réussi à réagir d'une certaine façon. Mon crâne me faisait un mal de chien, mais j'ai attiré sa tête vers moi et glissé mes doigts dans ses cheveux. Nous sommes restés comme ça, nos langues dansant le ballet des préliminaires. Sa bouche avait le goût du café qu'elle avait bu chez Cresswell-White et je me suis imprégné de ce parfum, dans l'espoir que ma soif subite me conduirait à éprouver la faim qui avait cessé de me tarauder depuis des années. Je désirais l'éprouver, cette faim, Dr Rose. Il me fallait l'éprouver pour savoir que j'étais en vie.

Une main dans sa chevelure, je lui ai embrassé le visage. J'ai tendu l'autre main vers son sein dont j'ai senti la pointe se dresser sous le fin tissu de son vêtement, je l'ai pincée entre plaisir et douleur, et elle a gémi. Elle a quitté son siège, s'est assise à califourchon sur moi, m'embrassant, me caressant la poitrine, me léchant le cou. Elle m'appelait baby, chéri, Gid, et elle a déboutonné ma chemise tandis que je pinçais et relâchais, pinçais et relâchais, que sa bouche se collait à mon torse, que ses lèvres me piquaient des baisers le long du cou, et je voulais sentir quelque chose, sentir quelque chose, alors j'ai poussé un gémissement et enfoui ma figure dans ses cheveux.

Et puis il y a eu l'odeur de la menthe fraîche. Son shampooing sans doute. Tout à coup je me suis retrouvé loin de la voiture. Dans le jardin de la maison de Kensington. Une nuit d'été. J'ai cueilli des feuilles de menthe et je les froisse entre mes doigts pour que le parfum s'en dégage, et j'entends des bruits avant de distinguer quoi que ce soit. Comme des gens attablés qui claquent de la langue. Je crois que ce sont des gens qui mangent avant de les entrevoir dans l'obscurité au bout du jardin. Où un éclat de couleur – des cheveux blonds – attire mon attention.

Ils sont debout devant l'abri de brique où on range les outils de jardinage. Il me tourne le dos. Elle a les mains dans ses cheveux. Elle a une jambe relevée au-dessus de ses fesses, elle le plaque contre elle et ils se frottent, se frottent, se frottent l'un contre l'autre. Elle rejette la tête en arrière, et il lui embrasse le cou et je ne peux pas voir qui c'est mais je la vois, elle. C'est Katja, la nurse de ma petite sœur. Avec un des hommes de la maison.

De la maison, vous êtes sûr ? Pas quelqu'un de l'extérieur ?

Mais qui ? Katja ne connaît personne, Dr Rose. Elle ne voit personne en dehors de la religieuse du couvent voisin et d'une fille prénommée Katie qui vient lui rendre visite de temps en temps. Et ce n'est pas Katie qui est là dehors dans l'obscurité parce que Katie, je m'en souviens, bon Dieu, oui, je m'en souviens, elle est grosse, elle est bizarre, elle s'habille avec goût et elle parle dans la cuisine pendant que Katja fait manger Sonia et elle dit que la fuite de Katja de Berlin-Est est une métaphore, une forme d'organisme, seulement ce n'est pas ce mot-là qu'elle utilise mais le mot *orgasme*, un terme qui revient sans cesse dans sa conversation.

Qui était l'homme, Gideon ? Examinez sa silhouette, observez bien ses cheveux.

Mais de ses mains elle lui emprisonne la tête. Et puis il est penché vers elle. Impossible de voir ses cheveux.

C'est impossible ou vous refusez de les voir ?

C'est impossible.

Avez-vous vu le pensionnaire ? Votre père ? Votre grand-père ? Raphael Robson ? Lequel est-ce, Gideon ?

JE NE SAIS PAS.

Alors Libby a tendu la main vers moi, a fait ce que toute femme normale fait lorsqu'elle est excitée. Elle a eu un rire étouffé : « J'arrive pas à croire qu'on est en train de faire ça dans ta voiture. » Elle a détaché ma ceinture, déboutonné mon pantalon, approché les doigts de ma fermeture Eclair, posé de nouveau sa bouche sur la mienne.

Et en moi, Dr Rose, rien. Ni appétence, ni soif, ni chaleur, ni désir. Rien ne me faisait bouillir le sang ou raidir la queue.

J'ai ôté les mains de Libby de ma braguette. Inutile de m'excuser ou de lui dire quoi que ce soit. Elle est peut-être américaine – un peu bruyante parfois, un peu vulgaire, un peu trop désinvolte, trop directe – mais elle n'est pas idiote.

Elle s'est soulevée et s'est rassise sur son siège.

« C'est de ma faute, pas vrai ? a-t-elle fait. Je suis trop grosse.

— Ne sois pas bête.

— Ne me traite pas d'imbécile.

— Alors ne te conduis pas comme telle. »

Elle s'est tournée vers la vitre qui s'embuait. A la lueur du square je distinguais sa joue ronde, et cette joue avait la couleur de la pêche qui mûrit. Le désespoir qui m'étreignait – en pensant à elle, à moi, à nous deux – m'a poussé à continuer.

« Tu es super, Libby. Formidable. Tu es parfaite. Ce n'est pas ta faute.

— Alors quoi ? C'est Rock ? Le fait qu'on soit encore mariés. Tu sais ce qu'il me fait, n'est-ce pas ? Tu as deviné. »

J'ignorais de quoi elle parlait, et je n'avais aucune envie de le savoir.

« Libby, si tu n'as pas encore compris qu'il y avait quelque chose de détraqué chez moi… »

Elle est sortie de la voiture. Elle a claqué la portière. Et elle a fait ce qu'elle ne fait jamais quand elle est avec moi. Elle s'est mise à crier :

« Il n'y a rien de détraqué chez toi, Gideon ! Tu m'entends ? Rien n'est détraqué chez toi, bordel ! »

Je suis descendu à mon tour et nous nous sommes dévisagés par-dessus le capot de la voiture.

« Tu sais que tu te racontes des bobards ! ai-je lancé.

— Je ne suis pas aveugle : je sais ce que j'ai en face de moi. Et ce que j'ai en face de moi, c'est toi.

— Tu m'as entendu essayer de jouer. Tu étais dans ton appartement, tu m'as entendu.

— Le violon ? Encore ce putain de violon de merde ! » Elle a donné un coup de poing si fort sur le capot que j'ai sursauté. « Arrête de t'identifier à ton violon. Tu fais de la musique, c'est un boulot. Ce n'est pas toi.

— Et si je ne peux plus jouer, qu'est-ce qui se passe ?

— Eh bien, tu vis ! Tu commences à vivre, nom de Dieu. Qu'est-ce que tu dis de ça ? C'est pas une super bonne idée ?

— Tu ne comprends pas.

— Oh que si, je comprends ! Je vois que tu te cramponnes à ton instrument. Tu as passé tant d'années à gratter les cordes que tu as perdu ton identité. Pourquoi est-ce que tu fais ça ? Pour te prouver quoi ? Tu crois peut-être que ton père t'aimera suffisamment si tu joues à t'en faire saigner les doigts ? » Elle a tourné le dos à la voiture, m'a tourné le dos. « Je me demande vraiment pourquoi je m'acharne, Gideon. »

Elle s'est éloignée à grandes enjambées en direction de la maison et je l'ai suivie ; c'est alors que j'ai remarqué que la porte d'entrée était ouverte et qu'il y avait quelqu'un sur les marches du perron – qui devait être là depuis que Libby avait garé la voiture. Elle l'a vu au même moment que moi et j'ai compris qu'elle éprouvait autant d'aversion pour lui que lui pour elle – et même peut-être davantage.

« Dans ce cas, il serait peut-être temps que vous arrêtiez de vous acharner », a dit Papa. Le ton était aimable mais son regard était comme de l'acier.

GIDEON

20 octobre – 22 heures

« Charmante enfant, a dit Papa. Est-ce qu'elle braille toujours comme ça ou est-ce que c'était seulement ce soir ?

— Elle était bouleversée.

— C'est ce que j'ai cru comprendre. J'ai également compris le genre de sentiments qu'elle éprouve pour ton travail. Tu devrais peut-être y réfléchir à deux fois avant de continuer à sortir avec elle. »

Je n'avais pas envie de parler de Libby avec lui. Il avait depuis le début clairement montré ses sentiments à son égard. Inutile de perdre mon temps et mon énergie à essayer de le faire changer d'avis.

Nous nous trouvions dans la cuisine où nous nous étions rendus une fois Libby partie. Elle lui avait dit « Richard, écartez-vous » et elle avait poussé la grille sèchement. Elle avait dévalé les marches, s'était engouffrée dans son appartement et avait mis sa musique à fond pour bien nous montrer son état d'esprit.

« Nous sommes allés voir Bertram Cresswell-White, ai-je dit à Papa. Tu te souviens de lui ?

— J'ai jeté un coup d'œil au jardin, a répondu Papa, la tête inclinée vers l'arrière de la maison. Les mauvaises herbes l'ont envahi, Gideon. Si tu n'y prends pas garde, elles vont étouffer les autres plantes. Si tu

414

n'aimes pas jardiner, tu n'as qu'à engager un Philippin. Y as-tu songé ? »

De l'appartement de Libby la musique s'échappait en rugissant : elle avait ouvert ses fenêtres. Des bribes de phrases jaillissaient du sous-sol : *Comment ton homme peut-il... t'aime... vas-y doucement baby...*

« Papa, je t'ai demandé si...

— Au fait, je t'ai apporté deux camélias. »

Il s'est approché de la fenêtre donnant sur le jardin.

... fais-lui savoir... il joue avec le feu !

Il faisait noir dehors, aussi n'y avait-il rien à voir si ce n'est mon reflet et celui de Papa sur la vitre. Le sien était net. Le mien oscillait, fantomatique, comme troublé par l'atmosphère ou par mon incapacité à me manifester de façon ferme.

« J'en ai planté un de chaque côté de l'escalier, a dit Papa. Ce n'est pas encore tout à fait ce que je cherche à obtenir mais je m'en rapproche.

— Papa, je te demande si...

— J'ai enlevé les mauvaises herbes des bacs mais il faudra que tu t'occupes du reste toi-même.

— Papa ! »

... une chance de sentir... libre de... le sentiment t'empoigne, baby.

« Ou alors demande à ton Américaine si elle n'a pas envie de se rendre utile autrement qu'en t'agressant verbalement en pleine rue ou en te faisant écouter cette cochonnerie de musique.

— Bon sang, Papa ! Je te pose une question. »

Il s'est détourné de la fenêtre et m'a fait face.

« J'ai entendu la question. Et... »

Aime-le. Aime-le, baby.

« ... si je n'étais pas obligé de hausser le ton pour me faire entendre au milieu de ce vacarme, j'envisagerais peut-être d'y répondre.

— Ignore-le donc, ce boucan ! Ignore Libby ! me suis-je écrié. Tu es doué quand il s'agit d'ignorer les choses auxquelles tu préfères ne pas penser, n'est-ce pas, Papa ? »

La musique s'est soudain arrêtée. Le silence qui a suivi ma question a engendré un vide – l'ennemi de la nature – et j'ai attendu, histoire de voir ce qui allait le remplir. Un instant plus tard, la porte de Libby a claqué. Et, quelques instants après, la Suzuki a rugi dans la rue. Libby faisait ronfler furieusement le moteur. Puis le bruit s'est estompé tandis qu'elle s'éloignait de Chalcot Square.

Bras croisés, Papa m'a jeté un long regard. Nous étions en terrain glissant tous les deux ; je le sentais, ce danger, tel un fil dénudé qui crépitait dans l'air entre nous. Mais sans s'énerver, il a dit : « Oui oui, je suppose que tu as raison, oui. J'ignore ce qui est désagréable : cela me permet de vivre. »

J'ai décidé de ne pas tenir compte des implications de sa phrase. Et lentement, comme si je m'adressais à quelqu'un qui ne comprenait pas notre langue :

« Tu te souviens de Cresswell-White ? »

Il a soupiré et s'est éloigné de la fenêtre. Il est entré dans la salle de musique. Je l'ai suivi. Il s'est assis près de la stéréo et des piles de CD. Quant à moi je suis resté près de la porte.

« Que veux-tu savoir, Gideon ? »

Prenant sa question pour un encouragement, j'ai poursuivi :

« Je me suis souvenu d'avoir vu Katja dans le jardin. Il faisait nuit. Il y avait un homme avec elle. Ils étaient… »

J'ai haussé les épaules, piqué un fard, conscient de la puérilité de ma réaction – ce qui m'a fait rougir davantage. « Ils étaient ensemble. Impossible de me rappeler qui c'était. Je ne crois pas l'avoir vu distinctement.

— Où veux-tu en venir ?

— Tu le sais. Nous en avons déjà parlé. Tu sais ce qu'elle… ce que le Dr Rose veut que je fasse.

— Est-ce que ce souvenir est censé avoir un rapport avec ta musique d'une façon ou d'une autre ?

— J'essaie de me rappeler ce que je peux. Dans

l'ordre que je peux. Et quand je peux. Un souvenir en déclenche un autre. Si j'arrive à en mettre suffisamment bout à bout, il y a une chance pour que ça me conduise à ce qui m'empêche de jouer.

— Il n'y a pas de problème avec ton jeu. Il n'y a plus de jeu.

— Pourquoi est-ce que tu ne te contentes pas de répondre ? Pourquoi est-ce que tu refuses de m'aider ? Dis-moi seulement avec qui Katja…

— Ah, parce que tu crois que je le sais ? Mais peut-être que la vraie question, c'est : est-ce que c'était moi, l'homme qui était avec Katja Wolff dans le jardin ? Mes relations avec Jill montrent clairement que j'ai un faible pour les femmes plus jeunes que moi, non ?

— Est-ce que tu vas me répondre ?

— Je t'assure que cette prédilection concerne uniquement Jill.

— Ainsi donc l'homme du jardin, ce n'était pas toi. L'homme que j'ai vu avec Katja Wolff.

— Ce n'était pas moi. »

Je l'ai scruté. Je me demandais s'il disait la vérité. J'ai songé à cette photo de Katja et de ma sœur, au sourire de Katja à celui qui prenait le cliché, à la signification de ce sourire.

Avec un geste las en direction de mes disques, il a dit :

« J'ai eu tout le loisir d'examiner tes CD pendant que je t'attendais, Gideon. »

Je n'ai pas soufflé mot, me demandant où il voulait en venir.

« Tu en as une sacrée collection. Combien ? Trois cents, quatre cents ? »

Je n'ai pas bronché.

« Et pour certains morceaux, tu as différentes interprétations par différents artistes.

— Je suis sûr que tu as une idée derrière la tête, ai-je fini par dire.

— Mais pas une seule version de *L'Archiduc*. Pourquoi ? Je me le demande.

— Je n'ai jamais aimé ce morceau.

— Dans ce cas, pourquoi devais-tu l'interpréter à Wigmore Hall ?

— C'était une suggestion de Beth : Sherrill s'est incliné. Quant à moi, je n'avais pas de véritables objections…

— Tu n'étais pas contre jouer un morceau qui ne te plaisait pas ? Mais à quoi diable pensais-tu ? C'est toi la vedette, Gideon. Pas Beth ni Sherrill. C'est toi qui décides. Pas eux.

— Ce n'est pas du concert que j'ai envie de parler.

— Ah oui, je comprends ça. Crois-moi, je comprends tout à fait. Si tu vois cette satanée psychiatre, c'est parce que tu refuses de parler du concert.

— Ce n'est pas vrai.

— Joanne a reçu un courrier de Philadelphie aujourd'hui. Les organisateurs veulent savoir si tu pourras t'y produire. Les rumeurs ont franchi l'Atlantique, Gideon. Combien de temps encore crois-tu pouvoir tenir le monde à l'écart ?

— J'essaie d'aller au fond des choses, de la seule façon possible.

— Tu essaies d'aller au fond des choses, a-t-il ironisé. Moi je trouve que tu choisis la voie de la lâcheté. Jamais je n'aurais cru ça de toi. Je remercie Dieu que ton grand-père ne soit plus là pour vivre ce moment. Je suis drôlement soulagé, crois-moi, qu'il ne soit plus là pour voir ça.

— Soulagé pour moi ou pour toi ? »

Il a pris une profonde inspiration. A crispé le poing. « Qu'est-ce que ça veut dire au juste ? »

Impossible d'aller plus loin. Nous avions atteint l'un de ces instants où il me semblait qu'en poursuivant je provoquerais des fissures irréparables. Et à quoi bon poursuivre ? A quoi me servirait de forcer mon père à braquer le miroir vers sa propre enfance, son âge adulte, sur tout ce qu'il avait fait, été, tenté, afin de se faire accepter de l'homme qui l'avait adopté ? Des monstres, des monstres, des monstres, avait hurlé

Grand-père au fils qui lui en avait fabriqué trois. Parce que moi aussi je suis un monstre, une erreur de la nature, Dr Rose. J'en ai toujours été une, au fond.

« Cresswell-White m'a dit que tout le monde avait témoigné contre Katja, toute la maisonnée. »

Papa m'épiait de ses yeux semblables à des fentes, impossible de dire si son hésitation avait sa cause dans mes paroles ou dans mon refus de répondre à sa question.

« Ça n'a pas dû t'étonner beaucoup : il s'agissait d'un procès pour meurtre, a-t-il fini par me dire.

— Il m'a dit qu'on ne m'avait pas demandé de témoigner.

— C'est exact.

— Pourtant je me suis souvenu que j'avais parlé à la police. Je me suis souvenu que Maman et toi vous étiez disputés à cause de cela. Je me suis souvenu qu'il y avait eu des tas de questions à propos des relations entre Sarah-Jane Beckett et James le pensionnaire.

— Pitchford, a dit Papa d'une voix lasse. Il s'appelait James Pitchford.

— Pitchford. Bon, James Pitchford. » J'étais resté debout jusque-là mais j'ai pris une chaise et l'ai approchée de l'endroit où Papa était assis. Je l'ai posée devant lui. « Au procès, quelqu'un a dit que Maman et toi aviez eu une discussion houleuse avec Katja les jours précédant... précédant ce qui est arrivé à Sonia.

— Elle était enceinte, Gideon. Son travail commençait à s'en ressentir. Ta sœur aurait donné du fil à retordre à n'importe qui et...

— Pourquoi ?

— Pourquoi ? » Il s'est frotté les sourcils comme s'il essayait de relancer sa mémoire. Lorsqu'il a laissé retomber sa main, il a contemplé le plafond au lieu de me regarder et, quand il a levé la tête, j'ai eu le temps de voir que ses yeux étaient bordés de rouge. J'ai éprouvé comme une douleur mais je ne l'ai pas empêché de poursuivre. « Je t'ai déjà récité la litanie des maux dont souffrait ta sœur, Gideon. La trisomie, ce n'était que la partie émergée de l'iceberg. Elle passait son temps à entrer et sortir de l'hôpital, et quand elle était à la maison, il lui fallait quelqu'un pour s'occuper d'elle en permanence. Ce quelqu'un, c'était Katja.

— Pourquoi ne pas avoir engagé une nurse diplômée ? »

Il a eu un rire dénué d'humour.

« Nous n'en avions pas les moyens.

— Le gouvernement…

— Pas question de demander des aides. Impensable. »

A ces mots, des phrases prononcées par mon grand-père à table me sont soudain revenues à l'esprit : « Nous ne nous abaisserons pas à demander la charité, nom d'un chien. Un homme, un vrai, entretient sa famille, la fait vivre, et s'il n'y parvient pas, il ne faut pas qu'il en fonde une. Laisse-la roupiller au chaud dans ton pantalon, Dick, si tu ne peux pas faire face aux conséquences de tes actes. Tu m'entends ? »

Papa a ajouté : « A supposer que nous ayons demandé une aide financière, combien crois-tu que le gouvernement nous aurait accordé sachant ce que nous déboursions pour Raphael et Sarah-Jane ? Nous aurions pu nous serrer la ceinture. Mais nous avons choisi de faire autrement.

— Et l'engueulade avec Katja ?

— Eh bien quoi, l'engueulade ? Sarah-Jane nous avait prévenus que Katja se relâchait. Nous en avons parlé avec elle et pendant la conversation nous avons appris qu'elle avait des malaises le matin au réveil. Il ne nous a pas fallu longtemps pour comprendre qu'elle était enceinte. Elle n'a pas cherché à le nier.

— Alors vous l'avez licenciée immédiatement.

— Que pouvions-nous faire d'autre ?

— Qui l'avait mise enceinte ?

— Elle a refusé de nous le dire. Et ce n'est pas parce qu'elle a refusé de le dire que nous l'avons virée. Le problème n'était pas là. Nous l'avons licenciée parce qu'elle ne pouvait plus s'occuper correctement de ta sœur. Et puis il y avait d'autres problèmes. Des problèmes dont nous n'avions pas tenu compte auparavant parce qu'elle semblait bien aimer Sonia.

— Quelle sorte de problèmes ?

— Sa tenue, qui était toujours bizarre. Nous lui avions demandé de porter soit un uniforme, soit une jupe toute bête et un chemisier. Elle n'a pas voulu et pourtant ce n'est pas faute d'avoir insisté. Elle disait qu'elle avait besoin de "s'exprimer". Et puis il y avait les visites qu'elle recevait, des gens qui allaient et venaient à toutes les heures du jour et de la nuit bien que nous lui ayons demandé de mettre un frein à ces allées et venues.

— Qui étaient ces visiteurs ?

— Je ne m'en souviens pas. Bon sang, ça remonte à vingt ans !

— Katie ?

— Quoi ?

— Une certaine Katie, une grosse qui portait des vêtements coûteux. Je me souviens de Katie.

— Peut-être y avait-il une Katie dans le nombre. Je n'en sais rien. Elles venaient du couvent, elles s'asseyaient dans la cuisine, elles parlaient, elles buvaient du café, elles fumaient des cigarettes. A plusieurs reprises, alors qu'elle était sortie avec elles le soir, Katja est rentrée éméchée, et le lendemain matin elle a eu une panne d'oreiller. Ce que j'essaie de te dire, c'est qu'il y avait déjà des problèmes avant la grossesse, Gideon. La grossesse et les nausées qui l'accompagnaient n'ont été que la goutte d'eau qui a fait déborder le vase.

— Mais Maman et toi vous vous êtes engueulés avec Katja quand vous lui avez signifié son congé. » Il s'est mis debout, a traversé la pièce, s'est penché sur mon étui à violon qui était fermé afin que la vue du Guarneri cesse de me tourmenter.

« Elle ne voulait pas qu'on la licencie, bien sûr. Elle était enceinte de plusieurs mois et elle avait peu de chances de trouver quelqu'un qui lui offrirait un emploi. Alors elle a essayé de discuter avec nous. Elle nous a suppliés de la garder.

— Pourquoi ne pas s'être débarrassée du bébé ? Même à cette époque il y avait des endroits. Des cliniques...

— Ce n'est pas ce qu'elle a décidé de faire, Gideon. Je ne saurais te dire pourquoi. » Il s'est accroupi et a ouvert l'étui, dont il a soulevé le couvercle. Le Guarneri brillait sous la lumière, et l'éclat du bois avait quelque chose de réprobateur. « Alors effectivement nous nous sommes disputés. Dès le lendemain, lorsque Sonia s'est montrée difficile, Katja a réglé le problème. » Il a soulevé le violon, l'a sorti de l'étui. Il a dit d'une voix qui était tout sauf méchante et avec des yeux qui étaient plus rouges qu'avant : « Tu sais la vérité maintenant, tu veux bien jouer pour moi, mon grand ? »

Je voulais jouer, Dr Rose. Mais je savais qu'il n'y avait rien en moi, rien de ce qui précédemment avait fait passer la musique de mon âme dans mon corps, mes bras et mes doigts.

« Je me souviens qu'il y avait des gens dans la maison la nuit où Sonia... Je me rappelle des voix, des pas, Maman qui t'appelait.

— C'était la panique. Tout le monde a paniqué. Il y avait les ambulanciers. Les pompiers. Tes grands-parents. Pitchford. Raphael.

— Raphael était là ?

— Oui.

— Mais qu'est-ce qu'il faisait ?

— Je ne m'en souviens pas. Peut-être qu'il était au téléphone avec la Juilliard School. Cela faisait des mois qu'il essayait de nous convaincre de te laisser faire ce stage. Il était déterminé à ce que tu le fasses, encore plus que toi.

— Alors tout ça s'est passé à l'époque de Juilliard ? »

Papa a baissé les bras qui m'avaient tendu le Guarneri. Il tenait le violon d'une main, l'archet de l'autre, tous deux orphelins de leur maître réduit à l'impuissance.

« Veux-tu me dire où tout ça nous mène, Gideon ? Quel rapport avec ton instrument ? Dieu sait que j'essaie de coopérer, mais je n'ai aucun moyen de mesurer...

— Mesurer quoi ?

— Tes progrès. Comment veux-tu que je sache si tu as fait des progrès ? Comment sais-tu si tu as progressé ? »

Impossible de lui répondre, Dr Rose. Parce que la vérité est ce qu'il redoute et ce que je crains : je ne peux pas lui dire si ce que je fais sert à quelque chose, si la voie dans laquelle je me suis engagé est celle qui me ramènera à la vie qui était la mienne jadis, et qui m'était si chère.

« La nuit où ça s'est passé, ai-je dit. J'étais dans ma chambre. Ça, je m'en souviens. Je me suis souvenu des cris et des ambulanciers ou plutôt du vacarme et je me suis souvenu que Sarah-Jane écoutait à la porte, elle était dans ma chambre avec moi, et elle me disait qu'en fin de compte elle ne partirait pas. Mais je ne me rappelle pas qu'elle ait projeté de partir avant que Sonia... avant ce qui s'est passé. »

J'ai vu la main droite de Papa se crisper autour du Guarneri. Ce n'était pas la réaction qu'il avait escomptée lorsqu'il avait sorti l'instrument de son étui.

« Quand on a un violon comme celui-là, il faut en jouer. Il faut également le ranger correctement. Regarde ton archet, Gideon. Regarde dans quel état il est. Tu ne te préoccupes plus de ces choses maintenant que tu te concentres tout entier sur le passé ? »

J'ai songé au jour où j'avais essayé de jouer, au jour où Libby m'avait entendu, au jour où j'avais su ce qui jusque-là n'était pour moi qu'une prémonition : ma musique s'était envolée, définitivement.

« Jamais tu ne faisais ça, a dit Papa. Jamais tu ne traitais ton instrument avec autant de désinvolture.

— Si Sarah-Jane comptait partir avant les événements, pourquoi ne l'a-t-elle pas fait ? ai-je demandé.

— Les cordes n'ont pas été nettoyées depuis Wigmore Hall, si ? C'était quand, la dernière fois que tu as omis de nettoyer les cordes après un concert, Gideon ?

— Quel concert ? Il n'y a pas eu de concert à Wigmore Hall, je n'ai pas joué.

— Et tu ne t'es pas produit en public après ça. Tu n'as pas eu le cran de...

— Parle-moi de Sarah-Jane Beckett !

— Sarah-Jane Beckett n'est pas le problème, bon sang !

— Alors pourquoi refuses-tu de répondre ?

— Parce qu'il n'y a rien à dire. Elle a été virée. Sarah-Jane Beckett a été virée, elle aussi. »

Je ne m'y attendais pas vraiment. Je pensais qu'il me dirait qu'elle s'était fiancée, qu'elle avait trouvé un meilleur emploi, décidé de changer de carrière ; mais de là à ce qu'elle ait été virée avec Katja Wolff, ça, vraiment, je n'y avais pas songé.

« Il nous avait fallu faire des coupes sombres dans notre budget, a dit Papa. Nous ne pouvions garder Sarah-Jane Beckett et Raphael Robson, et avoir par ailleurs une nounou à plein temps pour Sonia. Alors, nous avions donné un préavis de deux mois à Sarah-Jane.

— Quand ?

— Peu de temps avant de nous rendre compte qu'il nous faudrait licencier Katja Wolff.

— Donc quand Sonia est morte et que Katja est partie...

— Il était inutile que Sarah-Jane s'en aille elle aussi. » Pivotant, il reposa le Guarneri dans son étui. Ses mouvements étaient lents, avec sa scoliose il avait l'allure d'un homme de quatre-vingts ans.

« Alors Sarah-Jane aurait pu...

— Elle était avec Pitchford quand ta sœur a été noyée, Gideon, elle l'a juré et Pitchford a confirmé. » Papa s'est redressé et tourné vers moi. Il avait l'air

424

exténué. J'ai senti l'angoisse, la culpabilité, le chagrin jaillir en moi à l'idée que je le forçais à se pencher sur des événements qu'il avait enterrés avec ma sœur. Mais il me fallait poursuivre, il me semblait que nous progressions pour la première fois depuis que j'avais eu ma crise à Wigmore Hall – oui, Dr Rose, j'utilise délibérément ce mot comme vous l'avez vous-même fait – et sentant que nous progressions je me disais qu'il me fallait aller de l'avant.

« Pourquoi n'a-t-elle pas parlé ? ai-je dit.

— Mais je viens de te dire qu'elle…

— Katja, pas Sarah-Jane. Cresswell-White m'a dit qu'elle avait parlé à la police une fois en tout et pour tout, et qu'elle n'avait plus jamais parlé à qui que ce soit d'autre. Du crime, j'entends. De Sonia.

— Impossible pour moi de répondre à cette question. J'ignore la réponse. Et d'ailleurs peu importe. Et… » Il a pris la partition que j'avais laissée sur le pupitre lorsque j'avais songé à jouer, il l'a refermée lentement comme pour mettre fin à une chose que ni l'un ni l'autre nous ne voulions nommer. « Je ne comprends pas pourquoi tu t'attardes là-dessus. Tu ne trouves pas que Katja Wolff nous a fait assez de mal comme ça ?

— Ce n'est pas Katja Wolff, lui ai-je dit, c'est ce qui s'est passé.

— Tu le sais, ce qui s'est passé.

— Je ne sais pas tout.

— Tu en sais suffisamment.

— Ce que je sais, c'est que, quand je passe ma vie en revue, quand j'en parle, tout ce que je me rappelle avec précision, c'est la musique. Comment je l'ai découverte, comment je l'ai abordée, les exercices que Raphael me faisait faire, les concerts que je donnais, les orchestres avec lesquels j'ai joué, les chefs d'orchestre, les journalistes qui m'interviewaient, les enregistrements que je réalisais.

— C'était ta vie. C'est ça que tu es. »

Mais pas pour Libby. J'entendais encore ce qu'elle

m'avait crié. Je sentais combien elle était frustrée. J'aurais pu me noyer dans le désespoir qui l'habitait.

Je m'en vais à la dérive, Dr Rose. Je suis un homme qui n'a plus de pays. J'existais jadis dans un univers que je reconnaissais comme mien, où je me sentais à l'aise, un monde doté de frontières précises, peuplé d'êtres parlant une langue que je comprenais. Tout cela m'est étranger désormais, mais pas plus que le territoire où, conformément à vos instructions, je me risque maintenant sans guide ni carte.

11

Heureusement pour elle, Yasmin Edwards eut une matinée chargée. On lui avait adressé une demi-douzaine de pensionnaires d'un foyer de Lambeth qui s'étaient pointées chez elle en même temps. Aucune d'entre elles n'avait besoin d'une perruque – les perruques étaient destinées aux femmes sous chimiothérapie ou à celles qui souffraient d'alopécie – mais toutes voulaient changer de look, et Yasmin était contente de pouvoir leur donner satisfaction. Elle savait pour y être passée ce que c'était que d'être KO à cause d'un homme, aussi ne fut-elle pas surprise en voyant que les femmes commençaient par évoquer à voix basse leur physique et les changements que Yasmin Edwards pouvait y apporter. C'est pourquoi Yasmin y alla sur la pointe des pieds, leur donnant des magazines pour qu'elles puissent faire leur choix tout en buvant du café et en grignotant des biscuits.

— Vous pourriez me faire la tronche de celle-là ?

La question eut pour effet de briser la glace. L'une des femmes, qui avait une bonne soixantaine et ne devait pas faire loin de cent vingt kilos, avait jeté son dévolu sur la photo d'un mannequin noir nubile à seins somptueux et moue boudeuse.

— Si t'arrives à avoir cette tête-là en sortant d'ici, je ne décolle plus de cette boutique, dit une autre.

Les gloussements timides se transformèrent en rires massifs, et après, tout alla comme sur des roulettes.

Bizarrement, ce fut l'odeur du produit que Yasmin utilisait pour nettoyer les plans de travail après le départ de ses clientes qui la ramena soudain aux événements de la matinée. L'espace d'un moment, elle se demanda pourquoi avant de se rappeler qu'elle était en train d'astiquer la baignoire pour en chasser les derniers cheveux que Daniel n'avait pas réussi à faire disparaître la veille lorsque Katja était entrée dans la salle de bains pour se brosser les dents.

« Tu bosses aujourd'hui ? » avait demandé Yasmin à sa compagne. Daniel étant parti pour l'école, elles se trouvaient en mesure de parler sans contrainte. Ou du moins elles avaient la possibilité d'essayer.

« Bien sûr, avait répondu Katja. Pourquoi j'irais pas ? »

Elle avait conservé quelques traces de son accent. Yasmin se disait parfois que vingt ans passés loin de son pays natal auraient dû modifier les habitudes les plus enracinées de Katja. Pourtant celles-ci demeuraient. Il y avait eu une époque où Yasmin avait trouvé craquante la façon de parler de son amie, mais ce n'était plus le cas aujourd'hui. Impossible de dire quand le charme avait commencé à s'estomper. C'était récent, lui semblait-il. Mais elle ne pouvait dire quand exactement elle avait changé d'avis.

« Il a dit que t'avais manqué, à la laverie. Quatre fois en douze semaines. »

Dans le miroir au-dessus du lavabo les yeux bleus de Katja se rivèrent à ceux de Yasmin.

« Tu crois ça, Yas ? C'est un keuf, et toi et moi on est... Tu sais ce qu'on est à ses yeux : des moins que rien, des taulardes qu'on a remises en liberté. Oh, j'ai bien vu comment il nous a regardées, si ça t'a échappé. Pourquoi est-ce qu'un type de ce genre dirait la vérité alors qu'en racontant des craques il peut parvenir à nous brouiller ? »

Il y avait du vrai dans les propos de Katja, impos-

428

sible de le nier. D'après ce que Yasmin savait, on ne pouvait pas faire confiance à la police. D'ailleurs, c'était bien simple, on ne pouvait faire confiance à aucun des représentants du système judiciaire. Les flics racontaient votre histoire à leur manière et ils déformaient les faits de façon qu'ils collent à leur version, présentant ces faits aux magistrats de sorte qu'un procès à l'Old Bailey suivi d'une longue peine de prison soit le seul remède à ce que l'on appelait un mal social. Comme si elle avait été une maladie et qu'elle avait infecté Roger Edwards… Alors que la réalité était qu'elle avait dix-neuf ans, qu'elle avait servi de jouet à ses beaux-pères, à ses demi-frères et à leurs amis tandis que Roger, lui, était un Australien à cheveux jaunes qui avait suivi sa copine jusqu'à Londres où elle l'avait plaqué, un livre de poèmes coincé sous le bras. Celui-là même qu'il avait laissé traîner à la caisse du Sainsbury où il se fournissait une fois par semaine et où elle travaillait comme caissière. Un livre qui l'avait encouragée à penser qu'il était peut-être mieux que les mecs qu'elle voyait d'habitude.

Et il l'était. Différent. Roger Edwards était différent des autres de bien des façons. Mais pas comme il aurait fallu qu'il le soit.

Ce qui poussait un homme et une femme dans les bras l'un de l'autre n'était jamais simple. Oh, comme ça, extérieurement, ça avait l'air facile : le mec a la trique, il se met en quête d'un con juteux. Pourtant ça ne l'était pas. Pas commode d'expliquer tout ça : son histoire et celle de Roger, ses peurs et le désespoir insensé de Roger, leurs besoins respectifs, le rôle que chacun voulait voir l'autre jouer dans sa vie. Il n'y avait que les faits. Et les faits, c'était une ennuyeuse succession d'accusations découlant de la prise de substances illicites, suivie d'une série encore plus assommante de dénégations qui n'étaient jamais suffisantes et engendraient à leur tour de nouvelles accusations. Celles-ci étaient proférées dans un climat de paranoïa sans cesse grandissant, lui-même instauré par les drogues et l'alcool jusqu'au moment où elle avait décidé de le chasser de sa vie, de celle de leur enfant et de son appartement, et tant pis si leur fils se trouvait dépossédé de son père comme tant de gamins de leur communauté, privé de père malgré la promesse qu'elle s'était faite de ne pas laisser Daniel grandir dans le giron des femmes.

Roger avait refusé de partir, cependant. Il s'était même battu pour ne pas partir. Vraiment. Physiquement. Il s'était battu comme il se serait battu contre un homme. En silence, de toutes ses forces, avec ses poings. Mais c'était elle qui avait l'arme en main, et elle s'en était servie.

Elle avait tiré cinq ans. Elle avait été arrêtée et inculpée. Elle faisait un mètre quatre-vingts, soit douze centimètres de plus que son mari. Mesdames et messieurs du jury, pourquoi cette femme avait-elle éprouvé le besoin de brandir un couteau lorsqu'il avait tenté – c'est ce qu'elle affirme du moins – de lui taper dessus ? Comme il était sous ce que l'on appelle « l'influence d'une substance étrangère », presque tous ses coups avaient manqué leur but. Il l'avait simplement égratignée au lieu de lui envoyer son poing en pleine poire ou de lui massacrer la figure. Pourtant, elle s'était servie d'un *couteau* contre ce malheureux garçon et elle l'avait frappé à dix-huit reprises. Pas moins.

Davantage de sang – le sien, pas celui de Roger –, voilà qui aurait bien arrangé ses affaires au cours de l'enquête menée par la police locale. Mais tout ce qu'elle avait pour se défendre, c'était son histoire. Un mec séduisant, qui vient de se faire lourder par sa nana, attire l'œil d'une fille qui se cache du monde. Il la persuade de sortir de son trou de souris, en échange elle lui promet de l'aider à oublier sa déception sentimentale. Le mec se drogue un peu ? Il boit beaucoup ? Pourquoi en faire une affaire ? Ce genre de comportement, Yasmin le connaissait. C'était la dégringolade dans le sordide et ses demandes d'argent répétées – du pognon qu'elle aurait pu se faire la nuit dans les embrasures de porte, dans les voitures sur le parking, adossée à un arbre sur le pré communal, jambes écartées – qu'elle n'avait pas été prête à accepter de Roger Edwards.

« Tire-toi, *tire-toi* ! » avait-elle hurlé. Et c'étaient ces cris et ces mots qu'elle avait hurlés que les voisins s'étaient rappelés plus tard.

« Racontez-nous ce qui s'est passé, Mrs Edwards, lui avaient dit les flics devant le corps ensanglanté et inanimé de son mari. Tout ce qu'on vous demande, c'est de nous raconter l'histoire, et on tire ça au clair tout de suite. »

Elle avait raconté son histoire à la police et elle avait récolté cinq ans de taule. Cinq ans de prison, c'est comme ça qu'ils avaient tiré l'affaire au clair. Elle avait perdu ces années pendant lesquelles elle avait été privée de son fils. Elle était sortie de prison les mains vides et elle avait passé les cinq années suivantes à travailler, à faire des projets, à mendier, à emprunter pour essayer de rattraper le temps perdu. Katja avait raison et Yasmin le savait : seul un imbécile croyait ce qu'un flic lui racontait.

Mais il n'y avait pas que la phrase du policier sur les absences de Katja – du boulot, de l'appartement – qui la turlupinait. Il y avait aussi la voiture. Et la voiture ne pouvait mentir.

« La voiture a un phare de cassé, Katja. Le flic, il s'en est rendu compte hier soir. Il m'a demandé comment il avait été cassé.

— Tu me poses la même question ?

— Ben, oui. » Yasmin frotta vigoureusement la vieille baignoire avec son produit comme si elle espérait faire disparaître les taches d'usure. « Je me souviens pas d'avoir heurté quoi que ce soit. Et toi ?

— Pourquoi est-ce qu'il voulait savoir ça ? En quoi ça le regarde, cette histoire de phare ? » Katja avait fini de se brosser les dents et elle se pencha vers le miroir, examinant son visage comme elle le faisait toujours, comme Yasmin l'avait fait elle-même pendant des mois après sa sortie de prison, essayant de voir si elle était bien dans cette pièce sans gardien, sans murs, sans serrure, essayant de voir ce qu'il lui restait à vivre et s'efforçant de ne pas être complètement terrorisée à la pensée des années vides qui se profilaient devant elle.

Katja se lava le visage, le tapota pour le sécher. Tournant le dos au lavabo, elle s'appuya contre le rebord, observant Yasmin. Lorsque celle-ci eut fermé les robinets, Katja reprit la parole :

« Qu'est-ce qu'il nous veut, Yas ?

— Qu'est-ce qu'il *te* veut, corrigea Yasmin. C'est pas après moi qu'il en a, c'est après toi. Alors ce phare, comment tu l'as bousillé ?

— Je ne savais pas qu'il était cassé. Je n'ai pas spécialement vérifié… Ecoute, Yas, ça t'arrive souvent d'examiner l'avant de la voiture ? Tu savais qu'il était cassé avant qu'il t'en parle ? Non ? Si ça se trouve, ça fait des semaines qu'il est dans cet état. Et cassé comment ? La lumière marche encore ? Si ça se trouve, c'est quelqu'un qui l'a heurté en faisant une marche arrière dans le parking. Ou dans la rue. »

Peut-être, songea Yasmin. Mais n'y avait-il pas quelque chose de précipité dans la réponse de Katja ? Et pourquoi ne lui avait-elle pas demandé de quel phare il s'agissait ? N'aurait-ce pas été logiquement une question à poser ?

« Ç'aurait aussi bien pu se produire quand tu conduisais. Vu qu'aucune de nous ne savait qu'il était abîmé, ajouta Katja.

— Ouais, fit Yasmin.

— Alors…

— Il voulait savoir où t'étais. Il est allé à ton travail et il a demandé à te parler.

— Ça, c'est ce qu'il raconte. Mais s'il leur a vraiment parlé et s'ils lui ont dit que j'avais manqué à quatre reprises, pourquoi es-tu la seule à qui il ait répercuté l'info ? J'étais là, avec vous deux. Pourquoi ne

432

m'a-t-il pas demandé les raisons pour lesquelles j'avais manqué ? Pense un peu à ça. »

C'est ce que fit Yasmin. Elle comprit que ce que Katja disait méritait réflexion. Le constable n'avait pas questionné Katja sur ses absences alors qu'ils étaient tous les trois dans le séjour. Il avait confié ses infos à Yasmin comme s'ils étaient de vieux copains.

« Tu sais ce que ça signifie, dit Katja. Il cherche à semer la zizanie entre nous. Parce que ça, ça peut servir ses intérêts. Et s'il réussit à nous diviser, il ne perdra pas son temps à essayer ensuite de nous rabibocher. Même s'il obtient ce qu'il cherche. Et que cherche-t-il, au fait ?

— Il enquête sur un truc, dit Yasmin. Ou sur quelqu'un. Alors… » Elle prit une profonde inspiration. « Y a quelque chose que tu me caches, Katja ?

— Et voilà, dit Katja, qu'est-ce que je te disais ? Il a atteint son but.

— Mais tu ne me réponds pas.

— Parce que je n'ai rien à dire. Parce que je n'ai rien à cacher ni à toi ni à quiconque. »

Son regard croisa celui de Yasmin. Elle parlait d'une voix ferme. Ces yeux, cette voix étaient chargés de promesses. Ils étaient également porteurs de leur histoire, du réconfort offert par l'une, sur lequel l'autre avait sauté, et de ce qui était sorti de ce réconfort. Mais rien de ce qui venait du cœur n'était indestructible. Ça, l'expérience l'avait enseigné à Yasmin.

« Katja, tu me le dirais si…

— Si quoi ?

— Si… »

Katja s'agenouilla sur le carrelage près de la baignoire, près de Yasmin. Doucement, elle lui effleura l'oreille du bout des doigts.

« Tu as attendu ma sortie pendant cinq ans, dit-elle. Il n'y a pas de si, Yas. »

Elles échangèrent un long et tendre baiser, et Yasmin ne se dit plus comme elle se l'était dit au début : Je suis dingue, j'embrasse une femme… elle me caresse… je la laisse me caresser… sa bouche va, vient, m'affole… c'est une femme et ce qu'elle fait est oui, oui, je le veux, oui. Elle ne songeait qu'à une chose : à ce qu'elle éprouvait en sa compagnie, en sécurité.

Dans la boutique, elle rangea les produits de maquillage dans leur mallette et mit au sale les torchons qui lui avaient servi à nettoyer le plan de travail devant lequel les femmes s'étaient assises l'une après l'autre, la laissant leur faire une beauté. Elle sourit en songeant à l'image qu'elle avait gardée d'elles dans son esprit : des écolières qui riaient, pouffaient, ravies de l'occasion qui leur était donnée l'espace d'une matinée d'être un peu plus que ce qu'elles avaient choisi d'être. Yasmin Edwards aimait son travail. Lorsqu'elle y songeait, elle secouait la tête, tout étonnée que son séjour en prison lui ait fait découvrir un boulot utile et également une compagne et une vie qu'elle aimait. Il était rare que des problèmes comme ceux qu'elle avait traversés se terminent de cette façon.

Derrière elle, la porte du magasin s'ouvrit. Ce devait être la fille aînée de Mrs Newland, Naseesha, qui venait pile à l'heure chercher la perruque fraîchement lavée de sa mère.

Yasmin se tourna vers la porte avec un sourire de bienvenue.

— Je peux vous dire un mot ? fit le constable noir.

Le major Ted Wiley fut le dernier à Henley-on-Thames à qui Lynley et Havers montrèrent la photo de Katja Wolff. Ils n'avaient pas prévu de s'y prendre de cette façon. Normalement ils lui auraient montré le cliché en premier, étant donné que, du moins s'il fallait croire le récit de l'ex-voisin et ami d'Eugenie Davies, c'était lui qui aurait eu toutes les chances de voir Katja Wolff si elle s'était risquée jusqu'à Henley. Seulement, en arrivant à Friday Street, ils avaient constaté que la librairie du major était fermée, qu'il y avait une pancarte *Reviens de suite* indiquant l'heure du retour du maître des lieux. Alors ils avaient montré la photo dans les autres magasins de Friday Street. Mais sans le moindre succès.

Havers n'en était pas autrement étonnée.

— Je suis sûre que nous sommes sur la mauvaise piste, inspecteur, dit-elle à Lynley avec un soupir de martyre.

— C'est une photo prise par l'administration, rétorqua-t-il. Aussi mauvaise qu'une photo de passeport. Si ça se trouve, ça ne lui ressemble même pas. Tentons notre chance au Club des Sexagénaires avant de la rayer définitivement de notre liste.

Le Club des Sexagénaires était raisonnablement bondé même à cette heure de la journée. La plupart des membres présents étaient lancés dans un tournoi de bridge. Un groupe de quatre femmes jouait très sérieusement au Monopoly, des douzaines d'hôtels rouges et d'immeubles verts jonchaient le plateau. En outre, dans une pièce exiguë qui ressemblait à une cuisine, trois hommes et deux femmes étaient assis autour d'une table avec des chemises cartonnées en face d'eux. La tête rousse de la redoutable Georgia Ramsbottom jaillit de ce dernier groupe et sa voix s'éleva, dominant celle de Fred Astaire qui dansait joue contre joue avec Ginger Rogers sur un écran de télévision installé dans un renfoncement où étaient disposés des fauteuils confortables.

— Il serait *beaucoup* plus raisonnable de recruter en interne, disait Georgia Ramsbottom. On devrait au moins essayer, Patrick. Si l'un d'entre nous souhaite prendre la direction du club maintenant qu'Eugenie a disparu…

L'une des participantes l'interrompit, mais un ton plus bas.

Georgia contra aussitôt :

— Je trouve ça extrêmement choquant, Margery. Il faut bien que *quelqu'un* prenne les intérêts du club en main. Je suggère que nous oubliions notre chagrin et que nous réglions la question dès maintenant. Sinon aujourd'hui, du moins avant que d'autres messages restent en souffrance… (Elle agita une petite liasse de Post-it.) Et que les factures impayées s'entassent.

Il y eut une sorte de grondement qui aurait pu être d'assentiment ou de désapprobation mais dont la signification n'apparut pas clairement car, à ce moment précis, Georgia Ramsbottom aperçut Lynley et Havers. S'excusant auprès de ses camarades, elle s'approcha d'eux. Le comité exécutif du Club des Sexagénaires tenait une réunion extraordinaire, leur annonça-t-elle, comme si l'ordre du jour du comité avait une importance nationale. Le Club des Sexagénaires ne pouvait rester longtemps sans gouvernail ni directeur.

— Nous n'en avons pas pour très longtemps, lui dit Lynley. Quelques instants nous suffiront. Nous voudrions nous entretenir avec chacun des membres du Club en particulier. Si vous vouliez bien vous charger d'organiser ça…

— Inspecteur, dit Georgia en glissant dans ses paroles une pointe d'impertinence, les membres de notre Club sont des gens honnêtes, des gens bien. Si vous êtes venu ici avec l'idée que l'un d'entre eux est impliqué dans la mort d'Eugenie…

— Je n'ai aucune idée préconçue, coupa Lynley sans paraître se formaliser.

Mais, ayant bien remarqué qu'avec son « l'un d'entre eux » Georgia se désolidarisait du reste des membres, il remit les pendules à l'heure :

— Nous pourrions peut-être commencer par vous, Mrs Ramsbottom. Dans le bureau de Mrs Davies ?

Tous les yeux les suivirent tandis que, d'une démarche raide, Georgia se dirigeait vers la porte du bureau. Elle était ouverte aujourd'hui et Lynley remarqua en entrant que tous les objets appartenant à Eugenie Davies avaient déjà été entassés dans un carton, posé tristement sur sa table de travail. Il se demanda vaguement ce que la redoutable Mrs Ramsbottom considérait comme une période de deuil convenable pour la directrice du club. En tout cas, elle ne perdait pas de temps dès lors qu'il s'agissait de faire place nette.

Il ne crut pas utile de lui faire la conversation une fois que Havers, la porte fermée, se fut placée devant, calepin en main. Il s'installa dans le fauteuil directorial, fit signe à Georgia Ramsbottom de s'asseoir sur le siège qui lui faisait face et sortit la photo de Katja Wolff. Mrs Ramsbottom avait-elle vu cette femme à proximité du club ou ailleurs à Henley dans les semaines qui avaient précédé la mort de Mrs Davies ?

Au vu de la photo, Georgia énonça : « La meurtrière… ? » d'un ton respectueux qui n'aurait pas été déplacé dans un roman d'Agatha Christie. Et soudain elle parut désireuse de coopérer, sans doute parce qu'elle venait de comprendre que la police ne cherchait pas le tueur parmi les sexagénaires du club. Elle s'empressa d'ajouter :

— Je crois savoir qu'Eugenie a été sciemment écrasée, inspecteur. Qu'il ne s'agissait pas d'un accident avec délit de fuite. Ce cher Teddy me l'a appris lorsque je lui ai téléphoné hier soir.

A l'autre bout de la pièce, Havers prononça en silence *Ce cher Teddy*. Elle se mit à écrire furieusement dans son calepin. Entendant le grattement du crayon sur le papier, Georgia jeta un coup d'œil pardessus son épaule.

— Si vous voulez bien examiner la photo, Mrs Ramsbottom, dit Lynley.

Georgia s'exécuta. Elle approcha la photo de ses yeux. Elle la tint à bout de bras. Elle inclina la tête. Non, dit-elle enfin, elle n'avait jamais vu cette femme. En tout cas, pas à Henley.

— Ailleurs alors ? questionna Lynley.

Non, non. Ce n'est pas ce qu'elle voulait dire. Certes, elle aurait pu l'avoir aperçue à Londres – dans la rue, peut-être – lorsqu'elle allait rendre visite à ses petits-enfants chéris. Mais, si tel était le cas, elle ne s'en souvenait pas.

— Merci, dit Lynley, s'apprêtant à la renvoyer.

Mais il constata que Georgia n'avait pas envie de se voir congédier aussi facilement. Elle croisa les jambes, passa une main le long d'un des plis de sa jupe, lissa son collant et dit :

— Evidemment, vous allez vouloir interroger Teddy, inspecteur. (C'était plus une suggestion qu'une question.) Il habite en face de chez Eugenie, ce cher Teddy. Mais je ne vous apprends rien. Et si cette femme rôdait dans le coin ou si elle lui rendait visite, il se peut qu'il soit au courant. Si cela se trouve, Eugenie lui aura fait part de sa visite. Car ils étaient très amis tous les deux, voyez-vous, Teddy et Eugenie. Il n'est donc pas impossible qu'elle se soit confiée à lui au cas où cette femme aurait... (Georgia hésita, se tapotant la joue d'un doigt chargé de bagues.) Mais non. Non. Peut-être que non, après tout.

Lynley soupira intérieurement. Georgia savait des choses mais elle voulait se faire prier. Pas question de jouer à ce petit jeu avec cette dame. Si elle croyait pouvoir l'asticoter, elle allait se rendre compte qu'elle avait affaire à plus fort qu'elle. Bluffant, il dit : « Merci, Mrs Ramsbotton », et d'un signe de tête il demanda à Havers de la faire sortir.

Georgia fut donc forcée d'abattre ses cartes.

— Très bien. J'ai parlé à ce cher Teddy, confia-t-elle à Lynley. Comme je vous le disais à l'instant, je lui ai téléphoné hier soir. Après tout, il est normal de présenter ses condoléances à un ami très cher qui perd un être qu'il aime. Même si cet ami très cher n'était pas payé de retour par son aimée.

— L'ami très cher étant le major Wiley, clarifia Havers non sans agacement.

Georgia lui jeta un regard impérieux. Puis elle dit à Lynley :

— Inspecteur, il serait peut-être utile que vous sachiez... Non que je souhaite dire du mal des morts, notez bien... Mais ce n'est pas médire que d'énoncer un fait, n'est-ce pas ?

— Où voulez-vous en venir, Mrs Ramsbottom ?

— Eh bien, je me demande si je devrais aborder un sujet qui n'a peut-être aucun rapport avec votre enquête.

Elle attendit qu'on lui réponde ou qu'on l'encourage. Comme Lynley ne soufflait mot, elle fut forcée de poursuivre :

— Mais d'un autre côté, il se peut que cela ait un rapport. Et si je garde ça pour moi... C'est à ce pauvre cher Teddy que je pense, voyez-vous. L'idée que ces renseignements puissent venir à la connaissance du public, le blesser... Cela m'est difficile à supporter.

Lynley était bien persuadé du contraire.

— Mrs Ramsbottom, si vous détenez sur Mrs Davies des renseignements susceptibles de nous mener à son meurtrier, vous auriez intérêt à nous les communiquer sans plus attendre.

Ce serait l'intérêt de Georgia mais aussi le nôtre, semblait se dire Havers avec la tête de quelqu'un qui aurait volontiers étranglé cette femme insupportable.

— Sinon, ajouta Lynley, nous avons du travail. Constable, si vous voulez bien aider Mrs Ramsbottom à rassembler ses troupes pour les interviews suivantes ?...

— Il s'agit d'Eugenie, s'empressa de dire Georgia. Cela me déplaît profondément de vous dire ça, mais je vais le dire quand même. Voilà : ce n'était pas réciproque. Enfin, pas tout à fait.

— Comment ça : « pas réciproque » ?

— Elle ne nourrissait pas pour Teddy des sentiments aussi forts que les siens pour elle, et il n'en était pas conscient.

— Mais vous, si, dit Havers depuis la porte.

— Je ne suis pas aveugle, fit Georgia à Havers pardessus son épaule. (Et à Lynley :) Et je ne suis pas idiote non plus. Il y avait quelqu'un d'autre. Et Teddy l'ignorait. Il l'ignore encore, le pauvre.

— Quelqu'un d'autre ?

— Certains vous diraient que quelque chose tarabustait Eugenie en permanence, que c'était ça qui l'empêchait d'être plus proche de Teddy. Mais moi je dis que c'était *quelqu'un* qu'elle avait en tête, et elle n'avait pas encore annoncé la nouvelle à ce pauvre homme.

— Vous l'avez vue avec quelqu'un ? demanda Lynley.

— Ce n'était pas la peine, dit Georgia. Je voyais bien comment elle se comportait quand elle était au club : les coups de fil qu'elle prenait toutes portes fermées, les fois où elle s'en allait à onze heures et demie et où elle ne rentrait pas de la journée. Ces jours-là, elle venait en voiture, inspecteur. Alors que le reste du temps elle faisait le trajet à pied depuis Friday Street. Et elle n'était pas non plus à la maison de retraite les jours où elle prenait sa voiture. Car c'était le lundi et le mercredi qu'elle faisait du bénévolat aux Pins tranquilles.

— Et les jours où elle s'éclipsait à onze heures et demie, c'était quand ?

— Le jeudi ou le vendredi. Une fois par mois. Parfois deux. Toujours très régulièrement. Qu'est-ce que ça vous évoque, ces absences, inspecteur ? Moi, je dis que ça sent le rendez-vous à plein nez.

Cela pouvait suggérer n'importe quoi, songea Lynley, rendez-vous médical ou coiffeur. Mais si les propos de Georgia Ramsbottom étaient déformés par l'antipathie qu'elle éprouvait pour Eugenie Davies, Lynley ne pouvait ignorer le fait que les renseignements qu'elle venait de lui donner correspondaient à ce qu'ils avaient remarqué en parcourant l'agenda de la défunte.

Après l'avoir remerciée de sa collaboration – même s'il avait été obligé de lui tirer les vers du nez –, Lynley renvoya la dame à son comité et, secondé par Havers, reçut les membres du club l'un après l'autre. Il se rendit compte que tous voulaient l'aider. Seulement personne ne put affirmer avoir vu la femme de la photo aux environs du club.

Ils regagnèrent à pied Friday Street, où Lynley avait

laissé sa voiture garée devant le cottage d'Eugenie Davies. Tout en marchant, Havers lui dit :

— Alors, vous êtes satisfait, inspecteur ?

— A quel sujet ?

— Wolff. Vous êtes satisfait maintenant ?

— Pas tout à fait.

— Ne me dites pas que vous la voyez toujours dans le rôle du meurtrier. Pas après notre visite au club. Si Katja Wolff avait écrasé Eugenie Davies, il lui aurait d'abord fallu savoir où elle se rendait cette nuit-là, non ? Ou alors elle aurait dû la suivre d'ici jusqu'à Londres. Vous êtes d'accord ?

— Ça me semble évident.

— Dans un cas comme dans l'autre, il lui aurait fallu la contacter à sa sortie de prison. Il se peut que les relevés téléphoniques apportent de l'eau à notre moulin, que nous découvrions qu'Eugenie Davies et Katja Wolff ont passé leurs soirées ces douze dernières semaines à papoter comme des gamines pour des raisons qui nous échappent totalement. Mais si l'examen des relevés du téléphone ne donne rien, il faut se dire que quelqu'un l'a suivie d'ici jusqu'à Londres. Et nous savons tous les deux qui aurait pu faire ça les doigts dans le nez, n'est-ce pas ? conclut-elle en indiquant la librairie où le petit panneau *Reviens de suite* avait été retiré.

— Voyons ce que le major Wiley va bien pouvoir nous raconter, dit Lynley en poussant la porte du magasin.

Ted Wiley vidait un carton de livres et les empilait sur une table où une pancarte annonçait *Nouveautés*. Il n'était pas seul. Au fond de la boutique, une femme avec un foulard en cachemire était assise dans un fauteuil confortable, un gobelet de Thermos à la main, un livre sur les genoux.

— J'ai vu votre voiture en revenant, dit Wiley, faisant référence à la Bentley tout en extirpant trois livres du carton, qu'il essuya avec un chiffon avant de les poser sur la table. Qu'avez-vous trouvé ?

Cet homme paraissait posséder l'art de donner des ordres. Il semblait partir du principe que les inspecteurs londoniens étaient venus à Henley pour lui rendre compte de leur travail.

— Il est encore trop tôt à ce stade de l'enquête pour se prononcer, major Wiley, fit Lynley.

— Tout ce que je peux vous dire, d'après mon expérience, reprit Wiley, c'est que plus les choses traîneront en longueur, moins vous aurez de chances de coincer le salopard qui a fait ça. Vous devez bien avoir des pistes. Des soupçons. Quelque chose à vous mettre sous la dent.

Lynley lui présenta la photo de Katja Wolff.

— Avez-vous vu cette femme ? Dans le voisinage peut-être. Quelque part en ville.

Wiley plongea la main dans la poche poitrine de sa veste et en sortit une paire de lunettes à monture d'écaille qu'il posa sur son grand nez. Il plissa les yeux en contemplant la photo de Katja Wolff et au bout de quinze secondes dit :

— Qui est-ce ?

— Katja Wolff. C'est la femme qui a noyé la fille d'Eugenie Davies. Vous la reconnaissez ?

Wiley examina de nouveau le cliché, son expression disait qu'il voulait la reconnaître, soit pour mettre un terme à l'angoisse de ne pas savoir qui avait tué celle qu'il aimait, soit pour une autre raison. Mais en fin de compte, il secoua la tête et rendit la photo à Lynley.

— Et ce type, qu'est-ce que ça donne ? demanda-t-il. L'Audi. Il était fou de rage. Prêt à se montrer violent. Ça, je l'ai bien senti. Et si vous aviez vu la façon dont il a démarré... Ah c'est le genre de salaud qui, quand il n'obtient pas ce qu'il veut, pète les plombs. Et n'hésite pas à tirer. Comme le détraqué de Hungerford[1].

— Nous ne l'avons pas écarté de la liste des sus-

_____

1. Théâtre, en août 1987, d'une fusillade qui a fait seize morts, abattus par un tireur fou. (N.d.T.)

pects, dit Lynley. Les constables, à Londres, passent en revue une liste d'Audi immatriculées à Brighton. Nous devrions bientôt avoir du nouveau.

Wiley grogna et ôta ses lunettes. Il les fourra dans la poche de sa veste.

— Vous nous avez dit que Mrs Davies voulait vous parler, qu'elle vous avait dit avoir quelque chose à vous confier, insista Lynley. Vous avez une idée de ce que ça pouvait être, major Wiley ?

— Aucune.

Wiley s'empara d'autres livres. Il en examina avec soin les couvertures comme pour y déceler d'éventuelles imperfections.

Tandis qu'il était ainsi occupé, Lynley réfléchit, se disant qu'un homme sait généralement quand celle qu'il aime ne le paye pas de retour. Il sait également quand la passion qui habite le cœur de la femme qu'il aime commence à s'émousser. Parfois il se ment, niant l'évidence jusqu'au moment où il ne peut plus se voiler la face. Mais il sait toujours, même si c'est seulement dans son subconscient, quand les choses clochent. Se l'avouer est une forme de torture, bien sûr. Et il y a des hommes qui, ne pouvant endurer semblable torture, choisissent un autre moyen d'affronter la situation.

— Major Wiley, dit Lynley, vous avez entendu les messages sur le répondeur de Mrs Davies, hier. Vous avez entendu des voix d'hommes. Ça ne doit donc pas vous surprendre que je vous demande si Mrs Davies voyait quelqu'un d'autre que vous, si c'est ce qu'elle voulait vous dire.

— J'y ai réfléchi, fit Wiley tranquillement. Je ne pense qu'à ça depuis... Bon sang !

Il secoua la tête, fourra la main dans la poche de son pantalon. Il en sortit un mouchoir, se moucha si bruyamment qu'il fit sursauter la femme qui lisait assise dans le fauteuil. Elle se retourna et, voyant Lynley et Havers, s'enquit :

— Major Wiley ? Un problème ?

D'un geste de la main, il la rassura et se détourna

443

de façon qu'elle ne puisse voir son visage. Elle parut trouver la réponse suffisante car elle se replongea dans son livre tandis que Wiley disait à Lynley :

— Je me fais l'effet d'être un parfait imbécile.

Lynley attendit qu'il poursuive. Havers tapotait avec son crayon sur son calepin et elle fronça les sourcils.

Wiley se ressaisit et leur parla d'une chose dont il n'était pas franchement fier : les nuits où il avait observé le cottage d'Eugenie Davies depuis la fenêtre de sa chambre, la nuit en particulier où sa surveillance avait porté ses fruits.

— Il était une heure du matin, dit-il. C'était le type à l'Audi. Et si vous aviez vu comme elle l'a touché... Oui. Oui. J'étais amoureux d'elle, et elle fréquentait quelqu'un d'autre. Est-ce que c'était ça qu'elle voulait me confier, inspecteur ? Je n'en sais rien. Je ne voulais pas le savoir à ce moment-là et je ne veux toujours pas le savoir. A quoi bon ?

— Cela pourrait nous permettre de retrouver son meurtrier, laissa tomber Havers.

— Vous croyez que c'est moi ?

— Quel genre de voiture conduisez-vous ?

— Une Mercedes. Elle est garée devant le magasin.

Havers, du regard, demanda des instructions à Lynley. Il hocha la tête. Elle sortit. Les deux hommes la regardèrent inspecter soigneusement l'avant du véhicule. La carrosserie était noire, mais la couleur n'avait aucune importance s'il n'y avait pas de dégâts à signaler.

— Jamais je ne lui aurais fait du mal, dit Wiley d'une voix posée. Je l'aimais. Vous comprenez ce que ça veut dire, j'en suis sûr.

Et ce que cela sous-entend, songea Lynley. Mais il ne souffla mot, attendant que Havers ait fini son examen et revienne près d'eux. Rien, lut-il dans ses yeux. Et Lynley vit qu'elle était déçue. Wiley, qui lui aussi avait lu le message, se permit de dire :

— J'espère que vous êtes satisfaits. Ou est-ce que vous allez aussi me soumettre à la torture ?

— Vous voulez certainement que nous fassions notre boulot, souligna Havers.

— Alors faites-le, dit Wiley. Il y a une photo qui manque chez Eugenie.

— Quelle photo ? dit Lynley.

— Celle sur laquelle la petite fille est seule.

— Pourquoi ne pas nous l'avoir signalé hier ?

— Je ne m'en étais pas rendu compte avant ce matin. Elle les avait alignées sur la table de la cuisine. Trois rangées de quatre. Mais elle avait treize photos des enfants à la maison : douze d'eux ensemble, et une de la petite. A moins qu'elle ne l'ait remise en haut, cette photo a disparu.

Lynley regarda Havers, qui fit non de la tête. Aucune trace de photo dans les pièces qu'elle avait inspectées au premier étage de Doll Cottage.

— C'était quand, la dernière fois que vous avez vu ce cliché ? s'enquit Lynley.

— Chaque fois que je venais, je les voyais tous. Pas comme ils étaient hier regroupés dans la cuisine. Mais éparpillés un peu partout. Dans le séjour. A l'étage. Sur le palier. Dans la lingerie.

— Peut-être qu'elle l'avait emportée pour la faire réencadrer, suggéra Havers. Ou peut-être qu'elle l'avait jetée.

— Elle n'aurait pas fait ça, protesta Wiley, horrifié.

— Peut-être qu'elle l'a donnée ou prêtée à quelqu'un.

— Une photo de sa fille ? A qui l'aurait-elle donnée ?

C'était une bonne question, à laquelle il convenait de trouver une réponse, songea Lynley.

Sur le trottoir de Friday Street, Havers suggéra une autre possibilité.

— Elle aurait pu l'envoyer à quelqu'un par la poste. A son mari, vous ne croyez pas ? Est-ce qu'il avait des photos de la petite dans son appartement quand vous vous êtes rendu chez lui, inspecteur ?

— Aucune à ma connaissance. Il n'y avait que des clichés de Gideon.

— Eh bien voilà. Ils avaient eu l'occasion de se parler, n'est-ce pas ? Du trac de Gideon. Pourquoi n'auraient-ils pas parlé également de la petite ? Du coup, il lui a peut-être demandé une photo. Elle la lui a envoyée. C'est facile à savoir, ça, non ?

— Mais c'est bizarre qu'il n'ait pas eu de photos de sa fille, Havers.

— La nature humaine est bizarre. Depuis le temps que vous êtes dans la police, vous devriez le savoir.

Il n'y avait rien à répondre à cela.

— Jetons de nouveau un coup d'œil chez elle afin de nous assurer que la photo ne s'y trouve pas.

Il leur fallut quelques minutes pour s'assurer que le major Wiley avait raison. Les douze photos de la cuisine étaient tout ce qui restait dans la maison.

Lynley et Havers étaient dans le salon à réfléchir lorsque le portable de Lynley sonna. C'était Eric Leach qui l'appelait de la salle des opérations de Hampstead.

— On tient quelque chose, annonça-t-il à Lynley sans autre préambule, l'air tout content. L'Audi de Brighton et l'abonné Cellnet ne font qu'une seule et même personne.

— Ian Staines ? dit Lynley, se souvenant du nom lié au numéro Cellnet. Le frère d'Eugenie ?

— Lui-même.

Leach donna l'adresse à Lynley, qui la nota au dos d'une de ses cartes professionnelles.

— Occupez-vous de lui, dit Leach. Qu'est-ce que ça a donné, Wolff ?

— Rien.

Lynley lui rapporta succinctement ses entretiens avec les membres du Club des Sexagénaires et avec le major Wiley, sans oublier de toucher un mot à Leach de la photo qui manquait à l'appel.

L'inspecteur principal lui soumit une autre interprétation.

— Elle aurait pu l'emporter à Londres.

— Pour la montrer à quelqu'un ?

— Ça nous ramène à Pitchley.

— Mais pourquoi aurait-elle voulu lui montrer cette photo ou la lui donner ?

— Je suis sûr que cette histoire demande à être approfondie, fit Leach. Arrangez-vous pour dénicher une photo d'Eugenie Davies. Il doit bien y avoir un instantané d'elle qui traîne quelque part au cottage. Sinon Wiley en aura une. Montrez-la à la Vallée des Rois et au Comfort Inn. Il se peut que quelqu'un se souvienne d'elle là-bas.

— Elle y serait allée avec Pitchley ?

— N'oubliez pas qu'il les aime plus âgées que lui.

Une fois la police partie, Ted Wiley confia le magasin à Mrs Dilday. Les clients avaient été peu nombreux pendant la matinée, et l'après-midi ne s'annonçait guère plus mouvementé. Aussi n'eut-il aucun scrupule à laisser cette dame veiller au grain. Il lui accordait la permission de lire les best-sellers sans qu'elle en achète un seul, il était temps qu'elle lui témoigne sa reconnaissance. Il l'arracha à son fauteuil favori et lui expliqua le fonctionnement de la caisse enregistreuse. Puis il gagna ses appartements au premier étage.

Il trouva PB qui sommeillait dans une timide flaque de soleil. Il enjamba le retriever, s'assit au vieux bureau de Connie, dans lequel il avait rangé les programmes de la saison musicale de Vienne, Santa Fe et Sydney. Il avait espéré que l'une de ces saisons servirait un jour de toile de fond à son idylle avec Eugenie. Ils voyageraient, ils iraient en Autriche, en Amérique, en Australie, ils écouteraient Rossini, Verdi, Mozart, tout en profitant pleinement de la compagnie l'un de l'autre pendant que leur amour s'étofferait, prendrait de la densité. Ils s'étaient acheminés vers ce but trois longues années durant, construisant une relation fondée sur la tendresse, le dévouement, l'affection et le respect mutuel. Ils s'étaient dit que le reste, tout ce qui liait un homme et une femme – et notamment le sexe –, trouverait avec le temps sa juste place dans l'équation. Ç'avait été un soulagement pour Ted, après la mort de Connie, après le harcèlement dont il avait été victime, de se retrouver en compagnie d'une femme qui voulait bâtir quelque chose de stable avec lui avant de songer à une éventuelle cohabitation. Après le départ de la police, Ted se força à regarder les choses en face, ce qu'il n'avait pas réussi à faire auparavant. Les hésitations d'Eugenie, son « Je ne suis pas encore prête, Ted », dit avec douceur et gentillesse : tout cela prouvait qu'elle n'était pas prête pour *lui*. Car comment interpréter le fait qu'un homme lui avait laissé un message presque désespéré sur son répondeur ? Qu'un homme était sorti de chez elle à une heure du matin ? Qu'un homme l'avait accostée sur le parking du Club des Sexagénaires pour la supplier manifestement de faire une chose qu'elle ne semblait pas avoir envie de faire ? Que penser de tout cela ? Il n'y avait qu'une réponse à ces questions, et Ted la connaissait.

Quel imbécile il avait été ! Au lieu d'être reconnaissant à Eugenie de la tranquillité que sa réserve lui assurait, il aurait dû se douter immédiatement qu'elle s'intéressait à quelqu'un d'autre. Mais non, et cela parce que ç'avait été un immense soulagement après les exigences charnelles de Georgia Ramsbottom. Cette maudite femme lui avait téléphoné la veille au soir. Son « Teddy, je suis désolée. J'ai vu la police aujourd'hui, j'ai appris qu'Eugenie... Teddy, très cher, s'il y a quoi que ce soit... » avait mal réussi à cacher l'enthousiasme avec lequel elle lui avait passé ce coup de fil. « Je viens vous voir tout de suite, lui avait-elle dit. Pas de si, ni de mais, mon cher. Il est hors de question que vous restiez seul. »

Il n'avait pas réussi à en placer une, et il n'avait pas eu non plus le courage de décamper avant son arrivée.

Elle s'était engouffrée chez lui dix minutes plus tard à peine, porteuse d'une cocotte contenant sa spécialité : une sorte de hachis Parmentier. Elle avait soulevé le papier d'aluminium qui recouvrait le récipient et il avait pu constater que le hachis était d'une déprimante perfection avec ses petits bords dentelés qui ressemblaient à des vagues. En lui décochant un sourire, elle lui avait dit : « Il est tiède mais si on le passe au micro-ondes, ça ira. Il faut que vous mangiez, Teddy. Je parie que vous n'avez rien avalé. » Elle n'avait pas attendu la réponse. Elle s'était dirigée vers le micro-ondes, avait refermé adroitement la porte du four sur le hachis, puis elle s'était activée dans la cuisine, sortant des assiettes et des couverts des placards et des tiroirs avec l'autorité tacite d'une femme qui montre qu'elle est à l'aise chez un homme.

« Vous êtes anéanti, lui avait-elle dit. Je vois bien la tête que vous faites. Croyez que je suis désolée. Je sais quels amis vous étiez. Perdre une amie comme Eugenie, ce doit être… »

Amie, songea-t-il. Ni maîtresse. Ni femme. Ni compagne. Ni partenaire. Amie, avec tout ce que cela suggérait.

Il éprouva une haine farouche pour Georgia Rams-bottom à ce moment-là. Il la haïssait non seulement pour avoir fait irruption dans sa solitude mais aussi pour l'acuité de sa perception. Elle venait de dire ce qu'il ne s'était pas autorisé à penser jusque-là : les liens qu'il croyait avoir noués avec Eugenie n'existaient que dans son désir et son imagination.

Les femmes qui s'intéressaient à un homme le montraient. Elles le montraient rapidement et sans fausse pudeur. Elles ne pouvaient faire autrement à une époque et dans une société où elles étaient beaucoup plus nombreuses que les hommes. Il en avait eu la preuve avec Georgia et avec toutes celles qui l'avaient précédée dans ses années de veuvage. Elles tombaient la culotte avant qu'un homme ait le temps de dire ouf. Et si elles la gardaient, c'était seulement parce que leurs mains étaient occupées à tripoter la braguette du monsieur. Mais Eugenie n'avait rien fait de tout cela, n'est-ce pas ? Eugenie la réservée, Eugenie la docile. Au diable Eugenie.

Il avait éprouvé un tel mouvement de colère qu'il ne put d'abord répondre à Georgia. Il aurait voulu donner des coups de poing dans du dur. Casser quelque chose.

Georgia prit son silence pour le stoïcisme de l'honnête homme, du mâle britannique fier de savoir garder sa lèvre supérieure rigide en toutes circonstances.

« Je sais, je sais, c'est horrible, n'est-ce pas ? poursuivit Georgia. Plus on vieillit, plus les décès d'amis se multiplient. Toutefois l'expérience m'a appris qu'il était vital d'entretenir les précieuses amitiés qui nous restent. Il ne faut pas vous couper de ceux qui vous apprécient, Teddy. Nous ne vous laisserons pas vous replier sur vous-même. »

Elle avait tendu le bras et lui avait posé sur le biceps sa main chargée de bagues. Il avait songé, l'espace d'un moment, aux mains d'Eugenie, au contraste qu'elles formaient avec ces serres sanglantes. Eugenie ne portait pas de bagues. Ses ongles étaient coupés court et leurs lunules pâles étaient bien dégagées.

« Ne nous tournez pas le dos, Teddy, avait dit Georgia, sa main se crispant de plus belle sur son bras. Ne tournez le dos à aucun d'entre nous. Nous sommes là pour vous aider à traverser cette épreuve. Nous vous aimons. Sincèrement et profondément. »

C'était à croire que les brefs et lamentables moments passés avec Ted n'avaient jamais existé. Les échecs de Ted et le mépris que ces échecs lui avaient inspiré, Georgia les avait relégués dans un autre monde. Les années qu'elle avait vécues sans homme lui avaient manifestement appris à distinguer l'important de l'accessoire. Elle avait changé, c'était une nouvelle femme, comme il ne manquerait pas de le constater lorsqu'elle aurait de nouveau réussi à s'insinuer dans son existence.

Ted lut tout cela en filigrane dans cette main posée sur son bras et dans le sourire tendre qu'elle lui adressa. La bile lui monta à la gorge, il eut l'impression que son corps le brûlait. De l'air, il lui fallait de l'air.

Il se leva abruptement, cria :

« PB ? Où es-tu passée encore ? Allons, viens. » Et à Georgia : « Désolé. J'allais faire faire sa promenade du soir à la chienne quand vous avez téléphoné. »

Il s'était enfui sans demander son reste, sans inviter Georgia à l'accompagner ni lui laisser le temps de lui proposer de le suivre. Il appela de nouveau : « PB ? Allez, ma vieille. On part en promenade. » Il avait disparu avant que Georgia ait eu le temps de reprendre ses esprits. Elle comprendrait en le voyant filer ainsi qu'elle avait été trop vite en besogne, voilà tout. Elle ne supposerait rien d'autre. C'était vital d'empêcher cette femme d'en savoir plus long sur lui.

Il avait marché très vite. Tout lui était revenu en mémoire. Imbécile, se dit-il, aveugle. Toujours à rôder dans les jupes d'Eugenie comme un écolier qui espère s'envoyer en l'air avec la pute du coin, qui ne voit même pas en elle une pute parce qu'il est trop jeune, trop inexpérimenté, trop... flasque. C'était ça. Trop flasque.

Il s'était dirigé vers le fleuve, traînant la pauvre chienne derrière lui. Il lui fallait mettre de la distance entre lui et Georgia, s'éloigner suffisamment de son domicile pour être sûr qu'elle serait partie lorsqu'il reviendrait. Georgia Ramsbottom, qui avait pourtant tellement hâte de mettre le grappin sur un homme, ne gâcherait pas toutes ses chances en abattant ses cartes dès le premier soir. Elle quitterait son appartement ; elle le laisserait en paix quelques jours. Puis, lorsqu'elle se dirait qu'il avait récupéré de cette première escarmouche, elle reviendrait à l'attaque, lui offrant de nouveau toute sa sympathie. Ted était certain que les choses se passeraient ainsi.

Au coin de Friday Street, il avait pris à gauche. Les lampadaires le long de la rue déversaient comme du beurre sur le trottoir. Le vent apportait avec lui une épaisse brume qui semblait jaillir du fleuve. Ted releva le col de sa veste et encouragea la chienne qui regardait amoureusement un petit arbre dans l'espoir sans doute de s'y reposer quelque temps. « PB, allons, *viens*. » Il tira sur la laisse. Ils s'éloignèrent en vitesse.

Ils se retrouvèrent dans le cimetière avant que Ted s'en rende compte. Avant qu'il se rappelle la vision qu'il avait eue, la nuit où Eugenie était morte. PB fonça vers l'herbe comme un cheval fonce vers l'écurie, sans laisser à Ted le temps de réagir. Elle s'accroupit et urina avant qu'il ait eu la possibilité de l'entraîner plus loin. Ted sentit que ses yeux naviguaient machinalement du chien à la maison située au bout du chemin. Il allait y jeter un rapide coup d'œil afin de voir si la femme qui habitait la troisième maison sur la droite avait tiré ses rideaux. Si elle ne l'avait pas fait et si la lumière brillait chez elle, il irait la prévenir qu'elle était à la merci du premier passant venu qui pouvait jeter un œil à l'intérieur et faire l'inventaire de ses biens en vue de la cambrioler.

La lumière était allumée. C'était le moment de faire sa B.A. Ted donna un coup sec sur la laisse de PB, qui reniflait une tombe, et la tira bien vite le long du chemin. Il fallait absolument qu'il atteigne la maison avant que sa propriétaire fasse quoi que ce soit qui puisse les mettre dans l'embarras tous les deux. Parce que si, comme l'autre soir, elle commençait à se déshabiller, il voyait mal comment il allait pouvoir frapper à sa porte et la prévenir du risque qu'elle courait – ce qui équivaudrait à reconnaître qu'il l'avait espionnée.

« Dépêche-toi, PB, dit-il à la chienne. Allons, viens. »

Il arriva juste quinze secondes trop tard. A cinq mètres de la maison, et elle avait déjà commencé. Elle ne perdait pas de temps, elle fit si vite qu'avant qu'il ne détourne les yeux elle avait retiré son pull et son soutien-gorge. Elle se baissa – pour atteindre ses chaussures ? ses bas ? son pantalon ? –, ses seins pendant lourdement.

Ted déglutit. *Mon Dieu,* songea-t-il. Et il sentit que son corps ne restait pas insensible à la vision qu'il avait devant lui. Il l'avait déjà observée, il s'était déjà tenu là, il avait promené les yeux sur ces courbes voluptueuses. Mais il ne pouvait pas – c'était hors de question – s'accorder le plaisir douteux de recommencer. Il fallait la prévenir. Il fallait quoi… qu'elle sache ? Quelle femme ignorait ces choses-là ? Quelle femme ignorait les précautions à prendre la nuit devant ses fenêtres ? Quelle femme fallait-il être pour se déshabiller la nuit dans une pièce éclairée sans tirer les rideaux ni les stores, sans savoir que de l'autre côté de ces quelques millimètres de verre quelqu'un l'épiait peut-être, fantasmant, bandant ?… Elle le savait, songea Ted. Elle devait le savoir.

Alors il avait observé l'inconnue dans sa chambre une seconde fois. Il était resté plus longtemps cette nuit-là, fasciné, tandis qu'elle se passait un lait adoucissant sur le cou et les bras. Il s'entendit gémir comme un préadolescent qui met le nez dans *Playboy* pour la première fois quand elle enduisit de lait ses seins somptueux.

Là, dans le cimetière, il s'était masturbé subrepticement. Sous sa veste, tandis que la pluie se mettait à tomber, il s'était branlé comme un homme pulvérise du produit sur des insectes dans un jardin. L'orgasme auquel il parvint lui procura autant de satisfaction que s'il avait manipulé un pulvérisateur, et lorsqu'il l'eut atteint ce ne fut pas de l'exaltation qu'il éprouva mais une honte immense.

Cette honte, il l'éprouva de nouveau dans son séjour, elle déferla en vagues noires d'humiliation qui enflèrent et le submergèrent alors qu'il était assis au bureau de Connie. Il jeta un coup d'œil à la photo sur papier glacé de l'Opéra de Sydney, examina ensuite une photo du théâtre en plein air de Santa Fe où, sous les étoiles, se jouaient *Les Noces de Figaro,* repoussa ce cliché et s'empara d'une vue d'une vieille rue étroite de Vienne. Il la contempla le désespoir au cœur, écoutant jaillir en lui une voix qui n'était autre que celle de sa mère qui l'avait couvé pendant de si nombreuses années,. si prompte à juger et trancher, toujours prête à condamner son fils ou quelqu'un d'autre : « Quelle perte de temps, Teddy ! Ne te conduis pas comme un idiot. »

Mais il était idiot, n'est-ce pas ? Il avait passé des heures à s'imaginer ici ou là en compagnie d'Eugenie, tels des acteurs se mouvant sur une bande de celluloïd d'où tout défaut devait être banni. Dans son esprit, l'éclat aveuglant du soleil avait miraculeusement épargné leur peau flétrie, aucun d'eux n'avait un cheveu qui dépassait, leur haleine était pure comme celle d'un enfant, ils n'éprouvaient pas le besoin de contracter leurs sphincters pour retenir une série de vents intempestifs au moment inopportun, leurs orteils n'étaient pas épais comme de la corne, leurs chairs ne dégringolaient pas, et surtout, lorsque le moment fatidique était venu, il ne connaissait pas la défaite. Il s'était imaginé qu'ils seraient tous les deux, à leurs yeux sinon à ceux du monde, éternellement jeunes. C'était cela qui comptait pour Ted : leur façon de se voir.

Mais pour Eugenie les choses avaient été différentes. C'était maintenant seulement qu'il le comprenait. Pour une femme ce n'était pas naturel de tenir un homme à distance pendant tous ces mois qui finissaient par devenir des années. Ce n'était pas naturel. Et pas correct non plus.

Elle s'était servie de lui comme d'un paravent, conclut-il. Il ne voyait pas d'autre explication aux coups de fil et aux visites qu'elle avait reçus, à son voyage à Londres. Elle l'utilisait comme paravent car si leurs amis et connaissances de Henley – sans parler des gens qui l'employaient comme directrice du club – croyaient qu'elle frayait chastement avec le major Wiley, il y avait d'autant moins de chances qu'ils la soupçonnent de fréquenter beaucoup moins chastement quelqu'un d'autre.

Imbécile. Imbécile. Quel petit imbécile tu fais ! Chat échaudé craint l'eau froide. J'aurais cru que tu serais plus malin que ça.

Mais savait-on comment se comporter ? Pour cela il aurait fallu ne jamais se risquer en compagnie d'un autre être, et Ted ne raisonnait pas en ces termes. Son mariage avec Connie – heureux, comblé – l'avait rendu beaucoup trop optimiste. Son mariage avec Connie lui avait donné à croire que semblable union était de nouveau possible, que ce n'était pas une chose rare, mais une chose qui demandait qu'on y travaille et qui, si elle ne se réalisait pas facilement, s'atteignait grâce à des efforts fondés sur l'amour.

Mensonges, se dit-il. Tout cela n'était que mensonges. Des mensonges qu'il s'était racontés, qu'il avait gobés à mesure qu'Eugenie les lui servait. *Je ne suis pas encore prête, Ted.* La vérité, c'est qu'elle n'avait pas été prête pour lui.

Le sentiment d'avoir été trahi était si fort qu'il lui tombait dessus comme une maladie. Cela commença par la tête et se fraya lentement un chemin dans tout son organisme. Il lui sembla que le seul moyen de s'en débarrasser était de le chasser de son corps à grands coups de bâton, et s'il avait eu un fouet, il se serait fouetté sans hésiter, satisfait d'éprouver de la douleur. Mais il n'avait à portée de main que les brochures posées sur le bureau, symboles pathétiques de sa puérile bêtise.

Il sentit le papier glacé sous sa paume, il froissa les catalogues entre ses doigts et les déchira. Il avait l'impression d'avoir un poids énorme dans la poitrine ; c'était comme si ses artères se bouchaient lentement. Mais ce poids n'était que la mort d'autre chose – une chose beaucoup plus nécessaire à son être que son cœur de vieil homme.

12

Naseesha Newland déboula dans le magasin sur les talons du constable noir. Son arrivée – fort opportune – permit à Yasmin Edwards d'ignorer le policier. La jeune fille se tint poliment en retrait, supposant que l'homme était venu pour affaires et qu'il avait donc la priorité. Les petits Newland étaient tous comme ça. Bien élevés, pleins de tact.

— Comment va ta maman aujourd'hui ? demanda Yasmin à la jeune fille tout en évitant soigneusement de rencontrer le regard de l'enquêteur.

— Pas mal pour l'instant, dit Naseesha. Elle a eu sa séance de chimio il y a deux jours mais elle n'y réagit pas aussi mal que la dernière fois. Je ne sais pas trop ce que ça veut dire mais on espère que c'est bon signe.

« Bon signe », cela voulait dire cinq années de vie de plus ; c'était tout ce que les médecins avaient promis à Mrs Newland lorsqu'ils avaient découvert sa tumeur au cerveau. Elle pouvait ne pas se soigner, et dans ce cas elle n'en aurait que pour dix-huit mois, lui avaient-ils dit. Si elle se soignait, elle pouvait encore disposer de cinq ans. Mais ce serait le maximum à moins d'un miracle, et les miracles en matière de cancer ne courent pas les rues. Yasmin se demanda quel effet cela faisait d'avoir sept enfants à élever quand on avait une condamnation à mort suspendue au-dessus de la tête.

Elle alla dans l'arrière-boutique chercher la perruque de Mrs Newland et l'apporta sur son support en mousse.

— Mais ce n'est pas la même coiffure que la dernière fois ! dit Naseesha.

— C'en est une nouvelle, en effet, reconnut Yasmin. Je crois que celle-ci va lui plaire. Si elle ne l'aime pas, rapporte-la-moi, et je lui ferai la même que celle qu'elle avait à l'origine, d'accord ?

Le visage de Naseesha brilla de plaisir.

— C'est vraiment gentil à vous, dit-elle en calant le porte-perruque sous son bras. Merci. Comme ça Maman va avoir une surprise.

Elle était dehors, non sans avoir adressé un signe de tête au constable en passant, avant que Yasmin ait eu le temps de prolonger la conversation. Lorsque la porte se referma derrière elle, Yasmin regarda son visiteur et s'aperçut qu'elle ne pouvait se souvenir de son nom.

Elle balaya la pièce des yeux, cherchant à s'occuper pour mieux continuer à l'ignorer. Le moment était peut-être venu de dresser la liste des produits dont elle avait besoin dans sa mallette de maquillage après avoir reçu ses six clientes. Elle sortit la mallette, l'ouvrit et commença à fouiller au milieu des lotions, brosses, éponges, rouges à lèvres, fonds de teint, blushs, mascaras et autres crayons. Elle déposait les articles les uns après les autres sur le comptoir.

— Est-ce que je peux vous dire un mot, Mrs Edwards ? fit le constable.

— Vous m'avez déjà dit un mot hier soir. Et même plus que ça. Et d'abord vous êtes qui, déjà ?

— La Metropolitan Police.

— Non, je veux dire votre nom. Je ne connais pas votre nom.

Il le lui donna. Elle s'en agaça. Un nom de famille qui évoquait ses racines, c'était bien. Mais ce prénom – Winston – qui montrait un tel désir d'être anglais…

C'était encore pire que Colin, Nigel ou Giles. A quoi avaient donc songé ses parents en le baptisant Winston ? Comme s'il allait avoir un destin d'homme politique... Oh, c'était idiot. Il était idiot.

— Je travaille, comme vous devez vous en rendre compte, dit-elle. J'ai un autre rendez-vous dans... (Elle fit semblant de consulter son agenda qui heureusement était hors de portée de la vue de son visiteur.)... dix minutes. Qu'est-ce que vous voulez ? Faites vite.

Il était grand, il avait l'air plus grand que la veille dans l'ascenseur et dans l'appartement. Bizarrement, il avait l'air encore plus grand dans la boutique, peut-être parce qu'elle était seule avec lui, que Daniel n'était pas là pour faire diversion. Il semblait remplir tout l'espace, larges épaules, mains aux doigts longs, visage amical ou du moins qui prétendait l'être, ils étaient tous comme ça, les policiers, même avec cette cicatrice sur la joue.

— Vous dire un mot, Mrs Edwards.

Sa voix était d'une politesse scrupuleuse. Il gardait ses distances, laissant le comptoir entre eux. Toutefois, au lieu de poursuivre, il remarqua :

— C'est chouette qu'un commerce se soit ouvert dans une rue comme celle-ci. Moi je trouve ça triste, de voir des façades de magasins condamnées. C'est sympa qu'un commerce se soit établi là. C'est plus sympa que de voir un mec tout racheter et raser pour construire un supermarché ou un truc dans ce goût-là.

Elle eut un petit grognement.

— Le loyer n'est pas cher quand on veut monter un commerce dans un quartier pourri, dit-elle comme si elle n'attachait pas d'importance au fait qu'elle avait réussi à faire ce dont elle avait rêvé pendant toutes les années qu'elle avait passées en prison.

Nkata eut un demi-sourire.

— Ça, c'est vrai. Mais pour les voisins, c'est une bénédiction. Ça leur donne de l'espoir. C'est quoi, votre métier ?

Yasmin ne se donna pas la peine de répondre. Il y

avait des perruques sur des porte-perruques en mousse le long d'un mur et un atelier derrière où elle les coiffait. Il voyait les perruques et l'atelier de là où il se tenait, sa question était donc une fausse question. Une tentative flagrante pour se montrer amical alors que l'amitié entre elle et lui était non seulement impossible mais dangereuse. Elle lui dit donc en l'englobant d'un regard de mépris :

— Et vous, votre métier, c'est flic ?

Il haussa les épaules.

— C'est une façon de gagner sa vie.

— Aux dépens de vos frères.

— Pas forcément.

A l'entendre, il avait résolu depuis belle lurette le problème qu'aurait pu lui poser l'arrestation d'un de ses frères de race. Cela mit Yasmin en colère et elle bougonna :

— Comment est-ce que vous avez récolté cette cicatrice ?

Comme si la balafre qui dessinait une courbe sur sa joue était la juste récompense pour l'abandon des siens.

— Bagarre au couteau, fit-il. Je me suis battu avec un petit gars dans un lotissement de Windmill Gardens quand j'avais quinze ans et que je me prenais pour un caïd. J'ai eu de la chance.

— Et l'autre type, non ?

Il passa le doigt sur sa cicatrice comme pour battre le rappel de ses souvenirs.

— Ça dépend de ce que vous appelez de la chance.

Elle eut un petit grognement de dérision et se replongea dans son travail. Elle rangea les ombres à paupières par couleur, ouvrit les tubes de rouge à lèvres qu'elle rangea également par couleur, ouvrit les boîtes de blush et de poudre, vérifia le niveau dans les pots de fond de teint. Elle prit tout son temps pour griffonner dans un bloc, soignant son orthographe comme si la vie de ses clientes en dépendait.

— Je faisais partie d'un gang, poursuivit Nkata. Je l'ai plaqué après cette bagarre. A cause de ma mère.

Quand elle a vu dans quel état j'étais quand ils m'ont emmené aux urgences, elle est tombée raide par terre. Choc. Il a fallu la transporter à l'hôpital. Et voilà.

— Alors comme ça, vous aimez votre mère.

Quelles conneries ! songea-t-elle.

— C'est normal, fit-il.

Elle leva le nez, vit qu'il souriait et que ce sourire s'adressait à lui-même.

— Il est bien, votre fils, dit-il.

— N'approchez pas de Daniel !

Elle fut surprise par la violence de sa réaction.

— Son père lui manque ?

— Je vous dis de ne pas l'approcher !

Nkata s'avança vers le comptoir. Il posa ses mains dessus comme pour lui faire comprendre qu'il était sans arme, mais Yasmin n'était pas tombée de la dernière pluie. Les flics, ça avait toujours des armes, et ils savaient comment s'en servir. C'est d'ailleurs ce que Nkata fit.

— Une femme est morte il y a deux jours, Mrs Edwards. A Hampstead. Elle avait un fils, elle aussi.

— Qu'est-ce que vous voulez que ça me fasse ?

— Elle a été écrasée. La voiture lui est passée à trois reprises sur le corps.

— Je connais personne à Hampstead. J'y vais jamais, à Hampstead. J'y suis jamais allée. Si j'y allais, on ne verrait que moi.

— C'est sûr.

Elle le scruta pour voir s'il ne se payait pas sa tête mais ne vit que douceur dans ses yeux, et elle savait exactement ce que signifiait cette douceur. C'était une douceur fabriquée qui indiquait qu'il la sauterait ici même dans la boutique s'il réussissait à la convaincre, qu'il se la ferait s'il trouvait un moyen de s'en tirer indemne, qu'il se la taperait même s'il devait faire ça à l'intimidation parce que ça prouverait qu'il dominait la situation, qu'elle n'existait que comme une montagne de plaisir où il n'avait qu'à puiser.

— Je sais comment les flics bossent.

— Comment ça ?

— Vous êtes allé à l'école de police, non ? En général, ils cherchent dans leurs fichiers ceux de leurs anciens clients qui sont susceptibles d'avoir repiqué au truc. Ils essaient pas de voir ailleurs. Pour eux, c'est une perte de temps.

— Je n'ai pas l'impression de perdre mon temps. Et quelque chose me dit que vous le savez, Mrs Edwards.

— Roger, je l'ai planté. Je l'ai lardé de coups de couteau. Je ne l'ai pas écrasé. J'avais même pas de voiture à l'époque. On avait été obligés de la vendre. Roger et moi, on n'avait pas un rond, figurez-vous. Ses petites habitudes, ça nous coûtait cher.

— Désolé, fit le constable. Vous n'avez pas dû rigoler tous les jours.

— En effet, cinq ans de cabane, y a pas de quoi se marrer.

Et elle se détourna pour reprendre son inventaire des produits de beauté.

— Ce n'est pas à cause de vous que je suis là, Mrs Edwards, vous devez le savoir.

— Je sais rien du tout, monsieur le constable. Mais je serais vous, je m'en irais vite fait si c'est pas à moi que vous voulez parler. Je suis la seule personne dans le magasin jusqu'à ce que ma prochaine cliente arrive. Evidemment vous pourriez avoir envie de lui dire un mot. Elle a un cancer des ovaires mais c'est une dame charmante, et je suis sûre qu'elle se fera un plaisir de vous dire quand elle s'est rendue en voiture à Hampstead pour la dernière fois. C'est bien pour ça que vous êtes dans le quartier ? Y a une Noire qui a traversé Hampstead au volant de sa bagnole, même que tout le quartier est en émoi. Et si vous êtes là c'est pour essayer de retrouver sa trace, non ?

— Vous savez que ce n'est pas non plus ce qui m'amène.

Sa patience semblait infinie. Yasmin se demanda jusqu'où elle pouvait aller avant qu'il craque.

461

Elle lui tourna le dos.

— Qui s'est occupé de votre fils quand vous étiez en prison, Mrs Edwards ?

Elle pivota si vite que les perles qui ornaient l'extrémité de ses nattes lui giflèrent la figure.

— Je vous défends de parler de lui ! N'essayez pas de me déstabiliser en prononçant le nom de Daniel. Je n'ai rien fait. A personne. Nulle part. Et vous le savez foutrement bien.

— Je pense que c'est vrai. Mais ce qui est également vrai, Mrs Edwards, c'est que Katja Wolff connaissait la victime. La dame qui s'est fait écraser à Hampstead il y a deux nuits de cela, Mrs Edwards. Katja Wolff travaillait pour elle vingt ans plus tôt. A Kensington Square. Elle était la nurse de son bébé. Vous voyez de qui je veux parler ?

Yasmin sentit la panique fondre sur elle comme une nuée de guêpes. Elle s'écria :

— Vous avez examiné ma voiture ! Vous l'avez vue hier soir. Vous avez bien vu qu'elle avait pas été mêlée à un accident.

— Ce que je peux dire, c'est qu'un des phares avant était cassé, et que personne n'a été capable de m'expliquer dans quelles circonstances ça s'était produit.

— Katja n'a écrasé personne. Personne, vous m'entendez ? Vous voulez dire que Katja aurait pu écraser une dame et s'en sortir avec seulement un feu cassé ?

Il ne répondit pas, la laissant se poser des questions en silence. Elle comprit son erreur. Il n'avait pas dit d'entrée de jeu que Katja était la personne qu'il recherchait. C'était Yasmin qui avait conclu ça.

Elle était furieuse de s'être laissé déborder par la panique. Elle se replongea dans son inventaire de produits de maquillage et remit en place tous les objets qu'elle avait sortis de la mallette.

— Je ne crois pas qu'elle était à la maison, Mrs Edwards. Quand cette dame a été renversée. Ça s'est produit entre vingt-deux heures et minuit. Je crois que

Katja Wolff n'était pas chez vous à cette heure-là. Peut-être s'était-elle absentée deux, trois ou quatre heures. Peut-être s'était-elle absentée pour la nuit. Mais elle n'était pas là, n'est-ce pas ? Et la voiture non plus.

Elle refusait de répondre. De croiser son regard. Il n'y avait entre eux que la largeur du comptoir, elle pouvait presque sentir son souffle. Mais elle ne voulait pas se laisser atteindre par sa présence ni par ses paroles. Pourtant son cœur cognait contre ses côtes et le visage de Katja emplissait son esprit. C'était un visage qui l'avait observée avec soin lorsqu'elle avait été introduite dans sa cellule, un visage qui l'avait étudiée pendant la promenade, un visage qui se tournait avec insistance vers elle à l'heure du repas et finalement – alors qu'elle n'aurait jamais cru cela possible – un visage qui s'était penché au-dessus du sien dans l'obscurité. *Dis-moi tes secrets, je te confierai les miens.*

Elle savait pourquoi Katja était en prison. Tout le monde le savait même si Katja n'en avait pas soufflé mot à Yasmin. Ce qui s'était passé à Kensington ne faisait pas partie des secrets que Katja Wolff avait voulu lui révéler et la seule fois où Yasmin lui avait posé une question sur le crime pour lequel Katja était tellement haïe qu'il lui avait fallu se méfier pendant des années des autres détenues, Katja lui avait dit : « Tu crois que je tuerais un enfant, Yasmin ? Si c'est ça… » Elle s'était détournée de Yasmin et elle l'avait laissée seule.

Les gens ne comprenaient pas ce que c'était que d'être en taule, d'avoir à choisir entre la solitude et la compagnie, entre courir les risques inhérents à la solitude et jouir de la protection dont on bénéficiait quand on se choisissait – ou qu'on se laissait choisir par – une maîtresse, une partenaire, une compagne. Etre seule, c'était être doublement emprisonnée, et le désespoir qui découlait de cette seconde peine pouvait briser une femme, la rendre incapable d'agir le jour où finalement elle était relâchée.

Alors elle avait balayé les doutes et accepté la version que les paroles de Katja impliquaient. Katja Wolff n'était pas une meurtrière d'enfant. Katja Wolff n'était pas une meurtrière tout court.

— Mrs Edwards, dit le constable Nkata de cette voix douce que les flics utilisaient jusqu'à ce qu'ils se rendent compte qu'elle ne les menait nulle part, je vois très bien dans quelle situation vous êtes. Vous avez vécu ensemble pendant un certain temps. Mais quand quelqu'un est mort et que quelqu'un d'autre ment...

— La loyauté, vous connaissez ? s'écria-t-elle. Qu'est-ce que vous connaissez, d'ailleurs ? Vous vous figurez que vous êtes Dieu parce que vous avez pris une décision qui vous a mené sur une route différente de la nôtre. Mais vous ne savez rien de la vie. Que dalle. Parce que vous avez choisi la sécurité. Et pas la vie.

Il l'observa avec calme, il semblait que rien de ce qu'elle pût dire ou faire ne réussirait à ébranler sa tranquillité. Elle le haïssait de se montrer aussi placide parce qu'elle savait sans qu'on ait besoin de le lui dire que sa sérénité avait ses racines au plus profond de lui-même.

— Katja était à la maison, fit-elle d'un ton sec. Comme on vous l'a dit. Maintenant, sortez, j'ai du boulot.

— Où croyez-vous qu'elle soit allée les jours où elle a téléphoné à la blanchisserie pour dire qu'elle était malade, Mrs Edwards ?

— Elle n'a pas téléphoné à la blanchisserie. Elle n'a pas téléphoné pour dire qu'elle était malade ou quoi que ce soit d'autre.

— C'est elle qui vous a dit ça ?

— Elle n'a pas eu besoin de me le dire.

— Vous feriez mieux de lui poser la question, alors. De regarder ses yeux quand elle vous répondra. Si elle vous fixe, c'est probablement qu'elle ment. Si elle ne vous regarde pas en face, il y a des chances qu'elle mente également. Vous pensez bien qu'après vingt ans de prison elle est passée maître dans l'art de mentir.

— Je vous ai demandé de sortir, dit Yasmin. Je n'ai pas l'intention de vous le redemander.

— Mrs Edwards, vous courez un risque dans la situation actuelle mais vous n'êtes pas seule en cause. Vous avez un fils. Un garçon bien, intelligent, un gentil garçon qui vous aime par-dessus tout. Si on lui enlève de nouveau sa mère…

— Sortez ! s'écria-t-elle. Sortez de mon magasin. Si vous ne sortez pas tout de suite, je…

Quoi, qu'est-ce que tu fais ? songea-t-elle, le désespoir au cœur. Tu le plantes comme tu as planté ton mari ? Tu lui sautes à la gorge ? Et alors, qu'est-ce que tu crois qu'ils te feront, les keufs ? Et à Daniel ? Qu'est-ce qu'il lui arrivera, à Daniel ? S'ils lui prenaient son fils – s'ils le mettaient dans un centre ne serait-ce qu'un jour pendant qu'ils tiraient l'affaire au clair –, elle serait incapable de le supporter.

Elle baissa le nez. Pas question de laisser le constable apercevoir son visage. Il pouvait constater qu'elle respirait avec difficulté, voir les gouttes de sueur qui lui coulaient dans le cou, c'était bien suffisant. Pas question qu'elle cède. Pas pour tout l'or du monde.

Dans sa ligne de vision, elle vit soudain sa main basanée se poser sur le comptoir. Elle eut un mouvement de recul avant de comprendre qu'il n'avait pas l'intention de la toucher. Il fit glisser jusqu'à elle une carte de visite professionnelle puis retira sa main. Il lui dit à voix si basse qu'on aurait dit une prière :

— Téléphonez-moi, Mrs Edwards. Vous avez mon numéro de bipeur là-dessus, appelez-moi. Le jour ou la nuit. Vous me passez un coup de fil. Quand vous serez prête…

— Je n'ai rien d'autre à vous dire.

Mais elle chuchotait car elle avait la gorge trop nouée pour parler autrement.

— Quand vous serez prête, Mrs Edwards.

Elle ne releva pas la tête, mais c'était inutile. Ses talons claquèrent sur le lino jaune quand il sortit de la boutique.

Une fois que Lynley fut parti de son côté, Barbara Havers se rendit à la Vallée des Rois. Le restaurant était plein de serveurs orientaux. Lorsqu'ils eurent réussi à ravaler leur désapprobation à la vue de cette femme qui osait se présenter chez eux en tenue de ville au lieu de se dissimuler sous un drap de lit noir, ils étudièrent le cliché d'Eugenie Davies que Barbara et Lynley avaient réussi à dénicher dans son cottage de Friday Street. Sur cette photo, elle posait avec Ted Wiley sur le pont menant à Henley. Le cliché avait été pris pendant la saison des régates, à en juger par les banderoles, les bateaux et les foules colorées qu'on voyait un peu partout. Barbara avait plié la photo de façon qu'on ne voie pas le major. Inutile de compliquer les choses et de brouiller les souvenirs des serveurs en leur montrant Eugenie Davies en compagnie d'un homme qu'ils n'avaient peut-être jamais vu. Mais l'un après l'autre les employés de la Vallée des Rois secouèrent la tête. Ils ne se souvenaient pas de la femme de la photo.

Elle avait dû venir en compagnie d'un homme, leur dit Barbara pour les mettre sur la voie. Ils avaient dû arriver séparément mais dans l'intention de se retrouver là. Vraisemblablement au bar. Ils avaient dû sembler s'intéresser beaucoup l'un à l'autre. Se porter le genre d'intérêt qui est un prélude à des relations sexuelles.

Deux des serveurs hurlèrent, scandalisés, en apprenant ce détail. L'expression de dégoût d'un autre de leurs collègues indiquait que, dans la réplique britannique de Gomorrhe, la manifestation impudique du désir charnel entre homme et femme ne le surprenait nullement. Le détail croustillant que Barbara avait cru bon de leur fournir ne lui permit pas d'obtenir le moindre résultat. Aussi se retrouva-t-elle bientôt dans la rue, gagnant d'un pas lourd le Comfort Inn.

L'établissement, comme elle put bientôt le constater, portait bien mal son nom ; mais un hôtel abordable situé dans une rue animée de la capitale londonienne ne pouvait pas être confortable. Elle montra la photo d'Eugenie Davies au réceptionniste, aux femmes de chambre, à tous ceux qui étaient en contact avec les clients. Mais là encore, elle fit chou blanc. L'employé de nuit, qui en bonne logique aurait dû être celui qui avait vu de plus près la dame de la photo, si elle avait pris une chambre à l'hôtel avec un amant après avoir dîné à la Vallée des Rois, n'avait pas encore commencé son service. Le directeur de l'hôtel demanda à Barbara si elle voulait bien repasser.

Il lui faudrait effectivement repasser, décida-t-elle. Elle ne devait négliger aucune possibilité.

Elle alla chercher sa voiture là où elle l'avait laissée, en stationnement interdit devant un passage pour piétons. Elle s'assit au volant, fit tomber une cigarette de son paquet de Players, l'alluma, entrouvrit sa vitre. Tout en fumant pensivement, elle songeait à deux choses : l'absence de dégâts sur la voiture de Ted Wiley et l'impossibilité où se trouvaient les gens de ce quartier de South Kensington d'identifier Eugenie Davies.

Pour ce qui était de la voiture de Wiley, une conclusion semblait s'imposer : quoi qu'ait pu en penser Barbara, Ted Wiley n'avait pas écrasé celle qu'il aimait. Pour ce qui était de l'impossibilité des uns et des autres à identifier Eugenie Davies, toutefois, les choses étaient moins clairement tranchées. Une conclusion possible était qu'Eugenie n'avait pas de lien récent avec J. W. Pitchley – alias James Pitchford –, même si elle en avait eu dans le passé, et bien qu'elle se soit trouvée par une surprenante coïncidence en possession de son adresse et soit morte dans la rue où il habitait. Une autre conclusion était possible, à savoir qu'il existait un lien entre eux – mais que ce lien n'était en aucune façon de nature à déboucher sur un rendez-vous à la Vallée des Rois suivi d'une partie de trampoline sur un matelas du Comfort Inn. Une troisième conclusion, c'est qu'ils étaient des amants de longue date qui s'étaient donné rendez-vous ailleurs avant la fameuse nuit où ils devaient se retrouver chez Pitchley-Pitchford, ce qui expliquait qu'Eugenie ait eu son adresse sur elle. Quatrième conclusion : par une coïncidence extraordinaire, toujours, Eugenie Davies avait fait la connaissance via l'Internet de Langue de Velours – le pseudonyme fit frémir Barbara – et elle l'avait rencontré comme toutes ses autres maîtresses à la Vallée des Rois pour l'apéritif et le dîner, elle l'avait suivi jusque chez lui au sortir du restaurant et était revenue un autre soir pour une raison ou une autre.

Le plus important dans l'histoire, c'étaient ces autres maîtresses. Si Pitchley-Pitchford était un habitué du restaurant et de l'hôtel, quelqu'un se rappellerait forcément son visage, sinon celui d'Eugenie. Il y avait donc une chance qu'en voyant la tête de ce monsieur près de celle d'Eugenie, quelqu'un se souvienne d'un détail qui permettrait à l'enquête de décoller. Barbara se dit qu'il lui faudrait une photo de Pitchley-Pitchford. Et qu'il n'y avait qu'une seule façon de s'en procurer une.

Elle effectua le trajet jusqu'à Crediton Hill en quarante-cinq minutes, regrettant, et ce n'était pas la première fois, de ne pas avoir les compétences d'un chauffeur de taxi qui aurait décroché sa licence haut la main. Pas une seule place de parking en vue lorsqu'elle arriva là-bas. Mais, comme devant les maisons il y avait des allées, Barbara se gara dans celle de Pitchley. Le quartier était correct, bordé de maisons dont la taille laissait à penser que nul dans ces parages n'avait du mal à joindre les deux bouts. Ce n'était pas encore aussi branché que Hampstead – avec ses coffee-bars, ses rues étroites et son atmosphère bohème – mais c'était un coin agréable, un endroit sympathique pour des familles avec enfants, et un endroit tout à fait incongru pour commettre un meurtre.

Lorsqu'elle descendit de voiture, Barbara leva les yeux, aperçut l'esquisse d'un mouvement à la fenêtre sur rue de Pitchley. Elle sonna. Il n'y eut pas de réponse dans l'immédiat, ce qu'elle trouva bizarre étant donné que la pièce dans laquelle elle avait vu quelque chose ou quelqu'un bouger n'était pas éloignée de la porte d'entrée. Elle sonna une seconde fois. Une voix masculine s'écria : « J'arrive, j'arrive », et un moment plus tard la porte s'ouvrit sur un homme qui ne correspondait pas du tout au don Juan du Net que Barbara avait imaginé. Elle s'était attendue à rencontrer un type vaguement huileux moulé dans un pantalon serré, la chemise déboutonnée sur un torse à l'abondante toison au creux de laquelle nicherait une médaille en or. Au lieu de quoi elle se trouva devant un homme aux yeux gris, bien au-dessous du mètre quatre-vingts, à bouille ronde, avec un teint haut en couleur qui avait dû empoisonner sa jeunesse. Il portait un jean, une chemise de coton à rayures et col boutonné conventionnel soigneusement fermée de haut en bas. Une paire de lunettes dépassait de la poche de sa chemise. Il était chaussé de coûteux mocassins.

Ça t'apprendra à avoir des idées préconçues, songea Barbara. Le moment était manifestement venu de lire des choses moins frivoles : les romans roses à deux sous lui polluaient l'esprit.

Elle sortit sa carte et se présenta.

— Je peux vous dire un mot ? demanda-t-elle.

La réaction de Pitchley ne se fit pas attendre : il lui claqua à moitié la porte au nez.

— Pas sans la présence de mon avocat.

Barbara tendit la main juste à temps pour empêcher le battant de se refermer complètement.

— Ecoutez, il me faut une photo de vous, Mr Pitchley. Si vous n'avez aucun lien avec Eugenie Davies, je ne vois pas ce qui vous empêche de m'en donner une.

— Je viens de vous dire...

— Je ne suis pas sourde. Quant à moi, voilà ce que j'ai à vous dire. Je peux faire tout un cirque, ameuter qui de droit en haut lieu pour obtenir le document dont j'ai besoin. C'est pas un problème. Seulement ça risque de vous créer des ennuis supplémentaires. Et surtout de faire drôlement désordre auprès des voisins quand ils me verront rappliquer dans une voiture pie. Sirène à fond et gyrophare à tout va pour la couleur locale.

— .Vous n'oseriez pas.

— Chiche, dit-elle.

Il réfléchit, balayant la rue du regard.

— Je viens de vous dire qu'il y avait des années que je ne l'avais vue. Je ne l'ai même pas reconnue quand j'ai vu son corps. Pourquoi vous, les flics, vous refusez de me croire ? Je dis la vérité.

— Très bien, parfait. Dans ce cas, laissez-moi le prouver. Je ne sais pas ce qu'en pensent mes collègues, mais je n'ai pas particulièrement envie de coller ce meurtre sur le dos de quelqu'un qui n'y est pour rien.

Il dansa d'un pied sur l'autre comme un écolier. D'une main il se cramponnait à la porte ; de l'autre il attrapa le montant.

Intéressant comme réaction, songea Barbara. Malgré ce qu'elle venait de lui dire pour le rassurer, il réagissait comme s'il était décidé à lui barrer l'entrée de son domicile. Bref il se comportait en homme qui a quelque chose à cacher. Et Barbara voulait savoir ce que c'était.

— Mr Pitchley ?... Alors, cette photo ?...

— Très bien, capitula-t-il. Je vais vous en chercher une. Si vous voulez bien attendre...

Barbara donna un coup d'épaule au battant pour pénétrer dans la maison sans lui laisser le temps d'ajouter *dehors* ou *sur le perron*. D'une voix vibrante, elle s'écria :

— Merci beaucoup ! Très aimable à vous. Il fait sûrement moins froid à l'intérieur.

Les narines frémissantes de contrariété, son interlocuteur se résigna cependant :

— Très bien. Attendez ici. J'en ai pour un moment.

Et il se précipita dans l'escalier.

Barbara tendit l'oreille, guettant les bruits de la maison. Il avait admis draguer des femmes plus âgées que lui sur le Net mais il y avait également des chances pour qu'il en drague des plus jeunes. Si tel était le cas, et s'il remportait le même succès avec les adolescentes qu'avec les femmes mûres, il ne s'amusait pas à emmener ses jeunes conquêtes au Comfort Inn. Un type qui, lorsque la police lui posait une question, commençait par réclamer son avocat était un type qui savait à quoi il s'exposait en baisant avec une mineure. S'il avait des penchants de cette nature, il ne prenait sûrement pas de risques en public. S'il était porté sur ce genre d'activités, il préférait prendre les risques chez lui.

Le fait d'avoir aperçu du mouvement au rez-de-chaussée côté rue en arrivant laissait penser à Barbara que, quoi que Pitchley manigançât, c'était à cet étage que cela se passait. Aussi se dirigea-t-elle vers une porte fermée sur sa droite tandis que Pitchley s'activait au premier. Elle ouvrit la porte et déboucha dans un salon parfaitement rangé, meublé d'antiquités.

La seule chose qui semblait déplacée dans ce cadre était une veste fatiguée qui avait été jetée sur une chaise. Drôle d'endroit, quand on était un maniaque de l'ordre comme Pitchley, pour ranger un vêtement qui vous appartenait. Quelqu'un d'aussi méticuleux n'aurait jamais laissé traîner une veste pareille dans son salon au milieu de tous ces beaux meubles anciens.

Barbara jeta un coup d'œil à la veste avant de la prendre et de la soulever à bout de bras. En plein dans le mille, songea-t-elle. Pitchley aurait eu l'air d'un nain dans ce vêtement. Mais une adolescente aussi. Et une femme également. A moins d'avoir la carrure d'un sumotori.

Elle reposa la veste tandis que Pitchley descendait à grand bruit les escaliers et plongeait dans le séjour. Il dit :

— Je vous avais demandé…

Il s'arrêta lorsqu'il la vit lisser le col du vêtement. Aussitôt ses yeux se braquèrent vers une seconde porte qui était restée fermée. Puis revinrent se poser sur Barbara ; et il tendit la main.

— Voilà qui devrait faire l'affaire. La femme qui est à côté de moi est une collègue, au fait.

Barbara le remercia et prit la photo qu'on lui tendait. Un cliché flatteur. Pitchley en tenue de soirée était en compagnie d'une brune capiteuse. La fille portait une robe verte hyper moulante d'où jaillissaient des seins gonflés comme des ballons. Des implants, manifestement, car ils se dressaient avec l'impétueuse audace de dômes jumeaux dessinés par Christopher Wren.

— Jolie, cette petite, dit Barbara. Américaine ?

Pitchley eut l'air surpris.

— Oui. De Los Angeles. Comment avez-vous deviné ?

— Elémentaire, rétorqua modestement Barbara.

Elle rangea la photo dans sa poche. Puis, sur le ton de la conversation :

— C'est joli, chez vous. Vous vivez seul ici ?

Les yeux de Pitchley se rivèrent sur la veste mais il dit :

— Oui.

— Vous en avez de la chance d'avoir tous ces mètres carrés. Moi j'habite à Chalk Farm. Un vrai trou de souris.

De la tête, elle désigna la seconde porte :

— Ça donne sur quoi, cette porte ?

— Sur la salle à manger. Ecoutez, constable, s'il n'y a rien d'autre que je…

— Ça vous ennuierait que je jette un coup d'œil ? C'est toujours intéressant de savoir comment vit l'autre moitié de l'humanité.

— A vrai dire, oui. Ecoutez, vous avez ce que vous voulez, je ne vois pas pourquoi…

— Je crois que vous me cachez quelque chose, Mr Pitchley.

— Non, dit-il en rougissant jusqu'à la racine des cheveux.

— Non ? Bon, très bien alors. Je vais voir ce qu'il y a derrière cette porte.

Sans lui laisser le temps de protester davantage elle l'ouvrit.

— Je ne vous ai pas autorisée… fit-il alors qu'elle entrait dans la pièce.

Elle était vide. Les rideaux à l'autre bout étaient tirés devant les portes-fenêtres. Chaque chose était à sa place, exactement comme dans le salon. Et comme dans le salon, il y avait un objet qui attirait l'attention. Un carnet de chèques sur une table en noyer. Ouvert. Un stylo posé dessus.

— Vous étiez en train de régler des factures ? dit Barbara, constatant que l'air était imprégné d'une forte odeur de transpiration masculine.

— J'aimerais que vous partiez maintenant, constable.

Pitchley fit un pas vers la table mais Barbara le devança. Elle s'empara du chéquier. Pitchley s'énerva :

— Un moment. Comment osez-vous ? Vous n'avez pas le droit de vous introduire comme ça chez moi.

— Ah, ah, oui, fit Barbara.

Elle lut le chèque resté en suspens. Sans doute Pitchley avait-il été interrompu lorsqu'elle avait sonné. Le montant était de trois mille livres. Rédigé à l'ordre de Robert ; le nom de famille manquait.

— Ça suffit, dit Pitchley. Je me suis montré coopératif. Allez-vous-en ou je téléphone à mon avocat.

— Qui est Robert ? questionna-t-elle. C'est sa veste qui est restée là-bas, c'est son aftershave qu'on sent ici ?

Pour toute réponse, Pitchley se dirigea vers une porte battante et par-dessus son épaule il dit :

— Les questions, c'est terminé.

Mais Barbara n'en avait pas fini avec lui. Elle le suivit dans la cuisine.

— N'entrez pas, dit-il.

— Pourquoi ?

Une bouffée d'air froid lui répondit tandis qu'elle pénétrait dans la pièce où elle vit que la fenêtre était ouverte en grand. Du jardin, de l'autre côté de la vitre, un bruit jaillit. Barbara se précipita tandis que Pitchley bondissait sur le téléphone. Tandis qu'il composait un numéro, Barbara vit alors d'où émanait le claquement. Un râteau posé contre le mur près de la fenêtre de la cuisine avait été renversé sur les dalles. Et les visiteurs de Pitchley responsables de l'incident s'enfuyaient, dévalant la petite pente séparant le jardin d'un parc.

— On ne bouge pas, vous deux ! hurla Barbara aux deux hommes.

Ils étaient costauds, mal fagotés, le jean crasseux et les boots boueuses. L'un d'eux portait un blouson d'aviateur en cuir. L'autre, un simple pull-over.

Tous deux jetèrent des coups d'œil en arrière lorsqu'ils entendirent crier Barbara. Pull-over grimaça un sourire et lui adressa un salut insolent. Blouson de cuir et lui éclatèrent de rire en glissant dans la boue, se relevèrent tant bien que mal et galopèrent en direction du parc.

— Et zut, fit Barbara, retournant vers la cuisine.

Pitchley était au téléphone avec son avocat.

— Rappliquez ici tout de suite. Je vous jure, Azoff, que si vous n'êtes pas chez moi dans dix minutes...

Barbara lui arracha le téléphone de la main.

— Espèce de sale petite...

— Vous feriez mieux de prendre un calmant, Pitchley, dit Barbara avant d'ajouter dans le téléphone : Epargnez-vous le voyage, Mr Azoff. Je m'en vais. J'ai ce dont j'ai besoin.

Et sans attendre la réponse de l'avocat, elle tendit l'appareil à Pitchley.

— Je ne sais pas à quoi vous jouez au juste, gros malin, mais comptez sur moi pour le découvrir. Et quand je le saurai, je me repointerai avec un mandat et une équipe pour fouiller cette bicoque de fond en comble. Et si on trouve quoi que ce soit qui vous relie à Eugenie Davies, vous pouvez être sûr que vous allez passer un sale quart d'heure.

— Je n'ai aucun lien avec Eugenie Davies, dit-il d'un ton raide.

Mais il avait perdu de ses belles couleurs, il avait blêmi.

— Les seuls liens que j'ai eus avec Eugenie Davies sont ceux dont j'ai parlé à l'inspecteur principal Leach.

— Parfait, dit-elle. Très bien, Mr Pitchley. Comme vous voudrez. J'espère pour vous que c'est exact.

Elle sortit de la cuisine à grandes enjambées et se dirigea vers la porte d'entrée. Une fois dehors, elle se rendit tout droit à sa voiture. Inutile d'essayer de poursuivre les deux types qui s'étaient échappés de chez Pitchley en sautant par la fenêtre de la cuisine. Le temps qu'elle fasse le tour de West Hampstead pour rejoindre l'autre côté du parc, ils se seraient volatilisés dans la nature ou planqués en lieu sûr.

Barbara mit le contact et fit ronfler le moteur de la Mini à plusieurs reprises. Elle avait été prête à prendre machinalement la photo de Pitchley et celle d'Eugenie Davies et à retourner à la Vallée des Rois et au Comfort Inn alors qu'elle n'attendait rien de cette démarche. Elle avait failli rayer J. W. Pitchley, alias James Pitchford, alias Langue de Velours de la liste des suspects. Mais maintenant elle se posait la question. Il ne se comportait pas du tout comme un homme qui n'avait rien à se reprocher. Au contraire, il se conduisait comme un type qui est dans le pétrin jusqu'au cou. Avec un chèque de trois mille livres qu'il n'avait pas fini de rédiger et deux loubards au gabarit de gorilles qui s'échappaient de chez lui par la fenêtre de sa cuisine... Il y avait du louche chez Pitchley, Pitchford, Langue de Velours ou quel que soit son nom.

Barbara réfléchit à ce détail tout en regagnant la rue en marche arrière. Pitchley, Pitchford, Langue de Velours, songea-t-elle. Elle tenait quelque chose. Elle se demanda si l'homme de West Hampstead n'avait pas encore un autre nom.

Elle savait comment s'y prendre pour le découvrir.

Le domicile de Ian Staines était situé dans une rue tranquille non loin de Saint Ann's Well Gardens. Empruntant les autoroutes, Lynley avait effectué le trajet de Henley à Brighton en un temps raisonnable ; cependant la lumière de novembre s'estompait nettement lorsqu'il s'immobilisa devant l'adresse qu'il cherchait.

Une femme tenant un chat contre son épaule comme un nouveau-né lui ouvrit la porte. Le chat était un birman, un insolent pur race qui jeta un regard menaçant à Lynley quand ce dernier sortit sa carte. La femme était une Eurasienne impressionnante. Elle n'était plus aussi jeune ni aussi belle qu'elle avait dû l'être mais il était toutefois difficile de détacher d'elle le regard à cause de la subtile dureté qui marquait ses traits.

Elle examina la carte de Lynley et se contenta d'un oui laconique lorsqu'il lui demanda si elle était Mrs Ian Staines. Elle attendit qu'il lui expose l'objet de sa visite même si à un certain plissement de ses yeux Lynley avait compris qu'elle savait à quoi s'en tenir. Il lui demanda s'il pouvait lui dire un mot, elle recula et l'entraîna dans un salon peu meublé. Remarquant les traces laissées par des pieds de meubles sur la moquette, il voulut savoir s'ils étaient en train de déménager. Elle dit que non, qu'ils ne déménageaient pas, et après une pause infime elle ajouta : « Pas encore », d'un ton où Lynley sentit passer du mépris.

Elle ne lui fit pas signe de prendre place dans l'un des deux fauteuils restants – lesquels étaient occupés chacun par un chat de la même race que celui qu'elle tenait serré dans ses bras. Aucun des deux animaux ne dormait, contrairement à ce que l'on peut attendre d'un chat installé dans un siège confortable. Au contraire, ils avaient l'œil bien ouvert, comme si Lynley était un spécimen susceptible de mériter leur intérêt. Quand ils trouveraient assez d'énergie pour s'occuper de lui.

Mrs Staines posa le chat par terre. Il avait les pattes dissimulées sous une fourrure qui lui faisait comme une barboteuse, une fourrure qui brillait tellement elle était lustrée et bien entretenue. Il se dirigea vers l'un des sièges, se percha dessus sans effort et en délogea son congénère. Ce dernier rejoignit l'autre félin et s'assit.

— Ils sont magnifiques, ces animaux, dit Lynley. Vous êtes éleveur, Mrs Staines ?

Elle ne répondit pas. Elle n'était pas très différente des chats : elle observait, elle était sur la défensive. Bref, on la sentait hostile.

Elle s'approcha d'une table près de l'emplacement qu'avait dû occuper le canapé. Sur la table se trouvait un coffret en écaille. Mrs Staines en souleva le couvercle d'un ongle manucuré. Elle y prit une cigarette et sortit un briquet de la poche de son pantalon ajusté. Elle alluma sa cigarette, inhala et dit : « Qu'est-ce qu'il a fait ? », sur le ton excédé d'une femme qui mourait d'envie d'ajouter « *cette fois* » à la question.

Il n'y avait pas de journaux en vue dans cette pièce. Mais cela ne voulait pas dire pour autant que les Staines ignoraient la mort d'Eugenie Davies.

— Voilà, fit Lynley. Il y a un problème à Londres dont j'aimerais m'entretenir avec votre mari, Mrs Staines. Il est là ou pas encore rentré du travail ?

— Du travail ?

Elle eut un petit rire avant d'ajouter :

— A Londres, vous dites ? Ian n'aime pas les villes, inspecteur. Il a un mal de chien à supporter la foule à Brighton.

— La circulation ?

— Les gens. La misanthropie est l'une de ses qualités les plus intéressantes même s'il réussit à la camoufler la plupart du temps.

Elle tira sur sa cigarette à la manière d'une star du muet, la tête rejetée en arrière, si bien que ses cheveux épais, élégamment coupés, striés çà et là d'une mèche grise, voletèrent, frôlant ses épaules. Elle s'approcha de la fenêtre devant laquelle on voyait d'autres empreintes de meubles.

— Il n'était pas ici quand elle est morte. Il était allé

la voir. Ils avaient eu une dispute. Comme on a sûrement dû vous l'apprendre. Sinon vous ne seriez pas là. Mais il ne l'a pas tuée.

— Vous savez donc ce qui est arrivé à Mrs Davies.

— Par le *Daily Mail*, dit-elle. Ce matin.

— On a vu quelqu'un se disputer avec Mrs Davies à Henley, quelqu'un qui s'est éloigné dans une Audi avec des plaques de Brighton. Cet homme, c'était votre mari ?

— Oui, dit-elle. C'était sûrement lui. Encore un de ses beaux projets qui aura capoté.

— Un projet ?

— Ian en est toujours plein. Quand ce ne sont pas des projets, ce sont des promesses. Des projets et des promesses. Des promesses et des projets. Qui tous tournent court.

— Ça suffit, Lydia.

Ces mots, prononcés sur un ton bref, venaient de la porte. Lynley se retourna et constata qu'ils avaient été rejoints par un homme de grande taille au teint jaune brouillé de fumeur chronique. Comme sa femme quelques instants plus tôt, il traversa la pièce pour atteindre le coffret en écaille et y prit une cigarette. Puis il adressa un signe de tête péremptoire à son épouse. Elle ne se le fit pas dire deux fois car elle sortit son briquet et le lui tendit. Il s'en servit tout en disant à Lynley :

— Que puis-je faire pour vous ?

— C'est au sujet de ta sœur, intervint Lydia Staines. Je t'avais prévenu qu'il fallait t'attendre à recevoir la visite de la police, Ian.

— Laisse-nous.

Du menton, il désigna les deux fauteuils où étaient installés les chats.

— Et emmène ces animaux avant qu'ils ne soient transformés en descente de lit.

Lydia Staines jeta sa cigarette encore allumée dans la cheminée. Elle se fourra un chat sous chaque bras et dit à celui qui restait : « Viens, César. »

— Je vous laisse, messieurs, ajouta-t-elle en quittant la pièce accompagnée des félins.

Staines la regarda s'éloigner. Ses yeux qui balayaient le corps pulpeux exprimaient un désir qui avait quelque chose d'animal, mais sa bouche avait une vilaine crispation trahissant la haine que lui inspirait cette créature qui avait trop d'emprise sur lui. Lorsqu'il entendit la radio à l'arrière de la maison, il reporta son attention sur Lynley.

— J'ai vu Eugenie, oui. Deux fois. A Henley. On s'est accrochés. Elle m'avait promis de parler à Gideon – c'est son fils, comme vous le savez. Et je comptais bien là-dessus. Mais elle m'a dit ensuite qu'elle avait changé d'avis, qu'il était arrivé quelque chose qui l'empêchait de lui demander... Et voilà. Je suis parti dans une rage folle. Mais j'imagine que quelqu'un nous a vus. M'a vu. A vu la voiture.

— Où est-elle, votre voiture ?

— A la révision.

— Où ?

— Chez le concessionnaire du coin. Pourquoi ?

— Il va me falloir son adresse. Il va falloir que je voie votre véhicule, que je parle au concessionnaire. J'imagine qu'il s'occupe aussi de réparer les carrosseries.

Le bout de la cigarette de Staines brasilla tandis qu'il tirait dessus, histoire de gagner quelques secondes.

— Excusez-moi, mais comment vous appelez-vous ?

— Inspecteur Lynley. New Scotland Yard.

— Sachez que je n'ai pas renversé ma sœur, inspecteur Lynley. J'étais aux abois. J'étais furieux. Mais lui passer sur le corps n'aurait pas résolu mon problème. Alors j'ai décidé d'attendre quelques jours, voire quelques semaines s'il le fallait, et de revenir à la charge.

— A quel sujet ?

Comme sa femme, il expédia d'une pichenette sa cigarette dans la cheminée.

— Suivez-moi, dit-il en sortant du séjour.

Lynley lui emboîta le pas. Ils montèrent au premier. Les marches étaient si moelleusement moquettées qu'elles étouffaient le bruit de leurs pas. Ils longèrent un couloir sur les murs duquel des rectangles d'un ton plus foncé indiquaient que des tableaux ou des photos avaient été décrochés. Ils pénétrèrent dans une pièce sombre aménagée en bureau. Une table y supportait un ordinateur dont l'écran était couvert de texte et de chiffres. Lynley s'approcha et constata que Staines s'était connecté sur Internet avec un agent de change en ligne.

— Vous jouez à la Bourse, nota Lynley.

— L'abondance.

— Quoi ?

— L'abondance. Le truc, vous voyez, c'est de penser et de vivre en termes d'abondance. Le fait de penser et de vivre en termes d'abondance vous donne de l'abondance, et cette abondance engendre encore plus d'abondance.

Lynley fronça les sourcils, essayant désespérément de faire le lien entre les données affichées sur l'écran et les propos de Staines, qui continua sur sa lancée :

— Ce qui compte, c'est la pensée. La plupart des gens restent prisonniers de la pénurie parce qu'ils ne connaissent rien d'autre, qu'on ne leur a appris que ça. Je fonctionnais de cette façon, moi aussi, à une époque. Putain, oui, alors.

Il rejoignit Lynley devant la table et posa la main sur un livre volumineux resté ouvert près du clavier. Le livre était surligné dans toutes les couleurs comme si son lecteur, à force de l'étudier au fil des années, en avait extrait à chaque fois des éléments nouveaux. On aurait dit un manuel universitaire. Lynley songea à de l'économie ; mais les paroles de Staines évoquaient davantage une quelconque philosophie New Age. Staines poursuivit d'une voix de basse.

— Nous attirons à nous ce à quoi nous pensons pourvu que nous le pensions fortement, dit-il en insistant bien. Penser beauté, c'est devenir beau. Penser laideur, c'est rester laid. De la même manière, il suffit de penser au succès pour attirer le succès.

— Ainsi il suffirait de penser maîtrise du marché international pour la détenir, cette maîtrise ?

— Oui. Oui. Si vous passez votre vie à vous focaliser sur vos limites, vous ne pouvez espérer les dépasser.

Les yeux de Staines se rivèrent sur l'écran. A la lueur de cet écran, Lynley constata que son œil gauche était recouvert d'une taie et qu'il avait le dessous de l'œil tout gonflé.

— Dans le temps, je vivais prisonnier de mes limites. J'étais limité par la drogue, la boisson, les chevaux, les cartes. Quand ce n'était pas une chose, c'en était une autre. J'ai tout perdu – ma femme, mes enfants, ma maison – mais ça ne se reproduira pas. Je le jure. Je connaîtrai l'abondance. Elle viendra.

Lynley commençait à saisir.

— Ce n'est pas dangereux de jouer à la Bourse, Mr Staines ? On peut gagner beaucoup d'argent. En perdre également beaucoup.

— Il n'y a pas de risque quand on a la foi, qu'on fait ce qu'il faut. Quand vous vous mettez dans l'état d'esprit correct, vous arrivez au résultat voulu par Dieu – qui est Lui-même bonté et qui veut que Ses enfants jouissent de cette bonté. Si nous faisons un avec Lui, si nous faisons partie de Lui, nous faisons partie du bien. Nous devons puiser à cette source.

En parlant, il fixait au bas de l'écran une ligne sur laquelle défilaient les cotations boursières comme autant d'indications codées lui permettant de trouver le Saint-Graal.

— Mais qu'est-ce que le bien ? Le bien n'est-il pas sujet à interprétation ? demanda Lynley.

— Le bien, c'est l'*abondance*, martela Staines, parlant à travers ses dents serrées. Nous le définissons et il se *matérialise*.

— Faute de quoi, nous nous retrouvons avec des dettes sur le dos, dit Lynley.

D'un geste brusque, Staines tendit la main et enfonça une touche sur l'écran. Les données affichées disparurent. S'adressant au moniteur d'un ton qui s'efforçait de camoufler la rage qu'il éprouvait, il dit :

— Il y avait des années que je ne l'avais pas rencontrée. J'étais resté des années sans l'embêter. La dernière fois qu'on s'est vus, c'était à l'enterrement de notre mère. Et même à cette occasion, je suis resté en retrait. Parce que je savais que si je lui adressais la parole, il me faudrait lui parler également, à lui. Or je le haïssais, ce salaud. Après m'être sauvé de la maison, je n'ai pas cessé de consulter la rubrique nécrologique dans l'espoir de lire la sienne. Dans l'espoir d'apprendre que ce grand homme de Dieu avait quitté l'enfer qu'il avait fabriqué pour son entourage afin de finalement rejoindre le sien. Eux, ils sont restés. Doug et Eugenie. Comme des bons petits soldats du Christ. Ils l'écoutaient prêcher le dimanche, et le reste de la semaine ils prenaient des coups. Mais moi, je me suis tiré quand j'avais quinze ans, et je ne suis jamais revenu. (Il regarda Lynley.) Je n'ai jamais demandé quoi que ce soit à ma sœur. Pendant toutes ces années où je me suis débattu avec la drogue, la boisson, les chevaux, je ne lui ai jamais rien demandé. Je me disais : « C'est la plus jeune, elle est restée, elle en a suffisamment bavé avec ce salopard, elle a bien mérité la vie qu'elle s'est construite. » Je suis allé trouver Doug et il m'a dépanné dans la mesure de ses moyens. Mais cette fois, il m'a dit : « Je ne peux rien pour toi, mon vieux. Regarde mon chéquier si tu ne me crois pas. » Alors qu'est-ce que j'étais censé faire ?

— Vous avez tapé votre sœur pour payer vos dettes. Des dettes que vous avez contractées comment, Mr Staines ? En jouant à la Bourse, j'imagine ?

Staines se détourna comme si la vue de l'écran l'offensait.

— Nous avons vendu ce que nous pouvions. Il ne reste plus dans notre chambre qu'un lit. Nous mangeons dans la cuisine sur une table de bridge. Nous avons vendu l'argenterie. Lydia, ses bijoux. Tout ce dont j'ai besoin, c'est d'un peu de temps pour souffler. Elle aurait pu me le procurer, ce moment de répit ; elle avait promis de m'aider. Je lui avais assuré que je la rembourserais, que je le rembourserais. Il est riche à millions. Il est *forcément* riche à millions.

— Gideon. Votre neveu.

— Elle m'avait dit qu'elle lui parlerait. Mais elle a changé d'avis. Il s'est passé quelque chose, m'a-t-elle dit. Qui l'empêchait de lui demander de l'argent.

— C'est ça qu'elle vous a dit l'autre soir quand vous l'avez vue ?

— Oui, c'est à ce moment-là qu'elle me l'a dit.

— Pas avant ?

— Non.

— Elle ne vous a pas dit ce qu'était ce « quelque chose » ?

— On s'est disputés comme des chiffonniers. Je l'ai suppliée. J'ai supplié ma propre sœur, mais… non. Elle n'a pas voulu me le dire.

Lynley se demanda pourquoi l'autre lui en disait autant. Les drogués, il le savait par expérience personnelle, étaient doués pour jouer sur la corde sensible de leurs proches. Son propre frère lui avait fait le coup pendant des années.

— Où êtes-vous allé après avoir quitté votre sœur ce soir-là, Mr Staines ?

— J'ai roulé au hasard jusqu'à une heure et demie du matin. Jusqu'à ce que Lydia soit endormie. Je ne suis rentré qu'à ce moment-là.

— Est-ce que quelqu'un peut confirmer ? Vous vous êtes arrêté pour prendre de l'essence quelque part ?

— Non, je n'ai pas eu besoin d'essence.

— Je vous demanderai de me conduire chez le concessionnaire qui s'occupe de votre voiture, si vous le voulez bien.

— Je n'ai pas écrasé Eugenie. Je ne l'ai pas tuée. Ça ne m'aurait rien rapporté.

— C'est la routine, Mr Staines.

— Elle m'avait dit qu'elle lui parlerait. J'avais besoin d'un peu de temps pour me retourner, c'est tout.

Ce dont il avait surtout besoin, songea Lynley, c'était qu'on le guérisse de ses illusions.

13

Libby Neale prit le virage dans Chalcot Square si sèchement qu'il lui fallut tendre un pied pour empêcher la Suzuki de déraper. Elle avait décidé de s'octroyer une pause au cours de sa tournée et de s'offrir la version anglaise d'un bacou-laitue-tomate dans un *Cassecroûte à toute heure* de Victoria Street. Tout en mastiquant son sandwich au comptoir, elle avait aperçu un journal abandonné par un client près d'une bouteille d'Evian vide. Machinalement elle l'avait retourné. C'était le *Sun* – le tabloïd qu'elle détestait le plus du fait de la présence en page trois de l'odieuse pin-up qui lui rappelait quotidiennement ce qu'elle n'était pas. Libby allait repousser le torchon lorsque le gros titre attira son attention. *Assassinat de la mère du virtuose.* La manchette s'étalait sur cinq colonnes à la une. Dessous, une photo un peu floue de la mère de Gideon – une vieille photo à en juger par le style de la coiffure et des vêtements.

Libby s'empara du journal et lut tout en mâchant. Elle se reporta à la page quatre où l'article continuait, et ce qu'elle vit sur cette page donna soudain à la bouchée de sandwich qu'elle mangeait un goût de sciure. Le reportage couvrait non pas la mort de la mère de Gideon, sur laquelle on n'avait jusqu'à présent que peu d'éléments, mais une autre mort.

Merde, songea Libby. Ces connards de Fleet Street

allaient recommencer à fouiner partout. Et les tabloïds étant ce qu'ils étaient, ils allaient bientôt s'en prendre à Gideon. Si cela se trouvait, ils étaient peut-être *déjà* en train de le harceler. Un article subsidiaire concernant Gideon et le fiasco de Wigmore Hall, c'était un sujet qu'il convenait d'exploiter plus à fond. Et comme si le pauvre garçon n'avait pas assez de soucis comme ça, le journal donnait l'impression de vouloir établir un lien entre ce concert et l'accident suivi d'un délit de fuite à West Hampstead !

Comme si, songea Libby avec mépris. Comme si Gideon avait pu reconnaître sa mère en la croisant dans la rue…

Contrairement à son habitude, elle avait jeté la moitié de son sandwich à la poubelle et fourré le tabloïd dans sa combinaison. Elle avait encore deux courses à faire mais tant pis, ça attendrait. Il lui fallait voir Gideon.

Arrivée à Chalcot Square, elle s'arrêta juste devant la maison. Elle hissa la moto sur le trottoir sans prendre la peine de l'enchaîner à la grille. Elle gravit en trois enjambées les marches du perron, frappa à la porte puis sonna longuement. Comme il ne répondait pas, elle balaya le square du regard pour voir si sa Mitsubishi n'était pas dans les parages. Elle la repéra devant une maison jaune quelques portes plus loin sur la droite. Il était chez lui. Allons, décide-toi, songea-t-elle, ouvre.

A l'intérieur, le téléphone se mit à sonner. A la quatrième sonnerie, le grésillement s'interrompit brutalement. Elle se dit qu'il était là mais refusait simplement d'ouvrir. C'est alors qu'une voix lointaine, désincarnée, qu'elle ne put reconnaître, lui indiqua que le répondeur de Gideon prenait un message.

— Et merde ! marmonna-t-elle.

Il avait dû sortir. Il avait dû apprendre que les journaux fouillaient à qui mieux mieux dans la mort de sa sœur et il avait décidé de s'absenter un moment. Elle le comprenait. La plupart des gens, lorsqu'ils traversaient une période difficile, ne la vivaient qu'une fois.

Mais tout semblait indiquer qu'il allait devoir vivre une seconde fois tout ce qui était lié au décès de la petite Sonia.

Elle descendit les marches pour gagner son propre appartement. Son courrier était sur le paillasson, elle le prit, ouvrit sa porte, entra tout en passant les lettres en revue. Avec la facture de British Telecommunications, un relevé de banque lui montrant que son compte avait besoin de toute urgence d'une transfusion et un dépliant publicitaire pour un système d'alarme, se trouvait également une enveloppe rédigée de la main de sa mère. Libby n'avait pas spécialement envie d'en prendre connaissance tant elle avait peur de tomber sur le récit des derniers exploits de sa sœur. Elle la décacheta quand même et, tandis qu'elle ôtait son casque d'une main, de l'autre elle s'empara de la feuille de papier violet que sa mère lui avait envoyée.

Obtenez ce que vous désirez... Soyez ce que vous rêvez d'être : ces formules en gros caractères occupaient toute la page. Apparemment, Equality Neale, P-DG de Neale Publicity, qui avait récemment fait la une du magazine *Money*, organisait à Boston un séminaire intitulé « Comment s'affirmer et réussir en affaires », séminaire qui serait suivi d'un autre à Amsterdam. De son écriture précise qui aurait fait honneur aux religieuses chez qui elle avait été élevée, Mrs Neale avait écrit : *Ne serait-ce pas sympathique si vous pouviez vous retrouver ? Ali pourrait s'arranger pour faire une étape à Londres sur le chemin du retour. A quelle distance de Londres se trouve Amsterdam ?*

Pas suffisamment loin, songea Libby en faisant une boulette du prospectus. La pensée d'Ali et de tout ce qui l'irritait chez sa sœur incita Libby à ne pas s'arrêter devant le réfrigérateur où elle serait normalement allée puiser du réconfort, contrariée de ne pouvoir rencontrer Gideon. Au lieu de cela, elle se versa vertueusement un verre d'eau, renonçant à dévorer les six quesadillas au fromage qu'elle mourait d'envie de s'octroyer. Tout en buvant son eau minérale, elle regarda par la fenêtre.

Appuyée contre le mur qui séparait le jardin de Gideon de celui de son voisin, se trouvait la cabane dans laquelle il construisait ses cerfs-volants. La porte en était entrouverte et il y avait de la lumière à l'intérieur.

Elle posa son verre d'eau sur le comptoir, fonça dehors, gravissant à toute allure les marches tapissées de lichen verdâtre. Elle cria « Gideon ! » tout en courant vers la cabane. « Tu es là ? »

Pas de réponse. Inquiète, Libby ralentit un instant l'allure. Elle n'avait pas vu la Granada de Richard Davies dans le square mais il est vrai qu'elle n'avait pas cherché à la repérer. Peut-être était-il venu trouver Gideon pour avoir avec lui une de ces conversations père-fils chiantes comme la pluie dont il semblait ne pouvoir se passer. S'il avait réussi à mettre Gideon suffisamment hors de ses gonds, celui-ci était peut-être parti faire un tour à pied et Richard était peut-être, pour se venger, en train de démolir les cerfs-volants de Gideon. Ça serait bien son genre, songea Libby. C'était la seule activité à laquelle s'adonnait Gid qui n'avait pas de rapport avec cette connerie de violon – en dehors des virées en planeur que Richard méprisait *également* — mais son père n'aurait pas hésité une seconde à les réduire en miettes. Il se serait même arrangé pour trouver une bonne excuse à son geste une fois son coup fait : « Ça te distrayait de ta musique, mon petit. »

Tu parles, songea Libby avec mépris.

Richard poursuivit, dans la tête de Libby du moins : « Les cerfs-volants, ce hobby, je m'en étais accommodé, Gideon. Mais maintenant ce n'est plus possible. Il faut qu'on te remette sur pied. Il faut que tu reprennes le collier. Tu as des concerts à donner, des enregistrements à réaliser et un public qui t'attend. »

Allez vous faire *foutre*, dit mentalement Libby à Richard Davies. Il a sa vie à mener. Pourquoi est-ce que vous ne vous occupez pas de la vôtre ?

A la pensée d'un *mano a mano* avec Richard sans que Gideon soit là pour l'empêcher d'exprimer ce qu'elle avait sur le cœur, Libby se sentit poussée par une nouvelle bouffée d'énergie. Elle atteignit la cabane, poussa la porte.

Gideon était là. Seul. Assis à sa table à dessin. Une feuille de papier épais posée devant lui. Il la fixait comme si elle s'apprêtait à lui livrer un secret.

— Gid ? fit Libby. Bonjour, j'ai vu de la lumière.

Il ne réagit pas. A croire qu'il ne l'avait pas entendue. Il resta le regard rivé sur son papier.

— J'ai frappé à ta porte, poursuivit Libby. J'ai sonné. J'ai vu ta voiture dans le square. Je me suis dit que tu étais à la maison. Et puis, quand j'ai vu la lumière, là…

La phrase mourut sur ses lèvres comme une plante qui, faute d'eau, s'étiole et dépérit.

— Tu rentres tôt du boulot, dit-il, les yeux toujours fixés sur la feuille.

— J'ai mieux organisé ma tournée aujourd'hui. Ça m'a permis d'économiser des allées et venues et de finir plus vite.

Son aptitude à mentir la surprit. Décidément, Rock déteignait sur elle.

— Ça m'étonne que ton mari n'ait pas insisté pour que tu fasses tes heures.

— Il ne sait pas que j'ai fini. Et, crois-moi, je n'ai pas l'intention de le lui dire.

Elle frissonna. Il y avait un petit radiateur électrique dans un coin mais Gideon ne l'avait pas allumé.

— Tu n'as pas froid sans pull, sans rien ?

— Je n'avais pas remarqué.

— Ça fait longtemps que tu es là ?

— Quelques heures, je crois.

— Qu'est-ce que tu fabriques ? Encore un cerf-volant ?

— Oui, dit-il, un truc capable de voler plus haut que les autres.

— Ah, génial. (Elle alla se poster derrière lui, impatiente de voir sa dernière création.) Tu sais que tu pourrais en faire ton métier. Personne ne dessine les cerfs-volants comme toi, Gid. Ils sont incroyables. Ils…

La vue du papier l'arrêta net. Tout ce qu'il y avait sur la feuille, c'étaient des traînées noires, vestiges des traits qu'il avait effacés. Il y en avait sur toute la surface de la page. Par endroits le papier était déchiré tellement il s'était servi de sa gomme.

Comme elle ne terminait pas sa phrase, Gideon se tourna vers elle. Et si vite qu'elle n'eut pas le temps de se composer un visage.

— Ce don-là, aussi, je l'ai perdu, on dirait, fit-il.

— Mais non. Ne sois pas bête. C'est juste un blocage. La création, ça peut se bloquer. Ce sont des choses qui arrivent.

Il observa son visage et y lut ce qu'elle taisait. Il secoua la tête. Jamais depuis qu'il avait cessé de jouer du violon elle ne lui avait vu une mine aussi épouvantable. Il avait l'air encore plus mal en point que la veille lorsqu'il était venu lui annoncer que sa mère était morte. Ses cheveux aplatis, pas lavés, étaient collés sur son crâne ; ses yeux étaient enfoncés dans leurs orbites, ses lèvres étaient si gercées qu'elles semblaient couvertes d'écailles. Merde, c'était vraiment *exagéré*. Bon Dieu, il y avait des années qu'il n'avait pas vu sa mère, et de son vivant il n'avait pas été si proche d'elle que ça. Pas aussi proche qu'il l'avait été de son père.

Comme s'il devinait ses pensées et voulait y apporter un correctif, il dit :

— Je l'ai vue, Libby.

— Qui ?

— Je l'ai vue, et j'ai oublié que je l'avais vue.

— Ta mère ? demanda Libby. Tu as *vu* ta mère ?

— Je ne sais pas comment j'ai fait pour oublier que je l'avais vue. Je ne sais pas comment fonctionne la mémoire, et pourtant c'est ce qui est arrivé.

Il regardait Libby mais elle se rendait compte qu'il ne la voyait pas et qu'il se parlait à lui-même. Il avait l'air si plein de haine de lui-même qu'elle s'empressa de le rassurer.

490

— Tu ne savais peut-être pas qui c'était. Ça faisait quoi… des années que tu ne l'avais pas vue. Et tu n'as pas de photos d'elle, si ? Comment aurais-tu pu te souvenir de ce à quoi elle ressemblait ?

— Elle était là, dit-il d'une voix morne. Elle a prononcé mon nom. « Tu te souviens de moi, Gideon ? » Et elle voulait de l'argent.

— De l'argent ?

— Je lui ai tourné le dos. Je suis quelqu'un de trop important, tu vois, j'ai des concerts importants à donner. Alors je lui ai tourné le dos. Parce que je ne savais pas qui elle était. Je me suis mal conduit, j'ai eu tort.

— Merde, murmura Libby, commençant à comprendre où il voulait en venir. Bordel, Gideon. Tu ne penses tout de même pas que tu es responsable de ce qui est arrivé à ta mère ?

— Je ne pense pas, dit-il. Je le sais.

Il détourna les yeux de Libby, les braquant sur la porte ouverte et sur les ombres du dehors.

— Arrête de dire des conneries, protesta-t-elle. Si tu avais su qui c'était quand elle est venue te trouver, tu l'aurais aidée. Je te connais, Gideon : tu es quelqu'un de bien. Si ta mère était au bout du rouleau, si elle avait besoin d'argent, tu ne l'aurais jamais laissée tomber. C'est vrai, elle t'a abandonné. C'est vrai, elle s'est tenue loin de toi pendant des années. Mais c'était ta mère et tu n'es pas du genre rancunier. Tu n'es pas comme Rock Peters.

Libby eut un petit rire sans joie en songeant à ce que son mari aurait fait si sa mère s'était pointée pour le taper au bout de vingt ans d'absence. Il lui aurait dit ce qu'il avait sur le cœur, songea Libby. Mais pas seulement. Mère ou pas, il lui aurait flanqué des coups comme ceux qu'il réservait aux femmes qui l'énervaient. Et ça l'aurait drôlement énervé que sa mère, qui l'avait abandonné tout petit, débarque chez lui pour lui soutirer de l'argent sans même lui demander de ses nouvelles. En fait il aurait été tellement en rogne que…

Libby freina des quatre fers : elle déraillait. Elle se

dit que Gideon Davies ne ferait même pas de mal à une mouche. C'était un artiste, et un artiste n'était pas le genre d'homme qui après avoir écrasé quelqu'un dans la rue reprenait tranquillement le cours de son existence comme si de rien n'était.

Bien qu'ayant la bouche sèche, elle dit :

— Elle t'a donné de ses nouvelles, Gid ? Je veux dire après t'avoir demandé de l'argent. Elle t'a donné de ses nouvelles ?

— Je ne savais pas qui c'était, reprit Gideon. Je ne savais pas ce qu'elle voulait, Libby, je n'ai pas compris de quoi elle parlait.

Libby prit cela pour une négation parce que cela l'arrangeait.

— Ecoute, pourquoi on ne rentre pas ? Je vais te faire du thé. On gèle dans cette cabane. Tu dois être transformé en glaçon depuis le temps que tu es enfermé là-dedans.

Elle lui prit le bras, l'aida à se mettre debout. Il n'opposa aucune résistance. Elle éteignit la lumière et ils tâtonnèrent dans l'obscurité jusqu'à la porte. Libby peinait car il s'appuyait de tout son poids sur elle, comme vidé de ses forces après sa tentative infructueuse pour dessiner un malheureux cerf-volant.

— Je ne sais pas ce que je vais faire, dit-il. Elle m'aurait sûrement aidé. Seulement voilà, elle a disparu.

— Tu vas me faire le plaisir de boire une tasse de thé. Et d'avaler un biscuit.

— Je ne peux pas manger, je ne peux pas dormir.

— Alors dors avec moi, ce soir. Tu arrives toujours à dormir quand je suis près de toi.

Dormir, songea-t-elle, c'était tout ce qu'ils faisaient quand ils étaient ensemble. Pour la première fois, elle se demanda s'il n'était pas vierge. Si le fait que sa mère l'ait abandonné dans sa petite enfance ne lui avait pas ôté à tout jamais l'envie d'approcher une femme. Elle était nulle ou presque en psychologie mais cet incident pouvait expliquer l'aversion apparente de Gideon pour le sexe. Il ne devait pas vouloir courir le risque de se voir abandonné de nouveau par une personne qu'il aimait.

Libby l'entraîna vers sa cuisine. Là, elle s'aperçut rapidement qu'elle n'avait pas de gâteaux, contrairement à ce qu'elle croyait. Elle n'avait rien à lui offrir à grignoter mais elle se dit qu'il devait avoir des provisions. Alors elle remonta chez Gideon, le fit asseoir à la table de la cuisine tandis qu'elle remplissait la bouilloire, fouillait dans les placards à la recherche de thé et de nourritures solides.

Assis devant cette table, il avait l'air d'un mort-vivant, ce qui fit frissonner Libby. Elle papotait, lui racontant sa journée, tentant de le distraire, et elle mettait tellement d'énergie à faire la conversation qu'elle se retrouva en transpiration sous son cuir. Machinalement elle tira sur la fermeture Eclair et commença à se débarrasser de sa combinaison tout en parlant.

Le journal qu'elle avait fourré à l'intérieur du cuir dégringola. Comme dégringole une tartine de pain beurrée : la page qu'elle ne voulait pas qu'il voie juste sur le dessus. La manchette agressive atteignit son but : elle attira l'attention de Gideon qui se baissa, ramassa le journal, tandis que Libby essayait de s'en emparer.

— Ne fais pas ça, dit-elle. Ça ne servira qu'à envenimer les choses.

Il releva la tête vers elle :

— Quelles choses ?

— Pourquoi t'enfoncer davantage ? fit-elle, ses doigts se refermant sur le journal tandis que Gideon s'y accrochait de son côté. Les journalistes, une fois de plus, ont remué la boue. Tu n'as pas besoin de ça.

Mais Gideon tenait bon, et soit elle lui laissait le journal, soit il le déchirait. On aurait dit deux clientes qui se battent pour une robe en période de soldes. Elle lâcha la page et s'administra mentalement des coups de pied dans le derrière. Quelle idée d'avoir rapporté ce torchon et d'avoir oublié qu'elle l'avait fourré dans sa combinaison !

Gideon lut l'article. Comme elle, il se précipita sur

les pages quatre et cinq. Là, il tomba sur les photos que les journalistes avaient récupérées aux archives. Celles de sa sœur, de sa mère et de son père, celle de lui-même à huit ans, celles des autres personnes impliquées dans le drame. Ça avait dû être un jour drôlement creux pour que ces fouille-merde fassent monter la mayonnaise de cette façon, songea amèrement Libby.

— Au fait, Gideon, j'ai oublié de te dire. On a téléphoné pendant que je frappais à ta porte. Le répondeur a pris le message. Tu veux l'écouter ? Tu veux que je te le repasse ?

— Ça peut attendre.

— C'était peut-être ton père. Au sujet de Jill. Dis-moi, à ce propos, tu vis ça comment, cette naissance qui se profile ? Tu ne m'en as jamais parlé. Ça doit te faire drôle de penser que tu vas avoir un petit frère ou une petite sœur alors que toi-même tu es en âge d'avoir des enfants. C'est une fille ou un garçon, finalement ?

— Une fille, dit-il, l'esprit ailleurs. C'est une fille.

— Ah, c'est cool. Une petite sœur. Génial. Tu feras un grand frère merveilleux.

Il se mit debout d'un bond.

— Je n'en peux plus de ces cauchemars. Je mets des heures à m'endormir quand je me fourre au lit. Je suis allongé, je tends l'oreille, je regarde le plafond. Et lorsque enfin je m'endors, les rêves me tombent dessus. Des rêves, des rêves. Je n'en peux plus de ces rêves.

La bouilloire siffla. Libby voulait s'occuper du thé mais elle lut sur le visage de Gideon un tel désespoir… jamais elle ne lui avait vu une expression pareille, elle était comme fascinée ; elle ne voyait pas comment elle pouvait faire autrement que le regarder. Ça vaut mieux, songea-t-elle, que de m'engager dans une autre direction… Me demander, par exemple, si c'était la mère de Gideon qui l'avait poussé à bout.

Cela ne pouvait pas être le cas car pour quelle raison aurait-il réagi de cette façon ? Pourquoi un homme comme lui aurait-il pété les plombs à la mort de sa mère ? Si sa mère, qu'il n'avait pas vue depuis des années, venait de mourir ? Très bien, il l'a vue une fois, elle lui a demandé de l'argent, il ne savait pas que c'était elle, il a refusé. Mais était-ce pour autant une raison de péter les plombs ? Libby n'en était pas persuadée. Malgré tout elle était soulagée que Gideon voie un psychiatre.

— T'as parlé des rêves à ta psy ? dit-elle. Ces gens-là sont censés savoir ce que ça signifie, non ? Pourquoi tu la payes, si ce n'est pas pour qu'elle te dise ce que signifient tes rêves.

— J'ai cessé d'aller la voir.

Libby fronça les sourcils.

— La psy ? Quand ?

— J'ai annulé mon rendez-vous aujourd'hui. Elle ne peut pas m'aider à rejouer. J'ai perdu mon temps.

— Mais je croyais que tu l'aimais bien.

— Qu'est-ce que ça peut faire que je l'aime bien ? Si elle ne peut pas m'aider, qu'est-ce que ça peut bien faire ? Elle voulait que je me souvienne, je me suis souvenu et ça a été quoi, le résultat ? Regarde-moi. Regarde ça. *Regarde*. Tu crois vraiment que je peux jouer dans ces conditions ?

Il tendit les mains et elle vit quelque chose qu'elle n'avait pas remarqué auparavant, quelque chose qui n'y était pas vingt-quatre heures plus tôt lorsqu'il était venu lui apprendre que sa mère était morte : ses mains tremblaient. Et très sérieusement. Comme celles de son grand-père avant que son antiparkinsonien ne commence à agir.

D'un côté, elle aurait voulu fêter ce que signifiait le fait que Gideon ait cessé de voir la psychiatre : il commençait à se définir autrement que par rapport à la musique, ce qui était certainement bon signe. Mais d'un autre côté, elle éprouvait un malaise. Privé de son violon, il devrait pouvoir découvrir sa véritable personnalité mais, pour y parvenir, il lui fallait *vouloir* faire cette découverte. Or il n'avait pas franchement l'air prêt à se lancer dans ce genre de quête.

— Ce n'est pas parce que tu ne joues plus que c'est la fin du monde, Gideon, dit-elle gentiment.

— C'est la fin de mon monde.

Il passa dans la salle de musique. Elle l'entendit trébucher, se cogner, jurer. Une lumière s'alluma. Tandis que Libby s'occupait du thé, Gideon écouta le message qui lui était parvenu pendant qu'il essayait de travailler dans l'abri de jardin.

« Inspecteur Thomas Lynley à l'appareil, lança une voix de baryton. Je quitte Brighton, je suis en route pour Londres. Pouvez-vous m'appeler sur mon portable quand vous recevrez ce message ? Il faut que je vous parle : c'est au sujet de votre oncle. »

Allons bon, voilà qu'un oncle déboulait dans le paysage, songea Libby tandis que le policier donnait son numéro de portable. Et puis quoi encore ? Qu'est-ce qui allait tomber sur la tête de Gideon ? Quand se déciderait-il enfin à crier : « Ça suffit ! » ?

Elle allait lui dire : « Attends demain, Gid. Dors avec moi ce soir. Je t'empêcherai de faire des cauchemars, je te le promets », lorsqu'elle l'entendit composer un numéro. Quelques instants plus tard, il se mit à parler. Elle fit comme si elle préparait le thé, mais elle tendit l'oreille dans l'intérêt de Gideon.

— Gideon Davies à l'appareil, dit-il. J'ai eu votre message, merci. Oui, ça a été un choc.

Il écouta ce que l'inspecteur lui disait. Puis, finalement :

— J'aimerais mieux que vous me racontiez ça au téléphone, si ça ne vous ennuie pas.

Un point pour nous, songea Libby. Comme ça on passera une soirée tranquille et ensuite on dormira. Mais tandis qu'elle apportait les tasses, Gideon poursuivit, après avoir de nouveau écouté son interlocuteur.

— Très bien, si on ne peut pas faire autrement… (Il donna son adresse.) Je serai là, inspecteur.

Et il raccrocha.

Il réintégra la cuisine. Libby s'efforça de faire comme si elle n'avait pas écouté à la porte. Elle

496

s'approcha d'un placard, l'ouvrit, cherchant toujours quelque chose à grignoter. Elle opta pour des crackers japonais. Elle ouvrit le sachet, fit tomber le contenu dans une coupelle, prit deux petits pois et se les fourra dans la bouche tandis qu'elle apportait les biscuits salés sur la table.

— C'est un des policiers, précisa Gideon bien inutilement. Il veut me parler de mon oncle.

— Quelque chose est aussi arrivé à ton oncle ?

Libby versa une cuillerée de sucre dans sa tasse. Elle n'avait pas vraiment envie de thé ; mais comme c'était elle qui avait proposé d'en boire, elle ne voyait pas comment y échapper.

— Je ne sais pas.

— Tu crois que tu devrais l'appeler avant que les flics ne débarquent ? Histoire de savoir ce qui se passe ?

— Je n'ai pas la moindre idée de l'endroit où il se trouve.

— A Brighton, non ? (Libby rougit.) J'ai entendu ce type dire qu'il venait de Brighton. Dans son message. Quand tu l'as écouté.

— Ça pourrait être Brighton. Mais je n'ai pas pensé à lui demander son nom.

— Le nom de qui ?

— De mon oncle.

— Tu ne connais pas… ? Oh bon, ça ne fait rien.

Encore un truc bizarre dans cette famille, songea Libby. Des tas de gens ne connaissaient pas leurs parents. Comme l'aurait dit son père, c'était un signe des temps.

— Ça ne pouvait pas attendre demain ?

— Je n'ai pas voulu attendre. Je veux savoir ce qui se passe.

— Oh, bien sûr, fit-elle, déçue.

Elle se voyait le chouchoutant pendant cette longue soirée, s'imaginant bêtement que ses soins attentifs pourraient déboucher sur quelque chose de plus concret, leur permettre de faire un pas en avant.

— Si tu crois que tu peux lui faire confiance.

— Comment ça ?

— N'oublie pas que c'est un flic, j'espère qu'il te dira la vérité.

Elle haussa les épaules, prit une poignée de biscuits japonais. Gideon s'assit. Il approcha sa tasse de ses lèvres mais ne but pas.

— Ça n'a aucune espèce d'importance.

— Quoi ? Comment ça ?

— Qu'il me dise la vérité ou non.

— Pourquoi ?

Gideon la regarda droit dans les yeux lorsqu'il lui porta le coup.

— Parce que je n'ai confiance en personne : personne ne me dira la vérité. Je ne le savais pas avant. Mais maintenant je le sais.

Les choses allaient de mal en pis. J. W. Pitchley, alias Langue de Velours, alias James Pitchford, quitta l'Internet, fixa l'écran devenu vierge et jura copieusement. Il avait finalement réussi à contacter Slip d'Amour ; mais bien qu'ayant passé une bonne demi-heure à argumenter avec elle, il n'avait pas pu obtenir qu'elle collabore. Tout ce qu'il lui demandait se résumait à une chose toute bête : se rendre au commissariat de Hampstead pour y avoir une conversation de cinq minutes avec l'inspecteur principal Leach, et elle refusait obstinément de lui donner satisfaction. Il lui suffisait de confirmer qu'elle-même et un homme connu d'elle sous le pseudonyme de Langue de Velours avaient passé la soirée ensemble. D'abord dans un restaurant de South Kensington et ensuite dans une petite chambre étouffante donnant sur Cromwell Road où le bruit incessant de la circulation camouflait les frénétiques grincements de sommier et les cris de plaisir qu'il lui avait arrachés lorsqu'il lui avait rendu les services qu'elle était en droit d'attendre d'un homme doté de pareil pseudonyme. Mais non, elle ne pouvait pas faire ça pour lui. Tant pis s'il avait réussi à la faire jouir six fois en moins de deux heures, tant pis s'il avait différé son plaisir en attendant qu'elle soit réduite à l'état de loque tellement il lui avait fait prendre son pied, tant pis s'il avait comblé ses fantasmes les plus libidineux. Il était hors de question qu'elle se trouve « en situation d'être humiliée devant un parfait inconnu qui viendrait à découvrir quelle femme elle était capable d'être dans certaines circonstances ».

Parce que je ne suis pas un étranger, moi, espèce de garce ! avait rugi mentalement Pitchley. Tu n'as pas hésité tant que ça à me montrer de quoi tu étais capable quand l'envie te démangeait.

Elle avait deviné à quoi il pensait, bien qu'il ne le lui ait pas précisé sur l'écran. Car elle avait écrit : *Ils insisteraient pour connaître mon nom, tu vois. Et ça, Langue de Velours, c'est impossible. Pas mon nom. Les tabloïds étant ce qu'ils sont, c'est hors de question. Désolée, mais tu comprends, n'est-ce pas ?*

C'est ainsi qu'il avait réalisé qu'elle n'était pas divorcée. Ce n'était pas une femme sur le déclin qui cherchait désespérément un homme pour se prouver qu'elle avait encore du charme. Mais une femme sur le déclin en quête de frissons pour oublier l'ennui du mariage.

Ce mariage devait être quelque chose qui durait depuis longtemps. Pas une union contractée avec le premier venu. Mais au contraire avec quelqu'un d'important, un homme politique peut-être, un homme du showbiz ou alors un homme d'affaires connu. Et si elle donnait son nom à l'inspecteur Leach, il serait rapidement divulgué. De fil en aiguille, le nom arriverait aux oreilles d'une balance qui accepterait de toucher de l'argent d'un journaliste avide de dénoncer les turpitudes d'une malheureuse à la une de son torchon merdique.

Salope, songea Pitchley. Garce, salope, sale garce. La pauvre femme à qui on aurait donné le Bon Dieu sans confession aurait mieux fait de penser à ça avant de le retrouver à la Vallée des Rois. Elle aurait pu penser aux conséquences éventuelles de ses actes avant de se pointer au rendez-vous avec la dégaine de la femme qui n'est plus à la mode, qui n'a aucune expérience des hommes, qui meurt d'envie qu'on lui prouve qu'elle est encore désirable malgré la piètre opinion qu'elle nourrit de ses charmes. Elle aurait pu penser qu'il lui faudrait reconnaître s'être rendue à la Vallée des Rois pour y prendre un verre et y dîner avec un parfait inconnu rencontré sur le Net dans un forum de discussion où les gens dissimulent leur identité tout en se faisant part de leurs fantasmes sexuels les plus débridés, les plus lubriques et les plus... humides. Elle aurait pu penser qu'il lui faudrait admettre avoir passé des heures allongée sur un matelas inconfortable à deux pas de la circulation de South Kensington, nue comme un ver, en compagnie d'un homme dont elle ignorait le nom – qu'elle se fichait pas mal de connaître, d'ailleurs. Sale pétasse, elle aurait pu réfléchir avant d'agir.

Pitchley s'éloigna de l'ordinateur en faisant reculer son fauteuil. Les coudes sur les genoux, il se prit le front dans les mains. Elle aurait pu l'aider. Certes, elle ne lui aurait pas permis de résoudre la totalité de son problème. Car il lui faudrait encore expliquer l'intervalle assez long qui s'était écoulé entre le moment où il avait quitté le Comfort Inn et son arrivée à Crediton Hill. Mais ç'aurait été un bon début. Les choses étant ce qu'elles étaient, tout ce qu'il avait à raconter, c'était sa version des faits. Il comptait sur son entêtement à s'en tenir à cette version, sur la possibilité que le réceptionniste du Comfort Inn confirme sa présence deux nuits plus tôt sans confondre avec les dizaines d'autres où il lui avait fait glisser sur le comptoir les billets requis, et sur l'espoir que son visage était suffisamment innocent pour persuader la police de croire à son histoire.

Cela n'arrangeait pas ses affaires qu'il connût la femme qui était morte dans sa rue en possession de son adresse. Et cela les arrangeait encore moins qu'il eût été mêlé – même indirectement – au crime odieux qui avait été perpétré lorsqu'il habitait sous son toit vingt ans plus tôt.

Il avait entendu les cris ce soir-là, et il était arrivé en courant parce qu'il avait reconnu la voix qui criait. Lorsqu'il s'était pointé, tout le monde était déjà là : le père et la mère de l'enfant, le grand-père, le frère, Sarah-Jane Beckett et Katja Wolff. « Je la quitte pas plus d'une minute ! » hurlait-elle à ceux qui s'étaient massés devant la porte fermée de la salle de bains. « Je jure. Je la quitte pas plus d'une minute ! » Et derrière elle se tenait Robson, le professeur de violon, qui l'avait attrapée par les épaules et entraînée plus loin. « Il faut me croire ! » criait-elle, et elle avait continué à s'égosiller pendant qu'il l'emmenait loin de là et lui faisait descendre l'escalier.

Il ne savait pas ce qui se passait au début. Il n'avait pas voulu savoir, ne pouvait se permettre de savoir. Il avait entendu la dispute entre Katja et les parents, elle lui avait dit qu'elle avait été virée, et s'il y avait bien une chose qu'il n'avait pas envie de savoir, c'était si l'engueulade, le licenciement et ses motifs – qu'il soupçonnait sans pouvoir les envisager clairement – étaient liés à ce qui avait eu lieu derrière cette porte de salle de bains.

« James, qu'est-ce qui se passe ? » Sarah-Jane Beckett avait glissé sa main dans la sienne, la serrant tout en chuchotant : « Oh, mon Dieu, il n'est rien arrivé à Sonia, au moins ? »

Il l'avait regardée, il avait vu que ses yeux luisaient malgré l'intonation funèbre de la question. Mais il ne s'était pas demandé ce que signifiait cette lueur. Il s'était juste demandé comment échapper à Sarah-Jane pour aller rejoindre Katja.

« Emmenez le petit, avait dit Richard Davies à Sarah-Jane. Pour l'amour du ciel, éloignez Gideon d'ici, Sarah ! »

Elle avait obéi, entraînant le petit garçon au visage de craie dans sa chambre où retentissaient des flots joyeux de musique comme si rien de dramatique ne s'était produit dans la maison.

Lui-même était parti à la recherche de Katja, il l'avait trouvée dans la cuisine où Robson lui tendait avec insistance un verre de cognac. Elle essayait de refuser, criant : « Non non ! Je ne peux pas boire ça ! » Elle était échevelée, l'œil écarquillé, absolument pas dans le rôle de la nurse aimante d'un enfant qui était… quoi ? Il avait peur de poser la question, peur parce qu'il savait déjà mais ne voulait pas regarder les choses en face.

« Buvez ça, disait Robson. Katja, pour l'amour de Dieu, ressaisissez-vous. Les ambulanciers vont être là d'un moment à l'autre, il ne faut pas qu'ils vous voient dans cet état.

— Je l'ai pas laissée, je l'ai pas laissée ! » Elle pivota sur sa chaise, attrapa Robson par le col de sa chemise. « Vous devez le leur dire, Raphael ! Dites-leur que je l'ai pas quittée.

— Vous devenez hystérique. Si ça se trouve, ce n'est rien. »

Mais tel ne devait pas être le cas.

Il aurait dû la rejoindre alors, mais il ne l'avait pas fait parce qu'il avait peur. L'idée que quelque chose ait pu arriver à cette enfant dans une maison où il habitait l'avait paralysé. Et plus tard, quand il aurait pu parler à Katja, quand il avait essayé de lui parler afin de lui témoigner son amitié – une amitié dont elle avait grandement besoin –, c'était elle qui avait refusé de lui adresser la parole. C'était comme si les critiques qu'elle avait reçues de la presse immédiatement après la mort de Sonia l'avaient acculée, comme si sa seule façon de survivre avait été de se faire toute petite dans son coin, de se taire, de devenir muette comme un caillou au bord d'un sentier. Tous les articles sur le drame de Kensington Square commençaient par rappeler que la nurse de Sonia Davies était l'Allemande dont l'évasion d'Allemagne de l'Est – considérée comme miraculeuse dans un premier temps – avait coûté la vie à un jeune homme dans la force de l'âge. Et que l'environnement confortable dans lequel elle s'était retrouvée en Angleterre contrastait de manière saisissante avec la situation à laquelle sa fuite ostentatoire avait condamné le reste de sa famille. Tout ce qui pouvait être vaguement douteux ou susceptible d'interprétation malveillante dans sa vie fut exhumé par la presse. Et tous ceux qui la connaissaient de près ou de loin furent soumis au même traitement. Aussi avait-il gardé ses distances jusqu'à ce qu'il soit trop tard.

Lorsqu'elle avait finalement été inculpée et traduite devant le tribunal, la fourgonnette qui l'avait conduite de la prison de Holloway à l'Old Bailey avait reçu une volée d'œufs et de fruits pourris, et lorsqu'elle avait regagné sa prison le soir dans la même fourgonnette, elle avait été accueillie par des cris vibrants : « Meurtrière d'enfant ! » La haine du public était à son comble du fait de la nature du crime qu'elle avait prétendument commis : la victime était une enfant, cette enfant était handicapée et, bien que personne ne l'eût dit carrément, sa meurtrière présumée était allemande.

Et voilà qu'il se retrouvait mêlé à tout cela, songea Pitchley en se frottant le front. Mêlé à tout cela comme s'il n'avait jamais réussi à mettre vingt ans entre lui et les événements qui s'étaient déroulés dans cette malheureuse maison. Il avait changé de nom, changé cinq fois de boulot, mais tous ses efforts pour se recréer un personnage allaient se trouver anéantis s'il ne pouvait faire comprendre à Slip d'Amour que sa déposition était indispensable à sa survie.

La déposition de Slip d'Amour n'était d'ailleurs pas la seule chose dont il avait besoin pour mettre de l'ordre dans ses affaires. Il lui fallait également s'occuper de Robbie et Brent, deux irresponsables qui menaçaient de causer sa ruine.

Lorsqu'ils s'étaient pointés une deuxième fois à Crediton Hill, il s'était dit qu'ils avaient de nouveau besoin d'argent. Il avait beau leur avoir déjà donné un chèque, il les connaissait suffisamment pour savoir qu'il était fort possible que Robbie, au lieu de déposer cet argent sur un compte en banque, l'ait mis sur la tête d'un cheval dont le nom lui avait plu. Cette supposition se trouva confirmée lorsque, moins de cinq minutes après qu'ils se furent introduits chez lui, non sans entraîner dans leur sillage la puanteur de leur déplorable manque d'hygiène, Robbie dit à Brent : « Montre-lui le journal. » Obtempérant, Brent avait sorti de son blouson un exemplaire de *La Source,* qu'il avait ouvert avec autant de délicatesse qu'on secoue un drap.

« Vise un peu qui s'est fait écrabouiller devant ta porte, Jay », dit Brent avec une grimace en lui montrant la une du lamentable torchon.

Evidemment, c'était *La Source*, songea Pitchley. Pas question que Brent ou Robbie s'amusent à lire quelque chose de plus relevé.

Impossible de ne pas voir ce que Brent lui agitait sous le nez : la manchette agressive, la photo d'Eugenie Davies, la photo de sa rue, et la photo du petit garçon devenu un homme et une célébrité. C'était à cause de lui que cette mort faisait les gros titres, songea amèrement Pitchley. Si Gideon Davies n'était pas devenu célèbre et riche dans un monde où richesse et succès étaient des maîtres mots, les journaux ne se seraient pas donné la peine de couvrir l'affaire. Il s'agirait simplement d'un accident avec délit de fuite, un fait divers à propos duquel la police mènerait une enquête de routine.

« Evidemment on savait pas tout ça quand on est venus hier, dit Robbie. Ça t'embête pas que je me débarrasse de ce carcan, Jay ? » Il avait ôté sa lourde veste en coton huilé et l'avait balancée sur le dossier d'une chaise. Il avait fait le tour de la pièce, examinant attentivement la décoration et le mobilier. « C'est chouette, ton appart. T'as drôlement réussi, Jay. Tu pètes dans la soie, mon vieux. Tu dois être une pointure à la City. Tu as dû te faire un nom dans le gratin, pas vrai, Jay ? Tu t'occupes du pognon des gros friqués, tu le fais fructifier, ils te font confiance, hein ?

— Dis ce que tu as à dire. Je n'ai pas beaucoup de temps, lança Pitchley.

— Je me demande pourquoi, fit Robbie. Merde. Y a pas le feu. A New York… » Il claqua des doigts en direction de son compagnon. « Brent, il est quelle heure à New York ? »

Brent consulta docilement sa montre. On vit ses lèvres bouger tandis qu'il se livrait à de pénibles calculs. Il fronça les sourcils, compta sur les doigts d'une main, puis finalement il laissa tomber :

« Il est tôt.

— C'est exact, approuva Robbie. Il est tôt, Jay. C'est pas encore la clôture à New York. Tu as tout le temps de te faire encore un peu de fric avant la fin de la journée. Même si on discute le coup ensemble. »

Pitchley soupira. La seule façon de se débarrasser de ses deux visiteurs était de faire mine d'entrer dans le jeu de Rob. Aussi se contenta-t-il d'abonder :

« Tu as raison. »

Il s'approcha d'un secrétaire près de la fenêtre sur rue et en sortit son carnet de chèques et un stylo bille. Il emporta le chéquier dans la salle à manger, s'assit sur une chaise, se mit à écrire. Le montant d'abord : trois mille livres. Il ne voyait pas Rob demander moins.

Rob pénétra à son tour dans la salle à manger. Brent le suivit.

« C'est ça que tu crois, Jay ? Tu crois que si on se pointe, c'est pour te taper ?

— Pour quoi d'autre ? » Pitchley mit la date et commença à écrire le nom de son visiteur. La main de Robbie s'abattit sur la table de la salle à manger.

« Arrête et regarde-moi. » Et pour faire bonne mesure, il fit tomber le stylo des doigts de Pitchley. « Tu crois qu'il s'agit d'argent, Jay ? Brent et moi on se serait payé le trajet jusqu'à Hampstead juste pour une question de pognon ? Qu'est-ce que tu dis de ça, Brent ? »

Brent s'approcha de la table, tenant toujours *La*

Source au bout des doigts. Il attendait manifestement que Robbie lui dise quoi en faire.

Ce pauvre abruti était vraiment pitoyable, songea Pitchley. C'était un miracle qu'il ait réussi à apprendre à lacer ses chaussures.

« Très bien, dit-il en se carrant sur sa chaise. Pourquoi ne me dis-tu pas la raison de ta visite, Rob ?

— Et pourquoi ça serait pas juste une petite visite amicale ?

— Tu ne m'as pas habitué à des visites amicales.

— Ah oui, les habitudes, le passé. Fais gaffe que le passé ne vienne pas te rendre visite, Jay. » Du pouce, Robbie désigna *La Source*. Aussitôt Brent tendit le torchon à bout de bras tel un écolier soucieux de faire admirer ses dessins. « L'actualité n'est pas très chargée ces jours-ci. Pas de nouvelles incartades des membres de la famille royale. Pas de député pris la quéquette dans une fente de mineure. Les journaux vont se mettre à remuer la merde, Jay. Et c'est pour ça qu'on est là, Brent et moi. Pour t'exposer nos plans.

— Des plans, fit Pitchley.

— Mais oui. On s'est chargés de t'arranger le coup dans le temps. On peut recommencer. Ça risque de chier un max pour toi une fois que les keufs sauront qui tu es réellement. Et quand ils passeront le mot à la presse, je te dis pas…

— Ils sont au courant, fit Pitchley dans l'espoir de bluffer Robbie avec une demi-vérité. Je leur ai déjà dit. »

Mais Rob n'allait pas gober ce bobard.

« Ça m'étonnerait, mon petit père. Si tu l'avais fait, ils se seraient empressés de te donner à bouffer aux requins pour montrer aux contribuables combien ils sont efficaces. Je suis sûr que tu leur as lâché des biscuits. Mais je te connais, t'es pas con au point de leur avoir tout dit. » Il examina Pitchley d'un œil rusé et ce qu'il vit sur son visage parut lui plaire car il ajouta : « Très bien. Parfait. Brent et moi, on va t'exposer nos plans. Tu vas avoir besoin de protection et nous, la protection, ça nous connaît. »

C'est ça, songea Pitchley, et après je serai votre débiteur pour le restant de mes jours. Et je vous devrai le double de ce que je vous dois déjà parce que ce sera la deuxième fois de ma vie que vous aurez tenu les chiens à distance.

« Tu as besoin de nous, Jay, dit Robbie. Et tu nous connais, Brent et moi, on n'est pas du genre à se débiner quand on sait qu'on peut rendre service. Y a des gens à notre place qui foutraient le camp, mais c'est pas comme ça qu'on fonctionne. »

Pitchley voyait déjà ce qui allait se passer : Robbie et Brent allaient le défendre, éloigner de lui la presse à leur façon. Inefficace. Comme il avait déjà eu l'occasion de le constater dans le passé.

Il était sur le point de leur dire de regagner leurs pénates, d'aller retrouver leurs femmes, de retourner à leurs affaires minables de lavage de voitures des gens riches avec lesquels jamais ils ne pourraient frayer. Il allait leur dire d'aller se faire foutre une bonne fois pour toutes parce qu'il en avait marre de se faire tondre. Il ouvrait la bouche pour leur dire ce qu'il avait sur le cœur mais c'est alors qu'on avait sonné à sa porte. Il s'était approché de la fenêtre pour voir qui c'était. Et avait dit « Restez là » à Robbie et Brent en refermant sur eux la porte de la salle à manger.

Et maintenant, songea-t-il, assis devant son ordinateur où il essayait – sans succès – de trouver un moyen de faire céder Slip d'Amour, il allait se trouver en position de débiteur. Tout ça parce que Rob comprenait vite, il n'y avait qu'à voir la rapidité avec laquelle Brent et lui s'étaient tirés dans le parc avant que la grosse constable ne réussisse à leur mettre la main dessus dans la cuisine. Ce qu'ils auraient pu raconter à la policière n'aurait en rien aggravé son cas. Mais peu importait. Robbie et Brent ne verraient pas les choses de cette façon. Ils se diraient qu'ils le protégeaient, et ils viendraient toucher leur fric lorsqu'ils estimeraient le moment venu pour lui de cracher au bassinet.

Lynley effectua le trajet jusqu'à Londres en un temps record après avoir rendu visite au concessionnaire Audi qui se chargeait de l'entretien de la voiture de Ian Staines. Il avait emmené Staines avec lui pour l'empêcher de passer des coups de fil, et une fois qu'ils s'étaient immobilisés devant le garage, il lui avait dit d'attendre dans la Bentley pendant qu'il allait voir à l'intérieur.

On lui avait confirmé une bonne partie de ce que le frère d'Eugenie Davies lui avait dit : la voiture était au garage depuis huit heures ce matin-là. Le rendez-vous avait été pris le jeudi d'avant, aucune recommandation particulière n'avait été consignée dans le registre lorsque la secrétaire avait noté l'appel. Lorsque Lynley demanda à voir le véhicule, on lui dit que cela ne posait aucun problème. Le garagiste l'accompagna tout en lui vantant les progrès réalisés par Audi en matière de maniabilité et de conception. S'il se demandait pourquoi un policier était venu examiner une voiture, il n'en montra rien. Un client potentiel était un client potentiel.

L'Audi de Staines était dans l'une des zones de travail, perchée sur un pont élévateur à un mètre quatre-vingts du sol. Ce qui permit à Lynley d'examiner le châssis et également d'inspecter l'avant et les ailes. A l'avant, rien à signaler. Mais il y avait sur l'aile gauche des éraflures et une bosse qui avaient l'air un peu bizarres. Et récentes de surcroît.

— Vous pensez que le pare-chocs aurait pu être remplacé avant qu'on vous amène la voiture ? demanda Lynley au mécanicien qui s'affairait dessus.

— C'est toujours possible, répondit l'homme. C'est pas la peine, quand on sait où se fournir, de payer le prix fort chez le concessionnaire.

Ainsi, malgré l'examen de l'Audi et le fait qu'elle

était là où Staines l'avait dit, il y avait toujours une chance que les éraflures et la bosse soient dues à autre chose qu'à une conduite défectueuse. Staines ne pouvait être rayé de la liste même s'il avait déclaré que les égratignures et la bosse étaient un mystère pour lui, et précisé que sa femme utilisait elle aussi la voiture.

Lynley le déposa devant un arrêt de bus et lui demanda de ne pas quitter Brighton.

— Si jamais vous déménagiez, téléphonez-moi, dit-il à Staines en lui tendant sa carte. Il faut que je sache où vous êtes.

Puis il prit la direction de Londres. Au nord-est de Regent's Park, Chalcot Square était encore un autre secteur de la ville qui s'embourgeoisait. Si les échafaudages installés devant plusieurs des immeubles n'avaient pas suffi à renseigner Lynley sur ce point lorsqu'il déboucha dans le square, les maisons repeintes de frais l'auraient tout de suite mis au parfum. Le quartier lui rappela Notting Hill. On retrouvait sur les façades et tout au long de la rue des couleurs claquantes.

La maison de Gideon Davies était coincée dans un angle de la place. Elle était bleu vif avec une porte blanche. Il y avait un petit balcon au premier et les portes-fenêtres derrière ce balcon étaient brillamment éclairées.

A peine eut-il frappé à la porte qu'on lui ouvrit, comme si le propriétaire se tenait dans l'entrée. Gideon Davies dit d'une voix paisible : « Inspecteur Lynley ? », et Lynley ayant hoché la tête, il ajouta : « Suivez-moi », avant de s'engager dans l'escalier. Sur les murs, dans leurs cadres, des photos des temps forts de sa carrière. Il entraîna Lynley dans la pièce que ce dernier avait aperçue de la rue ; une chaîne haute-fidélité occupait tout un mur, et du mobilier confortable était disposé çà et là ainsi que des tables et des pupitres. Il remarqua des partitions sur ces pupitres et sur les plateaux des tables, mais elles n'étaient pas ouvertes.

— Je n'ai jamais rencontré mon oncle, inspecteur Lynley, dit Davies. Je ne sais pas si je vais pouvoir beaucoup vous aider.

Lynley avait lu les articles dans la presse quand le violoniste avait quitté la scène le jour de son concert à Wigmore Hall. Il s'était dit, comme la plupart des gens qui s'intéressaient à la musique, que le jeune homme devait avoir été trop chouchouté pendant trop longtemps et qu'il avait tout simplement paniqué. Il avait lu les explications fournies par les attachés de presse du musicien : fatigue, épuisement après une exténuante série de concerts le printemps précédent. Et il avait chassé l'histoire de son esprit, se disant que c'était un de ces bouche-trous dont les journaux avaient besoin pour remplir leurs colonnes en période creuse.

Mais, mis en présence du jeune virtuose, il se rendit compte que ce dernier n'avait pas l'air bien du tout. Lynley songea immédiatement à la maladie de Parkinson – la démarche de Davies était incertaine et ses mains tremblaient – et aux répercussions de cette maladie sur sa carrière. C'était évidemment une chose que les attachés de presse s'efforceraient de cacher au public le plus longtemps possible, mettant son échec sur le compte de l'épuisement ou du trac jusqu'à ce qu'il leur soit impossible de ne pas prononcer le mot fatidique.

Davies lui désigna d'un geste trois fauteuils bien rembourrés, groupés près de la cheminée. Lui-même prit place dans celui qui était le plus près du feu : du charbon artificiel que léchaient rythmiquement des flammes bleues et orange. Effet visuel soporifique garanti. Malgré sa mine qui n'était guère brillante, Lynley ne put s'empêcher de remarquer la forte ressemblance qui existait entre le violoniste et Richard Davies. Ils avaient le même genre de charpente, tous deux étaient plutôt osseux avec des muscles fins. Davies Junior n'avait pas de scoliose. Toutefois la façon dont il croisait étroitement les jambes et plaquait ses poings fermés contre son ventre donnait à penser qu'il avait d'autres soucis de santé.

— Quel âge aviez-vous quand vos parents ont divorcé, Mr Davies ? dit Lynley.

— Quand ils ont divorcé ? (Le violoniste réfléchit.) J'avais neuf ans quand ma mère a quitté la maison mais ils n'ont pas divorcé tout de suite. Ils n'auraient pas pu, compte tenu de la législation en vigueur à l'époque. Ça a dû leur prendre quelque chose comme... quatre ans pour officialiser leur séparation. Je ne sais pas exactement, inspecteur. Le sujet n'est jamais venu sur le tapis.

— Le divorce ou le départ de votre mère ?

— Les deux. Elle a disparu sans crier gare, comme ça.

— Vous n'avez jamais cherché à savoir pourquoi ?

— Nous n'abordions pas trop les sujets personnels dans ma famille. C'est une famille où il y avait beaucoup de... non-dits. Il n'y avait pas que nous trois à la maison, voyez-vous. Il y avait aussi mes grands-parents, mon professeur et un pensionnaire. Au total, donc, pas mal de monde. Je suppose que c'était une façon de préserver l'intimité des uns et des autres. Chacun gardait pour soi ce qu'il pensait, personne ne verbalisait. On ne s'extériorisait pas. C'était ainsi à l'époque.

— Et à la mort de votre sœur ?

A ces mots, le regard de Davies quitta Lynley, se braqua sur les flammes tandis que son corps demeurait parfaitement immobile.

— Que voulez-vous savoir ?

— Est-ce qu'on s'est tu chez vous, est-ce qu'on a gardé le silence quand elle a été assassinée ? Et pendant le procès qui a suivi ?

Davies serra plus étroitement les jambes comme pour se défendre des questions qui pleuvaient sur lui.

— Personne n'en a jamais parlé. « Il vaut mieux oublier. » Telle était la devise de la famille, inspecteur. Une devise que nous avons respectée. (Il releva la tête, regarda le plafond, déglutit.) C'est probablement pour ça que ma mère nous a abandonnés. Personne ne voulait parler de ce dont il aurait absolument fallu parler dans cette maison et elle n'a pas pu le supporter davantage.

— C'était quand, la dernière fois que vous l'avez vue, Mr Davies ?

— A ce moment-là.

— Vous aviez neuf ans ?

— Papa et moi, on était partis faire une tournée en Autriche. Quand on est revenus elle avait disparu.

— Vous n'avez pas entendu parler d'elle depuis ?

— Je n'ai pas entendu parler d'elle depuis.

— Elle ne vous a jamais contacté au cours de ces derniers mois ?

— Non. Pourquoi ?

— D'après votre oncle, elle avait l'intention de venir vous voir. De vous emprunter de l'argent. Il a dit qu'un événement était survenu qui l'avait empêchée de vous en réclamer. Je me demande si vous savez de quel événement il s'agit.

Davies parut avoir un mouvement de recul, c'était comme si un mince bouclier d'acier était tombé devant ses yeux.

— J'ai eu... je suppose qu'on pourrait dire des problèmes professionnels.

Il laissa Lynley deviner la suite de sa phrase. Une mère qui se fait du souci pour la santé de son fils ne va pas s'amuser à lui demander de l'argent, que ce soit pour elle ou pour son bon à rien de frère.

Cette supposition n'entrait pas en contradiction avec ce que Richard Davies avait dit à Lynley concernant le fait que son ex-femme lui avait téléphoné pour prendre des nouvelles de leur fils. Mais l'époque n'était pas la bonne si c'était l'état de santé du musicien qui avait empêché sa mère de lui réclamer de l'argent. Car Gideon Davies avait connu son problème à Wigmore Hall au mois de juillet. Or on était en novembre. Et selon Ian Staines le changement d'avis de sa sœur concernant la demande d'argent était récent.

— Votre père m'a dit qu'elle lui avait téléphoné régulièrement pour prendre de vos nouvelles. Elle savait donc que ça n'allait pas. Mais il n'a pas dit si elle voulait vous voir ou si elle avait demandé à vous voir. Vous êtes certain qu'elle ne vous a pas contacté directement ?

— Si ma propre mère m'avait contacté, je m'en souviendrais, inspecteur. Elle ne l'a pas fait, elle n'aurait pas pu le faire. Je suis sur liste rouge. La seule façon pour elle de me joindre, ç'aurait été par l'intermédiaire de mon agent, de Papa, en venant à un concert, en me faisant parvenir un petit mot en coulisse.

— Et elle n'a rien fait de semblable ?

— Elle n'a rien fait de semblable.

— Elle ne vous a pas fait parvenir un message par l'intermédiaire de votre père ?

— Aucun message, dit Davies. Il se peut que mon oncle raconte des histoires concernant les intentions de ma mère. Ou peut-être que ma mère ait menti à mon oncle à propos de ses intentions. Ou alors c'est mon père qui vous ment au sujet de ses coups de téléphone. Mais ça m'étonnerait.

— Vous semblez bien affirmatif. Pourquoi ?

— Parce que Papa voulait que nous nous rencontrions. Il pensait qu'elle pourrait m'aider.

— Comment ça, vous aider ?

— A résoudre mes problèmes. Il pensait qu'elle pourrait…

Le regard de Davies se reporta sur le feu. Il avait perdu toute son assurance. Ses jambes tremblaient. S'adressant davantage aux flammes qu'à Lynley, il dit :

— Je ne crois pas vraiment qu'elle aurait pu m'aider. J'en suis au point où je crois que personne ne peut m'aider. Mais j'étais d'accord pour essayer. Avant qu'elle soit tuée. J'étais prêt à tenter n'importe quoi.

Un artiste, songea Lynley, que la peur éloignait de son art. Le violoniste devait chercher un talisman à tout prix. Croire que sa mère allait lui rendre l'usage de son instrument. Toutefois il voulut s'en assurer :

— Comment ça, Mr Davies ?

— Quoi ?

— En quoi votre mère aurait-elle pu vous aider ?

— En tombant d'accord avec Papa.

— D'accord sur quoi ?

Davies réfléchit à la question et lorsqu'il répondit Lynley comprit qu'il y avait un monde entre ce qui lui était arrivé dans sa vie professionnelle et ce qu'on en disait au public.

— D'accord pour dire qu'il n'y avait rien qui clochait chez moi. Que c'était dans la tête. C'est ce que Papa voulait qu'elle fasse. Il fallait qu'elle soit d'accord avec lui, voyez-vous. Toute autre prise de position aurait été impensable. (Il rit d'un rire amer et dénué d'humour.) J'aurais accepté de la voir. Et j'aurais essayé de la croire.

Autrement dit, il avait des raisons de vouloir que sa mère soit vivante et non morte. Surtout s'il était convaincu qu'elle pouvait le guérir de ce qui l'empêchait de jouer. Néanmoins, Lynley poursuivit :

— C'est la routine, Mr Davies, mais il faut quand même que je vous pose la question. Où étiez-vous il y a deux jours, quand votre mère a été tuée, entre vingt-deux heures et minuit ?

— Ici, dit Davies. Au lit. Seul.

— Depuis qu'il a quitté Kensington Square, avez-vous été en contact avec un homme du nom de James Pitchford ?

Davies eut l'air surpris et sa surprise ne semblait pas feinte.

— James le pensionnaire ? Non, pourquoi ?

La question paraissait sincère.

— Votre mère se rendait chez lui quand elle a été tuée.

— Elle se rendait chez James ? Ça ne tient pas debout.

— En effet, dit Lynley.

Il n'y avait pas que cela qui ne tenait pas debout dans le comportement d'Eugenie Davies, certaines de ses autres actions étaient elles aussi incompréhensibles. Lynley se demanda quelles étaient celles qui avaient entraîné sa mort.

14

Jill Foster voyait bien que Richard n'était pas content de recevoir une nouvelle visite de la police. Il fut encore moins ravi d'apprendre que l'inspecteur venait de chez Gideon. Certes, il accueillit poliment l'inspecteur Lynley et lui fit signe de s'asseoir. Mais, à sa façon de pincer les lèvres lorsque le policier lui dit ce qu'il avait à lui dire, Jill comprit qu'il était extrêmement contrarié.

L'inspecteur Lynley observait Richard avec attention, comme pour jauger ses moindres réactions. Jill en éprouva un sentiment de malaise. Elle connaissait la police : pendant des années elle avait lu dans la presse les comptes rendus d'affaires célèbres qui avaient été bâclées ou avaient donné lieu à des erreurs judiciaires ; aussi n'ignorait-elle pas à quelles extrémités les flics pouvaient se livrer lorsqu'il s'agissait de coller un crime sur le dos d'un suspect. Dans une affaire de meurtre, la police se préoccupait davantage de rassembler des éléments constituant un dossier que d'aller au fond des choses ; car une fois qu'on avait de quoi inculper quelqu'un on pouvait arrêter l'enquête. Ce qui permettait aux policiers de rentrer chez eux et d'y retrouver, pour une fois, femme et enfants à une heure raisonnable. Ce désir d'en finir rapidement guidait tous leurs faits et gestes, et ceux qui étaient interrogés devaient en être conscients.

Les flics ne sont pas nos amis, Richard, dit-elle silencieusement à son amant. Garde-toi de prononcer un mot qui pourrait se retourner contre toi ultérieurement. Tu sais qu'ils ont l'art de tout déformer.

C'est certainement ce qu'était en train de faire l'inspecteur. Ses yeux sombres, marron et non bleus, détail étonnant pour un blond, étaient braqués sur Richard et il attendait patiemment, un calepin à la main, que ce dernier lui réponde.

— Lorsque nous nous sommes vus hier, vous ne m'avez pas dit que vous étiez partisan d'organiser une rencontre entre Gideon et sa mère, Mr Davies. Je me demande pourquoi.

Richard avait pris place sur une chaise à dossier droit. Il n'avait cette fois pas proposé de faire du thé. Le thé, c'était un signe de bienvenue. Mais là, l'inspecteur n'était pas le bienvenu. Richard avait dit à son arrivée et avant que Lynley ne mentionne sa visite à Gideon :

« Je veux bien vous aider, inspecteur. Mais Jill a besoin de repos. Si nous pouvions nous voir pendant la journée et non le soir, je vous en serais très reconnaissant. »

Les lèvres de l'inspecteur avaient formé ce qu'une âme naïve aurait pu prendre pour un sourire. Mais son regard s'était rivé sur Richard, lui indiquant qu'il n'était pas le genre d'homme à qui l'on donnait des ordres. Et de même qu'il ne s'était pas excusé de l'heure tardive de sa visite à South Kensington, il n'avait pas cru utile non plus de leur assurer qu'il n'abuserait pas de leur temps.

— Mr Davies ? reprit Lynley.

— Je n'ai pas fait allusion au fait que j'essayais d'organiser une rencontre entre Gideon et sa mère parce que vous ne m'avez pas posé la question, dit Richard.

Il regarda du côté de Jill, assise à un bout de la table sur laquelle ils prenaient leurs repas, son ordinateur portable ouvert et sa cinquième tentative d'adaptation pour la télévision d'une scène difficile des *Heureux et les Damnés* affichée sur l'écran.

— Tu veux sans doute continuer à travailler, Jill. Tu peux te mettre dans le bureau, si tu veux.

Mais pas question pour Jill de se voir exilée dans le mausolée à la mémoire de son père qu'était le bureau de Richard.

— Je ne peux pas avancer davantage pour l'instant dans ce truc-là.

Elle sauvegarda son texte. Si les deux hommes devaient parler d'Eugenie, elle était bien décidée à ce que ce soit en sa présence.

— Votre femme avait-elle demandé à voir Gideon ? questionna Lynley.

— Non.

— Vous en êtes sûr ?

— Evidemment que j'en suis sûr. Elle ne voulait nous voir ni l'un ni l'autre. C'est un choix qu'elle avait fait des années plus tôt en nous quittant sans se donner la peine de nous dire où elle allait.

— Pourquoi ? s'enquit Lynley.

— Pourquoi quoi ?

— Pourquoi est-elle partie, Mr Davies ? Elle vous l'a dit ?

Richard se hérissa. Jill retint son souffle, essayant d'ignorer le coup de poignard au cœur que ces deux mots avaient provoqué : *votre femme*. Ce n'était pas le moment, alors que la question de l'inspecteur portait exactement sur le sujet qui l'intéressait, de se préoccuper de ce qu'elle ressentait en entendant désigner sous ce terme une autre qu'elle. Elle était désireuse de savoir non seulement pourquoi la femme de Richard l'avait quitté mais aussi ce qu'il avait éprouvé lorsqu'elle était partie et – beaucoup plus important – ce qu'il éprouvait maintenant.

— Avez-vous déjà perdu un enfant, inspecteur ? dit Richard d'un ton uni. Suite à des violences ? Violences perpétrées par quelqu'un qui vit sous votre toit ? Non ? Eh bien, vous devriez réfléchir à ce qu'un événement comme celui-là peut faire à un couple. Je n'ai pas eu besoin qu'Eugenie m'explique en détail les raisons de son départ. Il y a des mariages qui résistent à un traumatisme. Et d'autres, non.

— Vous n'avez pas essayé de la retrouver après son départ ?

— Je n'en voyais pas la nécessité. Je ne voulais pas obliger Eugenie à rester là où elle ne voulait pas être. Il fallait que je pense à Gideon. Je ne suis pas de ceux qui estiment qu'il vaut mieux pour un enfant avoir deux parents au lieu d'un, quelle que soit leur entente. Si le mariage tourne mal, il faut y mettre un terme. Pour les enfants, c'est moins douloureux que de vivre dans une maison transformée en camp retranché.

— La séparation a été violente ?

— Vous tirez des conclusions en formulant les choses comme cela.

— Ça fait partie de mon travail.

— Eh bien, vous partez sur une fausse piste. Désolé de vous décevoir, mais il n'y avait pas de rancune ni d'animosité entre Eugenie et moi.

Richard s'énervait manifestement. Jill le sentait au ton de sa voix et elle était certaine que l'inspecteur le sentait aussi. Inquiète, elle remua sur son siège, essaya d'attirer l'attention de son amant, de lui lancer un coup d'œil d'avertissement de façon qu'il rectifie le tir et modifie sinon le contenu de ses réponses, du moins le timbre de sa voix. Elle comprenait fort bien la source de son irritation : Gideon, Gideon, toujours Gideon, ce que Gideon faisait et ne faisait pas, ce qu'il disait et ne disait pas. Richard était énervé parce que Gideon ne lui avait pas fait part de la visite de l'inspecteur. Mais ce dernier ne verrait pas les choses comme cela. Il penserait que si Richard était agacé, c'était parce qu'on lui posait des questions sur Eugenie. Elle décida d'intervenir.

— Richard, je suis désolée. Tu pourrais me donner un coup de main ? (Et à l'inspecteur, avec un sourire qui exprimait son exaspération :) Il faut que j'aille aux toilettes toutes les cinq minutes maintenant. Oh merci, chéri. Oh là là, j'ai du mal à tenir sur mes jambes.

Elle se cramponna au bras de Richard, jouant la femme qui a un début de vertige, attendant que Richard lui propose de l'aider à rejoindre les W.-C., ce qui lui permettrait de gagner un peu de temps pour se ressaisir. Mais, à sa grande déception, il se contenta de lui passer un bras autour de la taille un petit moment en attendant qu'elle retrouve l'équilibre et lui dit : « Fais attention », sans chercher autrement à l'aider à sortir de la pièce.

Elle essaya de lui télégraphier ses intentions. *Accompagne-moi.* Mais soit il l'ignora, soit il ne reçut pas le message car dès qu'il eut l'impression qu'elle était d'aplomb sur ses jambes, il la lâcha et reporta son attention sur l'inspecteur.

Il ne restait donc plus à Jill qu'à se rendre aux toilettes, ce qu'elle fit aussi vite que possible compte tenu de son volume. De toute façon elle avait besoin de faire pipi – elle n'arrêtait pas de faire pipi ; elle s'assit sur le siège des W.-C. tout en essayant d'entendre ce qui se passait dans la pièce voisine.

Richard parlait lorsqu'elle revint. Jill fut soulagée de constater qu'il avait réussi à se calmer. D'une voix posée, il déclarait :

— Comme je vous l'ai dit, inspecteur, mon fils souffre de trac aigu. Si vous l'avez vu, vous avez pu constater qu'il y a quelque chose qui cloche sérieusement chez lui. Si Eugenie avait pu l'aider, j'étais d'accord pour qu'elle essaie. J'étais prêt à tout. J'aime mon fils. Je ne veux pas que sa vie soit détruite par des frayeurs irrationnelles.

— Vous avez donc demandé à votre femme d'aller le voir ?

— Oui.

— Pourquoi si longtemps après les événements ?

— Les événements ?

— Le concert de Wigmore Hall.

Richard rougit. Il détestait qu'on prononce le nom de la salle. Jill était certaine que si Gideon refaisait un jour de la musique jamais son père ne l'autoriserait à franchir le seuil de cet endroit. C'était le lieu où il avait subi une humiliation publique. Mieux valait pour lui ne plus y mettre les pieds.

— On avait tout essayé, inspecteur, dit Richard. Aromathérapie, anxiolytiques, psychiatrie, tout ce qui peut exister. La seule chose qu'on n'a pas tentée, c'est le recours à l'astrologie. Eugenie était la dernière planche de salut, le dernier recours. (Il regarda Lynley écrire dans son carnet puis ajouta :) Je vous saurais gré de garder cela pour vous, au fait.

— Quoi ? questionna Lynley en levant les yeux.

— Je ne suis pas idiot, inspecteur. Je sais comment vous travaillez, dans la police. Vos salaires ne sont pas reluisants. Alors pour arrondir vos fins de mois vous vous mettez en cheville avec des journalistes à qui vous refilez des tuyaux. Je comprends ça, notez bien. Vous avez des bouches à nourrir. Mais si les tabloïds s'emparent des problèmes de Gideon cela ne va pas arranger ses affaires.

— Je ne collabore pas avec la presse, rétorqua Lynley.

Après une pause pendant laquelle il griffonna quelque chose dans son calepin, il ajouta :

— A moins d'y être obligé, bien entendu, Mr Davies.

La menace implicite frappa Richard, qui, s'emportant, dit :

— Ecoutez, je coopère avec vous et vous pouvez bien...

— Richard.

Jill ne put s'empêcher de lui couper la parole. Il ne fallait pas le laisser poursuivre sur ce ton : il aurait risqué de s'aliéner l'inspecteur.

Richard se tut et regarda Jill. Elle s'efforça de faire mentalement appel à sa raison. *Dis-lui ce qu'il a besoin de savoir et il s'en ira.* Cette fois, apparemment, il la reçut cinq sur cinq.

— Désolé, dit-il à Lynley. Je suis un peu sur les

nerfs, voyez-vous. D'abord Gideon, ensuite Eugenie. Après toutes ces années, juste au moment où on avait besoin d'elle… J'ai tendance à m'emporter.

— Vous aviez organisé un rendez-vous entre eux ? voulut savoir Lynley.

— Non. Je lui avais laissé un message sur son répondeur. Elle ne m'a pas rappelé.

— Quand lui avez-vous téléphoné ?

— En début de semaine. Je ne me souviens pas exactement du jour. Mardi, peut-être.

— C'était normal qu'elle ne vous rappelle pas ?

— Je n'y ai pas attaché d'importance. Je ne lui avais pas dit dans mon message que je l'appelais au sujet de Gideon. Je lui ai simplement demandé de me passer un coup de fil quand elle en aurait l'occasion.

— Et elle ne vous a jamais demandé d'organiser un rendez-vous avec Gideon pour des raisons personnelles ?

— Non. Pourquoi aurait-elle fait cela ? Elle m'a téléphoné quand Gideon a eu ses problèmes. En juillet. Mais je vous l'ai dit hier.

— Et quand elle vous a téléphoné, c'était uniquement pour vous parler de la maladie de votre fils ?

— Ce n'est pas une maladie, dit Richard. C'est le trac, inspecteur. Les nerfs ont lâché. Ce sont des choses qui arrivent. C'est comme le blocage des écrivains. Comme un sculpteur qui n'arrive à rien avec son argile. Comme un peintre qui perd la vue pendant une semaine.

Jill se dit qu'il parlait en homme qui tentait désespérément de se convaincre et elle savait que l'inspecteur aurait la même impression. Elle s'adressa à Lynley, essayant de ne pas avoir le ton d'une femme qui cherche des excuses à celui qu'elle aime :

— Richard a consacré sa vie à Gideon et à la musique. Comme tout parent d'un enfant prodige : sans penser à lui-même. Quand on consacre sa vie à quelque chose, c'est dur de voir le projet s'effondrer.

— Si on peut dire d'une personne que c'est un projet, remarqua Lynley.

Elle rougit, ravala l'envie de répliquer. Très bien,
songea-t-elle. Laissons-le savourer cet instant. Elle ne
se laisserait pas déstabiliser.

— Votre ex-femme, dit Lynley à Richard, a-t-elle
jamais fait mention de son frère lorsqu'elle vous téléphonait ?

— Qui ça ? Doug ?

— Non, l'autre. Ian Staines.

— Ian ? (Richard fit non de la tête.) Jamais. A ma
connaissance il y avait des années qu'Eugenie ne
l'avait pas vu.

— Il m'a dit qu'elle devait parler à Gideon, lui
demander de l'argent. Il est dans une mauvaise passe…

— Y a-t-il un moment où Ian ne se trouve pas dans
une mauvaise passe ? l'interrompit Richard. Il a quitté
la maison quand il était adolescent, et pendant trente
ans il a essayé d'en imputer la faute à Doug. La source
qu'était Doug a dû se tarir pour que Ian s'adresse à
Eugenie. Mais comme elle avait refusé de l'aider dans
le passé – quand nous étions mariés et que Doug qui
ne roulait pas sur l'or ne pouvait pas le dépanner –, je
doute qu'elle ait accepté de lui venir en aide maintenant.

Il fronça les sourcils en comprenant où l'inspecteur
voulait en venir.

— Pourquoi cette question au sujet de Ian ?

— Il a été vu avec elle la nuit où elle a été tuée.

— Quelle horreur ! murmura Jill.

— Il a un sale caractère, dit Richard. Leur père était
infernal. Sa mauvaise humeur n'épargnait personne. Il
disait qu'il n'avait jamais levé la main sur ses enfants
mais il les torturait autrement. Et dire que ce salopard
était pasteur… Ça paraît difficile à croire.

— Ce n'est pas ainsi que Mr Staines m'a raconté
l'histoire, dit Lynley.

— Ah bon ?

— Il a fait état de coups.

Richard eut un grognement.

— Des coups, sans blague ? Ian vous a probablement dit qu'il les avait pris pour empêcher les autres de les recevoir. Tout ça pour qu'Eugenie et Doug se sentent coupables et obtempèrent quand il venait leur réclamer de l'argent.

— Peut-être qu'il avait un moyen de pression sur eux, dit Lynley. Sur son frère et sa sœur. Qu'est-il arrivé à leur père ?

— Où voulez-vous en venir ?

— Aux aveux qu'Eugenie voulait faire au major Wiley.

Richard ne souffla mot. Jill vit une petite veine sur sa tempe qui battait un peu trop vite.

— Je suis resté près de vingt ans sans voir ma femme, inspecteur. Je n'ai absolument aucune idée de ce qu'elle pouvait vouloir dire à son amant.

Ma femme. Jill eut l'impression qu'on lui perçait le cœur avec une fine lame. Elle tendit la main vers le couvercle de son portable qu'elle referma avec un soin exagéré.

— Est-ce qu'elle a prononcé le nom de cet homme, Wiley, dans l'une de vos conversations, Mr Davies ? demanda Lynley.

— Nous avons parlé uniquement de Gideon.

— Vous n'avez donc pas idée de ce qui aurait pu la préoccuper ? insista Lynley.

— Pour l'amour du ciel, inspecteur, je ne savais même pas qu'elle avait quelqu'un à Henley, dit Richard, agacé. Comment diable voulez-vous que j'aie su de quoi elle avait l'intention de lui parler ?

Jill s'efforça de décrypter la signification des paroles de Richard. Elle mit en parallèle sa réaction et le fait qu'il avait fait allusion un peu plus tôt à Eugenie en disant « ma femme », et tâcha de deviner quels sentiments —si ténus fussent-ils – il pouvait encore éprouver à son égard. Elle avait réussi à mettre la main sur le *Daily Mail* ce matin-là, et elle l'avait feuilleté avidement pour trouver une photo d'Eugenie. Elle savait

524

maintenant que sa rivale avait été séduisante. Séduisante comme jamais elle-même ne le serait. Elle voulait demander à l'homme qu'elle aimait si cette beauté ne le hantait pas et, le cas échéant, ce que signifiait cette hantise. Elle ne voulait pas partager Richard avec un fantôme. Leur mariage, ce serait tout ou rien ; et si cela devait être rien, elle voulait le savoir afin de modifier ses plans en conséquence.

Seulement comment poser la question ? Comment aborder le sujet ?

— Elle ne s'est peut-être pas rendu compte tout de suite que c'était une chose dont elle souhaitait parler au major Wiley, reprit Lynley.

— Dans ce cas je vois mal comment j'aurais pu savoir de quoi il s'agissait, inspecteur. Je ne suis pas télépa…

Richard s'arrêta brusquement. Il se leva. L'espace d'un moment, Jill songea que, poussé à bout, il allait demander au policier de prendre la porte. Au lieu de quoi, il dit :

— Et Wolff ? Peut-être est-ce à cause d'elle qu'Eugenie se faisait du mauvais sang. Elle a dû recevoir la lettre lui indiquant que cette fille allait être libérée. Elle a peut-être pris peur. Eugenie a témoigné contre elle au procès et elle s'est peut-être imaginé que Wolff viendrait lui demander des comptes. Croyez-vous que ce soit possible ?

— Elle ne vous a jamais dit cela en ces termes ?

— Non. Mais lui, ce Wiley, il était à Henley. Si Eugenie voulait être protégée, voulait se sentir rassurée, c'est lui qui l'aurait protégée. Pas moi. Et si c'est ce qu'elle souhaitait, il aurait bien fallu qu'elle commence par lui expliquer pourquoi elle avait besoin de protection.

Lynley hocha la tête, l'air pensif :

— C'est possible. Le major Wiley n'était pas en Angleterre à l'époque où votre fille a été assassinée. Cela, il nous l'a dit.

— Vous savez où elle se trouve ? questionna Richard. Je parle de Wolff.

— Oui. Nous avons retrouvé sa piste.

Lynley referma son calepin et se leva. Il les remercia de lui avoir accordé du temps.

Comme si soudain il ne voulait pas que le policier s'en aille et les laisse seuls, Richard dit :

— Peut-être qu'elle avait l'intention de régler des comptes, inspecteur.

Lynley rangea son carnet dans sa poche.

— Vous avez témoigné contre elle également, Mr Davies ?

— Oui. La plupart d'entre nous.

— Alors faites attention en attendant que nous ayons éclairci tout ça.

Jill vit Richard déglutir.

— Bien sûr.

Lynley les quitta en leur adressant à chacun un signe de tête.

Soudain alarmée, Jill dit :

— Richard ! Tu ne crois pas… imagine que cette femme l'ait tuée ? Si elle a retrouvé la trace d'Eugenie, il y a toutes les chances… Tu pourrais être en danger toi aussi.

— Ne t'inquiète pas.

— Comment peux-tu dire une chose pareille ? Eugenie est morte !

Richard s'approcha d'elle.

— Je t'en prie, Jill, ne te tracasse pas. Tout ira bien. Je ne suis pas en danger.

— Mais il faut que tu sois prudent. Promets-moi de faire attention. Dis-moi que tu…

— Oui. Très bien. Je te le promets, dit-il en lui effleurant la joue. Seigneur, tu es blanche comme un linge. Tu n'es pas inquiète à ce point ?

— Evidemment que je suis inquiète. Tu n'as pas entendu ce qu'il a dit…

— Ça suffit. Je te ramène chez toi. Et pas de discussion.

Il l'aida à se lever, la regarda rassembler ses affaires pour partir.

— Tu lui as raconté un demi-mensonge, Jill. Je n'ai pas bronché sur le coup. Mais j'aimerais rectifier maintenant si tu veux bien.

Jill rangea son portable et releva la tête.

— Rectifier quoi ?

— Quand tu as dit que j'avais consacré ma vie à Gideon.

— Ah, ça…

— Oui. Il y a encore un an, c'était vrai. Mais plus maintenant. Oh, il sera toujours important pour moi. Comment peut-il en être autrement ? C'est mon fils. Mais s'il a été le centre de mon univers pendant plus de deux décennies, ce n'est plus le cas actuellement. Et ça, c'est grâce à toi.

Il lui tendit son manteau. Elle l'enfila, se tourna vers lui.

— Tu es heureux, n'est-ce pas ? Nous, le bébé. Tu es heureux ?

— Heureux ? demanda-t-il en posant une main sur son énorme ventre. Si je pouvais me glisser en toi, me mettre près de notre petite Cara, je le ferais. Il n'y a que comme cela que nous pourrions tous les trois être encore plus proches que nous ne le sommes déjà.

— Merci, dit Jill.

Elle l'embrassa, lui tendant sa bouche, entrouvrant les lèvres pour accueillir sa langue. Une douce chaleur intérieure l'embrasa.

Catherine, songea-t-elle. Notre fille s'appelle Catherine. Elle l'embrassa cependant avec une fièvre de tout son être. Et dans le même temps, elle était gênée. Enceinte jusqu'aux yeux, elle le désirait toujours sexuellement. Elle éprouvait pour lui un désir si violent que la sensation de chaleur en s'exacerbant devint douloureuse.

— Fais-moi l'amour, dit-elle contre sa bouche.

— Ici ? murmura-t-il. Dans ce lit défoncé ?

— Non. Chez moi. Allons à Shepherd's Bush. Et fais-moi l'amour, chéri.

— Hum.

Il lui pinça doucement le bout des seins. Elle poussa un soupir. Il pinça plus fort. Cette fois un feu s'alluma dans son bas-ventre.

— Je t'en prie, murmura-t-elle, Richard. Oh mon Dieu.

— C'est vraiment ça que tu veux ? fit-il avec un rire.

— Je vais mourir si tu ne me prends pas.

— Pas question que tu meures.

Il la relâcha, posa les mains sur ses épaules, scruta son visage.

— Tu as l'air complètement crevée.

Jill eut l'impression de tomber en entendant cela.

— Richard.

Il l'interrompit.

— Jure-moi que tu dormiras et que tu n'ouvriras pas l'œil avant au moins dix bonnes heures. D'accord ?

L'amour, ou quelque chose qu'elle prit pour de l'amour, la submergea. Elle sourit.

— Ramène-moi immédiatement à la maison et fais de moi ce que bon te semble. Sinon c'est ton lit qui va déguster.

Il y avait des moments où il fallait marcher à l'instinct. Le constable Winston Nkata l'avait constaté à maintes reprises au cours de sa carrière lorsqu'il était sur une enquête en compagnie de tel ou tel collègue. Il se rendit compte qu'il avait envie, en ce moment précis, de se fier à son instinct.

Il avait éprouvé un sentiment de malaise dans l'après-midi qui avait suivi sa visite chez Yasmin Edwards. Et ce sentiment lui soufflait qu'elle ne lui racontait pas tout. Il se posta donc dans Kennington Park Road avec un samosa d'agneau dans une main et un carton de daal dans l'autre. Sa mère lui garderait son dîner au chaud mais des heures risquaient de s'écouler avant qu'il puisse mordre dans le poulet qu'elle lui avait promis pour le dîner. En attendant, il fallait bien trouver un moyen d'empêcher son estomac de gronder.

Tout en mastiquant, il examinait les vitres embuées de la laverie Crushley de l'autre côté de la rue. Il était passé devant la boutique, il avait jeté un coup d'œil quand la porte s'était ouverte, et il l'avait aperçue dans une pièce du fond, penchée sur une planche à repasser, environnée de flots de vapeur.

« Elle est là aujourd'hui ? avait-il demandé à sa patronne un peu plus tôt au téléphone juste après avoir quitté la boutique de Yasmin. C'est pour une vérification de routine. Pas la peine de lui dire que je suis au bout du fil.

— Ouais, avait dit Betty Crushley, articulant péniblement comme si elle avait un cigare au bec. Pour une fois, elle a réussi à se pointer.

— Ravi de l'apprendre. »

Ainsi il attendait que Katja Wolff sorte du boulot. Si elle effectuait à pied le court trajet jusqu'à Doddington Drove Estate, il lui faudrait se dire que son instinct l'avait trompé. Si elle se rendait ailleurs, il saurait qu'il avait vu juste.

Nkata trempait sa dernière bouchée de samosa dans la sauce daal lorsque l'Allemande sortit finalement de la laverie, une veste sur le bras. Il se fourra le morceau dans la bouche, prêt à bondir, mais Katja Wolff se contenta de rester plantée une petite minute sur le trottoir devant la porte du magasin. Il faisait froid et le vent cinglant rabattait les odeurs de diesel sur les joues des passants. La température ne semblait pourtant pas l'incommoder.

Elle mit un moment à enfiler sa veste, retira de la poche un béret bleu où elle enfouit ses cheveux blonds coupés court. Puis elle releva le col de son manteau et s'engagea le long de Kennington Park Road en direction de son domicile.

Nkata allait maudire son instinct qui lui avait fait perdre son temps lorsque Katja fit une chose inattendue. Au lieu de tourner dans Braganza Street, qui menait à Doddington Drove Estate, elle traversa et continua le long de Kennington Park Road sans même un regard de regret vers la direction qu'elle aurait dû prendre. Elle longea un pub, le Take-Away, où il avait acheté son casse-croûte, un salon de coiffure et une papeterie puis fit halte devant un arrêt d'autobus où elle alluma une cigarette et attendit en compagnie d'un petit groupe d'usagers. Elle laissa passer les deux premiers bus pour monter dans le troisième après avoir jeté sa cigarette dans la rue. Tandis que le bus s'éloignait au milieu de la circulation, Nkata se lança à sa poursuite, soulagé de ne pas être au volant d'une voiture de police et content qu'il fasse nuit.

Il ne se rendit pas particulièrement populaire auprès des autres automobilistes en filant le bus car il s'arrêtait quand ce dernier s'arrêtait, l'œil rivé sur le véhicule afin d'être sûr qu'il ne perdait pas Katja Wolff dans l'obscurité qui allait s'épaississant. Il eut droit à des gestes obscènes de plusieurs conducteurs alors qu'il zigzaguait au milieu de la circulation et il faillit heurter un cycliste portant un masque à gaz lorsque le bus stoppa plus tôt qu'il ne le pensait devant un arrêt.

Il traversa ainsi tant bien que mal le sud de Londres. Katja Wolff s'était assise devant la vitre côté rue, aussi Nkata distinguait-il son béret bleu dans les virages. Il était à peu près sûr de réussir à l'apercevoir quand elle descendrait et ce fut le cas quand, après avoir traversé l'atroce circulation des heures de pointe, le bus s'engagea dans la gare de Clapham.

Il pensa qu'elle avait l'intention de prendre un train et se dit qu'il n'avait guère de chances de passer inaperçu s'il montait dans le même wagon qu'elle. Il n'y avait pas moyen de faire autrement, il n'avait pas le temps d'envisager une autre solution. Il chercha désespérément une place de parking.

Il la tint à l'œil tandis qu'elle se frayait un chemin

à travers la foule devant la gare. Au lieu d'y entrer, comme il s'y était attendu, elle se dirigea vers un second arrêt de bus où, après cinq minutes d'attente, elle monta pour effectuer un autre trajet dans le sud de Londres.

Elle ne s'était pas assise près de la fenêtre cette fois, aussi Nkata était-il forcé de braquer les yeux sur le véhicule chaque fois que des passagers descendaient. C'était assez angoissant, sans compter que cela rendait les autres conducteurs fous de rage, mais il s'efforça d'ignorer le reste de la circulation et garda l'œil fixé sur son objectif.

A la hauteur de Putney, il fut récompensé de ses efforts. Katja Wolff descendit d'un bond et, sans un regard ni à droite ni à gauche, elle s'éloigna le long d'Upper Richmond Road.

Nkata ne pouvait lui filer le train en voiture sans se faire aussitôt remarquer ou devenir la victime d'une crise de rage de banlieusards ; il la dépassa. Quelque cinquante mètres plus loin, il tomba sur un endroit où il y avait une double ligne jaune juste après un arrêt de bus. Il s'y gara. Puis il attendit, les yeux sur le rétroviseur, réglant ce dernier de façon à avoir le trottoir opposé dans sa ligne de mire.

Katja Wolff apparut. Elle baissait la tête, son col était relevé contre le vent, aussi ne le remarqua-t-elle pas. Une voiture en stationnement interdit à Londres, cela ne constituait pas une anomalie. Et puis, même si elle l'apercevait dans la lumière déclinante, ce ne serait qu'un type venu chercher quelqu'un à la descente du bus.

Lorsqu'elle fut à vingt mètres devant lui, Nkata ouvrit sa portière et se mit à la suivre. Il enfila son manteau tout en marchant, s'enroula une écharpe autour du cou, remercia sa mère qui avait insisté ce matin-là pour qu'il l'emporte. Il se fondit dans l'ombre du tronc d'un vieux sycomore tandis que devant lui Katja Wolff faisait une pause et, le dos tourné au vent, allumait une cigarette. Puis elle se dirigea vers le bord du trottoir, attendit que la circulation se calme un peu et se précipita vers le trottoir opposé.

A cet endroit-là, la rue donnait sur une zone commerciale au pied de résidences. On y trouvait les commerces fréquentés par les habitants de ces résidences : vidéoclubs, marchands de journaux, restaurants, fleuristes et autres.

Katja Wolff se dirigea vers le Frère Jacques Bar et Brasserie, où claquaient au vent l'Union Jack et le drapeau français. C'était un bâtiment d'un jaune pimpant avec des fenêtres à vasistas, dont l'intérieur était abondamment éclairé. Comme elle se faufilait dans le café, Nkata attendit le moment propice pour traverser à son tour. Le temps qu'il arrive là-bas, elle avait enlevé son manteau, l'avait confié à un serveur qui lui faisait signe de dépasser des rangées de petites tables éclairées aux chandelles, pour rejoindre le bar qui occupait tout un pan de mur. Il n'y avait pas encore de clients dans l'établissement, seulement une femme très élégante en tailleur noir ajusté qui, assise sur un tabouret de bar, buvait un verre.

Elle avait l'air friquée, songea Nkata. Il n'y avait qu'à voir sa coupe de cheveux qui lui faisait comme un casque scintillant, sa tenue à la fois élégante et intemporelle, manifestement coûteuse. Nkata avait passé suffisamment de temps à feuilleter le magazine *GQ* à l'époque où il s'était refait un look pour reconnaître les gens qui effectuaient leur shopping à Knightsbridge, où, pour vingt livres, on pouvait tout juste s'offrir un mouchoir.

Katja Wolff s'approcha de cette femme, qui descendit du tabouret avec un sourire pour lui souhaiter la bienvenue. Elles se serrèrent les mains avec effusion, pressèrent leurs joues l'une contre l'autre, s'embrassant à vide, à la manière un peu ridicule des Européens qui se saluent dans les lieux publics. La femme invita d'un geste Katja Wolff à la rejoindre.

De son côté, Nkata s'enfonça dans son manteau et les observa dans l'ombre, derrière les fenêtres de la brasserie à côté d'un marchand de vins. Si jamais elles se tournaient de ce côté, il pourrait faire mine d'étudier une offre spéciale peinte sur la vitrine – le vin espagnol était à des prix défiant toute concurrence, remarqua-t-il. Et en attendant il pouvait les surveiller, essayer de deviner ce qu'elles étaient l'une pour l'autre bien qu'il eût déjà sa petite idée sur la question. Il avait bien vu la familiarité avec laquelle elles s'étaient saluées. Et la femme en noir était bourrée de fric, ce qui ne devait pas déplaire à Katja Wolff. Les pièces du puzzle commençaient à se mettre en place.

Nkata regrettait de ne pouvoir entendre leur conversation. A leur façon de se pencher au-dessus de leurs verres, épaule contre épaule, elles ne pouvaient qu'échanger des confidences et il aurait donné cher pour les écouter. Quand Wolff porta une main à ses yeux et que l'autre lui passa un bras autour des épaules en lui glissant quelques mots au creux de l'oreille, il songea à faire irruption dans l'établissement et à se présenter, ne serait-ce que pour voir comment Katja Wolff réagirait s'il la pinçait en compagnie de cette femme.

Oui. Il se passait des choses pas catholiques, songea-t-il. C'était probablement de ça que Yasmin Edwards ne voulait pas parler, même si elle était au courant. Parce qu'elle était au courant. Il fallait être idiot pour ne pas s'apercevoir que sa maîtresse commençait à mettre le nez dehors pour autre chose que pour respirer un bol d'air ou s'acheter un paquet de cigarettes le soir. Et le plus dur, quand on savait, c'était d'accepter. Les gens étaient prêts à faire des kilomètres, prêts à n'importe quoi pour s'éviter de souffrir. Y compris à porter des œillères.

Nkata se mit à taper des pieds pour lutter contre le froid, enfouit les mains dans les poches de son manteau. Il resta posté là encore un quart d'heure. Il se demandait que faire lorsque les deux femmes commencèrent à rassembler leurs affaires.

Il entra en vitesse chez le marchand de vins tandis

qu'elles franchissaient le seuil de la brasserie. A demi
dissimulé derrière des cartons de chianti classico, il prit
une bouteille comme pour en étudier l'étiquette tandis
que l'employé le fixait comme tous les vendeurs fixent
un Noir qui ne se hâte pas d'acheter ce à quoi il touche.
Nkata l'ignora, tête baissée mais regard braqué sur la
vitrine. Lorsqu'il vit passer Katja Wolff et sa compagne, il reposa la bouteille, ravala la remarque qu'il brûlait d'envie de faire au jeune homme qui était à la
caisse et se glissa hors du magasin de vins et alcools
dans le sillage des deux femmes.

La compagne de Katja l'avait prise par le bras et
continuait de parler tout en marchant. A l'épaule droite,
elle portait un sac en cuir de la taille d'un attaché-case
qu'elle tenait fermement serré sous son aisselle en
femme qui n'ignore pas que les rues peuvent être dan-
gereuses quand on ne prend pas les précautions nécessaires. Les deux femmes se dirigèrent non vers la gare
mais le long d'Upper Richmond Road en direction de
Wandsworth.

Quatre cents mètres plus loin environ, elles tournèrent à gauche. Dans un quartier de maisons jumelles
et de maisons en mitoyenneté. Nkata se dit que si
jamais elles entraient dans l'une d'elles il lui faudrait
plus que de la chance pour les retrouver. Aussi accé-
léra-t-il l'allure et se mit-il à courir au petit trot.

Tournant le coin, il constata que la chance était toujours avec lui. Bien que plusieurs rues fussent en vue,
les deux femmes ne s'étaient encore engagées dans
aucune. Elles continuaient droit devant lui, bavardant
toujours ; mais cette fois, c'était l'Allemande qui parlait avec force gestes tandis que l'autre écoutait.

Ce fut dans Galveston Road qu'elles tournèrent
– une courte artère où se dressaient des maisons
mitoyennes dont certaines avaient été scindées en
appartements et d'autres non. C'était un quartier bour-
geois : rideaux de dentelle, peinture fraîche, jardins
bien entretenus, jardinières où l'on avait planté des pensées en attendant l'hiver à venir. Katja Wolff et sa

534

compagne poursuivirent leur chemin puis, après avoir franchi une grille de fer forgé, elles s'approchèrent d'une porte rouge. Sur cette porte, entre deux étroites fenêtres en verre dépoli, un numéro sur une plaque de cuivre : 55.

Contrairement à ses voisins, le jardinet du 55 ressemblait à une jungle. De part et d'autre de la porte d'entrée, on avait laissé les buissons pousser en liberté et se rejoindre au-dessus de la porte les tentacules d'un jasmin et d'un genêt d'Espagne. Posté sur le trottoir d'en face, Nkata regarda Katja gravir les deux marches du perron. Au lieu de sonner, elle ouvrit la porte et entra, suivie de sa compagne.

La porte se referma derrière elles, une lumière s'alluma dans le hall. Cinq secondes plus tard, une lumière plus sourde jaillit derrière les rideaux du bow-window. Le tissu des rideaux ne permettait de distinguer que de vagues silhouettes de l'extérieur. Mais c'était suffisant pour comprendre ce qui se passait : les deux femmes s'étreignirent, leurs deux formes se fondant en une seule.

— Nous y voilà, souffla Nkata.

Il avait enfin devant les yeux ce qu'il était venu chercher : une preuve concrète de l'infidélité de Katja Wolff.

En rapportant ces faits à Yasmin Edwards, qui ne se doutait de rien, il parviendrait certainement à la faire craquer et à obtenir d'elle qu'elle lui parle de sa compagne. S'il partait à l'instant même et regagnait sa voiture au petit trot, il pourrait effectuer le trajet jusqu'à Doddington Drove Estate bien avant Katja – qui n'aurait pas le temps de préparer Yasmin à entendre des propos qu'elle pourrait plus tard qualifier de mensongers.

Toutefois, tandis que les deux silhouettes du séjour de Galveston Road se séparaient, sans doute pour s'apprêter à se donner du plaisir l'une à l'autre, Nkata eut un moment d'hésitation. Il se demanda comment aborder l'infidélité de Katja sans que Yasmin Edwards lui tombe dessus à bras raccourcis au lieu de se contenter d'absorber la nouvelle.

Puis il se demanda pourquoi il se posait cette question. Cette femme était une ex-taularde. Elle avait poignardé son mari, elle avait tiré cinq ans, et sans aucun doute elle avait appris toutes sortes de trucs pendant qu'elle était en prison. Elle était dangereuse, et lui – Winston Nkata, qui avait réussi à échapper à une existence qui aurait pu le conduire dans la même voie qu'elle – ferait bien de s'en souvenir.

Inutile de se précipiter à Doddington Drove Estate, décida-t-il. Etant donné la manière dont les choses semblaient se passer à Galveston Road, Katja Wolff n'allait pas ressortir de sitôt.

Lynley fut surpris, lorsqu'il arriva chez les Saint James, d'y trouver encore sa femme. C'était presque l'heure du dîner, et l'heure à laquelle elle s'en allait habituellement était passée depuis longtemps. Mais lorsque Joseph Cotter – beau-père de Saint James, qui avait la haute main sur la maison de Cheyne Row depuis plus d'une décennie – fit entrer Lynley dans la maison, la première chose qu'il lui dit ce fut :

— Ils sont au labo. Le patron leur en a fait mettre un sacré coup aujourd'hui. Deb est là-haut également mais je doute qu'elle ait collaboré comme l'a fait Lady Helen. Ils se sont même passés de déjeuner. « Impossible de s'arrêter maintenant, m'a-t-il dit quand je suis monté lui dire que c'était prêt. On a presque fini. »

— Fini quoi ? demanda Lynley, remerciant Cotter qui avait posé un plateau pour prendre son manteau.

— Dieu seul le sait. Vous voulez boire un verre ? une tasse de thé ? J'ai fait des scones, ajouta-t-il avec un signe de tête en direction du plateau. Ça ne vous ennuie pas de les monter ? Je les avais préparés pour le thé mais personne n'est descendu.

— Je vais voir où ils en sont.

Lynley prit le plateau que Cotter avait placé en équilibre instable sur un porte-parapluie.

— Vous avez un message pour eux ?

— Dites-leur que le dîner est à huit heures et demie. Bœuf en sauce. Pommes de terre nouvelles, courgettes et carottes.

— Voilà qui devrait les tenter.

Cotter eut un petit grognement.

— Oui, ça devrait, mais allez savoir. C'est peu probable. En tout cas dites-leur qu'ils n'y couperont pas, à ce repas, s'ils veulent que je continue à leur faire la cuisine. Peach est là-haut aussi, à propos. Ne lui donnez pas de scones. Elle est au régime.

— Très bien, dit Lynley en s'engageant dans l'escalier.

Il trouva ses amis et sa femme là où Cotter le lui avait dit : Helen et Simon étaient penchés sur des graphiques disposés sur un plan de travail tandis que Deborah examinait des négatifs sur le seuil de sa chambre noire. Peach était allongée par terre. Elle fut la première à apercevoir Lynley, et à la vue du plateau elle se dirigea vers lui en agitant joyeusement la queue, l'œil brillant.

— Si j'étais naïf, je me dirais que tu es contente de me voir. Je te préviens : on m'a interdit de te donner à manger.

A ces mots, Saint James leva la tête. Helen s'exclama : « Tommy ! » et avec un coup d'œil à la fenêtre, elle ajouta :

— Mon Dieu, mais quelle heure est-il ?

— Nos résultats ne collent pas, dit Saint James à Lynley sans autre explication. Un gramme, la dose fatale ? Je vais être la risée du tribunal.

— Quand dois-tu témoigner ?

— Demain.

— Dans ce cas, tu vas te coucher tard.

— Si je ne me suicide pas.

Deborah les rejoignit :

— Bonjour Tommy, qu'est-ce que tu nous apportes de bon ?

Son visage s'éclaira.

— Ah, *génial*, des scones.

— Ton père m'a chargé d'un message. C'est au sujet du dîner.

— Il veut qu'on mange ou qu'on aille se faire voir ?

— Quelque chose dans ce goût-là.

Lynley regarda sa femme.

— Je croyais que tu serais partie depuis longtemps.

— Il n'y a pas de thé, avec les scones ? demanda Deborah en prenant le plateau des mains de Lynley.

— Nous avons perdu la notion du temps, dit Helen.

— Ça ne te ressemble pas, fit Deborah à Helen en posant le plateau près d'un gros manuel resté ouvert sur l'illustration d'un homme mort apparemment d'un empoisonnement par une substance qui lui avait fait vomir quelque chose de verdâtre.

Sans se soucier de ce spectacle peu appétissant, ou parce qu'elle y était habituée, Deborah prit un scone.

— Si on ne peut plus se fier à toi pour nous rappeler les horaires des repas, Helen, qu'allons-nous faire ?

Elle rompit le scone en deux et mordit dedans.

— Hum, délicieux. Je ne m'en rendais pas compte mais j'étais morte de faim. Je ne peux pas manger si je n'ai pas quelque chose à boire. Je vais chercher le xérès. Il y a des amateurs ?

— Excellente idée, dit Saint James qui saisit un scone tandis que sa femme sortait du labo et se dirigeait vers l'escalier. Des verres pour tout le monde, mon amour ! cria-t-il.

— Entendu, fit Deborah qui ajouta : Allez, viens, Peach, c'est l'heure de dîner.

La chienne la suivit docilement, les yeux fixés sur la pâtisserie que Deborah tenait à la main.

— Fatiguée ? demanda Lynley à Helen, qui avait le teint blafard.

— Un peu, dit-elle en faisant passer une boucle de

cheveux derrière une oreille. Simon s'est comporté comme un vrai négrier aujourd'hui.

— Parce qu'il lui arrive de ne pas en être un ?

— J'ai une réputation à soutenir, dit Saint James. Mais je ne suis pas si mauvais bougre sous mes allures de monstre. Et je vais te le prouver. Regarde ça, Tommy.

Il s'approcha de sa table de travail où Lynley vit qu'il avait installé l'ordinateur d'Eugenie Davies. A côté, il y avait une imprimante laser, et Saint James extirpa du plateau une liasse de documents.

— Tu as réussi à reconstituer ses allées et venues sur Internet ? dit Lynley. Bien joué, Simon, je suis très impressionné, et surtout je t'en suis très reconnaissant.

— Impressionné, n'exagère pas. Tu aurais pu y arriver seul si tu avais des rudiments d'informatique.

— Sois indulgent avec lui, Simon, protesta Helen avec un sourire. Il vient seulement de se mettre au courrier électronique. Ne le brutalise pas. Ne le force pas à faire un bond dans l'avenir.

— Cela risquerait de me traumatiser, ajouta Lynley en prenant ses lunettes dans la poche de sa veste. Alors, qu'est-ce que tu as déniché de beau ?

— D'abord, son cheminement sur Internet.

Saint James expliqua que, comme tous les ordinateurs, celui d'Eugenie Davies conservait en mémoire les noms des sites que son propriétaire visitait et tendit à Lynley une liste d'adresses Web.

— C'est du tout-venant, commenta Saint James. Si tu cherches du louche ou des choses sortant de l'ordinaire dans son activité sur le Net, je doute que tu le trouves là.

Lynley jeta un œil aux adresses trouvées par Saint James lors de son étude des allées et venues d'Eugenie Davies sur le Net : il s'agissait, avait-il expliqué à Lynley, des adresses qu'elle avait dû taper dans la barre d'adresses afin d'accéder à divers sites Web. En cliquant simplement sur la flèche gauche de la barre d'outils, on remontait la piste empruntée par un internaute depuis qu'il s'était connecté sur la Toile. Tout en écoutant les explications de Saint James sur l'origine des données qu'il avait collectées, Lynley acquiesçait pour indiquer qu'il suivait, et il se mit à passer en revue les sites choisis par Eugenie Davies. Comme à son habitude, son vieux camarade avait fait du bon boulot ; il avait repéré avec précision les sites auxquels la défunte s'était connectée. Les sites, à en juger par leur nom du moins, se rapportaient tous à son poste de directrice du Club des Sexagénaires. C'est ainsi qu'elle avait accédé à toute une palette de sites relatifs au troisième âge, notamment à des sites de protection sociale et à un site organisant des voyages en car en Grande-Bretagne pour les retraités. Elle avait également surfé dans la presse. Essentiellement dans le *Daily Mail* et l'*Independent*. Ces sites-là, elle les avait visités très régulièrement, surtout au cours des quatre derniers mois. Ce qui corroborait les dires de Richard Davies, lequel avait affirmé qu'elle s'était efforcée de se faire une idée de l'état de santé de Gideon en consultant les journaux.

— Ce n'est pas ça qui va beaucoup nous aider, convint Lynley.

— Non. Mais en revanche ceci me paraît plus prometteur. (Saint James lui tendit le reste des papiers qu'il avait rassemblés.) Tiens, c'est son courrier électronique.

— Une partie de son courrier ?

— Non, la totalité. Depuis le jour où elle a commencé à correspondre en ligne.

— Elle l'avait sauvegardé ?

— Sans le faire exprès.

— Comment ça ?

— Les gens essaient de protéger leur intimité sur le Net mais ça ne marche pas toujours. Ils utilisent des mots de passe qui s'avèrent enfantins à deviner pour quiconque les connaît un peu…

— C'est ce qu'elle a fait quand elle a choisi *Sonia*.

— Oui, exactement. C'est leur première erreur. La

540

seconde, c'est qu'ils ne songent pas à regarder si leur ordinateur est configuré de façon à sauver tout l'e-mail qui lui est adressé. Ils se croient en sûreté mais en réalité leur univers est un livre ouvert. Dans le cas de Mrs Davies, son ordinateur mettait à la poubelle tous les messages qu'il recevait chaque fois qu'elle les effaçait mais tant qu'elle ne vidait pas la poubelle – ce qu'apparemment elle n'a jamais fait – les messages s'y retrouvaient stockés. Ça se produit constamment. Les gens appuient sur la touche « effacer » et ils s'imaginent qu'ils se sont débarrassés de données dont ils ne veulent plus alors que l'ordinateur s'est contenté de les transférer ailleurs.

— Tout est là, alors ? s'étonna Lynley en désignant la pile de feuillets.

— Tous les messages qu'elle a reçus, oui. Tu peux remercier Helen : c'est elle qui s'est chargée de leur impression. Non contente de les imprimer, elle les a également parcourus et elle a griffonné un signe distinctif sur ceux qui semblent concerner le boulot, histoire de te faire gagner un peu de temps. Comme ça, tu pourras examiner les autres plus attentivement.

— Merci, chérie, dit Lynley à sa femme qui grignotait un bout de scone.

Il passa en revue la liasse de feuillets, mettant à part ceux que Helen avait classés dans la catégorie « Correspondance professionnelle ». Les autres, il les lut dans l'ordre chronologique. Il cherchait tout ce qui était louche, susceptible d'avoir attiré des ennuis à Eugenie Davies. Et, bien qu'il gardât cela pour lui, il cherchait également tout ce qui aurait pu provenir de Webberly – des messages récents, des messages compromettants pour le commissaire.

Bien que certains des correspondants n'aient pas utilisé leurs noms mais des pseudos liés à leur profession ou à leurs centres d'intérêt, Lynley fut soulagé de constater qu'aucun d'entre eux ne pouvait être rattaché à son supérieur hiérarchique. Il n'y avait pas non plus d'adresse à Scotland Yard, ce qui était encore mieux.

Lynley respira plus librement et continua de lire. Il s'aperçut également qu'il n'y avait parmi les messages rien d'un correspondant qui se serait appelé Langue de Velours, Pitchley ou Pitchford.

Il se replongea dans la liasse de messages pendant que Saint James et Helen examinaient de nouveau les graphiques sur lesquels ils planchaient à son arrivée. Helen observa :

— Le dernier message qu'elle a reçu date du matin du jour où elle a été tuée, Tommy. C'est le dernier de la pile. Tu aimerais peut-être y jeter un coup d'œil dès maintenant. Il a attiré mon attention.

Lynley vit pourquoi lorsqu'il s'en empara. Le message comportait trois phrases et il eut comme un frisson lorsqu'il les lut : *Il faut que je te revoie, Eugenie. Je t'en supplie. Ne fais pas la sourde oreille après tout ce temps.*

— Bon sang, chuchota-t-il. *Après tout ce temps.*

— Qu'est-ce que tu en penses ? lui demanda Helen même si au son de sa voix il était clair qu'elle avait déjà tiré ses propres conclusions.

— Je ne sais pas.

Le message se terminait abruptement sans formule particulière, et l'émetteur était de ceux qui utilisaient un pseudo au lieu d'un prénom. *Jete*. Tel était le mot qui précédait l'identification du fournisseur d'accès. Et le fournisseur d'accès lui-même était Claranet.

Cela signifiait que c'était un ordinateur personnel qu'on avait utilisé pour communiquer avec Eugenie Davies, ce qui rassura Lynley dans une certaine mesure. Car, à sa connaissance, Webberly n'avait pas d'ordinateur chez lui.

— Simon, y a-t-il un moyen de retrouver le nom d'un internaute quand ce dernier adopte un pseudo ?

— Il faut passer par le fournisseur d'accès, répondit Simon, mais j'ai peur que tu ne sois obligé de faire du forcing auprès de lui, car rien ne l'oblige à te le fournir.

— Mais dans le cas d'une enquête criminelle ?... fit Helen.

— Cela devrait suffire à le convaincre, admit Saint James.

Deborah revint, apportant des verres et une carafe.

— Voilà, annonça-t-elle, des scones et du xérès.

Elle se mit à faire le service.

— Rien pour moi, Deborah, merci, fit Helen en prenant une noisette de beurre qu'elle étala sur son scone.

— Mais il faut bien que tu boives quelque chose, protesta Deborah. On a travaillé comme des malades. On a besoin d'une récompense. Tu aimerais mieux un gin tonic, Helen ? (Elle fronça le nez.) Oh, suis-je bête, gin tonic et scones, non. Ah, quoique…

Elle tendit un verre à son mari, un autre à Lynley.

— C'est un jour exceptionnel. Je ne t'ai jamais entendue refuser un xérès, Helen. Surtout après avoir trimé comme tu l'as fait. Tu n'es pas souffrante, au moins ?

— Je vais parfaitement bien, fit Helen avec un coup d'œil à Lynley.

Lynley se dit que le moment était venu. Oui, c'était le bon moment pour leur annoncer la nouvelle. Tous les quatre étant rassemblés dans le labo de Saint James, qu'est-ce qui l'empêchait de lancer d'un ton désinvolte : « Ah, au fait, on a une nouvelle à vous apprendre, mais peut-être avez-vous deviné » ? Il pourrait passer un bras autour des épaules de Helen en parlant. Il pourrait l'embrasser. Il pourrait dire en plaisantant : « Nous allons devenir parents, finies les soirées tardives et les grasses matinées. Bonjour les couches et le lait maternisé. » Mais il ne dit rien de tout cela. Il leva son verre et s'adressa à Saint James :

— Mille mercis, Simon. Me voilà de nouveau ton débiteur.

Et il avala une gorgée.

Le regard de Deborah naviqua avec curiosité de Lynley à Helen. De son côté, Helen rassembla tranquillement les graphiques tandis que Saint James buvait. Un petit silence s'installa pendant lequel Peach remonta l'escalier, son dîner terminé. Elle entra en trottinant dans le labo, se posta sous le plan de travail où étaient posés les scones et poussa un aboiement bref tout en balayant le sol de sa queue.

— Non, Peach, intervint Deborah. Inutile de quémander. Tu n'auras pas de scone. Regarde-la, Simon, elle est incorrigible.

Tous les regards se braquèrent sur la petite chienne, ce qui fit diversion, et Helen se mit à rassembler ses affaires.

— Mon cher Simon, j'aimerais bien te tenir compagnie toute la nuit et t'aider à résoudre ce problème…

— Tu as été formidable de rester si longtemps, répondit-il. Je poursuivrai héroïquement tout seul.

— Il est pire que la chienne, remarqua Deborah. C'est un manipulateur sans scrupules. Sauve-toi avant qu'il te piège.

Helen suivit le conseil. Lynley lui emboîta le pas. Saint James et Deborah restèrent dans le labo.

Lynley et sa femme attendirent pour parler d'être sur le trottoir de Cheyne Row. Le vent venu du fleuve balayait la rue. Helen se borna à murmurer, se parlant à elle-même : « Bien. » Elle avait l'air triste et fatiguée. Lynley n'aurait su dire lequel de ces deux sentiments prévalait mais il avait sa petite idée.

— C'est arrivé trop tôt ? remarqua Helen.

Il ne fit pas semblant de ne pas comprendre.

— Non, *non*. Bien sûr que non.

— Alors ?

Il chercha une explication. Une explication qui leur conviendrait à tous les deux et qui ne reviendrait pas le hanter dans l'avenir.

— Je ne veux pas leur faire du mal. J'imagine la tête qu'ils feront. Tu les vois, essayant de prendre un air ravi alors qu'au fond d'eux-mêmes ils sont révoltés par l'injustice de tout ça ?

— La vie est pleine d'injustices. Tu es bien placé pour le savoir. Et il n'est pas en ton pouvoir d'aplanir les difficultés d'autrui.

— Je sais.

— Tu te préoccupes de leurs sentiments mais... et mes sentiments à moi ?

— C'est ce qui compte le plus à mes yeux. Tu es tout pour moi.

Tendant la main, il boutonna le dernier bouton de son manteau, resserra l'écharpe autour de son cou.

— Ne restons pas dans le froid. Tu es venue en voiture ? Où est-elle ?

— J'ai besoin de parler de tout ça avec toi. Tu te comportes comme si...

Sa phrase demeura en suspens. La seule façon de dire les choses, c'était de les dire sans détour. Il n'y avait pas de métaphore pour décrire ce qu'elle craignait, et il le savait.

Il aurait voulu la rassurer mais il ne pouvait pas. Il s'était attendu à éprouver de la joie, un frisson d'excitation. Pas à éprouver de la culpabilité et de l'appréhension à l'idée qu'il lui fallait enterrer ses morts avant de souhaiter de tout cœur la bienvenue à ses vivants.

— Rentrons. La journée a été longue. Tu as besoin de te reposer.

— C'est plus que du repos qu'il me faut, Tommy, fit-elle en se détournant.

Il la regarda se diriger vers l'extrémité de la rue où, près du King's Head and Eight Bells, elle avait garé sa voiture.

Malcolm Webberly reposa le récepteur sur son support. Minuit moins le quart. Il n'aurait pas dû les appeler mais il n'avait pu s'en empêcher. Même lorsqu'il s'était dit qu'il était trop tard, qu'ils dormiraient, que même si Tommy était encore debout à cette heure, Helen, elle, serait au lit et ne serait pas spécialement ravie de recevoir un coup de téléphone aussi tardif, il n'avait pas tenu compte de cet avertissement. Parce que, après avoir attendu toute la journée qu'on lui donne des nouvelles, voyant qu'elles ne venaient pas, il s'était rendu compte qu'il ne dormirait pas cette nuit-là tant qu'il n'aurait pas parlé à Lynley.

Il aurait pu téléphoner à Eric Leach. Il aurait pu lui demander de le mettre au courant des derniers développements de l'enquête. Leach se serait exécuté bien volontiers. Mais en mettant Eric dans le coup, Webberly n'aurait fait que remuer le couteau dans la plaie. Car Eric avait été trop proche de tout cela : il avait été sur place, dans la maison de Kensington Square où tout avait commencé, il avait assisté à presque tous les interrogatoires qu'il avait conduits, il avait témoigné au procès. Il s'était même trouvé là – tout près de Webberly – lorsqu'ils avaient vu le corps de la fillette. A l'époque Leach était célibataire et il n'avait pas la moindre idée de ce que ça pouvait être que de perdre un enfant.

Webberly n'avait pu s'empêcher de penser à sa petite Miranda lorsqu'il avait vu le corps sans vie de Sonia Davies allongé sur la table d'autopsie. Lorsque le premier coup de scalpel avait entaillé sa chair, que cette grande incision en Y si caractéristique – cette mutilation nécessaire – avait été pratiquée, il avait retenu un cri de révolte devant la cruauté du geste après la cruauté de la mort de l'enfant.

De la cruauté, il n'y en avait pas seulement dans la façon dont Sonia Davies était morte. Il y en avait dans sa vie aussi. Même si ce n'était qu'une cruauté de la nature, un minuscule accroc dans son programme génétique qui avait fait d'elle ce qu'elle était.

Il avait lu les comptes rendus des médecins. Il s'était étonné de la quantité d'opérations et de maladies qu'une si petite enfant avait pu connaître au cours des deux premières années de sa vie. Il s'était félicité de la chance qu'il avait eue de produire le miracle de santé et de vitalité qu'était Miranda et il s'était demandé comment les gens se débrouillaient pour faire face lorsque leur progéniture nécessitait plus de soins qu'ils n'auraient jamais pensé devoir lui prodiguer.

Eric Leach s'était posé la même question. « Je vois pourquoi ils avaient besoin d'une nurse. Ils avaient vraiment trop à faire avec le grand-père à moitié cinglé et le fils qui était un nouveau Mozart. Mais pourquoi n'ont-ils pas engagé quelqu'un de qualifié pour s'occuper de la petite ? Il leur fallait une gouvernante, pas une réfugiée.

— C'était une décision malheureuse, je suis d'accord avec vous, avait admis Webberly. Le tribunal et la presse vont leur tomber dessus à bras raccourcis. Mais cette levée de boucliers ne sera rien en comparaison des reproches qu'ils s'adresseront à eux-mêmes.

— A moins que… » Leach n'avait pas terminé sa phrase. Il avait fixé le bout de ses pieds.

« A moins que quoi, sergent ?

— A moins que leur choix n'ait été délibéré, monsieur. A moins qu'ils n'aient pas voulu – pour des raisons connues d'eux seuls – que leur bébé reçoive les soins d'une personne qualifiée. »

Webberly n'avait pas cherché à dissimuler son écœurement.

« Vous ne savez pas de quoi vous parlez. Attendez d'avoir un enfant, vous verrez ce que vous ressentirez. Ou plutôt, non. Je vais vous le dire, moi, ce que je ressens. Une envie folle de tuer quiconque oserait seulement la regarder de travers. »

A mesure que les éléments leur parvenaient au fil des semaines, l'envie de tuer était exactement ce qu'il avait ressenti, parce qu'il n'avait pas pu s'empêcher de voir sa petite Miranda dans la mort de cette fillette, qui était pourtant si différente d'elle. Elle trottinait dans la maison, sa peluche sous le bras, et il voyait du danger partout. Partout il avait l'impression que le danger la guettait, risquait de la lui enlever – ce qui lui aurait déchiré le cœur et broyé les entrailles. Ainsi avait-il commencé à vouloir venger la mort de Sonia Davies pour assurer la sécurité de sa propre fille. En réussissant à traduire son meurtrier devant la justice, il achèterait la protection de Dieu pour Randie.

Certes, au début, il ne savait pas qu'il y avait un meurtrier dans le paysage. Comme tout le monde il avait cru qu'un instant de négligence avait entraîné une tragédie qui hanterait les vies de tous ceux qui étaient concernés. Mais lorsque l'autopsie avait mis en évidence des traces de fractures sur son squelette et qu'un examen plus approfondi du corps avait révélé la présence de contusions sur les épaules et le cou prouvant qu'on l'avait maintenue de force sous l'eau et délibérément noyée, il avait senti fleurir en lui un besoin de vengeance. Vengeance pour la mort de cette petite, si imparfaite fût-elle. Et vengeance pour la mère qui lui avait donné naissance.

Il n'y avait pas de témoins oculaires et pratiquement pas d'indices. Cela gênait Leach mais n'inquiétait pas Webberly. Car le lieu du crime racontait une histoire à sa façon, et il savait qu'il pourrait utiliser cette histoire pour donner de la consistance à la théorie qui commençait à prendre forme dans son esprit. Pour commencer, il y avait la baignoire, qui semblait n'avoir subi aucun désordre – ce qui ne collait évidemment pas avec l'irruption dans la pièce d'une nurse affolée trouvant le bébé sous l'eau et appelant à l'aide frénétiquement tout en sortant la petite du bain et en essayant de la ranimer. Il y avait les médicaments – une pleine armoire – et les dossiers médicaux, et le poids que représentaient les soins à prodiguer à une fillette comme Sonia. Il y avait les discussions entre la gouvernante et les parents, rapportées sous serment par plusieurs des membres de la maison. Les dépositions des parents, du fils aîné, des grands-parents, du professeur, de l'amie de la nurse qui était censée lui avoir téléphoné la nuit du drame, et du pensionnaire, seule personne à avoir essayé de parler à l'Allemande. Et puis il y avait Katja Wolff, sa déposition, et après cela, son silence. Un silence obstiné, incroyable.

Comme elle refusait de parler, il lui avait fallu pour se faire sa petite idée s'appuyer sur les propos de l'entourage. *Je n'ai rien vu cette nuit-là, hélas... Bien sûr qu'il y avait des moments de tension quand elle s'occupait du bébé... Elle n'était pas toujours d'une patience d'ange mais les circonstances étaient difficiles... Au début, elle semblait désireuse de faire de son mieux... Une discussion a éclaté entre eux trois parce qu'une fois de plus elle avait eu une panne d'oreiller... Nous avons décidé de la renvoyer... Elle soutenait que notre décision était injuste... Nous ne voulions pas lui donner de certificat car nous ne pensions pas qu'elle avait les compétences requises pour être une bonne nurse.* A partir des propos tenus par les uns et les autres, et non par Wolff bien sûr puisqu'elle s'entêtait à se taire, il s'était fait une idée de son comportement. Et de ce comportement était née une histoire, pièce de tissu constituée de ce qui avait été vu et entendu et des conclusions qui en avaient été tirées.

« Avouez que c'est maigre, les éléments dont nous disposons contre elle, avait respectueusement remarqué Leach lors d'une pause au tribunal.

— Peut-être, mais nous avons de quoi la poursuivre, avait rétorqué Webberly. Tant qu'elle persiste à rester muette, elle fait la moitié du boulot à notre place, et elle se pend par-dessus le marché. Son avocat a dû le lui dire.

— La presse la crucifie, monsieur. Les journalistes rapportent chaque mot de ce qui se passe à l'audience et chaque fois que vous dites "elle a refusé de répondre à la question", vous la faites passer pour...

— Bon sang, Eric, où voulez-vous en venir ? s'était énervé Webberly. Je n'ai aucun pouvoir sur la presse et pas davantage sur ce qu'elle publie. Ce n'est pas notre problème. Si Katja Wolff s'inquiète de ce que les jurés potentiels peuvent penser de son silence, pourquoi ne le rompt-elle pas ? »

Leur but, dit-il à Leach, leur boulot, c'était d'obtenir que la justice suive son cours dans cette affaire sordide. De fournir aux magistrats de quoi leur permettre de faire passer le coupable en jugement. Et c'est ce qu'il avait fait. Et rien d'autre. Il avait fait en sorte que justice puisse être rendue pour la famille de Sonia Davies. Il n'aurait pu leur apporter la paix ou mettre un terme à leurs cauchemars. Mais il leur avait apporté cela.

Dans sa cuisine de Stamford Brook, Webberly était assis à table avec une tasse de Horlicks qui refroidissait devant lui et il réfléchissait à ce que lui avait appris son coup de fil tardif à Tommy Lynley. Il y avait une chose qui lui faisait plaisir : savoir qu'Eugenie avait trouvé un homme. Oui, il en était heureux. Cela atténuerait un peu le remords qu'il n'avait jamais cessé d'éprouver en pensant à la lâcheté avec laquelle il avait mis un terme à leur amour.

Il avait été animé envers elle des meilleures intentions jusqu'au jour où il s'était rendu compte que leur relation ne pouvait plus continuer. Il avait commencé par jouer dans sa vie le rôle d'un professionnel froid. Et puis lors de leur rencontre impromptue à Paddington Station, il s'était aperçu qu'il avait de l'amitié pour elle. Il s'était dit qu'il pourrait rester sur le terrain de l'amitié, faire taire cette part de lui-même qui bientôt en exigea davantage. Elle est vulnérable, s'était-il dit dans un vain effort pour brider ses sentiments. Elle a perdu un enfant, puis un mari. Tu ne dois pas te risquer sur un terrain aussi fragile.

Si elle n'avait pas parlé la première, prononcé les mots qui n'auraient pas dû l'être, il ne se serait pas aventuré plus loin. Du moins est-ce ce qu'il avait essayé de se faire croire pendant le temps qu'avait duré leur liaison. Elle veut cette liaison, autant que moi, se disait-il. Et il y a des circonstances où, pour atteindre un bien supérieur, il faut savoir se libérer des chaînes des conventions sociales.

Le seul moyen qu'il avait trouvé pour justifier leur histoire, c'était de l'appréhender sous un angle spirituel. Elle me complète, se disait-il. Ce que nous partageons se situe sur le plan de l'*âme*. Pas seulement de la chair. Comment un homme peut-il espérer vivre pleinement sans nourriture spirituelle ?

Cette communion-là, il ne la connaissait pas avec sa femme. Leurs relations à eux étaient strictement d'ordre temporel. Un contrat social fondé sur des idées largement dépassées. On partageait ses biens, on s'assurait une descendance, on cohabitait. Aux termes du contrat, un homme et une femme vivaient ensemble, se reproduisaient si possible, et s'assuraient l'un à l'autre un mode de vie satisfaisant. Mais il n'était stipulé nulle part qu'ils devaient prendre soin de leurs âmes respectives – des âmes emprisonnées, engluées dans la matière. Et c'était là le problème du mariage. Il donnait aux contractants un sentiment de contentement de soi. Ce contentement produisait une sorte d'oubli qui amenait l'homme et la femme ainsi unis à se perdre de vue en tant qu'individus sensibles.

C'est ce qui s'était passé dans son mariage. Il était décidé à ce que cela ne se reproduise pas au sein de l'union des esprits qu'il avait atteinte avec Eugenie.

Plus il avait continué de la voir et plus il s'était enfoncé dans l'aveuglement. Il se dit qu'il n'aurait pu choisir une profession mieux adaptée à l'infidélité, qu'il en était venu à considérer comme un droit divin. Dans son travail, il n'avait pas d'horaires structurés, il pouvait passer des week-ends sur une affaire, s'absenter brutalement à la suite de coups de fil en pleine nuit. Pourquoi le destin, Dieu ou les coïncidences de la vie l'avaient-ils amené à embrasser cette carrière sinon pour profiter des occasions qui lui étaient données de s'améliorer et de se développer en tant qu'être humain ? Le fait de pouvoir mener virtuellement une double existence en faisant porter sur la Metropolitan Police la responsabilité de ses absences commença à le convaincre que cette double existence lui était due.

L'humanité, hélas, est perpétuellement tenaillée par le désir d'en avoir toujours plus. Et ce désir avait fini par gâcher ce qui au début avait été un amour céleste. Le rendant aussi temporel que le reste et aussi exigeant. Elle avait mis un terme à son mariage. Il pouvait en faire autant. Quelques conversations inconfortables avec sa femme, et il serait libre.

Seulement il n'avait jamais réussi à les avoir, ces

conversations avec Frances. Au lieu de parler à Frances, il avait laissé ses phobies lui parler, et il s'était aperçu que lui, son amour et tous les efforts qu'il pouvait déployer pour le défendre ne faisaient pas le poids face à la détresse de sa femme, détresse qui avait fini par les engloutir tous les deux.

Il n'en avait jamais soufflé mot à Eugenie. Il lui avait écrit une ultime lettre pour lui demander d'attendre, et après cela il ne lui avait plus jamais donné signe de vie. Il ne lui avait jamais téléphoné. Il ne l'avait jamais revue. Il avait mis sa vie en attente, se disant qu'il lui fallait être là pour suivre les différentes étapes du rétablissement de Frances. Il avait attendu qu'elle soit suffisamment bien pour qu'il puisse lui dire qu'il voulait s'en aller.

Le temps qu'il comprenne que l'état de sa femme ne s'améliorerait pas si facilement, des mois s'étaient écoulés. Il n'avait pu supporter l'idée de revoir Eugenie pour s'arracher ensuite définitivement à elle. La lâcheté l'avait empêché d'écrire ou de composer son numéro. Mieux valait se dire qu'il n'y avait rien eu entre eux – sinon quelques années d'interludes passionnés qu'il avait pris pour une fusion des âmes – que de se retrouver face à elle, d'avoir à renoncer à elle et de reconnaître que le reste de sa vie n'aurait plus aucun sens. Alors il avait laissé les choses aller, se déliter, et il lui avait permis de penser de lui ce que bon lui semblait.

Comme elle n'avait pas non plus cherché à le joindre, il en avait profité pour se dire qu'elle n'était pas aussi bouleversée que lui par la fin de leur aventure. Alors, armé de cette certitude, il s'était mis en devoir d'effacer son image de son esprit ainsi que le souvenir de leurs après-midi, de leurs soirées et de leurs nuits. Ce faisant, il lui avait été aussi infidèle qu'il l'avait été à sa femme. Et il en avait payé le prix.

Mais elle s'était trouvé un homme, un veuf, quelqu'un qui était libre de l'aimer et de la chérir. « Un type nommé Wiley, lui avait appris Lynley au bout du fil. Il nous a dit qu'elle souhaitait lui parler. D'une chose qui les avait empêchés de nouer des relations plus intimes.

— On l'aurait assassinée pour l'empêcher de parler à Wiley ? avait demandé Webberly.

— C'est une possibilité, mais il y en a des dizaines d'autres. »

Et Lynley de les énumérer, s'efforçant en gentleman qu'il était de ne pas dire s'il avait déniché quoi que ce soit de nature à relier Webberly à la défunte. Il lui avait parlé du frère, du major Ted Wiley, de Gideon Davies, de J. W. Pitchley, également connu sous le nom de James Pitchford, et de l'ex-mari d'Eugenie.

« Wolff est sortie de prison, avait dit Lynley. Voilà douze semaines qu'elle a été mise en liberté conditionnelle. Davies ne l'a pas vue mais cela ne veut pas dire qu'elle ne l'a pas vu. Et Eugenie a témoigné contre elle au procès.

— Comme presque tous ceux qui gravitaient dans son entourage à l'époque. Et le témoignage d'Eugenie n'a pas été plus accablant que les autres, Tommy.

— C'est exact. Aussi je crois que tous ceux qui ont été mêlés de près ou de loin à cette affaire feraient bien de se montrer prudents en attendant que nous ayons tiré tout ça au clair.

— Vous croyez que Wolff se serait mis en tête de s'en prendre aux protagonistes de l'histoire ?

— C'est une possibilité à ne pas négliger.

— Mais elle ne peut pas traquer tout le monde.

— Comme je viens de vous le dire, monsieur, ces gens-là devraient faire attention. Au fait, Winston a téléphoné. Il l'a suivie en début de soirée. Elle est entrée dans une maison de Wandsworth. Ça avait l'air d'être un rendez-vous. Cette femme cache des mystères. »

Webberly avait attendu qu'en bonne logique Lynley passe de cette histoire de rendez-vous et de l'infidélité qu'elle supposait à sa propre infidélité. Mais il en fut pour ses frais. Au lieu de s'engager dans cette voie, Lynley dit :

« Nous sommes en train de passer son courrier électronique en revue et de reconstituer son cheminement sur Internet. Elle a reçu un message – le matin de sa mort, et elle l'a lu parce qu'on l'a retrouvé dans la poubelle – d'un certain *Jete* qui demandait à la voir. Et insistait pour la voir. Après toutes ces années. Ce sont les termes qu'il a employés.

— Un e-mail, dites-vous ?

— Oui. »

Lynley marqua une pause avant de poursuivre.

« La technologie me dépasse, monsieur. C'est Simon qui s'est chargé de faire les recherches sur son ordinateur. Il nous a communiqué tout son courrier et toute l'activité qu'elle a eue sur Internet.

— Simon ? Qu'est-ce que l'ordinateur d'Eugenie fabrique chez Saint James ? Bon sang, Tommy, vous auriez dû l'apporter directement...

— Oui, oui, je sais. Mais je voulais voir... »

Il hésita, puis se jeta à l'eau.

« Excusez-moi de vous poser cette question, monsieur. Mais est-ce que vous avez un ordinateur chez vous ?

— Randie a un portable.

— Y avez-vous accès ?

— Quand elle est à Londres. Le reste du temps, elle l'emporte avec elle à Cambridge. Pourquoi ?

— Je crois que vous savez pourquoi.

— Vous me soupçonnez d'être Jete ?

— "Après toutes ces années." J'essaierais plutôt de rayer Jete de la liste si c'est vous. Vous ne pouvez pas l'avoir tuée...

— Pour l'amour du ciel !

— Désolé. Mais il faut bien que cela soit dit. Vous ne pouvez pas l'avoir tuée car vous étiez chez vous avec deux douzaines de témoins en train de fêter votre anniversaire de mariage. Si c'est vous Jete, monsieur, j'aimerais le savoir. Ça m'évitera de perdre mon temps à retrouver la trace de cet homme.

— Cela pourrait être une femme, Tommy. "Après

toutes ces années." Le message pourrait émaner de Wolff.

— Possible. Mais ce n'est pas vous ?

— Non.

— Merci. C'est tout ce que j'ai besoin de savoir, monsieur.

— Vous êtes vite remonté jusqu'à nous. Eugenie et moi.

— Ce n'est pas moi. C'est Havers.

— Havers ? Comment diable… ?

— Eugenie avait gardé vos lettres. Dans un tiroir de sa chambre. Barbara est tombée dessus.

— Où sont-elles ? Les avez-vous données à Leach ?

— Je n'ai pas estimé qu'elles avaient un rapport avec notre affaire, monsieur. Le bon sens me dit qu'il ne faut pas écarter la possibilité qu'Eugenie Davies ait voulu parler de vous à Ted Wiley.

— Si elle voulait lui parler de moi, ce devait être pour lui avouer certains aspects de son passé avant d'entamer une nouvelle vie.

— Vous pensez qu'elle aurait voulu faire ça ?

— Oh oui, souffla Webberly. Ç'aurait été tout à fait son genre. »

Elle n'avait pas été élevée dans la religion catholique mais elle avait vécu en catholique avec l'intense sentiment de culpabilité et de remords qui allait de pair avec le catholicisme. C'était ainsi du moins qu'elle avait vécu à Henley. C'était certainement ainsi qu'elle devait envisager l'avenir.

Webberly prit soudain conscience qu'on lui poussait le coude doucement. Alf avait quitté son coussin déchiré près de la cuisinière pour le rejoindre, pressant le haut de sa tête contre le bras de son maître, sentant peut-être que ce dernier avait besoin de réconfort canin. La présence du chien rappela à Webberly qu'il n'avait pas encore fait faire sa promenade du soir au berger allemand.

Il monta voir Frances, poussé par un vague sentiment de culpabilité : il avait en effet passé les dernières

555

quarante-huit heures en pensée et en esprit – sinon physiquement – avec une autre. Sa femme était dans le lit conjugal, où elle ronflait doucement ; il se planta près d'elle pour l'observer. Le sommeil avait effacé les rides d'angoisse de son visage. S'il ne lui avait pas rendu la jeunesse, il lui conférait cet air désarmé qui ne l'avait jamais laissé indifférent. Combien de fois au fil des années s'était-il posté près de son épouse endormie en se demandant comment ils en étaient arrivés là ? Comment ils avaient fait pour traverser tant bien que mal les journées, les semaines et les mois sans jamais essayer de comprendre les désirs intérieurs qui les faisaient chanter dans leurs chaînes – visage levé vers le ciel – lorsqu'ils étaient seuls ? Mais la réponse à cette question, en ce qui le concernait, du moins, il l'eut lorsqu'il regarda la fenêtre avec ses rideaux étroitement tirés, sachant que, derrière, la vitre était fermée et que par terre il y avait une cheville de bois dont, par précaution supplémentaire, Frances se servait pour bloquer la fenêtre à guillotine les nuits où il n'était pas à la maison.

Dès le début ils avaient tous les deux eu peur. La seule différence, c'est que les craintes de Fran étaient plus facilement perceptibles à l'œil nu. Ses terreurs à elle l'avaient paralysé, exigeant de lui sans phrases mais avec éloquence qu'il lui soit fidèle, et ses propres craintes l'avaient lié à elle, car il était terrifié à l'idée de devoir devenir plus que ce qu'il avait été.

Un gémissement bas qui montait du pied de l'escalier arracha Webberly à ses pensées. Il rabattit la couverture sur l'épaule droite dénudée de sa femme, chuchota : « Dors bien, Frances », et quitta la pièce.

Alfie s'était approché de la porte d'entrée devant laquelle il s'était assis d'un air impatient. Il se releva tandis que Webberly allait dans la cuisine prendre sa veste et la laisse de l'animal. Il frétillait en tournicotant dans le vestibule lorsque Webberly revint et lui mit sa laisse.

Webberly avait l'intention de lui faire faire une promenade moins longue que d'habitude ce soir-là : ils iraient jusqu'à Palgrave Road, remonteraient Stamford Brook Road et regagneraient Palgrave en passant par Hartswood Road. Il était fatigué : il n'était pas d'humeur à suivre Alfie à travers le pré communal de Prebend Gardens. Il se dit que ce n'était pas gentil pour le berger allemand. Le chien était la patience, la tolérance et la fidélité incarnées, et tout ce qu'il exigeait pour prix de son dévouement, c'était de la nourriture, de l'eau et la possibilité de faire le fou deux fois par jour dans Prebend Gardens. Ce n'était guère demander. Mais ce soir Webberly n'en avait pas envie.

— Demain on restera deux fois plus longtemps dehors, Alf, dit-il au chien en se promettant de tenir parole.

Au coin de Stamford Brook Road, la circulation était plus fluide qu'aux autres heures de la journée mais ponctuée çà et là du bruit des bus et des voitures. Alf s'assit docilement comme on le lui avait appris. Mais alors que Webberly s'apprêtait à tourner à gauche au lieu de traverser pour rejoindre le jardin, Alfie ne bougea pas. Son regard naviguait de son maître à l'étendue de pelouse, d'arbres et de buissons de l'autre côté de la rue, et il fouettait le trottoir de sa queue.

— Demain, Alfie, lui dit Webberly. Demain on sortira deux fois plus longtemps. C'est promis. Allez, viens, le chien.

Et il tira sur la laisse.

Le chien se mit debout. Mais il jeta un tel regard au jardin par-dessus son épaule que Webberly se sentit incapable d'ignorer plus longtemps les désirs de l'animal.

— C'est bon, soupira-t-il. Mais juste une minute. Maman est toute seule et si elle se réveille et s'aperçoit qu'on a disparu, ça ne lui plaira pas.

Ils attendirent que le feu change de couleur, le chien agitait la queue et Webberly sentit son moral remonter en voyant l'animal si joyeux. Comme c'était facile, la vie d'un chien, se dit-il. Il en fallait vraiment peu pour les contenter.

Ils traversèrent et entrèrent dans le jardin dont la grille de fer encrassée de rouille automnale grinça. Une fois la grille refermée derrière eux, Webberly retira sa laisse à Alfie et à la lueur provenant d'un côté de Stamford Brook Road et de l'autre de South Side, il regarda le chien qui gambadait sur la pelouse.

Il n'avait pas pensé à apporter une balle mais le berger allemand ne parut pas contrarié pour autant. Il y avait toutes sortes d'odeurs nocturnes qui lui montaient aux narines pour le distraire.

Ils passèrent ainsi un quart d'heure, Webberly allant lentement du bord ouest au bord est du jardin. Le vent s'était levé quelque temps plus tôt, et il cacha ses mains dans ses poches, regrettant de n'avoir apporté ni gants ni écharpe.

Frissonnant, il avançait sur le sentier crissant qui longeait la pelouse. De l'autre côté des buissons et de la grille, la circulation filait en chuintant le long de Stamford Brook Road. C'était le seul bruit dans la nuit en dehors des craquements du vent dans les branches.

Arrivé au bout du jardin, Webberly sortit la laisse de sa poche et appela le chien qui, gambadant comme un agneau, était reparti pour un nouveau tour de pelouse. Il siffla et attendit que le chien-loup fasse au galop une dernière fois la longueur de la pelouse et revienne, masse heureuse et pantelante à la fourrure humide pleine de feuilles détrempées. Webberly ne put s'empêcher de rire à la vue de l'animal. La nuit était loin d'être terminée : Alf aurait besoin d'un bon coup de brosse de retour à la maison.

Il lui remit sa laisse. Après avoir franchi la grille, ils remontèrent l'avenue vers Stamford Brook Road, où un passage pour piétons permettait à ces derniers d'atteindre sans danger Hartswood. Ils avaient la priorité à cet endroit-là mais Alfie fit de nouveau ce qu'on lui avait appris : il s'assit et attendit que son maître donne le signal pour traverser.

Webberly attendit qu'il y ait un trou dans la circulation. Ce ne fut pas long car à cette heure le trafic était réduit. Après qu'un bus les eut dépassés bruyamment, le chien et lui descendirent du trottoir. Moins de trente mètres les séparaient du trottoir d'en face.

Webberly était un piéton prudent ; seulement l'espace d'un moment, son attention fut attirée par la boîte aux lettres de l'autre côté de la rue. Cette boîte datait du règne de la reine Victoria, et c'était là qu'il avait posté ses lettres à Eugenie au fil des années, y compris la dernière. Les yeux rivés sur la boîte, il se vit tel qu'il avait été d'innombrables matins, introduisant précipitamment sa missive dans la fente, jetant un coup d'œil par-dessus son épaule au cas – peu probable – où Frances l'aurait suivi. Perdu dans cette vision de lui-même – celle d'un homme poussé par l'amour et le désir à apostasier des vœux qui exigeaient de lui l'impossible –, il fut totalement pris au dépourvu. Ce fut l'affaire d'une seconde, pas davantage.

Sur sa droite, Webberly entendit gronder un moteur. Au même moment, Alfie se mit à aboyer. Puis Webberly sentit l'impact. Tandis que la laisse du chien lui était arrachée de la main, Webberly fut projeté contre la boîte aux lettres où il avait déversé des torrents d'amour.

Il reçut un coup violent à la poitrine.

Un rai de lumière lui perça les yeux tel un phare.

Et puis ce fut le trou noir.

GIDEON

23 octobre – 1 heure

J'ai encore fait un rêve. Je m'en suis souvenu à mon réveil. Assis dans mon lit, cahier sur les genoux, je griffonne un résumé des images que j'ai vues dans mon sommeil.

Je suis dans la maison de Kensington Square. Dans le salon. Je regarde des enfants qui jouent dans le jardin central et qui s'aperçoivent que je les observe. Ils me font signe de les rejoindre et je vois qu'un magicien en cape noire et haut-de-forme est venu les distraire. Il tire de leurs oreilles des colombes vivantes qu'il lance en l'air. J'ai envie d'être avec eux, j'ai envie que le magicien tire une colombe de mon oreille mais quand je vais à la porte du salon, je me rends compte qu'il n'y a pas de poignée, rien qu'un trou de serrure auquel je colle mon œil pour lorgner le hall d'entrée et la cage d'escalier.

Quand je regarde par ce trou de serrure – qui se révèle être plutôt un hublot –, je ne découvre pas ce à quoi je m'attendais mais la chambre de ma sœur. Et bien que la lumière soit vive dans le salon, il fait sombre dans cette chambre, comme si l'on avait fermé les rideaux pour la sieste.

J'entends pleurer de l'autre côté de la porte. Je sais que c'est Sonia mais je ne peux pas la voir. La porte se transforme soudain en un épais rideau que j'écarte pour passer, et je ne suis plus dans la maison mais dans le jardin de derrière.

Il est bien plus grand que dans la réalité, avec des arbres énormes, d'immenses fougères, et une cascade qui tombe dans un bassin lointain. Au milieu du bassin se dresse la cabane, celle-là même contre laquelle j'ai vu Katja et l'homme s'appuyer l'autre soir.

Dans le jardin, j'entends encore Sonia pleurer mais elle geint maintenant, elle pousse des cris, et je sais que je dois la trouver. Je suis entouré de broussailles qui s'épaississent à chaque instant, je lutte pour les traverser, j'écrase des feuilles et des lis en tentant de situer l'endroit d'où viennent les cris. Au moment où je pense en être proche, ils changent totalement de provenance et je dois tout recommencer.

J'appelle à l'aide : ma mère, Papa, Grand-mère, Grand-père. Mais personne ne vient. Quand j'arrive au bord du bassin, je vois deux personnes appuyées contre la cabane, un homme et une femme. Penché sur la femme, l'homme lui fait un suçon dans le cou, et Sonia continue à pleurer.

Je reconnais Libby à ses cheveux et, paralysé, je regarde l'homme que je ne parviens toujours pas à identifier lui téter le cou. Je les appelle, je leur demande de m'aider à trouver ma petite sœur. L'homme lève la tête en m'entendant et je découvre que c'est mon père.

Je me sens trahi, submergé de rage, incapable de bouger. Sonia pleure.

Puis Mère est auprès de moi, ou quelqu'un qui lui ressemble, qui a sa taille, sa silhouette et sa couleur de cheveux. Elle me prend la main et j'ai conscience que je dois l'aider parce que Sonia a besoin de nous pour la calmer et faire cesser ses cris, que la colère rend maintenant aigus, comme si elle faisait une crise de rage.

« Ce n'est rien, me dit la Mère. Elle a seulement faim, chéri. »

Nous la trouvons étendue sous une fougère, entièrement recouverte de feuilles. La Mère la prend et la presse contre sa poitrine. « Elle va téter, elle va se calmer. »

Mais Sonia ne se calme pas parce qu'elle ne peut pas téter. La Mère ne dénude pas ses seins pour elle, et même si elle le faisait, cela n'avancerait à rien car, en regardant ma sœur, je m'aperçois qu'un masque lui couvre le visage. J'essaie de l'ôter mais je n'y parviens pas, mes doigts glissent. La Mère ne remarque rien et je n'arrive pas à lui faire baisser les yeux vers ma sœur, et je suis incapable, *incapable*, d'enlever le masque qu'elle porte, malgré mes efforts désespérés.

Je demande à la Mère de m'aider mais cela ne sert à rien parce qu'elle ne regarde même pas Sonia. Je retourne en courant chercher de l'aide au bassin, et quand j'arrive au bord, je glisse, je tombe, je tourne et je tourne sous l'eau sans pouvoir respirer.

C'est à ce moment là que je me suis réveillé.

J'avais le cœur battant. J'avais l'impression de sentir véritablement l'adrénaline parcourir mes veines. Ecrire ce résumé a calmé mes battements de cœur mais je ne compte pas pouvoir me rendormir cette nuit.

Libby n'est pas avec vous ? voulez-vous savoir.

Non. Elle n'est pas rentrée de l'endroit, quel qu'il soit, où elle s'est précipitée à la vitesse du son quand, revenant du cabinet de Cresswell-White, nous avons trouvé mon père qui nous attendait à la maison.

Vous vous faites du souci pour elle ?

Je devrais ?

Personne ne doit jamais rien, Gideon.

Moi si, Dr Rose. Je devrais me souvenir de plus de choses. Je devrais être capable de jouer de mon instrument. Je devrais être capable de faire entrer une femme dans ma vie et de partager quelque chose avec elle sans craindre de tout perdre.

Perdre quoi ?

Ce qui m'empêche de tomber en morceaux, pour commencer.

Vous avez besoin qu'on vous empêche de tomber en morceaux, Gideon ?

C'est l'impression que j'ai.

23 octobre

Raphael a rempli son devoir quotidien envers moi aujourd'hui, mais au lieu de rester dans le salon de musique à attendre qu'un miracle se produise, nous sommes allés à pied à Regent's Park et nous nous sommes promenés dans le zoo. Un gardien arrosait un des éléphants avec un jet d'eau et nous nous sommes arrêtés devant l'enclos pour regarder les rideaux liquides cascader sur le flanc de l'énorme créature. Le long de la colonne vertébrale de l'animal, des touffes de poils se hérissaient quand l'eau les touchait et l'éléphant faisait passer son poids d'une patte à l'autre comme pour garder l'équilibre.

« Ils sont étranges, non ? a commenté Raphael. On s'interroge sur le dessein qui a présidé à sa création. Quand je vois une bizarrerie biologique comme ça, je regrette toujours de ne pas en savoir plus sur l'évolution. Comment, par exemple, la vie a créé quelque chose comme l'éléphant à partir du chaos originel primordial.

— Il pense probablement la même chose de nous. » Dès l'arrivée de Raphael, j'avais remarqué qu'il était résolument de bonne humeur. C'était lui qui avait proposé que nous sortions de la maison pour respirer l'air douteux de la ville, et les odeurs plus douteuses encore du zoo, où l'atmosphère empestait l'urine et le foin. Cela m'a conduit à me demander ce qui se passait. J'ai soupçonné derrière tout cela la main de mon père. « Faites-le sortir de cette maison », avait-il probablement ordonné.

Et quand Père ordonnait, Raphael obéissait.

C'était la raison pour laquelle il était resté si longtemps mon professeur : il tenait les rênes de ma formation musicale, Papa celles du reste de ma vie, et Raphael avait toujours accepté ce partage de leurs responsabilités envers moi.

Devenu adulte, j'aurais naturellement pu choisir de remplacer Raphael par quelqu'un d'autre pour m'accompagner dans mes tournées de concerts – en plus de Papa, bien sûr – et participer à mes exercices quotidiens au violon. Mais à ce stade, après plus de deux décennies de cours, de coopération et d'association, chacun de nous connaît si bien la façon de vivre et de travailler de l'autre qu'il n'a jamais été envisagé de faire appel à un tiers. En outre, quand j'étais capable de jouer, j'aimais jouer avec Raphael Robson. Il avait – il a encore – une technique remarquable. Il lui manque une étincelle, un peu de passion en plus qui l'aurait contraint depuis longtemps à vaincre son trac et à jouer en public, sachant que jouer, c'est forger un lien avec le public, ce qui complète le quadrinôme compositeur-musique-auditeur-interprète. Mais hormis cette étincelle, le talent et l'amour sont là, ainsi qu'une extraordinaire capacité à instiller la technique par une série de critiques, d'ordres, d'ajustements et d'instructions compréhensibles pour l'artiste néophyte, et infiniment précieux pour le violoniste reconnu qui cherche à améliorer son jeu. Je n'ai donc jamais songé à remplacer Raphael, malgré l'obéissance – et la haine – qu'il voue à mon père.

J'ai probablement toujours senti leur antipathie mutuelle, même si je ne la voyais jamais se manifester ouvertement. Ils s'entendaient malgré leur aversion l'un pour l'autre, et ce n'est que plus tard, quand cela leur est devenu si difficile de la *cacher*, que j'ai été amené à me demander ce qui l'avait fait naître.

La réponse logique, c'était ma mère : à cause des sentiments que Raphael éprouvait peut-être pour elle. Mais cela expliquait uniquement pourquoi Raphael détestait mon père, qui possédait ce que Raphael aurait voulu avoir pour lui. Cela n'expliquait pas la haine de mon père pour Raphael. Il devait y avoir autre chose.

Peut-être venait-elle de ce que Raphael pouvait vous donner ? me proposez-vous comme hypothèse.

Certes, mon père ne jouait d'aucun instrument, mais je crois que leur aversion avait une cause plus fondamentale, plus atavique.

Quand nous avons quitté les éléphants pour chercher les koalas, j'ai dit à Raphael : « On t'a demandé de me faire sortir de la maison, aujourd'hui. »

Il n'a pas nié. « Il pense que tu vis trop dans le passé et que tu fuis le présent.

— Et toi, qu'est-ce que tu en penses ?

— Je fais confiance au Dr Rose. Du moins au Dr Rose père. Je suppose que la fille discute du cas avec lui. »

Il m'a coulé un regard nerveux en prononçant le mot *cas*, qui me réduisait à un phénomène qui figurerait sans nul doute un jour dans une revue psychiatrique, mon nom demeurant scrupuleusement tu mais tout le reste de l'article me désignant comme le patient par des flèches fluorescentes.

« Il a une longue expérience du genre de chose que tu vis en ce moment, et cela compte sûrement pour sa fille.

— Quel genre de chose je vis en ce moment, d'après toi ?

— Je sais comment elle appelle ça. Une histoire d'amnésie.

— Papa t'en a parlé ?

— C'est normal, non ? Je suis aussi impliqué que quiconque dans ta carrière.

— Mais tu ne crois pas à cette histoire d'amnésie, n'est-ce pas ?

— Gideon, ce n'est pas à moi de croire ou de ne pas croire. »

Il m'a conduit à l'enclos des koalas, où des branches entrecroisées fichées dans le sol servaient de substitut aux eucalyptus et où une fresque peinte sur un haut mur rose figurait la forêt dans laquelle ces bêtes auraient vécu dans la nature. Un seul animal tout petit dormait dans le V de deux des branches, près d'un seau contenant les feuilles dont il était censé se nourrir. Dessous, le sol de la forêt était en béton, et n'offrait au koala ni broussailles, ni distractions, ni jouets. Il n'avait aucun compagnon non plus pour briser sa solitude, rien que les visiteurs qui sifflaient et l'appelaient, frustrés qu'un animal nocturne par nature ne s'adapte pas à leurs horaires.

En regardant ce tableau, j'ai senti un poids peser sur mes épaules.

« Mais pourquoi les gens vont-ils au zoo ?

— Pour se rappeler leur liberté.

— Pour se réjouir de leur supériorité.

— Aussi, je suppose. Après tout, c'est nous qui, en tant qu'êtres humains, détenons les clés.

— Ah, ai-je fait. Je me doutais bien que cette balade à Regent's Park n'avait pas uniquement pour objectif de me faire prendre l'air. Je ne t'ai jamais vu t'intéresser aux animaux ou à la marche. Alors, qu'est-ce que papa t'a dit ? "Faites-lui comprendre qu'il ne connaît pas son bonheur. Montrez-lui à quel point la vie peut être moche."

— Il y a des endroits pires que le zoo, si c'était son intention.

— Alors quoi ? Et ne me dis pas que l'idée du zoo est de toi.

— Tu broies du noir. Ce n'est pas sain. Il le sait. » J'ai eu un rire sans joie.

« Parce que c'est sain, ce qui m'est arrivé ?

— Nous ne savons pas ce qui t'est arrivé. Nous ne pouvons que faire des suppositions. Et cette histoire d'amnésie en est une : une supposition éclairée.

— Alors il t'a embarqué dans l'affaire. Je n'aurais pas cru que ce soit possible, compte tenu de l'état antérieur de vos relations. »

Raphael gardait les yeux sur le pauvre koala, boule de fourrure immobile dans la fourche des branches qui se faisaient passer pour un arbre de sa terre natale.

« Mes relations avec ton père ne te concernent pas »,

a-t-il répliqué d'un ton ferme, mais les petites pointes de sueur – toujours sa Némésis – ont perlé à son front. Dans deux minutes, il aurait le visage ruisselant et utiliserait son mouchoir pour l'essuyer.

« Tu étais dans la maison le soir de la mort de Sonia, ai-je rappelé. Papa me l'a dit. Tu étais au courant de tout depuis le début. Ce qui s'est passé, ce qui a conduit à sa mort et ce qui l'a suivie.

— Allons prendre un thé », a proposé Raphael.

Nous sommes allés au restaurant de Barclays Court, bien qu'un kiosque vendant des boissons chaudes et froides eût aussi bien fait l'affaire. Il n'a pas soufflé mot avant d'avoir longuement étudié le menu quelconque – rien que des grillades – puis commandé une théière de darjeeling et un petit pain brioché grillé à une serveuse d'âge mûr portant des lunettes rétro.

« Bien, monsieur », a-t-elle dit et elle a attendu ma commande en tapotant de son crayon sur son carnet. Quoique n'ayant pas faim, j'ai demandé la même chose.

Comme ce n'était pas l'heure du repas, il y avait peu de clients dans le restaurant, et aucun près de notre table. Nous étions assis devant une fenêtre et Raphael a tourné son attention vers la rue, où un homme s'escrimait à dégager une couverture prise dans les roues d'une poussette tandis qu'une femme, un bambin sur le bras droit, gesticulait du gauche en lui assenant ses instructions.

« Dans mon souvenir, Sonia est morte le soir, ai-je repris. Mais dans ce cas, qu'est-ce que tu faisais à la maison ? Papa m'a dit que tu étais là.

— Elle est morte en fin d'après-midi, vers cinq heures et demie, six heures. J'étais resté pour donner quelques coups de téléphone.

— D'après papa, tu essayais probablement de joindre Juilliard.

— Je voulais que tu sois en mesure de suivre les cours tout de suite après leur offre. C'était inconcevable pour moi qu'on puisse envisager de refuser la proposition de Juilliard…

— Comment avaient-ils entendu parler de moi ? J'avais donné quelques concerts mais je ne me rappelle pas avoir présenté ma candidature. Je me souviens seulement d'avoir été invité à aller là-bas.

— Je leur avais écrit. J'avais envoyé des enregistrements. Des critiques. Une émission que *Radio Times* t'avait consacrée. Ils ont été intéressés et ont suggéré que tu fasses acte de candidature. J'ai rempli le formulaire.

— Papa le savait ? »

Des gouttes de transpiration ont de nouveau parsemé son front et il a pris cette fois une des serviettes de la table pour l'éponger.

« Je voulais présenter la chose comme un fait accompli, parce que je pensais qu'avec l'invitation en main, j'obtiendrais l'autorisation de ton père.

— Mais nous n'avions pas l'argent nécessaire », ai-je conclu d'un ton lugubre.

Curieusement, pendant un court instant, je l'ai sentie de nouveau, cette déception cuisante, proche de la rage, de savoir, à huit ans, que je n'avais pas et n'aurais jamais accès à Juilliard pour une question d'argent, parce que dans l'existence que nous menions, il n'y avait jamais assez d'argent pour vivre.

Raphael m'a alors surprise en rectifiant :

« L'argent n'a jamais été le problème. Nous aurions fini par le trouver. Je n'en ai jamais douté. Et ils nous avaient offert une bourse pour ta formation. Mais ton père n'a pas voulu entendre parler de ton départ. Pas question de séparer la famille. Supposant qu'il se souciait avant tout de ne pas quitter ses parents, j'ai proposé de t'emmener moi-même à New York, ce qui aurait permis à tous les autres de rester ici à Londres, mais il a refusé cette solution aussi.

— Ce n'était pas une question financière ? J'avais cru que…

— Non. En dernière instance, non. »

Je devais avoir l'air troublé par cette information car Raphael s'est empressé d'ajouter :

« Ton père estimait que tu n'avais pas besoin de Juilliard, Gideon. Un compliment pour nous deux, je suppose. Il pensait que tu pouvais recevoir la formation dont tu avais besoin ici même, à Londres, et que tu réussirais sans passer par New York. Le temps lui a donné raison. Regarde ce que tu es devenu.

— Oui, ça vaut le coup d'œil », ai-je ironisé, Raphael tombant dans la trappe où j'avais moi-même dégringolé.

Regardez ce que je suis devenu, Dr Rose, pitoyablement affalé sur la banquette de mon salon de musique où la dernière chose que l'on fait, c'est de la musique. Cela définit parfaitement ma vie. Je gribouille des pensées au hasard dans une tentative – à laquelle je ne crois pas tout à fait – pour me remémorer des détails que mon subconscient a jugé préférable d'oublier. Et je découvre maintenant que certains des détails que j'arrive à extirper de ma mémoire – l'invitation de Juilliard et ce qui m'a empêché de l'accepter – ne sont même pas exacts. Si c'est le cas, à quoi puis-je me fier, Dr Rose ?

Vous le saurez bien, répondez-vous tranquillement.

Mais je vous demande comment vous pouvez en être aussi sûre. Les faits qui constituent mon passé ressemblent de plus en plus pour moi à des cibles mouvantes et défilent sur un arrière-plan de visages que je n'ai pas vus depuis des années. Alors, est-ce la réalité, Dr Rose, ou simplement ce que je souhaite qu'elle soit ?

« Raconte-moi ce qui s'est passé quand Sonia est morte, ai-je demandé à Raphael. Ce soir-là. Cet après-midi-là. Que s'est-il passé ? Faire parler mon père à ce sujet… »

J'ai secoué la tête. La serveuse est revenue avec le thé et les petits pains posés sur un plateau peint, comme les murs du zoo, pour ressembler à autre chose, à du bois en l'occurrence. Elle a disposé tasses, soucoupes, assiettes, théières, et j'ai attendu qu'elle soit repartie pour poursuivre :

« Il ne dit pas grand-chose. Si je veux parler de musique, du violon : très bien. C'est un progrès. Si je vais dans une autre direction... Il suit, mais c'est l'enfer pour lui, je le vois bien.

— Ça a été l'enfer pour tout le monde.

— Katja Wolff comprise ?

— Son enfer a commencé après, dirais-je. Elle ne s'attendait sûrement pas à ce que le juge assortisse la sentence d'une peine incompressible de vingt ans.

— C'est pour ça qu'au procès... J'ai lu qu'elle s'est levée d'un bond et qu'elle a tenté de faire une déclaration dès que le verdict a été prononcé.

— Vraiment ? Je l'ignorais. Je n'étais pas au tribunal le dernier jour, j'en avais assez.

— Tu l'avais pourtant accompagnée au poste. Au début. Une photo vous montre tous les deux au moment où vous en sortez.

— Simple coïncidence. Tout le monde y est passé à un moment ou à un autre pour être interrogé. La plupart d'entre nous plus d'une fois.

— Sarah-Jane Beckett aussi ?

— Je pense, oui. Pourquoi ?

— J'ai besoin de la voir. »

Raphael avait beurré son petit pain et le portait à sa bouche, mais au lieu de mordre dedans, il m'a regardé par-dessus.

« A quoi ça t'avancera, Gideon ?

— C'est simplement la direction dans laquelle je pense devoir aller. Et c'est ce que le Dr Rose m'a suggéré : suivre mon instinct, chercher des connexions, essayer de trouver tout ce qui pourrait ouvrir la porte aux souvenirs.

— Ton père ne sera pas ravi.

— Alors vas-y, appelle-le. »

Raphael a avalé une bouchée substantielle de son petit pain, sans nul doute pour dissimuler sa contrariété d'avoir été percé à jour. Mais ne devait-il pas s'attendre à ce que je les soupçonne, mon père et lui, d'avoir des conversations quotidiennes sur mes progrès ou mon absence de progrès ? Ce sont après tout les deux personnes les plus concernées par ce qui m'arrive, et Libby et vous mises à part, Dr Rose, les deux seules qui connaissent l'étendue de mes problèmes.

« Qu'est-ce que tu comptes tirer d'une rencontre avec Sarah-Jane Beckett, à supposer que tu puisses la retrouver ?

— Elle vit à Cheltenham. Depuis des années. Elle m'envoie une carte pour mon anniversaire et à Noël. Pas à toi ?

— D'accord, elle vit à Cheltenham, a soupiré Raphael, esquivant ma question. Mais en quoi pourrait-elle t'aider ?

— Je ne sais pas. Elle pourrait peut-être me dire pourquoi Katja Wolff est restée muette sur ce qui s'est passé.

— Elle avait le droit de garder le silence, Gideon. »

Il a reposé son petit pain sur son assiette et pris sa tasse à deux mains, comme pour les réchauffer.

« Au tribunal, oui. Avec la police, oui. Mais avec ses avocats ? Pourquoi ne rien leur dire ?

— Son anglais n'était pas très bon. Elle a peut-être mal compris quand on lui a expliqué qu'elle avait le droit de garder le silence.

— Ça me fait penser à autre chose que je ne comprends pas. Puisqu'elle était étrangère, pourquoi a-t-elle purgé sa peine en Angleterre ? Pourquoi ne l'a-t-on pas renvoyée en Allemagne ?

— Elle s'est battue devant les tribunaux pour ne pas être extradée, et elle a gagné.

— Comment le sais-tu ?

— Comment aurais-je pu ne pas le savoir ? C'était dans tous les journaux, à l'époque. Les médias décortiquaient la moindre de ses manœuvres juridiques derrière les barreaux. C'était une sale affaire, Gideon. Une affaire épouvantable. Elle a détruit tes parents, elle a tué tes grands-parents en moins de trois ans, et elle t'aurait peut-être anéanti également si tous les efforts n'avaient été faits pour te garder en dehors. Alors tout exhumer maintenant… après des années… »

Il a reposé sa tasse, l'a remplie de nouveau et a fait remarquer :

« Tu n'as pas touché à ton petit pain.

— Je n'ai pas faim.

— A quand remonte ton dernier repas ? Tu as une mine affreuse. Mange ton petit pain. Ou bois ton thé, au moins.

— Raphael, et si Katja Wolff n'avait pas tué Sonia ? »

Il s'est accordé le temps d'ajouter du sucre et du lait dans sa tasse avant de répondre :

« Dans ce cas, son silence serait incompréhensible.

— Elle craignait peut-être que la police ne déforme ses propos. Ou le procureur, si elle avait déposé comme témoin.

— Le risque était réel de ce côté, a-t-il reconnu. Mais ses défenseurs n'auraient sûrement pas dénaturé ses déclarations si elle avait jugé bon d'en faire.

— C'est mon père qui l'avait mise enceinte ? »

Par la fenêtre, Raphael a regardé la rue, où le couple avait déchargé de la poussette un sac, deux biberons et un paquet de couches. L'homme a posé la poussette sur le flanc et s'est attaqué à la roue, de la pointe de sa chaussure.

« Cela n'a rien à voir avec le problème, a-t-il assuré, et je savais qu'il ne parlait pas de la couverture qui empêchait toujours la poussette de rouler.

— Qu'est-ce que tu en sais ? Il l'a engrossée ? C'est ce qui a détruit le couple de mes parents ?

— Il n'y a que les membres d'un couple qui peuvent dire ce qui l'a détruit.

— D'accord. C'est juste. Mais quant au reste ? Il a mis Katja enceinte ?

— Qu'est-ce qu'il en dit ? Tu lui as posé la question ?

— Il dit que non. Mais qu'est-ce que tu veux qu'il dise ?

— Tu l'as, ta réponse.

— Qui, alors ?

— Peut-être le pensionnaire. James Pitchford était amoureux d'elle. Le jour où elle a pénétré dans la maison de tes parents, il a eu le coup de foudre et il ne s'en est jamais remis.

— Mais je croyais que James et Sarah-Jane... Je me souviens d'eux ensemble, James le pensionnaire et Sarah-Jane. Je les voyais par la fenêtre s'éloigner de la maison, le soir. Je les entendais murmurer dans la cuisine, comme des amoureux.

— C'était avant Katja, je suppose.

— Pourquoi ?

— Parce qu'après son arrivée James passait presque tout son temps libre avec elle.

— Alors Katja a remplacé Sarah-Jane à plus d'un titre.

— Tu peux le dire, oui, et je vois où tu veux en venir. Mais elle était avec James Pitchford quand Sonia est morte. Il l'a confirmé. Il n'avait aucune raison de mentir. S'il avait menti pour quelqu'un, à l'époque, ç'aurait été pour la femme qu'il aimait. En fait, si Sarah-Jane n'avait pas été avec lui quand Sonia a été assassinée, il aurait volontiers fourni à Katja un alibi grâce auquel elle serait simplement apparue coupable de négligence dans ses fonctions, et donc responsable d'une mort tragique, mais pas d'un meurtre.

— Et c'était un meurtre, en l'occurrence, ai-je dit d'un ton pensif.

— Une fois tous les faits articulés, oui. »

GIDEON

25 octobre

Une fois les faits articulés, a dit Raphael Robson. Et c'est ce que je cherche, non ? Une articulation exacte des faits.

Vous ne répondez pas. Vous gardez un visage impassible comme on vous a certainement appris à le faire lorsque vous étiez interne en psychiatrie, ou je ne sais quoi, pendant vos études, et vous attendez que je vous explique pourquoi j'ai viré si résolument dans cette direction. Voyant votre mine, je bredouille et, bredouillant, je m'interroge. J'examine les raisons qui ont pu m'inciter à ce « déplacement » – comme vous diriez – et j'avoue toutes mes peurs.

Quelles sont vos peurs ? demandez-vous.

Vous les connaissez, Dr Rose.

Je soupçonne, dites-vous, je spécule et je m'interroge, mais je ne sais pas. Vous êtes le seul à savoir, Gideon.

D'accord. Je l'admets. Et pour vous montrer que je l'admets de grand cœur, je les énumère pour vous : peur de la foule, peur d'être pris au piège dans le métro, peur des excès de vitesse, terreur totale des serpents.

Des peurs assez courantes, faites-vous observer.

Comme la peur de l'échec, la peur d'être désavoué par mon père, la peur des espaces clos...

Là, vous haussez un sourcil, rupture momentanée de votre impassibilité.

Oui, j'ai peur d'être enfermé et je vois le rapport avec mon problème de relations, Dr Rose. J'ai peur d'être étouffé par quelqu'un, et cette peur indique en soi une peur plus générale d'avoir des rapports intimes avec une femme. Avec qui que ce soit, en fait. Mais ce n'est pas nouveau pour moi. J'ai eu des années pour réfléchir à ma liaison avec Beth – comment, pourquoi et à quel moment elle a volé en éclats – et croyez-moi, j'ai eu amplement l'occasion de ruminer mon manque de réaction avec Libby. Donc, si je connais et avoue mes peurs, si je les sors au grand jour et les secoue comme des chiffons à poussière, comment pouvez-vous, comment Papa ou qui que ce soit d'autre peut-il m'accuser de les déplacer sur un intérêt malsain pour la mort de ma sœur, pour ce qui a conduit à la mort de ma sœur, pour le procès qui a suivi et pour ce qui s'est passé après ce procès ?

Je ne vous accuse de rien, Gideon, dites-vous en joignant les mains sur votre giron. Mais ne seriez-vous pas en train de vous accuser vous-même ?

De quoi ?

Vous pouvez peut-être me le dire.

Oh, je vois votre jeu. Et je sais où vous voulez me mener. C'est là que tout le monde veut me mener, tout le monde sauf Libby, j'entends. Vous voulez que j'en vienne à la musique, Dr Rose. Que j'en parle, que je creuse le sujet.

Uniquement si vous en avez envie, dites-vous.

Et si je n'en ai pas envie ?

Nous pourrions essayer de savoir pourquoi.

Vous voyez ? Vous cherchez à me piéger. Si vous réussissez à me faire reconnaître…

Quoi ? me demandez-vous quand j'hésite à poursuivre, et votre voix est douce comme du duvet d'oie. Restez sur la peur, me dites-vous. La peur n'est qu'un sentiment, ce n'est pas un fait.

Mais le fait est que je suis incapable de jouer. Et c'est de la musique que j'ai peur.

De toute la musique ?

Oh, vous connaissez la réponse, Dr Rose. Vous savez que j'ai peur d'un morceau en particulier. Vous savez que *L'Archiduc* hante ma vie. Vous savez qu'une fois que Beth avait proposé de l'inscrire à notre programme, je ne pouvais refuser. Précisément parce que c'était elle et non Sherrill qui en avait fait la suggestion. Si ç'avait été Sherrill, j'aurais pu répondre par un « Choisis autre chose », sans réfléchir, parce que si Sherrill lui-même n'a pas de « bête noire » en musique et aurait donc pu contester mon refus de *L'Archiduc*, il a un tel talent que passer d'un morceau à un autre est pour lui si simple que discuter de ce changement lui aurait coûté plus d'énergie qu'il ne souhaitait en dépenser sur la question. Mais Beth n'est pas comme Sherrill, Dr Rose. Beth avait préparé *L'Archiduc*, elle aurait objecté à mon refus. Et peut-être lié mon incapacité à jouer *L'Archiduc* à cette autre incapacité plus grave qu'elle n'avait que trop bien connue chez moi autrefois. Je n'ai donc pas sollicité un autre choix de morceau. J'ai décidé d'attaquer ma bête noire de front. Et, mis à l'épreuve de cette confrontation, j'ai échoué.

Et avant ? demandez-vous.

Avant quoi ?

Avant le concert à Wigmore Hall. Vous devez avoir répété.

Bien sûr.

Et vous avez joué le morceau ?

Trois musiciens ne peuvent guère donner un concert public si l'un d'eux...

Vous l'avez joué sans difficulté ? Aux répétitions ?

Je ne l'ai jamais joué sans difficulté, Dr Rose. Ni seul ni aux répétitions. Je ne l'ai jamais joué sans avoir le trac, sans brûlures dans le ventre, sans coups de marteau dans la tête, sans une nausée qui me tient agrippé aux toilettes pendant une heure, et je ne l'ai même pas interprété en public.

576

Et le soir du concert à Wigmore ? me demandez-vous. Avez-vous eu la même réaction à *L'Archiduc* avant Wigmore Hall ?

J'hésite.

Je vois votre regard étinceler d'intérêt devant mon hésitation. Vous évaluez, soupesez : me pousser dans mes retranchements ou attendre que ma prise de conscience et mes aveux viennent à leur heure ?

Parce que je n'ai pas souffert *avant* le concert.

Et je n'avais pas réfléchi à ce fait avant maintenant.

26 octobre

Je suis allé à Cheltenham, où Sarah-Jane Beckett est devenue Sarah-Jane Hamilton depuis douze ans. Elle n'a pas beaucoup changé physiquement : elle a pris un peu de poids mais n'a toujours pas de poitrine, et ses cheveux sont aussi roux que lorsque nous faisions partie de la même maisonnée. La coiffure est d'un autre style – elle les écarte maintenant de son visage à l'aide d'un bandeau – mais ils sont toujours raides comme des baguettes.

Ce que j'ai tout de suite remarqué de différent en elle, c'est sa façon de s'habiller. Elle a renoncé au type de robe qu'elle portait quand elle était ma préceptrice – grand col et dentelle, si je me souviens bien – pour passer à la jupe, au twin-set et aux perles. J'ai noté ensuite qu'elle n'a plus les ongles rongés jusqu'à l'os, avec des cuticules mordillées, mais qu'elle les porte longs et brillants de vernis pour mieux exhiber un saphir et un diamant de la taille d'un petit pays africain. J'ai remarqué ses ongles parce que pendant toute ma visite elle n'a cessé d'agiter les mains en parlant, comme pour me montrer à quel point elle avait progressé sur la route du bonheur.

La clé de ce bonheur n'était pas là quand je suis arrivé à Cheltenham. Dans le jardin devant sa maison – située dans un quartier chic dont les résidants semblent avoir un penchant pour les Mercedes et les Range Rover –, Sarah-Jane, juchée sur un escabeau, un gros sac à la main, remplissait de graines une immense mangeoire à oiseaux. Ne voulant pas la faire sursauter, je n'ai rien dit avant qu'elle soit descendue, qu'elle ait remis de l'ordre dans son twin-set et tapoté sa poitrine pour s'assurer que les perles y étaient toujours. C'est alors que je l'ai appelée, et après m'avoir accueilli avec surprise et plaisir, elle m'a annoncé que Perry – son époux et pourvoyeur de largesses – était en voyage d'affaires à Manchester et serait déçu de découvrir à son retour qu'il avait manqué ma visite.

« Il a beaucoup entendu parler de toi, toutes ces années, a-t-elle ajouté. Mais je pense qu'il n'a jamais cru que je te connaissais vraiment. » Sur ce, elle est partie d'un petit rire musical qui m'a mis terriblement mal à l'aise, je ne saurais vous dire pourquoi, si ce n'est que ce genre de rire ne me paraît jamais sincère. « Entre. Entre donc, m'a-t-elle invité. Tu veux un café ? Un thé ? Un verre ? »

Elle m'a précédé dans la maison où tout était d'un goût si parfait que seul un décorateur avait pu parvenir à ce résultat : le mobilier adéquat, les couleurs adéquates, les objets d'art adéquats, un éclairage subtil et flatteur, une touche de simplicité dans le choix minutieux des photos de famille. En allant préparer le café, elle a saisi une des photos et me l'a lancée. « Perry, a-t-elle précisé. Ses filles et les nôtres. Les siennes sont chez leur mère la plupart du temps. Nous les avons un week-end sur deux. Même chose pour les vacances scolaires. La famille britannique moderne, tu vois. » De nouveau le petit rire, avant de disparaître derrière une porte menant, ai-je supposé, à la cuisine.

Resté seul, j'ai contemplé le portrait de famille. Perry, absent mais assis, était entouré de cinq femmes : son épouse, assise près de lui, les deux filles aînées derrière lui, chacune posant une main sur une épaule du père, une fille plus jeune s'appuyant contre Sarah-Jane, et la dernière – plus jeune encore – sur les genoux de Perry. Le visage de celui-ci reflétait la satisfaction que donne à un homme – je ne peux que le supposer – une progéniture réussie. Les deux grandes paraissaient mortes d'ennui, les plus jeunes charmantes et Sarah-Jane extrêmement contente.

Elle est revenue de la cuisine au moment où je replaçais la photo sur la table où elle l'avait prise. « Être une belle-mère, ça ressemble à l'enseignement : il faut constamment encourager sans jamais avoir le droit de dire ce qu'on pense vraiment. Et il faut toujours batailler avec les parents, en l'occurrence leur mère. Elle boit...

— C'était comme ça avec moi ?

— Grands dieux non, ta mère ne buvait pas.

— Je parle du reste : ne jamais pouvoir dire ce qu'on pense.

— On apprend à être diplomate. C'est mon Angelique, a-t-elle dit en désignant l'enfant assise sur les genoux de Perry. Et là, Anastasia. Elle a un certain talent pour la musique, elle aussi. »

J'ai attendu qu'elle me présente les aînées, mais comme elle n'en faisait rien, j'ai posé l'incontournable question du choix de l'instrument d'Anastasia. La harpe, m'a-t-elle répondu. Tout à fait adapté, ai-je pensé. Sarah-Jane avait toujours eu un air Régence, comme si elle avait été un personnage sorti d'un roman de Jane Austen, davantage faite pour écrire des lettres, broder ou peindre d'innocentes aquarelles que pour mener l'existence trépidante des femmes d'aujourd'hui. Je ne pouvais pas davantage imaginer Sarah-Jane Beckett Hamilton faisant son jogging dans Regent's Park, un portable à l'oreille, que je ne la voyais combattant un incendie, extrayant du charbon d'une mine ou disputant la Fastnet Race à bord d'un yacht. Orienter son aînée vers la harpe plutôt que vers la guitare électrique constituait pour elle un acte parental logique et je ne doutais pas qu'elle l'eût accompli habilement une fois que l'enfant avait décidé qu'elle voulait jouer d'un instrument.

« Bien sûr, on ne peut pas la comparer à toi, a-t-elle poursuivi en me présentant une autre photo, Anastasia à sa harpe, les bras levés avec grâce pour que ses mains – malheureusement courtaudes, comme celles de sa mère – puissent pincer les cordes. Mais elle ne joue pas mal. J'espère que tu l'entendras un jour. Quand tu auras le temps, bien sûr. (Elle me gratifia une troisième fois des trilles de son rire.) Je regrette tellement que Perry ne soit pas là pour faire ta connaissance, Gideon. Tu es ici pour un concert ? »

Je lui ai répondu que je n'étais pas là pour un concert mais je n'ai rien ajouté. Elle n'avait manifestement rien lu sur l'incident de Wigmore Hall, et moins je m'attarderais sur ce terrain avec elle, mieux je me sentirais. Je lui ai dit que j'étais venu pour lui parler de la mort de ma sœur et du procès qui avait suivi.

« Ah, a-t-elle fait. Oui. Je vois. »

Elle s'est assise sur un canapé rebondi couleur d'herbe fraîchement coupée et m'a indiqué un fauteuil dont le tissu représentait une scène de chasse automnale avec chiens et cerf aux tons discrets.

J'ai attendu la série de questions logiques : *Pourquoi ? Pourquoi maintenant ? Pourquoi déterrer le passé, Gideon ?* Mais elles ne sont pas venues, ce que j'ai trouvé curieux. Au lieu de m'interroger, Sarah-Jane s'est installée calmement, les jambes croisées aux chevilles, les mains l'une sur l'autre – celle au saphir pardessus – avec une expression attentive et pas le moins du monde sur ses gardes, comme je m'y attendais.

« Qu'est-ce que tu veux savoir ?

— Tout ce que vous pourrez me dire. Au sujet de Katja, surtout. Le genre de fille qu'elle était, comment c'était de vivre sous le même toit qu'elle.

— Oui. Bien sûr », a répondu Sarah-Jane. Elle a tranquillement rassemblé ses esprits et a fini par déclarer :

« Dès le début, c'était évident que la fonction de nurse de ta sœur ne lui convenait pas. Tes parents avaient commis une erreur en l'engageant mais ils ne s'en sont aperçus que lorsqu'il était trop tard.

— On m'a dit qu'elle avait de l'affection pour Sonia.

— De *l'affection*, oui. C'était très facile d'avoir de l'affection pour elle. Sonia était un petit être fragile – pleurnicheuse, certes, mais quel enfant ne l'aurait été dans son état ? –, infiniment doux et adorable. D'ailleurs qui n'a pas d'affection pour un bébé ? Mais Katja avait d'autres projets en tête, et ils faisaient obstacle à son dévouement pour Sonia. Et c'est du dévouement qu'il faut avec les enfants, Gideon. L'affection ne permet pas d'affronter les crises de larmes ou d'entêtement.

— Quel genre de projets ?

— S'occuper d'enfants ne l'intéressait pas. Ce n'était pour elle qu'un moyen pour parvenir à ses fins. Elle voulait être styliste – Dieu sait pourquoi, vu les ensembles bizarres qu'elle réalisait pour elle – et avait l'intention de rester au service de tes parents juste assez longtemps pour gagner ce qu'il lui fallait pour... pour s'offrir la formation nécessaire. Première chose.

— Qu'y avait-il d'autre ?

— La célébrité.

— Elle voulait devenir célèbre ?

— Elle l'était déjà : la fille qui est passée de l'autre côté du Mur de Berlin tandis que son amant mourait dans ses bras.

— Dans ses bras ?

— Hum. Oui. C'est ce qu'elle prétendait. Elle avait un album dans lequel elle gardait toutes les interviews qu'elle avait accordées aux journaux et aux magazines dans le monde entier après sa fuite, et à l'entendre, elle avait conçu et gonflé le ballon dirigeable elle-même, ce dont je doute sérieusement. J'ai toujours pensé que c'était un heureux concours de circonstances qui avait fait d'elle la seule survivante de l'entreprise. Si le garçon avait survécu – comment s'appelait-il déjà ? Georg ? Klaus ? –, il aurait sûrement raconté une histoire complètement différente. Katja est donc arrivée en Angleterre avec la grosse tête, et cette tête a continué à enfler pendant l'année qu'elle a passée au couvent de l'Immaculée Conception. Encore des interviews, déjeuner avec le maire, audience privée au palais de Buckingham. Psychologiquement, elle était mal préparée à retomber dans l'anonymat comme nurse de ta sœur. Quant à être physiquement et mentalement prête pour ce qui l'attendait – sans parler des dispositions psychologiques requises –, ce n'était pas le cas. Pas le moins du monde.

— Elle ne pouvait donc qu'échouer », ai-je commenté à voix basse.

Mon ton devait paraître songeur car Sarah-Jane en a apparemment tiré sur ce que je pensais une conclusion qui l'a incitée à apporter prestement cette précision :

« Je ne veux pas dire que tes parents l'ont engagée parce qu'elle n'était pas prête, Gideon. Ce serait une analyse totalement erronée de la situation. Et qui pourrait même conduire à suggérer que… Peu importe. Non.

— Pourtant, cela sautait aux yeux dès le départ qu'elle ne serait pas à la hauteur de cette responsabilité.

— Cela sautait aux yeux uniquement si on regardait bien. Toi et moi, nous étions avec Katja et le bébé plus souvent que tes parents, qui travaillaient tous les deux, alors nous pouvions voir et entendre des choses… Moi, en tout cas.

— Et mes grands-parents ?

— C'est vrai que ton grand-père traînait beaucoup dans la maison. Katja lui plaisait, il ne se privait pas de la regarder. Mais il n'était pas vraiment *là*, si tu me comprends. Il aurait été incapable de remarquer quoi que ce soit d'anormal.

— D'anormal ?

— Sonia qu'on laissait pleurer. Katja qui s'absentait de la maison quand le bébé faisait la sieste l'après-midi. Des conversations au téléphone pendant les repas de ta sœur. Un agacement provoqué par le bébé quand il était difficile. Un comportement discutable et inquiétant, sans tomber toutefois dans la véritable négligence.

— Vous en avez parlé à quelqu'un ?

— Bien sûr. J'en ai parlé à ta mère.

— Et à Papa ? »

Sarah-Jane a donné une tape au canapé en s'écriant : « Le café ! Je l'avais complètement oublié… »

Elle s'est excusée, a quitté précipitamment le salon.

Et à Papa ? La maison était tellement silencieuse que ma question semblait se répercuter sur les murs comme un écho dans un canyon. *Et à Papa ?*

Je me suis levé de mon fauteuil pour m'approcher d'une des deux vitrines encadrant la cheminée et j'en ai examiné le contenu : quatre étagères de poupées anciennes de toutes tailles et de toutes formes, vêtues de costumes d'époque, peut-être de l'époque à laquelle les poupées elles-mêmes avaient été fabriquées. Ne connaissant rien aux poupées anciennes, je n'avais aucune idée de la valeur de ce que je regardais, mais je devinais qu'il s'agissait d'une collection impressionnante : par le nombre, la qualité des vêtements et l'état des jouets eux-mêmes, qui était irréprochable. Certains semblaient même n'avoir jamais été manipulés par un enfant, et je me demandais s'il arrivait aux filles ou aux belles-filles de Sarah-Jane de se planter devant l'une ou l'autre des vitrines pour contempler tristement ce qu'on ne les laisserait jamais toucher.

J'ai ensuite remarqué que les murs de la pièce offraient au regard une série d'aquarelles qui semblaient toutes de la même main. Elles représentaient des maisons, des ponts, des châteaux, des voitures, ou même des autobus, et lorsque je me suis approché pour déchiffrer le nom inscrit au crayon dans le coin droit de deux d'entre elles, j'ai lu *SJBeckett* en lettres penchées. Je ne me rappelais pas avoir vu Sarah-Jane faire de l'aquarelle à l'époque où j'étais son élève, mais je constatais qu'elle avait un talent pour la reproduction minutieuse, à défaut de savoir laisser un simple coup de pinceau suggérer l'image voulue.

« Ah, tu as découvert mon secret ! » m'a-t-elle lancé depuis l'encadrement de la porte où elle s'était arrêtée, portant un grand plateau sur lequel elle avait disposé une cafetière en argent tarabiscotée ainsi que le sucrier et le pot à lait assortis. Elle avait ajouté des tasses à café en porcelaine, des petites cuillers et une assiette de biscuits au gingembre qui étaient, m'a-t-elle confié, « maison, faits ce matin ». Inexplicablement, je me suis demandé comment Libby aurait réagi à tout cela : aux poupées, aux aquarelles, à la présentation du plateau, à Sarah-Jane Beckett Hamilton elle-même, et surtout à ce qu'elle avait dit et évité de dire jusqu'ici.

« Je suis complètement nulle avec les gens, j'en ai peur, a-t-elle avoué. Avec les animaux aussi. Avec tout ce qui vit, en fait, excepté les arbres. Pour les arbres, je me débrouille. Les fleurs, en revanche, c'est la catastrophe. »

Un moment, je me suis demandé de quoi elle parlait puis j'ai compris qu'il s'agissait de ses œuvres, et j'ai hasardé une remarque appropriée sur leur qualité.

« Flatteur ! » a-t-elle lâché avec un rire.

Elle a posé le plateau sur une table basse et fait le service en reprenant :

« J'ai été rien moins que charitable quant au style vestimentaire de Katja, à l'instant. Cela m'arrive parfois, il faut me pardonner. Je passe tellement de temps seule à la maison – Perry voyage, comme je l'ai dit, et les filles sont à l'école, naturellement – que j'oublie de surveiller ma langue dans les rares occasions où j'ai de la visite. J'aurais plutôt dû dire qu'elle n'avait aucune expérience de la mode puisqu'elle avait grandi en Allemagne de l'Est. Et que peut-on attendre d'une réfugiée d'un pays socialiste ? De la haute couture ? C'était déjà admirable qu'elle ait pour ambition de faire des études et de devenir styliste. Ce qui est regrettable – tragique, en fait – c'est qu'elle ait apporté ses rêves et son manque d'expérience avec les enfants dans la maison de tes parents. Combinaison fatale. Du sucre ? Du lait ? »

J'ai pris la tasse qu'elle me tendait, résolu à ne pas me laisser entraîner dans une discussion sur les vêtements de Katja Wolff.

« Papa savait qu'elle négligeait ses devoirs envers Sonia ? »

Sarah-Jane a pris sa propre tasse et mélangé le café bien qu'elle n'y eût rien ajouté.

« Ta mère lui en avait sûrement parlé.

— Mais vous non.

— Ayant averti l'un des parents, je n'ai pas jugé nécessaire de prévenir l'autre. Et ta mère était plus souvent à la maison, Gideon. Ton père était rarement là, puisqu'il avait deux emplois, tu t'en souviens peut-être. Prends donc un biscuit. Tu as toujours un faible pour les sucreries ? C'est drôle. Je viens de me souvenir que Katja avait une passion pour les chocolats. Je suppose que cela venait d'avoir grandi dans un pays de l'Est. Les privations…

— Elle avait d'autres passions ? »

Sarah-Jane sembla perplexe.

« D'autres… ?

— Je sais qu'elle était enceinte, et je me rappelle l'avoir vue dans le jardin avec un homme. Je ne pouvais pas bien le voir mais il n'y avait aucun doute sur ce qu'ils faisaient. D'après Raphael, c'était James Pitchford, le pensionnaire.

— Certainement pas ! a protesté Sarah-Jane. James et Katja ? Mon Dieu ! s'est-elle esclaffée. Qu'est-ce qui te fait croire ça ? Il l'aidait à apprendre l'anglais, c'est vrai, mais cela mis à part… James a toujours montré une certaine indifférence à l'égard des femmes, Gideon. Au point qu'on ne pouvait que s'interroger sur… sur ses orientations sexuelles, si je puis dire. Non, non, il n'y avait rien entre Katja et James Pitchford. »

Elle a pris un autre biscuit et poursuivi :

« Quand des adultes vivent sous le même toit et que

l'une des femmes tombe enceinte, on a naturellement tendance à penser que le père est un des résidants. C'est logique, je suppose, mais dans ce cas… Ce n'était pas James. Ce ne pouvait pas être ton grand-père. Et qui y avait-il d'autre ? Raphael, bien sûr. Tu avais peut-être devant toi l'incendiaire qui crie au feu quand il t'a parlé de James Pitchford.

— Et mon père ? »

Elle a eu l'air sidérée.

« Tu n'imagines quand même pas que ton *père* et Katja… Tu l'aurais reconnu s'il avait été l'homme que tu avais surpris avec elle. Et même si, pour une raison quelconque, tu ne l'avais pas reconnu, il était extrêmement attaché à ta mère.

— Mais le fait qu'ils se soient séparés après la mort de Sonia…

— Précisément à cause de sa mort. Ta mère ne l'a pas supportée. Elle a traversé une période très noire – quelle mère n'aurait pas sombré ? – et elle n'a jamais réussi à en sortir. Non. Tu ne dois pas penser du mal de ton père dans quelque domaine que ce soit. Je ne veux pas entendre de tels propos.

— Mais Katja n'a jamais voulu désigner le père de son enfant… Elle a refusé de dire quoi que ce soit sur ce qui était arrivé à ma sœur… »

Sarah-Jane a reposé son café, placé le reste de son biscuit au bord de la soucoupe.

« Gideon, écoute-moi. Ton père admirait peut-être Katja Wollf pour son physique, comme tous les hommes. Il lui arrivait peut-être de passer une heure de temps en temps avec elle, de rire affectueusement de ses fautes d'anglais, de lui faire un cadeau à Noël et pour son anniversaire… Mais rien de tout cela ne signifie qu'il était son amant. Tu dois chasser cette idée de ta tête.

— Pourtant, ne parler à personne… Je sais que Katja a gardé le silence, et c'est incompréhensible.

— Pour nous, oui, a-t-elle admis. Mais tu ne dois

pas oublier que Katja était têtue. Je ne doute pas un instant qu'elle s'était persuadée qu'elle pouvait garder le silence et que tout irait bien. Dans son esprit – et venant d'un pays socialiste où la police n'est pas comparable à ce qu'elle est en Angleterre, comment aurait-elle pu penser autrement ? –, quelles preuves irréfutables avait-on contre elle ? Elle pensait pouvoir prétendre qu'elle avait quitté la salle de bains pour un bref coup de téléphone – bien que, je dois le reconnaître, le choix d'une excuse aussi facilement vérifiable me dépasse – et qu'il en était résulté un tragique accident. Comment pouvait-elle savoir qu'on découvrirait d'autres éléments qui, mis en rapport avec la mort de Sonia, prouveraient sa culpabilité ?

— Quels autres éléments ? A part sa grossesse, le mensonge sur le coup de téléphone et la dispute avec mes parents. Quoi d'autre ?

— A part les blessures anciennes constatées sur ta sœur ? Eh bien, son caractère, par exemple. Son indifférence totale envers sa propre famille restée en Allemagne de l'Est. A ce qui est arrivé à ses parents à cause de sa fuite. Quelqu'un a enquêté en Allemagne après son arrestation. C'était dans les journaux, tu ne te souviens pas ? »

Sarah-Jane s'est resservi un café sans remarquer que je n'avais pas touché au mien puis a repris :

« Non, bien sûr. Tout le monde s'efforçait de ne jamais parler de l'affaire devant toi, et tu n'as probablement pas vu les journaux. Comment pourrais-tu te souvenir – ou même savoir, pour commencer – que sa famille a été persécutée, même si les Allemands de l'Est étaient probablement trop heureux de fournir cette information en guise d'avertissement à ceux qui envisageaient de choisir la liberté ?

— Qu'est-il arrivé à sa famille ?

— Ses parents ont perdu leur travail, ses frères et sœurs ont été renvoyés de l'université. Mais Katja a-t-elle versé une seule larme sur sa famille quand elle était à Kensington Square ? A-t-elle essayé de joindre ses parents ou de les aider ? Non. Elle ne parlait même pas d'eux. C'était comme s'ils n'existaient pas.

— Elle avait des amis, alors ?

— Hum. Il y avait cette grosse fille dont l'esprit baignait dans le caniveau. Je me souviens de son nom de famille, Waddington, parce qu'il me rappelait sa façon de marcher : elle se dandinait[1].

— Elle s'appelait Katie ?

— Oui. Oui, c'est ça. Katie Waddington. Katja l'avait connue au couvent, et quand elle est venue vivre chez tes parents, cette Waddington – Katie – passait régulièrement. Toujours en train de manger – pas étonnant, vu sa silhouette –, toujours en train de discourir sur Freud. Et le sexe. C'était son obsession, le sexe. Freud et le sexe. Le sexe et Freud. L'importance de l'orgasme, la résolution du conflit œdipien, la satisfaction des désirs inassouvis et interdits de l'enfance, le rôle du sexe comme catalyseur du changement, l'asservissement sexuel des femmes par les hommes et des hommes par les femmes. »

Sarah-Jane s'est penchée en avant pour prendre la cafetière, m'a souri en me proposant :

« Encore un peu ? Oh ! mais tu n'as pas touché à ta tasse. Attends, je t'en sers une autre. »

Avant que j'aie pu répondre, elle s'est emparée de mon café et a disparu dans la cuisine, me laissant avec mes pensées : être célèbre et cesser soudain de l'être, assister à la destruction de sa famille proche, avoir des rêves et être capable de remettre à plus tard leur réalisation, mentir par méchanceté et dire la vérité pour la même raison.

Quand Sarah-Jane est revenue, ma question était prête :

« Que s'est-il passé le soir où ma sœur est morte ? Je me rappelle l'arrivée de l'ambulance. Je nous revois,

---

1. En anglais, se dandiner : « to waddle ». (N.d.T.)

vous et moi, dans ma chambre pendant qu'ils s'occupent de Sonia. Je me rappelle les cris, la voix de Katja, je crois. Mais c'est tout. Que s'est-il vraiment passé ?

— Ton père est sûrement mieux placé que moi pour te répondre, Gideon. Tu lui as demandé, je suppose ?

— C'est dur pour lui de parler de cette époque.

— Evidemment. Quant à moi… (Elle s'est mise à jouer avec ses perles.) Du sucre ? du lait ? Il faut que tu goûtes mon café. »

Quand je lui ai enfin donné satisfaction en portant à ma bouche le breuvage amer, elle a repris :

« Je ne peux pas ajouter grand-chose, hélas. J'étais dans ma chambre lorsque c'est arrivé. Je préparais tes cours pour le lendemain et je venais de faire un saut dans la chambre de James pour lui demander de m'aider à trouver un truc pour t'intéresser aux poids et mesures. Comme c'était un homme – il doit toujours l'être, d'ailleurs, il n'y a aucune raison de supposer qu'il soit mort –, je pensais qu'il pourrait me suggérer une activité susceptible de captiver un petit garçon qui, a-t-elle ajouté avec un clin d'œil, n'était pas toujours coopératif quand il devait apprendre quelque chose qu'il estimait sans rapport avec sa musique. James et moi échangions donc des idées quand nous avons entendu le vacarme en bas : les cris, les bruits de pas, les claquements de porte. Nous sommes descendus quatre à quatre, nous avons vu tout le monde dans le couloir…

— Tout le monde ?

— Oui. Tout le monde. Ta mère, ton père, Katja, Raphael Robson, ta grand-mère…

— Et Grand-père ?

— Je ne… Oh ! il devait être là. A moins qu'il n'ait été, euh, à la campagne, pour une de ses cures de repos ? Non, non, il devait être là, parce que ça criait, et je me souviens que c'était la spécialité de ton grand-père. En tout cas, on m'a demandé de t'emmener dans ta chambre et de rester avec toi. C'est ce que j'ai fait.

Quand les secours d'urgence sont arrivés, ils ont fait sortir tout le monde, sauf tes parents. On les entendait de ta chambre.

— Je ne me souviens de rien, à part que j'étais avec vous dans ma chambre.

— Cela vaut mieux, Gideon. Tu étais si jeune. Sept ans ? huit ans ?

— Huit.

— Combien d'entre nous ont des souvenirs clairs et complets de leur enfance, même des bons moments ? Et là, c'était un moment terrible, traumatisant. C'est une chance que tu aies oublié.

— Vous avez dit que vous ne partiriez pas. Je m'en souviens.

— Bien sûr ! Comment aurais-je pu te laisser seul avec ce qui se passait ?

— Non, vous vouliez dire que vous continueriez à être ma préceptrice. Alors que papa vous avait congédiée et il me l'avait dit. »

Elle est devenue écarlate, d'un rouge profond né de sa chevelure rousse, qu'elle devait teindre pour lui redonner sa couleur originelle maintenant qu'elle approchait de la cinquantaine.

« L'argent manquait, Gideon, a-t-elle argué d'une voix plus faible.

— C'est juste. Navré. Je n'ai pas voulu insinuer que… De toute évidence, il ne vous aurait pas gardée jusqu'à mes seize ans si vous n'aviez été un professeur remarquable.

— Merci », a-t-elle répondu.

Le ton était d'une politesse glacée : ou mes propos l'avaient blessée, ou elle voulait me le faire croire. Et je voyais clairement, Dr Rose, que m'en convaincre l'aiderait à donner à la conversation la direction qu'elle voudrait lui faire prendre. Mais j'ai évité cette direction en disant :

« Que faisiez-vous avant de demander à James des conseils sur les poids et mesures ?

— Ce soir-là ? Comme je l'ai dit, je préparais tes cours pour le lendemain. »

Elle n'a rien ajouté mais son expression m'a informé qu'elle savait que j'avais moi-même déduit le reste : Sarah-Jane était seule dans sa chambre avant d'aller solliciter l'aide de James.

15

La sonnerie obligea Lynley à émerger d'un profond sommeil, comme un nageur remontant à la surface. Il ouvrit les yeux dans l'obscurité de la chambre, battit l'air à la recherche du réveil, jura quand il le fit tomber par terre sans le réduire au silence. A côté de lui, Helen ne bougea pas. Même quand il alluma la lumière, elle continua à dormir. C'était un don qu'elle possédait de longue date et gardait encore, y compris pendant sa grossesse : elle dormait toujours comme un gisant.

Il cligna des yeux et, accédant à une demi-conscience, se rendit compte que c'était le téléphone qui sonnait et non le réveil. Il vit l'heure – trois heures et demie du matin – et sut aussitôt que les nouvelles seraient mauvaises.

Sir David Hillier, adjoint au préfet de police, aboya dans l'appareil :

— Hôpital de Charing Cross. Malcolm a été renversé par une voiture.

— Quoi ? fit Lynley. Malcolm ? Quoi ?

— Réveillez-vous, inspecteur. Passez-vous des glaçons sur le visage, au besoin. Malcolm est en salle d'opérations. Venez. Je veux que vous vous occupiez de cette affaire. Immédiatement.

— Quand est-ce arrivé ? Qu'est-ce qui s'est passé ?

— Le salopard ne s'est même pas arrêté, dit Hillier.

Sa voix brisée, ne rappelant en rien le ton courtois

et mesuré dont il usait habituellement à New Scotland Yard, reflétait l'ampleur de son inquiétude.

Renversé par une voiture. Le salopard ne s'est même pas arrêté. Lynley fut aussitôt tout à fait réveillé, comme si on lui avait directement injecté dans le cœur un mélange de caféine et d'adrénaline.

— Où ? Quand ?

— Hôpital de Charing Cross. Venez, Lynley, lui enjoignit Hillier avant de raccrocher.

Lynley se leva d'un bond, mit les premiers vêtements qui lui tombèrent sous la main. Au lieu de réveiller sa femme, il lui écrivit un mot résumant la situation, ajouta l'heure et le laissa sur son oreiller. Enfilant une manche de son manteau, il sortit dans la nuit.

Le vent de la veille était tombé mais le froid demeurait impitoyable et il s'était mis à pleuvoir. Lynley remonta son col, tourna au petit trot dans la ruelle où il remisait sa Bentley dans un garage fermé à clé.

Il s'efforça de ne pas penser au message laconique de Hillier ni au ton sur lequel il avait été transmis. Il ne voulait pas interpréter les faits avant d'en avoir réellement connaissance mais il ne pouvait s'empêcher de faire quand même le rapprochement. Un premier délit de fuite. Et maintenant un autre.

Présumant qu'il y aurait peu de circulation dans King's Road à cette heure de la nuit, il prit la direction de Sloane Square, contourna à demi la fontaine capitonnée de feuilles qui en occupait le centre, passa devant Peter Jones où – révérence au mercantilisme croissant de la société – les décorations de Noël clignotaient depuis longtemps dans les vitrines. Il longea les boutiques élégantes de Chelsea, fila dans des rues silencieuses aux parterres empreints de dignité. Il vit un policier s'accroupir pour parler à une forme enveloppée d'une couverture étendue sur le seuil de l'hôtel de ville – les sans-logis privés de droits constituaient un autre symptôme de ces temps paradoxaux – mais ce fut le seul signe de vie qu'il remarqua hormis les voitures croisées dans sa ruée vers Hammersmith.

Peu avant King's College, il tourna à droite et coupa en direction de Lillie Road, qui l'amènerait le plus près possible de l'hôpital. Après s'être engouffré dans le parking, il courut vers les urgences et s'autorisa enfin à jeter un coup d'œil à sa montre. Moins de vingt minutes s'étaient écoulées depuis le coup de téléphone de Hillier.

L'adjoint au préfet – pas rasé, les cheveux en bataille, comme Lynley lui-même – parlait d'un ton brusque à un policier en uniforme dans la salle d'attente des urgences, où trois autres agents se tenaient à l'écart, l'air mal à l'aise. Découvrant Lynley, il congédia le policier d'un mouvement de l'index, et tandis que celui-ci rejoignait ses collègues, Hillier s'avança à la rencontre de l'inspecteur.

Malgré l'heure, la pluie maintenait le service en effervescence.

Quelqu'un annonça : « Une autre ambulance en provenance d'Earl's Court », ce qui laissait deviner le branle-bas de combat qui se déclencherait bientôt dans le voisinage immédiat. Hillier prit Lynley par le bras pour l'entraîner hors des urgences, lui fit parcourir quelques couloirs et gravir plusieurs volées de marches. Il garda le silence jusqu'à ce qu'ils parviennent à une salle d'attente réservée aux familles des personnes subissant une intervention chirurgicale. Elle était déserte.

— Où est Frances ? demanda Lynley. Elle n'…

— Randie nous a appelés, le coupa Hillier. Vers une heure et quart.

— Miranda ? Que s'est-il passé ?

— Frances lui a téléphoné à Cambridge. Malcolm n'était pas rentré. Frances était allée se coucher, elle a été réveillée par le chien qui aboyait dehors, affolé. Elle l'a trouvé dans le jardin de devant, la laisse au collier, mais sans Malcolm. Prise de panique, elle a appelé Randie, Randie nous a appelés. Le temps que nous joignions Frances, l'hôpital, où Malcolm avait été admis aux urgences, l'avait déjà prévenue. Elle a pensé qu'il avait eu une crise cardiaque en promenant le chien. Elle ne sait toujours pas...

Hillier poussa un soupir et poursuivit :

— Nous n'avons pas réussi à la faire sortir de chez elle. Nous l'avons amenée dans le vestibule, nous avons même ouvert la porte, Laura d'un côté de Frances, moi de l'autre. Mais quand elle a senti sur elle l'air de la nuit, c'était fini. Elle est devenue hystérique. Et ce foutu chien est devenu cinglé.

Hillier tira un mouchoir de sa poche, s'essuya le visage, et Lynley se rendit compte que c'était la première fois que l'adjoint au préfet de police montrait un signe d'abattement.

— C'est grave ?

— Ils ont dû enlever du cerveau un caillot qui s'était formé sous la fracture du crâne. Il y a un œdème, ils s'en occupent aussi. Ils font quelque chose avec un moniteur... je ne me rappelle plus quoi. Une histoire de pression. Est-ce qu'ils l'introduisent dans le cerveau ? Je ne sais pas.

Hillier rangea son mouchoir, s'éclaircit la voix.

— Mon Dieu, murmura-t-il en regardant fixement devant lui.

— Vous voulez que j'aille vous chercher un café ? proposa Lynley.

Il se rendit compte du côté gênant de son offre au moment même où il la formulait. De vieilles rancunes s'étaient accumulées entre lui et Hillier. Ce dernier n'avait jamais cherché à cacher son antipathie pour Lynley, et l'inspecteur lui-même n'avait jamais jugé bon de dissimuler le dédain que lui inspirait le carriérisme forcené de Hillier. Cependant, le fait d'être dans cet état de vulnérabilité, confronté à ce qui venait d'arriver à son beau-frère et ami de plus de vingt-cinq ans peignait Hillier sous un jour différent. Mais Lynley ne savait pas trop quoi faire du tableau.

— Ils disent qu'ils vont probablement devoir lui enlever la majeure partie de la rate. Ils pensent pouvoir sauver le foie, peut-être la moitié. Ils ne savent pas encore.

— Il est toujours...

— Oncle David !

L'arrivée de Miranda Webberly télescopa la question de l'inspecteur. Vêtue d'un survêtement, ses cheveux bouclés maintenus en arrière par un foulard, elle traversa en trombe la salle d'attente. Livide, les pieds nus, un trousseau de clés de voiture serré dans la main, elle se précipita vers son oncle.

— Tu as trouvé quelqu'un pour t'amener ici ? lui demanda-t-il.

— J'ai emprunté une voiture à l'une des filles. J'ai conduit moi-même.

— Randie, je t'avais dit...

— Oncle David. (Elle se tourna vers Lynley.) Vous l'avez vu, inspecteur ? (Sans attendre de réponse, elle revint à Hillier.) Où est-il ? Où est Maman ? Pourquoi elle n'est pas... ? Mon Dieu. Elle n'a pas réussi à venir, c'est ça ? Bien sûr. Bien sûr, fit-elle d'une d'un ton amer, les larmes aux yeux.

— Ta tante Laura est auprès d'elle. Viens, Randie. Assieds-toi. Où sont passées tes chaussures ?

Miranda posa sur ses pieds un regard dérouté.

— Mon Dieu, je suis venue sans. Comment est-il ?

Hillier lui répéta ce qu'il avait dit à Lynley en omettant qu'il y avait eu délit de fuite. Il en arrivait aux efforts du corps médical pour sauver le foie du commissaire quand un médecin en blouse de chirurgien pénétra dans la pièce et lança : « Webberly ? » Il les considéra tous les trois avec les yeux injectés de sang d'un homme qui n'apporte pas de bonnes nouvelles.

Hillier déclina son identité, présenta Randie et Lynley, passa un bras autour des épaules de sa nièce et demanda :

— Comment ça s'est passé ?

Le chirurgien répondit que Webberly était en salle de réveil, qu'on le conduirait ensuite directement en réanimation où on le garderait sous coma chimiquement provoqué afin de reposer le cerveau. On lui administrerait aussi des stéroïdes pour réduire l'œdème, et des anesthésiques musculaires pour le maintenir immobile jusqu'à ce que son cerveau soit rétabli.

Randie s'accrocha aux quatre derniers mots.

— Alors, il va s'en tirer ? Papa va s'en tirer ?

Le chirurgien répondit qu'ils ne savaient pas. Son état était critique. Avec un œdème cérébral, on ne pouvait jamais être sûr. Il fallait surveiller le gonflement, empêcher le cerveau de presser sur sa base.

— Et son foie, sa rate ? voulut savoir Hillier.

— Nous avons sauvé ce que nous pouvions. Là aussi il y a des lésions, mais c'est secondaire par rapport au reste.

— Je peux le voir ? dit Randie.

— Vous êtes…

— Sa fille. C'est mon père. Je peux le voir ?

— Pas d'autre proche ? demanda le médecin à Hillier.

— Sa femme est malade.

— La poisse, commenta le chirurgien, qui hocha la tête en direction de Randie. Nous vous préviendrons quand il sortira de la salle de réveil. Mais ce ne sera pas avant quelques heures. Vous feriez bien de prendre un peu de repos.

Après le départ du médecin, Miranda tourna un regard anxieux vers son oncle et Lynley.

— Il ne mourra pas. Ça veut dire qu'il ne mourra pas. C'est ce que ça veut dire.

— Il est vivant en ce moment, et c'est ce qui compte, lui répondit son oncle.

Il n'ajouta pas toutefois ce que Lynley savait qu'il pensait : Webberly ne mourrait peut-être pas mais il ne se rétablirait peut-être pas non plus, du moins pas assez pour mener autre chose qu'une vie d'infirme.

L'inspecteur se sentit projeté dans le temps, ramené à une autre fracture du crâne, à un autre œdème qui avait laissé son ami Simon Saint James à peu près dans l'état où il se trouvait aujourd'hui, les années écoulées depuis la longue convalescence du blessé ne lui ayant pas rendu ce que la négligence de Lynley lui avait pris.

Hillier fit asseoir Randie sur un canapé en PVC où une couverture d'hôpital abandonnée signalait la veille anxieuse d'un autre proche.

— Je vais te chercher du thé, dit-il.

Il fit signe à Lynley de le suivre. Dans le couloir, l'adjoint au préfet s'arrêta et déclara :

— Vous assumez les fonctions de commissaire jusqu'à nouvel ordre. Mettez sur pied une équipe pour ratisser la ville et trouver le salaud qui l'a renversé.

— Je suis sur une affaire…

— Vous avez des problèmes d'audition ? Laissez tomber l'autre affaire, je veux que vous vous occupiez de celle-ci. Utilisez tous les moyens dont vous aurez besoin. Faites-moi votre rapport chaque matin. C'est clair ? Les agents restés en bas vous mettront au courant de ce que nous avons jusqu'ici, c'est-à-dire foutre rien. Un chauffeur roulant en sens inverse a aperçu le véhicule mais il n'a gardé que l'image d'une grosse voiture, limousine ou taxi. Il pense que le toit était peut-être gris, mais il vaut mieux ne pas en tenir compte. Avec le reflet de la lumière des réverbères, c'est l'impression que ça peut donner, et ça remonte à quand, la dernière fois que vous avez vu une voiture bicolore ?

— Limousine ou taxi. Noir, donc, dit Lynley.

— Je constate avec plaisir que vous n'avez pas perdu vos remarquables pouvoirs de déduction.

La raillerie laissait penser que Hillier tenait fort peu à ce qu'il s'occupe de l'affaire. En l'entendant, Lynley sentit le coup de sang familier, ses doigts se replièrent pour former un poing, mais lorsqu'il dit « Pourquoi moi ? », il fit de son mieux pour garder un ton poli.

— Parce que c'est vous que Malcolm choisirait s'il pouvait parler. Et je tiens à respecter ses volontés.

— Vous pensez donc qu'il n'en réchappera pas.

— Je ne pense rien, répondit Hillier, dont la voix démentait les propos. Mettez-vous sur cette affaire.

Laissez tomber ce que vous faites en ce moment et trouvez-moi ce fils de pute. Bouclez-le. La rue où Malcolm s'est fait renverser est bordée de maisons. Quelqu'un a forcément vu quelque chose.

— Il pourrait y avoir un rapport avec ce dont je m'occupe en ce moment.

— Quoi ? Comment voulez…

— Laissez-moi vous expliquer.

Hillier écouta Lynley exposer les détails du délit de fuite commis deux jours plus tôt. C'était aussi une voiture noire, expliqua-t-il, et il existait un lien entre le commissaire Malcolm Webberly et la victime. L'inspecteur ne précisa pas la nature exacte de ce lien, il indiqua simplement qu'une enquête vieille d'une vingtaine d'années était peut-être à l'origine des deux délits de fuite.

Hillier n'avait cependant pas atteint son niveau de responsabilité sans posséder un cerveau en état de marche.

— La mère de l'enfant et l'officier chargé de l'enquête ? fit-il, incrédule. S'il y a effectivement un lien, qui aurait attendu vingt ans pour régler des comptes ?

— Quelqu'un qui ignorait jusqu'à ces derniers temps où ils se trouvaient, je dirais.

— Et vous avez ce genre de personne parmi les gens que vous interrogez ?

— Oui, acquiesça Lynley après un moment de réflexion. Je crois que oui.

Assise au bord du lit de son fils, Yasmin Edwards referma la main sur la petite épaule parfaite de l'enfant.

— Allez, Danny, il faut te lever, dit-elle en le secouant. Tu n'as pas entendu ton réveil ?

Daniel grogna, s'enfouit plus profondément sous les couvertures, de sorte que son postérieur forma dans le lit un monticule attendrissant.

— Encore une minute, M'man, s'te plaît. Juste une minute.

— Tu seras en retard à l'école. Ou tu devras partir sans petit déjeuner.

— Pas grave.

— Si, répliqua Yasmin. (Elle donna une tape sur les fesses de son fils, lui souffla dans l'oreille.) Si tu ne te lèves pas, les cafards à bisous vont s'occuper de toi.

Les lèvres de Daniel se relevèrent en un sourire, mais il garda les yeux clos.

— Ils peuvent pas. J'ai mon tueur de cafards.

— Tueur de cafards ? Ça m'étonnerait. On ne peut pas tuer un cafard à bisous. Attends un peu.

Elle s'abattit sur lui, le couvrit de baisers sur la joue, l'oreille, le cou. Elle se mit à le chatouiller en l'embrassant jusqu'à ce qu'il soit complètement réveillé. Il gloussa, battit des pieds et repoussa sa mère sans conviction en glapissant :

— Berk ! Non ! M'man, empêche-les !

— Je ne peux pas ! haleta-t-elle. Mon Dieu, en voilà d'autres. Il y en a partout, je ne sais pas quoi faire.

Elle rabattit les couvertures et partit à l'assaut du ventre de l'enfant en criant « kss kss kss », prenant plaisir à entendre ce qui semblait être toujours nouveau pour elle, le rire de son fils, bien qu'elle fût en liberté depuis plusieurs années. Elle avait dû lui réapprendre le jeu des cafards à bisous quand elle était sortie, et ils avaient eu de nombreux baisers à rattraper. Etre la proie des cafards à bisous ne faisait pas partie des épreuves qu'un enfant placé devait endurer.

Elle mit Daniel en position assise, l'adossa à ses oreillers Star Trek. Il cessa de glousser, reprit sa respiration et posa sur elle le bonheur de ses yeux noisette. Yasmin sentait ses entrailles se gonfler et rayonner lorsqu'il la regardait de cette façon.

— Alors, qu'est-ce qu'on fait pour les vacances de Noël, Dan ? Tu y as réfléchi, comme je te l'ai demandé ?

— Disney World ! claironna-t-il. Orlando, Floride.

600

On ira d'abord au Royaume enchanté, et puis au Centre d'Epcot, et puis aux Studios. Après, on ira à Miami Beach, M'man, et tu pourras t'allonger sur la plage pendant que je ferai du surf.

Elle lui sourit.

— Disney World ? Où on trouvera le blé pour aller là-bas ? T'as l'intention de braquer une banque ?

— J'ai de l'argent de côté.

— Ah oui ? Combien ?

— Vingt-cinq livres.

— Pas mal pour un début, mais ça suffit pas.

— Maman, fit-il, imprégnant les deux syllabes de sa déception d'enfant.

Yasmin avait horreur de lui refuser quoi que ce soit après ce qu'avaient été les premières années de la vie de Daniel. Elle se sentait aspirée dans le sens des désirs de son fils mais elle savait qu'il ne servait à rien d'entretenir ses espoirs – ou les siens propres –, parce qu'il y avait d'autres considérations à prendre en compte que ce qu'il ou elle voulait quand il s'agissait de choisir la façon dont ils passeraient les vacances de Noël.

— Et Katja ? argua-t-elle. Elle pourra pas venir avec nous. Il faudra qu'elle reste ici pour travailler.

— Et alors ? Pourquoi on peut pas y aller tous les deux, M'man ? Rien que toi et moi. Comme avant.

— Parce que Katja fait partie de la famille, maintenant. Tu le sais bien.

Il prit une mine renfrognée et se détourna.

— Elle est en train de préparer le petit déjeuner, dit Yasmin. Elle te fait les petites crêpes que tu aimes tant.

— M'en fiche, marmonna Daniel.

— Hé, chéri, reprit-elle en se penchant vers lui. (C'était important pour elle qu'il comprenne.) Katja a sa place parmi nous. C'est ma compagne. Tu sais ce que ça veut dire.

— Ça veut dire qu'on peut rien faire sans l'avoir dans les jambes, cette nana.

Elle lui donna une légère tape sur la joue.

— Ne parle pas comme ça. Même si on n'était que toi et moi, on ne pourrait quand même pas aller à Disney World. Alors, ne rends pas Katja responsable de ta déception, mon garçon. C'est moi qui suis fauchée.

— Alors, pourquoi tu m'as demandé ? répliqua-t-il avec l'habileté manipulatrice d'un enfant de onze ans. Si tu savais qu'on pouvait pas, pourquoi tu m'as demandé où je voulais aller ?

— Je t'ai demandé ce que tu voulais *faire*, Dan. Tu as changé ça en où tu voulais aller.

Daniel était coincé, il le savait, et le miracle de ce fils, c'était que pour une raison quelconque, il avait échappé à la manie de discuter sans fin comme le faisaient tant d'enfants de son âge. Mais il n'était quand même qu'un petit garçon, ne disposant pas de tout un arsenal pour dissiper sa déception. Son visage s'assombrit, il croisa les bras et s'installa dans le lit pour une bouderie.

Elle lui prit le menton, voulut lui relever la tête. Il résista. Elle soupira et dit :

— Un jour, on aura plus que maintenant. Tu dois être patient. Je t'aime. Et Katja aussi t'aime. (Elle quitta le lit de l'enfant, alla à la porte.) Debout, maintenant, Dan. Je veux t'entendre dans la salle de bains dans vingt-deux secondes.

— Je veux aller à Disney World, bougonna-t-il, têtu.

— Pas autant que j'ai envie de t'y emmener.

Yasmin donna au chambranle de la porte une tape songeuse avant de retourner dans la chambre qu'elle partageait avec Katja. Elle s'assit au bord du lit, écouta les bruits de l'appartement : Daniel se levant et se dirigeant d'un pas incertain vers la salle de bains, Katja préparant les crêpes dans la cuisine, la pâte grésillant lorsqu'elle en versait une louche dans la poêle en forme de coquillage où attendait le beurre chaud, le bruit des portes qu'elle ouvrait et refermait après avoir pris les assiettes et le sucre en poudre, le *clic* de la bouilloire

électrique mise en route, et puis sa voix appelant :
« Daniel ? Je t'ai fait des crêpes, ce matin. Ton petit
déjeuner préféré. »

Pourquoi ? se demanda Yasmin. Elle eut envie de
poser la question, mais la poser, c'était mettre en cause
bien plus que le simple geste de mélanger la farine et
le lait, d'ajouter la levure.

Elle caressa de la main le lit encore défait qui gardait l'empreinte de leurs deux corps. Les oreillers
demeuraient creusés par le poids de leurs têtes, et
l'enchevêtrement de couvertures et de draps reflétait la
façon dont elles dormaient : les bras de Katja autour
de Yasmin, les mains chaudes de Katja refermées en
coupe sur ses seins.

Yasmin avait feint de dormir lorsque sa compagne
s'était glissée dans le lit. La chambre était obscure
– plus la lumière d'un couloir de prison pour entamer
le noir d'une pièce dans laquelle Yasmin Edwards était
étendue – et elle savait que Katja n'aurait pu dire si
elle avait les yeux ouverts ou fermés. « Yas ? » avait-
elle chuchoté, mais Yasmin n'avait pas répondu. Et
quand les couvertures s'étaient soulevées, quand Katja
s'était coulée dans le lit tel un voilier aux lignes pures
accostant à un quai familier, Yasmin avait émis les
petits bruits d'une femme à demi tirée de ses rêves et
avait remarqué que Katja s'était immobilisée un instant, comme pour voir si sa compagne se réveillerait
tout à fait.

Ce moment d'immobilité avait donné une indication
à Yasmin mais son sens n'était pas tout à fait clair.
Elle s'était donc tournée vers Katja en remontant les
couvertures sur ses épaules. « Bonsoir, ma belle »,
avait-elle dit dans un murmure ensommeillé, puis elle
avait posé une jambe sur la hanche de Katja. « T'étais
où ?

— Demain, avait répondu Katja à voix basse. J'ai
trop à te raconter.

— Trop ? Pourquoi ?

— Chut. Dors, maintenant.

— J'avais envie que tu sois là », avait murmuré Yasmin.

Malgré elle, elle avait sondé les dispositions de Katja, sans savoir ce qu'elle ferait des résultats. Elle avait levé la bouche pour un baiser d'amante, laissé ses doigts effleurer les poils doux de sa toison. Katja lui avait rendu son baiser, comme toujours, et au bout d'un moment, elle avait doucement poussé Yasmin sur le dos, en roucoulant d'une voix de gorge : « Tu es dingue, ma fille », ce à quoi Yasmin avait répondu : « Dingue de toi. »

Qu'apprenait-on en faisant l'amour dans le noir ? Qu'apprenait-on des bouches et des doigts, des longs contacts avec une chair soyeuse ? Qu'apprenait-on en chevauchant la vague jusqu'à ce qu'elle devienne si forte et si rapide que cela n'avait plus d'importance de savoir qui guidait le navire au port du moment qu'il parvenait à destination ? Quelle certitude pouvait-on en tirer ?

J'aurais dû allumer la lumière, pensa Yasmin. J'aurais été sûre si j'avais vu son visage.

Elle se dit en même temps qu'elle n'avait pas de doute et que le doute était naturel. Elle se dit que rien n'est jamais sûr dans la vie. Elle sentit le nœud de l'incertitude se resserrer en elle comme une vis tournée par une main invisible. Elle aurait voulu oublier ses doutes mais elle ne le pouvait pas plus qu'elle n'aurait pu oublier une tumeur menaçant sa vie.

Elle chassa ces pensées et la journée qui l'attendait fit irruption dans sa tête. Elle se leva, entreprit de faire le lit en se disant que si le pire était vrai, elle aurait d'autres occasions de le savoir.

Elle rejoignit Katja dans la cuisine où l'air était parfumé de la douce odeur des crêpes dont Daniel raffolait. Katja en avait fait assez pour trois et elles formaient une montagne de petites dalles saupoudrées de neige dans un plat tenu au chaud sur la plaque. Elle était en train d'ajouter à leur petit déjeuner un élément résolument anglais : des tranches de bacon crépitant sur le gril.

— Ah, te voilà, dit Katja avec un sourire. Le café est prêt. Thé pour Daniel. Où il est, ton garçon ? A la douche ? C'est nouveau, non ? Il y a une fille dans sa vie ?

— Je ne sais pas. S'il y en a une, il me l'a pas dit.

— C'est pour bientôt, Daniel et les filles. Plus tôt que tu ne penses. Les enfants grandissent si vite, maintenant. Tu lui as parlé ? Pour lui expliquer la vie ?

Yasmin se versa un bol de café.

— Tu veux dire comment on fait les bébés ?

— Ce serait utile s'il ne sait encore rien. Ou est-ce qu'on lui a déjà expliqué ? Avant ?

Katja avait soigneusement évité de dire « quand il était placé ». Elle avait toujours eu pour principe d'aller de l'avant, sans se référer au passé. « Comment tu crois que je tiens le coup entre ces murs ? avait-elle demandé un jour à Yasmin. Je fais des projets. Je pense à l'avenir, pas au passé. » Et Yasmin ferait bien de suivre son exemple, avait-elle ajouté. « Tu dois savoir ce que tu feras quand tu sortiras d'ici, avait-elle insisté. Tu dois savoir exactement qui tu seras. Mais commence à forger cette personne maintenant, ici, pendant que tu as tout le temps de te concentrer sur elle. »

Et toi ? pensa Yasmin dans la cuisine en regardant sa compagne faire glisser des crêpes dans leurs assiettes. Et toi, Katja ? Quels projets tu faisais, en taule ? Quelle personne tu voulais être ?

Elle se rendit compte à cet instant que Katja ne le lui avait jamais dit exactement, se contentant de : « J'aurai le temps quand je serai libre. »

Le temps pour qui ? Le temps pour quoi ? se demanda Yasmin.

Elle n'avait jamais songé auparavant que l'emprisonnement offrait une certaine sécurité. Au trou, les réponses étaient simples et les questions aussi. Dehors, les unes et les autres étaient trop nombreuses.

Katja se retourna, une assiette à la main.

— Où il est, ce garçon ? Ses crêpes seront sèches comme des palets de hockey s'il ne se presse pas.

— Il veut aller à Disney World pour les vacances de Noël, annonça Yasmin.

— Ah oui ? sourit Katja. On pourra peut-être arranger ça pour lui.

— Comment ?

— Il y a moyen. C'est un bon garçon, notre Daniel. Il mérite d'avoir ce qu'il veut. Toi aussi.

Yasmin vit l'ouverture et la saisit aussitôt :

— Et si c'est toi que je veux ?

En riant, Katja posa l'assiette de Daniel sur la table et revint près de Yasmin.

— Tu vois comme c'est simple ? Tu exprimes ton vœu, et il est tout de suite exaucé, dit Katja.

Elle l'embrassa, retourna à la cuisinière.

— Daniel ! Tes crêpes sont prêtes ! Viens tout de suite !

La sonnette de la porte bourdonna et Yasmin leva les yeux vers le petit réveil fendillé posé au-dessus de la cuisinière. Sept heures et demie. Elle plissa le front.

— C'est tôt pour une visite des voisins, fit observer Katja tandis que Yasmin resserrait l'obi du kimono écarlate qui lui servait de peignoir. J'espère que Daniel n'a pas séché l'école.

— Vaudrait mieux pour lui, grommela Yasmin.

Elle alla à la porte, regarda par l'œilleton, prit une profonde inspiration en découvrant qui se trouvait de l'autre côté et attendait patiemment qu'on réponde, pas si patiemment peut-être, puisqu'il tendit le bras et appuya de nouveau sur la sonnette. Katja était sur le seuil de la cuisine, crêpière dans une main, spatule dans l'autre.

— C'est ce foutu flic, lui annonça Yasmin dans un murmure sifflant.

— Le Noir d'hier ? Ah. Bon. Fais-le entrer.

— Je ne veux pas qu'…

A la troisième sonnerie, Daniel passa la tête hors de

la salle de bains en criant, sans remarquer qu'elle se tenait déjà devant la porte :

— M'man, y a quelqu'un, tu vas ouvrir ou quoi ?

Quand il la vit, il fit aller son regard de sa mère à Katja.

— Yas, ouvre-lui, dit Katja.

Et à Daniel :

— Tes crêpes t'attendent. Deux douzaines, je t'en ai fait, comme tu les aimes. D'après Maman, tu veux passer Noël à Disney World ? Habille-toi et viens m'en parler.

— On n'y va pas, fit le garçon d'un ton boudeur tandis que le constable sonnait une quatrième fois.

— Ah, parce que tu connais l'avenir ? Habille-toi, il faut qu'on en parle.

— Pourquoi ?

— Parce que parler rend les rêves plus réels. Et ils ont une meilleure chance de devenir vrais. Yasmin, *mein Gott*, tu ouvres cette porte ? Il nous a entendues, ce type. Il restera jusqu'à ce que tu ouvres.

Yasmin s'exécuta, ouvrant la porte avec une telle force qu'elle faillit lui échapper de la main tandis que, derrière elle, Daniel se réfugiait dans sa chambre et que Katja retournait à la cuisine. Sans préambule, elle assena au policier noir :

— Comment vous êtes monté ? Je ne me rappelle pas vous avoir ouvert la porte de l'ascenseur.

— Elle était entrouverte, répondit Nkata. J'en ai profité.

— Pourquoi ? Qu'est-ce que vous voulez encore ?

— Deux mots. Est-ce que votre...

Il hésita et, par-dessus Yasmin, regarda dans l'appartement où la lumière de la cuisine dessinait un rectangle jaune sur les carrés du tapis, dans le salon où aucune lampe n'était encore allumée.

— Katja Wolff est là ?

— A sept heures et demie du matin, où vous voulez qu'elle soit ? répliqua Yasmin. On vous a dit tout ce qu'il y avait à dire la dernière fois. Revenir dessus n'y changera rien.

— Il s'agit d'autre chose, l'informa-t-il d'une voix égale.

— Maman, appela Daniel de sa chambre. Où il est, mon pull de l'école ? Il serait pas sur la télé ? Je le trouve pas, il est pas avec le reste…

Il laissa sa phrase en suspens, sortit de sa chambre en chemise blanche, slip et chaussettes, les cheveux encore mouillés et brillants après la douche.

— Bonjour, Daniel, lui dit Nkata avec un hochement de tête et un sourire. Tu te prépares pour l'école ?

— Ne vous occupez pas de ce qu'il fait, intervint Yasmin sèchement avant que Daniel puisse répondre.

Elle décrocha le pull-over d'une des patères de l'entrée.

— Dan, ton petit déjeuner. Quelqu'un s'est donné un mal de chien pour te faire des crêpes, alors tu les manges.

— Salut, dit timidement l'enfant au policier. Vous vous souvenez de mon nom ?

— Bien sûr, répondit gentiment Nkata. Moi, c'est Winston. Ça te plaît, l'école, Daniel ?

— Dan ! brailla Yasmin, si fort que son fils sursauta. (Elle lui lança le pull.) Tu m'as entendue ? Finis de t'habiller et va prendre ton petit déjeuner.

Daniel acquiesça d'un signe de tête, mais sans quitter le flic des yeux. Il le buvait du regard, montrant un désir si vif de connaître et d'être connu que Yasmin eut envie de se planter entre eux, d'envoyer son fils dans une direction et le policier dans une autre. Fixant toujours Nkata, Daniel recula dans sa chambre.

— Vous aimez ça, les crêpes ? dit-il. Les petites. Elles sont spéciales. Je pense qu'on a assez pour…

— Daniel !

— Oui. Pardon, Maman, dit le garçon.

Et, avec un sourire éblouissant – trente mille watts, au moins –, il disparut dans sa chambre.

Yasmin se tourna vers Nkata. Elle prit soudain

conscience de l'air frais qui passait par la porte, s'enroulait insidieusement autour de ses jambes nues, chatouillait ses genoux, caressait ses cuisses et faisait durcir ses mamelons. Le fait même qu'ils durcissent l'agaçait, la rendait vulnérable à son propre corps. Elle frissonna dans le froid, ne se décidant pas à choisir entre claquer la porte au nez de l'enquêteur et le laisser entrer.

Katja prit la décision pour elle.

— Fais-le entrer, Yas, dit-elle du seuil de la cuisine, la poêle à la main.

Yasmin recula tandis que le policier remerciait Katja d'un signe de tête. Elle ferma la porte, prit son manteau accroché à une patère, l'enfila et le serra étroitement autour de sa taille, comme si c'était un corset, et elle une dame victorienne voulant se donner une silhouette de rêve. De son côté, Nkata déboutonna son manteau et dénoua son écharpe tel un invité venu dîner.

— Nous prenons le petit déjeuner, le prévint Katja. Et Daniel ne doit pas être en retard à l'école.

— Alors, qu'est-ce que vous voulez ? demanda Yasmin.

— Je suis venu voir si vous voudriez changer quelque chose à ce que vous m'avez dit l'autre soir, répondit-il en s'adressant à Katja.

— Je n'ai aucun changement à apporter.

— Vous devriez réfléchir, je crois.

Yasmin s'enflamma, sa colère et sa peur l'emportant sur son bon sens.

— C'est du harcèlement ! s'indigna-t-elle. Du harcèlement, et vous le savez.

— Yas, fit Katja. Laisse-le parler.

Elle posa la crêpière sur la plaque, juste derrière la porte de la cuisine, et demeura où elle était, dans l'encadrement, la lumière qui l'éclairait par-derrière rejetant son visage dans l'ombre.

— On l'a déjà écouté une fois.

— Je crois qu'il y a du nouveau, pas toi ?

— Non.

— Yas...

— Non ! J'ai pas l'intention de laisser un sale négro avec une carte de police...

— *Maman !*

Daniel était ressorti de sa chambre, prêt pour l'école, maintenant, avec sur le visage une telle expression d'horreur que Yasmin aurait voulu chasser l'insulte qui restait suspendue entre eux, telle une petite brute ricanante, et se gifler avec plus de force que le mot n'avait giflé le policier.

— Mange tes crêpes, ordonna-t-elle à son fils. (Et au flic :) Sortez ce que vous avez à dire et fichez le camp.

Pendant un affreux moment, Daniel ne bougea pas, comme s'il attendait des instructions du policier, par exemple l'autorisation de faire ce dont sa mère venait de lui intimer l'ordre. Voyant cela, Yasmin eut envie de frapper quelqu'un mais elle respira à fond pour tenter de calmer les martèlements de son cœur.

— Dan, fit-elle.

Son fils se dirigea vers la cuisine et passa devant Katja qui lui dit en s'écartant :

— Il y a du jus d'orange dans le frigo, Daniel.

Aucun d'eux ne prononça un mot avant que des bruits étouffés n'indiquent que Daniel essayait de prendre son petit déjeuner malgré ce qui se passait. Ils demeuraient tous les trois dans la position qu'ils avaient prise lorsque le constable était entré dans l'appartement, aux sommets d'un triangle délimité par la porte d'entrée, la cuisine et le poste de télévision. Yasmin eut envie de rejoindre sa compagne mais au moment où elle s'apprêtait à le faire, Nkata rompit le silence et les mots qu'il prononça l'arrêtèrent.

— Ça fait désordre quand on change un peu trop son histoire, Miss Wolff. Vous êtes sûre que vous avez regardé la télévision l'autre soir ? Ce garçon va me raconter la même chose si je lui demande ?

— Laissez Daniel tranquille ! s'écria Yasmin. Je vous interdis de parler à mon fils !

— Yas, dit Katja, d'un ton calme mais ferme. Va manger, toi aussi, d'accord ? C'est à moi que ce policier veut parler.

— Je ne te laisse pas seule avec ce mec. Tu sais ce qu'ils font, les flics. Tu sais comment ils sont. On ne peut pas leur faire confiance, à part...

— A part pour les faits, enchaîna Nkata. Pour les faits, vous pouvez nous faire confiance. Alors, à propos de l'autre soir ?...

— Je n'ai rien à ajouter.

— Bon. Et pour hier soir, Miss Wolff ?

Yasmin vit le visage de son amie changer.

— Quoi, hier soir ?

— Vous regardiez aussi la télé ?

— Pourquoi vous voulez savoir ça ? intervint de nouveau Yasmin. Katja, tu ne dis rien avant qu'il t'ait expliqué pourquoi. Il ne nous aura pas. Il nous dit pourquoi il demande ça ou il sort son gros cul noir et sa tronche balafrée de chez moi. C'est clair, inspecteur ?

— On a un autre délit de fuite, dit Nkata à Katja. Alors, vous étiez où hier soir ?

Les sirènes d'alarme qui se déclenchèrent dans la tête de Yasmin l'empêchèrent presque d'entendre Katja répondre :

— Ici.

— Vers onze heures et demie ?

— Ici, répéta-t-elle.

— Capté, dit Nkata.

Il ajouta ce que, pensa Yasmin, il avait l'intention de leur balancer depuis qu'elle lui avait ouvert la porte :

— Alors, vous n'avez pas passé toute la nuit avec elle. Vous l'avez retrouvée, vous l'avez baisée et vous êtes repartie. Ça s'est passé comme ça ?

Il y eut un horrible silence, brisé seulement par la voix qui criait dans la tête de Yasmin : « Non ! »

Katja la regarda quand elle répondit au flic :

— Je ne vois pas de quoi vous voulez parler.

— Je parle de traverser South London en bus hier

soir, après le boulot. Je parle d'un rencard au Frère Jacques, et d'une balade à pied jusqu'à Wandsworth, au 55, Galveston Road. Je parle de ce qui s'est passé dans cette maison et avec qui. Ça vous dit quelque chose ? Ou vous maintenez que vous regardiez la télé hier soir ? Parce que si j'en crois ce que j'ai vu, et si la télé était allumée, vous aviez les yeux ailleurs, toutes les deux.

— Vous m'avez suivie, dit Katja d'un ton précautionneux.

— Vous et la dame en noir. Exact. La dame blanche en noir, ajouta Nkata pour faire bonne mesure en jetant un coup d'œil à Yasmin. La prochaine fois que vous ferez quelque chose d'intéressant devant la fenêtre, éteignez la lumière, Miss Wolff.

Yasmin sentit des oiseaux voleter devant son visage, voulut les éloigner mais ses bras refusèrent de bouger. *Dame blanche en noir... Eteignez la lumière.*

— Je vois, dit Katja. Vous avez bien travaillé. Vous m'avez suivie : ça mérite un bon point. Puis vous nous avez suivies toutes les deux : encore un bon point. Mais si vous étiez resté un peu plus longtemps, ce que vous n'avez manifestement pas fait, vous nous auriez vues ressortir un quart d'heure plus tard. Et si c'est sans aucun doute le temps que vous consacrez vous-même à des activités « intéressantes », comme vous dites, Yasmin vous confirmera que je suis une femme qui prend davantage de temps quand il s'agit de donner du plaisir.

Nkata parut déconcerté, et Yasmin fut ravie de son expression, comme elle fut ravie de voir Katja pousser l'avantage qu'elle venait de prendre en ajoutant :

— Si vous aviez fait vos devoirs plus sérieusement, vous auriez découvert que la femme que j'ai retrouvée au Frère Jacques est mon avocate. Elle s'appelle Harriet Lewis ; si vous avez besoin de son numéro pour vérifier, je vous le donne.

— Et le 55, Galveston Road ?

— Oui ?

— Qui est la personne qui vit là et que vous êtes allée voir hier soir avec… votre avocate ?

La pause du policier et l'accent qu'il mit sur le mot révélèrent aux deux femmes qu'il ne manquerait pas de vérifier.

— Son associée. Et si vous me demandez pourquoi je les ai consultées, je vous répondrai que cela relève du secret professionnel, comme Harriet Lewis vous le confirmera lorsque vous lui téléphonerez.

Katja traversa le petit salon pour s'approcher du sofa, où son sac à main reposait sur un coussin en tapisserie aux couleurs passées. Elle alluma une lampe qui repoussa l'obscurité du matin, prit un paquet de cigarettes et en alluma une en cherchant quelque chose dans son sac : une carte de visite, qu'elle tendit au policier. Image même du calme, elle tira une bouffée de sa cigarette, envoya un jet de fumée vers le plafond.

— Appelez-la. Bon, s'il n'y a pas d'autre question que vous souhaitez nous poser ce matin, notre petit déjeuner nous attend.

Nkata prit la carte. Fixant Katja des yeux comme pour l'épingler à l'endroit où elle se tenait, il grommela :

— Vous avez intérêt à ce qu'elle raconte la même chose que vous. De A à Z. Parce que sinon…

— Vous avez tout ce que vous voulez ? le coupa Yasmin. Si c'est fini, vous dégagez, maintenant.

Il porta son attention sur elle.

— Vous savez où me trouver, dit-il.

— Compte là-dessus, s'esclaffa Yasmin.

Elle ouvrit la porte d'un geste brusque sans regarder le policier sortir, la referma derrière lui au moment où Daniel appelait de la cuisine :

— Maman ?

— J'arrive, chéri. Continue à manger tes crêpes.

— N'oublie pas le bacon, ajouta Katja.

En parlant à l'enfant, les deux femmes se regardèrent, longuement et sans ciller, chacune attendant que l'autre parle.

— Tu ne m'avais pas dit que tu devais voir Harriet Lewis.

Katja porta la cigarette à ses lèvres, prit son temps pour inhaler la fumée et finit par répondre :

— Il y a des choses à régler, Yas. Il y a vingt ans de choses à régler. Ça nous demandera du temps.

— Qu'est-ce que tu veux dire ? Quel genre de choses ? Tu as des problèmes, Katja ?

— Des problèmes, il y en a. Mais pas les miens. Une question à résoudre, c'est tout.

— Quoi ? Qu'est-ce qu'…

— Yas, il est tard, dit Katja en écrasant sa cigarette dans le cendrier de la table basse. Il faut aller travailler. Je ne peux pas tout t'expliquer maintenant. La situation est bien trop complexe.

Yasmin eut envie de répliquer : « Et c'est pour ça qu'il t'a fallu si longtemps pour en discuter, hier soir ? », mais elle garda le silence et rangea l'interrogation dans le fichier mental contenant les autres questions qu'elle n'avait pas posées : pourquoi Katja manquait-elle au travail ? Pourquoi s'absentait-elle de la maison ? Où allait-elle quand elle empruntait la voiture et pourquoi l'empruntait-elle, pour commencer ? Afin d'établir entre elles quelque chose de durable hors des murs de la prison, un lien ne se réduisant pas au besoin de maintenir un rempart contre la solitude, le désespoir et la dépression, il fallait commencer par dissiper le doute. Toutes les questions de Yasmin venaient du doute, maladie virulente qui pouvait les détruire toutes les deux.

Pour le chasser de son esprit, elle pensa à ses premiers jours de détention à Holloway, à l'unité médicale où l'on cherchait en elle les signes que sa dépression conduirait à l'aliénation mentale, elle pensa à l'humiliation de la première fouille à corps – « Un coup d'œil à la foufounette, ma p'tite dame » – et de toutes celles qui avaient suivi, aux enveloppes remplies machinalement, interminablement, dans ce qui passait en prison pour un travail de réinsertion, à une colère si profonde qu'elle rongeait Yasmin jusqu'à l'os. Elle pensa à la Katja de ces premiers jours et du procès ; Katja qui l'observait de loin mais sans jamais lui parler, jusqu'à ce que Yasmin lui demande ce qu'elle voulait, un jour au réfectoire où Katja était assise seule, comme toujours, une tueuse de bébé, un monstre de la pire espèce, incapable de repentir.

« Parle pas à cette salope de chleuh, l'avait-on prévenue. Une bonne rouste, voilà ce qui lui pend au nez. »

Yasmin avait posé la question quand même. Elle s'était assise en face de l'Allemande en faisant claquer son plateau sur la table. « Qu'est-ce que tu me veux, sale garce ? Tu me regardes comme le dîner de la semaine prochaine depuis que je suis arrivée ici. Ça me plaît pas, tu as compris ? » Elle s'était efforcée de prendre un ton dur, sachant, sans qu'on ait eu besoin de le lui dire, que pour survivre derrière des murs et des portes fermées, il ne fallait jamais montrer un signe de faiblesse.

« Il y a des moyens de s'en tirer, lui avait répondu Katja. Mais tu n'y arriveras jamais si tu ne te soumets pas.

— Me soumettre à ces fumiers ? avait rétorqué Yasmin, repoussant son bol de thé si brusquement que le liquide avait imprégné la serviette en papier d'un sang brun. Je n'ai rien à faire ici. J'y suis parce que j'ai défendu ma vie.

— C'est ce qu'on fait en se soumettant. Défendre sa vie. Pas la vie qu'on mène ici, la vie à venir.

— Tu parles d'une vie ! Quand je sortirai, mon gosse me reconnaîtra pas. Tu sais ce que c'est, ça ? »

Katja savait, même si elle ne disait jamais un mot de l'enfant qu'elle avait elle-même abandonné le jour de sa naissance. Comme Yasmin devait le découvrir, le miracle, avec Katja, c'est qu'elle était passée par tout ce qu'elle avait elle-même connu : la perte de la liberté, la perte d'un enfant, la confiance en des gens qui ne le méritaient pas, l'apprentissage du fait qu'on ne peut compter que sur soi. Cette compréhension de Katja avait été la fondation sur laquelle elles avaient posé les premières pierres hésitantes de leur association. Et pendant le temps qu'elles avaient passé ensemble, Katja Wolff – en prison depuis dix ans lorsque Yasmin l'avait rencontrée – et Yasmin Edwards avaient tracé les plans de leur vie quand elles seraient enfin libérées.

La vengeance n'en faisait partie ni pour l'une ni pour l'autre. En fait, le mot n'avait même jamais franchi leurs lèvres. Mais Yasmin se demandait maintenant ce que Katja avait voulu dire pendant toutes ces années quand elle répétait : « Quelqu'un a une dette envers moi », sans jamais préciser de quelle dette il s'agissait ni qui la paierait.

Elle ne pouvait se résoudre à demander à sa compagne où elle était allée la veille en quittant la maison de Galveston Road avec son avocate, Harriet Lewis. Penser à la Katja qui l'avait conseillée, qui l'avait écoutée et aimée pendant toute sa détention aidait Yasmin à contenir ses doutes.

Pourtant, elle n'arrivait pas à chasser le souvenir de ce moment où Katja s'était figée en se mettant au lit. Elle n'arrivait pas à oublier ce que cette soudaine immobilité pouvait signifier, et elle dit :

— Je ne savais pas que Harriet Lewis avait une associée.

Katja tourna la tête vers la fenêtre, où les rideaux restaient fermés sur l'aube.

— C'est drôle, Yas, moi non plus.

— Tu penses qu'elle pourra t'aider, alors ? T'aider pour ce que tu essaies de régler ?

— Oui. Oui, j'espère qu'elle pourra. Ce serait bien, non ? Mettre fin à la lutte.

Katja se tut et resta là à attendre la suite, à attendre les kyrielles de questions que Yasmin Edwards ne supportait pas de lui poser. Devant le mutisme de sa compagne, Katja hocha la tête comme si elle avait elle-même posé une question et reçu une réponse.

— Les problèmes sont en passe d'être résolus, déclara-t-elle. Je rentrerai directement après le travail, ce soir.

16

Barbara Havers apprit l'état de Webberly à sept heures quarante-cinq quand la secrétaire du commissaire lui téléphona, au moment où elle se séchait après sa douche matinale. Sur instruction de l'inspecteur Lynley, qui assurait les fonctions de commissaire, Dorothea Harriman appelait tous les enquêteurs relevant de Webberly, dit-elle à Barbara. Comme elle n'avait pas le temps de bavarder, elle lui épargnait les détails : Webberly était à l'hôpital de Charing Cross, dans le coma, il avait été renversé par une voiture en promenant son chien.

— Merde ! s'exclama Barbara. Renversé par une voiture. Quand ? Comment ? Il va...

La voix de Harriman se tendit, ce qui révéla à Barbara tout ce qu'elle avait besoin de savoir sur les efforts que la secrétaire de Webberly déployait afin de garder un ton professionnel malgré son inquiétude pour l'homme avec qui elle travaillait depuis plus de dix ans.

— C'est tout ce que je sais. La police de Hammersmith enquête.

— Dee, qu'est-ce qui s'est passé ?

— Il y a eu délit de fuite.

La tête de Barbara se mit à tourner ; la main avec laquelle elle tenait le téléphone perdit toute sensibilité, comme si elle n'appartenait plus à son corps. Elle raccrocha dans un état d'hébétude, s'habilla en se souciant encore moins que d'habitude de son apparence. Ce ne serait que beaucoup plus tard dans la journée qu'elle jetterait un coup d'œil dans un miroir en allant aux toilettes et découvrirait qu'elle avait mis des socquettes roses avec un pantalon vert faisant poche aux genoux, et un tee-shirt violet passé portant ces mots imprimés en lettres gothiques tarabiscotées : « La vérité n'est pas là-bas, elle est là-dessous. » Elle enfonça une tartine dans le grille-pain et, pendant qu'elle chauffait, sécha ses cheveux et appliqua deux touches de rouge à lèvres fuchsia sur ses joues pour donner un peu de couleur à son visage. Tartine à la main, elle prit ses affaires, ramassa ses clés de voiture et se précipita dehors… sans manteau, sans écharpe, sans la moindre idée de l'endroit où elle allait.

L'air froid la fit se ressaisir brutalement à six pas de sa porte d'entrée. « Attends un peu, Barb », murmura-t-elle, et elle retourna dans son petit pavillon, se força à s'asseoir à la table où elle mangeait, repassait et travaillait. Elle alluma une cigarette, s'exhorta à rester calme pour être utile à quelque chose. Si l'accident de Webberly et le meurtre d'Eugenie Davies étaient liés, elle ne serait pas capable d'apporter quoi que ce soit à l'enquête en continuant à tourner en rond comme une souris mécanique.

Et il y *avait* un lien, elle était prête à parier sa carrière là-dessus.

La veille, elle était rentrée peu satisfaite de sa seconde visite à la Vallée des Rois et au Comfort Inn, où elle avait uniquement appris que J. W. Pitchley fréquentait souvent les deux établissements, si souvent que ni les serveurs du restaurant ni l'employé de la réception de l'hôtel n'avaient pu lui dire avec certitude s'il y était venu aussi le soir du meurtre d'Eugenie Davies.

« Oh oui, ce monsieur sait y faire avec les dames », avait commenté l'employé, examinant la photo de Pitchley par-dessus le dialogue du major James Bellamy et de sa femme qui s'offraient une prise de bec due à leur différence de classe dans un vieil épisode de *Maîtres et valets* passant sur un magnétoscope proche. Le type avait marqué une pause pour regarder un instant le drame qui se déroulait sur l'écran puis avait secoué la tête en soupirant : « Marchera jamais, ce ménage », avant de revenir à Barbara et de lui rendre la photo qu'elle avait subtilisée à West Hampstead. « Il les amène souvent ici, ses dames, avait-il poursuivi. Il paie toujours en liquide et la dame attend à l'écart dans le hall. Pour que je ne puisse pas la voir ni me douter qu'ils garderont la chambre quelques heures seulement. Il est venu ici très, très souvent, cet homme. »

Le résultat avait été à peu près le même à la Vallée des Rois. J. W. Pitchley avait fait le tour de tous les plats du menu et les serveurs pouvaient retrouver à peu près tout ce qu'il avait mangé ces cinq derniers mois, mais quant aux femmes qui l'accompagnaient... Elles avaient les cheveux blonds, bruns, roux, gris. Et elles étaient toutes anglaises, naturellement. Que pouvait-on attendre d'autre d'une civilisation décadente ?

Montrer la photo d'Eugenie Davies en compagnie de la photo de J. W. Pitchley n'avait conduit Barbara nulle part. Ah si, encore une Anglaise, non ? avaient demandé les serveurs comme l'employé de l'hôtel. Oui, elle était peut-être venue un soir avec lui. Mais peut-être pas. C'était le monsieur, voyez-vous, qui les intéressait : comment un homme aussi ordinaire avait-il autant de succès avec les femmes ?

« Quand on a faim, tout est bon, avait marmonné Barbara. Si vous voyez ce que je veux dire. »

Ils voyaient, elle n'avait pas eu besoin d'expliquer. Elle était rentrée chez elle, décidée à attendre l'ouverture de Sainte-Catherine, le lendemain matin.

C'était ça qu'elle était censée faire, se rendit-elle compte, assise à sa petite table de salle à manger, fumant, espérant que la nicotine lui mettrait le cerveau en état de marche. Il y avait quelque chose de louche chez J. W. Pitchley, et si le fait que la morte ait son adresse sur elle n'avait pas suffi à en persuader Barbara, la fuite des deux malfrats par la fenêtre de la cuisine de Pitchley et le chèque qu'il était en train d'écrire – pour l'un d'eux, certainement – l'en avaient convaincue.

Elle ne pouvait rien faire pour améliorer l'état du commissaire mais elle pouvait continuer à chercher ce que J. W. Pitchley, alias James Pitchford, s'efforçait de cacher. Et cela pouvait fort bien être ce qui le liait au meurtre et à l'agression contre Webberly. Si c'était le cas, elle voulait être celle qui épinglerait ce salaud. Elle le devait au commissaire, parce qu'elle avait envers Malcolm Webberly une dette qu'elle ne pourrait jamais rembourser.

Avec plus de calme cette fois, elle tira son caban de l'armoire, ainsi qu'une écharpe écossaise qu'elle noua autour de son cou. Plus adéquatement vêtue pour novembre, elle ressortit dans l'air froid et humide du matin.

Elle dut attendre l'ouverture de Sainte-Catherine et en profita pour avaler un sandwich bacon-champignons dans l'espèce de bonne vieille cafétéria servant du pain grillé en voie d'extinction. Après quoi, elle appela l'hôpital de Charing Cross, où on l'informa que l'état de Webberly demeurait stationnaire. Elle joignit ensuite Lynley sur son portable alors qu'il se rendait au Yard. Il était resté à l'hôpital jusqu'à six heures, lui dit-il, jusqu'au moment où il avait pris conscience que traîner dans la salle d'attente du service de réanimation ne faisait que lui mettre les nerfs à vif sans changer quoi que ce soit à l'état du commissaire.

— Hillier est là-bas, ajouta-t-il tout à trac.

Cela suffit en définitive comme explication : l'adjoint du préfet n'était pas une compagnie agréable dans les bons jours ; dans les plus mauvais, il était sûrement impossible.

— Et le reste de la famille ? demanda Barbara.

— Miranda est venue de Cambridge.

— Et Frances ?

— Chez elle. Laura Hillier est avec elle.

— Chez elle ? Un peu curieux, non ? fit Barbara, le front plissé.

Ce à quoi Lynley répondit :

— Helen a apporté quelques vêtements à l'hôpital. De quoi manger aussi. Randie est accourue si précipitamment qu'elle avait oublié de mettre des chaussures, alors Helen lui a donné des tennis et un survêtement au cas où elle voudrait se changer. Elle m'appellera s'il y a du nouveau. Helen, je veux dire.

— Inspecteur… fit Barbara, étonnée de la réticence de son supérieur.

Il y avait du grain à moudre, et elle était prête à faire tourner la meule. Elle était flic jusqu'au bout des ongles et – oubliant provisoirement ses soupçons sur J. W. Pitchley – elle ne pouvait s'empêcher de se demander si l'absence de Frances Webberly n'avait pas un autre motif que le choc. Si elle ne signifiait pas, par exemple, qu'elle aurait été au courant de l'infidélité passée de son mari.

— Vous ne pensez pas que le fait que Frances…

— Vous travaillez sur quoi, ce matin, Havers ?

— Inspecteur…

— Qu'est-ce que vous avez trouvé sur Pitchley ?

Lynley lui faisait clairement comprendre que Frances Webberly n'était pas un sujet dont il était disposé à discuter avec elle. Barbara remisa donc son irritation – du moins pour le moment – et lui relata ce qu'elle avait découvert sur Pitchley la veille : son comportement suspect, la présence chez lui de deux loubards qui avaient préféré s'enfuir par la fenêtre pour ne pas l'affronter, le chèque que Pitchley était en train d'établir, la confirmation par l'employé de l'hôtel et les serveurs qu'il était un habitué du Comfort Inn et de la Vallée des Rois.

— Voilà ce que je pense : s'il a changé de nom une fois à cause d'un crime, qu'est-ce qui nous dit qu'il n'en avait pas déjà changé avant à cause d'un autre crime ?

622

Lynley estima l'hypothèse peu probable mais donna quand même le feu vert à Havers. Ils se retrouveraient plus tard au Yard.

Il ne fallut pas longtemps à Barbara pour parcourir deux décennies de dossiers juridiques à Sainte-Catherine puisqu'elle savait ce qu'elle cherchait. Et ce qu'elle trouva la fit se ruer à New Scotland Yard, où elle appela le poste de police de Tower Hamlets et passa une heure à rechercher puis à interroger le seul inspecteur qui y avait fait toute sa carrière. Son goût du détail et la profusion de notes qu'il avait emmagasinées – suffisamment pour écrire plusieurs fois ses Mémoires – fournirent à Havers la mine d'or qu'elle cherchait.

— Oh oui ! fit-il de sa voix traînante. C'est un nom que je ne risque pas d'oublier. Toute cette bande nous cause des ennuis depuis qu'ils sont sur terre.

— En ce qui concerne ce type, en particulier…

— Je peux vous raconter une ou deux histoires gratinées à son sujet.

Elle prit des notes pendant la relation de l'inspecteur puis raccrocha et se mit en quête de Lynley.

Elle le trouva dans son bureau, debout près de la fenêtre, l'air grave. Après sa visite à l'hôpital, le matin, il était apparemment passé chez lui avant de venir au Yard car il était comme à son habitude rasé de frais et impeccablement vêtu. Seul signe que quelque chose n'allait pas : sa posture. Alors qu'il se tenait toujours aussi droit que s'il avait un manche à balai en guise d'épine dorsale, il semblait affaissé, comme s'il avait porté un sac de grain sur ses épaules.

— Dee m'a seulement indiqué qu'il était dans le coma, attaqua-t-elle en guise de bonjour.

Lynley lui dressa la liste des blessures de Webberly et conclut :

— La seule chance qu'il a eue, c'est que la voiture ne lui soit pas vraiment passée dessus. La violence du choc l'a projeté contre une boîte aux lettres, ce qui est déjà grave. Mais cela aurait pu être pire.

— Des témoins ?

— Quelqu'un a vu un véhicule noir descendre Stamford Brook Road à toute vitesse.

— Comme celui qui a écrasé Eugenie ?

— Une grosse voiture, oui. Peut-être un taxi, d'après le témoin. Peint en deux tons, noir avec un toit gris. Hillier pense que le gris viendrait du reflet des réverbères sur le noir.

— Qu'il aille se faire foutre, qu'on rigole un peu, maugréa Barbara. Les taxis sont peints de toutes les couleurs, maintenant. Deux tons, trois tons, rouge et jaune, couverts de pub, des roues au toit. Moi, je serais d'avis d'écouter ce que dit le témoin. Et puisqu'on parle à nouveau d'une voiture noire, je pense que nous avons un lien, là, non ?

— Avec Eugenie Davies ? Oui, enchaîna Lynley sans attendre de réponse.

Il fit le tour de son bureau et s'assit. D'un signe de tête, il invita Barbara à faire de même puis chaussa ses lunettes et montra un carnet.

— Je viens de relire mes notes, nous n'avons quasiment rien, Havers. Tout ce que j'ai trouvé, c'est une contradiction entre ce que Richard Davies, son fils et Ian Staines disent d'une rencontre entre Gideon et Eugenie. Staines prétend qu'elle devait demander de l'argent à son fils pour l'aider à régler une dette avant qu'il ne perde sa maison et tout ce qu'il y a dedans, mais il ajoute qu'elle l'aurait informé – après avoir promis de voir son fils – qu'il s'était passé quelque chose et qu'en conséquence elle ne solliciterait pas Gideon. De son côté, Richard Davies affirme qu'elle n'a absolument pas demandé à voir Gideon, mais qu'au contraire c'était lui qui voulait qu'Eugenie essaie d'aider son fils, qui a un problème de trac, et c'est pour cette raison qu'ils devaient se rencontrer : à sa requête à lui, Richard. Gideon confirme plus ou moins cette version. Il déclare que sa mère n'a jamais demandé à le voir, du moins à sa connaissance. Tout ce qu'il sait, c'est que son père souhaitait qu'ils se rencontrent afin qu'elle l'aide à retrouver son jeu.

— Elle jouait du violon ? s'étonna Havers. Je n'en ai pas vu dans le cottage de Henley.

— Gideon ne voulait pas dire qu'elle lui donnerait des leçons. En fait, il estimait qu'elle ne pouvait rien faire pour lui, à part « être d'accord » avec son père.

— Ce qui signifie ?

— Je ne sais pas. Mais je peux vous dire ceci : il ne souffre pas de trac. Il y a quelque chose de grave chez cet homme.

— Une conscience coupable, par exemple ? Il a passé sa soirée où, il y a trois jours ?

— Chez lui. Seul. A ce qu'il prétend. (Lynley jeta son carnet sur le bureau et ôta ses lunettes.) Tout cela ne colle pas avec le message envoyé à Eugenie Davies, Barbara.

Il la mit au courant et ajouta en conclusion :

— Le message était signé *Jete*. Cela vous dit quelque chose ?

— Un acronyme ? suggéra Barbara.

Elle considéra les mots possibles commençant par ces quatre lettres – *j'ai envie de trucs érotiques* lui venant tout de suite à l'esprit – puis descendit l'arbre généalogique de cette hypothèse pour arriver à une pensée apparentée :

— Peut-être Pitchley faisant une variation sur son pseudo Langue de Velours ?

— Qu'avez-vous trouvé sur lui à Sainte-Catherine ?

— Un vrai filon. Les dossiers confirment qu'il s'appelait bien James Pitchford il y a vingt ans, comme il l'affirme.

— En quoi est-ce un filon ?

— A cause de ce qui suit. Avant de devenir Pitchford, il était le petit Jimmy Pytches de Tower Hamlets. Il a changé son nom en Pitchford six ans avant le meurtre de Kensington Square.

— Inhabituel, convint Lynley, mais certes pas condamnable.

— En soi, non. Mais quand on met dans le même panier deux changements de nom en une vie, et deux lascars qui sautent par la fenêtre de sa cuisine quand les flics se pointent, on obtient quelque chose qui pue comme de la morue laissée au soleil. J'ai donc téléphoné au poste de police local, j'ai demandé si quelqu'un se souvenait d'un nommé Jimmy Pytches…

— Et ?

— Ecoutez ça. La famille Pytches n'arrête pas d'avoir des ennuis. Elle en avait à l'époque, elle en a encore maintenant. Quand Pitchley s'appelait Jimmy Pytches, il y a de ça des années, un bébé qu'il gardait est mort. Il était alors adolescent et les enquêteurs n'ont rien pu lui coller sur le dos. Ils ont conclu à un cas de mort subite du nourrisson, mais pas avant d'avoir maintenu Jimmy quarante-huit heures en détention et de l'avoir interrogé comme suspect numéro un. Tenez, jetez un coup d'œil à mes notes, si vous voulez.

Lynley remit ses lunettes.

— Un deuxième bébé qui meurt avec Pitchley dans les parages, ça fait plutôt moche, non ? poursuivit Barbara tandis que l'inspecteur parcourait les notes.

— S'il a effectivement assassiné Sonia Davies et si Katja Wolff a payé pour lui… commença Lynley.

— C'est peut-être pour ça qu'elle n'a plus dit un mot après son arrestation, l'interrompit Barbara. Supposons que Pitchford et elle aient eu une liaison – elle était enceinte, d'accord ? Après le meurtre de Sonia, ils savaient tous deux que les flics s'intéresseraient à lui de très près à cause de l'autre mort, une fois qu'ils auraient découvert sa véritable identité. S'ils pouvaient maquiller ça en accident, en simple négligence…

— Mais pourquoi aurait-il noyé la petite Davies ?

— Il était jaloux de ce que la famille avait et qu'il n'avait pas. Furieux de la façon dont les Davies traitaient son amie. Il veut la tirer de cette situation ou se venger de gens qui possèdent ce sur quoi il ne pourra jamais mettre la main, alors il s'en prend au bébé. Katja accepte de payer pour lui, elle connaît son passé, elle pense qu'elle ne sera condamnée qu'à un an ou deux pour négligence alors que lui écoperait probablement de la prison à vie pour meurtre avec préméditation. Pas un instant elle ne pense à la réaction qu'un jury pourrait avoir devant son silence sur la mort d'un bébé handicapé. Imaginez ce qui passait probablement dans la tête des jurés : l'ombre de Mengele, etc., et elle qui refuse de dire le moindre mot sur ce qui est arrivé. Le juge lui colle le maximum, vingt ans, et Pitchford disparaît de la vie de Katja, il la laisse dépérir en prison pendant qu'il devient Pitchley et fait un malheur à la City.

— Ensuite ? Elle sort de prison et puis quoi, Havers ?

— Elle raconte à Eugenie ce qui s'est vraiment passé, elle dénonce le vrai coupable. Eugenie retrouve Pitchley comme j'ai retrouvé Pytches. Elle décide de le rencontrer, mais elle ne peut pas.

— Pourquoi ?

— Parce qu'elle se fait renverser dans la rue.

— J'entends bien. Mais par qui, Barbara ?

— Je crois que Leach a sa petite idée là-dessus.

— Pitchley ? Pourquoi ?

— Katja Wolff veut que justice soit faite. Eugenie aussi. Un seul moyen : liquider Pitchley, et je doute qu'il ait été d'accord.

L'inspecteur secoua la tête.

— Et comment expliquez-vous Webberly ?

— Je crois que vous connaissez déjà la réponse.

— Les lettres ?

— Il est temps de les restituer. Vous voyez bien l'importance qu'elles ont.

— Havers, elles sont vieilles de dix ans, ces lettres. Elles ne présentent aucun intérêt.

— Faux, faux, archi-faux, scanda Barbara, tirant de frustration sur sa frange. Ecoutez, supposons que Pitchley et Eugenie aient eu une liaison. Supposons que ce soit pour ça qu'elle se trouvait dans sa rue l'autre soir. Supposons qu'il soit allé à Henley en cachette pour la voir et que pendant leur rendez-vous d'amour, il soit tombé sur les lettres. La jalousie lui fait péter les plombs, il trucide Eugenie et s'occupe ensuite du commissaire.

Lynley secoua de nouveau la tête.

— Barbara, vous ne pouvez pas jouer sur tous les tableaux. Vous déformez les faits pour les faire correspondre à vos conclusions. Mais ça ne colle pas. Ça ne colle pas avec l'affaire.

— Pourquoi ?

— Parce que votre théorie laisse trop d'éléments inexpliqués, repartit Lynley avant de se lancer dans une énumération. Comment Pitchley aurait-il pu avoir une liaison avec Eugenie Davies sans que Ted Wiley soit au courant, puisqu'il surveillait les allées et venues au Doll Cottage ? Qu'est-ce qu'Eugenie voulait avouer à Wiley, et pourquoi est-elle morte la veille du jour où elle devait faire ces aveux ? Qui est *Jete* ? Qui retrouvait-elle dans ces pubs et à l'hôtel ? Et que faisonsnous de la coïncidence entre la libération de Katja Wolff et les deux délits de fuite dont les victimes avaient joué un rôle important dans l'affaire ayant causé son emprisonnement ?

— D'accord, soupira Barbara, laissant ses épaules s'affaisser. Où est Winston ? Qu'est-ce qu'il raconte sur Katja Wolff ?

Lynley lui résuma le rapport de Nkata sur les faits et gestes de l'Allemande la veille et termina par ces mots :

— Il est certain que Yasmin Edwards et Katja Wolff cachent quelque chose. Quand il a appris pour Webberly, il a fait savoir qu'il voulait avoir une autre conversation avec les deux femmes.

— Il pense lui aussi qu'il y a un lien entre les deux délits de fuite ?

— Oui. Et je suis de son avis. Il y a bel et bien un lien, Havers. Le hic, c'est que nous ne voyons pas lequel.

Il se leva, rendit ses notes à Barbara et entreprit de rassembler des documents sur son bureau.

— Allons à Hampstead. L'équipe de Leach doit maintenant avoir quelque chose sur quoi nous pourrons travailler.

Winston Nkata resta cinq bonnes minutes dans sa voiture devant le poste de police de Hampstead avant d'en descendre. A cause d'un carambolage de quatre voitures autour de l'énorme rond-point situé juste avant le croisement de Vauxhall Bridge, il avait mis plus d'une heure et demie pour venir du sud de Londres. Une chance. Assis au volant tandis que les pompiers, les ambulanciers et les agents de la circulation démêlaient l'enchevêtrement de métal et de corps blessés, il avait eu le temps nécessaire pour accepter le gâchis de sa visite chez Katja Wolff et Yasmin Edwards.

Il avait tout foutu en l'air. Il avait montré son jeu. Il avait chargé comme un taureau soixante-sept minutes exactement après avoir ouvert les yeux ce matin-là, se ruant à Kennington à la première heure qu'il avait estimée raisonnable. Soufflant par les naseaux, frappant le sol du sabot, impatient de baisser les cornes et d'attaquer, il était monté dans cet ascenseur grinçant avec le sentiment exaltant d'être sur le point de résoudre l'affaire. Et il s'était donné beaucoup de mal pour se convaincre que sa mission à Kennington ne concernait que l'affaire. Parce que si Katja Wolff couchaillait un peu en cachette, si Yasmin Edwards n'en savait rien, s'il pouvait le lui apprendre pour créer une faille dans la relation des deux femmes, qu'est-ce qui empêcherait alors Yasmin Edwards de reconnaître ce dont il avait déjà la conviction absolue : que Katja Wolff n'était pas à la maison le soir du meurtre d'Eugenie Davies ?

Il s'était persuadé qu'il n'avait pas d'autre intention. Il n'était qu'un flic qui accomplissait son travail. Rien à voir avec la peau de Yasmin, lisse et tendue, couleur de penny fraîchement frappé. Rien à voir non plus avec son corps, souple et ferme, à la taille s'évasant en des hanches accueillantes. Ses yeux n'étaient que des fenêtres, sombres comme des ombres, cherchant à dissimuler ce qu'ils ne pouvaient cacher : colère et peur. Cette colère et cette peur, il les utiliserait, lui pour qui elle n'était rien, juste une ex-taularde lesbienne qui avait tué son mari un soir et s'était mise en ménage avec une tueuse de bébé.

Il n'entrait pas dans ses fonctions de découvrir pourquoi Yasmin Edwards avait installé cette tueuse de bébé chez elle, là où vivait son propre enfant, et Nkata le savait. Mais il s'était dit aussi qu'en plus de leur fournir l'élément dont ils avaient besoin pour leur enquête, ce serait encore mieux si la fissure qu'il introduirait dans les relations entre les deux femmes conduisait à une rupture qui mettrait Daniel Edwards hors de portée d'une meurtrière condamnée.

Il avait délibérément occulté l'idée que la mère du petit garçon était elle aussi une meurtrière condamnée. Elle, c'était un adulte qu'elle avait frappé, et rien dans son passé n'indiquait une animosité envers les enfants.

Ce fut donc convaincu de la justesse de sa cause qu'il avait sonné à la porte de Yasmin Edwards. Et le fait qu'elle n'ait pas répondu à la première sonnerie avait eu sur lui l'effet d'un aiguillon, dont la pointe s'était enfoncée dans ses flancs, et il avait sonné de plus belle jusqu'à les contraindre à venir ouvrir.

Nkata avait été en butte au racisme et à la haine pendant une grande partie de sa vie. On ne pouvait appartenir à une minorité raciale en Angleterre sans être chaque jour la cible d'une hostilité qui revêtait une centaine de formes. Même à la Metropolitan Police où les capacités, avait-il cru, comptaient plus que la couleur de l'épiderme, il avait appris à se méfier, à ne jamais laisser les autres s'approcher trop, à ne jamais baisser complètement sa garde, de crainte de payer le prix fort en croyant qu'une familiarité de discours signifiait une égalité d'esprit. Ce n'était pas le cas, quelles que pussent être les apparences pour un observateur non averti. Et sage était le Noir qui s'en souvenait.

A cause de tout cela, il s'était longtemps cru incapable du genre de jugement qu'il avait appris à subir de la part des autres. Mais après l'interrogatoire de ce matin à Doddington Drove Estate, il avait découvert que ses conceptions étaient aussi étroites, et tout aussi susceptibles de le mener à des conclusions mal fondées, que celles du plus illettré, du plus mal habillé et du plus grossier des membres du National Front.

Il les avait vues ensemble. Il avait vu leur façon de se retrouver, de parler et de marcher comme un couple dans Galveston Road. Il savait que l'Allemande vivait avec une autre femme, et quand elles étaient entrées dans cette maison et qu'elles avaient fermé la porte, il avait laissé leurs silhouettes s'étreignant devant la fenêtre enflammer son imagination et la lancer au galop hors du corral comme un cheval indien non dressé. Une lesbienne qui rencontre une autre femme et se rend avec elle dans un endroit isolé, cela ne pouvait signifier qu'une seule chose. Il y avait cru. Et il avait laissé sa conviction influer sur le cours de son second interrogatoire dans l'appartement de Yasmin Edwards.

S'il n'avait pas compris immédiatement qu'il avait tout gâché, il l'aurait appris assez tôt en appelant le numéro inscrit sur la carte que Katja lui avait remise. Harriet Lewis en personne confirma : oui, elle était l'avocate de Katja Wolff. Oui, elle était avec elle la veille au soir. Oui, elles s'étaient rendues ensemble à Galveston Road.

« Vous êtes ressorties au bout d'un quart d'heure ? lui avait demandé Nkata.

— De quoi s'agit-il ?

— Vous avez fait quoi, à Galveston Road ?

— Cela ne vous regarde pas, avait répliqué l'avocate comme Katja Wolff l'avait prédit.

— Elle est votre cliente depuis combien de temps ? avait-il essayé ensuite.

— Cette conversation est terminée. Je travaille pour Miss Wolff, pas pour vous. »

Il ne lui était resté que le sentiment d'avoir accumulé les gaffes et de devoir maintenant s'expliquer à la seule personne qu'il s'efforçait de prendre pour exemple : l'inspecteur Lynley. Lorsque la circulation avait ralenti aux abords de Vauxhall Bridge puis s'était totalement figée tandis que des sirènes ululaient devant, il s'était félicité non seulement de la diversion que l'accident fournissait à son esprit mais aussi du temps dont il disposerait pour décider de la façon dont il rendrait compte des douze dernières heures.

Il fixa un moment encore la porte du poste de police de Hampstead puis se força à descendre de voiture. Il entra, montra sa carte d'identité et marcha d'un pas lent vers la pénitence que ses actes méritaient.

Il trouva tout le monde dans la salle des opérations, où la réunion du matin venait de prendre fin. Sur le tableau s'étirait la liste des activités de la journée, avec les noms des hommes et des femmes qui en étaient chargés, mais le silence que les policiers observaient en sortant apprit à Nkata qu'ils étaient au courant de ce qui était arrivé à Webberly.

Restés dans la salle, l'inspecteur Lynley et Barbara Havers comparaient deux feuillets d'imprimante. Nkata les rejoignit en disant :

— Désolé. Télescopage en série à Vauxhall Bridge.

Lynley, regardant par-dessus ses lunettes, répondit :

— Ah. Winston. Comment ça s'est passé ?

— Pas réussi à les faire changer de déclaration, ni l'une ni l'autre.

— Merde, grogna Barb.

— Vous avez parlé à Edwards en tête en tête ? voulut savoir l'inspecteur.

— Pas eu besoin. Wolff rencontrait son avocate hier soir, c'est là qu'était l'oiseau. L'avocate a confirmé quand je l'ai appelée.

Le visage de Nkata devait refléter sa contrariété car Lynley l'examina un long moment, pendant lequel le policier noir se sentit aussi malheureux qu'un enfant qui vient de décevoir son père.

— Vous paraissiez pourtant sûr de vous quand nous

en avions parlé, fit observer l'inspecteur. Et généralement, quand vous êtes sûr, vous ne vous trompez pas. Vous êtes certain d'avoir parlé à l'avocate, Winnie ? Wolff aurait pu vous donner le numéro d'une amie qu'elle aurait convaincue de jouer ce rôle.

— Le numéro était inscrit sur une carte de visite professionnelle. Et vous en connaissez, vous, des avocats qui se risqueraient à mentir pour un client quand les flics leur demandent de répondre par oui ou par non ? Je continue quand même à penser que les deux femmes cachent quelque chose. Je m'y suis juste mal pris pour leur soutirer ce que c'est.

Comme son admiration pour Lynley passerait toujours avant son désir de donner une bonne image de lui à l'inspecteur, Nkata ajouta :

— En fait, j'ai salopé le boulot. Si quelqu'un doit retourner leur parler, il vaut mieux que ce ne soit pas moi.

Barbara Havers lui apporta son soutien :

— Dieu sait que ça m'est arrivé plus d'une fois, Winnie.

Nkata lui adressa un regard reconnaissant. Elle avait effectivement foiré dans une affaire, ce qui lui avait coûté ses galons de sergent, et probablement ses possibilités d'avancement dans la Metropolitan Police. Mais au moins, elle avait fait arrêter un tueur à l'issue de l'affaire, alors que lui n'avait réussi qu'à compliquer les choses.

— Oui. Bon, dit Lynley. Nous avons tous commis des erreurs. Ce n'est pas grave, Winston, nous arrangerons cela.

Nkata crut cependant déceler dans le ton une certaine déception... qui n'était rien à côté de celle que sa vieille maman montrerait quand il lui raconterait ce qui s'était passé.

« A quoi tu pensais, fils » ? s'exclamerait-elle.

Question à laquelle il préférait ne pas répondre.

Il fit un effort pour se concentrer sur le résumé de la réunion du matin. On avait trouvé les noms et les adresses correspondant aux numéros de téléphone appelés par Eugenie Davies, et les personnes ayant laissé des messages sur son répondeur avaient également été identifiées. La prénommée Lynn s'était révélée être une certaine Lynn Davies…

— Parente ? demanda Nkata.

— Cela reste à découvrir.

… que son adresse situait non loin d'East Dulwich.

— Havers se charge de l'interroger, annonça Lynley.

Il informa ensuite Nkata que l'homme non identifié qui, sur la bande du répondeur, exigeait rageusement que Mrs Davies décroche pour lui parler était un nommé Raphael Robson, que son adresse à Gospel Oak plaçait plus près du lieu du crime que quiconque, excepté J. W. Pitchley, bien sûr.

— Je m'occuperai de Robson, continua Lynley, qui ajouta à l'intention de Nkata : J'aimerais que vous m'accompagniez – comme s'il savait déjà qu'il devrait soutenir la confiance défaillante du policier en ses propres capacités.

— D'accord, acquiesça Nkata tandis que Lynley poursuivait en expliquant que les relevés téléphoniques avaient également confirmé les conversations que Richard Davies disait avoir échangées avec son ex-femme.

Le premier remontait à début août, peu après le problème de leur fils à Wigmore Hall, le dernier au matin précédant la mort d'Eugenie. Il y avait aussi quantité d'appels de Staines, de sorte que les déclarations des deux hommes se trouvaient corroborées par les preuves recueillies, souligna Lynley.

— Un mot, vous trois ? leur lança une voix depuis le seuil quand Lynley eut conclu ses remarques.

En se retournant, ils découvrirent l'inspecteur principal Leach, qui agita la feuille de papier qu'il tenait à la main.

— Dans mon bureau, s'il vous plaît, leur dit-il avant de disparaître.

— Vous en êtes où avec le gosse que Wolff a eu en prison ? demanda-t-il à Barbara quand ils l'eurent rejoint.

— J'ai été déroutée sur Pitchley en passant prendre sa photo, hier. Je m'occupe du gosse aujourd'hui. Mais rien ne nous dit que Katja Wolff ait envie de savoir ce qu'il est devenu. Si elle avait voulu le retrouver, la première personne qu'elle aurait interrogée, c'est la religieuse. Ce qu'elle n'a pas fait.

D'un grognement, Leach écarta l'objection.

— Vérifiez quand même.

— Bon, dit Barbara. Avant ou après Lynn Davies ?

— Avant. Après. Faites-le, c'est tout, s'impatienta Leach. Nous avons reçu un rapport du labo sur les particules de peinture retrouvées sur le corps.

— Et ? fit Lynley.

— Il va falloir ajuster nos hypothèses. D'après les techniciens du SO7, les particules recèlent de la cellulose mélangée à des diluants, ce qui ne correspond à rien de ce qu'on utilise pour les voitures depuis au moins quarante ans. Ils disent que les particules proviennent d'un vieux véhicule. Orientez-vous vers les années cinquante, nous conseillent-ils.

— Les années cinquante ? s'exclama Barbara, incrédule.

— Cela explique pourquoi le témoin d'hier soir a pensé à une limousine, raisonna Lynley. On avait de grosses voitures, à l'époque. Jaguar. Rolls Royce. Les Bentley étaient énormes.

— Alors, quelqu'un l'aurait renversée avec sa voiture de collection ? fit Havers. On touche le fond, là.

— Ça pourrait être un taxi, suggéra Nkata. Un taxi hors service, racheté par quelqu'un qui l'a remis en état et en a fait sa voiture.

— Taxi, voiture ancienne, char doré : tous ceux qu'on a dans le collimateur ne sont pas dans la course, soupira Barbara.

— A moins que l'un d'eux ait emprunté une voiture, objecta Lynley.

— Nous ne pouvons pas exclure cette possibilité, approuva Leach.

— Retour à la case départ ? avança Havers.

— Je mets quelqu'un là-dessus. Et sur les ateliers de réparation spécialisés dans les tacots. Encore qu'on ne puisse s'attendre à des dégâts importants sur un véhicule construit dans les années cinquante. Les voitures étaient des chars d'assaut, à l'époque.

— Mais elles avaient des pare-chocs en chrome, rappela Nkata. De gros pare-chocs en chrome qui auraient pu se tordre sous le choc.

— Alors il faudra voir aussi les vendeurs de pièces détachées d'occasion, dit Leach en prenant note. C'est plus simple de remplacer que de réparer, surtout si vous savez que les flics vous recherchent.

Il décrocha le téléphone pour charger quelqu'un de cet aspect de l'affaire, raccrocha et dit à Lynley :

— Il pourrait quand même s'agir d'une simple coïncidence.

— Vous le pensez vraiment ? fit Lynley.

Au ton mesuré de son patron, Nkata devina qu'il cherchait quelque chose sous la réponse que l'inspecteur principal pourrait lui donner.

— Je voudrais bien, grogna Leach. Mais j'ai conscience des œillères que ça nous colle : nous pensons ce que nous avons envie de penser, dans cette situation.

Il fixa le téléphone comme pour le faire sonner. Les autres gardèrent le silence.

— C'est un type bien, finit-il par murmurer. Il a peut-être fait un faux pas ici ou là, mais qui d'entre nous n'en a pas fait ? Un faux pas n'enlève rien à ce qu'il est.

Il regarda Lynley. Les deux hommes échangèrent quelque chose que Nkata ne put saisir puis Leach leur lança :

— Bon, au boulot, tout le monde.

Dehors, Barbara Havers glissa à Lynley :

— Il sait, inspecteur.

— Qui sait quoi ? dit Nkata.

— Leach, répondit-elle. Il sait qu'il y a un lien entre Webberly et Eugenie Davies.

— Bien sûr qu'il le sait. Ils ont travaillé ensemble sur cette vieille affaire. Rien de nouveau. Nous aussi, on le savait.

— Oui, mais ce que nous ne savions pas...

— C'est bon, Havers, la coupa Lynley.

Ils se regardèrent longuement avant que Barbara reprenne d'un ton détaché :

— Oh. D'accord. Bon, j'y vais, alors.

Et avec un signe de tête amical à Nkata, elle se dirigea vers sa voiture. Dans les secondes qui suivirent ce bref échange, Nkata sentit une réprimande tacite dans la décision de Lynley de lui cacher l'élément nouveau que Barbara et lui avaient manifestement découvert. Nkata avait conscience de mériter cette mise à l'écart – Dieu sait qu'il n'avait pas montré les capacités requises pour utiliser correctement un fait nouveau – mais en même temps il pensait avoir exposé son cafouillage de ce matin avec assez de circonspection pour ne pas apparaître comme totalement incompétent. A l'évidence, ce n'était pas le cas.

— Inspecteur, vous voulez que j'arrête ?

— Que vous arrêtiez quoi, Winston ?

— De m'occuper de l'affaire. Vous savez bien. Si je ne suis pas capable d'interroger deux femmes sans tout gâcher...

Lynley parut abasourdi, et Nkata comprit qu'il devait développer, admettre ce qu'il aurait préféré garder enfoui. Il porta son regard sur Barbara, qui était montée dans sa Mini dont elle emballait le moteur durement éprouvé.

— Si je ne sais pas quoi faire d'un élément quand j'en vois un, je comprends que vous n'ayez pas très envie de m'en mettre un sous les yeux. Du coup, je n'ai pas tous les éléments en main et ça me rend moins efficace. Ce n'est pas que je me sois montré très efficace ce matin, bien sûr. Alors, ce que je veux dire...

si vous voulez m'enlever l'affaire… Je comprends. J'aurais dû m'y prendre autrement avec ces deux filles. Au lieu de m'imaginer que je savais tout, j'aurais dû penser qu'il y avait peut-être quelque chose qui m'échappait. Mais non, et quand je leur ai parlé, j'ai tout foutu en l'air. Et…

— Winston, l'interrompit Lynley d'un ton ferme. Le cilice est peut-être de mise, compte tenu des circonstances, mais je vous assure que nous pouvons nous dispenser du chat-à-neuf-queues. Vous avez une brillante carrière devant vous, Winnie, ajouta-t-il en souriant. Pas de taches sur votre cahier, à la différence du reste d'entre nous. J'aimerais que vous le gardiez dans cet état. Vous comprenez ?

— Que j'ai déconné ? Que si je déconne encore, j'aurai droit à…

— Non. Que je préfère vous maintenir à l'abri au cas où…

L'inspecteur marqua une pause – ce qui lui ressemblait peu – pour chercher la phrase qui fournirait une explication sans révéler ce qu'il expliquait, et porta son choix sur :

— Au cas où notre façon de mener l'enquête serait contestée plus tard, je préférerais que ce soit la mienne et non la vôtre.

Il fit cette déclaration avec une telle subtilité que Nkata accéda d'un bond à une soudaine compréhension après avoir mis les mots de Lynley en rapport avec ce que Barbara Havers venait de révéler par inadvertance avant de les quitter.

— Seigneur Dieu, lâcha-t-il. Vous êtes sur un truc dont vous n'avez parlé à personne ?

— Bien raisonné. Je ne vous ai rien dit.

— Barb est au courant ?

— Uniquement parce qu'elle était présente. C'est moi le responsable, Winston. J'aimerais le rester.

— Ça pourrait nous mener à l'assassin, ce truc ?

— Je ne crois pas. Mais c'est possible.

— C'est une preuve ?

— Ne discutons pas de ça.

Nkata n'arrivait pas à y croire.

— Alors, vous ne pouvez pas le garder pour vous ! Vous devez établir la chaîne d'indices. Vous voulez le garder pour vous parce que vous pensez... Qu'est-ce que vous pensez ?

— Que les deux délits de fuite sont probablement liés mais que j'ai besoin de savoir en quoi ils sont liés avant de faire quoi que ce soit qui pourrait détruire la vie de quelqu'un ou ce qu'il en reste. C'est *ma* décision, Winnie. Et pour votre propre bien, je vous suggère de ne plus poser de questions.

Nkata regarda l'inspecteur sans parvenir à croire que lui, Lynley, opérait en eaux troubles. Il savait qu'en insistant, il s'y retrouverait avec lui – et avec Barbara – mais il avait assez d'ambition pour tenir compte de ce qu'il y avait de sagesse dans les propos de l'inspecteur.

— Quand même, j'aimerais mieux que vous ne fassiez pas comme ça.

— Objection notée, répondit Lynley.

17

Libby Neale décida de téléphoner pour prévenir qu'elle avait la grippe. Elle savait que Rock Peters piquerait une crise et menacerait de lui retenir son salaire de la semaine – ce qui ne voudrait pas dire grand-chose, en fait, puisqu'il lui devait déjà trois semaines – mais elle s'en fichait. En quittant Gideon, la veille au soir, elle avait espéré qu'il descendrait la voir après le départ du flic, mais il n'était pas venu et elle avait si mal dormi que c'était comme si elle était malade, de toute façon. Alors, parler de grippe n'était pas vraiment un mensonge.

Elle traîna en survêtement pendant trois heures après s'être levée, passant l'essentiel de son temps à presser ses mains l'une contre l'autre et à tendre l'oreille, à guetter dans l'appartement du dessus un bruit indiquant que Gideon bougeait. En vain. Finalement, elle renonça à l'espionner – quoiqu'il ne s'agisse pas vraiment d'espionnage quand tout ce qu'on guette, c'est un bruit indiquant que la personne va à peu près bien – et décida de s'assurer qu'il allait mieux, en montant. Il était complètement abattu hier avant la visite du flic. Qui pouvait dire dans quel état il avait sombré une fois le policier parti ?

Elle aurait dû monter le voir la veille, se reprocha-t-elle. Et bien qu'elle s'efforçât de ne pas réfléchir à la raison pour laquelle elle n'était pas montée, penser à ce qu'elle aurait dû faire conduisait inéluctablement à la raison pour laquelle elle ne l'avait pas fait.

Il l'avait effrayée. Il était tellement absent. Elle lui avait parlé dans la cabane aux cerfs-volants, puis dans la cuisine, et il lui avait répondu – enfin, plus ou moins – mais il était si manifestement ailleurs qu'elle s'était demandé s'il n'avait pas besoin d'être interné. Pendant un moment. Et puis se poser cette question l'avait fait se sentir si déloyale qu'elle n'avait pas eu le courage d'affronter Gideon, ou du moins était-ce ce qu'elle s'était raconté en passant la soirée à regarder de vieux films sur Sky TV et à engloutir deux énormes sachets de pop-corn au cheddar dont elle n'avait pas franchement besoin, merci beaucoup, avant de se mettre finalement au lit, où elle s'était battue toute la nuit avec les draps et les couvertures quand elle ne faisait pas un cauchemar en technicolor et cinémascope.

Après avoir perdu son temps à arpenter le parquet, à picorer dans le sac de bâtonnets de céleri censé alléger son sentiment de culpabilité après le pop-corn au cheddar, après avoir regardé Kilroy [1] jacasser avec des femmes qui avaient épousé des hommes assez jeunes pour être leurs fils ou, dans deux cas, leurs petits-fils, elle monta prendre des nouvelles de Gideon.

Elle le trouva assis sur le sol de la salle de musique, près de la banquette de la fenêtre, adossé au mur. Il avait les jambes ramenées contre la poitrine, le menton sur les genoux, comme un gosse qui vient de se faire gronder. Tout autour de lui, le parquet était jonché de feuilles de papier qui se révélèrent être des photocopies d'articles de journaux traitant tous du même sujet. Il était retourné à la bibliothèque de l'Association de la Presse.

Il ne leva pas la tête quand elle pénétra dans la pièce, absorbé qu'il était par ses articles, et elle se demanda même s'il l'avait entendue entrer. Elle prononça son

<hr />

1. Animateur du Kilroy Show sur BBC2. *(N.d.T.)*

nom mais, pour toute réponse, il se mit à se balancer doucement.

Dépression, pensa-t-elle, inquiète. Effondrement total. Il avait l'air d'avoir complètement perdu les pédales. Comme il portait les mêmes vêtements que la veille, elle supposa qu'il n'avait pas dormi de la nuit non plus.

— Salut, fit-elle d'une voix douce, quoi de neuf ? Tu es retourné à Victoria ? Tu aurais dû me demander, je serais allée avec toi.

Libby examina les documents éparpillés autour de lui, feuilles grand format sur lesquelles des coupures de journaux avaient été photocopiées dans tous les sens. Elle remarqua que les articles britanniques – bien dans la tendance à la xénophobie du pays – s'attaquaient à la nurse au sabre d'abordage. Quand ce n'était pas « l'Allemande », c'était « l'ex-communiste dont la famille vivait dans l'aisance – pourquoi pas dans une aisance *suspecte* ? pensa Libby, sarcastique – sous la domination russe ». L'un des journaux avait découvert que son grand-père avait été membre du parti nazi, un autre avait déniché une photo de son père, qui avait manifestement porté l'uniforme et la carte des Jeunesses hitlériennes et braillé *Sieg heil !* avec les autres.

L'habileté inlassable de la presse pour extraire d'une histoire jusqu'à sa dernière goutte d'eau sale était sidérante. Libby eut l'impression que les tabloïds avaient disséqué à un moment ou à un autre la vie de tous ceux qui avaient été mêlés, même de loin, à la mort de Sonia Davies, au procès et à la condamnation de sa meurtrière. La préceptrice de Gideon avait été examinée au microscope, de même que le pensionnaire, Rafe Robson, les parents et les grands-parents. Longtemps après le verdict, des personnes cherchant à se faire un peu d'argent vendaient encore *leur* version de l'affaire aux journaux.

Il en était sorti de partout pour commenter la vie de nurse – « J'ai été nounou, j'ai connu l'enfer », clamait un titre – et ceux qui étaient dépourvus de toute expérience en matière de garde d'enfants avaient une opinion des Allemands à faire partager : « "Une race à part", déclare un ancien soldat en garnison à Berlin. » Mais ce que Libby remarqua surtout, ce fut le nombre d'articles portant sur le fait même que la famille de Gideon ait engagé une nurse pour s'occuper de sa sœur.

Les journalistes s'attaquaient au sujet sous plusieurs angles : il y avait ceux qui choisissaient de s'appesantir sur le salaire de la nurse allemande (une misère, pas étonnant qu'elle ait fini par tuer la pauvre gosse, dans une crise de rage et de cupidité) comparé à ce que percevait une « nurse scandinave diplômée » (une fortune qui incita Libby à envisager sérieusement un changement de carrière), mitonnant leurs sales petits textes de manière à suggérer que les Davies avaient tiré le maximum de ce qu'ils avaient payé avec leur obole de grippe-sous. Il y avait ceux qui choisissaient de spéculer sur les objectifs poursuivis quand une mère décide de « travailler en dehors du foyer ». Enfin, il y avait ceux qui choisissaient d'analyser l'effet que le fardeau d'un enfant handicapé avait sur les espérances, les responsabilités et le dévouement parentaux. Partout, on traçait des plans de bataille sur la grande question – comment affronter la naissance d'un bébé trisomique – et on étalait les solutions choisies par les parents de tels enfants : les faire adopter, les faire interner aux frais de l'Etat, leur consacrer sa vie, apprendre à s'en occuper avec l'aide d'organismes extérieurs, devenir membre d'une association de soutien, continuer à se battre sans broncher, traiter l'enfant comme n'importe quel autre, etc.

Libby s'aperçut qu'elle n'avait pas la moindre idée de ce qu'ils avaient tous ressenti quand la petite Sonia Davies était morte. Sa naissance avait sans nul doute été difficile à supporter, mais l'aimer – parce qu'ils avaient dû l'aimer, non ? – puis la perdre, et voir tous les détails de son existence et de celle de sa famille livrés en pâture au public... Pfff, pensait Libby, comment pouvait-on vivre avec ça ?

Mal, à en juger par l'attitude de Gideon. Il avait changé de position pour poser son front en équilibre sur ses genoux et continuait à se balancer.

— Gideon, ça va ?

— Maintenant que je me souviens, je ne veux plus me souvenir, répondit-il d'un air hébété. Je ne veux plus penser. Et je ne peux pas m'en empêcher non plus. J'ai envie d'arracher mon cerveau de ma tête.

— Ça, je veux bien le croire, dit Libby. Tu ne penses pas qu'on ferait mieux de balancer toutes ces saletés à la poubelle ? Tu as passé ta nuit à les lire ?

Elle se pencha vers les feuilles, entreprit de les ramasser.

— Pas étonnant que tu n'arrives pas à te les sortir du crâne, Gid.

Il lui saisit le poignet en s'écriant :

— Ne fais pas ça !

— Mais si tu ne veux plus...

— Non ! Je les ai lus et relus, et je veux maintenant savoir comment les autres ont pu continuer à vivre, comment ils ont pu même en avoir envie... Regarde, Libby. Regarde.

Elle regarda de nouveau les articles et les vit comme Gideon avait dû les voir, après avoir ignoré pendant vingt ans quelle épreuve sa famille avait traversée. Elle vit en particulier les attaques à peine voilées contre ses parents, avec les yeux de Gideon, et elle comprit ce qu'il avait sans aucun doute compris lui-même en lisant ce que les journaux avaient publié : sa mère les avait quittés pour cette raison ; elle avait disparu pendant près de vingt ans parce qu'elle s'était crue aussi peu faite pour être mère que la presse l'avait laissé entendre. Gideon semblait enfin comprendre son passé, et il n'y avait rien de surprenant à ce qu'il soit à deux doigts de craquer.

Elle s'apprêtait à le lui dire quand il se leva. Il fit deux pas, chancela ; elle bondit pour le retenir par le bras.

— Il faut que je voie Cresswell-White.

— Qui ? L'avocat ?

Il sortit de la pièce, fouilla dans sa poche et en tira ses clés. L'idée qu'il allait traverser Londres en voiture dans cet état incita Libby à le suivre. Dans l'entrée, elle décrocha son blouson de cuir du portemanteau et descendit l'allée dans le sillage de Gideon jusqu'à sa voiture. Comme il tentait de glisser la clé dans la serrure de la portière d'une main tremblante d'octogénaire, elle jeta le blouson sur ses épaules et lui ordonna :

— Pas question que tu conduises. Tu aurais un accident avant d'arriver à Regent's Park.

— Il faut que je voie Cresswell-White.

— OK. Du calme. Je prends le volant.

Pendant le trajet, Gideon ne desserra pas les lèvres et regarda fixement devant lui, ses genoux s'entrechoquant par intermittence. Il descendit de voiture dès que Libby coupa le contact, à proximité du Temple. Elle ferma les portières, courut pour le rattraper et le rejoignit au moment où il traversait pour entrer dans le saint des saints juridique.

Il la conduisit à l'endroit où elle l'avait accompagné la fois précédente : un bâtiment de brique et de pierre posé au bord d'un petit parc. Il y pénétra par la même entrée exiguë où, sur des panneaux de bois noirs accrochés aux murs, on avait peint en lettres blanches les noms des avocats qui y avaient leur bureau.

Ils durent patienter à la réception avant que Cresswell-White trouve un moment libre dans son emploi du temps. Silencieux, assis sur les sofas de cuir noir, ils contemplaient tour à tour le tapis persan et le lustre de cuivre. Autour d'eux, des téléphones ne cessaient de sonner tandis qu'un groupe installé dans un bureau juste en face des canapés répondait aux appels.

Après avoir passé quarante minutes à se demander – question cruciale – si le coffre en chêne de l'entrée avait été construit pour ranger des pots de chambre, Libby entendit une voix appeler « Gideon » et constata en se levant que Bertram Cresswell-White en personne était venu les accueillir et les conduire à son bureau d'angle. Contrairement à ce qui s'était passé lors de leur visite précédente – fixée à l'avance –, on ne leur offrit pas de café, mais un feu dans la cheminée diminuait au moins le froid de la pièce.

L'avocat devait être en train de travailler avant leur arrivée car l'écran d'un ordinateur montrait encore une page de texte dactylographié, et une demi-douzaine de livres ouverts partageaient le bureau avec des dossiers apparemment assez anciens. Au milieu de tout cela, la photo en noir et blanc d'une femme. Blonde, avec des cheveux très courts, un vilain teint et une expression signifiant « Ne me cherchez pas noise ».

— Vous essayez de la faire libérer ? demanda Gideon.

Cresswell-White indiqua à ses visiteurs les fauteuils en cuir proches de la cheminée et répondit :

— Elle aurait été pendue s'il n'avait tenu qu'à moi et si la loi était différente. C'est un monstre. Et j'ai fait de l'étude des monstres mon violon d'Ingres.

— Qu'est-ce qu'on lui reproche ? voulut savoir Libby.

— Elle a tué des enfants, elle a enterré leurs corps dans la lande. Elle enregistrait leurs cris quand elle les torturait avec son petit ami...

Libby avala sa salive, Cresswell-White jeta à sa montre un coup d'œil éloquent mais tempéra son geste en disant :

— J'ai appris, pour votre mère, Mr Davies. Je suis profondément désolé. Je présume que la raison de votre visite est en rapport avec sa mort. En quoi puis-je vous aider ?

— Donnez-moi son adresse, répondit Gideon, comme s'il ne pensait à rien d'autre depuis qu'il était monté dans sa voiture à Chalcot Square.

— L'adresse de qui ?

— Vous savez forcément où elle est. C'est vous qui l'avez envoyée en prison, on a dû vous prévenir quand

646

on l'a libérée, et je sais qu'elle est sortie. C'est pour cela pour je suis venu. J'ai besoin de son adresse.

Doucement, Gid, pensa Libby.

Cresswell-White donna sa version du même aparté en fronçant les sourcils.

— Vous me demandez l'adresse de Katja Wolff ?

— Vous l'avez, non ? Vous devez l'avoir. On ne l'aurait pas laissée sortir sans vous dire où elle est allée.

— Pourquoi voulez-vous cette adresse ? Je ne dis pas que je l'ai, notez bien.

— Elle a une dette à régler.

Il a vraiment atteint la limite, pensa Libby. A voix basse, mais avec une insistance qu'elle espérait mesurée, elle dit :

— Gideon, la police s'en occupe, non ?

— Elle est sortie, répéta-t-il à Cresswell-White comme si Libby n'était pas intervenue. Où est-elle ?

L'avocat se pencha en avant, son corps, à défaut de ses mains, se tendant vers Gideon.

— Je ne puis vous le dire. Je sais que vous avez subi un choc effroyable. Votre vie n'a probablement été qu'un long effort pour vous remettre de ce que cette femme vous a infligé. Dieu sait que le temps qu'elle a passé en prison n'allège en rien votre souffrance.

— Il faut que je la trouve, insista Gideon. C'est le seul moyen.

— Non, écoutez-moi. Ce n'est pas la bonne voie. Oh ! elle paraît juste et je connais ce sentiment : si vous le pouviez, vous retourneriez dans le passé et vous lui arracheriez les membres, un par un, avant le meurtre, pour l'empêcher de faire le mal qu'elle a causé à votre famille. Mais vous y gagneriez aussi peu que je gagne, Gideon, lorsque j'entends le verdict du jury : je sais que j'ai gagné, mais à chaque fois j'ai perdu parce que rien ne peut faire revenir à la vie un enfant mort. Une femme qui prend la vie d'un enfant est un démon de la pire espèce car elle peut donner la vie si elle en fait le choix. Détruire la vie alors qu'on peut la donner est un crime pour lequel aucune peine ne sera jamais assez longue, et aucun châtiment – même la mort – assez fort.

— Il faut qu'il y ait réparation, dit Gideon, d'un ton moins obstiné que désespéré. Ma mère est morte, vous ne comprenez pas ? Il faut réparer et c'est la seule façon. Je n'ai pas le choix.

— Si, affirma Cresswell-White. Vous pouvez choisir de ne pas vous placer au niveau où elle opère. Vous pouvez choisir de croire en mes paroles parce qu'elles sont inspirées par des années d'expérience. Il n'y a pas de vengeance pour ce genre de chose. Même la mort n'apportait pas la vengeance quand la mort était légale et possible.

— Vous ne comprenez pas.

Gideon ferma les yeux et, un instant, Libby crut qu'il allait se mettre à pleurer. Elle voulait faire quelque chose pour l'empêcher de craquer et de s'humilier davantage aux yeux de cet homme qui ne le connaissait pas vraiment et ne pouvait donc savoir ce qu'il avait enduré pendant deux longs mois. Mais elle voulait aussi arranger les choses dans l'éventualité, peu probable, où il arriverait un accident à l'Allemande dans les prochains jours, auquel cas Gideon serait la première personne que les flics interrogeraient après cette petite conversation au Temple. Non qu'elle le crût capable de faire quoi que ce soit à qui que ce soit. Il parlait, simplement, il cherchait quelque chose à quoi se raccrocher pour ne pas avoir l'impression que son monde s'écroulait.

A voix basse, elle révéla à l'avocat :

— Il n'a pas fermé l'œil de la nuit. Et quand il arrive à dormir, il fait des cauchemars. Il l'a vue, vous comprenez, et...

Cresswell-White se redressa.

— Katja Wolff ? Elle a pris contact avec vous ? Les conditions de sa libération lui interdisent d'approcher quelque membre de la famille que ce soit. Si elle les viole, nous pouvons...

— Non, non, sa mère, le détrompa Libby. Il a vu

648

sa mère. Mais il n'a pas su que c'était elle parce qu'il ne l'avait pas vue depuis son enfance. Et ça le ronge depuis qu'il a appris qu'elle s'est fait… qu'elle s'est fait tuer.

Elle coula un regard circonspect à Gideon. Les yeux clos, il secouait la tête comme pour nier tout ce qui lui était arrivé et l'avait réduit à supplier un avocat qu'il ne connaissait même pas d'enfreindre une règle en lui livrant l'information qu'il réclamait. Cela ne risquait pas d'arriver, Libby le savait. Cresswell-White ne compromettrait pas sa réputation et sa carrière en lui offrant la nurse allemande sur un plateau. C'était aussi bien, c'était même une sacrée chance. Tout ce dont Gideon avait besoin à ce stade pour bousiller vraiment sa vie, c'était de rencontrer la femme qui avait tué sa sœur, et peut-être aussi sa mère.

Libby savait cependant ce qu'il éprouvait, ou croyait le savoir. Il pensait avoir gâché sa chance d'obtenir la rédemption d'un péché dont son incapacité à jouer du violon était le châtiment. Parce que tout se ramenait à ça, au bout du compte : au violon.

— Gideon, reprit Cresswell-White, Katja Wolff ne vaut pas le temps que vous passeriez à la chercher. C'est une femme qui n'a exprimé aucun remords, qui était si sûre d'être innocentée qu'elle n'a absolument pas cherché à défendre ses actes. Son silence proclamait : « A eux de prouver que je suis coupable », et ce n'est que lorsque les faits se sont accumulés – les contusions, les fractures non soignées dont on a retrouvé lès traces sur le corps de votre sœur –, lorsqu'elle a entendu le verdict et la sentence, qu'elle a estimé nécessaire de se défendre. Imaginez. Imaginez quelle sorte de personne se cache derrière ce simple refus de coopérer, de répondre aux questions les plus élémentaires, après la mort d'un enfant dont elle avait la charge. Elle n'a même pas pleuré après avoir fait sa déclaration. Et elle ne pleurera pas maintenant. N'y comptez pas. Elle n'est pas comme nous. Les bourreaux d'enfants ne sont jamais comme nous.

Tandis que l'avocat parlait, Libby cherchait anxieusement un signe que ses arguments faisaient quelque impression sur Gideon. Mais elle fut envahie d'un sentiment croissant de désespoir quand il ouvrit les yeux, se leva et dit, comme si les paroles de Cresswell-White n'avaient aucun sens pour lui :

— Voilà ce qui se passe : je n'avais pas compris mais maintenant je comprends. Et il faut que je la trouve.

Il se dirigea vers la porte du bureau en portant les mains à son front, comme pour mettre à exécution ce qu'il avait voulu faire plus tôt : arracher son cerveau de sa tête.

— Il ne va pas bien, dit Cresswell-White à Libby.

— Ça, c'est sûr, répondit-elle en se précipitant derrière Gideon.

La maison de Raphael Robson à Gospel Oak était située en bordure d'une des rues les plus passantes du quartier. C'était, s'avéra-t-il, une énorme bâtisse 1900 délabrée dont le jardin de devant, caché par une haie d'ifs, avait été recouvert de gravier pour servir de parking. Quand Lynley et Nkata arrivèrent, trois véhicules y étaient garés : un monospace blanc sale, une Vauxhall noire et une Renault argent. Lynley nota rapidement que la Vauxhall n'était pas assez ancienne pour être la voiture qu'ils cherchaient.

Comme ils se dirigeaient vers le perron, un homme apparut sur le côté de la maison et s'approcha de la Renault sans les remarquer. Lorsque Lynley l'appela, il s'immobilisa, les clés de la voiture au bout de son bras tendu.

— Etes-vous Raphael Robson ? lui demanda l'inspecteur en montrant sa carte.

C'était un individu peu séduisant, avec des cheveux d'un brun grisâtre rabattus de la tempe gauche en travers du crâne, comme si on y avait peint un treillis à l'aquarelle. Il avait la peau abîmée par de trop nombreuses vacances au bord de la Méditerranée au mois d'août, et les épaules généreusement saupoudrées de pellicules. Après un coup d'œil à la carte de Lynley, il confirma qu'il était Raphael Robson.

Lynley présenta Nkata et demanda à Robson où ils pourraient lui parler, loin du bruit des voitures qui filaient de l'autre côté de la haie. Oui, oui, bien sûr, répondit Robson. S'ils voulaient bien le suivre...

— La porte de devant est faussée, dit-il. Nous ne l'avons pas encore changée. Il faut passer par-derrière.

Passer par-derrière leur fit descendre une allée de brique menant à un jardin de bonne dimension, envahi de mauvaises herbes, ceint de bordures depuis long-temps à l'abandon et parsemé d'arbres qui n'avaient pas été taillés depuis des années. Sous leurs pieds, des feuilles mortes mouillées rejoignaient dans le sol en pourrissant leurs sœurs des saisons passées. Au milieu de toute cette décrépitude se dressait un bâtiment neuf. Remarquant que les deux policiers s'y intéressaient, Robson expliqua :

— C'était notre premier projet. Nous faisons des meubles, là-dedans.

— Vous les fabriquez ?

— Nous les restaurons. Nous projetons de restaurer aussi la maison. Remettre des meubles en état et les vendre nous procure les fonds nécessaires. Restaurer un endroit pareil, dit-il en désignant du menton l'impo-sant édifice, cela coûte une fortune. Quand nous avons économisé assez d'argent pour une pièce, nous la refai-sons. C'est interminable mais personne n'est pressé. Et une certaine camaraderie s'instaure quand tout le monde est derrière un projet.

Le mot « camaraderie » laissa Lynley perplexe. Il avait cru que le « nous » de Robson se référait à sa femme et à ses enfants, mais le terme suggérait autre chose. Se rappelant les véhicules qu'il avait vus devant, il demanda :

— C'est une communauté, alors ?

Robson déverrouilla la porte, l'ouvrit sur un couloir

où des bottes en caoutchouc d'adultes s'alignaient sous un long banc de bois courant le long du mur. Au-dessus, des vestes pendaient à des patères.

— Cela fait un peu vestige de l'époque hippie, mais, oui, je suppose qu'on peut parler de communauté. Disons un groupe partageant des centres d'intérêt.

— Lesquels ?

— Faire de la musique, et faire de cette maison un lieu que nous pourrons tous apprécier.

— Pas restaurer les meubles ? s'enquit Nkata.

— Ce n'est qu'un moyen. Les musiciens ne gagnent pas assez d'argent pour financer une restauration de cette ampleur sans avoir des ressources annexes dans lesquelles puiser.

Il les fit passer devant lui dans le couloir, ferma la porte une fois qu'ils furent à l'intérieur et la verrouilla scrupuleusement derrière eux. « Par ici », dit-il, et il les conduisit dans ce qui avait peut-être été autrefois la salle à manger mais était devenu une combinaison salle-de-rédaction-remise-bureau sentant le renfermé, avec un papier taché d'humidité recouvrant la partie supérieure des murs et des lambris balafrés cachant la partie inférieure. Un ordinateur figurait parmi les éléments de la fonction bureau remplie par la pièce. De l'endroit où il se tenait, Lynley pouvait voir qu'il était relié à la ligne téléphonique.

— Nous vous avons retrouvé grâce au message que vous avez laissé sur le répondeur d'une dénommée Eugenie Davies, Mr Robson, dit-il. Il y a quatre jours. A vingt heures quinze.

A côté de Lynley, Nkata tira de sa poche son calepin relié cuir et son portemine, et appuya sur le bouton pour faire apparaître un millimètre de pointe noire. Robson le regarda faire puis alla à une table de travail sur laquelle était étalé un jeu de plans. Il lissa le premier de la main comme pour l'examiner mais répondit d'un seul mot :

— Oui.

— Savez-vous que Mrs Davies a été assassinée il y a trois jours ?

— Oui. Je sais, fit-il à voix basse.

Sa main se referma sur un plan resté enroulé et son pouce joua avec l'élastique.

— Richard m'a mis au courant, ajouta-t-il en levant les yeux vers Lynley. Il était venu prévenir Gideon quand je suis arrivé pour une de nos séances.

— Vos séances ?

— J'enseigne le violon. Gideon a été mon élève. Il ne l'est plus, naturellement ; il n'est l'élève de personne. Mais nous jouons ensemble trois heures par jour quand il n'enregistre pas, ne répète pas ou n'est pas en tournée. Vous avez sans doute entendu parler de lui.

— Je croyais savoir qu'il n'avait pas joué depuis plusieurs mois.

Robson approcha de nouveau la main du plan étalé, hésita, suspendit son geste.

— Asseyez-vous, messieurs, leur dit-il avec un profond soupir avant de leur tourner le dos. Dans une situation comme celle de Gideon, il importe non seulement de préserver les apparences mais aussi de continuer à se comporter aussi normalement que possible. Je continue donc à aller là-bas pour nos trois heures de travail quotidiennes, et nous espérons qu'avec le temps il pourra renouer avec la musique.

— Nous ? dit Nkata, qui leva la tête pour attendre la réponse.

— Richard et moi. Le père de Gideon.

Quelque part dans la maison, quelqu'un attaqua un scherzo.

Des notes pleines d'entrain et de folie se détachaient de ce que Lynley crut d'abord être un clavecin mais qui se mua soudain en hautbois puis tout aussi abruptement en flûte. La transformation s'accompagna d'une augmentation de volume et du martèlement rythmique de plusieurs instruments de percussion. Robson alla à la porte et la ferma en s'excusant :

— Désolé. Janet s'est entichée du synthétiseur. Elle est fascinée par tout ce que permet l'informatique.

— Et vous ? repartit Lynley.

— Je n'ai pas les moyens de m'offrir un synthé.

— Je parlais de l'informatique. Vous utilisez cet ordinateur ? Je vois qu'il est branché sur la ligne téléphonique.

Le regard de Robson se porta sur l'appareil. Le professeur de violon traversa la pièce et s'assit sur le fauteuil tournant qu'il avait éloigné de la planche de contreplaqué servant de bureau. Lynley et Nkata déplièrent deux chaises métalliques et s'y installèrent, de manière à former avec Robson un triangle proche de l'ordinateur.

— Nous nous en servons tous, répondit Robson.

— Pour envoyer des messages ? Bavarder dans les forums de discussion ? Surfer sur le Net ?

— Je l'utilise essentiellement pour le courrier. J'ai une sœur à Los Angeles, un frère à Birmingham. Mes parents ont une maison sur la Costa del Sol. C'est un moyen facile de garder le contact.

— Et votre adresse électronique, c'est…

— Pourquoi ?

— Simple curiosité, prétendit Lynley.

Intrigué, Robson s'exécuta, et Lynley entendit ce qu'il s'était attendu à entendre depuis qu'il avait vu l'ordinateur dans la pièce. *Jete* était le nom on-line de Robson et faisait donc partie de son adresse électronique.

— Vous étiez plutôt remonté contre Mrs Davies, il me semble, dit l'inspecteur au violoniste. Votre ton était pressant, sur son répondeur, et le dernier message que vous lui avez envoyé frôlait l'hystérie. « Il faut que je te revoie. Je t'en supplie. » Vous vous étiez querellé avec elle ?

Robson fit pivoter son fauteuil pour scruter l'écran vide de l'ordinateur comme s'il pouvait y voir son dernier message à Eugenie Davies.

— Vous vérifiez tout. Bien sûr, murmura-t-il,

s'adressant plus à lui-même qu'aux policiers. Nous nous sommes quittés en mauvais termes, poursuivit-il d'un ton normal. J'ai dit des choses qui…

Il tira un mouchoir de sa poche, essuya son front, où des gouttes de sueur s'étaient formées.

— J'espérais avoir une chance de m'excuser. Déjà dans la voiture, en m'éloignant du restaurant – et j'étais en rage, je le reconnais – je ne pensais pas : Terminé, j'en ai assez de cette histoire, cette femme est complètement idiote. Je me disais : Mon Dieu, dans quel état elle est, plus maigre que jamais ! Mais pourquoi ne voit-elle pas ce que cela signifie ?

— C'est-à-dire ? demanda Lynley.

— Qu'elle avait pris une décision dans sa tête, oui, et qu'elle lui paraissait probablement sensée. Mais son corps se rebellait contre cette décision, c'était sa… je ne sais pas… sa façon de lui dire d'arrêter, de ne pas faire un pas de plus. Et on voyait cette rébellion. Croyez-moi, on pouvait la voir. Ce n'était pas seulement qu'elle se laissait aller. Dieu sait qu'elle l'avait fait des années plus tôt. Elle avait été ravissante, mais à la voir, surtout ces derniers temps, vous n'auriez jamais deviné que les hommes ralentissaient dans la rue quand ils la croisaient.

— Quelle décision avait-elle prise, Mr Robson ?

— Venez avec moi, je vais vous montrer quelque chose, dit-il en guise de réponse.

Il fit ressortir les policiers par où ils étaient venus et les conduisit au bâtiment neuf du jardin. Il se composait d'une seule vaste pièce abritant des meubles en mauvais état à divers stades de restauration. L'endroit sentait la sciure, la térébenthine, la couleur pour bois. La poussière provenant d'un puissant sablage recouvrait tout de sa patine, comme un voile de gaze. Des traces de pas traversaient le plancher sale, d'un établi au-dessus duquel pendaient des outils récemment nettoyés, brillants d'huile, à une penderie s'inclinant d'un air las sur ses trois pieds, décapée jusqu'à montrer son noyer nu, éventrée, attendant la prochaine étape de rajeunissement.

— Voici ce que je pense, reprit Robson. Dites-moi si cela correspond à la réalité. J'avais restauré une armoire pour elle. En merisier. De toute beauté. Pas le genre de chose qu'on voit tous les jours. Je lui avais aussi restauré une commode, début XVIIIe. En chêne. Et une table de toilette. Victorienne. Ebène avec dessus de marbre. Il manquait un bouton à l'un des tiroirs mais il valait mieux ne pas le remplacer parce qu'on n'arrive jamais à trouver un bouton identique, et de toute façon la laisser sans bouton lui donne plus de caractère. C'est l'armoire qui m'a pris le plus long-temps, parce qu'on ne se résout à refaire complètement le placage d'un meuble que lorsqu'on ne peut pas faire autrement. On préfère le restaurer. Il m'a fallu six mois de travail avant d'en être content, et les autres, ajouta-t-il avec un signe de tête vers la maison pour désigner les membres de la communauté, n'étaient pas ravis que je perde mon temps dessus au lieu de travailler sur un meuble qui nous aurait rapporté quelque chose.

Lynley fronça les sourcils. Conscient que Robson lui écrivait une belle histoire, il se demandait s'il serait assez habile pour lire entre les lignes dans le peu de temps dont il disposait.

— Vous vous êtes disputé avec Mrs Davies à cause d'une décision qu'elle a prise, mais je ne pense pas que c'était parce qu'elle avait décidé de vendre les meubles que vous aviez restaurés pour elle.

Les épaules de Robson s'affaissèrent, comme s'il avait espéré que l'inspecteur ne confirmerait pas ce qu'il soupçonnait lui-même.

— Alors, elle ne les a pas gardés, murmura-t-il, baissant les yeux vers le mouchoir qu'il serrait dans son poing. Elle n'a gardé aucun des meubles que je lui avais offerts. Elle les a vendus et a remis l'argent à une œuvre de charité. Ou elle a donné directement les meubles. Mais elle ne les a pas gardés. C'est ce que vous voulez dire.

— Elle n'avait aucun meuble ancien chez elle à Henley, si c'est la question que vous vous posez. Son mobilier était...

Lynley chercha le mot juste pour qualifier le style dans lequel la maison de Friday Street était meublée.

— ... spartiate.

— Une cellule de bonne sœur, je suppose, dit Robson d'un ton amer. C'était sa façon de se punir. Mais ça ne suffisait pas, ce genre de privation. Elle était prête à passer au niveau supérieur.

— C'est-à-dire ?

Nkata avait renoncé à prendre des notes pendant la longue tirade de Robson sur les meubles qu'il avait donnés à Eugenie Davies. Le « niveau supérieur » semblait clairement plus prometteur.

— Wiley. Le type de la librairie. Ils se fréquentaient depuis plusieurs années mais elle avait jugé le moment venu de...

Robson fourra le mouchoir dans sa poche, accorda son attention à la penderie bancale. Aux yeux de Lynley, le meuble n'était même pas récupérable, avec le pied manquant, l'intérieur béant qui montrait un grand trou aux bords déchiquetés dans le fond, comme si quelqu'un l'avait vandalisé à la hache.

— Elle était prête à l'épouser s'il le lui demandait, poursuivit le violoniste. Elle pensait, elle sentait, disait-elle, avec cette foutue intuition féminine, disait-elle, qu'ils en prenaient le chemin. Je lui avais répondu qu'un homme qui n'essaie même pas... En trois ans, il n'avait même pas essayé de la toucher... Je ne parle pas de la violer. De la pousser contre un mur et de la tripoter. Mais simplement de la... Il n'avait pas tenté de s'approcher d'elle. Il n'a même pas expliqué pourquoi il n'essayait pas. Ils continuaient à faire leurs pique-niques, leurs balades, leurs stupides excursions en car de retraités... Moi, je lui disais que ce n'était pas normal. Que ça manquait de chair, tout ça. Si leurs relations devenaient permanentes, si elle se retirait de la course en faisant de ce type son compagnon...

Robson s'interrompit, à bout d'énergie.

— Mais c'était ce qu'elle voulait, je suppose, reprit-il. Vivre avec quelqu'un qui ne pouvait lui offrir une existence complète, qui ne pouvait lui offrir ce qu'un homme donne à une femme quand elle est tout pour lui.

Lynley examina le visage de Robson, vit sa souffrance dans les rides qui gravaient leur douloureuse histoire sur sa peau marquée de plaques.

— Quand avez-vous vu Mrs Davies pour la dernière fois ?

— Il y a deux semaines. Jeudi.

— Où ?

— A Marlow. *The Swan and Three Roses*. A la sortie de la ville.

— Et vous ne l'avez pas revue ? Vous lui avez parlé ?

— Deux fois, au téléphone. Pour essayer de… J'avais mal réagi à ce qu'elle m'avait dit de Wiley, je le savais. Je voulais réparer. Mais je n'ai fait qu'aggraver les choses parce que j'avais encore envie d'en parler, de parler de lui, de ce que cela signifiait que jamais… pas une fois en trois ans… Elle ne voulait rien entendre. Elle ne voulait rien voir. « C'est un homme bon, Raphael, répétait-elle, et il est temps, maintenant. »

— Temps de quoi ?

Robson continua comme si Nkata n'avait pas posé la question. Tel un Cyrano ayant longtemps attendu une occasion de se décharger de son fardeau, il poursuivit :

— Il était temps, je n'en disconvenais pas. Elle s'était punie pendant des années. Elle n'était pas en prison mais c'était tout comme parce qu'elle avait fait de sa vie une prison. Elle s'infligeait quasiment le cachot, un total sacrifice de soi, ne fréquentait que des gens avec qui elle n'avait rien en commun, se portait toujours volontaire pour les pires corvées, tout cela pour payer, payer, payer.

— Payer quoi ?

Nkata était resté près de la porte, comme s'il espérait que la proximité de l'environnement extérieur épargnerait à son superbe costume en laine anthracite le plus gros de la poussière qui imprégnait l'air de l'atelier. Il fit un pas vers Robson, jeta un coup d'œil à Lynley, qui lui indiqua de la main d'attendre que le violoniste reprenne. Leur silence était un instrument aussi utile que son silence était révélateur.

— Quand sa fille est née, Eugenie n'a pas aussitôt eu pour elle l'amour qu'elle était censée lui porter, dit enfin Robson. Epuisée par un accouchement difficile, elle ne demandait qu'à récupérer. Et c'est normal, quand le travail a duré si longtemps – trente heures –, qu'une femme n'ait plus assez de force en elle pour dorloter un nouveau-né. Ce n'est pas un péché. De toute façon, ils ne savaient pas, au début, pour le bébé. Sonia n'était sortie ni rose ni parfaite comme dans une naissance orchestrée pour une production hollywoodienne. Les médecins ne se sont aperçus de rien avant de l'avoir examinée, et alors… N'importe qui aurait été anéanti par cette nouvelle. N'importe qui aurait dû s'y résigner, et cela prend du temps. Mais Eugenie pensait qu'elle aurait dû réagir autrement. Elle pensait qu'elle aurait dû l'aimer tout de suite, qu'elle aurait dû avoir envie de se battre, savoir quoi faire, savoir à quoi s'attendre, savoir comment être. Comme elle en était incapable, elle s'est mise à se haïr. Et les autres ne l'ont pas aidée à accepter le bébé, surtout le père de Richard – ce salaud, complètement fou –, qui comptait sur un autre enfant prodige, et qui a eu exactement l'inverse. C'était plus qu'Eugénie ne pouvait en supporter : les problèmes physiques de Sonia, les besoins de Gideon – qui augmentaient chaque jour, à quoi s'attendre d'autre quand on élève un enfant prodige ? –, les divagations de Jack, le second échec de Richard…

— Second échec ?

— Un deuxième enfant handicapé, aussi incroyable

que cela puisse paraître. Il en avait eu un autre d'un premier mariage. C'était terrible pour eux tous, mais Eugenie ne comprenait pas que dans un premier temps, il est normal d'être angoissé, de maudire Dieu, de faire ce qu'on peut pour traverser un moment terrible. Au lieu de quoi, elle entendait la voix de son foutu père : « Dieu nous parle. Il n'y a pas de mystère dans Son message. Examine ton âme et ta conscience pour y lire l'écriture de Dieu, Eugenie. » C'est ce qu'il lui a servi dans une lettre, croyez-le ou non. C'est tout le réconfort qu'il lui a prodigué à la naissance de cette pauvre petite fille. Comme si un bébé pouvait être un châtiment de Dieu. Et personne pour tirer Eugenie de son sentiment de culpabilité. Oh ! il y avait la religieuse, mais elle parlait de la volonté de Dieu comme si tout cela devait fatalement arriver, comme si Eugenie devait le comprendre, l'accepter, ne pas se révolter mais souffrir, éprouver le désespoir qu'il fallait éprouver et continuer à vivre. Alors quand le bébé est mort... et de cette façon... Je présume qu'il y avait eu des moments où elle avait pensé : « Il vaut mieux qu'elle meure que d'avoir à vivre comme ça, avec les médecins, les opérations, les problèmes de poumons, le cœur qui bat à peine, l'estomac qui ne fonctionne pas, les oreilles qui n'entendent pas, une enfant qui n'est même pas capable de chier comme il faut... Il vaut mieux qu'elle meure. » Et elle est morte pour de bon. Comme si quelqu'un avait entendu Eugenie et exaucé un vœu qui n'en était pas un mais l'expression d'un moment de désespoir. Comment aurait-elle pu ne pas se sentir coupable ? Et que pouvait-elle faire pour expier, à part se priver de tout ce qui aurait pu la réconforter ?

— Jusqu'à l'entrée en scène du major Wiley, fit observer Lynley.

— Je suppose, fit Robson d'une voix blanche. Wiley représentait un nouveau départ pour elle. Du moins, elle prétendait le croire.

— Mais vous n'étiez pas d'accord.

— Je pense qu'il n'était qu'une autre forme

d'emprisonnement. Pire que la précédente parce qu'il lui donnait un aspect nouveau.

— Et vous vous êtes disputés.

— J'ai voulu m'excuser. J'y tenais à tout prix, comprenez-vous, parce que nous avions partagé des années d'amitié, tous les deux, et je ne supportais pas de les voir détruites à cause de Wiley. Je voulais qu'elle sache au moins ça.

Lynley mit cette déclaration en rapport avec ce qu'il avait appris de Gideon et de Richard Davies.

— Elle avait rompu tout contact avec sa famille depuis longtemps, mais pas avec vous ? Avez-vous été l'amant de Mrs Davies, Mr Robson ?

Le visage du violoniste s'empourpra, prit une vilaine couleur écarlate entrant en conflit avec les squames de sa peau abîmée.

— Nous nous rencontrions une fois par mois.

— Où ?

— A Londres. A la campagne. Où elle voulait. Elle me demandait des nouvelles de Gideon, je lui en donnais. Nos relations se bornaient à cela.

Les pubs et les hôtels de son agenda, pensa Lynley. Deux fois par mois. Mais cela n'était pas logique. Ses rencontres avec Robson ne cadraient pas avec le mode de vie que, selon Robson lui-même, Eugenie Davies s'était imposé. Si elle avait tellement tenu à se punir du vœu tacite – si horriblement exaucé – d'être délivrée du combat à mener pour s'occuper d'une enfant fragile, pourquoi se serait-elle autorisée à recevoir des nouvelles de son fils qui pouvaient la réconforter ? N'aurait-elle pas dû se priver de cela aussi ?

Il manque une pièce quelque part, conclut l'inspecteur. Et son instinct lui soufflait que Robson savait exactement ce qu'était cette pièce manquante.

— Je comprends une partie de sa conduite mais pas tout, Mr Robson. Pourquoi couper tout lien avec sa famille et rester en contact avec vous ?

— Je vous l'ai dit. C'était sa façon de se punir.

— De quelque chose qu'elle avait seulement pensé, sans jamais passer à l'acte ?

La réponse à cette question simple aurait dû venir facilement à Raphael Robson, semblait-il. Oui ou non. Il avait connu la victime pendant des années ; il l'avait rencontrée régulièrement. Mais au lieu de répondre sur-le-champ, il prit un rabot parmi les outils et parut l'examiner avec ses doigts longs et fins de musicien.

— Mr Robson ? insista Lynley.

Le violoniste traversa l'atelier en direction d'une fenêtre aux carreaux couverts d'une telle couche de poussière qu'ils semblaient presque opaques.

— Elle l'avait virée. C'était la décision d'Eugenie. Qui avait tout déclenché. Alors, elle se sentait coupable.

Nkata leva les yeux de son carnet.

— Viré qui ? Katja Wolff ?

— C'est Eugenie qui avait estimé que la jeune Allemande devait partir. Si elle n'avait pas pris cette décision… si elles ne s'étaient pas disputées… On ne peut pas revivre le passé, n'est-ce pas ? On ne peut pas effacer ce qui a été dit, ce qui a été fait. Nous ne pouvons que balayer les débris du gâchis que nous avons fait de nos misérables vies.

Juste, pensa Lynley, mais ce genre de généralités ne les rapprocheraient pas de la vérité.

— Parlez-moi de la période qui a précédé le meurtre du bébé, Mr Robson. Le souvenir que vous en avez gardé.

— Pourquoi ? Qu'est-ce que cela a à voir avec… ?

— Faites-moi plaisir.

— Il n'y a pas grand-chose à dire. C'est une histoire sordide. La nurse allemande était tombée enceinte et n'allait pas bien du tout. Elle avait des nausées chaque matin et un soir sur deux. Sonia réclamait une attention constante, et Katja ne pouvait la lui donner. Elle ne pouvait avaler quoi que ce soit sans vomir aussitôt. Toutes les nuits elle devait se lever pour s'occuper de Sonia et elle essayait de dormir quand elle en avait l'occasion. Mais il lui est arrivé une fois de trop de dormir et Eugenie l'a renvoyée. Alors, elle a craqué, l'Allemande.

— Vous avez témoigné au procès ? voulut savoir Nkata.

— Oui. J'étais présent au moment des faits. Oui, j'ai témoigné.

— Contre elle ?

— J'ai simplement dit ce que j'avais vu, où j'étais, ce que je savais.

— En faveur de l'accusation ?

— Je pense, oui. En définitive.

Robson fit passer son poids d'un pied sur l'autre et attendit une autre question en regardant Lynley tandis que Nkata prenait des notes. L'inspecteur ne dit rien, le silence se prolongea, et Robson finit par reprendre :

— Ce que j'avais vu se réduisait quasiment à rien. J'étais en train de donner un cours à Gideon, et j'ai seulement su qu'il se passait quelque chose quand Katja s'est mise à hurler dans la salle de bains. Les autres sont arrivés en courant de tous les coins de la maison, Eugenie a appelé les services d'urgence, Richard a essayé le bouche-à-bouche.

— Et la faute est retombée sur Katja Wolff, dit Nkata.

— Au début, la confusion était trop grande pour qu'on voie une faute où que ce soit. Katja criait qu'elle n'avait pas laissé le bébé seul, il semblait donc que Sonia avait eu une sorte d'attaque et qu'elle était morte subitement quand Katja lui avait tourné le dos pour prendre une serviette. Quelque chose comme ça. Elle a raconté ensuite qu'elle avait donné un coup de téléphone, pendant une minute ou deux. Cette explication s'est effondrée lorsque Katie Waddington a démenti, puis il y a eu l'autopsie, qui établissait clairement la cause de la mort, et révélait d'autres… d'autres incidents antérieurs que personne ne soupçonnait, et…

Il ouvrit les mains comme pour dire : vous connaissez la suite.

— Wolff est sortie de prison, Mr Robson. A-t-elle cherché à vous joindre ?

— Je ne peux imaginer qu'elle ait envie de me parler.

— Parler n'est peut-être pas ce qu'elle a en tête, fit observer Nkata.

Le regard de Robson passa d'un policier à l'autre.

— Vous croyez que Katja aurait pu tuer Eugenie ?

— L'inspecteur qui a enquêté sur l'affaire à l'époque s'est fait renverser lui aussi hier soir.

— Mon Dieu.

— Nous recommandons à tout le monde d'être prudent jusqu'à ce que nous ayons totalement élucidé la mort de Mrs Davies. A propos, elle avait quelque chose à révéler au major Wiley. C'est ce qu'il nous a dit. Vous avez une idée de ce que cela pourrait être ?

— Pas la moindre, répondit Robson en secouant la tête et en lâchant les trois mots beaucoup trop rapidement au goût de Lynley.

Comme s'il s'était rendu compte que le débit de sa réponse était plus révélateur que la réponse elle-même, Robson ajouta :

— Si elle avait quelque chose à confier au major Wiley, elle ne m'en a pas parlé, voyez-vous.

Lynley ne voyait pas. Du moins pas ce que Robson voulait qu'il voie. Il voyait plutôt un homme qui cachait quelque chose.

— Mr Robson, vous étiez le meilleur ami de Mrs Davies. Si vous repensez à vos rencontres récentes, et plus particulièrement à la dernière, celle où vous vous êtes querellés, vous devriez vous rappeler un détail, une remarque fortuite, qui pourrait nous fournir une indication sur ce qu'elle voulait dire au major Wiley.

— Je ne vois rien. Vraiment.

L'inspecteur insista :

— Si elle a été assassinée à cause de ce qu'elle devait révéler au major – et nous ne pouvons écarter cette possibilité –, tout ce dont vous pourriez vous souvenir est capital.

— Elle avait peut-être l'intention de lui parler de la mort de Sonia et des circonstances qui l'avaient causée. Elle jugeait peut-être nécessaire de lui expliquer pourquoi elle avait quitté Gideon et Richard. Elle croyait peut-être avoir besoin de son pardon avant qu'ils passent à l'étape suivante.

— C'était dans sa nature ? demanda Lynley. La confession avant de pousser plus loin les relations, je veux dire.

— Tout à fait, répondit Robson, dont le ton semblait sincère.

L'inspecteur hocha la tête, réfléchit. Cela se tenait, à un détail près, inscrit en filigrane dans les propos de Robson : ils ne l'avaient pas informé que Wiley se trouvait en Afrique vingt ans plus tôt et n'était donc pas au courant des circonstances de la mort de Sonia. Mais puisque Robson connaissait ce fait, il savait probablement autre chose. Et quoi que ce pût être, Lynley était prêt à parier que cela menait au meurtre de West Hampstead.

GIDEON

1er novembre

Je regrette, Dr Rose, je ne me dérobe pas. Vous pouvez mettre en question ma quête de la vérité sur la mort de ma sœur, vous pouvez faire observer qu'elle sert de diversion et me permet de passer une demi-journée à aller et venir autour de Cheltenham, vous pouvez examiner à la loupe mes raisons de traîner pendant trois heures dans les bureaux de l'Association de la Presse, photocopiant et lisant des coupures sur l'arrestation et le procès de Katja Wolff. Mais vous ne pouvez pas m'accuser de me livrer à l'activité même que vous m'avez assignée.

Oui, vous m'avez demandé d'écrire ce dont je me souviens. Ce que j'ai fait. Et il me semble que tant que je n'aurai pas dépassé l'histoire de la mort de ma sœur, elle fera barrage à tout autre souvenir que je pourrais avoir. Alors, autant aller au fond des choses. Autant apprendre ce qui s'est passé. Si cette quête n'est qu'un écran subtil masquant ce que je suis censé me rappeler – quoi que cela puisse être –, nous finirons par nous en apercevoir, non ? D'ici là, vous n'en serez que plus riche des innombrables séances que vous et moi aurons eues ensemble. Je pourrais même devenir votre patient à vie.

Ne me dites pas que vous sentez ma frustration, je

vous en prie, parce que cela saute aux yeux. Chaque fois que je pense avoir trouvé quelque chose, vous me demandez de penser au processus de justification après coup et de réfléchir à ce qu'il pourrait signifier dans ma présente recherche.

Je vais vous dire ce que justification après coup signifie : cela signifie que j'esquive consciemment ou non la raison pour laquelle j'ai perdu la musique. Cela signifie que j'élabore un labyrinthe complexe pour déjouer vos tentatives destinées à m'aider.

Vous voyez ? Je suis parfaitement conscient de ce que je pourrais faire. Et je vous demande maintenant de m'y autoriser.

Je suis allé chez mon père. Il n'était pas là quand je suis arrivé mais Jill y était. Comme elle a décidé de repeindre la cuisine, elle avait apporté un jeu d'échantillons qu'elle avait étalés sur la table. Je lui ai annoncé que j'étais venu consulter de vieilles paperasses que Papa garde dans la Salle de Grand-père. Elle a eu une de ces mines de conspiratrice qui laissent entendre que deux personnes sont en parfait accord sur un sujet qui ne sera pas discuté, et j'en ai conclu que le musée que mon père consacre au sien sera démantelé lorsque Jill et lui auront une maison à eux. Elle ne l'a pas encore annoncé à Papa, naturellement, l'abord direct n'est pas son genre.

« J'espère que tu as mis tes bottes en caoutchouc », m'a-t-elle dit. J'ai souri mais je n'ai pas répondu. Je suis passé dans la Salle de Grand-père et j'ai refermé la porte derrière moi.

Je ne m'y hasarde pas très souvent : je me sens mal à l'aise entouré des preuves accablantes de la dévotion de mon père envers Grand-père. Je dois estimer que la ferveur de Papa pour la mémoire de son père est quelque peu malavisée. Certes, Grand-père a survécu à un camp de prisonniers, à des privations innombrables, au travail forcé, à la torture, à des conditions plus adaptées à l'animal qu'à l'homme, mais il a gouverné la vie de mon père au moyen de la moquerie – si ce n'est d'une main de fer – tant avant qu'après la guerre, et je n'ai jamais compris pourquoi Papa s'accroche à sa mémoire au lieu de l'enterrer une fois pour toutes. C'est à cause de Grand-père, après tout, que nos vies étaient réglées comme elles l'étaient à Kensington Square : si mon père déployait des efforts surhumains en matière d'emploi, c'était parce que Grand-père ne pouvait subvenir à ses besoins et à ceux de sa femme ; si Maman travaillait à l'extérieur – bien qu'elle eût donné naissance à un enfant handicapé –, c'était parce que l'argent que Papa gagnait ne suffisait pas pour entretenir ses propres parents et la maison, payer mes leçons de musique et mon éducation. Mes études musicales étaient d'ailleurs encouragées et soutenues financièrement parce que Grand-père avait décrété qu'il en serait ainsi. Et par-dessus tout ça, j'entends encore l'accusation de Grand-père : *Des monstres, Dick ! Tu n'engendres que des monstres !*

Une fois dans la pièce, évitant l'étalage de souvenirs de Grand-père, je me suis dirigé vers le bureau d'où mon père avait tiré la photo de Katja Wolff et de Sonia, j'ai ouvert le premier tiroir, qui était bourré de papiers et de classeurs.

Qu'est-ce que vous cherchiez ? me demandez-vous.

Quelque chose qui m'apporterait une certitude. Parce que je ne suis pas certain de ce qui s'est passé, Dr Rose, et à chaque nouvelle information que je découvre, je le deviens de moins en moins.

Je me suis rappelé quelque chose au sujet de mes parents et de Katja Wolff. Ce qui a servi de déclencheur, c'est ma conversation avec Sarah-Jane Beckett et ce qui l'a suivie : les heures passées à la bibliothèque de l'Association de la Presse. Parmi les coupures de journal, Dr Rose, j'ai trouvé un schéma, une sorte de dessin montrant les blessures infligées à Sonia au fil des mois. Il y avait une fracture de la clavicule, une hanche luxée. Un index s'était ressoudé après avoir été cassé ; un poignet montrait des traces de fêlure. Pris de nausée, j'ai entendu une question résonner dans ma tête : comment Katja – ou *n'importe qui d'autre* — aurait pu blesser Sonia sans que nous nous en apercevions ?

Les journaux écrivaient que, lors du contre-interrogatoire, l'expert témoignant pour l'accusation – un médecin spécialisé dans les affaires de violences à enfants – avait admis que les os de nouveau-né, sujets aux fractures, guérissent aussi plus facilement de ces fractures sans l'intervention de la médecine. Il avait également reconnu que, n'étant pas spécialiste des anomalies du squelette chez l'enfant trisomique, il ne pouvait exclure que les fractures et les luxations de Sonia aient été liées à son handicap. Mais, de nouveau interrogé par le procureur, il avait martelé le point central de son témoignage : un enfant dont le corps est soumis à un traumatisme réagit à ce traumatisme. Pour que cette réaction passe inaperçue, il faut que quelqu'un néglige ses devoirs.

Pourtant Katja Wolff n'avait rien dit. Alors que l'occasion s'offrait à elle de se défendre, ou même de parler de l'état de Sonia, des opérations et de tous les problèmes qui faisaient d'elle une enfant difficile et capricieuse, source de pleurs quasi constants et intarissables, Katja était restée silencieuse sur son banc tandis que le procureur dénonçait son « indifférence aux souffrances d'un bébé », son « égoïsme forcené » et « l'animosité qui s'était établie entre l'Allemande et son employeur ».

C'est là que la mémoire m'est revenue, Dr Rose.

Nous sommes en train de prendre notre petit déjeuner, comme toujours dans la cuisine et non dans la salle à manger. Nous ne sommes que quatre : Papa, ma mère, Sonia et moi. Je joue avec mes céréales, alignant les tranches de banane comme la cargaison d'une péniche bien qu'on m'ait dit de manger et de ne pas jouer. Sonia est assise dans sa chaise haute, et ma mère porte à sa bouche des cuillerées de nourriture pour bébé.

« Ça ne peut pas continuer comme ça, Richard », dit-elle, et je lève les yeux de ma péniche de céréales parce que je crois qu'elle est fâchée que je ne mange pas et que je vais être grondé. Mais elle poursuit : « Elle est encore sortie jusqu'à une heure passée. Nous lui avons fixé une limite, elle doit la respecter.

— Elle a droit à des soirées libres, fait valoir mon père.

— Mais pas au lendemain matin aussi. Nous nous étions mis d'accord, Richard. »

Je comprends que Katja devrait être avec nous pour donner à manger à Sonia. Elle n'a pas réussi à se lever pour prendre soin de ma sœur, et c'est ma mère qui fait son travail.

« Nous la *payons* pour qu'elle s'occupe du bébé, souligne-t-elle. Pas pour aller danser, pas pour aller au cinéma, pas pour regarder la télévision, et certainement pas pour mener tranquillement sa vie amoureuse sous notre toit. »

C'est ce que je me suis rappelé, Dr Rose, cette remarque sur la vie amoureuse de Katja. Ainsi que la suite de la conversation de mes parents.

« Elle ne s'intéresse à personne dans cette maison, Eugenie.

— Ne t'attends pas à me faire croire ça. »

Je les regarde tour à tour – d'abord Papa, puis ma mère – et je sens dans l'air quelque chose que je n'arrive pas à identifier, peut-être un malaise. C'est dans cette atmosphère de gêne que Katja entre précipitamment et se répand en excuses : elle n'a pas entendu son réveil.

« Je s'il vous plaît nourrir la petite, dit-elle dans son anglais qui empire sans doute quand elle est stressée.

— Gideon, tu veux bien aller dans la salle à manger avec tes céréales, s'il te plaît ? » me demande ma mère.

A cause du climat tendu de la cuisine, j'obéis, mais une fois hors de vue je m'arrête et j'entends ma mère déclarer :

« Nous avons déjà eu une conversation sur vos tâches matinales, Katja.

— S'il vous plaît, vous me laissez nourrir le bébé, Frau Davies », répond Katja d'une voix claire et ferme.

La voix de quelqu'un qui ne craint pas son employeuse, je m'en rends compte maintenant, Dr Rose. Et cette voix suggère qu'il y a de bonnes raisons pour que Katja n'ait pas peur.

Je suis donc allé chez mon père, j'ai salué Jill. J'ai évité les diplômes, les vitrines et les malles contenant les affaires de mon grand-père, je me suis dirigé droit vers le bureau de Grand-mère, que Papa a fait sien depuis des années.

Je cherchais quelque chose qui confirmerait le lien entre Katja et l'homme qui l'avait mise enceinte. Parce que j'avais fini par comprendre que le silence de Katja ne pouvait avoir qu'une seule raison : protéger quelqu'un. Et ce quelqu'un était forcément mon père, qui avait gardé sa photo pendant plus de vingt ans.

1er novembre – 16 heures

Je ne suis pas allé loin dans mes recherches.

Dans le tiroir que j'avais ouvert, j'ai découvert un classeur à soufflet contenant de la correspondance. Parmi les lettres qui s'y trouvaient – la plupart portant sur des sujets relatifs à ma carrière –, l'une émanait d'une avocate du nord de Londres, Harriet Lewis. Sa cliente, Katja Veronika Wolff, l'avait chargée de prendre contact avec Richard Davies au sujet d'une somme qui lui restait due. Les conditions de sa libération lui interdisant tout contact personnel avec un membre quelconque de la famille Davies, Miss Wolff recourait à la voie juridique. Si Mr Davies était assez aimable pour appeler Ms Lewis dès que possible, la question pourrait être promptement réglée à la satisfaction de tous. Veuillez croire, etc.

La lettre datait de moins de deux mois et n'était pas rédigée en un langage impliquant le genre de menaces voilées qu'on peut attendre d'un avocat qui envisage un litige. Le style était direct, courtois et professionnel. Telle qu'elle était, cette lettre hurlait la question *Pourquoi ?*

Je considérais les réponses possibles quand Papa est arrivé. Je l'ai entendu entrer dans l'appartement. J'ai entendu sa voix et celle de Jill dans la cuisine. Peu après, le bruit de ses pas m'a indiqué qu'il se dirigeait vers la Salle de Grand-père.

Quand il a ouvert la porte, j'étais encore assis au bureau, le classeur à mes pieds, la lettre de Harriet Lewis à la main. Je n'ai pas tenté de cacher que je fouillais dans les affaires de mon père, et lorsqu'il a traversé la pièce en me lançant sèchement : « Qu'est-ce que tu fais, Gideon ? », je lui ai tendu la lettre et j'ai demandé : « Qu'est-ce qu'il y a derrière, Papa ? »

Il y a jeté un coup d'œil, l'a remise dans le classeur et a rangé le classeur dans le tiroir avant de répondre :

« Elle veut être payée pour le temps qu'elle a passé en détention avant le procès. Son premier mois de détention correspondait au préavis que nous lui avions donné, elle réclame son salaire pour ce mois, ainsi que les intérêts.

— Après tant d'années ?

— Il serait peut-être plus pertinent de faire observer "Après avoir assassiné Sonia ?", a reparti mon père en fermant le tiroir.

— Elle semblait sûre de son emploi, non ? Elle ne s'attendait pas à être renvoyée.

— Tu ne sais pas de quoi tu parles.

— Tu as répondu à cette lettre ? Tu as téléphoné à l'avocate comme on te le demandait ?

— Je n'ai pas l'intention de faire quoi que ce soit qui puisse me ramener à cette époque, Gideon. »

J'ai eu un mouvement de menton vers le tiroir.

« Quelqu'un n'est apparemment pas de cet avis. Qui plus est, malgré ce que cette personne est censée avoir fait pour anéantir ta vie, elle n'a aucun scrupule, semble-t-il, à y faire de nouveau intrusion, fût-ce par l'intermédiaire d'un avocat. Je ne comprends pas pourquoi, à moins qu'il y ait eu entre vous plus que des rapports d'employeur à employée. Tu ne crois pas qu'une telle lettre dénote une assurance que quelqu'un dans la position de Katja Wolff ne devrait pas avoir face à toi ?

— Où veux-tu en venir ?

— Je me suis souvenu de ce que ma mère te disait de Katja. Je me suis souvenu de ses soupçons.

— C'est faux.

— Sarah-Jane Beckett affirme que James Pitchford ne s'intéressait pas à Katja. Ni même aux femmes en général. Cela l'élimine de l'équation, qui se réduit donc à toi ou Grand-père, les seuls autres hommes de la maison. Et Raphael, je suppose, bien que nous sachions tous deux, je pense, vers qui allaient vraiment ses inclinations.

— Qu'est-ce que tu insinues ?

— Selon Sarah-Jane, Grand-père aimait beaucoup Katja et tournait autour d'elle. Mais je ne vois pas Grand-père capable d'autre chose que d'un amour platonique. Il ne reste donc que toi.

— Sarah-Jane était jalouse. Elle avait jeté son dévolu sur Pitchford le jour où elle avait mis le pied dans la maison. Un mot aimable tombé de sa bouche éminemment instruite et elle s'imaginait assister au second avènement du Messie. C'était une arriviste de premier ordre, Gideon, et avant que Katja entre dans nos vies, rien ne se dressait entre Sarah-Jane et le sommet de la montagne, qui était pour elle ce crétin de Pitchford. Pour rien au monde elle n'aurait voulu voir l'intruse instaurer une relation avec quelqu'un qu'elle entendait se réserver. Tu as suffisamment de rudiments en psychologie humaine pour être capable de comprendre cela. »

Ce que j'ai fait, repassant dans mon esprit ma visite à Cheltenham pour peser les propos de Sarah-Jane et les opposer à ce que mon père prétendait. Y avait-il eu des intentions vengeresses dans les commentaires de Sarah-Jane sur Katja Wolff ? Ou n'avait-elle cherché qu'à satisfaire une requête que j'avais moi-même formulée ? Si je lui avais rendu visite sans autre désir que de renouer avec elle, elle n'aurait sûrement pas évoqué d'elle-même Katja ou cette période de sa vie. Et quels qu'aient été ses sentiments pour Katja Wolff vingt ans plus tôt, elle n'avait aucune raison de s'y complaire aujourd'hui. A l'abri dans sa maison élégamment décorée de Cheltenham, femme, mère, collectionneuse de poupées, peintre d'aquarelles minutieuses à défaut d'être inspirées, elle n'avait guère besoin de revenir sur le passé, non ?

Mon père a mis abruptement fin à mes réflexions en me signifiant :

« Cela n'a que trop duré, Gideon.

— Quoi ?

— Ce temps perdu à te contempler le nombril. J'en ai assez. Viens avec moi. Nous allons attaquer le problème de front. »

Pensant qu'il avait l'intention de me dire quelque chose que je n'avais pas encore entendu, je l'ai suivi. Je m'attendais qu'il m'emmène dans le jardin pour une conversation confidentielle loin des oreilles de Jill, restée dans la cuisine à examiner ses échantillons. Mais il est passé dans le vestibule, et de là dans la rue. Il s'est dirigé à grands pas vers sa voiture, garée à mi-chemin entre Cornwall Gardens et Gloucester Road. « Monte », m'a-t-il ordonné, et comme j'hésitais : « Bon sang, Gideon, tu m'as entendu ? *Monte*.

— Où allons-nous ? » ai-je demandé tandis qu'il démarrait.

Il a déboîté, a emballé le moteur. A vive allure, nous avons descendu Gloucester Road en direction des grilles en fer forgé qui marquent l'entrée de Kensington Gardens.

« Là où nous aurions dû aller pour commencer », a-t-il répondu.

Il a dévalé Kensington Road, conduisant comme je ne l'avais jamais vu faire, se faufilant entre les bus et les taxis, enfonçant son klaxon quand deux femmes traversèrent la rue au pas de course près de l'Albert Hall. A Exhibition Road, il a sèchement tourné dans Hyde Park, accéléré encore dans South Carriage Drive et maintenu l'allure sur toute la longueur de Park Lane. Ce n'est qu'après Marble Arch que je me suis rendu compte de l'endroit où il m'emmenait, mais je n'ai rien dit avant qu'il finisse par garer la voiture au parking souterrain de Portman Square, comme il le faisait toujours quand je jouais à proximité.

« A quoi ça rime, Papa ? ai-je demandé en m'efforçant à la patience malgré ma peur.

— Il faut en finir avec ces absurdités. Tu as assez de cran pour venir avec moi ou tu as perdu tes couilles en même temps que ta confiance en toi ? »

Il a ouvert sa portière et a attendu que je descende. J'ai senti mes entrailles se liquéfier à la pensée de ce que les cinq minutes suivantes me réservaient peut-être. Mais j'ai fini par sortir de la voiture et nous avons remonté la rue côte à côte en direction de Wigmore Hall.

Ce que j'éprouvais ? me demandez-vous.

La même chose que le premier soir où je m'y étais rendu. A cette différence près que ce soir-là je marchais seul, parce que j'étais venu directement de Chalcot Square.

Je marche dans la rue, je n'ai pas la moindre idée de ce qui m'attend. Je suis nerveux, mais pas plus que d'habitude avant un concert. Je vous en ai parlé, non ? De mon trac ? C'est drôle, je ne me rappelle pas avoir eu le trac quand j'aurais dû l'avoir : jouer en public pour la première fois à six ans, jouer ensuite plusieurs fois à sept ans, jouer pour Perlman, rencontrer Menuhin... Qu'est-ce que j'avais alors qui me permettait de prendre les choses aussi facilement ? J'ai perdu cette confiance naïve quelque part en chemin. Le soir où je marche vers Wigmore Hall n'est pas différent de tous les autres soirs que j'ai vécus, et je m'attends que la nervosité qui précède le concert s'évanouisse, comme toujours, dès que je lèverai le Guarneri et l'archet.

En marchant, je pense à la partition, je la revois dans ma tête comme je le fais généralement. Aux répétitions, je n'ai réussi aucune interprétation irréprochable de ce morceau – je n'y suis jamais parvenu – mais je me dis que la mémoire des muscles guidera mon jeu dans les parties qui m'ont posé problème.

Les mêmes parties chaque fois ? demandez-vous.

Non. C'est ce que *L'Archiduc* a toujours eu de particulier. Je ne sais jamais quel endroit de la partition me fera trébucher. C'est un champ de mines, et quelle que soit la lenteur avec laquelle je progresse sur le terrain raboteux, je tombe toujours sur une charge explosive.

En passant devant un pub, je perçois faiblement le brouhaha des conversations des clients venus boire un verre après le travail et je pense à ma musique. Bien que je porte le Guarneri dans son étui, mes doigts trouvent les notes et calment mon anxiété, ce que je prends à tort pour le signe que tout ira bien.

J'arrive avec une heure et demie d'avance. Juste avant de tourner le coin de la rue pour accéder à l'entrée des artistes, derrière le bâtiment, je vois devant moi, empiétant sur le trottoir, l'entrée de la salle même, couverte de verre, où ne passent pour le moment que des gens qui se hâtent de rentrer chez eux. Je parcours les dix premières mesures de l'allegro. Je songe que c'est un pur plaisir de faire de la musique avec deux amis comme Beth et Sherrill. Je ne soupçonne absolument pas ce qui arrivera dans ces quatre-vingt-dix minutes qu'il reste à ma carrière. Je suis, si vous voulez, l'agneau innocent qui va à l'abattoir, inconscient du péril, incapable de sentir l'odeur du sang dans l'air.

Comme l'autre fois, nous avons tourné dans Welbeck Street. Nous n'avions pas échangé un mot depuis que nous étions sortis du parking souterrain. J'ai vu dans le silence de mon père le signe d'une sinistre détermination ; il a probablement pris le mien pour un assentiment plutôt que pour de la résignation devant l'issue que je devinais.

A Welbeck Way, nous avons de nouveau tourné en direction des doubles portes rouges surmontées de l'inscription *Entrée des artistes* gravée dans le fronton de pierre. Je pensais qu'il y avait probablement quelqu'un au guichet, de l'autre côté, mais qu'à cette heure de la journée l'entrée des artistes serait fermée et qu'il n'y aurait personne pour ouvrir si nous frappions à la porte. Si mon père voulait vraiment me faire revivre le soir de *L'Archiduc*, il s'y prenait mal et allait au-devant d'un échec.

J'étais sur le point de le lui faire remarquer quand mon pas s'est fait chancelant, Dr Rose. Puis je me suis arrêté tout à fait, et rien au monde n'aurait pu m'inciter à repartir.

Mon père m'a saisi par le bras en disant : « Tu n'arriveras à rien en fuyant, Gideon. »

Il pensait que j'avais peur, bien sûr, que, submergé par l'angoisse, je refusais de me jeter dans le danger que la musique représentait manifestement pour moi. Mais ce n'était pas la peur qui me paralysait. C'était ce que je voyais devant moi, ce que je n'avais pu faire surgir de mon cerveau malgré le nombre de fois où j'avais joué à Wigmore Hall.

La porte bleue, Dr Rose. Cette porte qui m'apparaît régulièrement dans mes souvenirs et dans mes rêves. Elle se trouve en haut d'une volée de dix marches, à droite de l'entrée des artistes de Wigmore Hall.

1er novembre – 22 heures

Elle est identique à la porte que je vois en pensée : d'un bleu de Prusse, le bleu d'un ciel d'été en montagne. Elle a un anneau argenté en son centre, deux serrures de sûreté et une imposte sous laquelle est fixée une lampe. Le long des marches court une rampe peinte de ce même bleu brillant, inoubliable, et que j'avais pourtant oublié.

J'ai remarqué que la porte menait apparemment à

une habitation puisqu'elle était encadrée de fenêtres, et d'en bas je pouvais voir à travers les rideaux des tableaux accrochés aux murs. J'ai senti monter en moi une excitation d'une intensité que je n'avais pas connue depuis des mois – des années, peut-être – en songeant que derrière cette porte se trouvaient peut-être l'explication de ce qui m'est arrivé, la cause de mes problèmes, et le traitement.

Echappant à l'étreinte de mon père, j'ai gravi les marches en quelques bonds. Comme vous m'aviez demandé de le faire dans mon imagination, Dr Rose, j'ai tenté d'ouvrir la porte, bien que je me sois rendu compte, avant même d'essayer, qu'on ne pouvait l'ouvrir de l'extérieur qu'avec une clé. Alors j'ai frappé. J'ai cogné du poing sur le panneau de bois.

Mes espoirs de guérison se sont envolés quand une Chinoise, si petite que je l'ai d'abord prise pour une enfant, est venue ouvrir. J'ai cru aussi qu'elle portait des gants avant de me rendre compte qu'elle avait les mains couvertes de farine. Je ne l'avais jamais vue.

« Oui ? » a-t-elle demandé en me regardant poliment. Comme je ne disais rien, son regard a obliqué vers mon père, resté au pied des marches. « Je peux vous aider ? » En parlant, elle s'est éloignée légèrement, plaçant sa hanche et le poids de son corps – le peu qu'il y en avait – derrière la porte.

Je ne savais que lui dire. Je ne savais pas pourquoi sa porte d'entrée me hantait. Je ne savais pas pourquoi j'avais grimpé les marches si sûr de moi, si certain d'approcher de la fin de mes problèmes.

« Désolé, ai-je bredouillé. C'est une erreur. » Je n'ai pu m'empêcher d'ajouter, dans une tentative que je savais pourtant vaine : « Vous vivez seule ? »

Je me suis aussitôt rendu compte que c'était la question à ne pas poser. Quelle femme sensée répondrait à un inconnu frappant à sa porte qu'elle vit seule, même si c'était le cas ? Mais, avant qu'elle ait pu répondre, j'ai entendu une voix d'homme derrière elle – « Qui est-ce, Sylvia ? » – et j'ai eu ma réponse. Plus même, parce que, l'instant d'après, l'homme a ouvert la porte toute grande pour regarder dehors. Je ne le connaissais pas davantage que Sylvia, ce colosse chauve aux mains aussi grandes que le crâne de la plupart des gens.

« Excusez-moi. Mauvaise adresse.

— Vous cherchez qui ?

— Je ne sais pas », ai-je avoué.

Comme Sylvia, il a fait passer son regard de ma personne à celle de mon père.

« Ce n'est pas l'impression que vous donniez en frappant à la porte comme un dingue.

— Oui. J'avais cru... »

Qu'est-ce que j'avais cru ? Que j'allais soudain voir la lumière ?

Il n'y avait pas de lumière dans Welbeck Way. Et quand j'ai dit à mon père, une fois que la porte bleue s'est refermée devant nous : « Cela fait partie de la réponse. J'en suis sûr », il a répondu d'un air totalement dégoûté : « Tu ne connais même pas la question. »

18

— Lynn Davies ?

Barbara Havers montra sa carte à la femme qui venait d'ouvrir la porte du bâtiment de crépi jaune. Situé au bout d'un alignement de maisons mitoyennes de Therapia Road, c'était un édifice victorien à deux niveaux complètement refait dans un secteur d'East Dulwich délimité – comme Barbara l'avait découvert – par deux cimetières, un parc et un terrain de golf.

« Oui ? » répondit la femme, mais le mot était assorti d'un point d'interrogation, et elle inclina la tête d'un air intrigué après avoir jeté un coup d'œil à la carte. Elle était de la taille de Barbara – ce qui faisait d'elle un petit gabarit – et son corps semblait en forme sous sa tenue simple : jean, tennis, pull marin. Barbara se dit qu'elle devait être la belle-sœur d'Eugenie Davies car elle semblait avoir le même âge que la morte, même si la chevelure répandue sur ses épaules et sur son dos commençait juste à grisonner.

— Je peux vous parler ?

— Oui, bien sûr.

Lynn Davies ouvrit un peu plus la porte pour laisser Barbara pénétrer dans une entrée au sol couvert d'un tapis aux coins recourbés. Un porte-parapluie se tenait sous la protection d'un portemanteau en rotin auquel étaient accrochés deux imperméables identiques, jaune vif avec une bordure noire. Lynn Davies conduisit Barbara au salon dont une fenêtre en saillie surplombait la rue. Dans l'alcôve que cette fenêtre et les murs formaient, un chevalet retenait une épaisse feuille de papier blanc portant des taches de couleurs dans le style aisément reconnaissable de la peinture avec les doigts. D'autres feuilles – œuvres d'art achevées, celles-là – étaient accrochées aux murs de l'alcôve, fixées n'importe comment par des pinces à dessin. Celle du chevalet n'était pas terminée mais sèche, et on aurait dit que l'artiste avait sursauté en pleine phase créatrice car trois doigts de peinture pointaient vers un coin du bas alors que le reste du tableau était exécuté en joyeuses volutes irrégulières.

Lynn Davies attendit en silence tandis que Barbara regardait l'alcôve.

— Vous êtes parente par alliance d'Eugenie Davies, je suppose ? dit la constable.

— Pas du tout. De quoi s'agit-il ? répondit Lynn Davies, dont le front prit un pli inquiet. Il lui est arrivé quelque chose ?

— Vous n'êtes pas la sœur de Richard Davies ?

— J'étais sa première femme. Je vous en prie, répondez-moi, il est arrivé quelque chose à Eugenie ? Il est forcément arrivé quelque chose, sinon vous ne seriez pas ici.

Barbara ajusta ses pensées, passant de la sœur de Richard à la première femme de Richard, à tout ce que *première femme de Richard* impliquait. Elle regarda attentivement Lynn en lui expliquant les raisons d'une visite de New Scotland Yard.

Lynn avait le teint olivâtre, avec des croissants plus sombres, comme des taches de café, sous ses yeux marron foncé. Elle pâlit légèrement quand elle apprit les circonstances de la mort d'Eugenie à West Hampstead. « Mon Dieu », murmura-t-elle, et elle se dirigea vers un canapé d'époque. Elle s'assit en regardant devant elle mais dit à Barbara : « Je vous en prie », puis indiqua de la tête un fauteuil près duquel s'élevait une pile bien nette de livres pour enfants, dont le sommet était occupé, en accord avec la période de l'année, par *Comment le Grinch a volé Noël.*

— Je suis navrée, s'excusa Barbara. Je vous ai causé un choc.

— Je n'étais pas au courant. Ça devait être dans les journaux, non ? A cause de Gideon. Et de… de la façon dont elle est morte, d'après ce que vous m'avez dit. Mais je n'ai pas lu les journaux, parce que je ne tiens pas le coup aussi bien que je pensais et… Mon Dieu, la pauvre Eugenie ! Finir comme ça…

Cela ne ressemblait absolument pas à la réaction amère d'une première femme délaissée.

— Vous la connaissiez bien, alors ? dit Barbara.

— Depuis des années.

— Quand l'avez-vous vue pour la dernière fois ?

— La semaine dernière. Elle était venue pour l'enterrement de ma fille. C'est pour ça que je n'ai pas vu… que je ne savais pas… (Lynn frotta durement sa cuisse de la paume de sa main droite, comme pour étouffer quelque chose en elle.) Virginia, ma fille, est morte subitement la semaine dernière. Je savais que cela pouvait arriver n'importe quand. Je le savais depuis des années. Mais on n'est jamais aussi bien préparé qu'on l'espère.

— Je suis navrée, répéta Barbara.

— Elle peignait, comme tous les après-midi. Je nous faisais du thé dans la cuisine. Je l'ai entendue tomber, je suis accourue. Et c'était – comment dit-on ? –, c'était *ça*. La visiteuse attendue depuis longtemps était arrivée, et je n'étais pas auprès d'elle. Je n'étais même pas là pour lui dire adieu.

Comme Tony, pensa Barbara, qui éprouva un choc quand son frère surgit dans son esprit alors qu'elle n'était pas prête à l'accueillir. Exactement comme Tony, mort sans un seul membre de la famille à son chevet. Elle n'aimait pas penser à Tony, à sa lente agonie et à l'enfer que sa mort avait apporté à la famille.

682

— Les enfants ne devraient jamais mourir avant leurs parents, déclara-t-elle, la gorge serrée.

— D'après les médecins, elle est morte avant même de toucher le sol, dit Lynn Davies. Je sais qu'ils cherchent à me réconforter, mais quand vous avez passé l'essentiel de votre vie à prendre soin d'une enfant comme Virginia – restée à jamais votre « petite », aussi grande et forte qu'elle soit devenue – votre monde s'écroule lorsqu'elle vous est enlevée, surtout si vous aviez quitté la pièce un instant pour lui préparer son thé. Je n'ai pas lu de journaux, encore moins de romans ou de magazines, je n'ai allumé ni la télé ni la radio parce que même si j'ai envie de penser à autre chose, je sais que si je le fais, je risque de ne plus ressentir ce que j'éprouve en ce moment, et qui est ma façon de rester liée à elle, vous comprenez ? dit-elle, les larmes aux yeux.

Barbara lui laissa un moment pour se ressaisir tandis qu'elle-même récapitulait ce qu'elle venait d'apprendre. Parmi les informations qu'elle indexait dans son esprit, il y avait le fait inimaginable que Richard Davies avait apparemment engendré non pas un, mais deux enfants handicapés. Qu'est-ce que Lynn Davies aurait pu vouloir dire d'autre en parlant de sa fille comme d'une éternelle « petite » ?

— Virginia n'était pas… ? commença Barbara.

Il devait y avoir un euphémisme, pensa-t-elle avec irritation. Si elle était née en Amérique, ce grand pays du politiquement correct, elle l'aurait probablement connu. Elle se rabattit sur :

— Elle n'était pas bien ?

— Ma fille était arriérée de naissance. Elle avait l'esprit d'une enfant de trois ans dans un corps de femme.

— Oh. Désolée.

— Son cœur n'était pas en bon état. Nous savions depuis toujours qu'il finirait par lâcher. Mais elle avait un courage extraordinaire et elle a surpris tout le monde en vivant jusqu'à trente-deux ans.

— Ici avec vous ?

— Ce ne fut une vie facile ni pour moi ni pour elle. Mais quand je considère ce qui aurait pu se passer, je n'ai pas de regrets. J'ai gagné plus que je n'ai perdu quand mon mariage a pris fin. Et en dernière analyse, je ne pouvais reprocher à Richard de demander le divorce.

— Mais quand il s'est remarié et qu'il a eu...

Là encore Barbara ne trouvait pas la formule. Lynn fournit la sienne en disant :

— Un enfant imparfait selon nos normes de perfection. Oui, Richard en a eu un autre, et ceux qui croient en un Dieu vengeur pourraient soutenir qu'il était puni pour nous avoir abandonnées, Virginia et moi. Mais je ne pense pas que ce soit la façon dont Dieu agit. Richard ne nous aurait pas demandé de partir, pour commencer, si j'avais accepté d'avoir d'autres enfants.

— *Demandé* de partir ?

Quel prince parmi les hommes ! pensa Barbara. Voilà de quoi un mec pouvait être fier : demander à sa femme et à son enfant attardée de se trouver un autre endroit où crécher.

Lynn se hâta d'expliquer :

— Nous vivions avec ses parents, dans la maison où il avait lui-même grandi. Au moment de la séparation, il aurait été absurde que je reste avec les parents de Richard et qu'il parte. De toute façon, c'était une partie du problème, les parents de Richard. Son père était intransigeant au sujet de Virginia. Il voulait l'envoyer dans un foyer. Il l'exigeait. Et Richard... C'était si important pour lui d'avoir l'approbation de son père. Il s'est laissé convaincre de mettre Virginia dans une institution. Moi, je n'ai pas voulu en entendre parler. Après tout, c'était...

Les yeux de Lynn reflétèrent de nouveau sa douleur ; elle s'interrompit, avant de dire d'un ton digne et simple :

— Virginia était notre enfant. Elle n'avait pas demandé à naître comme elle était. Qui étions-nous pour nous croire autorisés à nous en débarrasser ? C'est ce que Richard lui-même a d'abord pensé. Avant que son père le fasse changer d'avis.

Elle se tourna vers l'alcôve, vers les peintures aux taches vives qui la décoraient.

— Un homme terrible, ce Jack Davies. Je sais qu'il avait horriblement souffert pendant la guerre. Je sais que son esprit était en ruine et qu'on ne pouvait lui reprocher la laideur qu'il y avait en lui. Mais haïr une enfant innocente au point de ne pas l'autoriser à être dans la même pièce que lui... C'était injuste. Profondément injuste.

— Un véritable enfer, commenta Barbara.

— Une sorte d'enfer, oui. « Dieu merci, elle ne tient pas ça de *moi* », disait-il. La mère de Richard murmurait : « Jack, Jack, tu ne le penses pas vraiment », alors que cela sautait aux yeux que s'il avait pu effacer l'existence de Virginia de cette planète, il l'aurait fait sans la moindre hésitation.

Les lèvres tremblantes, elle conclut :

— Elle n'est plus là, maintenant. Jack serait content.

Lynn tira de la poche de son jean un mouchoir en papier froissé qu'elle pressa contre ses yeux.

— Excusez-moi de me laisser aller comme ça. Je ne devrais pas... Dieu qu'elle me manque !

— C'est normal, dit Barbara. Vous essayez de prendre le dessus.

— Et maintenant Eugenie. En quoi puis-je vous aider ? C'est pour cela que vous êtes venue, je suppose. Pas seulement pour m'annoncer sa mort mais pour me demander de vous aider ?

— Vous et Mrs Davies étiez liées, en quelque sorte. Par vos enfants.

— Pas au début. C'est après la mort de la petite Sonia que nous avons fait connaissance. Eugenie s'est simplement présentée à ma porte un jour. Elle avait besoin de parler ; je l'ai écoutée.

— Vous vous voyiez régulièrement ?

— Oui. Elle passait souvent. Elle avait besoin de

parler, comme je viens de vous le dire – quelle mère n'aurait éprouvé ce besoin dans de telles circonstances ? – et j'étais heureuse de pouvoir l'aider. Elle avait le sentiment de ne pas pouvoir parler à Richard, vous voyez, et même si elle était proche d'une religieuse catholique, cette religieuse n'était pas mère. Eugenie avait besoin de parler à une autre mère, en particulier à la mère d'un enfant pas comme les autres. Elle souffrait terriblement, et personne dans cette maison ne comprenait ce qu'elle endurait. Eugenie était au courant, pour Virginia et moi, parce que Richard lui en avait parlé peu après leur mariage.

— Pas avant ? C'est curieux.

Lynn eut un sourire résigné.

— C'est Richard. Il a payé une pension jusqu'à ce que Virginia devienne majeure mais il ne l'a jamais revue après notre départ. Je ne pensais pas qu'il viendrait à l'enterrement. Je l'ai prévenu quand même. Il a envoyé des fleurs et c'est tout.

— Bravo, murmura Havers.

— Il est ce qu'il est. Pas méchant, mais pas de taille à supporter un enfant handicapé. Tout le monde ne l'est pas. Moi, j'avais au moins une formation d'infirmière, alors que Richard… A part une brève carrière dans l'armée… De toute façon, il voulait perpétuer la lignée, ce qui impliquait qu'il trouve une autre femme. C'était la bonne décision, s'avéra-t-il, puisque Eugenie lui a donné Gideon.

— Le gros lot.

— D'une certaine façon. Mais je présume que donner naissance à un enfant prodige est un fardeau énorme. Des responsabilités différentes mais tout aussi lourdes.

— Eugenie ne vous en pas touché un mot ?

— Elle parlait peu de Gideon. Et puis, après le divorce, elle n'en a plus parlé du tout. De Richard non plus. D'aucun d'entre eux. Quand elle venait, elle m'aidait surtout à m'occuper de Virginia. Elle adorait les parcs, Virginia, les cimetières aussi. Notre grand

686

plaisir, c'était de faire une longue promenade dans le vieux cimetière de Camberwell. Mais je n'aimais pas y aller sans avoir quelqu'un avec moi pour garder un œil sur Virginia. Si j'y allais seule, Virginia monopolisait mon attention et la promenade me procurait moins de plaisir. Avec Eugenie, c'était plus facile. Nous la surveillions tour à tour. Nous pouvions bavarder, prendre le soleil, déchiffrer les pierres tombales. Elle était très gentille avec nous.

— Vous lui avez parlé le jour de l'enterrement de Virginia ?

— Bien sûr. Oui. Mais rien de ce que nous avons dit ne peut vous aider dans votre enquête, hélas. Nous avons uniquement parlé de Virginia. Du deuil. De la façon dont je réagissais. Eugenie a été d'un grand réconfort pour moi. Elle l'a été pendant des années, en fait. Et Virginia... Virginia avait appris à connaître Eugenie. A la reconnaître. A...

Lynn s'interrompit, se leva, alla à l'alcôve et se tint devant le chevalet où la dernière peinture de sa fille marquait son bref passage de vie à trépas.

— Hier, j'en ai fait quelques-uns moi-même, dit-elle d'une voix songeuse. Je voulais sentir ce qui lui donnait tant de joie. Je n'y suis pas arrivée. J'ai peint jusqu'à avoir les mains noires de couleurs mélangées mais je n'ai rien senti. Et j'ai finalement compris quelle chance elle avait eue en fait : rester à jamais une enfant qui demandait si peu de la vie.

— Il y a là une leçon, convint Barbara.

— N'est-ce pas ? dit Lynn en examinant la feuille.

Barbara remua dans son fauteuil et chercha à ramener Lynn Davies sur le sujet :

— Eugenie sortait avec quelqu'un de Henley. Un officier en retraite, Ted Wiley. Il tient la librairie en face de chez elle. Elle vous avait parlé de lui ?

Lynn se retourna.

— Ted Wiley ? Une librairie ? Non. Jamais.

— Ou de quelqu'un d'autre avec qui elle aurait eu des relations ?

Elle réfléchit avant de répondre :

— Eugenie faisait attention à ce qu'elle révélait d'elle-même. Elle avait toujours été comme ça. Je ne sais si cela pourra vous aider, mais la dernière fois que nous avons bavardé – avant que je téléphone pour lui annoncer la mort de Virginia – elle a mentionné… Je ne sais même pas si cela voulait dire quelque chose. Du moins, je ne sais pas si cela voulait dire qu'elle s'était engagée.

— Ça peut nous aider. Qu'est-ce qu'elle a dit ?

— Ce n'est pas tant ce qu'elle a dit que la façon dont elle l'a dit. Il y avait dans sa voix une légèreté que je ne lui connaissais pas. Elle m'a demandé si je pensais qu'on peut tomber amoureux là où on ne s'attend pas à trouver l'amour. Elle m'a demandé si je pensais qu'après des années on peut soudain voir quelqu'un sous un jour tout à fait différent. Elle m'a demandé si je pensais que l'amour peut naître de ce nouveau regard. Est-ce qu'elle parlait de cet officier en retraite ? De quelqu'un qu'elle connaissait depuis des années mais qu'elle n'avait jamais considéré sous l'angle de l'amour jusqu'à maintenant ?

Barbara se posa elle aussi la question. Cela semblait possible. Mais il y avait d'autres éléments à considérer : l'endroit où Eugenie Davies était morte et l'adresse qu'elle avait en sa possession suggéraient autre chose.

— Elle vous a parlé d'un nommé James Pitchford ? Lynn secoua la tête.

— Et Pitchley ? Ou Pytches, peut-être ?

— Elle n'a prononcé aucun nom. C'était cela, Eugenie : quelqu'un de secret.

Quelqu'un de secret qui avait fini par se faire assassiner, pensa Barbara. Et elle se demanda si ce besoin de secret ne se trouvait pas au cœur de son assassinat.

L'inspecteur principal Eric Leach écouta la religieuse du service de réanimation de l'hôpital de Charing Cross qui, en substance, lui annonçait le pire. *Pas de changement*, c'était ce que disaient les médecins quand ils remettaient le sort d'un patient à Dieu, au destin, à la nature ou au temps. Ils tenaient un autre langage quand ce patient marquait des points, évitait la Faucheuse ou connaissait une guérison soudaine et miraculeuse. Leach raccrocha le téléphone et se détourna de son bureau, la mine soucieuse. Il ruminait non seulement ce qui était arrivé à Malcolm Webberly mais aussi ses propres insuffisances, et leur effet sur sa capacité à anticiper les zigzags de l'enquête.

Il devait s'occuper du problème d'Esmé. Ça, au moins, c'était clair. Comment l'affronter ? La question se poserait bientôt. S'il n'avait pas été distrait par les craintes d'Esmé au sujet du nouveau compagnon de sa mère – sans parler de sa propre réaction au fait que Bridget lui eût trouvé un remplaçant –, il se serait sûrement souvenu que J. W. Pitchley, alias James Pitchford, avait aussi été Jimmy Pytches, dont l'implication dans la mort d'un nouveau-né à Tower Hamlets, des années plus tôt, avait fait les choux gras des tabloïds londoniens. Non pas quand le bébé était mort, bien sûr, l'affaire ayant fait long feu après l'autopsie. Mais des années plus tard, après la mort d'un autre enfant à Kensington.

Leach s'était souvenu de tout une fois que cette fille du Yard au nez écrasé lui avait révélé ce détail. Il avait tenté de se convaincre qu'il avait effacé l'information de ses banques de données parce qu'elle était apparue comme de l'animosité pure et simple envers Pitchford pendant l'enquête sur la mort de la petite Davies. Mais la vérité, c'était qu'il aurait dû s'en souvenir, et c'était à cause de Bridget et de son compagnon, et surtout des craintes d'Esmé au sujet du compagnon de Bridget, qu'il ne l'avait pas fait. Il ne pouvait se permettre ce genre d'impair. Parce qu'il lui semblait de plus en plus probable que les deux affaires étaient unies par un lien qu'on ne pourrait facilement trancher.

Un constable passa la tête dans le bureau en disant :

— Le type de West Hampstead que vous vouliez voir est là, inspecteur. On vous le met en salle d'interrogatoire ?

— Il est avec son avocat ?

— Quelle surprise, hein ? Je parie qu'il ne va pas chier le matin avant de demander d'abord à son avocat combien de feuilles de papier toilette il a le droit d'utiliser.

— Alors, salle d'interrogatoire, décida Leach.

Il n'aimait pas laisser les avocats s'imaginer qu'ils l'intimidaient, et admettre Pitchley-Pitchford-Pytches dans son bureau aurait donné cette impression.

Il consacra quelques minutes à téléphoner pour arranger la restitution de la voiture de Pitchley. Il ne servait plus à rien de garder la Boxter puisque les informations qu'ils détenaient maintenant sur James Pitchford et Jimmy Pytches seraient plus utiles pour le faire parler.

Après le coup de fil, il s'offrit un café et se rendit à la salle d'interrogatoire où Pitchley-Pitchford-Pytches – Leach l'avait baptisé Mr P pour simplifier les choses – et son avocat attendaient, assis à la table. Azoff fumait, malgré le panneau qui l'interdisait expressément – sa façon de leur balancer : « Allez vous faire foutre » –, tandis que Mr P se passait les mains dans les cheveux comme s'il essayait de s'arracher le cerveau.

— J'ai conseillé à mon client de garder le silence, attaqua Azoff, coupant à tout ce qui aurait pu passer pour des salutations. Jusqu'ici, il a coopéré sans que vous manifestiez la moindre volonté de le récompenser.

— Le récompenser ? fit Leach, incrédule. Vous vous croyez où ? J'enquête sur un meurtre, et si j'ai besoin que votre client nous aide, il nous aidera, bon Dieu !

— Je ne vois aucune raison de poursuivre ce genre d'entretien si vous n'avez pas l'intention de l'inculper, riposta Azoff.

690

Mr P leva les yeux, bouche bée, l'image même du type qui s'apprête à assener : « Qu'est-ce que tu racontes, crétin ? » La réaction plut à Leach parce qu'un homme totalement innocent ne regarde pas son avocat comme un voyou armé d'un garrot sous prétexte que l'homme de loi vient de prononcer le mot « inculper ». Un homme innocent aurait pris une expression signifiant « Ouais, t'as entendu, dugland ? » et se serait tourné vers le flic. Ce que Mr P ne faisait pas, et Leach était plus certain que jamais qu'il fallait le faire parler. Il ne savait pas ce que cela leur rapporterait mais il était plus que disposé à essayer.

— Bon. D'accord. Mr Pytches, dit-il d'un ton aimable.

— Pitchley, corrigea Azoff avec un agacement qu'il souligna en soufflant dans l'air une bouffée de fumée, accompagnée d'une trace olfactive de mauvaise haleine.

— Ah. Il ne sait pas tout, alors ? dit l'inspecteur à Mr P, désignant l'avocat d'un mouvement du menton. Il y a des coins et des recoins du placard à squelettes sur lesquels vous n'avez pas braqué votre torche, on dirait.

Mr P se prit la tête à deux mains, signe, en langage du corps, qu'il venait de se rendre compte que le niveau de ses emmerdements venait de monter d'un cran.

— Je vous ai dit tout ce que je savais, affirma-t-il, esquivant l'aspect Jimmy Pytches. Je n'ai pas revu cette femme – je n'ai revu aucun d'entre eux – depuis le procès. J'ai tourné la page. Nouvelle maison, nouvelle vie...

— Nouveau nom. Comme la fois d'avant. Mais Mr Azoff ici présent ne semble pas savoir qu'un type comme vous avec un passé comme le vôtre a le chic pour se retrouver dans certaines situations, Mr Pytches. Même quand il croit avoir balancé ce passé dans la Tamise avec des bottes en ciment.

— De quoi parlez-vous, Leach ? grommela Azoff.

— Faites-moi disparaître cette clope que vous avez

au bec et je ferai ce que je peux pour vous éclairer. C'est une zone non fumeurs ici, et je suppose que lire fait partie de vos capacités.

L'avocat prit son temps pour ôter la cigarette de sa bouche, l'éteindre en pressant le bout rouge contre la semelle de sa chaussure, soigneusement. Pendant ce numéro, Mr P débita de son propre chef une bonne partie de son histoire à l'intention de son avocat. Au terme d'une relation aussi brève et flatteuse que possible, il conclut :

— Je ne vous ai pas parlé de cette affaire de mort subite du nourrisson parce que c'était inutile, Lou. Ça l'est toujours. Du moins, ça le serait si ce...

Le mouvement de tête en direction de Leach signifia que Pitchley n'irait pas au-delà du pronom démonstratif pour honorer la présence de Leach en lui donnant un nom.

— ... ne s'était pas mis dans la tête quelque chose qui n'a aucun rapport avec la vérité.

— Pytches, dit Azoff.

Et si le ton était songeur, les yeux étrécis suggéraient qu'il pensait moins à assimiler un nouvel élément d'information qu'à envisager une mesure disciplinaire à l'encontre d'un client qui continuait à lui dissimuler des faits, à le ridiculiser chaque fois qu'il devait affronter la police.

— Vous dites qu'un autre gosse est mort, Jay ?

— Deux gosses et une femme, lui rappela Leach. Et ce n'est pas tout. Une autre victime s'est fait renverser hier soir. Où étiez-vous, Pytches ?

— Ce n'est pas juste ! protesta Mr P. Je n'ai revu personne, je n'ai parlé à personne. Je ne sais pas pourquoi elle avait mon adresse sur elle, et je ne...

— Hier soir, répéta Leach.

— Nulle part. Chez moi. Où aurais-je pu être sans ma voiture ?

— Vous auriez pu vous faire prendre par quelqu'un.

— Qui ? Quelqu'un à qui j'aurais proposé un petit tour dans Londres et un délit de fuite vite fait ?

— Je ne crois pas avoir parlé de délit de fuite.

— Ne jouez pas au plus fin. Vous avez dit « une autre victime ». Vous avez dit qu'elle s'était fait « renverser ». J'en ai déduit qu'il s'agissait d'un délit de fuite, sinon pourquoi je serais ici ?

Il commençait à s'énerver, Leach aimait ça. Il appréciait aussi que l'avocat de Mr P soit juste assez vexé pour laisser son client mariner une minute ou deux. Cela pouvait se révéler utile.

— Bonne question, Pytches.

— Pitchley, rectifia Mr P.

— Vous avez vu Katja Wolff, dernièrement ?

— Kat... (Il s'interrompit.) Quoi, Katja Wolff ? demanda-t-il d'un ton circonspect.

— J'ai jeté un coup d'œil dans de vieilles paperasses, ce matin, et j'ai découvert que vous n'avez pas témoigné au procès.

— On ne me l'a pas demandé. J'étais dans la maison mais je n'ai rien vu et...

— La dénommée Beckett, si. La prof du garçon. Sarah-Jane, elle s'appelait. D'après mes notes – je vous ai dit que je garde tous mes calepins ? – vous étiez ensemble quand la petite s'est fait tuer. Ce qui signifie que vous avez vu la même chose, et quoi qu'il en soit...

— Je n'ai rien vu.

— Quoi qu'il en soit, poursuivit Leach en haussant le ton, Beckett a témoigné et pas vous. Pourquoi ?

— Elle donnait des cours au garçon. Gideon. Le frère. Elle voyait plus souvent la famille, la petite fille. Elle voyait la façon dont Katja s'occupait d'elle, alors elle a pensé que son témoignage serait utile. Moi, on ne m'a pas demandé de témoigner. J'ai parlé à la police, j'ai fait ma déclaration, j'ai attendu mais on ne m'a rien demandé d'autre.

— Ça vous arrangeait bien.

— Pourquoi ? Est-ce que vous insinuez que... ?

— Taisez-vous, intervint finalement Azoff avant de s'adresser à Leach : Venez-en au fait ou nous partons.

— Pas sans ma voiture, précisa Mr P.

Leach tira de la poche de sa veste le formulaire de récupération de la Boxter et le posa sur la table entre lui et les deux hommes.

— Vous êtes le seul de la maison qui n'a pas témoigné contre elle, Mr Pytches. Je pensais qu'elle serait passée vous remercier, maintenant qu'elle est libre.

— Qu'est-ce que vous cherchez ? s'écria Mr P.

— Beckett a fait un témoignage de moralité. Elle a parlé, à nous et à tout le monde, des fils qui s'effilochaient dans les circuits de Wolff. Une bouffée de colère par-ci. Un accès d'impatience par-là. D'autres choses à faire quand le bébé avait besoin qu'on s'occupe de lui. Pas toujours vigilante comme le serait une nurse expérimentée. Et puis elle s'est retrouvée avec un polichinelle dans le tiroir...

— Oui ? Et alors ? Sarah-Jane a vu plus de choses que moi, elle en a parlé. Je suis censé être sa conscience ? Vingt ans après ?

Azoff intervint de nouveau :

— Où voulez-vous en venir avec ces élucubrations, inspecteur ? Si elles ne mènent nulle part, nous prenons ce papier, et en route.

Il tendit la main vers le formulaire mais Leach pressa des doigts le bord supérieur.

— Je veux en venir à Katja Wolff. A ses rapports avec votre client.

— Je n'ai aucun rapport avec elle, assura Mr P.

— Oh, je n'en jurerais pas. Quelqu'un l'a mise enceinte, et je ne parierais pas sur le Saint-Esprit.

— Ne me mettez pas ça sur le dos. Nous vivions dans la même maison, c'est tout. Nous échangions des signes de tête dans l'escalier. Il m'est peut-être arrivé de l'aider de temps en temps pour son anglais et, oui, je la regardais. Elle était séduisante. Confiante, sûre d'elle, pas du tout le comportement qu'on attend d'une étrangère qui ne parle même pas la langue. C'est toujours agréable à voir chez une femme. Pour l'amour de Dieu, je ne suis pas aveugle.

— Il s'est passé quelque chose entre vous, alors.

Vous l'emmeniez le soir dans le jardin. Une ou deux fois derrière la cabane, et hop, voilà ce qui arrive.

Azoff abattit sa main sur la table.

— Une fois, deux fois, quatre-vingt-cinq fois ! Si vous ne vous décidez pas à parler de l'affaire, nous sortons d'ici. Vous avez compris ?

— Il s'agit de l'affaire, Mr Azoff, surtout si notre gaillard a passé les vingt dernières années à se faire de la bile au sujet d'une femme qu'il a tringlée et laissée tomber une fois qu'elle s'est retrouvée, premièrement, en cloque grâce à lui, deuxièmement, accusée de meurtre. Il veut peut-être réparer. Et quelle meilleure façon de le faire qu'en l'aidant à se venger ? Une vengeance à laquelle elle pense peut-être avoir droit. Le temps passe lentement en prison, vous savez. Vous seriez étonné de voir que cette lenteur finit par convaincre un meurtrier qu'il est en fait la victime.

— C'est... c'est totalement... ridicule, bredouilla Mr P.

— Vraiment ?

— Vous le savez bien. Ça se serait passé comment ?

— Jay... prévint l'avocat.

— Elle m'aurait retrouvé, elle aurait sonné à ma porte un soir, et elle m'aurait dit : « Salut, Jim. Je sais qu'on ne s'est pas vus depuis vingt ans, mais qu'est-ce que tu dirais de supprimer quelques personnes ? Comme ça, pour rigoler. Tu n'es pas trop occupé ? » C'est comme ça que vous vous représentez la chose, inspecteur ?

— Taisez-vous, Jay.

— Non ! explosa Pitchley. J'ai passé la moitié de ma vie à raser les murs alors que je n'ai rien fait. J'en ai assez. J'en ai ma claque, bon Dieu ! Quand ce n'est pas la police, c'est les journaux ; quand ce n'est pas les journaux, c'est...

Il se tut.

— Oui ? fit Leach, se penchant en avant. Qui d'autre ? Qui est le méchant qui vous fait des misères ? Rien à voir avec cette histoire de mort subite du nourrisson, je suppose. Vous êtes vraiment l'homme du mystère, Mr P. Et je vais vous dire une chose : je n'en ai pas fini avec vous.

Pitchley se laissa retomber contre le dossier de sa chaise en déglutissant.

— Curieux, je n'ai pas entendu de mise en garde, ironisa Azoff. Pardonnez-moi si j'ai décroché un instant pendant cette discussion mais je ne me souviens pas vous avoir entendu avertir mon client de ses droits. Si vous ne le faites pas dans les quinze secondes qui suivent, je suggère que nous nous disions au revoir, aussi déchirant que cela puisse être.

Leach fit glisser le formulaire vers les deux hommes en disant à Pitchley : « Ne projetez pas de partir en vacances, Mr P », et à Azoff : « Gardez votre clope éteinte jusqu'à ce que vous soyez sorti ou je vous fais boucler. »

— Ah ! là dis donc, je pisse carrément dans mon froc, bwana.

Leach ouvrit la bouche pour répliquer, se contint.

— Fichez le camp, maugréa-t-il en veillant à ce qu'ils s'exécutent.

J. W. Pitchley, alias Langue de Velours, alias James Pitchford, alias Jimmy Pytches, fit ses adieux à Lou Azoff devant le poste de police de Hampstead. Azoff encaissait encore moins la révélation au sujet de Pytches qu'il n'avait encaissé l'histoire de James Pitchford. Certes, son client avait été innocenté de la mort des deux enfants, d'abord sous le nom de Pytches, puis sous celui de Pitchford, mais là n'était pas le problème, souligna l'avocat. Plus question pour lui de se mettre à nouveau en situation de recevoir subitement sur la tête quelque chose que son client lui aurait caché, déclara-t-il. Jay pensait peut-être que c'était agréable de se faire couper l'herbe sous le pied par un foutu flic qui n'avait sûrement même pas obtenu son brevet ?

Plus question, Jay. Ou devait-il l'appeler James ? Ou Jimmy ? Ou d'un autre nom encore ?

Il n'y avait pas d'autre nom. Il n'était pas quelqu'un d'autre. Et même si Azoff n'avait pas dit : « Vous recevrez ma dernière note d'honoraires par courrier spécial demain », il aurait mis fin lui-même à leur association. Aucune importance s'il gérait les comptes délicats d'Azoff. Il trouverait dans la City quelqu'un d'autre qui saurait aussi bien que lui faire circuler l'argent de l'avocat plus rapidement que le fisc ne pouvait le suivre.

— D'accord, Lou, acquiesça-t-il donc sans prendre la peine d'essayer de dissuader l'avocat de le laisser tomber.

Le pauvre, on ne pouvait vraiment rien lui reprocher. Comment pourrait-on avoir envie de jouer en défense dans une équipe qui ne donnait aucune consigne sur le terrain ?

Il regarda Azoff enrouler son écharpe autour de son cou et en rejeter l'extrémité par-dessus son épaule, comme pour annoncer le dénouement d'une pièce qui n'avait que trop duré. L'avocat fit sa sortie, Pitchley soupira. Il aurait pu révéler à Azoff que l'idée de le virer lui avait non seulement déjà traversé l'esprit mais qu'elle s'y était ancrée pendant l'interrogatoire de Leach. Il décida cependant de laisser l'avocat faire son numéro. Maigre compensation pour l'humiliation que Pitchley lui avait fait subir en le laissant dans l'ignorance de certains faits, mais c'était tout ce qu'il avait à lui offrir pour l'instant. Il garda donc la tête baissée pendant qu'Azoff râlait puis faisait son cinéma avec son écharpe.

— Je demanderai à un type que je connais de s'occuper de votre argent, promit-il.

— D'accord.

Azoff ne lui fit pas en retour une offre similaire : lui recommander un confrère disposé à prendre un client qui lui demanderait de travailler dans le noir. Mais Pitchley ne s'attendait pas qu'il le fasse. Il avait renoncé à attendre quoi que ce soit.

697

Cela n'avait pas toujours été le cas. Des années plus tôt, à défaut de grandes espérances, il avait eu des rêves. Elle lui avait confié les siens de cette voix basse et haletante qu'elle avait, la nuit, quand ils avaient fini la leçon d'anglais et qu'ils bavardaient tout en haut de la maison, une oreille collée à l'interphone relié à la chambre de Sonia, pour que Katja s'y précipite si le bébé s'agitait, s'il pleurait, s'il avait besoin d'elle. « Il y a des écoles de mode, oui ? disait-elle. Pour apprendre à dessiner les vêtements. Oui ? Tu vois ? Et tu vois comme je fais les dessins de mode, oui ? C'est là que j'étudie quand j'ai assez économisé. D'où je viens, James, la mode… Oh ! je ne sais pas dire, mais vos couleurs en Angleterre, vos *couleurs*… Regarde à ce foulard que j'ai acheté. A Oxfam, James. Quelqu'un l'avait jeté ! » Et comme une danseuse orientale, elle déroulait le foulard, long morceau de soie usée bordé de franges, mais qui entre ses doigts devenait une ceinture, un sac, un chapeau. Deux de ces foulards et elle faisait un corsage ; cinq et elle créait une jupe bariolée. « C'est ça que je suis destinée pour », disait-elle, et ses yeux brillaient, ses joues s'empourpraient et le reste de sa peau était d'un blanc velouté. Tout Londres portait du noir mais Katja jamais. Katja était un arc-en-ciel, une célébration de la vie.

A cause de tout cela, il avait ses rêves lui aussi. Pas de plans comme elle, pas de projets avoués, mais quelque chose qu'il emprisonnait délicatement entre ses mains, comme une plume qui se salirait et ne pourrait plus voler si on la serrait trop longtemps ou trop fort.

Il irait lentement, se disait-il. Ils étaient jeunes tous les deux. Elle avait ses études de mode à poursuivre et il voulait se faire une situation dans la City avant de prendre les responsabilités qui accompagnent le mariage. Mais quand le moment serait venu… Oui, c'était elle qu'il voulait. Si totalement différente, si désireuse d'apprendre, si désespérément désireuse d'échapper à ce qu'elle avait été pour se transformer en ce qu'elle pensait pouvoir devenir. Elle était en fait son homologue féminin. Elle ne le savait pas encore et ne le saurait jamais, s'il ne tenait qu'à lui, mais dans l'éventualité peu probable où elle le découvrirait, c'était une femme qui comprendrait. Nous avons tous nos montgolfières, lui dirait-il.

L'avait-il aimée ? Ou avait-il simplement senti en elle sa meilleure chance de mener une vie où les origines étrangères de Katja jetteraient une ombre utile dans laquelle il pourrait se cacher ? Il l'ignorait. Il n'avait jamais eu la possibilité de le découvrir. A vingt ans de distance, il ne savait toujours pas comment les choses auraient pu se passer entre eux. Mais il savait, sans l'ombre d'un doute, qu'il en avait assez maintenant.

Après avoir récupéré la Boxter, il entama ce qui serait un long voyage, il en avait conscience. La première étape lui fit traverser Londres, quittant d'abord Hampstead et tournant en direction de Regent's Park, puis se faufilant vers l'est, toujours vers l'est, jusqu'à ces enfers du code postal, E3, où ses cauchemars avaient leurs racines.

A la différence de nombreux autres quartiers de Londres, Tower Hamlets ne s'était pas embourgeoisé. Les films qu'on y tournait n'avaient pas pour vedettes des actrices qui battaient des cils, tombaient amoureuses, menaient une vie d'artiste et conféraient aux lieux une sorte de glamour bohème qui conduisait à leur renaissance avec la venue de yuppies en Range Rover voulant à tout prix être « tendance ». Car le mot « renaissance » impliquait que l'endroit avait connu des temps meilleurs qu'une injection de numéraire ressusciterait. Aux yeux de Pitchley, Tower Hamlets avait été un trou sordide dès qu'on avait posé la première pierre de son premier bâtiment.

Il avait passé plus de la moitié de sa vie à s'efforcer de gratter la crasse de Tower Hamlets accumulée sous ses ongles. A partir de son neuvième anniversaire, il avait exercé toute une série de petits boulots, économisant ce qu'il pouvait en vue d'un avenir qu'il désirait ardemment mais ne parvenait pas tout à fait à définir. Il avait supporté les brutalités des autres élèves dans une école où apprendre occupait une lointaine septième place après tourmenter les profs, vandaliser des équipements vétustes, taguer chaque centimètre de mur disponible, fourrer les filles dans les cages d'escalier, mettre le feu aux poubelles et taxer tout ce qui se présentait, de l'argent de poche des élèves de quatrième au produit de la collecte faite chaque année à Noël pour offrir un repas décent aux SDF du coin. Dans cet environnement, il s'était forcé à apprendre, absorbant comme une éponge tout ce qui pouvait l'aider à sortir d'un enfer qu'il avait fini par considérer comme le châtiment d'une faute qu'il avait commise dans une vie antérieure.

Sa famille ne comprenait pas son désir fou d'échapper à cet endroit. Sa mère – toujours dépourvue de mari, et qui le resterait jusqu'à sa mort – fumait toute la journée à la fenêtre de son HLM, touchait les indemnités de chômage comme si elles lui étaient dues parce qu'elle faisait au pays la faveur de respirer, élevait les six rejetons que lui avaient laissés quatre pères, et se demandait à voix haute comment elle avait pu pondre ce connard de Jimmy, toujours net et propre comme s'il s'imaginait être autre chose qu'un loubard déguisé.

« Mais regardez-le, disait-elle à ses frères et sœurs. Trop classe pour nous, le Jim. Où c'est que tu vas, aujourd'hui, mon garçon ? demandait-elle en le détaillant. A la chasse à courre ?

— Oh, M'man, gémissait-il, sentant la souffrance monter de son nombril vers sa poitrine et ses mâchoires.

— C'est bon, mon gars, répondait-elle. Pique seulement un de ces clebs, qu'on ait un chien de garde à la maison, d'accord ? Ça serait chouette, hein, les mômes ? Qu'est-ce que vous diriez que notre Jimmy nous pique un clébard ?

— Maman, je ne vais pas à la chasse au renard. »

Et ils riaient. Ils riaient jusqu'à lui donner envie de rosser la bande de bons à rien qu'ils étaient.

Sa mère était la pire parce que c'était elle qui donnait l'exemple. Elle aurait pu être intelligente, dynamique, capable de faire quelque chose de sa vie. Mais elle avait eu un bébé – Jimmy lui-même – à quinze ans, et c'est alors qu'elle avait compris qu'on la paierait si elle continuait à en avoir. On appelait ça les allocations familiales. Jimmy Pytches appelait ça les chaînes familiales.

Il s'était donc assigné pour objectif dans la vie de démolir son passé, acceptant tous les petits boulots qu'on lui proposait dès qu'il en fut capable. N'importe quoi, cela lui était égal : laver les carreaux, récurer les sols, passer les moquettes à l'aspirateur, promener les chiens, laver les voitures, garder des enfants. Il s'en fichait. Si on le payait, il le faisait. Parce que si l'argent ne pouvait lui donner une meilleure famille, il lui permettrait de partir à des kilomètres de cette famille qui menaçait de l'étouffer.

Il y eut alors cette histoire de bébé, ce moment horrible où il était entré dans la chambre de la petite parce que le moment où elle se réveillait habituellement de sa sieste était passé depuis longtemps. Elle était là, telle une poupée en plastique, une main devant sa bouche comme si elle avait essayé de s'aider à respirer.

Ses petits ongles étaient bleus, du plus bleu des bleus, et il avait su tout de suite qu'elle était foutue. Merde, il était resté dans la pièce d'à côté à regarder Arsenal, en se disant : Jour de chance, le moutard roupille, je ne serai pas obligé de m'en occuper pendant le match. Le moutard, avait-il pensé, mais sans mauvaise intention, il n'aurait jamais prononcé le mot, il souriait, même, quand il la voyait dans sa poussette à l'épicerie du coin avec sa mère. Tiens, la petite Sherry avec sa maman. Salut, Nubkins : c'était comme ça qu'il l'appelait, un nom idiot.

Elle était morte, la police était venue. Questions et réponses, larmes partout à la ronde. Quel monstre était-il, lui qui avait regardé Arsenal pendant qu'un bébé mourait, et qui, encore aujourd'hui, se rappelait le score du match ?

Il y avait eu des rumeurs, bien sûr, et elles avaient alimenté son désir de partir pour toujours. C'était ce qu'il pensait avoir accompli en trouvant cette sorte de paradis éternel, une maison à façade hollandaise de Kensington, une bâtisse si majestueuse que la date de sa construction, 1876, était gravée dans un cartouche sur son pignon. A son ravissement, elle était habitée par des gens aussi impressionnants que le quartier où elle s'élevait. Un héros de la dernière guerre, un enfant prodige, une préceptrice pour cet enfant, bon Dieu, une nurse étrangère... Rien n'aurait pu être plus différent de l'endroit d'où il venait : Tower Hamlets, via une chambre meublée à Hammersmith, et une fortune dépensée à tout apprendre, de la façon de prononcer *haricots verts*[1] et de savoir ce que cela voulait dire, à utiliser ses couverts au lieu de ses doigts pour déplacer des morceaux de nourriture dans son assiette. Si bien que lorsqu'il était enfin arrivé à Kensington Square, personne ne savait. Katja moins que tout autre puisqu'elle n'avait pas passé sa vie à apprendre ce que cela signifiait de dire « dîner » au lieu de « manger ».

Et puis elle était tombée enceinte, avec le pire des débuts de grossesse qui soient. A la différence de sa mère qui, pendant ses grossesses, continuait à vivre normalement, comme si un enfant poussant en elle n'était qu'un désagrément mineur l'obligeant à changer de garde-robe pendant quelques mois, Katja avait eu des nausées terribles qui ne lui avaient pas permis de cacher son état. Et cette grossesse avait déclenché tout le reste, ressuscitant même le passé de Pitchley qui, telle l'eau d'égout qu'il était, menaçait de s'écouler par la tuyauterie éclatée de leur vie à Kensington Square.

Même après cette histoire, il avait cru pouvoir lui

1. En français dans le texte. *(N.d.T.)*

échapper encore. James Pitchford, au passé suspendu au-dessus de sa tête comme l'épée de Damoclès, attendant d'être sali dans les torchons de Londres comme le jeune garçon autrefois mêlé à la mort d'un bébé, attendant qu'on le démasque comme Jimmy Pytches : tous les « h » avalés, tous les « th » prononcés comme des « f », Jimmy Pytches devenant la risée de tous pour avoir essayé de devenir mieux qu'il n'était. Il avait donc de nouveau changé, se métamorphosant en J. W. Pitchley, investisseur hors pair, génie de la finance, mais fuyant, fuyant toujours, et condamné à toujours fuir.

Ce qui l'amenait maintenant à Tower Hamlets, en homme qui en était venu à accepter que pour échapper à ce qu'il ne supportait pas d'affronter, il pouvait soit se tuer, soit changer une fois de plus d'identité, ou fuir définitivement non seulement la ville grouillante de Londres, mais tout ce que Londres – et l'Angleterre – représentait.

Il gara la Boxter près de la tour qui avait été le foyer de son enfance. Regardant autour de lui, il vit que peu de choses avaient changé, y compris la présence de skinheads locaux, trois en l'occurrence, fumant dans l'entrée d'un magasin proche, le considérant, lui et sa voiture, avec une attention délibérée.

— Vous voulez vous faire dix sacs ? leur lança-t-il.

L'un d'eux expédia un crachat jaunâtre sur la chaussée.

— Chacun ?

— D'accord. Chacun.

— Qu'est-ce qu'il faut faire ?

— Garder un œil sur ma bagnole pour moi. Que personne n'y touche. OK ?

Ils haussèrent les épaules, ce qu'il prit pour un assentiment.

— Dix maintenant, vingt tout à l'heure.

— Envoie, fit le chef, qui s'avança d'un pas traînant pour recueillir l'argent.

En lui remettant le billet de dix livres, Pitchley se

rendit compte que ce voyou pouvait parfaitement être son plus jeune demi-frère, Paul. Cela faisait plus de vingt ans qu'il n'avait pas vu le petit Paulie. Quelle ironie ce serait s'il donnait ce fric extorqué à son propre frère sans qu'aucun d'eux sache qui était l'autre ! Mais c'était le cas pour la plupart de ses autres frères. Ils pouvaient même être maintenant plus nombreux qu'au moment où il était parti.

Il pénétra dans la cité : un carré de pelouse morte, un jeu de marelle dessiné à la craie sur le macadam inégal, un ballon de football dégonflé, percé d'un coup de couteau, deux chariots renversés et sans roues. Trois fillettes essayaient de faire du roller sur l'une des allées de béton, mais comme elle n'était pas en meilleur état que le macadam, elles patinaient sur deux ou trois mètres de sol lisse avant de devoir enjamber ou contourner un endroit où le béton donnait l'impression qu'une brigade anti-bombes devait venir chercher un obus non explosé.

Pitchley se fraya un chemin jusqu'à l'ascenseur de la tour et découvrit qu'il était en panne. Il en fut avisé par une pancarte en lettres majuscules accrochée à la vieille porte chromée, décorée de longue date par les bombeurs locaux.

Il entama la montée de l'escalier : sept étages. Elle aimait « avoir une belle vue », comme elle disait. C'était d'autant plus important qu'elle ne faisait rien d'autre que flemmarder, fumer, boire, manger ou regarder la télé dans ce fauteuil défoncé qu'il avait toujours vu près de la fenêtre.

Essoufflé dès le deuxième étage, il s'arrêta sur le palier et inspira une longue bouffée d'air empestant l'urine avant de recommencer à monter. Quand il arriva au cinquième, il dut de nouveau faire halte. Au septième, il avait les aisselles trempées.

Il se frotta le cou en se dirigeant vers la porte de l'appartement. Pas un instant il n'avait douté qu'elle serait là. Jen Pytches n'aurait bougé ses fesses que si l'immeuble était en flammes. Et même alors elle se serait plainte : « Et mon programme télé ? »

Il frappa à la porte, entendit à l'intérieur un bruit de conversation : des voix de télévision qui marquaient l'heure de la journée. Des causeries le matin, l'après-midi c'était le billard – Dieu sait pourquoi – et le soir amenait les feuilletons.

Ne recevant pas de réponse, Pitchley frappa une seconde fois, plus fort, et appela : « Maman ? » Il essaya de tourner le bouton de la porte, s'aperçut qu'elle n'était pas fermée à clé, l'entrouvrit et répéta :

— Maman ?

— Qui c'est ? dit-elle. C'est toi, Paulie ? T'es déjà revenu de l'agence pour l'emploi ? J'ai l'impression que t'y es pas allé. Essaie pas de me rouler, t'entends, fils ? Je suis pas née d'hier.

Elle eut un accès de cette toux profonde et chargée de glaires causée par plus de quarante ans de tabagie tandis que Pitchley poussait la porte du bout des doigts.

Il se glissa à l'intérieur et se tourna vers sa mère. C'était la première fois qu'il la voyait depuis vingt-cinq ans.

— Ben ça, lâcha-t-elle.

Elle était assise à la fenêtre, comme il l'avait deviné, mais ne ressemblait pas à la femme dont il avait gardé le souvenir. Vingt-cinq années sans remuer un muscle à moins d'y être contrainte avaient transformé sa mère en un gros tas vêtu d'un pantalon extensible et d'un pull grand comme un parachute. Il ne l'aurait pas reconnue s'il l'avait croisée dans la rue. Il ne l'aurait pas reconnue ici si elle n'avait dit :

— Jim. C'est gentil de me faire une surprise.

— Bonjour, Maman, dit-il, parcourant l'appartement des yeux.

Rien n'avait changé. Ici, le même canapé bleu en forme de U, là les lampes aux abat-jour déformés, et sur les murs la même série de photos : chaque petit Pytches assis sur les genoux de son père la seule fois où Jen avait réussi à convaincre chacun de ses mecs

705

de se comporter en père. Les revoir fit aussitôt affluer les souvenirs – l'exercice dérisoire consistant à aligner tous les gosses, Jen désignant les photos et disant : « Là, c'est ton papa, Jim. Il s'appelait Trev, mais moi je l'appelais mon petit julot. » « Le tien, Bonnie, c'était Derek. Regarde-moi un peu ce cou, chérie ! J'arrivais pas à en faire le tour avec mes deux mains. Ooooh, un sacré bonhomme, ton père, Bonnie. » Et ainsi de suite jusqu'au dernier, la même récitation infligée une fois par semaine de peur qu'ils n'oublient.

— Qu'est-ce tu veux, Jim ? lui demanda-t-elle.

Avec un grognement, elle tendit la main vers la télécommande, plissa les yeux en direction de l'écran, prit mentalement note de ce qu'elle regardait puis appuya sur un bouton pour supprimer le son.

— Je pars, annonça-t-il. Je suis venu te prévenir.

Gardant les yeux sur lui, elle répondit :

— T'es déjà parti, mon garçon. Ça fait combien d'années ? Qu'est-ce qu'il y a de différent ce coup-ci ?

— Je pars pour l'Australie. La Nouvelle-Zélande. Le Canada. Je ne sais pas encore. Mais j'ai tenu à te dire que je pars pour de bon. Je liquide tout. Je recommence ailleurs. Je voulais que tu le saches pour que tu puisses prévenir les autres.

— Je pense pas qu'ils auraient passé des nuits sans dormir à se demander où t'es passé.

— Je sais. Mais quand même…

Il se demanda ce qu'elle savait au juste. Aussi loin que remontait sa mémoire, il ne l'avait jamais vue lire un journal. Le pays pouvait bien s'écrouler – les politiciens corrompus, la famille royale en dégringolade, les Lords prenant les armes pour empêcher les Communes de les supprimer, les vedettes du sport qui mouraient, les stars du rock faisant des overdoses de drogues de synthèse, les trains qui déraillaient, les bombes explosant à Piccadilly –, tout cela n'avait pas d'importance, n'avait jamais eu d'importance, elle ne savait donc probablement pas ce qui était arrivé à un certain

706

James Pitchford et ce qui avait été fait pour empêcher que cela se renouvelle.

— En souvenir du passé, je suppose, décida-t-il de répondre. Tu es ma mère. J'ai pensé que tu avais le droit de savoir.

— Donne-moi mes clopes, dit-elle, indiquant de la tête une table basse, près du sofa, où un paquet de Benson and Hedges reposait sur la couverture de *Woman's Weekly*.

Il le lui apporta et elle alluma une cigarette en regardant l'écran qui offrait une vue plongeante sur un billard et un joueur qui étudiait un coup avec une minutie de chirurgien, scalpel en main.

— En souvenir du passé, répéta-t-elle. C'est gentil à toi, Jim. Bonne chance, alors.

Elle appuya sur le bouton pour remettre le son. Pitchley se dandina d'un pied sur l'autre en cherchant autour de lui quelque chose à faire. Ce n'était pas vraiment elle qu'il était venu voir, mais il devinait qu'elle ne prendrait pas la peine d'informer ses frères et sœurs. Elle ne lui devait rien, ils le savaient l'un et l'autre. On ne peut vivre un quart de siècle en prétendant n'avoir pas eu de passé et débarquer un jour sans prévenir en espérant que sa mère décidera pour une fois de se rendre utile.

— Tu sais, maman, je suis désolé, murmura-t-il. C'était le seul moyen.

Elle écarta ses excuses d'un grand geste qui étira dans l'air un serpent transparent de fumée. Ce geste ramena Pitchley des années en arrière, dans cette même pièce, sa mère étendue par terre, le bébé qui arrivait et elle qui fumait clope sur clope, parce que qu'est-ce qu'elle foutait, bon Dieu, l'ambulance qu'ils avaient appelée par téléphone, est-ce qu'ils n'avaient pas le droit qu'on s'occupe d'eux ? Il était resté seul avec elle. *Me laisse pas, Jim. Me laisse pas, mon garçon.* Et le bébé était visqueux comme une morue vivante, et plein de sang, et le cordon pas encore coupé, et elle tirait sur sa cigarette, elle n'avait pas arrêté, et la fumée s'élevait dans l'air comme un serpent.

Pitchley passa dans la cuisine pour se débarrasser du souvenir de lui-même, petit garçon de dix ans, tenant un nouveau-né sanglant dans ses mains terrifiées. Trois heures vingt-cinq du matin. Les frères et la sœur dormaient, les voisins aussi, tout ce putain de monde dormait, indifférent, blotti dans son lit, perdu dans ses rêves.

Il n'avait jamais beaucoup aimé les enfants après ça, et l'idée d'en avoir lui-même un jour... Non. Plus il vieillissait, plus il se rendait compte qu'il n'avait pas besoin de connaître ce drame deux fois dans sa vie.

Il alla à l'évier, ouvrit le robinet en pensant que boire un peu d'eau ou se mouiller le visage chasserait le souvenir de son esprit. Comme il tendait la main pour prendre un verre, il entendit la porte d'entrée s'ouvrir et une voix d'homme qui disait :

— T'as vraiment tout foutu en l'air, ce coup-ci, hein ? Combien de fois il faut que je te répète de fermer ta gueule quand il s'agit d'embobiner le client ?

— J'ai pas voulu mal faire, se justifia une autre voix. Les nanas, elles aiment bien qu'on leur passe un peu de pommade, non ?

Ce à quoi la première voix répliqua :

— Mon cul. On a paumé l'affaire, tête de nœud. Salut, M'man. Ça gaze ?

— On a de la visite, annonça Jen Pytches.

Pitchley avala son verre d'eau, entendit des pas traverser la petite salle de séjour en direction de la cuisine. Il posa son verre dans l'évier crasseux et se retourna pour faire face à ses deux frères. Ils emplissaient la pièce : des colosses comme leur père, avec des têtes grosses comme des melons d'eau, des mains aussi larges que des couvercles de poubelle. Comme à chaque fois qu'il se trouvait en présence de ces énormes créatures, Pitchley se sentit intimidé, et il maudit une fois de plus le destin qui avait conduit sa mère à s'accoupler avec un nabot pour lui donner naissance et à choisir un lutteur de foire pour engendrer ses frères.

— Robbie, dit-il au plus âgé en guise de bonjour, Brent, au plus jeune.

Ils portaient tous deux la même tenue : des bottes et un jean surmonté d'un coupe-vent sur lequel les mots *Les Bulles Ambulantes* étaient imprimés devant et derrière. Ils venaient de travailler, conclut Pitchley, essayant de maintenir à flot la laverie de voitures itinérante qu'il avait lui-même lancée à treize ans.

Comme toujours, Robbie donna le ton :

— Regarde un peu qui est là, Bren : le grand frère. Il est pas beau avec son pantalon chicos ?

Brent ricana, se mordilla l'ongle du pouce et attendit, comme toujours, que Rob indique la direction à suivre.

— Tu as gagné, Rob, annonça Pitchley. Je me tire.

— Comment ça, tu te tires ? fit mine de s'étonner Robbie. (Il alla au réfrigérateur, y prit une boîte de bière, en lança une autre à Brent.) M'man ! Tu veux quelque chose ? A manger ? A boire ?

— Merci, Rob, répondit-elle. Un peu du pâté en croûte d'hier, ce serait pas de refus. Tu le vois, mon cœur ? Sur l'étagère du haut ? Faut le finir avant qu'il s'abîme.

— Ouais, je l'ai.

Rob fit glisser les restes émiettés du pâté dans une assiette et la tendit à Brent, qui disparut pour aller la porter à leur mère. Rob arracha l'anneau de sa boîte de bière, le jeta dans l'évier et porta la boîte à sa bouche. Il la vida d'un trait puis s'attaqua à celle que Brent avait eu l'imprudence de laisser sur la table.

— Alors, comme ça, tu te tires ? Et tu vas où, Jay ?

— Je quitte le pays, Rob. Pour aller où, je ne sais pas. Ça n'a pas d'importance.

— Pour moi, si.

Bien sûr, pensa Pitchley. Car d'où viendrait désormais l'argent quand Rob aurait fait un mauvais pari ou embouti une voiture, ou quand il aurait envie de vacances à la mer ? Sans son frère pour signer un chèque chaque fois que Robbie aurait une démangeaison financière, la vie qu'il avait connue serait différente. Il devrait s'impliquer vraiment dans *Les Bulles Ambulantes*, et si l'entreprise faisait faillite – comme elle menaçait de le faire depuis des années sous la direction donquichottesque de Rob – il n'aurait plus de position de repli. C'est la vie, Rob, pensa Pitchley. La vache à lait est tarie, la poule aux œufs d'or ne pond plus. Tu as suivi ma trace d'East London à Hammersmith, de Kensington à Hampstead, et à tous les arrêts intermédiaires quand ça te chantait, mais tu auras du mal à me retrouver de l'autre côté de l'océan.

— Je ne sais pas où j'irai, répéta-t-il. Pas encore.

— Alors qu'est-ce que tu fous ici ? T'es pas venu en souvenir du bon vieux temps, quand même ? Le bon vieux temps, c'est sûrement pas de ça que t'es venu parler, Jay. T'as plutôt envie de l'oublier. L'ennui, c'est que nous, on peut pas. On n'a pas les moyens. Alors, on reste ici à tourner en rond dans la même merde.

Il indiqua le mouvement de sa boîte vide puis la jeta dans le sac de supermarché accroché au bouton d'un des tiroirs de la cuisine, système qui servait de poubelle à la famille depuis des lustres.

— Je sais, dit Pitchley.

— Tu sais, tu sais, le railla Rob, imitant sa voix. Tu sais foutre rien, Jay, l'oublie pas.

Pour la millième fois, Pitchley rappela à son frère :

— Je ne t'avais pas demandé de t'occuper d'eux. Tu l'as fait sans…

— Oh, non. T'as pas demandé. T'as seulement dit : « T'as vu ce qu'ils écrivent sur moi, Rob ? Ils vont me démolir. Je serai plus rien quand ce sera fini. »

— Peut-être, mais ça ne voulait pas dire…

— On s'en fout de ce que tu voulais dire ! éructa Rob en décochant un coup de pied à la porte d'un des éléments.

— Qu'est-ce qui se passe ? s'enquit Brent, revenu

avec une cigarette et le paquet de Benson and Hedges qu'il avait subtilisé à leur mère.

— Ce fumier nous refait le coup de la fille de l'air et il raconte qu'il sait pas où il va. Qu'est-ce que tu dis de ça ?

Brent cligna des yeux.

— Tu déconnes, Jay.

— Parfaitement, il déconne, dit Rob, braquant un doigt sur le visage de Pitchley. J'ai fait de la zonzon pour toi. J'ai tiré six mois. Tu sais comment c'est, au trou ? Je vais t'expliquer.

Et il entama la longue et fastidieuse litanie qu'il débitait chaque fois qu'il avait besoin d'argent. Cela commençait par la raison pour laquelle il avait eu des problèmes avec les autorités : la correction infligée au journaliste qui avait déniché Jimmy Pytches dans le passé soigneusement reconstruit de James Pitchford, qui non seulement avait publié l'histoire obtenue d'un informateur au poste de police de Tower Hamlets mais avait eu l'audace de la prolonger par un second article, malgré les mises en garde de Rob, qui n'avait rien à gagner – « Que dalle, Jay, tu m'entends ! » – à prendre les armes pour protéger la réputation d'un frère qui les avait abandonnés des années plus tôt.

— Nous autres, on n'a même pas cherché à te voir avant que t'aies besoin de nous, Jay, et puis tu nous as saignés à blanc, conclut Robbie.

Sa capacité à récrire l'histoire était sidérante, pensa Pitchley.

— En voyant ma photo dans le journal, tu t'es dis que tu tenais une bonne occasion de faire de moi ton débiteur. Tu cabosses un crâne, tu casses quelques os. Pour la bonne cause : garder caché le passé de Jimmy. Ça lui plaira. Il a honte de nous. Si on peut lui faire croire qu'on risque de sortir de son placard à tout moment, il paiera, ce con. Il paiera encore et encore.

— J'ai fait de la taule ! rugit Robbie. J'ai chié dans un seau. Tu saisis ? Je me suis fait dérouiller dans les douches, Jay. Et *toi*, t'as eu quoi ?

— Vous ! s'écria Pitchley. Toi et Brent. Tous les deux à me souffler dans le cou depuis cette histoire, à tendre la main, aussi régulièrement que la pluie en hiver.

— On peut pas laver les voitures quand il pleut, tu sais, Jay, risqua Brent.

Rob lui jeta le sac de détritus à la figure.

— Ferme-la ! Putain, ce que tu peux être bouché !

— Mais il a dit...

— Ferme-la ! J'ai entendu. Tu comprends pas ce qu'il voulait dire ? Qu'on est des sangsues. Qu'on a une dette envers lui et pas l'inverse.

— Ce n'est pas ce que je dis, se défendit Pitchley.

Il sortit son chéquier, où se trouvait encore le chèque qu'il était en train d'établir quand la keuf avait débarqué chez lui.

— Je dis que c'est fini maintenant, parce que je m'en vais, Rob. Je vous signe un dernier chèque, après quoi vous vous débrouillerez seuls.

— Putain de merde !

Rob fit un pas vers Pitchley ; Brent recula prestement vers la salle de séjour.

— Qu'est-ce qui se passe ? voulut savoir Jen Pytches.

— Rob et Jay...

— Ta gueule ! Ta gueule ! Bon Dieu, pourquoi t'es aussi taré, Brent ?

Pitchley tira de sa poche un stylo bille mais, avant qu'il puisse en approcher la pointe du papier, Rob fut sur lui. Il lui arracha le chéquier de la main et le jeta contre le mur, où il heurta une étagère de bols qui s'écrasèrent sur le sol.

— Hé ! cria Jen.

Pitchley vit sa vie défiler devant lui.

Brent se réfugia dans le séjour.

— Sale petit branleur, siffla Rob en saisissant les revers de la veste de Pitchley et en le tirant vers lui. Tu comprends rien, pauvre blaireau. T'as jamais rien compris.

Pitchley ferma les yeux, attendit un coup qui ne vint pas. Son frère finit par le lâcher et le poussa contre l'évier.

— J'ai jamais rien fait pour ton fric. Tu me le donnais, d'accord. Et j'étais content de le prendre, ouais. Mais c'est toi qui sortais le carnet de chèques chaque fois que tu voyais ma tronche. « File-lui un ou deux mille, à ce nul, qu'il disparaisse. » C'est ce que tu pensais. Et maintenant tu m'accuses d'avoir pris ce que tu me donnais, alors que tu le faisais uniquement pour soulager ta conscience.

— Je n'ai rien à me repro...

La main de Rob fendit l'air, réduisant son frère au silence.

— Tu faisais comme si on n'existait pas, Jay. Voilà. Alors me reproche pas ce que t'as fait *toi*.

Pitchley avala sa salive. Il n'y avait rien à ajouter. Il y avait trop de vérité dans l'accusation de Rob, trop de mensonges dans son propre passé.

Dans la salle de séjour, le volume du son du poste de télévision monta : Jen ne voulait rien savoir de ce que ses deux aînés faisaient dans la cuisine. Ça ne me regarde pas, disait son geste.

Bien sûr, pensa Pitchley. Leur vie entière ne l'avait jamais regardée.

— Je suis désolé, murmura-t-il. C'était le seul moyen que je connaissais de me faire une autre vie, Rob.

Rob se détourna, alla au réfrigérateur, prit une boîte de bière et l'ouvrit, la leva vers Pitchley en un toast d'adieu moqueur.

— Je voulais seulement être ton frère, Jim.

GIDEON

2 novembre

Il me semble que la vérité sur les rapports de James Pitchford et de Katja Wolff se trouve entre les déclarations de Sarah-Jane sur l'indifférence de James envers les femmes et ce que dit mon père de son engouement pour Katja. Tous deux avaient de bonnes raisons de déformer les faits. Si Sarah-Jane détestait Katja et voulait James pour elle seule, elle n'est sûrement pas prête à admettre que le pensionnaire portait sa préférence ailleurs. Quant à Papa... Si c'est lui qui a mis Katja enceinte, il n'a vraisemblablement aucune envie de m'avouer ce forfait, non ? Les pères ne révèlent pas ce genre de chose à leur fils.

Vous m'écoutez avec votre expression tranquille, si tranquille, si impartiale, si ouverte à tout ce sur quoi je pourrais divaguer que je vois ce que vous pensez, Dr Rose : il *s'accroche* à la grossesse de Katja, seul moyen dont il dispose actuellement pour éviter...

Quoi, Dr Rose ? Et si je n'évitais rien du tout ?

C'est peut-être le cas, Gideon, me répondez-vous. Considérez cependant que cela fait quelque temps que vous n'avez retrouvé aucun souvenir lié à votre musique. Vous avez un peu évoqué votre mère. Votre grand-père a quasiment été effacé de votre cerveau, ainsi que votre grand-mère. Et Raphael Robson – celui de votre enfance – n'a mérité qu'une simple mention en passant.

Je ne peux rien à la façon dont mon cerveau relie les points, non ?

Non, bien sûr. Mais pour stimuler les associations d'idées, il faut se mettre dans une disposition mentale permettant à l'esprit de vagabonder librement. D'où l'intérêt d'être calme, paisible, de choisir un endroit où écrire, et d'écrire sans être dérangé. Lorsque vous vous concentrerez sur la mort de votre sœur et le procès qui a suivi…

Comment pourrais-je penser à autre chose alors que cette histoire occupe tout mon esprit ? Je ne peux pas me vider le cerveau et passer à autre chose. Elle a été *assassinée*, Dr Rose. Je l'avais oublié. Dieu me pardonne, j'avais même oublié son existence. Je ne peux en faire abstraction. Je ne peux pas simplement noter qu'à neuf ans je jouais *ansiosamente* alors que j'aurais dû jouer *animato*, je ne peux pas passer des heures sur la signification psychologique d'une telle erreur d'interprétation.

Et la porte bleue, Gideon ? me demandez-vous, incarnation même de la raison, comme toujours. Compte tenu du rôle que cette porte a joué dans votre évolution mentale, ne devriez-vous pas y réfléchir et noter ce que vous en pensez plutôt que ce que d'autres vous racontent ?

Non, Dr Rose. Cette porte – pardonnez la plaisanterie facile – est fermée.

Pourquoi ne pas quand même garder les yeux clos quelques instants et vous la représenter à nouveau ? me recommandez-vous. Pourquoi ne pas voir si vous pouvez la placer dans un contexte tout à fait différent de Wigmore Hall ? Telle que vous la décrivez, c'est apparemment la porte d'entrée d'une maison ou d'un appartement. Se pourrait-il qu'elle n'ait aucun rapport avec Wigmore Hall ? Peut-être devriez-vous vous arrêter un moment non sur la porte elle-même mais sur sa couleur. Sur la présence de deux serrures au lieu d'une seule. Sur la lampe installée au-dessus, et sur l'usage qu'on fait en général des lampes.

Freud, Jung et tout autre psy présent dans la salle de consultation avec nous… Oui, trois fois oui, Dr Rose. Je suis un champ mûr pour la moisson.

3 novembre

Libby est rentrée. Elle est restée absente trois jours après notre altercation. Pendant tout ce temps je n'ai pas eu de ses nouvelles, et le silence de son appartement me reprochait de l'avoir fait fuir par lâcheté et monomanie. Il proclamait que ma monomanie n'était qu'un paravent commode derrière lequel je pouvais me cacher pour ne pas avoir à affronter mon échec avec Libby elle-même, mon incapacité à établir une relation avec une créature humaine que le Tout-Puissant avait déposée dans mon giron dans l'unique dessein de me permettre de m'attacher à elle.

La voilà, Gideon, m'avait dit ce jour-là le Destin, ou Dieu, ou le Karma quand j'avais accepté de laisser l'appartement à la messagère aux cheveux bouclés cherchant un refuge pour échapper à son mari. Voilà l'occasion de résoudre ce qui t'afflige depuis que Beth a quitté ta vie.

Mais j'avais laissé cette chance de rédemption glisser entre mes doigts. Pire, j'avais fait tout ce qui était en mon pouvoir afin qu'elle ne me soit même pas offerte. Quel meilleur moyen d'éviter des rapports intimes avec une femme que de ruiner ma carrière et fournir ainsi un point central exigeant à tous mes efforts ? Pas le temps de parler de notre situation, Libby chérie. Pas le temps de considérer ce qu'elle a de bizarre. Pas le temps de me demander pourquoi je peux enlacer ton corps nu, sentir tes doux seins contre ma poitrine et le renflement de ton pubis contre le mien sans rien éprouver d'autre que l'humiliation rageuse de ne rien éprouver. Pas le temps pour quoi que ce soit hormis tenter

716

de résoudre le problème insistant, accablant de mon incapacité à jouer, Libby.

Ou se pourrait-il que mon intérêt pour Libby en ce moment même soit un écran qui contribue à masquer ce que la porte bleue représente ? Comment puis-je le savoir ?

Quand elle est revenue à Chalcot Square, elle n'a pas tambouriné à ma porte, elle n'a pas téléphoné. Elle n'a pas non plus annoncé sa présence en faisant pétarader dehors le moteur de la Suzuki ni hurler une cassette de musique pop dans son appartement. J'ai su qu'elle était rentrée uniquement en entendant soudain claquer la vieille tuyauterie dans les murs du bâtiment. Elle prenait un bain.

Je lui ai donné quarante minutes de battement une fois que la tuyauterie est redevenue silencieuse. Puis je suis sorti et j'ai descendu l'escalier extérieur conduisant à sa porte. J'ai hésité à frapper, renonçant presque à l'idée de me réconcilier avec elle. Mais au dernier moment, alors que je me disais « Qu'elle aille au diable ! » je me suis aperçu que je ne voulais pas être fâché avec elle. A défaut d'autre chose, elle avait été une amie formidable. Son amitié me manquait, et je voulais m'assurer que je ne l'avais pas perdue.

J'ai dû frapper plusieurs fois avant d'obtenir une réponse. Et même alors, elle a demandé « Qui est-ce ? », même si elle savait pertinemment qu'il n'y avait que moi pour lui rendre visite à Chalcot Square. J'ai fait preuve de patience. Elle est furieuse contre moi, me suis-je dit. Et tout bien considéré, c'est son droit.

Quand elle a ouvert, j'ai opté pour une formule conventionnelle :

« Salut. Je me faisais du souci pour toi.

— Ne mens pas », a-t-elle répondu, mais sans agressivité.

Elle avait eu le temps de s'habiller et portait autre chose que sa tenue habituelle : une jupe bariolée qui lui descendait jusqu'aux mollets, un sweater noir qui effleurait ses hanches. Ses pieds étaient nus mais une chaînette en or entourait l'une de ses chevilles. Elle était tout à fait charmante.

« Je ne mens pas. Quand tu es partie, j'ai cru que tu allais travailler. Quand tu n'es pas revenue... je ne savais que penser.

— Encore un mensonge. »

J'ai insisté en me disant : C'est ma faute, c'est à moi de payer.

« Je peux entrer ? »

Elle s'est écartée de la porte dans un mouvement de tout le corps qui n'était pas sans évoquer un haussement d'épaules. En pénétrant dans l'appartement, j'ai vu qu'elle s'était préparé un repas. Elle l'avait disposé sur la table basse, devant le futon qui lui sert de sofa, et c'était tout à fait différent de son régime habituel de curry ou de plats chinois à emporter : du blanc de poulet grillé, des brocolis, une salade de laitue et de tomates.

« Excuse-moi, tu es en train de manger. Tu veux que je repasse plus tard ? ai-je proposé, détestant la froideur polie que je percevais dans ma voix.

— Tant que ça te dérange pas que je mange devant toi...

— Pas du tout. »

Une maîtrise de la conversation répondant à une autre. Il y avait tant de choses dont nous pouvions parler, elle et moi, tant de choses que nous évitions.

« Je suis désolé pour l'autre jour. Pour ce qui s'est passé. Entre nous, je veux dire. Je traverse un moment difficile. Enfin, je ne t'apprends rien. Mais avant d'en être sorti, je n'apporterai rien à personne.

— Ça t'est déjà arrivé, Gideon ? »

J'étais dérouté.

« Quoi ?

— D'apporter quelque chose à quelqu'un. »

Elle est retournée au sofa, a ramené sa jupe sous elle en s'asseyant, geste curieusement féminin qui ne lui ressemblait pas du tout.

« Je ne sais pas comment répondre honnêtement à

cette question en étant honnête avec moi-même. Je suis censé répondre : Oui, ça m'est arrivé avant, et cela m'arrivera encore. Mais à vrai dire, c'est peut-être faux. Je n'ai peut-être jamais rien apporté à personne. C'est tout ce que je peux dire. »

J'ai remarqué qu'elle buvait de l'eau et non du Coca comme elle le faisait depuis que je la connaissais. Elle a pris le verre où une rondelle de citron flottait parmi des glaçons, l'a porté à ses lèvres tandis que je parlais, m'a regardé par-dessus le bord en buvant.

« D'accord. C'est ce que tu es venu me dire ?

— Je te le répète, je me faisais du souci pour toi. Nous nous étions séparés en mauvais termes. Alors, quand tu n'es pas revenue… j'ai pensé que tu étais peut-être… Enfin, je suis content que tu sois de retour. Et que tu ailles bien. Je suis content que tu ailles bien.

— Pourquoi ? Qu'est-ce que t'imaginais ? Que je me jetterais à l'eau, ou quelque chose comme ça ?

— Bien sûr que non.

— Alors ? »

Je n'avais pas vu que c'était la mauvaise route à prendre. Stupidement, je l'avais empruntée en présumant qu'elle nous mènerait à la destination que j'avais en tête.

« Je sais que ta situation à Londres est précaire, Libby. Loin de moi l'idée de te reprocher de… de faire ce que tu estimes nécessaire pour la consolider. D'autant que nous nous étions quittés fâchés. Mais je suis content que tu sois de retour. Très content. Ça m'a manqué, de t'avoir auprès de moi pour parler.

— Compris, a-t-elle dit avec un clin d'œil mais sans sourire. J'ai capté, Gid.

— Quoi ? »

Elle a pris ses couverts et s'est attaquée au poulet. Même après avoir vécu plusieurs années en Angleterre, elle continuait à manger à l'américaine, faisant passer inutilement couteau et fourchette d'une main à l'autre, et je m'attardais sur cette constatation quand elle m'a répondu :

« Tu penses que je suis allée chez Rock, hein ?

— Je n'ai pas réellement… Bon, tu travailles pour lui. Et après notre dispute… Ce ne serait que naturel… »

Elle mâchait son poulet lentement en me regardant patauger, déterminée, peut-être, à ne rien faire pour m'aider.

« Tu crois que je suis retournée avec Rock pour faire ce qu'il veut. En gros, me faire tirer chaque fois qu'il en a envie. Et accepter qu'il tire toutes les autres filles qu'il rencontre. C'est ça ?

— Je sais que c'est lui qui tient le manche du fouet, mais depuis ton départ, j'ai pensé que si tu consultais un avocat spécialisé dans les questions d'immigration…

— Je me fous de ce que tu as pensé.

— Ecoute. Si ton mari continue à te menacer d'aller au ministère de l'Intérieur… »

Elle a posé sa fourchette.

« C'est vraiment ce que tu penses, hein ? Je n'étais pas avec Rock Peters. Bien sûr, tu as du mal à y croire. *Pourquoi* je ne me précipiterais pas chez cet abruti complet puisque c'est comme ça que je fonctionne ? Pourquoi je ne recommencerais pas à vivre avec lui et à accepter toute cette merde ? J'ai bien accepté la tienne.

— Bon, je vois que tu es encore fâchée. »

J'ai soupiré, frustré par mon incapacité apparente à communiquer avec quiconque. Je voulais nous sortir de cette brouille, mais pour aller où ? Je n'en savais rien. Je ne pouvais offrir à Libby ce qu'elle attendait manifestement de moi depuis des mois et je ne savais pas ce que je pouvais lui offrir d'autre qui la satisferait, non seulement à cet instant mais plus tard. Je voulais cependant lui offrir quelque chose.

« Libby, je ne vais pas bien. Nous n'avons pas parlé du pire aspect de ce qui ne va pas chez moi mais tu le sais. Tu l'as vu, tu en as fait l'expérience. Tu as… dormi avec moi. »

Dieu que c'était pénible. Je faisais les cent pas du séjour à la cuisine, j'attendais qu'elle vienne à mon secours.

D'autres l'ont fait ? demandez-vous.

Ont fait… quoi ?

Venir à votre secours, Gideon. Parce que, voyez-vous, nous attendons souvent des gens ce que nous avons l'habitude de recevoir. Nous espérons qu'une personne nous donnera ce que nous recevons habituellement des autres.

Dieu sait que les autres ont été peu nombreux, Dr Rose. Il y a eu Beth, bien sûr. Mais elle réagissait par un silence blessé, ce qui n'est pas ce que j'attendais de Libby.

Qu'est-ce que vous attendiez, de Libby ?

De la compréhension, je suppose. Une acceptation qui rendrait inutile d'aller plus loin dans la conversation… et dans les aveux. Mais j'ai obtenu une déclaration me signifiant clairement qu'elle ne me donnerait rien de ce que je voulais.

« La vie ne tourne pas autour de toi, Gideon.

— Ce n'est pas ce que je sous-entends.

— Mais si. Je disparais trois jours et tu penses que j'ai complètement paniqué parce qu'on n'arrive pas à vivre quelque chose tous les deux. Tu imagines que je suis retournée chez Rock en courant et qu'on a joué tout nus aux autos tamponneuses à cause de toi.

— Je ne dirais pas que tu as renoué des relations avec lui à cause de moi. Mais tu dois admettre que tu ne serais pas retournée auprès de lui si… si les choses avaient tourné autrement. Pour toi et moi.

— Bon Dieu, tu es sourd ou quoi ? Tu m'as écoutée au moins ? Mais pourquoi tu l'aurais fait puisqu'on ne parlait pas de *toi* ?

— Ce n'est pas juste. Oui, je t'ai écoutée.

— Oui ? Eh bien j'ai dit que je n'étais pas avec Rock. Je l'ai vu, bien sûr. Je suis allée travailler tous les jours, donc je l'ai vu. Et j'aurais pu me remettre avec lui si j'avais voulu, mais je ne voulais pas. Et s'il a envie d'appeler les Fédéraux – ou je ne sais quel service correspondant ici –, qu'il le fasse : ce sera un aller simple pour San Francisco. Et je n'y peux absolument rien.

— Il doit y avoir moyen de trouver un compromis. S'il veut te récupérer, comme cela semble être le cas, tu peux te faire aider par un avocat qui...

— Tu débloques ? Ou tu es seulement mort de peur que je me mette à vouloir quelque chose de toi ?

— Je ne fais que suggérer une solution au problème d'immigration. Tu ne veux pas être expulsée. Je ne veux pas que tu le sois. A l'évidence, Rock ne le souhaite pas non plus, sinon il aurait prévenu les autorités – le ministère de l'Intérieur, soit dit en passant – et elles auraient déjà entrepris quelque chose contre toi. »

Elle avait coupé un autre morceau de poulet et l'avait porté à sa bouche, mais au lieu de l'avaler elle gardait la fourchette suspendue en l'air. Quand j'ai cessé de parler, elle l'a reposée, m'a regardé fixement pendant une quinzaine de secondes avant de parler. Et ce qu'elle a dit alors n'avait aucun sens :

« Des claquettes.

— Quoi ?

— Des claquettes. C'est ce que suis allée faire en partant d'ici. Je prends des cours de claquettes. Je suis pas très bonne mais ça ne fait rien parce que je ne fais pas ça pour être bonne. Je le fais parce que je me défonce, je sue, je m'amuse et je me sens bien quand j'ai fini.

— Je vois », ai-je dit, mais je ne voyais pas du tout, en fait. Nous parlions de son couple, de sa situation au Royaume-Uni ; nous parlions de nos propres difficultés – du moins nous essayions – et le rapport avec les claquettes m'échappait totalement.

« A mon cours, il y a une fille très sympa, une Indienne qui fait ça en cachette. Elle m'a invitée chez elle pour me présenter à sa famille. C'est là que j'étais. Avec elle. Avec eux. Pas avec Rock. Je n'ai même pas pensé à aller chez lui. J'ai pensé à ce qui serait le mieux pour moi. Et c'est ce que j'ai fait, Gid. Tout simplement.

— Oui. Je vois. »

Je commençais à ressembler à un disque rayé. Je sentais la colère de Libby mais je ne savais qu'en faire.

« Non, tu ne vois pas. Dans ton univers minuscule, tout le monde vit, meurt et respire pour toi, ça a toujours été comme ça. Alors, tu te figures que c'est pareil avec moi. Tu n'arrives pas à bander quand on est ensemble, du coup je pète les plombs, je me précipite chez le plus grand connard de Londres et je fais de vilaines choses avec lui à cause de toi. Je me dis : Gid me rejette mais Rock veut bien de moi, et si le dernier des nazes veut de moi, je suis OK, je suis réelle, j'existe vraiment.

— Libby, je ne dis rien de tel.

— Tu n'as pas besoin. C'est la façon dont tu vis, alors tu penses que tous les autres vivent comme ça aussi. Sauf que dans ton monde, tu vis pour ton foutu violon, pas pour une autre personne, et si le violon te rejette, tu ne sais plus qui tu es. C'est ce qui se passe, Gideon. Mais ma vie ne se réduit pas à toi. Et la tienne ne se réduit pas à ton violon. »

Je ne parvenais pas à trouver une réponse claire. Tout ce qu'il y avait dans ma tête, c'était la voix de mon père disant : « Voilà ce qui arrive quand on fréquente des Américains, et de tous les Américains, les Californiens sont les pires. Ils ne parlent pas, ils font de la psychologie. »

« Je suis un musicien, Libby.

— Non. Tu es une personne. Comme je suis une personne.

— Les gens n'existent pas en dehors de ce qu'ils font.

— Bien sûr que si. Il n'y a que les gens qui n'ont rien à l'intérieur d'eux-mêmes – ceux qui n'ont jamais pris le temps de découvrir qui ils sont vraiment – qui tombent en morceaux quand ça ne va pas comme ils veulent.

— Tu ne peux pas savoir comment cette... cette situation... entre nous va évoluer. Je te l'ai dit, je traverse une mauvaise passe, mais je suis en train d'en sortir. J'y travaille tous les jours.

— Décidément, tu ne m'écoutes pas », a-t-elle soupiré en lâchant sa fourchette. Elle a emporté son plat à la cuisine, a fait glisser le poulet et les brocolis dans un sac en plastique qu'elle a lancé dans le réfrigérateur. « Tu n'as rien vers quoi te tourner si ta musique marche mal. Et tu penses que je n'ai rien à quoi me raccrocher si toi et moi, ou Rock et moi, ou n'importe quoi et moi marchent mal. Mais je ne suis pas toi. J'ai une vie. C'est toi qui n'en as pas.

— C'est précisément pour cette raison que je m'efforce de retrouver ma vie, parce que sinon, je ne serai bon à rien ni pour moi ni pour personne.

— Faux. Tu n'as jamais eu de vie. Tu n'avais que le violon. Jouer du violon, ça n'a jamais été ce que tu es. Mais tu as fait en sorte que ça le soit, et c'est pour ça que tu n'es plus rien maintenant. »

Balivernes, pouvais-je entendre mon père ricaner. Encore un mois en compagnie de cette créature et ce qui te reste de cervelle se transformera en porridge. Voilà le résultat d'un régime régulier de McDonald's, de débats télévisés et de bouquins de psychologie de bazar.

Avec les railleries de mon père en tête et Libby devant moi, je n'avais pas une chance. La seule issue qui semblait s'offrir à moi, c'était une sortie pleine de dignité, ce que j'ai tenté en disant :

« Je pense que nous avons épuisé le sujet. Nous pouvons conclure sans risques que c'est un domaine sur lequel nous resterons en désaccord.

— C'est ça, contentons-nous de ce qui est sans risques. Parce que si ça nous foutait trop la trouille, on serait peut-être capables de changer. »

Je m'étais approché de la porte mais cette dernière réplique me paraissait tellement loin de la cible que je me suis senti tenu de corriger :

« Certaines personnes n'ont pas besoin de changer, Libby. Elles peuvent avoir besoin de comprendre ce qui leur arrive, mais pas de changer. »

Je suis sorti avant qu'elle ait le temps de répondre. Il me semblait capital d'avoir le dernier mot. Pourtant, en refermant la porte derrière moi – doucement, pour ne pas manifester quoi que ce soit qu'elle pourrait interpréter comme une réaction hostile à notre conversation –, je l'ai entendue dire : « Ouais. C'est ça, Gideon », et quelque chose a grincé sur le plancher, comme si elle avait donné un coup de pied dans la table basse.

4 novembre

Je suis la musique. Je suis l'instrument. Elle y voit quelque chose d'anormal. Moi pas. Ce que je vois, c'est la différence entre nous, cette différence que mon père s'est ingénié à souligner dès le moment où nous nous sommes rencontrés, elle et moi. Libby n'a jamais été une vraie professionnelle, et ce n'est pas une artiste. Ça lui est facile de dire que je ne suis pas le violon parce qu'elle n'a jamais su ce que c'est qu'une vie inextricablement liée à une performance artistique. Pendant toute sa vie, elle a exercé une série de boulots, un travail auquel elle se rendait le matin et qu'elle quittait à la fin de la journée. Les artistes n'ont pas ce genre de vie. Le supposer témoigne d'une ignorance qui doit nous inciter à réfléchir.

Réfléchir à quoi ? voulez-vous savoir.

Aux possibilités. Pour Libby et moi. Parce que, pendant un certain temps, j'ai pensé… Oui. Il y avait quelque chose de juste, me semblait-il, dans notre rencontre. C'était un net avantage qu'elle n'ait pas su qui j'étais, qu'elle n'ait pas reconnu mon nom, ce jour-là, sur le paquet, qu'elle n'ait pas compris ce que représentait ma carrière, que ça lui ait été égal que je joue du violon ou que je fabrique des cerfs-volants pour les vendre au marché de Camden. C'est ce qui m'a plu en elle. Mais je vois maintenant qu'être avec quelqu'un qui comprend ma vie est essentiel si je veux vivre cette vie.

C'est ce besoin de compréhension qui m'a incité à chercher Katie Waddington, la fille du couvent que je me rappelais avoir vue assise dans la cuisine de Kensington Square, la visiteuse la plus assidue de Katja Wolff.

Katja Wolff était l'une des deux KW, m'a appris Katie quand je l'ai retrouvée. Parfois, quand on vit une amitié forte, m'a-t-elle dit, on commet l'erreur de croire qu'elle vous accompagnera toujours, inchangée et enrichissante. Mais c'est rarement le cas.

Ça n'a pas été un gros problème de la pister. Ça n'a pas été une grosse surprise de découvrir qu'elle avait suivi une route similaire à celle que son comportement suggérait deux décennies plus tôt. J'ai trouvé son nom dans l'annuaire, je l'ai trouvée, elle, dans sa clinique de Maida Vale. Elle s'appelle Harmonie du Corps et de l'Esprit, cette clinique, nom qui contribue, je suppose, à dissimuler sa fonction principale : la thérapie sexuelle. Personne ne parle carrément de thérapie sexuelle car qui aurait alors le courage d'en entamer une ? On parle plutôt de « thérapie relationnelle », et l'incapacité à prendre part à l'acte sexuel porte le nom de « dysfonctionnement relationnel ».

« Vous seriez étonné du nombre de gens qui ont un problème avec le sexe, m'a annoncé Katie d'un ton qui semblait à la fois amical sur le plan personnel et rassurant sur le plan professionnel. On nous envoie au moins trois cas par jour. Certains relèvent de problèmes médicaux : diabète, affection cardiaque, traumatisme postopératoire. Ce genre de choses. Mais pour chaque patient présentant un problème physique, neuf ou dix ont un problème psychologique. Cela n'a rien d'étonnant, en fait, compte tenu de notre obsession nationale pour le sexe et de l'hypocrisie avec laquelle nous la nions. Il n'y a qu'à feuilleter les tabloïds et les magazines pour comprendre l'intérêt que tout le monde porte au sexe. Je suis plutôt surprise de ne pas voir davantage de personnes en thérapie. Jamais je n'ai rencontré quelqu'un qui n'avait pas un problème avec le sexe. Les personnes saines sont celles qui traitent de ce problème. »

Elle m'a précédé dans un couloir aux couleurs chaudes et nous sommes entrés dans son bureau, qui donnait sur une terrasse où une profusion de plantes en pot offrait une toile de fond verdoyante à une pièce confortable aux sièges rembourrés, avec de gros coussins, une collection de poteries (« Amérique du Sud », a-t-elle précisé) et de paniers (« Amérique du Nord… ravissants, non ? C'est mon plaisir coupable. Je n'ai pas les moyens de les acheter mais je le fais quand même. Je suppose qu'il y a des vices plus graves, dans la vie »). Une fois installés, nous nous sommes jaugés mutuellement puis Katie m'a demandé de cette même voix chaude, amicale sur le plan personnel et rassurante sur le plan professionnel : « Bon, qu'est-ce que je peux faire pour vous, Gideon ? »

Elle pensait, je m'en suis rendu compte, que j'étais venu faire appel à ses compétences de spécialiste et je me suis empressé de la détromper : j'étais là pour obtenir des informations sur Katja Wolff, si elle n'y voyait pas d'objection. Je la dédommagerais pour son temps puisque je prenais la place d'un patient sur son carnet de rendez-vous. Mais quant à avoir… disons… des difficultés relevant de son domaine… ha, ha. Pour le moment, je me passais aisément de ce genre d'intervention.

« Bravo, a-t-elle dit. Ravie de l'apprendre », et elle s'est installée plus confortablement dans son fauteuil à haut dossier, dont la tapisserie reprenait les couleurs automnales de la salle d'attente et du couloir. C'était en outre un meuble extrêmement robuste, qualité nécessaire compte tenu des dimensions de Katie. Car si elle montrait une tendance à l'embonpoint lorsque, étudiante d'une vingtaine années, elle rendait visite à Katja dans la cuisine de Kensington Square, elle était maintenant carrément obèse, d'une ampleur que ne pouvait plus accueillir un siège de cinéma ou d'avion. Elle continuait cependant à porter des couleurs qui flattaient son teint, avec des bijoux chers et de bon goût. J'éprouvais cependant des difficultés à imaginer comment elle avait fait son chemin. Et je ne voyais pas très bien quelqu'un en train de lui confier ses secrets libidineux les plus intimes, je l'avoue. De toute évidence, beaucoup d'autres ne partageaient pas mon aversion : la clinique semblait prospère et j'avais réussi à voir Katie uniquement parce qu'un habitué avait annulé son rendez-vous quelques minutes avant mon coup de téléphone.

Je lui ai raconté que je cherchais à raviver certains souvenirs d'enfance et que je m'étais souvenu d'elle. Je me rappelais qu'elle tenait souvent compagnie à Katja Wolff quand elle donnait à manger à Sonia, et comme je n'avais aucune idée de l'endroit où se trouvait Katja, j'avais pensé qu'elle, Katie, pourrait combler les vides de ma mémoire.

Par bonheur, elle ne m'a pas interrogé sur cet intérêt soudain pour le passé. Elle n'a pas non plus, du haut de sa sagesse professionnelle, lâché un commentaire sur le sens que pourraient avoir ces trous dans mes souvenirs et s'est contentée de répondre :

« A l'Immaculée Conception, on nous appelait les deux KW. "Quelqu'un a vu les KW ?" "Demandez donc aux KW de venir jeter un coup d'œil."

— Vous étiez des amies proches, donc.

— Je n'ai pas été la seule à rechercher sa compagnie quand on lui a donné une chambre au couvent. Mais notre amitié… notre amitié a pris. Oui, nous étions proches, à l'époque. »

Sur la table basse, près de son fauteuil, une cage raffinée abritait deux perruches, l'une d'un bleu vif, l'autre verte. Tout en parlant, Katie a ouvert la porte et a saisi la bleue dans son gros poing gras. L'oiseau a protesté en poussant un cri et en lui becquetant les doigts. « Vilain, vilain, Joey », a-t-elle chantonné, et elle a pris un abaisse-langue qui se trouvait sur la table. Un moment, j'ai cru qu'elle avait l'intention de décocher une tape au petit animal, mais elle s'en est servie pour lui masser la tête et le cou d'une manière qui l'a calmé. L'effet semblait hypnotique, sur lui comme sur moi, car je regardais, fasciné, l'oiseau fermer lentement les yeux. Katie a ouvert la main et la perruche s'y est allongée.

« Thérapeutique, a-t-elle expliqué en poursuivant le massage du bout des doigts une fois l'oiseau apaisé. Ça fait baisser la tension.

— J'ignorais que les oiseaux avaient des problèmes de tension. »

Katie est partie d'un rire muet.

« Pas celle de Joey, la mienne. Je souffre d'obésité pathologique, pour souligner une évidence. Mon médecin assure que je mourrai avant cinquante ans si je ne perds pas cent kilos. "Vous n'êtes pas née grosse", me dit-il. "Non, mais j'ai vécu grosse", je lui réponds. C'est terrible pour le cœur, et quant à la tension, je n'ose même pas en parler. Mais nous partirons tous d'une façon ou d'une autre. Je ne fais que choisir la mienne. »

Elle a promené les doigts sur l'aile droite repliée de Joey, qui, en réponse, l'a déployée, les yeux toujours clos.

« C'est ce qui m'a attirée chez Katja, a-t-elle poursuivi. Elle faisait des choix, et j'aimais ça chez elle. Probablement parce que dans ma famille, tout le monde entrait dans la restauration sans même songer qu'on pouvait faire autre chose. Mais Katja était une fille qui prenait la vie à bras-le-corps. Elle n'acceptait pas ce qu'on lui imposait.

— L'Allemagne de l'Est. La fuite en ballon.

— Oui. C'est un excellent exemple. La fuite en ballon et la façon dont elle avait tout manigancé.

— Sauf que ce n'est pas elle qui avait construit le ballon, non ? D'après ce qu'on m'a dit, en tout cas.

— Non, elle ne l'avait pas construit. Quand je dis "manigancer", je parle de la façon dont elle avait persuadé Hannes Hertel de l'emmener. Elle l'a fait chanter, en fait, si ce qu'elle m'a raconté est vrai, et je suppose que ça l'est, car qui inventerait un mensonge aussi peu flatteur ? Quoi qu'il en soit, elle a eu le courage d'aller le trouver et de le menacer. C'était un colosse – deux mètres de haut, à en croire Katja – et il aurait pu lui faire très mal, s'il en avait eu l'intention. Il aurait pu la tuer et disparaître en franchissant le Mur. C'était de la part de Katja un risque calculé, et elle l'a pris. Voilà qui vous montre à quel point elle voulait vivre.

— De quoi l'avait-elle menacé ? »

Katie était passée à l'autre aile de Joey, que le volatile avait étirée de manière aussi coopérative que la première. A l'intérieur de la cage, la deuxième perruche avait glissé le long d'un des perchoirs pour observer, l'œil brillant, la séance de massage.

« De prévenir les autorités si Hannes ne l'emmenait pas.

— Ce détail n'a jamais été révélé, non ?

— Je pense être la seule à qui elle en ait parlé, et Katja ne s'est probablement même pas rendu compte qu'elle l'avait fait. Nous avions bu, ce soir-là, et quand Katja picolait – ça ne lui arrivait pas souvent, notez bien – elle disait ou faisait des choses dont elle ne se souvenait même pas vingt-quatre heures plus tard. Je n'ai jamais fait allusion à cette histoire une fois qu'elle me l'a racontée mais je l'admirais pour ce qu'elle avait fait, parce que cela montrait qu'elle était capable de se donner du mal pour obtenir ce qu'elle voulait. Comme j'ai dû moi aussi me donner du mal pour… » Elle a eu un geste englobant le bureau, la clinique, que tant de marches gravies séparaient du restaurant familial.

« Cela faisait de nous des sœurs, en quelque sorte.

— Vous viviez aussi au couvent ?

— Grands dieux, non. Katja, si. Elle travaillait pour les sœurs – aux cuisines, je pense – en échange de sa chambre pendant qu'elle apprenait l'anglais. Moi j'habitais derrière le couvent. Il y avait des logements pour étudiants au fond de la propriété. Juste à côté de la ligne de métro, le bruit était épouvantable. Mais le loyer était bas, et la proximité des facultés rendait l'endroit commode. Plusieurs centaines d'étudiants y vivaient, la plupart d'entre nous connaissions Katja. Si nous ne l'avions pas connue, nous aurions fini par la remarquer. Ce qu'elle pouvait réaliser avec un pull, trois foulards et un pantalon, c'était remarquable. Elle avait un esprit inventif en matière de mode. Elle voulait travailler dans ce domaine, à propos. Elle l'aurait fait si les choses n'avaient pas aussi mal tourné pour elle. »

C'était exactement là que je voulais en venir : la façon dont les choses avaient tourné, et pourquoi.

« Elle n'était pas vraiment qualifiée pour être la nurse de ma sœur, n'est-ce pas ? »

Katie caressait maintenant les plumes de la queue de la perruche. L'oiseau les écartait pour elle ainsi qu'il l'avait fait avec ses ailes, qui demeuraient déployées, comme si le contact des doigts de la thérapeute le paralysait de plaisir.

« Elle était entièrement dévouée à votre sœur. Elle l'aimait. Elle était géniale avec elle. Je ne l'ai jamais vue faire quoi que ce soit qui n'ait été tendre et affectueux envers Sonia. Katja était un don du ciel, Gideon. »

Ce n'était pas ce que je m'attendais à entendre, et j'ai fermé les yeux en tentant de faire surgir dans mon esprit une image de Katja et Sonia ensemble. Une image correspondant à ce que j'avais dit au policier aux cheveux roux, pas à ce que prétendait maintenant Katie.

« C'était surtout dans la cuisine que vous les voyiez ensemble, quand elle lui donnait à manger », ai-je objecté.

J'ai gardé les yeux clos, m'efforçant de faire apparaître au moins cette image : les carreaux noir et rouge du lino recouvrant le sol, la table marquée d'auréoles laissées par les tasses posées directement sur le bois, les deux fenêtres situées sous le niveau de la rue et les barreaux qui les protégeaient. Curieux, je pouvais me souvenir de pieds passant sur le trottoir au-dessus des fenêtres de la cuisine, mais j'étais incapable de me représenter une scène dans laquelle il se serait produit quelque chose confirmant mes déclarations ultérieures à la police.

« Je les voyais effectivement à la cuisine, a admis Katie. Mais aussi au couvent. Et au square. Et ailleurs. Le travail de Katja consistait en partie à stimuler les sens de Sonia et... » Elle s'est interrompue, a cessé de caresser l'oiseau. « Mais tout ça, vous le savez déjà, je pense.

— Comme je vous ai dit, ma mémoire... » ai-je murmuré vaguement.

L'explication a dû lui suffire car elle a poursuivi :

« Ah. Oui. D'accord. Eh bien, tous les enfants, handicapés ou non, progressent grâce aux stimulations sensorielles, et Katja veillait à ce que Sonia fasse des expériences variées dans ce domaine. Elle l'aidait à développer ses capacités motrices, elle la plaçait dans un environnement différent de celui de la maison. Elle était limitée par l'état de santé de votre sœur, mais quand Sonia pouvait le supporter, Katja l'emmenait partout. Quand j'étais libre, je les accompagnais. Si bien que je les ai vues ensemble, non pas tous les jours mais plusieurs fois par semaine, quand votre sœur... quand votre sœur vivait encore. Katja était très bonne pour Sonia. Et quand tout est arrivé... de la façon dont c'est arrivé... Aujourd'hui encore, j'ai un peu de mal à comprendre. »

Ce récit différait tellement de ce que j'avais entendu ou lu dans les journaux que je me suis senti contraint de tenter un assaut frontal :

« Cela ne cadre pas du tout avec ce qu'on m'a raconté.

— De qui parlez-vous ?

— De Sarah-Jane Beckett, par exemple.

— Cela ne me surprend pas. Ne prenez pas ce que dit Sarah-Jane pour argent comptant. Elles étaient comme l'huile et l'eau, toutes les deux. Et James aussi entrait en ligne de compte. Il était fou de Katja, au septième ciel chaque fois qu'elle daignait regarder dans sa direction. Ça ne plaisait pas à Sarah-Jane qui, manifestement, entendait se réserver James. »

C'était du sensationnel, Dr Rose, ces histoires concernant James le pensionnaire. Quelle que soit la direction ou la personne vers laquelle je me tournais, l'histoire tournait en même temps, semblait-il. Elle tournait de manière subtile, une variation ici, un petit changement là, mais assez pour me désarçonner et m'inciter à me demander qui je pouvais croire.

Personne, peut-être, me faites-vous remarquer. Chacun voit les choses à sa façon, Gideon. Chacun élabore une version du passé avec laquelle il peut vivre et, mis à la torture, c'est cette version qu'il raconte. Elle finit par devenir sa vérité.

Mais avec quoi Katie Waddington essaie-t-elle de vivre, vingt ans après le crime ? Je peux comprendre avec quoi mon père ou Sarah-Jane essaient de vivre. Mais Katie ? Elle ne faisait pas partie de la maisonnée. Elle ne s'intéressait à rien d'autre qu'à son amitié avec Katja Wolff, non ?

Pourtant le témoignage de Katie Waddington au tribunal a contribué autant que le reste à sceller le sort de Katja. Je l'avais lu dans une coupure de journal que les mots *La nounou a menti à la police* barraient d'un énorme titre. Dans son unique déclaration aux enquêteurs, Katja avait prétendu qu'un coup de téléphone de Katie Waddington lui avait fait quitter la salle de bains pas plus d'une minute le soir de la mort de Sonia. Mais Katie avait déclaré sous serment qu'elle était à un cours du soir au moment de ce coup de téléphone. Ce témoignage avait été confirmé par le registre du professeur. Et la défense de Katja, quasi inexistante, avait reçu un coup terrible.

Mais Katie ne voulait-elle pas elle aussi se réserver

James le pensionnaire ? Avait-elle orchestré les événements afin de le rendre disponible pour elle ? me suis-je demandé.

Comme si elle voyait la question s'agiter dans mon esprit, Katie a poursuivi sur le même thème :

« Katja ne s'intéressait pas à James. Elle voyait en lui quelqu'un qui pouvait l'aider à apprendre l'anglais, et je suppose qu'elle s'est servie de lui, si on va au fond des choses. Elle a compris qu'il souhaitait qu'elle passe son temps libre avec lui, et elle a consenti à le faire, tant que ce temps libre était consacré à des leçons d'anglais. James a accepté. Il espérait probablement qu'elle finirait par tomber amoureuse de lui s'il était assez bon avec elle.

— Alors, c'est peut-être lui qui l'a mise enceinte.

— En échange des leçons d'anglais, vous voulez dire ? J'en doute. Faire l'amour en échange de quelque chose, ce n'était pas le genre de Katja. Elle aurait pu faire l'amour avec Hannes Hertel pour le convaincre de l'emmener en ballon mais elle avait choisi une voie tout à fait différente et qui aurait pu être dangereuse pour elle. »

Katie avait cessé de dorloter la perruche bleue et regardait l'oiseau reprendre lentement ses esprits. Il replia d'abord les plumes de sa queue, puis celles de ses ailes, et ouvrit enfin les yeux, les faisant cligner comme s'il se demandait où il était.

« Alors, elle était amoureuse de quelqu'un d'autre que James, ai-je déduit. Vous devez savoir de qui.

— Je ne crois pas qu'elle était amoureuse de qui que ce soit.

— Mais si elle était enceinte…

— Ne soyez pas naïf, Gideon. Une femme n'a pas besoin d'être amoureuse pour tomber enceinte. Elle n'a même pas besoin d'être consentante. »

Elle a remis l'oiseau bleu dans sa cage.

« Vous voulez dire… ? »

Je n'osais même pas prononcer le mot, horrifié que

j'étais à la pensée d'un tel crime et de l'identité possible de son auteur.

« Non, non, s'est-elle empressée de répondre. Katja n'a pas été violée. Elle me l'aurait confié, je crois. » Katie marqua un temps d'hésitation pendant lequel elle sortit l'autre oiseau de la cage pour lui faire le même massage qu'au premier. « Comme je l'ai dit, il lui arrivait de boire. Pas beaucoup, pas souvent, mais quand elle le faisait… elle oubliait tout, hélas. Alors il y a toutes les chances pour qu'elle-même n'ait pas su… C'est la seule explication que j'aie pu trouver.

— Explication à quoi ?

— Au fait qu'elle ignorait qu'elle était enceinte. Nous nous disions tout, vous savez. Et qu'elle ne m'en ait pas parlé m'incite à penser qu'elle n'en savait rien elle-même. A moins qu'elle n'ait voulu garder secrète l'identité du père. »

Je ne voulais pas m'aventurer sur ce terrain, je ne voulais pas qu'elle le fasse.

« Si elle passait ses soirées libres à boire, et si elle avait terminé l'une d'elles avec quelqu'un qu'elle ne connaissait même pas, elle ne tenait peut-être pas à ce que cela n'aurait servi qu'à la peindre sous un jour plus noir encore. Surtout au procès. Parce que les témoins ont parlé de sa moralité, au procès, je crois. »

Je pensais du moins que Sarah-Jane Beckett l'avait fait.

Katie a cessé un instant de caresser la tête de la perruche verte.

« Sur ce point, j'avais moi-même souhaité déposer comme témoin de moralité. Malgré son mensonge au sujet du coup de téléphone, je pensais pouvoir faire au moins ça pour elle. Mais on ne me l'a pas permis. Son avocat ne m'a pas citée. Et quand le procureur a découvert que je ne savais même pas qu'elle était enceinte… Vous imaginez l'utilisation qu'il en a faite lorsqu'il m'a interrogée : comment pouvais-je me présenter comme la meilleure amie de Katja Wolff, comme une autorité sur ce dont elle était capable et incapable alors qu'elle ne me faisait même pas assez confiance pour me révéler qu'elle était enceinte ?

— Je vois où cela a mené.

— Cela a mené à un condamnation pour meurtre. Je croyais pouvoir l'aider, Gideon. Je voulais l'aider. Mais quand elle m'a demandé de mentir au sujet de ce coup de téléphone…

— Elle vous a demandé de mentir ?

— Oui. Elle me l'a demandé. Mais je n'ai pas pu. Pas sous serment. Pas pour qui que ce soit. C'est là que j'ai dû tracer la limite, et cela a mis fin à notre amitié. »

Elle a baissé les yeux vers l'oiseau couché sur sa paume, étendant l'aile droite pour recevoir la même caresse que l'autre perruche. Intelligente petite créature, ai-je pensé.

« C'est curieux, n'est-ce pas ? a-t-elle repris. On s'imagine avoir un type de relation particulier avec une personne, et on découvre finalement que ça n'a jamais été ce qu'on croyait.

— Oui, ai-je acquiescé. C'est très curieux. »

19

Yasmin Edwards se tenait au coin d'Oakhill et de Galveston Road, dont le numéro 55 s'imprimait au fer rouge dans son cerveau. Elle ne voulait pas s'abaisser à ce qu'elle faisait mais elle le faisait quand même, poussée par une force qui semblait à la fois extérieure à elle-même et partie intégrante de son être.

Son cœur lui disait : Rentre chez toi, ma fille. Retourne au magasin et continue à faire semblant.

Sa tête répondait : Non, c'est le moment de connaître le pire.

Et le reste de son corps, se soulevant entre tête et cœur, lui donnait l'impression d'être l'héroïne d'un film à suspense, le genre de blonde idiote qui marche sur la pointe des pieds dans le noir en direction de la porte grinçante alors que les spectateurs lui hurlent de ne pas s'approcher.

Yasmin était passée à la blanchisserie avant de quitter Kennington. Ne pouvant plus supporter ce que son esprit lui criait depuis plusieurs jours, elle avait pris la Fiesta au parking de la cité dans l'intention de se rendre directement à Wandsworth. Mais en haut de Braganza Street, où elle avait dû attendre que la circulation s'écoule avant de pouvoir tourner dans Kennington Park Road, elle avait aperçu la blanchisserie nichée entre l'épicerie et le magasin d'appareils électriques, et elle avait décidé d'y faire un saut pour demander à Katja ce qu'elle voulait pour le dîner.

Même si elle savait, au fond d'elle-même, que ce n'était qu'un prétexte pour surveiller sa compagne, elle avait effectivement oublié de poser la question à Katja ce matin-là. La visite inattendue de ce foutu inspecteur avait perturbé leur routine.

Elle trouva un endroit où se garer puis se faufila dans la blanchisserie, où elle vit avec soulagement que Katja était au travail : au fond, penchée sur un fer à vapeur qu'elle faisait glisser sur des draps bordés de dentelle. La chaleur, l'humidité et une jungle malodorante de linge sale donnaient à la pièce une atmosphère tropicale. Dix secondes après y être entrée, Yasmin se sentait étourdie et avait le front couvert de sueur.

Elle n'avait jamais rencontré Mrs Crushley mais elle reconnut la commerçante à l'attitude qu'elle prit derrière sa machine à coudre quand Yasmin se dirigea vers le comptoir. Elle appartenait à la génération l'Angleterre-a-fait-la-guerre-pour-vous, trop jeune pour avoir servi dans quelque récent conflit que ce soit, mais assez âgée pour se rappeler un Londres qui était encore en grande partie anglo-saxon.

« Oui ? Qu'est-ce que vous voulez ? » lança-t-elle sèchement.

Ses yeux détaillaient Yasmin, son visage se plissait comme si elle reniflait quelque chose de louche. Yasmin n'apportait pas de linge sale, ce qui la rendait suspecte aux yeux de Mrs Crushley. Yasmin était noire, ce qui contribuait à la rendre également dangereuse. Elle avait peut-être un couteau dans son sac, après tout. Elle avait peut-être une fléchette empoisonnée cachée dans ses cheveux.

« Je pourrais dire à mot à Katja ? s'enquit-elle poliment.

— *Katja ?* s'exclama Mrs Crushley comme si Yasmin avait demandé si Jésus-Christ travaillait à la blanchisserie. Qu'est-ce que vous lui voulez ?

— Juste lui dire un mot.

738

« — Je ne vois pas pourquoi j'accepterais ça. C'est déjà beau que je lui donne du travail, je ne vais pas la laisser faire la causette toute la journée. »

La blanchisseuse souleva le vêtement sur lequel elle travaillait – une chemise blanche – et utilisa ses dents mal plantées pour couper le fil du bouton qu'elle venait de remplacer.

Au fond du magasin, Katja leva la tête. Mais pour une raison quelconque, au lieu de sourire immédiatement pour saluer Yasmin, elle regarda la porte par-dessus l'épaule de son amie puis revint à Yasmin et sourit.

C'était le genre de chose que n'importe qui aurait pu faire, le genre de chose que Yasmin n'aurait pas remarquée auparavant. Mais elle découvrait qu'elle portait maintenant une attention aiguë au comportement de Katja. Elle voyait des sens cachés partout. Tout ça à cause de ce salopard d'inspecteur.

« J'ai oublié de te demander, pour le repas de ce soir, dit-elle à Katja en coulant un regard circonspect à Mrs Crushley.

— Lui demander pour le repas de ce soir ? maugréa la blanchisseuse. De mon temps, on mangeait ce qu'on mettait dans notre assiette. »

Quand Katja approcha, Yasmin remarqua qu'elle était trempée de sueur. Sa blouse bleu ciel collait à son torse, ses cheveux étaient plaqués sur son crâne. Jamais elle ne l'avait vue comme ça – fatiguée, trempée – en fin de journée depuis qu'elle travaillait à la blanchisserie, et la découvrir dans cet état avant même qu'il soit midi ranima tous les soupçons de Yasmin. Si elle ne rentrait jamais dans un tel état, c'était parce qu'elle allait quelque part avant de retourner à Doddington.

Yasmin était passée à la blanchisserie uniquement pour vérifier que Katja n'avait pas plaqué le boulot et ne s'était pas mis à dos son agent de liberté conditionnelle. Mais comme la plupart des gens qui prétendent n'agir que par simple curiosité ou dans l'intérêt de quelqu'un d'autre, Yasmin avait glané plus d'informations qu'elle n'en voulait réellement.

« Alors ? dit-elle à Katja, ses lèvres formant un sourire qui ressemblait à une contorsion. T'as une idée ? Je pourrais nous faire du couscous avec de l'agneau, si tu veux. »

Katja hocha la tête, s'essuya le front avec sa manche et passa le poignet sur sa lèvre supérieure.

« Oui. De l'agneau. Très bien, Yas. Merci. »

Après quoi, elles restèrent un moment silencieuses, échangèrent un regard tandis que Mrs Crushley les observait par-dessus ses verres en demi-lune.

« Vous avez le renseignement que vous vouliez, j'ai l'impression, Miss Belles Bouclettes. Alors, du vent. »

Yasmin pressa ses lèvres l'une contre l'autre pour s'empêcher de faire le choix entre lancer « Où ? Qui ? » à Katja et « Va chier, sale conne de Blanche » à Mrs Crushley. Ce fut finalement Katja qui annonça :

« Je dois reprendre mon travail, Yas. À ce soir ?

— Ouais. D'accord », répondit Yasmin, et elle sortit sans demander à quelle heure.

« À quelle heure », c'était l'ultime piège qu'elle aurait pu tendre. Il aurait été facile de demander quand exactement Katja rentrerait ce soir, puis d'observer l'expression de Mrs Crushley pour voir si l'heure indiquée correspondait ou non aux horaires de Katja. Mais Yasmin n'avait pas voulu donner à cette truie le plaisir de tirer quelque conclusion que ce soit sur ses relations avec Katja et elle était repartie pour Wandsworth.

Elle se tenait maintenant au coin de la rue dans le vent froid, examinant le quartier, le comparant à Doddington Drove Estate, qui ne gagnait rien à cette confrontation. La rue était propre, comme si on l'avait balayée. Ni détritus ni feuilles mortes sur le trottoir, pas de taches de pisse de chien sur les réverbères, pas de tas de crottes dans le caniveau. Les maisons, vierges de graffitis, avaient des rideaux blancs aux fenêtres. Pas non plus de linge pendu aux balcons : il n'y avait pas de balcons, simplement une longue rangée de maisons mitoyennes bien entretenues par leurs habitants.

On pouvait mener une vie heureuse, ici, pensa Yasmin en se mettant à remonter prudemment le trottoir. Bien qu'il n'y eût personne à proximité, elle se sentait observée. Elle ajusta le bouton du haut de sa veste et se couvrit les cheveux d'un foulard. C'était stupide, elle le savait ; cela ne faisait qu'attirer l'attention sur son attitude : de la peur, au moins de l'inquiétude. Mais elle le fit quand même parce qu'elle voulait se sentir à l'aise et confiante.

Parvenue au numéro 55, elle hésita devant la grille. Elle se demanda au dernier moment si elle était vraiment capable d'aller jusqu'au bout, et surtout si elle voulait vraiment savoir. Elle maudit le Noir qui l'avait mise dans cette situation. Elle éprouvait de la haine envers lui parce qu'il lui avait donné cette information, de la haine envers elle-même parce qu'elle l'utilisait.

Mais il fallait qu'elle sache. Il y avait trop de questions auxquelles un simple coup à la porte pouvait apporter une réponse. Elle ne pouvait repartir avant d'avoir affronté les peurs qu'elle avait trop longtemps cherché à ignorer.

Yasmin ouvrit la grille sur un jardinet mal tenu. Une allée de dalles conduisait à une porte rouge vif munie en son centre d'un heurtoir de cuivre astiqué. Les branches nues de l'automne se courbaient au-dessus du porche où un casier métallique contenait trois bouteilles de lait vides, dont l'une enserrait une note dans son goulot.

Yasmin se pencha pour prendre la note en pensant qu'elle n'aurait peut-être pas à affronter… à voir… La note lui dirait peut-être… Elle la déroula dans sa main et lut : « A partir d'aujourd'hui, nous passons à deux écrémés, dont un avec bouchon argent, s'il vous plaît. » C'était tout. L'écriture ne révélait rien. Ni âge, ni sexe, ni race, ni croyance. Le message pouvait provenir de n'importe qui.

Elle fit jouer ses doigts contre ses paumes pour

encourager sa main à se lever et à faire son travail. Reculant d'un pas, elle examina la fenêtre en saillie dans l'espoir d'y découvrir quelque chose qui lui épargnerait cette besogne. Mais les rideaux étaient les mêmes que ceux des autres maisons de la rue, ils laissaient passer une lumière chiche, et à travers eux on pouvait distinguer une silhouette la nuit. Mais le jour, ils protégeaient la pièce des regards extérieurs. Il ne restait que la porte comme solution.

Merde, pensa Yasmin. J'ai le droit de savoir. Elle s'approcha d'un pas résolu, cogna énergiquement le heurtoir contre le bois.

Attendit. Rien. Elle appuya sur la sonnette, l'entendit juste derrière la porte : un de ces modèles coûteux qui égrènent quelques mesures d'un air. Mais le résultat fut le même. Rien.

Elle ne voulait pas penser qu'elle avait parcouru tout ce chemin en vain. Elle ne voulait pas penser à ce qu'elle éprouverait en continuant à vivre avec Katja comme si elle n'avait pas de doutes. Bon ou mauvais, il valait mieux savoir. Si elle savait, elle aurait une idée claire de ce qu'elle devrait décider ensuite.

La carte pesait dans sa poche comme une feuille de plomb de dix centimètres sur cinq. Elle l'avait regardée et retournée entre ses mains, la veille au soir, tandis que les heures passaient sans que Katja rentre. Katja l'avait appelée, bien sûr : « Yas, je serai en retard », et elle avait répondu : « C'est un peu compliqué au téléphone, je t'en parlerai plus tard » quand Yasmin l'avait interrogée. Mais « plus tard » n'était pas venu et, après plusieurs heures d'attente, Yasmin s'était levée, elle était allée à la fenêtre, tentant vainement d'interroger l'obscurité pour comprendre quelque chose à ce qui se passait. Elle avait fini par prendre dans sa veste la carte qu'il lui avait donnée au magasin.

Elle avait longuement regardé le nom : Winston Nkata. Africain, ça. Mais il avait plutôt l'air antillais quand il ne faisait pas tout pour avoir l'air d'un flic. Un numéro de téléphone était imprimé en bas, à gauche du nom, un numéro de la Metropolitan Police que Yasmin n'aurait composé pour rien au monde. De l'autre côté, dans le coin droit, un numéro de bipeur. « Vous pouvez me biper, avait-il dit. A n'importe quelle heure du jour ou de la nuit. »

Avait-il vraiment dit ça ? De toute façon, quelle importance, elle n'allait pas rencarder un flic. Jamais de la vie. Pas si bête.

Elle avait remis la carte dans la poche de sa veste où elle la sentait maintenant, petit morceau de plomb qui devenait chaud, qui devenait lourd, qui pesait de tout son poids sur son épaule droite, qui attirait Yasmin comme un métal vers un aimant, l'aimant étant un acte qu'elle se refusait à commettre.

Elle s'éloigna de la maison, descendit l'allée à reculons, chercha la grille à tâtons derrière elle et la franchit sans se retourner. Si quelqu'un jetait un coup d'œil à travers les rideaux au moment où elle partait, Yasmin était déterminée à voir qui c'était. Mais il ne se passa rien de tel. La maison était vide.

Elle prit sa décision quand une camionnette DHL tourna dans Galveston Road et avança au pas tandis que son chauffeur cherchait une adresse. Quand il eut trouvé, il descendit sans arrêter le moteur et courut faire sa livraison à trois maisons de celle devant laquelle Yasmin se trouvait. Elle le regarda sonner. Au bout de dix secondes, la porte s'ouvrit. Echange de plaisanteries, signature au bas d'un formulaire et le livreur retourna à sa camionnette, repartit, jeta au passage à Yasmin, plantée sur le trottoir, un coup d'œil la réduisant à *femme, noire, sale tête, corps pas mal, baisable*. Puis l'homme et le véhicule disparurent. Mais pas la possibilité offerte.

En répétant son texte, Yasmin se dirigea vers la maison où il avait effectué la livraison. Elle s'arrêta hors de vue d'une fenêtre et prit un moment pour écrire l'adresse – 55, Galveston Road, Wandsworth – au dos de la carte du policier. Puis elle défit son foulard et le renoua en turban. Elle ôta ses boucles d'oreilles, en fourra le laiton et les perles dans sa poche. Bien que sa veste fût boutonnée jusqu'au cou, elle l'ouvrit et enleva aussi son collier – pour faire bonne mesure –, le déposa dans son sac, reboutonna sa veste et en rabattit le col pour lui donner un angle très peu à la mode.

Vêtue du mieux qu'elle pouvait pour le rôle, elle pénétra dans le jardin, frappa deux coups hésitants à la porte. Comme elle était percée d'un œilleton, Yasmin baissa la tête, décrocha son sac de son épaule et le tint maladroitement devant elle. Elle fit de son mieux pour donner à ses traits une expression d'humilité, de crainte, d'ardent désir de plaire. L'instant d'après, elle entendit :

— Oui ? Qu'est-ce que je peux faire pour vous ?

La voix provenait de l'autre côté de la porte close, mais le simple fait qu'on réponde signifiait que Yasmin avait franchi la première haie. Elle releva la tête.

— Vous pouvez m'aider, s'il vous plaît ? Je suis venue faire le ménage chez votre voisine mais elle n'est pas là. Au 55.

— Elle travaille, dans la journée, expliqua la voix.

— Je ne comprends pas, dit Yasmin, montrant la carte du policier. Regardez... Son mari a écrit l'adresse...

— Son mari ?

Les verrous glissèrent, la porte s'ouvrit. Une femme d'âge mûr se tenait sur le seuil, une paire de ciseaux à la main. Voyant l'expression de Yasmin changer en découvrant les ciseaux, elle ajouta :

— Pardon, je viens de recevoir un colis. Faites voir.

Yasmin lui tendit la carte, la femme lut l'adresse.

— Oui, c'est bien ça... Son mari, vous dites ?

Yasmin acquiesça de la tête, la femme retourna la carte et lut le recto, comme Yasmin l'avait lu et relu la veille : Winston Nkata, Metropolitan Police. Numéros de téléphone et de bipeur. Rien de plus honnête.

— Bien sûr, le fait qu'il soit de la police... commença la femme d'un ton songeur. Non, c'est une erreur, j'en suis certaine. Aucun Nkata ne vit à côté.

— Vous êtes sûre ? fit Yasmin en fronçant les sourcils, s'efforçant d'inspirer la pitié. Il a dit que je devais faire le ménage…

— Oui, oui, ma fille, je suis sûre qu'il l'a dit. Mais il vous a donné une mauvaise adresse. Il n'y a jamais eu de Nkata dans cette maison. Elle est habitée depuis des années par une famille McKay.

— McKay ? répéta Yasmin d'un cœur plus léger.

Parce que si l'avocate Harriet Lewis avait bien une associée comme Katja le prétendait, et si elle vivait dans cette maison, les craintes de Yasmin étaient sans fondement.

— Oui, oui, McKay. Noreen McKay. Avec sa nièce et son neveu. Une femme très bien, très agréable, mais elle n'est pas mariée. Elle ne l'a jamais été, autant que je sache. Et certainement pas à un nommé Nkata, si vous voyez ce que je veux dire, sans vouloir vous vexer.

— Je… oui. Oui, je vois, murmura Yasmin, car ce fut tout ce qu'elle trouva la force de dire en apprenant le nom complet de l'occupante du 55. Je vous remercie, madame. Merci beaucoup, fit-elle en reculant.

— Attendez, ça va ?

— Oh ! oui. Juste… Quand on espère du travail et qu'on est déçu…

— Je suis désolée. Si ma femme de ménage n'était pas venue hier, je vous aurais bien fait faire un essai. Vous avez l'air convenable. Laissez-moi donc votre nom et votre numéro, au cas où l'autre ne ferait pas l'affaire. C'est une Philippine, vous savez, et on ne peut pas toujours leur faire confiance, si vous voyez ce que je veux dire.

Yasmin se sentit partagée entre ce qu'elle avait envie de rétorquer et ce qu'elle devait répondre. La nécessité l'emporta. D'autres considérations passaient avant le sentiment d'être insultée.

— Vous êtes très gentille, madame.

Elle se donna le nom de Nora et débita huit chiffres

au hasard, que la femme nota consciencieusement dans un calepin pris sur une table à côté de la porte.

— Voilà, dit-elle, écrivant le dernier chiffre avec un geste théâtral. Notre petite rencontre aura peut-être une conclusion heureuse. On ne sait jamais, n'est-ce pas ?

Rien de plus vrai, pensa Yasmin. Elle hocha la tête, regagna la rue et retourna jeter un dernier coup d'œil au numéro 55. Elle se sentait étourdie, et un moment elle s'exhorta à croire que c'était le signe qu'elle se fichait de ce qu'elle venait d'apprendre. Mais elle savait qu'en réalité elle avait reçu un choc.

Elle espérait qu'entre le moment où ce choc se dissiperait et celui où la colère le remplacerait, elle aurait quelques minutes pour prendre une décision.

Le bipeur de Winston Nkata sonna alors que Lynley étudiait les rapports que l'équipe de l'inspecteur principal Leach avait envoyés à la salle des opérations dans la matinée. Faute de témoins oculaires et de preuves recueillies sur le lieu du crime, à l'exception des particules de peinture, il ne restait que le véhicule utilisé lors du premier délit de fuite comme point central pour les hommes de la brigade. Mais selon les rapports, les ateliers de carrosserie n'avaient rien donné jusque-là, et les magasins de pièces détachées pas davantage.

Lynley leva la tête d'un des rapports pour voir Nkata examiner son bipeur en tapotant d'un doigt songeur sa cicatrice au visage. Otant ses lunettes de lecture, il lui demanda :

— Du nouveau, Winnie ?

Nkata répondit, lentement :

— Je ne sais pas.

Puis il décrocha le téléphone d'un bureau proche où une policière tapait sur le clavier d'un ordinateur.

« Je pense que notre prochaine étape est Swansea, avait dit Lynley à Leach sur son portable quand ils eurent interrogé Raphael Robson. Il me semble que nous avons maintenant fait le tour des protagonistes.

Consultons le service des immatriculations pour voir si l'un d'eux possède une vieille voiture en plus de celle avec laquelle il roule habituellement. Commençons par Raphael Robson. Il pourrait s'agir d'un véhicule enfermé dans un box quelque part. »

Leach avait approuvé l'idée. Et c'était ce que la policière faisait en ce moment avec l'ordinateur : se brancher sur les fichiers, taper des noms, chercher le propriétaire d'une voiture de collection ou tout bonnement d'un vieux véhicule.

« Nous ne pouvons écarter la possibilité que l'un de nos suspects ait simplement accès à des voitures anciennes, avait cependant objecté Leach. Il pourrait être l'ami d'un collectionneur, par exemple. Ou d'un vendeur de voitures. Ou d'un mécanicien.

— Nous ne pouvons pas écarter non plus l'hypothèse d'une voiture volée ou récemment achetée à un particulier et pas encore immatriculée, ou amenée d'Europe pour faire le travail et déjà renvoyée là-bas à l'insu de tout le monde. Auquel cas on serait dans une impasse. Mais faute d'autre chose…

— Exact. Qu'est-ce que nous avons à perdre ? »

Ce qu'ils avaient à perdre, ils le savaient tous deux, c'était Webberly, dont l'état s'était dangereusement aggravé à l'hôpital de Charing Cross.

« Crise cardiaque, avait annoncé Hillier, laconique, téléphonant du service de réanimation. Il y a trois heures. La tension artérielle a chuté, le cœur a commencé à flancher, et puis *bam*.

— Mon Dieu, avait murmuré Lynley.

— On a essayé ces trucs… les espèces d'électro-chocs…

— Les défibrillateurs ?

— Dix fois. Onze fois. En présence de Randie. Ils l'ont fait sortir mais après le moment de panique, les cris et… Un beau merdier.

— Qu'est-ce qu'ils vous ont dit ?

— Il est appareillé de toutes les manières possibles : perfusions, tubes, fils, assistance respiratoire. Fibrilla-

747

tion ventriculaire, c'était. Ça pourrait se reproduire. Tout peut arriver.

— Et Randie ?

— Elle tient le coup. »

Sans laisser à Lynley la possibilité de poser d'autres questions, Hillier avait poursuivi d'un ton bourru, comme pour écarter un sujet trop effrayant :

« Vous avez interrogé qui ? »

Il n'avait pas été très heureux d'apprendre que malgré ses efforts opiniâtres, Leach n'avait rien tiré de substantiel de Pitchley-Pitchford-Pytches lors du troisième interrogatoire. Il n'avait pas été ravi non plus d'apprendre que les efforts non moins opiniâtres des équipes travaillant sur les lieux des deux délits de fuite n'avaient débouché sur rien de plus utile que ce qu'ils savaient déjà sur la voiture. Il avait été modérément satisfait des informations du laboratoire sur les particules de peinture et l'âge du véhicule. Mais une information est une chose, une arrestation en est une autre, et c'est une arrestation qu'il voulait, bon Dieu !

« Vous avez saisi le message, inspecteur ? »

Lynley avait pris une longue inspiration et mis l'aigreur de Hillier sur le compte de ses craintes compréhensibles pour Webberly. Il avait effectivement saisi le message, avait-il répondu à l'adjoint du préfet de police. Mais est-ce que Miranda allait vraiment bien ? Y avait-il quoi que ce soit qu'il pût faire ?… Helen avait-elle au moins réussi à lui faire manger quelque chose ?…

« Elle est allée voir Frances, avait dit Hillier.

— Randie ?

— Votre femme. Laura n'arrivait à rien avec elle, pas même à la faire sortir de sa chambre, alors Helen a décidé d'essayer. Très bien, cette femme. »

Hillier s'était éclairci la voix. Lynley savait que l'adjoint au préfet de police ne se risquerait jamais plus près d'un compliment.

« Merci, monsieur.

— Continuez. Je reste ici. Je ne veux pas laisser

748

Randie seule au cas où quelque chose... si on lui demandait de prendre une décision...

— Très bien. C'est la meilleure solution, je crois. »

Lynley regardait maintenant Nkata. Curieusement, le constable protégeait sa conversation des oreilles indiscrètes en soulevant une épaule massive devant le combiné. Quand il raccrocha, l'inspecteur l'interrogea avec un froncement de sourcils :

— Vous avez du nouveau ?

Nkata se frotta les mains.

— J'espère. La fille qui vit avec Katja Wolff demande à me revoir. C'est elle qui m'a bipé. Vous pensez que je dois... ?

Du menton, il indiqua la porte, mais il s'agissait plus d'une concession aux obligations hiérarchiques que d'une véritable question car les doigts du policier se mirent à tapoter sa poche comme s'il était impatient d'y prendre ses clés de voiture.

Lynley repensa à ce que Nkata lui avait dit de sa dernière rencontre avec les deux femmes.

— Elle vous a donné des précisions ?

— Juste un mot. Elle ne voulait pas en parler au téléphone.

— Pourquoi ?

Nkata haussa les épaules, fit passer son poids d'un pied sur l'autre.

— Vous savez comment sont les délinquants. Ils veulent toujours tirer les ficelles.

Le détail semblait authentique. Quand un repris de justice s'apprêtait à balancer un complice, il dictait généralement l'heure, le lieu et les circonstances dans lesquelles le mouchardage aurait lieu. C'était un coup de force qui servait à absoudre sa conscience. Par ailleurs, les voyous portaient rarement les flics dans leur cœur et la prudence conseillait de ne jamais oublier qu'ils n'aiment rien tant que mettre des bâtons dans les roues des autorités, la taille des bâtons correspondant généralement à l'ampleur de leur animosité envers la police.

— Comment s'appelle-t-elle, déjà ?

— Qui ?

— La femme qui vous a bipé. La compagne de Wolff.

Quand Nkata lui eut répondu, Lynley lui demanda pour quel crime Yasmin Edwards avait été envoyée en prison.

— Elle a poignardé son mari. Elle l'a tué. Elle a tiré cinq ans. Mais je pense qu'il la battait. Il faut voir la tête qu'elle a, inspecteur. Des cicatrices partout. Elle et son amie allemande vivent avec son fils. Daniel. Dix, onze ans. Un gentil môme. Vous pensez que… ?

Nouveau mouvement du menton en direction de la porte.

Lynley se demanda s'il était avisé d'envoyer de nouveau Nkata seul de l'autre côté du fleuve. Son ardeur même à se charger de cette tâche donnait à réfléchir. D'un côté, Nkata souhaitait probablement réparer sa gaffe du matin ; de l'autre, il était dépourvu d'expérience, et le désir qu'il manifestait d'affronter Yasmin Edwards laissait craindre un possible manque d'objectivité de sa part. Et cette possibilité mettait Nkata en danger, sans parler de l'affaire elle-même. Tout comme Webberly avait été en danger des années plus tôt dans une autre affaire, pensa Lynley.

Ils revenaient sans cesse à cet autre meurtre. Il devait y avoir une raison à cela.

— Elle a des comptes à régler, cette Yasmin Edwards ? demanda-t-il.

— Avec moi, vous voulez dire ?

— Avec les flics en général.

— Peut-être, oui.

— Alors, faites attention où vous mettez les pieds.

— D'accord, acquiesça Nkata.

Il se hâta de sortir, ses clés de voiture à la main.

Après son départ, Lynley s'assit à un bureau et remit ses lunettes. La situation dans laquelle ils se trouvaient était exaspérante. Il avait enquêté sur des affaires où il y avait des quantités de preuves mais personne à qui les rattacher avec certitude. Il avait enquêté sur des affaires où les mobiles sautaient aux yeux chez tous les suspects qu'ils interrogeaient mais sans aucune preuve. Il avait enquêté dans des affaires où les moyens et la possibilité de tuer pouvaient être attribués à droite, à gauche, au centre, et où ce qu'il manquait, c'était un mobile clair. Mais là…

Comment deux personnes avaient-elles pu être renversées et abandonnées dans des rues passantes sans que *personne* ait rien vu d'autre qu'un véhicule noir ? Comment la première victime avait-elle pu être traînée du point A au point B après avoir été percutée sans que personne remarque quoi que ce soit à Crediton Hill ?

Le déplacement du cadavre était un détail important et Lynley alla prendre le dernier rapport du laboratoire pour vérifier ce qu'on avait relevé sur le corps d'Eugenie Davies. Le médecin légiste l'avait sans aucun doute examiné sous toutes les coutures et si – malgré la pluie qui était tombée ce soir-là – il était resté une trace de preuve, il l'aurait trouvée.

Lynley feuilleta rapidement les pages. Rien sous les ongles de la victime, tout le sang couvrant le corps lui appartenait, les particules de terre tombées des pneus ne contenaient aucun élément caractéristique d'une région du pays, les gravillons pris dans la chevelure étaient semblables à ceux de la rue elle-même, les deux cheveux retrouvés sur le corps, l'un gris, l'autre brun, montraient à l'analyse…

L'intérêt de l'inspecteur s'aiguisa. Deux cheveux, deux couleurs différentes, une analyse. Il y avait sûrement quelque chose, là. Il poursuivit sa lecture en plissant le front, parcourut lentement des descriptions de cuticule, de cortex, de moelle, et savoura la conclusion initiale tirée par le SO7 : les cheveux provenaient d'un mammifère.

Mais après avoir pataugé dans un fatras de termes techniques, d'*ultrastructure macrofibrillaire des cellules médullaires* à *variantes électrophorétiques des pro-*

téines structurales, il avait découvert que les résultats de l'examen des cheveux n'étaient pas concluants. Comment était-ce possible ?

Il tendit la main vers un téléphone, composa le numéro du laboratoire situé de l'autre côté du fleuve. Après avoir parlé à trois techniciens et à une secrétaire, il réussit enfin à coincer quelqu'un qui lui expliqua en termes de non-spécialiste pourquoi l'étude d'un cheveu réalisée en une ère de science si avancée qu'une particule microscopique de peau permettait d'identifier un assassin n'offrait pas de résultats probants.

— En fait, nous ne sommes même pas en mesure d'affirmer que les cheveux provenaient du meurtrier, inspecteur, déclara le Dr Claudia Knowles. Ils pourraient aussi bien appartenir à la victime, vous savez.

— Comment ça ?

— D'abord, nous n'avons aucun fragment de cuir chevelu resté attaché à l'un ou à l'autre. Deuxièmement – et c'est la partie la plus complexe – il y a une grande variété de caractéristiques entre cheveux provenant d'un même individu. Nous pourrions prélever des dizaines d'échantillons de cheveux de votre victime sans établir de concordance avec ceux retrouvés sur le corps. Et ils pourraient quand même lui appartenir. A cause des variations possibles. Vous voyez ce que je veux dire ?

Lynley voyait.

— Mais les analyses d'ADN ? A quoi bon chercher des cheveux si nous ne pouvons pas les utiliser pour… ?

— Ce n'est pas que nous ne pouvons pas les utiliser, l'interrompit le Dr Knowles. Nous le pouvons et nous le ferons. Mais même alors – et cela ne se fait pas en un jour, comme vous le savez déjà, j'en suis sûre – nous apprendrons seulement si ces cheveux appartenaient à votre victime. Ce qui vous aidera, naturellement. Mais si les cheveux ne proviennent pas d'elle, vous aurez seulement appris qu'une personne s'est approchée suffisamment de son corps avant ou après sa mort pour y laisser un ou deux cheveux.

— Pourquoi pas deux personnes ? Puisque l'un des cheveux est gris, et l'autre brun ?

— C'est possible aussi. Mais même dans ce cas, nous ne pourrons écarter la possibilité que quelqu'un, avant le meurtre, l'ait serrée innocemment dans ses bras et ait laissé un cheveu sur elle. Et même si nous avions devant nous une analyse d'ADN prouvant que ce cheveu ne provient pas d'un proche, que pourrions-nous faire de cette analyse, inspecteur, sans avoir à l'autre bout quelqu'un sur qui prélever un échantillon pour faire une comparaison ?

Oui. C'était le problème. Ce serait toujours le problème. Lynley remercia le Dr Knowles et raccrocha en poussant le rapport sur le côté. Il avait besoin d'une pause.

Il relut les notes de ses interrogatoires : ce que Wiley, Staines, Davies, Robson et le jeune Davies avaient dit. Il y avait forcément quelque chose qui lui échappait, mais il ne parvint pas à l'extirper de ce qu'il avait écrit.

Bon, pensa-t-il, essayons un autre angle d'attaque.

Il quitta le poste et se rendit rapidement en voiture à West Hampstead. Il trouva Crediton Hill non loin de Finchley Road, se gara en haut. La rue était bordée de voitures et avait cet air inhabité des quartiers dont tous les habitants partent travailler le matin et ne rentrent que le soir.

Des marques à la craie sur le macadam indiquaient l'endroit où le corps d'Eugenie Davies avait été retrouvé. Lynley se posta devant et regarda la rue dans la direction d'où le véhicule mortel était probablement venu. La victime avait été heurtée et écrasée plusieurs fois, ce qui semblait indiquer qu'elle n'avait pas été projetée comme Webberly, ou qu'elle avait été projetée *devant* la voiture, le chauffeur pouvant ainsi passer et repasser facilement sur son corps. Puis elle avait été traînée sur le côté et à demi poussée sous une Vaux-hall.

Mais pourquoi ? Pourquoi l'assassin avait-il couru le risque d'être vu ? Pourquoi n'était-il pas reparti en la laissant allongée au milieu de la chaussée ? Bien sûr, il l'avait peut-être tirée sur le côté pour qu'on ne la remarque pas tout de suite, dans l'obscurité et sous la pluie, s'assurant ainsi qu'elle serait morte quand on finirait par la découvrir. Mais descendre de la voiture constituait un tel risque… A moins que le meurtrier n'ait eu une raison de le faire…

Parce qu'il vivait dans le quartier ? Oui. C'était une possibilité.

Y en avait-il d'autres ?

Lynley monta sur le trottoir, fit les cent pas en réfléchissant à toutes les variantes qu'il put imaginer sur le thème assassin-victime-mobile, assassin-déplaçant-le-corps-disloqué, assassin-descendant-de-la-voiture. La seule idée qui lui vint tournait autour du sac à main de la victime : quelque chose qu'elle portait dans ce sac, quelque chose que l'assassin voulait et qu'il savait qu'elle avait sur elle.

Mais on avait retrouvé le sac sous une autre voiture, à un endroit où il était peu probable que le meurtrier – pressé et opérant dans le noir – l'eût repéré. Apparemment, il ne manquait rien dans ce sac. A moins que le meurtrier n'ait pris qu'une seule chose et ait jeté le sac sous la voiture, où on l'avait ensuite retrouvé.

Lynley avait l'impression qu'un chœur antique avait élu domicile dans sa tête, récitant non seulement toutes les possibilités mais aussi les conséquences d'en choisir une et d'y investir une once de conviction. Il fit quelques mètres, passa devant plusieurs maisons, devant les haies aux couleurs automnales qui entouraient leurs jardins. Il s'apprêtait à faire demi-tour et à retourner à sa voiture quand quelque chose qui brillait sur le trottoir attira son attention, tout près d'une rangée d'ifs qui semblaient avoir été plantés plus récemment que les autres arbres de la rue.

Il se pencha tel un Sherlock Holmes ressuscité mais il s'avéra que ce n'était qu'un éclat de verre qui, avec d'autres, avait été projeté au pied de la haie. Lynley tira un crayon de la poche de sa veste, retourna les fragments puis creusa la terre tout autour et en trouva d'autres. Comme il ne s'était jamais senti aussi démuni que dans cette enquête, il les recueillit dans son mouchoir.

De retour à sa voiture, il téléphona chez lui dans l'espoir de joindre Helen. Elle avait largement eu le temps de revenir de Stamford Brook, où elle était passée voir si elle pouvait aider Frances. Mais elle n'était pas là. Elle n'était pas non plus au travail à Chelsea avec Saint James. Ce qui, estima-t-il, n'était pas bon signe.

Il se rendit chez les Webberly.

A Kensington Square, Barbara Havers se gara au même endroit que la fois précédente : devant l'alignement de bornes empêchant les voitures de pénétrer sur la place par le nord en venant de Derry Street. Elle marcha jusqu'au couvent de l'Immaculée Conception mais au lieu d'aller directement à la porte pour demander à parler de nouveau à sœur Cecilia Mahoney, elle alluma une cigarette et poussa un peu plus loin sur le trottoir en direction de l'élégante maison de brique à pignon hollandais où il s'était passé tant de choses vingt ans plus tôt.

C'était le plus haut édifice de ce côté de la rue : cinq étages et un sous-sol auquel on accédait par un étroit escalier qui descendait en s'incurvant depuis le jardin dallé du devant. Deux piliers de brique surmontés d'épis en pierre flanquaient la grille de fer forgé, et Barbara poussa cette grille, entra, la referma derrière elle et considéra la maison.

Le contraste était frappant avec la petite demeure de Lynn Davies, de l'autre côté du fleuve. Avec ses portes-fenêtres et ses balcons, ses décorations de bois crème, ses frontons solennels et ses corniches à dents de chien, ses impostes et ses vitraux, la maison – comme le quartier qui l'entourait – n'aurait pu être plus différente de l'endroit où Virginia Davies avait passé sa vie.

Il y avait une autre différence, hormis celle, physique, qui sautait aux yeux, et Barbara y réfléchit en examinant la maison. Elle avait abrité un homme terrible, un homme qui, selon les mots de Lynn Davies, ne pouvait supporter de se trouver dans la même pièce qu'une petite fille qui, à ses yeux, n'était pas ce qu'elle aurait dû être. L'enfant n'avait pas été la bienvenue dans cette maison, elle avait été la cible d'une haine constante, si forte que sa mère l'avait emmenée pour toujours. Et le vieux Jack Davies – le terrible Jack Davies – avait été apaisé. Comblé, même, puisque son fils, après s'être remarié, lui avait donné un petit-fils qui s'était révélé être un génie de la musique.

Satisfaction générale pour celui-là, pensa Barbara. Le gosse prit un violon, fit son chemin et donna au nom des Davies la gloire qu'il méritait. Mais vint ensuite la naissance de l'autre petite-fille, et le vieux Jack, le terrible Jack, dut à nouveau regarder l'imperfection en face.

Pour cette deuxième expérience d'un enfant handicapé, les choses se révélèrent plus compliquées pour Jack. Parce que s'il avait réussi à chasser la première mère en la harcelant de « Maintenez cette créature hors de ma vue, mettez-la dans une institution quelque part », il y avait de fortes chances pour que la seconde mère emmène aussi avec elle son autre enfant. Ce qui signifierait un adieu à Gideon, un adieu à la perspective de jouir par procuration de la gloire à laquelle cet enfant ne manquerait pas d'accéder.

Quand Sonia Davies était morte dans son bain, la police était-elle au courant pour Virginia ? se demanda Havers. Si elle l'était, la famille avait-elle réussi à garder secrète l'attitude du vieux Jack ? Probablement.

Il avait horriblement souffert pendant la guerre, il

ne s'en était jamais remis, c'était un héros. Mais c'était apparemment aussi quelqu'un à qui il manquait une ou deux cases. Et qui pouvait dire de quelles extrémités un tel homme était capable lorsque ses plans étaient contrariés ?

Barbara retourna sur le trottoir, ferma la grille derrière elle, jeta sa cigarette et remonta vers le couvent de l'Immaculée Conception.

Cette fois, elle trouva sœur Cecilia Mahoney dans le vaste jardin situé derrière le bâtiment principal. Avec une autre religieuse, elle ratissait les feuilles mortes d'un énorme sycomore qui aurait pu ombrager tout un hameau. Elles avaient déjà fait cinq tas, qui formaient des monticules colorés sur la pelouse. Tout au fond, là où un mur marquait la fin de la propriété et la protégeait des rames de la District Line qui passaient en grondant sur une voie aérienne toute la journée, un homme en bleu de chauffe et bonnet de laine alimentait un feu où brûlaient les premières feuilles ramassées.

— Il faut faire attention avec ce genre de chose, dit Barbara à sœur Cecilia en la rejoignant. Une fausse manœuvre et tout Kensington part en fumée. Ce n'est pas ce que vous souhaitez, je pense.

— D'autant qu'il n'y a plus de Wren pour en bâtir un autre. Oui, nous sommes prudentes. George ne laisse jamais le feu sans surveillance. Je crois que c'est lui qui a la meilleure part. Nous, nous ratissons, lui, il fait l'offrande que Dieu reçoit avec plaisir.

— Quoi ?

— Allusion biblique, si vous voulez bien me pardonner. Caïn et Abel. Le feu d'Abel dont la fumée montait vers le ciel.

— Oh. Je vois.

— Vous ne connaissez pas l'Ancien Testament ?

— Juste les passages du genre : « Il s'étendit sur sa couche et la connut. »

Avec un rire, sœur Cecilia alla poser son râteau contre un banc qui faisait le tour du sycomore au centre du jardin. Elle revint vers Barbara en disant :

— C'est vrai que cela se pratiquait beaucoup, à l'époque, mais ils devaient mettre les bouchées doubles, n'est-ce pas, puisqu'on leur avait demandé de peupler la terre.

Havers sourit.

— Je peux vous dire un mot ?

— Bien sûr. Vous préférez le faire à l'intérieur, je suppose.

Sans attendre de réponse, sœur Cecilia s'adressa à sa compagne de jardinage :

— Sœur Rose, je peux vous laisser un quart d'heure ?

Quand l'autre religieuse eut acquiescé, elle précéda Barbara sur une brève volée de marches en béton qui les mena à la porte de derrière du bâtiment de brique jaune.

Elles empruntèrent un couloir au sol couvert de linoléum jusqu'à une porte indiquant *Salle des visiteurs*. Sœur Cecilia frappa et, n'obtenant pas de réponse, ouvrit en proposant à Barbara :

— Une tasse de thé ? Un café ? Je crois qu'il nous reste un biscuit ou deux.

— Juste un brin de conversation, répondit la constable après un temps d'hésitation.

— Vous ne voyez pas d'inconvénient à ce que je…

Sœur Cecilia montra une bouilloire électrique posée sur un plateau en plastique écaillé avec une boîte de thé Earl Grey et quelques tasses et soucoupes dépareillées. Elle brancha la bouilloire, alla prendre dans le premier tiroir d'une commode une boîte de sucre, en fit tomber trois morceaux dans une tasse et avoua d'un ton serein à la visiteuse :

— J'ai un faible pour les sucreries. Mais Dieu nous pardonne nos petits vices. Je me sentirais moins coupable, cependant, si vous preniez au moins un biscuit. Ce sont des Weight Watchers. Non pas que je veuille dire que vous devriez faire attention à votre…

— Il n'y a pas de mal, la coupa Barbara. Je vais en prendre un.

— C'est par paquets de deux, fit la religieuse d'un ton malicieux.

— Allez-y, je ferai un effort.

Une fois le thé infusé et les biscuits disposés sur une soucoupe, sœur Cecilia fut prête à rejoindre Barbara. Elles s'installèrent sur des chaises recouvertes de vinyle près d'une fenêtre donnant sur le jardin où sœur Rose continuait à passer le râteau. Le plateau de la table basse vernie qui les séparait proposait divers magazines religieux et un exemplaire de *Elle* sérieusement corné.

Barbara annonça qu'elle avait rencontré Lynn Davies puis demanda à la religieuse si elle était au courant de ce premier mariage et de l'autre enfant de Richard Davies.

Sœur Cecilia confirma qu'elle savait depuis longtemps, qu'elle avait appris l'existence de Lynn et de sa « pauvre petite » par Eugenie peu après la naissance de Gideon.

— Cela avait été un choc pour Eugenie, à coup sûr. Elle ne savait même pas que Richard était divorcé, et elle a passé quelque temps à réfléchir aux raisons pour lesquelles il ne lui en avait pas parlé avant leur mariage.

— Elle s'est sentie trahie, je suppose.

— Oh, ce n'était pas le côté personnel de l'omission qui la préoccupait. Du moins, elle n'en a pas discuté avec moi. Ce sont les implications spirituelles et religieuses avec lesquelles Eugenie s'est débattue pendant les années qui ont suivi la naissance de Gideon.

— Quel genre d'implications ?

— Eh bien, l'Eglise considère le mariage comme un engagement indissoluble.

— Donc si l'Eglise considérait le premier mariage de Mrs Davies comme seul légitime, celui d'Eugenie n'avait aucune valeur, et les enfants qui en étaient nés étaient illégitimes ? C'est ça qui l'inquiétait ?

Sœur Cecilia but une gorgée de thé.

— Oui et non, répondit-elle. Le fait que Richard lui-même n'était pas catholique compliquait la situation. Il n'était rien, le pauvre. Il ne s'était jamais marié à l'église, pour commencer, alors la vraie question d'Eugenie, c'était de savoir s'il avait vécu dans le péché avec Lynn et si l'enfant de cette union – conçu dans le péché, donc – portait la marque du châtiment de Dieu. Si c'était le cas, Eugenie elle-même ne courait-elle pas le risque d'attirer sur elle le courroux de Dieu ?

— Pour avoir épousé un homme qui avait vécu dans le péché ?

— Ah, non. Pour ne pas l'avoir épousé à l'église.

— L'Eglise ne l'avait pas permis ?

— Le problème n'a jamais été ce que l'Eglise permettait ou non. Richard ne voulait pas de cérémonie religieuse, il n'y en a pas eu. Une simple signature au bureau de l'état civil.

— Mais, étant catholique, Mrs Davies aurait sans doute voulu aussi un mariage religieux. Est-ce qu'elle n'était pas obligée ? Je veux dire, pour que tout soit en règle avec Dieu et avec le pape.

— En principe, oui. Mais Eugenie n'était catholique que jusqu'à un certain point.

— C'est-à-dire ?

— C'est-à-dire qu'elle recevait certains sacrements mais pas tous. Qu'elle acceptait certains éléments du dogme mais pas tous.

— Quand vous devenez catholique, vous n'êtes pas censé jurer sur la Bible de respecter les règles ? Nous savons qu'elle n'avait pas été élevée dans la foi catholique. Est-ce que l'Eglise accepte des membres qui respectent certaines règles et pas d'autres ?

— Vous devez vous rappeler que l'Eglise n'a pas de police secrète chargée de veiller à ce que les fidèles marchent droit, répondit la religieuse. Dieu a donné à chacun de nous une conscience pour gouverner sa conduite. (Elle mordit dans son biscuit, le mastiqua.) Il est vrai que sur de nombreux sujets, des catholiques pris individuellement divergent de notre Sainte Mère

760

l'Eglise, mais quant à savoir si cela compromet leur salut éternel, Dieu seul pourrait répondre.

— Mrs Davies pensait pourtant que Dieu règle ses comptes avec les pécheurs durant leur vie terrestre, si elle croyait que Virginia était sa façon de punir Richard et Lynn.

— Il est certain que lorsque le malheur s'abat sur quelqu'un, les gens lui donnent souvent cette interprétation. Mais songez à Job. Quel péché avait-il commis pour mériter la colère de Dieu ?

— Il avait connu et engendré du mauvais côté de la couche ? Je ne me rappelle pas.

— Vous ne vous rappelez pas parce qu'il n'y avait pas de péché. Rien que la terrible mise à l'épreuve de sa foi dans le Tout-Puissant.

Sœur Cecilia prit son thé, fit tomber les miettes de biscuit qui collaient à ses doigts en les frottant contre le tissu rêche de sa jupe.

— C'est ce que vous avez dit à Mrs Davies ? demanda Barbara.

— Je lui ai fait observer que si Dieu avait voulu la punir, Il n'aurait pas commencé par lui donner Gideon, un enfant en parfaite santé, comme premier fruit de son union avec Richard.

— Mais pour Sonia ?

— Vous me demandez si elle voyait dans cette enfant le châtiment de ses péchés ? clarifia la religieuse. Elle ne me l'a jamais dit expressément. Mais à la façon dont elle a réagi lorsqu'on lui a appris la maladie du bébé... Et puis quand elle a cessé totalement d'assister à la messe après la mort de la petite...

La religieuse soupira, approcha sa tasse de sa bouche, l'y maintint en réfléchissant au problème et finit par répondre :

— Nous ne pouvons qu'émettre des suppositions. Nous ne pouvons que considérer les questions qu'elle posait sur Lynn et Virginia et en déduire ce qu'elle a peut-être ressenti, ce qu'elle a peut-être cru, confrontée à une épreuve semblable.

— Et les autres ?

— Les autres ?

— Le reste de la famille. Elle vous a parlé de ce qu'ils ressentaient ? De la façon dont ils ont réagi une fois qu'ils ont su, pour Sonia ?

— Jamais.

— Lynn dit qu'elle a quitté la maison en partie à cause du père de Richard. D'après elle, il avait quelques rouages qui ne tournaient pas rond dans la tête, mais ceux qui fonctionnaient dégageaient une telle méchanceté qu'elle était contente que le reste ait des ratés. Si on peut dire d'un rouage qu'il a des ratés. Enfin, vous me comprenez.

— Eugenie ne parlait jamais de la maison.

— Elle n'a jamais fait allusion à quelqu'un qui aurait voulu se débarrasser de Sonia ? Richard, par exemple. Ou son père. Ou quelqu'un d'autre.

Les yeux bleus de sœur Cecilia s'écarquillèrent au-dessus du biscuit qu'elle avait porté à ses lèvres.

— Jésus, Marie, Joseph. Non. *Non*. Ce n'était pas une maison de gens méchants. Des gens perturbés, peut-être, comme nous le sommes tous de temps en temps. Mais vouloir se débarrasser d'une enfant au point de… Non, je ne peux imaginer ça d'aucun d'entre eux.

— Quelqu'un l'a tuée, pourtant, et vous m'avez dit hier que vous ne croyiez pas Katja Wolff coupable.

— Je ne le crois toujours pas.

— Mais il a bien fallu que quelqu'un commette l'acte, à moins que vous ne pensiez que c'est la main de Dieu qui a maintenu le bébé sous l'eau. Alors qui ? Eugenie elle-même ? Richard ? Le grand-père ? Le pensionnaire ? Gideon ?

— Un enfant de huit ans !

— Jaloux d'une petite sœur qui lui volait la vedette ?

— Elle n'était guère en état de le faire.

— Mais elle pouvait accaparer l'attention des autres. Prendre leur temps. Et la majeure partie de leur argent. Pomper l'eau jusqu'à ce que le puits soit à sec, et que deviendrait alors Gideon ?

— Aucun enfant de huit ans ne voit aussi loin.

— Mais quelqu'un d'autre le pensait peut-être. Quelqu'un qui avait intérêt à faire de lui le centre de la maisonnée.

— Eh bien, je ne vois pas qui.

Barbara regarda la sœur reposer sa moitié de biscuit sur la soucoupe, aller à la bouilloire, qu'elle ralluma pour une deuxième tasse de thé. Elle mit en balance ses idées préconçues sur les religieuses en général avec les informations qu'elle avait obtenues de celle-là en particulier. Elle en conclut que sœur Cecilia lui avait dit tout ce qu'elle savait. Au cours de l'interrogatoire précédent, elle avait déclaré qu'Eugenie avait cessé de venir à l'église après la mort de Sonia. Si bien que sœur Cecilia n'avait plus eu avec elle ces conversations intimes, ces cœur à cœur pendant lesquels Eugenie lui confiait des informations essentielles.

— Et l'autre bébé, qu'est-ce qu'il est devenu ? demanda Barbara.

— L'autre… ? Oh, vous parlez de l'enfant de Katja ?

— Mon chef veut que je retrouve sa trace.

— Il est en Australie. Il vit là-bas depuis l'âge de douze ans. Comme je vous l'ai dit l'autre jour, si Katja avait voulu avoir de ses nouvelles, elle serait venue me voir dès sa libération. Selon les clauses de l'adoption, les parents sont tenus de fournir chaque année des renseignements sur l'enfant, de sorte que j'ai toujours su où il était, et j'aurais communiqué l'information à Katja si elle me l'avait demandée.

— Elle ne l'a pas fait ?

— Non, répondit la religieuse, qui se dirigea vers la porte. Si vous voulez bien m'excuser, je vais chercher quelque chose qui pourrait vous intéresser.

Elle sortit au moment où la bouilloire électrique s'éteignait. Barbara se leva, prépara une deuxième tasse d'Earl Grey pour sœur Cecilia et ouvrit un autre paquet de biscuits pour elle-même. Elle eut le temps de les avaler et d'ajouter trois morceaux de sucre dans son thé avant que celle-ci revienne, une enveloppe en papier kraft à la main.

Sœur Cecilia s'assit, serra genoux et chevilles, et vida sur son giron le contenu de l'enveloppe : des lettres et des photos, instantanés ou portraits de professionnel, remarqua Barbara.

— Il s'appelle Jeremy, le fils de Katja. Il aura vingt ans en février. Il a été adopté par une famille du nom de Watts, avec trois autres enfants. Ils vivent tous à Adélaïde, maintenant. Je crois qu'il ressemble à sa mère.

Barbara prit les photos que sœur Cecilia lui tendait et constata que la religieuse avait tenu un dossier photographique de la vie de l'enfant. Jeremy avait été un garçonnet blond aux yeux bleus, puis la blondeur de l'enfance avait viré au châtain clair à l'adolescence. Il était passé par une phase ingrate vers l'époque où ses parents l'avaient emmené en Australie, mais une fois sorti de cette période transitoire, il était devenu plutôt beau. Le nez droit, la mâchoire carrée, les oreilles collées au crâne : il pouvait passer pour un Aryen, pensa Barbara.

— Katja Wolff sait que vous avez ces photos ?

— Comme je vous l'ai dit, elle n'a jamais voulu me voir. Même quand il a fallu arranger l'adoption de Jeremy, elle a refusé de me parler. La prison nous a servi d'intermédiaire. Le directeur m'a avisée que Katja souhaitait une adoption, et il m'a prévenue quand le moment est arrivé. Je ne sais même pas si Katja a vu son bébé. Tout ce que je sais, c'est qu'elle voulait qu'il soit placé immédiatement dans une famille et qu'elle désirait que je m'en occupe.

Barbara rendit les photos en disant :

— Elle n'a pas voulu qu'il soit confié au père ?

— Une adoption, c'est ce qu'elle voulait.

— Qui était le père ?

— Nous n'avons pas parlé...

764

— Ça, j'ai compris. Mais vous la connaissiez. Vous les connaissiez tous. Alors, vous deviez avoir une idée. Il y avait trois hommes dans la maison : le grand-père, Richard Davies, et le pensionnaire, un nommé James Pitchford. Quatre en comptant Raphael Robson, le prof de violon. Quel que soit le père, il avait ses raisons pour garder le secret. Sinon, il aurait réclamé l'enfant une fois Katja condamnée à vingt ans de prison. A moins, bien sûr, qu'il n'ait pas tenu particulièrement à être connu comme le type qui avait engrossé une meurtrière.

— Pourquoi serait-ce forcément quelqu'un de la maison ? objecta sœur Cecilia. Et pourquoi est-ce si important de savoir ?

— Je ne suis pas sûre que ce soit important, reconnut Barbara, mais si le père du bébé est mêlé de près ou de loin à ce qui est arrivé à Katja Wolff, il pourrait être en danger en ce moment même. Si elle est derrière dans les deux cas.

— Deux ?

— Le policier qui avait dirigé l'enquête sur la mort de Sonia s'est fait renverser hier par une voiture. Il est dans le coma.

Les doigts de la sœur se portèrent au crucifix pendu à son cou, se refermèrent dessus et le pressèrent.

— Je ne peux pas croire que Katja ait quelque chose à voir là-dedans.

— D'accord, dit Barbara. Mais on finit quelquefois par être obligé de croire ce qu'on ne voulait pas croire. Ainsi va le monde, ma sœur.

— Pas le mien, déclara la religieuse.

GIDEON

6 novembre

J'ai encore rêvé, Dr Rose. Je me tiens sur la scène du Barbican, dont les projecteurs m'inondent d'une lumière aveuglante. L'orchestre est derrière moi et le chef – dont je ne peux voir le visage – tape sur son pupitre. Le concert commence – quatre mesures pour les violoncelles – et je lève mon instrument pour me préparer. C'est alors que j'entends les cris : quelque part dans la vaste salle, un bébé s'est mis à pleurer.

Ses vagissements se répercutent d'un mur à l'autre mais je suis apparemment le seul à le remarquer. Les violoncelles continuent à jouer, le reste des cordes se joint à eux, et je sais que mon solo est pour bientôt.

Je suis incapable de penser, incapable de jouer, de faire autre chose que me demander pourquoi le chef n'arrête pas l'orchestre, ne se tourne pas vers le public, ne demande pas que quelqu'un ait la courtoisie d'emmener cet enfant qui braille afin que nous puissions nous concentrer sur notre musique. Il y a une pause d'une mesure entière avant mon solo, et en attendant que nous y parvenions, je ne cesse de lancer des coups d'œil au public. Mais je ne vois rien à cause des projecteurs, beaucoup plus puissants qu'ils ne le sont dans la réalité. Ils projettent en fait le genre de lumière qu'on braque, j'imagine, sur un suspect soumis à un interrogatoire.

Quand les cordes arrivent à la pause, je compte la mesure. Je sais confusément que je serai incapable de jouer tant que la perturbation se poursuivra, mais je me dis que je dois jouer. Il me faudra donc faire ce que je n'ai jamais fait : aussi ridicule que cela puisse paraître, je devrai faire semblant, improviser au besoin, afin de rester dans le même ton, mais jouer n'importe quoi si je dois, pour me sortir de cette épreuve.

Je commence. Evidemment, je ne joue pas juste. Je ne suis pas dans le ton. A ma droite, le premier violon se lève tout à coup et je vois que c'est Raphael Robson. J'ai envie de lui dire : « Raphael, tu joues ! Tu joues en public ! », mais les autres violons l'imitent et se lèvent eux aussi. Ils protestent auprès du chef d'orchestre, ainsi que les violoncelles et les contrebasses. J'entends leurs voix. J'essaie de les noyer sous mes notes, j'essaie de noyer les cris du bébé mais je n'y arrive pas. Je voudrais leur expliquer que ce n'est pas moi, que ce n'est pas ma faute et je dis : « Vous n'entendez pas ? Vous ne l'entendez pas ? », tout en continuant à jouer. Je regarde le chef, qui continue à diriger l'orchestre comme si les cordes ne s'étaient pas arrêtées.

Raphael s'approche du chef, qui se tourne vers moi. C'est mon père. « Joue ! » m'ordonne-t-il avec hargne. Je suis si surpris de le voir là où il ne devrait pas être que je recule et que l'obscurité de l'auditorium m'enveloppe.

Je cherche le bébé vagissant. Je remonte l'allée en me guidant à tâtons jusqu'à ce que je me rende compte que les pleurs s'élèvent de l'autre côté d'une porte fermée.

Je l'ouvre, je me retrouve soudain dehors, au grand jour. Je vois devant moi une immense fontaine, mais ce n'est pas une fontaine ordinaire parce que dans son bassin se tiennent un prêtre d'une religion quelconque vêtu de noir et une femme en blanc qui presse le nouveau-né hurleur contre sa poitrine. Sous mes yeux, le prêtre les enfonce tous deux dans l'eau, et je sais que cette femme est Katja Wolff et que c'est ma petite sœur qu'elle tient.

Je sais sans pouvoir l'expliquer que je dois aller à cette fontaine, mais mes pieds deviennent trop lourds pour que je puisse les soulever. Alors je regarde, et je vois Katja émerger de l'eau, seule.

Sa robe blanche mouillée lui colle au corps, on devine ses tétons à travers le tissu, ainsi que sa toison pubienne, épaisse, sombre comme la nuit, bouclant sur son sexe qui luit quand même à travers la robe qu'elle porte. Je sens ma chair s'émouvoir, je sens cette poussée de désir que je n'ai pas éprouvée depuis des années. Mon sang palpite, je ne pense plus au concert que j'ai abandonné ni à la cérémonie à laquelle je viens d'assister dans le bassin.

Mes pieds se libèrent. Je m'approche. Katja emprisonne ses seins dans ses mains. Avant que je puisse parvenir à elle, le prêtre me barre le passage. Je le regarde, et c'est mon père.

Il se dirige vers elle. Il lui fait ce que j'ai envie de lui faire et je suis forcé de regarder tandis que le corps de Katja l'attire et commence à onduler, que l'eau clapote langoureusement contre leurs jambes.

Je pousse un cri, je m'éveille.

Et là, entre mes cuisses, Dr Rose, se dresse ce que je n'ai pas réussi à obtenir depuis... combien d'années ? Depuis Beth. Palpitant, gorgé de sang, prêt à l'action, tout cela à cause d'un rêve où je n'étais que le voyeur du plaisir de mon père.

Etendu dans l'obscurité de ma chambre, je me méprise, je méprise mon corps et mon esprit, et ce qu'ils viennent de me dire au moyen d'un rêve. Et tandis que je suis allongé, un souvenir me revient.

C'est Katja, elle vient d'entrer dans la salle à manger où nous sommes en train de dîner. Elle porte ma sœur, qui est prête pour aller au lit, et elle est manifestement excitée parce que quand Katja Wolff est excitée, son anglais devient plus haché.

« Voyez ! dit-elle. Vous devez voir quoi elle a fait !

— Qu'est-ce qu'il y a encore ? » ronchonne Grand-père avec irritation, et je sens un moment de tension tandis que les adultes se lancent des regards : Mère à Grand-père, Papa à Grand-mère, Sarah-Jane à James le pensionnaire. Lui, il regarde Katja. Et Katja regarde Sonia.

« Montre à eux, petite », dit-elle. Elle pose ma sœur par terre, elle l'assied sur son derrière mais elle ne la soutient pas comme elle le fait normalement. Elle la met soigneusement en équilibre puis écarte les mains, et Sonia reste droite.

« Elle tient assis tout seul ! annonce Katja fièrement. C'est pas un rêve ? »

Ma sœur doit avoir dix mois, âge auquel la plupart des enfants rampent, marchent à quatre pattes, voire marchent tout court. Mais du fait de son état, son développement est lent, et cela représente un net progrès pour elle.

Ma mère se lève en disant : « C'est merveilleux, ma chérie ! », et va la câliner. « Merci, Katja », ajoute-t-elle, et quand elle sourit, son visage rayonne de joie.

Grand-père ne fait pas de commentaire parce qu'il n'a pas tourné la tête pour voir ce que Sonia a réussi à faire. « Très bien », murmure Grand-mère, et elle regarde Grand-père.

Sarah-Jane émet une remarque polie puis tente d'engager la conversation avec James le pensionnaire. En vain car il fixe Katja comme un chien affamé fixerait un morceau de bœuf saignant.

Katja elle-même regarde mon père. « Voyez qu'elle est mignonne ! s'exclame-t-elle. Voyez qu'elle apprend vite ! Quelle bonne grande fille, Sonia, oui ! Tous les bébés profitent avec Katja. »

Tous les bébés. Comment ai-je pu oublier ces mots et ce regard ? Comment ce qu'ils signifiaient réellement a-t-il pu m'échapper jusqu'ici ? Ce qu'ils signifiaient *forcément*, parce que tout le monde se fige comme dans un film quand l'image s'arrête. L'instant d'après – l'espace d'une seconde –, ma mère prend Sonia et dit : « Nous en sommes tous persuadés, chère Katja. »

Je n'ai pas compris ce jour-là parce que j'avais quoi ? sept ans ? Quel enfant de cet âge est capable de saisir pleinement la réalité de la situation dans laquelle il vit ? Quel enfant de cet âge pourrait deviner, derrière une simple phrase aimable, la prise de conscience soudaine par une femme d'une trahison commise sous son propre toit ?

9 novembre

Il a gardé cette photo, Dr Rose. Tout ce que je sais vient du fait que mon père a gardé cette photo, qu'il a dû prendre lui-même et dissimuler quelque part, car sinon comment serait-elle venue en sa possession ?

Je les vois, un après-midi d'été ensoleillé, il demande à Katja d'aller dans le jardin pour qu'il puisse prendre une photo d'elle avec ma sœur. La présence de Sonia, nichée dans les bras de Katja, légitime la requête. Sonia sert de prétexte à la photo bien que Katja la tienne de façon que son visage ne soit pas visible. Et ce détail aussi est important parce que Sonia n'est pas parfaite. Sonia est un monstre. Une photo de Sonia dont le visage porte les marques du syndrome congénital qui l'afflige – fissures palpébrales obliques, c'est le terme consacré, plis épicanthaux, bouche trop petite – ne servirait qu'à rappeler sans cesse à mon père qu'il a engendré pour la deuxième fois de sa vie un enfant présentant des imperfections physiques et mentales. Il ne veut donc pas de son visage sur la pellicule mais il a besoin d'elle comme prétexte.

Katja et lui sont-ils amants à l'époque ? Ou y songent-ils seulement, chacun d'eux attendant un signe de l'autre qui exprimera un intérêt encore impossible à

770

dire ? Et lorsque la première fois arrive, qui fait le premier pas ? En quoi consiste ce premier pas qui indique la direction qu'ils prendront bientôt ?

Elle sort prendre l'air par une nuit étouffante, le genre de nuit d'août à Londres quand une vague de chaleur frappe et qu'on ne peut échapper à l'atmosphère oppressante créée par un air vicié qui demeure trop longtemps suspendu au-dessus de la ville, chauffé chaque jour par un soleil implacable, empoisonné par les camions Diesel qui éructent leurs fumées d'échappement au long des rues. Sonia est enfin endormie, Katja dispose de dix précieuses minutes. Dehors, l'obscurité fait la promesse, fallacieuse, de la délivrer de la chaleur emprisonnée dans la maison, et Katja sort, elle va dans le jardin, derrière la maison, où il la trouve.

« Quelle épouvantable journée ! dit-il. J'ai l'impression d'avoir le corps en feu.

— Moi aussi, répond-elle en le regardant avec insistance. Moi aussi, j'ai le corps en feu, Richard. »

Cela suffit. Ces quelques mots et surtout l'utilisation de son prénom constituent une permission implicite, il n'a pas besoin d'une autre invite. Il s'élance vers elle, et c'est là que tout commence entre eux, et c'est ce que je vois du jardin.

20

Comme Libby Neale n'était jamais allée à l'appartement de Richard Davies, elle ne savait pas à quoi s'attendre quand elle y conduisit Gideon après la visite au Temple. Si on lui avait posé la question, elle aurait hasardé qu'il devait vivre sur un grand pied, avec du fric plein les poches. Il faisait tant d'histoires depuis quatre mois, parce que Gideon ne jouait plus, qu'il semblait raisonnable de penser qu'il avait besoin de revenus importants que seul l'argent de Gideon pouvait lui assurer.

Aussi s'exclama-t-elle « C'est *ça* ? » quand Gideon lui dit de se garer le long du trottoir, côté nord d'une rue appelée Cornwall Gardens. Elle considéra le quartier avec un vague sentiment de déception, promenant le regard sur des bâtiments plutôt élégants, mais drôlement délabrés. Çà et là, elle remarqua quelques maisons à peu près correctes mais les autres donnaient l'impression d'avoir connu des jours meilleurs dans un autre siècle.

Cela ne fit qu'empirer. Sans répondre à sa question, Gideon la précéda en direction d'un immeuble qui semblait tenir debout par l'opération du Saint-Esprit. Il se servit d'une clé pour ouvrir une porte d'entrée tellement gauchie que le recours à cette clé semblait un geste de courtoisie inutile, destiné à ménager la sensibilité de la porte. Une carte de crédit aurait aussi bien fait l'affaire. Quand ils furent à l'intérieur, il mena Libby à une autre porte, en haut de l'escalier. Celle-là n'était pas gauchie mais décorée d'un Z vert tracé à la bombe, comme si l'immeuble avait reçu la visite d'un Zorro irlandais.

— Papa ? appela Gideon.

Il poussa la porte, pénétra dans l'appartement de son père en disant à Libby « Attends-moi ici », ce qu'elle ne fut que trop contente de faire tandis qu'il passait dans une cuisine située en retrait de la salle de séjour. Cet endroit lui donnait la chair de poule. Ce n'était pas du tout le genre d'appartement qu'elle aurait imaginé pour Richard Davies.

D'abord, c'était quoi, cette combinaison de couleurs ? Elle n'était pas décoratrice, elle laissait ça à sa mère et à sa sœur, qui étaient feng shui à fond. Mais même Libby aurait pu dire que les couleurs de cet appartement donnaient envie à n'importe qui de sauter du pont le plus proche. Des murs vert dégueulis. Du mobilier brun diarrhée. De l'art pour malades, comme cette femme nue montrée du cou aux chevilles, avec une toison pubienne qui ressemblait à une cuvette de W-C quand on vient de tirer la chasse. Qu'est-ce que ça voulait dire, ça ? Au-dessus de la cheminée – bourrée de livres, pour une raison quelconque –, on avait accroché un arrangement circulaire de branches d'arbres, apparemment transformées en cannes puisqu'on les avait sablées, percées d'un trou et munies de lanières en cuir. Mais c'était curieux de les avoir suspendues à cet endroit, pour commencer.

La seule chose que Libby découvrit et qu'elle s'attendait à voir, ce furent des photos de Gideon. Il y en avait des tonnes. Toutes reliées par le même thème barbant : le violon. Surprise, surprise, pensa Libby. Richard n'aurait pas pu photographier son fils en train de faire quelque chose qu'il aimait. Pourquoi le montrer faisant voler un cerf-volant sur Primrose Hill ? Pourquoi le prendre faisant atterrir son planeur ? Pourquoi le photographier aidant un gosse de l'East End à apprendre à tenir un violon si lui-même ne tenait plus son instrument, n'en jouait plus et ne gagnait plus des paquets de fric ? Richard mérite des coups de pied aux fesses, pensa-t-elle. Il n'aide absolument pas son fils à aller mieux.

Elle entendit Gideon ouvrir une fenêtre dans la cuisine, appeler son père en direction du jardin qu'elle avait vu à droite du bâtiment. Mais Richard n'était manifestement pas dans le jardin parce que, au bout d'une trentaine de secondes et après quelques autres appels, la fenêtre se referma. Gideon retraversa le séjour et se dirigea vers l'entrée.

Comme cette fois il ne lui lança pas « Attends ici », elle le suivit. Elle en avait assez de ce living de déjanté.

Il parcourut tout l'appartement en appelant « Papa ? », ouvrant la porte d'une chambre puis celle d'une salle de bains. Libby suivait. Elle s'apprêtait à lui faire remarquer que Richard n'était visiblement pas là et qu'il ne servait à rien de crier comme s'il avait perdu l'ouïe dans les dernières vingt-quatre heures quand il poussa une autre porte et révéla la cerise sur le gâteau – quant à la bizarrerie générale de l'appartement.

Gideon franchit rapidement le seuil et Libby lui emboîta le pas, lâcha un « Oh ! pardon » en avisant un soldat en uniforme juste derrière la porte. Il lui fallut un moment pour se rendre compte que le soldat n'était pas Richard déguisé pour leur faire peur mais un mannequin.

— Merde, c'est quoi, ça ? marmonna-t-elle en s'en approchant avec précaution.

Elle lança un coup d'œil à Gideon mais il était déjà devant un secrétaire situé à l'autre bout de la pièce ; il en avait baissé l'abattant et fouillait dans les compartiments, l'air si absorbé qu'il ne l'aurait probablement pas entendue si elle lui avait demandé ce qu'elle voulait savoir : qu'est-ce que Richard fabriquait avec tous ces trucs de dingue chez lui, et est-ce que Gid pensait que Jill était au courant ?

Il y avait aussi des vitrines – de celles qu'on voyait

dans les musées – remplies de lettres, de médailles, de citations, de télégrammes, et de tout un bazar qui, à l'examen, semblait provenir de la Seconde Guerre mondiale. Les murs étaient couverts de photos de cette époque montrant toutes un type à l'armée. Ici, à plat ventre, fermant à demi un œil au bout d'un canon de fusil tel John Wayne dans un film de guerre. Là, courant près d'un char. Assis par terre en tailleur, au premier rang d'un groupe d'autres types semblables, l'arme en bandoulière, détendus, comme si avoir un AK-47 – ou l'équivalent de l'époque – accroché à l'épaule était tout à fait banal. Ce n'était pas ce qu'un homme sensé se montrerait en train de faire aujourd'hui. A moins d'appartenir à un groupe néonazi prônant de liquider tout ce qui n'est pas blanc.

Libby avait la nausée. Sortir de cette pièce dans les trente secondes ne semblait pas une mauvaise idée.

Son envie de déguerpir se trouva renforcée quand elle découvrit la dernière série de photos, qui montraient le même type dans des circonstances totalement différentes. Il avait l'air cette fois d'un rescapé des camps de la mort. Il devait peser huit kilos et son corps n'était qu'une énorme escarre, avec trois millions de plaies suppurantes. Gisant sur une paillasse dans ce qui ressemblait à une hutte tropicale, il avait les yeux tellement enfoncés qu'on avait l'impression qu'ils allaient lui traverser le crâne. Mais ils étaient vivants, ces yeux. Ils regardaient l'objectif et disaient : Je vous aurai, même si ça doit prendre longtemps. Ça flanquait la trouille.

Derrière Libby, des tiroirs se refermaient en claquant, d'autres s'ouvraient. De la paperasse bruissait, des objets tombaient par terre. Elle se retourna et regarda Gideon en pensant : Richard va vraiment péter les plombs, là. Mais elle ne s'inquiétait pas trop parce que Richard récoltait ce qu'il avait passé beaucoup de temps à semer.

— Gideon. Qu'est-ce qu'on cherche ?

— Il a son adresse. Il l'a forcément.

— Ça tient pas debout.

— Il sait où elle est. Il l'a vue.

— Il te l'a dit ?

— Elle lui a écrit. Il *sait*.

— Gid, il te l'a dit ? demanda de nouveau Libby, qui n'en croyait rien. Hé, pourquoi elle lui écrirait ? Pourquoi elle essaierait de le voir ? D'après Cresswell-White, elle n'a pas le droit de vous joindre, elle fout sa conditionnelle en l'air si elle le fait. Elle vient de passer vingt ans au placard, tu penses qu'elle a envie d'y retourner pour en tirer trois ou quatre de plus ?

— Il sait, Libby. Et moi aussi.

— Alors, qu'est-ce qu'on fiche ici ? Si tu sais...

La conduite de Gideon devenait plus incohérente à chaque instant, et Libby pensa à son psychiatre. Elle connaissait son nom, le Dr Rose, mais c'était tout. Elle se demanda si elle devait appeler tous les Dr Rose de l'annuaire – combien il pouvait y en avoir ? – en disant : Je suis une amie de Gideon Davies, il me fout la trouille, il est trop bizarre. Vous pouvez nous aider ?

Est-ce que les psychiatres faisaient des visites à domicile ? Et surtout, est-ce qu'ils prenaient au sérieux l'ami d'un patient quand il téléphonait pour prévenir que les choses dégénéraient ? Ou est-ce qu'ils pensaient que l'ami du patient devait devenir leur prochain patient ? Merde. Qu'est-ce qu'elle devait faire ? Pas appeler Richard, ça, c'était sûr. Il ne jouait pas précisément le rôle de Mr Je-ruisselle-de-compassion.

Gideon avait vidé tous les tiroirs par terre et minutieusement inventorié leur contenu. Il ne restait qu'un porte-lettres auquel, pour une raison bizarre – mais qui les comptait, maintenant ? –, il s'attaqua en dernier, ouvrant les enveloppes, les laissant tomber par terre après avoir jeté un coup d'œil à l'intérieur. La cinquième, il la lut. Libby vit que c'était une carte avec des fleurs au recto, une formule imprimée et un mot à l'intérieur. Le bras de Gideon s'affaissa quand il en eut achevé la lecture.

Il a trouvé, pensa-t-elle en s'approchant de lui.

— Quoi ? Elle a *écrit* à ton père ?

— Virginia, dit-il.

— Hein ? Qui ? C'est qui, Virginia ?

Les épaules de Gideon tremblaient, son poing serrait la carte comme s'il voulait l'étrangler.

— Virginia, répéta-t-il. *Virginia.* Il m'a menti, le saligaud.

Il se mit à pleurer, le corps secoué de sanglots comme si tout ce qu'il y avait en lui cherchait à sortir : le contenu de son estomac, les pensées de son esprit, les sentiments de son cœur.

Libby tendit une main hésitante vers la carte. Il la laissa la prendre et elle la parcourut en cherchant ce qui avait causé la réaction de Gid.

Cher Richard,
Merci pour les fleurs. Elles ont été très appréciées. La cérémonie a été brève mais j'ai essayé d'en faire quelque chose que Virginia elle-même aurait aimé. J'ai accroché ses peintures dans la chapelle, j'ai disposé ses jouets préférés autour de son cercueil avant la crémation.

Notre fille était une enfant-miracle à de nombreux égards, non seulement parce qu'elle avait donné tort aux estimations médicales en vivant jusqu'à trente-deux ans, mais aussi parce qu'elle avait réussi à apprendre tant de choses à tous ceux qui l'approchaient. Je crois que tu aurais été fier d'être son père, Richard. Malgré ses problèmes, elle avait ta ténacité et ton esprit combatif, ce qui n'est pas un mince héritage à transmettre à un enfant.

Avec toute mon affection,

Lynn.

Libby relut le mot et comprit. *Elle avait ta ténacité et ton esprit combatif, ce qui n'est pas un mince héritage à transmettre à un enfant.* Une autre gosse, pensa-t-elle. Gideon avait eu une autre sœur et elle était morte, elle aussi.

Elle le regarda sans savoir quoi dire. Il avait reçu tant de coups ces derniers jours qu'elle se demandait où commencer à appliquer le baume psychique qui le soulagerait.

— Tu n'étais pas au courant, Gid ? dit-elle d'un ton incertain. Gideon ? insista-t-elle comme il ne répondait pas.

Elle tendit la main, lui serra l'épaule. Il restait immobile sur sa chaise mais tout son corps tremblait. *Vibrait*, presque, sous ses vêtements.

— Morte, murmura-t-il.

— Ouais, j'ai lu. Lynn devait être... Elle écrit « notre fille », donc elle était sa mère. Ce qui veut dire que ton père s'était marié une première fois et que tu avais une demi-sœur. Tu ne le savais pas ?

Il se souleva de sa chaise, reprit la carte, la remit maladroitement dans son enveloppe et la fourra dans la poche-revolver de son pantalon.

— Il me ment sur tout, fit-il à voix basse, du ton d'un homme parlant sous hypnose. Il l'a toujours fait, il continue aujourd'hui.

Comme dépourvu de vision, il marcha sur la paperasse qu'il avait laissée par terre. Libby le suivit en disant :

— Peut-être qu'il n'a pas menti du tout.

Non qu'elle voulût défendre Richard Davies – qui mentirait probablement sur la seconde venue du Christ si ça lui permettait d'arriver à ses fins – mais parce qu'elle ne pouvait supporter l'idée que Gideon dût affronter une nouvelle épreuve.

— Je veux dire, s'il ne t'a jamais parlé de Virginia, ce n'est pas nécessairement un mensonge. Simplement, l'occasion ne s'est jamais présentée. Ou peut-être que ta mère ne voulait pas qu'on en discute. Trop pénible. Ça ne signifie pas obligatoirement que...

— Je savais, la coupa-t-il. J'ai toujours su.

Il passa dans la cuisine, Libby sur ses talons, ruminant les derniers mots de Gideon. S'il était au courant pour Virginia, qu'est-ce qui lui prenait ? Il flippait parce qu'elle était morte elle aussi ? Il craquait parce que personne ne lui avait appris sa mort ? Il s'indignait parce qu'on l'avait empêché d'aller aux funérailles ? Sauf que Richard lui-même n'y était pas allé, à en croire le mot. Alors, où était le mensonge ?

— Gid… commença-t-elle.

Mais elle s'interrompit quand il se mit à enfoncer les touches du téléphone, avec l'expression grave d'un homme qui vient de prendre une décision.

— Jill ? dit-il dans l'appareil. Je voudrais parler à Papa… Non ? Alors, où… ? Je suis à l'appartement. Non, il n'y est pas… J'ai vérifié aussi. Est-ce que vous auriez une idée… ?

Une pause assez longue pendant laquelle la fiancée de Richard se creusa la cervelle ou récita une liste de possibilités au terme de laquelle Gideon répondit :

— D'accord. Mother Care. Très bien… Merci, Jill.

Puis il écouta de nouveau et conclut par :

— Non. Pas de message. En fait, s'il vous téléphone, ne lui dites pas que j'ai appelé. Je ne voudrais pas… Oui, qu'il ne s'inquiète pas, il a assez de soucis comme ça.

Il raccrocha.

— Jill pense qu'il est allé à Oxford Street acheter un écoute-bébé. Elle n'en avait pas encore installé un parce qu'elle préférait que le bébé dorme avec eux. Ou avec elle. Ou avec lui. Ou avec quelqu'un. Mais pas seul en tout cas. Si on laisse un bébé seul, Libby, si on le laisse un moment sans surveillance, si les parents ne sont pas vigilants, si quelque chose détourne leur attention, si une fenêtre est restée ouverte, ou une bougie allumée, ou n'importe quoi d'autre, le pire peut arriver. Le pire arrivera. Qui le sait mieux que mon père ?

— On s'en va, maintenant, suggéra Libby. Viens, je te paie un crème. Il doit y avoir un Starbucks dans le coin.

Non, fit-il de la tête.

— Vas-y, toi. Prends la voiture. Rentre.

— Je ne te laisse pas ici. En plus, comment tu…

— J'attendrai mon père, il me reconduira.

— Tu risques d'attendre des heures. Des jours, même, s'il passe chez Jill et que le travail a commencé. Viens. Je ne veux pas te laisser traîner ici tout seul.

Elle ne parvint pas à le convaincre. Il ne voulait pas qu'elle reste, il ne voulait pas partir avec elle. Il tenait à parler à son père.

— J'attendrai le temps qu'il faudra, ça m'est égal, dit-il. Cette fois, ça m'est complètement égal.

Elle accepta de mauvaise grâce un arrangement qui ne lui plaisait pas mais auquel elle ne pouvait pas s'opposer. En outre, il semblait plus calme depuis qu'il avait parlé à Jill. Ou du moins, il semblait redevenu à peu près lui-même.

— Tu m'appelles si tu as besoin de quelque chose, alors ?

— Je n'aurai besoin de rien, répondit-il.

Ce fut Helen elle-même qui vint ouvrir lorsque Lynley frappa à la porte des Webberly à Stamford Brook.

— Helen, pourquoi es-tu encore ici ? Quand Hillier m'a annoncé que tu passais voir Frances après l'hôpital, je n'arrivais pas à y croire. Tu ne devrais pas faire ça.

— Pourquoi ? répliqua-t-elle d'un ton parfaitement raisonnable.

Au moment où il s'avançait dans l'entrée, le chien des Webberly surgit de la cuisine en aboyant à plein gosier. Lynley recula vers la porte tandis que Helen prenait l'animal par le collier et le secouait en disant :

— Alfie, non. Il n'a pas l'air gentil mais il est inoffensif. Tout en gueule.

— J'ai remarqué.

— Je parlais de toi, en fait, précisa Helen.

Elle lâcha le berger allemand qui renifla les revers

de pantalon de Lynley, accepta l'intrusion et repartit au petit trot vers la cuisine.

— Ne me sermonne pas, chéri, dit-elle à son mari. Comme tu vois, j'ai des amis en haut lieu.

— Avec des dents acérées.

— Exact, acquiesça Helen, qui indiqua la porte d'un mouvement de tête. Je ne m'attendais pas à ce que ce soit toi. J'espérais plutôt voir Randie.

— Elle ne veut toujours pas quitter le chevet de son père ?

— C'est l'impasse. Randie ne veut pas quitter son père, Frances ne veut pas quitter la maison. Quand j'ai appris la crise cardiaque, je me suis dit : Elle voudra sûrement aller le voir. Elle se forcera à sortir. Parce qu'il pourrait mourir sans qu'elle soit là… Mais non.

— Ce n'est pas ton problème. Compte tenu des jours que tu viens de passer, tu as besoin de repos. Où est Laura Hillier ?

— Frances et elle se sont disputées. Frances plus que Laura, en fait. Une de ces conversations Ne-me-regarde-pas-comme-si-j'étais-un-monstre qui commencent avec l'une des deux qui essaie de convaincre l'autre qu'elle ne pense pas ce que l'autre est décidée à croire qu'elle pense ce qu'elle pense parce qu'à un certain niveau – subconscient, peut-être – elle le pense vraiment.

Lynley tenta de se dépatouiller dans cette phrase puis lâcha :

— Des eaux trop profondes pour moi !

— Elles nécessitent peut-être un gilet de sauvetage.

— J'ai pensé que je pourrais être utile.

Helen était passée dans le salon où, sur une planche à repasser, un fer soufflait de la vapeur vers le plafond, ce qui apprit à Lynley – à sa grande surprise – que sa femme était en train de s'occuper du linge des Webberly. Une chemise était posée en travers de la planche, et l'une de ses manches venait apparemment de faire l'objet des attentions de Helen. A en juger par les faux plis qui y étaient imprimés, la femme de Lynley n'avait pas précisément trouvé une nouvelle vocation.

Remarquant son regard, elle soupira :

— Oui. J'espérais être utile.

— C'est gentil de ta part. Vraiment, dit Lynley d'un ton encourageant.

— Je ne le fais pas comme il faut. Je le vois bien. Je suis sûre qu'il y a une logique, un ordre ou quelque chose comme ça, mais je ne l'ai pas encore saisi. Les manches d'abord ? Le devant ? Le dos ? Le col ? Quand je repasse une partie, l'autre – celle que j'ai déjà faite – se froisse de nouveau. Tu peux me conseiller ?

— Il doit y avoir une blanchisserie dans le coin.

— Tu m'aides beaucoup, Tommy, dit Helen avec un sourire piteux. Je devrais peut-être m'en tenir aux taies d'oreiller. Au moins, c'est plat.

— Où est Frances ?

— Chéri, non. Nous ne pouvons décemment pas lui demander de…

Lynley eut un petit rire.

— Ce n'est pas ce que je voulais dire. J'aimerais lui parler. Elle est en haut ?

— Oh. Oui. Après la dispute, torrent de larmes général. Laura est partie en sanglots ; Frances est montée avec une mine sinistre. Quand je suis allée la voir, elle était assise par terre dans un coin de sa chambre, agrippée aux rideaux. Elle m'a demandé de la laisser seule.

— Randie a besoin de Frances auprès d'elle. Frances a besoin de Randie auprès d'elle.

— Crois-moi, Tommy, j'ai essayé de l'en persuader. De manière subtile, directe, respectueuse, cajoleuse : de toutes les manières que j'ai pu imaginer sauf la manière belliqueuse.

— C'est peut-être ce qu'il lui faudrait.

— Le ton pourrait marcher – quoique j'en doute – mais le volume ne te mènera à rien, je te le garantis. Elle me prie de la laisser seule chaque fois que je monte la voir, et si je rechigne à lui donner satisfaction, je ne peux pas m'empêcher de penser que je dois respecter ses souhaits.

— Laisse-moi essayer.

— Je t'accompagne. Tu as du nouveau pour Malcolm ? Nous n'avons pas de nouvelles de l'hôpital depuis que Randie a téléphoné, ce qui est bon signe, je suppose. Parce que Randie aurait immédiatement appelé si… Pas de changement ?

— Pas de changement. Le cœur complique les choses. Il faut attendre.

— Tu crois qu'ils pourraient avoir à prendre la décision de…

Helen s'arrêta dans l'escalier, deux marches au-dessus de Lynley, et se retourna pour chercher dans son expression la réponse à sa question inachevée.

— Je suis tellement triste pour eux tous ! Pour toi aussi. Je sais ce que Malcolm représente pour toi.

— Il faut que Frances aille là-bas. On ne peut pas demander à Randie de prendre cette décision seule si les choses en viennent là.

— Bien sûr.

N'étant jamais monté à l'étage chez les Webberly, Lynley laissa sa femme lui montrer le chemin de la grande chambre. Il flottait en haut un mélange d'odeurs : pot-pourri provenant de bols posés sur un meuble à trois étagères, parfum d'orange épicé d'une bougie brûlant près de la porte de la salle de bains, citron de la cire passée sur les meubles. Mais ils n'arrivaient pas à masquer une odeur plus forte d'air surchauffé, imprégné de fumée de cigare et vicié depuis si longtemps que seule une averse, violente et longue, à l'intérieur de la maison aurait pu le purifier.

— Toutes les fenêtres sont fermées, chuchota Helen. Bien sûr, on est en novembre… Mais quand même… Ça doit être difficile pour eux. Pas seulement pour Malcolm et Randie. Ils peuvent échapper à cette ambiance. Mais pour Frances, parce qu'elle doit tellement avoir envie de… de guérir.

— On l'imagine, dit Lynley. Par là ?

Une seule porte était fermée, et Helen acquiesça de la tête lorsque Lynley l'indiqua. Il tapota à l'un des panneaux blancs.

— Frances ? C'est Tommy. Je peux entrer ?

Pas de réponse. Il appela de nouveau, plus fort cette fois, poursuivit par deux autres coups à la porte. Comme Frances ne se manifestait toujours pas, il essaya de tourner la poignée. La porte s'ouvrit.

— Frances ? Vous voulez voir Tommy ? demanda Helen derrière lui.

Ce à quoi la femme de Webberly finit par répondre « Oui » d'une voix qui n'était ni craintive ni furieuse de l'intrusion, simplement calme et lasse.

Ils la trouvèrent dans le coin où Helen l'avait vue la dernière fois, mais assise sur une chaise qu'elle avait placée de manière à pouvoir observer son reflet dans le miroir accroché au-dessus de la coiffeuse. Lorsqu'ils entrèrent, elle était en train de faire glisser deux rubans entre ses doigts comme pour étudier l'effet que leur couleur avait sur sa peau.

Lynley vit qu'elle portait probablement les vêtements qu'elle avait sur elle quand sa fille avait téléphoné la veille : un peignoir matelassé rose sur une chemise de nuit bleu ciel. Elle ne s'était pas peignée malgré les brosses qu'elle avait devant elle, et sa chevelure demeurait plaquée sur son crâne de manière asymétrique par la pression de sa tête sur l'oreiller, comme si un chapeau invisible était posé dessus.

Elle avait le teint si blafard que Lynley pensa immédiatement à lui faire boire un peu d'alcool malgré l'heure : gin, cognac, whisky, vodka ou n'importe quoi d'autre pour ramener un peu de sang dans son visage.

— Tu pourrais nous apporter quelque chose à boire, chérie ? dit-il à Helen.

Et à la femme de Webberly :

— Frances, je crois qu'un cognac ne vous ferait pas de mal.

— Oui, répondit-elle. D'accord. Un cognac.

Une fois que Helen les eut laissés, Lynley approcha de la coiffeuse le coffre à linge situé au pied du lit pour s'asseoir lui aussi et être au niveau de Frances plutôt que la regarder de haut comme un oncle sermonneur. Il ne savait par où commencer. Il ne savait pas ce qui pouvait se révéler utile. Compte tenu du temps que Frances Webberly avait passé à l'intérieur de cette maison, paralysée par d'inexplicables terreurs, il semblait peu probable qu'une simple déclaration sur le danger que courait son mari et l'aide dont sa fille avait besoin réussirait à la convaincre que ses peurs étaient sans fondement. Lynley était assez sage pour savoir que l'esprit humain ne fonctionne pas de cette façon. La simple logique ne suffit pas à anéantir les démons qui vivent dans les replis caverneux du psychisme féminin.

— Je peux faire quelque chose, Frances ? Je sais que vous voudriez être à son chevet.

Elle porta un des rubans à sa joue, le posa lentement sur la coiffeuse.

— Vous savez ça, dit-elle – et ce n'était pas une question mais une affirmation. Si j'avais le cœur d'une femme qui sait comment aimer son mari, je serais déjà auprès de lui. Je serais partie dès qu'ils ont appelé des urgences. Dès qu'ils ont dit : « Mrs Webberly ? Ici l'hôpital de Charing Cross, service des urgences. » Je n'aurais pas attendu un mot de plus. Aucune femme qui aime son mari n'aurait attendu plus longtemps. Aucune femme digne de ce nom n'aurait répondu : « Qu'est-ce qui est arrivé ? Oh ! mon Dieu. Pourquoi il n'est pas ici ? Dites-le-moi, je vous en prie. Le chien est rentré mais Malcolm n'était pas avec lui. Il m'a quittée, c'est ça. Il a fini par me quitter. » Ils ont répondu : « Mrs Webberly, votre mari est vivant mais nous aimerions vous parler. Vous voulez qu'on vous envoie un taxi ? Il y a quelqu'un qui peut vous conduire à l'hôpital ? » C'était gentil de leur part, non, de faire semblant ? De ne pas relever ce que j'avais dit. Mais après avoir raccroché, ils ont sûrement soupiré : « Une vraie cinglée, celle-là. Il n'a vraiment pas de chance, Webberly. Pas étonnant qu'il ait traîné dans la rue, le pauvre vieux. Il s'est probablement jeté sous la voiture. »

Ses doigts enroulèrent un ruban bleu marine, ses ongles s'y enfoncèrent, creusant des ravines dans le satin.

— Quand on reçoit un choc en pleine nuit, on ne mesure pas ses mots, dit Lynley. Les infirmières, les médecins, les garçons de salle, tout le monde le sait à l'hôpital.

— « C'est ton mari », elle a dit. « Il s'est occupé de toi pendant toutes ces années, tu lui dois bien ça. Et tu le dois à Miranda, Frances. Ressaisis-toi, parce que si tu ne le fais pas et qu'il arrive quelque chose à Malcolm… Seigneur, s'il venait à mourir… Lève-toi, *lève-toi*, Frances, parce que tu sais aussi bien que moi que tu n'as rien, *absolument rien*. Les projecteurs ne sont plus braqués sur toi. Accepte-le. » Comme si elle savait. Comme si elle avait vraiment passé un moment dans mon monde, dans ce monde, là, à l'intérieur… (Elle se frappa sauvagement la tempe.)… au lieu de son petit univers étriqué, où tout est parfait, où tout l'a toujours été et le sera éternellement, amen. Mais ce n'est pas comme ça pour moi. Ce n'est pas comme ça.

— Bien sûr, approuva Lynley. Nous regardons tous le monde à travers le prisme de notre propre expérience, n'est-ce pas ? Mais dans les moments de crise, il arrive aux gens de l'oublier, alors ils disent et ils font des choses… Tout le monde poursuit le même objectif mais personne ne sait comment l'atteindre. Je peux vous aider ?

Helen revint dans la chambre avec un verre à vin à demi rempli de cognac, le posa sur la coiffeuse et tourna vers Lynley un visage dont l'expression demandait : « Et maintenant ? » Il aurait bien voulu le savoir. Il ne doutait pas que la sœur de Frances eût déjà parcouru tout le répertoire avec les meilleures intentions du monde. Laura Hillier avait certainement cherché d'abord à raisonner Frances, puis à la manipuler, puis à la culpabiliser, et avait fini par proférer des menaces. Ce dont Frances avait probablement besoin – un lent processus pour réhabituer la pauvre femme à un environnement extérieur qui la terrifiait depuis des années –, aucun d'entre eux n'avait les capacités ni le temps nécessaires pour le lui donner.

Et maintenant ? se demanda lui aussi Lynley. *Un miracle, Helen.*

— Buvez un peu de cognac, Frances, suggéra-t-il en lui tendant le verre.

Quand elle l'eut fait, il posa une main sur la sienne et poursuivit :

— Qu'est-ce qu'ils vous ont dit exactement au sujet de Malcolm ?

— « Les médecins veulent te parler », elle a dit. « Tu dois aller à l'hôpital. Tu dois être auprès de lui. Auprès de Randie. »

Pour la première fois, le regard de Frances quitta son image dans le miroir et considéra la main de Lynley sur la sienne.

— Si Randie est auprès de lui, il n'a besoin de rien d'autre, raisonna-t-elle. « C'est un splendide nouveau monde qui nous est donné », a dit Malcolm quand elle est née. C'est pour cela qu'il a voulu l'appeler Miranda[1]. Elle était parfaite à ses yeux. Parfaite à tous égards. Comme je ne pouvais espérer l'être. Jamais. Papa s'est trouvé une princesse.

Elle tendit la main vers l'endroit où Lynley avait posé le verre, arrêta son geste.

— Non. Non. Pas une princesse. Pas du tout. Papa a trouvé une reine.

Ses yeux demeurèrent fixés sur le verre mais leurs bords rougirent lentement quand ils s'emplirent de larmes. Lynley se tourna vers Helen, qui se tenait juste derrière l'épaule droite de Frances. Il déchiffra sa réac-

---

1. Personnage de *La Tempête* de Shakespeare, dont est tirée la citation « splendide nouveau monde ». *(N.d.T.)*

tion sur son visage et sut qu'elle pensait comme lui : il fallait s'éclipser. Etre témoin d'une jalousie maternelle si forte qu'elle ne desserrait même pas son étau dans une situation de vie ou de mort... C'était plus que déconcertant, pensa Lynley, c'était obscène. Il se sentait dans la peau d'un voyeur.

— Si Malcolm ressemble un tant soit peu à mon père, intervint Helen, il pensait avoir une responsabilité particulière à l'égard de Randie parce que c'était une fille, pas un fils.

Ce à quoi Lynley ajouta :

— Je l'ai constaté dans ma propre famille. L'attitude de mon père envers ma sœur aînée différait totalement de celle qu'il avait avec moi. Ou avec mon jeune frère, d'ailleurs. Nous n'étions pas aussi vulnérables qu'elle, à ses yeux. Nous devions nous endurcir. Mais je pense que...

Frances libéra sa main.

— Non. Ils ont raison, à l'hôpital. La reine est morte, il ne l'a pas supporté. Il s'est jeté sous les roues d'une voiture.

Elle regarda Lynley dans les yeux pour la première fois et répéta :

— La reine est morte. Il n'y a personne pour la remplacer. Certainement pas moi.

— Vous saviez, murmura Lynley, comprenant tout à coup.

— N'allez surtout pas croire... commença Helen.

Mais Frances l'interrompit en se levant.

Elle alla à l'une des deux tables de chevet, sortit le tiroir de ses glissières, le posa sur le lit. Elle prit un petit carré de lin dissimulé tout au fond, le déplia comme l'eût fait un prêtre accomplissant un rite, le lissa sur le couvre-lit.

Lynley la rejoignit, Helen fit de même. Tous les trois se penchèrent sur ce qui était un mouchoir, ordinaire à tous égards hormis deux détails : les deux initiales E et D s'entrelaçaient dans un coin, et au centre du tissu, une tache rouille racontait un petit drame du passé. Il s'entaille le doigt la paume le dos de la main en faisant quelque chose pour elle... scier une planche planter un clou essuyer un verre ramasser les débris d'un bocal accidentellement tombé par terre... elle tire prestement un mouchoir de sa poche de son sac à main de la manche de son sweater d'un bonnet de son soutien-gorge parce que lui oublie toujours d'en avoir un sur lui et elle le presse sur la blessure. Le morceau de lin se retrouve dans la poche du pantalon de la veste du manteau de Malcolm où il reste jusqu'au jour où sa femme fait la lessive porte des vêtements à la teinturerie trie de vieux habits pour Oxfam trouve le mouchoir comprend ce qu'il veut dire et le garde.

Combien d'années ? se demanda Lynley. Combien d'années épouvantables sans interroger son mari sur la signification de ce mouchoir, sans lui donner la possibilité d'avouer la vérité, ou de mentir, de fabriquer une raison crédible, ou tout au moins quelque chose à quoi elle pourrait se raccrocher pour se mentir à elle-même.

— Frances, laissez-moi vous en débarrasser, proposa Helen.

Elle plaça les doigts non sur le mouchoir mais à côté, comme s'il était une relique et elle la novice d'une obscure religion dans laquelle seuls les prêtres ordonnés pouvaient toucher les objets sanctifiés.

— Non ! s'écria Frances en le saisissant. Il l'aimait. Il l'aimait et je le savais. Je l'ai vu arriver. Je l'ai vu comme si on jouait devant moi le processus même de l'amour. Comme une dramatique télévisée. Et j'ai attendu, parce que dès le début j'ai su ce qu'il éprouvait. Il fallait qu'il en parle, disait-il. A cause de Randie... parce que ces pauvres gens avaient perdu une petite fille à peine plus jeune que notre Randie, et il voyait comme c'était horrible pour eux, comme ils souffraient, surtout la mère, et « Personne ne veut apparemment lui en parler, Frances. Elle n'a personne. Elle vit dans une bulle de chagrin – non, une bulle de chagrin infectée – et aucun d'eux ne tente de la percer. C'est inhumain, Frances, inhumain. Quelqu'un doit l'aider avant qu'elle craque. » Et il a décidé d'être ce quelqu'un. Il mettrait l'assassin en prison, il n'aurait pas de repos avant que l'assassin ne soit bouclé et livré à la justice. Qu'éprouverions-nous, Frances, si quelqu'un – Dieu nous en préserve – faisait du mal à notre Randie ? Nous resterions debout toutes les nuits, nous ratisserions les rues, nous ne dormirions pas, nous ne mangerions pas pendant des jours, s'il le fallait, pour retrouver le monstre qui lui aurait fait du mal.

Lynley relâcha lentement sa respiration et se rendit compte qu'il l'avait retenue pendant tout le temps où Frances avait parlé. Il avait l'impression d'avoir complètement perdu pied, et la noyade semblait la seule issue possible. Il coula un regard à sa femme pour lui demander conseil et s'aperçut qu'elle avait porté une main à ses lèvres. Il sut que c'était de la peine que Helen ressentait, peine pour les mots restés trop longtemps inexprimés entre les Webberly. Il se demanda ce qui était le pire : des années de torture passées à imaginer, ou la mort rapide sous le couperet de la certitude.

Helen fit une nouvelle tentative :

— Si Malcolm n'avait pas eu d'amour pour vous…

— Le devoir, lâcha Frances.

Elle replia soigneusement le mouchoir, n'ajouta rien d'autre.

— Je crois qu'il fait partie de l'amour, avança Lynley. Ce n'est pas la partie facile. Ce n'est pas le premier déferlement de la passion, quand on croit son destin écrit dans les étoiles : quelle chance nous avons d'avoir regardé le ciel et d'y avoir lu le message. C'est le choix de tenir bon, de maintenir le cap.

— Je ne lui ai pas laissé le choix.

— Frances, murmura Helen (et au ton de sa voix, Lynley devina que ses prochains mots lui coûteraient), croyez-moi quand je dis que vous n'avez pas ce pouvoir.

Frances regarda Helen mais ne put naturellement pas voir au-delà de l'image que Helen s'était construite pour vivre dans le monde qu'elle s'était créé : la coiffure à la mode, la peau méticuleusement soignée et irréprochable, les ongles manucurés, le corps mince et parfait massé une fois par semaine, les vêtements dessinés pour des femmes qui savent ce qu'est l'élégance et comment s'en servir. Mais quant à voir Helen elle-même, quant à deviner en elle la femme qui avait autrefois pris le chemin le plus court pour sortir de la vie d'un homme qu'elle avait aimé tendrement parce qu'elle ne supportait plus de maintenir un cap qui avait changé trop radicalement pour ses ressources et à son goût… Frances Webberly ne connaissait pas cette Helen et ne savait donc pas que nul mieux qu'elle ne comprenait que la condition – mentale, spirituelle, psychologique, sociale, émotionnelle, physique – d'une personne ne peut jamais déterminer les choix faits par une autre.

— Vous devez le savoir, Frances, dit Lynley, Malcolm ne s'est pas jeté sous une voiture. Eric Leach lui avait téléphoné au sujet d'Eugenie Davies, et je suppose que vous avez appris sa mort par le journal.

— Il était éperdu de douleur. Je pensais pourtant qu'il l'avait oubliée. Après tant d'années.

— Il ne l'avait pas oubliée, convint Lynley, mais pas pour les raisons que vous pensez. Nous n'oublions pas. Nous ne pouvons pas oublier. Nous ne repartons pas intacts après avoir remis notre rapport au ministère public. Ça ne se passe pas comme ça. Le fait que nous nous souvenions, c'est uniquement cela : ce que fait notre esprit. Il se souvient. Et si nous avons de la chance, les souvenirs ne se transforment pas en cauchemars. Mais c'est tout ce que nous pouvons espérer. Cela fait partie du travail.

Lynley savait qu'il faisait de la corde raide entre vérité et mensonge. Il savait que ce que Webberly avait connu pendant sa liaison avec Eugenie Davies, et dans les années qui avaient suivi, allait probablement bien au-delà de simples souvenirs. Mais ce n'était pas ce qui devait compter pour le moment. Ce qui comptait, c'était de faire comprendre à sa femme une partie des dernières quarante-huit heures. Il la lui résuma :

— Malcolm ne s'est pas jeté sous une voiture. Il a été renversé. Délibérément. Quelqu'un a essayé de le tuer. Dans les heures ou les jours qui viennent, nous saurons si ce quelqu'un a réussi, parce que Malcolm risque de mourir. Il a eu en plus une crise cardiaque grave. On vous l'a dit, n'est-ce pas ?

Un son échappa à Frances, quelque chose entre la plainte d'une femme donnant naissance à un bébé et le gémissement apeuré d'un enfant abandonné.

— Je ne veux pas qu'il meure, dit-elle. J'ai tellement peur.

— Vous n'êtes pas la seule, répondit Lynley.

Savoir qu'elle avait un rendez-vous au local d'une association d'assistance aux femmes battues aida Yasmin Edwards à rester calme entre le moment où elle appela le bipeur de Nkata et celui où elle le retrouva à la boutique. Il avait dit qu'il viendrait de Hampstead et qu'il ne pouvait donc jurer de l'heure à laquelle il arriverait, mais il ferait le plus vite possible, et si elle commençait à se demander s'il venait ou pas, s'il avait oublié ou s'il s'était perdu en chemin, elle pouvait appeler de nouveau son bipeur et il lui dirait où il en était, si cela lui convenait. Yasmin avait proposé que ce soit elle qui vienne ou qui le retrouve quelque part. Elle préférait, en fait. Non, avait-il répondu, il valait mieux qu'il vienne.

Yasmin avait failli changer d'avis à ce moment-là mais elle avait repensé au numéro 55, à la bouche de Katja s'approchant de la sienne, à ce que cela signifiait qu'elle soit encore capable de descendre le long de son corps pour lui faire l'amour. « D'accord, avait-elle accepté, je serai à la boutique. »

En attendant, elle alla à son rendez-vous au foyer pour femmes battues de Camberwell. Trois sœurs d'une trentaine d'années, une femme d'origine asiatique et une vieille peau mariée pendant quarante-six ans y avaient trouvé refuge. Elles partageaient d'innombrables contusions et deux coquards, quatre lèvres fendues, une joue recousue, un poignet fracturé, une épaule disloquée et un tympan percé. Comme des chiens battus récemment libérés de leur chaîne, elles se recroquevillaient sur elles-mêmes, hésitant entre fuite et attaque.

Ne laissez personne vous faire ça, eut envie de leur crier Yasmin. La seule chose qui l'en empêcha, ce fut sa propre cicatrice au visage et son nez cassé, qui racontaient ce qu'elle-même avait autrefois permis qu'on lui fasse. Elle les gratifia donc d'un sourire et leur lança : « Venez ici, mes belles tomates. »

Elle passa deux heures au foyer avec sa trousse à maquillage, sa palette de couleurs, ses foulards, ses parfums et ses perruques. Lorsqu'elle finit par les quitter, trois des femmes avaient retrouvé le sourire, la quatrième avait réussi à rire et la cinquième avait commencé à lever les yeux du sol. Une bonne journée de travail, considéra Yasmin.

Elle retourna à la boutique. A son arrivée, le flic faisait les cent pas sur le trottoir. Elle le vit jeter un coup d'œil à sa montre, essayer de regarder par le côté de la porte métallique qu'elle abaissait chaque fois qu'elle s'absentait. Yasmin gara sa vieille Fiesta. Lorsqu'elle ouvrit la portière, il fut sur elle avant même qu'elle ait posé le pied par terre.

— C'est une plaisanterie ? Vous croyez que vous pouvez rigoler avec une enquête sur un meurtre, Mrs Edwards ?

— Vous aviez dit que vous ne saviez pas combien de temps...

Yasmin s'interrompit. De quoi s'excusait-elle ?

— J'avais un rendez-vous. Vous continuez à me remonter les bretelles ou vous m'aidez à décharger ?

Elle leva le menton en parlant, n'entendit le double sens des derniers mots qu'après les avoir prononcés. Ne voulant pas lui donner le plaisir d'avoir l'air gênée, elle le toisa – grande femme, grand homme – et attendit qu'il tombe, lui, dans la vulgarité : *Hé, ma poule, on va décharger ensemble, tous les deux.*

Il ne le fit pas. Sans dire un mot, il alla au hayon arrière de la Fiesta et attendit qu'elle l'ouvre. Ce qu'elle fit.

Elle lui colla le carton de perruques dans les bras, posa dessus les lotions, le maquillage et les brosses. Puis elle referma le hayon et s'approcha de la boutique, déverrouilla la porte métallique, la releva, accompagna le mouvement d'un coup d'épaule comme elle le faisait généralement quand elle restait bloquée.

— Attendez, dit-il en posant le carton par terre.

Avant qu'elle puisse l'en empêcher, ses mains – larges et noires, terminées par des ongles pâles soigneusement coupés – se plaquèrent sur la tôle de chaque côté de Yasmin et il poussa en même temps qu'elle. Avec un crissement de métal, la porte céda. Il resta où il était, derrière elle, bien trop près, et lui conseilla :

— Il faut vous en occuper. Sinon, vous ne pourrez bientôt plus la remonter du tout.

— Je me débrouille, bougonna-t-elle.

Elle saisit sa boîte à maquillage pour se donner une contenance, et parce qu'elle voulait lui montrer qu'elle savait s'occuper toute seule de ses affaires, de la porte et de la boutique. Mais une fois à l'intérieur, ce fut la même chose. Il envahissait l'espace, il le faisait sien. Cela irritait d'autant plus Yasmin qu'il ne cherchait apparemment pas à l'intimider ni même à l'impressionner. Il posa simplement le carton sur le comptoir en disant :

— J'ai perdu près d'une heure à vous attendre, Mrs Edwards. J'espère que vous allez vous arranger pour que ça vaille le coup, maintenant que vous êtes là.

Yasmin, qui rangeait sa boîte à maquillage, se retourna brusquement et répliqua, pure réaction réflexe comme ces chiens russes entendant la clochette :

— Vous n'aurez *rien*…

Fais pas ta Miss Banquise, Yas. Une fille qui a la

chance d'avoir un corps comme le tien, elle s'en sert à son avantage.

« Vous n'aurez rien de moi », c'était ce qu'elle avait voulu jeter à la figure de ce flic. Pas de baiser en douce contre le placard-séchoir, pas de touche-pipi sous la table, pas de blouse remontée et de pantalon baissé, pas de mains écartant des jambes raides, *Allez, Yas, laisse-moi faire.*

Elle sentit son visage se figer. Il l'observait. Elle vit son regard se poser sur sa bouche, remonter vers le nez. Elle portait les marques de ce qui passait pour de l'amour chez un homme et il les déchiffrait, elle ne pourrait jamais l'oublier.

— Mrs Edwards... commença-t-il.

Elle détestait l'entendre l'appeler comme ça et elle se demanda pourquoi elle avait gardé le nom de Roger. Elle s'était raconté qu'elle l'avait fait pour Daniel, la mère et le fils liés par un nom à défaut d'autre chose. Mais elle songeait maintenant qu'elle l'avait peut-être fait en réalité pour se fustiger, pas pour se rappeler constamment qu'elle avait tué son mari, mais pour se punir de s'être mise en ménage avec lui pour commencer.

Elle l'avait aimé, oui. Mais elle avait vite compris qu'il n'y avait rien à gagner à aimer. Elle n'avait pas retenu la leçon pourtant, parce qu'elle aimait de nouveau, et voilà où ça la menait : face à un flic qui verrait cette fois la même meurtrière mais avec un cadavre d'un genre différent.

— Vous avez quelque chose à me dire, poursuivit l'agent Winston Nkata.

Il plongea une main dans la poche du blouson qui lui allait comme un gant de cuir sur un poing, en tira un carnet, celui sur lequel il avait écrit la fois d'avant, avec le même portemine fixé à la couverture.

Yasmin pensa aux mensonges qu'il avait déjà notés et se dit que ça irait mal pour elle si elle décidait de faire le ménage maintenant. Cette image du grand nettoyage de printemps ouvrit son esprit au reste :

comment pouvait-on considérer quelqu'un et – à cause de son visage, de sa façon de parler, de se tenir – tirer des conclusions et s'y accrocher malgré toutes les preuves du contraire ? Pourquoi ? Parce que les gens avaient désespérément besoin de croire.

— Elle n'était pas à la maison, déclara Yasmin. On ne regardait pas la télé. Elle n'était pas là.

Elle vit la poitrine du policier se dégonfler lentement, comme s'il retenait sa respiration depuis son arrivée, pariant que Yasmin Edwards l'avait appelé ce matin dans l'intention de trahir sa maîtresse.

— Où était-elle ? Elle vous l'a dit, Mrs Edwards ? A quelle heure est-elle rentrée ?

— Minuit quarante et une.

Il hocha la tête, nota calmement la réponse en essayant d'avoir l'air décontracté mais Yasmin voyait ce qui se passait dans sa tête. Il calculait. Il confrontait ses calculs aux mensonges de Katja. Et tout au fond de lui, il se réjouissait que son pari lui ait fait décrocher le gros lot.

21

Elle lui avait assené ces derniers mots : « C'est *toi* qui as voulu le divorce, ne l'oublie pas, Eric. Si tu ne supportes pas que j'aie maintenant Jerry, ne me raconte pas que ça pose problème à Esmé. » Avec un air si triomphant, si regarde-moi-j'ai-trouvé-quelqu'un-d'autre-qui-veut-vraiment-de-moi-mon-vieux, que Leach s'était surpris à maudire sa fille de douze ans – Dieu lui pardonne –, capable de le manipuler pour l'amener à parler à sa mère.

« J'ai le droit de voir d'autres personnes, avait affirmé Bridget. C'est toi qui me l'as donné.

— Ecoute, Bridg, je ne suis pas jaloux. C'est Esmé qui est dans tous ses états parce qu'elle pense que tu vas te remarier.

— J'ai bien l'intention de me remarier.

— D'accord. Très bien. Mais elle pense que tu as déjà choisi ce type…

— Et alors ? Et si j'ai décidé que c'est agréable de se sentir désirée ? D'être avec un homme qui n'a rien contre les seins qui tombent un peu et les marques de caractère sur mon visage ? Parce qu'il appelle ça des marques de caractère, lui.

— Tu es encore sous le coup de la séparation…

— Ne m'explique pas ma vie sentimentale. Sinon je vais analyser ta conduite, moi aussi : immaturité prolongée, stupidité adolescente. Je continue ? Non ? C'est bien ce que je pensais. »

Elle avait tourné les talons et était repartie vers sa classe d'où, dix minutes plus tôt, Leach lui avait fait signe de sortir, après être dûment passé voir la directrice de l'école pour lui demander s'il pouvait dire un mot à Mrs Leach. La directrice avait fait valoir qu'il était inhabituel qu'un parent sollicite un entretien avec l'une des institutrices pendant la journée scolaire, mais quand il s'était présenté, elle s'était aussitôt montrée coopérative et compatissante, ce qui fit comprendre à Leach que la nouvelle s'était répandue non seulement du divorce imminent mais aussi du nouveau centre d'intérêt sentimental de Bridget. Il avait eu envie d'affirmer : « Hé, je me fiche qu'elle sorte avec un autre type », mais il n'était pas sûr que ce soit le cas. L'existence de l'autre lui permettait quand même de se sentir moins coupable d'avoir été celui qui avait voulu la séparation et, tandis que sa femme regagnait sa classe, il s'efforça de se concentrer sur cette pensée.

« Bridg, je suis désolé », dit-il au dos qui se retirait, mais pas assez fort. Il savait qu'elle ne pouvait l'entendre, et de toute façon il ne savait pas au juste de quoi il s'excusait.

En la regardant s'éloigner, il sentit pourtant le coup porté à son orgueil. Il essaya de chasser les regrets qu'il éprouvait sur la façon dont ils s'étaient séparés et se dit qu'il avait pris la bonne décision. Compte tenu de la rapidité avec laquelle elle l'avait remplacé, il ne faisait aucun doute que leur mariage était mort bien avant qu'il ait mentionné le fait pour la première fois.

Il ne pouvait cependant s'empêcher de penser que certains couples réussissaient à tenir malgré ce qu'il était advenu de leurs sentiments. Certains juraient qu'ils étaient « absolument décidés à vieillir ensemble » alors que la seule colle qui les faisait adhérer l'un à l'autre était un compte en banque, une propriété, une progéniture commune, la flemme de partager le mobilier et les décorations de Noël. Leach connaissait des hommes mariés à des femmes qu'ils haïssaient depuis toujours. Mais l'idée même de mettre en danger leurs enfants et leurs biens – sans parler de leur retraite – les avait contraints à continuer à astiquer leur alliance pendant des années.

Ce qui conduisit inéluctablement Leach à Malcolm Webberly.

Leach avait deviné qu'il se passait quelque chose à cause des coups de téléphone, des mots griffonnés et rapidement glissés dans une enveloppe, à cause de la manière souvent distraite dont Webberly poursuivait une conversation. Il avait eu des doutes, mais il les avait dissipés et n'avait eu de certitude qu'en les voyant ensemble, sept ans après l'affaire, tout à fait par hasard, un jour que Brigdet et lui avaient emmené les gosses aux régates, parce que Curtis devait faire un exposé à l'école – La Culture et les Traditions de notre pays... Bon Dieu, il se rappelait encore le sujet ! – et ils étaient là tous les deux, sur le pont enjambant la Tamise, le bras de Malcolm autour de sa taille, tous les deux au soleil. Il ne l'avait pas reconnue, il ne s'était pas souvenu d'elle ; il avait seulement vu qu'elle était jolie et qu'ils formaient ensemble cette unité qu'on appelle un couple d'amoureux.

C'était étrange de se rappeler maintenant ce qu'il avait ressenti en découvrant Webberly et son amie. Leach se rendait compte qu'avant cet instant il n'avait jamais considéré son supérieur comme un homme de chair et de sang. Il le voyait plutôt comme un enfant voit un adulte beaucoup plus âgé. Découvrir brusquement que Webberly avait une vie secrète avait été comme le coup qu'un gosse de huit ans recevrait en tombant sur son père en train de fricoter avec une dame du quartier.

C'était l'impression qu'elle lui avait faite, la femme du pont : familière comme une dame du quartier. Si familière en fait que Leach s'attendit un certain temps à la croiser au travail – peut-être une secrétaire qu'il n'avait pas encore vue – ou sortant d'un bureau d'Earl's Court Road. Il avait supposé que c'était une femme que Webberly avait rencontrée par hasard, avec qui il avait engagé la conversation, comme ça, pour qui il s'était découvert une attirance, et au sujet de laquelle il s'était dit : « Oh, pourquoi pas, Malc ? Ne sois donc pas aussi puritain, bon Dieu ! »

Leach ne se rappelait pas quand ni comment il avait compris que la maîtresse de Webberly était Eugenie Davies. Mais une fois qu'il l'eut découvert, il n'avait pu continuer à se taire. Il avait pris prétexte de son indignation pour parler, non en petit garçon craignant que Papa ne quitte la maison, mais en adulte sachant distinguer le bien du mal. Qu'un inspecteur de la brigade criminelle – son propre coéquipier – passe ainsi les bornes et profite d'une enquête pour s'insinuer dans les bonnes grâces d'une femme affligée, traumatisée par des événements tragiques… C'était inconcevable.

Webberly s'était montré sinon ouvert sur le sujet, du moins disposé à écouter jusqu'au bout. Il n'avait fait aucun commentaire jusqu'à ce que Leach eût débité toutes les stances de sa tirade sur sa conduite peu professionnelle, puis il avait répondu : « C'est ce que vous pensez de moi, Eric ? Ça ne s'est pas du tout passé comme ça. Il n'y a rien eu pendant l'enquête. Je ne l'avais pas vue depuis des années quand nous avons commencé à… C'était à la gare de Paddington. Tout à fait par hasard. Nous avons bavardé une dizaine de minutes, entre deux trains. Et plus tard… Bon sang, pourquoi je vous explique ça ? Si vous pensez que j'ai commis une faute, demandez votre mutation. »

Leach ne l'avait pas fait.

Pourquoi ? se demanda-t-il.

A cause de ce que Malcolm Webberly était devenu pour lui.

Notre passé détermine notre présent, pensa-t-il. Nous n'en avons même pas conscience mais chaque fois que nous tirons une conclusion, portons un jugement ou prenons une décision, nous traînons empilées derrière nous toutes les années de notre vie, tas de dominos dont nous ne voulons pas reconnaître qu'ils définissent en partie ce que nous sommes.

Il se rendit à Hammersmith. Il se dit qu'il avait besoin de quelques minutes pour décompresser après sa scène avec Bridget, et il se les accorda dans la voiture, se frayant un chemin vers le sud jusqu'à parvenir à portée de l'hôpital de Charing Cross. Il termina le trajet, repéra les urgences.

Quand il eut franchi les portes à battant, la sœur responsable du service l'informa qu'il ne pouvait pas voir Malcolm. Seuls les membres de la famille avaient accès aux patients des urgences. Il faisait partie de la famille ?

Oh ! oui, pensa-t-il. Et depuis longtemps, bien qu'il ne se le fût jamais vraiment avoué et que l'idée n'eût jamais effleuré Webberly.

— Non, répondit-il pourtant. Juste un collègue. Le commissaire et moi travaillions ensemble, dans le temps.

La religieuse hocha la tête, se félicita à voix haute qu'autant de membres de la Metropolitan Police soient passés, aient téléphoné, aient envoyé des fleurs ou proposé de donner leur sang pour le blessé.

— Groupe B, précisa-t-elle. Est-ce que par hasard vous seriez... ? Ou O, donneur universel, mais vous le savez, je suppose.

— AB négatif.

— C'est très rare. Nous ne pourrions pas l'utiliser dans le cas présent mais vous devriez donner votre sang régulièrement, si je peux me permettre.

— Je peux faire quelque chose ?... demanda-t-il avec un mouvement du menton vers les chambres.

— Sa fille est auprès de lui. Son beau-frère aussi. Non, rien, vraiment... Mais il tient bon.

— Il est toujours sous assistance respiratoire ?

— Désolée, je ne peux pas vous le dire. J'espère que vous comprenez... Si vous m'autorisez une question : vous priez ?

— Pas régulièrement.

— Cela aide, parfois.

Il y a des choses plus utiles que la prière, pensa Leach. Comme de faire claquer le fouet au-dessus de l'équipe et progresser vers l'arrestation du salaud qui a renversé Malcolm. Ça, il pouvait le faire.

Il était sur le point de prendre congé de l'infirmière d'un signe de tête quand une jeune femme en survêtement et chaussures de sport non lacées émergea d'une des chambres. La sœur l'appela et lui dit :

— Ce monsieur est venu prendre des nouvelles de votre père.

Leach n'avait pas vu Miranda Webberly depuis qu'elle était petite fille et constata que, devenue adulte, elle ressemblait beaucoup à son père : le même corps robuste, les mêmes cheveux roux, le même teint rougeaud, le même sourire qui lui creusait des rides autour des yeux, et une unique fossette sur la joue gauche. C'était apparemment le genre de jeune femme qui ne s'embête pas avec les magazines de mode, et il la trouva sympathique pour cette raison.

Elle lui parla calmement de son père : il n'avait pas repris conscience, il avait eu « une crise cardiaque assez grave » plus tôt dans la journée mais son état était maintenant stabilisé, Dieu merci, son taux de globules – « Je pense qu'il s'agit des blancs, ou peut-être des autres… » – indiquait une hémorragie interne qu'il faudrait localiser rapidement puisqu'on lui faisait une transfusion en ce moment, et que tout ce sang serait gaspillé s'il le perdait quelque part à l'intérieur.

— Les médecins disent qu'il peut entendre, même dans le coma, alors je lui fais la lecture, confia Miranda à l'inspecteur principal. Comme je n'ai pas pensé à emporter quelque chose de Cambridge, oncle David est allé acheter un bouquin sur les péniches. C'est tout ce qu'il a trouvé. Mais c'est mortellement ennuyeux et j'ai peur de sombrer moi aussi dans le coma avant longtemps. En plus, je ne crois pas que ça pourrait réveiller Papa parce qu'il doit avoir envie d'entendre comment les choses évoluent. Bien sûr, il est toujours dans le coma car ils préfèrent l'y maintenir. Du moins, c'est ce qu'ils disent.

Elle semblait chercher à mettre Leach à l'aise, à lui faire savoir qu'elle appréciait ses efforts pathétiques pour se rendre utile. Malgré son air épuisé, elle était calme et n'attendait apparemment pas que quelqu'un vienne la sortir de la situation dans laquelle elle était. Il la trouva plus sympathique encore.

— Il n'y a personne qui pourrait vous relayer ? demanda-t-il. Pour que vous puissiez rentrer prendre un bain ? Dormir une heure ?

— Si, bien sûr, répondit Miranda en tirant d'une poche de sa veste de survêtement un élastique avec lequel elle disciplina ses cheveux de paille de fer. Mais je tiens à être ici. C'est mon père et… Il m'entend. Il sait que je suis avec lui. Si cela peut aider… C'est important que quelqu'un qui traverse ce qu'il traverse sache qu'il n'est pas seul, vous ne croyez pas ?

Ce qui impliquait que la femme de Webberly n'était pas à son chevet et en disait long sur les années écoulées depuis que Webberly avait décidé de ne pas quitter Frances pour Eugenie.

Ils en avaient parlé la seule fois où Leach lui-même avait abordé le sujet. Il ne se rappelait pas pourquoi il s'était senti obligé de s'aventurer dans un domaine aussi privé, mais il y avait eu quelque chose – une remarque voilée ? une conversation téléphonique avec, chez Webberly, une hostilité sous-jacente ? une sauterie du service auquel Webberly était venu seul pour la douzième fois ? – qui avait incité Leach à dire : « Je ne vois pas comment vous vous débrouillez pour être l'amant de l'une et le mari de l'autre. Vous pourriez quitter Frances, Malc. Vous le savez. Vous avez quelque part où aller. »

Sur le coup, Webberly n'avait pas répondu. En fait, il n'avait pas répondu pendant des jours. Leach pensait même qu'il n'obtiendrait jamais de réponse quand, deux semaines plus tard, la voiture de Webberly était tombée en panne, et Leach l'avait déposé chez lui parce que ce n'était pas très loin de son chemin. Huit heures et demie du soir, elle était en pyjama lorsqu'elle avait ouvert la porte et s'était précipitée dans l'allée en criant « Papa ! Papa ! » pour être prise dans les bras de son père. Webberly avait enfoui son visage dans les cheveux frisés, avait fait claquer des baisers sonores dans son cou, suscitant d'autres cris de joie.

« C'est ma Randie. Voilà la raison », avait-il expliqué à Leach.

— Votre mère n'est pas ici, alors ? Elle est rentrée se reposer ?

— Je lui dirai que vous êtes passé, inspecteur. Elle sera contente de le savoir. Tout le monde a été si… si *bien*. Vraiment.

Elle lui serra la main, annonça qu'elle retournait auprès de son père.

— Si je peux faire quelque chose…

— Vous l'avez fait, assura-t-elle.

Pourtant, en retournant à Hampstead, Leach n'eut pas du tout cette impression. Et dans la salle des opérations, il parcourut des rapports qu'il avait déjà lus au moins une fois pour la plupart.

— Qu'est-ce qu'on a obtenu de Swansea ? demanda-t-il à la policière assise devant l'ordinateur.

Elle secoua la tête.

— Toutes les voitures des suspects sont des modèles récents. La plus ancienne a dix ans.

— Elle appartient à qui ?

Elle fit courir son doigt le long d'une liste.

— Robson, répondit-elle. Raphael. Il a une Renault. Couleur… attendez que je regarde… argent.

— Il doit y avoir quelque chose, dit Leach en considérant une autre façon d'aborder le problème. Cherchez côté cœur.

— Pardon ?

— Reprenez les rapports, notez les noms. Femmes, maris, petits amis, petites amies, tous ceux qui sont liés à cette affaire et ont le permis de conduire. Tapez leurs noms dans l'ordinateur, voyez si l'un d'eux a une voiture qui correspond à notre profil.

— Tous, monsieur ?

— Je crois que nous parlons la même langue, Vanessa.

— Oui, monsieur, soupira-t-elle.

Elle se remit au travail alors qu'un des nouveaux du service se ruait dans la salle. Il s'appelait Solberg, c'était un bleu qui cherchait à faire ses preuves depuis le jour de son arrivée à la brigade criminelle. Il traînait derrière lui une bande de papier et avait le visage rouge d'un marathonien en fin de parcours.

— Patron ! s'écria-t-il. Regardez ça. Ça date de dix jours et c'est chaud. C'est *chaud* !

— Vous avez trouvé quoi, Solberg ?

— Une petite complication, répondit l'agent.

Nkata décida de s'occuper de l'avocate de Katja Wolff après sa conversation avec Yasmin Edwards. « Vous avez ce que vous voulez, dégagez, maintenant », lui avait-elle signifié après l'avoir vu inscrire 0 h 41 dans son carnet, et elle avait refusé d'émettre une hypothèse sur ce que sa maîtresse faisait la nuit où Eugenie Davies était morte. Il avait songé à insister – « Vous avez menti une fois, qu'est-ce qui me dit que vous n'êtes pas encore en train de mentir ? Vous savez ce qui arrive aux repris de justice qui se font choper pour complicité de meurtre ? – mais il ne l'avait pas fait. Il n'en avait pas eu le cœur après avoir déchiffré sur le visage de Yasmin les sentiments qui la traversaient pendant l'interrogatoire. Il avait une assez bonne idée de ce que cela lui avait coûté de lui révéler le peu qu'elle lui avait confié. Il n'avait cependant pu s'empêcher de penser à ce qui se serait passé s'il lui avait demandé pourquoi : pourquoi elle trahissait sa maîtresse et, surtout, ce que cela signifiait. Mais ce n'étaient pas ses affaires, hein ? Parce qu'il était flic et qu'elle avait fait de la taule. C'était comme ça.

Il avait donc refermé son calepin. Il avait l'intention de sortir de la boutique avec un simple : « Salut, Mrs Edwards. Vous avez fait ce qu'il fallait. » Au lieu de quoi il s'enquit : « Ça va, Mrs Edwards ? » et fut sidéré par la gentillesse qu'il sentait en lui. C'était une erreur d'éprouver de la compassion pour une telle femme dans une telle situation, et quand elle lui lança « Fichez le camp », il opta pour la sagesse et sortit.

Dans sa voiture, il tira de son portefeuille la carte que Katja Wolff lui avait remise le matin ; il prit son plan de la ville dans la boîte à gants et chercha la rue où Harriet Lewis avait son bureau. Comme par hasard, le cabinet se trouvait à Kentish Town, de l'autre côté du fleuve, ce qui signifiait une nouvelle traversée de Londres. Mais le trajet lui donnerait le temps de concevoir un angle d'attaque susceptible de lui permettre de soutirer des renseignements à Lewis. Et il savait que cet angle d'attaque devait être bon, car la proximité de Holloway sous-entendait que l'avocate avait plus d'un malfaiteur comme client ; il ne l'amènerait pas facilement à lui révéler quoi que ce soit.

En se garant enfin le long du trottoir, Nkata découvrit que Harriet Lewis s'était installée dans un humble immeuble de bureaux, entre un marchand de journaux et une épicerie exposant sur le trottoir des brocolis mous et des choux-fleurs fatigués. Sur la partie supérieure, en verre translucide, d'une porte formant un angle pas très droit avec le trottoir, l'inscription *Cabinet juridique*, et rien d'autre.

A l'intérieur, un escalier au tapis rouge élimé menait à deux portes se faisant face sur un palier. L'une d'elles, ouverte, révélait une pièce vide, et une autre en enfilade, avec un plancher à larges lattes recouvert d'un glaçage de poussière. L'autre était fermée et on y avait fixé une carte avec une punaise. Nkata l'examina, constata qu'elle était identique à celle que Katja Wolff lui avait donnée. Il la souleva de l'extrémité de l'ongle, regarda dessous. Pas d'autre carte. Nkata sourit : il avait l'ouverture qu'il cherchait.

Entrant sans frapper, il se retrouva dans une salle de réception aussi différente que possible du quartier et du bureau d'en face. Sur un tapis persan couvrant une bonne partie d'un parquet ciré étaient disposés un bureau de réceptionniste, un sofa, des fauteuils et des tables d'un design austère. Tout en angles, bois et cuir, le mobilier aurait dû jurer non seulement avec le tapis mais aussi avec les lambris et le papier mural, mais il suggérait au contraire le juste degré d'audace qu'on est en droit d'espérer quand on engage un avocat.

— Qu'est-ce que je peux faire pour vous ?

La question émanait d'une femme mûre assise au bureau devant un clavier et un écran, coiffée d'un casque à écouteurs dont elle prenait apparemment la dictée. Vêtue d'un ensemble bleu et crème très professionnel, elle avait des cheveux courts et nets qui commençaient à grisonner le long d'une mèche ondulant au-dessus de la tempe gauche. Elle avait les sourcils les plus sombres que Nkata eût jamais vus, et dans un monde où il avait l'habitude du regard méfiant des femmes blanches, il n'avait jamais rencontré un regard plus hostile.

Il montra sa carte, demanda à parler à l'avocate. Avant que Mrs Sourcils lui pose la question, il reconnut qu'il n'avait pas rendez-vous mais il espérait que Miss Lewis...

— *Ms* [1] Lewis, corrigea la réceptionniste, qui ôta ses écouteurs et les posa sur le côté.

... accepterait de le recevoir quand elle saurait qu'il venait au sujet de Katja Wolff. Il posa sa carte sur le bureau et ajouta :

— Montrez-lui ça, si vous voulez. Dites-lui que je lui ai parlé au téléphone ce matin. Je pense qu'elle se souviendra.

Mrs Sourcils se garda de toucher la carte avant que les doigts de Nkata l'aient lâchée puis elle la prit en

1. Ms permet d'éviter la distinction entre Mrs et Miss. *(N.d.T.)*

disant « Attendez ici, s'il vous plaît », et passa dans l'autre bureau. Elle revint deux minutes plus tard environ, remit les écouteurs et recommença à taper sur son clavier, ce qui aurait peut-être échauffé l'humeur du policier s'il n'avait appris tôt dans l'existence à prendre l'attitude des Blanches pour ce qu'elle était en général : transparente et révélant une profonde ignorance.

Il examina donc les photos décorant les murs, vieux portraits en noir et blanc de femmes qui le firent penser à l'époque où l'Empire britannique s'étendait sur tout le globe. Quand il eut fini de les regarder, il prit une édition américaine de *Ms* et s'absorba dans un article sur les solutions de rechange aux hystérectomies, écrit par une femme qui semblait en vouloir au monde entier.

Il ne s'assit pas. Mrs Sourcils l'avisa alors d'un ton appuyé :

— Cela risque de prendre un moment, puisque vous êtes venu sans rendez-vous.

Il répondit :

— Les meurtres, c'est comme ça, hein ? Ça ne prévient pas.

Il appuya une épaule contre le papier mural rayé jaune pâle, le tapota de la paume en ajoutant :

— Très chouette. C'est quoi comme motif ?

Il vit la réceptionniste scruter l'endroit qu'il avait touché pour y déceler des traces de gras. Elle ne répondit pas. Il lui adressa un signe de tête aimable, tourna une page du magazine et colla la tête contre le mur pour faire bonne mesure.

— Nous avons un sofa, lui fit remarquer Mrs Sourcils.

— Je suis resté assis toute la journée. Hémorroïdes, dit-il avec une grimace.

Ce qui provoqua le déclic. Elle se leva, disparut de nouveau dans l'autre bureau, revint au bout d'une minute en portant sur un plateau les restes du thé de l'après-midi et annonça que l'avocate était maintenant prête à le recevoir.

Ça, sûrement, pensa Nkata en s'adressant un sourire.

Harriet Lewis, vêtue de noir comme la veille au soir, se tenait debout derrière son bureau quand il entra.

— Nous avons déjà eu une conversation, agent Nkata. Je vais devoir téléphoner à mon avocat ?

— Vous avez besoin de ça ? Une femme comme vous ? Peur de me voir seule ?

— Une femme comme moi n'est pas une idiote. Je passe ma vie à recommander à mes clients de garder le silence en présence de la police. Je serais stupide de ne pas suivre mes propres conseils, non ?

— Ce serait plus stupide encore si vous aviez sur le dos une inculpation d'entrave à une enquête de police.

— Jusqu'ici, vous n'avez inculpé personne de quoi que ce soit. Vous n'avez rien sur quoi vous appuyer.

— La journée n'est pas finie.

— Ne me menacez pas.

— Donnez votre coup de fil, alors, dit Nkata.

Il regarda autour de lui, découvrit qu'on avait installé à une extrémité de la pièce un coin salon composé de trois fauteuils et d'une table basse. Il s'en approcha d'un pas nonchalant, s'assit et soupira :

— Ah ! Ça fait du bien de se poser à la fin de la journée.

Puis il indiqua le téléphone et poursuivit :

— Allez-y. J'ai le temps. Ma mère est bonne cuisinière, elle gardera le dîner au chaud.

— Qu'est-ce que vous voulez ? Nous avons déjà eu un entretien. Je n'ai rien à ajouter à ce que je vous ai dit.

— Je remarque que vous n'avez pas d'associée. A moins qu'elle se cache sous votre bureau.

— Je ne crois pas avoir dit que j'avais une associée. C'est vous qui avez fait cette supposition.

— En m'appuyant sur un mensonge de Katja Wolff. Numéro 55, Galveston Road, Miss Lewis. Ça vous dit de faire des suppositions là-dessus avec moi ? C'est là que votre associée est censée vivre, à propos.

— Mes relations avec mes clients sont protégées par le secret professionnel.

— Exact. Alors, vous avez une cliente là-bas ?

— Je n'ai pas dit ça.

Nkata se pencha en avant, les coudes sur les genoux.

— Ecoutez-moi bien, dit-il en regardant sa montre. Il y a soixante-dix-sept minutes, Katja Wolff a perdu son alibi pour l'heure à laquelle une femme s'est fait écraser à West Hampstead. Vous avez compris ? Et perdre son alibi la propulse au premier rang de la classe. D'après mon expérience, les gens ne mentent pas sur leur emploi du temps au moment où quelqu'un s'est fait dégommer à moins d'avoir une bonne raison. La femme qui s'est fait tuer…

— Je sais qui s'est fait tuer, coupa sèchement l'avocate.

— Vraiment ? Alors vous savez sûrement aussi que votre cliente avait peut-être un compte à régler avec cette personne.

— Vos allégations sont ridicules. Ce serait plutôt le contraire.

— Katja Wolff voulait qu'Eugenie Davies reste en vie ? Pourquoi, Miss Lewis ?

— Cette information est confidentielle.

— D'accord. Ajoutez-y ça, à votre information confidentielle : hier soir, une autre personne s'est fait renverser par une voiture à Hammersmith. Vers minuit. L'officier de police qui avait épinglé Katja. Il n'est pas mort mais il risque d'y rester. Et vous devez savoir comment les flics réagissent quand un des leurs y a droit.

La nouvelle perça la première entaille dans l'armure de calme de Harriet Lewis. D'un mouvement infime, elle redressa sa colonne vertébrale et déclara :

— Katja Wolff n'a rien à voir dans tout cela.

— Vous êtes payée pour le dire. Et pour le croire. Votre associée dirait et croirait la même chose si vous en aviez une.

— Arrêtez de revenir là-dessus. Vous savez aussi

bien que moi que je ne suis pas responsable d'une information erronée transmise par un client en mon absence.

— Exact. Mais vous êtes là, maintenant. Et maintenant qu'il est clair que vous n'avez pas d'associée, on pourrait peut-être se demander pourquoi on m'a dit le contraire.

— Je n'en ai aucune idée.

— Vraiment ?

Nkata tira son calepin de sa poche, tapa sur sa couverture en cuir avec le portemine.

— Je vais vous dire ce que je pense de tout ça : vous êtes l'avocate de Katja Wolff mais vous êtes autre chose aussi, quelque chose de plus épicé, juste au-delà de la limite de ce qui est permis dans votre boulot. Si…

— Vous êtes incroyable.

— … ça vient à se savoir, vous êtes mal barrée, Miss Lewis. Il y a un code déontologique dans votre profession, et une avocate qui batifole avec sa cliente, ça n'en fait pas partie. En fait, je commence à comprendre que c'est pour ça que vous prenez des ex-taulardes comme clientes : vous les récupérez au moment où elles touchent le fond, et c'est du gâteau quand vous voulez les fourrer dans votre lit.

— C'est scandaleux ! s'insurgea Harriet Lewis.

Elle finit par contourner son bureau, traversa la pièce, se campa derrière l'un des fauteuils entourant la table basse, agrippa le bord du dossier.

— Sortez d'ici.

— On va jouer à un jeu, proposa Nkata d'un ton raisonnable en se renversant dans son siège. On pense à voix haute.

— Les gens de votre sorte ne sont même pas capables de le faire en silence.

Nkata sourit, s'accorda un point.

— Jouez quand même.

— Je n'ai aucunement l'intention de poursuivre cet

entretien. Ou vous quittez immédiatement cette pièce, ou j'avise l'Inspection des services.

— Pour vous plaindre de quoi ? Vous croyez que ça aura l'air crédible quand on saura que vous n'avez pas supporté qu'un flic vienne vous parler d'une meurtrière ? Et pas n'importe quelle meurtrière, Miss Lewis. Une tueuse de bébé, condamnée à vingt ans de taule.

L'avocate ne trouva rien à répondre. Nkata poussa son avantage :

— Allez-y, téléphonez à l'IS, portez plainte pour harcèlement ou ce que vous voudrez. Quand l'affaire paraîtra dans les journaux, vous verrez qui portera le chapeau.

— C'est du chantage.

— Je vous expose les faits, vous en faites ce que vous voulez. Ce que je veux, moi, c'est la vérité sur Galveston Road. Vous me la donnez et je m'en vais.

— Allez donc là-bas.

— C'est déjà fait. Je n'y retourne pas sans munitions.

— Gavelston Road n'a rien à voir avec...

— Miss Lewis ! Ne me prenez pas pour un imbécile. Vous le donnez, ce coup de fil à l'IS ? Vous êtes prête à porter plainte contre moi ?

Harriet Lewis considéra les choix qui s'offraient à elle en poussant un soupir. Elle fit le tour du fauteuil et s'assit.

— L'alibi de Katja Wolff vit dans cette maison, Mr Nkata. C'est une femme qui s'appelle Noreen McKay et qui n'est pas disposée à témoigner pour mettre Katja hors de cause. Nous sommes allées chez elle hier soir lui en parler. Nous n'avons pas réussi à la convaincre. Et je doute beaucoup que vous y parveniez.

— Pourquoi ?

L'avocate lissa sa jupe, joua un moment avec un bout de fil qu'elle avait trouvé au bord de sa veste.

— Appelez ça un code déontologique, finit-elle par répondre.

— Elle est avocate ?

Harriet Lewis se leva et déclara :

— Je vais être obligée de téléphoner à Katja pour lui demander la permission de répondre à cette question.

Libby Neale alla droit au réfrigérateur en rentrant de South Kensington. Elle était en grave manque de blanc et estimait qu'elle méritait de succomber à l'attaque. Elle gardait un pot de glace à la vanille dans le congélateur pour ce genre d'urgences. Elle le délogea du fond de l'appareil, dénicha une cuillère dans le tiroir à couverts, ôta le couvercle, avala une douzaine de cuillerées environ avant d'être capable de penser.

Quand son cerveau se remit à fonctionner, elle se dit : *Encore du blanc*, fouilla dans la poubelle rangée sous l'évier et retrouva le sachet de pop-corns au cheddar qu'elle avait jeté la veille dans un moment de dégoût. Elle s'assit par terre et entreprit de fourrer dans sa bouche les deux poignées de pop-corns qui restaient dans le sac. Elle passa ensuite à un paquet de tortillas de farine de blé qu'elle avait longtemps gardé à portée de main pour se prouver qu'elle était capable de ne pas se fixer sur tout ce qui était blanc. Les tortillas n'étaient plus tout à fait blanches, découvrit-elle, puisque des moisissures les mouchetaient comme des taches d'encre sur un drap. Mais le moisi, c'était facile à enlever, et même si elle en avalait un peu, ça ne pouvait pas lui faire de mal, hein ? C'était comme la pénicilline.

Elle tira un morceau de Wensleydale de son emballage et en coupa assez pour une quesadilla, fit tomber les tranches de fromage sur une tortilla, les recouvrit d'une autre crêpe et flanqua le tout dans une poêle. Quand le Wensleydale eut fondu, elle sortit la tortilla du feu et la roula puis s'installa sur le sol de la cuisine et commença à fourrer la nourriture dans sa bouche comme une victime de la famine.

Après avoir englouti la quesadilla, Libby demeura

par terre, la tête contre la porte d'un des éléments. Elle en avait besoin, se dit-elle. Les choses devenaient trop bizarres, et quand les choses deviennent trop bizarres, il faut garder un taux de glucose élevé. On ne sait jamais quand on devra se mettre en action.

Gideon ne l'avait pas raccompagnée de l'appartement de son père à la voiture. Il l'avait simplement conduite à la porte en fermant le battant derrière elle. « Tu es sûr que ça ira, Gid ? lui avait-elle demandé tandis qu'ils sortaient du bureau. Ce n'est pas un endroit agréable pour attendre. Pourquoi tu ne rentres pas avec moi ? On pourrait laisser un mot à ton père. A son retour, il t'appelle et on revient avec la voiture.

— J'attends ici », s'était-il entêté, et il avait refermé la porte sans même accorder un regard à Libby.

Qu'est-ce que ça signifiait, attendre son père comme ça ? Il voulait le grand règlement de comptes ? Elle l'espérait. Ça faisait un moment que ça mijotait, le grand règlement de comptes, entre Davies et son fils.

Elle tenta de se représenter une confrontation provoquée par la découverte de la sœur inconnue. Gideon prendrait la carte envoyée par la mère de Virginia et l'agiterait sous le nez de son père en braillant : « Parle-moi d'elle, salaud ! Dis-moi pourquoi je n'ai pas eu le droit de la connaître elle non plus. »

Parce que c'était apparemment la raison essentielle de la réaction de Gideon quand il avait lu la carte : son père l'avait privé d'une autre sœur alors que Virginia était là pendant tout ce temps pour remplir ce rôle.

Pourquoi ? se demanda Libby. Pourquoi Richard avait-il cherché à couper Gid de sa sœur encore en vie ? Probablement pour la même raison que d'habitude : garder Gid concentré sur son violon.

Non, non, tu ne peux pas avoir d'amis, Gideon. Tu ne peux pas aller aux petites fêtes. Tu ne peux pas faire de sport, fréquenter une vraie école. Tu dois t'exercer, jouer, donner des concerts. Et ça, tu ne peux pas le faire si tu as d'autres centres d'intérêt que ton instrument. Une sœur, par exemple.

Bon Dieu, quel fumier, ce type ! Il pourrissait totalement la vie de son fils.

Qu'est-ce que cette vie aurait été s'il ne l'avait pas passée à faire sa musique ? Il serait allé à l'école comme un gosse ordinaire. Il aurait fait du sport, foot ou autre chose. Il aurait fait du vélo, il aurait grimpé aux arbres, il se serait peut-être cassé un os ou deux. Il aurait retrouvé ses copains le soir pour prendre une bière, il serait sorti avec des filles, il les aurait pelotées, il aurait été normal. Il ne serait pas devenu ce qu'il était maintenant.

Gideon méritait ce que d'autres considéraient comme allant de soi. Des amis. De l'amour. Une famille. Une vie. Mais il n'aurait rien de tout ça tant que Richard le maintiendrait sous sa coupe, tant que personne ne se déciderait à faire quelque chose pour changer ses relations avec son foutu père.

A cette pensée, Libby remua et sentit des picotements sur son cuir chevelu. Elle fit rouler sa tête contre la porte de l'élément pour regarder la table de la cuisine. Elle y avait laissé les clés de la voiture de Gideon quand elle s'était précipitée vers le réfrigérateur, reconnaissant sa défaite face à son coup de fringale de blanc, et il lui semblait maintenant qu'être en possession de ces clés était un signe de Dieu : elle avait été envoyée dans la vie de Gideon pour être celle qui ferait quelque chose.

Libby se leva, s'approcha des clés dans un état de détermination absolue. Elle les prit sur la table avant de se raviser et sortit de l'appartement.

22

Yasmin Edwards envoya Daniel au centre de l'Armée, de l'autre côté de la rue, avec un gâteau au chocolat. Le petit garçon fut étonné vu la façon dont sa mère réagissait d'habitude quand il traînait autour des hommes en uniforme, mais il s'écria : « Super, M'man ! », lui fit un grand sourire et détala rendre aux militaires ce qu'elle avait appelé une visite de remerciement. « Drôlement gentil de leur part de t'offrir un goûter de temps en temps », avait-elle dit à son fils, et si Daniel releva la contradiction entre ces propos et sa fureur antérieure à l'idée que quelqu'un pouvait avoir pitié de son enfant, il n'en souffla mot.

Restée seule, Yasmin s'assit devant le poste de télévision. Elle avait mis l'agneau à mijoter car – idiote qu'elle était – elle ne parvenait toujours pas à ne pas faire ce à quoi elle s'était engagée. Elle était incapable de changer d'avis ou de tirer un trait aussi bien maintenant que du temps où elle était la copine, la maîtresse, la femme de Roger Edwards, puis une détenue de Holloway.

Elle se demandait pourquoi, mais la réponse se trouvait dans le vide qu'elle ressentait, dans l'éclosion d'une peur qu'elle avait enfouie depuis longtemps. Il lui semblait que toute sa vie avait été définie et dominée par cette peur, terreur saisissante d'une chose qu'elle se refusait à nommer et encore plus à affronter.

Mais sa fuite devant le Père Fouettard n'avait fait que la ramener sous sa férule.

Elle s'efforça de ne pas penser. Elle ne voulait pas ruminer le fait qu'elle avait été de nouveau réduite à constater qu'il n'y avait pas de refuge, si résolue qu'elle fût à croire qu'il en existait.

Elle se haïssait. Elle se haïssait autant qu'elle avait haï Roger Edwards, et plus – bien plus – qu'elle ne haïssait Katja, qui l'avait amenée devant ce miroir d'un instant et lui avait demandé de se regarder longuement. Aucune importance si chaque baiser, chaque étreinte, chaque acte d'amour, chaque conversation avait reposé sur un mensonge qu'elle n'avait pu discerner. L'important, c'était qu'elle, Yasmin Edwards, s'était laissée aller à en être complice. Elle débordait de haine de soi ; elle était consumée par un millier de J'aurais dû m'en douter.

Quand Katja revint, Yasmin jeta un coup d'œil à l'horloge. Elle rentrait juste à l'heure, mais cela n'avait rien d'étonnant, parce que s'il y avait une chose que Katja savait détecter, c'était ce qui se passait à l'intérieur des autres. Technique de survie apprise en prison. Sa visite le matin même à la blanchisserie lui en avait dit long. Katja était donc rentrée pile à l'heure, elle s'était préparée.

Préparée à quoi, Katja n'en savait rien. C'était le seul avantage de Yasmin ; tous les autres, sa maîtresse les avait en sa possession, et le plus important était comme un phare qui brillait depuis longtemps et dont elle avait toujours refusé de reconnaître l'existence.

La ténacité. Toujours avoir un objectif, c'était ce qui avait empêché Katja de devenir folle en prison. C'était une femme qui avait des projets, qui en avait toujours eu. « Tu dois savoir ce que tu veux devenir quand tu sortiras d'ici, répétait-elle sans cesse à Yasmin. Ne laisse pas ce qu'ils t'ont fait devenir leur triomphe. C'est ce qui arrivera si tu échoues. » Yasmin avait appris à admirer Katja Wolff pour cette détermination à devenir ce qu'elle avait toujours eu l'intention d'être,

817

malgré sa situation. Puis elle avait appris à l'aimer pour le socle d'avenir qu'elle leur offrait à toutes deux, même quand elles étaient encore entre les murs de la prison.

« T'en as encore pour dix ans, ici, avait argué Yasmin. Tu crois que tu sortiras et que tu te mettras à dessiner des robes à quarante-cinq ans ?

— J'aurai une vie, avait affirmé Katja. Je gagnerai, Yas. J'aurai une vie. »

Cette vie, il faudrait bien qu'elle commence quelque part une fois que Katja aurait purgé sa peine et serait admise de nouveau dans la société. Il lui faudrait un endroit où elle serait à l'abri des regards pour pouvoir reconstruire son monde. Elle ne voulait pas de projecteurs sur elle. Elle ne pourrait pas réaliser son rêve si elle ne parvenait pas à se couler en douceur dans ce monde. Même alors, ce serait dur : se faire une place dans l'univers concurrentiel de la mode alors qu'elle n'était, au mieux, qu'une diplômée notoire du système judiciaire.

Quand Katja s'était installée à Kennington, Yasmin avait compris qu'il lui faudrait une période d'ajustement avant de s'attaquer à la réalisation des rêves dont elle avait parlé. Elle lui avait donc laissé le temps de se familiariser de nouveau avec la liberté et n'avait pas trouvé curieux que les propos tenus en prison ne se traduisent pas immédiatement en actes à l'extérieur. Les gens sont différents, s'était dit Yasmin. Elle, elle s'était attelée à sa nouvelle vie avec une sorte de fureur dès le moment où elle avait été libérée. Elle avait un fils à nourrir et une maîtresse dont elle préparerait l'arrivée. Elle était plus motivée pour mettre son monde en ordre afin que Daniel d'abord puis Katja ensuite aient le foyer qu'ils méritaient tous deux.

Elle voyait maintenant ce qu'étaient les discours de Katja : rien que des discours. Katja n'avait aucune envie de faire son chemin dans le monde parce qu'elle n'en avait pas besoin. Sa place était réservée depuis longtemps.

Yasmin ne bougea pas du sofa quand sa compagne défit son manteau d'un mouvement d'épaules et soupira :

— *Mein Gott*, je suis épuisée. Qu'est-ce que tu fais là dans le noir, Yas ?

Elle traversa la pièce, alluma la lampe de la table basse, fondit comme d'habitude sur les cigarettes que Mrs Crushley ne lui permettait pas de fumer à la blanchisserie. Elle en alluma une avec une pochette d'allumettes qu'elle jeta sur la table basse, à côté du paquet de Dunhill. Yasmin se pencha, prit la pochette. *Frère Jacques, Bar & Brasserie*, était-il imprimé sur le rabat.

— Où est Daniel ? demanda Katja en parcourant l'appartement des yeux.

Elle passa dans la cuisine, remarqua sans doute que la table était mise pour deux seulement puisqu'elle ajouta :

— Il dîne chez un copain ?

— Non, répondit Yasmin. Il sera de retour dans un moment.

Elle avait mis le couvert pour deux afin d'être sûre de ne pas céder à sa propre lâcheté au dernier moment.

— Alors, pourquoi… ? commença Katja.

Elle se tut. C'était une femme qui avait assez de rigueur pour ne pas se trahir, et Yasmin la voyait maintenant faire appel à cette rigueur pour étouffer ses interrogations.

Yasmin eut un sourire amer. Eh oui, dit-elle silencieusement à sa compagne. Tu ne croyais pas que la petite Yas finirait par ouvrir les yeux, hein, Kat ? Et si elle les ouvrait, si quelqu'un les lui ouvrait, tu ne pensais pas qu'elle réagirait, elle, qu'elle prendrait l'initiative, qu'elle te flanquerait à la rue et que tu te retrouverais seule et morte de peur, hein, Kat ? Parce que tu as eu cinq ans pour comprendre comment te glisser dans sa peau et lui faire croire qu'elle avait un avenir avec toi. Parce que même à ce moment-là, tu savais que si n'importe qui faisait miroiter à cette petite conne des possibilités là où il n'y en avait pas la queue d'une, elle se livrerait pieds et poings liés à cette garce et ferait tout pour la rendre heureuse. C'était ça dont tu avais besoin, hein, Kat ? C'était là-dessus que tu comptais.

— Je suis allée au 55, dit-elle.

— Tu es allée où ? fit Katja.

Elle était sur ses gardes, et les *h* s'étaient de nouveau glissés dans sa voix, marques autrefois charmantes de sa différence.

— 55, Galveston Road. Wansdworth. South London, précisa Yasmin.

Katja ne répondit pas mais Yasmin pouvait la voir penser, bien que son visage maintînt l'absence totale d'expression qu'elle avait appris à offrir à quiconque regardait de son côté en prison. Il ne se passe rien là-dedans, disait son visage. Son regard, toutefois, se nouait trop étroitement à celui de Yasmin.

Yasmin remarqua alors que Katja était sale : la figure couverte d'une pellicule grasse, les cheveux collés en plaques sur le crâne.

— Tu n'es pas allée là-bas, ce soir, fit-elle observer d'un ton neutre. Tu as décidé de prendre ta douche à la maison, je suppose.

Katja s'approcha, tira une longue bouffée de sa cigarette, et Yasmin put voir qu'elle continuait à réfléchir. Elle pensait que tout ça, c'était peut-être un truc pour la forcer à avouer quelque chose que Yasmin soupçonnait seulement.

— Yas, dit-elle en passant une main sur les tresses que Yasmin avait tirées en arrière et attachées sur sa nuque avec un foulard.

Yasmin s'écarta brusquement.

— Pas besoin de douche, je suppose. Pas de jus de connasse sur ta bouche, ce soir.

— Yasmin, de quoi tu parles ?

— Je parle du numéro 55, Katja. Galveston Road. Je parle de ce que tu fais quand tu vas là-bas.

— Je vais voir mon avocate. Yas, tu m'as entendue le dire au policier ce matin. Tu penses que je mens ?

Pourquoi je mentirais ? Si tu veux, téléphone à Harriet et demande-lui si elle et moi sommes allées ensemble...

— J'y suis allée, moi, annonça Yasmin. Je suis allée là-bas. Tu m'écoutes ?

— Et alors ? demanda Katja.

Toujours calme, pensa Yasmin, si sûre d'elle, ou du moins encore capable de le paraître. Et pourquoi ? Parce qu'elle savait qu'il n'y avait personne là-bas dans la journée. Parce qu'elle pensait que ce n'était pas en appuyant sur la sonnette qu'on pouvait apprendre qui vivait là-bas. Ou essayait-elle de gagner du temps pour trouver une explication ?

— Il n'y avait personne.

— Je vois.

— Alors, j'ai demandé à une voisine : Qui habite au 55 ?

Elle sentait la trahison croître en elle, comme un ballon trop gonflé montant vers sa gorge. Elle se força à dire « Noreen McKay » et attendit la réponse de sa maîtresse. Comment réagirait-elle ? En s'excusant ? En déclarant qu'il y avait un malentendu ? En tentant de fournir une explication raisonnable ?

— Yas... dit Katja.

Puis elle murmura :

— *Bloody Hell*[1].

La formule, typiquement anglaise, paraissait si étrange dans sa bouche que Yasmin eut un instant l'impression de s'adresser à une personne totalement différente de la Katja Wolff qu'elle avait aimée pendant ses années de prison et pendant les cinq ans qui les avaient suivies.

— Je ne sais pas quoi dire, soupira Katja.

Elle fit le tour de la table basse et rejoignit Yasmin sur le sofa. Yasmin tressaillit de la sentir si près ; Katja s'écarta.

1. A peu près l'équivalent de « merde alors ». *(N.d.T.)*

— J'ai mis tes affaires dans un sac, dit Yasmin. Elles sont dans la chambre. Je ne voulais pas que Dan voie… Je lui annoncerai demain. Il a l'habitude que tu ne sois pas là le soir, de toute façon.

— Yas, ça n'a pas toujours été…

Yasmin sentit sa voix devenir aiguë quand elle poursuivit :

— Il y a du linge sale à laver. Je l'ai mis à part dans un sac Sainsbury. Tu peux le faire ce soir ou aller à une laverie, ou…

— Yasmin, écoute-moi. Nous n'avons pas toujours été… Noreen et moi… Nous n'avons pas toujours été ensemble comme tu le penses. C'est quelque chose…

Katja s'approcha de nouveau, posa la main sur la cuisse de Yasmin, qui sentit tout son corps se contracter à ce contact. Et cette tension des muscles, ce raidissement des articulations lui rappela trop de souvenirs, lui rappela tout, la projeta dans son passé où des visages penchés au-dessus d'elle…

Elle se leva d'un bond, se couvrit les oreilles.

— Arrête ! cria-t-elle. Tu peux aller brûler en enfer.

Katja retira sa main mais ne se leva pas.

— Yasmin, écoute-moi, répéta-t-elle. C'est quelque chose que je ne peux pas expliquer. C'est là en moi, depuis toujours. Je ne peux pas me le sortir du corps. J'essaie. Ça s'éloigne puis ça revient. Avec toi, Yasmin… Tu dois m'écouter. Avec toi, je pensais… j'espérais…

— Tu manipulais. Tu ne pensais pas, tu n'espérais pas, tu te servais de moi. Tu te disais : Si elle a l'impression que je la quitte, elle devra finalement franchir le pas et dire qui elle est vraiment. Mais elle ne l'a pas fait quand tu étais en taule. Elle ne l'a pas fait quand tu es sortie. Mais comme tu continues à croire qu'elle est sur le point de le faire, tu t'installes chez moi pour lui forcer la main. Sauf que ce n'est pas comme ça que ça marche, à moins qu'elle soit au courant de ce que tu trafiques et avec qui, d'accord ? C'est sûr que ça ne peut pas marcher, à moins que tu lui donnes de temps en temps un avant-goût de ce qu'elle rate.

— Ce n'est pas comme ça.

— Tu essaies de me dire que vous ne l'avez pas fait, toutes les deux ? Tu n'as pas couché avec elle depuis que tu es sortie ? Tu n'es pas allée là-bas en douce après le boulot, après le dîner, ou même après avoir été avec moi, quand tu dis que tu n'arrives pas à dormir et que tu descends faire un tour, en sachant que je ne me réveillerai pas avant le lendemain matin ? Je vois tout, maintenant, Katja. Et je veux que tu partes.

— Je n'ai nulle part où aller, Yas.

Yasmin lâcha un rire.

— Un coup de fil suffit pour arranger ça.

— Je t'en prie. Viens. Assieds-toi. Laisse-moi t'expliquer ce qui s'est passé.

— Ce qui s'est passé, c'est que tu as attendu. Oh ! je n'ai pas compris, au début. Je pensais que tu t'adaptais à la liberté. Je pensais que tu te préparais à construire une vie pour nous trois – toi, moi et Dan – mais tu ne faisais que l'attendre, elle. Tu attendais de faire partie de sa vie parce qu'une fois que tu y serais arrivée, tout irait bien dans la tienne.

— Ce n'est pas comme ça.

— Ah ! vraiment ? Tu as fait quoi pour évoluer depuis ta libération ? Tu as téléphoné aux écoles de mode ? Tu as parlé à quelqu'un ? Tu es entrée dans un des ateliers de Knightsbridge et tu t'es proposée comme apprentie ?

— Non. Je n'ai pas fait ça.

— Et on sait pourquoi toutes les deux. Tu n'as pas besoin de te faire une vie si elle le fait pour toi.

— Ce n'est pas le cas.

Katja se leva elle aussi du canapé et, écrasant sa cigarette dans le cendrier, répandit des cendres sur le dessus de la table, tels des vestiges de rêves déçus.

— Je fais ma propre vie comme toujours. C'est différent de la vie que je pensais avoir, oui. C'est différent de la vie dont je parlais en prison, oui. Mais pas plus que toi Noreen ne construit cette vie pour moi. Je le fais moi-même. C'est ce que je fais depuis que j'ai été libérée. C'est ce que Harriet m'aide à faire. C'est pour cette raison que j'ai passé vingt ans en prison et que je ne suis pas devenue folle. Parce que je savais, je savais ce qui m'attendait à ma sortie.

— Elle, dit Yasmin. Elle t'attendait, d'accord ? Alors va la retrouver. Pars.

— Non. Essaie de comprendre. J'ai commis trois mauvaises actions dans ma vie. J'ai forcé Hannes à me faire passer de l'autre côté du Mur en menaçant de le dénoncer aux autorités.

— C'est de l'histoire ancienne.

— C'est plus que ça. Ecoute. C'était ma première mauvaise action, ce que j'ai fait à Hannes. Ensuite, je n'ai pas parlé alors que j'aurais dû. C'était la deuxième. Puis une fois – une seule fois, Yas, mais ça a suffi – j'ai écouté alors que j'aurais dû me boucher les oreilles. Et j'ai payé. Pendant vingt ans j'ai payé. Parce qu'on m'avait menti. A d'autres de payer, maintenant. C'est ce que je cherche à arranger.

— Non ! Je ne veux pas entendre !

Prise de panique, Yasmin se rua dans la chambre où elle avait fourré la maigre garde-robe de Katja – toutes ces fripes qui la définissaient telle qu'elle était, une femme qui ne portait jamais de noir dans une ville où le noir était partout – dans un sac en toile qu'elle avait acheté à cette fin, avec son propre argent, façon de payer pour toutes les erreurs qu'elle avait commises les yeux fermés. Elle ne voulait pas entendre, mais plus encore, elle savait qu'elle ne pouvait se permettre d'entendre. Entendre ce que Katja avait à dire la mettrait en danger, mettrait en danger son avenir avec Daniel.

Elle empoigna le sac et le lança dans le séjour, fit de même avec le sac Sainsbury rempli de linge sale et le carton contenant les affaires de toilette et autres objets que Katja avait apportés en s'installant dans l'appartement.

— Je lui ai dit, Katja, il sait. Tu as compris ? Je lui ai dit. J'ai tout dit.

— A qui ?

— Tu sais bien à qui. A lui, dit Yasmin. (Elle passa un doigt sur sa joue pour indiquer la cicatrice marquant le visage noir du policier.) Tu ne regardais pas la télé, et il le sait.

— Mais c'est... Ils sont tous... Yas, c'est tes ennemis, tu le sais. Ce qu'ils t'ont fait quand tu t'es défendue contre Roger... ce qu'ils t'ont fait subir... Comment tu as pu faire confiance à... ?

— Tu comptais là-dessus, hein ? La vieille Yas ne fera jamais confiance à un flic, quoi qu'il raconte, quoi que je fasse. Je vais m'installer avec la bonne vieille Yas, elle me protégera quand ils viendront poser des questions. Elle racontera la même chose que moi, comme en prison. Mais c'est fini, Katja. C'est fini.

Katja baissa les yeux vers les sacs et dit à voix basse :

— Nous sommes si près du but, après toutes ces...

Yasmin claqua la porte de la chambre pour se couper des mots de Katja, pour se couper du danger, et fondit enfin en larmes. Par-dessus ses sanglots, elle entendit Katja rassembler ses affaires. Un instant plus tard, quand la porte s'ouvrit et se referma, Yasmin Edwards sut que sa maîtresse était partie.

Ce n'est pas à cause du gosse, dit Havers à Lynley, concluant le compte rendu de sa seconde visite au couvent de l'Immaculée Conception. Il s'appelle Jeremy Watts, à propos. La sœur a toujours su où il était ; Katja Wolff a toujours su qu'elle savait. Elle est restée vingt ans sans le lui demander. Vingt ans sans dire un mot à sœur Cecilia. Alors, ce n'est pas à cause du gosse.

— Il y a quelque chose d'anormal là-dedans, commenta Lynley d'un air songeur.

— Il y a beaucoup de choses anormales chez cette fille, repartit Havers. Chez les autres aussi. Enfin, qu'est-ce qu'il a, Richard Davies ? D'accord, Virginia était arriérée, ça l'a démoli. Mais de là à ne plus jamais la revoir… et à laisser son père faire la loi… Pourquoi Lynn et lui vivaient-ils avec le père, d'ailleurs ? La baraque de Kensington est impressionnante, je le reconnais, et Richard est peut-être un type qui aime faire impression. Papa et Maman auraient peut-être perdu la demeure ancestrale si Richard n'avait pas continué à y vivre et à payer le prix fort pour ça, mais quand même…

— Les relations entre père et fils sont toujours compliquées, fit observer Lynley.

— Plus qu'entre mère et fille ?

— Oui. Parce qu'il y a beaucoup plus de non-dits.

Les deux policiers se trouvaient dans un café de Hampstead High Street, non loin de la station de Downshire Hill. Ils s'y étaient donné rendez-vous, Havers ayant appelé l'inspecteur sur son portable au moment où il quittait Stamford Brook. Il l'avait mise au courant de la crise cardiaque de Webberly, elle avait lâché un juron et demandé ce qu'elle pouvait faire. Il lui avait fait la même réponse que Randie quand elle avait téléphoné chez elle de l'hôpital pour donner des nouvelles à sa mère, peu avant le départ de Lynley : ils ne pouvaient que prier, les médecins le maintenaient sous surveillance.

« Qu'est-ce que ça veut dire, "le maintenir sous surveillance" ? » avait demandé Frances.

Lynley n'avait pas répondu parce qu'il lui semblait que c'était un euphémisme médical pour « attendre le moment approprié afin de débrancher les appareils ».

Assis en face de Havers, devant un expresso nature (le sien) et un café additionné de lait et de sucre, sans parler d'un pain au chocolat (à elle), il tira son mouchoir de sa poche et le déplia sur la table.

— Nous en sommes peut-être réduits à ça, dit-il en indiquant les éclats de verre qu'il avait ramassés sur le trottoir à Crediton Hill.

— Un phare ? demanda Havers après les avoir examinés.

— Pas si on tient compte de l'endroit où je les ai trouvés. Sous une haie.

— Ce n'est peut-être rien du tout, monsieur.

— Je sais, fit-il d'un ton sombre.

— Où est Winnie ? Il a découvert quelque chose ?

— Il est sur la piste de Katja Wolff, répondit Lynley avant de résumer ce que Nkata lui avait rapporté un peu plus tôt.

— Alors vous penchez pour Wolff ? Parce que, je viens de vous le dire...

— Je sais. Si c'est elle, ce n'est pas pour son fils. Alors, quel pourrait être son mobile ?

— La vengeance ? Elle a peut-être été victime d'un coup monté.

— Dans lequel Webberly aurait trempé ? Bon Dieu, je n'ai pas envie de penser ça.

— Non, mais comme il avait une liaison avec Eugenie Davies...

Havers porta son café à ses lèvres mais, au lieu de le boire, elle regarda l'inspecteur par-dessus la tasse.

— Je ne dis pas qu'il l'aurait fait délibérément. Aveuglé par ses sentiments, il aurait pu être amené à croire...

— Cela impliquerait que le procureur, le jury et le juge ont tous été amenés à y croire aussi, objecta Lynley.

— C'est arrivé, souligna Havers. Et plus d'une fois. Vous le savez.

— D'accord. J'en conviens. Mais pourquoi n'a-t-elle pas parlé ? Si les preuves étaient trafiquées, si les témoignages étaient faux, pourquoi n'a-t-elle pas parlé ?

— Il y a son silence, reconnut Havers. On y revient toujours.

— En effet.

Il prit un crayon dans sa poche de poitrine, s'en servit pour déplacer les éclats de verre sur son mouchoir.

Trop mince pour un phare. Le premier caillou projeté sur un phare fabriqué avec ce genre de verre le réduirait en morceaux.

— Du verre brisé sous une haie ? Ça vient probablement d'une bouteille. Quelqu'un qui sort d'une beuverie avec un litre de pinard sous le bras. Il en a quelques-uns dans le cornet, il titube. La bouteille tombe, se casse, il pousse les morceaux sur le côté.

— Mais il n'y a pas de courbe, Havers. Regardez les morceaux les plus gros. Ils sont plats.

— D'accord. Ils sont plats. Mais si vous espérez les relier à l'un de nos suspects, je pense que vous partez en exploration dans l'arrière-pays sans guide.

Lynley savait qu'elle avait raison. Il replia le mouchoir, le remit dans sa poche et rumina. Ses doigts jouaient avec le bord de sa tasse tandis que ses yeux fixaient le rond brun resté au fond. Barbara, quant à elle, finit son pain au chocolat, exercice dont elle émergea avec des miettes accrochées aux lèvres.

— Vous sclérosez vos artères, Havers.

— Maintenant, je passe aux poumons, annonça-t-elle.

Elle s'essuya la bouche avec une serviette en papier, prit son paquet de Players, devança les protestations de son chef :

— J'y ai droit. La journée a été longue. Je soufflerai la fumée par-dessus mon épaule, d'accord ?

Lynley était trop abattu pour discuter. L'état de Webberly pesait lourdement sur son esprit, à peine moins que le fait que Frances fût au courant de la liaison de son mari. Il s'arracha à ces pensées en disant :

— Bon, reprenons depuis le début pour tout le monde. Vous avez vos notes ?

Havers rejeta avec agacement l'équivalent d'un plein poumon de fumée.

— On l'a déjà fait, inspecteur. Nous n'avons rien.

— Nous avons forcément quelque chose, insista Lynley en chaussant ses lunettes de lecture. Notes, Havers.

Elle bougonna mais les tira de son sac. L'inspecteur prit les siennes dans la poche de sa veste et ils commencèrent par les suspects dont l'alibi n'avait pu être confirmé.

Ian Staines fut la première contribution de Lynley. Staines avait désespérément besoin d'argent, sa sœur avait promis d'en demander à son fils. Mais elle était revenue sur sa promesse, laissant Staines dans une situation plus que difficile.

— Il est sur le point de perdre sa maison, dit Lynley. La nuit du crime, ils se sont disputés. Il aurait pu la suivre à Londres, il n'est pas rentré chez lui avant une heure.

— Mais ça ne colle pas pour la voiture, rappela Barbara. A moins qu'il ait disposé d'un deuxième véhicule à Henley.

— Garé à proximité au cas où. Quelqu'un a accès à une autre voiture, Havers.

Ils passèrent à J. W. Pitchley, aux multiples noms, premier sur la liste de Barbara à ce stade.

— Pourquoi Eugenie Davies avait-elle son adresse ? interrogea-t-elle. Pourquoi se rendait-elle chez lui ? D'après Staines, elle lui avait dit qu'il s'était passé quelque chose. C'était Pitchley, ce quelque chose ?

— Possible, sauf que nous n'arrivons pas à établir de lien entre eux. Ni par téléphone, ni par Internet…

— Par cette bonne vieille poste ?

— Comment l'avait-elle retrouvé ?

— Comme moi. Elle s'est dit qu'il avait changé une fois d'identité, pourquoi pas une seconde ?

— D'accord. Mais pourquoi s'arranger pour le voir ?

Barbara prit à rebours toutes les hypothèses qu'elle avait avancées jusqu'ici :

— C'est peut-être lui qui lui a fixé le rendez-vous

une fois qu'elle l'a retrouvé. Et elle a pris contact avec lui...

Elle considéra les raisons possibles, se rabattit sur :

— Parce que Katja Wolff venait de sortir du placard. S'ils s'étaient tous mis ensemble pour la pigeonner, maintenant qu'elle était dehors, ils avaient besoin de dresser des plans, non ? Pour savoir comment s'occuper d'elle si elle leur rendait visite.

— Nous en revenons au même point, Havers. Un coup monté par toute une bande contre une personne qui ne prononce pas un mot pour se défendre ? *Pourquoi ?*

— Peur de ce qu'ils pouvaient lui faire ? Le grand-père a l'air d'une vraie terreur. Il l'avait peut-être menacée : « Joue le jeu ou tout le monde saura... »

Barbara réfléchit, rejeta sa propre hypothèse en poursuivant :

— Saura quoi ? Qu'elle était en cloque ? La belle affaire ! Comme si quelqu'un se souciait de ça à ce moment-là. Ça s'est su, de toute façon, qu'elle était enceinte.

Lynley leva la main pour l'empêcher de renoncer trop vite à son idée.

— Vous tenez peut-être quelque chose. Ils auraient pu lui dire : « Joue le jeu ou tout le monde saura qui est le père de l'enfant. »

— La belle affaire, là encore.

— Sauf si ce n'est pas tout le monde qu'on menace de mettre au courant mais Eugenie Davies.

— Richard serait le père ?

— Ce ne serait pas la première fois que l'homme de la maison fricote avec la nounou.

— Et si c'était lui, alors ? Qui a renversé Eugenie ?

— Mobile et alibi, énonça Lynley. Il n'a pas l'un, il a l'autre. Bien qu'on puisse dire le contraire de Robson.

— Mais dans ce cas, qu'est-ce que Webberly vient faire là-dedans ? En fait, qu'est-ce qu'il vient faire dans cette histoire, quel que soit le suspect qu'on choisisse ?

— Il ne colle qu'avec Wolff. Ce qui nous ramène au premier crime : le meurtre de Sonia Davies. Ce qui nous ramène au groupe initial mêlé à l'enquête qui a suivi.

— Quelqu'un s'arrange peut-être pour que tout ait l'air lié à cette période. Parce qu'il existe en fait un lien plus profond : la liaison entre Webberly et Eugenie Davies. Ce qui nous ramène à Richard, non ? A Richard ou à Frances Webberly.

Comme Lynley ne voulait pas penser à Frances, il suggéra :

— Ou à Gideon, rendant Webberly responsable de la destruction du couple de ses parents.

— C'est faible.

— Il y a quelque chose chez ce type, Havers. Vous seriez de mon avis si vous l'aviez rencontré. Et il n'a pas d'autre alibi qu'être resté seul chez lui.

— Son père, où était-il ?

Lynley consulta de nouveau ses notes.

— Avec sa fiancée. Elle confirme.

— Il a un bien meilleur mobile que Gideon si la liaison entre Webberly et Eugenie est le nœud de cette affaire.

— Oui. Ça, je le comprends, dit-il. Mais lui donner un mobile pour supprimer sa femme *et* Webberly n'explique pas pourquoi il aurait attendu toutes ces années.

— Il devait attendre que Katja Wolff soit libérée. Il savait que nous remonterions jusqu'à elle.

— Ruminer sa rancune pendant vingt ans, c'est drôlement long.

— Alors, il avait peut-être une raison plus récente de leur en vouloir.

— Plus récente ? Vous voulez dire qu'il serait retombé amoureux de sa femme ? (Lynley considéra sa propre question.) Je pense que c'est peu probable, mais j'accepte l'hypothèse, simplement pour en discuter. Supposons que son amour pour son ex-épouse se soit réveillé. Au départ, c'est elle qui veut le divorce.

— Et lui qui est effondré parce qu'elle le plaque, ajouta Havers.

— D'accord. Puis Gideon a des problèmes avec le violon. Sa mère l'apprend par les journaux ou par Robson. Elle reprend contact avec Davies.

— Ils se parlent souvent, les souvenirs reviennent. Lui s'imagine qu'ils vont remettre le couvert. Il ne demande que ça...

— Tout cela, évidemment, si l'on fait abstraction de Jill Foster, fit observer Lynley.

— Attendez, inspecteur. Richard et Eugenie parlent de Gideon. Ils parlent du passé, de leur mariage, etc. Les sentiments qu'il a éprouvés autrefois se raniment, il redevient chaud comme de la braise... pour découvrir qu'Eugenie a déjà quelqu'un d'autre en attente pour son pieu : Wiley.

— Pas Wiley. Il est trop vieux. Davies ne verrait pas en lui un rival. En outre, Wiley nous a déclaré qu'elle avait quelque chose à lui révéler. Elle le lui avait dit. Mais elle ne voulait pas lui en parler trois jours plus tôt...

— Parce qu'elle partait pour Londres. Pour Crediton Hill.

— Voir Pitchley, enchaîna Lynley. La fin ramène toujours au début, non ?

Il dénicha dans ses notes l'information qui y avait toujours été et attendait l'interprétation juste.

— Un instant, Havers. Quand j'ai évoqué la possibilité d'un autre homme, Davies a tout de suite pensé à lui. Il l'a nommé, en fait. Sans l'ombre d'une hésitation. Je l'ai, là, dans mes notes, prononçant le nom de Pytches.

— Pytches ? Non, pas Pytches, inspecteur. Ce n'est pas...

Le téléphone cellulaire de Lynley sonna. Il le prit sur la table, leva un doigt pour empêcher Barbara de poursuivre. Cela la démangeait, pourtant. Elle écrasa impatiemment sa cigarette en demandant :

— Quel jour avez-vous parlé à Davies ?

Il écarta la question d'un geste, appuya sur le bouton de son portable.

— Lynley, dit-il en se tournant pour échapper à la fumée de Havers.

C'était l'inspecteur principal Leach, de la Brigade criminelle, qui annonça sèchement :

— On a une autre victime.

Winston Nkata lut l'inscription – *Prison Royale de Holloway* — et songea que si sa vie avait pris une autre direction, si sa mère ne s'était pas évanouie en le voyant aux urgences, une vilaine plaie au visage fermée par trente-quatre points de suture, il aurait pu finir dans un endroit de ce genre. Pas dans cette prison, bien sûr, où l'on n'enfermait que des femmes, mais dans un endroit semblable. Les Scrubs, par exemple, ou Dartmoor, ou la Ville. Faisant de la taule parce qu'il n'avait pas réussi à se faire une vie à l'extérieur.

Mais sa mère était tombée dans les pommes. « Oh ! Trésor », avait-elle murmuré, et elle s'était effondrée comme si ses jambes s'étaient changées en guimauve. En la voyant avec son turban de travers – ce qui lui avait fait découvrir que les cheveux de sa mère grisonnaient –, il l'avait enfin perçue non comme la force indomptable qu'il se représentait mais comme une vraie femme, pour une fois, une femme qui l'aimait et comptait sur lui pour la rendre fière de lui avoir donné le jour. Et le déclic s'était fait.

S'il n'y avait pas eu ce moment, si, au lieu de sa mère, c'était son père qui était venu le chercher et l'avait jeté sur la banquette arrière de la voiture pour démontrer pleinement le mépris qu'il méritait, le résultat aurait peut-être été différent. Nkata aurait peut-être ressenti le besoin de prouver qu'il se fichait d'être devenu l'objet du mécontentement de son père, il aurait peut-être ressenti le besoin de le prouver en faisant monter les enjeux dans la longue guerre des Warriors de Brixton contre la bande, plus petite et plus récente, des Bloods de Longborough, pour s'emparer d'un bout de terrain appelé Windmill Gardens et l'intégrer à leur territoire. Mais il y avait eu ce moment et le cours de sa vie avait changé, pour l'amener où il se trouvait maintenant, fixant le mur sans fenêtres du bâtiment massif de Holloway, derrière lequel Katja Wolff avait rencontré Yasmin Edwards et Noreen McKay.

Il s'était garé de l'autre côté de la rue, devant un pub aux fenêtres condamnées par des planches qui semblait sorti tout droit de Belfast. Il avait mangé une orange, examiné l'entrée de la prison et réfléchi à tout ce que cela signifiait. Il avait réfléchi en particulier au fait que l'Allemande vivait avec Yasmin Edwards mais couchait avec quelqu'un d'autre, comme il l'avait soupçonné lorsqu'il avait vu les deux silhouettes se fondre derrière les rideaux de la fenêtre du 55, Galveston Road.

Quand il eut fini son orange, il traversa la rue d'un pas rapide en profitant du feu rouge qui avait arrêté la circulation dense de Parkhurst Road. Il se dirigea vers l'accueil, présenta sa carte à la gardienne assise derrière le bureau.

— Miss McKay vous attend ? s'enquit-elle.

— Affaire officielle, répondit-il. Elle ne sera pas surprise de savoir que je suis là.

La gardienne dit qu'elle allait téléphoner, s'il voulait bien s'asseoir. Il était tard, et Miss McKay ne pourrait peut-être pas le voir…

— Oh ! je pense qu'elle pourra.

Au lieu de s'asseoir, il alla à la fenêtre d'où il regarda de nouveau les longs murs de brique. Une barrière se leva pour laisser entrer un fourgon, probablement une détenue rentrant à la fin d'une journée d'audience à l'Old Bailey. C'était sans doute par là que Katja Wolff était entrée et sortie pendant son propre procès, vingt ans plus tôt. Accompagnée chaque jour par une surveillante qui restait au tribunal avec elle, jusque dans le box des accusés. Cette surveillante allait la chercher à la cellule située sous la salle d'audience, lui préparait du thé, l'emmenait déjeuner et la ramenait le soir à Holloway. Une surveillante et une détenue seules ensemble, pendant la période la plus difficile de la vie de cette détenue.

— Agent Nkata ?

Il se retourna pour voir la fille de l'accueil lui tendre un combiné. Il le prit, déclina son identité, entendit une femme dire en réponse :

— Il y a un pub de l'autre côté de la rue. Au coin de Hillmarton Road. Je ne peux pas vous voir ici mais si vous attendez au pub, je vous y rejoins dans un quart d'heure.

— Arrangez-vous pour y être dans cinq minutes et je pars sans faire la causette à personne.

Elle expira bruyamment.

— Bon, cinq minutes, concéda-t-elle avant de raccrocher.

Nkata retourna au pub, qui se révéla être une salle presque vide, aussi froide qu'une grange, où l'air sentait surtout la poussière. Il se commanda un cidre, porta son verre à une table face à l'entrée.

Elle ne mit pas cinq minutes mais moins de dix, franchit la porte en même temps qu'une rafale de vent. Elle parcourut la salle des yeux et, lorsque son regard tomba sur Nkata, elle hocha la tête puis se dirigea vers lui d'un pas long et assuré d'une femme de pouvoir. Elle était grande, pas aussi grande que Yasmin Edwards mais plus que Katja Wolff, un mètre soixante-quinze environ.

— Agent Nkata ?

— Miss McKay ?

Elle tira une chaise à elle, déboutonna sa veste, la fit glisser de ses épaules et s'assit, les coudes sur la table, les mains ramenant en arrière une chevelure blonde courte, laissant à découvert des oreilles aux lobes piqués de petites perles. Un moment, elle garda la tête penchée puis elle prit une inspiration et leva vers Nkata des yeux bleus exprimant une franche antipathie.

— Qu'est-ce que vous me voulez ? Je n'aime pas être dérangée pendant mon travail.

— J'aurais pu vous retrouver chez vous, mais du bureau de Harriet Lewis, ici c'est plus près que Galveston Road.

En entendant le nom de l'avocate, elle prit une expression méfiante.

— Vous savez où j'habite, dit-elle d'un ton circonspect.

— J'ai suivi une nana nommée Katja Wolff jusque là-bas, hier soir. De Kennington à Wandsworth en bus. Intéressant : pas une fois elle ne s'est arrêtée pour demander son chemin. Apparemment, elle savait où elle allait.

Noreen McKay soupira. C'était une femme mûre – pas loin de cinquante ans, probablement, estima Nkata – mais l'absence de maquillage lui allait bien. Elle savait se mettre en valeur sans avoir l'air peinturlurée, et sa couleur de cheveux semblait naturelle. Elle était tirée à quatre épingles dans son uniforme de surveillante. Son chemisier blanc était fraîchement repassé, ses épaulettes bleu marine portaient fièrement leurs galons de cuivre, et le pli de son pantalon aurait fait l'orgueil d'un militaire. Un trousseau de clés, un talkie-walkie et une sorte de giberne étaient accrochés à sa ceinture. Elle était impressionnante.

— Je ne sais pas de quoi il s'agit mais je n'ai rien à vous dire, prévint-elle.

— Même pas sur Katja Wolff ? Sur la raison pour laquelle elle est venue chez vous avec son avocate ? Elles engagent des poursuites contre vous, ou quelque chose comme ça ?

— Je vous le répète, je n'ai rien à dire, et ma position ne souffre aucun compromis. J'ai un avenir et deux adolescents dont je dois me soucier.

— Pas de mari ?

Elle passa de nouveau une main dans ses cheveux. Ce devait être un tic.

— Je n'ai jamais été mariée. J'ai pris les enfants de

ma sœur avec moi quand ils avaient quatre et six ans. Leur père n'a pas voulu d'eux quand Susie est morte – il était trop occupé à jouer au célibataire sans attaches – mais il recommence à se montrer maintenant qu'il se rend compte qu'il n'aura pas éternellement vingt ans. Franchement, je ne tiens pas à lui fournir une raison de les récupérer.

— Parce qu'il pourrait y avoir une raison ? Laquelle ?

Au lieu de répondre, Noreen McKay repoussa sa chaise en arrière et alla au comptoir. Elle commanda à boire, attendit que le barman verse le gin sur deux glaçons et pose à côté une bouteille de tonic.

Nkata l'observait, tentant de remplir les blancs par un simple examen de sa personne. Il se demanda quel aspect du travail de surveillante l'avait attirée à l'origine : le pouvoir qu'il donnait sur d'autres, le sentiment de supériorité qu'il conférait ou la possibilité qu'il offrait de jeter sa ligne dans des eaux où la truite n'avait pas de protection psychologique.

Elle revint à leur table avec son verre et contre-attaqua :

— Vous avez vu Katja Wolff et son avocate venir chez moi, c'est tout.

— J'ai vu aussi comment elle est entrée. Sans frapper.

— Elle est allemande.

Nkata inclina la tête sur le côté.

— Je n'ai pas le souvenir d'Allemands qui ne sauraient pas qu'on doit frapper avant d'entrer chez des inconnus, Miss McKay. Je crois plutôt qu'ils connaissent les usages. En particulier celui qui les autorise à ne pas frapper à la porte d'une maison où ils ont déjà leurs habitudes.

Elle porta son gin-tonic à ses lèvres sans répondre.

— La question que je me pose, c'est la suivante, poursuivit Nkata. Katja Wolff, c'est la première taularde que vous vous tapez, ou elle fait seulement partie d'une série de gouines ?

— Vous ne savez pas de quoi vous parlez, répliqua-t-elle en rougissant.

— Je parle de votre poste à Holloway, de la façon dont vous pourriez en avoir usé et abusé pendant des années, et aux mesures que vos supérieurs pourraient prendre si on venait à savoir que vous faisiez de vilaines choses au lieu de vous contenter de verrouiller les portes. Vous avez combien d'années de service ? Une retraite en perspective ? Une promotion au poste de directrice ?

Avec un sourire crispé, elle repartit :

— Vous savez, je voulais entrer dans la police, mais comme j'étais dyslexique, je n'ai pas réussi les examens. Je me suis tournée vers les établissements pénitentiaires parce que j'aime l'idée qu'il doit y avoir des citoyens pour faire respecter la loi, et parce que je crois qu'il faut punir ceux qui franchissent la ligne.

— Ce que vous avez fait vous-même. Avec Katja. Elle tirait vingt ans...

— Elle n'a pas purgé toute sa peine à Holloway. En pratique, ça n'arrive jamais. Moi, j'y travaille depuis vingt-quatre ans. Alors je pense que vos suppositions – quelles qu'elles soient – présentent un certain nombre de failles.

— Elle y a été en préventive, elle y est restée pendant le procès, elle y a fait une partie de sa condamnation. Quand elle est partie – pour Durham, c'est ça ? –, elle a établi la liste de ses visiteurs, sûrement, et qui croyez-vous que je vais trouver comme seule personne admise à lui rendre visite à part son avocate ? Ensuite, elle a dû revenir à Holloway, je suppose. Ouais. Je pense que ça a dû être facile à arranger de l'intérieur. C'est quoi votre poste, Miss McKay ?

— Directrice-adjointe. Mais vous le savez, j'imagine.

— Directrice-adjointe portée sur les dames. Vous avez toujours été homo ?

— Cela ne vous regarde pas.

Nkata abattit sa main sur la table et se pencha vers Noreen McKay.

— Ça me regarde tout à fait. Vous voulez que je fouille dans le dossier de Katja, que je retrouve toutes les prisons où elle a été enfermée, toutes les listes de visiteurs qu'elle a remplies, que je voie votre nom en première place et que je vous mette sur le gril ? Je peux le faire, Miss McKay, mais je n'en ai pas envie. Ce serait une perte de temps.

Elle baissa les yeux vers son gin, fit lentement tourner le verre sur le napperon en papier. La porte du pub s'ouvrit, laissant pénétrer une autre bouffée d'air froid et l'odeur des fumées d'échappement de Parkhurst Road. Deux hommes en uniforme entrèrent, fixèrent Noreen McKay puis Nkata, revinrent à leur collègue. L'un d'eux sourit, fit un commentaire à voix basse. Elle leva la tête, les remarqua, murmura un juron et, en commençant à se mettre debout, dit :

— Il faut que je sorte d'ici.

Nkata lui emprisonna le poignet.

— Pas sans m'avoir donné quelque chose. Sinon, je serai obligé de consulter son dossier, Miss McKay. Et si j'y trouve votre nom, vous aurez des explications à donner à votre patron.

— Vous menacez souvent les gens ?

— Je ne menace pas. J'expose les faits. Rasseyez-vous et buvez votre verre. Je crois que je fais du bien à votre réputation, dit Nkata en désignant les gardiens.

Le visage de McKay devint écarlate.

— Vous êtes ignoble…

— Restez calme. Parlons de Katja. Elle m'a donné le feu vert pour venir vous voir, à propos.

— Je ne vous crois pas.

— Téléphonez-lui.

— Elle…

— Elle est soupçonnée de deux meurtres. Si vous pouvez la blanchir, il faudrait vous y mettre. Elle est à deux doigts de se faire arrêter. Vous croyez qu'on pourra empêcher la presse d'en parler ? Une tueuse de bébé de nouveau mêlée à une enquête de police ? Il y a peu de chances, Miss McKay. Les journalistes vont examiner sa vie au microscope. Et je suppose que vous savez ce que ça veut dire.

— Je ne peux pas la disculper, déclara Noreen McKay en serrant son gin-tonic. C'est comme ça. Je ne peux pas la disculper.

23

— Waddington, annonça Leach quand Lynley et Havers le rejoignirent dans la salle des opérations.

Il exultait : l'expression plus gaie, le pas plus léger que depuis plusieurs jours, il traversa la pièce pour aller griffonner *Kathleen Waddington* en haut d'un des tableaux.

— Elle a été renversée où ? demanda Lynley.

— Maida Vale. Et le modus operandi est le même. Un quartier tranquille. Une piétonne seule. La nuit. Une voiture noire. *Bam.*

— La nuit dernière ? s'étonna Barbara Havers. Mais ça voudrait dire…

— Non, non. C'était il y a dix jours.

— Ce pourrait être une coïncidence, supputa Lynley.

— Sûrement pas. Elle a déjà joué un rôle dans la pièce, répondit Leach.

Il poursuivit en expliquant qui était exactement Kathleen Waddington : une thérapeute spécialisée dans les problèmes sexuels qui avait quitté sa clinique le soir en question un peu après dix heures. Elle avait été renversée dans la rue : fracture de la hanche, épaule démise. Interrogée par la police, elle avait déclaré que la voiture qui l'avait heurtée était grosse, « comme une voiture de gangster », qu'elle roulait vite, qu'elle était de couleur sombre, peut-être noire.

— J'ai revu mes notes sur l'autre affaire, le meurtre du bébé, expliqua Leach. Waddington est la femme qui a démoli la version de Katja Wolff selon laquelle elle ne se serait absentée de la salle de bains qu'une minute ou moins le soir de la mort de Sonia. La femme à qui Wolff prétendait avoir téléphoné. Sans Waddington, l'affaire pouvait encore se réduire à une simple négligence et à quelques années de prison. En montrant que Wolff était une menteuse, elle enfonçait un clou de plus dans le cercueil. Il faut arrêter Wolff, maintenant. Prévenez Nkata, laissez-lui cet honneur. Il l'a travaillée dur.

— Et la voiture ? demanda Lynley.

— Ça viendra en temps utile. Vous n'allez pas me dire qu'elle a passé vingt ans au trou sans s'être fait des relations sur lesquelles elle pourrait compter à sa sortie ?

— Le proprio d'une vieille caisse ? traduisit Barbara Havers.

— A tous les coups. J'ai quelqu'un qui s'en occupe en ce moment, dit Leach, désignant du menton une policière assise devant l'un des terminaux de la pièce. Elle reprend tous les noms figurant sur les rapports et les passe dans l'ordinateur. Nous allons aussi nous procurer le dossier pénitentiaire de Wolff et taper les noms de ceux avec qui elle a eu des contacts pendant sa détention. On peut le faire pendant qu'on l'interrogera. Vous voulez biper votre gars pour lui filer le message ? Ou je m'en occupe ?

Leach se frotta vivement les mains. Au même moment, la policière se leva et annonça :

— Je crois que j'ai trouvé, monsieur.

Il bondit vers elle avec un joyeux :

— Excellent. Bon travail, Vanessa. Qu'est-ce que c'est ?

— Une Humber.

Le véhicule en question était une berline d'après-guerre fabriquée à l'époque où le rapport entre carburant consommé et kilomètres parcourus n'était pas la première préoccupation de l'automobiliste. Elle était plus petite qu'une Rolls-Royce, une Bentley ou une Daimler – moins chère, aussi – mais plus grosse que la plupart des voitures modernes. Et alors que celles-ci sont faites à partir d'aluminium et d'alliages légers pour réduire leur poids, la Humber était un engin d'acier et de chrome avec à l'avant le rictus d'une calandre capable d'aspirer un flot d'air et de tout retenir entre ses crocs, des insectes ailés aux petits oiseaux.

— A qui appartient-elle ? demanda Lynley.

— A une femme. Une nommée Jill Foster.

— La fiancée de Richard Davies ? fit Havers.

Un sourire illumina son visage lorsqu'elle se tourna vers Lynley.

— On y est. On y est, nom de Dieu. Quand vous avez dit...

L'inspecteur l'interrompit :

— Jill Foster ? Je ne crois pas, Havers. Je l'ai rencontrée, elle est enceinte jusqu'aux yeux. Incapable d'un tel acte. Et même si elle l'était, pourquoi s'en prendrait-elle à Waddington ?

— Inspecteur... commença Havers.

Cette fois, ce fut Leach qui la coupa :

— Il doit y avoir une autre voiture, alors. Une autre voiture ancienne.

— Ça vous paraît possible ? fit Vanessa d'un ton sceptique.

— Bipez Nkata, dit Leach à Lynley.

Et à Vanessa :

— Trouvez-moi le dossier pénitentiaire de Wolff. Il faut en prendre connaissance. Il y a forcément une voiture...

— Arrêtez, tous les deux ! explosa Havers. Il y a une autre façon de voir les choses. Ecoutez-moi. Il a dit Pytches. Richard Davies a dit Pytches. Pas Pitchley ni Pitchford mais *Pytches*.

Elle saisit le bras de Lynley pour mettre plus de force dans sa démonstration.

— D'après vous, il a dit Pytches quand vous l'avez

interrogé. C'est « Pytches » que vous avez dans vos notes. D'accord ?

— Pytches ? Qu'est-ce que Jimmy Pytches vient faire là-dedans ?

— C'est un lapsus, vous ne comprenez pas ?

— Havers, qu'est-ce que vous racontez ? intervint Leach d'un ton agacé.

Elle poursuivit, s'adressant à Lynley :

— Richard Davies n'aurait pas commis ce lapsus au moment où on venait de lui annoncer le meurtre de sa femme. Il ne pouvait pas savoir que J. W. Pitchley était Jimmy Pytches. Et s'il le savait, il ne pensait pas à lui sous le nom de Pytches, il ne l'avait pas connu sous ce nom-là, alors pourquoi il l'aurait appelé comme ça devant vous, puisque vous-même, vous ne saviez pas qui était Pytches à ce moment-là ? Il n'avait aucune raison de l'appeler comme ça. Sauf si ce nom traînait dans son esprit parce qu'il s'était farci la même corvée que moi : consulter les archives de Sainte-Catherine. Et pour quoi ? Pour retrouver James Pitchford.

— Qu'est-ce que c'est que cette histoire ? grogna Leach.

Lynley leva une main en disant :

— Un instant, monsieur. Elle tient quelque chose. Continuez, Havers.

— Et comment que je tiens quelque chose ! Eugenie et lui se parlaient régulièrement depuis des mois. C'est dans vos notes. Il vous l'a déclaré et les fichiers des télécommunications le confirment.

— En effet.

— En plus, Gideon vous a dit qu'ils devaient se rencontrer, sa mère et lui. Exact ?

— Exact.

— Elle était censée l'aider à surmonter son blocage. C'est ce qu'il a dit. C'est aussi dans vos notes. Sauf qu'ils ne se sont pas rencontrés. Ils n'ont pas pu parce qu'elle s'est fait assassiner avant. Supposons qu'on l'ait assassinée pour empêcher cette rencontre. Elle ne connaissait pas l'adresse de Gideon. Elle n'aurait pu l'avoir que par Richard.

— Davies veut la tuer, il voit un moyen, dit Lynley pensivement. Il lui donne ce qu'elle croit être l'adresse de Gideon, arrange un rendez-vous, se cache pour l'attendre…

— … et quand elle traverse la rue avec l'adresse à la main, *blam*. Il la percute, conclut Havers. Puis il lui roule dessus pour finir le boulot. Mais il fait croire que sa mort est liée à l'ancienne affaire en renversant d'abord Waddington et ensuite Webberly.

— Pourquoi ? demanda Leach.

— C'est la question, reconnut Lynley. Ça se tient, Barbara. Mais si Eugenie pouvait aider son fils à rejouer du violon, pourquoi Richard voulait-il l'en empêcher ? Si l'on en juge par ses propos – sans parler de son appartement, véritable musée à la gloire de Gideon –, la seule conclusion logique est qu'il tenait absolument à ce que son fils recommence à jouer.

— Et si on considérait le problème sous le mauvais angle depuis le début ? dit Havers. Je suis d'accord, Richard veut que Gideon se remette à jouer. S'il avait un problème là-dessus – la jalousie, ou quelque chose de ce genre, par exemple qu'il supporte mal que son fils ait mieux réussi que lui –, il aurait probablement cherché beaucoup plus tôt à le faire arrêter. Mais d'après ce qu'on sait, le gosse joue depuis qu'on ne lui met plus de couches. Alors, supposons qu'Eugenie ait voulu rencontrer Gideon pour le faire arrêter *définitivement* de jouer…

— Pourquoi aurait-elle voulu ça ?

— Pour rendre à Richard la monnaie de sa pièce ? Si leur couple s'est brisé parce qu'il a fait quelque chose…

— Comme engrosser la nurse ? avança Leach.

— Ou parce qu'il consacrait tout son temps à Gideon, qu'il oubliait qu'il avait une femme, une femme éplorée, une femme avec des besoins… Elle perd un enfant, et au lieu d'avoir quelqu'un sur qui s'appuyer, elle a Richard, et tout ce qui l'intéresse, lui, c'est de sortir Gideon de ce traumatisme pour éviter qu'il disjoncte, qu'il arrête de jouer, qu'il arrête d'être le fils qu'on admire tant, qui est sur le point de devenir célèbre et de réaliser tous les rêves de son papa. Mais elle dans tout ça ? On l'abandonne, on la laisse se débrouiller toute seule. Elle ne l'oublie pas, et quand l'occasion se présente de prendre sa revanche sur Richard, quand il a besoin d'elle comme elle a eu besoin de lui…

Elle prit une profonde inspiration, fit passer son regard de Leach à Lynley pour voir ce qu'ils en pensaient. L'inspecteur principal fut le premier à réagir :

— Comment ?

— Comment quoi ?

— Comment elle est censée faire cesser son fils de jouer ? Qu'est-ce qu'elle va faire ? Lui casser les doigts ? Lui rouler dessus avec une voiture ?

Barbara prit une seconde inspiration, la relâcha dans un soupir.

— Je ne sais pas, avoua-t-elle, laissant ses épaules s'affaisser.

— Eh bien, quand vous saurez…

— Non, intervint Lynley. Il y a quelque chose dans ce qu'elle dit.

— Vous plaisantez, grommela Leach.

— Non, il y a quelque chose. En suivant le raisonnement de Havers, nous pouvons expliquer pourquoi Eugenie Davies avait sur elle l'adresse de Pitchley ce soir-là, et rien de ce que nous avons découvert jusqu'ici ne nous fournit ne serait-ce qu'un début d'explication.

— Foutaises, lâcha Leach.

— Quelle autre explication pouvons-nous avancer ? Rien ne la lie à Pitchley. Ni lettre, ni coup de téléphone, ni courrier électronique…

— Elle avait un e-mail ?

— Oui. Et son ordinateur… commença Havers, qui se tut brusquement, ravalant le reste de sa phrase avec une grimace.

— Son *ordinateur* ? répéta Leach. Où est-il ? Aucun de vos rapports ne fait mention d'un ordinateur.

Lynley sentit Havers le regarder puis baisser les yeux vers son sac, où elle chercha avec application quelque chose dont elle n'avait probablement pas besoin. Il se demanda ce qui, à ce point, les servirait le mieux, vérité ou mensonge, et opta pour :

— Je l'ai examiné, il n'y avait rien dessus. Elle avait un e-mail, oui, mais aucun message de Pitchley. Alors je n'ai pas jugé utile…

— De le signaler dans votre rapport ? Qu'est-ce que c'est que cette façon de mener une enquête ?

— Cela ne m'a pas paru nécessaire.

— *Quoi ?* Nom de Dieu ! Je veux cet ordinateur ici tout de suite, Lynley. Je veux que nos gars s'activent dessus comme des fourmis sur une crème glacée. Vous n'êtes pas expert en informatique, vous êtes peut-être passé à côté de… Bon sang, qu'est-ce que vous aviez dans la tête ?

Que pouvait-il répondre ? Qu'il avait voulu gagner du temps ? éviter des ennuis ? sauver une réputation ? sauver un couple ?

— Accéder à son e-mail n'a pas posé de problème, répondit-il prudemment. Nous avons ensuite pu constater qu'il n'y avait quasiment rien…

— *Quasiment ?*

— Rien qu'un message de Robson, et nous lui avons parlé. Il nous cache quelque chose, je pense. Mais rien qui le lierait à la mort de Mrs Davies.

— Vous savez ça, vous.

— Mon instinct me le dit.

— Ce même instinct qui vous a conseillé de garder pour vous – ou faut-il dire supprimer ? – une preuve ?

— C'était une question d'appréciation.

— On ne vous demande pas d'apprécier quoi que ce soit. Je veux cet ordinateur. Ici. *Tout de suite.*

— Et la Humber ? risqua Havers.

— Je me fous de la Humber. Comme de Davies. Vanessa, sortez-moi le dossier pénitentiaire de Wolff, nom de Dieu ! Si ça se trouve, elle tient une dizaine de personnes qui ont toutes des voitures vieilles comme Mathusalem, qui sont toutes mêlées d'une manière ou d'une autre à l'affaire.

— Nos informations ne vont pas dans ce sens, fit valoir Lynley. La Humber pourrait nous conduire à…

— Je me fous de la Humber, je viens de vous le dire. En ce qui vous concerne, retour à la case départ. Amenez-moi cet ordinateur. Quand ce sera fait, agenouillez-vous et remerciez le ciel que je ne fasse pas un rapport à vos supérieurs.

— Il est temps que tu viennes à la maison avec moi, Jill.

Dora Foster finit d'essuyer le dernier plat et plia soigneusement le torchon sur sa barre, à côté de l'évier. Elle en rectifia les coins avec son attention habituelle pour les infimes détails puis se tourna vers Jill, qui se reposait, assise à la table de la cuisine, les jambes en l'air, les doigts massant les muscles douloureux de ses reins. Elle avait l'impression de porter dans le ventre un sac de vingt kilos de farine et se demandait comment elle parviendrait à retrouver sa silhouette pour son mariage, deux mois seulement après l'accouchement.

— Notre petite Catherine s'est mise en position, dit sa mère. C'est une question de jours. Ça peut même arriver d'un jour à l'autre, maintenant.

— Richard ne s'est pas encore tout à fait résigné à ton plan.

— Tu seras en de meilleures mains avec moi que seule dans une salle de travail avec une infirmière qui passe de temps en temps pour vérifier que tu fais encore partie des vivants.

— Maman, je le sais, moi. Mais Richard est inquiet.

— J'ai fait accoucher…

— Il le sait.

— Alors…

— Ce ne sont pas tes compétences qu'il met en doute. Mais il dit que c'est différent quand il s'agit de sa propre chair. Il dit qu'un médecin ne prendrait pas le risque d'opérer son propre enfant, parce qu'il ne serait pas capable de garder son sang-froid s'il se passait quelque chose. Un problème. Une urgence.

— En cas d'urgence, nous irons à l'hôpital. Dix minutes en voiture.

— Je lui ai expliqué. Il dit qu'il peut arriver n'importe quoi en dix minutes.

— Il n'arrivera rien. Cette grossesse s'est déroulée comme dans un rêve.

— Oui. Mais Richard…

— Richard n'est pas ton mari, souligna Dora Foster d'un ton ferme. Il aurait pu t'épouser avant mais il a choisi de ne pas le faire. Ce qui le prive du droit d'intervenir dans cette décision. Tu le lui as fait remarquer ?

— Maman, soupira Jill.

— Pas de « Maman ».

— Qu'est-ce que ça change que nous ne soyons pas encore mariés ? Nous *allons* nous marier : l'église, le prêtre, l'allée centrale au bras de Papa, la réception à l'hôtel, tout bien organisé. Qu'est-ce qu'il te faut de plus ?

— Il ne s'agit pas de ce qu'il me faut, mais de ce que tu mérites. Et ne me dis pas que c'était ton idée, je sais que ce n'est pas vrai. Depuis l'âge de dix ans, tu prépares ton mariage dans ta tête, des fleurs à la décoration du gâteau, et si je me souviens bien, nulle part dans tes projets il n'était question d'un bébé dans le cortège nuptial.

Jill ne voulait pas entrer dans cette discussion.

— Les temps changent, maman.

— Mais pas toi. Oh, je sais que c'est la mode pour les femmes de se trouver un compagnon plutôt qu'un mari. Un partenaire, comme si le bébé était une entreprise commerciale dans laquelle on s'associe. Et quand on l'a, ce bébé, on l'exhibe en public sans la moindre gêne. Je sais que ça arrive tout le temps. Je ne suis pas aveugle. Mais tu n'es ni une actrice ni une chanteuse de rock, Jill. Tu as toujours eu des idées bien arrêtées et tu n'as jamais été du genre à faire quelque chose parce que c'est la mode.

Jill gigota sur sa chaise. Sa mère la connaissait mieux que personne et ce qu'elle disait était vrai. Mais il n'était pas moins vrai qu'il fallait accepter des compromis pour maintenir des relations harmonieuses, et en plus de vouloir un enfant, elle voulait un mariage heureux, ce qui ne serait certes pas garanti si elle forçait la main de Richard.

— Bon, c'est fait, répondit-elle. Il est trop tard pour changer. Je ne me vois pas me dandiner à l'église dans cet état.

— Ce qui fait de toi une femme sans obligations, déclara sa mère. Tu peux décider où et comment tu veux accoucher. Si ça ne plaît pas à Richard, tu peux lui faire remarquer que, puisqu'il a préféré ne pas devenir ton mari avant la naissance du bébé, comme le veut la tradition, il peut se mettre à l'arrière-plan et y rester jusqu'à ce que vous soyez mariés. Bon, maintenant... (Dora Foster rejoignit sa fille à la table, où une pile de cartes d'invitation attendaient d'être expédiées.) On prend ton sac et je t'emmène à la maison. Tu peux lui laisser un mot. Ou lui passer un coup de fil. Tu veux que je t'apporte le téléphone ?

— Je ne vais pas dans le Wiltshire ce soir. Je parlerai à Richard. Je lui demanderai à nouveau...

— Lui demander ? (Elle posa la main sur l'une des chevilles enflées de Jill.) Lui demander quoi ? La permission d'avoir ton bébé ?

— Catherine est aussi son bébé.

— Cela n'a rien à voir. C'est toi qui accouches. Jill, je ne te reconnais plus. Tu as toujours su ce que tu voulais, mais maintenant tu te comportes comme si tu avais peur de faire quelque chose qui pourrait l'éloigner de toi. C'est absurde. Il a de la chance de t'avoir. Vu son âge, il a de la chance de...

— Maman…

C'était un point litigieux, et elles étaient convenues depuis longtemps de ne pas en discuter : l'âge de Richard, le fait qu'il eût deux ans de plus que le père de Jill, et cinq de plus que sa mère.

— Tu as raison. Je sais ce que je veux. C'est décidé : je parlerai à Richard quand il rentrera. Mais je ne vais pas dans le Wiltshire sans lui parler et je ne pars pas en lui laissant un mot.

Elle avait donné à sa voix le tranchant qu'elle avait autrefois à la BBC, l'inflexion nécessaire pour faire respecter les délais de production et le budget. Personne ne discutait avec elle quand elle prenait ce ton.

Dora Foster ne discuta pas. Posant les yeux sur la robe de mariée ivoire accrochée à la porte sous sa housse transparente, elle soupira :

— Jamais je n'aurais cru que ça se passerait comme ça.

— Tout ira bien, Maman, assura Jill en se disant qu'elle le pensait vraiment.

Mais après le départ de sa mère, elle se retrouva avec ses pensées, compagnes malveillantes de sa solitude. Elles insistèrent pour qu'elle considère avec soin les propos de sa mère, ce qui la ramena sur le terrain de ses relations avec Richard.

Cela ne voulait rien dire qu'il ait été celui qui souhaitait attendre. Il y avait de la logique dans cette décision. Et ils l'avaient prise ensemble, non ? Le fait que l'idée vînt de lui n'y changeait rien. Il avait avancé des arguments sensés. Quand elle lui avait annoncé qu'elle était enceinte, il avait été aussi heureux qu'elle. « Nous allons nous marier, avait-il dit. Promets-moi que nous allons nous marier », et elle avait ri en voyant son expression de petit garçon craignant tellement d'être déçu. « Bien sûr que nous allons nous marier », avait-elle répondu, et il l'avait prise dans ses bras pour l'entraîner dans la chambre.

Après l'amour, ils étaient restés enlacés et il avait parlé de leur mariage. Elle baignait dans la félicité, dans cet état de satisfaction et de reconnaissance qui suit l'orgasme et dans lequel tout semble possible, tout paraît raisonnable. Aussi, quand il avait déclaré qu'il voulait un vrai mariage, pas une cérémonie bâclée, elle avait répondu d'une voix ensommeillée : « Oui. Un vrai mariage, chéri. » Et il avait ajouté : « Avec une vraie robe de mariée pour toi. Des fleurs et des invités. L'église. Un photographe. Une réception. Je veux une grande fête, Jill. »

Ce qu'il n'aurait pas, évidemment, s'ils devaient tout organiser précipitamment dans les sept mois précédant la naissance du bébé. Et même s'ils y parvenaient, elle ne parviendrait jamais, elle, à rentrer dans une robe de mariée élégante une fois qu'elle aurait un gros ventre. C'était tellement plus pratique d'attendre. En fait, Jill s'en rendit compte en y pensant, Richard l'avait amenée à cette idée, et quand, après avoir énuméré tout ce qu'il fallait faire pour organiser le mariage qu'il voulait, il avait ajouté : « Il en faudra, des mois... Tu te sentiras à l'aise, Jill, de te marier à un stade aussi avancé de ta grossesse ? », elle était plus que prête pour entendre la suite de son raisonnement. « Nul plus que toi ne doit savourer le bonheur de cette journée. » Comme pour souligner ses propos, il avait posé la main sur le ventre de Jill, qui était encore plat et ferme mais ne le serait bientôt plus. « Tu ne crois pas que nous devrions attendre ? » avait-il suggéré.

Pourquoi pas ? avait-elle pensé. Elle avait attendu trente-sept ans le jour de son mariage. Quelques mois de plus ne posaient pas de problème.

Mais c'était avant que les ennuis de Gideon ne prennent la priorité dans l'esprit de Richard. Et les ennuis de Gideon avaient amené Eugenie.

Jill avait conscience que les préoccupations de Richard après Wigmore Hall pouvaient provenir d'une autre source que de l'incapacité de son fils à jouer ce soir-là. Et lorsqu'elle rapprocha cette autre source du manque apparent d'empressement de Richard à se marier, elle sentit un malaise la gagner, comme un banc de brouillard glissant sans bruit vers une côte sans méfiance.

Elle en rendit sa mère responsable. Dora Foster était plutôt heureuse de devenir bientôt grand-mère pour la première fois, mais elle n'était pas enchantée du père que Jill avait choisi, bien qu'elle se gardât de le dire franchement. Elle éprouvait cependant le besoin d'exprimer subtilement ses objections, et quel meilleur moyen qu'entamer la confiance implicite de Jill dans le sens de l'honneur de Richard ? Non qu'elle pensât en termes de « réparer ». Elle ne vivait pas dans un roman de Thomas Hardy. Avoir le sens de l'honneur, à ses yeux, c'était simplement dire la vérité sur ses actes et ses intentions. Richard avait dit qu'ils se marieraient, ils se marieraient donc.

Ils auraient pu se marier tout de suite, bien sûr, dès qu'elle était tombée enceinte. Cela n'aurait pas dérangé Jill, puisque le mariage et les enfants figuraient en tête de la liste des objectifs qu'elle s'était assignés avant son trente-cinquième anniversaire. Elle n'y avait pas écrit le mot « noces » et ne considérait la cérémonie que comme un moyen pour atteindre ses buts. De fait, si sa béatitude avait été moins grande après l'orgasme, elle aurait probablement répondu : « Tant pis pour la noce, Richard. Marions-nous maintenant », et il aurait accepté.

Il aurait accepté, non ? Comme il avait accepté le nom qu'elle avait choisi pour le bébé ? Comme il avait accepté que sa mère s'occupe de l'accouchement ? Comme il avait accepté qu'elle vende d'abord son appartement à elle plutôt que le sien ? Comme il avait accepté d'acheter cette maison qu'elle avait vue à Harrow ? D'aller au moins là-bas avec l'agent immobilier pour y jeter un coup d'œil ?

Pourquoi Richard contrecarrait-il tous ses projets de la plus raisonnable des façons, en donnant l'impression que chaque décision était prise d'un commun accord et qu'elle ne cédait pas à chaque fois parce qu'elle avait… ? Quoi ? Peur ? Dans ce cas, de quoi ?

La réponse était évidente, bien que cette femme fût morte, bien qu'elle ne pût revenir leur faire du mal, se mettre en travers de leur chemin, empêcher la réalisation de ce qui devait être...

La sonnerie du téléphone la fit sursauter. Elle regarda autour d'elle, déroutée. Elle était si absorbée par ses pensées qu'elle ne se rendit pas immédiatement compte qu'elle était toujours dans la cuisine et que le téléphone sans fil se trouvait quelque part dans le salon. Elle alla le prendre d'un pas lourd.

— Miss Foster ? s'enquit une voix d'homme.

Une voix professionnelle, compétente, comme celle de Jill autrefois.

— Oui.

— Miss Jill Foster ?

— Oui. Qui est à l'appareil ?

La réponse fracassa le monde de Jill.

Il y avait quelque chose dans la manière dont Noreen McKay avait déclaré « Je ne peux pas la disculper » qui incita Nkata à attendre avant d'allumer les feux d'artifice de la victoire. Il y avait du désespoir dans les yeux de la directrice-adjointe, et un début de panique dans la façon dont elle avala d'un trait le reste de son verre.

— Vous ne pouvez pas ou vous ne voulez pas ?

— J'ai deux enfants adolescents auxquels je dois penser. C'est la seule famille qui me reste. Je ne veux pas me battre avec le père pour leur garde.

— Les tribunaux sont plus larges d'esprit, de nos jours.

— J'ai aussi une carrière. Ce n'est pas celle que j'ai choisie mais c'est celle que j'ai. Celle que je me suis faite. Vous ne comprenez pas ? Si on venait à savoir qu'il m'est arrivé un jour...

Elle s'interrompit. Nkata soupira : il ne pouvait rien faire de ce *un jour*, il ne pouvait l'utiliser ni d'une manière ni d'une autre.

— Elle était avec vous, donc. Il y a trois jours ? Hier aussi ? Tard dans la soirée ?

Noreen McKay cligna des yeux. Elle se tenait si raide sur sa chaise qu'on eût dit une effigie en carton d'elle-même.

— Miss McKay, il faut que je sache si je peux rayer son nom.

— Et moi, il faut que je sache si je peux vous faire confiance. Que vous soyez venu directement ici, à la prison... Vous voyez ce que cela suggère ?

— Ça suggère que je suis occupé. Que ce serait idiot que je traverse Londres dans les deux sens alors que vous êtes à... quoi ? trois kilomètres du bureau de Harriet Lewis.

— Plus que cela, Mr Nkata. Cela suggère que vous êtes quelqu'un d'intéressé, et si vous l'êtes, qu'est-ce qui pourrait vous empêcher de donner mon nom à un rapporteur de ragots contre cinquante livres ? Ou de faire le rapporteur vous-même, pour cinquante livres de plus ? C'est une bonne histoire à vendre au *Mail*. Vous m'avez déjà menacée de pire pendant notre conversation.

— Je pourrais le faire tout de suite, maintenant que j'y pense. Vous m'en avez déjà assez dit.

— Je vous ai dit quoi ? Qu'une avocate et sa cliente sont venues chez moi un soir ? Qu'est-ce que vous voulez que le *Mail* fasse de ça ?

Il dut reconnaître qu'elle avait un argument. Il n'y avait pas assez de levure pour faire monter la pâte dans le peu d'informations qu'il détenait. Il y avait cependant ce qu'il savait déjà, ce qu'il pouvait en déduire, et ce qu'il pourrait finalement faire du tout. Mais à vrai dire, ce dont il avait réellement besoin, bien qu'il rechignât à l'admettre, c'était uniquement une confirmation et un peu de temps. Le reste, les pourquoi, les comment... S'il devait être sincère, il les voulait, mais il n'en avait pas besoin sur le plan professionnel.

— Le meurtre de Hampstead a eu lieu vers dix heures et demie, onze heures l'autre soir. Harriet Lewis dit que vous pouvez fournir un alibi à Katja Wolff pour cet intervalle de temps. Elle dit aussi que vous ne le ferez pas, ce qui me laisse penser que vous et Katja, vous êtes liées par quelque chose qui ferait du tort à l'une des deux si ça venait à se savoir.

— Je vous l'ai dit : je n'en parlerai pas.

— Je vous reçois, Miss McKay. Cinq sur cinq. Alors, si vous parliez seulement de ce dont vous avez envie ? Les faits bruts, sans décorations autour ?

— Qu'est-ce que vous voulez dire ?

— De simples oui ou non.

Elle regarda en direction du bar, où ses collègues éclusaient des pintes de Guinness. La porte du pub s'ouvrit, trois autres surveillantes entrèrent, toutes vêtues d'uniformes semblables à celui de la directrice-adjointe. Deux d'entre elles la saluèrent et parurent envisager de s'approcher nonchalamment de sa table pour se faire présenter à l'homme qui lui tenait compagnie. Noreen McKay détourna brusquement la tête et dit à voix basse :

— Ce n'est pas possible. Je n'aurais jamais dû... Il faut sortir d'ici.

— Vous sauver ne ferait pas bonne impression non plus, murmura Nkata. Surtout si je me lève en criant votre nom. Quelques oui, quelques non et je m'en vais, Miss McKay. Sans dire un mot. Vous pourrez leur raconter ce que vous voudrez : que je suis quelqu'un du collège venu vous parler de vos gosses parce qu'ils sèchent l'école, un découvreur de talents de Manchester United intéressé par votre garçon. Je m'en tamponne. Des oui, des non, et vous reprenez votre vie, quelle qu'elle soit.

— Vous ne savez pas ce qu'elle est, ma vie.

— Bien sûr. Comme j'ai dit : quelle qu'elle soit.

Elle le fixa un moment avant de répondre :

— D'accord. Posez vos questions.

— Elle était avec vous il y a trois jours ?

— Oui.

— Entre dix heures et minuit ?

— Oui.

— A quelle heure est-elle partie ?

— On avait dit par oui ou par non.

— OK. Elle est partie avant minuit ?

— Non.

— Elle est arrivé avant dix heures ?

— Oui.

— Elle est venue seule ?

— Oui.

— Mrs Edwards sait où elle était ?

En entendant la question, Noreen McKay détourna les yeux, mais Nkata n'eut pas l'impression que c'était parce qu'elle allait mentir.

— Non, répondit-elle.

— Et hier soir ?

— Quoi, hier soir ?

— Katja Wolff était avec vous hier soir ? Disons, après le départ de son avocate ?

Elle ramena son regard sur lui.

— Oui.

— Elle est restée ? Elle était là vers onze heures et demie, minuit ?

— Oui. Elle est partie... Il devait être une heure et demie quand elle est partie.

— Vous connaissez Mrs Edwards ?

Son regard se déroba de nouveau ; un muscle de sa mâchoire se contracta.

— Oui. Oui, je connais Yasmin Edwards. Elle a purgé la majeure partie de sa peine à Holloway.

— Vous savez qu'elle et Katja...

— Oui.

— Alors, qu'est-ce que vous foutez avec elles ? s'énerva-t-il brusquement, renonçant au système des oui et non pour répondre à un soudain besoin de bagarre, un besoin personnel qu'il pouvait à peine reconnaître, encore moins comprendre. Vous avez un plan, vous et Katja ? Vous vous servez de Yasmin et de son gamin pour une raison quelconque ?

Elle le regarda mais ne répondit pas.

— Ce sont des *êtres humains*, Miss McKay, continua-t-il. Ils ont une vie, des sentiments. Si Katja et vous avez l'intention de coller quelque chose sur le dos de Yasmin, de laisser une piste qui mène à sa porte, de foutre en l'air sa réputation, de la mettre en danger…

Elle se pencha soudain en avant et dit dans un sifflement :

— Vous ne voyez pas que c'est justement le *contraire* ? C'est moi dont on fout la réputation en l'air, c'est moi qui suis en danger. Et pourquoi ? Parce que je l'aime. C'est mon péché. Vous ne voyez dans tout ça qu'une histoire de bizarrerie sexuelle. D'abus de pouvoir. De coercition menant à la perversion, de scènes écœurantes de femmes désespérées, un godemiché harnaché aux hanches, chevauchant d'autres femmes désespérées derrière des barreaux. Vous ne voyez pas que c'est compliqué, d'aimer quelqu'un mais de ne pas pouvoir l'aimer ouvertement, alors je l'aime de la seule façon possible, en sachant que les nuits où nous sommes séparées – bien plus nombreuses que celles où nous sommes ensemble, croyez-moi – elle est avec quelqu'un d'autre, elle aime quelqu'un d'autre, ou du moins elle fait semblant, parce que c'est ce que je veux. Aucune des discussions que nous avons n'apporte de solution parce que nous avons raison toutes les deux dans les choix que nous avons faits. Je ne peux pas lui donner ce qu'elle veut de moi, et je ne peux pas accepter ce qu'elle veut donner. Alors, elle le donne ailleurs et je n'ai d'elle que des miettes, elle n'a de moi que des miettes et c'est comme ça, quoi qu'elle puisse raconter sur quand, comment et pour qui les choses vont changer.

Elle se laissa aller en arrière sur sa chaise et, la respiration saccadée, remit sa veste bleu marine, se leva et se dirigea vers la porte.

Nkata la suivit. Dehors, le vent soufflait rageusement. Un bras passé autour d'un réverbère, Noreen McKay regardait la prison, de l'autre côté de la rue. Nkata la rejoignit mais elle ne se tourna pas vers lui quand elle dit :

— Au début, elle n'a fait qu'éveiller ma curiosité. Après le procès, on l'avait mise au quartier médical, là où j'étais affectée à l'époque. Elle était sous surveillance au cas où elle aurait fait une tentative de suicide. Mais je voyais bien qu'elle n'avait pas l'intention d'attenter à ses jours. Il y avait en elle une détermination, une parfaite conscience de ce qu'elle était. Je la trouvais attirante, irrésistible, vraiment, parce que si je savais moi aussi qui j'étais, je n'avais jamais été capable de me l'avouer. On l'a ensuite transférée aux femmes enceintes et elle aurait pu passer au service mère-et-enfant après la naissance du bébé mais elle n'a pas voulu, elle n'a pas voulu de l'enfant, et je me suis aperçue que j'avais besoin de savoir ce qu'elle voulait, de quoi elle était faite pour vivre si seule et si sûre d'elle.

Nkata ne dit rien, se plaça de manière à la protéger en partie du vent.

— Alors je l'observais, poursuivit-elle. Elle s'est retrouvée en danger, bien sûr, quand elle a quitté le quartier médical. Il y a une sorte de code d'honneur parmi les détenues : à leurs yeux, le pire des crimes, c'est de tuer un bébé, et elle n'était en sécurité que lorsqu'elle se trouvait avec d'autres condamnées du Programme Un. Mais elle s'en fichait, et ça me fascinait. J'ai cru d'abord que c'était parce qu'elle pensait que sa vie était finie et j'ai voulu lui en parler. J'estimais que c'était mon devoir, et comme à l'époque j'étais responsable des Samaritains...

— Les Samaritains ?

— Nous avons un programme de visites. Si une détenue souhaite y participer, elle en avise le responsable.

— Katja voulait y participer ?

— Non. Absolument pas. Mais j'ai pris ce prétexte pour lui parler.

Noreen McKay examina le visage de Nkata et dut lire quelque chose dans son expression car elle ajouta :

— Je suis bonne dans mon boulot. Nous avons des programmes à douze niveaux. Avec une augmentation des visites. Nous obtenons une meilleure réinsertion, nous facilitons les contacts entre les familles et les mères détenues. Je suis vraiment bonne dans mon boulot.

Elle détourna les yeux, regarda la rue, où le flot des voitures de la fin de journée se déversait vers les banlieues nord.

— Katja ne voulait rien de tout ça et je ne comprenais pas pourquoi, reprit-elle. Elle s'était battue pour ne pas être extradée en Allemagne, et je ne comprenais pas pourquoi. Elle ne parlait à personne, à moins qu'on ne lui adresse d'abord la parole. Mais tout le temps, elle observait. Et elle a fini par remarquer que je l'observais. Quand j'ai été affectée à son quartier – plus tard –, nous avons commencé à parler. C'est elle qui a pris l'initiative, ce qui m'a étonnée. « Pourquoi vous me regardez ? » elle m'a demandé. Je me souviens de ça. Et de ce qui a suivi.

— C'est elle qui a tous les atouts en main, Miss McKay.

— Il ne s'agit pas de chantage. Katja pourrait me détruire, mais je sais qu'elle ne le fera pas.

— Pourquoi ?

— Il y a des choses qu'on sait, comme ça.

— Nous parlons d'une délinquante, là.

— Nous parlons de Katja.

La directrice-adjointe s'éloigna du réverbère et se dirigea vers le feu qui lui permettrait de traverser et de retourner à la prison. Nkata marchait à côté d'elle.

— J'ai su ce que j'étais dès mon plus jeune âge, dit-elle. Mes parents aussi, je pense, quand je jouais à me déguiser et que je me déguisais toujours en soldat, en pirate, en pompier. Jamais en princesse, en infirmière ou en maman. Ce n'est pas normal, n'est-ce pas ? Et quand vous avez enfin quinze ans, tout ce que vous demandez, c'est d'être normale. Alors j'ai essayé : jupes courtes, hauts talons, décolletés profonds, toute la panoplie. Je me suis mise à courir les garçons et j'ai baisé avec tout ce qui me passait sous la main. Puis un jour dans le journal, j'ai vu une annonce pour femmes recherchant les femmes et j'ai téléphoné. Pour rigoler, je me suis dit. Nous nous sommes rencontrées dans un club de remise en forme, nous avons nagé, nous avons pris un café dehors et nous sommes allées chez elle. Elle avait vingt-quatre ans. J'en avais dix-neuf. Ça a duré cinq ans, jusqu'à ce que j'entre dans le service pénitentiaire. Et là… je ne pouvais plus mener cette vie. Ça me semblait trop risqué. Là-dessus, ma sœur a eu la maladie de Hodgkin, j'ai recueilli ses enfants et pendant longtemps, ça m'a suffi.

— Jusqu'à Katja.

— J'ai fait défiler des tas d'hommes dans mon lit, mais je n'ai connu que deux fois l'amour, deux fois avec des femmes. Katja est l'une d'elles.

— Depuis combien de temps ?

— Dix-sept ans. Avec des interruptions.

— Vous avez l'intention de continuer éternellement comme ça ?

— Avec Yasmin au milieu, vous voulez dire ? (Elle lança un coup d'œil au policier, tenta de déchiffrer son silence.) Si tant est qu'on choisisse qui on aime, j'ai choisi Katja pour deux raisons. Elle n'a jamais parlé de ce qui l'avait amenée en prison, alors je savais qu'elle saurait se taire à mon sujet. Et deuxièmement, elle avait un grand secret. A l'époque, j'ai cru que c'était quelqu'un qui l'attendait à l'extérieur. Je ne risque rien, me suis-je dit. Quand elle sortira, elle retournera auprès de lui ou d'elle. Moi j'aurai eu la possibilité d'extirper ça de moi pour pouvoir vivre le reste de ma vie sans personne, mais en sachant que j'aurai connu un jour *quelque chose*…

Le feu de Parkhurst Road changea, la silhouette de piéton passa elle aussi du rouge au vert. Noreen McKay s'avança sur la chaussée mais regarda par-dessus son épaule en ajoutant un dernier commentaire :

— Cela fait dix-sept ans. C'est la seule détenue que j'aie jamais touchée… de cette façon. C'est la seule femme que j'aie jamais aimée… de cette façon.

— Pourquoi ? lui demanda-t-il quand elle commença à traverser.

— Parce qu'elle est sûre, répondit-elle en s'éloignant. Parce qu'elle est forte. Personne ne peut briser Katja Wolff.

— Merde de merde, c'est super, tiens, maugréa Barbara Havers. (Elle commençait à apprécier le danger de sa situation : deux mois de mise à pied pour insubordination et voies de fait sur un supérieur, elle ne pouvait se permettre un autre accroc dans le tissu rapiécé de sa carrière.) Si Leach parle de l'ordinateur à Hillier, on est cuits, inspecteur. Vous le savez, je suppose ?

— Nous sommes cuits uniquement s'il y a quelque chose d'utile pour l'enquête sur cet ordinateur, fit remarquer Lynley en engageant la Bentley dans la circulation dense de Rosslyn Hill. Et il n'y a rien, Havers.

Son calme parfait se frottait aux appréhensions douloureuses de Barbara. Ils avaient regagné sa voiture si rapidement après avoir quitté le bureau de Leach qu'elle n'avait pas eu le temps de fumer une cigarette. Elle était en manque d'une dose de nicotine pour se calmer les nerfs, ce qui ajoutait de l'irritation à sa peur.

— Vous savez ça, vous ? répliqua-t-elle. Et les lettres ? Les lettres que le commissaire lui a écrites ? Si nous en avons besoin pour inculper Davies… Pour expliquer pourquoi il s'en est pris à Webberly… pourquoi il s'est arrangé pour que ça ait l'air d'une vengeance de Wolff...

Elle passa une main dans ses cheveux, les sentit se hérisser. Il fallait les couper. Elle le ferait ce soir-là, avec les ciseaux à ongles. Elle les taillerait n'importe comment et mettrait du gel dessus pour avoir l'air punk. Ça devrait détourner l'attention de Hillier du rôle qu'elle avait joué dans l'escamotage de preuve.

— Vous ne pouvez pas soutenir une chose et son contraire.

— Ça veut dire quoi, ça, une fois déballé et décortiqué ?

— Davies ne peut pas assassiner Eugenie parce qu'elle menace la carrière de Gideon et renverser ensuite Webberly par jalousie. Si vous prenez cette direction, qu'est-ce que devient Kathleen Waddington ?

— Bon, mettons que je me plante pour la carrière de Gideon. Davies a peut-être écrasé Eugenie parce qu'elle avait une liaison avec Webberly.

— Non. Vous avez raison. Son objectif, c'était Eugenie, la seule qu'il ait tuée. Il s'en est pris également à Webberly et à Waddington pour détourner notre attention sur Katja Wolff.

Lynley semblait si certain de lui, si insensible au danger qui les menaçait que Barbara eut envie de le gifler. Il peut se permettre de rester imperturbable, lui, pensa-t-elle. S'il se fait virer de New Scotland Yard, il retourne au manoir familial de Cornouailles et vit tranquille en gentilhomme campagnard. Elle, en revanche, n'avait pas de solution de rechange.

— Vous avez l'air drôlement sûr de vous, marmonna-t-elle.

— Davies avait la lettre, Havers.

— Quelle lettre ?

— La lettre lui annonçant la libération de Katja Wolff. Il savait que je la soupçonnerais dès qu'il me montrerait cette lettre.

— Alors, il renverse le commissaire et cette fille, Waddington, pour faire croire à une vengeance ? Katja éliminant l'un après l'autre ceux qui l'ont envoyée en taule ?

— J'incline à le penser.

— C'est peut-être une vengeance, inspecteur. Mais pas celle de Katja, celle de Davies. Il savait pour Eugenie et Webberly ; il a toujours su mais il a attendu son heure, rongé par la jalousie, se promettant qu'un jour…

— Ça ne colle pas, Havers. Les lettres de Webberly ont été envoyées à Eugenie, à Henley. Elles sont toutes postérieures à la séparation d'Eugenie et de son mari. Davies n'avait aucune raison d'être jaloux. Il n'était probablement même pas au courant de leur liaison.

— Alors pourquoi choisir Webberly ? Pourquoi pas quelqu'un d'autre, directement mêlé au procès ? Le procureur, le juge, un autre témoin.

— Je suppose que Webberly était plus facile à localiser. Il habite la même maison depuis vingt-cinq ans.

— Mais Davies devait savoir également où vivaient les autres s'il a retrouvé Waddington.

— De quels autres vous parlez ?

— Ceux qui ont témoigné contre Katja. Robson, par exemple. Pourquoi pas Robson ?

— Robson était utile à Gideon. Je ne vois pas Davies faisant quelque chose qui puisse nuire à son fils. Tout votre scénario – celui que vous avez élaboré dans le bureau de Leach – repose sur l'hypothèse que Davies a agi pour sauver son fils.

— D'accord. Mais je me trompe peut-être. Les meurtres sont peut-être uniquement liés à Eugenie, à Webberly et à leur liaison. Du coup, les lettres et l'ordinateur sont peut-être des indices que nous aurions dû utiliser pour le prouver. Et on est peut-être foutus.

— Non, Barbara, assura Lynley. (Il jeta un coup d'œil aux mains de Havers et elle se rendit compte qu'elle était en train de les tordre, comme l'héroïne infortunée et impuissante d'un mélodrame.) Prenez-en une.

— Quoi ?

— Une cigarette. Prenez-en une. Vous y avez droit. Je tiendrai le coup.

Lynley enfonça même l'allume-cigare de la Bentley, et lorsqu'il ressortit, il le lui tendit en disant :

— Tenez, voilà du feu. C'est une situation dans laquelle vous avez peu de chances de vous retrouver à nouveau.

— J'espère bien, grogna Havers.

Il lui lança un regard appuyé.

— Je parlais de fumer dans la Bentley, Barbara.

— Oui. Eh bien, pas moi.

Havers tira de son sac son paquet de Players, approcha une cigarette du serpentin brûlant de l'allume-cigare. Elle tira une longue bouffée, remercia de mauvaise grâce son supérieur d'avoir pour une fois toléré son vice. Ils avançaient lentement en direction du sud et Lynley consulta sa montre de gousset. Tendant son portable à Barbara, il dit :

— Appelez Saint James, demandez-lui de préparer l'ordinateur.

Elle s'apprêtait à obtempérer quand l'appareil bourdonna dans sa main. Lynley lui fit signe de prendre la communication.

— Havers, dit-elle.

— Où êtes-vous, bon Dieu ?

C'était Leach, aboyant plus qu'il ne parlait.

— En route pour récupérer l'ordinateur, monsieur, répondit Barbara.

Leach, articula-t-elle silencieusement à l'intention de Lynley. *Encore furax.*

— On s'en fout, de l'ordinateur ! brailla l'inspecteur principal. Foncez à Portman Street. Entre Oxford Street et Portman Square. Vous verrez ce qui se passe en arrivant.

— Portman Street ? fit Barbara. Mais, monsieur, vous ne vouliez pas que…

— Vos oreilles marchent aussi mal que votre cerveau ?

— Je…

— On a un nouveau délit de fuite.

— *Quoi ?* Une autre personne renversée ? Qui ?

— Richard Davies. Mais il y a des témoins, cette fois. Je veux que vous et Lynley alliez les passer au crible avant qu'ils disparaissent.

GIDEON

10 novembre

La confrontation, c'est la seule réponse possible. Il m'a menti. Pendant près des trois quarts de ma vie, mon père a menti. Non par ce qu'il disait mais par ce qu'il m'a amené à croire en ne disant rien pendant vingt ans : que nous – lui et moi – étions les victimes quand ma mère nous a quittés. Alors qu'en vérité elle nous a quittés parce qu'elle avait compris pourquoi Katja avait assassiné ma sœur, et pourquoi elle avait gardé le silence sur son acte.

11 novembre

Voilà donc comment ça s'est passé, Dr Rose. Pas de souvenirs, cette fois, avec votre permission. Pas de voyage dans le temps et de retour sur le passé. Simplement ceci :

Je lui ai téléphoné, je lui ai dit : « Je sais pourquoi Sonia est morte. Je sais pourquoi elle a refusé de parler. Tu es un salaud, Papa. »

Il n'a pas répondu.

« Je sais pourquoi ma mère est partie. Je sais ce qui est arrivé. Tu m'as compris ? Dis quelque chose, Papa. Il est temps de dire la vérité. Je *sais* ce qui est arrivé. »

J'entendais la voix de Jill à l'arrière-plan, et le ton, la formulation de sa question – « Richard ? Chéri, mais qui est-ce ? » – me donnaient une idée de la réaction de mon père à mes propos. Je n'ai donc pas été surpris quand il a répondu d'une voix dure : « Je viens. Ne bouge pas de la maison. »

Comment il a fait pour arriver si vite, je ne sais pas. Tout ce que je peux dire, c'est que lorsqu'il est entré dans la maison et qu'il a monté l'escalier d'un pas décidé, il m'a semblé que quelques minutes seulement s'étaient écoulées depuis que j'avais raccroché.

Ces quelques minutes m'avaient suffi pour les voir, tous les deux : Katja, qui prenait la vie à bras-le-corps, qui avait eu recours à une menace de mort pour sortir d'Allemagne de l'Est, et qui se serait servie de la mort elle-même au besoin pour atteindre l'objectif qu'elle avait en tête ; et mon père, qui l'avait mise enceinte, dans l'espoir, peut-être, de produire un spécimen parfait afin de fonder une lignée commençant avec lui-même. Après tout, ne répudiait-il pas les femmes quand elles se révélaient incapables de lui donner une progéniture saine ? Il s'était débarrassé de sa première épouse et avait plus que probablement décidé d'infliger le même sort à ma mère. Mais il n'avait pas été assez rapide pour Katja, Katja, Katja, qui prenait la vie *à bras-le-corps*, et qui refusait d'attendre ce que la vie lui donnerait.

Ils en avaient discuté.

Quand lui parleras-tu de nous, Richard ?

Le moment venu.

Mais nous ne pouvons pas attendre ! Tu sais *que nous ne pouvons pas attendre.*

Katja, ne te conduis pas comme une idiote hystérique.

Puis, quand le moment était venu où il aurait pu prendre position, il n'avait pas parlé pour la défendre, l'excuser ou s'engager tandis que ma mère mettait la jeune Allemande en face de sa grossesse et de son incapacité à remplir sa tâche auprès de ma sœur *à cause* de cette grossesse. Alors, Katja avait pris les choses en main. Épuisée par les discussions et les tentatives pour se défendre, malade à cause de sa grossesse, se sentant trahie de tous côtés, elle avait craqué. Elle avait noyé Sonia.

Qu'espérait-elle gagner ?

Elle espérait peut-être libérer mon père d'un fardeau qui, pensait-elle, les éloignait l'un de l'autre. Noyer Sonia était peut-être sa façon de faire une déclaration qu'elle jugeait nécessaire. Elle souhaitait peut-être punir ma mère d'avoir sur mon père une emprise qui semblait indestructible. En tout cas, elle avait tué Sonia puis refusé, par un silence stoïque, de reconnaître son crime, la courte vie de ma sœur ou les péchés qui l'avaient conduite à supprimer cette vie.

Pourquoi ? Parce qu'elle protégeait l'homme qu'elle aimait ? Ou parce qu'elle le punissait ?

Tout cela je le voyais, tout cela j'y songeais en attendant l'arrivée de mon père.

« Qu'est-ce que c'est que ce cirque, Gideon ? »

Ce sont les premiers mots qu'il a prononcés en pénétrant à grands pas dans la salle de musique où j'étais assis sur la banquette, près de la fenêtre, luttant contre les premiers coups de poignard qui me perçaient le ventre, me traitaient de peureux, de puéril et de lâche au moment où notre confrontation finale approchait. J'ai montré le cahier sur lequel j'écris depuis des semaines, et j'ai détesté la tension que j'ai entendue dans ma voix quand j'ai parlé. J'ai détesté ce qu'elle révélait : sur moi, sur lui, sur ce dont j'avais peur.

« Je sais ce qui s'est passé. Je m'en suis souvenu.

— Tu as pris ton instrument ?

— Tu pensais que je n'y arriverais pas, hein ?

— Tu as pris ton Guarnerius, Gideon ?

— Tu as cru que tu pourrais jouer la comédie le reste de ta vie ?

— Bon sang, tu as joué ? Tu as essayé de jouer ? Tu l'as *regardé* au moins, ton violon ?

— Tu as cru que je ferais ce que j'ai toujours fait.

— J'en ai assez. »

Il s'est avancé, non vers l'étui à violon mais vers la chaîne stéréo, et ce faisant il a tiré de sa poche un CD neuf.

« Tu as cru que j'avalerais tout ce que tu me disais parce que c'est ce que j'ai toujours fait, n'est-ce pas ? Jetez-lui quelque chose qui ressemble à une histoire acceptable et il gobe tout, l'hameçon et la ligne. »

Il s'est retourné brusquement et m'a lancé :

« Je ne sais pas de quoi tu parles. *Regarde*-toi. Regarde ce qu'elle a fait de toi avec son charabia psy. Une souris qui a peur de son ombre.

— Ce n'est pas ce que tu as fait, papa ? Ce n'est pas ce que tu as fait autrefois ? Tu as menti, tu as triché, tu as trahi…

— Ça suffit ! »

Comme il n'arrivait pas à sortir le CD de son emballage, il l'a déchiré avec ses dents, comme un chien, recrachant des lambeaux de Cellophane.

« Il n'y a qu'un moyen de régler le problème, et c'est celui que tu aurais dû employer dès le début. Un homme, un vrai, affronte sa peur. Il ne la fuit pas.

— C'est toi qui fuis. En ce moment même.

— Certainement pas, nom de Dieu ! (Il a mis la chaîne en marche, il a glissé le disque dans l'appareil, il a appuyé sur Play et augmenté le volume.) Ecoute. *Ecoute bien*. Et conduis-toi en homme. »

Il avait tellement monté le son que, lorsque le disque a commencé, je n'ai d'abord pas reconnu ce que c'était. Mais ma confusion n'a duré qu'une seconde, Dr Rose, parce qu'il avait choisi *ce* morceau. Beethoven. *L'Archiduc*.

L'allegro moderato s'est élevé dans la pièce et, par-dessus, j'entendais mon père crier.

« Ecoute. *Ecoute* ce qui t'a détruit, Gideon. Ecoute ce que tu as peur de jouer. »

Je me suis couvert les oreilles. « Je ne peux pas. » Mais j'entendais toujours *L'Archiduc*. Et mon père par-dessus :

« Ecoute ce que tu laisses te dominer. Ecoute ce foutu morceau de musique que tu laisses détruire ta carrière.

— Je n'ai pas...

— Des taches noires sur une feuille de *papier*. C'est tout. C'est à ça que tu as abandonné ton pouvoir.

— Ne me...

— Arrête. *Ecoute*. C'est impossible pour un musicien comme toi de jouer cet air ? Non. Il est trop difficile ? Non. C'est une gageure ? Non, non, non. Il est légèrement, vaguement, ou quelque peu...

— Papa ! »

J'ai pressé mes mains sur mes oreilles. La pièce devenait noire. Elle se réduisait à un point de lumière, et cette lumière était bleue, bleue, *bleue*.

« Tu as laissé la faiblesse s'installer en toi, Gideon. Tu as eu un accès de trac et tu t'es transformé en un foutu Mr Robson, voilà ce que tu as fait. »

L'introduction au piano était presque finie, le violon allait attaquer. Je connaissais les notes. La musique était en moi. Mais devant mes yeux, il n'y avait que cette porte. Et Papa – mon père – continuait à se répandre en invectives.

« Je suis surpris que tu ne te sois pas mis à transpirer comme lui. Ce sera la prochaine étape. Suer et trembler comme un malade qui...

— Arrête ! »

Et la musique. La musique. La *musique*. Qui enflait, explosait, exigeait. Tout autour de moi, cette musique que je redoutais et dont j'avais peur.

Devant moi la porte, et *elle,* se tenant sur les marches qui y menaient, avec la lumière qui l'éclairait, une femme que je n'aurais pas reconnue dans la rue, une femme dont l'accent s'était estompé avec le temps, pendant les vingt ans qu'elle avait passés en prison.

« Vous vous souvenez de moi, Gideon ? dit-elle. C'est Katja Wolff. Je dois parler avec vous. »

Poliment, parce que je ne sais pas qui elle est mais qu'on m'a appris à être poli avec le public quelles que soient ses exigences envers moi, parce que c'est le public qui assiste à mes concerts, qui achète mes enregistrements, qui soutient le conservatoire d'East London et qui essaie de donner une vie meilleure à de malheureux enfants semblables à moi à de nombreux égards mis à part les hasards de la naissance, je réponds : « J'ai un concert, madame, je suis désolé.

— Ce ne sera pas long. »

Elle descend les marches. Elle traverse la portion de Welbeck Way qui nous sépare. Je suis transporté devant les doubles portes rouges de l'entrée des artistes de Wigmore Hall, je m'apprête à frapper pour qu'on m'ouvre quand elle dit elle dit oh mon Dieu elle dit : « Je suis venue me faire payer, Gideon », et je ne sais pas ce que cela signifie.

Mais je sens confusément qu'un danger est sur le point de fondre sur moi. J'agrippe l'étui dans lequel le Guarneri est protégé par du cuir et du velours, et je dis : « Je vous le répète, j'ai un concert.

— Pas avant une heure, répond-elle. C'est ce qu'on m'a dit à l'entrée. »

Elle hoche la tête en direction de Wigmore Street, où se trouve le guichet, où apparemment elle a d'abord demandé à me voir. On l'a sans doute informée que les interprètes de la soirée ne sont pas encore arrivés, et que de toute façon ils passent par l'entrée de derrière, pas par-devant. Si elle veut bien attendre là-bas, elle aura peut-être l'occasion de parler à Mr Davies quoique l'employée du guichet ne puisse lui garantir que Mr Davies aura le temps de lui parler.

« Quatre cent mille livres, Gideon, dit-elle. Votre père prétend qu'il ne les a pas. Alors, je m'adresse à vous parce que je sais que vous devez les avoir. »

Le monde tel que je le connais se rapetisse se rapetisse disparaît totalement en une seule perle de lumière d'où pousse le son, et j'entends Beethoven, l'allegro moderato, le premier mouvement de *L'Archiduc*, puis la voix de mon père.

« Conduis-toi en homme, pour l'amour de Dieu.

Redresse-toi. Lève-toi. Cesse de ramper comme un chien battu ! Seigneur ! Cesse de *pleurnicher*. Tu te comportes comme si… »

Je n'en ai pas entendu plus parce que j'ai compris soudain ce que c'était, tout ça, ce que cela avait toujours été. Je m'en suis souvenu en bloc – comme la musique elle-même –, la musique était la toile de fond et l'acte qu'elle accompagnait était ce que je m'étais forcé à oublier.

Je suis dans ma chambre. Raphael est mécontent, plus mécontent qu'il ne l'a jamais été, et il est mécontent, tendu, nerveux et irritable depuis des jours. Je suis de mauvaise humeur et peu coopératif. On m'a privé de Juilliard. On a inscrit Juilliard sur la liste des choses impossibles que je les entends me seriner. Ça n'est pas possible, ça non plus, coupe ici, rogne là, essaie de comprendre. Alors je décide de leur montrer. Je ne jouerai plus de ce fichu violon. Je ne ferai plus d'exercices. Je ne prendrai plus de leçons. Je ne jouerai plus en public, je ne jouerai plus en privé, ni pour moi-même ni pour quiconque. Je vais leur montrer.

Raphael met le disque de *L'Archiduc* et dit : « Ma patience est à bout, Gideon. Ce n'est pas un morceau difficile. Je veux que tu écoutes le premier mouvement jusqu'à ce que tu puisses le fredonner dans ton sommeil. »

Il me laisse, ferme la porte. Et l'allegro moderato commence.

« Je ne le ferai pas, dis-je. Je ne le ferai pas, je ne le *ferai pas* ! » Je fais tomber une table, je renverse une chaise d'un coup de pied, je jette mon corps contre la porte. « Vous ne pouvez pas m'obliger ! Vous ne pouvez rien m'obliger à faire ! »

La musique s'élève. Le piano introduit la mélodie. Tout s'arrête pour laisser place au violon et au violoncelle. Ma partition n'est pas difficile à apprendre, pour quelqu'un naturellement doué comme moi. Mais à quoi bon l'apprendre si je ne peux pas aller chez Juilliard ? Perlman l'a fait, lui. Il est allé là-bas, tout jeune. Moi, je n'irai pas. C'est injuste. C'est *injuste*. Tout dans mon monde est injuste. Je ne le ferai pas. Je n'accepterai pas.

La musique monte.

J'ouvre brusquement ma porte, je crie : « Non, je ne le ferai pas ! » dans le couloir. Je m'attends à ce que quelqu'un vienne, m'emmène quelque part et m'administre une punition mais personne ne vient, ils sont tous trop pris par leurs propres préoccupations. Je suis en colère parce que c'est *mon* monde qui est affecté. *Ma* vie qu'on coule dans un moule. *Ma* volonté qu'on contrecarre, et j'ai envie de donner un coup de poing dans le mur.

La musique s'enfle. Le violon s'envole. Je ne jouerai ce morceau ni chez Juilliard ni ailleurs parce que je dois rester ici. Dans cette maison où nous sommes tous prisonniers. A cause d'elle.

La poignée est dans ma main avant que je m'en rende compte, le panneau de la porte s'écarte de mon visage. Je vais me ruer à l'intérieur et lui faire peur. Je vais la faire pleurer. Je vais la faire payer. Je vais leur faire payer à tous.

Elle n'a pas peur. Mais elle est seule. Seule dans la baignoire avec les canetons jaunes qui flottent autour d'elle, et un bateau rouge vif qu'elle frappe joyeusement de son poing. Elle mérite qu'on lui fasse peur, elle mérite qu'on la batte, qu'on lui fasse comprendre ce qu'elle m'a fait, alors je l'empoigne, je l'enfonce sous l'eau, et je vois ses yeux s'agrandir, s'agrandir, et je la sens lutter pour se redresser.

La musique – *cette* musique – s'enfle et monte. Continue. Pendant des minutes. Des jours.

Puis Katja est là. Elle crie mon nom. Et Raphael est juste derrière elle, parce que, oui, je comprends maintenant : ils étaient en train de parler, tous les deux, c'est pour cela que Sonia était seule, il exigeait de savoir si ce que Sarah-Jane Beckett racontait était vrai. Parce qu'il a le droit de savoir, dit-il en entrant dans la salle de bains sur les talons de Katja. C'est ce qu'il dit en entrant et elle crie. «... parce que si tu l'es, il est de moi et tu le sais, dit-il. J'ai le droit... »

La musique s'enfle.

Katja crie, elle appelle mon père, et Raphael crie lui aussi, « Oh ! mon Dieu ! Oh ! mon Dieu », mais je ne la lâche pas. Même à ce moment-là, je ne la lâche pas, parce que je sais que la fin de mon monde a commencé avec elle.

24

Jill pénétra dans sa chambre d'un pas chancelant. Ses mouvements étaient gauches, ralentis par les dimensions de son ventre. D'un geste brusque, elle ouvrit son placard avec cette seule pensée : Richard, oh ! mon Dieu, *Richard*, et reprit ses esprits pour se demander ce qu'elle faisait devant des vêtements accrochés à une tringle. Elle ne pouvait penser qu'au prénom de son amour ; elle n'éprouvait qu'un mélange de terreur et de haine de soi profonde devant les doutes qu'elle avait eus, qu'elle avait abrités et nourris au moment même où ce... ce quoi ? Que lui était-il arrivé ?

« Il est vivant ? » s'était-elle écriée au téléphone quand la voix avait demandé si elle était Miss Foster, Miss Jill Foster, la femme dont Richard Davies portait le nom dans son portefeuille au cas où...

— Mon Dieu, qu'est-ce qui est arrivé ?

— Miss Foster, si vous pouviez venir à l'hôpital, avait sollicité la voix. Vous avez besoin d'un taxi ? Vous voulez que je téléphone pour vous ? Si vous me donnez une adresse, je peux vous appeler un taxi.

L'idée d'attendre cinq minutes – ou dix, ou quinze – était inconcevable. Jill avait lâché le combiné, était allée prendre son manteau.

Son manteau. C'était ça. Elle était allée dans sa chambre chercher son manteau. Elle promena les mains entre les articles de sa garde-robe jusqu'à sentir du cachemire sous ses doigts. Elle décrocha le vêtement, l'enfila péniblement, s'escrima sur les boutons en corne, se trompa mais ne prit pas la peine de retrouver les bonnes boutonnières après avoir constaté que le bas de son manteau pendait comme un rideau de travers. Dans sa commode, elle saisit un foulard – le premier qui lui tomba sous la main, aucune importance – et le noua autour de son cou. Elle enfonça un bonnet de laine noire sur sa tête, attrapa au passage son sac à main, se dirigea vers la porte.

Dans l'ascenseur, elle appuya sur le bouton du parking souterrain et souhaita de toutes ses forces que la petite cabine descende sans s'arrêter aux autres étages. Elle se dit que c'était bon signe que l'hôpital ait téléphoné et lui ait demandé de venir. Si les nouvelles avaient été mauvaises, si ce qui était arrivé avait été – oserait-elle le mot ? – fatal, ils ne l'auraient pas appelée, non ? Ils auraient envoyé un agent la chercher ou lui parler. Le coup de téléphone signifiait qu'il était vivant. Il était *vivant*.

Elle se surprit à marchander avec Dieu en poussant les portes du parking. Si Richard vivait, elle accepterait un compromis pour le prénom du bébé. Ils la baptiseraient Cara Catherine. Richard l'appellerait Cara à la maison, en famille, dans l'intimité, et Jill ferait de même. Dehors, ils l'appelleraient tous les deux Catherine. Elle serait inscrite à l'école sous le nom de Catherine, ses camarades l'appelleraient Catherine. Et Cara jouirait d'un statut particulier puisque seuls ses parents l'appelleraient par ce nom. Ce serait équitable, n'est-ce pas, Seigneur ? Si seulement Richard vivait.

La voiture était garée sept emplacements plus bas. Elle ouvrit la portière en priant pour que le moteur démarre, en reconnaissant pour la première fois qu'il aurait été plus sage d'avoir un véhicule récent et sûr. Mais la Humber occupait une place importante dans le passé de Jill, son grand-père ayant été son seul et unique propriétaire attentionné. Quand il lui avait légué la voiture dans son testament, elle l'avait gardée par amour pour lui et en souvenir des balades à la campagne qu'ils avaient faites ensemble. Ses amies s'étaient moquées de cette guimbarde et plus tard Richard l'avait chapitrée sur ses dangers – pas d'airbags, pas de repose-tête, un freinage insuffisant – mais Jill s'était obstinée à la conduire et n'avait pas l'intention d'y renoncer.

« Elle est plus sûre que ce qu'on voit rouler dans les rues aujourd'hui, avait-elle loyalement déclaré quand Richard avait tenté de lui arracher la promesse de ne pas la conduire. C'est un tank.

— Abstiens-toi d'y monter avant d'avoir eu le bébé – et promets-moi de ne pas laisser Cara s'en approcher », avait-il transigé.

Catherine, avait-elle pensé. Elle s'appelle Catherine. Mais c'était avant. Quand elle croyait que rien ne pouvait arriver subitement et tout changer, faire de ce qui semblait si important hier moins qu'une bagatelle aujourd'hui.

Elle avait cependant promis de ne pas conduire la Humber et elle avait tenu sa promesse pendant deux mois, de sorte qu'elle avait une raison supplémentaire de se demander si elle démarrerait.

Elle démarra. Du premier coup. Mais le ventre volumineux de Jill réclamait un réglage du lourd siège avant. Elle passa une main dessous, chercha le levier de métal, le souleva, fit porter son poids en arrière. Le siège refusa de reculer.

— Bon sang, fit-elle. Allez.

Elle essaya de nouveau mais soit la glissière s'était rouillée avec les années, soit quelque chose bloquait l'énorme siège.

Sentant l'angoisse monter en elle, elle passa les doigts sur le plancher de la voiture, trouva le levier, le bord du levier, les ressorts, la glissière... Et elle trouva. Un objet dur, mince, rectangulaire, coincé dans la glissière, empêchait le siège de coulisser.

Jill fronça les sourcils, tira sur l'objet, le fit aller

d'avant en arrière pour le déloger. Elle poussa un juron : ses mains moites de sueur manquaient de prise. Enfin, enfin, elle parvint à le décoincer, le tira de dessous le siège et le posa à côté d'elle.

C'était une photographie, constata-t-elle, entourée d'un austère cadre en bois, quasi monastique.

GIDEON

11 novembre

J'ai fui, Dr Rose. Je me suis rué hors de la salle de musique et j'ai dévalé l'escalier. J'ai ouvert la porte avec une telle violence qu'elle a rebondi contre le mur. Je me suis précipité dans Chalcot Square. Je ne savais pas où j'allais ni ce que j'avais l'intention de faire. Mais il fallait que je sois loin : loin de mon père, loin de ce qu'il m'avait sans le vouloir forcé à affronter.

J'ai couru sans rien voir d'autre que le visage de Sonia. Non pas le visage qu'elle avait dans ses moments de joie ou d'innocence, ou même de souffrance, mais celui qu'elle avait eu en perdant conscience, pendant que je la noyais. Je voyais sa tête se tourner d'un côté et d'autre, ses cheveux de bébé se déployer dans l'eau, sa bouche s'ouvrir comme celle d'un poisson, ses yeux se révulser et disparaître. Elle luttait pour rester en vie mais ne pouvait pas rivaliser avec la force de ma rage. Je la maintenais, je la maintenais sous l'eau, et quand Katja et Raphael étaient entrés dans la salle de bains, elle ne bougeait plus, elle ne luttait plus. Ma fureur n'était cependant pas apaisée.

Mes pieds martelaient le trottoir tandis que je courais le long de la place. Je n'avais pas pris la direction de Primrose Hill car Primrose Hill est un lieu exposé, et m'exposer à quoi que ce soit, à qui que ce soit

880

m'était insupportable. J'ai filé dans une autre direction, tournant au premier coin de rue, traversant en trombe le quartier silencieux jusqu'à ce que je déboule dans la partie supérieure de Regent's Park Road.

Un moment plus tard, je l'ai entendu crier mon nom. Alors que je me tenais, haletant, au croisement de Regent's Park Road et de Gloucester Road, il a tourné le coin de la rue, une main plaquée sur le flanc pour contenir la douleur d'un point de côté. Il a levé un bras en criant : « Attends ! » Je me suis remis à courir.

Ce que je pensais en courant se résume à une simple phrase : *Il avait toujours su.* Car je me rappelais d'autres choses, et je voyais mes souvenirs défiler en une série d'images.

Katja pousse des cris. Raphael l'écarte pour parvenir jusqu'à moi. Des cris et des bruits de pas montent dans l'escalier. « Bon sang ! » fait une voix.

Papa est dans la salle de bains. Il tente de m'éloigner de la baignoire, où mes doigts se sont enfoncés, enfoncés, enfoncés dans les épaules fragiles de ma sœur. Il crie mon nom, il me gifle. Il me tire par les cheveux et je finis par la lâcher.

« Sortez-le d'ici ! » rugit-il.

Pour la première fois il a la même voix que Grand-père et j'ai peur. Tandis que Raphael m'entraîne dans le couloir, j'entends d'autres personnes arriver. « Richard ? Richard ? » appelle ma mère en courant dans l'escalier. Sarah-Jane Beckett et James le pensionnaire se parlent en descendant du deuxième étage. Quelque part Grand-père braille : « Dick ! Où est mon whisky ? Dick ! » et Grand-mère s'enquiert craintivement en bas : « Il est arrivé quelque chose à Jack ? »

Puis Sarah-Jane Beckett est près de moi. « Qu'est-ce qui s'est passé ? Qu'est-ce qu'il y a ? » dit-elle. Elle m'arrache à l'étreinte brutale de Raphael en lui lançant : « Qu'est-ce que vous lui faites ? » et ajoute « Qu'est-ce qu'elle a, elle ? », référence à Katja qui pleure et répète : « Je ne la quitte pas. Pour une minute seulement », ce sur quoi Raphael Robson ne fait aucun commentaire.

Je me retrouve ensuite dans ma chambre. J'entends Papa crier : « N'entre pas, Eugenie. Appelle le 999.

— Qu'est-ce qui se passe ? demande-t-elle. Sosy ! »

Sarah-Jane Beckett va à la porte de ma chambre, écoute, tête penchée, ne bouge plus. Adossé à la tête du lit, les bras mouillés jusqu'au coude, je tremble, enfin conscient de la terrible énormité de ce que j'ai commis. Et pendant tout ce temps, la musique, la même musique, ce maudit *Archiduc* qui me hante et me poursuit comme un démon implacable depuis vingt ans.

C'est ce dont je me suis souvenu en courant, et quand j'ai traversé le carrefour, je n'ai pas cherché à éviter les voitures. Il me semblait que la seule grâce que je pouvais attendre, c'était de me faire écraser par une voiture ou un camion.

Ce n'est pas arrivé. J'ai réussi à gagner l'autre côté. Mais Papa me talonnait en criant mon nom.

J'ai recommencé à courir, fuyant loin de lui, fuyant dans le passé. Un passé qui m'est apparu comme un kaléidoscope d'images : le policier aimable aux cheveux roux qui sentait le cigare et parlait d'une voix chaleureuse, paternelle… le soir au lit avec ma mère qui me serre me serre me serre contre elle, qui presse mon visage fermement contre ses seins comme si elle voulait me faire ce que j'ai fait à ma sœur… mon père assis au bord du lit, ses mains sur mes épaules comme les miennes sur celles de Sonia… « Tu es en sécurité, Gideon, dit-il, personne ne te fera de mal »… Raphael avec des fleurs, des fleurs pour ma mère, geste de sympathie pour atténuer sa souffrance… et toujours les murmures, dans chaque pièce, pendant des jours, sans cesse…

Finalement, Sarah-Jane quitte la porte où elle se tenait immobile, va au lecteur de cassettes où le violon du trio de Beethoven exécute un passage en doubles cordes. Elle appuie sur un bouton et la musique s'arrête, Dieu merci, laissant derrière elle un silence si vide que je souhaite qu'elle revienne.

Dans ce silence s'insinue un ululement de sirènes, qui s'amplifie à mesure que les voitures approchent. Bien qu'il ne leur ait probablement fallu que quelques minutes pour venir, il me semble qu'une heure s'est écoulée depuis que Papa m'a tiré par les cheveux pour me forcer à lâcher ma sœur.

« En haut, ici ! » crie-t-il dans l'escalier au moment où quelqu'un fait entrer les ambulanciers dans la maison. Et là commencent les efforts pour sauver ce qui ne peut l'être, je le sais, car c'est moi qui l'ai tuée.

Je ne peux supporter ces images, ces bruits, cette pensée.

Je courais sans rien voir, comme un fou. J'ai traversé la rue et j'ai repris mes esprits devant le pub Pembroke Castle. Derrière, j'ai vu la terrasse où les clients s'installent en été, déserte ce jour-là, bordée d'un muret de brique par-dessus lequel j'ai bondi, le long duquel j'ai couru, et d'où j'ai sauté sans réfléchir sur l'arche en fer olivâtre de la passerelle pour piétons qui enjambe la voie ferrée située dix mètres plus bas. J'ai sauté en pensant : Ça finira comme ça.

J'ai entendu le train avant de le voir. Dans ce bruit, j'ai trouvé ma réponse. Comme il ne roulait pas vite, le mécanicien aurait le temps de l'arrêter et je ne mourrais pas… à moins de calculer mon saut avec précision.

Je me suis approché du bord de l'arche, j'ai vu le train, je l'ai regardé approcher.

« Gideon ! »

Mon père était au bout de la passerelle.

« Reste où tu es ! a-t-il crié.

— C'est trop tard. »

Comme un bébé, je me suis mis à pleurer et j'ai attendu le moment, le moment idéal où je pourrais me jeter sur les rails devant le train et sombrer dans l'oubli.

« Qu'est-ce que tu dis ? Trop tard pour quoi ?

— Je sais ce que j'ai fait. A Sonia. Je m'en souviens.

« — Tu te souviens de quoi ? »

Son regard m'a quitté pour se porter sur le train, nous l'avons regardé tous deux approcher lentement. Mon père a fait un pas vers moi.

« De ce que j'ai fait. Ce soir-là. A Sonia. Comment elle est morte.

— Non ! Attends ! » J'ai avancé les pieds de façon que les semelles de mes chaussures se trouvent au-dessus du vide. « Ne fais pas ça, Gideon. Dis-moi ce que tu crois qu'il est arrivé.

— J'ai noyé ma sœur, Papa ! J'ai noyé ma sœur ! » Il a fait un autre pas vers moi, le bras tendu.

Le train s'approchait. Dans vingt secondes, ce serait fini. Dans vingt secondes, la dette serait payée.

« Reste où tu es ! Pour l'amour de Dieu, Gideon !

— Je l'ai noyée ! ai-je crié, ma voix se brisant dans un sanglot. Je l'ai noyée et je ne m'en souvenais même pas. Tu sais ce que ça veut dire ? Tu sais ce que je ressens ? »

Il a jeté un coup d'œil au train puis a ramené son regard sur moi. Il s'est avancé d'un autre pas.

« Non ! Ecoute-moi. Tu n'as pas tué ta sœur.

— Je m'en souviens, maintenant. C'est pour ça que ma mère est partie. Elle nous a quittés sans un mot parce qu'elle savait ce que j'avais fait. Ce n'est pas vrai ? Ce n'est pas la vérité ?

— Non ! Non, ce n'est pas vrai !

— Si. Je m'en souviens.

— Ecoute-moi. Attends… Tu lui as fait mal, oui. Et oui, oui, elle était évanouie, a-t-il débité sur un rythme rapide. Mais écoute ce que je dis, mon garçon. Tu n'as pas noyé Sonia.

— Alors qui ?…

— Moi.

— Je ne te crois pas. »

Il a regardé sous moi les rails qui m'attendaient. Un pas et je tomberais sur la voie ; l'instant d'après, tout serait fini. Une explosion de douleur et l'ardoise serait effacée.

« *Regarde-moi*, Gideon. Pour l'amour du ciel, écoute-moi jusqu'au bout. Ne fais pas ça avant de savoir ce qui s'est passé.

— Tu essaies de gagner du temps.

— Il y aura un autre train, de toute façon. Alors écoute-moi. Tu le dois à toi-même. »

Personne n'était présent, m'a-t-il raconté. Raphael avait emmené Katja dans la cuisine. Ma mère était allée téléphoner aux urgences. Grand-mère était allée calmer Grand-père. Sarah-Jane m'avait conduit à ma chambre. Et James le pensionnaire était retourné en haut.

« J'aurais pu la sortir de la baignoire, j'aurais pu lui faire du bouche-à-bouche. Des massages cardiaques. Mais je l'ai laissée là, Gideon. Je l'ai maintenue sous l'eau jusqu'à ce que j'entende ta mère raccrocher.

— Ça n'aurait pas suffi. Tu n'aurais pas eu le temps.

— Si. Ta mère est restée au téléphone jusqu'à ce qu'on entende les ambulanciers frapper à la porte d'entrée. Elle me transmettait les instructions des urgences, je faisais semblant de les suivre. Mais elle ne pouvait pas me voir, Gideon, elle ignorait que je n'avais pas sorti Sonia de la baignoire.

— Je ne te crois pas. Tu m'as menti toute ma vie. Tu n'as rien dit. Tu ne m'as pas dit la vérité.

— Je te la dis, maintenant. »

Le train est passé sous moi. J'ai vu le mécanicien lever les yeux au dernier moment. Nos regards se sont croisés et il a tendu le bras vers sa radio : les trains suivants seraient prévenus. L'occasion de plonger dans l'oubli était passée.

« Tu dois me croire, a insisté mon père. Je te dis la vérité.

— Et Katja ?

— Quoi, Katja ?

— Elle est allée en prison. C'est nous qui l'y avons envoyée. Nous avons menti à la police et elle est allée en prison. Pour vingt ans. Par notre faute.

— Non, Gideon, elle était d'accord.

— *Quoi ?*

— Viens près de moi. Je vais t'expliquer. »

Je lui ai au moins accordé ça : croire qu'il m'avait convaincu de m'éloigner du bord de la passerelle, alors que je savais en fait que la police des chemins de fer débroulerait d'un instant à l'autre. Je me suis dirigé vers lui. Quand j'ai été à sa portée, il m'a saisi comme pour m'écarter du bord d'un gouffre, il m'a serré contre lui et j'ai senti les battements violents de son cœur. Je ne croyais pas un mot de ce qu'il m'avait dit jusqu'ici, mais j'étais prêt à l'écouter jusqu'au bout pour tenter de voir les faits derrière la façade qu'il me montrait.

D'un ton précipité, il m'a expliqué : convaincue que c'était moi – et non lui – qui avais noyé ma sœur, Katja Wolff avait aussitôt su qu'elle porterait une grande part de responsabilité parce qu'elle avait laissé Sonia seule. Si elle acceptait de porter toute la responsabilité – en déclarant qu'elle avait laissé l'enfant seule une minute pour répondre au téléphone –, il veillerait à ce qu'elle soit récompensée. Il lui verserait vingt mille livres pour ce service rendu à la famille. Si jamais elle passait en jugement pour négligence, il ajouterait à cette somme vingt mille livres pour chaque année de préjudice.

« Nous ne savions pas que la police constituerait tout un dossier sur elle, a-t-il continué à mon oreille. Nous ne savions pas que le corps de ta sœur portait les traces d'anciennes fractures. Nous ne savions pas que la presse à scandale s'emparerait de l'affaire avec une telle férocité. Nous ne savions pas que Bertram Cress-well-White requerrait contre elle comme si on lui offrait la possibilité de condamner à nouveau Myra Hindley [1]. Si les choses s'étaient passées normalement, elle aurait sans doute eu une condamnation avec sursis pour négligence. Ou cinq ans au maximum. Mais tout a mal tourné. Et quand le juge a recommandé une peine

1. Meurtrière d'enfants en Angleterre dans les années 1960. (*N.d.T.*)

886

de vingt ans à cause des violences constatées sur l'enfant… c'était trop tard. »

Je me suis écarté de lui. Vérité ou mensonge ? me suis-je demandé en scrutant son visage.

« Qui avait infligé ces violences à Sonia ?

— Personne.

— Mais les fractures…

— Elle était fragile, Gideon. Avec un squelette délicat. Cela faisait partie de sa maladie. L'avocat de Katja l'a fait valoir aux jurés mais Cresswell-White a taillé en pièces les experts de la défense. Tout s'est mal passé.

— Alors pourquoi Katja n'a pas apporté de preuves à sa décharge ? Pourquoi elle n'a pas fait de déclarations à la police ? A ses propres défenseurs ?

— Cela faisait partie du marché.

— Le marché.

— Vingt mille livres pour son silence.

— Mais toi, tu devais bien savoir… »

Quoi ? ai-je pensé. Qu'aurait-il dû savoir ? Que Katie Waddington ne mentirait pas sous serment, ne prétendrait pas avoir donné un coup de téléphone qu'elle n'avait pas donné ? Que Sarah-Jane Beckett peindrait Katja sous le jour le plus défavorable ? Que le procureur la traiterait en bourreau d'enfant et la présenterait comme le diable incarné ? Que le juge recommanderait une peine draconienne ? Qu'est-ce que mon père aurait dû savoir au juste ?

Je me suis dégagé de son étreinte et j'ai repris le chemin de Chalcot Square. Il me suivait sans dire un mot mais je sentais ses yeux sur moi. Je sentais la brûlure de leur pénétration. Il a tout inventé, ai-je conclu. Il a trop de réponses, et elles viennent trop vite.

« Papa, je ne te crois pas.

— Pourquoi aurait-elle gardé le silence, alors ? a-t-il riposté. Elle n'avait pas intérêt à le faire.

— Oh ! ça, je le crois. Je crois aux vingt mille livres. Tu n'aurais pas hésité à lui verser cette somme pour me tirer d'affaire. Et pour empêcher Grand-père de savoir que ton monstre de fils avait délibérément noyé ton monstre de fille.

— Ce n'est pas ce qui s'est passé !

— Nous savons bien que si, toi et moi. »

Comme je tournais pour rentrer, il m'a saisi le bras. « Ta mère, tu la croirais ? »

Je lui ai fait face. Il a dû lire l'interrogation, l'incrédulité et la méfiance sur mon visage car il a aussitôt ajouté, sans attendre que je parle :

« Elle me téléphone. Depuis Wigmore Hall, elle me téléphone au moins deux fois par semaine. Elle a lu dans le journal ce qui est arrivé, elle m'a appelé pour avoir de tes nouvelles et elle a continué à le faire. Je peux arranger une rencontre, si tu veux.

— A quoi bon ? Tu dis qu'elle n'a pas vu…

— Gideon, pour l'amour de Dieu. Pourquoi crois-tu qu'elle m'a quitté ? Pourquoi, d'après toi, a-t-elle emporté toutes les photos de ta sœur ? »

Le fixant longuement, j'essayais de le décrypter. Plus que cela, j'essayais de trouver la réponse à la seule question que je n'avais pas exprimée : si je la rencontrais, me dirait-elle la vérité ?

Il dut lire la question dans mes yeux parce qu'il s'empressa d'ajouter :

« Ta mère n'a aucune raison de te mentir, mon fils. Et la manière dont elle a disparu de nos vies te montre clairement qu'elle ne supportait pas le sentiment de culpabilité qu'elle éprouvait à vivre le mensonge que je lui avais imposé.

— Cela pourrait aussi signifier qu'elle ne supportait pas de vivre dans la même maison qu'un fils meurtrier de sa sœur.

— Alors, donne-lui l'occasion de te le dire. »

Nous nous regardions dans le blanc des yeux et je guettais en lui le moindre signe d'appréhension. Il n'en donnait aucun.

« Tu peux me faire confiance », a-t-il assuré.

Et je voulais plus que tout croire en ces mots.

25

— J'aimerais que la situation arrête de se retourner toutes les vingt minutes, soupira Havers. Ça nous permettrait peut-être de savoir comment prendre cette affaire.

Lynley tourna dans Belsize Avenue et consulta brièvement dans sa tête le *Londres de A à Z* pour tracer un chemin qui les mènerait à Portman Street en évitant les embouteillages. A côté de lui, Barbara continuait à grommeler.

— Si Davies s'est fait trucider lui aussi, il nous reste qui ? Leach a sûrement raison. On en revient à Wolff avec la vieille bagnole de quelqu'un qu'elle connaît et qu'on n'a pas encore identifié. Ce quelqu'un lui prête la voiture – probablement sans savoir ce qu'elle veut en faire – et elle se met à écrabouiller ceux qui l'ont envoyée au gnouf. Ou alors, ils font ça ensemble. On n'a pas encore envisagé cette possibilité.

— Ce scénario suppose qu'une innocente aurait passé vingt ans en prison, fit observer Lynley.

— Ça s'est vu.

— Pas avec une innocente qui ne commence pas par clamer son innocence.

— Elle venait d'Allemagne de l'Est, un Etat totalitaire. Elle avait vécu... quoi ? deux ans ? trois ans ? en Angleterre quand Sonia est morte. Elle se retrouve interrogée par les poulets locaux, elle vire parano et refuse de leur parler. Je ne pense pas qu'elle avait un faible pour la police de là d'où elle venait, vous croyez pas ?

— J'admets qu'elle ait pu être prise de panique face aux policiers. Mais elle aurait quand même dit à *quelqu'un* qu'elle était innocente, Havers. A ses avocats, sûrement. Elle ne l'a pas fait. Qu'est-ce que cela vous inspire ?

— Quelqu'un la tenait.

— Comment ?

— Bon Dieu, je n'en sais rien.

De frustration, Barbara tira sur ses cheveux, comme si ce geste pouvait faire surgir de son cerveau une autre possibilité. Ce ne fut pas le cas. Lynley réfléchit cependant à la suggestion de Havers et lui demanda :

— Bipez Winston. Il a peut-être quelque chose pour nous.

Elle se servit du portable de l'inspecteur pour appeler. Ils se faufilèrent jusqu'à Finchley Road. Le vent, vif toute la journée, s'était encore renforcé en fin d'après-midi et poussait maintenant des feuilles mortes et des détritus le long des rues. Il amenait aussi un orage du nord-est, et lorsqu'ils tournèrent de Park Road dans Baker Street, des gouttes commencèrent à éclabousser le pare-brise de la Bentley. L'obscurité tôt venue de novembre était tombée sur Londres et les feux des véhicules qu'ils croisaient y creusaient des cônes de lumière, créant un terrain de jeu pour le premier rideau de pluie.

Lynley jura.

— Ça va mettre une belle pagaille sur le lieu du crime.

Havers approuva. Le portable de Lynley sonna, elle le lui tendit.

Winston Nkata rapporta que la maîtresse de Wolff l'avait innocenté, à la fois pour le meurtre d'Eugenie Davies et pour la tentative contre Malcolm Webberly. Elles étaient ensemble les deux soirs en question, dit-il.

— Ce n'est pas nouveau, Winston, fit remarquer

l'inspecteur. Vous nous aviez appris que Yasmin Edwards…

La maîtresse dont il parlait n'était pas Yasmin Edwards, l'informa Nkata. Il s'agissait de la directrice-adjointe de Holloway, une certaine Noreen McKay, liée à Katja Wolff depuis des années. McKay n'avait pas voulu témoigner pour des raisons évidentes mais, placée sur le gril, elle avait reconnu qu'elle avait passé les deux soirs avec l'Allemande.

— Communiquez quand même son nom à la salle des opérations, dit Lynley à Nkata. Demandez-leur de vérifier avec le service des immatriculations. Où est Wolff, maintenant ?

— Chez elle à Kennington, je suppose. J'y vais, là.

— Pour quoi faire ?

Il y eut un silence avant que Nkata réponde :

— J'ai pensé qu'il valait mieux la prévenir qu'elle est hors de cause. J'ai été dur avec elle.

Lynley se demanda de qui il parlait exactement en disant « elle ».

— Appelez d'abord Leach pour lui donner le nom de McKay. Son adresse aussi.

— Et après ?

— Vous pourrez vous rendre à Kennington. Mais allez-y en douceur, Winnie.

— Pourquoi, monsieur ?

— Nous avons un nouveau délit de fuite.

Lynley le mit au courant de la situation, expliqua que Havers et lui étaient en route pour Portman Street.

— Avec Davies en victime, nous avons un nouveau match. De nouvelles règles, de nouveaux joueurs et, autant que nous pouvons savoir, un objectif entièrement nouveau.

— Mais puisque Wolff a un alibi…

— Allez-y doucement, recommanda encore une fois Lynley. Il nous reste des choses à apprendre.

Après avoir mis fin à l'appel, il résuma à Havers les informations de Nkata.

— On n'a plus beaucoup de choix, commenta-t-elle.

— Il semblerait, confirma-t-il.

Dix minutes de plus et ils arrivèrent à Portman Street où, s'ils n'avaient déjà su ce qui s'était passé, ils auraient conclu qu'il y avait eu un accident en découvrant les gyrophares non loin de la place et la nature des véhicules en stationnement. Ils se garèrent, à moitié sur une voie réservée aux autobus, à moitié sur le trottoir.

Ils marchèrent lentement sous la pluie en direction des lumières clignotantes, se frayant un chemin à travers les curieux. Les lumières provenaient de deux voitures pie qui bloquaient la voie de l'autobus et d'une troisième qui ralentissait la circulation. Les policiers d'un des véhicules étaient en conversation avec un contractuel au milieu de la chaussée tandis que ceux des deux autres se partageaient entre l'interrogatoire des gens sur le trottoir et une lente progression dans les parties inférieure et supérieure d'un autobus, lui-même garé avec un pneu sur le trottoir. Il n'y avait pas d'ambulance en vue. Ni de pancarte annonçant une équipe de techniciens au travail. Le point d'impact proprement dit – sans doute l'endroit où se trouvait la troisième voiture pie – n'avait pas encore été délimité par des rubans de plastique. Ce qui signifiait que d'éventuels indices n'étaient pas protégés et seraient bientôt perdus. Lynley marmonna un juron.

Havers dans son sillage, il fendit la foule, montra sa carte au policier le plus proche, un bobby en anorak. La pluie ruisselait sur son casque, dégoulinait dans son cou.

— Que s'est-il passé ? lui demanda Lynley. Où est la victime ?

— En route pour l'hôpital.

— Il est vivant, alors ? (Il adressa un coup d'œil à Havers, qui répondit en dressant le pouce.) Dans quel état ?

— Il a eu un coup de pot, je dirai. La dernière fois qu'on a vu un truc pareil, on a mis une semaine à récupérer le corps au racloir, sur la chaussée, et le chauffeur n'aurait pas pu faire cent mètres de plus.

— Vous avez des témoins ? Nous aurons besoin de leur parler.

— Ah, tiens ? Pourquoi ?

— Nous avons eu un délit de fuite similaire à West Hampstead. Un autre à Hammersmith. Un troisième à Maida Vale. L'homme renversé aujourd'hui était lié à l'une des autres victimes.

— Vos informations sont fausses, déclara le policier.

Ce fut Havers qui réagit la première :

— Quoi ?

— Y a pas eu délit de fuite.

L'agent indiqua l'autobus, dans lequel l'un de ses collègues prenait la déclaration d'une femme assise juste derrière le chauffeur. Le chauffeur lui-même gesticulait sur le trottoir, devant son phare gauche, en parlant avec effusion à un autre policier.

— C'est le bus qui a heurté quelqu'un, clarifia le premier constable. Un piéton poussé sur la chaussée juste devant ses roues. Une chance qu'il ait pas été tué. Mr Nai a de bons réflexes et les freins avaient été vérifiés la semaine dernière. On a quelques bosses et quelques bleus à cause de l'arrêt brutal – je parle des passagers du bus – et la victime présente une ou deux fractures, mais c'est tout.

— Quelqu'un a vu qui l'a poussé ? demanda Lynley.

— C'est ce qu'on essaie de savoir, patron.

Jill laissa la Humber sur un emplacement clairement réservé aux ambulances, mais elle s'en fichait. On pouvait bien envoyer sa voiture à la fourrière, lui mettre un sabot, une amende. Aucune importance. Elle s'extirpa de la voiture, se dirigea vers l'entrée des urgences. Il n'y avait pas de réceptionniste, uniquement un gardien assis derrière un bureau en bois. Il regarda Jill et s'enquit :

— J'appelle votre médecin, madame, ou bien il doit vous retrouver ici ?

— Quoi ? fit-elle avant de comprendre ce que l'homme avait déduit de son état de nervosité et de son aspect extérieur. Non. Pas de médecin.

Ce à quoi le gardien répondit d'un ton désapprobateur :

— Vous n'avez pas de médecin ?

Sans lui prêter attention, Jill se dirigea d'un pas lourd vers quelqu'un qui devait être médecin. Il consultait un dossier et portait au cou un stéthoscope qui lui donnait un air d'autorité que le gardien n'avait pas.

— Richard Davies ? cria-t-elle, et le médecin leva les yeux. Où est Richard Davies ? On m'a téléphoné, on m'a demandé de venir. Ne me dites pas... Je vous en prie. Où est-il ?

— Jill...

Elle se retourna. Il était appuyé au chambranle d'une porte ouverte sur ce qui semblait être une salle de soins, juste derrière le bureau du garde. A l'intérieur, elle vit des gens étendus sur des chariots, une mince couverture pastel remontée jusqu'au menton et, plus loin, des compartiments délimités par des rideaux sous lesquels on apercevait les pieds de ceux qui s'occupaient des patients gravement atteints, des blessés ou des mourants.

Richard faisait partie de ceux qui n'étaient que blessés. Jill sentit ses genoux mollir en le découvrant.

— Oh ! mon Dieu, je croyais que tu étais... Ils avaient dit... au téléphone...

Elle se mit à pleurer, ce qui ne lui ressemblait pas et révélait les moments de terreur qu'elle venait de connaître.

Il s'approcha d'elle d'un pas vacillant et ils s'enlacèrent.

— Je leur avais demandé de ne pas t'appeler. J'avais dit que je téléphonerais moi-même pour te pré-

venir, mais ils ont insisté... Leur fichue procédure...
Si j'avais su que tu serais bouleversée à ce point...
Allons, Jill, ne pleure pas...

Il tenta maladroitement de tirer un mouchoir de sa
poche pour le lui donner, et ce fut alors qu'elle remarqua qu'il avait le bras droit plâtré. Elle remarqua
ensuite le reste : le plâtre au pied droit sous la couture
déchirée de son pantalon bleu marine, le vilain héma-
tome sur son visage et la rangée de points de suture
sous son œil droit.

— Qu'est-ce qui s'est passé ?

— Ramène-moi à la maison, chérie. Ils veulent me
garder cette nuit mais je n'ai pas besoin de... Je ne
crois pas... Jill, tu me ramènes ?

Bien sûr, répondit-elle. Avait-il douté un instant
qu'elle serait là pour lui, pour faire ce qu'il lui demanderait, s'occuper de lui, le soigner ?

Il la remercia avec une gratitude qu'elle trouva tou-
chante, et lorsqu'ils eurent récupéré ses affaires, elle
fut encore plus touchée de constater qu'il avait fait les
achats projetés. Il sortit de la salle de soins avec cinq
sacs en plastique salis et déchirés.

— Au moins, j'ai trouvé l'écoute-bébé, annonça-t-il
avec un sourire forcé.

Ils se dirigèrent vers la porte, ignorant les protestations du jeune médecin et d'une infirmière plus jeune
encore qui tentaient de les en empêcher. Ils avançaient
lentement car Richard devait s'arrêter tous les trois ou
quatre pas. Quand ils sortirent par l'entrée des ambulances, il lui raconta brièvement ce qui était arrivé.

Il avait fait plusieurs boutiques en cherchant ce qu'il
voulait et avait fini par acheter plus de choses que
prévu. Les sacs l'avaient gêné pour avancer dans la
foule sur le trottoir.

— Je ne faisais pas attention, j'aurais dû, reconnut-
il. Il y avait tellement de monde.

Il descendait Portman Street en direction du parking
souterrain de Portman Square, où il avait garé sa Granada. Le trottoir était bondé : chalands courant faire un

dernier achat dans Oxford Street avant que les magasins ne ferment, hommes d'affaires rentrant chez eux, files d'étudiants se bousculant, SDF cherchant une entrée d'immeuble où passer la nuit et quelques pièces pour calmer leur faim.

— Tu sais comment ça peut être dans ce quartier. C'était de la folie, mais je ne voulais pas remettre mes achats à plus tard.

La poussée était venue de nulle part au moment où l'autobus 74 quittait son arrêt. Avant de comprendre ce qui se passait, Richard avait été projeté devant le véhicule. Un pneu avait roulé sur…

— Ton bras, dit Jill. Ton *bras*. Oh ! Richard.

— La police estime que j'ai eu de la chance, termina-t-il. J'aurais pu…

Il fit de nouveau halte sur le chemin de la voiture.

— Les gens ne font plus attention, observa-t-elle d'un ton rageur. Ils sont tout le temps pressés. Ils marchent dans la rue le portable collé au crâne et ils ne voient personne. (Elle toucha la joue contusionnée.) Je te ramène à la maison, chéri. Je vais te bichonner, dit-elle avec un tendre sourire. Je vais te faire de la soupe et des mouillettes puis je te mettrai au lit.

— Il vaut mieux que je dorme chez moi. Pardonne-moi, Jill, mais la perspective de passer la nuit sur ton sofa…

— Bien sûr que non. Je te reconduis.

Elle équilibra les sacs en plastique qu'elle lui avait pris aux urgences. Ils étaient lourds, encombrants. Pas étonnant qu'ils aient détourné l'attention de Richard.

— Qu'est-ce que la police a fait de la personne qui t'a poussé ? voulut-elle savoir.

— On ne sait pas qui c'est.

— On ne sait pas ? Comment est-ce possible ?

Il haussa les épaules. Elle le connaissait assez pour comprendre immédiatement qu'il lui cachait quelque chose.

— Richard ?

— Elle ne s'est pas présentée, en tout cas. Autant

que je sache, elle ne s'est même pas rendu compte que j'avais été projeté sur la chaussée. Tout s'est passé très vite, juste au moment où le bus redémarrait. Si elle était pressée… (Il drapa sa veste sur ses épaules faute de pouvoir l'enfiler par-dessus son plâtre.) Je préfère oublier ce qui s'est passé.

— Quelqu'un a sûrement vu quelque chose.

— La police interrogeait les gens quand je suis monté dans l'ambulance.

Il repéra la Humber là où Jill l'avait laissée et se dirigea vers la voiture en silence. Jill le suivit en demandant :

— Richard, tu me dis tout ?

Il attendit qu'ils soient arrivés à la voiture pour répondre :

— Ils pensent que c'était délibéré. Où est Gideon ? Il faut le prévenir.

Jill ouvrit la portière sans se rendre clairement compte de ce qu'elle faisait, rabattit le siège vers l'avant, déposa les sacs sur la banquette arrière. Elle installa Richard puis se glissa derrière le volant.

— Comment ça, délibéré ? dit-elle en fixant les serpentins que la pluie dessinait sur son pare-brise et en s'efforçant de cacher sa peur.

Comme il ne répondait pas, elle se tourna vers lui.

— Richard, qu'est-ce que tu veux dire par « délibéré » ? Est-ce que c'est lié à… ?

Elle s'aperçut qu'il tenait sur son giron la photo encadrée qu'elle avait dénichée sous le siège.

— Tu as trouvé ça où ? demanda-t-il.

Elle lui répondit et ajouta :

— Mais je ne comprends pas… D'où ça vient ? Qui est-ce ? Je ne la connais pas… Ça ne peut pas être…

Elle hésita, Richard prononça le nom pour elle :

— Sonia. Ma fille.

Jill sentit un anneau de glace lui enserrer soudain le cœur. Dans la faible lumière projetée par l'entrée du parking, elle tendit le bras, inclina la photo vers elle. Une enfant aux cheveux blonds pressait un panda contre sa joue, riant devant l'objectif comme si elle n'avait pas le moindre souci. Elle ignorait probablement qu'elle en avait, pensa Jill en regardant de nouveau la photo.

— Richard, tu ne m'as jamais dit que Sonia... Pourquoi personne ne m'a dit... ? Pourquoi tu ne m'as pas dit que ta fille était trisomique ?

Il se tourna vers elle.

— Je ne parle pas de Sonia, déclara-t-il d'une voix calme. Je ne parle jamais de Sonia. Tu le sais.

— Mais j'avais besoin de savoir. J'aurais dû savoir. J'en avais le droit.

— On croirait entendre Gideon.

— Qu'est-ce que Gideon vient faire là-dedans ? Richard, pourquoi tu ne m'as pas parlé d'elle avant ? Et qu'est-ce que cette photo fait dans ma voiture ?

Les tensions de la soirée – la conversation avec sa mère, le coup de téléphone de l'hôpital, le trajet dans l'affolement – s'abattirent soudain sur Jill.

— Tu essaies de me faire peur ? s'écria-t-elle. Tu espères que maintenant que je sais pour Sonia, j'accepterai d'avoir Catherine à l'hôpital et non chez ma mère ? C'est ça ?

Richard jeta la photo à l'arrière, sur les sacs, et répondit :

— Ne sois pas idiote. Gideon veut une photo d'elle – Dieu sait pourquoi – et j'ai ressorti celle-là pour faire faire un nouveau cadre. Elle en a grand besoin, comme tu as pu le constater. C'est tout, Jill. Il n'y a rien d'autre.

— Mais pourquoi tu ne m'en as pas parlé ? Tu ne te rends pas compte du risque que nous courions ? Si sa trisomie était d'origine génétique... Nous aurions pu consulter un médecin. Nous aurions pu faire des analyses de sang ou je ne sais quoi. Des analyses. Ce qu'on doit faire. Au lieu de ça, tu m'as laissée tomber enceinte et je n'ai jamais su qu'il y avait un risque...

— Moi je savais. Il n'y avait aucun risque. Je savais qu'on te ferait une amniocentèse. Et une fois que nous

898

avons su que Cara était parfaitement normale, à quoi cela aurait servi de t'inquiéter ?

— Mais quand nous avons décidé de faire un enfant, j'étais en droit de… Parce que si les tests avaient décelé quelque chose d'anormal, j'aurais dû prendre une décision… Tu ne comprends pas que j'aurais dû être au courant dès le départ ? J'aurais dû connaître le risque pour avoir le temps d'y réfléchir, au cas où j'aurais une décision à prendre… Richard, je n'arrive pas à croire que tu m'as caché ça.

— Démarre, Jill. Je veux rentrer.

— Tu n'imagines quand même pas que je vais oublier ça aussi facilement.

Il soupira, leva la tête vers le plafond, prit une longue inspiration.

— Jill, je me suis fait renverser par un autobus. La police pense que quelqu'un m'a poussé volontairement. Autrement dit, que ce quelqu'un voulait ma mort. Je comprends que tu sois bouleversée. Tu revendiques le droit de l'être, et je te l'accorde pour le moment. Mais si tu essaies de regarder un instant au-delà de tes préoccupations, tu comprendras que j'ai besoin de rentrer à la maison. J'ai mal au visage, ma cheville palpite, mon bras enfle. On peut régler ça dans la voiture et je retourne aux urgences voir un docteur, ou alors nous rentrons et nous en rediscutons demain matin. A toi de choisir.

Elle le fixa jusqu'à ce qu'il tourne la tête et affronte son regard.

— Ne pas me parler d'elle, cela équivalait à me mentir.

Elle démarra avant qu'il ne puisse répondre, passa en première d'un geste brusque. Richard eut une grimace.

— Si j'avais su que tu réagirais de cette façon, je t'en aurais parlé. Tu crois que je souhaite vraiment que quelque chose nous éloigne l'un de l'autre ? Maintenant ? Avec le bébé qui peut venir d'un moment à l'autre ? Tu crois que c'est ce que je veux ? Pour l'amour de Dieu, nous avons failli nous perdre définitivement ce soir.

Jill engagea la voiture dans Grafton Way. Son intuition lui soufflait que quelque chose n'allait pas mais elle n'arrivait pas à savoir si c'était chez elle ou chez l'homme qu'elle aimait.

Richard resta silencieux jusqu'à ce que, après avoir tourné à gauche et à droite, ils regagnent Portland Place et prennent sous la pluie la direction de Cavendish Square. Il dit alors :

— Il faut que je parle à Gideon le plus tôt possible. Il pourrait être en danger lui aussi. S'il lui arrivait quelque chose... après tout le reste.

Ce « lui aussi » servit de révélateur à Jill.

— Alors, c'est bel et bien lié à ce qui est arrivé à Eugenie, n'est-ce pas ?

Le silence de Richard constituait une réponse éloquente. Jill se sentit de nouveau tenaillée par la peur.

Elle se rendit compte trop tard que l'itinéraire qu'elle avait choisi les ferait passer devant Wigmore Hall. Le pire, c'était qu'il y avait apparemment un concert ce soir-là, parce qu'une pléthore de taxis embouteillait la rue, s'y frayait un chemin pour déposer des passagers juste devant la marquise en verre. Elle vit Richard détourner les yeux.

— Elle est sortie de prison, dit-il. Et trois mois après sa libération, Eugenie s'est fait assassiner.

— Tu crois que cette Allemande... ? La femme qui a tué... ? commença Jill.

Soudain tout lui revint, rendant toute autre discussion impossible : l'image de cette malheureuse enfant, le fait que sa maladie lui avait été cachée, à elle, Jill Foster, qui avait pourtant intérêt à savoir tout ce qu'il y avait à savoir sur Richard Davies et sa progéniture.

— Tu avais peur de m'en parler ? dit-elle. C'est ça ?

— Tu savais que Katja Wolff était sortie. Nous en avons même discuté avec l'inspecteur l'autre jour.

— Je ne parle pas de Katja Wolff. Je parle de... Tu sais de quoi je parle. (Elle engagea la voiture dans

900

Portman Square et de là descendit jusqu'à Park Lane.) Tu craignais que je ne veuille pas essayer de faire un enfant si j'étais au courant. Que cela me fasse trop peur. Tu ne m'en as pas parlé parce que tu n'avais pas confiance en moi.

— De quelle façon j'aurais dû t'en informer ? riposta-t-il. En déclarant : « Oh, à propos, mon ex-femme a donné naissance à un enfant handicapé » ? C'était sans aucun rapport.

— Comment peux-tu dire ça ?

— Nous essayions de faire un enfant, toi et moi. Nous faisions l'amour. De manière très agréable. Et nous étions amoureux. Mais nous ne…

— Je ne prenais pas de précautions. Tu le savais.

— Ce que je ne savais pas, c'est que tu n'étais pas au courant, pour Sonia. Bon Dieu, c'était dans tous les journaux quand elle est morte : une enfant noyée dans sa baignoire, une enfant atteinte de trisomie et noyée dans sa baignoire. Je n'ai jamais pensé que je devais t'en parler.

— Elle est morte il y a vingt ans, Richard. J'en avais seize. Tu connais des filles de seize ans qui lisent le journal et se souviennent de ce qu'elles ont lu deux décennies plus tard ?

— Je ne suis pas responsable de ce que tu es capable de te rappeler ou non.

— Mais tu avais la responsabilité de m'informer de quelque chose qui pouvait affecter mon avenir et celui de notre bébé.

— Tu ne prenais pas de précautions. J'ai présumé que tu avais soigneusement planifié cet avenir.

— Tu es en train de me dire que je t'ai *pris au piège* ?

Ils étaient arrivés au feu de l'extrémité de Park Lane, et Jill pivota gauchement sur son siège pour lui faire face.

— Tu es en train de me dire que je tenais tellement à t'avoir pour mari que je me suis arrangée pour tomber enceinte et m'assurer ainsi que tu accepterais d'aller devant l'autel ? Ça ne s'est pas passé exactement comme ça. J'ai accepté toutes sortes de compromis pour toi.

Un taxi klaxonna derrière eux. Jill jeta d'abord un coup d'œil dans son rétroviseur puis remarqua que le feu était devenu vert. Quand ils firent le tour de Wellington Arch en se faufilant lentement dans la circulation, elle se félicita que la taille de la Humber la rendît plus visible pour les autobus et plus intimidante pour les véhicules de moindre dimension.

— Je dis simplement que je ne veux pas en discuter, répondit Richard d'un ton ferme. C'est arrivé. Je ne t'ai pas parlé d'une chose dont, pensais-je, tu étais au courant. Je ne l'ai pas mentionné mais je n'ai pas cherché à le cacher.

— Comment peux-tu prétendre une chose pareille alors qu'il n'y a de photo d'elle nulle part ?

— C'était pour Gideon. Tu t'imagines que je voulais que mon fils passe sa vie à regarder sa sœur assassinée ? Quel effet cela aurait eu sur sa musique, d'après toi ? Quand Sonia a été tuée, nous avons tous connu l'enfer. *Tous*, Jill, Gideon compris. Nous avions besoin d'oublier, et faire disparaître toutes les photos d'elle me semblait un moyen d'y parvenir. Si tu ne le comprends pas ou si tu ne le pardonnes pas, si tu veux mettre fin à nos relations à cause de ça…

Sa voix trembla. Il porta une main à son visage, tira sur la peau de sa joue, violemment, sans rien dire.

Jill se tut elle aussi pendant le reste du trajet jusqu'à Cornwall Gardens. Elle prit par Kensington Gore et, sept minutes plus tard, ils se garaient au milieu de la place envahie de feuilles mortes.

En silence, Jill aida son amant à descendre de voiture puis se pencha vers la banquette arrière pour prendre les sacs. D'un côté, puisque ces achats étaient destinés à Catherine, il était plus logique de les laisser où ils étaient. D'un autre côté, l'avenir des parents de Catherine paraissant soudain si incertain, les porter à l'appartement de Richard constituait un message subtil mais sur lequel on ne pouvait se méprendre. Elle les souleva, ramassa aussi la photo qui avait provoqué leur dispute.

— Laisse-moi porter quelque chose, proposa Richard en tendant son bras valide.

— Je peux me débrouiller.

— Jill…

— Je peux me débrouiller.

Elle se dirigea vers l'immeuble décrépit de Braemar Mansions, autre rappel des compromis qu'elle acceptait pour Richard. Qui voudrait vivre dans un tel endroit ? se demanda-t-elle. Qui aurait envie d'acheter un appartement dans un immeuble qui craque aux coutures ? S'ils attendaient de vendre l'appartement de Richard avant le sien, ils seraient éternellement privés de maison, de jardin, d'un endroit où former une famille avec Catherine. Ce qui était peut-être ce qu'il voulait depuis le début.

Il ne s'était jamais remarié, pensa-t-elle. Vingt ans après son divorce – ou seize ? ou dix-huit ? oh ! quelle importance ? – il n'avait fait entrer aucune autre femme dans sa vie. Et aujourd'hui, alors qu'il avait lui-même failli mourir, il songeait à Eugenie. A ce qui était arrivé à Eugenie et pourquoi, à ce qu'il devait faire maintenant pour protéger… *qui* ? Non pas Jill Foster, sa compagne enceinte, ni leur enfant à naître, mais son fils. Gideon. Son fils. Son *foutu* fils.

Richard la rejoignit alors qu'elle montait les marches du perron, passa un bras devant elle et ouvrit la porte, la poussa pour permettre à Jill de pénétrer dans le hall non éclairé aux dalles fendues, au papier qui se décollait des murs moisis. Affront supplémentaire, il n'y avait pas d'ascenseur et seule une incurvation de l'escalier servait de palier à ceux qui souhaitaient faire une pause dans la montée. Jill ne voulait pas faire de pause ; elle grimpa au premier étage sans s'arrêter, laissant son fiancé peiner derrière elle.

Il haletait quand il parvint en haut. Elle aurait dû éprouver des remords de l'avoir laissé se débrouiller avec une rampe branlante pour seule aide dans une ascension rendue difficile par le plâtre de sa jambe, mais elle pensa que cela lui servirait de leçon.

— Dans mon immeuble, il y a un ascenseur, rappela-t-elle. Les gens veulent un ascenseur, tu sais, quand ils cherchent un appartement. Combien tu penses vraiment tirer du tien, comparé à ce que nous pourrions obtenir du mien ? Nous pourrions déménager. Nous pourrions avoir une maison. Et tu aurais alors le temps de peindre, décorer, faire ce qu'il faut pour rendre cet endroit vendable.

— Je suis épuisé, murmura-t-il. Je ne peux pas continuer comme ça.

Il passa devant elle, s'approcha de la porte en boitant.

— C'est commode, hein ? dit-elle. (Ils entrèrent, Richard referma la porte derrière eux, fronça les sourcils en remarquant que les lumières étaient allumées. Il alla à la fenêtre, regarda dehors.) Tu ne continues jamais ce que tu veux éviter.

— Ce n'est pas vrai. Tu déraisonnes. Tu as eu peur, nous avons eu peur tous les deux, c'est à cela que tu réagis. Quand tu te seras reposée…

— Ne me dis pas ce que je dois faire ! s'écria-t-elle d'une voix aiguë.

Jill savait au fond d'elle-même que Richard avait raison, qu'elle déraisonnait, mais elle ne pouvait s'arrêter. Les doutes qu'elle nourrissait depuis des mois sans les exprimer se conjuguaient pour une raison ou une autre aux frayeurs qu'elle s'était refusée à reconnaître. Le mélange bouillonnait en elle comme un gaz toxique cherchant une fissure par où s'échapper.

— Tu as toujours imposé ta volonté, poursuivit-elle. J'ai cédé, cédé. A toi de céder, maintenant.

Sans bouger de la fenêtre, il demanda :

— Tout ça à cause de cette vieille photo ? Donne-la-moi, alors. Je veux la détruire.

— Je croyais que tu la destinais à Gideon, répliqua-t-elle.

— Oui, mais si elle doit causer ce genre de problème entre nous… Donne-la-moi, Jill.

— Non. Je la donnerai à Gideon. C'est Gideon qui compte. Ce que ressent Gideon, ce que fait Gideon… Il se tient entre nous depuis le début – c'est même à cause de lui que nous nous sommes connus – et je n'ai pas l'intention de le déloger. Tu veux qu'il ait cette photo, il l'aura. Appelons-le, annonçons-lui que nous l'avons.

— Jill, ne sois pas bête. Je ne lui ai pas dit que tu sais qu'il a peur de jouer. Si tu l'appelles au sujet de la photo, il se sentira trahi.

— Tu ne peux pas jouer sur tous les tableaux, mon chéri. Il veut la photo, il l'aura ce soir. Je la lui apporterai moi-même.

Elle prit le téléphone, commença à composer un numéro.

— Jill ! s'écria Richard en s'approchant d'elle.

— Qu'est-ce que vous allez m'apporter, Jill ? demanda Gideon.

Ils se retournèrent tous les deux au son de sa voix. Il se tenait dans l'encadrement de la porte menant au salon, dans le couloir obscur conduisant à la chambre et au bureau de Richard. Il avait une enveloppe carrée dans une main, une carte ornée d'une fleur dans l'autre. Son visage était couleur de cendre, ses yeux cernés par l'insomnie.

— Qu'est-ce que vous allez m'apporter, Jill ? répéta-t-il.

GIDEON

12 novembre

Assise dans le fauteuil en cuir de votre père, Dr Rose, vous m'observez tandis que je trébuche dans ma narration de faits effroyables. Votre visage demeure ce qu'il est toujours – intéressé par ce que je dis mais sans porter de jugement –, vos yeux brillent d'une compassion qui me donne l'impression d'être un enfant désespérément en quête de réconfort.

C'est ce que je suis devenu : je vous téléphone et je pleure, je vous supplie de me recevoir immédiatement, je prétends qu'il n'y a personne d'autre à qui je puisse faire confiance.

Vous me répondez : Retrouvez-moi à mon cabinet dans quatre-vingt-dix minutes.

Précise, comme ça. Quatre-vingt-dix minutes. Je veux savoir ce qui vous empêche de me recevoir tout de suite.

Vous dites : Calmez-vous, Gideon. Respirez profondément.

J'ai besoin de vous voir *tout de suite*, dis-je en pleurant.

Vous me répondez que vous êtes avec votre père mais que vous me rejoindrez dès que possible. Attendez sur le perron si vous arrivez avant moi, me dites-vous. Quatre-vingt-dix minutes, Gideon. Vous pouvez vous rappeler ça ?

Nous sommes dans votre cabinet maintenant, et je vous livre tout ce que je me rappelle de cette terrible journée. Je termine en disant : Comment ai-je pu oublier tout ça ? Quel monstre faut-il que je sois pour n'avoir pas été capable de me rappeler *quoi que ce soit* de ce qui s'est passé il y a vingt ans ?

Il est clair pour vous que j'ai fini mon récit et vous entreprenez de m'expliquer les choses. Vous dites de votre voix calme et impartiale qu'avoir brutalisé ma sœur et cru que je l'avais tuée est une chose non seulement horrible mais liée par association à la musique que j'entendais en commettant l'acte. C'est l'acte que j'ai refoulé, mais comme la musique y était associée, j'ai aussi refoulé la musique, en définitive. Rappelez-vous qu'un souvenir refoulé est comme un aimant, dites-vous. Il attire d'autres choses liées au souvenir, les absorbe, et elles se trouvent elles aussi refoulées. *L'Archiduc* était intimement lié à vos actes de ce soir-là. Vous avez refoulé ces actes – il semble même que tout le monde vous ait subtilement ou ouvertement encouragé à le faire – et la musique a été englobée dans ce refoulement.

J'objecte que j'ai toujours pu jouer les autres morceaux. Que seul *L'Archiduc* me mettait en déroute.

En effet, dites-vous. Mais lorsque Katja Wolff est apparue inopinément à Wigmore Hall et s'est présentée à vous, le refoulement total s'est finalement déclenché.

Pourquoi ? *Pourquoi ?*

Parce que Katja Wolff, votre violon, *L'Archiduc* et la mort de votre sœur étaient étroitement associés dans votre esprit. Ça fonctionne comme ça, Gideon. Le principal souvenir refoulé, c'est votre conviction d'avoir noyé votre sœur. Il a attiré à lui le souvenir de Katja, la personne la plus fortement associée à votre sœur. Ce qui a suivi Katja dans le trou noir, c'est *L'Archiduc*, le morceau que vous entendiez ce soir-là. Finalement, tout le reste de la musique – symbolisée par le violon lui-même – a suivi ce morceau que vous aviez toujours des difficultés à jouer.

La réponse me réduit au silence. Je crains de poser la question suivante – serai-je un jour capable de rejouer ? – parce que j'ai honte de ce qu'elle révèle de moi. Nous sommes tous les centres de nos mondes individuels mais la plupart d'entre nous sont capables de voir que d'autres personnes existent à l'intérieur de nos frontières. Moi, je n'ai jamais pu. Je n'ai vu que moi-même dès le moment où j'ai pris conscience que j'avais un ego à contempler. Poser maintenant la question de mon avenir de musicien me paraît monstrueux. Cette question reviendrait à nier l'existence de ma sœur. Et j'ai déjà suffisamment nié Sonia, Dr Rose.

Vous croyez votre père ? me demandez-vous. Ce qu'il vous a dit de la mort de Sonia et du rôle qu'il y a joué… Vous y croyez, Gideon ?

Je ne croirai à rien avant d'avoir parlé à ma mère.

13 novembre

Je commence à voir ma vie sous une perspective qui m'apporte beaucoup de clarté, Dr Rose. Je commence à voir que les relations que j'ai tenté d'établir ou que j'ai réellement réussi à forger étaient en fait gouvernées par ce que je me refusais à affronter : la mort de ma sœur. Avec les gens qui ignoraient mon implication dans les circonstances de sa mort, j'étais capable d'avoir des relations, et c'était en général ceux qui étaient le plus concernés par ma préoccupation essentielle, c'est-à-dire ma vie professionnelle : Sherrill et les autres musiciens avec qui je jouais, les artistes avec qui j'enregistrais, les chefs d'orchestre, les producteurs, les organisateurs de concert dans le monde entier. Mais avec ceux qui pouvaient vouloir de moi plus qu'une performance sur mon instrument… avec ceux-là j'échouais.

Evidemment, je ne pouvais être dans la vie le

compagnon que Beth souhaitait. Une association de ce genre impliquait pour moi un degré d'intimité, de confiance que je ne pouvais me permettre. Mon seul espoir de survivre, c'était de lui échapper.

Il en va de même avec Libby maintenant. Ce symbole premier d'intimité entre nous – l'Acte – est au-delà de mes capacités. Nous restons étendus enlacés, mais éprouver du désir est si loin de ce que je ressens que Libby pourrait aussi bien être un sac de pommes de terre.

Au moins, je sais pourquoi. Jusqu'à ce que je parle à ma mère et que j'apprenne toute la vérité sur ce qui s'est passé ce soir-là, je ne peux rien faire avec une femme, quelle qu'elle soit, aussi peu qu'elle attende de moi.

16 novembre

En haut de Primrose Hill, rien ne fait obstacle au cerf-volant. Les arbres sont loin, les seules constructions qui pourraient gêner son vol sont les bâtiments qui se trouvent bien au-delà du sommet de la colline, de l'autre côté des routes qui bordent le parc. Comme c'était un jour de bon vent, j'avais supposé que je parviendrais à faire monter le cerf-volant dès que je l'aurais lâché.

Ça n'avait pas été le cas. Chaque fois que je le lâchais, que je courais et tirais sur la corde, le cerf-volant tremblait, se retournait et tournoyait dans le vent, piquait vers le sol comme un missile. J'avais essayé encore après avoir ajusté le bord d'attaque, et même la bride. Rien n'y faisait. Finalement, une des barres d'écartement s'était brisée et j'avais dû renoncer.

J'avançais d'un pas lent dans Chalcot Crescent quand j'ai rencontré Libby. Elle marchait dans la direction d'où je venais, un sac pendant à une main, une boîte de Coca light dans l'autre. Pique-nique, ai-je supposé. Je voyais une baguette dépasser du sac comme un appendice croustillant.

« Le vent te gênera si tu as l'intention de déjeuner là-haut, ai-je dit avec un signe de tête.

— Bonjour à toi aussi », m'a-t-elle répondu.

Le ton était poli mais le sourire bref. Nous ne nous étions pas revus depuis notre malheureuse rencontre dans son appartement. Je l'avais entendue entrer et sortir, et j'avais pensé, je l'avoue, qu'elle viendrait sonner à ma porte, mais elle ne l'avait pas fait. Elle m'avait manqué, mais lorsque m'était revenu en mémoire ce que je devais me rappeler de Sonia, de Katja, de mon rôle dans la mort de l'une et dans l'emprisonnement de l'autre, j'avais pris conscience que c'était aussi bien. Je n'étais pas fait pour être le compagnon d'une femme, que ce soit en qualité d'ami, d'amant ou de mari. Qu'elle s'en rende compte ou pas, Libby avait raison de rester à l'écart.

« J'ai essayé de le faire monter, ai-je dit, levant le cerf-volant cassé en guise d'explication de ma déclaration sur le vent. Tu seras mieux si tu manges en bas.

— Canards. »

Un moment j'ai cru que le mot était une expression californienne que je n'avais jamais entendue.

« Je vais nourrir les canards, a-t-elle ajouté. A Regent's Park.

— Ah. Je vois. J'avais pensé... en voyant le pain...

— Et en m'associant à la bouffe. Ouais. Logique.

— Je ne t'associe pas à la bouffe, Libby.

— D'accord. Tu ne m'associes pas à la bouffe. »

J'ai fait passer le cerf-volant de ma main gauche à ma main droite. Je me sentais mal à l'aise d'être fâché avec elle mais je ne voyais pas comment combler le fossé entre nous. Au fond, nous sommes très différents, me suis-je dit. Comme mon père le pense depuis le début, notre association a peut-être toujours été ridicule : Libby Neale et Gideon Davies. Qu'est-ce qu'ils avaient en commun, finalement ?

« Je n'ai pas vu Rafe depuis deux jours, a-t-elle

repris en indiquant de la tête la direction de Chalcot Square. Je me demande s'il lui est arrivé quelque chose. »

L'ouverture qu'elle m'offrait m'a fait prendre conscience que c'était toujours elle qui amorçait nos conversations, ce qui m'a incité à répondre :

« Il est arrivé quelque chose. Mais pas à lui. »

Elle m'a regardé avec le plus grand sérieux.

« Ton père, ça va, oui ?

— Il va très bien.

— Sa copine ?

— Très bien aussi. Tout le monde va bien.

— Ah. Bon. »

J'ai pris ma respiration.

« Libby, je vais rencontrer ma mère. Je vais la revoir après tout ce temps. Mon père m'a dit qu'elle lui téléphone pour avoir de mes nouvelles, alors nous allons nous rencontrer, elle et moi. Rien que nous deux. Et il y a une bonne chance que cela me permette d'aller au fond de ce problème de violon. »

Elle a rangé la boîte de Coca dans le sac, s'est essuyé la main à la hanche.

« C'est bien, Gid. Si c'est ce que tu veux. Si c'est ce que tu veux dans la vie.

— C'*est* ma vie.

— Bien sûr. C'est ta vie. Ce que tu en as fait. »

Je devinais à son ton que nous étions revenus sur le terrain glissant que nous avions arpenté plus tôt, et j'ai senti une vague de frustration monter en moi.

« Libby, je suis musicien. C'est au moins ce qui me permet de subsister. C'est de là que vient l'argent. Ça, tu peux le comprendre.

— Je comprends.

— Alors…

— Ecoute, Gid, je te l'ai dit, je vais donner à manger aux canards.

— Monte me voir après. Nous pourrions manger ensemble.

— J'ai les claquettes.

— Les claquettes ? »

Elle a détourné la tête. Un moment, son visage a exprimé une réaction que je n'arrivais pas à saisir. Quand elle a ramené son regard sur moi, ses yeux m'ont semblé tristes, et elle a dit d'une voix résignée :

« Les claquettes, la danse. J'aime faire des claquettes.

— Pardon. J'avais oublié.

— Oui. Je sais.

— Plus tard, alors ? Je serai à la maison, j'attends un coup de fil de mon père. Passe après les claquettes. Si tu en as envie, bien sûr.

— D'accord. Je passerai peut-être. »

J'ai compris qu'elle ne viendrait pas. Mon oubli des claquettes avait été le coup de grâce, pour elle.

« Libby, j'ai des tas de soucis, tu le sais. Essaie de comprendre que...

— Bon Dieu, m'a-t-elle coupé. Tu ne comprends rien.

— Je comprends que tu es fâchée.

— Je ne suis pas fâchée. Je ne suis rien du tout. Je vais au parc donner à manger aux canards. Parce que j'ai le temps et que j'aime les canards. J'ai toujours aimé les canards. Après ça, j'irai à un cours de claquettes. Parce que j'aime faire des claquettes.

— Tu m'évites, n'est-ce pas ?

— Il ne s'agit pas de toi. Je ne m'occupe pas de toi. Le reste du monde ne s'occupe pas de toi. Si tu arrêtes de jouer du violon demain, le reste du monde continuera à être le reste du monde. Mais toi, comment tu peux continuer à être toi s'il n'y a pas de "toi" pour commencer ?

— C'est ce que je tente de récupérer.

— On ne peut pas récupérer ce qui n'a jamais été là. Tu peux le créer, si tu veux. Mais tu ne peux pas courir après avec un filet et le capturer.

— Pourquoi tu ne vois pas que... ?

— Je veux aller donner à manger aux canards. »

Sur ce, elle s'est remise à descendre Regent's Park Road.

Je l'ai regardée s'éloigner. J'avais envie de la rattraper pour lui exposer mes arguments. C'était facile pour elle de parler d'être simplement soi-même alors qu'elle n'avait pas un passé jalonné de réussites, toutes servant de poteaux indicateurs à un avenir déterminé de longue date. C'était facile pour elle d'exister simplement à un moment donné d'un jour donné parce que des moments, c'était tout ce qu'elle avait. Ma vie à moi n'avait jamais été comme ça, et je voulais qu'elle le reconnaisse.

Peut-être a-t-elle lu dans mon esprit car elle s'est retournée en arrivant au coin de la rue et m'a crié quelque chose.

« Quoi ? » ai-je répondu, tandis que le vent emportait ses paroles.

Plaçant ses mains autour de sa bouche, elle a fait une autre tentative.

« Bonne chance, pour ta mère. »

17 novembre

J'avais réussi à maintenir ma mère hors de mon esprit pendant des années grâce à mon travail. Préparer tel concert, telle séance d'enregistrement, m'exercer avec Raphael, tourner un documentaire, répéter avec tel ou tel orchestre, faire une tournée en Europe ou aux Etats-Unis, rencontrer mon agent, négocier des contrats, travailler avec le conservatoire d'East London… La musique avait rempli mes jours et mes heures pendant vingt ans. Il n'y avait pas eu place pour spéculer sur celle qui m'avait abandonné.

J'avais le temps de le faire, à présent, et elle absorbait mes pensées. Mais je savais, au moment même où j'y pensais, au moment même où je m'interrogeais, où je réfléchissais, que garder mon esprit fixé sur ma mère était un moyen de l'éloigner de Sonia.

Je n'y parvenais pas tout à fait car ma sœur me revenait dans mes moments d'inattention.

Je me souvenais d'avoir marmonné, penché vers le lit où Sonia était étendue, emmitouflée dans les couvertures, un bonnet sur la tête au-dessus d'un visage qui ne me semblait pas comme il devait être :

« Elle n'a pas l'air normale, maman.

— Ne dis pas ça, Gideon, avait répliqué ma mère. Ne dis jamais ça de ta sœur.

— Mais elle a des yeux tout écrasés. Et une drôle de bouche.

— Je t'ai dit de ne pas parler comme ça de ta sœur ! »

Nous avons commencé de cette façon, faisant des handicaps de Sonia un sujet tabou entre nous. Lorsqu'ils se sont mis à gouverner notre existence, nous n'en avons toujours pas parlé. Sonia était agitée, Sonia pleurait la nuit, Sonia passait des semaines à l'hôpital. Mais nous continuions à faire comme si c'était normal, comme si c'était toujours ainsi que les choses se passaient dans une famille à la naissance d'un bébé. Jusqu'à ce que Grand-père fracasse le mur en verre de notre refus de reconnaître la réalité.

« A quoi ils sont bons, tous les deux ? avait-il tempêté. A quoi vous êtes bons, tous, Dick ? »

Est-ce ce qui a tout déclenché dans ma tête ? Est-ce à ce moment que j'ai vu pour la première fois la nécessité de prouver que j'étais différent de ma sœur ? Grand-père m'avait mis dans le même sac qu'elle, je lui montrerais ce que je valais vraiment.

Comment y parvenir, cependant, quand tout tournait autour d'elle ? Sa santé, sa croissance, ses handicaps, son développement. Un cri dans la nuit et toute la maison se levait pour s'occuper d'elle. Une poussée de fièvre et la vie s'arrêtait jusqu'à ce qu'un médecin explique ce qui l'avait provoquée. Un changement dans sa façon de s'alimenter et on consultait les spécialistes. Elle était le sujet de toutes les conversations mais, en même temps, on ne mentionnait jamais ouvertement la cause de ses maux.

Je me suis souvenu de tout cela, Dr Rose. Je m'en suis souvenu parce que lorsque je pensais à ma mère, Sonia s'accrochait aux basques de tous les souvenirs que je parvenais à évoquer. Elle occupait mon esprit avec autant de persistance qu'elle avait occupé ma vie. Et tout en attendant le moment de voir ma mère, je tentais de me libérer de la pensée de Sonia avec autant de détermination que j'avais cherché à me libérer d'elle quand elle était en vie.

Oui, je vois ce que cela signifie. Elle me fait obstacle aujourd'hui comme elle le faisait autrefois. A cause d'elle, la vie avait changé. A cause d'elle, elle changerait encore.

« Il va falloir que tu ailles à l'école, Gideon. »

C'est probablement là que la graine a été semée : la graine de la déception, de la colère et des rêves brisés qui s'est transformée en une forêt de reproches. Mon père fut celui qui m'annonça la nouvelle.

Il entre dans ma chambre. Je suis assis près de la fenêtre, à la table où je travaille chaque jour avec Sarah-Jane Beckett. Je fais un exercice. Papa tire à lui la chaise sur laquelle Sarah-Jane s'assied généralement, et il m'observe, les bras croisés.

« Nous en avons bien profité, dit-il. Tu as appris plein de choses, n'est-ce pas, mon garçon ? »

Je ne sais pas de quoi il parle mais ce que j'entends dans ses mots me met aussitôt sur mes gardes. Je sais aujourd'hui que c'était probablement de la résignation mais, vingt ans plus tôt, je n'arrive pas à mettre un nom sur ce qu'il semble ressentir.

Il m'annonce alors que j'irai désormais à l'école, une école anglicane qu'il a réussi à trouver pas trop loin de la maison. Je réponds ce qui me vient en premier à l'esprit :

« Et mon violon ? Je m'exercerai quand ?

— Nous devrons nous organiser.

— Mais qu'est-ce que deviendra Sarah-Jane ? Ça ne lui plaira pas de ne plus pouvoir me faire cours.

— Elle devra s'y habituer. Nous nous passerons d'elle. »

Je pense d'abord que Sarah-Jane veut nous quitter, qu'elle en a formulé la demande et qu'il l'a acceptée avec autant de bonne grâce que possible. Mais quand je dis : « Je lui parlerai. Je l'empêcherai de partir », il me répond :

« Nous n'avons pas les moyens de la garder, Gideon. »

Il n'ajoute pas le reste, mais je le fais, dans ma tête. *Nous n'avons pas les moyens de la garder à cause de Sonia.*

« Nous devons réduire les dépenses, m'informe mon père. Nous ne voulons pas nous séparer de Raphael, nous ne pouvons pas nous séparer de Katja. Il ne reste que Sarah-Jane.

— Je jouerai quand, si je vais à l'école ? On me laissera pas aller à l'école seulement quand je veux, hein, papa ? Alors, je les prendrai quand, mes leçons ?

— Nous en avons discuté, ils sont disposés à se montrer compréhensifs. Ils connaissent la situation.

— Je ne veux pas y aller ! Je veux continuer à apprendre avec Sarah-Jane.

— Moi aussi. C'est ce que nous voulons tous. Mais ce n'est pas possible, Gideon. Nous n'avons pas les moyens. »

Les moyens, l'argent. Est-ce que ça n'a pas été le leitmotiv de toutes nos vies ? Alors pourquoi devrais-je être étonné quand Juilliard nous fait sa proposition et qu'il nous faut la rejeter ? Ne devrais-je pas, en toute logique, attribuer l'impossibilité d'aller là-bas au manque d'argent ?

Je suis surpris, pourtant. Je suis indigné. Fou de rage. Et la graine semée envoie des pousses vers le haut, des racines vers le bas, et se multiplie dans la terre.

J'apprends à haïr. J'acquiers un besoin de me venger. Fournir une cible à ma vengeance devient essentiel. Je l'entends, d'abord, dans ses pleurs incessants et dans les exigences inhumaines qu'elle impose à tous. Et puis je le vois, en elle, en ma sœur.

En songeant à ma mère, je me suis attardé aussi sur ces autres pensées, et je n'ai pu qu'en tirer cette conclusion : même si mon père n'a pas agi pour sauver Sonia comme il aurait pu le faire, qu'est-ce que cela change ? J'avais entamé le processus du meurtre de Sonia ; il n'a fait que le laisser aller à son terme.

Vous me dites : Gideon, vous n'étiez qu'un enfant. Il s'agissait d'un conflit classique entre frère et sœur. Vous n'êtes pas le premier qui a tenté de faire du mal à un frère ou une sœur plus jeune, vous ne serez pas le dernier.

Elle est *morte*, Dr Rose.

Oui. Elle est morte. Mais pas de votre main.

Ça, je n'en suis pas sûr.

Vous n'en êtes pas sûr pour le moment – vous ne pouvez pas – mais vous le serez. Bientôt.

Vous avez raison, Dr Rose, comme d'habitude. Ma mère me dira ce qui s'est vraiment passé. S'il y a un salut pour moi quelque part dans le monde, il me viendra de ma mère.

26

— Il n'a même pas pris de fauteuil roulant, leur dit l'infirmière des urgences.

Son badge la désignait comme sœur Darla Magnana et elle était furieuse de la façon dont Richard Davies avait quitté l'hôpital. Les patients devaient partir en fauteuil roulant, accompagnés par un membre du personnel qui les conduisait à leur véhicule. Ils n'étaient pas censés décliner ce service, et s'ils le faisaient, ils n'étaient pas autorisés à quitter l'hôpital. Ce monsieur était parti de son propre chef sans autorisation. L'hôpital ne pourrait donc être tenu pour responsable si ses blessures s'aggravaient ou lui causaient d'autres problèmes. Sœur Darla Magnana espérait que c'était clair.

— Quand nous souhaitons garder quelqu'un en observation jusqu'au lendemain matin, nous avons une bonne raison pour cela, déclara-t-elle.

Lynley demanda à parler au médecin qui avait soigné Richard Davies, et un interne à l'air épuisé avec une barbe de plusieurs jours apprit à l'inspecteur et à Havers le détail des blessures de Davies : fracture compliquée du cubitus droit, fracture simple de la malléole externe droite.

— Bras droit et cheville droite, traduisit le médecin pour Barbara quand elle grommela : « Fractures de quoi ? »

— Entailles et écorchures sur les mains, poursuivit-il. Commotion cérébrale possible. Il a fallu lui faire des points de suture au visage. Au total, il a eu beaucoup de chance. L'accident aurait pu être fatal.

Lynley réfléchit à cette remarque en quittant l'hôpital avec Havers après avoir été informé que Richard était parti en compagnie d'une femme enceinte. Ils allèrent à la Bentley et appelèrent Leach qui les informa que Winston Nkata avait communiqué à la salle des opérations le nom de Noreen McKay pour consultation des fichiers au service des immatriculations. Leach venait d'obtenir les résultats : Noreen McKay possédait une Toyota RAV4, modèle assez ancien. C'était son seul véhicule.

— Si le dossier pénitentiaire de Wolff ne donne rien, on en revient à la Humber, dit Leach. Faites examiner cette voiture.

— Entendu. Et pour l'ordinateur d'Eugenie Davies, inspecteur ?

— Vous vous en occuperez plus tard. Quand nous aurons mis la main sur la Humber. Interrogez Foster. Je veux savoir où elle était, elle, cet après-midi.

— Certainement pas en train de pousser son fiancé sous un autobus, répondit Lynley, n'écoutant pas son bon sens qui lui soufflait de ne rien dire ou faire qui pût rappeler à Leach ses propres transgressions. Dans son état, elle ne serait pas passée inaperçue.

— Interrogez-la, c'est tout. Et amenez-nous cette voiture.

Leach récita l'adresse de Jill Foster, un appartement de Shepherd's Bush. Le service des Renseignements fournit à Lynley un numéro de téléphone pour aller avec l'adresse, et moins d'une minute plus tard il eut confirmation de ce qu'il supposait quand Leach lui avait confié cette mission : Jill n'était pas chez elle. Elle avait reconduit Davies à son appartement de South Kensington.

Comme ils descendaient Park Lane à vive allure avant d'entamer la dernière partie du trajet de Gower Street à South Kensington, Havers fit le point :

— On n'a plus que Gideon ou Robson qui auraient pu pousser Davies devant le bus, ce soir. Mais si c'est l'un ou l'autre, la question essentielle reste : pourquoi ?

— *Si* est le mot clé, répondit Lynley.

Elle perçut manifestement les doutes de l'inspecteur puisqu'elle commenta :

— Vous pensez que ce n'est ni l'un ni l'autre, hein ?

— Les tueurs choisissent presque toujours le même modus operandi.

— Un bus, c'est un véhicule, affirma-t-elle.

— Mais ce n'est pas une voiture. Et ce n'est pas *cette* voiture, la Humber. Et l'impact n'a pas été aussi violent que dans les autres cas, compte tenu de ce qu'il aurait pu être.

— Et personne n'a vu quelqu'un le pousser, enchaîna Havers d'un ton pensif. Du moins, on n'a encore trouvé personne.

— Je parie qu'on ne trouvera personne.

— OK. Donc, on en revient à Davies. Davies qui retrouve Kathleen Waddington avant de s'occuper d'Eugenie. Davies qui prend Webberly dans son collimateur pour diriger nos soupçons sur Katja Wolff parce que nous n'orientons pas l'enquête assez vite dans ce sens. Davies qui se jette ensuite sous l'autobus parce qu'il sent que nous ne soupçonnons pas sérieusement Wolff. D'accord, je vois. Mais *pourquoi*, c'est la question.

— A cause de Gideon. Forcément. Parce que Eugenie menaçait Gideon d'une manière ou d'une autre, et Davies vit pour Gideon. Si, comme vous l'avez suggéré, Barbara, elle avait l'intention de le faire cesser de jouer...

— L'idée me plaît bien mais qu'est-ce qu'elle en pensait, elle ? Elle aurait plutôt voulu qu'il continue à jouer, pas qu'il arrête, non ? Elle gardait toute l'histoire de la carrière de son fils dans son grenier. Ça lui plaisait, qu'il joue. Pourquoi tout bousiller ?

— Tout bousiller n'était peut-être pas dans ses

intentions, dit Lynley. Mais c'est peut-être ce qu'elle aurait fait – à son insu – en revoyant Gideon.

— Alors Davies l'a tuée ? Pourquoi ne pas simplement lui dire : « Attention, ma vieille, si tu revois Gideon, il est foutu sur le plan professionnel » ?

— Il le lui a peut-être dit, supputa Lynley. Et elle lui a peut-être répondu : « Je n'ai pas le choix, Richard. Cela fait des années et il est temps... »

— De quoi ? D'avoir une réunion de famille ? D'expliquer pourquoi elle avait quitté la maison ? D'annoncer qu'elle allait se mettre en ménage avec le major Wiley ? Quoi ?

— Quelque chose, reprit Lynley. Quelque chose que nous ne découvrirons peut-être jamais.

— Ça arrange drôlement nos affaires, tiens. Et ça ne nous aide pas beaucoup à mettre Richard Davies au trou. *Si* c'est notre bonhomme. On n'a rien de rien pour le prouver. Il a un alibi, non ?

— Il dormait. Avec Jill Foster. Qui dormait elle aussi, très probablement. Il aurait pu sortir et rentrer sans qu'elle le sache, se servir de la voiture et la remettre au parking.

— Nous voilà de retour à la voiture, remarqua Havers.

— C'est la seule chose que nous ayons.

— Ouais. Le procureur ne va pas sauter de joie avec ça, inspecteur. Avoir accès à la voiture ne constitue pas précisément une preuve formelle.

— Non, convint Lynley. Mais je ne me fonde pas uniquement là-dessus.

GIDEON

20 novembre

J'ai vu Papa avant qu'il lève la tête et me voie. Il marchait sur le trottoir de Chalcot Square, et à son allure j'ai deviné qu'il était d'humeur sombre. Je me suis senti préoccupé mais pas trop inquiet.

Il s'est alors passé quelque chose d'étrange. Raphael est apparu au bout du jardin, au centre de la place. Il a dû appeler mon père car celui-ci a hésité sur le trottoir, s'est retourné et l'a attendu à quelques maisons de la mienne. Par la fenêtre de la salle de musique, je les ai vus échanger quelques mots. Raphael a reculé en chancelant, son visage s'est plissé comme celui d'un homme qui reçoit un coup de poing dans le ventre. Mon père a continué de parler. Raphael s'est retourné, a franchi de nouveau les grilles en direction des deux bancs en bois qui se font face dans le jardin. Il s'est assis. Non, il s'est affaissé, son poids tombant comme une masse d'os et de chair, image même de la réaction brutale.

J'aurais dû comprendre à ce moment-là.

Mon père a recommencé à marcher, il a levé les yeux et m'a vu à la fenêtre. Il a agité une main mais n'a pas attendu que je réponde. L'instant d'après, il a disparu et j'ai entendu le bruit de sa clé dans la serrure de ma porte d'entrée. En pénétrant dans la salle de musique, il a ôté son manteau et l'a posé soigneusement sur le dossier d'une chaise.

« Que fait Raphael ? lui ai-je demandé. Il est arrivé quelque chose ? »

Il a tourné vers moi un visage empreint de tristesse.

« J'ai une mauvaise nouvelle. Une très mauvaise nouvelle. »

J'ai senti la peur donner de petits coups de langue sur ma peau.

« Quoi ?

— Il n'y a pas de manière douce pour te l'annoncer.

— Alors vas-y.

— Ta mère est morte, mon fils.

— Mais tu disais qu'elle t'avait téléphoné. A propos de Wigmore Hall. Elle ne peut pas...

— Elle s'est fait tuer hier soir, Gideon. Elle a été renversée par une voiture dans West Hampstead. La police m'a prévenu ce matin. » Il s'est éclairci la voix, a pressé ses tempes comme pour y contenir une émotion. « Ils m'ont demandé de venir identifier le corps. Je n'ai pas pu le faire avec certitude, il y avait des années que je ne l'avais pas vue... » Il a eu un geste d'impuissance. « Je suis désolé, mon garçon.

— Mais elle ne peut pas... Si tu ne l'as pas reconnue, ce n'est peut-être...

— Cette femme avait sur elle les papiers de ta mère. Permis de conduire, cartes de crédit, carnet de chèques...

— Alors, tu as dit que c'était elle ? Tu as dit que c'était ma mère ?

— J'ai dit que je n'étais pas sûr. Je leur ai donné le nom de son dentiste... celui qu'elle voyait quand nous étions encore ensemble. Ils pourront vérifier avec son dossier dentaire. Et il y a les empreintes digitales, je suppose.

— Tu lui avais téléphoné ? Elle savait que je voulais... Elle était d'accord ? »

Mais à quoi bon demander ? A quoi bon savoir ? Quelle importance si elle était morte ?

« J'ai laissé un message. Elle ne m'avait pas encore rappelé.

— Alors c'est fini. »

Il a relevé la tête.

« Qu'est-ce qui est fini ?

— Il n'y a plus personne pour me dire la vérité.

— Je te l'ai dite.

— Non.

— Gideon, pour l'amour de Dieu…

— Tu m'as dit ce qu'il fallait, selon toi, pour que je ne me sente pas coupable. Tu raconterais n'importe quoi pour que je recommence à jouer.

— Gideon, je t'en prie.

— Non. »

Tout devenait clair. Comme si le choc d'apprendre sa mort dissipait soudain le brouillard dans mon esprit.

« Cela ne tient pas debout que Katja Wolff ait accepté ton plan, ai-je poursuivi. Qu'elle ait renoncé à tant d'années de sa vie… pour quoi ? Pour moi ? Pour toi ? Je n'étais rien pour elle, et toi non plus. N'est-ce pas ? Tu n'étais pas son amant. Tu n'étais pas le père de son enfant. C'était Raphael, non ? Alors c'est insensé qu'elle ait accepté. Tu as dû la rouler. Tu as dû… quoi ? Fabriquer des preuves contre elle ? Déformer les faits ?

— Comment peux-tu m'accuser ainsi ?

— Parce que je sais comment Grand-père aurait réagi, Papa, en apprenant que son monstre de petite-fille avait été noyé par son monstre de petit-fils. C'était ça, le problème, en fin de compte : cacher la vérité à Grand-père, coûte que coûte.

— Elle a accepté pour l'argent. Vingt mille livres pour reconnaître un acte de négligence ayant entraîné la mort de Sonia. Je t'ai expliqué tout ça. Je t'ai dit que nous ne nous attendions pas à la réaction de la presse ni au zèle du procureur. Nous n'avions aucune idée…

— Tu l'as fait pour me protéger. Quand tu racontes que tu as laissé Sonia mourir dans la baignoire – que

924

tu l'as maintenue sous l'eau, même –, ce ne sont que des histoires. Elles visent le même objectif que tes manigances pour convaincre Katja Wolff d'assumer la responsabilité de sa mort, il y a vingt ans : que je continue à jouer du violon.

— Qu'est-ce que tu dis ?

— Tu le sais parfaitement. C'est fini. Ou ça le sera quand j'aurai réuni les quatre cent mille livres pour payer Katja Wolff.

— Non ! Tu ne lui dois rien... Réfléchis, bon sang : c'est peut-être elle qui a renversé ta mère ! »

Je l'ai regardé fixement. Ma bouche a formé le mot « Quoi ? » mais ma voix n'a pas suivi. Mon cerveau n'arrivait pas à saisir ce que Papa venait de dire.

Il a continué à parler, prononçant des mots que j'entendais mais que je n'assimilais pas. Délit de fuite, ai-je entendu. Pas un accident, Gideon. Une voiture qui est passée deux fois, trois fois sur elle. Une intention délibérée de la tuer. Un meurtre, en fait.

« Je n'avais pas de quoi la payer, dit-il. Toi, tu ne savais pas qui elle était. Alors, elle s'en est sûrement prise à ta mère. Et comme Eugenie n'avait pas non plus de quoi la payer... Tu comprends ce qui s'est passé ? Tu *comprends* ? »

Les mots tombaient dans mes oreilles mais n'avaient aucun sens pour moi. Je savais seulement que mes espoirs d'être délivré de mon crime étaient anéantis. Car, si j'étais incapable de croire à quoi que ce soit, j'avais cru en elle. J'avais cru en ma mère.

Pourquoi ? demandez-vous.

Parce qu'elle est partie de la maison, Dr Rose. Elle l'a peut-être fait parce qu'elle ne supportait pas la souffrance causée par la mort de ma sœur, mais je croyais, moi, qu'elle était partie parce qu'elle ne supportait pas le mensonge qu'elle aurait dû vivre si elle était restée.

20 novembre – 2 heures

Mon père est parti quand il est devenu clair que j'avais fini de parler. Je ne suis demeuré seul que dix minutes – peut-être même moins – puisque Raphael lui a succédé.

Il était dans un état pitoyable. Une courbe rouge sang soulignait ses paupières inférieures. Ce rouge et son teint cendreux étaient les seules couleurs de son visage.

Il s'est approché de moi, a posé une main sur mon épaule. Nous nous sommes regardés et j'ai vu ses traits commencer à se défaire, comme s'il n'avait pas de crâne sous sa peau pour la soutenir mais plutôt une substance qui avait toujours été soluble, vulnérable à l'élément capable de la faire fondre.

« Elle refusait d'arrêter de se punir », a-t-il dit. Sa main s'est resserrée, resserrée sur mon épaule. J'avais envie de pousser un cri ou de me libérer mais je n'osais pas faire quoi que ce soit qui aurait pu l'interrompre. « Elle ne se pardonnait pas, Gideon, mais *jamais*, je le jure, elle n'a cessé de penser à toi.

— De penser à moi ? ai-je répété, hébété, tâchant de saisir ce qu'il disait. Comment le sais-tu ? Comment sais-tu qu'elle n'a jamais cessé de penser à moi ? »

Son visage m'a fourni la réponse avant qu'il ne la donne de vive voix : il était resté en contact avec ma mère pendant toutes les années écoulées depuis qu'elle était sortie de nos vies. Il n'avait jamais cessé de lui parler au téléphone. Il n'avait jamais cessé de la voir : au pub, au restaurant, dans les parcs et les musées. « Dites-moi comment va Gideon, Raphael », demandait-elle, et il lui donnait des informations que les journaux, les critiques sur mon jeu, les articles des magazines et les échos du petit monde de la musique classique ne pouvaient lui fournir.

« Tu la voyais, ai-je dit. Tu la *voyais*. Pourquoi ?

— Parce qu'elle t'aimait.

— Non, je veux dire, pourquoi tu as fait ça ?

— Elle ne voulait pas que je t'en parle. Elle jurait qu'elle mettrait fin à nos rencontres si elle apprenait que je t'en avais parlé.

— Et tu ne l'aurais pas supporté », ai-je répliqué d'un ton amer parce que j'avais enfin tout compris.

J'avais vu les réponses dans ces fleurs qu'il lui avait apportées des années plus tôt, je les lisais dans sa réaction présente, maintenant qu'elle était morte et qu'il ne pouvait plus entretenir son fantasme que quelque chose d'important s'épanouirait un jour entre eux.

« Parce que si elle avait cessé de te voir, Raphael, que serait devenu ton petit rêve ? »

Il n'a pas répondu.

« Tu étais amoureux d'elle, n'est-ce pas ? Tu l'as toujours été. La voir une fois par mois, une fois par semaine, une fois par jour, ou une fois par an, c'était lié uniquement à ce que tu désirais avoir. Tu ne m'as rien dit. Tu m'as laissé croire qu'elle nous avait quittés sans remords, sans *jamais* éprouver le moindre remords. Alors que tu *savais*… »

Je n'ai pu poursuivre.

« C'était elle qui le voulait. J'étais obligé de respecter son choix.

— Tu n'étais obligé à *rien*.

— Je suis désolé. Gideon, si j'avais su… Comment aurais-je pu savoir ?

— Dis-moi ce qui s'est passé ce soir-là.

— Quel soir ?

— Tu le sais parfaitement. Ne fais pas l'imbécile. Que s'est-il passé le soir où ma sœur est morte ? Et ne me raconte pas que c'est Katja Wolff qui l'a noyée. Tu étais avec elle. Vous étiez en grande discussion. Je suis entré dans la salle de bains. J'ai maintenu Sonia sous l'eau. Et ensuite ?

— Je ne sais pas.

— Je ne te crois pas.

— C'est la vérité. Nous t'avons découvert dans la salle de bains. Katja s'est mise à crier. Ton père est accouru. J'ai emmené Katja en bas. C'est tout ce que je sais. Je ne suis pas remonté avec l'équipe de l'ambulance. Je n'ai pas quitté la cuisine avant l'arrivée de la police.

— Sonia remuait dans la baignoire ?

— Je ne sais pas. Je ne crois pas. Mais ça ne veut pas dire que tu l'avais…

— Bon Dieu, Raphael, je l'ai maintenue sous l'eau !

— Tu ne peux pas te rappeler ça. C'est impossible, tu étais bien trop jeune, Gideon. Katja l'avait laissée seule cinq ou six minutes. J'étais venu lui parler et nous avons commencé à discuter. Nous sommes allés dans la chambre de Sonia parce que je voulais savoir ce qu'elle avait l'intention de faire pour… »

Il bredouillait. Encore maintenant, il n'arrivait pas à le dire. Je l'ai fait pour lui.

« Pourquoi tu l'as mise enceinte si tu étais amoureux de ma mère ?

— Blondes… (La réponse pathétique, pitoyable, est venue après quinze longues secondes de respiration saccadée.) Elles étaient toutes les deux blondes.

— Seigneur, ai-je murmuré. Elle te laissait l'appeler Eugenie pendant que… ?

— Ne dis pas ça. Cela n'est arrivé qu'une fois.

— Et tu ne pouvais laisser personne l'apprendre, hein ? Aucun de vous deux ne pouvait se le permettre. Pour Katja, personne ne devait savoir qu'elle avait laissé Sonia seule pendant cinq minutes ; pour toi, personne ne devait savoir que tu l'avais engrossée en imaginant que tu baisais ma mère.

— Elle aurait pu se faire avorter. Ç'aurait été facile.

— Rien n'est jamais facile, Raphael. Sauf mentir. Ça, c'était facile pour vous tous.

— Pas pour ta mère. C'est pour cette raison qu'elle est partie. »

Il a de nouveau pressé mon épaule, fort, comme la fois d'avant.

« Elle t'aurait dit la vérité, Gideon. Là-dessus tu peux croire ton père. Ta mère t'aurait dit la vérité. »

928

C'est tout ce qui me reste, Dr Rose. Cette assurance : si elle avait vécu, si nous avions eu l'occasion de nous rencontrer, elle m'aurait tout dit.

Elle m'aurait fait remonter ma propre histoire et aurait apporté des corrections là où mes impressions étaient fausses et ma mémoire défaillante.

Elle m'aurait expliqué les détails dont je me souvenais. Elle aurait comblé les trous.

Mais elle est morte, elle ne peut plus rien faire.

Il ne me reste que ce que j'arrive à me rappeler.

27

— Gideon, que fais-tu ici ? dit Richard à son fils.

— Qu'est-ce qui t'est arrivé ? demanda Gideon.

Jill répondit à la place de son fiancé :

— Quelqu'un a essayé de le tuer. Il pense que c'est Katja Wolff. Il a peur qu'elle s'en prenne à vous, maintenant.

Gideon la regarda puis se tourna vers son père. Il avait l'air plutôt perplexe, s'étonna Jill. Ni bouleversé ni horrifié d'apprendre que Richard avait failli mourir, simplement intrigué.

— Pourquoi s'en prendrait-elle à moi ? dit-il. Ça ne lui donnerait pas ce qu'elle cherche.

— Gideon... soupira Richard.

— Votre père pense qu'elle vous en veut aussi, reprit Jill. Il est convaincu que c'est elle qui l'a poussé.

— C'est ce qu'il vous a dit ?

— C'est ce qui s'est passé, rétorqua Richard. Qu'est-ce que tu fais chez moi ? Tu es là depuis combien de temps ?

Au lieu de répondre, Gideon procéda à un inventaire des blessures de son père, fit passer son regard de la jambe au bras puis au visage.

— Gideon, je t'ai demandé depuis combien de temps...

— Assez pour avoir trouvé ceci, répondit Gideon, agitant la carte qu'il avait dans la main.

Jill regarda Richard, vit ses yeux se plisser.

— Tu m'as menti à ce sujet aussi, accusa Gideon.

— A quel sujet ? demanda Richard, les yeux fixés sur la carte.

— Ma sœur. Elle n'est pas morte quand elle était bébé. Ni quand elle était enfant.

Sa main chiffonna l'enveloppe, la laissa tomber par terre.

Jill baissa les yeux vers la photo qu'elle tenait.

— Mais vous savez bien que votre sœur...

— Tu as fouillé dans mes affaires, lança Richard à son fils.

— Je cherchais l'adresse de Katja, que tu as dû cacher ailleurs, je suppose. A la place j'ai trouvé...

— Gideon ! coupa Jill en brandissant la photo de Sonia. Ce que vous dites est absurde. Votre sœur est...

— J'ai trouvé ceci, poursuivit Gideon avec ténacité, et je sais maintenant ce que tu es, Papa : un menteur, incapable de dire la vérité même si sa vie en dépendait, même si la vie des autres en dépendait.

Jill était sidérée non par les mots mais par le ton glacial de Gideon. Sa stupeur écarta provisoirement de ses pensées sa propre indignation devant la conduite de Richard. Elle chassa de son esprit le fait que Gideon disait au moins la vérité en ce qui la concernait : en ne lui parlant jamais de l'état de Sonia, Richard lui avait menti effectivement, ne serait-ce que par omission. Elle préféra relever le caractère outrancier des propos que le fils adressait au père :

— Richard a failli se faire tuer il y a moins de trois heures.

— Vous en êtes sûre ? S'il m'a menti au sujet de Virginia, comment savoir s'il ne ment pas pour tout le reste ?

— Virginia ? Qui est... ?

— Nous en parlerons plus tard, dit Richard à son fils.

— Non, répondit Gideon. Nous allons parler de Virginia tout de suite.

— Mais qui est Virginia ? demanda Jill.

— Alors, vous ne savez pas, vous non plus…

Elle se tourna vers son fiancé.

— Richard ? De quoi s'agit-il ?

— Voilà de quoi il s'agit, dit Gideon, et il lut la carte à voix haute.

Il la lut avec la force de l'indignation mais sa voix trembla deux fois : une première fois en prononçant les mots *notre fille*, une seconde fois au passage *en vivant jusqu'à trente-deux ans*.

De son côté, Jill entendit l'écho de deux phrases différentes se répercuter dans la pièce : la première était *Elle avait donné tort aux estimations médicales* ; la seconde commençait par ces trois mots : *Malgré ses problèmes*. Elle sentit la nausée monter en elle, un froid terrible s'insinuer jusque dans ses os.

— Qui est-ce ? s'écria-t-elle. Richard, qui est-ce ?

— Un monstre, répondit Gideon. N'est-ce pas, cher papa ? Virginia Davies était aussi un monstre.

— Qu'est-ce qu'il veut dire ? murmura Jill alors qu'elle le savait déjà et ne supportait pas de le savoir.

Elle adjura silencieusement Richard de répondre mais il restait sans réaction, les épaules affaissées, le dos voûté, les yeux fixés sur son fils.

— Dis quelque chose ! l'implora-t-elle.

— Il est en train de vous concocter une réponse, railla Gideon. Il se demande quelle excuse il pourrait trouver pour m'avoir fait croire que ma sœur aînée était morte en bas âge. Elle était anormale. C'était plus facile de prétendre qu'elle était morte que d'avoir à accepter qu'elle ne soit pas parfaite.

Richard se décida enfin à répondre :

— Tu ne sais pas de quoi tu parles.

Les pensées de Jill se mirent à tournoyer follement, échappant à tout contrôle : une autre trisomie, criaient les voix dans son crâne, une deuxième trisomie, une deuxième trisomie, ou une autre maladie, plus grave encore, si grave que Richard ne pouvait même pas se résoudre à en parler, et pendant tout ce temps, sa Catherine chérie était en danger, menacée par Dieu sait quoi que les tests prénatals n'avaient pas décelé, et lui restait là sans bouger, il restait là sans bouger, regardait son fils et refusait de discuter... Elle sentit la photo devenir moite dans sa main, devenir lourde, si lourde qu'elle lui glissa des doigts.

— Parle-moi, Richard ! cria Jill.

Gideon et son père réagirent en même temps quand le cadre heurta le plancher avec un claquement. Sentant qu'elle ne pourrait porter plus longtemps son propre poids, Jill enjamba la photo d'un pas vacillant et se laissa tomber sur le sofa, où elle observa en silence ce qui suivit.

Richard se baissa vivement pour ramasser la photo mais fut gêné par sa jambe plâtrée. Gideon le devança, s'empara de la photo et l'examina, tandis que ses doigts, crispés sur le cadre en bois, prenaient une couleur d'os.

— D'où vient-elle ? demanda-t-il à son père d'une voix enrouée.

— Gideon, il faut te calmer, dit Richard, qui semblait désespéré.

Jill les observait tous deux et avait l'impression de voir leur tension, celle de son fiancé, maniée comme un fouet, celle de Gideon, enroulée sur elle-même et prête à bondir.

— Tu m'as dit que ma mère avait pris toutes les photos de Sonia. Elle nous a quittés, elle a emporté toutes les photos, m'as-tu dit. Sauf celle que tu gardais dans ton bureau.

— J'avais une excellente raison de...

— Tu avais celle-ci pendant tout ce temps ?

— En effet, répondit Richard en plongeant les yeux dans ceux de son fils.

— Je ne te crois pas. Parce que si tu l'avais eue en ta possession le jour où je t'ai demandé une photo de Sonia, où je t'ai supplié de...

— Arrête de dire n'importe quoi ! Je ne te l'ai pas donnée parce que j'ai pensé que tu...

— Que je quoi ? Que je me jetterais sous un train ? Je ne savais rien à ce moment-là. Je n'avais même pas de soupçons. J'étais complètement affolé par le problème que j'avais avec la musique, et toi aussi. Si tu avais eu cette photo ce jour-là, Papa, tu me l'aurais remise immédiatement. Si tu avais pensé que cela me permettrait de rejouer...

— Ecoute-moi, Gideon. J'avais oublié que j'avais cette photo. Elle était égarée parmi les papiers de Grand-père. Quand je l'ai retrouvée, hier, j'ai tout de suite pensé à te la donner. Je me suis souvenu que tu voulais une photo de Sonia... que tu m'en avais demandé une.

— Elle ne serait pas encadrée. Pas si elle était à toi. Pas si tu l'avais égarée dans les papiers de Grand-père.

— Tu déformes mes propos.

— Elle aurait été comme l'autre. Glissée dans une enveloppe ou dans un livre, perdue au fond d'un sac, mais sûrement pas encadrée.

— Tu deviens hystérique. Voilà où mène la psychanalyse. Tu t'en rends compte, j'espère ?

— Ce dont je me rends compte, s'écria Gideon, c'est que tu es un hypocrite égocentrique qui n'a rien dit du tout, qui n'a rien fait du tout...

Il s'interrompit soudain.

Sur le sofa, Jill sentit l'atmosphère devenir électrique entre les deux hommes. Comme ses propres pensées tournoyaient follement dans sa tête, elle ne comprit pas immédiatement quand Gideon reprit :

— C'était toi. Oh ! mon Dieu. Tu l'as tuée. Tu lui avais parlé. Tu lui avais demandé de confirmer tes mensonges sur Sonia mais elle a refusé, bien sûr. Alors il fallait qu'elle meure.

— Au nom du ciel, Gideon ! Tu ne sais pas ce que tu dis.

— Si. Pour la première fois de ma vie, je le sais. Elle allait me révéler la vérité, n'est-ce pas ? Tu étais certain qu'elle accepterait cette fois encore de se plier à ta volonté, parce qu'elle l'avait fait pendant des années. Mais elle n'était pas comme ça. Elle nous avait quittés, Papa. Incapable de vivre avec un mensonge comme de vivre avec nous, elle était partie. C'était trop pour elle, sachant que nous avions envoyé Katja en prison.

— Katja était d'accord. Pour tout.

— Pas pour vingt ans. Cinq ans, peut-être. Cinq ans contre cent mille livres, oui. Mais vingt ans ? Personne ne s'attendait à ce verdict. Et Maman ne l'a pas supporté. Elle nous a quittés. Elle serait restée à jamais loin de nous si je n'avais pas perdu ma faculté de jouer à Wigmore Hall.

— Arrête de penser que Wigmore Hall est lié à autre chose que Wigmore Hall. Je te l'ai dit dès le début.

— Parce que tu voulais y croire. Mais Maman s'apprêtait à me révéler que ma mémoire ne me trompait pas. Elle savait que j'avais tué Sonia. Que je l'avais fait seul.

— Non. Je t'ai expliqué ce qui s'est passé.

— Alors, répète-le-moi. Devant Jill.

Richard garda le silence, jeta un coup d'œil à sa fiancée. Elle aurait voulu y voir un appel à l'aide et à la compréhension mais elle devinait des calculs derrière ce regard.

— Laissons cela de côté, Gideon, sollicita-t-il. Nous en parlerons plus tard.

— Nous allons en parler immédiatement. L'un de nous, en tout cas. Moi, peut-être ? J'ai tué ma sœur, Jill. Je l'ai noyée dans son bain. Elle était un boulet pour tout le monde…

— Gideon. Arrête.

— … mais plus particulièrement pour moi. Elle faisait obstacle à ma carrière. Je ne supportais pas de voir le monde tourner autour d'elle, alors je l'ai tuée.

— Non ! cria Richard.

— Papa voudrait me faire croire…

— Non !

— … que c'était lui, qu'il est entré dans la salle de

bains ce soir-là, qu'il a vu Sonia sous l'eau dans la baignoire et qu'il l'y a maintenue pour finir le travail. Mais il ment, parce qu'il sait que si je continue à croire que je l'ai tuée, il y a de fortes chances pour que je ne retouche jamais à mon violon.

— Ce n'est pas ce qui s'est passé, dit Richard.

— De quoi parles-tu exactement ?

Richard resta un moment silencieux puis murmura « Je t'en prie », et Jill comprit qu'il était pris entre les deux issues que les accusations de Gideon lui imposaient. Qu'il choisisse l'une ou l'autre, elles se réduisaient à une seule, en définitive. Ou il avait tué son enfant. Ou il avait tué son enfant.

Gideon trouva apparemment la réponse qu'il attendait dans le silence de son père.

— Bon, dit-il. Eh bien…

Il laissa la photo de sa sœur tomber par terre. Il gagna la porte à grandes enjambées et l'ouvrit.

— Pour l'amour de Dieu, c'était moi ! cria Richard. Gideon ! Arrête ! Ecoute-moi. Elle vivait encore quand tu l'as laissée. Je l'ai maintenue sous l'eau. C'est moi qui ai noyé Sonia.

Jill se surprit à pousser une plainte horrifiée. Richard parlait à son fils mais, en même temps, il expliquait enfin à Jill ce qui le retenait de l'épouser.

— Tu mens, lança Gideon depuis le pas de la porte avant de sortir.

Richard le suivit, ralenti par ses blessures. Jill se leva péniblement et dit :

— C'étaient toutes des filles. C'est ça, hein ? Virginia. Sonia. Et maintenant Catherine.

Richard claudiqua jusqu'à la porte, s'appuya au chambranle.

— Gideon ! beugla-t-il. Bon sang ! Ecoute-moi !

Il se traîna dans le couloir. Jill le rejoignit d'un pas chancelant, lui saisit le bras.

— Tu ne voulais pas te marier parce que c'était une fille.

Il continua à boitiller vers l'escalier, entraînant Jill

avec lui malgré son poids. Elle entendit les pas de Gideon claquer sur les marches, résonner sur les dalles du hall.

— Gideon ! cria Richard. Attends !

— Tu avais peur qu'elle soit comme les deux autres, hein ? hurla Jill en s'accrochant à son bras. Tu as engendré Virginia. Tu as engendré Sonia, et tu penses que notre bébé sera lui aussi handicapé. C'est pour ça que tu ne voulais pas m'épouser.

La porte d'en bas s'ouvrit. Richard et Jill parvinrent à l'escalier.

— Gideon ! cria Richard du haut des marches. Ecoute-moi.

— Je t'ai suffisamment écouté, entendit-il en réponse.

Puis la porte claqua. Richard mugit, comme s'il avait reçu un coup dans la poitrine, et commença à descendre. Agrippée à son bras, Jill se laissa entraîner.

— C'est pour ça, hein ? répéta-t-elle. Tu voulais voir si le bébé était normal avant de...

Il se dégagea, elle s'accrocha de nouveau.

— Lâche-moi ! rugit-il. Va-t'en ! Tu ne vois pas qu'il faut que je l'arrête ?

— Réponds-moi. Tu as pensé qu'il pouvait y avoir quelque chose d'anormal parce que c'était une fille, et que si tu m'épousais, tu serais coincé. Avec moi. Avec elle. Comme avant.

— Tu racontes n'importe quoi.

— Alors dis-moi que je me trompe.

— Gideon ! Bon Dieu, Jill. Je suis son père. Il a besoin de moi. Tu ne sais pas... Laisse-moi.

— Non ! Pas avant que...

— J'ai dit : Laisse-moi ! grinça-t-il, les dents serrées, le visage crispé.

Jill sentit le bras, le bras indemne de Richard, se plaquer contre sa poitrine et la pousser violemment. Elle s'accrocha plus fort à lui en gémissant :

— Non ! Qu'est-ce que tu fais ? Parle-moi.

Elle l'attira vers elle mais il s'écarta. Il libéra son

bras et leurs positions changèrent. Il était maintenant au-dessus de Jill, qui lui barrait le passage, qui l'empêchait de rejoindre Gideon, de retrouver une vie qu'elle ne pouvait pas comprendre. Ils étaient tous deux pantelants et l'odeur forte de leur sueur flottait dans l'air.

— C'est pour ça ? demanda-t-elle. Je veux l'entendre de ta bouche, Richard.

Au lieu de répondre, il poussa un cri inarticulé. Avant qu'elle puisse s'écarter, il tenta de forcer le passage. De son bras valide, il appuya sur les seins de Jill qui, dans un mouvement réflexe, fit un pas en arrière. Elle perdit l'équilibre. L'instant d'après, elle roulait dans l'escalier.

28

Richard la regarda tomber, entendit le grincement des barreaux lorsqu'elle les heurta. Le poids de son corps augmentant sa vitesse, elle continua à rouler vers le rez-de-chaussée même quand elle parvint à ce semblant de palier, cette marche à peine plus large qu'elle détestait tant.

Cela ne se déroula pas en une seconde mais en un arc de temps si long que le mot « infini » n'aurait pas convenu. A chaque seconde qui passait, Gideon – un Gideon valide, qui n'était pas handicapé par un plâtre lui emprisonnant la jambe du pied au genou – gagnait du terrain sur son père. Plus que du terrain, il gagnait en certitude. Et Richard ne pouvait le permettre.

Il descendit l'escalier le plus vite qu'il put. Jill gisait en bas, immobile. Quand il parvint au rez-de-chaussée, elle battit des paupières – des paupières qui semblaient bleues à la faible lumière de l'entrée – et ses lèvres s'écartèrent sur un gémissement :

— Maman ?

Ses vêtements s'étaient retroussés, découvrant son gros ventre de manière obscène. Son manteau était déployé au-dessus de sa tête comme un monstrueux éventail.

— Maman ? murmura-t-elle de nouveau.

Puis elle geignit, poussa un cri et arqua le dos.

Richard s'approcha de sa tête, fouilla rageusement

les poches du manteau. Il l'avait vue mettre ses clés dans son manteau, non ? Il l'avait vue, bon Dieu. Il fallait qu'il les trouve. Sinon, il ne rattraperait pas Gideon, et il fallait qu'il lui parle, il fallait qu'il sache…

Pas de clés. Il poussa un juron, se redressa, retourna à l'escalier et commença à remonter les marches avec une sorte de fureur. Derrière lui, Jill cria :

— Catherine !

Pantelant, Richard se hissait en tirant sur la rampe et songeait au moyen d'arrêter son fils.

Dans l'appartement, il chercha le sac de Jill. Il était par terre, près du sofa. Il le ramassa, s'escrima sur le fermoir. Ses mains tremblaient, ses doigts étaient maladroits. Il n'arrivait pas à…

Une sonnerie retentit. Il regarda autour de lui, ne vit rien. Il revint au sac, réussit enfin à ouvrir le fermoir, vida le contenu du sac sur le sofa.

Une sonnerie retentit. Il l'ignora. Il fouilla parmi les tubes de rouge à lèvres, les poudriers, les mouchoirs en papier chiffonnés, le carnet de chèques et le petit calepin, les stylos. Elles étaient là, reliées par l'anneau de chrome familier : cinq clés, deux en cuivre, trois en métal argenté. Une pour l'appartement de Jill, une pour le sien, une pour la maison de famille dans le Wiltshire, et deux pour la Humber, le contact et le coffre. Il les saisit.

Une sonnerie retentit. Longue et insistante, cette fois.

Exigeant une réponse immédiate.

Richard jura, localisa la source du bruit : la sonnette de la porte d'entrée. Gideon ? Mon Dieu, Gideon ? Mais il avait sa clé, il n'avait pas besoin de sonner.

La sonnerie continuait. Richard la chassa de son esprit, retourna vers la porte.

La sonnerie faiblit, cessa. Dans ses oreilles, Richard n'entendait que sa propre respiration. Elle ressemblait à un gémissement d'âmes perdues, bientôt accompagné d'une douleur montant de sa jambe droite et palpitant simultanément de sa main à son épaule droites. Epuisé, il commença à avoir mal au côté ; il n'arrivait plus à prendre sa respiration.

Il fit halte près de l'escalier, regarda en bas. Il avait le cœur battant, la poitrine haletante. Il inspira un air humide sentant le renfermé.

Empoignant la rampe, il se mit à descendre. Jill n'avait pas bougé. En était-elle capable ? Le ferait-elle ? Quelle importance, avec Gideon en fuite ?

— Maman ? Tu viens m'aider ? geignit-elle.

Mais Maman n'était pas là, Maman ne pouvait pas l'aider.

Papa, lui, était là. Il serait toujours là. Pas comme par le passé, pas cette forme drapée de folie maligne qui allait et venait, se tenait entre Papa et oui mon fils tu es mon fils. Mais le Papa d'aujourd'hui qui ne pouvait faillir et ne faillirait pas parce que oui mon fils tu es mon fils. Toi, ce que tu fais, ce que tu es capable de faire. Tout. Tu es mon fils.

Richard parvint au faux palier.

Il entendit sous lui la porte d'entrée s'ouvrir.

— Gideon ? appela-t-il.

— Bon Dieu de merde ! fit une voix de femme en réponse.

Une créature trapue en caban bleu marine se rua vers Jill. Derrière elle surgit une silhouette en imperméable que Richard Davies ne connaissait que trop bien. L'homme tenait à la main la carte de crédit avec laquelle il avait ouvert la vieille porte gauchie donnant accès à Braemar Mansions.

— Seigneur Dieu, fit Lynley, s'agenouillant lui aussi à côté de Jill. Faites venir une ambulance, Havers.

Il leva la tête et son regard se posa sur Richard, immobile au milieu de l'escalier, les clés de la voiture de Jill à la main.

Havers monta dans l'ambulance avec Jill Foster ; Lynley conduisit Davies au poste de police le plus proche, qui se révéla être Earl's Court Road, celui-là même d'où Malcolm Webberly était parti plus de vingt ans auparavant, le soir où on l'avait chargé d'enquêter sur la mort suspecte de Sonia Davies.

Si Richard avait conscience de l'ironie de la coïncidence, il n'en fit pas mention. En fait, il ne dit rien, comme c'était son droit, quand Lynley lui récita la mise en garde officielle. On fit venir l'avocat de service pour le conseiller mais le seul conseil dont voulait Davies concernait le moyen d'envoyer un message à son fils.

— Il faut que je parle à Gideon, dit-il. Gideon Davies. Vous le connaissez sûrement : le violoniste...

Outre ces quelques mots, il n'avait rien à déclarer. Il s'en tenait à la déposition originale qu'il avait faite à Lynley au cours des interrogatoires antérieurs. Il connaissait ses droits et la police n'avait rien sur quoi fonder une inculpation du père de Gideon Davies.

Ce qu'elle avait, en revanche, c'était la Humber, et Lynley retourna à Cornwall Gardens avec l'équipe officielle pour superviser la réquisition du véhicule. Comme Winston Nkata l'avait présumé, les dommages que la voiture avait subis en percutant deux – et probablement trois – personnes étaient concentrés sur le pare-chocs avant, passablement cabossé. Mais c'était une preuve que n'importe quel avocat habile parviendrait à écarter, et Lynley ne comptait pas là-dessus pour établir un dossier contre Davies. Ce sur quoi il comptait, ce que ce même avocat habile aurait des difficultés à réfuter, c'étaient des traces sur le pare-chocs et le dessous de la Humber. Car il n'était guère possible que Davies ait renversé Kathleen Waddington et Malcolm Webberly, qu'il ait roulé trois fois sur son ex-femme sans laisser une éclaboussure de sang, un fragment de peau ou ce type de cheveux dont ils avaient désespérément besoin – avec un morceau de cuir chevelu attaché à la racine – sous le châssis. Pour se débarrasser de ce genre de preuve, Davies aurait dû penser à cette possibilité, et Lynley était prêt à parier qu'il ne l'avait pas fait. Aucun meurtrier, il le savait par expérience, ne pensait jamais à tout.

Il téléphona la nouvelle à l'inspecteur principal Leach et le pria de transmettre l'information à l'adjoint au préfet de police Hillier. Il attendrait à Cornwall Gardens qu'on embarque la Humber, dit-il, après quoi il irait chercher l'ordinateur d'Eugenie Davies, comme il en avait l'intention au départ. L'inspecteur souhaitait-il toujours qu'il aille le chercher ?

Oui, répondit Leach. Malgré l'arrestation de Davies, Lynley avait commis une faute en l'emportant et il fallait le ranger avec les autres affaires de la victime.

— Vous avez piqué autre chose, tant qu'on y est ? demanda Leach.

Lynley répondit qu'il n'avait rien pris d'autre qui appartînt à Eugenie Davies, absolument rien. Et il s'estima satisfait de la sincérité de sa réponse. Car il en était venu à comprendre, pour le meilleur ou pour le pire, que les mots, nés de la passion, qu'un homme couche sur le papier et envoie à une femme – à vrai dire, même les mots qu'il prononce – ne sont qu'un prêt qu'il lui fait, pour aussi longtemps qu'ils rempliront leur office. Les mots eux-mêmes demeurent la propriété de cet homme.

— Il ne m'a pas poussée, disait Jill Foster à Barbara Havers dans l'ambulance, il ne faut pas penser qu'il m'a poussée.

Sa voix était faible, presque un murmure ; la partie inférieure de son corps s'était souillée dans la flaque d'urine, d'eau et de sang dans laquelle elle baignait quand Barbara s'était agenouillée près d'elle au pied de l'escalier. Ce fut tout ce qu'elle réussit à articuler parce que la douleur l'emporta, du moins ce fut l'impression qu'eut Barbara quand elle entendit Jill pousser un cri. Elle regarda l'infirmier observer les signes vitaux de la blessée et l'entendit dire au chauffeur « Mets la sirène, Cliff », indication claire de l'état de Jill Foster.

— Le bébé ? demanda Havers à voix basse.

L'infirmier lui jeta un coup d'œil sans répondre, fit passer son regard sur la perfusion fixée à un portant au-dessus de l'accidentée.

Même avec la sirène, le trajet jusqu'à l'hôpital le plus proche possédant un service d'urgences parut interminable à Barbara. Mais une fois qu'ils furent arrivés, la réaction fut immédiate et satisfaisante. Les ambulanciers portèrent la blessée à l'intérieur du bâtiment au pas de charge. Jill Foster fut aussitôt entourée d'une nuée de personnes qui l'emportèrent, réclamèrent du matériel, des coups de téléphone au service d'obstétrique, d'obscurs médicaments et des procédures mystérieuses dont les noms camouflaient les objectifs.

— Elle s'en sortira ? demandait Barbara à qui voulait l'entendre. Elle est en travail, hein ? Elle va bien ? Et le bébé ?

— Ce n'est pas comme ça que les bébés naissent normalement, obtint-elle pour toute réponse.

Havers demeura aux urgences à arpenter la salle d'attente jusqu'à ce qu'on emmène Jill Foster en salle d'opérations. « Elle a subi un traumatisme assez grand comme ça », telle fut l'explication qu'on lui donna, et « Vous ne faites pas partie de la famille ? », telle fut la raison invoquée pour ne lui fournir aucune autre information. Barbara n'aurait su dire pourquoi il lui semblait si important de savoir que cette femme s'en tirerait. Peut-être à cause d'une solidarité féminine inhabituelle qu'elle se surprit à ressentir pour Jill Foster. Après tout, il n'y avait pas si longtemps qu'elle-même avait été emmenée en ambulance après une rencontre avec un tueur.

Elle ne croyait pas que Richard Davies n'avait pas poussé Jill Foster dans l'escalier, mais c'était un point qu'il faudrait éclaircir plus tard, une fois que cette femme se serait remise et qu'une période de convalescence lui donnerait le temps d'apprendre quels autres actes son fiancé avait commis. Et elle se remettrait, apprit Barbara dans l'heure qui suivit. Elle avait donné le jour à une fille, en bonne santé malgré son entrée précipitée dans le monde.

Havers estima qu'elle pouvait maintenant partir et elle était en train de s'éloigner – elle avait quitté le bâtiment et cherchait à savoir quel autobus, s'il y en avait, la conduirait à Fulham Palace Road – lorsqu'elle se rendit compte qu'elle se trouvait devant l'hôpital de Charing Cross, où le commissaire Webberly avait été admis. Elle retourna à l'intérieur.

Au onzième étage, elle arrêta une infirmière au passage devant le service Réanimation. *Critique* et *stationnaire* furent les mots que celle-ci utilisa pour qualifier l'état du policier, et Barbara en déduisit qu'il était encore dans le coma, encore sous assistance respiratoire, encore menacé par tant de complications que prier pour qu'il s'en sorte semblait aussi risqué qu'envisager la possibilité de sa mort. Quand une personne est renversée par une voiture, quand elle présente des lésions au cerveau, la plupart du temps elle émerge de la crise radicalement changée. Barbara ne savait pas si elle souhaitait un tel sort à son supérieur hiérarchique. Elle ne souhaitait pas sa mort – cette idée même l'effrayait – mais elle ne pouvait l'imaginer pris pendant des mois, voire des années, dans la torture d'une convalescence douloureuse.

— Il y a quelqu'un de la famille auprès de lui ? demanda-t-elle à l'infirmière. Je fais partie de l'équipe qui enquête sur ce qui s'est passé. J'ai des nouvelles. Si ça les intéresse.

L'infirmière la considéra d'un œil sceptique. Avec un soupir, Havers tira sa carte de sa poche. Après y avoir jeté un coup d'œil, l'infirmière lui dit « Attendez ici » et la laissa.

Barbara s'attendait à voir Hillier sortir de la salle de réanimation, mais au lieu de l'adjoint au préfet de police, ce fut la fille de Webberly qui vint l'accueillir. Bien qu'elle parût épuisée, Miranda sourit en s'exclamant :

— Barbara ! Comme c'est gentil d'être venue !

Vous ne pouvez pas être encore de service à cette heure.

— Nous avons procédé à une arrestation. Vous voulez l'annoncer à votre père ? Je sais qu'il ne peut pas entendre mais quand même…

— Oh ! il entend.

Barbara reprit espoir :

— Il est sorti du coma ?

— Non. Mais les médecins affirment que les malades dans le coma entendent ce qu'on dit autour d'eux. Et il a sûrement envie de savoir que vous avez pincé celui qui l'a renversé, non ?

— Comment il est ? J'ai parlé à une infirmière mais je n'en ai pas tiré grand-chose. Juste qu'il n'y a pas eu de changement.

Miranda sourit de nouveau, mais c'était plus, semblait-il, une réponse destinée à calmer les inquiétudes de Barbara que le reflet de ce que la jeune fille éprouvait.

— Pas de changement, c'est vrai. Mais il n'a pas eu d'autre crise cardiaque, ce que tout le monde considère comme un très bon signe. Jusqu'ici son état est stable, et nous… nous sommes pleins d'espoir. Oui. Pleins d'espoir.

Ses yeux brillaient trop. Barbara eut envie de lui dire qu'elle n'avait pas besoin de jouer la comédie pour elle mais elle comprit que cet effort d'optimisme était destiné davantage à Miranda elle-même qu'à quelqu'un d'autre.

— Alors, moi aussi, je suis pleine d'espoir, déclara la policière. Vous avez besoin de quoi que ce soit ?

— Oh ! non. Du moins, je ne crois pas. Je suis venue de Cambridge précipitamment et j'ai laissé en plan un exposé que je dois faire pour un contrôle. Mais je ne dois pas le remettre avant la semaine prochaine et peut-être que d'ici là… Enfin, peut-être.

— Oui. Peut-être.

Des bruits de pas dans le couloir attirèrent leur attention. Elles se tournèrent pour voir approcher Hillier et sa femme, chacun d'eux soutenant Frances Webberly par un bras.

— Maman ! s'écria Miranda.

— Randie. Randie chérie…

— Maman ! Je suis si contente. Oh Maman…

Elle s'avança vers Frances, la serra longuement contre elle, puis, se sentant peut-être libérée d'un poids qu'elle n'aurait jamais dû porter, elle se mit à pleurer.

— Les docteurs ont dit que s'il avait une autre crise cardiaque, il pourrait… Il pourrait vraiment…

— Chut, fit Frances Webberly en pressant sa joue contre les cheveux de sa fille. Emmène-moi voir Papa, tu veux, chérie ? Nous le veillerons ensemble.

Lorsque Miranda et sa mère eurent franchi les portes de la salle, l'adjoint au préfet dit à son épouse :

— Reste avec elles, Laura. S'il te plaît. Assure-toi que…

Il eut un hochement de tête entendu. Laura Hillier suivit les deux femmes.

Hillier posa sur Havers un regard à peine moins désapprobateur que d'habitude et la constable prit péniblement conscience de son accoutrement. Depuis des mois, elle faisait de son mieux pour l'éviter, et lorsqu'elle savait qu'elle avait de bonnes chances de le rencontrer, elle s'habillait en tenant compte de cette éventualité. Mais là… Elle avait l'impression que ses baskets rouges flashaient comme un néon, et le pantalon vert qu'elle avait enfilé ce matin-là semblait à peine moins mal choisi.

— Nous avons procédé à l'arrestation, monsieur, dit-elle. J'ai pensé que je pouvais passer…

— Leach m'a téléphoné, coupa Hillier.

Il se dirigea vers une porte située de l'autre côté du couloir, eut un mouvement de tête : Barbara devait suivre. Lorsqu'ils furent à l'intérieur de ce qui se révéla être une salle d'attente, il se laissa tomber sur le canapé. Havers remarqua pour la première fois qu'il avait l'air exténué et se rendit compte qu'il assurait une présence familiale auprès de Webberly depuis le milieu de la nuit précédente. Cette pensée lui fit baisser sa garde d'un cran. Dans son esprit, Hillier avait toujours été un personnage surhumain.

— Vous avez fait du bon travail, Barbara, la complimenta-t-il. Tous les deux.

— Merci, répondit-elle d'un ton circonspect, attendant la suite.

— Asseyez-vous.

Quand bien même elle aurait préféré rentrer chez elle, elle s'approcha d'une chaise au confort limité et se percha au bord du siège. Dans un monde meilleur, pensa-t-elle, Hillier aurait en ce moment d'extrême émotion compris l'erreur de sa conduite. Il l'aurait regardée, aurait été sensible à ses qualités – dont l'élégance ne faisait décidément pas partie – et les aurait brièvement reconnues. Il lui aurait rendu sur-le-champ son grade antérieur, et ç'aurait été la fin de la sanction qu'il lui avait infligée l'été précédent.

Mais elle ne vivait pas dans un monde meilleur et l'adjoint au préfet ne fit rien de tout cela. Il dit simplement :

— Webberly ne s'en sortira peut-être pas. Nous feignons de croire le contraire – surtout en présence de Frances, pour le peu de bien que cela peut lui apporter – mais il faut voir la réalité en face.

Ne sachant que répondre, Barbara murmura « Saloperie de merde », parce que ces mots résumaient ce qu'elle éprouvait : elle se sentait meurtrie, réduite à l'impuissance. Et condamnée, avec le reste de l'humanité, à une attente interminable.

— Je le connais depuis toujours, reprit Hillier. Il y a eu des moments où je ne l'ai pas beaucoup apprécié, et Dieu sait que je ne l'ai jamais compris, mais c'était une présence sur laquelle je pouvais m'appuyer, parce que… parce qu'il était là, tout simplement. Et je m'aperçois maintenant que l'idée qu'il pourrait ne plus y être ne me plaît pas.

— Il se remettra peut-être, risqua Havers.

Hillier lui lança un regard.

— On ne se remet pas d'une chose pareille. Il survivra peut-être, mais se remettre ? Non. Il ne sera plus le même.

Il croisa les jambes et Barbara remarqua pour la première fois la façon dont il était habillé, les vêtements qu'il avait enfilés à la hâte, la veille, et qu'il n'avait pas pris la peine de changer depuis. Pour une fois, elle le vit non comme un supérieur mais comme un être humain : en tenue négligée, avec un pull troué au poignet.

— Leach m'a dit que c'était uniquement pour détourner les soupçons, poursuivit-il.

— Oui. C'est ce que nous pensons, l'inspecteur Lynley et moi.

— Quel gâchis ! soupira Hillier en la dévisageant. Rien d'autre ?

— Qu'est-ce que vous voulez dire ?

— Pas d'autre raison pour laquelle Malcolm aurait été renversé ?

Elle soutint son regard et lut la question qui se trouvait derrière : ce que Hillier présumait, croyait ou voulait croire du couple Webberly était-il vrai ? Barbara n'avait pas l'intention de lui fournir cette information.

— Aucune autre raison, répondit-elle. Le commissaire était simplement plus facile à retrouver pour Davies.

— C'est ce que vous pensez. D'après Leach, Davies refuse de parler.

— Il finira par le faire. Il sait mieux que personne ce qu'on risque à garder le silence.

— J'ai nommé Lynley commissaire en exercice jusqu'à la fin de cette affaire. Vous êtes au courant, je suppose ?

— Dee Harriman a prévenu tout le monde, répondit Barbara.

Elle retint sa respiration, souhaitant, espérant quelque chose qui ne vint pas. Au lieu de quoi, Hillier ajouta :

— Winston Nkata fait du bon travail, tout bien considéré.

Qu'est-ce qu'il avait considéré ? se demanda Havers, mais elle répondit :

— Oui. Du bon travail.

— Il peut espérer avoir bientôt de l'avancement.

— Il en sera très heureux.

— Oui. Je suppose que oui.

Hillier la regarda longuement puis détourna la tête. Ses yeux se fermèrent ; sa nuque s'appuya au dossier du canapé.

Barbara attendit en silence, se demandant ce qu'elle devait faire. Elle choisit finalement de suggérer :

— Vous devriez rentrer dormir un peu.

— J'en ai l'intention, répondit Hillier. C'est ce que nous devrions tous faire, Havers.

Il était vingt-deux heures trente quand Lynley se gara dans Lawrence Street et marcha en direction de la maison de Saint James. Il n'avait pas téléphoné pour prévenir de sa visite, et en venant d'Earl's Court Road il avait décidé que si les lumières de la maison étaient éteintes, il ne dérangerait pas ses occupants. C'était en grande partie par lâcheté, il en avait conscience. Le moment de récolter ce qu'il avait semé des années auparavant approchait à vive allure et il n'avait pas particulièrement envie de s'exécuter. Mais vu la façon insidieuse dont son passé s'insinuait dans son présent, il devait à l'avenir qu'il souhaitait un exorcisme qu'il ne pouvait pratiquer qu'en parlant. Il aurait pourtant préféré remettre cela à plus tard, et, en tournant le coin de la rue, il espérait que l'obscurité de la maison lui signalerait qu'il lui était encore permis d'atermoyer.

Il n'eut pas cette chance. Non seulement la lumière brillait au-dessus de la porte d'entrée mais les fenêtres du bureau de Saint James projetaient des faisceaux jaunes sur la grille de fer forgé entourant la propriété.

Lynley gravit le perron, sonna. A l'intérieur de la

maison, le chien répondit par un aboiement. Il aboyait encore quand Deborah Saint James ouvrit la porte.

— Tommy ! s'exclama-t-elle. Seigneur, tu es trempé. Quelle nuit ! Tu as oublié ton parapluie ? Peach, ça suffit. Arrête tout de suite. (Elle souleva le petit teckel et le fourra sous son bras.) Simon n'est pas là, et Papa regarde un documentaire sur les loirs, ne me demande pas pourquoi. Alors elle prend son travail de chien de garde plus au sérieux que d'habitude. Peach, arrête de grogner.

Lynley fit un pas dans le vestibule, ôta son imperméable mouillé, l'accrocha au portemanteau, à droite de la porte. Puis il tendit une main vers la chienne afin de permettre une identification olfactive. Peach cessa d'aboyer et de grogner, et se montra disposée à accepter l'allégeance du nouveau venu sous forme de quelques grattements derrière les oreilles.

— Elle est trop gâtée, déplora Deborah.

— Elle fait son travail. Tu ne devrais pas ouvrir ta porte comme ça le soir, Deb. Ce n'est pas très prudent.

— Je présume toujours qu'en cas de visite d'un cambrioleur, Peach lui sautera aux chevilles avant qu'il puisse pénétrer dans la première pièce. Non pas que nous ayons grand-chose qui mérite d'être volé, et je ne verrais pas d'inconvénient à être débarrassée de ce truc atroce avec des plumes de paon qui trône sur la console de la salle à manger. Comment vas-tu, Tommy ? ajouta-t-elle en souriant. J'étais en train de travailler.

Elle le conduisit dans le bureau où, constata-t-il, elle emballait les photos qu'elle avait choisies pour son exposition de décembre. Le sol était jonché de photos encadrées entourant un flacon de liquide pour vitres avec lequel elle avait nettoyé le verre des cadres, une pile de torchons, des feuilles d'emballage à bulles, du ruban adhésif et des ciseaux. Deborah avait allumé le radiateur à gaz de la pièce et Peach retourna au panier délabré qui se trouvait à côté.

— C'est un parcours d'obstacles, mais si tu arrives

à te frayer un chemin jusqu'au chariot, sers-toi un verre du whisky de Simon.

— Où est-il, Simon ? demanda Lynley en se faufilant entre les photos.

— Il est allé à une conférence de la Société royale de géographie : l'expédition de quelqu'un quelque part, suivie d'une signature du bouquin. Je crois qu'il y a des ours polaires dans le coup. Je parle de la conférence.

Lynley sourit, avala une copieuse gorgée du whisky qu'il s'était servi. Pour se donner du courage. Afin de laisser le temps à l'alcool de passer dans son système sanguin, il annonça :

— Nous avons arrêté quelqu'un dans l'affaire sur laquelle j'enquête.

— Cela ne vous a pas pris longtemps. Tu sais, tu es vraiment fait pour ce travail, Tommy. Qui aurait pensé cela, avec l'éducation que tu as reçue ?

Elle faisait rarement allusion à la façon dont il avait été élevé. Enfant privilégié né d'un autre privilégié, il avait longtemps rongé son frein sous le fardeau du sang, de l'histoire familiale et de ses obligations envers l'un et l'autre. Y songer maintenant – la famille, des titres inutiles que chaque année vidait un peu plus de leur sens, des capes de velours bordées d'hermine et plus de deux cent cinquante ans de lignée déterminaient à chaque instant ce qu'il devait faire – lui rappela brutalement ce qu'il était venu dire à Deborah et pourquoi. Il gagna cependant du temps en disant :

— Oui. Il faut toujours faire vite dans une affaire de meurtre. Si la piste commence à se refroidir, on a moins de chances d'épingler quelqu'un. Je suis venu pour l'ordinateur, à propos. Celui que j'ai laissé à Simon. Il est encore au labo ? Je peux aller le chercher, Deb ?

— Bien sûr, répondit-elle.

Mais elle lui lança un regard intrigué, soit à cause du sujet de conversation qu'il avait choisi – compte tenu de la profession de son mari, elle avait parfaitement conscience de la nécessité de faire vite dans une affaire de meurtre –, soit à cause du ton qu'il avait pris pour en parler, un ton trop sentencieux pour être crédible.

— Monte, ajouta-t-elle. Ça ne te dérange pas si je continue à travailler ici ?

— Pas du tout, assura Lynley.

Il s'esquiva, prenant son temps pour gravir l'escalier qui menait au dernier étage de la maison. Une fois en haut, il alluma la lumière du labo, découvrit l'ordinateur à l'endroit même où Saint James l'avait laissé. Il le débrancha, le prit au creux de ses bras, redescendit, le posa près de la porte d'entrée et envisagea de s'éclipser après un jovial « bonne nuit ». Il était tard, après tout, et sa conversation avec Deborah Saint James pouvait attendre.

Au moment où il songeait à la différer une fois de plus, elle apparut sur le seuil du bureau et l'observa.

— Il y a quelque chose qui cloche dans ton monde, devina-t-elle. Helen va bien ?

Linley finit par comprendre qu'il ne pouvait plus se dérober, quelque envie qu'il en eût.

— Oui. Helen va bien.

— J'en suis heureuse. Les premiers mois de grossesse peuvent être horribles.

Il ouvrit la bouche pour répondre mais oublia les mots, les retrouva et dit :

— Alors tu sais.

Elle sourit.

— Je n'ai pas pu m'en empêcher. Après... combien ça fait maintenant ? sept grossesses ? Je perçois assez facilement les signes. Je ne vais jamais très loin... dans mes grossesses, je veux dire... enfin, tu le sais... mais assez loin pour savoir que je ne supporterais *jamais* toutes ces nausées.

Lynley avala sa salive. Deborah retourna dans le bureau. Il la suivit, récupéra son verre là où il l'avait laissé et trouva momentanément refuge dans ses profondeurs. Quand il fut de nouveau capable de parler, il répondit :

— Nous savons à quel point vous voulez... et avec quelle ténacité vous avez essayé... Simon et toi...

— Tommy, je suis contente pour toi. Ne pense pas un seul instant que ma situation... celle de Simon et la mienne... non, la mienne, en fait... m'empêche d'être heureuse pour vous. Je sais ce que cela signifie pour Helen et toi. Le fait que je ne puisse pas porter de bébé... Oui, c'est une souffrance. Bien sûr. Mais je ne veux pas l'imposer au reste du monde. Et je ne tiens pas à ce que d'autres se retrouvent dans la même situation pour me tenir compagnie.

Deborah s'agenouilla au milieu de ses photos. Elle semblait en avoir terminé avec ce sujet mais ce n'était pas le cas pour Lynley, car de son point de vue ils ne l'avaient pas encore vraiment abordé. Il alla s'asseoir en face d'elle, dans le fauteuil de cuir où Saint James s'installait quand il était dans cette pièce.

— Deb... commença-t-il. (Elle leva les yeux.) Il y a autre chose.

Les yeux verts de Deborah s'assombrirent.

— Quoi ?

— Santa Barbara.

— Santa Barbara ?

— L'été de tes dix-huit ans, quand tu suivais les cours de l'institut. L'année où j'ai fait quatre fois le voyage pour te voir : octobre, janvier, mai et juillet. Juillet, surtout, lorsque nous avons suivi la route de la côte jusqu'en Oregon.

Elle ne dit rien mais, à la pâleur de son teint, il sut qu'elle avait compris où il voulait en venir. Tout en parlant, Lynley espérait qu'il se produirait quelque chose qui l'en empêcherait et lui épargnerait d'avouer à Deborah ce qu'il supportait à peine de s'avouer à lui-même.

— Tu disais que c'était à cause de la voiture, poursuivit-il. Trop de voiture, tu n'avais pas l'habitude. Ou peut-être à cause de la nourriture. Du changement de climat. Ou de la chaleur quand il faisait chaud dehors, ou de la fraîcheur quand il faisait froid à l'intérieur. Tu n'avais pas l'habitude d'être si longtemps dehors et privée de climatisation, disais-tu, les Américains sont de vrais drogués du climatiseur, non ? J'écoutais les excuses que tu avançais, je choisissais de te croire. Mais pendant tout ce temps…

Il n'avait pas envie de le dire, il aurait donné n'importe quoi pour l'éviter, au dernier moment, pourtant il se força à reconnaître ce qu'il avait longtemps tenu hors de son esprit :

— Je savais.

Deborah baissa les yeux. Il la vit tendre le bras vers les ciseaux et les feuilles d'emballage à bulles, tirer à elle l'une des photos. Et n'en rien faire.

— Après ce voyage, j'ai attendu que tu m'en parles, continua-t-il. Je pensais que lorsque tu m'aurais mis au courant, nous déciderions ensemble de ce qu'il fallait faire. Nous sommes amoureux, nous nous marierons, je suppose, me disais-je. Dès que Deb aura admis sa grossesse.

— Tommy…

— Laisse-moi poursuivre. Il faut que j'aille jusqu'au bout.

— Tommy, tu ne peux pas…

— J'ai toujours su. Je crois que je savais même à quel moment c'était arrivé. La nuit à Montecito.

Elle garda le silence.

— Je t'en prie, Deb. Dis-moi.

— Ce n'est plus important.

— C'*est* important. Pour moi.

— Pas après toutes ces années.

— Si. Parce que je n'ai rien fait. Tu ne comprends pas ? Je savais mais je n'ai rien fait. Je t'ai laissée affronter la situation seule, quelle qu'elle pût être. Tu étais la femme que j'aimais, la femme que je voulais, et je refusais de voir ce qui se passait parce que…

Il s'aperçut que Deborah, le visage caché par l'inclinaison de sa tête et la façon dont ses cheveux tombaient autour de ses épaules, continuait à ne pas le regarder. Mais il ne s'arrêta pas de parler parce qu'il comprenait enfin ce qui l'avait motivé alors, ce qui était la source de sa honte.

— Parce que je ne savais pas comment aborder le problème. Parce que je n'avais pas prévu que cela arriverait comme ça, et malheur à tout ce qui se mettait en travers des plans que j'avais tracés pour ma vie. Tant que tu ne disais rien, je pouvais laisser la situation glisser, je pouvais laisser ma fichue vie glisser sur ses rails sans le moindre désagrément pour moi. Finalement, je pouvais me raconter qu'il n'y avait pas de bébé : s'il y en avait eu un, tu m'en aurais parlé. Et comme tu ne disais rien, je me suis autorisé à croire que je m'étais trompé. Alors que je savais au fond de moi qu'il n'en était rien. Je n'ai rien dit pendant tout le mois de juillet. Ni en août. Ni en septembre. Et ce que tu as dû affronter lorsque tu as enfin pris ta décision, tu l'as affronté seule.

— C'était ma responsabilité.

— C'était la nôtre. Notre enfant. Notre responsabilité. Mais je t'ai laissée là-bas. J'en suis désolé.

— Tu n'as aucune raison de l'être.

— Si. Parce que lorsque tu as épousé Simon et que tu as perdu tous ces bébés, je n'ai pu m'empêcher de penser que si tu avais eu ce premier enfant, le nôtre…

— Tommy, non ! lâcha Deborah, levant enfin la tête.

— … rien de tout cela ne te serait arrivé.

— Ce n'est pas du tout ça. Crois-moi. Tu n'as pas à te fustiger de cette façon. Tu n'as aucune obligation envers moi.

— Maintenant, peut-être pas. Mais à l'époque, si.

— Non. Cela n'aurait rien changé, de toute façon. Tu aurais pu en parler, oui. Tu aurais pu téléphoner. Revenir par le premier avion et me confronter à ce que tu supposais être la situation. Mais cela n'aurait rien changé. Oh ! nous nous serions peut-être mariés à la sauvette. Tu serais peut-être même resté avec moi à Santa Barbara pour que je termine mes cours à l'institut. Mais au bout du compte, je n'aurais quand même pas eu de bébé. Ni avec toi. Ni avec Simon. Ni avec qui que ce soit d'autre.

— Que veux-tu dire ?

Elle se renversa sur ses talons, posa les ciseaux et le ruban adhésif sur le côté.

— Simplement ce que je viens de dire. Il n'y aurait pas eu de bébé, quoi que je fasse. Même si alors je n'ai pas attendu assez longtemps pour le découvrir.

Deborah battit des paupières, tourna la tête et regarda fixement les rayonnages de livres. Au bout d'un moment, elle ramena son regard sur Lynley.

— J'aurais aussi perdu notre bébé, Tommy. C'est ce qu'on appelle une translocation équilibrée.

— De quoi tu parles ?

Elle lui adressa un sourire tremblant.

— De… comment dire ? Mon problème ? Mon état ? Ma maladie ?

— Deborah, qu'est-ce que tu es en train de me dire ?

— Que je ne peux pas avoir d'enfant. Je ne pourrai jamais en avoir. C'est incroyable qu'un seul chromosome puisse détenir un tel pouvoir mais c'est comme ça.

Pressant ses doigts contre sa poitrine, elle poursuivit :

— Phénotype : normal à tous égards. Génotype… Quand on présente ce taux « excessif de perte fœtale » – c'est comme cela qu'on dit, plutôt révoltant, non ? –, toutes ces fausses couches, il y a forcément une raison médicale. Dans mon cas, c'est génétique. Un bras du chromosome 21 est à l'envers.

— Mon Dieu. Deb, je…

— Simon ne le sait pas encore, s'empressa-t-elle de préciser, comme pour l'empêcher de poursuivre. Je préfère qu'il ne sache rien pour le moment. Je lui avais promis de laisser passer une année entière avant de faire d'autres tests et j'aimerais qu'il pense que j'ai tenu parole. J'en avais l'intention. Mais en juin dernier… Après cette affaire sur laquelle tu enquêtais, la petite fille morte... Il fallait que je sache, Tommy. J'ignore pourquoi, si ce n'est que j'étais... tellement frappée par sa mort. Son inutilité. La honte, le terrible gâchis de cette petite vie arrachée... Alors je suis retournée voir le médecin. Mais Simon ne le sait pas.

— Deborah, fit Lynley à voix basse. Je suis profondément désolé.

Les yeux de la jeune femme s'embuèrent. Elle battit furieusement des cils pour refouler ses larmes, secoua la tête tout aussi furieusement quand il tendit un bras vers elle.

— Non. Ça va. Je vais bien. Sincèrement. La plupart du temps, je n'y pense pas. Nous avons engagé une procédure d'adoption. Nous avons rempli tellement de demandes... toute cette paperasse... que nous finirons forcément... à un moment ou à un autre. Nous essayons aussi à l'étranger. J'aurais voulu que ce soit différent pour Simon. C'est égoïste, je le sais, c'est une forme d'égocentrisme, mais j'aurais voulu que nous puissions créer un enfant ensemble. Je pense qu'il voulait... qu'il aurait aimé cela lui aussi, mais il est trop gentil pour me le dire franchement.

Elle sourit, malgré une grosse larme qu'elle ne parvint pas à retenir.

— Il ne faut pas penser que je vais mal, Tommy. Je vais bien. J'ai appris que les choses se passent comme elles doivent se passer, quels que soient nos désirs, alors il vaut mieux limiter ces désirs au minimum et remercier la chance, les étoiles ou les dieux d'avoir reçu ce que nous avons.

— Cela ne m'absout pas de ma responsabilité dans ce qui est arrivé. A l'époque. A Santa Barbara. Je suis parti et je n'en ai jamais parlé. Cela ne m'absout pas de cette responsabilité, Deb.

— Non, convint-elle. Mais tu dois me croire, Tommy : moi, je t'absous.

Helen l'attendait quand il rentra. Elle était déjà au lit, un livre ouvert sur les genoux. Elle s'était assoupie en lisant et sa tête reposait sur les oreillers qu'elle avait entassés derrière elle, ses cheveux faisant une tache sombre sur le coton blanc.

Lynley s'approcha de sa femme sans faire de bruit et resta un moment à la contempler. Elle était lumière et ombre, toute-puissante et vulnérable. Il s'assit au bord du lit.

Au lieu de sursauter comme certains, soudain tirés de leur sommeil par une présence, elle ouvrit les yeux et les posa immédiatement sur lui.

— Frances est finalement allée le voir, annonça-t-elle comme s'ils étaient en conversation depuis des heures. Laura Hillier m'a téléphoné la nouvelle.

— J'en suis heureux. C'est ce dont elle avait besoin. Comment va-t-il ?

— Pas de changement. Mais il s'accroche.

Lynley poussa un soupir, hocha la tête.

— De toute façon, c'est fini. Nous avons arrêté quelqu'un.

— Je sais. Barbara aussi m'a appelée. Elle m'a demandé de te dire que tout va bien de son côté. Elle aurait pu t'appeler sur ton portable mais elle voulait avoir de mes nouvelles.

— C'est gentil de sa part.

— C'est quelqu'un de très gentil. D'après elle, Hillier a l'intention d'accorder de l'avancement à Winston. Tu le savais, Tommy ?

— Vraiment ?

— Il s'est arrangé pour que Barbara le sache. Après l'avoir félicitée, quand même. Pour l'enquête. Il vous a félicités tous les deux.

— Oui, ça lui ressemble. Ne jamais dire « beau travail » sans vous tirer tout de suite après le tapis de dessous les pieds, au cas où vous seriez trop content de vous.

— Elle aimerait récupérer ses galons. Mais tu le sais, bien sûr.

— J'aimerais pouvoir les lui rendre.

Il prit le livre qu'elle lisait, le retourna pour en voir le titre. *A Lesson Before Dying*[1]. Tout à fait approprié, pensa-t-il.

— Je l'ai trouvé dans la bibliothèque parmi tes romans, dit-elle. Je ne suis pas allée très loin dans ma lecture, j'en ai peur. Je me suis endormie. Seigneur, pourquoi suis-je aussi épuisée ? Si cela continue, à la fin de la grossesse, je dormirai vingt heures par jour. Et je passerai le reste du temps à avoir des nausées. C'est censé être plus romantique que ça. Du moins, c'est ce qu'on m'a toujours incitée à croire.

— J'ai parlé à Deborah.

Lynley expliqua pourquoi il s'était rendu à Chelsea à l'origine puis ajouta :

— Elle savait déjà, en fait.

— Vraiment ?

— Oui. Manifestement, elle connaît les signes. Elle est ravie, Helen. Tu avais raison de vouloir la mettre au courant. Elle n'attendait que ça.

Croyant entendre dans le ton de Lynley quelque chose d'insolite étant donné la situation, Helen scruta le visage de son mari. Il y avait bien quelque chose, lui-même le percevait. Mais quoi que cela pût être, cela n'avait rien à voir avec Helen, encore moins avec l'avenir qu'il avait l'intention de partager avec elle.

— Et toi, Tommy ? Tu es ravi ? Oh ! tu le dis, mais qu'est-ce que tu pourrais dire d'autre ? Mari, gentleman, partie prenante dans l'affaire, tu ne peux décemment pas quitter la pièce en te tenant la tête à deux mains. Mais j'ai l'impression qu'il y a quelque chose qui ne va pas entre nous, ces derniers temps. Je ne sentais pas cela avant d'être enceinte, alors je me dis que tu n'es peut-être pas aussi prêt que tu le croyais.

---

1. Littéralement : « Une leçon avant de mourir. » Roman de Ernest J. Gaines traduit sous le titre *Dites-leur que je suis un homme*, 1933. (*N.d.T.*)

— Non. Tout va bien, Helen. Et je suis ravi. Plus que je ne saurais le dire.

— Je pense quand même qu'une période d'ajustement plus longue ne nous aurait pas fait de mal.

Lynley songea à ce que Deborah lui avait dit, au bonheur provenant de ce qui est accordé.

— Nous avons le reste de notre vie pour nous ajuster, déclara-t-il à sa femme. Si nous ne saisissons pas l'instant, il s'enfuit.

Il posa le roman sur la table de chevet, se pencha et embrassa Helen sur le front..

— Je t'aime, chérie, dit-il.

Elle le fit descendre jusqu'à sa bouche, ouvrit les lèvres sous les siennes.

— A propos de saisir l'instant... murmura-t-elle.

Et elle lui rendit son baiser avec une ardeur qu'il ne lui avait pas connue depuis qu'elle lui avait annoncé qu'elle était enceinte.

Il sentit son corps s'émouvoir, mélange de désir et d'amour qui le laissait toujours à la fois faible et résolu, déterminé à être le maître et en même temps totalement en son pouvoir. Il traça une piste de baisers du cou aux épaules de Helen, la vit frissonner quand il fit doucement glisser les bretelles de sa chemise de nuit sur ses bras. Lorsqu'il emprisonna ses seins nus dans ses mains en coupe et se pencha vers eux, les doigts de Helen défirent la cravate de Lynley, entreprirent de déboutonner la chemise.

Il baissa les yeux vers elle, l'ardeur soudain tempérée par l'inquiétude.

— Et le bébé ? demanda-t-il. Il ne risque rien ?

Helen sourit, l'attira dans ses bras.

— Le bébé survivra, Tommy chéri.

29

En sortant de la salle de bains, Winston Nkata découvrit sa mère sous un lampadaire dont elle avait supprimé l'abat-jour pour travailler sous un meilleur éclairage. Elle travaillait à sa frivolité. Elle avait suivi un cours sur ce type de dentelle avec un groupe de dames de sa paroisse et était résolue à se perfectionner. Nkata ne savait pas pourquoi. Quand il lui avait demandé pourquoi elle avait commencé à s'occuper de bobines de coton, de navettes et de nœuds, elle avait répondu : « Ça m'occupe les mains, trésor. Et ce n'est pas parce qu'une chose ne se fait plus beaucoup qu'il faut la jeter. »

Winston pensait que c'était en fait à cause de son père. Benjamin Nkata ronflait si furieusement que personne ne pouvait dormir dans la même pièce que lui à moins de sombrer d'abord dans le sommeil et d'y rester plongé comme une souche. Si Alice Nkata était encore debout à onze heures moins le quart, heure à laquelle elle allait se coucher d'habitude, on pouvait supposer qu'elle faisait de la dentelle pour ne pas étrangler son ronfleur de mari dans une crise de frustration insomniaque.

Nkata se rendait compte que c'était le cas ce soir-là puisque au sortir de la salle de bains il avait été accueilli non seulement par le spectacle de sa mère faisant de la dentelle mais aussi par les ronflements de son père pris dans ses rêves. C'était à croire qu'on avait attiré des ours dans la chambre de ses parents.

Alice Nkata leva les yeux de son ouvrage, regarda son fils par-dessus ses verres en demi-lune. Il remarqua qu'elle portait sa vieille robe de chambre en chenille jaune et plissa le front de mécontentement.

— Où est passé celui que je t'ai offert pour la fête des Mères ?

— De quoi tu parles ?

— Tu le sais bien. Ton nouveau peignoir.

— Trop beau pour traîner ici, trésor, répondit-elle.

Et avant qu'il ait eu le temps de répliquer qu'on ne gardait pas un peignoir dans le placard pour le jour où on serait invité à prendre le thé avec la reine, alors pourquoi elle ne mettait pas celui qui lui avait coûté deux semaines de salaire chez Liberty's, elle lui demanda :

— Où tu vas à cette heure-ci ?

— J'ai pensé que je pourrais passer voir comment va le patron, répondit-il. L'affaire est bouclée – l'inspecteur a chopé le type qui a renversé les trois personnes – mais le commissaire est toujours dans le coma et… Je ne sais pas, je me suis dit que c'était le truc à faire, ajouta-t-il avec un haussement d'épaules.

— A cette heure-ci ? répéta Alice Nkata en jetant un coup d'œil à la petite pendule Wedgwood posée sur la table à côté d'elle, cadeau de son fils pour Noël. Je ne connais pas d'hôpital par ici qui laisse les malades recevoir des visites en pleine nuit.

— Pas en pleine nuit, M'man.

— Tu vois ce que je veux dire.

— Je ne peux pas dormir, de toute façon. Je suis trop énervé. Si je peux donner un coup de main à la famille. C'est le genre de truc à faire, comme j'ai dit.

Elle l'inspecta, remarqua d'un ton caustique :

— Habillé comme pour aller à son mariage ?

A son enterrement, plutôt, pensa Nkata. Mais il n'avait même pas envie d'envisager cette idée, et se força à penser à autre chose : par exemple aux raisons pour lesquelles il avait décidé que Katja Wolff était la meurtrière d'Eugenie Davies et la personne qui avait gravement blessé le commissaire ; par exemple à ce que cela signifiait vraiment qu'elle ne soit ni l'une ni l'autre.

— C'est bien de montrer du respect quand il faut, M'man. Tu as élevé un garçon qui sait se conduire.

— Pff, fit-elle, mais il vit bien qu'elle était contente. En tout cas, fais attention, dehors. Si tu vois des jeunes Blancs au crâne rasé traîner dans le coin, tu les évites. Tu pars dans l'autre sens. Je parle sérieusement.

— D'accord, M'man.

— Ne me sors pas du « D'accord, M'man » comme si je ne savais pas ce que je dis.

— Ne t'en fais pas. Je sais que tu le sais.

Il l'embrassa sur le dessus de la tête et quitta l'appartement. Il se sentait un peu coupable de lui avoir raconté des bobards – il ne l'avait pas fait depuis l'adolescence – mais il se dit que c'était pour une bonne cause. Il était tard, il aurait eu trop d'explications à donner, il fallait qu'il parte.

Dehors, la pluie faisait ses ravages habituels dans la cité où vivaient les Nkata. Des flaques s'étaient formées dans les passages extérieurs longeant les appartements : l'eau, poussée par le vent, se déposait au niveau le plus haut, sans protection, puis descendait vers les autres niveaux en s'infiltrant dans les fissures des passages et du bâtiment même. La cage d'escalier était glissante et dangereuse, là aussi comme d'habitude, parce que les plaques de caoutchouc des marches étaient usées – ou parfois découpées par des gosses qui avaient trop de temps libre et pas de quoi le remplir –, ce qui laissait à nu le béton des marches. En bas, dans ce qui faisait fonction de jardin, la pelouse et les massifs de fleurs d'autrefois s'étaient transformés en un bourbier dans lequel, çà et là, boîtes de bière, emballages de plats à emporter, couches jetables et autres détritus humains composaient une déclaration éloquente sur le degré d'amertume et de désespoir dans lequel les gens sombraient quand ils croyaient – ou quand l'expérience leur apprenait – que leurs choix étaient limités par la couleur de leur peau.

Nkata avait plus d'une fois suggéré à ses parents de déménager, il avait même proposé de les aider à trouver un autre logement. Mais ils avaient rejeté toutes ses offres. Si les gens se mettent à arracher leurs racines à la première occasion, avait expliqué Alice à son fils, c'est toute la cité qui risque de mourir. En outre, en restant là et en ayant un fils qui avait réussi à échapper à ce qui aurait pu le briser pour toujours, ils donnaient un exemple à tous les autres. Ceux-ci n'étaient plus condamnés à penser que leur existence avait des limites si, parmi eux, vivait quelqu'un qui leur montrait qu'ils pouvaient vivre autrement.

« En plus, on a la station de Brixton tout près, avait ajouté Alice. Et Loughborough Junction. Ça me convient parfaitement, trésor. A ton père aussi. »

Ils étaient donc restés. Et il était resté avec eux. Vivre seul était encore trop cher, et de toute façon il voulait continuer à habiter chez ses parents. Il constituait pour eux une source d'orgueil dont ils avaient besoin, et lui-même avait besoin de leur prodiguer cela.

Sa voiture, récurée par la pluie, étincelait sous un réverbère. Il monta à l'intérieur, boucla sa ceinture.

Le trajet était court. Quelques tours et détours le conduisirent dans Brixton Road, où il prit la direction du nord, roulant doucement vers Kennington. Il se gara devant le centre agricole, demeura un moment dans sa voiture à regarder l'autre côté de la rue à travers les rideaux de pluie que le vent faisait onduler entre son véhicule et l'appartement de Yasmin Edwards.

Ce qui l'amenait à Kennington, c'était en partie la certitude d'avoir mal agi. Il s'était dit plus tôt qu'il avait mal agi pour de bonnes raisons, et il pensait qu'il y avait beaucoup de vrai dans cette affirmation. Il était à peu près sûr que l'inspecteur Lynley aurait usé des mêmes stratagèmes avec Yasmin Edwards et sa maîtresse, tout à fait certain que Barbara Havers aurait fait la même chose ou pire. Mais, bien entendu, leurs intentions auraient été plus nobles que les siennes, et leur conduite n'aurait pas été sous-tendue par une forte agressivité incompatible avec leur intrusion dans la vie de ces femmes.

Nkata ne savait pas d'où provenait cette agressivité ni ce qu'elle révélait de lui en tant que policier. Il savait seulement qu'elle était en lui et qu'il devait s'en débarrasser pour pouvoir se sentir de nouveau à l'aise.

Il ouvrit la portière, la referma à clé et traversa la rue en courant vers l'immeuble. La porte de l'ascenseur était fermée. Il tendit la main vers la sonnette de l'appartement de Yasmin Edwards, arrêta son geste, le doigt suspendu au-dessus du bouton. Il appuya sur celui d'au-dessous. Quand une voix d'homme demanda qui c'était, il déclina son identité, déclara qu'on l'avait appelé pour un acte de vandalisme dans le parking, est-ce que Mr... – il jeta rapidement un coup d'œil à la liste de noms – Mr Houghton accepterait de regarder quelques photos pour voir s'il reconnaissait des visages parmi le groupe de jeunes arrêtés dans le voisinage ? Mr Houghton accepta, ouvrit la porte de l'ascenseur. Nkata monta à l'étage de Yasmin Edwards en se sentant légèrement coupable de la façon dont il avait pénétré dans l'immeuble, puis se promit de passer plus tard chez Mr Houghton pour s'excuser de sa ruse.

Les rideaux des fenêtres de Yasmin Edwards étaient fermés mais un rai de lumière en soulignait le bas, et derrière la porte des voix s'élevaient en provenance du poste de télévision. Quand il frappa, elle demanda prudemment qui était là, et après avoir donné son nom, il dut attendre trente secondes interminables pendant qu'elle hésitait à le faire entrer.

Lorsqu'elle eut pris une décision, elle ouvrit la porte d'une dizaine de centimètres seulement, assez pour qu'il puisse la voir avec son caleçon et son sweater trop grand. Rouge coquelicot, le sweater. Elle ne dit rien, le regarda droit dans les yeux, son visage dépourvu d'expression lui rappelant à nouveau ce qu'elle était, ce qu'elle serait toujours.

— Je peux entrer ? s'enquit-il.

— Pour quoi faire ?

— Parler.

— De quoi ?

— Elle est là ?

— Qu'est-ce que vous croyez ?

Il entendit une porte d'entrée s'ouvrir sous eux, sut que c'était Mr Houghton qui se demandait ce qu'était devenu le flic venu lui montrer des photos.

— Il pleut, dit Nkata. Le froid et l'humidité pénètrent dans l'appartement. Vous me laissez entrer, je reste une minute. Cinq au maximum. Je vous le promets.

— Dan est endormi. Je ne veux pas le réveiller. Il a école...

— D'accord. Je parlerai doucement.

Il lui fallut un moment encore pour se décider mais elle finit par reculer d'un pas. Elle quitta l'entrée pour retourner là où elle se trouvait avant qu'il frappe, le laissant ouvrir la porte toute grande puis la refermer silencieusement derrière lui.

Il vit qu'elle regardait un film dans lequel Peter Sellers se mettait à marcher sur l'eau. Une illusion, naturellement, un faux-semblant, suggérant néanmoins cette possibilité.

Elle prit la télécommande mais, au lieu d'éteindre, elle coupa simplement le son et continua à fixer l'image. Nkata reçut le message, ne lui en tint pas rigueur. Il serait encore moins le bienvenu quand il aurait dit ce qu'il était venu dire.

— On a arrêté le tueur, annonça-t-il. Ce n'était pas... Katja Wolff. Elle avait un alibi solide, en fin de compte.

— Je le connais, son alibi. Le numéro 55.

— Ah, fit-il.

Il regarda l'écran, puis Yasmin. Assise le dos absolument droit, elle ressemblait à un mannequin. Elle avait un corps de mannequin, elle aurait été parfaite vêtue de fringues à la mode pour une séance de photos, s'il n'y avait eu son visage, cette cicatrice à la bouche qui lui donnait un air sauvage, usé et furieux.

— Suivre toutes les pistes, ça fait partie de notre boulot, Mrs Edwards. Wolff avait un lien avec une des personnes renversées, je ne pouvais pas ne pas en tenir compte.

— Vous avez fait ce que vous deviez, je suppose.

— Vous aussi. C'est ce que je suis venu vous dire.

— Bien sûr. Moucharder, c'est toujours la chose à faire, hein ?

— Elle ne vous a pas laissé le choix en me mentant sur l'endroit où elle se trouvait quand cette femme s'est fait tuer. Ou vous marchiez dans la combine et vous vous mettiez en danger – ainsi que votre gamin – ou vous disiez la vérité. Si elle n'était pas ici, elle était ailleurs, et pour ce qu'on en savait, ça pouvait être à West Hampstead. Vous ne pouviez pas vous en tenir à votre déclaration et écoper d'une autre condamnation.

— Oui. Eh bien, Katja n'était pas à West Hampstead, finalement. Maintenant qu'on sait où elle était et pourquoi, on peut respirer, tous les deux. Moi, je n'aurai pas d'ennuis avec les flics, je ne perdrai pas la garde de Dan ; vous, vous vous retournerez pas dans votre lit la nuit en vous demandant comment coller sur le dos de Katja quelque chose qu'elle n'a jamais envisagé une seconde.

Nkata trouva dur à digérer que Yasmin continue à défendre Katja Wolff malgré sa trahison. Mais il se força à réfléchir avant de répondre et s'aperçut qu'il y avait de la logique dans le comportement de cette femme. Aux yeux de Yasmin Edwards, il était encore l'ennemi. Non seulement un flic – ce qui les opposerait toujours l'un à l'autre – mais aussi la personne qui l'avait forcée à voir qu'elle vivait une comédie, une relation qui n'existait que comme substitut d'une autre, plus ancienne, plus désirée, et hors de portée pour Katja.

— Non. Je ne me retournerai plus dans mon lit à cause de ça.

— C'est ce que je viens de dire, répliqua-t-elle d'un ton méprisant.

— Je me retournerai encore. Mais pas pour ça.

— Si vous le dites, marmonna-t-elle en braquant de nouveau la télécommande vers le poste. C'est tout ce que vous aviez à m'annoncer ? Que j'ai fait ce qu'il fallait, et soyez contente, madame, vous ne risquez plus d'être déclarée complice de quelque chose que quelqu'un n'a jamais fait ?

— Non. Ce n'est pas tout.

— Alors ? Quoi d'autre ?

Il ne le savait pas vraiment. Il aurait voulu lui dire qu'il s'était senti obligé de venir parce que ses motivations pour lui forcer la main avaient été troubles, dès le départ. Mais c'eût été enfoncer une porte ouverte, lui révéler ce qu'elle savait déjà. Il avait plus que vivement conscience qu'elle s'était rendu compte depuis longtemps que les motivations de tous les hommes qui la regardaient, qui lui parlaient, qui attendaient quelque chose d'elle – de cette femme souple, chaude et pleine de vie – seraient toujours troubles. Et il avait aussi plus que vivement conscience qu'il ne voulait pas être rangé parmi ces hommes. Aussi répondit-il :

— C'est à votre fils que je pense, Mrs Edwards.

— Eh bien, n'y pensez plus.

— Je n'y arrive pas, dit-il. (Et au moment où elle allait répliquer, il ajouta :) C'est comme ça. Il a un profil de gagnant, vous savez, s'il sait maintenir le cap. Mais il y a des tas de choses qui peuvent l'en empêcher.

— Vous croyez que je ne le sais pas ?

— Je n'ai pas dit ça. Mais que je vous plaise ou pas, je peux être son ami. Je voudrais faire ça.

— Faire quoi ?

— Etre quelqu'un pour votre fils. Il m'aime bien. Vous pouvez le voir vous-même. Si je le sors de temps en temps, ça lui donne une chance de fréquenter quelqu'un qui joue selon les règles. Un homme qui joue selon les règles, Mrs Edwards, s'empressa-t-il d'ajouter. Il en a drôlement besoin.

— Pourquoi ? Vous l'avez eue vous-même, cette chance ? C'est ça ?

— Je l'ai eue, ouais. J'aimerais en faire profiter quelqu'un d'autre.

Elle eut un reniflement de mépris.

— Gardez-la pour vos propres mômes.

— Quand j'en aurai, bien sûr. En attendant… Voilà, ajouta-t-il en soupirant. Je l'aime bien, Mrs Edwards. Je voudrais passer une partie de mon temps libre avec lui.

— A quoi faire ?

— Je ne sais pas.

— Il n'a pas besoin de vous.

— Je ne dis pas qu'il a besoin de moi. Mais il a besoin de quelqu'un. D'un homme. Vous le voyez bien. Et je pense que…

— Je me fous de ce que vous pensez.

Elle appuya sur un bouton de la télécommande pour remettre le son, augmenta le volume au cas où il n'aurait pas saisi le message.

Nkata regarda en direction des chambres en se demandant si le petit garçon n'allait pas se réveiller, entrer dans le séjour, montrer par son sourire de bienvenue que tout ce que Winston Nkata disait était vrai. Mais le son de la télévision ne franchit pas la porte close, ou s'il le fit, ce ne fut pour Daniel Edwards qu'un bruit de plus dans la nuit.

— Vous avez toujours ma carte ?

Yasmin ne répondit pas, garda les yeux rivés à l'écran.

Nkata tira une autre carte de sa poche, la posa devant elle sur la table basse.

— Vous me téléphonez si vous changez d'avis. Ou vous me bipez. A n'importe quelle heure. Pas de problème.

Comme elle ne répondait toujours pas, il quitta l'appartement, referma doucement la porte derrière lui.

Il traversait le parking semé de flaques quand il se rappela la promesse qu'il s'était faite de passer à l'appartement de Mr Houghton, de montrer sa carte et de s'excuser pour le stratagème qui lui avait donné accès à l'ascenseur. Il se retourna pour réparer son oubli, leva les yeux vers l'immeuble.

Yasmin Edwards était à sa fenêtre et le regardait. Elle tenait à la main quelque chose dont il avait terriblement envie de croire que c'était la carte qu'il lui avait donnée.

30

Gideon marchait. D'abord il avait couru : jusqu'aux confins feuillus de Cornwall Gardens, de l'autre côté de l'étroite bande mouillée qu'était Gloucester Road. Il s'était engouffré dans Queen's Gate Gardens, était passé devant les vieux hôtels en direction du parc. Puis il avait tourné étourdiment à droite et longé le Collège royal de musique. Il ne s'était rendu compte de l'endroit où il se trouvait qu'après avoir gravi une courte pente et déboulé au voisinage bien éclairé du Royal Albert Hall, où le public sortait à cet instant précis par le cercle de portes de l'auditorium.

Frappé par l'ironie de la coïncidence, il avait alors cessé de courir. Il s'était même totalement arrêté, pantelant, criblé par la pluie, sans même se rendre compte que sa veste humide pesait lourdement sur ses épaules, que son pantalon trempé battait sur ses mollets. C'était la plus prestigieuse salle de concert du pays, la plus recherchée par toute personne de talent. C'était là que Gideon Davies, jeune prodige de neuf ans, avait joué en public pour la première fois, avec l'assistance de son père et de Raphael Robson, tous trois décidés à saisir l'occasion de hisser le nom de Davies au firmament de la musique classique. Il était donc tout à fait approprié que cette fuite finale de Braemar Mansions – loin de son père, des paroles de son père, de ce qu'elles voulaient et ne voulaient pas dire – l'amenât à la raison d'être de tout ce qui était arrivé : à Sonia, à Katja Wolff, à sa mère, à tous. Il était plus approprié encore que l'ultime raison d'être derrière la première – le public – ne sût même pas qu'il était là.

Du trottoir d'en face, Gideon regarda la foule ouvrir ses parapluies sous le ciel en larmes. Bien qu'il pût voir les lèvres des gens remuer, il n'entendait pas leur bavardage excité, ce bruit trop familier des vautours affamés de la culture, rassasiés pour le moment, le babil heureux de ceux-là mêmes dont il quêtait l'approbation. Il entendait à la place les mots de son père, comme une incantation à l'intérieur de son cerveau : *Pour l'amour de Dieu c'est moi qui l'ai fait qui l'ai fait qui l'ai fait Crois-moi moi moi Elle était en vie quand tu l'as laissée tu l'as laissée Je l'ai maintenue sous l'eau dans la baignoire la baignoire C'est moi qui l'ai noyée qui l'ai noyée Ce n'est pas toi Gideon mon fils mon fils.*

Les mots se répétaient mais faisaient surgir une vision qui racontait une version différente. Ce qu'il voyait, c'étaient ses mains sur les frêles épaules de sa sœur. Ce qu'il sentait, c'était l'eau qui se refermait sur ses bras. Ce qu'il entendait, par-dessus les mots répétés par son père, c'étaient les cris de la femme et de l'homme, les pas précipités, les claquements de portes et les cris rauques, puis la plainte des sirènes et les ordres gutturaux de sauveteurs faisant leur travail alors que tout effort de sauvetage était vain. Tout le monde le savait hormis les sauveteurs eux-mêmes parce qu'ils avaient été formés pour un seul boulot : maintenir et ressusciter la vie face à tout ce qui y faisait obstacle.

Mais *Pour l'amour de Dieu c'est moi qui l'ai fait qui l'ai fait qui l'ai fait Crois-moi moi moi.*

Gideon chercha le souvenir qui lui permettrait de le croire mais ne trouva que la même image qu'auparavant : ses mains sur les épaules de Sonia et, s'y ajoutant maintenant, l'image de son visage, de sa bouche s'ouvrant et se refermant, s'ouvrant et se refermant, sa tête se tournant lentement d'un côté et d'autre.

Son père soutenait que c'était un rêve parce qu'*Elle était en vie quand tu l'as laissée tu l'as laissée*. Et surtout parce qu'il l'avait *maintenue sous l'eau dans la baignoire dans la baignoire*.

Pourtant la seule personne qui aurait pu confirmer cette histoire était morte. Qu'est-ce que cela signifiait ? se demanda Gideon. Qu'est-ce que cela lui disait ?

Qu'elle ne connaissait pas la vérité elle-même, lui déclara son père avec force, comme s'il marchait à côté de Gideon dans le vent et la pluie. Elle ne la connaissait pas parce que je ne l'ai *jamais* avoué, ni à l'époque, quand cela comptait, ni plus tard quand j'ai vu un moyen bien plus facile de résoudre la situation. Et quand je le lui ai enfin dit...

Elle ne t'a pas cru. Elle savait que c'était moi. Et tu l'as tuée pour l'empêcher de me le dire. Elle est morte, Papa. Morte, morte.

Oui. D'accord. Ta mère est morte. Mais elle est morte à cause de moi. Pas à cause de toi. Elle est morte à cause de ce que je lui ai fait croire et de ce que je l'ai forcée à accepter.

Quoi, Papa ? *Quoi ?*

Tu *connais* la réponse. Je lui ai fait croire que tu avais tué ta sœur. Je lui ai dit *Gideon était là dans la salle de bains il la maintenait sous l'eau je l'ai écarté mais mon Dieu mon Dieu Eugenie elle était morte*. Elle m'a cru. C'est pour ça qu'elle a accepté le marché avec Katja : parce qu'elle pensait te sauver. D'une enquête. D'un procès au tribunal pour mineurs. D'un horrible fardeau qui aurait pesé sur toi le reste de ta vie. Tu étais Gideon Davies, pour l'amour de Dieu. Elle voulait te mettre à l'abri du scandale, et je m'en suis servi pour mettre tout le monde à l'abri.

Sauf Katja Wolff.

Elle a accepté. Pour l'argent.

Alors elle croyait que je...

Oui, elle le croyait. Elle le croyait. Mais elle ne le savait pas. Pas plus que tu ne le sais maintenant. Tu n'étais pas dans la pièce. On t'avait conduit à ta chambre, on l'avait emmenée en bas. Ta mère est allée téléphoner aux secours. Il ne restait plus que moi avec ta sœur. Tu comprends ce que cela veut dire ?

Mais je me rappelle...

Tu te le rappelles parce que c'est effectivement arrivé : tu as tenu Sonia sous l'eau. Mais l'y tenir et l'y garder, ce n'est pas la même chose. Tu le sais, Gideon. Tu le *sais*.

Mais je me souviens...

Tu te souviens de ce que tu as fait. J'ai fait le reste. Je suis coupable de *tous* les crimes commis. Après tout, ne suis-je pas l'homme qui ne supportait pas la présence de ma propre fille, Virginia, dans ma vie ?

Non. C'était Grand-père.

Grand-père n'était que le prétexte. Je l'ai chassée, Gideon. J'ai prétendu qu'elle était morte parce que je voulais sa mort. Ne l'oublie pas. Ne l'oublie jamais. Tu sais ce que cela veut dire. Tu le sais.

Mais Mère... Mère devait me dire...

Eugenie aurait perpétué le mensonge. Elle t'aurait dit ce que je lui avais fait prendre pour la vérité pendant des années. Elle t'aurait expliqué pourquoi elle nous avait quittés sans un mot d'adieu, pourquoi elle avait emporté toutes les photos de ta sœur, pourquoi elle était restée à l'écart pendant près de vingt ans... Oui. Elle t'aurait dit ce qu'elle prenait pour la vérité – que tu avais noyé ta sœur – et je m'y suis opposé. Je l'ai tuée, Gideon. J'ai assassiné ta mère. Je l'ai fait pour toi.

Alors il n'y a plus personne qui puisse me dire...

Moi, je te le dis. Tu peux me croire, tu dois me croire. N'ai-je pas été cet homme capable de tuer la mère de ses propres enfants ? N'ai-je pas été cet homme capable de la renverser dans la rue, de rouler sur elle avec une voiture ? De repartir tranquillement et de ne rien sentir après ? N'ai-je pas été cet homme capable de rentrer joyeusement retrouver ma jeune maîtresse et de continuer ma vie ? Pourquoi n'aurais-je pas été capable aussi d'éliminer une idiote malade et inutile, un fardeau pour nous tous, l'illustration vivante de mon propre échec ? N'en suis-je pas capable, Gideon ? N'en suis-je pas capable ?

La question résonnait par-dessus les années ; elle imposait à Gideon cent souvenirs, il les voyait trembloter, se dérouler devant lui, chacun posant la même question : N'en suis-je pas capable ?

Il l'était, bien sûr. Il l'était. Richard Davies en avait toujours été capable. Gideon le voyait et le décryptait dans chaque mot, chaque intonation, chaque geste de son père au cours des vingt dernières années, Richard Davies en était capable.

Mais admettre ce fait – le saisir enfin – ne produisait pas une once d'absolution.

Gideon marchait donc. Le visage ruisselant de pluie, les cheveux peints sur le crâne. Des filets d'eau semblables à des veines coulaient le long de son cou mais il ne sentait rien du froid ni de l'humidité. Le chemin qu'il suivait lui semblait sans but mais il ne l'était pas, même s'il s'aperçut à peine du changement quand Park Lane fit place à Oxford Street ou quand Orchard Street tourna dans Baker.

Du chaos de ce qu'il se rappelait, de ce qu'on lui avait dit et de ce qu'il avait appris émergeait un point unique auquel il s'accrochait en dernier : l'acceptation était le seul choix possible parce que seule l'acceptation permettrait enfin de réparer. Et c'était à lui qu'il incombait de réparer parce qu'il ne restait plus que lui pour le faire.

Il ne pouvait ramener sa sœur à la vie, il ne pouvait sauver sa mère de l'anéantissement, il ne pouvait rendre à Katja Wolff les vingt ans qu'elle avait sacrifiés aux plans de son père. Mais il pouvait payer la dette de ces vingt années et, de cette manière au moins, la dédommager pour l'ignoble marché qu'il avait conclu avec elle.

Il y avait une façon de rembourser qui bouclerait aussi le cercle de tout ce qui s'était passé : de la mort de sa mère à la perte de sa musique, de la mort de

Sonia à l'étalage de la vie privée de tous ceux qui avaient fréquenté Kensington Square. Elle était contenue dans les longues et élégantes pièces internes, les volutes parfaites, les ravissantes esses perpendiculaires façonnées deux cent cinquante ans plus tôt par Bartolomeo Giuseppe Guarneri.

Il vendrait le violon. Quel que soit le prix qu'il atteindrait dans une vente aux enchères – et il serait astronomique –, il donnerait l'argent à Katja Wolff. L'accomplissement de ces deux actes constituerait une déclaration d'excuses et de souffrance qu'aucun autre effort de sa part ne lui permettrait de faire.

Ces deux actes fermeraient la boucle de crimes, de mensonges, de culpabilité et de châtiment. Sa vie ne serait plus la même après, mais ce serait enfin sa propre vie. C'était ce qu'il voulait.

Gideon n'avait aucune notion de l'heure quand il parvint enfin à Chalcot Square. Il était trempé jusqu'aux os, vidé de son énergie par sa longue marche. Mais, certain du plan qu'il allait suivre, il éprouvait enfin un minimum de paix. Les derniers mètres lui parurent cependant interminables. Quand il arriva enfin chez lui, il dut s'agripper à la rampe pour gravir les marches du perron et s'affala contre la porte en cherchant ses clés dans la poche de son pantalon.

Il ne les avait pas. Fronçant les sourcils, il remonta le fil de la journée. Il l'avait commencée avec ses clés. Il l'avait commencée avec la voiture. Il était allé voir Bertram Cresswell-White, il s'était ensuite rendu à l'appartement de son père où…

Libby, se rappela-t-il. C'était elle qui avait conduit. Elle était avec lui. Il lui avait demandé de le laisser seul là-bas et elle avait accepté. Elle avait pris la voiture à sa requête. Elle devait avoir les clés.

Il se retournait pour descendre à l'appartement de Libby quand la porte s'ouvrit.

— Gideon ! s'écria-t-elle. Qu'est-ce qui se passe ? Tu es tout mouillé ! Tu ne pouvais pas prendre un taxi ? Pourquoi tu ne m'as pas téléphoné ? Je serais venue te… Hé, le flic a appelé, celui qui était ici l'autre jour pour te parler, tu te souviens ? Je n'ai pas décroché mais il a laissé un message demandant que tu le rappelles. Tout va… ? Bon sang, pourquoi tu ne m'as pas téléphoné ?

Elle le tira à l'intérieur, claqua la porte derrière lui. Gideon ne dit rien ; elle poursuivit comme s'il lui avait répondu.

— Allez, Gid. Passe un bras autour de moi. Là. Où tu étais ? Tu as parlé à ton père ? Tout va bien ?

Ils montèrent au premier étage. Gideon se dirigea vers la salle de musique, Libby le fit obliquer vers la cuisine.

— Un thé d'abord, décréta-t-elle. Ou de la soupe. Quelque chose de chaud. Assieds-toi. Je vais te servir.

Il se laissa faire.

Elle continua à jacasser. Son débit était rapide, son ton enjoué.

— Je me suis dit qu'il valait mieux que j'attende ici puisque j'avais les clés. J'aurais pu attendre chez moi, c'est vrai. Je suis même descendue il y a un moment. Mais Rock a appelé et j'ai fait la connerie de répondre parce que je croyais que c'était toi. Bon Dieu, il n'est tellement pas l'homme que je pensais quand je me suis mise avec lui. Il voulait que je revienne. On va parler, on va mettre les choses au clair, qu'il a dit. Incroyable.

Gideon l'entendait et ne l'entendait pas. A la table de la cuisine, il était nerveux, trempé. Le voyant s'agiter sur son siège, Libby poursuivit d'un ton plus rapide encore :

— Rock veut qu'on se remette ensemble. C'est du délire, bien sûr. Il a carrément dit : « Je te fais du bien, Lib », tu te rends compte ? Comme s'il n'avait pas passé toutes nos années de mariage à baiser tout ce qui lui tombait sous la main et qui était équipé pour. Il a dit : « Tu le sais qu'on se fait du bien, nous deux » et j'ai répondu : « C'est Gid qui me fait du bien, Rocco. Toi, tu es totalement mauvais. » C'est ce que je pense, tu sais. Tu me fais du bien, Gideon. Et je te fais du bien.

Elle avait apparemment opté pour la soupe car elle fouilla le réfrigérateur, trouva une boîte de velouté de tomate au basilic et la brandit triomphalement en clamant :

— La date limite n'est même pas dépassée ! Je te la fais chauffer en moins de deux.

Elle versa la soupe dans une casserole, la mit sur la cuisinière et prit un bol dans le placard en continuant à parler.

— Voilà comment je vois les choses. On pourrait quitter Londres un moment. Tu as besoin de repos, j'ai besoin de vacances. On pourrait voyager. Descendre en Espagne pour avoir un temps correct. Ou en Italie. On pourrait même aller en Californie et tu ferais la connaissance de mes parents. Je leur ai parlé de toi. Ils savent que je te connais. Je leur ai dit qu'on vit ensemble et tout. Enfin, plus ou moins. Pas : je leur ai plus ou moins dit, mais qu'on vit plus ou moins ensemble… tu vois.

Elle posa le bol sur la table avec une cuillère, plia en triangle une serviette en papier. « Là », fit-elle, et elle tendit la main vers l'une des bretelles de sa salopette, attachée avec une épingle de sûreté. Elle la tripota, l'ouvrant et la refermant du pouce. Cette manifestation de nervosité ne lui ressemblait pas et Gideon la regarda d'un air intrigué.

— Quoi ? demanda-t-elle.

Il se leva.

— Il faut que je me change.

— Je vais te chercher des vêtements, répondit-elle aussitôt en se dirigeant vers la salle de musique et la chambre de Gideon attenante. Qu'est-ce que tu veux ? Un jean ? Un sweater ? Tu as raison, il faut que tu te changes.

Comme il la suivait, elle ajouta :

— Non, j'y vais. Attends, Gideon. Il faut d'abord qu'on parle. Il faut que je t'explique…

Elle se tut, déglutit, et il l'entendit à deux mètres de distance. Le bruit que fait un poisson quand, jeté sur le pont d'un bateau, il remue une dernière fois ses ouïes.

Regardant derrière elle, il vit que la lumière était éteinte dans la salle de musique, ce qu'il interpréta comme un avertissement, bien qu'il n'eût pas su dire de quoi. Il remarqua cependant que Libby lui bloquait le passage et fit un pas vers la pièce.

— Ce que tu dois comprendre, c'est que tu passes avant tout pour moi, Gideon, fit-elle précipitamment. Alors, voilà ce que je me suis dit. Je me suis dit : Comment je peux l'aider ? Comment je peux nous aider à devenir un vrai nous ? Parce que c'est pas normal qu'on soit ensemble sans vraiment être ensemble. Et ce serait formidable pour nous deux si on… tu sais. C'est de ça que tu as besoin. C'est de ça que j'ai besoin. L'un de l'autre, chacun étant ce qu'il est vraiment. Ce qu'on est, c'est ce qu'on est. C'est pas ce qu'on fait. Le seul moyen que j'ai trouvé de te le faire comprendre – parce que parler à n'en plus finir, ça ne servait à rien –, c'est de…

— Mon Dieu, non !

Il la poussa sur le côté avec un cri inarticulé, passa devant elle, chercha à tâtons la lampe la plus proche, l'alluma.

Et vit.

Le guarnerius – ce qu'il en restait – gisait près du radiateur. Le collet fracturé, le dessus brisé, les flancs en morceaux. Le chevalet était cassé en deux, les cordes enroulées autour de ce qui avait été le cordier. La seule partie de l'instrument qui n'était pas détruite, c'était sa volute parfaite, qui s'incurvait élégamment comme si elle pouvait encore filer vers les doigts du musicien.

Libby parlait derrière lui. D'un ton aigu et rapide. Gideon saisissait les mots mais pas leur sens.

— Tu me remercieras, disait-elle. Peut-être pas maintenant. Mais plus tard, je te le jure. Je l'ai fait pour toi. Maintenant que ce truc est sorti de ta vie, tu vas pouvoir...

— Jamais, se dit-il à lui-même. Jamais.

— Jamais quoi ?

Comme il s'approchait du violon, s'agenouillait devant, touchait la mentonnière et sentait sa fraîcheur mêlée à la chaleur provenant de ses mains, elle ajouta d'une voix sonore, insistante :

— Ecoute-moi. Tout ira bien. Je sais que tu es bouleversé, mais tu dois comprendre que c'était le seul moyen. Tu es libre, maintenant. Libre d'être ce que tu es, c'est-à-dire pas seulement un type qui joue du violon. Tu as toujours été plus que ça, Gideon. Maintenant, tu peux le savoir, comme je le sais.

Les mots de Libby venaient buter contre lui mais il n'enregistrait que le son de sa voix. Et au-delà de cette voix, il entendait gronder l'avenir qui se ruait sur lui, déferlait comme un raz-de-marée, noir et profond. Il fut submergé, réduit à l'impuissance, tout ce qu'il savait se ramenait en un instant à une seule pensée : ce qu'il voulait, ce qu'il avait prévu de faire lui était refusé. Une fois de plus. *Une fois de plus.*

— Non ! cria-t-il en se relevant. Non ! Non !

Il n'entendit pas Libby crier à son tour quand il se jeta sur elle. Son corps tomba sur le sien, durement. Ils s'écroulèrent tous les deux.

— Gideon ! Gideon ! Non ! Arrête !

Mais les mots n'étaient rien, moins que le bruit et la fureur. Les mains de Gideon se portèrent comme autrefois à ses épaules.

Et elles la maintinrent. La maintinrent.

REMERCIEMENTS

Je ne serais jamais venue à bout d'un projet d'une telle ampleur dans le temps que je m'étais fixé sans l'aide et les contributions de diverses personnes tant aux Etats-Unis qu'en Angleterre.

Pour l'Angleterre, je tiens à exprimer ma gratitude à Louise Davis, directrice de Norland College, qui m'a permis d'observer les puéricultrices en formation et m'a fourni des informations sur la vie professionnelle du personnel de crèche. A Godfrey Carey, avocat de la Couronne, Joanna Korner, avocat de la Couronne, et Charlotte Bircher, du Temple, qui m'ont tous beaucoup aidée à comprendre le système judiciaire britannique. A sœur Mary O'Gorman, du couvent de l'Assomption de Kensington Square, qui m'a donné accès au couvent et à la chapelle et m'a fait bénéficier de vingt années de connaissance de la place même. Au commissaire Paul Scotney, de la Metropolitan Police (commissariat de Belgravia), qui m'a expliqué les procédures policières et m'a prouvé une fois de plus que mes lecteurs les plus indulgents se trouvent dans les rangs de la police britannique. A l'inspecteur-chef Pip Lane, qui fait toujours office avec générosité d'agent de liaison entre la police locale et moi. A John Oliver et Maggy Newton, de la prison royale de Holloway, pour leurs informations sur le système pénitentiaire en Angleterre. A Swati Gamble, pour tout ce qu'elle m'a apporté, des horaires d'autobus aux emplacements des hôpitaux possédant un service d'urgences. A Jo-Ann Goodwin, du

Daily Mail, pour ses éclaircissements sur la législation concernant les articles de presse sur les enquêtes et les procès pour meurtre. A Sue Fletcher, qui m'a généreusement prêté les services de Swati Gamble, femme de ressources. Et à mon agent, Stefanie Cabot, de l'agence William Morris, pour qui aucun défi n'est impossible à relever.

Aux Etats-Unis, je remercie Amy Sims, de l'Orchestre philharmonique du comté d'Orange, qui a pris la peine de s'assurer que je pouvais écrire sur le violon avec un degré convenable d'exactitude ; Cynthia Faisst, qui m'a autorisée à assister à plusieurs cours de violon ; le Dr Gordon Globus, qui a élargi mes connaissances en matière d'amnésie psychogène et de méthodes thérapeutiques ; le Dr Tom Ruben et le Dr Robert Greenburg, qui m'ont apporté leur savoir médical chaque fois que j'en avais besoin ; mes étudiants en écriture, qui ont écouté les premiers chapitres de ce roman et ont fourni d'utiles commentaires.

Je suis particulièrement reconnaissante à ma merveilleuse assistante, Dannielle Azoulay, sans qui je n'aurais pas pu écrire en dix mois le brouillon de ce livre plutôt long. L'aide de Dannielle dans tous les domaines – des recherches nécessaires aux courses incessantes – a contribué de manière décisive à mon bien-être et à mon équilibre mental, et je lui adresse mes remerciements les plus sincères.

Enfin, comme toujours, je remercie mon éditrice chez Bantam, Kate Miciak, qui m'a toujours posé les bonnes questions sur les circonvolutions les plus tortueuses de l'intrigue ; mon agent littéraire aux Etats-Unis, Robert Gottlieb, de Trident Media, qui me représente avec énergie et talent ; mon confrère écrivain Don McQuinn, qui s'est courageusement fait le réceptacle de mes doutes et de mes craintes ; et Tom McCabe qui, avec la meilleure grâce du monde, s'est écarté du chemin de la locomotive créatrice chaque fois que le besoin s'en faisait sentir.

" Insondable noirceur humaine "

(Pocket n° 10552)

Abandonnée par l'inspecteur Lynley, parti en voyage de noces, mal remise des coups reçus lors de sa dernière enquête, le sergent Barbara Havers doit interrompre sa convalescence pour élucider le meurtre d'un jeune Pakistanais. Crime raciste ? Affaire liée à l'homosexualité de la victime ? En quête d'une vérité enfouie sous d'innombrables zones d'ombre, Barbara se plonge au cœur d'une communauté pakistanaise dont le calme apparent masque la complexité.

Il y a toujours un Pocket à découvrir

" Mort suspecte "

(Pocket n° 4471)

Passablement déprimée par ses fausses couches à répétition, Deborah Saint-James manque de sombrer devant le visage radieux de la Vierge à l'enfant peinte par Léonard de Vinci. En larmes devant le tableau, elle fait la connaissance de Robin Sage, un pasteur qui tente de la réconforter avant de l'inviter à lui rendre visite. Mais lorsque Deborah et son mari arrivent chez leur hôte, ils apprennent que celui-ci vient de mourir empoisonné. Expert en sciences légales, Simon Saint-James ne peut croire à la thèse de l'accident, et décide de reprendre l'enquête, manifestement bâclée par la police locale.

Il y a toujours un Pocket à découvrir

" Corps sans tête "

(Pocket n° 4056)

Disgracieuse et bourrue, le sergent Barbara Havers n'a aucunement l'intention de s'amender. Surtout depuis que lui est imposée une contrainte insupportable : elle doit faire équipe avec l'inspecteur Lynley, un aristocrate britannique qui a fait ses études à Eton. Mais les querelles de ce couple inattendu cessent vite devant l'atrocité du crime qu'ils sont chargés d'élucider : dans un paisible village de Yorkshire a été retrouvé le corps décapité d'un paroissien modèle. À côté du cadavre, une hache ; et à côté de la hache, une grosse fille gémissante qui s'accuse du crime…

Il y a toujours un Pocket à découvrir

Impression réalisée sur Presse Offset par

BRODARD & TAUPIN

GROUPE CPI

18414 – La Flèche (Sarthe), le 28-04-2003
Dépôt légal : mai 2003

POCKET – 12, avenue d'Italie - 75627 Paris cedex 13
Tél. : 01.44.16.05.00

Imprimé en France